国家古籍整理出版专项经费资助项目

安徽师范大学中国诗学研究中心资助项目

劉學鍇講唐詩 上

刘学锴 撰

中州古籍出版社
·郑州·

图书在版编目（CIP）数据

刘学锴讲唐诗 / 刘学锴撰 . —郑州：中州古籍出版社，2020.4（2023.4重印）

ISBN 978-7-5348-9075-8

Ⅰ.①刘… Ⅱ.①刘… Ⅲ.①唐诗–诗歌研究 Ⅳ.① I207.227.42

中国版本图书馆 CIP 数据核字（2020）第 043178 号

LIUXUEKAI JIANG TANGSHI

刘学锴讲唐诗

出 版 人	许绍山
策划编辑	卢欣欣
责任编辑	卢欣欣　吕兵伟
责任校对	李接力
装帧设计	曾晶晶
责任印制	王　萍

出 版 社	中州古籍出版社（地址：郑州市郑东新区祥盛街27号6层 邮编：450016　电话：0371-65723280）
发行单位	河南省新华书店发行集团有限公司
承印单位	郑州印之星印务有限公司
开　　本	710 mm×1000 mm　1/16
印　　张	77
字　　数	1200千字
版　　次	2020年4月第1版
印　　次	2023年4月第2次印刷
定　　价	280.00元（全二册）

本书如有印装质量问题，请联系出版社调换。

出版说明

我社于 2013 年出版的《唐诗选注评鉴》（两卷本）和新近修订改版的《唐诗选注评鉴》（十卷本），受到了广大读者的好评和著名学者的赞誉。这部（两套书内容一致，可视为一部）选诗达 600 余首、收录了历代诗评疏解资料的大型唐诗选本，主要读者对象是刚入门的各类专业读者。对于非专业的广大唐诗爱好者来说，他们可能需要一部选诗更精、不必大量阅读历代疏解评论资料的唐诗精选本。为此，我们约请撰者从《唐诗选注评鉴》所选 600 余首唐诗精品中再次遴选出 376 首，删去每首诗后的笺评。全书字数由 300 万字降至 120 万字。读者阅读时，既能读到唐诗经典作品，又节约了时间精力。由于这部选本以疏解品鉴为主，书名相应改为《刘学锴讲唐诗》。为了使读者对《唐诗选注评鉴》一书的体例及出版《刘学锴讲唐诗》一书的意义有所了解，我们将刘学锴先生撰写的《选本时时新》一文作为代前言放在书前，同时，将《唐诗选注评鉴》一书的前言作为附录附于书后，以便读者更好使用此书。我们希望，通过编者与撰者的共同努力，能够使中国优秀文化的典型代表——唐诗中的精华传之广远、常读常新。

中州古籍出版社
2020 年 2 月

选本时时新（代前言）

最近读到一篇文章，是几位学者在光明读书榜上座谈旅美学者商伟先生新编选点评的《给孩子的古文》这本书的，题目叫作《古文代代传，选本时时新》。我很赞同"选本时时新"这句话，就借用来作为《刘学锴讲唐诗》的编选动机吧。

这是《唐诗选注评鉴》一书的再选本，从《唐诗选注评鉴》一书所选的600余首唐诗中选出376首，删去每首诗后所附的笺评部分。《评鉴》撰写的初衷，是为刚入门的专业读者提供一部阅读品鉴唐诗的参考读物。其中的笺评部分（约占全书篇幅的四分之一），以及诗的作者考辨及系年考证，注释中有时详引典故出处原文，对诗意的不同理解阐释和撰者的观点及处理意见等，就主要是为初入门的专业读者提供参考的。这部《刘学锴讲唐诗》除了删去《评鉴》所选的278首诗外，主要是删去所选的376首的笺评，并对鉴赏中涉及笺评的文字作了相应的删略调整。因为笺评这一大栏目对非专业读者来说是可有可无的。其他那些对专业或非专业读者都有用的内容就概不作删削。举例来说，让非专业读者了解李白的《静夜思》、崔颢的《黄鹤楼》、王湾的《次北固山下》的文本原貌和异文，了解一直题为王之涣作的《登鹳雀楼》原来应是朱斌的《登楼》，题为贾岛作的《寻隐者不遇》应是孙革的《访羊尊师》，题为贾岛作的《渡桑干》应是刘皂的《旅次朔方》，就对所有读者都有好处。

回到选本时时新的主要方面——选目的"新"上面来。这就需要一个选诗数量大体相当而流传广远的著名唐诗选本作为参照对象，这个选本就是流传了两个半世纪的清代孙洙（蘅塘退士）编选的《唐诗三百首》（实际上选了310首）。

首先应该充分肯定《唐诗三百首》在广泛传播优秀唐诗方面起了巨大深远的

作用。它选的篇目内容多数比较健康，取径较宽，特别是注意雅俗共赏，适应广大读者的品读趣味，这是因为它比较充分地吸取了自唐代以来各种选本、诗话、笔记、专门的诗论著作以及历代读者反复品读所形成的综合成果。所选的 310 首唐诗，大约有一半以上已经成为唐诗的经典。《唐诗三百首》也因此成了唐诗选本中的经典。

但是，一般读者可能不大了解孙洙编选《唐诗三百首》的动机和目的。其实他自己在这本书的《题辞》中说得很清楚，他是因为不满"世俗儿童就学，即授《千家诗》，取其易于成诵，故流传不废。但其诗随手掇拾，工拙莫辨，且止五七律绝二体，而唐宋人又杂出其间，殊乖体制。因专就唐诗中脍炙人口之作，择其尤要者，每体得数十首，共三百余首，录成一编，为家塾课本，俾童而习之，白首亦莫能废，较《千家诗》不远胜乎！"也就是说，他要用一本专选唐诗各种体裁的脍炙人口之作的《唐诗三百首》来替代唐宋兼选、工拙莫辨、体裁不全的《千家诗》作为新的童蒙家塾课本。应该说，孙洙的目的是达到了。两个半世纪以来，《唐诗三百首》成为家弦户诵之书就是明证。所选诗的艺术品位确实比《千家诗》高出了不少。但是，童蒙家塾课本的性质和定位也给《唐诗三百首》带来了天然的局限，再加上受封建时代的思想观念和审美观念以及阅读范围的影响，从今天的读者要求看来，这本书如作为面向广大读者的唐诗精品读本，它的一系列缺陷便非常明显了。

一是唐诗中一系列思想艺术成就很高的经典作品没有入选。最突出的例证是杜甫的划时代作品《自京赴奉先县咏怀五百字》《北征》，充满人道主义、爱国主义精神的"三吏""三别"竟不见踪影。杜甫晚年七律组诗的巅峰之作《秋兴八首》也弃而未选。缺了这些作品，杜甫就不再是杜甫了。孤篇横绝的《春江花月夜》也未进入孙洙的视野，但这不怪孙洙，因为直到清末王闿运才发现其艺术上所达到的高度。

二是忽视了唐代诗人学习民歌而又高于民歌的一系列优秀作品，这在刘禹锡身上表现得最为明显。他的四组民歌体作品佳作甚多，竟一首未选。储光羲的《江南曲四首》（其三）、张潮的《江南行》、崔国辅的《小长干曲》、王昌龄的《采莲曲二首》（其二）、王驾的《古意》等优秀之作更似视而不见。

三是对一些名家的代表作严重忽视。王昌龄之所以被归入盛唐边塞诗派，其代表作主要是充满爱国情怀、意境雄浑壮阔的《从军行七首》（尤其是其一、其

二、其四、其五），这也是他成为"七绝圣手"的重要原因，《唐诗三百首》亦弃而不选。尤为奇怪的是"不可无一，不可有二"的天才诗人李贺，"笔补造化"的杰作起码有十首以上，竟一首未选。唐诗中缺了李贺，恐怕减色不少。

四是入选了相当多（数十首）虽基本上可读但艺术上平平之作。甚至在选诗仙李白的宫怨诗时竟然选了《怨思》（美人卷珠帘）这种平庸浅陋之作，和他的内容相近的《玉阶怨》相比（此首已入选《唐诗三百首》），艺术上距离何止天壤。

五是出于传统封建观念选入了孟郊《列女操》这种歌颂"贞妇贵殉夫""妾心如古水"的封建糟粕，现代读者根本不可能接受。所幸这类作品入选甚少，但理应淘汰。

特别是从近代、现代至当代这近二百年，世界和中国都起了巨大的变化，人的思想观念、审美观念也起了相应的变化。对唐诗整理、考订和研究空前深入、全面、细致，对唐诗经典的发现与认识比以前任何时候都更客观、深刻。在这种情况下，理应编选一部既充分吸收前人对唐诗经典业已定型的认识成果和编选成果，又能反映近两个世纪以来经历史淘洗、广大读者品读实践、研究者阐释赏鉴所肯定的一系列新的经典作品和优秀作品的新的唐诗选本。

这部《刘学锴讲唐诗》就是一次尝试。所精选的 376 首唐诗中，有近半（共 175 首，约占全部选目的 47%）与《唐诗三百首》相同，反映了自唐至清中叶，直至今天广大读者和研究者对业已定型的唐诗经典的认识。另一大半左右（共 201 首，约占全部选目的 53%）则主要体现近代以来，特别是"五四"至今人们对唐诗经典作品的新发现、新认识，其中包括各种唐诗新选本、大中学校教材（特别是有关唐诗的教材）、唐诗史研究、重要作家研究、唐诗优秀作品鉴赏所累积成的共同认识。我诚恳地期待着广大读者的批评意见，我们的共同愿望是让中国优秀文化的典型代表——唐诗中的精华传之广远、常读常新，包括感悟之新与阐释之新。这也正是我对新一代研治唐诗的学人们的希望。

目 录

王 绩
野 望/2

骆宾王
在狱咏蝉/5
于易水送人/7

卢照邻
长安古意/11

杜审言
和晋陵陆丞早春游望/20

苏味道
正月十五夜/24

王 勃
送杜少府之任蜀川/28

杨 炯
从军行/31

刘希夷
代悲白头翁/34

宋之问
寒食还陆浑别业/39
渡汉江/41

沈佺期
杂诗四首（其四）/44
古意呈乔补阙知之/46

张敬忠
边 词/50

陈子昂
感遇诗三十八首（其二）/53
登幽州台歌/55

度荆门望楚/57

张若虚
春江花月夜/61

贺知章
咏　柳/71
回乡偶书二首（其一）/72

张　说
邺都引/77

张九龄
感遇十二首（其一）/81
望月怀远/82

朱　斌
登　楼/86

王之涣
凉州词（其一）/91

王　翰
凉州词二首（其一）/97

王　湾
次北固山下/101

张　潮
江南行/106

崔国辅
小长干曲/109

崔　颢
黄鹤楼/112
长干曲四首（其一、其二）/115

常　建
题破山寺后禅院/119
三日寻李九庄/121

孟浩然
秋登万山寄张五/124
夏日南亭怀辛大/126
夜归鹿门山歌/129
望洞庭湖上张丞相/132
与诸子登岘山/136
晚泊浔阳望庐山/139
过故人庄/141
春　晓/144
宿建德江/146

刘眘虚
阙　题/149

金昌绪
春　怨/153

王　维
渭川田家/156
新晴野望/158

过香积寺/160

山居秋暝/162

终南别业/165

终南山行/167

观　猎/172

汉江临泛/174

使至塞上/177

鹿　柴/180

白石滩/182

辛夷坞/183

鸟鸣涧/185

杂诗三首（其二）/189

相　思/191

山　中/193

田园乐七首（其六）/195

少年行四首（其一）/197

九月九日忆山东兄弟/199

送元二使安西/201

送沈子福归江东/204

储光羲

江南曲四首（其三）/208

祖　咏

终南望馀雪/211

李　颀

古从军行/215

送陈章甫/217

送魏万之京/220

王昌龄

从军行七首（其二）/224

从军行七首（其四）/225

从军行七首（其五）/227

出塞二首（其一）/229

采莲曲二首（其二）/231

长信秋词五首（其三）/233

闺　怨/236

芙蓉楼送辛渐二首（其一）/237

高　适

燕歌行并序/242

人日寄杜二拾遗/248

封丘作/252

和王七玉门关听吹笛/255

别董大二首（其一）/257

除夜作/259

岑　参

白雪歌送武判官归京/263

走马川行奉送出师西征/267

凉州馆中与诸判官夜集/271

奉和中书舍人贾至早朝大明宫/274

逢入京使/276

春　梦/277

李　白

古风五十九首（其十）/282

古风五十九首（其三十四）/285

蜀道难/289

梁甫吟/298

乌栖曲/305
将进酒/309
行路难三首（其一）/315
长相思/319
日出入行/322
北风行/326
关山月/330
杨叛儿/333
长干行/336
塞下曲六首（其一）/342
玉阶怨/345
静夜思/347
子夜吴歌·秋歌/351
襄阳歌/355
梁园吟/360
峨眉山月歌/365
闻王昌龄左迁龙标遥有此寄/368
庐山谣寄卢侍御虚舟/370
梦游天姥吟留别/374
金陵酒肆留别/380
黄鹤楼送孟浩然之广陵/383
渡荆门送别/386
送陆判官往琵琶峡/389
宣州谢朓楼饯别校书叔云/391
下终南山过斛斯山人宿置酒/394
把酒问月/397
陪侍郎叔游洞庭醉后三首（其三）/400
登金陵凤凰台/402
望庐山瀑布水二首（其一）/405
望庐山瀑布水二首（其二）/409
秋登宣城谢朓北楼/411

望天门山/414
早发白帝城/416
宿五松山下荀媪家/419
苏台览古/422
谢公亭/424
夜泊牛渚怀古/426
月下独酌四首（其一）/428
独坐敬亭山/430
忆东山二首（其一）/432
听蜀僧濬弹琴/434
春夜洛城闻笛/437
题戴老酒店/440

杜　甫

望　岳/445
兵车行/447
醉时歌/453
赠卫八处士/459
同诸公登慈恩寺塔/464
自京赴奉先县咏怀五百字/469
哀江头/483
彭衙行/487
羌村三首（其一）/492
洗兵马/495
石壕吏/505
新婚别/512
垂老别/515
佳　人/519
梦李白二首/522
后出塞五首（其二）/528
成都府/530

茅屋为秋风所破歌/533

丹青引赠曹将军霸/537

观公孙大娘弟子舞剑器行 并序/544

房兵曹胡马诗/550

春日忆李白/553

月　夜/556

春　望/558

秦州杂诗二十首（其七）/562

蜀　相/564

春夜喜雨/568

水槛遣心二首（其一）/570

闻官军收河南河北/572

登　高/577

绝句二首（其一）/579

登　楼/581

绝句四首（其三）/584

旅夜书怀/585

阁　夜/588

秋兴八首/591

咏怀古迹五首（其三）/610

江　汉/614

江南逢李龟年/618

王绩

王绩（590—644），字无功，号东皋子，绛州龙门（今山西河津）人。出身于"六代冠冕"的北朝士族，其三兄王通为隋末大儒。大业中，应孝悌廉洁举登高第，授秘书省正字。因不愿在朝，自请任外职，改六合县丞，因疏放简傲，耽于饮酒，屡被弹劾，自免去职。唐武德五年（622），以前官待诏门下省，日给酒一斗。贞观四年（630），托疾罢归。十一年，以家贫赴选，为太乐丞，未及二年复弃官还乡。十八年卒。绩好老、庄，追求纵心自适的生活境界，其诗多抒写隐居田园的生活情趣和朴野本色的自然风光，诗风真率自然，朴质清新。有《王无功文集》五卷本传世。

野 望[①]

东皋薄暮望[②]，**徙倚欲何依**[③]。**树树皆秋色，山山唯落晖。牧人驱犊返，猎马带禽归**[④]。**相顾无相识，长歌怀采薇**[⑤]。

[校注]

①野望，眺望原野。或谓此诗作于隋末社会动乱的年代。但尾联用"采薇"典，当作于隋亡唐建之后，参注⑤。②《王无功文集》五卷本此句作"薄暮东皋望"。东皋，在作者家乡河津，系其隐居躬耕之地。作者《自作墓志文并序》（《王无功文集》卷五）云："常耕东皋，号东皋子。"皋，河边地。又《答冯子华处士书》云："吾河渚间，元有先人故田十五六顷，河水四绕，东西趣岸各数百步。……用天之道，分地之利，耕耘蔗藜黍秫而已。"所谓"东皋"，当即指此。③徙倚，徘徊，彷徨。欲，五卷本作"将"。④禽，兼指鸟、兽等猎物。⑤采薇，指隐居的高士。《史记·伯夷叔齐列传》："武王已平殷乱，天下宗周。而伯夷、叔齐耻之，义不食周粟，隐于首阳山，采薇而食之。"这里用"采薇"典，仅取其隐逸高致，未必有"耻事新朝"之意。但既用此典，则诗作于易代之后，当是事实。或谓此句"采薇"系用《诗·召南·草虫》"陟彼南山，言采其薇。未见君子，我心伤悲"或《小雅·采薇》"采薇采薇，薇亦作止；曰归曰归，岁亦莫止。靡室靡家，玁狁之故；不遑启居，玁狁之故"，借以抒发苦闷。但诗中既无怀念君子或怀念故乡（当时作者身在家乡）之意，也看不出明显的苦闷情绪，且《诗经》中这两首诗的"采薇"也很少用作典故。故仍以解作怀想隐居高士为宜。吕才《王无功文集序》云："君河中先有渚田十数顷，颇称良沃，邻渚又有隐士仲长子光，服食养性。君重其贞洁，愿与相近，遂结庐河渚，纵意琴酒，庆吊礼绝，十有余年。"怀采薇，也有可能包括仲长子光这类隐逸之士。

[鉴赏]

诗写东皋眺望所见所感。首句点题，"东皋"是诗人的耕隐之地，说明诗人一开头就是以隐者的眼光来眺望原野景物的。"薄暮"点时，这个特定的时间使全诗笼罩上一层迷蒙的色彩，并为下面三联的写景抒情设置了规定情境。次句抒感，"徙倚欲何依"，写出了一种徘徊彷徨、无所依托的心理状态，"欲何依"三字直贯尾联。

领联写望中秋暮自然景色：树树尽染秋色，山山唯余落晖。这景象于阔远绚丽之中略带萧瑟清寂的情味，透露出诗人对秋天薄暮景色既流连称赏又稍感寂寞的心态。

腹联写望中秋天薄暮的人事活动。一写牧童驱犊而返，一写猎马带禽而归。虽写动态，表现的却是一种悠闲不迫、从容宁静的氛围。以上两联，在景物的远近、动静的映衬和构图设色上都颇见匠心，但读来却浑朴流畅，一气舒展，不露斧凿之痕。领联"树树""山山"叠字置于句首，构成工整的对仗，更加强了流走的气势。尾联以"相顾无相识"遥应"徙倚欲何依"，以"长歌怀采薇"应上联"返""归"，点明诗人的精神归趋——对隐逸之士的怀想和对隐逸生活的向往。

从尾联用典看，这首诗当作于易代之后。联系首句"东皋"之语及王绩晚年归隐龙门的行迹，这首诗有可能作于晚年（贞观十三年至十八年间）。这时离唐朝建国已二十多年，唐朝的政治经济已出现兴盛景象。他对新兴的唐王朝是抱着欢迎肯定态度的，在《答冯子华处士书》中说："乱极治至，王途渐亨，天灾不行，年谷丰熟。贤人充其朝，农夫满于野。吾徒江海之士，击壤鼓腹，输太平之税耳。帝何力于我哉！"可见在新朝治世当一名自适其适的隐士，正是他晚年的人生追求。这首诗所描绘的秋暮乡野景物，充溢着一种和平宁静的田园牧歌情调和对隐逸高致的向往，正是诗人心情的写照。尽管由于"所嗟同志少，无处可忘言"（《春庄走笔》），有时不免感到孤寂。"徙倚欲何依""相顾无相识"等句，正流露了这种缺乏同道的惆怅。旧日有的诗评家横亘比兴寄托观念于胸，带着先入为主之见来感受、理解诗中所写之景、所抒之情，不免误解诗境、诗旨。王夫之对"浅人""穿凿"的批评，是有见地的。

《文献通考·经籍考》五十八引《周氏涉笔》云："旧传四声，自齐、梁至沈、宋，始定为唐律。然沈、宋体制，时带徐、庾，未若王绩穿裁锻炼，曲尽清元，真开迹唐诗也。如云'牧人驱犊返，猎马带禽归'……"从合律的要求看，王绩的这首《野望》远早于李峤、沈、宋的同类作品，称得上是唐人五律的开山之作。

骆宾王

骆宾王（619—687），字观光，婺州义乌（今属浙江）人。七岁能诗。高宗永徽初，曾为道王（李元庆）府属官。后授奉礼郎，为东台详正学士。咸亨年间因事被谴，从军西域，后入蜀。其后返京，历任武功主簿、明堂主簿，调长安主簿，擢侍御史。因上书言事，被诬下狱。调露二年（680）八月遇赦获释。任临海丞。光宅元年（684），徐敬业起兵讨武则天，署宾王为艺文令，曾草《讨武曌檄》，兵败后逃亡，不知所之。有《骆宾王集》十卷。清陈熙晋有《骆宾王集笺注》。宾王长于七言歌行，五律、五绝亦有佳篇。关于骆宾王的生卒年，说法不一，此采骆祥发说。

骆宾王

在狱咏蝉①

西陆蝉声唱②,南冠客思侵③。那堪玄鬓影④,来对白头吟⑤?露重飞难进,风多响易沉⑥。无人信高洁⑦,谁为表予心!

[注释]

①诗约作于高宗调露元年(679)秋(或说作于调露二年,680)。诗前有序云:"余禁所禁垣西,是法厅事也。有古槐数株焉。虽生意可知,同殷仲文之古树;而听讼斯在,即周召伯之甘棠。每至夕照低阴,秋蝉疏引,发声幽息,有切尝闻。岂人心异于曩时,将虫响悲于前听?嗟乎!声以动容,德以象贤。故洁其身也,禀君子达人之高行;蜕其皮也,有仙都羽化之灵姿。候时而来,顺阴阳之数;应节为变,审藏用之机。有目斯开,不以道昏而昧其视;有翼自薄,不以俗厚而易其真。吟乔树之微风,韵资天纵,饮高秋之坠露,清畏人知。仆失路艰虞,遭时徽纆。不哀伤而自怨,未摇落而先衰。闻蟪蛄之流声,悟平反之已奏;见螳螂之抱影,怯危机之未安。感而缀诗,贻诸知己。庶情沿物应,哀弱羽之飘零;道寄人知,悯馀声之寂寞。非谓文墨,取代幽忧云尔。"其中对蝉的描写歌咏,可与诗互相发明、补充,并可窥见写作此诗的背景、动机和目的。②西陆,指秋天。《文选·郭璞〈游仙诗〉》"蓐收清西陆"李善注引司马彪《续汉书》:"日行北陆谓之冬,西陆(太阳运行在西方七宿的区域)谓之秋。"③南冠,代指囚犯。《左传·成公九年》:"晋侯观于军府,见钟仪,问之曰:'南冠而絷者,谁也?'有司对曰:'郑人所献楚囚也。'"骆宾王是南方人,故以"南冠"借指自己的囚犯身份,更为切合。客思,客中的情思。侵,侵袭。侵,一作"深"。④玄鬓,指蝉。晋崔豹《古今注·杂注》:"魏文帝宫人绝所宠者,有莫琼树……琼树乃制蝉鬓,缥缈如蝉翼,故曰蝉鬓。"因蝉鬓缥缈如蝉翼,蝉又通体黑色,故以"玄鬓影"代指蝉的身影。⑤白头,诗人自指,这一年骆宾王已过六十,故云"白头"。吟,指蝉鸣。《白头吟》是汉乐府相和歌辞曲调名,这里仅借用其字面,"白头"与"吟"不相连。⑥沉,指蝉声消失淹没在风声中。⑦高洁,指蝉栖高饮露的品性,即诗序所谓"饮高秋之坠露"。

[鉴赏]

　　这是一首工于比兴寄托的咏物名篇，也是一曲忧愤深广的人生悲歌。

　　调露元年（679）秋，担任侍御史的骆宾王由于屡次上书讽谏政事，触犯了当权的武则天，被诬在长安主簿任上犯贪赃罪，下御史台狱。监狱西面，有古槐数株，上有秋蝉悲鸣，引起他对自身品行遭际的联想和对人生社会的悲慨，写下这首托物寓怀、抒发幽愤的诗篇。

　　首联闻蝉兴感，正点题面。蝉到了秋天，生命力趋于衰竭，鸣声听来特别凄切。这对于一个身处异乡而又失去自由的系囚，感情上不用说就是强烈的触动。"客思"在这里便不单指羁愁乡思，而且包含身系囹圄的身世沉沦之感和穷途抑塞之悲。"侵"字带有渐进的意味，显示出在闻蝉的过程中，幽愤的"客思"不断浸润扩大、渗透深入，透露出这种难堪的"客思"是怎样地侵扰、咬啮着诗人痛苦的灵魂。这一联以工整的对仗起，"西陆""南冠"又分别用典，显得典重深沉，这和诗人闻蝉而兴悲的感情状态是一致的。

　　颔联就"客思侵"进一步抒写不堪忍受寒蝉悲鸣的沉重悲苦心情。两句用流水对，语意一贯。意思是说，哪能经受得住这玄黑缥缈的秋蝉身影，对着我这忧愤深广的白头幽囚曼声哀鸣呢！"那堪"二字直贯全联，突出了感情的强度。"玄鬓"与"白头"分切秋蝉与自己，对偶工妙，不但见诗人的巧思，而且给人以鲜明的视觉形象，展现出置身囹圄的白头诗人面对高树秋蝉，形影相吊，不胜哀怨忧愤的情景。这就把蝉和人进一步绾合起来，为后幅以蝉喻人创造了条件。

　　诗人在哀怨凄切的蝉声中听到了自己的心声，也在秋蝉身上进一步发现了自己。因此腹联便由前幅的闻蝉兴感自然过渡到以蝉自喻。这一联专从秋蝉和它所处环境的关系着笔。"露重""风多"，正切秋令，象喻环境的恶劣和世路的艰险。"飞难进""响易沉"，象喻政治上难以进展，呼号又不为人所闻。整个社会环境，就像浓露沉沉、寒风凄凄，充满阴冷气氛的世界，到处都有沉重的压力和艰险的阻力，自己则正如秋蝉弱羽，欲飞而不能进；哀音微响，欲诉而声寂响沉。这一联不只是抒写了一个囚徒蒙受冤诬、有翅难飞、有口难诉的痛苦处境和心情，而且熔铸了诗人长期以来备受压抑、历尽坎坷的人生体验，从而在更广阔的范围上概括了封建社会中备受压抑的下层文人的共同遭际与感受，具有较高的典型性。两句紧切节物，纯用比体，寄慨遥深，而无晦涩之弊，是比兴寄托的上品。

　　尾联紧承第六句，由"响易沉"生发。蝉栖息高树，古人认为它餐风饮露，故历来被视为高洁之士的化身。但风多响沉,微弱的声音既不为人所闻,自己"高洁"的品格也就无人相信与理解。茫茫人世,又有谁为自己表白心迹呢?这一联虽仍关合着蝉来说,但直接抒情的意味更浓,感情也更沉痛愤激。全诗就在这感情的高潮中收束,留下一片沉冤莫辩、无人理解的痛苦呼号的余音,在读者耳际萦回荡漾。

从构思看,这首诗通篇不离物与我、蝉与人的关系。但前幅是因蝉兴感,物我分咏,着重抒写闻蝉引起的主观感受。后幅则借蝉自喻,物我合一。写蝉的环境、遭遇和感情,也就是写自己。原先引起思绪的外物——蝉,已经在不知不觉当中转化为诗人自身的象征。尾联仿佛专从诗人着笔,但"高洁"之语,仍紧密关合蝉的特征。因此全联不妨看作人格化的"蝉"的自我抒情。只不过诗人的感情发展到这里,已经强烈到几乎要冲破比兴的外壳而诉之以直接抒情的程度了。全诗在托物寓怀的过程中,蝉与人既密切相关,又有分有合,有各种不同的结合方式,这就在统一中显出多样和变化来。

清末施补华《岘佣说诗》关于咏蝉诗的一段评论,指出了三位不同地位、遭遇和气质的诗人(虞世南、骆宾王、李商隐)在各自的咏蝉诗中所表现出来的不同个性,其中涉及寄兴与取象的关系问题,值得深入探讨。

于易水送人①

此地别燕丹,壮士发冲冠②。昔时人已没,今日水犹寒③。

[校注]

①易水,在今河北省西部,源于易县境,东流入涞水(今南拒马河)。战国时燕太子丹派遣刺客荆轲入秦刺秦王,在此饯别。参下注。诗人在其旧地送别友人作此诗。②《史记·刺客列传》载,燕太子丹派遣荆轲入秦,出发时,"太子及宾客知其事者,皆白衣冠以送之。至易水之上,既祖(祭路神),取道,高渐离击筑,荆轲和而歌,为变徵之声,士皆垂泪涕泣。又前而歌曰:'风萧萧兮易水寒,壮士一去兮不复还!'复为羽声慷慨,士皆瞋目,发尽上指冠。于是荆轲就车而去,终已不顾。"壮士,指荆轲、高渐离,也包括送行的壮烈之士。此句宋蜀刻本作"壮发上冲冠"。③水犹寒,谓今日于此送人时,似乎感到眼前的易水仍然带有一股寒意。

[鉴赏]

　　这首只有二十个字的小诗，初读可能会感到它只是袭用故典，平直无余味。但细加品味，却越来越感到它蕴蓄丰富、感慨深沉，具有一股悲壮激越之气和苍劲雄直的风格。而这，主要缘于典故的妙用，以及诗人的气质与典故、与现境的结合。

　　前两句撇开题中"送人"之意，从眼前的"易水"生发诗思。遥想千载之前，"此地别燕丹，壮士发冲冠"的情景。粗粗一看，也可能会觉得这十个字只是对《史记·刺客列传》那一段易水饯别场景描写的简化。但由于千百年来，荆轲刺秦王的故事，广泛流传，深入人心，司马迁这段倾注了浓烈感情、极具氛围感的精彩文字更是文士极熟悉的。因此，一读到"此地别燕丹"这五个字，脑际浮现的便是那壮怀激烈、悲歌慷慨、视死如归的悲壮场景，甚至还包括穿戴着白衣冠送荆轲的太子和宾客。而次句所选取的"壮士发冲冠"的细节，又正突出地表现了行者与送者的愤激不平和壮烈之情。因此，虽一句叙事，一句绘景，却包蕴丰富，浓缩了易水饯别之前发生的一系列情事。从"壮士发冲冠"这个特写镜头，甚至可以联想到刺秦决策过程中一系列令人扼腕的情事。

　　三、四两句，以"昔时"二字总括上文，与"今日"对举，即景生情，抒发感慨。"昔时人已没"，诗人面对千古长流的易水，不由得感慨过去在这里演出过悲壮激越送行场面的壮士贤君，如今早已不见踪影，一种怀古的惆怅流注于字里行间。下句"今日水犹寒"却一笔勒转，由眼前寒波荡漾的易水又思接千载。这一句，特别是"水犹寒"三字，是全诗之眼，它把诗人的无穷感慨都凝聚起来，具有丰富的蕴含和隽永的情味，能引发读者多方面的联想。

　　"今日水犹寒"，首先让读者联想到的自然是千载前的易水悲歌、慷慨壮别的历史场景。"风萧萧兮易水寒，壮士一去兮不复还！"这首可能是中国文学史上篇幅最短的诗歌，却以其高度凝练的语言创造出极富悲壮激越气氛的意境，凸现出以荆轲为代表的侠义之士反抗残暴、急人之难、义无反顾、视死如归的壮烈情怀，以及送别现场那种凝重悲凉，充满肃杀森寒之气的环境气氛。"今日水犹寒"带给我们的正是这种千载犹存的浓烈的历史现场感。

　　它还让读者联想到，历史上的"壮士"虽已一去不复返，但他们的抗暴精神、牺牲精神和侠肝义胆、英风浩气却永世长存。眼前这仍然寒波荡漾的易水似乎已经融入了他们的精神品格，成为他们永世长存的精神的象征。因此，这句诗又蕴含了对荆轲精神的深情缅怀和礼赞。

更进一步品味，还可以联想到诗人这次于易水送别与千载之前那场壮别的联系。这首诗的具体创作背景，包括所送之人的具体情况，虽已难以考索，但这并不妨碍我们根据诗中用典以及诗人的强烈主观感受，对现实中的这场壮别作出合理的想象。在"初唐四杰"中，骆宾王是最富于侠士精神气质的。他一生的经历，包括最后追随徐敬业讨武则天，都充满了侠义之气。而侠客扶危济困、重然诺、重义气的精神品质在荆轲身上无疑表现得最为突出。这次所送的友人，如果不是侠士式的人物，诗人在下笔时很可能不会联想到历史上荆轲易水壮别之事。因此，"今日水犹寒"的感受中，或许还包含有历史与现实的联想，含有对所送者的企望、激励之意。

卢照邻

卢照邻（约632—686，或说635—689），字昇之，号幽忧子，幽州范阳（今河北涿州）人。少从曹宪、王义方习文字音韵训诂之学及经史。初授邓王府典签，曾宦游淮南，奉使益州及庭州。高宗龙朔年间任新都尉。后离蜀入洛。咸亨三年（672）染风疾，后入太白山养疾，服药饵不精中毒，遂成痼疾，转徙东龙门山。垂拱元年（685）移寓阳翟具茨山。后因不堪疾病折磨，自沉颍水。有《幽忧子集》。《全唐诗》编其诗为二卷，与骆宾王俱以长篇歌行著称。今人任国绪有《卢照邻集编年笺注》。

长安古意①

长安大道连狭斜②，青牛白马七香车③。玉辇纵横过主第④，金鞭络绎向侯家⑤。龙衔宝盖承朝日⑥，凤吐流苏带晚霞⑦。百丈游丝争绕树⑧，一群娇鸟共啼花。啼花戏蝶千门侧⑨，碧树银台万种色⑩。复道交窗作合欢⑪，双阙连甍垂凤翼⑫。梁家画阁天中起⑬，汉帝金茎云外直⑭。楼前相望不相知，陌上相逢讵相识⑮。借问吹箫向紫烟⑯，曾经学舞度芳年。得成比目何辞死⑰，愿作鸳鸯不羡仙。比目鸳鸯真可羡，双去双来君不见。生憎帐额绣孤鸾⑱，好取门帘贴双燕⑲。双燕双飞绕画梁，罗帏翠被郁金香⑳。片片行云着蝉鬓㉑，纤纤初月上鸦黄㉒。鸦黄粉白车中出，含娇含态情非一。妖童宝马铁连钱㉓，娼妇盘龙金屈膝㉔。御史府中乌夜啼㉕，廷尉门前雀欲栖㉖。隐隐朱城临玉道，遥遥翠幰没金堤㉗。挟弹飞鹰杜陵北㉘，探丸借客渭桥西㉙。俱邀侠客芙蓉剑㉚，共宿娼家桃李蹊㉛。娼家日暮紫罗裙，清歌一啭口氛氲㉜。北堂夜夜人如月㉝，南陌朝朝骑似云㉞。南陌北堂连北里㉟，五剧三条控三市㊱。弱柳青槐拂地垂㊲，佳气红尘暗天起。汉代金吾千骑来㊳，翡翠屠苏鹦鹉杯㊴。罗襦宝带为君解㊵，燕歌赵舞为君开㊶。别有豪华称将相，转日回天不相让㊷。意气由来排灌夫㊸，专权判不容萧相㊹。专权意气本豪雄，青虬紫燕坐春风㊺。自言歌舞长千载，自谓骄奢凌五公㊻。节物风光不相待㊼，桑田碧海须臾改㊽。昔时金阶白玉堂，即今唯见青松在。寂寂寥寥扬子居㊾，年年岁岁一床书㊿。独有南山桂花发(51)，飞来飞去袭人裾(52)。

［校注］

①古意，拟古、托古。长安古意，指托咏汉代长安的繁华豪奢景象以反映现实生活。②狭斜，小巷。③七香车，用多种香木制成或用多种香料涂饰的车，泛指华美的车。曹操《与太尉杨彪书》："今赠足下……画轮四望通幰七香车一乘，青牸牛二头。"梁简文帝《乌栖曲》："青牛丹毂七香车。"④玉辇，皇帝所乘的车。纵横，气势盛貌。主第，公主家。《史记·佞幸列传》："李延年，中山人也……平阳公主言延年女弟善舞，上见，心说之。"《汉书·卫青霍去病列传》："青有……姊

子夫，子夫自平阳公主家得幸武帝。"玉辇过主第，当用汉武帝过平阳公主家，得幸李夫人、卫子夫之事。或说玉辇泛指贵人所乘之车，疑非，下"龙衔宝盖"句可证。⑤络绎，连续不断。⑥龙，此指玉辇上支撑车盖的雕作龙形的支柱，故曰"衔宝盖"。宝盖，华美的车盖，伞形车篷。⑦凤，指车盖上的立凤。流苏，一种用彩色羽毛或丝线等制成的穗状垂饰，常饰于车或帷帐之上。立凤嘴端悬挂流苏，故说"凤吐流苏"。或说，凤指凤头形状的钩子，用来挂车上的流苏。⑧游丝，虫类所吐飘扬在空中的细丝。⑨千门，指宫门。《史记·孝武本纪》："于是作建章宫，度为千门万户。"⑩银台，传说中王母所居处。《文选·张衡〈思玄赋〉》："聘王母于银台兮，羞玉芝以疗饥。"注："银台，王母所居。"此指宫中华美的楼台。唐代大明宫中有银台门。⑪复道，宫中楼阁间架空的通道。《史记·秦始皇本纪》："秦每破诸侯，写放其宫室，作之咸阳北阪上，南临渭，自雍门以东至泾、渭，殿屋复道周阁相属。"《汉书·高帝纪》："上居南宫，从复道上见诸将往往耦语。"如淳曰："上下有道，故谓之复。"交窗，用木条上下交叉而成的窗户，即俗所称花格子窗。《说文·片部》："牖，穿壁以木为交窗也。"作合欢，指窗户上雕刻成合欢花的图案。⑫双阙，汉未央宫有东阙、北阙。甍，屋脊。汉建章宫圆阙上有金凤。《史记·孝武本纪》："其东则凤阙，高二十馀丈。"司马贞索隐引《三辅故事》："北有圆阙，高二十丈，上有铜凤皇，故曰凤阙也。""垂凤翼"或指此。或云，指双阙屋脊相连，其状如凤翼之垂。⑬梁家，指贵戚之家。东汉顺帝时外戚梁冀在洛阳大起第舍，连房洞户，柱壁雕镂，台阁周通。天中起，形容其高矗半空。⑭汉帝金茎，指汉武帝于建章宫所立铜柱。柱高二十丈，上有仙人掌、承露盘。班固《西都赋》："抗仙掌以承露，擢双立之金茎。"李善注："金茎，铜柱也。"⑮陌上：路上，街道上。长安城中有八街、九陌，见《三辅黄图》。讵，岂。⑯吹箫向紫烟，用萧史、弄玉成仙故事。《列仙传·萧史》"萧史，秦穆公时人也。善吹箫，能致孔雀、白鹤于庭。穆公有女，字弄玉，好之。公遂以女妻焉……公为作凤台，夫妇止其上"，数年后，皆随凤凰飞去。紫烟，紫色瑞云，指天上仙界。郭璞《游仙诗》："赤松临上游，驾鸿乘紫烟。"⑰比目，鱼名。旧传此鱼仅一目，须两鱼始可游动，后常用以喻男女亲密相爱。《尔雅·释地》："东方有比目鱼焉，不比不行，其名谓之鲽。"⑱生憎，最厌恶。帐额，帐檐，挂在帐子上端的装饰。孤鸾，单只的鸾鸟，易触动孤居独栖的愁绪，故云"生憎"。⑲好取，喜欢选用。双燕，象征双飞双宿的美满爱情。⑳郁金香，香草名。《艺文类聚》卷八十一引左芬《郁金颂》："伊此奇草，名曰郁金，越自殊域，厥趁来寻。芬香酷烈，悦目欣心。"句意谓罗帏翠被用郁金香熏过，芳香馥郁。㉑行云，形容女子的鬓发如同流动的云彩。蝉鬓，一种将两鬓梳得薄如蝉翼的发式，参见骆宾王《在狱咏蝉》注④。㉒初月上鸦黄，指女子的额黄妆形如新月。六朝至唐，妇女用黄粉涂饰额间，称额黄妆。鸦黄，嫩黄色。梁简文帝《美女篇》："约黄能效月，裁金巧作星。"㉓妖童，指豪贵之家的美少年童仆，多指娈童。汉仲长统《昌言·理乱》："妖童美妾，填乎绮室。"因其常随主人出游，故云"宝马铁连钱"。铁连钱，铁青色有连钱形斑纹的马，即所谓"连钱骢"。㉔娼妇，即倡女，指豪贵人家的歌妓（也可称伎）舞女。盘龙金屈膝，指歌舞妓乘坐的车的车门上有雕成盘龙形状的铜铰链。屈膝，同"屈戌"，合页，即铰链，以二金属片相连，以转动门、窗、屏风等。㉕《汉书·朱博传》："（御史）府中列柏树，常有野乌数千栖宿其上，朝去暮来，号曰'朝夕乌'。"汉代御史台掌纠弹官吏。㉖廷尉，掌执法的朝廷官吏。《史记·汲郑列传》："始翟公为廷尉，宾客阗门；及废，门外可设雀罗。"以上两句用"乌夜啼""雀欲栖"形容执掌弹劾和执法的朝廷官府门前冷落荒寂景象，或有隐讽朝廷豪贵气焰甚炽，法纪松弛之意。㉗朱城，宫城、长安城。《文选·张协〈咏史〉》："朱轩曜金城，供帐临长衢。"刘良注："朱城，长安城。"联系"临玉道"，此处"朱城"似指王者所居的宫城。玉道，皇城中的街道。翠幰，张着翠色帷幔的妇女所乘的车。金堤，坚固的石堤。㉘挟弹，挟带弹弓。《西京杂记》卷四："韩嫣好弹，常以金为丸，所失者日有千馀。长安为之语曰：'苦饥寒，逐金丸。'京师儿童，每逢嫣出弹，辄随之，望丸之所落，辄拾之。"又："长安五陵人，以柘木为弹，真珠为丸，以弹鸟雀。""茂陵少年李亨，好驰骏狗，逐狡兽，或以鹰鹞逐雉兔。"挟弹飞鹰，指贵游子弟以挟弹打鸟雀、放猎鹰猎禽兽为乐。杜陵，在长安东南，汉宣帝陵墓所在。㉙《汉书·酷吏传·尹赏》："长安中奸猾浸多，闾里少年群辈杀吏，受赇报仇，相与探丸为弹，得赤丸者斫武吏，白者主治丧。"此以"探丸借客"指游侠替人杀人报仇。借，助。《汉书·朱云传》："少时通轻侠，借客报仇。"渭桥，汉、唐时长安渭水上有三座桥，即东渭桥、中渭桥、西渭桥。㉚邀，求请。芙蓉剑，宝剑的美称。《吴越春秋》："越王允常聘欧冶子作名剑五枚，一曰纯钩……秦客薛烛善相剑，王取纯钩相之，薛烛矍然望之曰：'沉沉如芙蓉始生于湖，观其文，如列星之行；观其光，如水之溢塘。'"（《艺文类聚》卷六十引）㉛《史记·李将军列传》："谚曰：桃李不言，下自成蹊。"蹊，路径。此以"桃李蹊"借指娼楼妓馆，犹花街柳巷，且形容"寻芳"者之多。㉜口氛氲，形容发声歌唱时口香馥郁萦绕。㉝北堂，此指娼家楼馆的厅堂。人如月，形容人满，与上"桃李蹊"，下"骑似云"相应。㉞南陌，指娼楼外的街道。㉟北里，即唐代长安之平康里，为妓女聚居之区。㊱五剧，指数条道路纵横交错的繁华街市。三条，三面相通的道路。班固《西都赋》："极三条之广路。"《尔雅·释宫》："剧旁。"郭璞注："今南阳冠军乐乡，数道交错，俗呼之为五剧乡。""五剧""三条"字本此。三市，泛指长安繁华的商业区。语本左思《魏都赋》："廓三市而开廛。"唐代长安有东、西二市。这里的"三市"与"五剧三条"均非实指。㊲青槐，唐长安街道上遍栽槐树，时有"槐花黄，举子忙"之俗谚。又有"青槐夹御道"（王昌龄《少年行》）的诗句。㊳金吾，汉代有执金吾，掌京城治安。唐亦有左、右金吾卫将军，统禁军。㊴翡翠屠苏，指绿色的屠苏酒。鹦鹉杯，用鹦鹉螺做成的酒杯。此承上句，谓禁军成群结队至娼家饮酒作乐。㊵罗襦，丝罗短袄。《史记·滑稽列传》："日暮酒阑，合尊促坐，男女同席，履舄交错……罗襦襟解，微闻芗泽。"此句化用其意，谓饮酒尽欢。㊶古代燕赵地区多产能歌善舞的妓人，故云"燕歌赵舞"。开，启。㊷转日回天，极言其权势之大、气焰之盛。"日""天"有象喻皇帝之意。不相让，互不相让。㊸排，排挤，排斥。灌夫，汉武帝时人，以勇武闻名。与魏其侯窦婴相结，与丞相武安侯田蚡为敌，后被族诛。事见《史记·魏其武安侯列传》。灌夫曾使酒骂座，此言"意气由来排灌夫"，是极言其气焰之盛。㊹判，割舍决断之词，此处犹"决""断"。萧相，汉初丞相萧何，汉高祖认为他在诸兴汉功臣中功劳最高。此言"豪华称将相"者，其专权的程度甚至连萧何这样功高盖世的丞相也不能相容。黄生谓萧相指萧望之。㊺青虬，青色的无角龙，此代指骏马。屈原《涉江》有"驾青虬兮骖白螭"之句。紫燕，骏马名。传说汉文帝"自代还，有良马九匹，皆天下之骏马也……一名紫燕骝"。见《西京杂记》卷二。坐春风，指在春风中驾马飞驰。㊻五公，指朝廷权贵。《文选·班固〈西都赋〉》："冠盖如云，七相五公。"李善注谓"五公"指张汤、杜周、萧望之、冯奉世、史丹。㊼节物，节候风物。㊽《神仙传》："麻姑谓王方平曰：'接侍以来，已见东海三为桑田。'"句意极言世事变化之快。㊾扬子，指西汉扬雄。《汉书·扬雄传》："雄少而好学……清静亡为少耆欲，不汲汲于富贵，不戚戚于贫贱……哀帝时，丁傅、董贤用事，诸附离之者或起家至二千石。时雄方草《太玄》，有以自守，泊如也。"左思《咏史》之四："寂寂扬子宅，门无卿相舆。寥寥空宇中，所讲在玄虚……悠悠百世后，英名擅八区。"此处以淡泊名利、不慕荣华的扬雄自况。㊽床，几案。一床书，指隐居读书、著述的生活。庾信《寒园即目》："隐士一床书。"㊾南山，指长安城南的终南山。《楚辞·招隐士》："桂树丛生兮山之幽。"故以"桂花发"形容隐者的幽洁芬芳环境。唐代终南山多隐者。㊿裾，衣襟。

[鉴赏]

卢照邻的《长安古意》，是初唐七言歌行的代表作。它的内容，主要是铺叙渲染帝京长安的繁华和上层社会生活的豪奢。

诗分五段。第一段从开头到"陌上相逢讵相识"，共十六句，写长安街道、宫室、府邸之繁华壮丽。道路是城市的血脉和灵魂。有了四通八达的大道和密如蛛网的狭斜小巷，才有路上川流不息的车马行人，路旁的宫室府邸和树木花鸟，整座城市才活动起来、喧嚣起来，有了生气和生命。劈头一句"长安大道连狭斜"，正是写繁华都市的点睛之笔和绝妙开局。沿着京城的大道，次第展现出乘着"龙衔宝盖"的玉辇，驾着"凤吐流苏"的香车，出入于公主府邸、王侯第宅的皇帝、宫妃和显贵，出现了路边的高树、空中的游丝、树上的花鸟戏蝶，出现了千门万户、复道连甍的宫阙和高耸天半的贵戚楼台。这一切，构成了一幅从高处鸟瞰整个长安的全景图。景物的特点是华美壮伟、热闹喧嚣、色彩艳丽，洋溢着春天的气息，体现出跃动的态势，仿佛可以闻见长安这座国际化大都市的脉动节奏和生命韵律。这一段的最后两句"楼前相望不相知，陌上相逢讵相识"，是说在京城熙熙攘攘、川流不息的人群中，楼前所见、路上相逢的都是互不相识的人，既承上进一步突出渲染了长安的繁华热闹，又由"相知""相识"自然引出下一段对男女情爱的描写。

第二段从"借问吹箫向紫烟"到"娼妇盘龙金屈膝"，写都市中一个特殊社会阶层的生活和心绪，这就是王侯显贵府第中的歌妓舞女一类人物。由上一段总写全景过渡到写人物。她们曾经在王侯显贵的府第中学习音乐歌舞，度过芳年，但却俯仰随人，不能自主，因此特别向往"吹箫向紫烟"那样的幸福美满爱情。"得成比目何辞死，愿作鸳鸯不羡仙"，便是她们的生活理想和执著追求。但她们的实际处境却与此相反，故只能陷于强烈的苦闷，憎帐额之孤鸾，羡双飞之燕子。虽着意妆饰，鸦黄粉白，含娇含笑，不过徒供贵显者玩赏。这一段写歌妓舞女，着色极浓，而人物的处境感情则苦闷抑郁。这和宫体诗中对此类人物的狎玩态度是不同的。同时，这段描写也反映了王侯显贵生活的一个侧面：奢淫佚乐。末二句"妖童""娼妇"的描写便是这种生活的展示。

第三段遥承篇首"长安大道",转写活跃在繁华都市中的另一类人物——游侠。游侠之风,盛于汉、唐。他们或与贵族少年挟弹飞鹰,恣意游猎;或探丸助客,替人报仇;或夜宿娼家,歌舞享乐。"北堂"四句,写出了繁华都市长安娼家之多,游人之盛。"侠以武犯禁",但这些游侠杀人于都市中的犯禁行动却没有受到维持治安的"金吾"的禁止和执行法律的御史、廷尉的制裁。这一段的开头和结尾,分别写到执法机关门庭的冷落和金吾千骑的共入娼家,可见游侠的犯禁违法行为在京城长安的肆无忌惮。

第四段用"别有豪华称将相"起笔,转写长安高层权贵人物的活动。这一段八句主要突出渲染他们"转日回天"的权势,彼此倾轧、互不相让的骄横意气,和征歌逐舞、尽情享乐的生活。结尾两句连用"自言""自谓"两个词语,明显点出诗人对他们的态度,并就势转入末段对他们的讽慨。

末段是全诗的归趋与结穴。八句分前后两层。前一层从世事沧桑、变化不常着眼,对"自言歌舞长千载,自谓骄奢凌五公"的"豪华称将相"者发出棒喝:昔日之黄金阶白玉堂,今天已成为青松森森的墓田,则豪华骄奢的生活又岂能长保!后一层端出另一种与之相对立的人物——淡泊名利、寂寥自守、潜心著述的扬雄,与争权夺利、相互排挤的豪奢将相形成鲜明对照,肯定前者,否定后者,表达诗人的人生价值观,结束全篇。诗末的扬雄,隐然有自况的意味。

这首诗的内容很可能受到左思《咏史》(其四)的启发。左诗云:"济济京城内,赫赫王侯居。冠盖荫四术,朱轮竟长衢。朝集金张馆,暮宿许史庐。南邻击钟磬,北里吹笙竽。寂寂扬子宅,门无卿相舆。寥寥空宇中,所讲在玄虚。言论准宣尼,辞赋拟相如。悠悠百世后,英名擅八区。"与卢诗对照,显然可见二者之间的承传变化痕迹。左诗的前段八句,在卢诗中扩展成了前四段六十句,其中二、三两段的内容(写歌舞妓人和游侠的生活)是左诗中所没有的。第一段总写京城长安繁华景象也比左诗较为简括的叙写要丰富生动得多。即便卢诗中笔墨较简的第四段比起左诗的"朝集"四句,也要具体形象得多。这说明,卢诗虽有脱胎于左诗的痕迹,但并非对左诗的单纯展衍,而是有了许多新的内容。如果只着眼于卢诗的四、五两段,很可能会认为,卢诗与左诗,不但内容相似,对王侯权贵进行批判的主旨也是相同的。但实际上,这只是局部的相似,就整体而论,卢诗较之左诗,无论内容、写法和感情倾向,都有了崭新的变化,而这,正是卢诗所体现的时代气息和艺术价值所在。

诗的第一段总写长安城的雄伟壮丽和热闹繁华，感情基调是纵情放歌和热烈礼赞。无论是"百丈游丝争绕树，一群娇鸟共啼花。啼花戏蝶千门侧，碧树银台万种色"的艳丽春光，还是"复道交窗作合欢，双阙连甍垂凤翼。梁家画阁天中起，汉帝金茎云外直"的壮丽建筑，或是"玉辇纵横过主第，金鞭络绎向侯家。龙衔宝盖承朝日，凤吐流苏带晚霞"的热闹豪华景象，在诗人笔下，都流露出一种赞叹流连、惊奇欣美的感情，充溢着青春的气息、生命的活力，节奏流畅而明快，色调明丽而丰富。

第二段写王侯显贵府第中歌妓舞女的生活与感情，对她们的外貌妆饰情态，是赞美欣美；对她们的爱情追求和内心苦闷，则深表同情。像"得成比目何辞死，愿作鸳鸯不羡仙"这种表达强烈执著爱情追求的诗句，用在歌妓舞女身上，此前诗中罕见。从这里便不难看出诗人对她们的感情倾向。

写侠客的一段，由于首尾分别写到御史、廷尉府的冷落和金吾将士夜宿娼家，自含隐讽之意。但对侠客挟弹飞鹰、探丸借客、共宿娼家等行为的具体描写中，却同样流露出欣赏称美之情。卢照邻本人就有过这种生活体验。他在《结客少年场行》《刘生》等诗中对游侠的描写，正可与此诗相参。诗人突出渲染的正是侠客的豪纵不羁和风流倜傥。

诗中真正明显具有讽慨色彩和批判意味的主要是对"豪华称将相"者的描写。这一段用"别有"二字领起，也可明显看出在诗人心目中，他们是与歌妓舞女、游侠不同的另一类人物，末段的批判便主要是针对他们而发的。

城市的繁荣和城市生活的丰富多彩，是唐代建国后逐渐走向繁荣昌盛的突出标志。初唐时期出现一批歌咏城市繁华的长篇歌行（如骆宾王的《帝京篇》《畴昔篇》，王勃的《临高台》，卢照邻的《行路难》和这篇《长安古意》），正是时代的产物。这些作品在歌咏城市繁华时，笔端也都充满了礼赞称美的感情。像骆宾王的《帝京篇》，一开头就高唱"山河千里国，城阙九重门。不睹皇居壮，安知天子尊"，就是突出的例证。因此，不能因为末段对"豪华称将相"者的讽慨，而误认为全诗的基本倾向是对城市繁华生活的否定。"豪华称将相"者的相互倾轧和骄横奢侈，只是城市生活的一个局部和侧面，并不影响诗人对都市繁华的基本感情倾向。

正是基于这一基本感情倾向，这首诗充溢着一股昂扬壮大的气势，表现出了对生活的充沛激情。这种气势和激情，不仅体现在前三段对长安整体繁华风貌与对歌妓舞女、侠士剑客生活的描绘中，也体现在第四段对"豪华称将相"者带有批判色彩的描写中。对他们的专横骄奢、相互倾轧的描写固极张扬发露，对他们的批判否定同样遒健有力。"节物风光不相待，桑田碧海须臾改。昔时金阶白玉堂，即今唯见青松在"，这种从哲理和历史高度进行的批判，既明快有力，又深刻彻底。而末段出现的用以抗衡权势者的扬雄形象，带着寂寞中的坚守、淡泊中的自信，在桂花芬芳的萦绕中潜心著述，更溢出一种高洁的人格之美的力量，结得极从容自在，又极饶神韵。

描绘繁华壮阔的都市风貌，从汉代以来，一直由大赋担任。大赋的层层铺陈渲染手法，适于表现都市宏大的格局、纷繁的生活。初唐描绘都市生活的长篇歌行正是吸收了大赋这种铺张扬厉的作风，不但较此前的诗歌极大地扩充了篇幅，而且在描写时也极尽铺陈渲染之能事。与此同时，又吸收了梁、陈以来骈赋的句式句法和表现手法，在骈偶、藻采、结构、用韵等方面受到它的明显影响，从而形成了一种规模宏大、气势纵横、辞采鲜丽、层层铺叙而又转折自如的具有崭新风貌的长篇歌行。卢照邻的这首《长安古意》，正是体现上述特征最为充分的代表性作品。篇末寓讽，本是汉赋的老传统，本篇在吸收这种传统写法时，摒弃理念和说教，用清新俊逸的诗歌语言，创造出人物与景物浑融一体的情韵意境，更是对传统的创新。

杜审言

杜审言（约645—708），字必简。祖籍襄阳；父迁居巩县（今河南巩义）。高宗咸亨元年（670）登进士第，任隰城尉，迁江阴尉，转洛阳丞。武后圣历元年（698），坐事贬吉州司户参军，后免官归洛阳。武后召见，拜著作佐郎，迁膳部员外郎。神龙元年（705），因与张易之等交往，流峰州。二年召还，授国子监主簿，加修文馆直学士。景龙二年（708）卒。少与李峤、崔融、苏味道齐名，时称"文章四友"。《新唐书·艺文志》著录《杜审言集》十卷，已佚。《全唐诗》编其诗为一卷。长于五律，与沈、宋等对五律的建立有贡献。五排、七律、七绝亦有佳作。

和晋陵陆丞早春游望①

独有宦游人②，**偏惊物候新**③。**云霞出海曙**④，**梅柳渡江春**⑤。**淑气催黄鸟**⑥，**晴光转绿蘋**⑦。**忽闻歌古调**⑧，**归思欲沾巾**⑨。

[校注]

①晋陵，唐常州县名（今江苏常州市）。陆丞，晋陵县丞陆某。游望，游赏眺望景物。此诗一作韦应物诗。傅璇琮《唐代诗人丛考·杜审言考》谓杜有《重九日宴江阴》诗，中有"高兴要长寿，卑栖隔近臣"之句，可见其曾在江阴任职。晋陵、江阴都是毗陵郡（即常州）的属县。《和晋陵陆丞早春游望》诗正是在江阴任职时，和同郡僚友、任晋陵丞的陆某唱和之作。时间当在永昌元年（689）前后。（然其所撰《唐才子传校笺·杜审言》又云此诗确为韦作，但未说明依据。）姜光斗引《能改斋漫录》《诗人玉屑》《苕溪渔隐丛话》谓此诗系韦应物佚诗，顾陶《唐诗类选》有之，并谓此诗系韦晚年任苏州刺史时宴邻郡晋陵丞所作。按：《文苑英华》卷二百四十一、《咸淳毗陵志》卷二十二均作杜，今仍属杜。②宦游人，外出做官的人。当兼包均属"宦游人"的陆丞与诗人自己在内。③物候，因季节气候不同而呈现出不同的自然景观与现象。④句意谓清晨海上的云霞升起，呈现绚丽的曙色。⑤句意谓一过了长江，梅柳的枝头就显现出春色。时值早春，而晋陵在江南，故云。⑥淑气，和暖的春气。黄鸟，指黄莺。⑦转，转动。宋刻本作"照"。蘋，水草名，又称四叶菜、田字草。多年生草本植物，生浅水中，叶有长柄，柄端有四片小叶呈田字形。夏秋开小白花。转绿蘋，指春天的阳光在蘋叶上转动，似乎将蘋叶的绿色染深了。江淹《咏美人春游》："江南二月春，东风转绿蘋。"⑧歌古调，指陆丞吟诵自己的《早春游望》诗。⑨归思，思归故乡的感情。

[鉴赏]

此诗的结构章法，炼字琢句的特点，历代评家言之甚详，但对诗人的思想感情和诗的主旨，不免时有错会。关键在于过分看重尾联的应酬语（所谓"闻歌古调"而"归思沾巾"），而忽略了首联的"新"字和颔、腹两联在景物描写中所透露出来的真实感受，以致诗在艺术上兴象超妙之处也因品鉴上的本末倒置而被忽视了。

晋陵陆丞早春时节与诗人一起外出观赏景物，陆某先写了一首《早春游望》

诗，诗人从而属和。从杜审言的和诗看，陆的原唱中应有惊物候而慨宦游思故乡的意思。故和诗的首联就点出彼此"宦游人"的身份和"惊物候"的共同感受。首句用"独有"发端，次句用"偏惊"承接，作进一步强调，起势突兀奇矫，用笔甚重，与律诗起首常作一般性的叙述交代、点明题目者明显有别。但评家多将"偏惊"之"惊"理解为"惊心"，其实诗人明明说"偏惊物候新"，这个最关键的"新"字却被忽略了。诗人的原意是，只有外出宦游的人，才特别对物候的新变感到惊奇。这里强调的是宦游者对异乡物候变化的敏锐感和新鲜感。一个久在家乡的人，因为对它的一切（包括四时物候的变化）过于熟悉，往往习而不察。而身处陌生的异乡，对当地的一切都感到新鲜，对四季物候的变化，特别是冬去春来，大地换上一片新绿的变化尤感新鲜。因此，这"新"字中又自然蕴含了对早春景物的鲜妍明丽的感受，而"惊"字也不单是惊奇，而且有惊喜的意味了。总之，这一联抒写的是宦游者对异乡物候新变的独特人生体验。因为它起得突兀，又富于包蕴，故耐人吟味。

颔、腹两联，紧扣"早春游望"写物候之"新"。颔联写远望中的江南早春物候之"新"。"云霞"句写早春清晨的景物。清晨太阳升起之际，海天相接之处，云蒸霞蔚，一片光明灿烂、鲜丽夺目的曙色。这景观似乎不独属于早春，但却最适合于早春。一年之计在于春，一日之计在于晨，这霞光璀璨的曙色就像是为江南早春定下了一个最美好的开端，也标志着与彤云密布、阴霾灰暗的冬天告别。如果说出句是自西向东遥望，那么对句便是自北向南遥望（至少在意念中是这样）。晋陵地处江南，地气和暖，梅柳得春气之先，已自或开花或抽条，呈现出明显的早春气息了。为什么说"渡江春"？中国的物候景观，自北向南，长城内外、秦岭黄河南北、长江南北，是三道明显的分界线。早春时节，当江北的梅柳还笼罩着几许萧瑟寒意时，江南的梅柳已经吐艳显黄了。这里正不自觉透露了诗人以北方人的视角来观赏江南早春景物的特点。这一联的"曙"字、"春"字，都是表时间、季候的名词，但用在这里，却明显具有形容词和动词的功能和意味，我们从中不但可以看到灿烂缤纷的曙色和梅花的鲜丽、杨柳的鹅黄，而且仿佛可以感到那曙色和春光正在逐步加深加浓地行进，具有一种动态感。

腹联由颔联的远望之景转为近景。上句写触觉感受，下句写视觉感受。上句写树上，下句写水中。但又非全为实写早春景物，而是糅进了想象的成分，是面对早春物候时的一种展望。黄鸟即黄鹂，一般要到仲春季候才开始鸣啭（《礼记·月令》谓仲春之月"仓庚鸣",仓庚即黄鹂);蘋草则季春三月始生。但在诗人的感受中,那早春时节和煦的"淑气"却像是在催促黄鹂放声鸣啭,而温暖的"晴光"也在刚露头的蘋叶上转动荡漾,像是促使它的颜色变得更绿。上下两句分别用了一个"催"字、一个"转"字,透露出春的气息越来越浓,春的脚步越来越快的讯息。它既是对江南早春的写实,又是对更美春色的期待向往。

以上两联,围绕"物候新",对江南早春物候景色的清新妍丽、充满生机活力作了非常真切生动的描绘,并对它的发展趋势充满了美好的展望。其中流露的感情是喜悦欣赏,而非悲伤叹息;是惊异惊喜,而非触目惊心。说上述景物可能触发乡思,是合乎情理的;但说它们都蕴含着诗人的惊心感受,则过于勉强,也不符合一般读者的实际感受。

诗是和陆丞《早春游望》的,结联自然不能脱离原唱而任意抒写,于是有"忽闻歌古调,归思欲沾巾"的回应,并呼应首句的"宦游人"三字。用"忽闻"二字提起全联,正透露在此之前诗人在游望早春景物时心情是愉悦的。由于听到陆丞吟咏其充满乡思的高古之作,不禁触动自己这个"宦游人""虽信美而非吾土兮"的"归思",以致泪下欲沾巾了。由于带有酬应的意味,故用语轻描淡写,并不显得沉重着力。初唐律诗结联,亦每多此种顺手作结的类型。

这首诗不乏细意经营与锤炼追琢,但整体风貌却是明秀高华,浑然一体,具有盛唐诗气象的。特别是"云霞出海曙,梅柳渡江春"一联,和王湾的"海日生残夜,江春入旧年"一样,相当典型地显示了盛唐诗风气象高华超妙的特征。甚至可以说,它们都象征式地预示着一个新的诗歌高潮的到来。

苏味道

苏味道（649—706），赵州栾城（今属河北）人。少与乡人李峤俱以文辞知名，时人谓之"苏李"。弱冠举进士。延载元年（694）为相，翌年贬集州刺史。圣历元年（698），复任宰相。长安四年（704）贬坊州刺史。进益州长史。神龙初，以附张易之贬眉州刺史。复为益州长史，未行而卒。苏前后数居相位，处事每模棱两可，时人号为"苏模棱"。文集已佚。《全唐诗》编其诗为一卷。

正月十五夜①

火树银花合②，星桥铁锁开③。暗尘随马去④，明月逐人来。游妓皆秾李⑤，行歌尽落梅⑥。金吾不禁夜⑦，玉漏莫相催⑧。

[校注]

①正月十五，唐代为上元节，有观灯的节俗。后称元宵节。元夕观灯，最迟在隋代已然。参下注。②火树，指有分枝的大型灯架，其形如树，故称。隋炀帝《正月十五日于通衢建灯夜升南楼》："灯树千光照，花焰七枝开。"五代王仁裕《开元天宝遗事·百枝灯树》："韩国夫人置百枝灯树，高八十尺，竖之高山上，元夜点之，百里皆见，光明夺月色也。"由于这种高大缀有分枝的大型灯架上面点燃了许多灯火，分置于通衢或高山上，故远望时如见火树银花，四处开放，光辉灿烂，连成一片灯的海洋，故云"火树银花合"。或谓"火树"指树上缀有灯火，疑非。③星桥，本指传说中天上银河的鹊桥，这里指东都洛阳跨洛水而建的天津桥。隋炀帝迁都洛阳，以洛水贯都，有天汉津梁气象，因建此桥，名曰天津桥。高宗、武后时朝廷常在东都洛阳。用"星桥"指天津桥，兼状桥上繁灯闪烁如星汉灿烂。桥入夜上锁，禁止通行。元夕不禁夜，故说"铁锁开"。或说"星桥"本指李冰开蜀江建桥七座，上应七星，世称七星桥。此处借指长安护城河上的桥。④暗尘，指夜间车马人流扬起的飞尘，因在夜间闪烁灯火照映下，得以窥见，故曰"暗尘"。⑤游妓，指元夕出游观赏灯火及表演歌舞的歌妓舞女。秾李，形容其盛妆华服，艳若桃李。《诗·召南·何彼秾矣》："何彼秾矣，华如桃李。"秾，浓艳美盛。⑥行歌，边走边唱。《晏子春秋·杂上十二》："梁丘据左操瑟，右挈竽，行歌而出。"落梅，即《梅花落》，古笛曲名。汉乐府《横吹曲》有《梅花落》。唐《大角曲》有《大梅花》《小梅花》。骆宾王《代女道士王灵妃赠道士李荣》："鹦鹉杯中浮竹叶，凤凰琴里落梅花。"李白《司马将军歌》："羌笛横吹阿鲜回，向月楼中吹落梅。"又《与史郎中钦听黄鹤楼中吹笛》："黄鹤楼中吹玉笛，江城五月落梅花。"所指均《梅花落》曲。⑦金吾，负责皇帝大臣禁卫、仪仗及巡查京城治安的武职官员。汉代有执金吾，唐代有金吾卫将军。此指负责京城治安的禁卫军吏。禁夜，夜间禁止通行。据《大唐新语》记载，元夕"金吾弛禁"。⑧玉漏，古代计时器，

即铜壶滴漏。此当指根据漏壶所计时刻报晓的更鼓声。

[鉴赏]

据《大唐新语·文章》所载，此诗作于神龙之际（705—707）。但神龙二年（706）苏味道已卒，且其时身处蜀地，当非。或为苏圣历年间迁凤阁侍郎（即中书侍郎）、同凤阁鸾台三品时所作。

唐代的上元节，视《大唐新语》及唐代其他诗文的描述，颇有点狂欢节的味道。其主要活动虽是观灯，但上自贵戚，下至工贾，倾城出动，车马骈阗，人流涌动，这种全民参与的狂欢则是上元灯节更突出的特征。抓住了全民狂欢、月下观灯作乐、彻夜达旦的特点，才真正抓住了"正月十五夜"的灵魂，体现出元夕特有的气氛。

首联不作任何一般性的叙述交代，直接切入元夕最精彩的场景——观灯。用"火树银花"形容高大而分枝众多的灯树上挂满了各式花灯，光华璀璨，如银色的花朵缀满枝头，可谓极其形象贴切、生动传神。这种感受，只有站在远处、高处鸟瞰时才会有。因而在写灯的光华璀璨时也暗透了"观"字，写出了观灯者那种目眩神摇的感受。句末的"合"字则更精练而传神地写出了通衢大道或高处空地上处处火树银花，灯影连成了一片。不仅进一步写出了满城灯之多、灯之闹，而且传达出观者面对四望如一的灯的海洋时那种惊奇赞叹的感情。

次句"星桥铁锁开"，既是渲染桥上灯影闪烁、如同天上的繁星点点，使人联想起天上的"星桥"，从而有人间宛如天上的感觉；又点明了元夕弛禁，让所有人尽情玩赏欢乐的节俗。这一点很重要。由于"铁锁开"而不禁夜，才会有下两联人山人海、车马骈阗、行歌奏曲的热闹场景。

颔联写元夕车马游人之盛。由于车马交驰、游人杂沓，在道路上扬起了阵阵尘土。在平常的夜间，即使有尘土飞扬，人也是看不见的。但元夕之夜，由于月光灯影的照耀，却分明可见随着车马的飞驰而去，后面便扬起一阵飞尘，这就是所谓"暗尘随马去"。本不可见的"暗尘"因"正月十五夜"的月光灯影而见，这正是对元夕的传神描写。着一"去"字，写出了马的奔驰和尘土飞扬而去的态势。纪昀说此句得神处在一"暗"字，固极有见。其实，"去"字也同样精彩，从中仿佛可见车马飞驰时卷起的气流，下句专写人的活动，却不忘交代元夕的特点。由于是望月，所以满月的清光映照着东都城的每一个角落。游人熙熙攘攘，摩顶接踵，月亮的光辉始终与人相随。由此"明月"还可进一步想象灯月交辉的热闹场景。

腹联于熙熙攘攘的人群中专挑出一类人来写，这就是"游妓"。她们可能是王公贵戚之家的歌舞妓人，为了相互夸示而让她们出来表演助兴的，她们自己也可借此观赏元夕灯月交辉、人流如织的热闹景象。总之，"游妓"既是观赏者，又是元夕的亮丽风景。两句一句写她们的美貌，一句写她们的技艺。单有火树银花的灯影和众多的游人车马，还不足以充分显示元夕京城的热闹繁华，必须再加上美貌如花的歌妓和彻夜笙歌，才是声色光华交相辉映，极喧阗热闹之能事。

以上六句从元夕灯火璀璨到车马游人之盛，再到游妓歌舞之喧，写元夕的繁华热闹，可谓淋漓尽致。尾联若再作类似的描写，不免单调平衍；虚作赞叹，也不免敷衍落套。诗人别开生面，转从游人的心理方面落笔，借游人流连忘返之情、惜夜将尽之意，将"正月十五夜"在人们心中留下的强烈感受和美好印象添上更精彩的一笔。"金吾不禁夜"，遥应首联"铁锁开"。既不禁夜，自可彻夜狂欢，但长夜终有尽时，故又生怕这热闹场景消逝，所以说"玉漏莫相催"，希望时间永远停留在灯光辉煌、明月高照、狂欢作乐的元夜。这一结，为终将逝去的元夜留下了悠然不尽的余味，于流连忘返中流露出对元夜的无限赞赏。

这首诗四联均用工整的对仗，语言华美精练，但全诗却丝毫没有堆砌板滞之弊，而是流丽自然、一气浑成。它相当典型地反映了大唐帝国繁荣昌盛时期大都市的繁华热闹和生意活力，反映了时代的承平气象。"火树银花不夜天"至今成为形容元宵佳节热闹景象和承平气象的诗句，它的典型性于此可见一斑。

王勃

王勃（650—676），字子安，绛州龙门（今山西河津）人。王通之孙，王绩之侄孙。幼聪敏博学。九岁读颜师古注《汉书》，撰《指瑕》十卷。十五岁上书右相刘祥道，指陈国政，被目为神童，表荐于朝。乾封元年（666）应幽素科登第，授朝散郎。后为沛王（即章怀太子李贤）府侍读，总章二年（669）因撰《檄英王鸡》为高宗所恶，逐出沛王府。同年游巴蜀。后任虢州参军，因匿杀犯罪官奴获罪，遇赦革职。其父福畤亦受累贬交趾令。上元二年（675），渡海赴交趾省亲；次年，归途溺水卒。王勃与杨炯、卢照邻、骆宾王齐名，并称"初唐四杰"，其文学成就主要指其骈文。杨炯曾辑其遗文，编为《王勃集》二十卷，已佚。清蒋清翊撰有《王子安集注》。《全唐诗》编其诗为二卷。七言歌行、五律、五绝均有佳作。

送杜少府之任蜀川①

城阙辅三秦②，风烟望五津③。与君离别意，同是宦游人。海内存知己，天涯若比邻④。无为在岐路⑤，儿女共沾巾⑥。

[校注]

①题首"送"字《全唐诗》原无，据《文苑英华》卷二百六十六补。少府，唐人对县尉的尊称。杜少府，名不详。之任，赴任。川，《全唐诗》原作州，《文苑英华》校："集作川。"此从而改之。蜀州系唐剑南道州名，武后垂拱二年（686）始分益州四县设置（州治在今四川崇州市），见《旧唐书·地理志四》。置蜀州时王勃已下世十年，当以作"川"为是。蜀川，泛指蜀地。②城阙，借指京城长安。阙是宫门两侧的高台，台上有楼观。三秦，秦亡以后，项羽三分关中地区，封秦降将章邯为雍王、司马欣为塞王、董翳为翟王，合称三秦，见《史记·秦始皇本纪》。此泛指关中一带畿辅地区。句意谓宫阙壮丽的京城长安以三秦地区为拱卫。③风烟，风尘烟雾迷蒙的景象。五津，岷江自灌县到犍为一段共有五个渡口，即白华津、万里津、江首津、涉头津、江南津，合称五津。④比邻，近邻。这一联化用曹植《赠白马王彪》"丈夫志四海，万里犹比邻。恩爱苟不亏，在远分日亲"。⑤岐路，指离别时分手的岔路口。岐，通"歧"。⑥儿女，青年男女。

[鉴赏]

此诗历来被视为送别五律中的佳篇，主要不是由于其诗律的精严，而是由于其气象的阔大与情感的真挚，为黯然伤魂的送别开拓出富于时代精神的新境界。

首联以精严的对仗起，分别点明送别之地与友人所往之地。用"城阙"指代京城长安，使读者宛见长安宫阙巍峨壮伟的景象，复以"辅三秦"描绘长安的地理形势，仿佛登高望远，广阔的三秦大地紧紧拱卫着长安的壮丽宫阙，境界阔远，气势宏伟。次句用一"望"字，勾画出长安与蜀川之间，万里风烟、混茫相接的景象，不仅视界更为广远，而且画出了诗人翘首遥望友人将要赴任之地的神情，不言送而惜别之意已寓含在这"望"字当中。这壮阔的境界和气势为全诗所抒的壮别之情奠定了基调。

接下来一联，正面写离别之意，却以散句叙写。"与君离别意"明点，"同是宦游人"虚承。两句之间似接非接，别有一种隽永的情味。可以有多种理解体味。一是说我与君的离别之意是相同的，这是因为彼此都是宦游之身。我离家至长安宦游，君离京至蜀川宦游，彼此都是离家别友，故离别时的情感彼此都能体会。二是说既同奉王事而历宦各地，则分别本属常事，故不必为此而惆怅伤感。再进一步，则正如任华在《送宗判官归滑台序》一开头所宣称的："大丈夫其谁不有四方志？则仆与宗衮，二年之间，合而离，离而会，经途所亘，凡三万里，何以言之？"则这种为实现四方志的离别，也可以说是一种壮别。从情之相通，到别本常事，再到志在四海的壮别，这几层意思都可以包蕴在这两句摇曳有致的抒情中。其中最后一层意蕴，直接引出了腹联。起联雄阔精整，次联散缓从容，蕴蓄隽永，诗情显得顿宕有致。

腹联承上宦游离别之意转出壮别主旨："海内存知己，天涯若比邻。"海内即四海之内，指全中国。四海之大，天涯之远，有一知己，则虽万里遥隔，亦如同比邻。这一联又改用工整的对仗，将极大与极小、极远与极近压缩在十个字当中，以突出强调这看似极小的唯一"知己"在极大极远的空间中所占的分量，从而显示长安、蜀川，虽遥隔数千里，但情意志向相投的朋友却可以使"万里"化为"比邻"。这两句系化用曹植诗句，但曹植在艰危险恶的环境下发此壮语，总不免有些强作旷达以安慰宽解的味道，难以掩盖骨子里的伤感；而在王勃诗中，却是时代精神感染下少年人充满自信和豪情壮采的自然流露。而且将曹诗的四句变为两句，也显得更为概括精练。它像是议论，像是格言，却又渗透了真挚浓郁的诗情，具有强烈的感发力。写到这里，"无为在歧路，儿女共沾巾"两句，便如水到渠成，自然流出了。结尾虽不着力，却收得合情合理，干脆利落，恰到好处。

其实，王勃的送别诗并不都是抒写这种壮别情怀的。他的另一首《别薛华》的诗便写得相当凄苦悲凉："送送多穷路，遑遑独问津。悲凉千里道，凄断百年身。心事同飘泊，生涯共苦辛。无论去与住，俱是梦中人。"与本篇对照，仿佛出自两手。从情感的真挚，表现的自然来说，二诗有其一致性。但从表现昂扬的时代精神，体现唐音的高华雄浑气象来说，本篇无疑更有代表性。

杨炯

杨炯（650—694），华州华阴（今属陕西）人。幼聪敏博学。显庆四年（659）举神童，待制弘文馆。上元三年（676）应制举及第，补校书郎。永淳元年（682），薛元超表荐炯为詹事司直、充崇文馆学士。垂拱元年（685），因其族弟参与徐敬业起事，左迁梓州司法参军。天授元年（690），奉诏回洛，直习艺馆。同年或次年出为盈川令，卒于任。有《盈川集》十卷行世，《全唐诗》编其诗为一卷。诗以五言律体为主。

杨炯

从军行①

烽火照西京②,心中自不平。牙璋辞凤阙③,铁骑绕龙城④。雪暗凋旗画⑤,风多杂鼓声。宁为百夫长⑥,胜作一书生。

[校注]

①《从军行》,汉乐府相和歌辞平调曲旧题。《乐府解题》曰:"《从军行》皆军旅苦辛之辞。"②烽火,边防报递警急军情的烟火。《墨子·号令》:"昼则举烽,夜则举火。"《史记·周本纪》:"有寇至,则举烽火。"自边境至内地,沿路作高台,上置桔槔,头上有柴草笼,寇至则燃以告警。根据军情的紧急程度,增减烽火炬数。二炬以上传至京城。西京,指长安。③牙璋,古代发兵、调兵的符信,分两块,分别置于朝廷与主将手中,发兵时两相嵌合以为凭信。凤阙,指皇帝宫阙。④龙城,匈奴大会祭天之处。《汉书·匈奴传上》:"岁正月,诸长小会单于庭,祠。五月,大会龙城,祭其先、天地、鬼神。"此指境外强敌的首府。据最新考古发现,龙城旧址当在乌兰巴托以西大约四百七十公里处。⑤凋,指颜色凋暗,失去鲜明的光泽。⑥百夫长,统领百人的低级军官。《书·牧誓》:"千夫长,百夫长。"孔颖达疏:"百人为卒,卒长皆上士。"

[鉴赏]

题曰《从军行》,虽系沿袭乐府旧题,却与诗的内容完全切合。诗中的抒情主人公是一位投笔从戎、跟随"牙璋辞凤阙"的主将出征匈奴(借指当时北方外敌)的书生,是"从军"而非"领军"出征。明确这一点,才不至于引起对诗意的误解。否则,既说"牙璋辞凤阙",又说"宁为百夫长",就不免自相矛盾。

首联起势陡健。边境上告警的烽火,已经传递到首都长安,主人公的内心充满了愤激不平。这"不平"是因外敌侵扰而起,而非如有的评家所说,是因抱才不遇所致。上句着一"照"字,突出渲染了军情的紧急,报警的烽火似乎把整个长安城都照亮了。下句着一"自"字,显示这种因外敌屡屡入侵而引起的愤激不平早就蕴积于胸,此时又因"烽火照西京"的紧急局势而激发。这种"不平"之气,正是投笔从戎、奋勇杀敌行动的思想感情基础。

"牙璋辞凤阙,铁骑绕龙城",次联写主将受命出征,精锐的骑兵迅即围困了匈奴的首府龙城。这一联对仗精严工整,色彩鲜明浓烈,节奏明快跳跃,渲染出唐军盛壮的军威和所向披靡的气势。两句所写的情事,在时间上应有相当大的间隔,却将它们压缩到一联当中,其间的许多行军、战斗过程全被省略,目的是突出唐军一往无前、风驰电掣的气势,"凤阙"与"龙城"之间,仿佛可以朝发而夕至。辞采华美,音调浏亮,境界壮阔。虽未即写到战事的结局,而胜券在握的前景在见。

腹联紧承"铁骑绕龙城",本应正面写战斗,但五律篇幅有限,只用一联正面实写难度很大,作者避实就虚,侧面虚写,着意渲染战斗气氛。上句写大雪纷飞,天色黯淡,军旗原本鲜明的彩画变得模糊不清;下句写风势迅猛,风声频频呼啸,与战鼓声混成一片。风雪交加的严寒,突出了战斗的艰苦;而黯淡的天色、军旗上模糊的彩画、与风声交杂的鼓声,又暗示了战斗的激烈。而这一切,又正是为了反衬将士的英勇无畏和壮烈情怀。前人评这一联"虚而不浮",堪称具眼。

尾联是主人公的内心独白,也是亲历战斗的从戎书生激情慷慨的宣言。初、盛唐诗人每以立功边塞、慷慨报国为荣,向无中、晚唐诗人"不见年年辽海上,文章何处哭秋风"之慨。这个结尾,质直爽朗,豪壮有力。

这首五律,起势突兀。中间两联,对仗精严而节奏明快,呈跃动的态势。结联雄直有力。全篇匀称,无一懈笔,在初唐五律中自属佳作。

刘希夷

刘希夷（651—约679），字廷之（一作庭芝），汝州（今属河南）人。少有文华。上元二年（675）登进士第。善为从军闺情之词，词旨悲苦，不为时所重。后孙翌编选《正声集》，以希夷为集中之最，由是稍为世人所称。年未及三十，即为人所害，或云其舅宋之问害之，未必可信。《新唐书·艺文志》著录《刘希夷集》十卷、《刘希夷诗集》四卷，均佚。《全唐诗》编其诗为一卷，今人续有增补。

代悲白头翁①

洛阳城东桃李花，飞来飞去落谁家。幽闺女儿惜颜色②，坐见落花长叹息③。今年花落颜色改④，明年花开复谁在。已见松柏摧为薪⑤，更闻桑田变成海⑥。古人无复洛城东⑦，今人还对落花风⑧。年年岁岁花相似，岁岁年年人不同。寄言全盛红颜子⑨，应怜半死白头翁。此翁白头真可怜，伊昔红颜美少年⑩。公子王孙芳树下，清歌妙舞落花前。光禄池台开锦绣⑪，将军楼阁画神仙⑫。一朝卧病无相识，三春行乐在谁边⑬。宛转蛾眉能几时⑭，须臾鹤发乱成丝⑮。但看古来歌舞地，唯有黄昏鸟雀悲⑯。

[校注]

①此首一作宋之问诗，题为《有所思》。前半段（至"岁岁年年人不同"）又作贾曾诗。佟培基《全唐诗重出误收考》云："此诗在历代所传刻中甚为纷纭。《文粹》一八作宋之问，《才调》七载十句作贾曾。但《搜玉》、《英华》二〇七、《乐府》四一、《纪事》一三作刘希夷诗。《大唐新语》八、《刘宾客嘉话录》、《本事诗》、《韵语阳秋》、《临汉隐居诗话》皆以为希夷诗，并间载其本事。据《大唐新语》云，此诗最早载孙翌《正声集》。孙翌开元间官监察御史，曾与徐坚同修《初学记》，与刘希夷、宋之问时代甚近，是有力之证据。"按：佟考是，兹从之。《大唐新语·文章》云："刘希夷……尝为《白头翁咏》曰：'今年花落颜色改，明年花开复谁在？'既而自悔曰：'我此诗似谶，与石崇"白首同所归"何异也！'乃更作一句云：'年年岁岁花相似，岁岁年年人不同。'既而叹曰：'此句复似向谶矣。然死生有命，岂复由此！'乃两存之。诗成未周岁，为奸人所杀。或云宋之问害之。"《本事诗·徵咎》则只云"果以来春之初下世"，未及为奸人所杀事。韦绚《刘宾客嘉话录》云："刘希夷诗曰：'年年岁岁花相似，岁岁年年人不同。'其舅宋之问苦爱此两句，知其未示人，恳乞，许而不与。之问怒，以土袋压杀之。宋生不得其死，天报之也。"傅璇琮主编《唐才子传校笺·宋之问》引宋魏泰《临汉隐居诗话》云："吾观之问集中尽有好句，而希夷之句殊无可采，不知何至压杀乃夺之，直狂死也！"对此事表示怀疑。傅氏又指出："宋之问诗中未有涉及希夷处。之问是否为其舅父，亦甚可疑。以《才子传》所言上元二年、年二十五登进士第

言之，希夷生年为六五一年，之问生年虽不可确知，但大约在六五一至六五六年之间……宋盖与刘同岁，或略小于刘。"以证此事不足信，亦是。然此类传说亦反映出希夷此诗在当时诗坛上广为流传，受人称赏的情况。诗题《英华》《乐府》均作《白头吟》。按：汉乐府相和歌辞楚调曲有《白头吟》。《西京杂记》曰："（司马）相如将聘茂陵人女为妾，卓文君作《白头吟》以自绝，相如乃止。"《乐府解题》云："若宋鲍照'直如朱丝绳'、陈张正见'平生怀直道'……皆自伤清直芬馥，而遭铄金玷玉之谤，君恩以薄。"希夷此首，内容意旨与上述均不相同。实为唐人之新乐府。②惜，《全唐诗》原作"好"，据《搜玉小集》改。③坐见，《搜玉小集》作"行逢"。④颜色改，兼指花与人而言。⑤薪，柴。《古诗十九首》之十四："古墓犁为田，松柏摧为薪。"⑥参见卢照邻《长安古意》注㊽。⑦南朝梁范云与何逊联句诗云："洛阳城东西，长作经时别。昔去雪如花，今来花似雪。"此句"古人"或与此诗有关。⑧落花风，风中的落花。⑨全盛红颜子，即下文之"红颜美少年"。全盛、红颜，均言其正值青春年少。⑩伊昔，即昔日。"伊"系发语词。⑪光禄，光禄卿，唐内府九卿之一，从三品，为光禄寺长官，专管皇室祭品、膳食及招待酒宴之官。开锦绣，指池台前开遍锦绣般的繁花。或解为排开锦绣般丰盛的宴席，亦通。⑫画神仙，形容其楼阁装饰绘画之华美。或指其楼阁中美人如画中之仙女。⑬谁边，何处。⑭宛转蛾眉，形容女子眉毛细长曲折。⑮鹤发，白发。⑯悲，《文苑英华》作"飞"。

[鉴赏]

这首诗郭茂倩《乐府诗集》卷四十一《相和歌辞·楚调曲》载之，题为《白头吟》，置于古辞，南朝鲍照、张正见同题乐府之后。然古辞及唐代李白、张籍之作，内容均与女子被男子所弃有关，即《西京杂记》所谓"相如将聘茂陵人女为妾，卓文君作《白头吟》以自绝"之本事；而鲍、张及唐虞世南等人之作，则"自伤清直芬馥，而遭铄金玷玉之谤，君恩以薄"。希夷此作，与上述诸作内容意蕴均毫不相关。葛立方谓此系"言男为女所弃而作"，更显属对诗意的误解乃至曲解。颇疑此诗乃即事名篇的新乐府辞，其内容为代"白头翁"抒发人生盛衰变化无常的悲慨，与乐府古题《白头吟》无涉，题不当作《白头吟》，而当作《代悲白头翁》。

诗在构思上的突出特点，是通过双重对比映衬来表现青春易逝、红颜易老的人生感慨。一是通过自然界的花开花落与人事变化的对比映衬，二是通过"红颜美少年"与"半死白头翁"的对比映衬,最后归结为"宛转蛾眉能几时,须臾鹤发乱成丝"的叹惜悲慨。两重对比映衬,构成了诗的前后两大段落。

开头四句,从洛阳城东的桃李花纷纷飘飞零落,引出幽闺女儿的叹息。"惜颜色"语意双关,既指惋惜落花的颜色转瞬即改,也指惋惜自己青春容颜的转瞬即逝。"坐见落花长叹息"一句中正包含着由落花而自身的联想。

"今年"四句,就花与人进一步展开对比。说今年落花时节,青春容颜已经开始凋衰改变;明年花开时节,又不知道有谁还在。言外花落尚有再开之时,而青春容颜则一去不返,是人之青春易逝更甚于花。说"花开复谁在",则不仅红颜凋衰,生命亦随之消逝。这仿佛过于感伤,但却深刻地表露了对青春易逝、人生倏忽的悲慨。"已见"二句,是以自然界的沧桑变化来进一步衬托人生的短暂。比起自然界来,人生本就短暂,既然自然界的变化都如此巨大(桑田变为碧海,松柏成为枯薪),则人生之短暂自更不必说,"已见""更闻",蝉联而下,闻见之间,悲慨更深。

"古人"四句,乃就"古"与"今"、"花"与"人"进一步展开对比。说洛阳城东看花的古人(可能隐用范云与何逊联句"洛阳城东西,长作经时别。昔去雪如花,今来花似雪"的典故)早已不在,今天洛阳城东的人仍然面对风飘落花的情景而兴慨无穷。在古与今的联想和对映中,诗人发出这样的感慨:"年年岁岁花相似,岁岁年年人不同。"自然界的春色亘古常在,每年春天花开花落,情景相似,而每一年面对花开花落景象的人却并不相同。青春的凋衰,生命的凋谢,每时每刻都在发生。这是由古与今、花与人、自然与人生的对比中感悟到的人生哲理。这感悟在哲学家眼里不免太疏浅,甚至可以批评它不大科学(今年花已非去年花,虽貌似而实异。刘希夷用"相似"来描述,还是有分寸的),但作为诗的语言,确如赵翼所说,"人人意中所有,却未有人道过,一经说出,便人人如其意之所欲出",具有普遍性和典型性。特别是由于它不用抽象的哲理语言,而是用诗性的充满抒情色彩的语言,利用"年年岁岁"和"岁岁年年"的词语颠倒,"花相似"和"人不同"的鲜明对照,构成明白流畅、巧妙自然的对仗,达到了诗情与哲理、深入与浅出、雅与俗的和谐统一。这在诗歌中是一种很高的艺术境界。写到这里,感慨的内容已由一开头的"幽闺女儿"面对落花感慨红颜易衰、青春易逝,扩展到普泛性的人生感慨。"古人""今人""人不同"中的"人"已经不再单指青春少女,而是兼包泛指所有的人。

"寄言"二句，束上起下，是全诗的转关，前、后段的过渡。点醒今日的"全盛红颜子""应怜半死白头翁"，自然也就点醒了题目。

"此翁"二句，是对"应怜"的回答。为什么应该怜悯"半死白头翁"呢？原因就在于今日的白头翁，就是昔日的红颜美少年；而今日的红颜美少年，也就是将来的半死白头翁。每一个人的人生都是由"红颜美少年"到"半死白头翁"的自然过程。这一对比映衬，深化了青春易逝、人生易老的主题。以下四句，便具体描叙今日的白头翁在"伊昔红颜美少年"时代无限风光的生活：与公子王孙宴饮于芳树之下，观赏清歌妙舞于落花之前。或在光禄府第，筵开锦绣；或在将军楼阁，舞若神仙。风流俊赏，华美高贵，极行乐之能事。

"一朝"二句，一笔兜转，揭出其一旦年衰卧病，再无相识；三春行乐，知向谁边。少年时的尽欢极乐，愈加反衬出今日白发满头时的冷落凄凉。

"宛转"二句，是对全诗以上内容的总结，上句写女，下句写男。"宛转蛾眉"的青春少女时代转瞬即逝，"全盛红颜"的风流少年须臾之间白发如丝。"但看"二句，由人生易老、青春易逝进一步引发对社会人事盛衰不常的感慨：试看古来歌舞繁华、追欢逐乐之地，如今唯有黄昏时鸟雀悲鸣于断壁颓垣之上而已。这个结尾，扩展了诗的内涵意蕴，将人生的盛衰与社会的盛衰自然地浑成一片，余波荡漾，饶有远韵。

诗虽有些伤感，但透露出来的感情是对青春的珍爱流连，对人生的热爱与执著，有两种不同性质和情调的人生盛衰不常的感慨。一种是动乱时代人命朝不保夕的情况下产生的人生无常之慨，像《古诗十九首》中所抒写的"四顾何茫茫，东风摇百草。所遇无故物，焉得不速老""古墓犁为田，松柏摧为薪""白杨多悲风，萧萧愁杀人""人生寄一世，奄忽如飘尘"一类万绪悲凉的人生感慨。另一种是初唐时期在一系列歌行体诗中抒发的人生和社会盛衰不常之慨。这是一种经历了隋朝的全盛和迅速覆亡，又经历了贞观年间的盛世之后，所产生的一种盛衰不常的担忧和预感。就像诗中幽闺女儿和红颜少年，他们正当盛年，却担心青春的消逝，人生的短暂，繁华的消歇。因此诗中流露的真实感情，不是对生活的悲观，而是对青春的珍爱流连，对人生的热爱执著。正是这种感情，构成了初唐这类抒写人生感慨的歌行体诗特有的时代风采。

宋之问

宋之问（约656—713），一名少连，字延清，虢州弘农（今河南灵宝）人。高宗上元二年（675）登进士第。武后天授元年（690），与杨炯同为宫中习艺馆学士。万岁登封元年（696）任洛州参军。圣历二年（699），武后命男宠张昌宗领衔修《三教珠英》，之问与沈佺期均与修。中宗神龙元年（705），因谄附张易之、昌宗兄弟贬泷州（今广东罗定）司户，次年遇赦北归，授鸿胪主簿。复依附武三思、太平公主，迁户部员外郎。景龙二年（708）充修文馆直学士，迁考功员外郎，知景龙三年贡举。其年秋，因附安乐公主，为太平公主所嫉，贬越州长史。睿宗景云元年（710），流放钦州（今属广西）。后至桂州。玄宗先天元年（712），赐死于桂州。有《宋之问集》十卷，已佚。与同时齐名的沈佺期对五律的定型与艺术上的成熟有重要贡献。并创作了一批合律的七律和五言排律，推进了它们的发展。《全唐诗》编其诗为三卷。

寒食还陆浑别业①

洛阳城里花如雪②,陆浑山中今始发。且别河桥杨柳风③,夕卧伊川桃李月④。伊川桃李正芳新,寒食山中酒复春⑤。野老不知尧舜力,酣歌一曲太平人⑥。

[校注]

①一本题内无"还"字。《唐文粹》卷十五录此题内有"还"字。兹据补。陆浑,山名。《元和郡县图志·河南府》:伊阙县:"陆浑山,俗名方山,在县西五十里。"陆浑别业,宋之问在陆浑的别业,亦称陆浑山庄,在伊水之滨。之问父宋令文晚年曾隐居嵩山、陆浑,此陆浑别业或为其父旧宅改建。武后天授元年(690),之问为官中习艺馆学士,后因病归陆浑。视诗之首二句,或作于因病归陆浑时。寒食,见注⑤。②暗用范云与何逊联句诗,参见刘希夷《代悲白头翁》注⑦引。花如雪,指繁花飘落如雪。③河桥,或谓此指河南府孟县西南、孟津东北黄河上之浮桥。但自洛阳还陆浑别业,不当经过此桥。此句"河桥"当泛指洛阳城中跨洛水所建的桥。杨柳风,犹杨柳春风,或春风吹拂杨柳的景象。④伊川,即伊水,流经陆浑。宋之问《温泉庄(即陆浑山庄)卧病答杨七炯》云:"伊洛何悠漫,川原信重复。"《水经注·伊水》:"伊水又东北迳伏睹岭,左纳焦涧水,水西出鹿脾山,东流迳孤山南,其山介立丰上,单秀孤峙,故世谓之方山。"方山即陆浑山。桃李月,桃李开放的月夜,或月色映照桃李花的景象。⑤寒食,节令名。在清明前一日或二日。《荆楚岁时记》:"去冬节一百五日,即有疾风甚雨,谓之寒食。禁火三日,造饧大麦粥。"酒复春,谓新酿的春酒正熟。唐代酒常以"春"为名,如剑南之烧春。⑥野老,乡野的老人,此处当包括诗人在内。《论衡·艺增》:"传曰:有年五十击壤于路者。观者曰:'大哉,尧德乎?'击壤者曰:'吾日出而作,日入而息,凿井而饮,耕田而食,尧何等力!'"皇甫谧《帝王世纪》所引歌辞末句作"帝何力于我哉!"事又见《太平御览》卷五百七十二引《逸士传》。

[鉴赏]

此初唐短篇七古中风调极佳之作,而历代评家、选家少有加以注意者。起二句紧扣题目,谓值此寒食清明节候,洛阳城中已是繁英飘荡、缤纷如雪,而陆浑山中则花始绽放。其意并不在说明城中与山中气候景物之异，而是表现诗人追随春天的脚步，从城里转向山中寻觅春光的浓厚兴趣，和对春天由洛阳转至山中这一发现的诗意感受。白居易《大林寺桃花》云："人间四月芳菲尽，山寺桃花始盛开。长恨春归无觅处，不知转入此中来。"对照此诗首二句，可见宋之问早在白氏之先就感受并发现了春之转移这一诗材诗境，只不过白氏明白挑出自己的诗意感悟，近乎宋诗的表现理趣；而宋之问的这两句诗则仅客观展示这一现象，而将自己的感受含蓄于诗中而已。"今始发"，则山中春光方兴未艾，正可尽情享受，开启下文。

三、四两句紧扣题内"还"字，写自己清晨从洛阳出发，晚上已在陆浑别业。这点意思如果直白道出，则根本不成其为诗。诗人不说"早发洛阳""夕至陆浑"，而说"旦别河桥""夕卧伊川"，这一"别"一"卧"，不仅表达了对洛阳春光的留恋，而且透出了卧赏山庄春夜美景的惬意与喜悦。将洛阳与陆浑改成"河桥"与"伊川"，也使干巴巴的地名有了具体可感的形象和诗意。尤为出色的是在"旦别河桥"与"夕卧伊川"之下分别缀以"杨柳风"和"桃李月"这两个全新的组合意象，不仅生动地展示了洛阳繁花飘雪之后"春风杨柳万千条"的暮春景象和陆浑山中月映桃李正芬芳的景象；而且由于用"杨柳"来形容"风"，用"桃李"来形容"月"，读者仿佛能闻到这"风"中飘送的杨柳的气息，这"月"下散发的桃李的芳香，造语新颖，意象优美。上下两句，对仗工整，又一气呵成，显得特别流丽圆转。两句诗就像是两幅情调意境很美的图画，完全可以用它们来作为两幅画的题目。音调的婉转流畅、圆转自如也同样非常突出。可以说兼有诗境美、绘画美和音乐美。虽不像"桃李春风一杯酒，江湖夜雨十年灯"那样凝练概括，但自有一种天然的风韵和流走的意致。

第五句用顶针格，重复上句"伊川桃李"，以突出陆浑山中春色正浓，蝉联中有流走之势。第六句点明"寒食"节令，应上"桃李正芳新"，并渲染春酒又正新熟。不但春色迷人，而且春酒醉人，花香之外更兼酒香。一"正"一"复"，相互勾连呼应，传达出一种顾盼神飞的神情意态。

七、八两句，以陆浑山中风物之美、生活之惬作收。"野老"指当地居民，也可兼包诗人自己。谓处此山中人无异于尧舜太平盛世的百姓，当酣歌一曲，终老此地。这个结尾，不无歌咏升平的意味。但话说得很艺术，很富诗情，并不是硬贴上去的颂圣尾巴，与全诗的内容风格也比较统一。武后统治时期，统治集团内部尽管矛盾斗争不断，但社会安定，经济繁荣，诗人所歌咏的"太平"，并非纯粹的粉饰之词。

全篇的突出特点是风调的自然流美。清新流丽的语言，一气流走的格调，圆转如珠的韵律，和贯串全诗的浓郁的春天气息，达到了和谐的统一。

渡汉江①

岭外音书断，经冬复历春②。近乡情更怯，不敢问来人。

[校注]

①汉江，即汉水。神龙二年（706）夏，宋之问在泷州贬所奉恩旨北归，有《初承恩旨言放归舟》五律云："一朝承恩泽，万里别荒陬。去国云南滞，还乡水北流。泪迎今日喜，梦还昨宵愁。自向归魂说，炎荒不可留。"（见《诗渊》第1498页）《旧唐书·宋之问传》谓其从泷州"逃还"（《新唐书》本传同），不确。据陶敏《沈佺期宋之问集校注》附《沈佺期宋之问简谱》，之问自泷州遇赦北归，"当自泷州江入西江，溯西江、漓江，取道湘江、汉水北归陆浑"。此诗系途经襄阳南的汉江时渡水后作。李频集中亦收此诗，但李频生平经历无至岭南之迹，且此诗已见于皎然《诗式》，故当为宋之问作无疑。②之问神龙元年冬抵达泷州贬所，二年五月在贬所作《则天皇后挽歌》。故在贬所"经冬复历春"。约六月盛夏从泷州启程北归。

[鉴赏]

唐诗中有不少抒写久别还乡之情的优秀诗篇，宋之问的这首《渡汉江》之所以脍炙人口，在于它写出了在特殊经历背景下一种近似违反常态却又十分真实且具有一定普遍性的心态。

前两句追叙贬居岭南的情况。贬斥南荒，本就够悲苦的了，何况又和家人音讯隔绝，彼此未卜存亡，更何况又是在这种情况下经冬历春，挨过漫长的时间。诗人没有平列空间的悬隔、音书的断绝、时间的久远这三层意思，而是依次层递，逐步加以展示。这就强化和加深了贬居遐荒期间孤子、苦闷的感情，以及对家乡亲人的思念和担忧。"断"字、"复"字，似不着力，却很富表现力。诗人贬居遐荒时那种与世隔绝的处境，失去任何精神慰藉的生活情景，以及度日如年、难以忍受的精神痛苦，都历历在目，鲜明可触。这两句平平叙起，从容承接，没有什么惊人之笔，往往容易为读者轻易放过，其实它在全篇中的地位和作用很重要。有了这个特殊背景，下两句出色而独特的抒情才字字有根。

　　宋之问的家乡在弘农，家居陆浑，离诗中所渡的汉江其实还有相当长一段距离。所谓"近乡"，只是从心理习惯而言。按照常情，这两句似乎应该写成"近乡情更切，急欲问来人"。但诗人笔下所写的却完全出乎常情："近乡情更怯，不敢问来人。"仔细寻味，又觉得只有这样写，才符合前两句所展示的"规定情境"。诗人贬居岭外，又长时间接不到家人的任何音讯，与家人联系断绝，既日夜思念亲人，又时刻担心家人的命运，怕他们由于自己而遭牵累或遭到其他难以预料的变故。"音书断"的时间越长，这种思念与担心也越向两极发展，形成既切盼音书，又害怕音书突至带来坏消息的矛盾心理状态。这种矛盾心理，在由贬所北归的路上，特别是渡过汉江，接近家乡之后，有了进一步的戏剧性发展。原先的担心、忧虑和模糊的不祥预感，此刻似乎马上就会被路上遇到的某个熟人所证实，成为活生生的残酷现实；而长期以来梦寐以求的与家人团聚的愿望则立即会被无情的现实所粉碎。因此，通常情况下的"情更切"，变成了特殊情况下的"情更怯"；"急欲问"也就变成了"不敢问"。这是在"岭外音书断，经冬复历春"这种特殊背景下矛盾心理发展的必然。透过"情更怯"和"不敢问"，可以强烈感受到诗人此刻既渴望知道家人情况，又害怕知道的矛盾心理，以及强自抑制急切愿望的精神痛苦。这种抒写，是非常真切独特、富于情致和耐人吟味的。

　　宋之问这次被远贬泷州，是因为媚附武则天的男宠张易之。从传统的道德观念看，他的被贬并不令人同情。但读这首诗的人，却往往产生感情上的某种共鸣。其中一个重要原因，是诗人在叙写经历、抒写感情时，已经舍弃了一切与自己的特殊被贬原因有关的个人经历，所表现的仅仅是一个长期客居遥远的异乡、久无家人音讯的旅人，在归途行近家乡时产生的一种特殊心理状态。这种舍弃了被贬原因的个人经历本身，就具有一定的普遍性和典型性。评家往往将杜甫《述怀》中的诗句"自寄一封书，今已十月后。反畏消息来，寸心亦何有"和这首诗作类比。这正说明，两位在政治品质、道德品质上不属于同一层次的诗人，在长期与家人失去联系的"音书断"状况下都会产生类似的"畏""怯"心理状态，也都会用类似的语气来表达。这也正证明了宋之问这首诗的典型性。

沈佺期

沈佺期（约656—约716），字云卿，相州内黄（今属河南）人。上元二年（675）登进士第。任协律郎。圣历二年（699），与修《三教珠英》。长安元年（701）迁考功员外郎，知二年贡举。三年迁给事中。四年春，坐考功任上受贿事下狱。神龙元年（705）春，复因附张易之长流驩州（今越南荣市）。景龙元年（707）遇赦北归，授台州录事参军。迁起居郎。二年加修文馆学士。景云二年（711），迁中书舍人，历太府少卿、太子少詹事。约开元四年（716）卒。有《沈佺期集》十卷，已佚。今人陶敏有《沈佺期宋之问集校注》。《新唐书·文艺传》："魏建安后迄江左，诗律屡变，至沈约、庾信，以音韵相婉附，属对精密。及之问、沈佺期，又加靡丽，回忌声病，约句准篇，如锦绣成文，学者宗之，号为'沈宋'。"五律、七律均有佳作。

杂诗四首（其四）①

闻道黄龙戍②，频年不解兵③。可怜闺里月，长照汉家营④。少妇今春意，良人昨夜情⑤。谁能将旗鼓，一为取龙城⑥！

[校注]

①《文选·王粲〈杂诗〉》李善注："杂者，不拘流例，遇物即言，故云'杂'也。"沈佺期的四首杂诗，内容均写闺中少妇思念远方丈夫的感情。②闻道，听说。黄龙戍，唐代东北要塞。《水经注·大辽水》："白龙水又北迳黄龙城东。《十三州志》曰：辽东属国都尉治昌辽道，有黄龙亭者也。"古城在今辽宁朝阳市。当时属营州。沈佺期《古意呈乔补阙知之》云："白狼河北音书断，丹凤城南秋夜长。"营州即在白狼河北。或说"黄龙戍"即黄龙冈，在今辽宁开原市西北，非。龙戍，《全唐诗》校："一作花塞。"③频年，连年。解兵，撤兵，停止战事。④照，《全唐诗》作"在"。此据沈集诸旧本回改。⑤良人，妻子称丈夫。"今春""昨夜"，对举互文，实即"今春昨夜"。与上一联"闺里月""汉家营"相应。或谓"今春"即"年年"，"昨夜"即"夜夜"，亦通。⑥将，率领。旗鼓，军旗和战鼓，借指军队。龙城，见杨炯《从军行》注释。

[鉴赏]

诗以"杂诗"为题，始于建安文人，是一种即事即物抒情言怀之作。沈佺期的《杂诗四首》，均为思妇怀念远方征人之作。四首均从思妇角度着笔，第二首季候为秋天，其余三首均为春天。

首联凌空起势。"闻道"贴闺中少妇说。二句意谓：听说东北边境黄龙城那边，烽火不熄，已经连年没有撤兵休战了。这是全诗叙事的总冒，也是诗中抒写的思妇怀远之情的总背景和总根源。正由于"频年不解兵"，故造成思妇、征人的长期分离和双方的无尽思念，也由此产生对战争早日胜利的渴望。"频年"二字，用笔颇重，其中自含对战争长期延续不已的怨思。

颔联借"月"写分隔两地的思妇与征人的相思。说"闺里月""长照汉家营"，似乎无理，但这却是典型的诗的语言。它的突出特点是富于启发性和蕴含的丰富性，可以引发多方面的诗意联想。闺中之月，在和平年代，本应双照妻子和丈夫,见证共同的幸福生活;而在东北边塞频年战争的情况下,这闺中之月,却分照远隔两地的夫妇,"长照汉家营"了。这层意思,是借月之分照,写夫妻之分离。月光似水,是思妇缱绻柔情的象征,相思怨别之情的象征;说"闺里月""长照汉家营",也可以想象成思妇的缱绻之情长期地萦回缭绕于远戍边塞的丈夫身边。这层意思,是借月抒写妻子对丈夫的深情思念。人虽分隔两地,而月则普照四方,"闺里"和"汉营",妻子和丈夫都可共对明月,遥寄相思。同一轮明月,既是双方分隔的写照,又是彼此沟通的桥梁,更是双方思念之情的寄托。如此丰富多重的蕴含,都可以包含在这十个字当中。"可怜"二字,既像是女子的自怜自惜、自怨自艾,又像是诗人对思妇的细意体贴和同情关切,尤具神味。

与一般律诗腹联往往转出新意新境不同,这首诗的五、六两句却是顺承颔联的"闺里月"与"汉家营"的。颔联以景为主,景中寓情;腹联则以情为主,情中有景(今春、昨夜)。妙在只淡淡着笔,虚点"今春意"与"昨夜情",而彼此情意的具体内容则不着一字,任凭读者自领,笔意特别空灵虚括。彼此长期远隔的怅恨,对对方处境的悬念与忧虑,相思而不得相见的怨思与无奈,都可包蕴在这虚涵浑括的"今春意"和"昨夜情"当中。"今春""昨夜"互文,点明季节在春天,时间在月夜,不必注解,亦不必深解。视"频年不解兵"句,则"今春""昨夜"固不妨连类而及,联想到"年年""夜夜"。

颔、腹两联,用笔轻柔,用语含蓄,似复非复,似怨非怨,特具回环往复、缠绵委婉的情致。

尾联是全诗的结穴。少妇的无限情思到最后都化为热切的期盼:"谁能将旗鼓,一为取龙城!"这和李白《子夜吴歌·秋歌》的结尾"何日平胡虏,良人罢远征"一样,都集中表达了闺中思妇热切盼望早日结束战争,重过和平团聚生活的愿望;所不同的是,沈诗的结尾还包含了希望朝廷任用"将旗鼓"的良将,迅速破敌安边的感情。"谁能""一为",前后呼应,急切之情溢于言表。情虽急切,而辞则温婉,反映出初唐时期百姓对朝廷在边境进行的战争总体上仍持支持的态度。

诗的内容并不复杂,但诗人却把这常见的思妇怀想远戍征夫的题材写得很富情致和韵味,体现了单纯与丰富、明朗与含蓄的统一。其中音律的和谐舒缓、宛转圆润起了很重要的作用。吟诵之际,自有一种唱叹有情的韵味流注于字里行间。许多内容平常的唐诗之所以耐读,音情的隽永是一个重要因素。

古意呈乔补阙知之①

卢家少妇郁金堂②,海燕双栖玳瑁梁③。九月寒砧催木叶④,十年征戍忆辽阳⑤。白狼河北音书断⑥,丹凤城南秋夜长⑦。谁谓含愁独不见⑧,更教明月照流黄⑨。

[校注]

①《珠英学士集》敦煌遗书残卷题作《古意》。《乐府诗集》卷七十五《杂曲歌辞》题作《独不见》,引《乐府广题》曰:"《独不见》,伤思而不得见也。"补阙,唐代谏官名。《新唐书·百官志二》:"武后垂拱元年,置补阙、拾遗,左、右各二员。"补阙从七品上,掌供奉讽谏。乔知之于武后垂拱二年丙戌(686)曾任左补阙,见陈子昂《观荆玉篇序》。诗当作于此前后。古意,拟古、仿古,指拟古乐府《独不见》以抒思妇怀念征人而不得见之意。②梁武帝萧衍《河中之水歌》:"河中之水向东流,洛阳女儿名莫愁。莫愁十三能织绮,十四采桑南陌头。十五嫁为卢家妇,十六生儿名阿侯。卢家兰室桂为梁,中有郁金苏合香。"此以"卢家少妇"借指女主人公,即征戍者之妻子。郁金,香草名,姜科多年生草本植物,有块茎及纺锤状肉质块根。古人用作香料。郁金堂,指用郁金香草块茎或块根碾碎和泥涂壁的厅堂。此借指女主人公芳香华美的居室。堂,一作香。③海燕,即越燕,古人认为它产于南方,须越海而至,故名。玳瑁,海产动物,似龟,甲光滑有文采,可作装饰。玳瑁梁,对画梁的美称。④砧,捣衣石。⑤汉代辽东郡有辽阳县,故城在今辽宁辽阳市梁水、浑河交汇处。⑥白狼河,即白狼水,今辽宁大凌河。《水经注·大辽水》:"辽水右会白狼水,水出右北平白狼县东南。"白狼河北,指唐营州一带。⑦丹凤城,指长安城。杜甫《夜》诗"银汉遥应接凤城"仇注引赵次公曰:"秦穆公女吹箫,凤降其城,因号丹凤城。其后言京城曰凤城。"或曰长安大明宫正南门为丹凤门,故称长安城为丹凤城。白狼河北、丹凤城南,分指丈夫征戍之地与女主人公所居之地。陶敏《沈佺期宋之问简谱》谓诗中"丹凤城"并非实指长安。乔知之在洛阳为官,沈诗亦于洛阳作。⑧谓,《才调集》作"知",一作"为"。谁谓,即谁知、谁料。含愁独不见,谓少妇思念远戍辽阳的丈夫,脉脉含愁而不能相见。⑨更教,《才调集》作"使妾"。照,《才调集》作"对"。流

黄，黄紫杂色的绢。汉乐府《相逢行》："大妇织罗绮，中妇织流黄。"此处"流黄"可理解为少妇的衣裳，也可理解为帷帐或织机上的织物。

[鉴赏]

题称"古意呈乔补阙知之"，古意指拟古乐府《独不见》。《乐府诗集》卷上十五《独不见》古辞载梁柳恽之作，末二句云："奉帚长信宫，谁知独不见。"亦于篇末点出题意，与沈佺期此诗末联点出"谁谓含愁独不见"同一结法。故《乐府诗集》题为《独不见》是符合诗意的，沈诗题"古意"即拟古乐府《独不见》也可得到证实。陈子昂武后垂拱二年（686）四月曾从左补阙乔知之北征同罗、仆固，知之直至垂拱四年犹戍北边，此诗既为呈乔知之之作，又有"九月"字，则诗或当作于垂拱元年九月，其时知之或已在朝廷任左补阙。呈诗于知之，盖友朋间诗歌酬赠，不必有其他寓意。

这虽是一首拟古乐府《独不见》之作，又是一首完全合律的七言律诗（第七句"独"字，王水照认为是以入作平，见《百家唐宋诗新话》第29页）。撇开宋、明、清三代诗评家关于唐人七律孰为第一的争论不论，就诗歌本身看，称得上是一首优秀之作。

起联化用梁武帝《河中之水歌》，以"卢家少妇"借指诗中女主人公——一位丈夫长期远戍不归的思妇。用"郁金堂""玳瑁梁"形容其居处的华美，用"海燕双栖"反衬她独居华屋的孤寂。古乐府写女主人公，常用夸张渲染的笔墨和秾艳华丽的辞藻，此诗既为仿古乐府之作，又直接化用《河中之水歌》，自不能不袭用此类手法，不必因此而怀疑其不类戍妇，从而误将"卢家少妇"理解为与女主人公境遇不同的人物。实际上，居处越是写得华美，辞藻越是艳丽，反倒越突出了其处境的孤寂。这种写法，与后来温庭筠的词每以华艳色彩写女子的居处、服饰，以反衬其离别相思之情，颇为相似。

颔联揭出正意，点明全诗的季候背景与人事背景。"十年征戍忆辽阳"是全篇主句，诗就是写一位丈夫远戍辽阳十年未归的思妇在"九月寒砧催木叶"的季节环境中的情思。这一联不仅对仗工整自然，音律爽朗浏亮，语言圆转流丽，而且有丰富的蕴含。"寒砧催木叶"，似无理而真实，写出了深秋季节，在凄清而透出寒意的砧杵声中，枯黄的树叶纷纷坠落的萧瑟凄其景象，仿佛是砧杵声在不断地催送落叶一样。言外自含思妇对整个凄寒萧瑟的环境视听浑然一体的感受，透露出对年华消逝、生命凋衰的伤感，而凄清而紧急的砧杵声也好像与思妇凄寒孤寂的心声相应相和。这是一层。同时,"九月授衣",寒秋季节,正是家家户户给远戍的征人制送寒衣的时节,听到清亮急促的砧杵之声,便自然想到远戍边地的征人,因此下句接以"十年征戍忆辽阳"便十分自然。在这里,"寒砧"声又成了触发戍妇思念远人情思的外物和触媒。上句写景,景中含情;下句叙事,事中有"忆"。"十年"句高度概括。"忆"字当中蕴含了长期以来对远戍丈夫的深长思念、无限牵挂和忧虑不安,以及年年盼归又岁岁落空的怅恨,更包含了对自身空房独守、凄清寂寞处境的哀伤和年华在长期的寂寥等待中暗自消逝的悲感。种种千回百转的情思,统包于一个无所不包的"忆"字当中,可谓以单纯寓丰富的典型。

腹联承颔联作进一步的抒写和渲染,在回环往复中有递进与深化。出句承"十年征戍忆辽阳",点明远戍白狼河北的丈夫音书断绝,生死存亡未卜,这就在"十年"长别的痛苦思念等待中更增添了百年永别的担心。"断"字中交织着焦急、疑虑、不安乃至茫然无措的感伤情绪。对句承"九月寒砧催木叶",谓值此深秋寒夜,京城城南的戍妇倍感秋宵之漫长。"长"字中透露出永夜不眠、辗转反侧的漫长时间过程中无尽的思念、忧虑和哀伤。夜之长正透出思之长、悲之长。

写到这里,"卢家少妇"的种种深长思念和痛苦已得到充分的表现,第七句乃用"含愁独不见"五字作一总束,说明以上六句所写的都是身居华堂的"卢家少妇"含愁思念远人而独不得见的情思。句首用"谁谓"提起,兼含始料未及、无人理解之意,自怨自叹之情。第八句以"更教"二字与"谁谓"相呼应,推进一层,说本已因长期独居含愁不寐,更何况又见明月映照流黄制成的帷帐,益增空帷独守的哀伤。团圞明月,本是夫妇团聚的象征,如今明月依旧,却空照清冷的床帷,触景伤怀,情更难堪。末句与篇首"海燕双栖"亦适成对照,正反相形,首尾相应。

这首诗所抒写的思妇怀念远戍征人的感情是深挚而哀伤的,但全诗并不给人低沉绝望之感,在深长的思念中有对生活的执著和对和平的渴望。诗气象高华,境界阔大,体现出向盛唐诗过渡的风貌特征。

张敬忠

张敬忠（？—约735），京兆（今陕西西安）人。中宗时任监察御史。神龙三年（707），入朔方军总管张仁亶幕，分判军事。后历任司勋郎中、吏部郎中，迁兵部侍郎。开元七年（719）任平卢节度使；十一年为河西节度使。后历任剑南节度使、河南尹、太常卿。十七年为益州大都督府长史。《全唐诗》录存其诗二首。

边　词①

五原春色旧来迟②，二月垂杨未挂丝。即今河畔冰开日③，便是长安花落时④。

[校注]

①边词，犹边塞之作，边塞的歌咏。据首句"五原"，此诗当为张敬忠在朔方军幕期间所作。②五原，秦设九原郡，汉武帝改置五原郡，有五原县，见《汉书·地理志》。地在今内蒙古自治区五原县。张仁亶任朔方军总管时为防突厥而修筑的三受降城之一西受降城，就在五原西北。旧来，从来。③河，指黄河。④花落时，指暮春时。作诗时在暮春三月。

[鉴赏]

北方边塞气候寒冷，虽同一节令而自然景色与内地迥异。这是客观事实。面对同一客观事实，不同时代、不同思想感情的诗人在歌咏它时，却会呈现出完全不同的艺术风貌。张敬忠的这首《边词》，便是写边地气候景物很有特色的作品。

首句明点边地春迟。五原地处塞外，北临大漠，气候严寒，风物荒凉，春色姗姗来迟。着"旧来"二字，不但见此地的荒寒自古迄今如斯，且表明诗人对此早有所闻，思想感情上对此也早有所准备。这一句是全篇总冒，以下三句都是从不同角度对此地春色之迟进行具体描绘。它起得从容而安详，为全诗定下了总的感情基调。

"二月垂杨未挂丝。"仲春二月，内地已是桃红柳绿，春光烂漫，这里却连垂杨都尚未吐叶挂丝。柳色向来是春光的标志，诗人们总是首先在柳色中发现春意，发现春天的脚步和身影。抓住"二月垂杨未挂丝"这个典型景象，便非常简括而形象地显示出边地春迟的特征。令人宛见在无边荒漠中，几株垂柳在凛冽的寒风中摇曳着光秃秃的空枝，看不到一点绿色的荒寒景象。这一句虽未提到长安，但诗人意中自有长安二月的景象作为参照，这从"未"字上可以体味出来。

三、四两句仍紧扣"春迟"写边地景物，却将第二句中潜在的参照移至明处，通过五原与长安不同景象的对照，来突出渲染北边的春迟。第二句与三、四句之间，有一个时间差距。第二句所写的并非眼前景，而是对"五原春色旧来迟"的一种形象化表述，或者是对五原"二月"景象的追叙。第三句所写的才是边地的眼前景，故用"即今"提起。河畔冰开、长安花落，暗示时令已值暮春。在荒寒的北边，到这时河冰刚刚解冻，春天的脚步虽已隐约可闻，春天的身影、春天的色彩却仍然未能望见。而遥想皇都长安，这时已是姹紫嫣红开过，春事阑珊了。这个对比，前实后虚，不仅进一步突出了边地春迟，而且寓含了戍守荒寒边地的将士对帝京长安的深情怀念。

面对五原春迟、北边荒寒的景象，诗人心中唤起的并不是沉重的叹息，也不是身处荒寒边塞的凄凉。这里是荒寒的，但荒寒中又具有辽阔和壮美（黄河冰开之景，至今仍显得极为壮观）；这里是孤寂的，但孤寂中又透露出边地的宁静和平，没有刀光剑影、烽火烟尘。这里的春天尽管来得特别迟，但春天毕竟要来临。"河畔冰开"，带来的是对春天的展望，而不是"莫言塞北无春到，纵有春来何处知"（李益《度破讷沙》）这样沉重的叹息。刘永济说："此边词而不言边塞之苦，但用对比手法，将'河畔'与'长安'两两相形，而意在言外，且语意和平，可想见唐初国力之盛。"这是深得诗味的精到评论。沈德潜评道："不须用意。"说的也是此诗于不经意中见诗人气度和时代风神的特点。如果将它与王之涣的《凉州词》对照起来读，便不难发现它们的声息相通之处：尽管都写到了边地的荒寒，但表露的却是对这种景象坦然面对、泰然自若的态度。在这一点上，《边词》可以说是开盛唐风气之先的。

这首七绝散起对结，结联又用一意贯串、似对非对的流水对，是典型的"初唐标格"。这种格式，对表现深沉凝重的感情可能有一定困难，但却特别适合表现安恬愉悦、明朗乐观的感情。诗的风调清爽流利，意致自然流动，音调和婉安恬，与它所表现的感情和谐统一。让人感到，诗人是用一种坦然的态度面对"春色旧来迟"和"二月垂杨未挂丝"的景象。特别是三、四两句，在"河畔冰开日"和"长安花落时"之前，分别用"即今""便是"这样轻松流易的词语勾连呼应，构成了一种顾盼自如、风流自赏的风神格调，而"河畔冰开"与"长安花落"的同时异地异景并置，又扫描式地展现了大唐帝国版图的辽阔，一种泱泱大国的雍容气度流注于字里行间。这一切，构成了这首诗特有的风神。"治世之音安以乐"（《毛诗序》），这首诗也许可以作为一个典型的例证。

陈子昂

陈子昂（659—700），字伯玉，梓州射洪（今属四川）人。弱冠以豪侠闻。高宗开耀二年（682）登进士第，文明元年（684）献书阙下，武后奇其才，授麟台正字。垂拱二年（686），随左补阙乔知之北征同罗、仆固。永昌元年（689），迁右卫胄曹参军。天授二年（691），因服继母丧解官归蜀。长寿二年（693），授右拾遗。不久被构陷"缘逆党"下狱，经年获释。万岁通天元年（696），从建安王武攸宜北征契丹，参谋军事，因谏议触怒攸宜，降为军曹。圣历元年（698）以父老解职归侍，栖居山林。后为县令段简罗织罪名下狱。久视元年（700）忧愤而卒。有《陈伯玉文集》十卷传世。《全唐诗》编其诗为二卷。陈子昂为唐代诗文革新先驱，其《与东方左史虬修竹篇序》高倡"汉魏风骨""风雅""兴寄"，指斥齐梁以来的绮丽诗风，并以自己的创作实践上述主张，为唐诗的健康发展开辟了道路。五古、五律均有佳作。今人彭庆生有《陈子昂诗注》。

感遇诗三十八首（其二）①

兰若生春夏②，芊蔚何青青③。幽独空林色④，朱蕤冒紫茎⑤。迟迟白日晚⑥，袅袅秋风生⑦。岁华尽摇落⑧，芳意竟何成⑨！

[校注]

①感遇，对所遭遇的事物情况抒发感慨看法。陈子昂的《感遇诗》三十八首，内容或抒写身世遭遇、理想抱负；或讽慨朝政，指斥时弊；或发表对天道、人生、历史人事的看法，非一时一地之作。性质类似阮籍《咏怀》八十二首，历来被视为其代表作。②兰若，兰草和杜若。兰指泽兰，多年生草本植物，秋季开白花，全身有香气。《楚辞·离骚》："扈江蓠与辟芷兮，纫秋兰以为佩。"杜若，多年生草本植物，叶广披针形，味辛香，夏日开白花。《楚辞·九歌·湘君》："采芳洲兮杜若。"从"朱蕤"句看，似为开红花者。③芊蔚，草木茂盛貌。④幽独，静寂孤独。《楚辞·九章·涉江》："哀吾生之无乐兮，幽独处乎山中。"《九章·悲回风》："兰茝幽而独芳。"空林，杳无人迹的树林。张协《杂诗》之六："咆虎响穷山，鸣鹤聒空林。"⑤蕤（ruí），指花。王粲《初征赋》："春风穆其和畅兮，庶卉焕以敷蕤。"朱蕤，红花。句意谓红花开放在紫茎上面。⑥迟迟，阳光温暖、光线充足的样子。⑦袅袅，柔弱细长貌。《楚辞·九歌·湘夫人》："袅袅兮秋风，洞庭波兮木叶下。"⑧岁华，指一年一枯荣的草木。摇落，凋零。《楚辞·九辩》："悲哉秋之为气也，萧瑟兮草木摇落而变衰。"⑨芳意，指兰若开花的情意。

[鉴赏]

陈子昂《感遇诗》三十八首中，有不少感怀身世之作。这一首纯用比兴之体，是实践其"兴寄"主张的代表性作品。

自屈原《离骚》等作开启以香草喻志士高洁幽芳品格的比兴象征传统以来，历代均有制作。但通篇托咏香草以寄寓诗人遭际情怀而艺术上成功之作并不多。这首诗在这类作品中，是写得比较精练含蓄而富于韵味的。

开头两句以咏叹的笔调起势，点明歌咏的主体——兰草和杜若，交代它们生长繁茂的季节，用"芊蔚何青青"来形况其绿叶离披、葱郁繁茂、富于生命力的景象。"何"字充满赞叹之情。

三、四两句，进而写兰若敷荣的美好身姿。"幽独空林色"，是说它们寂寞地开放在幽深空无人迹的树林中，"色"指花色。解者或将"空"字理解为"使群葩失色"之意，未免错会。这句的"幽"字、"空"字都是为了突出渲染"独"字，强调兰草、杜若独处于深山幽谷空林之中，是全篇的着意之处。"朱蕤冒紫茎"句中的"朱""紫"用以补足上句句末的"色"字。这句写花开之鲜艳，"冒"字既写红花挺立于紫茎之上的情状，也传出其活力与精神。这两句既有赞，也有叹。"幽独""空林"之语，已透露出幽芳无赏的意蕴。

五、六两句，写时序变迁。"迟迟白日晚"，是说时已晚暮，明亮温暖的阳光已变为一片黯淡的暮色；"袅袅秋风生"，是说时令已经到秋风萧瑟的季节。日暮加上秋风，黯淡的色调和萧瑟的情调交并，"兰若"的命运不问可知。

七、八两句，写草木凋零，芳意无成，揭示出兰若的悲剧命运和全篇主意。"岁华"句泛指百卉凋零，"芳意"句专指兰若。既然在秋风萧瑟的大环境中，一切"岁华"尽皆摇落，则兰若的凋零自在所难免。"芳意"二字历来评家皆语焉不详，其实它正是表达全篇主旨的关键字眼。"芳意"指兰若繁茂开花的情意，亦即花开见赏的情意。大自然中的草木，岁岁荣枯，是自然规律，花开并不求人赏，花落亦不企人怜。但这首诗中人格化了的"兰若"，则是有花开见赏的"芳意"的。"芳意竟何成"是慨叹像自己这样品格高洁、才能出众的志士寂处于"幽独"之境，不为时所赏，老死山林、抱负成空的悲剧命运。写到这里，全篇的兴寄之意便得到了既明快又含蓄的表达。

作为一首托物寓怀诗，它对所咏之物不作细致的描绘刻画，只就所寓托的内容对物的相应特征作大体勾画与形容。诗中对兰若的正面描写，实际上只有"芊蔚何青青"与"朱蕤冒紫茎"两句，其余均为对兰若生长季节与所处环境的描述。正面描写虽简，却既绘形又传神，在勾画出其繁茂葱郁、绿叶离披、朱蕤紫茎外形的同时，传达出其内在的芳洁与活力。而这又正与其所处的环境、所遭的命运构成鲜明对照，因此便突出表现了其高洁芬芳而幽独无赏的悲剧命运。诗中着意渲染的是一种惋惜、遗憾而又无奈的情绪，这和诗中贯串始终的咏叹情调正相一致。其中像"何"字及"迟迟""袅袅""尽""竟"等字，都带有强烈的咏叹意味。一般的托物寓志诗，由于用以象征的意象多为传统习用的事物，所寓之志又多为某种固定的志向抱负，常有理胜于情的干枯抽象之弊，这首诗却自始至终融贯着浓郁的抒情气氛，使人感到诗人与其所咏之物浑融一体。感情虽强烈，但表现方式却并不剑拔弩张，而是在深情咏叹中仍具一份优游不迫的情致。评家赞其"气高而不怒"，是精当之评。

登幽州台歌①

前不见古人，后不见来者②。念天地之悠悠③，独怆然而涕下④。

[校注]

①幽州台，即蓟北楼，故址在今北京市西南。卢藏用《陈子昂别传》云："（子昂）因登蓟北楼，感昔乐生、燕昭之事，赋诗数首（按：指《蓟丘览古七首》），乃泫然流涕而歌曰……"所歌即此首。可以看出，此诗是《蓟丘览古七首》所抒发的感情的深化和升华。此诗与《蓟丘览古七首》均作于万岁通天二年（697）。②来者，指将来的人。《楚辞·远游》："惟天地之无穷兮，哀人生之长勤。往者余弗及兮，来者吾不闻。"③悠悠，广远貌。④怆然，悲伤貌。

[鉴赏]

子昂此诗，作于武后万岁通天二年（697）随武攸宜北征契丹期间。因屡谏攸宜受沮抑，钳默下列，心情抑郁，登蓟北楼，感燕昭、乐毅之事而作《蓟丘览古七首》，而后泫然流涕而作此歌。可见，从军北征、报国无门、不被信任、反受沮抑，是创作这首诗的直接动因。而对最高统治者武后由感知遇而深感失望则是更深层的原因。《蓟丘览古七首》，则可视为《登幽州台歌》的创作准备和典型化过程中的重要环节。

"前不见古人，后不见来者"，开头两句，劈头突起，凌空而来，极具夭矫飞举的气势。登上高耸孤峙在华北平原上的蓟北楼，放眼四望，但见平野苍茫辽阔，遥接远山天际，一片苍莽无垠，带有某种原始洪荒色彩。这种空阔旷远的空间境界往往容易引发登临者对久远时间境界的联想。因此，诗人很自然地由登高目极千里而思接古今。"前不见古人"，这里所说的"古人"，根据幽州台这个特定地点，根据他的《蓟丘览古七首》，应该是指战国时代燕国的昭王、乐毅、郭隗这些明君贤才。遥想一千多年前，燕昭王礼贤下士，多方延揽并重用贤才良将，终于振兴燕国，创立了威震一时的霸业。而今，这些在当时演出过威武雄壮活剧和君臣际遇佳话的古人均已随历史的脚步远去，长眠地下，化为尘土，所以说"前不见古人"。

"后不见来者",与上一句相对应,指的是将来出现的明君贤才际遇,共创伟业宏图的情景。诗人缅怀追慕燕昭王时代君臣际遇的情景,但却杳然不可复见;诗人遥想并相信将来也肯定会出现这种局面,但自己却赶不上。两个"不见",抒发了诗人深怀雄图大略、理想抱负,却生不逢时的强烈深沉悲慨。《蓟丘览古·郭隗》说:"逢时独为贵,历代非无才。隗君亦何幸,遂起黄金台。"他艳羡郭隗之幸而逢时,正是由于自己之不幸而生不逢时。

"念天地之悠悠",这是由两个"不见"引发出来的意念活动。悠悠,既可指时间的久远,也可指空间的广远。一个人置身于苍莽无垠的原野之上,"前不见古人,后不见来者",自然会感到宇宙的广袤无际和时间的无始无终,从而感到个人的渺小和个体生命的短暂。以如此短暂而渺小的个体生命面对无限的时空,既见不到以往的贤君才士风云际会的理想时代,又赶不上将来出现君臣际遇、可以施展抱负的繁荣盛世,一个人孤零零地站在蓟北楼上,心中不免油然而生难以抑止的孤独寂寞之感。"念"字中正蕴含着诗人面对广远的时空,内心百感交集的强烈思绪。正是在这种情绪的催化下,诗人不禁"独怆然而涕下"。这个"独"字,不仅显示了诗人是独自一人登蓟北楼而有上述思想感情和意念活动,而且透露出自己的生不逢时、怀才不遇之慨,以及由此而生的种种对人生对宇宙的思索与感慨,都只能独自郁积于胸中,得不到任何理解和同情。

古往今来,抒写生不逢时、怀才不遇之感,抒写世无知音之慨的文学作品汗牛充栋,但像陈子昂这首《登幽州台歌》这样,将个人的遭际放在如此广袤悠远的时空背景下来表现,确实称得上是前无古人,后乏来者。尤其值得注意的是,由于诗人并未明言"古人""来者"的具体含义,以及"念"的具体内容,"怆然涕下"的多种原因,诗的意境便显得非常虚泛。它在客观上所具有的含义,便不止是上面所揭示的生不逢时、怀才不遇、世无知音之慨,而是展现了一个有着远大理想抱负,站在时代前列的先驱者俯仰今古、放眼宇宙时所产生的孤独寂寞感,是得时代风气之先,向往并热切地呼唤着时代高潮到来而高潮尚未到来时的孤独寂寞感。由于诗人不仅缅怀过去,而且放眼未来,因此他所有感情意念活动中都包含着极大的用世热情,引导人们想得更广更远,更积极奋发地对待短暂的人生。陈子昂不但在政治上有超前的思想理念,有"忧济在元元"的人本情怀,在文学上更是自觉倡导革新的先行者。从"文章道弊五百年矣"的感慨中可以看出他那种高远的历史感和以革新为己任的责任感。只有深刻了解陈子昂全部政治文学活动的超前性，才能深刻理解这首诗中所抒发的前驱者的孤独寂寞感。

在艺术上，这首诗也极具独创性。它采取的是大背景、大概括、大写意的手法。虽是一首登览怀古之作，却既无《燕昭王》诗中"南登碣石馆，遥望黄金台"式的叙事，也无"丘陵尽乔木"式的绘景，而是目极天地，思接千古，在广袤悠远的时空背景下纯粹、直接抒情，极富抒情的广度、深度和力度。诗中虽无一字正面写景，但透过两个"不见"，却仿佛置身于北国广漠苍莽、空旷寂寥的原野；虽无一字正面描绘诗人自己的具体形象，但透过所抒之情，特别是两个"不见"，一个"独"，一个"怆然"，却仿佛可见诗人那胸怀广阔、心事浩茫、特立独行而又孤独苦闷、忧伤彷徨的形象。这种纯粹抒情而景寓情中、人在境中的写法，在整个中国诗史上，是非常独特的。诗的句式参差不齐，采用散文句式句法和多用虚字，完全打破起承转合的常规，一气直下，虽短章而极具苍莽雄浑之致。就形式而论，完全称得上是古代的自由诗了。

度荆门望楚①

遥遥去巫峡②，望望下章台③。巴国山川尽④，荆门烟雾开。城分苍野外⑤，树断白云隈⑥。今日狂歌客⑦，谁知入楚来。

[校注]

①荆门，山名，在今湖北宜都市西北。《水经注·江水》："江水又东，历荆门、虎牙之间。荆门在南，上合下开，暗彻山南；有门象虎牙在北，石壁色红，间有白文，类牙形。并以物象受名。此二山，楚之西塞也。"唐高宗调露元年（679），陈子昂自蜀入京游太学。由长江出峡，途经荆门时作此诗。②去，离开。巫峡，长江三峡之一，西起今重庆市巫山县大溪，东至今湖北巴东县官渡口。《水经注·江水》："其间首尾百六十里，谓之巫峡，盖因山为名也。"③望望，眺望貌。下，指船乘江流而下。诗人此行乘船抵达江陵后，即改为陆行北向，经乐乡、襄阳而入京。章台，即章华台，楚国离宫别馆，故址相传有四处，其中距荆门不远，为此次入京路途所经者，当为今湖北荆州市沙市区之章华台，即豫章台，后人附会为楚灵王所建者。④巴国，即古巴子国，古代巴族人所建的国。周初封为子国，秦以巴国地置巴郡，地在今重庆市东部及湖北西部巴东一带。此处"巴国"

泛指东蜀之地。⑤城,当指荆门山附近的宜都城。分,显露、呈现。苍野,青苍色的原野。⑥断,尽。限,边。两句写船过荆门之后眼前豁然开朗的感觉:城邑显露于青苍色的原野之上,树林一直延伸到白云缭绕的天边。⑦狂歌客,诗人自指。《论语·微子》:"楚狂接舆歌而过孔子曰:'凤兮凤兮,何德之衰!往者不可谏,来者犹可追。已而已而,今之从政者殆而!'"此处仅用"楚狂"的字面,以与下句"入楚"相应。荆门为楚之西塞,船过荆门,即已入楚地,故下句云"入楚来"。

[鉴赏]

这首五律是青年陈子昂初离巴蜀,准备踏上广阔的人生新天地时的诗作。它是一首纪行写景诗,更是一首抒情诗。诗人的情感,就渗透在纪行写景之中。正是诗人那种昂扬奔放、明朗喜悦,对前途充满新鲜感和乐观展望的感情,使这首诗具有一种鲜活的生命力,一种青春的气息,体现出唐诗趋于繁荣昌盛时期特有的风貌。

题中的"荆门",是楚之西塞,亦即巴蜀与荆楚的分界。对于初次离开生活了二十年的故乡,踏上新的人生旅程的年青诗人来说,"度荆门"无形中具有某种象征色彩,即象征着将走向更广阔的人生天地。诗中洋溢着的新鲜感、舒展感和喜悦感,正应从诗人的人生分界这个关节点上去理解。

首联写"度荆门"时的回顾与前瞻。舟行至荆门时,离巫峡已有数百里之遥,故说"遥遥去巫峡";向下游望去,传说中的楚国章华台就在远方,故说"望望下章台"。两句句首"遥遥""望望"一组叠字,写出了舟行过程中离巫峡越来越远、想象中的章华台越来越近的感受。"巫峡"属巴,"章华"属楚,"荆门"正是巴蜀与荆楚的天然分界。如果说,"遥遥"与"去"透露了对故乡的依恋,那么,"望望"与"下"则表现了对前途景物天地的向往憧憬。

次联分承一、二两句。"巴国山川尽",度过荆门,生活了二十年的故乡巴蜀的奇山秀水就此告别。这句不仅是对地理分界的一种说明,更是概写此行所历的巴蜀山川,包括雄奇险峻的三峡在内,"尽"字中同样透露出与巴蜀山川告别的依依之情。"荆门烟雾开",船未到荆门时,远望两山对峙,但见烟雾缭绕,看不清前路;船过荆门,则烟消雾散,眼前豁然开朗,展现出一片广阔的新天地。"开"字正传神地表达出"度荆门"后心胸豁然的那份舒展感和兴奋感。而这种豁然开朗的舒展感又和此前舟行三峡七百里中,"两岸连山,略无阙处,重崖叠嶂,隐天蔽日"的险峻逼仄感正形成鲜明对照,"开"字的精切不移于此可见。

陈子昂

  腹联承"开"字正面描绘"望楚"。"城分苍野外",是写望中较近处的城邑——宜都。荆门已过,江上云消雾散,坐落在广阔青苍原野上的城市便清楚地显现在眼前,给旅人一种新鲜感,而"城"以广阔的"苍野"——江汉平原作衬,又给人一种无限寥廓的感觉。"树断白云隈",则将视线引向更远处,越过城邑,是一排排葱葱郁郁的树林,一直延伸到白云缭绕的天边。"断"字明写视线之断,而因"白云隈"三字反见视线之远接天际。这两句着意表现视野之广远,是对第四句"荆门烟雾开"后所见境界的充分展示,"开"字虚点。此联则大笔濡染,气势恢弘。

  尾联是对"度荆门望楚"全部感受的集中表现:"今日狂歌客,谁知入楚来。"古有楚狂接舆,歌而过孔子;今有狂歌入楚之客,歌而过荆门。但"今日狂歌客"却显非昔日对现实不满的楚狂,而是对前途充满了美好憧憬的"狂歌"之"客"。"狂"字是对初次离乡"入楚",走向人生广阔新天地的诗人欣喜欲"狂"的感情的集中揭示。诗写到这里,感情发展到高潮,诗也在"谁知入楚来"的逸兴飞扬、顾盼自得中结束。一结可谓淋漓尽致,神情飞越,颇有"仰天大笑出门去,我辈岂是蓬蒿人"的味道。用楚狂接舆歌凤典,单取其字面,且将"狂""歌""楚"三字巧妙地分置两句,表达与原典完全不同的感情。如此用典,可谓出神入化,巧手天成。知道其中用典的读者倍感其神妙浑化,不知道此处用典的读者也完全可以领会其神情风采,这正是唐诗雅俗共赏的一个范例。

  无独有偶,四十多年后的开元十二年(724),大诗人李白沿着前辈诗人陈子昂走过的路线,由蜀中沿长江出峡,到荆门时,也写了一首著名的五律《渡荆门送别》,其前幅云:"渡远荆门外,来从楚国游。山随平野尽,江入大荒流。"其中所展示的开阔广远境界和所蕴含的开朗舒展感受与陈诗可谓神合。蜀地为四塞之国,虽号称天府之国,却因地理形势之故,相对封闭。因此志向远大的诗人沿江出峡,进入荆楚之地,当浩阔的山川天地展现在面前时,每有一种新鲜兴奋、舒展解放之感。陈子昂与李白,不但同为蜀人,志向个性也有神似之处。因此这两首辞乡出峡度荆门望楚的诗便同样具有上述感受。这种感受,也从侧面反映了时代的精神面貌。

张若虚

张若虚，生卒年未详。扬州人。曾任兖州兵曹。中宗神龙间（705—707），与贺知章、贺朝、万齐融、包融、邢巨等吴越之士，以文词俊秀名扬京师。玄宗开元初，又与贺知章、张旭、包融并称"吴中四士"。今存诗二首。

春江花月夜①

春江潮水连海平②，海上明月共潮生③。滟滟随波千万里④，何处春江无月明。江流宛转绕芳甸⑤，月照花林皆似霰⑥。空里流霜不觉飞⑦，汀上白沙看不见⑧。江天一色无纤尘，皎皎空中孤月轮。江畔何人初见月，江月何年初照人。人生代代无穷已，江月年年只相似⑨。不知江月待何人，但见长江送流水。白云一片去悠悠，青枫浦上不胜愁⑩。谁家今夜扁舟子⑪，何处相思明月楼⑫。可怜楼上月裴回⑬，应照离人妆镜台⑭。玉户帘中卷不去⑮，捣衣砧上拂还来⑯。此时相望不相闻⑰，愿逐月华流照君⑱。鸿雁长飞光不度⑲，鱼龙潜跃水成文⑳。昨夜闲潭梦落花㉑，可怜春半不还家。江水流春去欲尽㉒，江潭落月复西斜。斜月沉沉藏海雾㉓，碣石潇湘无限路㉔。不知乘月几人归，落月摇情满江树㉕。

[校注]

①《春江花月夜》，乐府清商曲辞吴声歌曲名。《乐府诗集》卷四十七录隋炀帝《春江花月夜二首》，均五言四句，解题引《唐书·乐志》曰："《春江花月夜》《玉树后庭花》《堂堂》，并陈后主所作。后主常与宫中女学士及朝臣相和为诗，太常令何胥又善于文咏，采其尤艳丽者，以为此曲。"可见其原为宫廷艳曲。《乐府诗集》于隋炀帝之作外，又录隋诸葛颖，唐张子容、张若虚、温庭筠同题之作共五首。内容除咏春江花月夜之景外，或兼及爱情、离思，唯温作系讽隋炀帝荒淫佚游，蹈亡陈覆辙。②春江，指春天的长江。春天长江涨水，夜间涨潮，江面宽阔，与海相接，江海齐平，故云"春江潮水连海平"。张若虚是扬州人，唐代长江入海口距扬州较现在要近，诗中所描绘的当是诗人在他家乡扬州附近所望见的景象。③月之盈亏与潮之涨落存在自然的联系，从诗中"皎皎空中孤月轮"之句看，本篇所写当为满月之夜的景象。故月轮初上，潮水随之上涨，即所谓"海上明月共潮生"。《太平御览》卷四引《抱朴子》："月之精生水，是以月盛而潮涛大。"④滟滟，水波荡漾闪光的样子。此处实指月亮照映在浩阔江面上反射出来的荡漾波光。⑤宛转，曲折缭绕。芳甸，长满香花芳草的江边郊野。谢朓《晚登三山还望京邑》："杂英满芳甸。"⑥花林，繁花似锦的树林。霰，雪珠。⑦月色洁白如霜，

而光波流动,故称"流霜"。这里将月光想象成空中流动的霜华,但又感觉不到它在飘飞,故曰"空里流霜不觉飞"。⑧汀,江边的沙洲。如霜的月光笼罩着沙洲,使汀上的白沙也看不见了。以上两句均写月色的皎洁。⑨只,《乐府诗集》作"望"。⑩青枫浦,湖南浏阳浏水有青枫浦,又名双枫浦。杜甫《双枫浦》:"辍棹青枫浦,双枫旧已摧。"此处系泛指长满青枫的水口。《楚辞·招魂》有"湛湛江水兮上有枫,目极千里兮伤春心"之句,《楚辞·九歌·河伯》有"送美人兮南浦"之句,此处化用其意,以"青枫浦上不胜愁"暗点思妇伤离。上句"白云一片去悠悠"则象征游子如白云飘荡远去。⑪扁(piān)舟子,指乘一叶小舟远去的游子。⑫相思明月楼,指在明月映照下的楼上的思妇。曹植《七哀诗》:"明月照高楼,流光正徘徊。上有愁思妇,悲叹有馀哀。"句意本此。⑬可怜,可爱。月裴回,同"月徘徊",月光流动的样子。⑭离人,指思妇。⑮句意谓月光透过玉窗珠帘,照进闺室,引动思妇的离愁,故希望它不要透帘入室,但却无法卷之而去。⑯捣衣砧,捣衣用的砧石。古时衣服常用纨素一类织物制作,质地比较硬挺,须先置砧石上用木杵反复舂捣,使之柔软,方可裁缝制作。句意谓月光照在捣衣砧上,勾起思妇对远方游子的思念,想拂之使去却拂而还来。古有捣衣裁缝寄远的习俗。⑰相闻,相见。句意谓思妇与游子虽可隔遥天而彼此共对明月,却不能相见。⑱逐,追随。月华,月亮的光波。句意谓希望能追随月光的流动照见思念的远人。⑲句意谓鸿雁虽能飞越万里长空,却不能超越月光照及的范围。⑳句意谓月光照射进深水,使深藏水底的鱼龙也感受到光照,跃动起来,形成层层水纹。古有鱼、雁传书的传说,这两句暗含对方所在遥远,鱼、雁亦难传书之意。㉑闲潭,平静寂寥的深潭。㉒江水流春,承上"闲潭落花",谓江水漂送着落花,像是把春天都流送尽了。㉓海雾,从海上升腾而起弥漫笼罩一切的迷雾。沉沉,深貌,形容雾之深密。句意谓西斜的月亮已经隐没在海上升起的深浓迷雾中。㉔碣石,山名,在今河北昌黎县北。潇湘,即今湖南境内的潇水和湘水。一北一南,相隔遥远,故说"无限路"。㉕摇情,摇曳牵引思妇的离情别绪。句意谓江边的树林上荡漾着落月的光,在牵引着思妇的离情。或可径解为:落月的光洒满了江边的树林,像是摇曳着它那袅袅不尽的情思。

[鉴赏]

　　这首诗从长期的被冷落,到被发现,直到被誉为"孤篇横绝""诗中的诗",经历了一个曲折的过程。这一名篇接受史上罕见的典型现象,程千帆先生在《张若虚〈春江花月夜〉的被理解与被误解》这篇论文中作了精辟详尽的论析，读者可以自行研读。

诗每四句一转韵，形成九个小节，构成内容上的一个小单元。这九个小节又可并为三个段落。

第一段八句紧扣题目，描绘春江花月夜的美好景色。起首两句写春江水涨、海潮涌动、江海相连齐平的浩渺景象和一轮圆月涌现于海潮之上，仿佛与其共生的壮阔境界。视野广阔，大处落墨，既富气势，却又自然从容，毫无着力之迹。接下来两句，写极目骋望，月光的光波照映在浩阔的江面上，随波上下，闪耀动荡。在诗人的想象中，这月光与潮水波光相映射的景象将随着月亮的升高与照临，直至千里万里，哪一处春江没有月亮的清辉呢？由于在骋望中织进了想象的成分，眼前的实景与想象中的虚景交融，境界便更加阔远，使诗人自然用咏叹的笔调来抒写对万里长江月明图景的礼赞。以上四句，不妨看作全诗的一个总冒，由月升潮涌、江海相接、波光动荡的实景到"何处春江无月明"的虚景、全景，写出了月亮给万里春江带来的明丽阔远之美。

五、六两句，就江、月写"花"。宛转曲折的江流，绕过长满各种香花嫩草的傍江郊野，使江流也染上了春天芬芳的气息；而皎洁的月光照射在江边的花树上，使枝头的繁花像是挂满了无数晶莹透明的雪珠。如果说，上句是写"花"的芬芳漫染了长江，下句便是写月的皎洁给花带来了玲珑剔透的奇异之美。江、月、花互相作用，传达出无边的春色。

七、八两句，借天宇、汀沙极形月色的皎洁。上句以霜华形况月色，下句以白沙衬染月色，着意处在"不觉飞""看不见"，传达出澄澈月色所造成的视觉错觉和奇妙景象。以上四句，承"何处春江无月明"，写明月映照花树、空中、汀沙，显现了清光笼罩下一片皎洁透明的世界。

以上八句是全篇的第一段，写明月从初升到逐渐升高时的春江夜景，写得很有层次，从海到江，又循江而芳甸，而花林，而汀洲，而月则始终笼罩照临这一切之上。在具体描写时，又处处不离"江"字，处处注意点出"春"的特征，写出"花"的芬芳和色彩。

第二段八句便由"何处春江无月明"的美好夜色进一步写对"月"引起的遐想。"江天"二句，承上分写芳甸、花林、空里、汀上的基础上总提一笔，说从江面到天空，都是一色的透明莹澈，没有丝毫微尘，在辽阔的天宇上，只高悬着一轮光辉皎洁的圆月,以突出月光的明净与月夜的皎洁,然后便由"孤月轮"逗起下文。由于整个世界是一色透明,这高悬中天的一轮孤月便特别引人注目和启人遐想。没有这两句,前面对春江花月夜的描写和后面对望月引发的遐思的抒发就容易脱节。写长篇歌行,这种转关过渡之处是否连接处理得好,关系到全篇能否成为一个艺术整体,很能见作者的艺术功力。

"江畔何人初见月,江月何年初照人。"月亮亘古长存,人类绵延不绝。诗人由如此美好的春江花月之夜,联想到无限的时空、无限的生命,思绪由广阔的空间进入无限悠远的时间,自然而然地引发出宇宙与人生的永恒思绪,提出这近乎天真而又带有神秘色彩的问题:在这永恒的宇宙时间长河中,是谁在这江边头一个见到"皎皎空中孤月轮"的呢?而皎洁的月亮又是在哪一年开始映照着这世上的哪一个人的呢?这两个问题原是一个,不过从不同角度提出来而已。这问题颇带有宇宙意识和哲理色彩,但如果真以为诗人在这美好的春江花月之夜生发出探讨宇宙、人生的科学兴趣,那不免大煞风景,也大减诗情。诗人只是出于好奇,出于一种诗意的遐想,而不是对宇宙与人生的哲学思考。他原不指望回答,也无须作答(在当时的历史条件下也无法作答),诗人更感兴趣的是这种带有哲理意味和悠远想象的问题本身所带来的诗趣。

"人生代代无穷已,江月年年只相似。不知江月待何人,但见长江送流水。"这四句从意蕴上自然紧承"江畔"两句,从"江""月"与"人生"的关系着笔,却撇开问题,而抒发感慨。或以为这四句是感慨人生短暂,而宇宙无穷,自然永恒。其实,诗人的意思正与此相反。前两句的意思是说,人生一代一代地往下传,永远没有穷尽;江月也年年岁岁,总是像现在这样,将皎洁的清辉洒向人间。一个是"无穷已",一个是"只相似"。作为宇宙中每一个具体的个体(包括人在内),都是有生有灭,有始有终的;但作为整体,则人类与自然都是永恒的。因此每一个时代的人,都可以充分享受春江花月夜之美,这正是以"代代无穷已"的"人生",去面对如此美好的永恒不变的"江月",何尝有人生短暂的虚无感伤气息!这里所蕴含的正是对人生、自然的永恒的憬悟与喜悦。"不知"二句,说月亮年年岁岁都像现在这样,默默无言地照临着人间,好像有意在等待着什么人,但又不知道它究竟在等待谁,眼前只见空阔浩渺的长江在不停地送着流水。如果说上句是自然对人的永恒期待,那么下句就是人对永恒的自然、永恒的时间之流的一种神往。

这一段八句,写皓月中天时所产生的关于江月与人生的遐想和感触。无论是用提问题的方式或是用抒发感慨的方式，诗人所要表达的主要意思都是自然和人生的永恒，以及对这种永恒的诗意遐想和哲理憬悟。

接下来一大段，诗人又由对无限时空、永恒人生的遐想，回到眼前皎洁明丽的春江月夜之境，想象在如此美好的夜晚中思妇对游子的深情思念。共五小节二十句，每四句构成一个小的意义单元。

"白云"四句，是这一大段的总冒。"白云一片去悠悠"，从写景的角度说，是遥承上段首句"江天一色无纤尘"；从写意的角度说，则以白云一片的悠悠远去兴起并象征游子的远去（汉魏古诗中常以浮云的意象象喻游子远离故乡）。"青枫浦上不胜愁"则暗示伤离的思妇愁绪满怀，以致在双方离别之处——青枫浦上也似乎笼罩着一层难以禁受的愁绪。"谁家"二句，即以"扁舟子"和"明月楼"点明游子和思妇的两地相思。说"谁家""何处"，故作不定之词，说明今夜明月之下、春江之上，怀着离愁的游子思妇并不止一家一处。以下便撇开游子，专从思妇方面着笔。

"可怜"四句，承上"相思明月楼"，想象今夜明月楼中的思妇，在流动徘徊的月光映照下触物生感、挥之不去的离思。妆镜台、玉户帘、捣衣砧这一切闺室内外的事物，无一不引发她单栖独宿、怀念远人的愁绪，故不觉而欲避开它的撩拨，但却"卷不去""拂还来"，离思无法排遣消解。而"可怜""应"则表现了诗人对思妇的深情体贴。

"此时"四句，续写思妇由"望月"思念远人而产生的痴想。由于相望相思而不能相见，思妇想象自己能追逐无处不在的月亮的光波，飘荡流动，映照着远在异乡的游子。这想象，新奇浪漫而又充满柔情的依恋。曹植《七哀诗》有"愿为西南风，长逝入君怀"的期盼，张诗师其意而不袭其语，而意境更加优美。然而"逐月华"而"流照君"，毕竟是不可能实现的痴想。女子于是自然想到托鱼雁传书，以表达自己的相思。然而，仰望长空，鸿雁尽管一直飞翔，却难以度越月光照临的范围；俯视江水，鱼龙深潜水底，跃动而形成水面的波纹。暗示鱼雁也难以把音书传到游子的身边。

"昨夜"四句，由昨夜的梦境联及目前的孤寂处境，抒写春尽月落的怅惘。用"闲潭"渲染寂寥的气氛，用"落花"象喻春天的消逝，透露女子的芳华将逝之感。春去花落，而游子犹不还家。眼看着江水漂送落花，整个春天就要消逝了，而江潭上的一轮落月，此时也已西斜。"江水流春"包含两重含义，一是承上江潭落花，说江水漂送着不断凋零的花朵，也漂送着春天的离去；二是说江水流逝，正如时间的流逝，在不知不觉中送走了春天。这两层含义都关合着美好景物和青春年华的消逝，而落月之西斜则又标示这美好的春江花月之夜也即将消逝，从而更加深了怅惘的情绪。

"斜月"四句，写斜月将落，深藏海雾，而游子思妇，仍然南北遥隔，未能团聚。遥想今夜，不知有几位游子乘月归来，只见落月的光洒满江树，在牵引着思妇袅袅不尽的情思。这四句写月落夜尽，仍紧扣游子思妇的睽离着笔。"不知"句故作摇曳之词，以"乘月"而归的他人反托游子的不归，末句以景寓情，尤有远韵。

《春江花月夜》原是陈代宫体诗的题目，原作虽佚，但从《新唐书·乐志》的记载中可以窥见它和《玉树后庭花》一样，是浮艳淫靡之音。隋炀帝继作的两首，有"汉水逢游女，湘川值两妃"之句，用郑交甫遇二妃的故实，也明显是宫廷艳诗，隋诸葛颖之作虽是单纯写景之作，但和张若虚同时的张子容所作的两篇，仍蹈袭隋炀余风，而有"分明石潭里，宜照浣纱人（指西施）""交甫怜瑶珮，仙妃难重期"等语，不脱陈隋旧习。但到张若虚手里，却对这一乐府旧题进行了彻底的改造。诗中所写的人物，从宫廷艳诗的常见主角交甫二妃变成了普通的游子思妇，所表现的感情也由艳情变成了离情，与此相应，语言风格也由艳丽华靡变为清新明丽。人物的平民化、内容的抒情化、感情的纯净化和语言的清丽化，使这首沿用陈隋旧题的乐府彻底洗清了宫体诗的淫靡华艳，而呈现出崭新的风姿面目。从这个意义上说，它不仅是"宫体诗的自赎"，更是对宫体诗的彻底改革。

不仅如此，张若虚的《春江花月夜》还是对初唐以来一系列七言歌行在思想境界上的一种提升。初唐七言歌行中的名篇，从卢照邻的《长安古意》到骆宾王的《帝京篇》，从刘希夷的《公子行》到《代悲白头翁》，尽管内容有别，风格不同，但都毫无例外地贯串着人生无常的感慨，刘希夷的《代悲白头翁》尤为典型：

  今年花落颜色改，明年花开复谁在……年年岁岁花相似，岁岁年年人不同……宛转蛾眉能几时，须臾鹤发乱如丝。

尽管诗中也表现了对青春的珍爱流连和对人生的热爱与执著，但毕竟对人生的无常充满了强烈的感伤。而在张若虚的《春江花月夜》中，却不再是徒然叹息自然永恒、人生短暂，而是说"人生代代无穷已，江月年年只相似"。在这里，"人生"已不再是指每一个具体的个体生命，而是指代代相传、永无穷尽的整体生命过程。这就从根本上超越了对个体生命有限的悲慨，而转化为对世代相续的大人生的肯定

张若虚

和礼赞。一个是"代代无穷已",一个是"年年只相似",正好是以永恒对永恒,使每一代人都能充分享受这"春江花月夜"之美。超越了个体自我之后,带来的正是对人生的积极肯定,是对个体生命有限人生的更加珍惜。在这个思想基础上来写游子思妇的分离和思妇的离情,就分外显示出对青春的珍惜、对爱情的忠贞、对团圆的渴望、对人生的执著。尽管有思念和怅惘,却始终充满对美好生活的向往与期待,就连那落月的光洒满的江树,也摇漾着缠绵不尽的情思。这种深挚的思念和深情的期待中闪烁着人性美和人情美的光辉,能纯净人的灵魂。这样的诗,不但是纯美的,而且是纯诗的,更是纯情的。

《春江花月夜》是一首篇幅较长的七言歌行,题目本身又包含了五个写景抒情元素,因此,如何进行整体的艺术构思,就成为这首诗艺术上成败的一个重要因素。清代评家选家对诗人如何在起、结处逐步吐出并收拾春、江、花、月、夜作过很中肯的分析,王尧衢的解说尤为细致,可以参看。但诗人对这五个写景抒情元素,并非等量齐观,使之在诗中平分秋色,更没有采取铺写分叙的平列方式,而是有主有次。在五者之中,"夜"是一个总的时间背景,在这首诗中,它是和月出到月落相终始的,因此,在写月的同时也就写出了夜色夜景,无须另作专门描写,诗中只出现两次"夜"字(今夜、昨夜),均为时间概念,而非对夜的具体描写,就是明证。"春"与"花"虽一为季节概念,一为具体景物,但二者有密切关联,写"花"自然体现出"春"的特征,标"春"则自可包含"花"在内。春的明媚妍丽,花的娇柔明艳,对"春江花月夜"整体意境构成与游子思妇的情思表达自然起着重要作用,但相对于"江""月"而言,毕竟是次要的。五者之中,"江"是景物附丽、人物活动的场所,也是情思触发与寄托的载体;而"月"则自始至终,照临于一切景物、人物之上,同样是情思触发与寄托的载体。故在五者之中,"江"与"月"是主要的("江"字十二见,"月"字十五见,亦可说明这一点)。但在"江""月"二者之中,"月"的地位与作用又显得更为突出。从写景的角度说,"春江花月夜"之所以美,之所以能显现出它特有的美,关键就在于有那一轮月亮。没有月,春、江、花、夜,就只是各自孤立的景物,连不成一个整体;没有月,春、江、花也就隐没在沉沉黑夜之中,根本无法显示它们的美。相反,抓住了月光,也就抓住了一切,"何处春江无月明""月照花林皆似霰"。月无所不在,诗人的笔,可以随着这一轮明月而随意流动转移,与"春"结合,与"江"结合,与"花"结合,构成春江花月夜的完整艺术画面。从抒情的角度说,抓住了月这个中心，就可以在写景的基础上展开对宇宙与人生的美丽遐想，可以联系到和这个春江花月之夜一样迷人的离人思妇的生活感情，使情、景、思交融在一起，构成一个多层次的和谐统一的艺术境界。诗人在以月为中心进行描绘和抒情时，又安排了一条时间的线索——从月随潮生到孤悬中天再到月沉海雾，顺着这条时间线索，将全篇分成三个不同的段落，描绘丽景、抒发遐思、抒写离情，而月则始终成为贯串一切的主要元素和载体。总之，诗人的高明处，就在于抓住了春江花月夜的中心和灵魂——一轮明月。

《春江花月夜》所展示的美感类型，从主导方面看，明显属于柔静和谐的优美范畴。无论是春的明媚妍丽、江的悠长深永、花的娇柔明艳、月的轻柔皎洁，还是夜的宁静和平，单就题目本身给人的暗示与联想，就足以构成一种柔静恬美的优美意境。但诗人却没有单纯地写静美柔美，而是在柔静恬美的基调中融入了一系列不同的乃至对立的因素，而且将它们很自然地融合为一个和谐的艺术整体，从而使诗的意境更丰富多彩，更深邃隽永。具体地说，有以下几个方面。

一是在柔静恬美的春江花月夜的景物描写中融入壮美浩阔的成分。诗一开始就展现出春江潮涌、江海相接的浩渺景象和一轮圆月涌现于海潮之上的壮阔境界。紧接着，又描绘出明月的清光随着涨潮的波涛涌进江来，照射着千里万里的广阔画面。在下面一系列描写中，也时见这种壮美浩阔之境，像"江天一色无纤尘"，像"不知江月待何人，但见长江送流水"，像"谁家今夜扁舟子，何处相思明月楼""鸿雁长飞光不度""碣石潇湘无限路"，所展示的都不是眼前那一小块狭窄的天地，而是天南地北，万里江山。因而它虽写离情而并不给人以沉重的忧伤之感。而这种壮美浩阔的成分，是和整个柔静恬美的春江花月夜景组合在一起的，是和离人思妇的似水柔情组合在一起的，并没有破坏全诗柔静恬美的基调，而是使它变得更加丰富，更加吸引人。

二是在清丽的景物描绘中织入带有哲理性的诗意遐想。这首诗对春江花月夜的景物描绘，清新明丽，不纤不秾，极为出色。但如果只有这样的描绘，诗就不免显得清而浅。它的一个突出优点，就是在春江花月夜景物描写的基础上，生发出一段关于江月与人生的带有哲理意味的抒情。正是这段抒情，使整首诗的意境深化了。这样的诗给人带来的，就不单纯是感官的愉悦，也不单纯是感情的熨帖，而是同时在思想上使人得到一种憬悟，一种启迪。但这种带有哲理意味的诗意遐想，又并非纯理性的哲学思考，而是由"江天一色无纤尘，皎皎空中孤月轮"的眼前景所自然引发的，又完全不离眼前景的极富诗的韵味的遐想，因此它既不脱离春江花月夜的描绘，又是对前一段景物描写的深化和升华。而且使后一段关于离人思妇的描写也带上了珍重人生的意味。诗之所以清而不浅，丽而不浮，深邃隽永，正是由于其中织入了与景相对相济的哲理性情思。

三是在宁静和谐的氛围中透露出淡淡的哀愁和轻微的怅惘。美好的春江花月之夜的整个氛围，是宁静和谐的。但这种宁静和谐并不是绝对的静谧与安闲，而是仍然有扁舟外出的游子和明月楼中怀念远人的思妇，有碣石潇湘、南北远隔的相思，有芳华将逝的哀愁与怅惘。生活是美的，和平宁静的，但并不是没有缺憾。而这种缺憾又并不妨碍对整个生活的肯定。恰恰是由于存在这种缺憾，才引发了对更加美好生活的展望和追求。"不知乘月几人归，落月摇情满江树"，就在春尽月落更阑之际，思妇的柔情仍然在等待、召唤着游子的乘月归来。不妨说，这种淡淡的哀愁与轻微的怅惘，正是对更加美好的生活向往、追求的一种表现形式。

唐诗在艺术上的高度成熟，一个突出的标志，就是创造出情景浑融的艺术意境。这在短篇（如五七言律绝或七言短古）中比较容易达到，但在长篇歌行中，却很难实现。因为篇幅既长，便于铺陈，极易陷于发扬蹈厉、淋漓尽致，而忽略情景浑融意境的创造和隽永韵味的表达。张若虚的这首《春江花月夜》正是在长篇的形式中创造了丽景、深情、哲思相互交融的高度和谐的意境，从而标志着一个高度成熟的诗歌新时期的到来。在这个意义上，它在唐诗发展史上的标志性地位便非常明显而突出了。

贺知章

贺知章（659—744），字季真，自号四明狂客，越州永兴（今浙江杭州市萧山区）人，早年移居山阴（今浙江绍兴）。武后证圣元年（695）登进士第，授国子四门博士，迁太常博士。开元九年（721）为秘书少监。开元十一年，因宰相兼丽正院修书使张说之荐，入书院，与撰《六典》《文纂》，转太常少卿。十三年，迁礼部侍郎，加集贤院学士，又充皇太子侍读。翌年改工部侍郎。二十年，为秘书监。二十六年，李亨立为皇太子，迁太子宾客。为秘书监、集贤院学士。天宝二年（743）冬，因病上表请归乡里，玄宗诏许，赐镜湖剡川一曲。三载正月启程，玄宗亲赐诗赠行，太子以下百官饯送并赋诗。归镜湖后不久病逝。知章性放旷，善谈笑，嗜酒，杜甫称其为饮中八仙之首。又善草、隶。擅长七绝。《全唐诗》录存其诗一卷。

咏　柳①

碧玉妆成一树高②，万条垂下绿丝绦③。不知细叶谁裁出，二月春风似剪刀④。

[校注]

①《全唐诗》校："一作《柳枝词》。"②碧玉，形容仲春杨柳的颜色碧绿而光润。说"碧玉妆成"，无形中将柳树比作亭亭玉立的年轻女子。南朝吴声歌曲有《碧玉歌》，碧玉为年方二八的小家女。这里用"碧玉"的字面，虽未必有意用典，却能引发读者这方面的联想。③绦（tāo），丝带，喻柳枝。④似，《才调集》作"是"。

[鉴赏]

这是一首巧为形似之言、别无寓托的咏物诗。它之所以流传众口，不仅由于设喻的新颖巧妙，而且在于通过新警生动的比喻显示了盎然的春意和诗人对仲春景物的独特诗意感受。

首句是对仲春杨柳的整体描写。早春的杨柳，鹅黄嫩绿；到仲春季节，已转为碧绿，用"碧玉"来形容，不仅显示出它的颜色，而且写出了它的润泽。说"碧玉妆成一树高"，无形中将一树翠绿的杨柳比成一位新妆初就、亭亭玉立的年青女子。而因《碧玉歌》与"碧玉"在字面上的关合，又自然容易引发"碧玉小家女""碧玉破瓜时"一类联想，使"碧玉妆成"的意蕴更为丰富而具吸引力。

次句写仲春杨柳的枝条。这里又将千万条纷披下垂的柳枝（诗人所写的当是垂柳）比作女子衣裳上垂拂的绿丝带。说"万条"虽是渲染夸张之词，但也透露出诗人眼中的柳并非单株独树，而是一片翠绿的柳林，这才能充分展现春天的繁茂和生机，以与三、四句相应。"垂"字要和末句的"春风"联系起来体味，它不是静止不动的下垂，而是带有动感的"垂拂"，从中可以想象万千条柳枝随风飘拂的轻盈飘逸的身姿。

一、二句由整体的柳树写到局部的柳枝，三、四句又进而由柳枝写到柳叶，观察的步骤和描写的次序显然。这两句仍是一个比喻，但由于这个比喻包含了极为新奇巧妙的联想和想象，写得又极为明快而生动，因而显得特别新警而隽永，富于诗情、诗趣和诗韵。面对千枝万条上碧绿的细叶（初春柳枝初发时只有嫩芽而无细叶，暮春则柳叶舒展，柳阴浓密，堆烟笼雾。"细叶"正切仲春的柳叶），诗人不由得惊异于造化的神奇而发出"不知细叶谁裁出"这极富诗趣的设问，紧接着又异想天开，端出了问题的答案——"二月春风似剪刀"。这是一个从未有人用过的比喻。春风是无形的，似乎与日常的用物剪刀根本挂不上钩。但春风温煦，化育万物，春天的一切花草树木的滋生繁茂都与温煦的春风化育密切相关。正是这个总体的感受与柳叶纤细整齐如同巧手裁剪而出的形象启发了诗人的想象，从而创造出了"二月春风似剪刀"这一极新颖奇警而又生动贴切，富于独创性、启示性的比喻。它不仅充分表现了大自然神奇的创造力，展现了盎然的春意和活泼的生机，也洋溢着诗人对春天、对大自然的神奇美好的热爱。仲春杨柳的形象、方兴未艾的春天景象以及诗人自身的审美情趣，通过这个比喻，都生动地展现出来了。自从贺知章创造出这一新警工巧、含意隽永的比喻以后，诗人们运用类似比喻的便层出不穷，花样翻新。从杜甫的"焉得并州快剪刀，剪取吴淞半江水"，到李贺的"欲剪湘中一尺天，吴娥莫道吴刀涩"，再到温庭筠的"江风吹巧剪霞绡"，都不难看出贺知章这一巧喻和用字的影响。造语过于尖新，易流于纤巧，但贺知章这首诗的"裁"字、"剪"字却无此弊，原因就在于新巧的比喻中有丰富的蕴含和隽永的诗味、活泼的诗趣。透过它，读者可以感受到一个由神奇的造化用无形的巧手剪裁出来的方兴未艾的春天。

回乡偶书二首（其一）①

少小离乡老大回②，乡音难改鬓毛衰③。儿童相见不相识，笑问客从何处来④。

[校注]

①贺知章天宝三载（744）正月启程还乡，于是年二月抵达越州山阴，《回乡偶书》第二首有"春风不改旧时波"之句可证。此二首即初抵山阴时所作。②诗人三十七岁登进士第之前已离开家乡，到回乡时年八十六，离乡时间最少五十个年头。曰"少小离乡"，则离乡时间当更早于已入壮年的三十七岁时。乡，《万首唐人绝句》作"家"。③衰（cuī），稀疏脱落。难，《唐诗品汇》作"无"。④笑，

《全唐诗》校:"一作借,一作却。"

[鉴赏]

一个青年时代就离家远游的人,在历经半个多世纪的人事沧桑之后,于垂暮之年终于回到自己既熟悉又陌生的故乡,遇到一个意料之外的戏剧性场景,不禁引发无穷的人生感慨。他把这场景写成一首小诗,这就是被评家誉为"纯乎天籁"的贺知章《回乡偶书》的第一首。偶书,偶有所遇而即事(或即景)抒感。

首句平平叙起。"少小"与"老大"之间,横跨着半个多世纪的悠悠岁月,包含着无数人生经历和体验。这在诗中,是一大片未曾正面显示的空白。正是这片空白,成为全诗叙事抒情状景的总根。这是读这首诗时首先应当注意的。

第二句款款承接。"乡音难改"与"鬓毛衰",对举成文,相互映衬,非常富于蕴涵。一个人从小学会的乡音,固然不易改变,但这里与"少小离乡老大回"相联系,与"鬓毛衰"相映衬的"乡音难改",却含蓄地显示了客子难以消磨的思乡之情和他身上难以改变的乡风乡俗。"乡音"在这里同时也意味着保存在自己身上的故乡的一切印迹。尽管"乡音难改",当自己终于回到故乡时,却已鬓发稀疏,皤然白首了。对比之下,又有无穷感慨。这一句的"乡音难改"承上句"少小离乡","鬓毛衰"承上句"老大回",两句句内又各自对应,句子结构整齐对称,读来意致顺畅,有一种自然流走的风调之美。

三、四两句紧承"回"字,集中笔墨,描绘出一个极富生活情趣和戏剧性的场景。当诗人怀着亲切而激动的心情走向故乡的时候,一群天真活泼的孩子围拢过来,他们怀着好奇的心情,用陌生的眼光打量着这位鬓发稀疏的老爷爷,其中大胆一点的便上前笑着发问:"老爷爷,您这是从哪里来的呀?"这个看来极平常,却是从实际生活中提炼出来的典型场景,以其突出的戏剧性和丰厚的感情内涵给读者以丰富的联想和隽永的回味。说它带有戏剧性,不仅是由于它描绘了一个生动风趣的有人物、有对话的活动场景,而且因为其中透露出当事者的巨大心理反差和现实场景反差。久离故乡的人,对故乡的变化往往只是在理性上有抽象的推测,在感性上则相当模糊。当他突然看到一群素不相识的孩子成为故乡的新主人,而从小生长在这里的自己在他们眼中反倒成为不相识的远方来客,原来记忆中十分熟悉的故乡好像一下子变得有些陌生了。想象中的故乡与现实的故乡之间这种意想不到的区别,特别是从旧主人变为新客人的意外冲击,构成了巨大的心理反差,使诗人在这一刹那间产生了一种茫然惘然的失落感。不仅如此,这里还有一系列现实场景的反差：八十六岁高龄的老翁，面对着幼小的儿童，中间隔了几代人，这老少相对的反差，不能不引起诗人的恍如隔世之感。而"春风不改旧时波"的门前镜湖，依稀仿佛的房舍道路，同完全陌生的儿童之间的对照，更使诗人产生一种如梦如幻的恍惚感。这一切心理反差、现实场景反差所引发的既亲切又陌生，既真切又恍惚，既欣慰又失落的心态，确实把久客还乡的人丰富复杂的感受生动地展现了出来。但所有这一切，都不是诉之直接抒情，而是只推出一个戏剧性场景，让读者自己去涵泳体味，因此又显得非常精练含蓄、隽永耐味。

　　如果再深一层体味，还可以发现在上述丰富复杂的感情深处，蕴含着一种更具普遍性的人生感慨。人们总是在对照中才强烈感受到自然的永恒和人世的沧桑。"儿童相见不相识，笑问客从何处来"，这老与少的对照，正显示了几十年来故乡人事变化的巨大。山川风物依稀如昔，人却换了几代，前者仍然熟悉，后者完全陌生。对照之下，自不免产生"人事有代谢，往来成古今"的感慨。第二首就把这种蕴含在具体戏剧性场景中的人生感慨直接挑明了，即一方面是门前镜湖，"春风不改旧时波"，一方面是"近来人事半销磨"。但这首诗中蕴含的人生感慨，却并不给人以沉重的伤感，相反地，倒是洋溢着一种轻松幽默的生活情趣。诗中所描绘的这个场景，其中所透露的并不是"所遇无故物，焉得不速老"这种沉重的悲叹，也不是"访旧半为鬼，惊呼热中肠"这种强烈的惊呼，而是一种对人事代谢的达观态度。诗人好像怀着浓厚的兴趣，注视着眼前这生动的一幕。"笑问客从何处来"的"笑"字，不仅生动地表现了儿童天真中稍带顽皮的情态，而且从侧面显示了诗人也同样面带微笑面对儿童的围观与发问。诗人对自己离乡多年归来后竟然成为故乡的"客"人这一事实，固然感到有些意外和茫然，产生过一时的陌生感、失落感和沧桑感。但诗的整个基调是轻松愉悦的，流露出对眼前这一幕戏剧性场景耐人寻味的幽默。这表明八十六岁的老诗人心境并不颓唐，面对天真而好奇的一群儿童，他自己的童心似乎也在复苏。这正是这首诗更加内在的感情本质，也是它成为纯粹的盛唐之音的一个根本标志。贺知章旷达诙谐的性格，在这首诗中也显露出来了。诗人生活在承平昌盛的时代，仕途一直比较顺利，声名炬赫，受到皇帝的尊宠。辞官还乡时，更受到隆重的礼遇。这样一种时世身世、性格气质，使得这首寓含着人生感慨的诗，不但不显得沉重悲怆，反而有一种轻松幽默的情趣。不妨说，戏剧性的场景与幽默情趣，与带有普遍性的人生感慨的融合，正是这首诗主要的审美特征。

范晞文说此诗的三、四两句脱胎于卢象《还家》诗"小弟更孩幼，归来不相识"，卢象与王维同时，年辈晚于贺知章，说贺诗脱胎于卢诗，显然不符合事实。但贺诗优于卢诗，则很明显。卢诗只是客观地叙写情况，看不出诗人的感情反应。贺诗则在用白描手法描绘戏剧性场景的时候，笔端充满感情，言外寓含无限感慨。前者言尽意止，后者意余言外。卢诗朴直拙涩，贺诗则富于摇曳流美的风致。这说明，即使是相近的生活素材，在具有不同艺术素养的诗人笔下，其审美价值与效果也会有很大差距。

一个从生活中提炼出来的典型性场景或情节可以说是艺术上的一种新发现。自从贺知章创造出这一典型场景以后，诗歌中便经常会出现类似的构思与场景。像首句提及的卢象诗和杜甫诗（"访旧"二句），像李益的《喜见外弟又言别》："问姓惊初见，称名忆旧容。"司空曙的《云阳馆与韩绅宿别》："乍见翻疑梦，相悲各问年。"但它们中的多数寓含的人事沧桑之感，已经染上了浓重的时代乱离的悲凉色彩，与贺知章诗中流露的幽默情趣已是两个不同时期的精神风貌了。

盛唐七绝一般兴象玲珑，意境浑融，较少写日常生活情事，即使写也往往带有浪漫色彩。这首诗却以日常生活中的情景作为主要内容，而且把人物对话也写进诗中。在七言绝句史上，写人物对话，这首诗可能是首创。它使绝句增加了浓郁的生活情趣。由于诗人选取的这个场景本身具有典型性，因此它并不流于琐细浅率，而是实中寓虚，在具体的场景描写中寓有普遍性的人生感慨。中唐以后，七言绝句中写日常生活情事的越来越多，但意境往往比较实，与这首诗实中寓虚的写法便不大相同了。

张说

张说（667—731），字道济，一字说之。祖籍河东，十四岁丧父后迁居洛阳。武则天载初元年（689）应贤良方正举，对策第一，授太子校书。后两度使蜀。万岁通天元年（696）从武攸宜讨契丹，为管记。累迁凤阁舍人。长安二年（702）坐忤旨流配钦州。神龙元年（705）召还，授兵部员外郎，历工部、兵部侍郎，兼修文馆学士。睿宗景云二年（711）同中书门下平章事，监修国史。因排斥太平公主一党，坚请太子监国，罢相。玄宗即位，检校中书令，封燕国公。因与姚崇不合，贬相州刺史。开元三年（715），再贬岳州刺史。六年，任幽州都督。九年入朝为兵部尚书，同中书门下三品。十一年正除中书令、右丞相。十三年充集贤殿书院学士，知院事。十五年致仕。十七年复为右丞相，知集贤院事，迁左丞相。十八年十二月二十八日卒，谥文贞。一生历仕四朝，"掌文学之任凡三十年"，朝廷重要文诰，多出其手，对玄宗开元年间文化政策的制定起过重要作用。重视奖掖后辈，对盛唐文学的发展亦有积极影响。工诗善文，长于碑志。有《张说之集》三十卷，有影宋抄本（据蜀刻本）传世。《全唐诗》编其诗为五卷。

张　说

邺都引①

君不见魏武草创争天禄②，群雄睚眦相驰逐③。昼携壮士破坚阵，夜接词人赋华屋④。都邑缭绕西山阳，桑榆汗漫漳河曲⑤。城郭为虚人代改⑥，但有西园明月在⑦。邺旁高冢多贵臣，蛾眉曼睩共灰尘⑧。试上铜台歌舞处⑨，唯有秋风愁杀人。

[校注]

①邺都，三国时曹操为魏王，定都于邺，旧址在今河北临漳县。邺都周二十余里，北临漳水。城西北隅列峙金虎、铜雀、冰井三台。引，古代乐府命题之一。唐人乐府以引为题者，有沿用乐府古题者，亦有根据诗的内容自立新题者，本篇属于后者。宋郭茂倩《乐府诗集》卷九十一新乐府辞乐府杂题收入此首。诗当作于开元二年（714）贬相州刺史期间，据末句，当作于是年秋。②魏武，指魏武帝曹操，武帝系死后谥号。建安十八年（213），操封魏王，都邺。草创，创建鼎足三分的霸业。天禄，天赐的福禄。《尚书·大禹谟》："四海困穷，天禄永终。"后多指帝王之位。③群雄，指东汉末割据一方互相争斗并吞的诸侯，如袁绍、袁术、孙坚及后来的孙权、刘备等。睚眦（yá zì），怒目而视。相驰逐，相互争斗追逐。④接，偕，与……一起。词人，指文士。时著名文士如王粲、陈琳、阮瑀等均在曹操军幕。赋华屋，在华美的房屋中吟诗作赋。⑤都邑，指邺都的城邑。汗漫，漫无边际貌。形容平衍的土地上桑榆连成一片，看不到边。⑥虚，同"墟"，废墟。人代，人世，朝代。⑦西园，即铜雀园，曹操所建，在文昌殿西，故称。曹操父子与邺中文士常宴游于此，吟咏诗歌。曹植《公䜩诗》："清夜游西园，飞盖相追随。明月澄清影，列宿正参差。"西园明月，当年照临西园的明月。⑧曼睩，形容女子目光明丽动人。《全唐诗》校："一作曼睩。"语本《楚辞·招魂》："蛾眉曼睩，目腾光些。"⑨铜台，即铜雀台。建安十五年（210）冬曹操所建，置大铜雀于楼顶，故名。晋陆翙《邺中记》："铜雀台高一十丈，有屋一百二十间。"铜雀台是曹操晚年歌舞娱乐之所，其遗令中尚要求歌舞伎人每月朔、十五，在帐前歌舞以供其灵魂娱乐。

[鉴赏]

在由初唐到盛唐的七言歌行发展史上,张说的《邺都引》是一首带有标志性的杰出作品,显示出由繁富婉畅向简练浑括、骨格老苍、气韵沉雄转变的趋势。

邺城作为魏都,与一代枭雄曹操的业绩事功紧密相连(曹丕代汉而立正式称帝后,将都城迁往洛阳),因此诗一开头就从魏武乘时崛起,与群雄角逐,争夺天下起势。"君不见"虽为乐府套语,但用在篇首,当头喝起,不仅起着提示读者注意的作用,而且带有强烈的咏叹意味,为全诗定下一个抒情唱叹的基调。"草创争天禄"五字,是对曹操一生创建魏国基业,争夺天下事功的高度概括。"草创"二字,尤见创业之艰难,沈德潜赞其"居然史笔",正道出诗人对魏武开国奠基业绩的赞颂之情。"群雄睚眦相驰逐",是对"争天禄"的具体化,也是对其时代背景的展示。曹操一生,"挟天子以令诸侯",平吕布,征张绣,破袁绍,平乌桓,征刘表,平荆州,终于统一中原,创建与吴、蜀鼎足三分的霸业,为此后西晋统一全中国奠定坚实基础。用"睚眦相驰逐"形容群雄虎视眈眈、逐鹿中原的态势,不仅进一步突出了其"草创"事业之艰难,而且反衬出其削平群雄、统一中原的决心与气概。

三、四两句,分咏曹操的文才武略,文事武功。曹操素以唯才是举著称,他的麾下,文士众多,猛将云集。从建安以来,多方罗致文人,至建安十五年(210),邺下文士数将百计,王粲、刘桢、陈琳、阮瑀、应场、徐幹、吴质等尤为之最。"昼携壮士破坚阵",概述其统率军队征服强敌、所向披靡的业绩和威势;"夜接词人赋华屋",概述其偕同文士吟诗作赋的风流雅事。这种于戎马倥偬的激烈战斗中横槊赋诗的生活贯串了他的大半生,使他成为中国历史上少见的文武全才型的统治者。诗人将他的文事武功、文才武略高度概括于"昼携""夜接"的活动中,给人的印象便分外鲜明突出。曹操一生的军事、文学活动,足可写一部大书,初唐卢、骆等人如遇到这种题目,势必运用赋法,尽情铺排渲染,而诗人却将其凝练为两个形象的场景,确实是以少概多、以一当十的范例,表现出高度的艺术概括力。而于"昼携壮士破坚阵"的金戈铁马紧张激烈战斗后紧接"夜接词人赋华屋"的场景,更凸显出其从容闲暇的气度和儒雅风流的气质。

"都邑"二句,紧承"草创"功成,正面描写邺都的繁华富盛,用的却仍然是极简劲的笔墨。"都邑缭绕西山阳",写都邑之广;"桑榆汗漫漳河曲",写田畴之盛。前者见邺都缭绕西山之阳逶迤分布的形势,后者见庄稼树木繁茂葱郁、农桑生产繁荣丰饶的局面。均如三、四二句，以形象的描绘代替枯燥的叙述。二句直似一篇压缩了的《魏都赋》。

以上六句，以省净简括的笔墨写出魏武草创霸业的文才武略和邺都的繁荣富盛，七、八两句，急转直下，从历史的回顾转到眼前的现实景象，从怀古转到慨今。"城郭为虚人代改"，一笔跨越了五百年。眼前的邺都旧址，已是城郭丘墟，满目荒凉，朝代更替，人事沧桑。当年活动在这里的英雄豪杰、文士才人，以及热闹的街市、豪华的建筑均已荡然不存，只有当年曾经照临飞盖追逐的西园的一轮明月，如今还在照临荒城。"但有西园明月在"，正透露此前的一切繁华景象，都已被历史的风雨所涤荡湮没。

九、十两句，在"城郭为虚"的基础上选取"邺旁高冢"来抒发感慨。邺城郊外，高冢累累，其中埋葬的大都是魏国的贵臣，当年他们位居将相，意气凌厉，生活豪奢，而现在均已化为尘土。不但如此，连当年围绕着这些贵臣清歌曼舞的绝代佳人也都长眠地下。上句是即目所见，下句是即景想象，前实后虚，以实引虚，而"富贵荣华能几时"的感慨已得到有力的表达。

末二句于"城郭为虚"中专就与曹操关系密切的铜雀台抒慨作收。今日登临铜雀荒台旧址之上，旧日的清歌曼舞、豪华繁盛均成陈迹，唯有萧瑟的秋风，阵阵袭来，令人悲凉不尽，愁绪满怀。这个结尾，借景抒情，感慨深沉，韵味悠长。

初唐歌行中抒写盛衰不常、繁华倏忽、人生短暂、青春易逝之感，是一个屡见不鲜的主题。这首凭吊邺都古城的登览怀古诗，追怀昔日魏武创建霸业的英雄气概和文才武略，邺都的繁华富盛，感慨今日城郭为墟、繁华消歇，铜台歌舞，唯余秋风萧瑟，在思想内容和主题上并没有多少新警之处。但它在艺术表现上，却化赋体的铺排渲染为诗歌的唱叹抒情，化繁富尽致为简练概括，化叙述议论为形象描写，化婉转流丽为苍劲道健，从而使七言歌行朝着更加精练概括的方向发展。即以与它同属过渡性的作品李峤《汾阴行》而论，李诗后段十二句抒"富贵荣华能几时"之慨虽淋漓尽致，感慨深沉，但前段极力铺排西京全盛时汾阴祭祠的盛况，却不免沿袭卢、骆长篇歌行用赋法铺叙渲染的故伎，虽步骤井然，却仍有繁芜之弊。较之张说此篇，艺术概括力显然较弱。

张九龄

张九龄（678—740），字子寿，韶州曲江（今广东韶关）人。长安二年（702）擢进士第。后又登材堪经邦科、道侔伊吕科，授左拾遗。开元六年（718）迁左补阙，历礼部员外郎、司勋员外郎。十年张说为相，擢九龄为中书舍人内供奉。十四年改太常少卿。十五年，出为洪州刺史。十八年转桂州刺史，翌年入为秘书少监，转工部侍郎兼知制诰。迁中书侍郎。开元二十一年十二月，以本官同中书门下平章事。明年迁中书令。二十三年封始兴县伯。二十四年为李林甫所毁，罢相。翌年贬荆州长史。二十八年春告病南归，五月卒。九龄为开元时期最后一位贤相，其被逐去职成为治乱的分水岭。为张说之后的文坛领袖，喜提携奖掖后进文士。有《曲江集》二十卷传世。《全唐诗》编其诗为三卷。

感遇十二首（其一）①

兰叶春葳蕤②，桂华秋皎洁③。欣欣此生意，自尔为佳节④。谁知林栖者⑤，闻风坐相悦⑥。草木有本心⑦，何求美人折⑧？

[校注]

①《感遇十二首》，作于张九龄罢相后贬官荆州长史期间，系远绍阮籍《咏怀》、近承陈子昂《感遇》的咏怀之作，多借咏物寓托自身的品格心志及遭际感受。亦有直抒者。②兰，指泽兰或兰草。葳蕤（wēi ruí），草木枝叶纷披繁茂貌。③桂华，即桂花。④自尔，自然。二句意谓春兰秋桂因其自身欣然的生意，自然成为春秋佳节的标志。⑤林栖者，指隐居山林的高士。⑥闻风，风中传送来春兰秋桂的芬芳。坐，因而。⑦本心，本性，此指兰桂本就具有的芬芳皎洁的美质。⑧美人，理想中的人物。此喻指君主。

[鉴赏]

张九龄《感遇十二首》的首篇，展示的是一种内在自足的人格美和对这种人格美的自赏。

起二句拈出春兰、秋桂这两种具有幽洁芬芳美质的事物作为贯穿全篇的象征性意象。不取春兰秋菊这一更早的并称意象而取春兰秋桂，是因为兰、菊虽可象征幽洁，但菊在芬芳的美质上远逊于桂花，从中可见诗人在选择象征意象时考虑的细致，并与下文"闻风"相应。于兰曰"叶"，而用"葳蕤"状其绿叶纷披、茂密繁盛，见其欣然的生意；于桂曰"华"，而用"皎洁"状其幽洁的品性。虽各有侧重，而又同具芳香的美质。二句互文兼融，见春兰秋桂，葳蕤皎洁，既饶生意，又芳香幽洁。兰花幽雅高洁，迥异于桃李等的俗艳，用"皎洁"来形容同样切合。而秋桂绿叶繁茂光润，用"葳蕤"形容其欣然生意亦复精切。

三、四句承上"葳蕤""皎洁"，赞美春兰秋桂既同具欣然生意与幽芳美质，故自然而然地成为春秋佳节的典型标志。"自尔"二字，强调的意味虽很明显，出语却从容自在，表明其擅美于春秋佳节完全取决于其内在的生命力和美质，不必假借任何外在的力量。

五、六两句，用"谁知"两字捩转，谓春兰秋桂虽自具生意与美质而无须求助于外力、求赏于他人,但那些栖隐于山林的高士却因风传送其幽洁的芳香而深相慕悦。"谁知"二字中,寓含有对兰桂的赞叹自赏意味,说明兰桂虽不求人知赏,却因其芬芳幽洁的美质而得到高士的追慕赏爱。

七、八两句,是全篇寓意的集中表现。"本心",指本性,就兰、桂而言,即指其自身的生意与芬芳幽洁美质。"美人",或以为即指上文"相悦"的"林栖者"。但古代作为比兴象征的"美人"意象,实常指君主。诗人对于"林栖者"的慕悦兰桂,并无任何贬抑排斥之意,相反还因林栖者的相悦流露出自赏之意,但对"美人"之赏爱攀折,却用了"何求"这种排斥、无求甚至不屑的口吻,故此处的"美人"仍以指君主为宜。春兰秋桂本性芳香幽洁,即便没有"美人"的赏爱,也丝毫无损于它那幽芳的本性,以比喻具有高洁品格的士人即使得不到君主的赏识,也不减其人格美的光辉。

封建时代的才士为了施展自己的才能,实现远大的抱负,总是希望得到君主的赏识知遇,并常常因此牺牲独立的人格。这是一种历史的悲剧。这首诗的春兰秋桂作为幽洁芬芳品格的象征性意象,突出强调人格美本身的生命力和道德、审美价值,认为即使得不到君主的赏识重用,也无损其品格的光辉与影响力。这是一种对自身人格的高度自信自赏,是独立人格意识的觉醒。

诗的思想意蕴相当深刻,但艺术表现却温厚和平,无怒张之态,无激厉之音,在平和从容的语调中透露的正是对独立自足的人格之美的自赏自信。

望月怀远①

海上生明月,天涯共此时②。情人怨遥夜③,竟夕起相思④。灭烛怜光满⑤,披衣觉露滋⑥。不堪盈手赠⑦,还寝梦佳期⑧。

[校注]

①怀远,怀念远方的人。所怀对象,不得而知。作者另一首五律《秋夕望月》云:"清迥江城月,流光万里同。所思如梦里,相望在庭中。皎洁青苔露,萧条黄叶风。含情不得语,频使桂华空。"内容意蕴与本篇相近。诗中"所思"对象,或即本篇"怀远"对象。视"江城"语,似晚年贬荆州长史期间所作。则所怀之人未必是女子,可能另有托寓。②天涯,天边,泛称远方。"共此时",指海上生明

月之时,远隔天涯的双方均共对此一轮明月而彼此思念。谢庄《月赋》:"美人迈兮音尘阙,隔千里兮共明月。"此化用其语意。③情人,多情的人,指有怀远之情的抒情主人公。遥夜,长夜。常指秋夜。《楚辞·九辩》:"靓杪秋之遥夜兮,心缭悷而有哀。"④竟夕,通宵、彻夜。⑤怜,爱。⑥滋,滋生、湿润,这里形容露浓。⑦陆机《拟明月何皎皎》:"照之有馀辉,揽之不盈手。""盈手赠",将月光握持满手以赠远人。⑧佳期,会合之期。

[鉴赏]

　　这首诗用轻淡的笔触描绘出一片清空阔远、深情绵邈的艺术意境,写得特别空灵蕴藉,富于情致和韵味。

　　起句大处落墨,展现出一轮皓月,涌现于东方海天相接之处的阔远境界。在安恬舒缓的语调中透露出对这种空明阔远境界的欣赏与神往,在朴素自然的语言中显现出一种静谧旷远的诗美。在唐诗的名句之林中,这可能是最自然淡远的一类。次句化用谢庄《月赋》"隔千里兮共明月"语意。上句写海月之生,已隐含"望"字;下句写天涯相共,更点醒"怀远"之情,但都只淡淡着笔,意蕴虚涵。"共此时",既包含共对皓月、共此良时之意,又含有相隔天涯的双方在月下同时默默思念对方的意蕴。对照一下白居易的诗句:"共看明月应垂泪,一夜乡心五处同。"可以明显看出白诗比较发露,而张诗比较蕴藉。前人称赞"海上"二句为"情至语",可能正是着眼于它在淡语中蕴蓄的深情远韵。这一联"海上""天涯",取境阔远,为全诗所抒写的深情远意提供了适宜的背景。

　　接下来一联,直接抒写月夜相思之情的悠长。秋夜本来就比较长,相思怀远的至情之人自然更感到它的漫长而对它产生怨意;但长夜不因多情人之怨而缩短,结果自然是多情人"竟夕"不眠,为相思所萦绕了。也不妨反过来说,正因为竟夕相思,夜不能寐,因此越发怨恨秋夜之漫长。诗歌语言往往只直接描写事象、物象或心象,对这些现象间的逻辑联系、因果关系则不加说明,这反而使诗意更加蕴藉,可以从多角度体味。律诗的颔联一般多用比较工整的对句,这里特意采用两句一意贯串,类似散句的格式,显得特别自然流动,飘逸有致,和上一联的勾连也非常紧,读来只觉得前四句蝉联而下,神理一片,评家所谓"纯以神行",正是指此。这一联明点"怨"和"相思",但也只是虚提轻点,不作具体的描绘刻画,笔意仍很空灵蕴藉。

　　腹联承"竟夕起相思",写从中宵到凌晨的过程中对月怀远的情景。出句写室内望月,说灭烛之后,但见明月的清辉洒满一室,更感到它的素洁明净,令人怜爱。这句似只写到赏月,实际上"怀远"之意已自然融合在"怜光满"的心理状态中。月色皎洁柔和,它那流动徘徊的清辉常常是触发思妇怀人之情的媒介,也是思妇缱绻柔情的外化或象征。作者《自君之出矣》说:"思君如满月,夜夜减清辉。"即以月亮的清辉象喻怀着缱绻柔情的思妇。故这里将月光想象成对方的化身而感到满室清辉之可爱。对句写室外望月,说久立凝望,心驰神往,夜凉侵人,披衣御寒,这才发觉露水已经很浓,天也接近清晨了。妙在"披衣"的行动在前,"觉露滋"的感觉在后,暗示抒情主人公在伫立凝望中夜逐渐深了,露水也越来越浓,而却因望月怀远而浑然不觉,直至因夜凉披衣而方觉露已滋。这就不仅透露望之久,而且透露思之深,情之专注。这一联由室内而室外,写出了望月过程中时间的推移,并不露痕迹地写出了"竟夕起相思"而对月无眠的情景。前两联一气贯注,格调接近古诗;这一联改用工整的对偶,诗就显得顿挫有致,不致直泻而下。而在表现"怀远"之情方面,则更蕴藉不露。

末联又由室外凝望而"还寝",由怀远不见而寻"梦"。由于深切怀念远人而又无法与之相见,面对皎洁的月光,情不自禁地产生将月光赠给远人,以寄满腔相思的情感。但月光无形无质,不能把握,因而不得不发出"不堪盈手赠"的叹息。无奈之下,只好再回到室内就寝,希望能在梦中实现与对方相会的美好愿望。"梦佳期"是"怀远"而不得见的结果,也是"怀远"之情的深化。这一联包含一系列感情的发展过程,但写得自然浑成,不露转折之痕。最后在失望与希望的交替中徐徐收住,尤其显得韵味深长。

月在诗中成为贯串始终的抒情线索。从开篇的海月初升,到对月相思怀远,再到灭烛怜光,望月露滋,以月赠远,最后辞月还寝,笔笔不离明月,写明月又笔笔不离相思怀远之情,但又笔笔都不重复。月在诗中,时而是双方联系的桥梁,时而是引起怀远之情的媒介,时而是对方缱绻柔情的象征,时而又是欲寄相思的凭借。同一明月,所引起的联想,所寄寓的情思各不相同,但又都显得那样自然妥帖。可谓变化多端,妙用无穷。全诗对怀远相思之情除第四句轻点之外,始终不作具体的正面描写,只通过"望月"侧面表现。这就使诗的整体风格显得特别空灵淡远、蕴藉有致。

朱斌

朱斌,生卒年及仕历均不详。据芮挺章天宝三载(744)所编选之《国秀集》卷下收其《登楼》诗(即历代传诵,题为王之涣《登鹳雀楼》诗者),目录称"处士朱斌"来看,至天宝三载尚未入仕。

登　楼①

白日依山尽②，黄河入海流。欲穷千里目③，更上一层楼。

[校注]

①《国秀集》卷下载此诗，题为《登楼》，朱斌作。而《文苑英华》卷三百一十二、司马光《温公续诗话》、《万首唐人绝句》、《唐诗纪事》卷二十六均作王之涣《登鹳雀楼》。佟培基《全唐诗重出误收考》云："但建中间李翰作《河中鹳雀楼集序》未言有之涣诗。范成大《吴郡志》二二谓朱佐日诗，云：'朱佐日，郡人。两登制科，代济其美。天后尝吟诗曰：白山依山尽……问是谁作，李峤对曰：御史朱佐日诗也。'注出自《翰林盛事》。《吴都文粹》卷六，宋王象之《舆地纪胜》五、《永乐大典》二三六八引《苏州府志》皆云朱佐日诗。按《千唐志斋藏志》九〇〇有朱佐日墓志，《大唐故（信）都郡武强县尉朱府君墓志》云：'佐日，会稽人也。'已与《吴郡志》所载之'郡人'不合。后云其年三十国子进士及第，居无何署信都郡武强县尉，以判选也。天宝十三载（754）七月终于睦仁里私第，春秋四十九，并云屈于黄绶，那么其平生仅官至县尉，与《吴郡志》所云'三为御史'又不合。墓志所载之朱佐日当生于705年，为中宗神龙元年，而天后武则天于此年十一月卒，则《吴郡志》所云'天后尝吟（其）诗'是决不可能之事，故颇疑《吴郡志》所引有误，或为另一朱佐日？《吴郡人物志》七又云此诗为朱佐时作。《新唐书》七四下《宰相世系表》四下有朱佐时，为隋睢阳太守朱操之七世孙，亦当为开元、天宝间人。但《国秀》纂成于此时，载作朱斌诗，而朱佐日、朱佐时、王之涣皆同时人，故当依《国秀》作朱斌诗。陈尚君《全唐诗补遗六种札记》认为是朱斌作。另《社会科学战线》1982年4期刊林贞爱《登鹳雀楼非王之涣诗》，《学术月刊》1987年2期史佳《登鹳雀楼作者质疑》，《江西社会科学》1987年5期刊张军《登鹳雀楼作者考略》等文，皆可参考。"撰者按：朱佐日墓志言其年三十国子进士及第，居无何即署信都郡武强县尉。其进士及第之年当在开元二十二年（734），而天宝三载编就之《国秀集》犹称"处士朱斌"，故可决此朱斌与开元、天宝间之朱佐日或朱佐时并非一人，与《吴郡志》引《翰林盛事》所载武后时"两登制科，三为御史"之朱佐日更了不相关。芮挺章与朱斌、王之涣为

朱　斌

同时代人,《国秀集》卷下兼选二人之诗而将《登楼》收于朱斌名下,当属可信,兹从之。《登楼》诗未言所登之楼名,自地理形势言之,所登当为河中府之鹳雀楼。陈尚君谓"司马光《温公续诗话》、沈括《梦溪笔谈》卷九又云鹳雀楼上有之涣、畅诸等诗,然李翰……仅云楼上有畅诸题诗,不及之涣……是宋时楼上之诗,为后人补题,非唐人原题"(《唐才子传校笺》卷五第85页),亦是。《大清一统志》:"山西蒲州府:鹳雀楼在府城西南城上。旧志:旧楼在郡城西南,黄河中高阜处,时有鹳雀栖其上,故名。"鹳雀,一种水鸟。《诗·豳风·东山》:"鹳鸣于垤。"陆玑疏:"鹳,鹳雀也。似鸿而大,长颈赤喙,白身黑尾翅。"②山,指中条山。③穷,尽。

[鉴赏]

这首登览诗的出名,和它用最短小的篇幅描绘出雄伟阔远的山河胜景,体现出诗人高远的胸襟和蓬勃向上的精神风貌有密切关系。不妨说,它所表现的是一种特定时代环境中的典型情绪。

首句写登楼西眺所见白日沉山之景。这里特意选用"白日",而不用"红日""夕阳""斜照"一类词语,是有讲究的。平原地区的落日,是贴近地平线缓缓落下去的,显得又大又红,用"红日"自然比较合适。而鹳雀楼在今晋陕交界处的黄土高原上,作为河中府西南黄河高阜上的高楼,面对的就是苍苍莽莽、绵延巍峨的中条山,因此落日是紧贴着山峰西沉的。这时的太阳仍然是光明璀璨的"白日",而不是贴近地平线的"红日"。这是从写实的角度来看。尤为重要的是从艺术意境和效果上来看,"白日"一词,因其光明璀璨的视觉印象,给人一种壮阔飞动之感,这和用"斜日""斜照""残照"之类的词语给人以衰飒凋残之感固然大异其趣,和作为落日的"红日"之带有苍茫感也有区别。整首诗的雄伟壮阔境界,正需要用"白日"来指称形容诗人所见到的落日,才显得意象、意境,一等相称。写落日,用了"依山尽"三字。"依"和"尽"乍读似感矛盾,细味则"依山尽"正体现出一个动态的时间过程,即一轮光明璀璨的白日从开始时贴近西南边的峰峦,到渐次隐没半轮,直至最后沉下峰峦的全过程,而诗人站在鹳雀楼上,遥望西峰落日,目注神驰的情景也从中自然透出。这不仅是为落日本身的壮观所吸引,而且为落日映照下的山河壮观所吸引。左思《咏史》"皓天舒白日,灵景曜神州",描绘的是日在中天照临神州(京城)的壮观;朱斌的"白日依山尽"则描绘了落日山河的壮观。二者各具胜场,而同为壮阔之境。

次句写楼下奔腾东泻的黄河。黄河在晋、陕黄土高原的峡谷间奔流的这一段，山高谷深，水流湍急，离鹳雀楼不远的壶口瀑布，落差巨大，洵为天下奇观。诗人站在楼上，视线由近而远，一直望到黄河隐入沉沉暮霭之中。和上句纯为实写不同，这一句写远望之景已经融入了想象的成分。"黄河入海流"固然是事实和常识，但从望远所见的景象而言，诗人目力所及的恐怕正如畅诸所写，是"河流入断山"。诗人在这里所写的，乃是黄河奔腾倾泻、一往无前、冲决一切的气势和力量所引起的想象，从中可以窥见诗人为黄河的雄伟气势、力量所深深吸引，强烈震撼的心灵。两句写登鹳雀楼骋望之景，舍弃了楼前一切琐细平常的事物（如烟树人家之类），全从大处着眼，大处落墨，只选取了日、山、河、海四种最能体现祖国山河壮伟阔远的事物，组成一幅落日山河的壮美图画。其中渗透着对祖国壮美山河的热爱和礼赞。

正由于第二句"黄河入海流"的描写中已经包含了想象的成分，其中已隐隐透露出所见之景虽阔远却未能穷尽千里的意蕴，因此便自然激发出三、四句更高远的展望："欲穷千里目，更上一层楼。"鹳雀楼高三层，从末句看，前两句所写之景有可能是在第二层上登览所见，当然也有可能是诗人已登上最高层，"更上一层楼"仅仅是一种愿望的表达。这不必拘泥。关键是通过这两句虚拟之词，表达了诗人在登览祖国壮伟阔远河山的审美愉悦激发下，产生的对饱览更加阔远境界的强烈向往和追求。这里自然可以引申出人生的哲理：要想看得更远，必须站得更高。但就诗人的本意来说，他只是要表达一种愿望，一种对更加高远境界的展望和精神追求，本质是抒情，而不是有意表现某种生活哲理。对比一下王安石的《登飞来峰》："不畏浮云遮望眼，只缘身在最高层。"便可发现王诗是有意借登高峰寄托人生哲理，而朱诗则是在写景抒情中自然寓含了人生哲理。前者是明确的比喻，后者则是寄托在有意无意之间的"兴"。其间的区别也正反映了唐诗与宋诗的区别。

这首诗的成功之处，既表现在前二句从大处落墨，用高度概括的手法描绘出雄伟阔远的大境界，更表现在以实托虚，使前两句所描绘的高远阔大境界成为后两句表现更加宏远壮伟境界和胸襟的有力衬托。"更上一层楼"后所见境界，不须更着一字，读者自可根据前两句所展示的境界想象得之，而以实托虚手法之所以运用得成功，又缘于前两句的描绘十分出色。

前代评家有不少注意到此诗用对起对结格式却不板滞的现象，指出这是由于"骨高"或气盛之故。这是很有见地的。读这首诗，可以明显感受到流注在字里行

朱　斌

间的那股包举宇内、吞吐山河的磅礴气势，那种像黄河一样奔腾冲决、一泻千里的力量，特别是那种蓬勃向上、永不满足于眼前境界的高远精神追求。正是这种内在的气势、力量和精神，使全诗血脉贯注，浑然一体，不见排偶之迹。与此同时，第二句融入想象成分，使之成为第三句"欲穷千里目"的引线，前后幅之间密合贯通，毫无割裂之感。三、四句"欲穷""更上"又前呼后应，一气呵成，虽对而不觉其为对。这一切都增强了全诗的整体感。

　　诗中所表露的阔大胸襟气魄和对更高远境界的展望和追求，正是盛唐那样一个开放的蓬勃向上的时代精神的反映。从表现时代精神的直接和充分来说，这首诗很有代表性和典型性。

王之涣

王之涣（688—742），字季凌，本家晋阳（今山西太原西南），五世祖王隆之北魏时任绛郡（今山西新绛）太守，遂占籍绛郡。开元中初任冀州衡水主簿，因遭诬构，拂衣去官，优游山水，足迹遍及黄河南北数千里，前后达十五年。开元二十年（732）前后，曾游寓蓟门（今北京），与高适交游。晚年出任文安县（今属河北）县尉，天宝元年（742）二月卒于官舍，年五十五。之涣"慷慨有大略，倜傥有异才。尝或歌从军，吟出塞……传乎乐章，布在人口"（靳能《唐故文安郡文安县尉太原王府君墓志铭并序》）。薛用弱《集异记》，载其与王昌龄、高适旗亭画壁故事，虽小说家言，亦反映其绝句在当时"传乎乐章，布在人口"的情况。《全唐诗》录存其诗六首，均为五、七言绝句。

凉州词① (其一)

黄河远上白云间②,一片孤城万仞山③。羌笛何须怨杨柳④,春风不度玉门关⑤。

[校注]

①《凉州词》,宋郭茂倩《乐府诗集》卷七十九近代曲辞有《凉州歌》,解题引《乐苑》曰:"《凉州》,宫调曲。开元中,西凉府都督郭知运进。"《新唐书·乐志》:"天宝间乐曲,皆以边地为名,若《凉州》《伊州》《甘州》之类。"《凉州词》,即据凉州地方曲调写的歌词。凉州,治今甘肃武威市。原题二首,本篇为第一首。《唐诗纪事》题作《出塞》,《文苑英华》题作《凉州》。②芮挺章《国秀集》卷下选录王之涣《凉州词》二首,第一首前二句作"一片孤城万仞山,黄河直上白云间"。河,《集异记》《文苑英华》《万首唐人绝句》《唐诗纪事》并作"沙"。③仞,古代长度单位,七尺(或云八尺)为一仞。④羌笛,古代管乐器,长二尺四寸,三孔或四孔,因出于羌中,故名。用两根竹管并在一起,用丝线缠绕,留出直径约二厘米的筒孔,插上约四厘米长的竹制吹嘴,竖起吹奏。作为一种古老的单簧管气鸣乐器,羌笛已有两千多年历史,汉代已流行于今甘肃、四川等地,唐代则成为边塞常见的乐器。怨杨柳,指吹奏起哀怨的《折杨柳》曲。《折杨柳》为乐府鼓角横吹曲。北朝乐府《折杨柳枝》云:"上马不捉鞭,反拗杨柳枝。下马吹横笛,愁杀行客儿。"南朝至唐,《折杨柳》多为征人思妇伤别之词。⑤玉门关,汉武帝时置,因西域输入玉石时取道于此而得名。汉时为通往西域各地的门户。故址在今甘肃敦煌市西北小方盘城。风,《国秀集》作"光",《唐诗纪事》同。度,《唐诗纪事》作"过"。《全唐诗》此句原作"春光不度玉门关",据《集异记》所引改。

[鉴赏]

据著名唐史专家岑仲勉先生考证,"《全诗》三函高适四《和王七听玉门关吹笛》云:'胡人吹笛戍楼间,楼上萧条海月闲。借问落梅凡几曲,从风一度满关山。'押间、山二韵同之涣诗,余认为此王七即之涣"(《唐人行第录》第10页)。所考极是。据此,则王之涣原诗的题目当作《听玉门关吹笛》。入乐歌唱后,因其配合《凉州》曲歌唱，故改称《凉州词》。这和王维的《送元二使安西》，入乐后改称《渭城曲》，情况相类。据今人考证，王之涣家居十五年之前曾沿黄河西游出塞，其《听玉门关吹笛》当作于此期间（约当开元十年至十五年，722—727）。从《国秀集》收此诗已题作《凉州词》来看，此诗在王之涣在世时即已"传乎乐章，布在人口"。后世更一直受到选家、评家和读者的一致推崇。在流传过程中，产生了一些文字上的歧异，其中最重要的歧异是"黄河"一作"黄沙"，"远"一作"直"，及一、二两句次序互换。末句"风"一作"光"，则义近两通，关系不大。如果从恢复王诗原貌的角度来作文字校勘，除题目应作《听玉门关吹笛》外，诗的文字应为："一片孤城万仞山，黄沙直上白云间。羌笛何须怨杨柳，春光不度玉门关。"由于"沙""河"二字行草形近，极易淆误，而玉门关与黄河的最近距离至少有一千公里，如果原题是《听玉门关吹笛》，则诗中无论如何不应出现"黄河"。唐代经过河西走廊到玉门关甚至更远的西边的人很多，他们不可能没有起码的地理常识，以为在玉门关一带能看到"黄河直（远）上白云间"的景象。而"黄沙直上白云间"则是玉门关附近地区常见的景象（即今之沙尘暴）。沙尘暴初起时，高空仍是白云，底下却是黄沙漫卷直上，故云"黄沙直上白云间"。沙尘暴刮得时间稍长，便是"平沙莽莽黄入天"，整个天地一片昏黄了。至于一、二两句的次序，从题目《听玉门关吹笛》看，似亦应首出"一片孤城万仞山"以应题内"玉门关"（"一片孤城"即指玉门关），这也是最早见到此诗的《国秀集》的次序。后来由于《国秀集》已误"沙"为"河"，有人感到"黄河直上白云间"不大符合实际，又改"直"为"远"，这和末句的改"光"为"风"，都发生在时代较后的明代，主要是出于艺术上的考虑。

　　如果上述推断大体近是，我们今天仍会觉得王之涣的原作是一首好诗（但感情内涵并不单纯是怨恨边塞的荒寒，更未必有托寓恩泽不及于边塞之意）。但如果换一个角度来考虑问题，即将优秀唐诗的流播过程中对原作的改动看成有广大同时代或不同时代读者（包括乐工伶人、听众、评家、选家）参与的再创作过程，那么今天广泛流传的《凉州词》的面貌正可以看成历代读者共同的创作成果。尽管它与王作原貌已有不同，但它本身已是一件独立的艺术作品。特别是入乐传唱以后，被冠以《凉州词》的题目，就使它的内容和原题《听玉门关吹笛》相比，有了更大的伸缩理解余地。因为所谓《凉州词》，只是指在入乐歌唱时用的是《凉州》曲，其歌词的内容并不一定与凉州直接有关，王翰的《凉州词》（葡萄美酒夜光杯）就是明显的例证。可以说，它就是歌咏西北边塞征戍生活、风土人情的，是西北边塞之歌的一种泛称。既然如此，"一片孤城"不必定指玉门关，在诗中出现黄河的形象也就不足为怪了。最初载录这首诗的《国秀集》，编于天宝三载（744），诗题已称《凉州词》，且已作"黄河直上白云间"。如果排除了《国秀集》在传抄刊刻过程中误"沙"为"河"的可能性，则在王之涣卒前，当这首诗"传乎乐章，布在人口"时，就已经用"黄河"替代了"黄沙"。这种有意或无意的改动，是否得到了作者本人的首肯，不好妄测，但从此诗以后（主要是明清两代）流传的情况看，读者和评家、选家是肯定并赞扬了这种改动的。尽管吴乔曾经提出过相反的意见，但并没有引起人们的注意。因此，我们今天不妨以历代流传的这个修改本王之涣《凉州词》作为典型案例，对它进行鉴赏和评说。

　　头一句描绘的是这样一种景象：逆着黄河的流向由下向上极望，但见它像一条黄色的飘带，向源头方向蜿蜒伸展，最后渐渐连接天际，融入白云中间。这样一种视角和景象，想象的成分可能更多于实地观察的成分。但从意境创造和艺术欣赏的角度看，却描绘出了一种辽阔壮美、令人神远的境界。林庚先生曾经拿这句诗跟李白的名句"黄河之水天上来"作过这样的对比："说'黄河之水天上来'或'黄河远上白云间'，不过一个是远说到近，一个是近说到远，但却有着动静的不同。'黄河之水天上来'是结合着水势说，是动态；'黄河远上白云间'是作为一个画面来写的，是静态。'黄河之水天上来'因此带有强烈的奔流的感情，'黄河远上白云间'却近于一个明净的写生。"这段精辟的比较分析，揭示了以黄河为描写对象的这两个名句所给予人的不同审美感受。如果说李白的诗句渲染了黄河自上游高处奔腾倾泻而下的气势和诗人奔腾激荡的感情，表现了一种冲决动荡的雄奇之美，那么王之涣的诗句则描绘了黄河向上游蜿蜒伸展的闲远意态和源远流长的面貌。透过这个富于静态美的画面，可以想象整个西北高原的壮阔辽远和诗人心胸的阔大舒展。这种境界，在壮美之中又带有优美的成分。

　　第一句展示了黄河蜿蜒伸展的整个西北边塞广远壮阔的大背景，第二句就把笔墨收拢到一个比较具体的空间范围上来："一片孤城万仞山。"孤城是诗中戍边将士驻防之地。"孤城"而说"一片"，显示出这座孤零零地处于西北高原大漠中的小城荒凉萧索的景象。在这"一片孤城"之旁，则矗立着万仞的高山。"万仞山"与"一片孤城"相互映衬，一方面越加突出了孤城的孤单渺小；另一方面，由于它是边防将士的驻防之地，在"万仞山"的映衬下，又更显示出它在军事上的重要地位。因此,这孤城的意象,在读者心中唤起的,便不单纯是孤单与荒凉,而是同时含有戍边将士坚守军事要冲的责任感与使命感。

前两句以"黄河远上白云间"所显示的西北高原壮阔辽远的大背景和"万仞山"作为依傍的小背景,鲜明地突出了"孤城"在画面上的中心地位;后两句就进一步抒写戍边将士在这样一种环境中丰富复杂的感情。"杨柳"指《折杨柳》曲,曲词多写离情别绪,曲调凄凉哀怨。所谓"怨杨柳",是说《折杨柳》的笛曲声凄凉哀怨,但同时它又有另一层双关的含义。《折杨柳》的曲子使人自然联想到杨柳和春色,但是眼前的西北边塞,尽管时令已到春天,却看不到柳丝吐绿。因此这凄怨的笛声仿佛又传达出对这荒寒萧瑟的边塞的怨思。李白《塞下曲》前半说:"五月天山雪,无花只有寒。曲中闻折柳,春色未曾看。"抒写的正是这首诗中"怨杨柳"的后一层意蕴。这两层意蕴实际上都是表现西北边塞的荒寒萧索,只不过一层是说曲调本身的声情,一层是从曲调的名称产生的联想。

然而,诗人却在"怨杨柳"三字之上安了"何须"二字。何须,即何必。这个词语的意思相当活泛。它像是故作婉辞,自我宽解;又像是委婉地否定"怨"思。不管是哪一种意思,或者是兼有上两种意思,这"何须"二字都是一种提示和转折顿挫,目的是为了引出下一句,使它更引人注目,更富于含蕴,更具有摇曳不尽的情致风调。两句字面的意思是说,羌笛啊,你何必老是吹奏出凄凉哀怨的《折杨柳》曲调,好像埋怨边地没有春色,引动征人的怨思愁绪呢?要知道,春色是从来就不曾度越玉门关的啊!毫无疑问,这里突出了边地的荒寒,也包含着悠长的思乡之情,但感情并不单一。"何须"二字,最宜仔细玩味。它一方面含有边地本就荒寒,这是不可改变的自然界的严酷现实,虽怨亦无益的意思。说是"何须怨",骨子里仍有一种难以消除宽解的怨思。这层意蕴,尽管表达得比较委婉,却并不难意会。另一方面,它又含有尽管荒寒萧索,春风不度,却无须怨、不必怨的意蕴。这后一层意蕴,就必须结合开元中期那个特定的时代,结合那个时代新的审美意识,结合全诗的意境,并与其他时期同类题材的诗进行比较,才能真正体会。

诗的前两句,描绘了一种既壮阔辽远,又荒寒萧索的境界。生活在这种环境中的戍边将士,既对自己的处境不无悲怨,又有一种守卫边疆的责任感和光荣感。这后一种更高层次上的感情,不但多少缓解了环境艰苦、生活单调和思念家乡亲人所引起的悲怨,而且将这种单纯的悲怨升华为一种纵然艰苦也要为国效力的悲壮情怀。正像前面所引李白《塞下曲》的后半所描写的那样:"晓战随金鼓,宵眠抱玉鞍。愿将腰下剑，直为斩楼兰。""何须怨"后一层意蕴的感情基础及内涵从这里正可以得到解释和印证。从审美的角度看，西北边地的自然景观，诚然荒寒，但这种带有原始形态的荒寒和它的壮阔苍莽正是天然而有机地结合在一起的，它本身就是构成西北边塞特有的壮美风光的重要因素。在唐代以前，边塞的荒寒在诗文中往往是作为一种令人畏惧的否定性形象出现的。只有到了唐代，特别是国力强盛、国威远扬的开元时期，这种雄阔中交织着荒寒的自然美才作为被歌咏和欣赏的对象大量出现在诗中。这反映出人们审美观念的更新。当荒寒辽阔跟审美主体勤劳国事的实践活动联系在一起，当戍边将士不但战胜了强敌，也克服了艰苦荒寒的自然环境带来的困难时，后者也就自然成为欣赏的对象，成为戍边将士悲壮精神境界的映衬，而折射出壮美的色彩。岑参的《碛中作》写道："走马西来欲到天，离家见月几回圆。今夜不知何处宿，平沙万里绝人烟。"这境界诚然荒寂，但同时又具有一种无限壮阔的美感。盛唐诗人不但将荒寒辽阔的边塞诗化了，而且把战争中的牺牲也诗化了："醉卧沙场君莫笑，古来征战几人回？"这神情口吻跟"羌笛何须怨杨柳，春风不度玉门关"何其神似！一个是"君莫笑"，一个是"何须怨"；一个是"古来征战几人回"，一个是"春风不度玉门关"，都是用豁达的态度面对荒寒艰苦或壮烈牺牲。这并不是故作豪爽，盛唐诗人往往就是用这种审美态度对待边塞的荒寒和牺牲的。只有真正理解盛唐时代和盛唐诗人的主流审美心态，才能真正理解《凉州词》这类诗。

如果我们在初、盛、中、晚四个时期各选一首同样写到边塞荒寒景象的七绝作为典型代表——张敬忠的《边词》、王之涣的《凉州词》、李益的《夜上受降城闻笛》、周朴的《塞上曲》，就会明显感到它们的情调、意境竟像经历了春、夏、秋、冬四季。这绝不是偶然的。王之涣的《凉州词》之所以成为盛唐之音的代表，就因为它不是单纯地描绘荒寒，而是在承认荒寒的同时豪爽地面对荒寒，用新的审美态度描绘出一个阔大悲壮的境界，奏出一曲气势雄浑的西北边塞之歌。而从"黄沙直上白云间"到"黄河远上白云间"的演变，是否也反映出在读者和评家的潜意识中，"黄河远上白云间"更能体现西北边塞的壮美，也更能显示盛唐之音的特质呢？

王翰

　　王翰，字子羽，生卒年未详，并州晋阳（今山西太原西南）人。少豪荡不羁。景龙四年（710）登进士第。复举直言极谏科，调昌乐县尉。又举超拔群类科。开元四至八年（716—720），张嘉贞为并州长史，礼接甚厚。八年春，张说继任，礼翰益至。九年九月，张说入相，擢翰为秘书省正字，迁通事舍人、驾部员外郎。开元十四年，张说罢相。约十五年，翰出为汝州长史，仙州别驾。至郡，日聚英豪纵禽击鼓，恣为观赏。再贬道州司马，卒。有文集十卷，今佚。《全唐诗》编其诗为一卷。

王 翰

凉州词二首（其一）①

葡萄美酒夜光杯②，欲饮琵琶马上催③。醉卧沙场君莫笑，古来征战几人回？

[校注]

①《凉州词》，参王之涣《凉州词》题注。原题二首，此选第一首。②葡萄美酒，西域盛产葡萄，以之制成的美酒。《史记·大宛列传》："（大宛）去汉可万里，有蒲桃酒。"晋张华《博物志》卷五："西域有蒲桃酒，积年不败。彼俗云：可至十年饮之，醉弥月乃解。"庾信《燕歌行》："蒲桃一杯千日醉。"夜光杯，美玉所制的酒杯，因夜间发光，故名。《海内十洲记·凤麟洲》："周穆王时，西国献昆吾割玉刀，及夜光常满杯。刀长一尺，杯受三升。刀切玉如切泥，杯是白玉之精，光明夜照。"③琵琶，原流行于波斯、阿拉伯等地的弹拨乐器，汉代由西域传入中国。《释名·释琵琶》："琵琶本出胡中，马上所鼓也。"《乐府杂录·琵琶》："始自乌孙公主造，马上弹之。"催，此指催人痛饮。酒宴上有管弦之乐伴奏，催促与宴的人尽兴饮酒。李白《襄阳歌》："车旁侧挂一壶酒，龙管凤笙行相催。"刘禹锡《洛中送韩七中丞之吴兴口号》："今朝无意诉离杯，何况清弦急管催。""催"均催饮之意。或云指催人出征，非。

[鉴赏]

此诗被评家誉为盛唐七绝的绝唱，赞为"无瑕之璧"。但对它的意蕴、情调，则大都理解为"悲慨""沉痛""故作豪饮之词，然悲感已极""凄然心事，正欲借醉卧而忘""千百死中，姑纵片时之乐"。盛唐边塞诗中，确实也有不少渲染战争的惨烈与牺牲，乃至明确反对黩武开边战争的，如"纷纷几万人，去者无全生""黄尘足今古，白骨乱蓬蒿""年年战骨埋荒外，空见葡萄入汉家""边庭流血成海水，武皇开边意未已""士卒涂草莽，将军空尔为"，等等。但王翰这首诗，却并不是渲染战争的残酷与牺牲，抒写征戍将士沉痛悲愤之情的；而是一首豪放慷慨、痛快淋漓的浪漫醉歌与战歌。关键在于准确感受与把握全诗的感情基调。

一开始便是一个军中盛宴场景的特写：洁白晶莹、玲珑剔透的夜光玉杯中盛满了鲜红的葡萄美酒。这虽是宴席的一个局部，却具有典型性和启示性。透过它可以联想到肴馔的名贵丰盛，布置的华美豪奢，色彩的缤纷夺目，气氛的热烈欢快，乃至主客的显赫身份地位和人声鼎沸的热闹场景。岑参在《玉门关盖将军歌》中曾淋漓尽致地描绘将军夜间盛宴的场景："暖屋绣帘红地炉，织成壁衣花氍毹。灯前侍婢泻玉壶，金铛乱点野酡酥。紫绶金章左右趋，问着只是苍头奴。美人一双闲且都，朱唇翠眉映明矑（眼珠）。清歌一曲世所无，今日喜闻凤将雏。"歌行可作肆意铺叙渲染，绝句却只能选取具有典型性的一个局部来反映全貌，起到以一当十、画龙点睛的效果。葡萄美酒传说可以"千日醉"，这正为第三句"醉卧沙场"预作了铺垫。

第二句"欲饮琵琶马上催"，进一步用促柱繁弦、欢快热烈的琵琶演奏声，将军中宴饮迅速推向高潮。正在主客举杯欲饮的时刻，侑酒助兴的马上琵琶声奏出了急骤热烈的旋律，在催促参与盛宴的人们频频举杯，开怀畅饮。琵琶本系马上演奏之乐，今传唐三彩犹可见在马上演奏琵琶的陶俑雕塑。这里说"琵琶马上催"，可能透露出这军中盛宴就在营帐之外的宽广空地上举行，则场面之盛大、人数之众多、气氛之热烈更有如卢纶《和张仆射塞下曲》之四所描绘的"野幕敞琼筵，羌戎贺劳旋。醉和金甲舞，雷动鼓山川"了。句末的"催"字是个句眼。它不但透露了琵琶演奏节奏旋律的急骤、奔放、热烈，而且传出了整个宴饮场面的热烈欢快和喧哗热闹，连与宴者因鲜红的葡萄美酒与急骤奔放的琵琶旋律而变得兴奋激扬的心情律动也透露出来了。虽未正面写到醉，但这场景气氛已经酿造了与宴者的醉意。因此第三句便由对盛宴场景气氛的描写转到"醉"意豪情的抒写上来。

"醉卧沙场君莫笑，古来征战几人回？"这是为葡萄美酒和酒宴上热烈欢快气氛所感染和陶醉的将士自然激发出来的豪情壮采。"醉卧沙场"自然是承前二句痛饮"葡萄美酒"而来，但在这里却已转化为"战死沙场"的同义语，这一点联系下句"征战几人回"自明。但它的口吻、它的情调，却不是对战死沙场的悲伤和沉痛无奈，而是透露出一种视死如"醉卧"长眠式的豁达、风趣和幽默，"君莫笑"三字正点醒了"醉卧沙场"四字中蕴含的感情内涵。如果诗人的感情是悲感沉痛，那干脆写成"战死沙场君莫悲"岂不更明白直截，何必故作旷达豪爽。但这样写，与前两句所描绘的热烈欢快气氛显然不合。这就反过来说明，"醉卧沙场君莫笑"决不是"战死沙场君莫悲"的谐谑化，而是对战死沙场的诗化和浪漫化表述。紧接着"古来征战几人回"这一句，就是进一步申述和补足"醉卧沙场君莫笑"的。"古来征战几人回"是一种客观事实和存在，这里自然有渲染乃至夸张，但问题的关键是诗人对它的感情反应或态度。在唐诗中，不同的时期、不同的诗人、不同的诗歌主题在展示这一事实时，感情与态度是不同的，不能以彼例此，更不能无视全诗的基调而孤立地理解。就这首诗来说，前两句的感情基调是热烈奔放的，第三句又突出表现了视战死沙场如"醉卧"长眠式的豪旷和风趣幽默，因而落句所展示的这个事实或现象便正好成了持这种态度的"理由"，它的语调口吻同样是轻松幽默的，透露出诗人正是以坦然的、豁达的态度来面对这种事实或现象。

盛唐诗人对战争的艰苦和牺牲不是回避和无奈，而是勇敢和坦然地面对，这正是那个国力强盛、国威远扬、爱国感情得到充分发扬的时代的产物，是时代精神的体现，而将这种感情和精神发挥到极致的，就是对战争和牺牲的诗化和浪漫化。从全面反映历史真实的角度说，这种诗化或许有些片面。但从表现民族自豪感、自信心和时代主流精神方面看，这类诗的思想价值和美学价值却不容忽视。

前代评家之所以误解此诗，和孤立地强调末句有密切关系。其实，在这首诗中，给人印象最深刻最强烈的并不是末句所揭示的事实，而是第三句所表现的对战死沙场所持的那种诗化、浪漫化的感情态度，它才是全诗的主意和灵魂，而末句只是对第三句的一种说明和补充。必须将末句和全诗的基调，特别是第三句所表现的对牺牲的感情态度联系起来，才可能有真切的感受和理解。

王湾

　　王湾，生卒年未详，洛阳（今属河南）人。先天二年（713）登进士第。开元初为荥阳主簿。开元五至九年（717—721），先后参与马怀素、元行冲所主持的校理群书、编撰《群书四部录》的工作，专司集部书的校理编目。后任河南府洛阳县尉。开元十七年，曾在朝任职，官职不详。此后行迹未详。湾词翰早著，为天下所称。往来吴、楚间，其《次北固山下》（一作《江南意》）"海日生残夜，江春入旧年"一联，张说为相时，手书题于政事堂，每示能文之士，以为楷式。《全唐诗》录存其诗十首。

王湾

次北固山下①

客路青山外，行舟绿水前②。潮平两岸阔③，风正一帆悬④。海日生残夜，江春入旧年⑤。乡书何处达，归雁洛阳边⑥。

[校注]

①次，旅途上停宿。北固山，在今江苏镇江市东北，有南、中、北三峰，北峰三面临江，形势险要，故名"北固"。《国秀集》卷下选录此诗，题末有"作"字，诗之正文文字与此相同。而《河岳英灵集》卷下选录此诗，题作《江南意》，诗之正文文字与此有多处歧异，详见以下诸句校注。②"客路"二句，《河岳英灵集》作"南国多新意，东行伺早天"。客路，即诗人继续乘舟东南行的水路，亦即江南一段的运河水路。青山，指北固山。行舟，指长江上正在行驶的船。绿水，指长江。此次诗人当是渡过长江后前往吴地，仍乘舟循江南运河前行。③阔，《河岳英灵集》作"失"。④一，《河岳英灵集》作"数"。⑤残夜，指夜将尽时。旧年，旧的一年，指年将终时。二句谓海日生于残夜将尽之际，江南的春意在旧年将终时就已潜入显现。⑥"乡书"二句，《河岳英灵集》作"从来观气象，唯向此中偏"。王湾家居洛阳，故想象托归雁寄乡书至洛阳。

[鉴赏]

王湾这首五律，不仅在当时就被当朝宰相兼文坛领袖张说手书题于政事堂示为楷式，且被文学史家推为盛唐气象的代表作。但围绕它的争论，也一直不断。争论的焦点，集中在两个问题上，一是异文问题，二是诗人的行程问题。由于这两点都直接牵涉到对诗意的理解和品鉴，因此需要先作必要的考论说明。

先说异文问题。一般诗歌的异文，往往局限于个别字句文字上的歧异，而此诗的异文却是首、尾两联文字完全不同，题目亦迥异（此外，还有第二联"阔""失"，"一""数"之异）。更为特殊的是，这两种不同出处的异文竟是诗人生活的当代两个著名的选本《国秀集》及《河岳英灵集》所载。这一现象似可说明，王湾这首诗自张说手题于政事堂，在社会上广泛流传之后，出现了两个面貌殊异的版本。如果说流传时间较长的诗，有可能遭到后人的窜改，那么在当时流传的作品遭到如此大范围窜改的可能性很小，因为这很容易为诗人本人及熟知此诗的同时人所发现，并加以否认与指责。无论是芮挺章或殷璠，也都不可能在编选当代诗人作品时对原作进行肆意窜改。如果单从诗句文字的工拙来判断拙者非王湾原作，也不科学。比较合乎情理的推断是：这两种歧异很大的版本文字，其实均出于诗人之手，即其中一种是初稿本，另一种是修改后的定稿。从文字的工拙情况看，《河岳英灵集》所载的《江南意》应是初稿，而《国秀集》所收的《次北固山下作》应是修改后的定稿。至少在张说手书此诗于政事堂时应题为《江南意》，而首、尾两联应作"南国多新意，东行伺早天""从来观气象，唯向此中偏"，第三句应作"潮平两岸失"，第四句应作"风正数帆悬"。可以看出，题意与首、尾两联的意思正相切合。说明此诗写作的原意，就是要抒写诗人对江南春意早早到的诗意感受，末联出句的"气象"即体现春意的景象。"此中"即指江南。"偏"者，偏早也。在流传过程中，由于感到诗题未能明示作诗的具体地点，首、尾两联的文字又比较拙涩，与中间两联（特别是流传众口的腹联）不大相称，遂将它改为"客路青山外，行舟绿水前""乡书何处达，归雁洛阳边"，诗题也由原先的揭示题旨变为交代作诗地点，并将第三句原来较显雕琢之痕的"失"字改成比较自然的"阔"字。将第四句显得比较平实的"数"改为精警而富于气势的"一"字。如果以上推断大体符合实际，则可以得出这样一个结论：两种版本的文字反映的都是诗人所历所感的实际情况。它们共同透露的讯息是：一、写诗时诗人正泊舟停宿在北固山下。二、诗人离北固山后将循"客路"东行。三、诗的主要意蕴，是表达诗人对江南早春气息、气象的诗意感受。

再说诗题与诗人行程。诗题内的"次"字是旅途中住宿的意思。根据诗中所描绘的清晨景色，此诗当是头天晚上在北固山下泊舟住宿，清晨所见江上景象，并由此引起思乡之情。据《江南意》"东行"之语，诗人当继续向东行进。那么这"东行"究竟是循长江继续东下，还是沿运河东去呢？唐人赴江南地区，由扬州渡江至京口，往常州、无锡、苏州一带去的，一般均取舟行运河之路，而不由长江东下。故所谓"客路"实指运河水路。或有谓颔联所写景象系诗人乘舟在长江上所见，当非。因为题既云"次北固山下"，"东行"又系沿运河东去，则颔联当是清晨泊舟北固山下尚未启程时所见长江上潮平岸阔、风正帆悬的景象，次句的"行舟"与第四句的"帆"都是泊舟北固山下所望见的景象。按《河岳英灵集》殷璠评王湾诗云："湾词翰早著，为天下所称最者，不过一二。游吴中，作《江南意》诗云：'海日生残夜，江春入旧年。'"明确指出此诗系诗人游吴中时所作。湾之游吴中，有《晚春诣苏州敬赠武员外》一诗可证。据傅璇琮所考，此武员外系武平一，中宗时迁考功员外郎。玄宗立,贬苏州司功参军。诗中云"持此功曹掾,初离华省郎",与武平一之仕履合,"平一既于玄宗初即位时贬苏州(功曹)参军,王湾又于先天元年(按:当为二年)登进士第,则其游江南及作《江南意》诗,当在进士登第后一两年内"(《唐才子传校笺·王湾》),《唐五代文学编年史》系此诗于开元二年(714)岁末。但开元二年六月,王湾已为高陵县簿尉(见《唐五代文学编年史》第508页),则诗亦可能作于开元元年岁末。据《晚春诣苏州敬赠武员外》"苏台忆季常,飞棹历江乡"之句,王湾此次系舟行诣苏州。故《江南意》之"东行"当即指此次吴中之游。岁末在北固山下,晚春舟行抵苏州,沿途当有逗留,时地亦合。故王湾此次行程,当是开元元(或二)年末由扬州渡江,次润州北固山下,复舟行沿运河东下,于晚春抵吴中。至于张说手书其诗于政事堂之事,当在其第二次为相(开元九年至十四年)期间。说第一次为相在景云二年(711)正月至十月,其时王湾尚未游吴中作此诗。第二次为相时,说之政坛兼文坛领袖身份始显,故有题诗示范之举。弄清上述与此诗写作有关的情况,对诗意方能有比较切实的理解。

"客路青山外,行舟绿水前。"起二句是舟次北固山下的前瞻与回顾。"客路",指前面还要走的旅程,但不是陆上的道路,而是水路——江南运河。瞻望前路,运河缭绕逶迤于青山(指北固山)之外;回顾来路,行舟飞驶于绿水(指长江)之中。两句正透露出诗人所在的位置——北固山下的泊船中。两句音调流美,对仗工整,色彩鲜明,流注着诗人面对江南的青山绿水时轻松愉悦、流连称赏的感情。联系当时正处旧岁的隆冬,则这"青山""绿水"的景物便已体现出江南的春意之早。第二句的"行舟"并非诗人自己乘坐的船,而是长江江面上正在行驶的船。如果是指诗人所乘的船,当作"泊舟"。这首诗自始至终,诗人乘坐的船一直停泊在北固山下,并未解缆东行。

颔联承次句,写望中长江阔远之景。"潮平"句写清晨长江涨潮,潮水满盈,与岸齐平,只见江水与两岸连成一片,混茫无际,与天地相接,益发感到境界的阔远。"阔"原作"失","失"字虽然也生动真切,但一则稍显着意之痕,二则意蕴比较着实,不如"阔"字自然浑成,且更能给读者以想象的余地。"风正"句写望中所见长江上的船只。清晨船只稀少,"一帆"正是实情。由于风势正顺着船行的方向,故一帆高悬,正在破浪飞驶。这一句使望中长江景象于壮阔中更兼飞动之致。在如此浩阔的江面上,"一帆"高悬,更映衬出水天阔远之境。而诗人目接此阔远壮伟之境时心旷神怡的感受亦曲曲传出。

腹联紧扣题内"次"字，写清晨泊舟北固山下所见海上日出之景和所感江南春早之意。润州唐代较现在更近海，清晨见海上日出本很平常；又因地处江南，地气早暖，虽尚在冬暮，却已感受到和煦春气萌动的气息，这也是由北而南的旅人突出的感受。但"海日生残夜，江春入旧年"却并不是对"海上之日未旦而生，江南之春方冬而动"的一般化表述，而是异常警切地表达了诗人对上述景象的全新诗意感受。关键就在于诗人在"海日"与"残夜"，"江春"与"旧年"这两组原本似乎对立的景象之间，分别用一"生"字、一"入"字加以连接，创造出全新的对立统一的诗境。使人突出地感受到，那光华璀璨的一轮海日，好像突然从残夜中涌现出来，光明代替黑暗，仿佛只是转瞬间发生的事；而那江南的和煦春意也好像等不及新年的到来，早早地进入了旧年（残冬）。这是一个长期生活在北方内地的人初次来到江南滨海地区，第一次看到海上日出、感到江南春早时非常新鲜奇异的诗意感受。内地远海地区，日出之前，天色已逐渐转亮，像近海地区那样，光明璀璨的日轮生于残夜的朦胧中的景象从未见过；而北方春迟，新年过后相当长一段时间，气候仍很寒冷，不见陌头柳色的情况也属司空见惯。而初到江南，虽值残冬岁暮，却已感到在湿润温煦的空气中有春天的暖意在萌动。"诗的本质就是发现，诗人永远要像婴儿一样，睁大了好奇的眼睛去看周围的世界，去发现世界的美。"（林庚）这"海日生残夜，江春入旧年"，就是王湾这位好奇而敏感的诗人第一次看到海上日出、感到江南春早时所获得的独特诗意发现。景象是平常的，早就存在的，但王湾的发现与艺术表现却是全新的。不仅富于诗美，而且寓含了哲理的意味，客观上展现了自然界中光明生于黑暗，春意寓于严冬，新事物孕育于旧事物之中的哲理。只不过唐人（特别是盛唐诗人）不习惯言理，不习惯将自己的感受化为明晰的哲理感悟和理趣，特意挑明给读者看；他们宁可将自己的感受融化在生动的形象与奇警的诗境当中，因此显得特别浑涵不露。"生"字"入"字，还将本来无生命的"海日""江春"拟人化了，使它们变成了有生命有灵性的事物，仿佛迫不及待地在残夜未明之时，残冬未尽之际就提前降临，进入人间。这就使诗境在新警、深邃之余增添了一份生动的情致。

尾联是仰望寥廓高天，引动乡思，想象托雁传书，带回洛阳。与前三联为泊舟北固山下望中所见虽有实写与想象之别，而在由江南景物气候与故乡的殊异而引发乡思这一点上，同样显得很自然。虽抒乡思，但境界寥廓，仍与前三联相称。

整首诗给人的突出感受是，气象高华，境界阔远，声调浏亮，充满了对前景的乐观展望，相当典型地体现出盛唐诗歌的特征。

张潮

张潮，生卒年未详，润州曲阿（今江苏丹阳）人，玄宗时处士。殷璠汇集张潮、包融、储光羲、丁仙芝等十八位润州籍诗人之作为《丹阳集》，并评张潮诗云："委曲怨切，颇多悲凉。"（见《吟窗杂录》卷二十六引）李康成《玉台后集》、顾陶《唐诗类选》均选其诗《江风行》（忆妾深闺里。题一作《长干行》）。《全唐诗》录存其诗五首。

江南行

茨菰叶烂别西湾①,莲子花开犹未还②。妾梦不离江水上③,人传郎在凤凰山④。

[校注]

①茨菰,即慈姑,植物名,可食用或药用。晋嵇含《南方草木状》卷上:"绰菜夏生于池沼间。叶类茨菰,根如藕条。"茨菰叶烂,在秋末冬初季节。西湾,在扬州瓜洲镇附近。②莲子花开,即莲花开放,时当六月。开,《英华》作"新"。③水上,《全唐诗》校:"一作上水。"④凤凰山,《方舆胜览·鄂州·山川》:"凤凰山,在江夏县北二里,其形如凤,故名。"又,杭州有凤凰山。《舆地纪胜》卷一浙西路临安府山川:"凤凰山,在城中。下瞰大江,直望海门,今大内(南宋宫城)在焉。郭璞《地记》:'天目山前两乳长,龙飞凤舞到钱塘。'"唐时是否已称"凤凰山",待考。或云,凤凰山在江宁南门内,见《江宁府志》。此处似以鄂州之凤凰山为是。

[鉴赏]

张潮现存诗共五首(其中《江风行》"忆妾深闺里"一首,题又作《长干行》,或云李白作,或云李益作,当从李康成《玉台后集》、顾陶《唐诗类选》作张潮诗),均写江南水乡商人妇对远行丈夫的思念及女子采莲活动,富于民歌风味。本篇是其中最得古乐府神理的天籁式作品。

一、二两句写丈夫别家之久。去年"茨菰叶烂"的秋末冬初时节,与丈夫在"西湾"分别,到今年"莲子花开"的盛夏季候,丈夫仍然没有归家。自别至今,已历四季。"商人重利轻别离",外面的世界又有许多诱惑(如诗人《襄阳行》所说的"君到襄阳莫回惑,大堤诸女儿,怜钱不怜德"),经年不归是常事,丢下妻子空房独守、日夜思念。"犹未还"三字中包含长期的思念、守候和想望。诗人《江风行》说:"远方三千里,思君情未已。日暮情更长,空望去时水。孟夏麦始秀,江上多南风。商贾归欲尽,君今尚巴东。巴东有巫山,窈窕神女颜。常恐游此方,果然不知还。"一、二两句的空白处就包含了这一系列感情内容,古诗可以展衍抒写,绝句只能概括叙写,让读者自行寻味。写别离之久,拈出"茨菰叶烂"

与"莲子花开",最具民歌神理。"茨菰"入诗,已属创举,复言"叶烂",更不避浅俗;不说"荷花",而言"莲子花",亦极具民间语言本色。这种土得似乎掉渣的语言,不仅显现出水乡的风物特征,且连人物的神情口吻也隐隐传出。朴素本真中自含隽永情味("莲子"谐音"怜子")。

第三句因离别之久、思念之久而频频入梦。"妾梦不离江水上",居住在江南水乡之地,双方离别在江边的"西湾",江南商人经商的地方又多为沿江城市,来往交通工具均为舟船,则"妾梦不离江水上"正是双方生活的真实反映。值得注意的是,这里只虚说泛称"不离江水上",不具体说究竟在江边的哪座城市,正透露出商人到处漂泊、居无定所的特点,因而即使做梦,闪现在眼前的也只是一片茫茫的江水而已。

妙在第四句紧承"不离江水上"突作转折:"人传郎在凤凰山。"这"凤凰山"究竟是实有的地名,还是随意虚构的山名,无关紧要。关键在于郎之所在与女主人公日之所思、夜之所梦完全背离,出乎她的意料。这一转折不仅进一步透露出商人的行踪飘忽不定,而且更深一层表现了女主人公的渺茫失落和相思怨望。

前三句由别离之久引出思念之殷、入梦之频,而第四句所说的"凤凰山"却是一个连梦也不曾梦见过的地方,即使想在梦中追寻也无法实现。"不离江水上"虽然虚泛,总不离江水,而"凤凰山"则远超她的生活经验,近乎虚无缥缈了。前人谓此化用沈约《别范安成》"梦中不识路,何以慰相思"诗意,虽未必自觉用此,但确可帮我们理解张诗末句的意蕴。连梦中都无从追踪郎之所在,则女主人公的感情连找一个虚幻的寄托都不可能了。句首的"人传"二字也很值得玩味。这说明"郎在凤凰山"乃是一个口耳相传的不确定的消息,然则据此去追踪郎之行踪,更属幻中之幻了。

全诗采用对起对结的格式,各句之间、前后幅之间,特别是对结之外,留有很大的空白。女主人公在听到"人传郎在凤凰山"之后的感情反应和心理活动,虽不着一字,却含蕴丰富,情味悠长,给读者留下广大的想象空间。诗的语言极朴素而本色,亦极隽永而耐味。"浅到极处,俗到极处,便去《三百篇》不远",清代黄生此评固有识,但关键还在浅俗之中蕴含着真挚深厚的生活内容和感情内容。

崔国辅

崔国辅,生卒年未详,吴郡(今江苏苏州)人。郡望清河。祖崔信明,以"枫落吴江冷"之句知名。开元十四年(726)登进士第,初授山阴尉。二十三年登牧宰科制举,授许昌令。开元末、天宝初迁左补阙、起居舍人,转礼部员外郎。天宝十载(751)任集贤院直学士。十一载坐与被赐死之权臣王鉷为近亲,贬夷陵郡司马。约至德初,或曾为广州节度使何履光幕僚。殷璠《河岳英灵集》选录其诗十一首,谓"国辅诗婉娈清楚,深宜讽味。乐府数章,古人不能过也"。《全唐诗》载录其诗一卷,其中乐府占半数以上,尤长五绝。

崔国辅

小长干曲①

月暗送潮风②,相寻路不通③。菱歌唱不彻④,知在此塘中。

[校注]

①《小长干曲》,乐府杂曲歌辞旧题,参见后崔颢《长干曲》注①。②潮,《全唐诗》校:"一作湖。"③相寻,指男子寻找采菱的女子。两句写月色昏暗,送潮风起,舟行受阻不通。④菱歌,采菱舟上传来的女子歌声。彻,止、终。《尔雅翼》:"吴楚之风俗,当菱熟时,士女子相与采之,故有采菱之歌以相和。"

[鉴赏]

崔国辅的五言四句小乐府现存二十一首,占其现存作品总数之半,其中又以写江南水乡青年男女劳动与爱情的最为出色。《小长干曲》是《长干曲》的别调,这首诗写一位青年男子对所爱女子的追寻。

首句写月暗风起。"送潮风"指由东向西推送晚潮入江的大风。这种大风,自然使湖面和池塘掀起波浪。由于刮风,天气阴沉,月亮显得暗淡朦胧,看不清周围景物。这句写月暗、写风浪,正是为下面三句描写的情景提供特定的环境与背景。

由于月色暗淡,风吹浪起,寻找所爱女子的青年男子既看不清塘中的景物,乘坐的小舟也因风阻而难以行进。"路不通",正是"月暗"与"潮风"的结果,全篇中叙事仅此一句,却明白揭示了诗的主要内容,是诗的核心和主句。

就在青年男子因"相寻路不通"而彷徨踟蹰、茫然四顾之际,菱塘远处却传来女子悠扬婉转、不绝如缕的菱歌清唱之声。这歌声,是那样熟悉和亲切,一听而知它正是自己所追寻的女子所唱的歌声。"菱歌唱不彻",水乡女子在劳动时唱歌,本就有以之传递爱情信息的意味,这位为青年男子所追寻的女子不绝如缕的菱歌清唱之声,显然也具有传情示爱的意味。但月色昏暗,菱塘中一片朦胧,故虽闻声而心驰神往,却不知对方究竟在塘的哪一隅,更不知如何乘舟前往与之相会。"知在此塘中"的"知"字,所暗示的正好是它的反面:虽明知对方就在此塘中,却月暗潮风路不通,歌传情通不知处。这一结,传出了含蓄隽永的情韵,摇漾出了一片秋水伊人式的朦胧诗境,将青年男子闻声神驰的情状,追寻不见的茫然和遗憾,和虽不见仍缠绕不已的追寻都生动地表现出来了，而男女双方虽阻隔而不见，却声传而心通的意蕴也自然包含其中。诗既具民歌的清新明快，又兼有文人诗的含蓄蕴藉，是二者的完美结合。

崔颢

崔颢（？—754），汴州（今河南开封）人。开元十一年（723）登进士第。开元年间，曾游江南。开元后期至天宝初，曾任职河东军幕。后任太仆寺丞，累官司勋员外郎，后人称"崔司勋"。崔颢与王昌龄、高适、孟浩然均为开元、天宝间文士知名者，除高适外名位均不达。（见《旧唐书·文苑传·崔颢传》）芮挺章《国秀集》选其诗七首。殷璠《河岳英灵集》选其诗十一首，并谓其"少年为诗，属意浮艳，多陷轻薄。晚节忽变常体，风骨凛然。一窥塞垣，说尽戎旅"。《全唐诗》编其诗为一卷，共四十二首，五七言律中边塞、登览、行旅及五绝仿江南民歌等作，均有佳制。七言歌行《江畔老人怨》《邯郸宫人怨》为篇幅较长之叙事诗，亦开风气之先。

黄鹤楼①

昔人已乘白云去②,此地空馀黄鹤楼。黄鹤一去不复返,白云千载空悠悠③。晴川历历汉阳树④,春草萋萋鹦鹉洲⑤。日暮乡关何处是?烟波江上使人愁。

[校注]

①黄鹤楼,故址在今湖北武汉市武昌蛇山黄鹄矶上。相传为三国吴黄武二年(223)初建。《南齐书·州郡志下·郢州》:"镇夏口……城据黄鹄矶,世传仙人子安乘黄鹤过此上也。"《元和郡县图志·江南道三·鄂州》:"州城本夏口城,吴黄武二年,城江夏以安屯戍地也。城西临大江,西南角因矶为楼,名黄鹤楼。"南朝齐、梁时黄鹤楼已闻名于世,唐时极盛。宋代黄鹤楼已成群体建筑,历代屡毁屡建。光绪十年(1884)毁于大火。新黄鹤楼于1985年在蛇山西端高观山西坡新址建成。陆游《入蜀记》卷五则云:"黄鹤楼,旧传费祎飞升于此,后忽乘黄鹤来归,故以名楼。号为天下绝景。"②昔人,指仙人子安(或费祎)。白云,《国秀集》《又玄集》《才调集》《文苑英华》《唐百家诗选》《唐诗纪事》《唐诗鼓吹》《瀛奎律髓》《唐诗品汇》选录此诗并作"白云",敦煌文本伯3619、宋太宗手书此诗亦作"白云",可证自唐天宝至明初所见崔颢此诗首句均同作"昔人已乘白云去"。按:"白云"典出《庄子·天地》:"乘彼白云,游于帝乡。"后因以"白云乡"为帝乡,"乘白云"为乘云登仙。作"黄鹤"者不知始于何时(按:《唐诗解》选此诗作"黄鹤"),或因费祎飞升于此而附会。《太平寰宇记》谓蜀费祎登仙,曾"乘黄鹤于此楼憩驾"。③悠悠,飘荡貌。④晴川,指阳光映照下的江边一带平川。历历,分明貌。汉阳,在武昌西面,隔江与黄鹤楼相望。⑤春,《全唐诗》原作"芳",据《国秀集》等改。萋萋,茂盛貌。《楚辞·招隐士》:"王孙游兮不归,春草生兮萋萋。"鹦鹉洲,唐时在黄鹤楼东北长江中。东汉末名士祢衡曾作《鹦鹉赋》,相传后来在此被黄祖所杀害。《舆地纪胜·荆湖北路·鄂州》:"鹦鹉洲旧自城南跨城西大江中,尾直黄鹤楼,黄祖杀祢衡处。衡尝作《鹦鹉赋》,故遇害之处得名。"鹦鹉洲后被江水冲没。

崔颢

[鉴赏]

　　撇开这首著名作品在接受史上的一系列争论（诸如孰为唐人七律第一的争论，此诗究系律体抑古体的争论，以及沈佺期《龙池篇》，崔颢《黄鹤楼》，李白《凤凰台》《鹦鹉洲》诸作之间关系与优劣的研讨），就诗论诗，这首登临之作内容本很平常，整体构思亦属登览诗的常规，其独特处全在贯注全诗的超逸高远的气韵意境。

　　就诗的构思而论，此诗前四句明显是因眼前的黄鹤楼楼名起兴，因仙人乘白云驾黄鹤飘然远举的传说和自己登楼的行动而生发遐思感慨。五、六两句是登楼遥望所见景物。七、八两句则是由目接萋萋春草和日暮烟波引发的归思乡愁。全篇所写的内容，也就是登名楼而生遐想、望远景而起乡愁。从这方面看，它的确很平常，和一般的登览之作没有多大区别。

　　但前四句尽管是因楼名起兴，紧扣题面，抒写仙人乘黄鹤的传说引起的遐思和感慨，却写得飘忽超逸、奇警灵动，极富远神远韵。起句"昔人已乘白云去"，欻然而来，飘然而去，语气口吻中透露出对仙人飘然远举的向往歆慕。"白云"，自明代中叶以来诸家选本、总集及评论均作"黄鹤"，但唐人选本《国秀集》《河岳英灵集》《又玄集》《才调集》，至宋初《文苑英华》，南宋《唐诗纪事》，再到《瀛奎律髓》《唐诗鼓吹》，再至明初《唐诗品汇》，无一例外均作"白云"，可以确证崔颢原诗首句定当作"昔人已乘白云去"，作"黄鹤"者乃明代中叶选本如《唐诗解》的擅改。金圣叹说："若起手未写黄鹤，已先写一白云，白云出于何典耶？"其实，这句的白云正是用《庄子·天地》"乘彼白云，游于帝乡"的熟典，用来写仙人乘云远举而去，可谓十分切合，可惜历来的注家因成见在胸，都忽略了。纪昀则谓："改首句'黄鹤'为'白云'，则三句'黄鹤'无根，饴山老人（赵执信）批《唐诗鼓吹》论之详矣。"此说初看似颇有理，实则作者意中，"乘白云"与"驾黄鹤"而上仙界本是一事，"昔人已乘白云去"，亦即昔人已乘白云驾黄鹤而上仙界之意，为与下句"此地空馀黄鹤楼"构成对仗，故单提"白云"而略去"黄鹤"，至第三句"黄鹤一去不复返"正补足首句之"乘白云"乃乘云驾鹤之省，这正是通常的互见之法。至第四句的"白云"则单指"白云"而不包括"黄鹤"，因为上句已明言"黄鹤一去不复返"矣。总之，首句"白云"兼包白云、黄鹤，三、四句黄鹤、白云则单指。理清这一头绪，前四句的意思豁然贯通，了无窒碍。

　　次句"此地空馀黄鹤楼"承上忽然抑转，表现出登楼的诗人面对眼前的黄鹤楼时追踪歆慕昔人之飘然远举而不得的一丝怅惘和失落。虽有些许感慨，感情并不沉重。

　　第三句"黄鹤一去不复返"，承一、二两句作进一步渲染，以突出对乘云驾鹤仙去的向往和向往不得的遗憾。妙在第四句突然宕开写景："白云千载空悠悠。"黄鹤不返，仙人杳然，空余巍峨的楼阁，伴着悠悠飘荡的白云。白云悠悠，是眼前景，但说"千载"，则在目接眼前的同时已思接千载，织入了想象的成分。说"空悠悠"，则更突出了诗人的空廓失落之感，与第二句的"空"字相映成趣。以上四句，"白云"两见，内容有兼包、单指之别；"黄鹤"两见，分指楼与鹤。"空"字、"去"字两见。反复运用重字，加强了蝉联层递，一气旋折的气势，第四句突以"白云千载空悠悠"承接，在顿宕之中显示出悠远的神韵。从表面看，这似乎只是由仙人乘云驾鹤凌空远举的传说引起的遐想和感慨，但实际上这里所透露出来的却是对广阔高远宇宙空间和悠远时间的悠然神往。这种遐想，在盛唐那样一个富于浪漫气息的时代，具有相当大的普遍性和典型性。前人或指出前四句不合律，或谓非古非律、亦古亦律、运古入律，都是实情。崔颢并非不谙律，他的诗集中已有完全符合音律要求的七律，他之所以任意挥洒，正是由于他要抒发的这种对广远时空的向往追求，恰恰需要这样一种纵横驰骋的笔法来表现。只有这样，才能充分表现诗人一气鼓荡的内在精神力量和健举气势。从格调上看，这四句确有模仿沈佺期《龙池篇》前幅的显著痕迹，但沈诗有新格而无神气，崔诗则以气势驭旧格，故能超越沈诗，成千古绝唱，后来李白的《凤凰台》《鹦鹉洲》，又仿崔诗格调，但同样能以气驭格，故皆为佳制。单纯从格调的创制因袭着眼，忽略内在的气势力量，就容易得出片面和表面的结论。

　　五、六两句，由驰骋广远时空的遐想收归眼前所见江上景色。由抒情到写景的这一转折变化，初读似稍感突兀，但一则从登览这一特定情境来说，前四句是登览所引发之情，五、六句是登览所望之景，究其实并未离开登览这个中心；二则在第四句"白云千载空悠悠"的描写中，已经包含了眼前"白云悠悠"的景象，只不过是登楼仰望长空，见白云悠悠飘荡而已。因此，五、六由仰望长空过渡到俯瞰江景，也就显得非常自然。两句写在晴日映照下，汉阳一带的江边平川上，树木繁茂苍郁，历历可见；而江中的鹦鹉洲上，则春草萋萋，一片盎然春色。诗人笔下的江上景色，色彩明丽，富于生机，充满春意，透露出诗人在登览春江胜景时的淋漓兴会和喜悦赏爱之情。而"历历""萋萋"的叠字成对，一方面加强了这一联工整的对仗明快流利的色彩；另一方面又与前四句中的多处重字构成对应，加强了浑然一体的感受。方东树说:"五、六虽断写景,而气亦直下喷溢。"这个感受是非常真切的。这贯串前后幅的"气"便是对阔远时空的向往追求和热情礼赞。

七、八两句,由望中江上明丽阔远之景转而抒写日暮烟江的苍茫乡愁。这转折也和五、六句的转折一样,看似突然,实则自然而合理。从登览这个全篇的核心和主轴来看,五、六句写眺望中的江间景物,七、八句由近而远,将视线引向更远处的乡关——汴州,是登览的自然延伸和归宿。从景与情的关系来看,五、六句所描绘的江上春景固然明丽,但在点明"汉阳树""鹦鹉洲"的同时,也就透露出客游异乡的消息,极易触动"虽信美而非吾土"的乡愁,尤其是第六句"春草萋萋"的景象中已经暗含了引动乡思的触媒——"王孙游兮不归,春草生兮萋萋",由"春草萋萋"景象引发"王孙游兮不归"的乡愁也就非常自然。再从景物本身来看,五、六句与七、八句之间也包含了时间的推移和景物色调的变化。五、六句是晴日高照下江上明丽之景,七、八句却已变为日暮烟波浩渺、山川杳远的苍茫之景,这自然使潜在的乡愁进一步由隐而显,从而发出"日暮乡关何处是?烟波江上使人愁"的感叹。虽说是乡愁,却并不沉重,更不悲伤,而是和苍茫阔远之景相融合的一缕轻愁,一丝惆怅。因此,这个结尾,在景物的色调上虽与上一联有苍茫、明丽之别,但又都统一于阔远的境界。诗人这种向往追求阔远时空境界的精神,是贯串始终的。正是这贯注全诗的"气",使诗虽屡经转折,却一气浑成,成为一个有机的整体。

长干曲四首① (其一、其二)

其 一

君家何处住?妾住在横塘②。停船暂借问,或恐是同乡。

其 二

家临九江水,来去九江侧③。同是长干人,生小不相识④。

[校注]

①长干,地名,旧址在今江苏南京市附近。《文选·左思〈吴都赋〉》刘逵注:"江东谓山冈间为干。建邺之南有山,其间平地,吏民居之,故号为干。中有大长干、小长干,皆相属。"《长干曲》,乐府杂曲歌辞诗题。《乐府诗集》卷七十二载《长干曲》古辞云:"逆浪故相邀,菱舟不怕摇。妾家扬子住,便弄广陵潮。"

写长江下游水乡地区青年男女的爱情，文人仿作，亦多咏此。另有《小长干曲》，内容情调类似。而题为《长干行》者则多为篇幅较长、有较多叙事成分之作，内容则多咏商人妇的生活与感情，与《长干曲》有别。崔颢这组诗原题是四首，这里选取的是一、二两首，系男女问答的联章体。②何处住，《河岳英灵集》《乐府诗集》作"定何处"。横塘，古堤名。三国吴大帝时于建业南淮水（即今南京秦淮河）南岸修筑，为百姓聚居之地。左思《吴都赋》："横塘查下，邑屋隆夸。"横塘与长干相近。③九江，本指长江水系的九条河，此泛指长江下游的一段。④生，《全唐诗》原作"自"，据《乐府诗集》及明铜活字本崔集改。生小，即自小。《玉台新咏·古诗为焦仲卿妻作》："昔作女儿时，生小出野里。"

[鉴赏]

崔颢的《长干曲》共四首，或以为四首系联章体组诗，但细审三、四二首（其三："北渚多风浪，莲舟渐觉稀。那能不相待，独自迎潮归。"其四："三江潮水急，五湖风浪涌。由来花性轻，莫畏莲舟重。"），其主人公、具体场景、感情意蕴与一、二两首均未必相同。一、二两首，由行舟过程中女主人公与男主人公的问答组成，其为联章体显然。三、四首则各自独立成章，与一、二首仅同题而已。

理解这两首诗的关键，在正确把握诗中男女主人公于一问一答中所蕴含、所透露的情意的性质与程度。既不必像沈德潜那样，强调"不必作桑濮看"，否认其中的爱情意蕴；也不能将青年男女偶然相遇而萌发的似有若无的情愫夸大为有意的示爱，从而无形中损害其健康朴素、天真无邪的本色。

首章是女子的主动搭话发问。劈头一句"君家何处住"，问得突兀。彼此本不相识，舟行偶遇，便单刀直入地问起对方的籍贯家居；紧接着，不待对方回答，又立即自报家门，说自己家住横塘。第一句是本不相识而主动发问，第二句是不等对方回答而自告籍贯，说是"情急"，未免夸大了初次相遇的感情程度。其实，在女子心目中，既问对方家住何处，则先主动告知对方自己的里居自是情理中事，正所谓礼尚往来。因此，"妾住在横塘"也就是随口道出，未必含有深意。然而，舟行过程中偶然相遇，便如此主动地问起不相识的男子的里居并自报家门，毕竟又自感有些唐突，因此便有三、四两句的补充交代说明："停船暂借问，或恐是同乡。""停船"二字，从对话中自然交代了这是在舟行过程中暂时停一下船向对方搭话发问，使叙事融入对话之中，笔意灵妙。

如此看来，第一首写女子的搭话发问，目的似乎只是要证实一下，对方是否自己的同乡。但细加体味，无论是主动发问或自报家门，甚至连主动交代发问动机，统统不是真正的目的。真正的目的只有一个：想跟这位舟行偶遇的男子搭话。这种主动搭话的愿望与行动，自然透露了这位女子对偶然相值的男子某种朦胧的好感。但也仅此而已。如果理解为主动示爱，便不免过分；如再加以渲染夸大，便更远离实际。

第二首是男子的答词。"家临九江水，来去九江侧。"意思是说，自己的家紧靠着长江水，来来去去都经过长江边。这实际上是说，自己虽是长江下游一带的人，却常年在外，过着水宿舟行的生活。这位男子或许常年出门做生意，或许是专门替人跑运输的船夫，总之是个以舟为家的漂泊者。正因为如此，尽管自己与女子"同是长干人"却"生小不相识"。"同是长干人"自然是回答女子"君家何处住"的发问和"或恐是同乡"的推测的，但"生小不相识"的说明却有点答非所问。细加体味，男子的这一声明又十分合乎情理。因为按一般的生活逻辑，既是"同乡"，自必"相识"，但实际情况却是彼此虽自小就"同是长干人"，却并不相识。既同乡而不相识，自必要交代其缘故，于是便有了一、二两句对自己常年出门在外的生活状况的说明。

如此看来，第二首男子答话的主要目的竟又似向对方解释"同是长干人，生小不相识"的原因了。表面上看，确乎如此。但实际上男子这番答话所蕴含的情愫却是对这位主动搭话发问的同乡女子一种虽陌生又亲切的感情，其中或许还包含了些许"生小不相识"的遗憾和今日江上邂逅的欣喜。

诗写到这里，即径自收束。这幕只有男女两个人物一问一答的短小独幕剧即行落幕收场。以后的发展究竟如何，一凭读者依据已经写到的情景去想象推测。也许这江上邂逅，既是开场，也是结束；也许会继续交谈，并舟而行。但即使是前者，这次江上邂逅"生小不相识"的同乡异性、彼此交谈的场景，也会长久保存在男女主人公的记忆中，成为一道令当事人反复回味的风景。因为它包蕴着青年男女偶然相遇时萌发的对异性的朦胧好感和彼此似无意而有意的感情交流。

王夫之激赏这两首诗，说它"墨气所射，四表无穷，无字处皆其意"，"咫尺有万里之势"。这"无字处皆其意"，指的就是在这对青年对答之中所蕴含的那种丰富含蓄、难以言传的情意，特别是初次邂逅时女方那种既大胆主动，又带点羞涩与腼腆；既想表达朦胧好感，又有几分试探和掩饰的情态，男方的质朴淳厚在答语中也得到生动的表现。这样微妙的感情，即使用精细的心理分析语言来表述，也难以尽传。而诗人却通过极朴素本色的人物对话，毫不费力而极为含蓄地表现出来，这确实是一种貌似生活的原生态、实为极高妙的艺术境界。

常建

常建（？—约756），字号、里居均未详。开元十五年（727），与王昌龄同榜登进士第。天宝年间曾任县尉（宋陈振孙《直斋书录解题》卷十九诗集上著录《常建诗》，署唐盱眙尉常建撰，但常建《赠三侍御》诗则自云"谁念独枯槁，四十长江干。责躬贵知己，效拙从一官"，似做官之地在长江边）。天宝十二载（753）之前曾隐于鄂渚（今湖北武汉市武昌）。天宝后事迹不详。《新唐书·艺文志》谓其为"肃、代时人"，但建现存诗未见天宝乱后迹象。殷璠《河岳英灵集》首选常建诗，称其"旨远""兴僻""属思既苦，词亦警绝"。《全唐诗》编其诗为一卷。今人王锡九有《常建诗歌校注》。

常　建

题破山寺后禅院[1]

　　清晨入古寺，初日照高林。竹径通幽处[2]，禅房花木深。山光悦鸟性[3]，潭影空人心[4]。万籁此都寂[5]，但馀钟磬音[6]。

[校注]

　　[1]破山寺，即兴福寺，在江苏常熟市虞山北麓。南朝宋郴州刺史倪德光舍宅为寺，初名大慈寺。梁大同五年（539）重修时，因于大雄宝殿内发现一隆起大石，左看像"兴"，右看似"福"，故改称兴福寺。又因寺居破龙涧下，相传龙斗破山而去，故又称破山寺。唐懿宗咸通九年（868），赐大钟一口，重一千三百六十斤，并题额"破山兴福寺"。现存唐幢一。[2]宋吴可《藏海诗话》："苏州常熟县破山头有唐常建诗刻，乃是'一径遇幽处'。盖唐人作拗句，上句既拗，下句亦拗，所以对'禅房花木深'，'遇'与'花'皆拗故也。"但《河岳英灵集》选录此诗已作"竹径通幽处"，《文苑英华》同。竹，《全唐诗》校："一作曲。"[3]句意谓山光和山鸟的性情契合，使山鸟怡然自悦。[4]潭影，指寺边潭水映现出天容山光树色的倒影。因潭水清澈莹洁见底，使人尘俗之念尽消，故云"空人心"。[5]籁，从孔穴中发出的声响。万籁，各种声响。都，一作"俱"。[6]钟磬音，寺院中敲击钟磬的声响，作为诵经、斋供的起止信号。

[鉴赏]

　　常建以写游赏、音乐、征戍题材的诗佳篇居多。这些题材在唐诗中均属常见，但在常建笔下，却显现出独特的内容意蕴和艺术境界。像这首游赏寺院的诗，就以意境的清幽绝俗和精警浑融为特色，不但在当时就受到选家评家的激赏，而且从宋代以来，一直受到诗家的高度赞誉，是一首既有警策又通体完整的佳作。

　　头两句平直起势，交代清晨寻访古寺，朝日照林，是全篇中唯一带有叙事色彩的诗句。破山寺始建于刘宋，至盛唐时已是数百年的"古寺"。头一句五字仿佛极平常随意，却为下两句的抒情写景提供了特殊的时间背景和氛围。诗中所有描写都离不开"清晨"这个特定的时间和"古寺"这一特定的对象，"入"字则显示了诗人由外而内的渐进行程，以及这一行程中的视听感受和心理感受。五个字无一泛设，却毫无着意布置之痕，只如信口道出。寺庙周围多树林围绕，因为是"古寺",故树木高大茂密。"初日",正应上句"清晨"。这高树丛林环绕中的古寺,已初步显现其幽深绝尘之迹,而初日照映高林,又为幽深的古寺增添了一抹亮色,且下启"花木深"和"山光""潭影"所显示的晴明之色,使整个环境虽清幽而不冷寂。

  颔联承首句"入古寺",写由外院进入内院的过程。佛寺的前院一般建筑高大,气势宏敞,不能显示幽深特征,故此处略去不写,直接写后院,亦见诗人"清晨入古寺"意在寻幽。"禅房"即题内"后禅院",系僧人居室。由前院至后院,有一片茂密的竹林,竹林间有一条蜿蜒曲折的小径,行过这条小径,在路尽头的幽深处,眼前忽现花木丛萃掩映中的禅房。"竹径"在明清以来的选本中多作"曲径",其实"竹径"本身就给人以幽洁深邃之感,它与"通幽"的叠加,更突出了境界的深幽,而改作"曲径"则只强调径之弯曲而乏深幽之致,非诗人本意。"花木深",是形容花木的繁茂丛萃,通常会给人以热闹艳丽的印象。但在这竹径通幽之处为繁密的花木所围绕掩映的"禅房",却更显出了它的幽寂。鲜明的色调突出的是幽静的效果,而这种幽静中又透出一种欣然的生机,故非冷寂与死寂,这正是"花木深"的妙用。两句虽非偶对,却谐声律,十字一意贯串,意致流走。所写景物在寺院中本属常见,诗人把它们放在由外而内的行进过程中,特别是放在"竹径通幽"的行程中来写,就使这两句诗体现出一种于无意中忽然发现新美境界的意外欣悦。这层象外之意,单独读其中某一句,都无法发现,只有十字连读,才能真正体味到。它的句法、构思,有些类似陆游《游山西村》的"山重水复疑无路,柳暗花明又一村",但陆游把这层意外发现新美之境的欣喜挑得比较显露,远不如常诗这一联来得自然而浑融。欧阳修激赏此联却欲拟之而不得,很可能就是因为难以复制这种偶有所遇、伫兴而就的含蓄浑融的象外之致。

  腹联是入后禅院以后游观周围景物的所见所感。"山光",指山中摇漾照映的晴光,应首联"清晨""初日"。清晨是山鸟从沉寂幽静中醒来以后最活跃欢快的时刻,空气的清新和初阳的光照更使它们尽显活跃的生机。诗人仰观晴光照映下的山鸟欢快啼鸣飞翔的景象,用一"悦"字将"山光"与"鸟性"之间契合无间的内在联系生动地展现出来,既体现出大自然的物象之间所包蕴的禅机,又使整个诗句充满欣然生机。下句是俯视所见所感。寺边的潭水清澈见底,树木天色和潭边游赏的人尽皆倒映其中。这湛然空明的潭水一时间使自己的心境也变得空明澄净,一尘不染。这句所写的景色仍和"清晨"的寂静有密切关联。和上句一样,这一句也包含着禅悟的意蕴。但这"空"却非空幻和空无,它表现的是一种明澈莹静、远离尘嚣的恬然自适的心境。

结联写入后禅院的听觉感受。由于是"清晨",大自然的一切声响此时都还处于沉寂潜伏的状态,刚从沉睡中醒来时或一鸣的山鸟也仿佛停止了鸣叫。整个寺院中,只听到寺僧诵经礼佛开始时清越的钟磬之声在悠悠回荡。诗写到这里,即徐徐收住,留下清晨古寺钟磬的余音在读者耳边回响,而诗人听此钟磬之声时那种远离尘嚣的清迥感受也自然蕴含其中。

诗的后幅,在描绘抒写"入后禅院"的视听感受中确实包含了带有禅悟之意的心灵感受。但这种禅悟,实际上不过是对清幽绝尘的方外之境的一种诗意顿悟。哲理的成分远低于诗意的欣赏感悟。如果从表现禅思哲理的角度去要求,不免平浅无奇;但从表现对清幽绝俗的方外之境带有禅机的诗意感受着眼,它却显得新颖奇警,能给人一种新鲜而具启示性的感受,它清幽寂静,却毫无枯寂幽冷之感。禅意与生机,在诗中被高度和谐地统一起来了。

三日寻李九庄①

雨歇杨林东渡头,永和三日荡轻舟②。故人家在桃花岸,直到门前溪水流③。

[校注]

①三日,指农历三月初三。汉以前以农历(即夏历)三月上旬的巳日为上巳。魏、晋以后,定为三月三日,不必取巳日。《后汉书·礼仪志上》:"是月上巳,官民皆絜于东流水上,曰洗濯祓除去宿垢疢为大絜。"此诗写三月三日寻访友人李某居住的村庄。"九"是李某的排行。②永和,晋穆帝年号(345—356)之一。王羲之《兰亭集序》:"永和九年(353),岁在癸丑,暮春之初,会于会稽山阴之兰亭,修禊事也。群贤毕至,少长咸集。"此言三月三日荡轻舟前往李九庄。③故人,指李九。二句化用陶渊明《桃花源记》意境。

[鉴赏]

诗的题材很平常,内容也极单纯:三月三日上巳节这一天,乘一叶轻舟去寻访家住溪边的朋友李某。头一句写这次行程的出发点——杨林东渡头的景物。顾名思义,可以想见这个小小的渡口生长着一片绿杨,出发时潇潇春雨已经停歇。杨林经过春雨的洗涤滋润,益发显得青翠满眼,生意盎然。这清新明丽的景色,为这次轻松愉快的访游提供了一个适宜的环境氛围,也为下句"荡轻舟"准备了条件。

第二句写舟行溪中的愉快感受和诗意联想。因为是三月三日上巳节这一天乘舟寻访友人,这个日子本身,以及美好的节令、美丽的景色,都很容易使诗人联想起历史上著名的山阴兰亭之会。诗人特意标举"永和三日",读者即可从此引发丰富的联想,在脑海中浮现一幅"天朗气清,惠风和畅""茂林修竹,清流激湍"的清丽画面,和"群贤毕至,少长咸集""游目骋怀,足以极视听之娱"的雅集情景。而句中"荡""轻"二字,更将诗人轻松愉悦的心情和淋漓的兴会自然透露出来了。

三、四两句转写此行的目的地——李九庄的环境景色。故人的家就在这条溪流的岸边,村旁河岸,有一片桃林。三月初,正是桃花开得最绚烂的时节,"桃花岸"的字面,让人自然联想起夹岸桃花的武陵源。实际上,作者在这里正是暗用桃花源的典故,把李九庄比作现实中的桃源仙境,只不过用得非常自然巧妙,令人浑然不觉罢了。传为张旭的《桃花溪》说:"桃花尽日随流水,洞在清溪何处边?"同样暗用桃源之典,但张诗以问语作收,得摇曳不尽之致;常诗以直叙作结,见兴会淋漓之情。机杼虽同而意趣自异。

以上所说的是把三、四两句理解为诗人到达李九庄后即目所见的景象。这境界情调,已经非常令人神往。但细味题目中的"寻"字,却感到诗人在构思上还打了一个小小的埋伏。三、四两句,实际上并非到达李九庄时即目所见,而是荡舟途中对目的地的遥想,是根据友人对他居处所作的诗意描述而生发的想象。诗人此前并没有到过李九庄,只是听朋友说过:从杨林东渡头出发,有一条清溪直通我家门前。不须费力寻找,只要看到岸边一片繁花似锦的桃林,就是我家的标志了。这正是"故人家在桃花岸,直到门前溪水流"这种诗意遥想的由来。不妨说,这首诗的意趣就集中体现在由友人的事先提示去寻访友人所居所生发的美好遐想上。这种遐想,为这首本来容易写得比较平直的诗增添了曲折的情致和隽永的情味,李九庄也在遥想中变得更令诗人和读者神往了。

孟浩然

孟浩然（689—740），或曰名浩，字浩然，行六，襄州襄阳（今属湖北）人。居于岘山之涧南园，后又隐于鹿门山。开元十五年（727）在洛阳，与储光羲、綦毋潜、李颀交游。十六年赴京，与王维、王昌龄、贺知章等过从赠答，次年春应进士试未第。十七年秋，自洛之越，历剡县、越州、杭州、桐庐、建德、温州、乐城等地，十九年北归。二十一年，山南东道采访使韩朝宗欲荐之于朝，相约偕行，因浩然爽约而未果。二十五年，张九龄贬荆州长史，辟其为幕府从事，后辞归襄阳。二十八年，王昌龄游襄阳，时浩然疾疹发背将愈，相会甚欢，食鲜疾动，卒。其诗集初由王士源编录。今存宋蜀刻本《孟浩然诗集》三卷，今人李景白、徐鹏、佟培基均有校注本。浩然为盛唐著名山水田园诗人，诗风清旷闲远，朴素平淡中有隽永的韵味。长于五言，古、近体均有佳作。

秋登万山寄张五[①]

北山白云里[②]，隐者自怡悦[③]。相望试登高[④]，心随雁飞灭[⑤]。愁因薄暮起，兴是清秋发。时见归村人[⑥]，沙行渡头歇[⑦]。天边树若荠[⑧]，江畔舟如月[⑨]。何当载酒来[⑩]，共醉重阳节[⑪]。

[校注]

①《全唐诗》校："一作九月九日岘山寄张子容，一作秋登万山寄张文僮。"万，《全唐诗》作"兰"，据《文苑英华》卷二百五十所载及四部丛刊影明刊本改。万山，即汉皋山，在襄阳西十一里。浩然《万山潭》云："游女昔解佩，传闻于此山。"郭璞《江赋》"感交甫之丧佩"李善注引《韩诗内传》："郑交甫遵彼汉皋台下，遇二女，与言曰：'愿请子之佩。'二女与交甫。"可证当作"万山"。张五，浩然有《寻张五回夜园作》云："闻就庞公隐，移居近洞湖。"与此诗"北山白云里，隐者自怡悦"合，当同指一人。②北山，系张五隐居之地。因其在襄阳西北，故称。与诗人所登之万山非一山。③隐者，指张五。陶弘景《诏问山中何所有赋诗以答》："山中何所有，岭上多白云。只可自怡悦，不堪持赠君。"前两句"白云""自怡悦"均用陶弘景诗语及诗意。④试，《全唐诗》校："一作始。"登高，指登万山。⑤《全唐诗》作"心飞逐鸟灭"，据丛刊本及《文苑英华》改。⑥归村人，《全唐诗》校："一作村人归。"⑦沙行，《文苑英华》作"沙平"，丛刊本作"平沙"。⑧荠，荠菜，状其矮小。⑨舟，丛刊本作"洲"。薛道衡《敬酬杨仆射山斋独坐》："遥原树若荠，远水舟如叶。"⑩何当，何时。⑪《艺文类聚》卷四引《续晋阳秋》："陶潜尝九月九日无酒，出宅边菊丛中，摘菊盈把，坐其侧。久之，望见白衣人至，乃王弘送酒也。即便就酌，醉而后归。"九为阳数，九月九日，月、日均为阳数，故称"重阳"。重阳节有登高饮菊花酒赏菊的习俗。《续齐谐记》："汝南桓景随费长房游学累年，长房谓之曰：'九月九日汝家中当有灾，宜急去，令家人各作绛囊盛茱萸以系臂，登高饮菊花酒，此祸可除。'景如言，齐家登山。夕还，见鸡犬牛羊一时暴死。长房闻之，曰：'此可代也。'今世人九日登高饮酒，妇人带茱萸囊，盖始于此。"

[鉴赏]

　　这是一首秋日登高怀念友人的五言古诗,大约是诗人早期隐居襄阳岘山时的作品。

　　开头两句化用陶弘景诗语点明怀念隐于北山的友人张五之意。"北山白云里",是遥望中的北山为白云所缭绕的情景。"隐者自怡悦",是想象白云缭绕的北山中隐居高士张五欣然自赏、悠然自悦的情景。白云悠闲容与,恰似与世无争、自由无拘的隐者精神的象征。在遥望想象中不仅隐约可见隐居友人潇洒安闲的精神风采,而且透露出诗人的怀慕向往之情。

　　三、四两句由"望"而"登",写自己登上襄阳西边的万山,心随飞雁而思念友人的情景。"相望"二字,正承开头两句,指远望友人所在的北山。"登高"正切题内"登万山"。登上万山之顶,遥望北山,但见秋雁南飞,长空一碧,自己却与友人相隔,不能相聚,怀友的心情只能随着飞雁的行列自北而南,直到它消失在远处的天边。"心随雁飞灭",写出了诗人身在万山顶上,遥望友人的居处,久久伫立、深情凝望的情景,写得凝练含蓄而又明快自然。

　　五、六两句,接写登高遥望所引发的"愁"和"兴",并点出题内"秋"字。诗人登万山遥望,怀念友人,心随雁去,已有相当长的一段时间。在伫立凝望的过程中,天色在不知不觉中暗了下来。"愁因薄暮起",薄暮的朦胧空寂,常引发人的愁绪。但这里的"愁",上承望远怀友而不见,当是指怀人的孤寂愁绪。清秋时节的高远爽朗境界,常使人逸兴勃发,李白诗所谓"长空万里送秋雁,对此可以酣高楼""我觉秋兴逸,谁云秋兴悲。山将落日去,水与晴空宜",正可移作对"兴是清秋发"的绝妙形容。上句写薄暮起愁,下句写清秋发兴,似是两种对立的情绪,究其实都和怀念友人分不开。即因怀友不见的空寂而薄暮生愁,又因清秋佳节的美好景象企盼与友共享而发逸兴。

　　接下来四句,是登高俯瞰所见景象。"时见归村人,沙行渡头歇。"这是薄暮中所见渡头景象。傍晚时分,三三两两的归村人,在江边的沙洲上时不时地行走着,走向渡船埠头后便停歇下来。明代以后的本子下句或作"平沙渡头歇",改成静止的画面,孤立地看似更饶画意,却与上句"时见"脱节。这种景象,极普通平常,朴素本色,又极富典型性,画出了古代城乡接合部的渡头薄暮时特有的景象,于悠闲容与中透出安详静谧的氛围和亲切喜悦的感受。再往远处看,但见天边的树木矮小得如同贴地而生的荠菜,江边的船只则正像天上的一弯新月。上句虽化用前人诗句,却如同己出,且较戴暠的"长安树如荠",薛道衡的"遥原树若荠"

都更显得自然贴切,流畅爽利。下句虽或受薛诗"远水舟如叶"的启发,却独出机杼,创造出一个全新的比喻。"舟如月"之喻,非由刻意搜寻苦思而得,而系即景取譬,伫兴而就。盖因时值晚暮,一弯新月已挂天上,而江畔之舟,远望正如一钩新月,故有此看似新奇实则自然巧合的比喻。这四句写登临俯瞰所见薄暮时的远近景物,极富画意,且将"兴是清秋发"一句中的"兴"作了极为形象的表现。诗人的清秋逸兴就寓于这美好的画面之中。

如此美好如画的江边秋景,仅仅独自登览,未免遗憾,因此结尾两句便道出"寄张五"的本意:亟盼友人载酒前来,在重阳佳节共赏菊花,共饮菊花酒,共醉菊花前。从一开始的"隐者自怡悦"到结尾的"共醉重阳节",是诗人清秋逸兴的进一步抒发。对重阳节,诗人似乎情有独钟。《过故人庄》就同样以"待到重阳日,还来就菊花"作结。同样是相约,不过一则是邀友重阳载酒前来,一则是自己前往访友赏菊。这可能是由于自陶诗"采菊东篱下,悠然见南山"之句以来,饮酒已经成了隐士高标逸韵的一种象征。诗的最后两句,以"何当"领起,由登望而遥想,自然交代清了题目,从登高遥望北山友人到邀其重阳载酒共醉,怀友之情也同样得到了更充分的表现。

这首诗写登高远望所见景物和由此触发的怀友之情、清秋之兴。三者之间,清秋之兴是连接远望之景和怀友之情的纽带。"时见"四句,描绘江边景物,饶有诗情画意,其中便蕴含有欣赏清秋景物时的高情逸兴,而这种高情逸兴又进一步触发怀友之情,从而企盼"何当载酒来,共醉重阳节"。这种构思,与一般的登览写景诗情与景交融互渗者有所不同。如果孤立地欣赏"时见"四句,把它看作单纯的江边风景画,而忽略其联系情景的作用,不免有负作者用心。

诗所抒写的情思,虽平淡闲适,却流露出对乡居生活和景物的亲切喜悦,这在"时见"四句中表现得最为明显。正是由于这种内在的感情,这首写隐者生活与心境的诗毫无萧瑟幽冷之感,而是充满了人间生活气息。

夏日南亭怀辛大[①]

山光忽西落[②],池月渐东上。散发乘夕凉[③],开轩卧闲敞[④]。荷风送香气[⑤],竹露滴清响。欲取鸣琴弹,恨无知音赏[⑥]。感此怀故人,中宵劳梦想[⑦]。

[校注]

①南亭，当指作者所居涧南园（又称南园）中的亭子。辛大，即辛谔。作者《都下送辛大之鄂》云："南国辛居士，言归旧竹林。未逢调鼎用，徒有济川心。余亦忘机者，田园在汉阴。因君故乡去，遥寄式微吟。"据此诗，辛大之故乡在鄂（武昌），与浩然之故乡在汉阴（即襄阳）并不在一地。或有据作者《西山寻辛谔》诗及《游明禅师西山兰若》"日暮方辞去，田园归冶城"之句，认为《西山寻辛谔》中之"西山"当在襄阳附近。按：常建有《西山》诗，指武昌西山（常建晚年寓居鄂渚，常往游西山），可类证孟之《西山寻辛谔》之西山，即武昌西山，亦可证辛大即故乡在鄂之辛谔。浩然又有《张七及辛大见寻南亭醉作》，其中有"纳凉""逃暑"之语，时令与本篇"荷风"之语合，疑即作本篇之后不久辛大见访时所作。日，《全唐诗》校："一作夕。"②山光，指山顶夕阳的光辉。③散发，古代成人男子束发戴冠，散发是一种随便无拘束的状态。④轩，窗。闲敞，宽敞。亭子建在台基上，地势高敞，开窗而卧，更有宽敞闲静之感。江淹《杂体诗·许询〈自序〉》："绿竹荫闲敞。"⑤梁萧绎《赋得涉江采芙蓉》："荷香风送远。"⑥知音，用伯牙、钟子期事。《吕氏春秋·本味》："伯牙鼓琴，钟子期听之。方鼓琴而志在太山，钟子期曰：'善哉乎鼓琴，巍巍乎若太山。'少选之间，而志在流水，钟子期又曰：'善哉乎鼓琴，汤汤乎若流水。'钟子期死，伯牙破琴绝弦，终身不复鼓琴，以为世无足复为鼓琴者。"此以"知音"指辛大，下句"故人"亦同指。⑦中宵，夜半。《古诗十九首·凛凛岁云暮》："锦衾遗洛浦，同袍与我违。独宿累长夜，梦想见容辉。"梦想，梦中见友人之容光。

[鉴赏]

这首诗从题目看，是一首怀念友人的诗。但它的主要内容和艺术魅力，却是夏夜纳凉时对周遭景物的诗意感受和诗人自己怡然自适的心境。怀友只是在这种环境和心境下感情发展的自然结果。如果按后世文人作诗先设题，然后紧紧围绕题目去作诗的套路来理解、评论这首诗，不免会感到诗的前六句与"怀辛大"有些脱节。孟诗的一大特点，就是伫兴而就，不屑于某种固定的程式，颇有苏轼所说的"如行云流水，初无定质，但常行于所当行，常止于所不可不止，文理自然，姿态横生"（《答谢民师书》）的味道。这首诗在这方面就表现得相当典型。

开头两句，起得极平淡而从容，叙写夕阳西落，明月东升的景物变化过程。用

"山光"代指夕阳，突出其光照岩壑的视觉感受；明月升起于池东，故云"池月"。形容"山光"之"落"，用一"忽"字，表现夕阳沉山的刹那间所给予人的倏忽感，和第三句的"乘夕凉"联系起来，还可以体味出其中含有山光忽落、暑气顿消的快感。"池月"之"上"，着一"渐"字，显示出一个渐进的时间过程和诗人静静地等待着池月东升的情景。"忽""渐"二字，虽似不经意，却耐咀味。

三、四两句，写晚间南亭乘凉。虽以叙事为主，却同样于不着意中渲染出一片心境。晚间暑气乍消，月色清凉，新沐之后，散发乘凉，有一种沁人心脾的舒适感、清凉感和不受羁束的畅快感。而打开亭子四面的窗户，高卧于此闲静宽敞之地，更有一种宽松安闲之感。"卧闲敞"三字，评家或誉为字法新奇，在诗人则不过道出开窗高卧纳凉的真实感受。

五、六两句，进一步抒写南亭乘凉过程中细腻的嗅觉、听觉感受和对周围环境的心理感受。亭边有池，故有荷花。池上微风起处，送来阵阵荷花的香气，这本是夏夜常景。但不说"风送荷花香"，却说"荷风送香气"，显得新颖而隽永，仿佛那晚风也因荷香的熏染而成为含香的"荷风"，而那"香气"也似乎不是由荷花发出，而是由"荷风"送来的。这看似新奇的用语和诗句，突出了荷花香气的浸润熏染作用，好像连它周围的空气也充满了它的芬芳，而且透露了诗人此时那种为荷风送香所陶醉的愉悦感。亭旁有竹林，夜深露凝，竹叶上的露水因风吹摇曳，时或滴落地面或旁枝，发出清脆的声响。荷花的香气，并不浓烈，是一种"幽香"，即使有风传送，也要屏息静气，才能闻到那幽微的芳香。竹间露水滴落之声，更是轻细难辨，如果不是夜深人静，很难捕捉到它的细微声息。这两句写夏夜乘凉时对周围景物的细微嗅觉感受和听觉感受，可谓极细腻而传神。它不仅显示出一片宁静清幽的环境气氛，而且传达出诗人置身此境时一片安恬幽静的心境，是全诗中的精彩之处。

这种静谧安闲、清雅幽寂的环境气氛，最适宜于弹奏琴这种清雅的乐器。南齐诗人谢朓《和王中丞闻琴》说："凉风吹月露，圆景动清阴。蕙风入怀抱，闻君此夜琴。"同样写到月光、露水、凉风、蕙香，着意渲染秋夜的清凉、静谧和芬芳，作为闻琴的环境和背景，正可与此诗同参。而竹露的清响和琴声的清韵之间也有着相似之处，容易引起由彼及此的联想。因此，诗人产生了"欲取鸣琴弹"的愿望，但旋即又想到缺少听琴的对象，而发出"恨无知音赏"的感叹。诗写到这里，"怀辛大"之意已经呼之欲出了。

结尾两句，便由"恨无知音赏"落到怀友之意上来。时已半夜，但被勾起的怀友情思却萦绕不已。"梦想"并非真的指梦中想念，而是指欲见故人而不得的魂牵梦绕的绵绵情思。

诗从日落月升、开轩乘凉始，以恨无知音、怀想友人结。感情随时间的流逝、景物的变化和环境氛围的感染触发而自然流动，达到环境与心境高度契合、浑然一体的境界。

夜归鹿门山歌①

山寺鸣钟昼已昏②，渔梁渡头争渡喧③。人随沙路向江村④，余亦乘舟归鹿门。鹿门月照开烟树⑤，忽到庞公栖隐处⑥。岩扉松径长寂寥⑦，唯有幽人夜来去⑧。

[校注]

①丛刊影明本题内无"山"字。宋蜀刻本题作《夜归鹿门寺》。鹿门山，在今湖北襄阳市东南三十里。《襄阳记》："鹿门山旧名苏岭山。建武中，襄阳侯习郁立神祠于山，刻二石鹿夹神道口，俗因谓之鹿门庙，遂以庙名山也。"西晋时改寺名为万寿寺，唐代仍复旧称。山北临汉水，南接霸王山，峰峦高耸，深谷幽泉，景色佳丽。汉代名士庞德公曾隐于此，孟浩然早年亦曾隐此山。②山寺，指鹿门庙。③渔梁，洲名，在汉水中。渔，《河岳英灵集》作"鱼"。《水经注·沔水》："襄阳城东沔水中有鱼梁洲，庞德公所居。"渔梁渡在岘山东汉江边，因渔梁洲而得名。浩然《与诸子登岘山》："水落鱼梁浅。"④路，丛刊影明本作"岸"。江村，汉江边的村落。⑤烟树，烟霭笼罩的树林。⑥庞公，即庞德公。《后汉书·逸民传》："庞公者，南郡襄阳人也。居岘山之南，未尝入城府。夫妻相敬如宾。荆州刺史刘表数延请，不能屈，乃就候之……后遂携其妻子登鹿门山，因采药不返。"浩然《登鹿门山怀古》云："昔闻庞德公，采药遂不返。金涧养芝术，石床卧苔藓……隐迹今尚存，高风邈已远。"⑦岩扉，山岩间的门户，指庞德公昔日隐居的遗址。⑧幽人，作者自指。夜，丛刊影明本作"自"。

[鉴赏]

孟浩然长于五古与五律，而短于七古与七律，诗集中七古仅三首，七律亦仅四首。但这首七言短古却写得相当出色。它不仅风格轻灵飘逸,意境明丽幽静,而且生动地展现了诗人的襟怀幽趣,是具有独特艺术个性的作品。

从诗题看,这首诗是孟浩然隐居鹿门山期间写的。首句即紧扣"归"字,写黄昏时分汉江东岸稍远处的鹿门山寺传来清亮舒缓、悠长不尽的晚钟声,提示这正是行人晚归的时刻。"昼已昏"三字紧接"山寺鸣钟"之后,形象地显示出,在悠悠晚钟声中,天色不知不觉地暗了下来,苍茫暮色已经笼罩了江边及山上的景物。次句从对岸稍远处的鹿门山转到近处江边的渔梁渡口,展现出薄暮中渡口人声喧哗、竞相争渡的情景。古代渡船形体较小,一船最多容纳十来人,傍晚正是归家的人集中的时刻,故有"争渡"的情况。一"喧"字不仅写出候渡归人之多,而且点染出傍晚渡口的热闹气氛。诗人家住汉江之畔,对江边古渡的场景氛围非常熟悉,且怀着亲切感和欣赏态度。《秋登万山寄张五》就描绘过"时见归村人,沙行渡头歇"的情景,但那是古渡行人较少的时候,故云"时见",境界比较安闲,和薄暮时分渔梁渡口之喧闹有别,但诗人对渡口景象的欣赏态度则同,且渡口虽争渡人喧,诗人的心境却仍安闲。开头两句,写山寺鸣钟,写渡口人喧,均主要从听觉感受着笔,这和其时苍茫暮色笼罩山上江边的景物分不开。

三、四两句,分写众人和自己各自乘舟而归的情景。"人随沙路向江村"的"人",亦即第二句中在"渔梁渡头"等候渡船时"争渡喧"的众人,他们乘渡船抵达汉江对岸后,便踏着江边的沙路,陆陆续续回到他们居住的江边村落。而诗人自己,也"乘舟"而"归鹿门"了。细味二句,归江村的众人是乘渡船到汉江对岸,而诗人则是另乘一叶小舟归鹿门山,在渡越汉江后,还要继续乘舟走一段水路。这一点,证以诗人的《登鹿门山怀古》中的有关描叙,可以看得比较清楚:"清晓因兴来,乘流越江岘。沙禽近方识,浦树遥莫辨。渐到鹿门山,山明翠微浅。岩潭多屈曲,舟楫屡回转。"明言自己在岘山附近越过汉江后,还须"舟楫屡回转"才能"渐到鹿门山"。这两句,"人""余"对举,或乘渡船而归江村,或乘小舟而归鹿门,景象安闲,意趣萧散,语调舒缓,显示出诗人对暮归情景怀着一份从容不迫的情致。

以上四句,同用一韵,句句用韵。以渔梁渡口为中心,写远处鹿门山寺的鸣钟声,江边渡口的喧闹声,以及越过汉江后自己与众人各自归去的情景,共同组成一幅暮色笼罩下的古渡归舟图。写得既饶有画意,又富于浓郁的生活气息。诗人自己,既是这幅活动着的图画的观赏者,又是画中的人物。但这一切,还只是"夜归鹿门"的前奏，"余亦"一句，束上起下，下面四句便转到"夜归鹿门"所见所感上来。

在诗人乘小舟越过汉江，继续向鹿门山进发的程途中，月亮升起来了，照亮了鹿门山。山上原先为沉沉暮霭笼罩的树林，在月光照映下，显现出清晰的剪影。"鹿门月照开烟树"的"开"字，用得并不经意着力，却生动真切。它显示出，在月亮的清光照射到鹿门山的刹那间，像是在诗人眼前突然展开了一幅既清晰又迷离的鹿门烟树图，其中还寓含着诗人见此景象时豁然开朗的欣喜之情。这句句首用顶针格，句末转韵，正是为了显示，从这里开始，已转入对"夜归鹿门"的正面描写，时间也由暮而夜。

"鹿门月照开烟树"犹是舟行过程中离鹿门山还有一小段路时的望中之景，而"忽到庞公栖隐处"却已是身入山中，到了诗人魂牵梦系的地方。两句之间，在时间、空间上都有较大的跳跃，却不作任何承转交代和琐细描述。诗人之所以归隐鹿门山，正是为了追踪前贤。其《登鹿门山怀古》说："昔闻庞德公，采药遂不返。金涧养芝术，石床卧苔藓。纷吾感耆旧，结缆事攀践。隐迹今尚存，高风邈已远。"写夜归鹿门，把描写的重点放在追踪前贤、追求心灵归宿上，正是诗人思想感情的真实反映。句首的"忽"字点出诗人在行进攀登过程中忽有所见而心有所会。庞德公栖隐于鹿门山的东汉末，距浩然作此诗时的开元年间，已历五百余年，所谓"庞公栖隐处"，恐怕只是遗址而已。

妙在结尾两句在面对庞公栖隐遗迹时诗人的所见所感。"岩扉松径长寂寥，唯有幽人夜来去。"山岩间的门户，松树下的小径，当是庞公昔日栖隐时居住经行之地，但数百年来这里却是杳无人迹、长久寂寥，只有自己这位幽人的身影在寂寥的长夜独自来去。诗写到这里，悠然收束，不着任何议论感慨，而诗人追踪前贤的高洁襟怀，和当世无人继承高风的感慨，举世无同道知音的寂寞感均见于言外。

和李白、杜甫那些纵横驰骤、顿宕淋漓，如同长江大河的长篇七古比较起来，孟浩然这首短篇七古的气象、格局不免显得有些狭小。但它却自具独特的风神和韵味。诗句句用韵，四句一转，这种用韵方式本易造成气势迫促、平板单调之弊，但在诗人笔下，整首诗却像行云流水那样萧散疏朗，自然流动。它以时间为线索，着重写了渔梁渡头的暮景和鹿门山的夜景，而这两个场景又都是活动着的画面。从鹿门山上的古寺鸣钟、暮色忽临，到渔梁渡口的众人争渡、声音喧闹，从人们踏沙路归向江村到诗人乘舟继续向鹿门，一句一景，极富流动的意致。写鹿门夜景，也是从明月映照、烟树顿开，到忽见庞公栖隐旧迹，感慨岩扉松径，长期寂寥，最后以幽人独自往来的缥缈身影作结。其间有跳跃，有转折，有变化。不但意境幽缈飘忽，行文也同样显得飘忽灵动，不黏不滞。有的诗行（如三、四两句）似乎写得很散漫随意，但正是这种散文式的语调中传出了一种萧散自得的意趣和韵味。

诗的结尾，意境幽静缥缈，令人联想起苏轼《卜算子》词中"谁见幽人独往来，缥缈孤鸿影"的名句。苏词在这里显然化用了孟诗的语言和意境，但整首词的情调不免有些幽冷。而孟诗却不止有幽静缥缈的意境，而且有"渔梁渡头争渡喧"的热闹场景，全篇就冷暖色调互相调剂，不显得幽冷，这和诗人虽慕隐逸高风而热爱自然、热爱人间生活的思想感情是一致的。

望洞庭湖上张丞相[①]

八月湖水平，涵虚混太清[②]。气蒸云梦泽[③]，波撼岳阳城[④]。欲济无舟楫[⑤]，端居耻圣明[⑥]。坐观垂钓者[⑦]，徒有羡鱼情[⑧]。

[校注]

①丛刊影明本题作《临洞庭》，宋蜀刻本题作《岳阳楼》。上，原作"赠"，据《文苑英华》改。张丞相，指张九龄，开元二十一年（733）至二十四年为相。诗约作于开元二十四年诗人游湘、赣时。九龄是年十一月罢相，孟浩然作此诗时他尚在相位。②涵，包含。虚，太虚，天空。混，混茫为一。太清，天。《文选·左思〈吴都赋〉》："鲁阳挥戈而高麾，回曜灵于太清。"刘渊林注："太清，谓天也。"《鹖冠子·度万》："唯圣人能正其音，调其声，故其德上及太清，下及太守，中及万灵。"陆佃注："太清，谓天也。"③云梦泽，古薮泽名。《周礼·夏官·职方氏》："正南曰荆州，其山镇曰衡山，其泽薮曰云梦。"郑玄注："衡山在湘南，云梦在华容。"《尔雅·释地》："楚有云梦。"郭璞注："今南郡华容县东南巴丘湖是也。"邢昺疏："《左传·昭三年》'楚子与郑伯田于江南之梦'，又《定四年》'楚子涉睢济江入于云中'，杜预云：'南郡枝江县西有云梦城，江夏安陆县东南亦有梦城。或曰：南郡华容县东南有巴丘湖，江南之梦也。云梦一泽，而每处有名者，司马相如《子虚赋》云：'云梦者，方九百里。'则此泽跨江南北，亦得单称云，单称梦。"按：云梦泽所包范围，汉、魏以前载籍所记，并不很大。晋以后经

学家方将古云梦泽范围日益扩大，跨长江南北。至唐时，李吉甫撰《元和郡县图志》，于江南道安州安陆县既云："云梦泽，在县南五十里。"又于岳州巴陵郡下云："巴丘湖，又名青草湖，在县南七十九里，周回二百六十五里，俗云古云梦泽也。"而洞庭、青草二湖，本相连接，即广义之洞庭湖。故此句之"云梦泽"，实即指洞庭湖。或据司马相如《子虚赋》"云梦者，方九百里"之语而谓古云梦泽本跨长江南北，江北为云，江南为梦，后世淤积成陆地，故合称云梦，是亦一说。④宋范致明《岳阳风土记》："孟浩然《洞庭》诗有'波撼岳阳城'，盖城据湖东北，湖面百里，常多西南风。夏秋水涨，涛声喧如万鼓，昼夜不息。"⑤《书·说命上》："若济巨川，用汝作舟楫。"本为殷高宗任命傅说为相时之诰辞。此处用以比喻荐引自己入仕的高官，"舟楫"仍贴张九龄为相而言。⑥端居，平居。圣明，指圣明治平之世。⑦垂钓者，相传太公望（吕望）钓于磻溪，文王举而用之，后佐武王灭纣兴周。此处暗用此事。事见《史记·齐太公世家》。借此指名义上隐居实际上待时干禄求仕者。⑧《淮南子·说林训》："临河而羡鱼，不若归家织网。"徒，空。

[鉴赏]

　　这首诗的投赠对象和写作时间，颇多异说。或认为"张丞相"指张说，诗当为开元三年（715）四月至开元五年二月贬岳州刺史期间所作（此前说曾两度为相）；或认为"张丞相"指张九龄，诗作于九龄贬荆州长史，孟浩然为荆州从事期间（开元二十五年至二十七年）。但这两种说法都会遇到同一个问题：均为投赠对象被贬期间。诗的主旨是希望得到对方的引荐入仕，如作于对方被贬期间，于情理总觉不合。浩然在张九龄贬荆州长史期间，作为幕下从事，写过《从张丞相游南纪城猎戏赠裴迪张参军》《和张丞相春朝对雪》《陪张丞相登当阳楼》《荆门上张丞相》《陪张丞相登荆州城楼因寄蓟州张使君及浪泊戍主刘家》《陪张丞相祠紫盖山途经玉泉寺》《陪张丞相自松滋江东泊渚宫》，共七首。而与张说之间，诗文及其他文献材料均未记载有过投献赠答。因此，《望洞庭湖赠张丞相》题内之"张丞相"指张九龄应无疑问。但上述七首诗除颂美祝愿之词外均无希企引荐之意。且从情理上说，张九龄以被贬之身招浩然入幕，已是对浩然的汲引礼遇，就当时处境而言，也不可能对浩然作进一步的引荐，因此诗作于九龄贬荆州长史、浩然为其幕下从事期间（认为浩然在荆州幕时，曾外出行役，诗即作于此次行役经洞庭湖时，即开元二十五年八月）的说法便很难成立。比较合乎情理的推断，应是作于开元二十一年至二十四年张九龄任宰相期间，徐鹏《孟浩然集校注》系此诗于开元二十四年，谓是年秋浩然有湘赣之游，时九龄为中书令，故称"张丞相"，浩然游洞庭而作诗，希其汲引。比较合理，可从。浩然于开元二十五年入荆州幕，当与此诗所表达的入仕求荐意愿有关。头一年投赠希求汲引，次年即招其入幕，九龄对浩然的照顾可谓相当尽力而且及时的了。

  诗的前四句写"望洞庭湖"。开头两句，大处落墨，描绘登高遥望八百里洞庭时的第一印象（从"波撼岳阳城"之句看，所登者当即岳阳楼，开元四年张说谪守岳州时所建，楼高三层，在城西门上）。"八月湖水平"，形容洞庭秋汛，江湖水涨，湖水与岸齐平的浩瀚景象，与王湾诗"潮平两岸阔"写长江涨潮景象可以互参。因此这个"平"并非平静无波，而是对洞庭湖广阔浩渺景象的形容。虽只着此一字，而境界已出。如果说这一句是直观而朴素的描写，那么下一句"涵虚混太清"则是极度的夸张渲染。乍一看，似乎"虚"与"太清"既同指天空，则"涵虚"与"混太清"，只是单纯的同义重复。但细味"涵""混"二字，"涵虚"与"混太清"实有区别。"涵"是包含、容纳的意思，"涵虚"意谓洞庭湖之广大，几可包容整个天宇。这虽是夸张，却符合视野所及，洞庭浩渺无际，似乎将整个天宇都包含进去的视觉印象。而"混"则强调湖面与天宇合而为一、混茫不分，显示出水天相接、浑然一体的境界。"涵虚"，带有自下而上的包容感；"混太清"则带有自下而上的混一感。前者偏于静态，后者偏于动态。而总的来说，又都是对洞庭湖广阔浩瀚、混茫无际、包容天宇景象的出色描写。

  三、四两句承上，对洞庭湖的气势和力量之壮伟作进一步描写。"气蒸云梦泽"本是形容洞庭湖上蒙着白茫茫的水汽。但由于用了一个"蒸"字，这八百里洞庭就好像变成了一个硕大无比的冒着腾腾热气的大锅，在不停地释放出它内在的能量，使人联想到"天地为炉兮，造化为工；阴阳为炭兮，万物为铜"的句子。或将"云梦泽"解为古云梦泽的更加广大的湖泽地区，但"蒸"字明显带有眼前所见的水汽向上蒸腾的态势，如指更广远的湖泽水汽蒸腾的景象，非登楼可见，于情理不合。实际上这里的"云梦泽"即指望中的洞庭湖。"蒸"字传出了洞庭湖的气势、能量和永不停息的生命力，绘形而传神。"波撼岳阳城"则描绘洞庭湖的巨浪惊涛时时拍打着脚下所站的岳阳楼，似乎感到坚固的岳阳城墙亦为之摇撼。这虽是夸张，却是实感。上句主要诉之视觉，此句则以触觉为主而兼视、听感受，不仅感到城墙和城楼的震撼，而且眼前似见奔涌不绝的惊涛骇浪的汹涌，耳畔似闻巨浪撞击的轰鸣。一"撼"字把这一切都传神地表现出来了，而诗人其时内心的震撼与律动亦隐约可闻。

前四句描写洞庭湖之浩瀚广阔、气势力量，后四句转到"赠张丞相"上来。这当中的转接过渡，就在"欲济无舟楫"这一句。正因为洞庭湖浩瀚无际、风高浪急，故自然引发出"欲济"而"无舟楫"的想法。而它本身又是一个比喻，暗含着企望入仕惜无引荐之人的意思。值得注意的是，"舟楫"之语，显系用殷高宗任用傅说为相时的诰辞："若济巨川，用汝作舟楫。"因此，"舟楫"在这里自然关合着宰辅大臣的身份。而张九龄当时正任中书令之职。句意似泛说，实际上却是企望能有傅说式的贤相良辅荐引自己入仕。正因为这一句已将求荐之意挑明，下句就干脆丢掉比兴的外壳直露本意："端居耻圣明。"申明自己之所以求荐入仕，原因是耻于在圣明之世作一个无所作为的"端居"闲人。也就是说入仕的目的是为了报效国家、有所作为，而不单纯是个人的荣名私利。盛唐文士并不讳言自己的入仕愿望，在开元那样一个健康发展的时代，"端居耻圣明"的声言虽直露，却不卑俗，也相当真诚。

尾联在意思上是对"欲济"句的进一步申发，但写法却由第六句的直陈回到比兴上来。一般都只注意到"羡鱼"是用"临河而羡鱼，不若归家织网"之典，但却忽略了"垂钓者"也是用典，而且所用之典也是紧贴宰辅之位的（吕望垂钓磻溪，后遇文王，任之为师）。如果仅说"垂钓者"指入仕者，而不指明所用之典，则实际上不能说明"垂钓者"何以指入仕者。这里的"垂钓者"和第五句的"舟楫"一样，用典均切宰辅之位。因此，尾联的实际含义是：坐观您这样身居宰辅之位的"垂钓者"，我实在是空有羡慕之意而无法达到入仕的目的啊。毕竟这样的表白过于直露，故仍采用比喻和用典，使诗意稍微含蓄一些。

这首诗在整体构思上的突出特点，就是前后明显分为两截，前四句写"望洞庭湖"，后四句写"上张丞相"。这两层意思之间，本无内在联系，为了让它们连接贯通起来，特意设置了"欲济"一句，作为全篇的枢纽和转关，使诗意由"望洞庭湖"过渡到"上张丞相"上来（实际上是过渡到求荐入仕上来）。从构思上看，前后的过渡还比较自然，而且后幅"舟楫""垂钓""羡鱼"也都未脱离"湖"字。但由于前后幅毕竟缺乏内在联系，后幅又因在篇幅上与前幅平分秋色而占据重要地位，实际上成为全篇主旨表达的主要凭借。从这个角度来衡量，前后幅缺乏内在联系、有机统一的缺憾就难以避免。也许，在望洞庭湖、观赏壮伟气象时，诗人还只是想乘兴而就，写一首吟咏洞庭壮观的诗，但笔之于纸时，却想起来要将这首吟咏洞庭壮观的诗呈献给张九龄。这也罢了，诗人又想着要将自己求荐入仕的意愿借此表达，于是便产生了这首明显分为两截的诗。虽有第五句作勾连过渡，毕竟貌合而神离。如果一开始诗人就具有借咏洞庭气象而上张丞相希求荐引的明确创作意图，恐怕不会是现在这种写法，至少要设法使前后幅之间具有更紧密的联系。也许那样写出来的诗，在描绘洞庭壮伟景象时还不如现在这样出色。换句话说，分为两截的诗虽然缺乏内在的统一性，但至少在描绘洞庭壮观这一点上，是非常出色的，甚至为后人难以企及。

与诸子登岘山①

人事有代谢②，往来成古今③。江山留胜迹④，我辈复登临。水落鱼梁浅⑤，天寒梦泽深⑥。羊公碑字在⑦，读罢泪沾襟。

[校注]

①岘山，一名岘首山，在襄阳南。《元和郡县图志·山南道·襄州》："岘山，在（襄阳）县东南九里。东临汉水，古今大路。"岘山是襄阳名胜。晋征南大将军羊祜喜爱山水，镇襄阳时，常登岘山，饮酒言咏。余详见注⑦。②人事，人世间事，世事。代谢，更替变化。陶渊明《饮酒》之一："寒暑有代谢，人道每如兹。"③《淮南子·齐俗训》："往来古今谓之宙，四方上下谓之宇。"往来，承上"人事有代谢"而言，指社会人事的不断更迭变化。成古今，形成了古和今（相续的历史）。④胜迹，名胜古迹，胜地美景。⑤鱼梁，见《夜归鹿门山歌》注③。鱼梁浅，指冬日水浅，鱼梁洲大部分露出水面。⑥梦泽，见《望洞庭湖赠张丞相》注③。⑦羊公，指西晋羊祜。《晋书·羊祜传》："祜乐山水，每风景，必造岘山，置酒言咏，终日不倦。尝慨然叹息，顾谓从事中郎邹湛等曰：'自有宇宙，便有此山。由来贤达胜士，登此远望，如我与卿者多矣，皆湮灭无闻，使人悲伤。如百岁后有知，魂魄犹应登此也。'湛曰：'公德冠四海，道嗣前哲，令闻令望，必与此山俱传。至若湛辈，乃当如公言耳。'"又："卒……襄阳百姓于岘山祜平生游憩之所，建碑立庙，岁时飨祭焉。望其碑者莫不流涕，杜预因名为堕泪碑。"羊公碑，即指襄阳百姓为纪念羊祜功德于岘山祜昔日游憩之处所建的碑。字，丛刊影明

本作"尚",宋蜀刻本作"字"。

[鉴赏]

岘山之成为襄阳著名登览胜迹,与羊祜这位功业彪炳、常登岘山、"令闻令望"与此山俱传的一代名臣密切关联。对于怀有建功立业的鸿鹄之志的诗人来说,羊祜更是他心目中的楷模。登岘山之时,羊祜与邹湛那一段极富人生哲理的对话自然是蕴蓄于心,萦绕脑际的。正是这段对话,成为他诗思的主要触发点,从而使他写出这首俯仰古今、感慨深沉的登临绝唱。

开头两句,撇开题面,凭空起势,以虚涵概括之笔作大议论、抒大感慨。表面上看,好像是离题万里的空议论,不着边际的大感慨。但在诗人意中,这"人事代谢"和"古今"都离不开眼前的岘山和与岘山有关的人事。从西晋初年到诗人这次登岘山,已历四百多年。其间寒暑更迭,春秋代序,人事变化,朝代更替,发生了多少沧桑巨变,形成了古今相续的一段合而分、分而合的历史。往年羊祜登岘山时置酒言咏、抒发感慨的情景已成历史陈迹。这一切,正是"人事有代谢,往来成古今"这两句诗所包含的具体内容。但诗意又从此生发升华,蕴含着更深广的历史感慨和人生感慨,于俯仰古今中透露出宏远的胸襟气度。可谓不离岘山这个题目,又不为题所拘,使所抒的感慨更具普遍性。

三、四两句,落到题面"与诸子登岘山"。"江山留胜迹",这"胜迹"自然指岘山而言。表面上看,这句好像是说,自然界亘古不变,"自有宇宙,便有此山",因而自然界的江山今天仍然留下了岘山这一胜迹。但按之实际,胜迹的形成,除自然界本身提供的物质条件外,又往往跟人的活动(包括政治、经济、军事、精神文化等方面的活动)分不开。拿岘山来说,作为自然物虽然可能已经存在了亿万年,但它之成为具有人文内涵的"胜迹",却与羊祜这位曾镇襄阳、功德卓著、彪炳史册,又与岘山结下了不解之缘的人物的言行分不开。因此,这"胜迹"之"留",就不单是自然界的"江山"所留,而且有着羊祜这个历史人物"留"在它身上的印记。既然如此,紧接着的一句"我辈复登临",在貌似客观叙事的诗句中,就蕴含了耐人寻味的意蕴。昔人的功业声望和登览岘山的言行,已使其名与山俱传,如今,"我辈"(亦即题内的已"与诸子")蹑前贤之后尘复登临此山,又能给这一"胜迹"再留下一点什么痕迹呢?尽管诗人只是以虚涵之笔写下"我辈复登临"这句诗,但上述念头正像昔日羊祜登临时曾经说过的那样,"由来贤达胜士,登此远望,如我与卿者多矣,皆湮灭无闻,使人悲伤",是挥之不去,盘旋脑际的。诗人就此顿住，含而不宣，无穷感慨自寓其中。

但诗写到这里，却不再沿着这一思绪继续下去，而是宕开写景："水落鱼梁浅，天寒梦泽深。"鱼梁洲就在岘山之下不远，是登临所见近景；"梦泽"则离襄阳相当远，如依梦在江南之说，则所距更远。因此下句只能是登临时触发的对更远的云梦泽情景的想象。"浅"指冬日水浅而洲更显露，"深"则指天寒水涸，梦泽显得更为幽深。"水落"与"天寒"互文见义。这一联写登岘山所见眼前近景和想象中远景，气象阔大而萧森，虽未必有具体的比兴象征含义，却与全篇寓慨深沉的格调协调。由于这一联插在前后抒写感慨的诗句中间，诗就显出了曲折顿宕的韵致，不致一泻无余，也避免了单纯抒慨的偏枯。

尾联则是登临岘山时所见所感，由山下转写山上，紧扣岘山这一胜迹与羊祜的关系着笔。"羊公碑字在"，透露出当世和后代的人们（包括诗人自己）对羊祜的崇敬追思；"读罢泪沾襟"虽暗用堕泪碑故实（黄生以为系用岘首沉碑故实，显误），但今日诗人之"泪沾襟"则不但由于对羊祜功德的缅怀，而且寓含了对自身抱负遭际的悲慨。羊祜在当时及后世人们心中树立了永不泯灭的丰碑，自己则虽怀鸿鹄之志，却"遑遑三十载，书剑两无成""不才明主弃，多病故人疏"，作为襄阳人，自己又能给岘山这一胜迹增添一点什么光彩，留下一点什么痕迹呢？思前想后，不免泪沾衣襟了。这层感慨，诗人并未明白说出，但意可默会。

这首诗除腹联写登临所见所想之景外，其余三联全为议论抒慨，这在通常以写景为主的登览诗中是罕见的特例。四联之中，明显紧贴题内"岘山"的也仅第五、七两句（六句"梦泽"与岘山无直接关联），以致有的评家认为"非此一结，几不知其为岘山"，这在登览诗中同样少见。但吟味涵泳全诗，却会强烈感受到诗人贯注其中的浓郁情思和深沉感慨，都离不开岘山和赋予岘山以灵魂的羊祜这个历史人物。诗中对岘山的描写，不是着力于形迹，而是摄取其神魂。岘山因羊祜而成胜迹，因羊祜而增光彩。羊祜登岘山时所发的感慨更触及古代士人的人生观、价值观这个核心问题。抓住这个关键，从人事代谢更迭、历史与现实对照这个角度抒慨，也就抓住了岘山登览诗的神魂。前四句貌似离题的议论抒慨，实质上正是抓住了岘山登临怀古最能触动人们灵魂深处的东西。从人生观、价值观的高度抒慨，诗才不流于一般化的写景叙事，才显出立意的高远和格调的高古。焦袁熹说"前半首似泛而实切"，胡本渊说"起四句凭空落笔，若不着题，而与羊公登山意自然神会"，都是极精到的评论。

从自然浑成的风格来看，这首诗同样具有孟诗常见的特点和优点。所不同的是，它的思致比较深沉，贯注着诗人对历史、对人生的思考与感慨。尽管语言仍属清新朴素、流易自然一途，但却显得感慨深沉，蕴含丰厚，与清幽淡远之格已明显有别。或有评其为超旷者，其实诗中表现得更多的是对人生的执著。

诗人在与诸子登岘山时虽曾有过类似羊祜的感慨，在追慕钦仰前贤时也不免浮现"湮灭无闻"的悲伤。但历史毕竟是公正的。功德彪炳的羊祜固然与岘山共传，"清诗句句尽堪传"的孟浩然也同样与岘山长存。"江山留胜迹，我辈复登临"之际，不但记得羊祜，也记起孟浩然。即此一篇，亦可与岘山共存而不朽。

晚泊浔阳望庐山①

挂席几千里②，名山都未逢。泊舟浔阳郭③，始见香炉峰④。尝读远公传⑤，永怀尘外踪⑥。东林精舍近⑦，日暮但闻钟。

[校注]

①丛刊影明本题作《晚泊浔阳望香炉峰》。浔阳，今江西九江市。诗有"挂席几千里"之句，当为游越中归途经浔阳时作，约在开元十九年（731）秋。②挂席，张挂船帆，指舟行。③郭，外城。浔阳郭，浔阳城外。④香炉峰，庐山峰名。在庐山西北部，故泊舟浔阳可见。《太平寰宇记》："香炉峰在山西北，其峰尖圆，烟云聚散，如博山香炉之状。"其周围多瀑布，为庐山胜景。⑤远公，指东晋释慧远。梁释慧皎《高僧传》："释慧远本姓贾氏，雁门楼烦人也。欲往罗浮山。及届浔阳，见庐峰清静，足以息心，始住龙泉精舍。时有沙门慧永居在西林，与远同门旧好，遂要远同止。永谓刺史桓伊曰：'远公方当弘道，今徒属已广，而来者方多，贫道所栖偏狭，不足相处，如何？'桓乃为远复于山东更立房殿，即东林是也。"⑥永怀，长想，长期缅怀追慕。尘外踪，指慧远超越尘俗的行事。《高僧传》载慧远在庐山"创造精舍，洞尽山美，却负香炉之峰，傍带瀑布之壑，仍石叠基，即松栽构，清泉环阶，白云满室。复于室内别置禅林，森树烟凝，石径苔合，凡在瞻履，皆神清而气肃焉"。此即"尘外踪"的具体表现。⑦东林精舍，即东林寺，晋太元十一年（386）刺史桓伊为慧远所建（参注⑤），系佛教净土宗发源地。慧远在此聚徒讲学，倡导弥陀净土法门，后世尊其为净土宗始祖。唐时寺庙香火极

盛，有殿厢塔室三百一十余间。寺前有虎溪，相传慧远专心修行，影不出户，送客不过虎溪桥。寺在庐山西北，故泊舟浔阳可闻寺钟。

[鉴赏]

在孟浩然的诗中，这首《晚泊浔阳望庐山》是将他清淡闲远的风格体现得最突出的作品。王士禛借用严羽论盛唐诗"羚羊挂角，无迹可求""如空中之音，相中之色"的话语来品评这首被他称为"逸品"的诗，虽不免有些玄虚，却道出了他的直觉感受。

写这首诗之前，诗人在人生道路上既经历了赴进士试不第的挫折，深慨"遑遑三十载，书剑两无成"，而有"山水寻吴越"的扁舟湖海之行，又经历了长达数年的久滞越中的羁旅生活，产生了倦游思归之念。在这种情况下，寻找精神归宿就成了他心灵世界中强烈的要求。这首写于游越归途中的诗就是这种身世经历背景和精神状态下的产物。

诗的前四句，用直叙的口吻写自己数年来"扁舟泛湖海"的漫游经历和始见庐山的欣喜。却撇开其他一切景物人事，单写对"名山"的寻访。行尽东南数千里的路程，却是"名山都未逢"，仿佛此行所专注的就是一路上的名山。诗人所向往的名山，不仅是风景幽美的佳胜之地，而且是岩栖隐遁之所，是借以寄托自己高远绝俗精神追求的圣地。而庐山正是为历代隐逸之士高风所浸染的"名山"，香炉峰又是庐山秀美景色的代表和隐逸高风的象征。这四句从"挂席几千里"的扁舟漫游经历，到"名山都未逢"的遗憾与失望，再到"泊舟浔阳郭"的峰回路转，这才眼前一亮，"始见香炉峰"。四句一气卷舒中含顿宕曲折，却又令人浑然不觉，正似信口道出。"都未逢"与"始见"对照，更透露出忽然邂逅久已想望的名山的欣喜。但诗人对这种历久始逢的喜悦并不着意渲染，而是顺着行程的叙述似不经意地自然道出，且一点便住。"始见"之后，不再接着对庐山的秀色高标进行任何描写，让人感到诗人一见庐山香炉峰之后，立即心与境会、悠然神往，进入了沉思冥想的心灵境界。

五、六两句，由"望"而"怀"，由眼前遥望中云雾缭绕的香炉峰遥想数百年前的东晋时代。"尝读远公传，永怀尘外踪。"一代高僧慧远曾在此修行悟道、聚徒讲学，那隐逸的高风、绝俗的襟怀，和"清泉环阶，白云满室"的环境，与香炉峰的林壑瀑布、石径青苔融为一体，构成一个永远令人神往怀慕的幽洁高远境界。值得玩味的是，诗人的"永怀"，是因"读远公传"而激发的，说明在此之前,他并没有亲历庐山(这从"始见"二字也可看出)。对庐山香炉峰及慧远高风绝尘风貌的向往,全由"读传"而生。实际上一个人对美好事物的向往怀慕,往往由此类间接经验而生。由于"读传"而触发、而积累贮藏了无数对庐山及慧远高风的美好想象,才能于"始见"之际忽如触电,心与境会,心驰神往。

但诗人却未循着"永怀"之语,去进一步抒写怀想的内容,而是又一次随即顿住,宕开写景:"东林精舍近,日暮但闻钟。"上句仍是诗人意中所想,下句则是诗人耳中所闻。著名的东林精舍,就在香炉峰近旁,但却难以一睹它的清容。恰在此时,在黄昏的暮霭中,传来了东林寺的晚钟。钟声悠长而清亮,像是要穿越历史的烟云,将诗人的思绪引向几百年前的晋代;又像是要警醒世人,超越尘俗,归于永恒的自然。末句以"闻钟"点醒"望"字,透露出这"望"已不单纯是目之所接,而且包含了在耳闻充满宗教情思和悠远历史情调的钟声中心驰神往、思入杳冥的情景。诗也就在这令人神远的钟声中徐徐收住,留下极为广远的想象空间和悠悠不尽的情韵。

题为"晚泊浔阳望庐山",实际上是借"望"写"怀",写心,写诗人对庐山这一被隐逸静修高风所浸染的名山的歆慕向往和心灵契合。诗人对庐山的秀美幽深景色及始见庐山时的感受之所以不着一字,正由于他所要表现的便是一片悠然神往、难以言说的心灵境界。而远望中云雾缭绕的香炉峰和黄昏暮霭中传来的杳远悠长钟声,又正适宜于表现可望而不可即的悠然神往之情和心与境的浑然神会。诗之所以写得如此空灵浑沦,也正缘于这种写法最能宕出远韵远神,达到心与境会的效果。

过故人庄①

故人具鸡黍②,邀我至田家。绿树村边合,青山郭外斜③。开筵面场圃④,把酒话桑麻⑤。待到重阳日,还来就菊花⑥。

[校注]

①过,前往拜访。《诗·周南·江有汜》:"子之归,不我过。"《史记·魏公子列传》:"臣有客在市屠中,愿枉车骑过之。"②具,备办。黍,黄米。《论语·微子》:"子路从而后,遇丈人,以杖荷蓧……止子路宿,杀鸡为黍而食之。"范云《赠张徐州谡》:"恨不具鸡黍,得与故人挥。"③郭,本指外城,此处与"村"对

文义同。④面，面对。场圃，晒场和菜园。《诗·豳风·七月》："九月筑场圃。"传："春夏为圃，秋冬为场。"笺："场、圃同地。自物生时耕治之以种菜茹，至物尽成熟，筑坚以为场。"⑤陶渊明《归园田居》之二："相见无杂言，但道桑麻长。"⑥农历九月九日为重阳节，古人在重阳节有赏菊、饮菊花酒的风俗。就，主动亲近。就菊花，主动前来赏菊饮酒。

[鉴赏]

　　这首诗写诗人应老朋友之邀到对方居住村庄去做客的经历和感受。起首两句，开门见山，直叙"过故人庄"的缘由。话说得轻松而随便，仿佛信口道出，蕴含的情感却亲切而淳厚。"鸡黍"一语，虽有古老的出处，却有着实在的生活内容。农村邀客，"鸡"和"黍"既是现成的自家产品、农家风味，更是隆重的待客上品。从那个仿佛不经意的"具"字，可以体味出这位老朋友为了招待诗人，是着意准备了一番的。"具鸡黍"在先，"邀我"在后，更可说明这一点，即此可见故人情意的真淳。而被邀的诗人则欣然而"至"，又表明彼此间关系的亲密，用不着任何客套。总之，这个开头之所以如此轻松而随便，正缘于它所表现的人际关系和感情是朴素真淳的，二者之间呈现出一种明显的和谐和适应，同时也为下面对故人庄的描写预留了地步。

　　"绿树村边合，青山郭外斜。"这是对"故人庄"外在形貌的素描。整座村庄被密密匝匝的绿树环抱着，村庄外面，则是一脉逶迤横斜的青山。"郭"字单用，指外城或事物的外廓。此处"村""郭"对举，"郭"即是"村"。上句写绿树环合中的整个村庄，是站在村边往内看，展现的是村庄的内景；下句则是站在村边往外看，展现的是它的外景。两句组合起来，正是一幅村外青山横斜、村边绿树环抱的全景。两句观察景物的立足点都是村边，这实际上表明诗人此刻正来到故人庄外，所见到的是这个村庄的整个内外环境，也传达出诗人对它的第一印象。上句写出了村庄的和平宁静与充满绿意和生机的景象，使人联想起某个童话中的世界。那密匝四合的绿树像是温柔地护卫着这个村庄，使它不受尘嚣的污染。但如果只有这环村的绿树，景物未免有些单调；下句"青山郭外斜"正好补上了这个欠缺。横斜的一脉青山，作为村庄的外景，不仅使景物显出层次，显出变化，而且活跃了画面的气氛，增加了流走的意致。两句句末的"合"字、"斜"字，都很有表现力，不仅描写景物非常真切，而且能从中感受到特定的情调气氛，宁静中有生机，流走中有安恬。但却一点不显用力的痕迹，仿佛只是看到眼前绿树环合、青山横斜的景象，便信手拈来"合""斜"二字，随意安在了句末。王维的《新晴野望》"白水明田外，碧峰出山后"二句，写村庄新晴景物，构图设色错落有致，富于变化，但"明"字、"出"字不免稍显用力痕迹，不及孟诗此联自然浑成。

"开筵面场圃，把酒话桑麻。"这一联由庄边而庄内，写老朋友在自己家里设宴款待、主客共话的情景。"开筵""把酒"承首联"具鸡黍"。酒宴是地道的农家本色——自养自种的鸡黍和自酿的村酒，酒筵面对的又是充满田园气息的场圃。在这种环境气氛下，把酒共话的话题自然也离不开农家最关切的农作物长势和收成。陶渊明《归园田居》之二说："相见无杂言，但道桑麻长。"孟诗"把酒"句用其语，而"相见无杂言"之意自含于其中，较之陶诗更精练含蓄，但也多少带点局外人的味道。如果说上一联主要是点染了这个村庄和平宁静的氛围，那么这一联则进一步传出了它朴挚淳厚的内在神韵，不仅让你感到它的美好可爱，而且使你感到它的亲切有情。一种淳朴浑厚的气息、真挚淳厚的故人情谊充溢于字里行间。

"待到重阳日，还来就菊花。"这是受到故人盛情款待，被故人庄的和平宁静、浑朴真淳的环境气氛所熏染的诗人在临别时发自内心地盼望重访的预约。一开头是应"邀"而即"至"，结尾处都是不等"邀"而主动提前预订后会之期。重阳节有饮酒赏菊的习俗，"就菊花"正包含把酒赏菊共话的内容。评家盛赞的那个"就"字，妙处也正在传达出不请自来的主动精神。这是对故人盛情的感谢，也是对故人庄的陶醉流连。

诗人笔下的故人庄极平常而普通，绿树、青山、场圃、桑麻，都是农村中最常见的事物，但又具有鲜明的典型性，每一个出身农村的人，都会感到故人庄有自己家乡的影子。绿树环抱中的村庄，庄外蜿蜒迤逦的青山，相映成趣，显示出一种和谐单纯的美，这种美，正是小农经济条件下的农村所具有的。尽管每个具体村庄的外在形态不尽相同，但这种和谐而单纯的美却是众多农村共同具有的。因此，这种描写，不仅真切，而且传神。

与此相关，诗中所写的平常普通景物情事又具有浓郁的生活气息。唯其平常而普通，就更接近生活实际，更具真切感。场圃和桑麻，是农村中最平常普通的事物，但当它们和主人盛情待客的鸡黍筵联系在一起，成为这场富于田园风味的筵席所面对的风景，成为主客双方把酒共话的话题时，就不再是单纯的农村景物，而透出了浓郁的真淳朴野的农村生活气息，展现了两个被这种气息所深深浸染的灵魂。不仅是这一联，包括开头的招邀即至和结尾的预订后期，这种纯朴真挚的人际关系同样渗透了农村特有的人情味。连同那"绿树村边合,青山郭外斜"的村居环境,也都以它童话般的宁静和谐溢出一股生活气息。如果说,陶渊明笔下的桃花源以其理想的色彩使人向往,那么孟浩然笔下的故人庄则以其浓郁的生活气息令人感到亲切。

春　晓①

春眠不觉晓,处处闻啼鸟。夜来风雨声,花落知多少②?

[校注]

①宋蜀刻本题作《春晚绝句》,《唐百家诗》题作《春晚》。②《文苑英华》作"欲知昨夜风,花落知(一作无)多少"。夜来,犹夜间。

[鉴赏]

这首仄韵古绝,写了前后相接的两件事:一是昨天夜间的风雨落花,二是今天清晨的啼鸟喧晴。从时间顺序上看,是先有昨夜的风雨落花,后有今晨的啼鸟喧鸣,唤醒酣睡中的诗人。但如按此顺序写成"夜来风雨声,花落知多少。春眠不觉晓,处处闻啼鸟",不仅平直乏味,写不出一个诗的境界,且与题目有些游离。若依宋本题作"春晚绝句",开头两句更是明显的文不对题。题称"春晓",说明四句诗所写的都是春天清晨醒来时一刹那间的感受。"夜来"二句,是清晨初醒时对昨夜情景的追忆。这一点非常重要,它既是一种巧妙的艺术处理,更涉及全诗的基调。

为了说明问题,不妨先从昨夜风雨说起。一个有着正常感情的人,在春天的雨夜,听到窗外的风声、雨声,想到盛开的花朵在风雨中凋零,感到惋惜、惆怅,原很自然。对于孟浩然这样一个长期生活在农村,对自然界的美好景物怀着深厚感情的诗人来说,尤其如此。为什么"春眠不觉晓"呢?原因也许很多,但从诗里描叙的情况看,因夜来风雨之声而惋惜落花,迟迟未眠,可能是一个重要原因。故一觉醒来,已是啼鸟唤晴的清晨。

但诗人却不是从雨夜写到晴旦,而是在写春晓的同时回想起昨夜。他让读者首先接触的是一个明媚喧闹、充满生机的春晨。开头两句写了两件事:一是春眠之酣,二是啼鸟之喧。二者互为因果,双向映发。春眠之酣,至于处处啼鸟方能唤醒,可见其眠之沉酣舒畅;啼鸟之喧,至于唤醒酣睡中的诗人,可见其鸣声之欢畅喧闹。无论是"春眠不觉晓"还是"处处闻啼鸟",都有丰富的蕴含,能让人引发许多联想。"春眠"之所以"不觉晓",除了上面已提及的因夜闻风雨之声迟迟未眠之外,更因为雨后的晴旦,空气特别清新,所以睡得特别甜美。作者虽只如实道出"春眠不觉晓"这个事实,读者自可从中想象出一个清新澄澈的雨后清晨的形象。"处处",就不是一处两处,听到的就不是一声两声,而是四面八方,此起彼落,连续不断,奏出一支充满春天的活力生机的交响曲。雨后初晴的春晓,鸟儿叫得特别欢畅,这是常识。作者虽然只从"闻"的角度写了啼鸟的喧闹欢畅,但读者却可以由听觉感受产生一系列与此有关的雨后春晨的联想,诸如枝头花间闪烁着晶莹透明的水珠,蔚蓝纯净、纤尘不染的天空,碧绿如茵、浸透了水分的草地(视觉),雨后春晨清新芬芳的气息(嗅觉),甚至可以想象出诗人浓睡醒来之际听到一片啼鸟报晴时那种难以言状的轻松愉悦的快感(感觉)。总之,诗人虽只写了听觉感受,读者却可调动起视、嗅、感诸觉一起去想象"春晓"的一切。啼鸟在这里,由于其突出的典型性,起到了以一当十的启示联想作用。

就在诗人充分享受着雨后春晓的美感和快感的时候,他忽然在朦胧中想起了昨夜的风雨,和听到风雨声时惦念花的命运的情景,因而在心头浮现出这样一个念头:一夜风雨,此刻外面不知该落下多少姹紫嫣红的花瓣了。同样一件事,在不同的场合、不同的心境下想到它的时候,感情会有很明显的区别。风雨落花这件事,在昨夜发生的当时,诗人心中自不免会引起惋惜惆怅;但一夜之后,浓睡醒来,风雨早歇,耳之所闻,心之所接,已是一派明媚灿烂、充满生命欢乐的大好春光时,再回想起夜来风雨落花的情景,就会感到那好像是一场已逝的旧梦。在胸中充满春晓的美感和快感的时候,风雨落花的忆念并不会给晴朗的春晨抹上一层愁云,相反地,倒是使他倍感春晓的美好,在迎来一个充满生机和欢乐的春晓的时候,怀着轻松愉快的心情与昨夜告别。尽管在念及"花落知多少"时,也不免会有些许轻微的惆怅,但这一点点惆怅,不会冲淡明朗喜悦的基调,而是进一步丰富了这个基调,使它不显得单调,更富人情味。我们从"花落知多少"这种轻淡的口吻中,也可体味出诗人的感情并不沉重。从另一角度看,在碧绿如茵的草地上缀满了缤纷的落英,不也更显示了春晓的美丽和丰富吗?林庚先生说:"一种雨过天青的新鲜感受,把落花的淡淡哀愁冲洗得何等纯净!花总是要落的,而落花也总是有些可惜。春天就是这样在花开花落中发展着。"(《我为什么特别喜爱唐诗》,《唐诗综论》代序) 可以说是对这首诗意境的妙悟。

可能是由于读了过多的伤春悲秋的诗词，形成了欣赏的惯性，一读到"风雨""花落"之类的字眼，就先入为主地判定它表现的必然是强烈的伤春意绪，而不顾及全篇的基调。特别是和"高阁客竟去，小园花乱飞……芳心向春尽，所得是沾衣"（李商隐《落花》），"满目山河空念远，落花风雨更伤春"（晏殊《浣溪沙》），"昨夜风狂雨骤，浓睡不消残酒。试问卷帘人，却道海棠依旧。知否，知否，应是绿肥红瘦"（李清照《如梦令》）等作品联系起来时，会更认为孟诗所表现的也同样是浓重的伤春意绪。关键就在于孟诗的前两句已经奠定了全诗的基调，后两句只是对这个基调的丰富和补充，而上引各首，则通篇贯注着伤春之情，自不能以彼例此。

总之，这首诗写出了一个明丽清新、充满生命活力的雨后春晓，传达出诗人全身心沉浸其中的美感和快感。它的好处在于抒情写景的不单一化，在欢快的基调中融入某种对立的因素，使春晓之美在对立统一中变得更加丰富，也更隽永耐味。

宿建德江①

移舟泊烟渚②，日暮客愁新。野旷天低树，江清月近人。

[校注]

①《文苑英华》、宋蜀刻本作《建德江宿》。建德江，指浙江流经睦州建德县的一段。诗当作于开元十八年（730）秋，与《宿桐庐江寄广陵旧游》为同时先后之作。②烟渚，雾气笼罩的岸边沙洲。

[鉴赏]

这首五绝吟咏孤舟暮泊时触发的客愁，纯用白描，却写得意境清迥，浑涵不露，达到了很高的艺术境界。

首句叙事，点明移舟泊岸。"烟渚"要和下句的"日暮"联系起来体味。薄暮时分的烟霭雾气，弥漫笼罩在江边的沙洲上。这正是旅人停舟泊岸的时刻。但这烟霭笼罩下的沙洲，却给人一种虚缈飘忽、若隐若现的感觉，故虽移舟而泊，却有泊而无依之感。在貌似客观叙事的诗句中已暗含旅泊者的迷茫孤子感，逗下"客愁"。次句承上，直接点明"客愁"。这一句是全诗的核心，整首诗就是抒写"日暮"时分的"客愁"的。"日暮"时的朦胧迷茫天色和黄昏到来时的静寂，往往使客子的愁绪油然而生,所谓"旅人乏愉乐,日暮增思深"(鲍照《日落望江渚赠荀丞诗》),"日暮乡关何处是,烟波江上使人愁"(崔颢《黄鹤楼》),都可与此相互发明。这句的好处在句末的那个"新"字。客愁本就蕴蓄于旅人心中,但在白天,由于行舟过程中有两岸的风景可供观赏,旅途中的新鲜感、愉悦感往往占据主要位置,"客愁"便处于潜伏状态。而日暮时分,烟霭迷茫,四野静寂,孤舟泊岸之际,那种空旷孤寂、迷茫无依的"客愁"便会突然涌上心头,故说"客愁新"。这"新"实际上是诗人的感觉,它所透露的正是黄昏时分特定环境氛围对"客愁"的触发作用。如果过于拘泥于"新"的字面含义,去探索分析诗人的旧愁新愁,甚至联系诗人此前的经历遭遇,将"客愁"的内涵过分扩大化、复杂化,恐未必符合实际。

三、四两句,承"日暮""客愁"写远望俯视之景,而情寓景中。"野旷天低树",是泊舟江岸向远处极望所见之景。"天低树"仿佛无理,却极真切地传达出诗人的直观感受。由于四野空旷,极目远望,那辽阔的天宇便一直笼罩延伸到远处的地平线,而近处的树木则显然高出于远处贴近地平线的天宇。说是视觉错觉也好,直观感受也好,反正是写得极真切且饶有画意。但诗人写泊舟极望之景,又非单纯地客观描摹,而是在这旷远寥廓的境界中自然融入了一种"念吾一身,飘然旷野"式的羁旅孤子之感。"江清月近人",是泊舟江岸俯视所见之景。建德江水,素以清澈见底著称,故倒映在水中的月影显得离人特别近,仿佛伸手可掬。这清澄莹澈的江水映月之景固极真切而富美感,但同样寓含了旅泊者的复杂细微情思。一方面,这与旅人贴近的月影似乎给孤寂的旅人做伴,使其稍感慰藉;但另一方面,在寂寞的孤舟旅泊中只有月影可以做伴相对,又更凸显了旅人的孤寂。全诗就在这温馨与孤寂的交织互渗中悠然收束。总之,三、四两句,貌似客观写景,实则情寓景中,浑涵不露,是对"客愁"更加深细隐微的抒写。

和五律《宿桐庐江寄广陵旧游》相比,虽然同样写孤舟夜泊之景和羁旅孤寂之愁,但感情自有轻淡与强烈、宁静与骚屑之别,境界亦有清迥与凄黯之分。值得注意的是,此诗虽写客愁,但整体情调并不压抑低沉,而是具有一种清迥孤寂的美感,这和三、四两句中描绘的旷远境界和透露的温馨感受有密切关系。从这方面看,它较《宿桐庐江寄广陵旧游》更具盛唐羁旅诗的特点。

刘眘虚

刘眘虚，生卒年未详，字全乙，行大。唐洪州新吴（今江西奉新）人。吴兢为洪州刺史，高其行。开元二十一年（733）徐徵榜进士。后又举宏词，官弘文馆校书郎。与孟浩然、王昌龄、高适均有交往，与孟之友谊尤笃。孟卒后，刘有《寄江滔求孟六遗文》。卒于天宝十二载（753）之前。有《鹡鸰集》五卷，已佚。殷璠《河岳英灵集》选录其诗十一首，称其诗"情幽兴远，思苦词奇，忽有所得，便惊众听。顷东南高唱者十数人，然声律婉态，无出其右。唯气骨不逮诸公。自永明已还，可杰出江表"。《全唐诗》录存其诗一卷共十五首。在唐代诗人中，他和王之涣都属于存诗不多却篇篇可读的诗人。

刘眘虚

阙　题①

道由白云尽②，春与青溪长③。时有落花至，远随流水香。闲门向山路④，深柳读书堂。幽映每白日，清辉照衣裳⑤。

[校注]

①殷璠《河岳英灵集》刘眘虚评语中引此诗全篇，即未标题目，故题为"阙题"。②道，路。由，因。句意谓道路的尽头白云弥漫，遮掩了去路。③春，指春天的景色。与，共。青，《河岳英灵集》作"清"。④闲，《河岳英灵集》作"开"。闲，幽静。山，《河岳英灵集》作"溪"。⑤幽映，深幽隐映的阳光。钱起《同李五夕次香山精舍访宪上人诗》："松门入幽映，石径趋迤逦。"二句谓因深柳茂密，故虽白天而阳光深幽隐映，透射下来的清辉照映着衣裳。

[鉴赏]

由于殷璠写评语时没有标明此诗的题目，故历代流传至今一直阙题。如果要按诗意给它起个题目，不妨借用钱起的现成诗题而稍作增改——《暮春归山中读书堂》。

这首诗通篇都如同行云流水般自然，起句却稍显突兀——"道由白云尽"，前面根本没有说到行路，一上来却说远处的道路因为白云弥漫而遮断了。这自然是对此前一段可有可无的行程叙写的省略，更是一开头便引人入胜。因为这道路是似"尽"而非尽，正如陆游所形容的那样："山重水复疑无路，柳暗花明又一村。"一开头即写路因云封雾绕而尽，正是为了显示山之深幽，路之蜿蜒曲折，从而由"尽"处转出"别有天地非人间"的桃花源式佳境——"深柳读书堂"来。

第二句写路旁蜿蜒缭绕的山溪。"春与青溪长"，这是一个出语似乎很平淡随意却颇具新巧思致和隽永韵味的诗句。说"青溪长"，说明此前的行程一直是沿溪而行，而前路也仍随溪延伸蜿蜒。"春"是点明时令的，它无形无体，何得与青溪同"长"？这看似无理的诗句却是一个妙手偶得的佳句，它以其特有的虚涵表现手法启示读者的丰富联想。一路行来，春水绿波，傍着两岸青翠的春山。山上溪畔，到处长满了绿意盎然的春天草树，开遍了五彩缤纷的春花，而溪的上游，同样也是春意盎然，春色无边。这句的"长"与上句的"尽"相映，正启示了读者对前路前溪春色的想象。

领联是对"春与青溪长"的进一步具体描写，当然是以点带面，以一当十的典型描写："时有落花至，远随流水香。"溪流中时不时地有落花随水漂荡而来，仿佛连这青碧的流水也染上了芬芳的气息。这一联出语较首联更加平淡自然，仿佛略不经意，随口道出，却点染出一片极为优美、令人神远的桃花源式诗境。"落花""流水"，这在某些伤春诗词中带有浓重感伤情调的词语，在这里却成了对"春与青溪长"的绝妙形容。"春"不但显现在一路迤逦蜿蜒而来的绿水青溪之中，更显现在时而漂荡而下的"落花"之中。"落花"不但点染了"春"的颜色，更透出了"春"的芬芳。"流水"本无香气，可这随溪流漂荡的落花却使它似乎散发出了芳香。这和"春与青溪长"一样，是无理而妙的佳句。尤妙在"时""至""远""香"四字，透露了这一溪春水漂落花的景象是诗人在一路沿溪经行过程中时时见到，络绎不绝于目前的，"至""远"二字甚至还显示了诗人在目接眼前景象时引发的对前路景物的想象。二句用流水对，十字一意贯串，更增加了自然流走的意致，已历、正历、未历之境，尽皆包蕴。而诗人移步换形的行程中顾盼流连、目接神驰的意兴亦可想见。笔意之超妙绝诣，行文之潇洒自如，颇有手挥目送的神韵。

腹联终于随着曲折蜿蜒、云封雾遮的山路抵达此行的终点——深柳丛中的读书堂。却按前后顺序先写堂前的"闲门"。"闲"一作"开"，殊直遂而少味，与下句"深"字亦不对。作"闲"则门庭院落之闲静幽寂自见，恰与抒情主人公身处读书堂中的超逸从容意兴相映成趣。"路"本是人来人往的熙攘之地，但这里幽静的"山路"与"闲门"相对，却分外见闲门之静寂。第六句才显出全篇的中心，却又让这读书堂掩映在一片青翠丛绿、深幽茂密的柳林之中，使它若隐若现，更增让人向往的风致。

"深柳读书堂"虽是诗人此行的目的地，但写读书堂的目的却是为了表现身处其中的诗人那份悠然自得、清雅脱俗的情致风神，于是便引出结尾两句："幽映每白日，清辉照衣裳。"由于柳树高大茂密，层绿叠翠，尽管是白天，照映其中的阳光也显得有些深幽隐约（比较王维诗"日色冷青松"），而这透过深密柳树照射下来的一缕阳光的清辉，此刻正映在诗人的衣裳上。

诗写到这里，即悠然收住。诗人此刻的心境神情、风度气韵，均不着一字。而在这闲门幽院、深柳掩映中的读书堂，以及堂中人那被幽隐的阳光清辉映照的衣裳，却烘托出了一位清迥超逸、陶然忘机的高士形象。他唯求读书真趣、不问世俗功利的气度风神也就可以神会。写读书毫无头巾气、尘俗气，有的只是一份怡然自得的情趣，这是读书的高境界。陶渊明《与子俨等疏》说："少学琴书，偶爱闲静，开卷有得，便欣然忘食。见树木交荫，时鸟变声，亦复欢然有喜。常言：五六月中，北窗下卧，遇凉风暂至，自谓是羲皇上人。"刘诗中所透露的，正是这样一种怡然自得的读书心境和清迥绝俗的意态风神。殷璠评刘诗，赞赏其"情幽兴远"的"方外之言"，可谓知音；而嫌其"气骨不逮诸公"，则不免对"气骨"的理解过于褊狭。其实，诗中流注的"冲澹超逸之气"（林昌彝评）也是一种气骨，一种真正的高逸之士的精神境界。

诗通篇一气贯串，自然流走，行云流水，风致天然，却绝无浅率滑易之弊。且自始至终，无一败笔、闲笔、懈笔，出语自然，而情味隽永。像这样通首完美的诗，唐诗中亦不多见。

金昌绪

金昌绪,生卒年未详。馀杭(今浙江杭州)人。大中十年(856)已编就之顾陶《唐诗类选》(已佚)收入金昌绪的《春怨》诗,可证其系此前在世的诗人。

金昌绪

春　怨①

打起黄莺儿②，莫教枝上啼。啼时惊妾梦③，不得到辽西④。

［校注］

①《全唐诗》校："一作《伊州歌》。"②起，《唐诗纪事》作"却"，义似较长。③啼时，《唐诗纪事》作"几回"。④辽西，指辽水（今辽河）以西地区，唐平卢节度使所辖营州一带。唐时系东北边塞征戍之地。这里指女主人公丈夫戍守之地。

［鉴赏］

对于这种被公认为天籁式的诗，不妨暂时撇开后代诗评家从中总结出来的种种诗法乃至诗论，完全从直感出发，谈自己的感受。如果这样读诗，我们也许会发现，这首诗给人最突出的感受，一是神情口吻毕肖，二是极富生动幽默的诗趣。

先说神情口吻毕肖。这首诗完全可以看作少妇的自言自语。春天的清晨，她正沉酣在自己的美梦当中（是什么梦，暂时保密），忽然被一阵阵黄莺的鸣叫声打断了美梦，不由得立即起身，提起竹竿，大声吆喝，一边赶黄莺，一边自言自语，打走你这吵人的黄莺儿，看你还敢再在枝头上聒噪不已，扰人美梦，让我不能在梦中到辽西去和丈夫相会。话说完了，诗也结束了。在日常生活中，鸟儿扰人清梦的事时有发生，嫌其扰人清梦者亦属常情，但鸟儿并不解人事人情，它自顾欢快鸣啭，并非故意与人作对，一般的人是不至于心烦得起身去打走黄莺的，而这位少妇竟然情绪失控到起身抄竿打鸟，可见其心烦意乱的程度，也可见这梦对她的重要。脱口而出的"啼时惊妾梦，不得到辽西"，揭示了如此失常举动的原因：丈夫远戍辽西，无缘相会，只有在梦中才能远涉千里，与丈夫相会。因此梦成了生活中最重要的心灵慰藉，"打起黄莺儿"的失常举动得到了合乎情理的解释。短短二十个字，将一位少妇埋怨黄莺惊梦的烦乱心理，神情口吻，以及"打起黄莺儿"的失控举动，和她之所以有如此言行举动的原因和盘托出，使读者如闻其声，如见其人，从中可以想见这位少妇的天真而娇憨，任性而真挚的神情性格。乃至可以想象到"打起黄莺儿"之前之后的生活情事。二十个字的纯粹白描，写出这样活灵活现的一位少妇，可谓字字化工了。但这化工之笔却又完全符合生活真实。笔者自己就曾有过类似的生活经历：小儿高考前夕，兴奋紧张，不能入睡，无奈只能吃安眠药，方能入睡。而邻家阳台上雄鸡竟然清晨高鸣，情急之下，只能用长竿捣邻鸡，邻居闻声，方携鸡返室。拈出此事，正见金昌绪笔下所写打起黄莺儿的少妇的言行举动，完全合乎特定人物的心理与性情。

再说极富诗趣。这是一首表现生活原生态、富于乐府民歌气息的诗，若论诗的意境、韵味自难以与文人诗相比，但却别具一种生动幽默的诗趣。这份诗趣，首先就体现在这位少妇的"春怨"上：不怨战争的长期持续，不怨丈夫的久戍不归，不怨战争的发动者，不怨将帅的无能，竟然怨起与战争及久戍不归毫无干系的枝头黄莺，甚至要"打起黄莺儿"方才解气。表面上看，似乎有些没头没脑，不讲道理，"怨"错了对象，感到她的举止行为未免有些神经兮兮，但同时又感到她感情的真挚痴顽，性情的真率可爱。正是这种真与痴的对照中，溢出了一种浓郁的令人解颐的幽默情趣，使人感到这位少妇实在是傻得可爱，也真得可爱。

表现生活的原生态，自然不等于照搬生活，就这位丈夫远戍不归的少妇来说，原生态生活中可写的情事很多，但诗人感兴趣的却独在惊梦打莺这件看似有些荒唐可笑的事上。关键就在于诗人有一对善于发现诗趣的慧眼，一颗敏感的诗心。从诗法的角度说，这属于题材的选择和提炼，表现诗人善于抓住最富包蕴的情节片断。但诗人落笔时是否有那么明确的艺术自觉，似乎很难说。他只是觉得少妇怨莺儿惊梦，进而打莺解气的行动语言特别富于诗趣，就抓住这瞬息即逝的顷刻加以表现罢了。

丈夫久戍不归，妻子唯有梦中方能与其相会这种情事，初盛中晚唐的闺怨诗中都有所表现，也都有成功的作品，但诗的情调却大不相同。读陈陶的《陇西行》"可怜无定河边骨，犹是春闺梦里人"和读金昌绪的这首《春怨》，感觉可说截然不同。陈陶的诗给人一种深入骨髓的绝望和沉痛之感；而金昌绪的《春怨》，虽然也深挚怀念远戍的征人，但全诗给人的感觉是虽夫妇两地远隔，梦寐思念，但整个调子是明朗轻快的，尽管思念，却并不失去对重聚的向往和追寻，诗中溢出的这种幽默情趣也反映出无论是女主人公或诗人自己，都对未来的生活抱着一种热切的希望。这似乎可以帮助我们推断，这首诗的产生时代可能是开元时期。

王维

王维（约700—761），字摩诘，祖籍太原祁县（今属山西），居于蒲州猗氏县（今山西临猗）。九岁知属辞。开元七年（719），赴京兆府试，举解头。九年进士擢第，授太乐丞，旋坐伶人舞黄狮子事谪贬济州司仓参军。十四年至淇上为官，后弃官在其地闲居。十七年在长安，与孟浩然交往。十九年妻病故，终身未续娶。其间曾游蜀。二十二年，张九龄为中书令，擢维为右拾遗。二十五年，九龄罢知政事，贬荆州长史。同年秋，维以监察御史出使河西，留为河西节度判官。二十六年秋，自河西归朝。二十八年秋，以殿中侍御史知南选。天宝元年（742）转左补阙，转侍御史。营建蓝田辋川别业。迁库都员外郎、库部郎中。九载因母丧居辋川守制。十一载服阕，起为吏部郎中。十四载迁给事中。安史乱起，叛军入长安，维扈从不及，被拘送洛阳，署以伪职。至德二载（757），两京收复，陷贼官以六等定罪，维因陷贼期间赋《凝碧池》及弟缙愿削官为其赎罪，于乾元元年（758）责授太子中允，加集贤殿学士，迁太子中庶子、中书舍人。乾元二年复拜给事中。上元元年（760），迁尚书右丞。二年七月卒。维工诗擅画、长书法、通音律。存诗四百余首。前期诗颇多边塞游侠之作，慷慨激昂，境界阔大，颇具盛唐气象。后期则以山水田园之作为多，以兼具诗情、画意、禅趣、音乐美为主要特色，代表了盛唐山水田园诗的最高成就。诸体兼擅，五古、五律尤工，七绝亦多佳作。清赵殿成有《王右丞集笺注》，今人陈铁民有《王维年谱》及《王维集校注》修订本。

渭川田家①

斜光照墟落②,穷巷牛羊归③。野老念牧童,倚杖候荆扉④。雉雊麦苗秀⑤,蚕眠桑叶稀⑥。田夫荷锄至⑦,相见语依依⑧。即此羡闲逸⑨,怅然吟式微⑩。

[校注]

①川,《文苑英华》作"水"。诗写渭水边上农村初夏傍晚景象和自己的心情。作年不详。②光,原作"阳",《文苑英华》同。此据宋蜀本等改。斜光,夕阳的余晖。王僧孺《秋闺怨诗》:"斜光隐西壁,暮雀上南枝。"墟落,村落。范云《赠张徐州稷》:"轩盖照墟落,传瑞生光辉。"③穷巷,深巷。④荆扉,柴门。⑤雉雊,野鸡鸣叫。《文选·潘岳〈射雉赋〉》:"麦渐渐以擢芒,雉鷕鷕以朝雊。"秀,抽穗扬花。⑥蚕眠,蚕蜕皮前,不食不动,谓之眠。四眠而吐丝作茧。⑦至,赵殿成笺注本作"立",此从《文苑英华》《唐文粹》及宋蜀刻本。⑧依依,依恋不舍之状。《古诗为焦仲卿妻作》:"举手长劳劳,二情同依依。"⑨《唐文粹》作"羡此良闲逸"。⑩《诗·邶风·式微》:"式微,式微,胡不归?"《诗序》谓黎侯流亡于卫,随行的臣子劝他回国。后以赋《式微》表示思归之意。吟式微,取"胡不归"之意,抒发自己归隐田园的意愿。吟,赵笺注本作"歌"。

[鉴赏]

在王维抒写隐逸情趣的田园诗中,这首《渭川田家》具有代表性。具体的写作年代虽难以考察,但大体上是其后期的作品。从诗中透露的情绪看,有可能是天宝三载(744)经营辋川别业之前所作。

诗中所描绘的农村景象,在一个特定的时间背景——傍晚。诗人笔下所描绘的景物、人物活动和整个氛围,以及诗人的情思,都和这个特定时间背景密切相关。

"斜光照墟落,穷巷牛羊归。"一开头就展现出一个在西斜夕阳余光映照下的村落,亦即题目的"渭川田家"。"斜光"二字,既点明了特定的时间背景,又渲染出在斜阳映照下村墟篱落苍茫的暮色和宁静安详的气氛。这是对"渭川田家"的一个总写。紧接着,在夕阳映照的村庄道路上,出现了一群群归家的牛羊,在悠闲不迫地走向深巷中各自的家门。句末的"归"字,用得似乎很随意,却是全篇的点睛之笔。小农经济下的农村,日出而作,日入而息,"日之夕矣,牛羊下来"(《诗·王风·君子于役》),日暮时分,正是劳动了一天的农夫归家的时刻,也是放牧的牛羊归圈的时刻。"归"字所显示的,正是一种渗透了安闲气息的归宿感。

三、四两句,从牛羊之归引出野老盼牧童之归。"野老"指村中老年农夫,"牧童"当指放牧的孙辈,一作"僮仆",非。如果说一、二两句描绘的是全景,则三、四两句描绘的便是一个特写镜头:一位白发苍苍的老人拄着拐杖,在自家的柴门外,迎候着放牧的童孙的归来。"念"是诗人对"野老"心情的揣度,而这揣度的依据便是野老倚门候归的动作姿态乃至表情,这幅图景,特别是其中的"念"字、"候"字,透露出了温煦亲切的人情味,可以体味出诗人面对这一景象时心中的感触。

以上四句,写的都是村内景象,五、六两句,目光由村内转向村外,远处传来野鸡的鸣叫声,村外田地里的麦苗已经开始抽穗扬花;桑田里的桑树叶已经稀疏,想来蚕已经休眠了。这两句点出季节已值春末夏初,雉雏、麦秀、蚕眠,不但使暮色苍茫中的农村平添了欣然生机,而且暗示了农桑的丰收在望,使人感到农村的宁静安详中自有其丰厚的物质基础。这里透露的应该是开、天盛世时的农村比较丰足的景象,而不是像有的评家所说是"伤世之衰"。

七、八两句,续写村外田野中所见:"田夫荷锄至,相见语依依。"在田野上劳动了一天的农夫,傍晚收工时不约而同地三三两两凑在一起,在随意地闲聊。"荷锄"而"相见",正是田间相遇的情景,而"语依依"三字,不但写出他们相对而语的亲切姿态,而且似乎可以听到他们的声音,鲜明如画,却又更有画外远神,这画外远神便是那份闲适的意态。

九、十两句,是全诗的归趋和主旨。在观赏了上述景象之后,诗人的突出感受就是农村生活的"闲逸",即悠闲安逸,宁静和平,没有官场的奔竞驰逐、争名夺利、纷争恶斗、虚伪欺诈,因此他不仅深为欣美,而且借用《式微》中"胡不归"的话头直接表明了自己归隐田园的旨趣。从引出并为最后两句服务来说,前面八句都不是单纯描写农村景物,而是在描写中渗透了诗人的上述感情。王夫之认为"前八句皆情语,非景语",正应从这个角度去理解。

诗通体运用白描手法,语言朴素清新,描绘出一幅鲜明如画的田家晚归图景,而且在画内画外,还笼罩着一种浓郁的氛围,艺术上是相当成功的。但较之陶诗,却明显带有"局外人"的色彩。陶渊明弃官归隐后，不但始终生活在农村，而且还"开荒南野际"，躬亲参加生产劳动，"晨兴理荒秽，带月荷锄归"，因此，对于农村和农民的实际生活有较深切的体验，才能写出"平畴交远风，良苗亦怀新。田家岂不苦，弗获辞此难。四体诚已疲，庶无异患干""衣食当须纪，力耕不吾欺"这样的诗句。对照王维此诗，虽然在风貌上追摹陶诗，甚至有意无意地袭用陶诗中词语，但由于缺乏真切的农村生活体验，他笔下的农村和农民，总让人感到是以一个局外人的眼光来观察、感受的。诗人虽对农村生活的"闲逸"怀着亲切的欣美之情，但同时也就显示了一种局外人的距离感。

王维另有一首《辋川闲居赠裴秀才迪》的五律，是半官半隐期间闲居辋川所作。诗云："寒山转苍翠，秋水日潺湲。倚杖柴门外，临风听暮蝉。渡头馀落日，墟里上孤烟。复值接舆醉，狂歌五柳前。"诗中的词语、意象与这首题为《渭川田家》的五古有相似之处，也同样袭用了陶诗中的一些意象。按说，此时的王维已经有了归隐的处所，且有了归隐的实际体验，但他笔下的农村，仍然是一个局外人眼中的农村。他写出了农村某些外在景象（如"渡头馀落日，墟里上孤烟"），但却无法深入到农村生活的实际当中去，因此诗中的诗人自我形象还是一个士大夫。这个铁门槛，诗人没有也无法超越。

新晴野望[①]

新晴原野旷，极目无氛垢[②]。郭门临渡头，村树连溪口。白水明田外，碧峰出山后。农月无闲人[③]，倾家事南亩[④]。

[校注]

①赵注本题作《新晴晚望》。按：诗中所写非暮色苍茫中之晚景，作"晚"者非。野望，眺望原野。诗作年不详。②氛垢，尘埃烟雾。③农月，农忙的月份。④倾家，全家。南亩，农田。南坡向阳，利于农作物生长，古人田地多向南开辟，故称。《诗·小雅·大田》："俶载南亩，雷厥百谷。"

[鉴赏]

这是一首为历代选家、评家很少提及的佳作，它写得朴素清新，像一幅色调清淡的水墨画，明秀宁静中又透露出浓郁的生活气息。

开头两句，紧扣题目作一总的叙写。雨后新晴，极目远眺，整个原野显得特别清澄旷远。由于"新晴"，故广阔的原野洁净"无氛垢"，这才使它显得更为旷远。三者之间存在连锁递进的因果关系。"原野旷"和"无氛垢"，不仅显示了原野之"清"之"旷"之"远"，而且透露了诗人极目远眺之际那种清爽感、舒畅感和宽展阔远感。

三、四两句，接写近处所见的村郭。第三句的"郭"和第四句的"村"，异文同指；第三句的"渡头"和第四句的"溪口"，所指亦为同处。其句法和孟浩然的《过故人庄》"绿树村边合，青山郭外斜"之"村""郭"异文同指一例。如果将"郭"理解为城郭之郭，则本指一地的"渡头""溪口"也必然要分开各指。实则"郭"即"村"，"渡头"即"溪口"，本是眼前所见的一幅画面，不必人为地分成不相关的两幅。诗人所见的景象是：村子里的树木沿着一条流贯村中的小溪，一直绵延到溪口，而村子入口处的门楼（常是村庄的标志）则紧挨着小溪流入河的渡头。在很多依山傍水的村庄中都有这样的景色，就像"绿树村边合，青山郭外斜"那样普遍平常，但在诗人笔下，却显得风光如画。原因就在于诗人把笔墨集中在这个村庄最美丽而饶有画意的地方——绿树绵延的郭门外古渡头。

五、六两句，是离近处的村庄更远的景物。村庄外面，是一片农田，因为田里放满了水（准备播种或插秧），在新晴阳光的映照下，水田反射出白光，此即所谓"白水明田外"（并不是说在水田之外有一条反射出亮光的河流），比较"漠漠水田飞白鹭"之句，即可看出后者是因为天气稍有阴霾，故看上去水田漠漠一片，而"白水"句则是由于晴光映水之故。而"碧峰出山后"又是较"白水明田外"更远的景物：水田的尽头处是重叠的山峦，由于新晴空气清澄，不但可以清楚地望见紧靠水田边际的山峦，而且还能望见一座碧绿的山峰秀出于它的后面。在一般的气候条件下，远处的山峰往往只是一个隐约模糊的轮廓，而今天由于新晴碧空如洗，竟连山外的碧峰也清晰可见，可见其所望之旷远。到这里，可以说把题目"新晴野望"的"望"字写足了。

颔、腹二联，是一幅多层次、富于立体感的画面：近处，是一个绿树绵延直到郭门外溪口渡头的村庄；村庄之外，是一片反射着晴光的水田；水田的尽头处，是重叠的山峦，前面的山峦后面又矗立着碧绿的山峰。这幅图景，有近景，有中景，有远景，远景之中又有层次，鲜明地体现出画家的位置经营之法。而景物的色调，则是由白水、碧峰、绿树构成的极其鲜明的绿、白二色，给人以清新明洁的愉悦感。

写到这里,"新晴野望"的题意是写足了,但又让读者隐隐感到这幅"新晴野望图"似乎缺少了点什么。这所缺少的就是人物的活动、生活气息。结尾两句正满足了读者的期望,用极简括的手法写出了村庄外田野上繁忙的农事活动。"郭门临渡头,村树连溪口"的村庄虽然宁静得像一个童话中的世界,但在村外的田地上,这里那里都有农人忙碌的身影,农忙季节,村里没有闲人,男女老幼,倾家出动,都在各自的田地上从事农耕活动。有了这一笔,这幅新晴野望图便有了浓郁的生活气息,不但美丽,而且更加可亲了。从这一点上看,又不妨说结尾两句是这幅图画的点睛之笔。

过香积寺①

不知香积寺,数里入云峰。古木无人径,深山何处钟②。泉声咽危石③,日色冷青松④。薄暮空潭曲⑤,安禅制毒龙⑥。

[校注]

①《文苑英华》卷二百三十四作王昌龄诗。按:此诗王维集诸旧本均载,而王昌龄集旧本则未收。《全唐诗》亦载于王维诗。当从集本作王维诗。香积寺,《长安志》卷十二:"开利寺在(长安)县南三十里皇甫村,唐香积寺也。永隆二年(681)建,皇朝太平兴国三年改。"郑洪春《香积寺考》(载《人文杂志》1980年第6期)对此有详考。并谓建于皇甫村之唐香积寺至宋时已毁,另于今贾里村西之香积寺村修建新寺,初名开利。后改名香积。不知者多误以为此即唐香积寺。而《全唐诗大辞典》则谓:"(香积寺)在陕西省长安县神禾原西端滈、潏两水交汇处之香积村,始建于唐神龙二年(706),是佛教净土宗的门徒为纪念第二代祖师善导在其墓旁建造的寺院。寺院现已毁废殆尽,仅余唐建仿木结构密檐式砖塔和清建三间佛殿。塔原为十三级,现已残裂为十一级。其东侧有小型砖塔一座,据传即善导墓塔。王维《过香积寺》诗,即指此。"按:二说不同,但无论是皇甫村或香积村,均在长安县(今西安市长安区)南的原上,离终南山尚有相当一段距离。而王维此诗所写的香积寺,无疑是在终南山的深处,与上二说所指的香积寺,地理形势明显不符。颇疑王维此诗之香积寺,非上二说所指。②深,《文苑英

华》作"空"。③句意谓泉水流经高险的山石，因受阻而发出幽咽之声。④句意谓日光照射在萧森幽深的松树上，似乎也带上了寒意。⑤曲，弯曲之处。空潭曲，即空潭旁。⑥安禅，静坐入定。毒龙，《涅槃经》："但我住处，有一毒龙。其性暴急，恐相危害。"比喻妄心。陈铁民《王维集校注》引《禅秘要法经》卷中："今我身内。自有四大毒龙无数毒蛇……集在我心。如此身心。极为不净。是弊恶聚。三界种子（产生世俗世界各种现象的精神要素），萌芽不断。"谓"安禅可使心绪宁静专注，灭除妄念烦恼，故曰'制毒龙'"。

[鉴赏]

　　唐诗题内的"过"字，常为"过访""探访"之义，与一般用作"经过"之义有别。本篇与孟浩然《过故人庄》的"过"字，均其例。"过香积寺"，即前往探访香积寺之意。诗人在此前虽闻香积寺之名，却从未到过其地，此次前往探访，自有一种寻幽探胜的新奇感和新鲜感。

　　首句以"不知"起笔，显得既突兀又飘忽。题曰"过香积寺"，而起句却说"不知香积寺"，似乎故意与题目唱反调。实则，香积寺之名，早已闻知；所不知者，香积寺究在山之何处。由这个"不知"就引出了下面三句。诗人入山数里，见到云雾缭绕的山峰，到处是参天的古树，蜿蜒的小路上杳无人迹。正在思忖这香积寺不知究在何处之时，忽然从深山中传来阵阵杳远深永的钟声，方悟香积寺就在此深山之中。"不知"二字，直贯四句，一气流走，而又层次分明。从开始的茫然不知，到最后的闻钟始悟，中间经历了入云峰、寻幽径的过程。既写出了香积寺所处之幽深，又表现了诗人闻钟忽悟寺之所在时的欣喜和新奇感。如果说，"只在此山中，云深不知处"的诗句给人以既向往又迷惘之感，那么"古木无人径，深山何处钟"则给人一种于迷惘中忽遇向往之对象的惊喜。而"何处"二字，又给它涂上了飘忽不定的色彩。钟声似乎是破寂的，但这从云雾缭绕、古木参天、杳无人迹的深山之中传来的钟声，却更衬托出了深山的静寂幽深。而香积寺静寂幽深的神味也就自然寓含其中了。

　　腹联是沿着幽径继续前进，行近香积寺时所见所闻。寺庙附近往往有泉流，周围则有青松围绕，故这一联写到泉声和青松，正暗示已接近香积寺。妙在其句法字法，传达出了一种幽冷静谧的境界和氛围。泉水潺潺，流经危石时，受阻而声若鸣咽。"咽"字不但传神地描摹出了泉流的态势由顺而塞、声音由响而沉，而且传达出一种幽寂的气氛。对比一下"清泉石上流"，便可明显体味出它们之间不同的色调和情味。日色本来是暖色，但一则萧森幽深的"青松"属于冷色，二则时已薄暮（从下句可知），西斜的阳光显得黯淡迷茫，因此当黯淡的斜阳映照在本就显得萧森幽深的松树上时，便更显出了幽冷的色彩。如果说上一句的"咽"，主体明显是泉声，那么这一句的"冷"，其主体却不大分明，既可理解为是黯淡迷茫的日色使青松显得更加幽冷萧森，也可理解为是幽冷萧森的青松使映照在它上面的日光也显得有些幽冷了。实际上，这两种情况都同时存在，诗人用一"冷"字将"青松"与"日色"连接，正显示出中国古代诗歌这种特有的多义性和丰富性。至于"冷"字运用通感手法，将原属触觉的"冷"通之于视觉，时贤多有论及，不赘。

尾联是诗人面对寺外空潭时的即景抒感。佛寺外每有潭水，此云"空潭"，既见潭之空寂无人，亦寓含"潭影空人心"的意味。由静寂的空潭联想到澄明空寂的心境，又进而联想到潭中有龙，因而借佛家语表明自己愿在此空潭之上，安禅入定，制伏心中的尘思欲念，以达到空明澄激的心境。这是全诗的归宿，虽不免直接用禅语，落于言筌，但既与全诗幽静空寂的境界协调，又不离寺前景物，整首诗仍显得比较浑融完整。

题称"过香积寺"，但一路写来，从"不知寺"到"入云峰"，再到寻幽径，忽闻钟，然后写到寺边的泉水、青松，写到寺前的空潭，却止住了笔，对香积寺本身再不着一语。这似乎与一般写游寺的诗很不相同。但诗人写这首诗，兴趣本就不在香积寺本身，而是在寻访过程中所感受到的那种幽深静谧的境界与氛围，写出了这种境界和氛围，也就真正传达出了香积寺的神韵，不必于此外再添蛇足了。

山居秋暝①

空山新雨后，天气晚来秋。明月松间照，清泉石上流。竹喧归浣女②，莲动下渔舟③。随意春芳歇，王孙自可留④。

[校注]

①暝，日暮。诗当作于王维居辋川时。山居，指辋川别业中诗人的居处。具体写作年代不详。②竹喧，竹林中传出一阵阵喧闹声。浣女，洗衣裳的女子结伴归来。③句意谓水面上莲花晃动，原来是渔舟乘流而下。④随意，任凭。《楚辞·招隐士》："王孙游兮不归，春草生兮萋萋……王孙兮归来，山中兮不可以久留。"这

两句反用其意，说山中秋天的景色如此美好，那就任凭春天的芳华消歇吧，王孙自可留此山中享受秋光。

[鉴赏]

诗题中的"暝"字，是日暮的意思，"山居秋暝"，就是山居秋天的傍晚。说明这首诗所描写的时间背景是傍晚时分。诗中写到"月"，也是傍晚时已升起的上弦月。王维喜爱写暮景，像著名的《渭川田家》《辋川闲居赠裴秀才迪》《归辋川作》《山居即事》《淇上即事田园》《归嵩山作》及本篇，都是显例，但这一系列写暮景的诗，色调意境并不相同，这首诗可以说是写暮景的诗中最具清新明快风格的一篇。

开头两句，淡淡着笔，写空山、新雨、傍晚、秋天，烘托出山居秋晚的一个总的轮廓。"空山"的意象在王维诗中屡次出现，如"空山不见人""夜静春山空"，可以看出主要是形容山的寂静或宁静。写静而用"空"形容，也属于"通感"，即通常诉之听觉而产生的寂静、宁静之感，在一定条件下可以转化为视觉感受——空廓虚无之感。但王维笔下的这个"空山"其实并不真空，诗人只是以此突出其宁静而近乎空廓之境。这两句虽然用笔轻淡，但遣词用语并不随便。比如"新雨"这个词，不过说是刚刚下的雨，但试着把它换成"细雨""微雨""暮雨"都不合适。这是因为"新雨"这个词语本身就给人一种清新、明朗、湿润、洁净之感，它和"空山"配合起来，一下子就能造成一种空明澄澈、清新爽朗的氛围。下句句末的"秋"字也新颖而富含蕴，它不能理解为单纯的"凉"，尽管它包括了"凉"。它传达的是秋天到来时给人们的一种综合感受，包括"新雨"带来的新秋的凉意，也包括空气的清新、境界的清朗，以及秋天乍至时那种身心的舒适感、愉悦感。为什么说"晚来秋"呢？因为这首诗所写的时令正值初秋（从第六句写到莲花可知），白天还比较热，傍晚前下了一阵雨，天气骤然变凉了，人们仿佛突然感到了秋意。

三、四两句，承上具体描绘"山居秋暝"景物。"明月"承"晚"，"松间""石上"承"山"，"清泉"承"新雨"。上句诉之视觉，下句则既诉之视觉，又兼含听觉。这一联所描写的景物，孤立地看，都极平常，但一经诗人妙手的组合，便显示出特有的美感。夜间的松树本来显得有些幽森，一经明月清光的映照，却转为幽静。松与月，一刚一柔，互相配合，组成和谐的意境。在月光映照下，流过石上的泉水反射出亮光，益发显出山泉的清冽；同时，泉流石上，响声也就特别清脆悦耳。"泉"与"石"的组合，渲染出一片有声有色而又清朗安恬的意境。而上下两句这两幅画面，又共同组成一幅色调明朗清澄的松月清泉图。透过这幅画图，可以感到观赏景物的诗人目睹耳接之际那种清然泠然、心与境会的愉悦。

这一联词序的安排也很有讲究。姑且撇开诗律，把它改为"松间明月照，石上清泉流"，或者"明月照松间，清泉流石上"，表达的内容和原句可以说没有任何区别，但表现的意境却相去悬殊。因为"松间明月照，石上清泉流"这种句式，把本来应该突出强调的"明月"和"清泉"（它们是构成清朗幽静意境的主要因素）安排在一个很不显眼的位置，反倒把次要的"松""石"突出出来，就大大削弱了原诗的意境。而"明月照松间，清泉流石上"这种句式，则又显得平板而几近冷漠，缺乏原诗中所蕴含的诗人观赏景物时的兴会。

五、六两句，仍写"山居秋暝"之景，但和三、四两句纯写自然景物不同，侧重于写人事活动。竹林深处，传出一阵阵笑语喧哗的声音，原来是浣洗衣裳的女子归家来了；水面上莲花晃动，原来是晚归的渔舟顺流而下，撑到这边来了。"浣女""渔舟"，显示出这个"山居"，不但有山，而且有水，是一个山清水秀，富于江南情调的地方。"浣女"之"归"，"渔舟"之"下"点"暝"；"莲"点"秋"景。

这两句的句式比较特别，改成骈文的句式，应该是"浣女归而竹喧，渔舟下而莲动"，可以看出原句上二字与下三字之间的因果关系和前后次序。为什么诗中要先出"竹喧"与"莲动"呢？这是因为，诗中所描写的景物和人事活动有一个特定的时间背景（傍晚上弦月已升起，尚未入夜）。在朦胧暮色与月光映照下，对远处的景物无法用视觉感知，只能凭听觉，故先是听到远处竹林里笑语喧哗，这才意识到是浣女归家路上的嬉笑喧闹声；对近处的景物则约略可辨，故看到水中莲花晃动，知道是归家的渔舟撑到这边来了。当然，也不排斥听到莲花晃动的轻微声响。"竹喧"句不但造语新颖，意境也很优美。虽只闻其声而不见人，却点染出山村一种田园牧歌式的情调，一种和平宁静而又充满生机与欢乐的气氛，和诗人闻声神驰的情景。

结尾两句，是在对山居秋暝美好景象进行生动描绘的基础上所作的总结。用"随意春芳歇"暗示山中的秋景虽不似春光，却胜似春光；用"王孙自可留"表达对山居秋景的迷恋与陶醉。

这首诗的题目在后世一些诗人手中，很可能被写成另一种情调。山中，本就偏于寂静；秋天，往往与萧瑟凄清分不开；日暮，又常常引发黯淡伤感的情绪。但这首诗却不是这样。它写山居秋晚的幽静，但色调是明朗的，毫无阴暗的色彩；而且在宁静的基调上又浮动着一种安恬的气息，蕴含着活泼的生机和欢快的生活气息，渗透着诗人新鲜愉悦的感受。沈德潜不满意这首诗的颔、腹两联纯乎写景，认为："景象虽工，讵为模楷？"实则正如王夫之所说："情、景名为二，而实不可离。神于诗者妙合无垠。巧者则有情中景，景中情。景中情者，如'长安一片月'，自然是孤凄忆远之情；'影尽千官里'，自然是喜述行在之情。"（《姜斋诗话》卷二）这首诗的颔联，不但写出了月照松间、泉流石上的清澄幽静山居景物，而且在自然流动、清新明快的节奏中可以明显感受到诗人在观赏上述景物时内心的律动与外物的融洽无间，传达出一种身心清澄空明的愉悦。同样，腹联在描绘出翠竹红莲伴着浣女渔舟的明丽秀美画面的同时，也传达出诗人对这宛如现实中的桃花源的山居的陶醉流连，正是"景中寓情"的生动例证。因此尾联发出"随意春芳歇，王孙自可留"的结论，完全是情之所至，势所必然。罗宗强先生说得好："这两联，给人的是一种月明如水那样静谧的感觉，一切都沉寂在安详静谧里，仿佛清清流泉从心中流过。但就在这静谧里，他忽然几笔点染，竹林里出现了喧闹着归来的浣女，荷叶晃动处渔舟也已经归来。静谧中原有欢快与热烈，有生的乐趣，静谧是充满生机的静谧，而生活是静谧安详的生活。这就是王维山水田园诗所要表现的那个自然与人融为一体的世界，一个宁静的美的世界。"（《唐诗小史》第61~62页）

终南别业①

中岁颇好道②，晚家南山陲③。兴来每独往，胜事空自知④。行到水穷处，坐看云起时。偶然值林叟⑤，谈笑无还期⑥。

[校注]

①据陈铁民《王维年谱》，开元二十九年（741），王维曾隐居终南山。本篇当作于其时。芮挺章编《国秀集》收入王维此诗，题作《初至山中》。《国秀集序》称该集收诗止于天宝三载（744），亦可证诗当作于此前。王维《答张五弟》云："终南有茅屋，前对终南山。"当即所称"终南别业"。《文苑英华》卷二十五题作《入山寄城中故人》。②中岁，中年。谢朓《赋贫民田》："中岁历三台，旬月典邦

政。"道,此指佛家之道。③晚,近。《淮南子·本经训》:"晚世学者,不知道之所一体,德之所总要。"《南史·循吏传论》:"降及晚代,情伪繁起,人减昔时,务殷前世。"晚世、晚代,即近世、近代。故"晚"有"近"义。南山,即终南山。陲,边。④胜事,美好的情事景物。空,《国秀集》作"祇"。⑤值,《国秀集》作"见"。⑥无,《国秀集》作"滞"。

[鉴赏]

王维这首《终南别业》,通篇虽不着一字禅语,却深得禅趣,是体现其诗歌创作诗情、画意、禅趣和谐结合的代表性作品。

开头两句点明题目,交代"晚家南山陲"的缘由。"好道"(喜好佛家之道)二字,一篇眼目。以下所写的一切情事行动,都植根于此。

三、四两句,写自己游赏山水的兴致和独得的会心之乐。"兴来"之"兴",指游赏山水的兴致。这种兴致,往往忽然而至,不自知其然而然。正像《世说新语·任诞》所载的王子猷雪夜访戴故事,"乘兴而行",不假任何思虑,没有任何目的,完全出于一刹那间的感触和向往,出于个人的一种爱好和追求。因此,"兴来"时根本不会也不必邀集同游,而是常常独自出游,以求其徜徉山水的自得之乐。故下句紧接着说在游赏山水过程中所目接耳闻的种种美好景物,以及观赏山水时所得到的会心之乐,也只有自己知道而已。说"胜事空自知",似乎有所遗憾,实则寓含着对自己独得的会心之乐的欣喜。正像诗人在《山中与裴迪秀才书》中所说:"非子天机清妙者,岂能以此不急之务相邀?然是中有深趣矣,无忽。""胜事空自知"的诗句中,正含有天机清妙者对山水景物的神会和从中获得的"深趣"。这两句写得很虚括,它不是对某一次具体游赏的描写,而是对许多次这种乘兴而游的状态与感悟的一种概括。

五、六两句,仍是对游赏景物的虚写:"行到水穷处,坐看云起时。"表面上看,这里不但出现了诗人或"行"或"坐"的身影,出现了诗人沿着山涧溪流溯源而上,直至尽头的情景,以及坐在山间,看白云悠悠而起的情景。而且饶有画意,可以把它们想象成或接续或并列的两幅活动着的画面。但细加体味,却会感到,这两句与其说是叙述描绘其游赏山水景物的具体过程与具体图景,不如说是通过这种虚括的叙写来标示传达一种游赏山水的态度。这就是完全凭自己的意兴,或行游或坐观,或看水之曲折潺湲,或观云之悠闲容与,自己的心情也随所见景物而自然流动,而无心出岫,直至与它们融为一体。这是游赏山水景物的最高境界——

无动机、无目的、纯审美、纯意兴,与自然合而为一的境界。

"偶然值林叟,谈笑无还期。"游赏过程中,偶然遇上了一位深山老林中的老人,便停下脚步,彼此攀谈、言笑,谈得投机时,竟不知时间流逝,也想不起来什么时候该回别业。尾联点眼处在"偶然"二字,"值林叟"只是偶然的机缘,"谈笑无还期"更非事先的设计,一切都纯任意兴,纯凭兴趣,自然而然,如此而已。

诗人并没有用抽象的语言来宣阐自己对佛家之道的禅悟,更没有用抽象的议论来宣扬自己的禅学人生观,但我们在诗中却分明感受到一个充满了禅趣的诗人形象以及他渗透了禅思的人生态度,正如有人所评的那样,"一切任其自然,一切都不放在心上,无思无虑,无牵无挂,就像云飞水流那样。这种生活态度、作风,就是禅家所宣扬的'随缘任运'"。

和诗中表现的这种纯任自然的生活态度与随缘任运的人生观相适应,这首诗在表现形式上也纯任自然,一气流注,显示出内容与形式的高度和谐。特别是腹联,将任兴而游的情景表现得极其素朴自然,没有任何炼饰,没有任何着意强调的字眼,完全是本色语,可以说真正达到了不动声色的境地。论者或将此联与杜甫的"水流心不竞,云在意俱迟"并提,认为均属悟道之言。但比较之下,无论是情思的纯出自然,还是表现的纯出本色,王维的诗都明显要高出一筹。

终南山行①

太乙近天都②,连山接海隅③。白云回望合,青霭入看无④。分野中峰变⑤,阴晴众壑殊⑥。欲投人处宿,隔水问樵夫⑦。

[校注]

①题内"行"字,原缺。宋蜀刻本题作《终南山行》。《文苑英华》卷一百五十九题作《终山行》。兹据补。诗作于开元二十九年(741)隐居终南山期间。终南山,有广、狭两种指称。狭义的终南山,唐人多指长安城南的终南山主峰;广义的终南山,则指今之秦岭,西起甘肃天水,东至河南陕县,绵亘八百余里,是中国境内著名的大山脉。诗题中的终南山,当指长安城南主峰,也兼及整个山脉。《元和郡县图志》卷一:"终南山在(京兆府万年)县南五十里。按经传所说,终南山一名太一,亦名中南。"②太乙,即太一,指长安城南终南山主峰。《文选·张衡

〈西京赋〉》:"于前则终南、太一,隆起崔崒。"李善注:"《汉书》曰:'太一山,古文以为终南。'《五经要义》曰:'太一,一名终南山,在扶风武功县南。'此云终南、太一不得为一山明矣。盖终南,南山之总名;太一,一山之别号耳。"李善注引《汉书·地理志》注《五经要义》之太一,系武功县南之太白山,与王诗首句之"太乙"指长安城南之终南山主峰者不同。天都,天帝之都。亦可指帝都。此当取前义。③接,《全唐诗》校:"一作到。"海隅,海边。④二句意谓,登上太乙峰顶,回望峰下,但见白云四面围绕,连成一片,而在峰下遥望峰顶时所见到的淡青色雾霭,进入其中时却又不见了。⑤分野,古代以十二星次二十八宿的位置划分地面上州、国的位置,与之相对应。就天文说,谓之分星;就地面说,谓之分野。《国语·周语下》:"岁之所在,则我有周之分野也。"韦昭注:"岁星在鹑火。鹑火,周分野也。"中峰,指太乙,即终南山主峰。此谓主峰的南北分属于不同的地面分野。山之北为雍州,属井鬼分野;山之南属梁州,属翼轸分野。⑥谓在同一时间,终南山的千山万壑,阴晴各异。⑦此二句写下山途中,问人投宿的情景。水,《文苑英华》作"浦"。

[鉴赏]

自苏轼首揭"味摩诘之诗,诗中有画;观摩诘之画,画中有诗"之论以来,历代评论王维诗(特别是山水诗)者多结合具体作品对此加以发挥。当代学者尤多阐论,如王维的这首《终南山》,今人便多据宋代郭熙《林泉高致》所总结的"山有三远"之法及中国山水画特有的散点透视法加以阐释鉴赏,其中说得最概括精到的是中国社科院文研所编撰的《唐代文学史》:

《终南山》一诗,更是王维创造性综合运用中国画特有的透视法,用诗的语言同时表现"三远"(即高远、平远、深远)景色的范例(诗略)。这里运用中国山水画独特的移动点透视法,从仰观、俯瞰、回望、入看等不同的视角,分别描绘终南山山峰的高峻、山势的绵延、山域的阔大深远,以及山间岚霭变化的景象。结尾二句,更以人的活动,衬托出山的辽廓荒远。整首诗,是一幅多角度、多层次,富于空间感和动态美的山水长卷,显示了王维"诗中有画"的独到之处。

这首诗确实饶有画意,尤其是尾联,几乎可以直接入画,而且别具一种笔墨难到的神韵。但我个人对诗人观察景物的立足点或视角,以及与此关联的对某些诗句的解释,却有些不同的想法。不妨结合对各联的解说鉴赏稍加申述。

先说首联。一种意见认为，这两句是对终南山总的轮廓的勾画，视角是在山下遥眺山巅和它由西向东绵延的态势，运用的是"高远"之法；另一种意见则认为首句为仰视，次句为俯瞰。我的理解则是这两句是诗人站在终南山主峰的峰顶上所观察到的景物。站在山脚看耸入云霄的终南山主峰，当然也会有"太乙近天都（天帝之都）"的感觉，但站在峰顶上仰视，天好像就紧贴在自己头顶上，不更有"太乙近天都"之感吗？比较沈佺期《夜宿七盘岭》"山月临窗近，天河入户低"之句，自可意会。说第二句也是在山下仰视，更显得比较勉强。平地上看山脉自西向东绵延而去，很难产生"接海隅"之感，必须是由高处俯瞰，绵延的山峰自西向东，一直到目力所不及的苍茫远处，才会有"连山接海隅"之感。终南山并不延伸到海边，说"接海隅"自然是一种夸张，但这种夸张的想象却跟居高望远分不开，正如朱斌站在地势高敞的鹳雀楼上向东遥望，才能产生"黄河入海流"的想象是一个道理，而毛泽东的"会昌城外高峰，颠连直接东溟"，更可参证诗人是站在太乙峰顶上遥望俯瞰连山东去的态势而有"连山接海隅"的想象。可见，首联均为站在主峰顶上所见，一为仰观，一为俯瞰，一写其高与天连，一写其绵延千里。那么，是否可以将首句解为山下仰视，次句解为山上俯瞰呢？也不合适。因为两句的视角与立足点突然从山下转到峰顶，其间毫无过渡，不免突兀。

三、四两句的解说更为纷纭，也更为紊乱。有的说是进入终南山而回望，白云围合，继续前进，见蒙蒙青霭，入看却又不见；或谓两句形容山高，回望白云缭绕；远处似有青青的烟雾，渐近之后，又看不见了。也有的说是刚从山上下来，回头一望，白云便合拢了；青霭微茫，进入其中却又看不见。第一种解释实际上是理解为在上山的过程中"回望""入看"；第二种则理解为在下山过程中"回望""入看"。这两种解释都和第一联、第三联的立足点与视角有矛盾，既然第一联所写已是在峰顶仰视、俯瞰之景，第三联又明显是站在峰顶上所见（诸家对这一联的解说无异词），不可能第二联又倒过来写上山过程中所见，或在两联写峰顶所见中间，突然横插写下山过程中所见。虽说散点透视，可以随步换形，但总不能忽上忽下，前后颠倒，毫无次第。第二种解释回避了立足点和视角，可以不论。

实则第二联观赏景物的立足点仍在峰顶，只不过"入看无"三字中包含了在上山过程中所见的情景而已。有一点需要特别注意，即两句中的"白云"与"青霭"实际只是一个东西，都是指围绕在山上的云雾。在山下看山上的云雾，因为有青翠的树木掩映其间作为衬托，故从视觉感受上说，云雾的颜色是淡青色的，此即所谓"青霭"；待到进入其中，登上峰顶，这淡青的雾霭却都不见了踪影，所见到的却是在半山腰四面围合的白云（从上往下看时，云雾已无青翠的树木作衬底，它是飘浮缭绕于半山腰的）。实际上，"青霭"并未消失，只不过已化为"白云"而已。这正是所谓"白云回望合，青霭入看无"。它生动地描绘出了山上的云雾在上山之前和登上峰顶之后所见的不同形态和颜色，即所谓云烟变幻之状。而"白云回望合"的"合"字，也只有站在峰顶，才会有白云在峰的四面围合的感觉。极目四望，但见脚下是一片茫茫的云海围绕着，连上山的道路都看不清了，自己所在的高峰就好像漂浮在茫茫云海上的一座孤峰，这正是登上高峰时常见的景象。白云在峰腰四合，正衬托出峰的高峻。从半山腰往下看，可以看到白云飘动，却看不到"合"的景象。至于"青霭入看无"实际上是一种错觉，它此刻已经化为了四面围合的"白云"。总之，这两句承首句仍极形终南山之高，但通过"白云""青霭"的变化，显示了云烟变幻的景象，增添了流动的意致。

　　第三联仍写峰顶远望所见，但和第二句写终南山自西向东绵延千里的长度不同，是转笔写它的广大。上句说站在中峰上一望，山的南北分属于不同的分野。这虽然也包含着夸张，但却有着地理上的客观依据，并非徒为大言。下句说终南山千山万壑，各个山壑的阴晴、明暗各不相同。登高峰视众壑，可以俯见诸峰有的为阳光所照，有的则背阴，呈现出明暗色彩的不同。这同样是进一步写它的广大。

　　前面三联，都是登上峰顶时纵览整个终南山时所得的印象与感受，展现了它的高峻、绵延、广大和云雾缭绕、云烟变幻的景色。题内"行"字，已隐含在上山登顶过程之中。尾联写下山，正面明点"行"字。天色已晚，在下山途中想找个人家投宿，但山广人稀，看不到人烟，只好隔着一条山涧，向对面山上砍柴的人打听。从"隔水问"可以看出，这时诗人已经走在下山的路上，在峰顶上是看不到山涧，也看不到对面山上的樵夫的。乍一读，会感到这两句与前两句表现的磅礴气势有些不大相称，细加体味，就会发现这是从另一侧面来写终南山的幽深空旷，正因为山空旷而幽深，走许多路都看不到人家，所以要问何处有可以投宿之处，而所问的对象，又是隔水的对面山上的一位樵夫，这就巧妙地烘托出了山的幽深空旷，使人宛如听到"问樵夫"时传来的空谷回音。

　　提到王维的山水诗，总是首先想到他的《辋川集》《皇甫岳云溪杂题》为代表的那些描写宁静清幽境界的诗。这首诗却最能体现王维同样擅长写雄浑阔大的景象。尽管写雄浑阔大之境的诗在他的整个创作中并不占主要地位,但艺术上同样具有诗画交融的特点,论艺术成就,绝不低于同时代以写雄浑阔大之境著称的李、杜、高、岑等诗人。除这首《终南山行》外,像《汉江临泛》:"江流天地外,山色有无中。郡邑浮前浦,波澜动远空。"《送邢桂州》:"日落江湖白,潮来天地青。"《送梓州李使君》:"万壑树参天,千山响杜鹃。山中一夜雨,树杪百重泉。"《使至塞上》:"大漠孤烟直,长河落日圆。"都是最出色的写大景而兼具画意的篇章。从这里可以看出,王维写山水,并不是只有一种风格,一种境界,而是兼擅宁静明秀与雄浑阔大之境,这才称得上是山水大家。

  这首诗总的来说是写终南山的高大幽深。对于这样一个巨大描写对象,必须采取大处着眼、大处落墨的艺术表现手法,否则就很难写出它的磅礴气势。但如果只有这种写法,也容易流于肤廓。它的好处在于既大处着眼、大处落墨,又不乏细腻的描写和侧面的衬托,前者为主,后者为辅,将二者很好地结合起来。诗的一、三两联,笔势雄放,大气磅礴,写终南山的高峻、绵长、广大,完全从大处落笔,将夸张渲染与想象融合,咫尺而有万里之势。但二、四两联,却不是一味宏放。"白云"一联,境界非常壮阔,但诗人的观察与用笔却非常细腻,特别是"回望合"与"入看无"更是细致入微的观察与描绘,没有真切的登高峰的体验写不出这样的诗句。末联写隔水问樵夫何处可以觅宿,一改前三联的正面描绘刻画为侧面烘托,使人于隔水问宿的画面中想象山之幽深空旷。我个人特别欣赏这首诗的末联。这首诗的前三联,固然写得很有气势,是大景用大笔,但这样的诗,别的诗人也能写。而末联却很见王维的艺术个性,别的诗人很少会这样写。试将描写对象和意境有相似之处的杜甫《望岳》和王维的这首诗稍作比较,便能够看出两人的不同艺术个性。王诗与杜诗的首联,都是纵览全局,极写对象的高峻广延,"连山接海隅"与"齐鲁青未了",写法与境界也极相似。王诗的第二联,大体上近似杜诗的第三联。王诗的第三联,境界与杜诗的第二联近似,"分野中峰变"与"阴阳割昏晓"在写法上也相类。可见二人在写大景方面,英雄所见略同。但王、杜二诗的尾联却很不相同。杜诗以抒情作结,抒发了青壮年代的杜甫的宏远抱负,具有浓厚的浪漫色彩。王诗则以写景作结,体现了一个画家所特有的观察、欣赏和表现深远之境的眼光和技巧。终南山的幽深空旷,靠正面的形容刻画很难表现,尤其在五律这样一种篇幅受到严格限制的体裁中,留给诗人的也就只有这末联的十个字,但借助"欲投人处宿,隔水问樵夫"这样一个精心选择的画面,却能很传神地表现出来。这当中，没有画家的意匠经营是很难创造出这种境界的。同时这两句还隐隐传出了一种极富远韵远神的诗境，使人在"隔水问樵夫"的诗人身上，体味出一份潇洒安闲的风神意态，溢出一种轻盈飘逸的意致，而这，则是画笔难及的画外的韵味。

观 猎①

风劲角弓鸣②，将军猎渭城③。草枯鹰眼疾④，雪尽马蹄轻。忽过新丰市⑤，还归细柳营⑥。回看射雕处⑦，千里暮云平。

[校注]

①《乐府诗集》《万首唐人绝句》采此诗前四句作五绝，题曰《戎浑》。《全唐诗》将五绝《戎浑》载入张祜集中。非。陈铁民《王维集校注》对此诗为王维作、非张祜作有详辨，可参。唐姚合《极玄集》、韦庄《又玄集》均载此诗，为王维所作，可证唐人认为此诗系王维之作。又，《唐诗纪事》题作《猎骑》。②劲，《全唐诗》校："一作动。"角弓，用兽角作装饰的硬弓。《诗·小雅·角弓》："骍骍角弓，翩其反矣。"③猎渭城，在渭城一带打猎。渭城，见后《送元二使安西》注②。④鹰，指猎鹰。疾，形容鹰的目光锐敏，能于瞬间发现猎物。⑤新丰，见《少年行四首》（其一）注②。市，《云溪友议》作"戍"。⑥还，旋即，与上句"忽"相应。细柳营，汉代将军周亚夫屯兵的营地。《史记·绛侯周勃世家》："以河内守（周）亚夫为将军，军细柳以备胡。"细柳，在今陕西咸阳市西南渭河北岸。《元和郡县图志》卷一："细柳仓……汉旧仓也。周亚夫军次细柳，即此是也。"⑦射雕，《史记·李将军列传》："中贵人将骑数十纵，见匈奴三人，与战，三人还射，伤中贵人，杀其骑且尽，中贵人走广，广曰：'是必射雕手也。'"《北齐书·斛律光传》："尝从世宗于洹桥校猎，见一大鸟，云表飞飏，光引弓射之，正中其颈。此鸟形如车轮，旋转而下，至地乃大雕也。世宗取而观之，深壮异焉。丞相属邢子高见而叹曰：'此射雕手也。'"此以"射雕"关合射猎，并借以赞美将军射艺出众。雕，即鹫，大型猛禽，善飞，射艺不精者罕能射中。射雕，《云溪友议》作"落雁"。

王　维

[鉴赏]

在唐人五律中，这是一首从艺术方面来说接近完美的范型。诗的气势与韵味，诗的章法、句法与字法，诗的每一联，都给人留下深刻的印象。这种通体完美而又精警迭出的作品，即使在盛唐诗中亦不多见。

题曰"观猎"，而从来评赏此诗者却根本不注意这个"观"字。实际上，这首诗的主角虽是"猎渭城"的"将军"，但在将军的整个狩猎过程中，始终有一双"观猎"者的眼睛在注视着。这位"观猎"者，就是诗人自己。

我们不妨紧扣题内的"观"字，将整首诗的四联设想成一出有四个连续场景的舞台剧。首联是主角的出场亮相，但不是径直上台，自报家门，而是未见其人，先闻其声。这声，便是劲厉的北风呼啸声中，传来用兽角装饰的硬弓拉开发射时的阵阵鸣响声。在北风呼啸声中仍能听到硬弓的鸣响声，可见弓鸣声的响亮和弓箭的劲疾，虽未正面写"猎"而其气势自见。这一句颇似京剧舞台上将军出台前首先响起的一阵急急风的锣鼓声，又似一句高亢雄健、气势凌厉的倒板，将气氛渲染得很充分，也将观众的情绪酝酿得很足，然后才是"将军猎渭城"——主角的精彩登场亮相。由于先有"风劲角弓鸣"造势，将军的威武气概、精良射技便不言自明。评家称起句"突兀""陡然而来""有崚嶒之势""倒戟而入""逆起得势"，都突出说明了首句这种先声夺人的艺术效果。至于这里的"角弓鸣"，究竟是在正式射前试拉硬弓以渲染声势，抑或实地射猎，似可不必追究。也许虚张声势的成分更大一些。

接下来一联，似乎应该正式写射猎场景，却又避开正面，只写猎鹰与猎马。工欲善其事，必先利其器。射猎者之"器"，除了弓箭之外，便是猎鹰和猎马。鹰取其发现猎物之疾之明，马取其追赶猎物之快之捷，而弓箭则取其射中猎物之准之快。三者完美结合，方能造射猎之至境。故首联先写弓箭，次联再分写猎鹰和猎马，"利其器"已写足，"善其事"不言自明，不必费辞去写猎物之丰了。射猎每于秋冬举行，此首所写时令当在冬天。冬天草枯，猎物容易暴露，因此猎鹰的眼显得特别锐敏。着一"疾"字，不但显示出猎鹰目光之锐利，发现猎物之迅疾，而且暗示了其搏击捕获猎物的动作极其迅猛；由于"风劲"，所以地上的积雪已被刮尽，猎马奔驰起来就更显得轻捷。着一"轻"字，不但显示了马的矫健迅疾，而且透露了骑马打猎的将军那种怡然自得的神情心态。在风驰电掣的快马驰骋中，猎物跑得再快也无法遁逃，"马蹄"之"轻"疾与将军心情之"轻"快正相合拍。

前面两联，通过"风劲""草枯""雪尽"的环境景物描写，以及与之紧密关联的"角弓鸣""鹰眼疾""马蹄轻"的射猎活动的描写，实际上已经将一场射猎活动渲染得有声有色，生动传神。腹联乃进而写在更广大的范围内纵马驰骋射猎的景象，系承上"将军"与"马"而作进一步的描写。上面说"猎渭城"，打猎的地点似乎应该在渭城。但这里提到"新丰市"与"细柳营"，一在长安之东，一在长安之西，说明实际上驰猎的地区并不限于渭城，这从末句"千里暮云平"也可看出。因此，这两句应是在前两联写"猎渭城"的基础上，进一步写将军在更广阔的范围内纵情驰猎，以渲染将军的淋漓兴会。"忽过""还（旋）归"四字，极言奔驰之疾速。从"忽过"之语看，驰猎的地区当更在"新丰"之东。两句用流水对，上下句意一贯，极具流走之致。如果将这一联比作舞台剧中的一个场景，应该称作"千里驰猎图"。在实际生活中，这样的千里驰猎，可能性不大，但为了表现将军纵马驰猎的豪兴，不妨有此浪漫主义的描写；同样，作为实际生活中的观猎者，也不可能目接将军自"新丰"至"细柳"的驰猎过程。但如果把它想象成舞台上一个浓缩的活动的场景，则这一联正是"观"者所见的千里驰猎的场景。

尾联承"还归细柳营"句，写纵马驰猎的将军在射猎活动结束时回望来路，但见平野千里，暮云弥漫，展现在身后的是广阔无垠的原野和天宇。这一结极富远神和韵味。前六句一路写来，全是快速的节奏，到"还归"句已成一泻而下，难以收束之势，如再顺流而下，以抒慨语作结，势必显得平直乏味。有此一结，不仅平添了摇曳不尽的韵味，而且使诗显得跌宕起伏，蕴蓄有神。这一场景，或许可称之为"猎归回望图"。透过这回望所见"千里暮云平"的画面，将军的豪壮气概和壮阔场景融为一体，其中还隐含了将军那种踌躇满志的心情。而"射雕"一语，既关合射猎，又暗示将军的勇武和箭法高超。

汉江临泛①

楚塞三湘接②，荆门九派通③。江流天地外，山色有无中。郡邑浮前浦④，波澜动远空。襄阳好风日⑤，留醉与山翁⑥。

[校注]

①题内"泛"字，《瀛奎律髓》卷一《登览类》载此诗作"眺"。或有据《律

髓》改为"汉江临眺"者,然细味此诗五、六一联,所写者当为临流泛舟所见之景,而非登高览眺所见。且王维诗诸旧本及《文苑英华》卷七百七十三载王维此诗,题均作《汉江临泛》,似仍应从旧本。颇疑《律髓》编者因将此诗编入登览类,又误解此诗所写景物系登览所见,遂臆改"泛"为"眺",不知与五、六不合。汉江,即汉水。源出陕西宁强县嶓冢山,东流经襄阳,复东南流至汉阳入长江。临泛,临流泛舟。《王维集校注》谓此诗系开元二十八年(740)王维知南选途经襄阳所作。②楚塞,楚之边塞,指襄阳一带。古为楚国的北界。塞,指边界上可以据险固守的要地,亦可泛称边界。三湘,泛指湘江流域及洞庭湖地区。李白《江夏使君叔席上赠史郎中》:"昔放三湘去,今还万死馀。"或谓"三湘"指沅湘、潇湘、资湘。陶潜《赠长沙公族祖》:"遥遥三湘,滔滔九江。"陶澍集注:"湘水发源含潇水,谓潇湘;及至洞庭陵子口,会资江谓之资湘;又北与沅水会于湖中,谓之沅湘。"亦不出于洞庭湖流域。又有谓湘水与漓水合流,称漓湘;与潇水合流,称潇湘;与蒸水合流,称蒸湘,则限于指湘江流域。此言襄阳临汉水,经汉水可以南接三湘。③荆门,本山名。《水经注·江水》:"江水又东,历荆门、虎牙之间。荆门在南,上合下开,暗彻山南。有门象虎牙在北,石壁色红,间有白文,类牙形。并以物象受名。此二山,楚之西塞也。"此以荆门借指荆州。九派,《文选·郭璞〈江赋〉》:"流九派乎浔阳。"李善注引应劭《汉书注》:"江自庐江浔阳分为九。"此句谓汉江流入长江,西通荆门,东连浔阳。④郡邑,指襄阳城,唐代襄州襄阳郡,治所在襄阳。前浦,前面的水边。⑤日,《文苑英华》及宋蜀刻本作"月"。风日,犹风光。杜审言《春日京中有怀》:"寄与洛城风日道,明年春色倍还人。"⑥与,给。山翁,指晋山简。《晋书·山简传》:"永嘉三年,出为征南将军,都督荆襄交广四州诸军事,假节镇襄阳……简优游卒岁,唯酒是耽,诸习氏,荆土豪族,有佳园池。简每出嬉游,多之池上,名之曰高阳池。时有童儿歌曰:'日夕倒载归,酩酊无所知。时时能骑马,倒著白接䍦。举鞭向葛强,何如并州儿?'"翁,《文苑英华》《瀛奎律髓》作"公"。按:此"山翁"当借指当时之襄州刺史。此次汉江泛舟览眺,或系当地州郡长官招待同游,故尾联有此语。有解"与"为"共""为"如",以"山翁"为诗人自指者,均非。

[鉴赏]

这是一首抒写泛舟于汉江之上所见所感的五律,气势雄浑壮阔而富远神远韵。从尾联看,陪同泛舟游赏的当有襄阳的地方官。

起联大处落墨，总写汉江地处楚之北塞，乘流可南达三湘，西通荆门，东达浔阳的阔远广袤之境。楚塞、三湘、荆门、九派，一北一南，一西一东，各用一"接"字、"通"字连接，遂构成纵贯南北、横通东西的千里水路大网络。这幅汉江地理形势图虽非诗人即目所见，但却是诗人临流泛舟之际所见广远之境引发的想象。这一联用工整的对偶起势，以虚笔写广远阔大之境，为全诗的雄伟壮阔气势奠定基调。写法与作用都有些类似王勃《送杜少府之任蜀川》的首联"城阙辅三秦，风烟望五津"。

领联从想象中的阔远之境收归眼前，写临流泛舟极目所见的杳远缥缈之境：顺流极望，但见浩阔的汉江一直南去，流向远处的天际，而水天相接之处的远山，则隐约缥缈，似有若无。按实际情况说，汉江当然不会流向天地之"外"，而远山也是真实的存在，而不会在"有无中"。但就诗人的主观感受来说，"江流天地外，山色有无中"又是绝对真实的感受。汉江自襄阳以下，水势渐大，流入平原地区，极目远望，江水一直流向天边与地平线相接之处，目力虽不能再及，但从感觉上说，自然会有"江流天地外"的感觉，关键就在于这"天地"乃是目力所及的天地相接的远方。远山无色，极望中的远山只有隐隐约约、朦朦胧胧的轮廓，故说"山色有无中"。这句仿佛是写远山的，但其实是为了衬托水之悠邈无际。这一联纯用淡墨写山水，似一幅不着色的水墨画，极富画意与远神，能引起读者对杳远缥缈之境的诗意遐想。之所以如此，正是由于这特定的杳远之境只能用这样的淡远笔墨来渲染。若施以浓墨重彩，就全失其趣。

腹联目光由极望之境收归眼前和稍近之境。襄阳城紧靠汉江，泛舟江上，江水与郡城似乎齐平，好像就漂浮在前面的水边，故说"郡邑浮前浦"。而江波动荡，浪接远天，所乘的船也上下晃动，感觉当中似乎汉江的波澜在撼动着远处的天空。远水无波，因此这里所说的"波澜"当是近处能见波浪的汉江。这一联点眼处在句中的"浮"字"动"字，它不但增添了画面的动态感，而且传出了乘流泛舟者的特有感受。

前面三联，目光由远至近，从楚塞三湘、荆门九派到极目所见的江流、山色，再到近处的郡邑、波澜，已将泛舟汉江之景作了多层次的出色描绘，尾联便收归到眼前所乘的船上来。出句用"襄阳好风日"五个字对前面的描写作了高度的概括和热情的赞赏，落句便自然落到殷勤请自己泛舟游赏的贤主人——襄阳太守身上，说自己已经充分领略了襄阳的风景佳胜，今后这样的"好风日"便只留给嗜酒风流的贤主人来享受。不把襄阳地方官写入题目,正是为了避免这首描绘江山阔远之境的诗带上酬应的色彩。尾联这样处理,既表明了自己的谢意,又毫无庸俗的酬应气息,它把"山翁"也带入这幅雄浑阔远的画图之中了。

使至塞上①

单车欲问边②,属国过居延③。征蓬出汉塞④,归雁入胡天。大漠孤烟直⑤,长河落日圆⑥。萧关逢候骑⑦,都护在燕然⑧。

[校注]

①据赵殿成《右丞年谱》,开元二十五年(737),王维为监察御史,赴河西节度使崔希逸幕。此诗为其时所作。使,奉使。塞上,此指河西(节度使府在凉州,今甘肃武威市)。陈铁民《王维年谱》据"归雁入胡天"句,推断作诗时在初夏四月。②单车,驾一辆车独行,不带随从。欲,方、正,表示动作行为正在进行。问,慰问。问边,指奉命出使慰问边塞驻军将士。③属国,附属国。《史记·卫将军骠骑列传》:"乃分徙降者边五郡故塞外,而皆在河南,因其故俗,为属国。"《汉书·武帝纪》:"(元狩)二年……秋,匈奴昆邪王杀休屠王,并将其众合四万余人来降,置五属国以处之。"师古注:"凡言属国者,存其国号而属汉朝,故曰属国。"《霍去病传》"因其故俗而属国"注:"不改其本国之俗而属于汉,故号属国。"居延,汉有居延泽,唐称居延海,地在今内蒙古自治区额济纳旗北境。按:王维赴河西,并不经过居延海,因此这句不能解为"过属国居延",而应解为唐之附属国远出于居延之外。系形容唐帝国版图的辽阔广大。《文苑英华》首联作"衔命辞天阙,单车欲问边"。④征蓬,随风飘荡的蓬草。建安以来诗歌中常用以象喻征夫、游子。曹操《却东西门行》:"田中有转蓬,随风远飘扬。长与故根绝,万岁不相当。奈何此征夫,安得去四方!"曹植《杂诗》(其二):"转蓬离本根,飘飘随长风。何意回飙举,吹我入云中。高高上无极,天路安可穷。类此游客子,捐躯远从戎。"此以征蓬喻出使戎幕的诗人自己。⑤大漠,大沙漠。陈铁民《王维集校注》谓"疑指凉州以北的沙漠(今腾格里沙漠的一部分)"。孤烟,一般认为指戍楼的烽火。赵殿成注:"庾信诗:'野戍孤烟起。'《埤雅》:'古之烽火,用狼粪,取其烟直而聚,虽风吹之不斜。'或谓边外多回风,其风迅急,袅烟沙而直上。亲

见其景者,始知'直'字之佳。"《通鉴》卷二百十八"及暮,平安火不至"胡三省注:"《六典》:唐镇戍烽候所至,大率相去三十里。每日初夜,放烟一炬,谓之平安火。"陈铁民《王维集校注》修订本引郭培岭解指沙漠中的尘卷风,谓"它是一种夹带尘沙的空气涡旋,总出现在温暖季节晴朗的日子里",可参。⑥长河,陈铁民《王维集校注》谓"疑指今石羊河(唐时称为马城河)。此河流经凉州以北的沙漠"。⑦萧关,古关名,故址在今宁夏固原东南,为自关中通向塞北的交通要冲。《汉书·武帝纪》:"(元封四年冬十月)通回中道,遂北出萧关。"颜师古注引如淳曰:"《匈奴传》:'入朝郍萧关。萧关在安定朝郍县也。'"《元和郡县图志》卷三:"萧关故城在(原州平高)县(今固原)东南三十里。"候骑,侦察敌情的骑兵。陈铁民《王维集校注》修订本谓:"王维此次赴河西当走古丝绸之路东段的北道,又称萧关道。"此句盖袭自何逊之诗《见征人分别》:"候骑出萧关,追兵赴马邑。"骑,《全唐诗》原作"吏",宋蜀刻本、述古堂本同,据《文苑英华》卷二百九十六改。⑧都护,汉宣帝置西域都护,总监西域诸国,并护南北道,为西域地区最高长官。其后废置不常。唐置安东、安西、安南、安北、单于、北庭六大都护府,权任与汉同,且为实职,管辖区内之边防、行政、民族事务。燕然,山名,即今蒙古国境内之杭爱山。《后汉书·窦宪传》:"拜宪车骑将军……精骑万馀,与北单于战于稽落山,大破之,虏众崩溃,单于遁走……(宪)遂登燕然山,去塞三千馀里,刻石勒功,纪汉威德,令班固作铭。"陈铁民《王维年谱》开元二十五年云:"《旧唐书·玄宗纪》云:'(开元二十五年)三月乙卯,河西节度使崔希逸自凉州南率众入吐蕃界二千余里,己亥,希逸至青海西郎佐素文子觜,与贼相遇,大破之,斩首二千余众。'王维的奉使问边,似与此次希逸的大破吐蕃有关。希逸破敌在三月,捷书传至京师及维离京出使河西的时间则约在四月,这同'归雁入胡天'的时令特征正好相合……'萧关逢候骑,都护在燕然'谓已在边地遇到候骑,得知主帅破敌后尚在前线未归。"可备一说。但"萧关"在长安西北,"燕然"则又远在漠北,用来喻指崔希逸破西南边地之吐蕃,总觉未安。次句"居延"亦在离凉州甚远之地,甘州之极北(居延海西南有同城守捉,公元686—?年为安北都护府所在)。维之《出塞作》亦云:"居延城外猎天骄,白草连天野火烧。暮云空碛时驱马,秋日平原好射雕。护羌校尉朝乘障,破虏将军夜渡辽。玉靶角弓珠勒马,汉家将赐霍嫖姚。"题下注云:"时为御史,监察塞上作。"则诗作于开元二十五年为监察御史赴河西时无疑,而云"居延城外",与《使至塞上》称"属国过居延"相似，诗中亦透露王师有破敌之事，与崔希逸破吐蕃事极类。唐代边塞诗中出现的地名，常有方位、距离与实际情况不相符合之处，对此程千帆先生《论唐人边塞诗中地名的方位距离及其类似问题》一文曾详加论析，可参看。

[鉴赏]

这首诗的出名，和"大漠"一联有着密切的关系。但如果脱离了诗的整体来孤立地赞赏这一联，则实际上对这一联在全诗中的地位、作用，以及它所蕴含的感情，表现的意境也很难有深切的理解，对整首诗的情调与意蕴自然更难有切实的把握。

首联出句点明"使至塞上"的题目。"单车"赴边，给此行涂上一层轻快迅捷的色彩。次句紧承"边"字，渲染唐朝版图之广大，归附的属国远过于居延之外。或云"唐河西节度使统八军三守捉（参见《通鉴》卷二百十五），其中宁寇军即在居延海西南"，但"宁寇军"或同城守捉乃是河西节度使直接统辖之军，其性质不同于"属国"，不得称之为"属国"，更何况诗句明言"属国过居延"，乃指属国远在居延之外。因此这一句仍以理解为唐朝疆域版图之广大，声威远及于居延之外为宜。

次联紧扣"塞上"，写赴边行程。"征蓬"系诗人自喻，非实景，因为蓬草飞扬系秋天景象。这里只是用"征蓬出汉塞"点明自己已经到边塞地区。下句"归雁入胡天"则为实景，点明自己出塞时已是大雁北归的初夏。"出汉塞"与"入胡天"互文兼指。"征蓬""归雁"的意象，本每易引发征戍者的漂泊之感与思归之情，但在这一联中，由于与"出汉塞""入胡天"的广阔背景相映衬，却显得意境阔远明朗，毫无萧瑟凄苦情调。

腹联仍写途中所见塞上景象。孤烟有烟沙、炊烟、平安火诸说。"烟沙"之说，郭培岭曾亲至甘肃、新疆等地进行实地考察，似较可信。"平安火"则入夜始点燃以报平安，亦与"落日圆"之正当傍晚时分不甚合。据前人"野戍孤烟起"的诗句，"孤烟"未必指烽火，也有可能是指戍楼中的炊烟。由于宁静无风，故炊烟直上而无摇曳飘荡之象。"长河"有可能是指凉州附近流经沙漠的石羊河（唐时称马城河）。此河之流向系自南而北，落日在河之西。两句所写系凉州附近的大漠景象，故脑海中须有平沙万里、浩浩无垠的画面作为所写景物的背景。在广阔无垠的大沙漠尽头处的地平线上，"一股尘沙的烟柱如从地上冒出，然后不停地向空中伸展，形成一幅壮观的奇景"（引自郭文）；由南而北流向沙漠的长河西边，是一轮圆圆的红日。这一全用线条组成的画面，极具画意。大漠的地平线与直上的烟沙构成一横一竖的立体画面；而一线贯通南北的长河与西头的落日，则又构成一横一圆的立体图景。在广漠无垠的背景上，一缕孤烟，愈显出大漠之广阔；而长河落日辉映的图景，则在广阔之中显示出雄浑壮伟的气势。整个一联，又在阔远壮伟之中透出一种和平宁静的氛围。如果说，用粗犷的线条、明快的笔法描绘出大漠的壮伟辽阔，还只是写景生动真切，饶有画意，那么，在这幅画图之中渗透的和平宁静的氛围则更透露了其时边塞上的平静局势和诗人面对这种景象时安详而乐观的心情。这种画外之意，正是这一联中所蕴含的深味。

尾联表面上是叙事，叙说诗人在边关上遇见从前方回来的侦察士兵，得知最高主帅此刻已经破敌立功，正在刻石铭功。实际上是用东汉窦宪破匈奴、铭功燕然的故典来喻示边帅的立功。而其深意则在显示唐朝国势之强盛，国威之远扬。以此作结，方显示出"大漠"一联并非单纯描绘沙漠地区的壮阔景象，而是和全诗的主旨——表现唐朝国势之强盛，国威之远扬，版图之广大密切相关的。而在表现这一主旨的同时，诗人的开阔胸襟和壮伟豪情也自然透露出来了。

鹿　柴①

空山不见人，但闻人语响。返景入深林②，复照青苔上。

[校注]

①本篇系王维五绝组诗《辋川集》二十首之五。《辋川集序》云："余别业在辋川山谷，其游止有孟城坳、华子冈、文杏馆、斤竹岭、鹿柴、木兰柴、茱萸沜、宫槐陌、临湖亭、南垞、欹湖、柳浪、栾家濑、金屑泉、白石滩、北垞、竹里馆、辛夷坞、漆园、椒园等，与裴迪闲暇，各赋绝句云尔。"辋川，即辋谷水，在陕西蓝田县南辋谷中流贯。《长安志》卷十六："辋谷水出南山辋谷，北流入灞水。"《旧唐书·王维传》："得宋之问蓝田别墅，在辋口；辋水周于舍下，别涨竹洲花坞，与道友裴迪浮舟往来，弹琴赋诗，啸咏终日。尝聚其田园所为诗，号《辋川集》。"据今人考证，王维始营辋川别业，当在天宝三载（744），约肃宗乾元元年（758）施庄为寺。其辋川诸诗，当作于天宝三载至安史之乱前的一段时间内。《辋

川集》及本篇具体写作年月不详。柴（zhài），同"寨""砦"，栅栏。鹿柴，是辋川的一处地名和景点。其地可能圈养过鹿。②返景，《初学记》卷一："日西落，光反射于东，谓之反景。"犹夕照，傍晚的阳光。

[鉴赏]

诗里描绘的是鹿柴附近的空山深林在傍晚时分的幽静景色。第一句"空山不见人"，先正面描写空山的杳无人迹。王维特别喜欢用"空山"这个词语，但在不同的诗里，它所表现的境界却有区别。"空山新雨后，天气晚来秋"，侧重于表现雨后秋山的空明洁净；"人闲桂花落，夜静春山空"，侧重于表现夜间春山的静谧幽美；而"空山不见人"，则侧重于表现山的空寂清冷。由于杳无人迹，这并不真空的山在诗人的感觉当中竟显得空廓虚无，宛如太古之境了。"不见人"，把"空山"的意蕴具体化了。

如果只读第一句，也许会觉得它比较平常，但在"空山不见人"之后紧接"但闻人语响"，却境界顿出。"但闻"二字，颇可玩味。通常情况下，寂静的空山尽管"不见人"，却并非一片静寂。啾啾鸟语，唧唧虫鸣，瑟瑟风声，潺潺水响，大自然的声音其实是非常丰富多彩的。然而这一切现在都杳无声息，只是偶尔传来一阵人语声，却看不到人影（由于山深林密）。这"人语响"，似乎是破"寂"的，但实际上却是以局部的、暂时的"响"反衬出全局的、长久的空寂。空谷传响，愈见空谷之空；空山人语，愈见空山之寂。人语响过，空山复归于万籁俱寂的境界；而且由于刚才那一阵"人语响"，响过后的空寂感便更加突出。

三、四两句由上幅的描写空山传语进而描写深林返照，由声而色。深林，本来就幽暗；林间树下的青苔，更突出了深林的不见阳光。寂静与幽暗，虽分别诉之于听觉与视觉，但它们在人们总的印象中，却常属于一类。因此，"幽"与"静"往往连类而及。按照常情，写深林的幽暗，应该着力描绘它不见阳光，这两句却特意写夕阳返照，照射入深林中，又进而照在树底的青苔上。猛然一看，会觉得这抹余晖，给幽暗的深林带来一线光亮，给林间青苔带来一丝暖意，或者说给整个深林带来一点生意。但细加体味，就会感到，无论就作者的主观意图或作品的客观效果来看，都恰与此相反。一味的幽暗有时反倒使人不觉其幽暗，而当一抹余晖射入幽暗的深林，斑斑驳驳的树影映在树下的青苔上时，那一小片光影和大片无边的幽暗所构成的强烈对比，反而使深林的幽暗更加突出。特别是这"返景"，不仅微弱，而且短暂。一抹余晖转瞬逝去之后，接踵而来的便是漫长的无边的幽暗。如果说，

一、二两句是以有声反衬空寂，那么三、四两句便是以光亮反衬幽暗。整首诗就像是在绝大部分幽冷色调的画面上掺进了一点暖色，结果反而使冷色给人的印象更加突出。

　　静美和壮美，是大自然的千姿百态的美的两种类型，其间本无轩轾之分。但静而近于空无，幽而略带冷寂，则多少透露了诗人后期心境中空寂幽冷的一面。同样写到"空山"，同样侧重于表现静美，《山居秋暝》色调明朗清新，在幽静的基调上浮动着安恬的气息，蕴含着活泼的生机；《鸟鸣涧》虽着意渲染春山的静谧，但整个意境并不幽冷空寂，素月的清辉，桂花的芬芳，山鸟的啼鸣，都带有春的气息和夜的安恬；而《鹿柴》则不免带有幽冷空寂的色彩，尽管不至于幽森枯寂。

　　王维是诗人、画家兼音乐家。这首诗中正体现出诗、画、乐的结合。无声的静寂，无光的幽暗，一般人易于觉察；而有声的静寂，有光的幽暗，则较少为人所注意。诗人正是以他特有的画家、音乐家身份对光色、声音的敏感，才把握住了空山人语响和深林入返照的一刹那间所显示出来的特有的幽深静寂境界。而这种敏感，又和他对大自然的细致观察、潜心默会分不开。

白石滩①

清浅白石滩，绿蒲向堪把②。家住水东西③，浣纱明月下。

[校注]

　　①本篇系《辋川集》的第十五首。白石滩，辋谷水中的浅滩，因滩底多白石，故名。一作皎然诗，题作《浣纱女》，非。按：王维《辋川集序》提及其在辋川山谷游止之处有白石滩，且裴迪亦有同题之作。佟培基《全唐诗重出误收考》云："汲古阁刊皎然《杼山集》中无此诗，《季稿》六八皎然集中补入。季氏墨笔批注：'此系王维诗。'"②绿蒲，绿色的香蒲草，生浅水中。向堪把，接近可以用手把握。③水，指辋谷水。

[鉴赏]

　　这首山水小品，用极素朴的语言创造出一片晶莹皎洁、玲珑剔透的境界，在整个《辋川集》中，实属上乘之作。但历代选家却很少注意到它，反映出对王维诗认识上的误区。

王　维

　　白石滩是辋谷水中的一段浅滩，而不是辋谷水边上的石滩。如果是在水边的石滩，就谈不到什么"清浅"的问题，这是首先需要弄清的。辋谷水长达十里，有的地方水深，形成潭水；有的地方水浅，形成像白石滩这样的浅滩。因为底部都是白色的鹅卵石，故称白石滩。

　　一、二两句，写白石滩的清浅和水中的绿蒲生长得正旺盛。由诗的末句"明月"可知，诗的时间背景是明月皎洁之夜。日间看白石滩中的白石和水边的绿蒲，自然看得很清楚。但在夜间，如果是在一片朦胧的暗夜，这一切都沉入夜色之中而无法分辨，可见"明月"在这里扮演了一个极重要的角色。由于月明如水，清光直射水中，这才显出滩水的清而浅，才能看到滩底的磷磷白石，绿蒲的颜色和形状也才有可能看清。这一由溶溶明月、粼粼水波、磷磷白石和嫩绿香蒲组成的晶莹明洁的月映水滩图景，虽是静景，却蕴含着动态和生机。从中似乎可以看到滩水的流淌，听到它潺潺的声响，闻到蒲草的香气。而"绿蒲向堪把"五字，更显示出水中蒲草生长的动态和欣然的生意。"白"与"绿"在清澄的月光映照下更显出其鲜明的色调。

　　但诗人的用笔重点还并不是白石滩这一自然景物本身，而是以它作为环境和背景，写生活在这一环境中，和整个环境融合无间的"浣纱"女子："家住水东西，浣纱明月下。"辋谷水的东西两岸，散落着数十户人家。月明之夜，清浅而流急的白石滩，正是浣纱的好去处。她们三三两两，结伴而来，在滩的东头西头，一边浣纱，一边嬉闹歌唱，彼此应和。月是白的，水是清的，石是白的，纱是白的，蒲是绿的，整个空间，都是极晶莹的白色和极鲜嫩的绿色。而这三三两两的浣纱女正像融入了这晶莹澄澈而又充满生机和活力的月光下的世界之中。

　　从这首诗中，可以亲切地感受到作为诗人的王维对辋川清新秀丽的山水，对生活在其中的普通人物的那份真淳的感情，特别是对素朴纯真、洁净无尘生活的热爱。没有这种感情，就写不出这种晶莹皎洁、玲珑剔透的境界。把王维过分诗佛化，把他的诗过分禅趣化，未必符合实际。像这样的诗，即使再用心追索，也很难发现其中的禅意禅趣。

辛夷坞[①]

木末芙蓉花[②]，山中发红萼。涧户寂无人[③]，纷纷开且落。

[校注]

①本篇是《辋川集》的第十八首。辛夷，树及花名。落叶乔木，高数丈，木有香气。二三月开花。花初出枝头，苞长半寸，尖锐如笔头，故俗称木笔花。及开则花朵似莲花而小如盏，故又称木芙蓉。有红、紫二色。坞，四周高中间低的洼地。因其中种植或生长辛夷树，故称辛夷坞。②木末，树梢枝头。木末芙蓉花，指开在树梢枝头的辛夷花。因花开如芙蓉（莲花），故云，亦有标示其为"木芙蓉"之意。裴迪《辛夷坞》："况有辛夷花，色与芙蓉乱。"③涧户，山涧中的居室。孔稚珪《北山移文》："涧户摧绝无与归，石径荒凉徒延伫。"卢照邻《羁卧山中》："涧户无人迹，山窗听鸟声。"

[鉴赏]

这首诗的意蕴境界，有多种不同的体悟和解读。有以为表现禅意，读之令人身世两忘、万念俱寂者；有以为只是表现山中幽静境界者；亦有以为其中寄托着诗人的自伤身世寂寞之感者。这些不同的看法虽然差别很大，但都各有自己的依据。而造成这些纷歧的解读的原因之一，则是诗人的主观感情在诗中表现得非常隐微，隐微到几乎不着一字的程度，这就为各种不同的解读提供了空间。不过，主观感情的隐微不等于没有感情，只要对诗中的词语、境象细加玩索体味，还是可以大体上把握的。

"木末芙蓉花，山中发红萼。"开头两句写辛夷花之含苞欲放。红萼指辛夷花的红色花苞。辛夷花含苞时，树叶未生，众多花苞缀满枝头树梢，其形状亦如莲花的花苞，显得特别热闹、绚丽而引人注目。诗人用一"发"字突出渲染了辛夷花含苞欲放时的无限生机和热烈绚烂气息。但"山中"二字却又隐逗下句的"寂无人"，在热烈绚烂中透出了一点寂寞的气息。

三、四两句，写辛夷花在山中的开与落。"涧户寂无人"一句，将"山中"的环境进一步具象化了。山涧中的居室，空寂无人，辛夷花便在这寂寞无人的山间纷纷地开花，又纷纷地凋落，辛夷花的花期较长，早开的花已经凋落，迟开的花仍缀满枝头，其间还偶有含苞未放者。故前面写到"发红萼"，后面写到"纷纷开且落"自是实情。它寂寞地在山中纷纷开放，又寂寞地在山中凋落。

从表面看，诗的意蕴似乎和陈子昂的《感遇》"迟迟白日晚，袅袅秋风生。岁华尽摇落，芳意竟何成"有些相似，说其中寓托了诗人寂寞无赏的感情似乎也不无依据。但细味全诗的词语,却很难找到"芳意竟何成"一类惋惜遗憾之情的表达;相反地,倒是能感到诗人对这种在"寂无人"的环境中自"发"、自"开"、自"落"的美流露出一种欣赏的态度和感情。对于辛夷花而言,无论是否有人欣赏,它的含苞待放、纷纷开放、纷纷凋落,都是自然而然的,自足自圆的,每一生命阶段都有它特具的美,花之含苞、怒放固然美丽,落英缤纷又何尝不是美?对诗人而言,这山中的辛夷花既是寂寞的,又是美丽的,虽寂寞而丝毫不损其美丽,毋宁说诗人所欣赏的正是这种寂寞中的美,寂寞中的绚丽。至于这种感情意趣是否通禅,那就不妨见仁见智了。

鸟鸣涧①

人闲桂花落,夜静春山空。月出惊山鸟②,时鸣春涧中。

[校注]

①此为组诗《皇甫岳云溪杂题五首》的第一首。皇甫岳,《元和姓纂》卷五皇甫氏寿春一系下有皇甫岳,其父名閜;而《新唐书·宰相世系表五下》则载其父名恂,是,详岑仲勉《元和姓纂四校记》。岑校云:"案《唐世系表》'閜'作'恂'。余按皇甫恂,开元初为益州司马,见《旧书》八八《苏颋传》。《广记》三〇二引《通幽记》,恂字君和,开元中授华州参军,后为太府卿,贬绵州刺史卒。又三八一引《广异记》,安定皇甫恂以开元中初为相州参军,迁左武卫兵曹参军,数载选授同州司士。"《姓纂》及《宰相世系表》均不载岳之官职。然据王昌龄《至南陵答皇甫岳》诗:"与君同病复漂沦,昨夜宣城别故人。明主恩深非岁久,长江还共五溪滨。"可以推知皇甫岳与王昌龄,其时一贬宣城(或宣州某属县),一贬龙标。时间在天宝十载(751)。岳,《全唐诗》作"嶽",据《姓纂》及《宰相世系表》改。云溪,当是皇甫岳在云溪的别业,地或在长安附近。此组诗作年未详,味其情致,或在安史乱前作。王维又有《皇甫岳写真赞》云:"有道者古,其神则清。双眸朗畅,四气和平。长江月影,太华松声。周而不器,独也难名。且未婚嫁,犹寄簪缨。烧丹药就,辟谷将成。云溪之下,法本无生。"可约略想见其风貌。其中也提到"云溪",可见王维对"云溪"别业比较熟悉。组诗的另四首是《莲花坞》《鸬鹚堰》《上平田》《萍池》,除《上平田》一首系感慨世人不知皇甫

岳如沮、溺之贤外，其他四首均为写景之作。②谓月出时的光照使原已归巢的山鸟惊动而鸣叫。

[鉴赏]

"鸟鸣涧"和其他四首诗的题目"鸬鹚堰""莲花坞""上平田""萍池"一样，都未必是真正的地名，而只能算是云溪别业中的一个景点，甚至可能是诗人浏览观赏云溪别业时，偶有所见所闻所感而即景所拟的诗题。《鸟鸣涧》则是夜宿别业，住处傍临幽静的山涧，见到月出听到鸟鸣而有所感，即以"鸟鸣涧"为题。

诗的头一句"人闲"，指环境寂静，没有人的活动；同时也兼指观赏景物的诗人心境闲适宁静，没有杂念。"人闲"二字对全篇意境的形成起关键作用，没有"人闲"这个环境、心境的前提，就形不成静谧的意境。桂花通常秋天开花，此处所指当为春天迟开之桂。唐于武陵《山中桂》："日暖上山路，鸟啼知已春。忽逢幽隐处，如见独醒人。石冷开常晚，风多落亦频。樵夫应不识，岁久伐为薪。"说"日暖""已春""开常晚"，可见是因山中气候寒冷，迟至春暖始开花。或说即山矾树之别名。陆龟蒙《茶灶》："奇香袭春桂，嫩色凌秋菊。"（参《本草纲目·木三·山矾》）似以前解为优。桂花丛生，花瓣非常细小，落在地上几乎没有声音，何况又是在朦胧的夜色中，凭视觉根本无法看见它的飘落；所谓"细雨湿衣看不见，闲花落地听无声"，则说明凭听觉也很难感知。那么，诗人是怎样才感知"桂花"之"落"的呢？这正是由于"人闲""夜静"。客观的环境是一片静寂，人的心境又是一片幽闲宁静，这才能全神贯注地感知周围的一切事物和声响。桂花飘落时所发生的极轻微的窸窣声才有可能听到，飘落时所散发的一丝芬芳的气味才有可能闻到，飘落时偶尔掉在衣襟上才有可能被感触到。月出之前的春山不但静寂，而且一片朦胧，在这种情况下，因为看不清周围的景物，其他几种感觉（听觉、嗅觉、触觉）便变得特别敏锐，能捕捉到外界细微的讯息。这一句当然不是各自孤立地写"人闲"与"桂花落"这两件事，而是通过它们之间的因果联系，表现出春夜寂静的山间，在月出之前那种特有的静谧气氛和春天的芬芳气息。

接下来一句"夜静春山空"，进一步点出"夜静"的特定时间背景和静谧氛围，以补足说明上句，并引出"春山空"。"空"字本身也含有静的意味，不过它所指的是在空旷无声中所显示出来的一种寂静。"夜静"和"春山空"之间同样存在着因果联系。白天的山林，即使是幽静的深山老林，也总会听到山鸟的啼鸣甚至喧闹（《空山鸟语》所传出的正是这种声响），特别是"春山"，还可看到山花的烂漫。然而，由于入夜，群动俱息，山鸟也已栖息，整个山中听不到半点声息，静到连桂花之落都可以被感知。这就越发显出春山的空旷寂静了。

总之，一、二两句写了"人闲""夜静""山空"，而"桂花落"则是表现"人闲""夜静""山空"的一个典型细节；"人闲"又是感知"桂花落"和"夜静""春山空"的一个前提条件。

"月出惊山鸟，时鸣春涧中。"前两句写月出前春山的静谧，后两句则转写月出后春山的静谧。月亮升上天空，月光洒落在山林上，惊醒了山鸟，在山涧中，不时可听到一两声鸟叫。这两句正面点明了"鸟鸣涧"的题目，显示了月夜春山另一种静谧的美的境界。

"月出"句淡淡道出，似乎本就如此，却表现了诗人体物的精细。月光的色调皎洁柔和，沐浴着月亮银白色的光辉，一个心情原本烦躁的人也会平静下来，感到恬然自适。而"山鸟"却因"月出"而"惊"了起来。原因就在于这是习惯了山谷中幽静环境的鸟。特别是这山鸟在月出之前又经历了一段连"桂花落"都可以被感知的暗夜的静谧，它们的感觉便变得特别纤细而敏锐，连柔和似水的月光对它们都是一种刺激。月出前后幽谷深涧光线明暗的变化又非常突然，本来是黑黝黝的幽谷，因为月亮的照耀而顿时满谷生辉。这对鸟儿当然也是一种刺激，于是乎"惊"而"鸣"。但这种"惊"和"鸣"又不是真正的惊恐不安、嘈杂喧闹，而是一种半是新鲜、半是快意的惊讶，是时不时发出的那么一两声清脆而欢快的鸣叫。不说"飞鸣春涧中""齐鸣春涧中"而说"时鸣春涧中"，是大有讲究的。说"飞鸣""齐鸣"，就把春山月夜的整体静谧气氛打破了。只有"时鸣"，时不时地叫那么一两声，才既使春山月夜不显得冷寂，又仍然保持了整体的静谧氛围。这种对于艺术表现上的分寸感的准确把握，同样表现出体物之精细和意境创造的出色能力。

总的来说，这首诗所表现的是春山月夜特有的静谧意境和诗人面对这种境界时幽闲安恬的情趣。尽管一、二句和三、四句分别写月出前、月出后的情景，但都统一于闲、静的意境中。虽同属静境，却会有不同的色调和感情色彩。有的静，是静中带几分幽冷孤寂和幽深凄清，而《鸟鸣涧》所描绘的静境，却是与和谐、安恬和春日的芬芳气息、活泼生机联结在一起，表现的是一种静谧中的安恬闲适之美。夜间的春山是空旷的，但并不空无，这里有桂花，有明月，有山鸟的啼叫，春山并不真空。夜中的春山是静谧的，但绝不阴暗凄冷，这里同样有素月的清辉，桂花的芬芳，山鸟的啼鸣。诗人的心情是安恬、宁静而愉悦的，和春山月夜的整个环境气氛融为一体，显示出心与境的高度和谐。诗人深深地被这种环境气氛所吸引、所陶醉，表现万物与我融洽无间。这样的静境，是富于生机而不枯寂的，色调是明朗清新的。

王维是一个佛教徒，有很深的禅学修养。他的一部分诗，确实渗透了禅趣，像"行到水穷处，坐看云起时"之类即是明显的例证。但一个人的世界观是矛盾复杂的，即使像王维后期那样信奉佛教禅理，也如他自己所说，是由于"一生几许伤心事，不向空门何处销"（《叹白发》），带有许多痛苦与无奈。因此不能因此断定他的思想中充满了色空观念，并时刻用这种观念看待客观世界，《大般涅槃经》上确有这一类的话头："譬如山涧，因声有响，小儿闻之，谓是实声；有智之人，解无定实。""譬如山涧响声，愚痴之人，谓之实声；有智之人，知其非实。"似乎可以用来印证此诗所写的听觉感受，在诗人看来，都是虚幻不实的。这当然也是一种完全有根据也有说服力的诠释，既符合王维的禅宗信徒身份，又符合诗境特点，还能从佛典中找到有力的依据。但王维同时又是一个诗人、一个俗人，他并没有也不能脱离现实的世界，包括官场；他对客观世界特别是大自然中一些美好的事物还爱得很深、很执著，作为一个诗人，他的感性，他的生活感受往往比纯理性的宗教观念对他的诗歌创作更具有决定性的影响。像这首诗中所描绘的静谧安闲而富于生机的境界是否用来演绎色空观念，似乎值得考虑，至少与一般读者的直观感受不大相符。

这首诗在艺术表现上的特点，一般都认为是以动衬静，愈显其静。这固然不错，但似乎不够全面具体。因为这首诗的一、二句和三、四句虽然同样是写静境，却是同中有异。一、二句写的是月出之前春山毫无声息的静谧，三、四句写的则是月出之后春山在山鸟时或一鸣中所显示出来的静谧。后者，自可称之为以动衬静，愈见其静；前者，却很难说是以动衬静。（"人闲桂花落"是用桂花之落都可感知来烘托春山之静与诗人心境之闲。"闲花落地细无声"，如果认为"桂花落"也是动，不免有点太较真。）一、二与三、四句，一个是"一鸟不鸣山更幽"，一个是"鸟鸣山更幽"，即一个是以静写静，一个是以动写静。两种不同的艺术手法，表现的是两种不同的静谧境界。这是说光讲以动衬静不够全面，对"以动衬静"还应该作更具体细致的分析。一是月出后山鸟之鸣，固然划破了空山的静寂，但同时也就显示出在月出之前春山近乎空无的静寂。这样偶尔传来的一两声鸟鸣，才更衬出了春山的静寂。这里有一个局部与整体的相反相成关系。二是鸟鸣之声停歇之后,更显出春山无边的静谧。另外,以动衬静还有一个分寸感的把握问题,这在前面已经提及。任何一种艺术技巧的运用,都不能绝对化。动固然可以衬静,但必须在一定条件之下。这个条件就是全局是静的,这动只是静中之动,并不是动得越厉害越能衬静,正如深夜的钟声可以衬静,喧闹的锣鼓声却只能破寂而不能衬寂。

杂诗三首(其二)①

君自故乡来,应知故乡事。来日绮窗前②,寒梅著花未③?

[校注]

①宋蜀刻本、述古堂影抄本均作《杂诗五首》,系包括另两首五古、五律杂诗在内。《文选·王粲〈杂诗一首〉》李善注:"杂者,不拘流例,遇物即言,故言'杂'也。"李周翰注:"兴致不一,故云杂诗。"王维的五言四句体《杂诗》共三首,虽内容均抒写乡思,却不一定是联章体组诗。说详后。②绮窗,雕镂花纹的窗。③著花,长出花蕾或花朵。

[鉴赏]

王维《杂诗三首》,第一首、第三首分别是:

家住孟津河,门对孟津口。常有江南船,寄书家中否?

已见寒梅发,复闻啼鸟声。愁心视春草,畏向玉阶生。

或以为三首是联章体组诗,第一首系思妇"忆远之诗,言家在津口,江南船来,寄书甚便。语质直而意极缠绵"(黄叔灿《唐诗笺注》);第二首则是写游子询问故乡来人,表达他思乡念亲的深情;第三首则"写春色渐浓,思妇相思之情愈深。三首诗分别写男女主人公的相思相忆之情"(《孟浩然王维诗歌名篇欣赏》)。虽似可通,但细加体味,总觉不像。第一首如写思妇盼望远行的丈夫从江南寄书家中,则思妇与游子的家乡就在孟津口(今河南孟州),而游子则客游江南某地。但第二首向故乡的来人问到"来日绮窗前,寒梅著花未",则游子的故乡似在江南。据《荆州记》载:"陆凯与范晔交善,自江南寄梅花一枝,诣长安与晔,并赠诗曰:'折梅逢驿使,寄与陇头人。江南无所有,聊赠一枝春。'"明将梅花与江南联系在一起。历来与梅相关的故实，也多在南方。因此，一、二两首抒情主人公的家乡一在孟津，一在江南，并不一致，还是将三首诗分别独立来理解比较恰当。

诗中的抒情主人公（"我"，不一定是诗人自己），是一个久在异乡的人，忽然遇上来自故乡的熟识或旧友（"君"），首先激起的自然是强烈的乡思，是急欲了解故乡风物、人事的心情。开头两句，正是以一种不加修饰，接近于生活的自然状态的形式，传神地表达了"我"的这种感情。"故乡"一词叠见，正见乡思之殷；"应知"云云，迹近噜苏，却表现出了解故乡情事之急切，透出一种近似儿童般的天真与亲切。纯用白描记言，却将"我"在特定情况下的感情、心理、神态、口吻等表现得栩栩如生，这其实是很省俭的笔墨。

关于"故乡事"，那原是可以开一张长长的问题清单的。远的诗例如陆机的《门有车马客》，所问集中在亲故零落的人事变化上，感情偏于沉重悲伤；近的则有初唐王绩的《在京思故园见乡人问》：

> 旅泊多年岁，老去不知回。忽逢门前客，道发故乡来。敛眉俱握手，破涕共衔杯。殷勤访朋旧，屈曲问童孩。衰宗多弟侄，若个赏池台。旧园今在否，新树也应栽。柳行疏密布，茅斋宽窄裁。经移何处竹，别种几株梅。渠当无绝水，石计总生苔。院果谁先熟，林花那后开。羁心只欲问，为报不须猜。行当驱下泽，去剪故园莱。

从朋旧童孩、宗族弟侄、旧园新树、茅斋宽窄、柳行疏密、渠水石计一直问到院果林花，仍然意犹未尽，"羁心只欲问"。而这首诗中的"我"却撇开这些，独问对方：

> 来日绮窗前，寒梅著花未？

仿佛故乡之值得怀念，就在窗前那株寒梅。这就很有些出乎常情，但又绝非故作姿态。

一个人对故乡的怀念，总是和那些与自己过去生活有密切关系的人、事、物联结在一起的。所谓"乡思"，完全是一种"形象思维"，浮现在思乡者脑海中的，都是一个个具体的形象和画面。故乡的亲朋故旧、山川景物、风土人情，都值得怀念。但引起亲切怀想的，有时往往是一些看来很平常、很细小的情事。这窗前的寒梅便是一例。它可能伴着"我"度过了整个少年时代。"我"在绮窗前读书时，抬头就能看到它。每年看着它含苞、开花、结籽、成长。那上面刻下了"我"的少年时代的年轮，蕴含着许多少年时代家居生活亲切、有趣的情事。因此，这株寒梅，就不再是一般的自然物，它已经被思乡之情所浸染，成为故乡的一种象征。它已经被诗化、集中化、典型化、提纯化了，成了"我"思乡之情的集中寄托。从这个意义上去理解，独问"寒梅著花未"是完全符合生活逻辑的。从诗歌体裁的角度说，五绝作为最短小的体制，不允许也不可能像王绩的诗那样展开来发问，而只能通过提炼、集中，选取最典型的能浓缩乡思的事物来表现，因此它又是符合诗歌体裁要求，充分发挥了体裁本身特点与优长的。

古代诗歌中常有这种质朴平淡而诗味浓郁的作品。它质朴到似乎不用任何技巧，实际上却包含着最高级的技巧。像这首诗中的独问寒梅，从表现"故乡事"来说，是提炼、集中和典型化，是通过特殊体现一般；从表现"故乡情"来说，则是对情思的高度提纯化。而这种典型化与提纯化又是用一种平淡质朴得如叙家常的语言来体现的，这正是所谓寓巧于朴。王绩的那首《在京思故园见乡人问》，朴质的程度也许超过这首诗，但他那一连串的发问，其艺术力量却远远抵不上王维这淡淡的一问。其中消息，不是正可深长思之的吗？

相　思①

红豆生南国②，秋来发几枝③。愿君多采撷④，此物最相思。

[校注]

①此诗首见唐范摅《云溪友议》卷中《云中命》，云："李龟年奔迫江潭……曾于湘中采访使筵上唱：'红豆生南国，秋来发几枝。赠君多采撷，此物最相思。'又：'清风朗月苦相思，荡子从戎十载余。征人去日殷勤嘱，归雁来时数附书。'此词皆王右丞所制，至今梨园唱焉。歌阕，合座莫不望行幸而惨然。"《万首唐人绝句》《唐诗纪事》亦收载。王维集旧本除凌濛初刊本外失载。诗当作于安史之乱以前。②红豆，相思树所结的果实，又名相思子。《文选·左思〈吴都赋〉》"相思之树"刘渊林注："相思，大树也。材理坚，邪斫之则文，可作器，其实如珊瑚，历年不变。"唐李匡乂《资暇集》卷下："豆有圆而红，其首乌者，举世呼为相思子，即红豆之异名也。其木斜斫之则有文，可为弹博局及琵琶槽。其树也，大株而白，枝叶似槐。其花与皂荚花无殊。其子若穭豆，处于甲中，通体皆红。李善

云'其实赤如珊瑚'是也。"产于亚热带地区。欧阳炯《南乡子》:"路入南中,桄榔叶暗蓼花红。两岸人家微雨后,收红豆,树底纤纤抬素手。"③秋,今之选本多作"春"。按:红豆秋日开花,冬春结实。陈铁民谓:"此句指相思树上长出若干枝红豆荚果。荚果初生时较小,在树梢上不为人所见,等到秋天长大成熟才被发现,故云'秋来发几枝'。"可参。据欧阳炯词,收红豆当在蓼花红的初秋。几,《万首唐人绝句》《全唐诗》均作"故",据《云溪友议》所引及《唐诗纪事》卷十六改。④愿,《云溪友议》作"赠",《唐诗纪事》同,赵殿成笺注本作"劝"。多,《万首唐人绝句》作"休"。撷(xié),摘。

[鉴赏]

这是一首天籁式的作品。但它之所以能够流传广远,并不单纯是由于"直举胸臆,不假雕锼",而是还有其多方面的原因。

首先在于红豆的名称与相思之情的关系。红豆树一名相思树,红豆一名相思子。从左思《吴都赋》"相思之树"的句子来看,用"相思"作为树名已经有很长的历史。梁任昉《述异记》卷上:"昔战国时,魏国苦秦之难。尝有民从征戍秦,久不返,妻思而卒。既葬,冢上生木,枝叶皆向夫所在而倾,因谓之相思木。"梁武帝《欢闻歌》之二:"南有相思木,含情复同心。"从"南有相思木"的诗句看,此木或许就是"生南国"的相思树。则其命名为"相思"已远在战国之时。如此久远的关于相思木的传说,其深厚的历史文化积淀几乎可与灞桥折柳送别的民俗传说相比并。但在王维写这首诗之前,却未见文人以此为题材专门加以吟咏。故一旦形诸诗歌,自然会引起读者的普遍关注,并有强烈的新鲜感。

更重要的是"红豆"的形状和色彩,似乎天然地与"相思"之情有着微妙的联系。红豆整体赤如珊瑚,顶端黑色,玲珑剔透,晶莹鲜亮,色调既热烈明快又沉静含蓄,以之作为女子爱情和相思的象征物,能引发一系列极富诗意的联想,却又不必拘泥指实。在唐代,情人们离别后常以红豆相赠以寄托相思之情,女子也以红豆为饰,来寄托对情人的思念。温庭筠《酒泉子》词"罗带惹香,犹系别时红豆。泪痕新,金缕旧,断离肠"可证。红豆这种特殊的形状、色彩和色调,几乎使它天然地具有"相思"象征物首选的品格,因此说"此物最相思",实在是人同此心,得到普遍的认同了。

但历史的传说、相思子的名称和它的形状色调,只是为王维借红豆写相思提供了客观的条件,能不能写出一首好诗,还要靠诗人的创造。诗写得很朴素,如叙家常,感情却极深挚真纯。全诗当是以女子的口吻抒情。前两句表面上是点明红豆的产地和秋来开花的特征("发几枝",即花发几枝之意)。但"南国"之语,既易引发红豆鲜艳热烈色彩的联想,又易引发"南国有佳人"的联想,与"相思"之间存在着若即若离的关联。而秋来花"发",又易产生爱情之"发"的联想。可以说,前两句乃是为后两句蓄势的。三、四两句,正面揭出主意,希望对方多采摘红豆,因为它最具有相思的象征物的品格。写到这里,话似乎说完了,感情却摇漾不尽,含蕴无穷。诗的整体风格,极近民歌的朴素明朗,却又兼具文人诗的委婉含蓄,语浅情深,遂成绝调。

山 中[①]

荆溪白石出[②],天寒红叶稀。山路元无雨[③],空翠湿人衣。

[校注]

① 《全唐诗》题作《阙题二首》,另一首:"相看不忍发,惨淡暮潮平。语罢更携手,月明洲渚生。"陈铁民《王维集校注》云:"此首奇字斋本《外编》、凌本、底本(赵殿成笺注本)《外编》俱收录。《全唐诗》王维集亦收载,题作《阙题二首》,此诗即其第一首。其他各本未见收录。宋苏轼《书摩诘蓝田烟雨图》(见《东坡题跋》卷五)云:'诗曰:蓝溪白石出,玉川红叶稀。山路元无雨,空翠湿人衣。'此摩诘之诗也。或曰:非也,好事者以补摩诘之遗。《唐音癸签》卷三十三:'坡公尝戏为摩诘之诗,以摹写摩诘之画,编《诗纪》者,认为真摩诘诗,采入集中。世人无识,那可与分辨。'下即引《书摩诘蓝田烟雨图》之文,且曰:'此活语被人作死语看,摩诘增一首好诗,失却一幅好画矣。'按:宋释惠洪《冷斋夜话》卷四录此首,谓之曰:'王摩诘《山中》诗',今姑从其说,断此诗乃王维所作。又荆溪在蓝田,此诗当即作于维居辋川期间。"按:陈说是。苏轼《书摩诘蓝田烟雨图》首先明言"此摩诘之诗",然后方引或说以示慎重,但绝无自己好事而戏为摩诘之诗之意,胡震亨说显系误解。且惠洪与苏轼时代相近,亦明言此诗为"王摩诘《山中》诗",二人所言必有所据。北宋时所存唐代文献后世未见者尚多,不必因王维本集未载而疑其非王维诗。且诗之地名景物既符维之所居蓝田辋川之景,其表现手法亦与维之《书事》五绝"坐看苍苔色,欲上人衣来"相近,

尤可作为旁证。兹从陈说改题《山中》。《阙题》第二首系王安石《离升州作二首》之第一首，见《王文公文集》卷七十。②荆溪，《水经注·渭水》："长水出自杜县白鹿原，西北流，谓之荆溪，又西北左合狗枷川，北入霸水，俗谓之浐水，非也。"《长安志》卷十六蓝田县："荆谷水自白鹿原东流入万年县唐村界。"由此可知荆溪又名荆谷水、长水，系流入灞水之上游支流。白鹿原在蓝田县西五里。荆溪，《冷斋夜话》引王维《山中》诗作"溪清"，然《诗人玉屑》卷十引《冷斋夜话》则作"荆溪"，当是。苏轼引作"蓝溪"。③元，同"原"。

[鉴赏]

这首小诗描绘初冬时节蓝田山中景色。

首句写山中溪水。荆溪本名长水，又称荆谷水，源出陕西蓝田县西南秦岭山中，北流至长安东北入灞水。这里写的大概是穿行在山中的上游一段。山路往往傍着溪流，山行时很容易首先注意到蜿蜒曲折、似乎与人做伴的清溪。入冬天寒水浅，山溪变成涓涓细流，露出磷磷白石，显得特别清浅可爱。由于抓住了冬寒时山溪的主要特征，读者不但可以想见它清澄莹澈的颜色，蜿蜒穿行的形状，甚至仿佛可以听到它潺潺流淌的声响。

次句写山中红叶。绚烂的霜叶红树，本是秋山的特点。入冬天寒，红叶变得稀少了；这原是不大引人注目的景色，但对王维这样一位对大自然的色彩有特殊敏感的诗人兼画家来说，在一片浓翠的山色背景上（这从下两句可以看出），这里那里点缀着的几片红叶，有时反倒更为显眼。它们或许会引起诗人对刚刚逝去的绚烂秋色的遐想呢。所以，这里的"红叶稀"，并不给人以萧瑟、凋零之感，而是引起对美好事物的珍重和流连。

如果说前两句所描绘的是山中景色的某一两个局部，那么后两句所展示的则是它的全貌。尽管冬令天寒，但整个秦岭山中，仍是苍松翠柏，蓊郁青葱，山路就穿行在无边的浓翠之中。苍翠的山色本身是空明的，不像有形的物体那样可以触摸得到，所以说"空翠"。"空翠"自然不会"湿衣"，但它是那样的浓，浓得几乎可以溢出翠色的水分，浓得几乎使整个空气里都充满了翠色的分子，人行空翠之中，就像被笼罩在一片翠雾之中，整个身心都受到它的漫染、滋润，而微微感觉到一种细雨湿衣似的凉意，所以尽管"山路元无雨"，却自然感到"空翠湿人衣"了。这是视觉、触觉、感觉的复杂作用所产生的一种似幻似真的感受，一种心灵上的快感。"空"字和"湿"字的矛盾，也就在这种心灵上的快感中统一起来了。

传为张旭的《山中留客》说:"纵使晴明无雨色,入云深处亦沾衣。""沾衣"是实写,展示了云封雾锁的深山另一种美的境界;王维这首《山中》的"湿衣"却是幻觉和错觉,抒写了浓翠的山色给人的诗意感受。同样写山中景物,同样写到了沾衣,却同工异曲,各臻其妙。真正的艺术是永远不会重复的。

这幅由白石磷磷的小溪、鲜艳的红叶和无边的浓翠所组成的山中冬景,色泽斑斓鲜明,富于诗情画意,毫无萧瑟枯寂的情调。和作者某些专写静谧境界而不免带有清冷虚无色彩的小诗比较,这一首所流露的感情与美学趣味都似乎要更明朗健康一些。

田园乐七首(其六)①

桃红复含宿雨②,柳绿更带春烟③。花落家童未扫,莺啼山客犹眠④。

[校注]

①《田园乐七首》,系王维闲居辋川期间的六绝组诗。具体写作年代不详。本篇一作皇甫冉诗,题为《闲居》。按:《万首唐人绝句》卷二十六、《唐诗品汇》卷四十五均作王维诗。《苕溪渔隐丛话·后集》卷九胡氏亦云:"'桃红复含宿雨……'每哦此句,令人坐想辋川春日之胜,此老傲睨闲适于其间也。"显属王作无疑。宋蜀刻本于《田园乐七首》题下有注云:"六言走笔立成。"②宿,《万首唐人绝句》作"夜"。宿雨,夜来之雨。③春,《全唐诗》作"朝",据宋蜀刻本改。④山客,诗人自指。时居辋川山中,故称。

[鉴赏]

这首六言绝句所写的景物,如红桃、绿柳、落花、啼莺、夜雨、春烟,都是春天最常见的,但经诗人的构图设色,着意渲染,却将它们组成一幅色彩鲜丽、格调明快,充满生意活力的春朝景物画。尤为高妙的是,诗人不仅将平常的景物写得很美,而且化美为媚,使笔下的景物充满诱惑力。而在化美为媚的同时,又创造出一种闲逸的意境,从而使它别具一种令人陶醉流连的韵味。

起联写桃红、柳绿,本属寻常春景,但在它们之后缀以"复含宿雨""更带春烟",诗的情味韵致立时变得非常浓郁。经过一夜春雨的滋润,原本红艳的桃花含着雨珠露滴,显得分外鲜丽娇艳;而丝丝绿柳,带着春晨的薄雾轻烟,更显得轻盈袅娜。这正是所谓"化美为媚",使景物平添了生动的意态和诱人的风姿。在这里,不但"宿雨""春烟"的意象对"桃红""柳绿"起着重要的映衬烘托作用,而且,动词"含""带",虚词"复""更"也同样有着不可忽视的作用。"含"字见桃花之红艳湿润、娇艳欲滴的意态,"带"字见柳枝烟笼雾绕、轻盈袅娜的风姿。而"复""更"二字,不但具有连接两句的递进作用,而且传达出诗人目接上述景象时那种赏心悦目的强烈感受。但诗人写来却似信笔而成,不见丝毫着力的痕迹。

由于有"宿雨","花落"自所难免。但"花落家童未扫"所传达出的却丝毫没有"落花风雨更伤春"的意绪,而是一种闲逸自在的意态。家童的职责之一是扫除庭院,但这位家童却迟迟"未扫"。何故"花落"而"未扫"?是因为怕惊醒了主人(山客)的清梦?还是因为这落英缤纷的情景另有一番情致,留而待主人起后清赏?甚至这位家童此刻也和主人一样,仍沉酣于春晨的梦境?诗中没有明言,也不必明言。可以作多种解释的诗句,正说明诗内涵的丰富性。但我个人更倾向于后一种可能性。童仆是主人的影子,长期受主人雅致逸兴的熏染,家童也变得有些雅趣,有些脱俗了。这正是有其主必有其仆,写"花落家童未扫",正是为了托出"莺啼山客犹眠"。说"山客"而不说"主人",是为了突出其隐逸高士的身份。第二句写到柳绿,"柳密正藏莺",所以这里写到"莺啼"。清晨空气新鲜,又是雨后新晴,正是黄莺鸣啭得最欢快的时刻,然而室内的这位"山客"竟然连莺啼也不能唤醒,仍然沉酣高卧。孟浩然《春晓》中的诗人,虽然"春眠不觉晓",但毕竟被处处的啼鸟声唤醒了。但王维此诗中的"山客"却似乎充耳不闻这春晨美妙的莺啼声。这里所描绘的倒并非是"山客"的慵懒,而是一份安恬闲逸的情致,一种随缘自适、无所用心的生活态度,一种自在洒脱、无所拘束的风神意态。如果说孟浩然的《春晓》是诗人春晨醒来后尽情享受窗外的大好春光,那么王维这首诗则是在安恬梦境中享受美好的桃红柳绿、花落莺啼的大好春光了。在如此美好的春色中沉眠,不更是一种绝妙的美好境界吗?

六言绝句,由于每句三顿,天然趋于骈偶。这种对起对结的格式,很容易写得缺乏余韵。王维此首却写出了"山客"的风神意态之美,从而使读者于悦目赏心的春晨鲜丽景色之外,领略生活其中的诗人的风神之美,显得别饶隽永的情味。

少年行四首（其一）①

新丰美酒斗十千②，咸阳游侠多少年③。相逢意气为君饮④，系马高楼垂柳边。

[校注]

①《乐府诗集》卷六十六杂曲歌辞六有《结客少年场行》，题下引《乐府解题》曰：《结客少年场行》，言轻生重义，慷慨以立功名也。其后载李白、王维、王昌龄等人之《少年行》，亦均为咏少年游侠的乐府诗。王作原题共四首，此为第一首。诗大约为王维青年时代的作品，具体写作年代不详。②新丰，汉初置新丰县，以安置刘邦故乡丰邑迁来的住户。故址在今陕西西安市临潼区西北新丰镇。南朝时丹徒县新丰镇产美酒，梁武帝《登江州百花亭怀荆楚》诗"试酌新丰酒，遥劝阳台人"之"新丰酒"即指此。钱大昕《十驾斋养新录·新丰》："丹徒县有新丰镇。陆游《入蜀记》：'六月十六日，早发云阳，过夹冈，过新丰，小憩。'李白诗云：'南国新丰市，东山小妓歌。'又唐人诗云：'再入新丰市，犹闻旧酒香。'皆谓此，非长安之新丰也。"可参。《旧唐书·马周传》载马周初游长安，宿新丰客舍，受店主慢待，周遂命酒自酌。后遂将丹徒新丰美酒误指为长安东临潼新丰美酒。王维此诗，以"新丰"与"咸阳"（借指长安）对举，所指新丰已是临潼新丰。斗，盛酒容器。杜甫《逼侧行赠毕四曜》："速宜相就饮一斗，恰有三百青铜钱。"斗酒三百钱，是安史乱中长安酒价。此云"斗十千"，系三百钱的三十余倍，虽或有所夸张，亦可见美酒价钱之贵。至晚唐李商隐《风雨》则云"心断新丰酒，销愁斗几千"，亦可与王诗参证。"斗十千"之语出自曹植《名都篇》："美酒斗十千。"可见其来有自。③咸阳，本秦之都城，唐人诗中常借指长安。多，《万首唐人绝句》作"皆"。④意气，《万首唐人绝句》作"气味"。意气，志向气概。南朝宋袁淑《效曹子建白马篇》："意气深自负，肯事郡邑权？"此泛指少年游侠的精神气概。君，指对方。

[鉴赏]

《少年行》是王维的七绝组诗，共四首，分咏长安少年游侠高楼纵饮的豪兴、轻生报国的壮怀、勇猛杀敌的气概和功成无赏的遭遇。各首均可独立，合起来又是一个整体，好像人物故事相互衔接的四扇画屏。

第一首写的是少年游侠的日常生活。要从日常生活的描写中显示出少年游侠的精神风貌，选材颇费踌躇。绝句篇幅短小，不可能展开铺叙。诗人精心选择了高楼纵饮这一典型场景作集中描写。游侠重意气，重然诺，而这种群体性格又总是和"使酒"密不可分。所谓"三杯吐然诺，五岳倒为轻"，把饮酒的场景写活，少年游侠的精神风貌也就跃然纸上了。

前两句分写"新丰美酒"和"少年游侠"。二者本不一定相关。这里用对举的方式来写，却给人这样的感觉：京华地区，著称于世的人物虽多，却只有少年游侠堪称人中之杰，新丰美酒堪称酒中之冠。而这二者，又像"快马须健儿，健儿须快马"那样，存在密不可分、相得益彰的关系。新丰美酒，似乎天生就为少年游侠增色添彩而设；少年游侠，没有新丰美酒也显不出他们的豪纵风流。犹今日所谓"专用酒"。第一句把酒写得很足，第二句写侠少，只须从容承接、轻轻一点，少年游侠的豪纵不羁之气，挥金如土之概都可想见。同时，这两句一张一弛的节奏、语调，还构成了一种特有的轻爽流利的风调。吟诵之余，少年游侠顾盼自如、风流自赏的神情也就宛然在目了。

前两句分写了新丰美酒和少年游侠，第三句"相逢意气为君饮"将二者联结在一起。"意气"一词，在写游侠诗中出现的频率很高，包含的内容也很丰富，举凡轻生报国的壮烈情怀、重义疏财的侠义性格、豪纵不羁的精神风貌、使酒任性的生活作风等，都是侠少的共同特点，也都可以包含在这似乎无所不包的"意气"之中。而这一切，对于侠少们来说，无须经过长期交往，只要相逢片刻，攀谈数语，就可以彼此倾心，一见如故，相逢恨晚。这就是所谓"相逢意气"。路逢知己，彼此都感到要为对方干上一杯，所以说"为君饮"。这三个字宛然出自侠少之口。不过是平常的相逢论交，在诗人笔下，被描绘得多么有声有色，多么富于动作性、戏剧性！

"系马高楼垂柳边"，这是全诗中最生动精彩而富于含蕴的一笔。本来就要借痛饮新丰美酒写少年豪侠的意气豪兴，上句又正面点出了"为君饮"，箭在弦上，落句似乎必然要正面写宴饮场景，然而诗人的笔却只写到酒楼前就戛然而止。"三杯吐然诺，五岳倒为轻。眼花耳热后，意气素霓生"等情景统统留到幕后。这样侧面虚写比正面实写宴饮场景要有诗意得多，含蕴丰富得多。诗人的意图，看来是要写出一种侠少特有的富于诗意的生活情调、精神风貌。而这，不是靠描摹宴饮场面就能达到的,而且在这只剩七个字的篇幅中,也根本无法展开正面描写。侧面烘染、虚处传神,末句所用的正是这种艺术手段。这一句是由骏马、高楼、垂柳组成的一幅画面。马是侠客不可分的伴侣,写马,正所以衬托侠少的英武豪迈。高楼,则正是在繁华街市上那座备有新丰美酒的华美酒楼。而高楼旁的垂柳,则与之相映成趣,它点缀了酒楼风光,使之在华美、热闹中显出雅致、飘逸,不流于市井的鄙俗;也衬托了侠少的倜傥风流,令人宛见少年游侠白马金鞍,联翩而至,在谈笑风生中系马垂柳,步入酒楼的情景。而这一切,又都是为了创造一种富于浪漫气息的生活情调,为突出侠少的精神风貌服务。

同样是写少年游侠,高适的"未知肝胆向谁是,令人却忆平原君"(《邯郸少年行》),就显然渗透了诗人自己沉沦不遇的深沉感慨;而王维笔下的少年游侠,则具有相当浓厚的浪漫气息乃至理想化色彩。但这种理想化并不给人任何虚假之感,关键就在于诗中洋溢着浓郁的生活气息和诗人对这种生活的诗意感受。

九月九日忆山东兄弟①

独在异乡为异客,每逢佳节倍思亲②**。遥知兄弟登高处,遍插茱萸少一人**③**。**

[校注]

①题下原注:"时年十七。"九月九日,即重阳节。山东,指华山以东地区。战国、秦、汉时称崤山或华山以东地区为山东,亦有称太行山以东地区为山东者。此处"山东"指华山以东。王维祖籍太原,家居蒲州。作诗时正在长安求取功名,其时维之兄弟当仍居蒲州,故重阳佳节思念而作诗。诗作于开元五年(717)重阳节,时王维年十七。②佳,宋蜀刻本、述古堂影抄本作"嘉"。③茱萸,乔木名。《西京杂记》卷三:"九月九日,佩茱萸,食蓬饵,饮菊华酒,令人长寿。"《太平御览》卷二十二引周处《风土记》:"九月九日,律中无射而数九,俗于此日,以茱萸气烈成熟,尚此日,折茱萸房以插头,言辟恶气而御初寒。"茱萸的子房香气辛烈,俗以为重阳日插之可辟邪消灾。

[鉴赏]

王维是一位早慧的诗人,少年时期就创作了一些优秀作品。这首写于十七岁时的小诗，和他后来那些富于画意、构图设色非常讲究的山水诗不同，写得非常朴素。但千余年来，人们在作客他乡的情况下读这首诗，却都强烈地感受到了它的艺术力量。这种艺术力量，首先来自它的真朴、深厚和高度的艺术概括。

王维十五岁时离家赴长安，谋求功名。写这首诗时，他在长安已经生活了两年。繁华的帝都对当时的年轻士子虽有很大吸引力，但对一个少年离乡的游子来说，毕竟是举目无亲的"异乡"；而且越是繁华热闹的帝都，就越显得孤孑无亲。首句用了一个"独"字，两个"异"字，分量下得很足。对故乡亲人的思念，对自己孤孑处境的感受，都浓缩在这劈头提起的"独"字里面。"异乡为异客"，不过说他乡作客，但两个"异"字叠加造成的艺术效果，却比一般地叙说他乡作客要强烈得多。在自然经济占主要地位的封建时代，不同地域之间的风土、人情、语言、生活习惯差异很大，离开多年生活的故乡到"异乡"去，会感到一切都陌生、不习惯，感到自己是漂浮在异地的一棵浮萍，根本无法融入当地的生活。这正是"异客"这个似乎生造的词语所传达出的那种陌生感、孤独感、无依感和格格不入、漂荡无着感。故虽貌似朴拙而实含蕴丰富。作客他乡者的思乡怀亲之情，在平日自然也是存在的，不过有时不一定显露而强烈，但一旦遇到某种触媒——最常见的就是佳节——就很容易由隐而显，形成强烈的爆发，甚至一发而不可抑止。这就是所谓"每逢佳节倍思亲"。在农耕经济生活和宗法制度基础上形成的中国传统节日，诸如元宵、清明（包括稍前的寒食）、端午、中秋、重阳、除夕，大都是家人团聚的日子，或与纪念亲人有关，而且往往与对家乡风物的许多美好记忆联系在一起，因此"每逢佳节倍思亲"便是十分自然的了。这种体验，可以说人人都有，但在王维之前，却没有任何诗人用这样朴素无华而又高度概括的诗句成功地表现过。而一经诗人道出，它就成了最能集中表现客中思亲感情的格言式警句。它之所以具有极大的普遍性和典型性，正是由于它蕴含了华夏民族长期积淀的风俗习惯和民族心理。"每""倍"二字，把佳节思亲的民族心理普泛化、强化乃至格言化了，是诗意的升华。

前两句，可以说是艺术创作中的"直接法"，几乎不经任何迂回，而是一上来就直插核心，迅即形成高潮，出现警句。但这种写法往往使后两句难以为继，造成后劲不足。这首诗的后两句，如果顺着"佳节倍思亲"作直线式的延伸，就不免画蛇添足；转出新意，再形成新的高潮，也很难办到。诗人撇开自己眼下的情况，承"思亲"二字，以"遥知"二字领起，转从对面（自己所思念的兄弟）着笔，而遥想的内容,则从一般到个别,紧扣重阳登高佩茱萸囊、插茱萸枝的习俗。但如果只是直接叙说此时兄弟如何一起登高佩茱萸而自己独在异乡,不能参与,虽也写出了佳节思亲之情,就会显得平直,缺乏新意与深情。诗人遥想的却是:远在故乡的兄弟们重阳节登高时身上都佩上了茱萸,却发现少了一位兄弟——自己不在内。好像遗憾的不是自己未能和故乡的兄弟共度佳节,反倒是兄弟们因为"少一人"而未能充分享受佳节团聚的快乐;似乎自己独在异乡为异客的处境并不值得诉说,反倒是兄弟们的缺憾更须体贴。这就曲折有致,出乎常情。而这种出乎常情之处,正是它的深厚处、新警处。不过,就年轻诗人本身来说,无论是前两句的直抒"佳节倍思亲"的体验,还是后两句的遥想兄弟重阳登高的情景,都未必是有意运用某种艺术手法,他只是如实地将此时自己的感受与联想和盘托出。就连许多评家一再提到的《陟岵》之意,在写诗时也未必想到和刻意模仿。可以说,此诗纯粹是至情至性的自然流露。还是黄培芳所说的"人人胸中自有《三百篇》"比较符合实际。诗人的这份至情至性,在他日后的《送元二使安西》《送沈子福归江东》等诗中有更出色的表现。

送元二使安西①

渭城朝雨浥轻尘②,**客舍青青柳色新**③。劝君更尽一杯酒,西出阳关无故人④。

[校注]

①《全唐诗》从《乐府诗集》题作《渭城曲》。郭茂倩于《乐府诗集》卷八十王维《渭城曲》题下云:"《渭城》一曰《阳关》,王维之所作也,本送人使安西诗,后遂被于歌。刘禹锡《与歌者》诗云:'旧人唯有何戡在,更与殷勤唱《渭城》。'白居易《对酒》:'相逢且莫推辞醉,听唱《阳关》第四声。'《阳关》第四声,即'劝君更进一杯酒,西出阳关无故人'也。《渭城》《阳关》之名,盖因辞云。"据此可知,《渭城曲》系《送元二使安西》诗入乐后之题。集本均作《送元二使安西》,今从之。诗当作于安史之乱以前,具体写作年代不详。元二,名未详。《诗人玉屑》题作《赠别》,亦显非原题。安西,指安西都护府所在地。唐睿宗景云元年(710),以安西都护兼四镇经略大使。至开元六年(718)始用节度之

号，辖龟兹、焉耆、于阗、疏勒四镇，治龟兹城（今新疆库车）。②渭城，秦都咸阳，汉改咸阳为新城县，寻又改为渭城县，唐时为京兆府咸阳县辖地，故址在今陕西咸阳市东北。唐时送人西去，常在此作别。李商隐《赴职梓潼留别韩瞻员外同年》："京华庸蜀三千里，送到咸阳见夕阳。"商隐赴蜀东川梓州，韩瞻送至咸阳（即渭城）。浥，濡湿。③青青，宋蜀刻本、述古堂影抄本注："一作依依。"柳色新，《全唐诗》原作"杨柳春"，校："一作柳色新。"兹据改。新，宋蜀刻本、《万首唐人绝句》及《乐府诗集》均作"春"。④阳关，西汉时所置，因位于玉门关之南，故称阳关，为通往西域天山南、北路的门户。故址在今甘肃敦煌市西南古董滩附近。

[鉴赏]

这是一首送朋友去西北边疆的诗。安西，是唐中央政府为统辖西域四个军事重镇而设的安西都护府的简称，治所在龟兹城（今新疆库车）。这位姓元行二（名不详）的友人是奉朝廷使命前往安西的。唐代从长安往西行，多在渭城送别。从诗中所写情形看，诗人当是头一天送元二至渭城，住在客舍，第二天清晨作别。

前两句写送别的时间、地点、环境气氛。清晨，渭城客舍，自东向西一直延伸、不见尽头的驿道。客舍周围、驿道两旁的柳树。这一切，都仿佛是极平常的眼前景，读来却风光如画，抒情气氛浓郁。"朝雨"在这里扮演了一个重要的角色。早晨的雨下得不长，刚刚润湿尘土就停了。从长安西去的大道上，平日车马交驰，尘土飞扬，而现在，朝雨乍停，天气晴朗，道路显得洁净、清爽。"浥轻尘"的"浥"字是湿润的意思，在这里用得很有分寸，显出这雨澄尘而不湿路，恰到好处，仿佛天从人意，特意为远行的人安排一条轻尘不扬的道路。客舍，本是羁旅者的伴侣；杨柳，更是离别的象征。选取这两件事物，自然有意关合送别，它们在通常情况下也常和羁愁别恨联结在一起而呈现出黯然销魂的情调。而今天，却因一场朝雨的洒洗而别具明朗清新的色调——"客舍青青柳色新"。平日路尘飞扬，路旁柳色不免笼罩着灰蒙蒙的尘雾，一场朝雨，才重新洗出它那青翠的本色，所以说"新"，又因柳色之"新"，更映照出客舍之"青青"。总之，从清朗的天宇到洁净的道路，从青青的客舍到翠绿的杨柳，构成了一幅色调清新明朗的图景，为这场送别提供了典型的自然环境。这是一场情意深浓的离别，却不是黯然销魂的离别。相反地，倒是在景物描写中透出一种轻快而富于希望的情调。"轻尘""青青""新"等词语，声韵轻柔明快，加强了读者的这种感受。

　　绝句在篇幅上受到严格限制。这首诗的三、四两句,对如何设宴饯别,宴席上如何频频举杯、殷勤话别,以及启程时如何依依不舍,登程时如何瞩目遥望等送别时常有的场景,一概舍去,只剪取饯行宴席即将结束时主人的劝酒辞:再干了这一杯吧,出了阳关,可就再也见不到熟悉的老朋友了。诗人就像高明的摄影师,摄下了最能表现别情的镜头:宴席已经进行了相当长的一段时间,酿满别情的酒已经喝过多巡,殷勤告别的话语已经重复过多次,朋友启程的时刻终于不能不到来,主客双方的惜别之情在这一瞬间都达到了顶点。主人这句似乎脱口而出的劝酒辞就是此刻强烈、深挚的惜别之情的集中表现。

　　三、四两句是一个整体。要深切理解这临行劝酒辞中所蕴含的深情和它所体现的时代感,就不能不涉及"西出阳关"。处于河西走廊尽西头的阳关,和它北面的玉门关相对,从汉代以来,一直是内地通向西域的要塞。唐代国势强盛,王维生活的开、天时代,内地与西域往来相当频繁。从军赴幕或奉命出使阳关之外,在盛唐人心目中是令人向往的壮举。王维诗集中,就有好几首送人赴西域出阳关的五律。《送刘司直赴安西》:"绝域阳关道,胡沙与塞尘。三春时有雁,万里少行人。苜蓿随天马,葡萄逐汉臣。当令外国惧,不敢觅和亲。"《送平淡然判官》:"不识阳关路,新从定远侯。黄云断春色,画角起边愁。瀚海经年到,交河出塞流。须令外国使,知饮月氏头。"可见"西出阳关",既是建功立业、宣扬国威的壮举,又须经历长途跋涉的艰辛和穷荒绝域的荒凉。在"西出阳关"的旅程中,友人的浓挚情谊便是寂寞中最好的鼓励与安慰。因此,这临行之际"劝君更尽"的"一杯酒",就像是浸透了送行者全部丰富深挚情谊的一杯浓郁的感情的琼浆。这里面,不仅有依依惜别的情谊,而且包含着对远行者处境、心境的深情体贴,包含着前路珍重的殷勤祝愿。对于送行的诗人自己来说,"劝君更尽一杯酒",不只是让朋友多带走自己的一份情谊,也是在有意无意之中延宕分手的时间,好让对方多留一刻。"西出阳关无故人"之感,又何尝只属于行者呢?临行依依,要说的话很多,但千头万绪,一时竟不知从何说起。这种场合,往往会出现无言相对的沉默。"劝君更尽一杯酒",就是不自觉地打破这种沉默的方式,也是表达此刻丰富复杂感情的方式。诗人没有说出的比已经说出的要丰富得多。总之,三、四两句所剪取的虽是一刹那的情景,却是蕴含极为丰富的一刹那。

　　这首诗所描写的虽是具有鲜明时代感的离别,又是一种最具普遍性的离别。它没有特殊的背景，而自有深浓真挚的惜别之情。这就使它适合于在离筵别席普遍传唱，后来编入乐府，成为最流行、传唱最久的送别曲。

送沈子福归江东①

杨柳渡头行客稀，罟师荡桨向临圻②。惟有相思似春色，江南江北送君归。

[校注]

①《全唐诗》题内无"福"字，据宋蜀刻本、述古堂影抄本、刘本等补。归，《万首唐人绝句》作"之"。江东，通常指长江下游自芜湖、南京以东的江南地区，因这一段长江呈现南北流向，故称"江东""江左""江外"。沈子福，生平不详，视题内"归"字，其家应在江南。②罟师，指船夫。临圻（qí），《文选·谢灵运〈富春渚〉》："溯流触惊急，临圻阻参错。"李善注："《埤苍》曰：碕，曲岸头也。碕与圻同。"则"临圻"，指靠近对面的曲岸。但细味"向临圻"之语，"临圻"似是江对岸的具体地名，今不能详考。

[鉴赏]

优秀的诗人，即使采用同一体裁，歌咏相似的题材，抒写类似的情思，也总是能各出新意，独具机杼，而绝少雷同之弊。而在各具特色的篇章中又总是贯串着共同的艺术风格，将王维这首送别七绝和他那首著名的《送元二使安西》对照着来读，就会看到它们之间这种同中有异、异中寓同的关系。

首句"杨柳渡头"点送别之地，切题内"归江东"，逗下文"荡桨"与"江南江北"。杨柳依依，不仅点明时令，点染渡头春色，而且关合双方的惜别之情。"行客稀"，暗示双方在渡头盘桓流连已久，天色向晚，待渡的行人已经逐渐稀少，分手的时刻终于来到了。诗句中隐隐透出一种空寂的氛围和寂寞的情思。次句紧接着写友人乘船离去——"罟师荡桨向临圻"。罟师，原指渔人，此处指船工。临圻，当是渡头对岸的地名，也是沈子福"归江东"的江南第一站。"向"字点明友人由江北而江南的行程，也写出自己伫立渡头，目送朋友乘船逐渐远去，惜别之情也与船俱远的情景。三、四两句的意蕴已于此伏根。

此诗和《送元二使安西》一样，都从送别之地写起，而且都写到了关合别情的杨柳。前者对送别之地的景物只稍作点染，第二句即转入叙事，而叙事中又蕴含着别景、别情，目的是要由目送友人乘船远去引出"相思"，由"杨柳"引出"春色"。但后者用两句细致地描绘典型的离别场景——朝雨初停的渭城清新明朗的景物，为三、四两句抒写深挚浓至而并不感伤低沉的别情蓄势。因此，两诗虽都从别地、别景起，但描写的详略与作用并不相同。但主要不同处还在这两首诗三、四两句在写法上的区别。

"惟有相思似春色，江南江北送君归。"目送朋友乘船南去之后，但见大江一派，隔断南北，相思之情因阻隔而更加强烈，萦绕牵引，不能自已。遥望大江南北，绿野千里，芳草萋萋，春色正浓。恍惚间遂觉自己的相思之情正如遍布江南江北的满眼春色，无涯无际，伴随着友人从江北一直送到他江南的故乡。这是一个即景而生的妙喻。它的好处不仅在于联想的新奇与自然，更在于内涵的丰富和情致的优美。春色与相思，一为自然界景物的色调，一为人的思绪感情，二者似不相干，但在诗人深情遥送友人在江南江北弥漫的无边春色中归去的特定情景下，它们却无形中融成了一体。依依柳色，萋萋芳草，本就容易引起别情的联想。而它们的色——一片柔绿，又和相思的柔情所给予人的感觉有着微妙的联系；因此，在诗人的意念感觉中，自己的悠长相思之情在不知不觉中已经化为满眼春色，摇漾着一片柔绿从江北一直送到江南，送到对方的故乡。或者说，这一望无际的江南江北春色，像是被自己的相思之情染绿了。"惟有"二字，重笔勾勒，突出了身虽阻隔大江南北，心则紧紧相随，展现出类似传奇小说中"离魂"的境界。这个比喻，比中有兴（从眼前的春色联想到相思），比中有赋（对江南江北满眼春色的描写），不仅展示了相思之情的悠远深长，展现了江北江南的无边春色，而且使全诗充溢着春的色调、气息、活力。情感深挚而富于展望，意境广远而明朗优美，没有丝毫的感伤气息。而且由于即景取譬，妙合天然，眼前景，口头语，又显得十分自然贴切，毫不着力。唐宋诗词中写别情相思而借景物抒情思或即景以取譬的名句，如李白"我寄愁心与明月，随风直到夜郎西"，牛希济"记得绿罗裙，处处怜芳草"，欧阳修的"离愁渐远渐无穷，迢迢不断如春水"，虽均各极其妙，但从物与我、景与情的融洽无间来说，似乎以王维的这一比喻更胜一筹。

《送元二使安西》的后幅是采用直接抒情的手法，从眼前的别筵遥想别后友人"西出阳关"的情景，以反跌当下的依依惜别之情；本篇后幅则即景取譬，从眼前的春色联想到无边的相思。虽然一言对方的"西出阳关无故人",一言自己的"江南江北送君归",但都突出表现了自己的深情厚谊,使对方在漫漫旅途中毫不寂寞。在别情的深挚浓至和语言的清新自然这方面,二者也完全一致。

储光羲

储光羲（约706—约763），润州延陵（今江苏丹阳）人。开元十二年（724）与同郡丁仙芝同入太学为诸生。十四年登进士第，有诏中书试文章。释褐任冯翊尉，历安宜、下邽、汜水尉。约二十一年辞官还乡。二十八年，隐居于终南山。后迁监察御史。天宝六、七载官太祝。天宝九载（750）奉诏出使范阳。安史乱起，于长安城陷后被叛军所俘，并迫受伪职。至德二载（757），自洛阳脱逃，绕道归肃宗行在，系狱。两京收复后，论罪贬岭南。宝应元年（762）五月，遇赦。约广德元年（763）卒于贬所。有集七十卷，至南宋时已佚。光羲与王维、孟浩然、綦毋潜均有交往，为盛唐写田园诗较多的作家。现存诗二百二十余首。《全唐诗》编其诗为四卷。

江南曲四首（其三）[①]

日暮长江里，相邀归渡头。落花如有意，来去逐船流。

[校注]

①《江南曲》，乐府相和歌辞旧题。郭茂倩《乐府诗集》卷二十六载梁柳恽、沈约及唐代诗人《江南曲》二十七首，储光羲《江南曲四首》未载录。

[鉴赏]

这是一首抒写江南水乡青年男女相互慕悦而又两情脉脉，含而未宣情景的小诗。它的神韵，全在三、四两句那个似有意似无意、有神无迹的即景描写当中。

但要领略三、四两句的妙处，却须首先弄懂开头两句叙事中所包含的意蕴。日暮时分，采莲和打鱼的青年男女各自驾着小舟准备回家，他们在苍茫暮色和粼粼波光中彼此打着招呼，相邀着将小舟驶向归家的渡头。这本是一幅极普遍的江南水乡渔（菱）舟归晚图。但第二句的"相邀"二字，却透露了几许萌芽中的爱情信息。我们看崔颢的《长干曲》（其三）："下渚多风浪，莲舟渐觉稀。那能不相待，独自逆潮归？"崔国辅的《采莲曲》："玉溆花争发，金塘水乱流。相逢畏相失，并著木兰舟。"便可知相邀并舟而归乃是水乡青年男女之间一种处于萌芽状态的爱情暗示。

妙在三、四两句并不接着描写青年男女并舟而归的情景，而是撇开船上的人，轻描淡写式地托出一幅落花随船漂流的图景。由于两船之间距离较近，行驶中船水相激，水流产生回旋，水中漂流的落花便时有不离船的左右，随船漂流的景象。正是这一景象，触发了诗人的联想和灵感，遂将它写入诗中。但并不是纯客观地描写落花逐船而流的景象，而是在"落花"之后加上了"如有意"，"逐船流"之前加上了"来去"这极富情致韵味的五个字。"落花"在这里具有象喻色彩和意味，从崔颢《长干曲》（其四）"由来花性轻，莫畏莲舟重"的诗句，可以类证储诗中的"落花"所象喻的应是女子。"如有意"三字，则巧妙地暗示了这位女子似乎对男子脉脉含情的情态；而"来去"二字，更透露出女子正如随舟漂荡的落花，时时不离左右，而又始终默默无言的情景。这正是处于萌芽状态的爱情中的青年女子对有好感的男子那种既主动靠近，又时露矜持，既似有情，又似无意情状的绝妙形容。诗人用了一个"如"字,便生动地传达出青年女子这种微妙复杂的心理和情愫。

诗中的比和兴,常常连文混指。实则比有明确的指向和喻义,而兴则往往只是一种联想,其寓意也每在有意无意之间。这首诗的三、四两句,与其将它理解为有明确指向和喻义的比喻,不如把它理解为一种由眼前景(落花逐船流)而引发的自然联想。青年男女之间这种处于萌芽状态的朦胧情愫,这种"道是无晴(谐情)却有晴(谐情)"的感情状态,正适合这种有意无意之间的兴来表现。从这一点看,诗的内容意蕴和它所采用的艺术表现手段之间可以说达到了和谐的统一。诗的隽永韵味正缘于这种即景描写所构成的兴。

读储光羲的大部分诗作,常感其质实无文,缺乏情韵,但这首小诗,却情味隽永,颇具神韵。这似乎说明,盛唐诗人学南朝乐府民歌,已经普遍达到了很高的艺术境界,成为他们一种共同具有的艺术素养。

祖咏

祖咏，生卒年未详。行三。洛阳（今属河南）人。开元十三年（725）杜绾榜进士。似登第后曾谪宦（见其《长乐驿留别卢象裴总》诗），但时、地均不详。后移家汝坟（今河南襄城）间，以农耕渔樵自终。王翰任汝州长史、仙州别驾时，与当地名士聚饮，祖咏常在座。与王维、储光羲、卢象等交善，互相赠答。为盛唐山水田园诗派诗人之一。殷璠《河岳英灵集》卷下选录其诗六首，并评曰："咏诗剪刻省净，用思尤苦，气虽不高，调颇凌俗。至如'霁日园林好，清明烟火新'，亦可称为才子也。"《全唐诗》录其诗一卷。《唐才子传》《直斋书录解题》谓咏开元十二年进士。此从姚合《极玄集》祖咏下："开元十三年进士。"以及元释圆至《笺注唐贤绝句三体诗法》卷十四："祖咏，开元十三年杜绾榜进士。"

终南望馀雪①

终南阴岭秀②，**积雪浮云端**③。**林表明霁色**④，**城中增暮寒**⑤。

[校注]

①终南，终南山。秦岭主峰之一，在陕西省西安市南。一称南山，是秦岭西自武功县境东至蓝田县境的总称。《史记·周本纪》正义引《括地志》曰："终南山一名中南山，一名太一山，一名南山，一名橘山，一名楚山，一名秦山，一名周南山，一名地肺山，在雍州万年县南五十里。"《长安志》卷十一："万年县：终南山在县南五十里。《关中记》曰：终南山一名中南，言在天中，居都之南也。"终南望馀雪，即"望终南馀雪"。《唐诗纪事》卷二十："有司试《终南山望馀雪》诗，咏赋云：'终南阴岭秀，积雪浮云端。林表明霁色，城中增暮寒。'四句即纳于有司。或诘之，咏曰：'意尽。'"《唐诗纪事》对此事之记载本于《南部新书》乙："祖咏赋《雪霁望终南》诗，限六十字（按：即六韵十二句）成。至四句，纳主司，诘之，对曰：'意尽。'"祖咏为开元十三年（725）杜绾榜进士。②阴岭，山的背阴面。终南山在长安之南，从长安望终南山，看到的是它北面背阴的山岭。③积雪，堆积未消的雪，即题内"馀雪"。④林表，树林的上端，林梢。霁色，雪止天晴之色、晴明之色。⑤城中，指长安城中。

[鉴赏]

《南部新书》载此诗，题为《雪霁望终南》，可能是最切合诗的内容的，说明此诗是写雪后初晴的傍晚，从长安城遥望终南山上的积雪而生出的感受。而"终南望馀雪"的诗题，则有可能被误解为在终南山上望山中馀雪，而且"馀雪"一般指未消尽的残雪，与诗中所写景象也不尽相符。

起句"终南阴岭秀"，是从长安城遥望终南山所得的整体印象。所见者为终南山的背阴一面，故说"阴岭"。这个词语通常会给人以阴冷凄寒之感，但诗人却用"秀"字来形容它，这就透露出诗人望中所见的终南山北岭，即使在寒冷的早春（省试一般在早春举行），仍是树木繁茂，青翠苍郁之色满眼的，这才和下面的"林表"相应。

次句"积雪浮云端"，进一步描绘远望中的终南山顶的积雪。尽管下面写到

"霁色"，题内明标"雪霁"，但山顶上的积雪仍然未消。由于山高，云雾在山腰缭绕浮动，山顶上则积雪皑皑，因此看上去积雪就像是在云端浮动一样。"浮"字用得极生动真切。由于云雾是不断流动的，远远望去，在它上面的山顶积雪也好像在浮动。这自然是错觉，却极真切地传达出远望云端积雪的奇观时所得到的感受和印象。

第三句"林表明霁色"，写远望中终南山上的苍郁树林上方，晴霁之色映射闪烁的情景。时值傍晚，西斜的阳光照射在林梢，给苍郁青翠的树林抹上了一层明亮的色彩。这景象似乎给人带来一点暖意和亮色。但诗人写林表霁色正是为了要反托出下一句更加强烈突出的感受。

前三句写的全是远望中的终南晴雪之景，第四句却似乎撇开"望"字，转写终南晴雪给人的触觉感受与心理感受。终南山离长安城五六十里，说终南山上的积雪增添了长安城中的寒意，似乎有些夸张。但就诗人此时的实际感受来说，这描写又是完全真实的。关键就在那个"暮"字。雪后天晴，气温明显下降；傍晚时分，更是寒气凛冽。诗人因遥望终南积雪而生的心理上的反应，与雪后初晴的傍晚所感受到的凛冽寒意复合，遂不觉产生山顶积雪增添城中暮寒的错觉。这是视觉感受通于心理感受，又进而通于触觉感受的结果。正是这种辗转相生的感觉，传出了终南积雪的寒威与神韵。

诗写到这里，诗人忽然感到，对于《雪霁望终南》这个题目来说，已经将诗意表达得非常充分完满了，再写下去，无非增加一些对终南雪霁情景的描摹刻画，不但起不了锦上添花的作用，而且会冲淡甚至破坏三、四两句已经成功表现出来的终南雪霁的神韵，无异于画蛇添足。因此，他不顾科举考试的硬性规定，只写了两韵便交卷。这个行动在当时无疑是惊世骇俗之举，但面对着考官的诘问，他只淡定地说了"意尽"二字。诗人所说的"意尽"，既非才短而思尽，难以展衍铺写，凑成一首六韵的律诗；更非意尽言内，别无余韵之谓；而是就此结束，才能最充分最圆满地表达题意和诗意的意思，它本身就包含了传神和富于远韵的艺术境界。唐代两首最著名的应试诗，一首是不遵格式的未竟之作，一首是遵守格式的规范之作（钱起《省试湘灵鼓瑟》），但它们的成功却都主要是缘于其结尾的富于含蕴，能宕出远神，言尽而意不尽。从中可见唐人对诗歌结尾的高标准审美要求。

祖咏打破应试诗规定格式的行动，在科举史上似乎是绝无仅有的特例。这充分反映了唐代士人的独特个性。有这样不受羁束的个性，才有突破应试诗敷衍成章陋习的行动并创作出富有远韵的应试诗。祖咏这一惊世骇俗的行动,即使在思想比较开放的唐代,也是要有很大勇气的,起码要有为了诗歌艺术不惜科举考试落榜的勇气。祖咏开元十三年(725)应进士试登第,诗的试题是否即《雪霁望终南》,文献上未明确记载,但从记述的口气看,很有可能就是指登第之年的试题。如果情况确实如此,则唐代科举考试之尊重人才的独特个性,尊重诗歌的独特性和艺术性,也可于此略见一斑。有如此开明的主考官,才会有敢于冲破成规和固定程式,唯艺术是尚的诗人产生。祖咏这首诗的产生和流传,对优秀唐诗产生的社会环境和文化艺术氛围,也是一种有力的说明。

  从这首诗的起联看,祖咏在应试之初,并没有不遵格式要求的想法。起联分别点出"终南"和"雪",正是六韵律诗最常见的起法,但当他写到三、四两句,特别是"城中增暮寒"时,他却忽然悟到,这已经是一首极富远神的五言绝句了。于是戛然止笔。这"无心插柳柳成荫"的创作过程,也充分反映了盛唐诗人"伫兴而就"的创作理念。

李颀

　　李颀，生卒年、字号、籍贯均未详。登第前曾家居颍阳（今河南登封西颍阳镇）东川十年。开元二十三年（735）登进士第。释褐作吏，约天宝初调新乡尉。后辞官归颍阳。开元二十九年，王昌龄赴江宁丞任途经洛阳，李颀有《送王昌龄》诗。天宝八载（749），高适授封丘尉，李颀在洛阳有诗赠别。天宝十载尚在世。约天宝十二载之前去世。《新唐书·艺文志》著录其诗一卷。长于七言歌行。其七律数量虽不多，然颇为明代诗评家所称。殷璠《河岳英灵集》评其诗曰："颀诗发调既清，修辞亦秀。杂歌咸善，玄理最长……惜其伟才，只到黄绶。"其边塞、咏乐、写人之作，均有佳篇。《全唐诗》编其诗为三卷。今人王锡九有《李颀诗歌校注》。

李　颀

古从军行①

　　白日登山望烽火，黄昏饮马傍交河②。行人刁斗风沙暗③，公主琵琶幽怨多④。野云万里无城郭⑤，雨雪纷纷连大漠。胡雁哀鸣夜夜飞，胡儿眼泪双双落。闻道玉门犹被遮⑥，应将性命逐轻车⑦。年年战骨埋荒外，空见蒲桃入汉家⑧。

[校注]

①《古从军行》，乐府旧题有《从军行》，郭茂倩《乐府诗集》相和歌辞平调曲载李颀此首，题首无"古"字。题为《古从军行》，当即沿用乐府古题《从军行》之意。②交河，古河名，在今新疆吐鲁番市境内，因河水为小岛分开后又合流，故称。著名的交河古城即建于交河交叉环抱的岛上。唐贞观十四年（640）置交河县。曾为安西都护府治所。③行人，征人。刁斗，古代军用铜炊具，斗形有柄，容量一斗。夜间敲击以巡更。《史记·李将军列传》"不击刁斗以自卫"裴骃集解引孟康曰："以铜作鐎器，受一斗，昼炊饭食，夜击持行，名曰刁斗。"④公主琵琶，石崇《王明君辞序》："昔公主（指汉江都王女刘细君）嫁乌孙，令琵琶马上作乐，以慰其道路之思；其送明君亦必尔也。其造新曲，多哀怨之声。"此处系用典，非谓有远嫁异域之公主奏琵琶。⑤云，《乐府诗集》作"营"。⑥玉门，关名，参见王之涣《凉州词》"春风不度玉门关"句注。《史记·大宛列传》："拜李广利（李夫人之兄）为贰师将军，发属国六千骑及郡国恶少年数万人，以往伐宛，期至贰师城取善马……（贰师将军）使使上书曰：'道远多乏食，且士卒不患战，患饥，人少，不足以拔宛。愿且罢兵，益发而复往。'天子闻之，大怒，而使使遮玉门，曰：'军有敢入者辄斩之！'贰师恐，因留敦煌。"遮，阻断。⑦逐，追随。轻车，轻车将军，汉代将军名号。鲍照《代东武吟》："后逐李轻车，追虏穷塞垣。"《史记·李将军列传》："初，广之从弟李蔡与广俱事孝文帝。景帝时，蔡积功劳至二千石。孝武帝时，至代相。以元朔五年为轻车将军，从大将军击右贤王，有功中率，封为乐安侯。"此借指军中主将。⑧荒外，塞外荒远之地。蒲桃，即葡萄。《汉书·西域传》："大宛国……多善马，马汗血……上遣使者持千金及金马以请宛善马，宛王以汉绝远，大兵不能至，爱其宝马，不肯与。汉使妄言，宛遂

攻杀汉使，取其财物。于是天子遣贰师将军李广利将兵前后十余万人伐宛，连四年。宛人斩其王母寡首，献马三千匹，汉军乃还……宛王蝉封与汉约，岁献天马二匹。汉使采蒲陶、目宿种归。天子以天马多，又外国使来众，益种蒲陶、目宿离官旁，极望焉。"

[鉴赏]

唐代前期边境上战争性质的复杂性，导致盛唐边塞诗在对待战争的态度上呈现出不同的倾向。天宝年间，开边黩武的战争时有发生，大诗人李白、杜甫都写过反黩武战争的优秀诗篇。李颀的这首《古从军行》，同样具有鲜明的反黩武战争倾向。诗的具体写作时间不详，但其借汉喻唐、托古讽今的意旨却相当明显。诗人特意在诗题前面冠一"古"字，倒未必是由于怕触犯忌讳，而是故意向读者暗示借古题讽慨现事的创作意图，这和"古意"一类题目，性质、用意是相似的。

诗分三段，每段四句，凡三用韵。起首四句，写军中的日常生活。白天，时时登上高山，眺望远处戍楼的烽火，警备外敌的侵犯；黄昏时分，则饮马于交河岸边；入夜，敲击刁斗巡更，风沙迷漫，一片昏暗；近处，传来当年乌孙公主弹奏过的琵琶声，声调幽怨凄凉。四句以时间为线索，写征人从白天到黄昏再到夜间的行动和所见所闻所感。"登山望烽火""饮马傍交河"和刁斗声，传达的都是紧张的战斗气氛。而琵琶声则透露了年复一年远戍征人内心的幽怨凄凉，所谓"琵琶起舞换新声，总是关山旧别情""辽东小妇年十五，惯弹琵琶能歌舞。今为羌笛出塞声，使我三军泪如雨""琵琶一曲肠堪断，风萧萧兮夜漫漫"，这一系列写琵琶弹奏的诗句，正可为"公主琵琶幽怨多"一语作注脚。或解"公主琵琶"为远嫁异域的汉族公主弹奏琵琶，恐非。此四句句意一贯，均写征人生活，不可能忽而旁及远嫁之公主。

中间一段，仍从征人角度写，着重渲染环境的艰苦，展现出一幅广野万里、荒无城郭，雨雪纷纷、弥漫大漠，胡雁哀鸣、夜夜飞翔的画面，而以胡儿之悲哀泪落作衬，境界辽阔而情调苍凉。如果说前一段是对征人的日常生活作纵向描写，那么这一段则是对征人所处的环境作横向描写。妙在由"胡雁"自然引出"胡儿"，并对他们的悲伤落泪作了特写式的描绘。解者或谓这是为了说明连一向生活在这种环境下的胡儿也不堪忍受如此严酷的环境，则生活在中原内地的征人当更难禁受荒漠严寒的环境，是一种反衬手法。但胡儿之伤心泪落恐怕有更深刻的原因，这就是胡汉之间长期战争给他们带来的苦难。边塞诗一般都站在汉族立场上，从汉族的角度来写战争，即使写战争给人民造成的苦难和不幸，也止于汉族征人和内地的百姓。这首诗不但写黩武战争给广大征人带来的苦痛，也写到了它给"胡儿"带来的灾难，这一点非常难能可贵。这说明，诗人在反对黩武战争时，思想感情和眼光已经超越了狭隘的民族利益，而深刻地认识到这种战争对胡汉双方的人民都是一场灾难。这是对黩武战争反人道性质的深刻揭示。正是在这一点上，李颀的《古从军行》有着一般边塞诗罕见的人道主义思想光彩。

后段四句，是对这场战争黩武性质的集中揭示。汉武帝为了获得大宛良马，不惜牺牲千万士卒的生命，用"遮"断玉门的野蛮残酷手段，迫使将士为他的黩武战争卖命，充分显示了帝王膨胀的私欲可以发展为草菅人命的残忍行为。在这种情况下，广大士兵除了拼死前往作战，又能作出什么选择呢？"应将性命逐轻车"，这"应将"二字当中，正蕴含了强烈深沉的悲愤与无奈，是对黩武战争血泪俱下的控诉。这样的黩武战争，究竟给国家和人民带来了什么样的后果呢？"年年战骨埋荒外，空见蒲桃入汉家。"年年征战，千万士卒战骨埋于塞外荒远之地，换来的只不过是"蒲桃入汉家"而已。汉武帝使人取葡萄、苜蓿种子归，种于离宫之旁，本就有向外国使者炫耀武功之意，这里用"空见"二字点醒，寓慨很深。篇末点睛，黩武战争反人民、反人道的性质在"战骨埋荒外"与"蒲桃入汉家"的鲜明对照中得到了最深刻的揭示。

七言歌行体自初唐卢、骆的用赋体作铺叙渲染，变而至盛唐的概括凝练、骨格苍劲，艺术上有了明显的发展。李颀这首《古从军行》，表现的是时代的重大主题，但全篇仅十二句，境界广阔，情调苍凉沉郁。诗的音节声调与感情的起伏变化配合得非常好，显示出声与情的高度和谐。环境气氛的渲染非常出色，篇末的警策语更使全篇在高潮中收束，给读者留下深刻的印象和长久的思索。

送陈章甫[①]

四月南风大麦黄，枣花未落桐阴长。青山朝别暮还见，嘶马出门思旧乡。陈侯立身何坦荡[②]，虬须虎眉仍大颡[③]。腹中贮书一万卷，不肯低头在草莽[④]。东门酤酒饮我曹[⑤]，心轻万事皆鸿毛[⑥]。醉卧不知白日暮，有时空望孤云高。长河浪头连天黑，津口停舟渡不得[⑦]。郑国游人未及家[⑧]，洛阳行子空叹息[⑨]。闻道故林相识多[⑩]，罢官昨日今如何？

[校注]

①陈章甫，江陵（今属湖北）人。开元进士。后应制科登第，官太常博士。天宝十载（751）尚在世。《全唐文》卷三百七十三录其《与吏部孙员外书》。高适有《同观陈十六史兴碑》。陈十六即陈章甫。或引章甫《与吏部孙员外书》中"缘籍有误，蒙袂而归"之语，认为此诗大约就是送陈章甫落第还乡而作。但诗末明言"罢官昨日今如何"，则其非送陈落第而系送其罢官回乡甚明。又据《与吏部孙员外书》，章甫曾隐居嵩山二十余载。其《亳州纠曹厅壁记》末署天宝九载七月十日，知其时章甫尚在世。②陈侯，对陈章甫的尊称。古代称士大夫为"侯"，以示尊敬。《世说新语·言语》："尊侯明德君子，何以病疟？"杜甫《与李十二白寻范十隐居》："李侯有佳句，往往似阴铿。"坦荡，胸怀宽广、光明磊落。《论语·述而》："君子坦荡荡，小人长戚戚。"③虬须，卷曲的胡须。虎眉，大眉。仍，且。大颡（sǎng），宽脑门。④草莽，犹草野。句意谓陈章甫有奇才学识，不甘于埋没草野。⑤东门，指洛阳东门。酤，同"沽"，买。饮我曹，邀我们饮酒。⑥皆，《河岳英灵集》作"如"。⑦口，《河岳英灵集》作"吏"。⑧郑国游人，指陈章甫。此处与下句"洛阳行子"对文，可知"郑国"即指洛阳。盖洛阳春秋时属郑国。或谓陈章甫江陵人而久居于嵩山（春秋时属郑地），故云"郑国游人"，亦通。⑨洛阳行子，犹洛阳游子，诗人自指。李颀其时客游洛阳，故云。⑩故林，指陈章甫的故乡。

[鉴赏]

在盛唐诗人中，李颀是人物素描诗的高手。其《别梁锽》《赠张旭》《赠别高三十五》《送陈章甫》等诗，用生动传神的笔法描绘出盛唐时期一系列极富奇才伟采和浪漫不羁个性的人物，成为那一时代士人精神风貌的写照，也体现出诗歌中盛唐气象的一个重要方面。在这方面的成就，李颀在当时诗坛上堪称独步。

《送陈章甫》中所描绘的这位人物，据高适的《同观陈十六史兴碑并序》，也是"独步"当时的"才杰"。他曾"继《毛诗》而作《史兴碑》，远自周末，迄乎隋季，善恶不隐，盖《国风》之流"，逸思间发，体兼风骚。这首诗虽是送陈章甫罢官归乡之作，却丝毫没有感伤哀悯的气息，而是豪情壮采，流注笔端，不但写出陈章甫豪纵不羁、坦荡大度的个性，而且透露出诗人自己的神采性情。

开头两句，点送别时令。时值四月初夏，在暖热的南风熏吹下，大麦已趋黄熟，枣花尚未凋落，而桐叶的清阴却已变长了。唐诗多自然意象，送别诗起首尤多点染别时景物以渲染气氛。但这里所写的几种意象（大麦、枣花、桐树），却显得相当特别，具有一种朴素清新的村俗乡野气息，而与一般送别诗常见的意象（如柳枝、飞絮、落花）迥然有别。这是因为所送的这位人物并非一般的文人雅士、骚人墨客，而是一位充满豪纵不羁之气的"才杰"，用纤细的物象起兴，显然不适宜于特定的对象，而这种粗线条的笔触与带有村野色彩的景物跟所送对象之间倒能契合无间。

三、四两句，迅即接到送别。"青山"句是说一路上朝夕都有青山做伴，毫不寂寞，意致近似杜诗"青春作伴好还乡"。"嘶马"句兼绾己之送别与陈之思乡。而整个开头四句，笔意疏放，格调清新，色调明朗，节奏明快，为全诗定下乐观旷放的基调。

点出初夏送别之后，笔势顺此一转，落到所送对象上来。先以赞叹口吻言其立身之光明磊落，胸怀之宽广坦荡。次以素描笔法画出其雄豪伟岸相貌，只就须眉大颡略作点染，而豪放中带有粗犷之气的精神面貌如在目前，是极俭省经济而又生动传神的笔法。如此粗豪，或涉鄙俗不文。接下两句却陡作转笔，极赞其腹贮万卷，志向远大。将外在的粗豪与内在的儒雅奇妙地统一在一起，可称传神妙笔。"不肯低头在草莽"，是赞其怀奇才而抱奇志，却能将人物形象描绘得虎虎有生气。四句写人，运用粗线条笔法进行生动描绘，笔意跳脱自如，毫无拘滞板重之感。

"东门"四句，笔势再转，由赞美陈侯而转写东门送别，遥接篇首"嘶马出门"。但却不将笔黏在送别的具体场景上，而是由"酤酒饮我曹"的豪爽就势转出对其旷达心胸和孤高品格的描绘。"心轻万事皆鸿毛"虽赞其旷达，却自然包含了陈对罢官一事的态度。联系上文的"立身坦荡"和"不肯低头在草莽"，可以看出陈章甫虽志向远大，不甘埋没草野，但却把个人的功名利禄看得很淡。"醉卧不知白日暮，有时空望孤云高"，正是他鄙弃世俗、孤高自赏品格的写照。这两句写得既像是别宴即景，又像是泛写平日情事，笔意亦超妙洒脱。

"长河"四句，写日暮渡头风大浪急，津渡停舟，行者受阻，难以归家，送者空自叹息。前面说到"嘶马出门思旧乡"，此处又说"津口停舟渡不得"，陈章甫当是先骑马至洛阳东门河边宴别之地，然后乘舟渡河而归。"未及家"应前"思旧乡"，"空叹息"则透露诗人自己亦怀旧乡而归未得。两句兼绾行者与送者。

"闻道"二句，以问语作收，点明送别正意。陈侯立身坦荡，胸怀宽广，此去故乡，相识既多，心情自不寂寞，昨日罢官之事既已视如鸿毛，则今之归家，自当乐在其中。虽用问语，而答案自在其中。

比起诗人的另两篇人物素描诗《别梁锽》和《赠张旭》来，就对人物行为神态的描绘来说，后者可能更加形象生动，淋漓尽致，也更能见人物的个性；但就情景的渗透交融，笔意的洒脱自如，描绘的简洁传神，特别是成功地运用粗线条的笔法写人物的神采方面，这首《送陈章甫》当更胜一筹。

送魏万之京[①]

朝闻游子唱离歌[②]，昨夜微霜初渡河[③]。鸿雁不堪愁里听，云山况是客中过[④]。关城树色催寒近[⑤]，御苑砧声向晚多[⑥]。莫见长安行乐处，空令岁月易蹉跎。

[校注]

①魏万，又名炎，后改名颢。聊城（今属山东）人。曾隐于王屋山，自号王屋山人。慕李白之名，于天宝十二载（753），访白于梁园、东鲁，未遇。翌年始相见于广陵，与白同游。上元元年（760）登进士第。翌年编成《李翰林集》，并作序。生平事迹见李白《送王屋山人魏万还王屋序》。②离歌，又称骊歌，告别之歌。《汉书·儒林传·王式》："谓歌吹诸生曰：'歌《骊驹》。'"颜师古注："服虔曰：'逸《诗》篇名也，见《大戴记》。客欲去歌之。'文颖曰：'其辞云"骊驹在门，仆夫俱存；骊驹在路，仆夫整驾"也。'"也可如字解为伤别的歌曲。何逊《答丘长史诗》："宴年时未几，离歌倏成赋。"骆宾王《送王赞府上京参选赋得鹤》："离歌凄妙曲，别操绕繁弦。"③一、二两句倒叙。谓昨夜微霜初过黄河，今晨魏万告别而去。④三、四二句设想魏万怀着客愁，旅途中不堪愁听鸿雁鸣叫，无心观赏云山胜景的情形。⑤关城，指潼关城。温庭筠《过潼关》："十里晓鸡关树暗，一行寒雁陇云愁。"可证潼关城大路旁有成行树林。树，《全唐诗》校："一作曙。"⑥砧声，指捣衣声。向晚，傍晚。

[鉴赏]

李颀七律现存者仅七首，虽篇篇合律，标志着诗人对这一体制在音律方面规则的熟练掌握，但无论是思想内容还是艺术成就，真正出色的作品很少。明代选家及

李　颀

评家对李颀七律的推崇，不免过誉。这首《送魏万之京》是他七律中比较可读的一首。

首句点明清晨送别。"游子"指魏万，"唱离歌"，点伤别之情，起得平稳而清畅。次句却倒叙昨夜物候。"初渡河"的主语是"微霜"而非"游子"。中国的气候，自北而南，每越过一条大江大河，就有显著的变化。说"微霜初渡河"，是指秋天的初霜已经越过黄河，整个中原地区，已是一片深秋景色了。按时间顺序，应是"昨夜微霜初渡河"在前，"朝闻游子唱离歌"在后，现在这样倒过来写，不仅使原来显得有些平直的起联因此而添顿挫曲折的情致，而且"微霜初渡河"的造语也显得新颖生动，给人一种清新感。其写法类似"梅柳渡江春"，而出语似更自然，不见锤炼之迹。这句写季节物候，在全篇中的地位作用很重要，以下两联写景，末联抒情都与"微霜初渡河"的节候有密切关联。据末联，魏万此次赴京，当是参加来春进士试。唐代选举制度规定，每年十月，各地士子齐集长安。魏万深秋赴京，正是赶赴京师会集之时。

颔联紧承"微霜"的气候，设想魏万赴京途中不堪愁听鸿雁哀鸣，不堪愁对重叠云山的情景。深秋季节，北雁南飞。在古代诗赋中，鸿雁常是游子的象征。在孤子无伴的旅途中，听到鸿雁的哀鸣，不免触动游子孤寂的情怀，而感到难以禁受，故说"鸿雁不堪愁里听"。旅途上云山重叠，但均非自己家乡的云山，面对这重重叠叠的陌生山峦，不免更触动游子对故乡的思念。故说"云山况是客中过"。上句用"不堪"提起，下句用"况是"转进，虚字的开合照应，深一层地揭示了游子的孤寂情怀和思乡意绪。而诗人对魏万的深情体贴和关切，也隐现于字里行间。两句一意贯串，自然流走，摇曳生姿。

腹联紧扣题内"之京"，想象魏万入潼关、近京城的行程物色。关城，指潼关，系入京之门户。"树色催寒近"，造语生新而形象。深秋季节，木叶黄落，树色较之盛夏、初秋都有显著的变化。在诗人的感觉当中，似乎是这萧条黄落的树色催来了深秋的寒意，而不是深秋的寒意导致了树色的变化。这感受，似无理却极真切。较之"微霜初渡河"，造语上锤炼之迹似稍显露，但韵味更隽永。秋天是裁制寒衣、寄送远戍征人的季节。向晚入夜之时，砧杵捣衣之声远传。在旅途上能听到"御苑砧声"，说明长安已经在望。两句从"关城"到"御苑"，正显示了"之京"行程由门户至京城。说"御苑砧声"，是因为唐代宫廷中宫女也有制寒衣送征人的习俗，著名的开元宫人《袍中诗》就是明证。《本事诗》载："开元中，颁赐边军纩衣，制于宫中。有兵士于短袍中得诗曰：'沙场征戍客，寒苦若为眠。战袍经手作，知落阿谁边。蓄意多添线，含情更著绵。今生已过也，结取后生缘。'"可见"御苑砧声"之语并非虚下。这"砧声"，同样是牵引游子、征夫对亲人的思念之情的。总之，颔、腹两联所写景物，或诉之听觉，或诉之视觉，无一不是触发游子情思的外物。诗人结合着行程、季候来写这些景物的同时，也将游子的思乡念亲、孤寂凄伤情怀如剥茧抽丝般显露出来了。事（赴京的行程）、景（深秋的景色）、情（游子的情怀）在行云流水般的节奏和清亮悠扬的韵律中得到了和谐的统一。

前六句写节候物色，紧扣"微霜渡河"的季候特征，其间已隐隐透露出年光易逝之意蕴。尾联就势转出对魏万的劝勉，希望他不要因为在长安繁华之都耽于逸乐，而耽误了求取功名的正事，以致岁月蹉跎，志事无成。这劝勉似乎有些落套，却很有针对性。联系唐人传奇中许多应举士子沉溺于北里青楼之游的故事，可以看出这嘱咐中包含了对魏万的深挚关切。李颀开元二十三年（735）登进士第，而魏万迟至上元元年（760）始登第，从年龄上说，魏万应是李颀的后辈，因此诗末作此劝勉语，也符合李颀的年辈身份。

诗的节奏韵律清畅流利，虽写深秋物候景色和游子旅思乡情，但总的情调是温婉和平的，反映出壮盛时世中士人健康向上的心态。虽无豪语，却显得清新博大。

王昌龄

王昌龄（约698—756），字少伯，江宁人。一说京兆万年（今陕西西安）人。开元十五年（727）登进士第，授秘书省校书郎。二十二年，应博学宏辞试中选，改授汜水尉。二十七年，贬岭南，翌年北归，经襄阳，与孟浩然相聚。是年冬，出任江宁丞（一说江宁尉）。晚年贬龙标（今湖南洪江）尉。安史乱起，返乡里，途经亳州，为刺史闾丘晓所杀。昌龄工诗，绪密而思清，尤长七绝，时谓王江宁。有集五卷，已散佚。《全唐诗》编其诗为四卷。又著有《诗格》二卷。殷璠编《河岳英灵集》，收入昌龄诗十六首，居诸家之冠。今人李云逸有《王昌龄诗注》。

从军行七首（其二）①

琵琶起舞换新声②，总是关山旧别情③。撩乱边愁听不尽④，高高秋月照长城。

[校注]

①《从军行》，乐府旧题，属相和歌辞平调曲。原题共七首，本篇是第二首。②新声，新的乐曲。③旧，《全唐诗》校："一作离。"④撩乱，纷乱，杂乱。听，《全唐诗》校："一作弹。"

[鉴赏]

这首诗选取久戍边疆的将士日常生活的一个片断——秋夜奏琵琶而起舞的场景，集中抒写他们的思想感情，诗情抑扬有致，境界阔大苍凉，一结尤具神韵。

起句写军中奏乐起舞。琵琶是由西域传入的乐器，戍守西北边陲的将士在日常军营生活中常用它来消遣时光，排解寂寞。它和羌笛也就成了边塞诗中最常见的诗歌意象，是构成边塞诗浓郁的异域情调的重要元素。琵琶促柱繁弦，曲调繁复多变，节奏急骤迅疾，表情酣畅淋漓，在军营中，它常常与酒和舞联系在一起，所谓"葡萄美酒夜光杯，欲饮琵琶马上催"，就反映了军中宴乐的热烈欢快气氛。这里写"琵琶起舞换新声"，琵琶的急骤旋律，正伴着军中劲健奔放的舞蹈，更何况所奏者又是琵琶新曲调，则其情绪的昂扬、气氛的热烈、场景的热闹似乎可以想见。这句先极力一扬。

但出乎意料的是，次句诗意诗情却来了一个大转折——"总是关山旧别情"。尽管琵琶急奏，金甲起舞，新曲迭换，但"新声"中所奏出的却"总是""旧别情"。琵琶曲中当然也有表现征戍者思乡之情的曲调，但这里"总是"一语中所透露的却更多的是听者的主观感受。在久戍不归的将士耳中，这充满了异域情调的琵琶声本身，就足以引起自己思念家乡和家人的"别情"，所谓"异方之乐令人悲"，正是这种情况。这句的"旧"与上句的"新"构成鲜明而强烈的对照，再加上句首"总是"二字的重笔勾勒，诗意诗情便出现了相反方向的逆转，透露出久戍不归的将士那种强烈的苦闷和无奈，那种貌似欢快热闹的气氛中所感受到的单调、枯燥和悲凉。上句的扬加重了这句的抑的分量。上句是宾，下句是主，写宾正是为了更好地托主。

"撩乱边愁听不尽",按绝句通常的写法,第三句应该转出新意,但诗人却仍在第二句的基础上再加渲染。所谓"边愁",即戍边将士的愁绪,在这首诗里也就是第二句所说的"旧别情"。琵琶繁复多变的曲调、急骤迅疾的节奏,使本来就怀着别情愁绪的征人心绪更加纷乱,而这琵琶的曲调却仿佛永远也弹不尽,始终在征戍将士的耳边回响。写到这里,征人的"边愁"已经被推向顶端,末句似乎难以为继。诗人却又突作转折,撇开"琵琶起舞"的场景,推出一幅苍凉阔远的图景。

"高高秋月照长城",前面三句,无论是写军中奏乐和歌舞的场景,或是抒征人纷乱的边愁,都是写动态中的景和情,第四句却突转写静景。仿佛一刹那之间,一切都凝固不动了,只见高邈的天宇之上,挂着一轮明月,照临着古老苍黑、连绵逶迤的长城。乍一读,似感它与前三句有些脱节;细加体味,却感到这幅图景中有极为丰富的内涵。"可怜闺里月,长照汉家营",一轮明月,联结着边塞戍守的征人和远在内地的思妇。见团圆明月临关,不免更触动对家人的思念和伤离的意绪;而长城,又是防卫外敌入侵的凭借,祖国安全的屏障,"高高秋月照长城"的景象又会自然唤起戍边将士保卫国家的责任感和光荣使命感;而明月古今长在,长城亘古长存,这明月高照长城的景象还会使征人联想起更悠远的历史和更广阔的空间,联想起"秦时明月汉时关,万里长征人未还"的历史画面,从而在现实的责任感之外又融会了对祖国悠久历史和边塞战争的想象与感受。这一切,都在这阔远苍凉的画面中得到了集中的体现。正如罗宗强先生所说:"结句又衬以月照长城,边愁愈加深沉。但在深沉之中,又不伤感。'高高秋月照长城'的意象,给人以壮阔之感。边愁不尽,但情怀又非只有边愁,还有豪情。"

从军行七首(其四)

青海长云暗雪山①,**孤城遥望玉门关**②。**黄沙百战穿金甲,不破楼兰终不还**③!

[校注]

①青海,即青海湖,在今青海省西宁市西。唐代这一带是唐军与吐蕃经常交战的地方。雪山,指祁连山。绵延于今甘肃省西部和青海省东北部边境,长两千里。

又，新疆境内的天山，古称北祁连，非此诗所指。②孤城，指戍边将士驻守之地。玉门关，见王之涣《凉州词》"春风不度玉门关"句注。③楼兰，汉西域国名，王居扜泥城，遗址在今新疆若羌县境，罗布泊西，处于汉代通西域南道上。因居于汉与匈奴之间，常持两端，或杀汉使，阻通道。元凤四年（前77），汉遣傅介子斩其王安归，另立尉屠耆为王，更名鄯善。傅介子以立功封侯。事见《汉书·西域传上》及《傅介子传》。此以"楼兰"泛指犯边之敌国。终，黄本作"竟"。

[鉴赏]

唐代边塞诗的读者，往往因为诗中所涉及的地名古今杂举、空间悬隔而感到困惑。怀疑作者不谙地理，因而不求甚解者有之，曲为之解者亦有之。这首诗就有这种情形。

前两句提到三个具体地名。雪山，即河西走廊南面横亘延伸的祁连山脉。青海湖与玉门关，东西相距数千里，中间隔着祁连雪山，却在同一幅画面上出现。于是对这两句就有种种不同的解说。有的说，上句是向前极目，下句是回望故乡。这很奇怪。青海、雪山在前，玉关在后，则抒情主人公回望的故乡该在玉门关西的西域，那不是汉兵，倒成胡兵了。另一说，次句即"孤城玉门关遥望"之倒文，而遥望的对象则是"青海长云暗雪山"。这里存在两种误解：一是把"遥望"解为"遥看"，二是把对西北边陲地区的概括描写误解为抒情主人公望中所见。而前一种误解即因后一种误解而生。其实，一、二两句，不妨设想成次第展现的广阔地域的画面：青海湖上空，长云弥漫，湖的北面，横亘着绵延千里的隐隐雪山；越过雪山，是矗立在河西走廊荒漠中的一座孤城，再往西，就是和孤城遥遥相对的军事要塞——玉门关。这幅集中了东西数千里广阔地域的长卷，就是当时西北边塞戍边将士生活、战斗的典型环境。它是对整个西北边陲的一个鸟瞰，一个概括。为什么特别提及青海与玉门关呢？这跟当时边境上民族之间战争的态势有关。唐王朝西、北方的强敌，一是吐蕃，一是突厥。河西节度使的任务是隔断吐蕃与突厥的交通，一镇而兼顾西方、北方两个强敌，主要是防御吐蕃，守护河西走廊。"青海"一带，正是吐蕃与唐军多次作战的地区；而"玉门关"外，则在相当长的时间内，一直是突厥的势力范围。所以这两句不仅概括地描绘了整个西北边陲的景象，而且点出了"孤城"南拒吐蕃，西拒突厥的极其重要的地理形势。这两个方面的强敌，正是戍守"孤城"的将士心之所系，宜乎在画面上出现青海与玉关。与其说，这是将士望中所见，不如说这是将士脑海中浮现出来的画面。这两句在景物描绘中渗透了丰富复杂的感情。戍边将士对边防形势的关注,对自己所担负任务的责任感、自豪感,以及戍边生活的孤寂、艰苦之感,都融合在悲壮、开阔而又迷蒙暗淡的图景当中。

三、四两句由情景交融的环境描写转为直接抒情。"黄沙百战穿金甲",是概括力极强的诗句。戍边时间之漫长,战事之频繁,战斗之激烈,敌军之强悍,边地之荒凉,都于此七字中概括无遗。"百战"是比较抽象的,冠以"黄沙"二字,就突出了西北战场的特征,令人宛见"日暮云沙古战场"的景象;"百战"而至"穿金甲",更可见战斗之艰苦激烈,也可想见在这漫长的戍边过程中有一系列"白骨乱蓬蒿"式的壮烈牺牲。但是,金甲尽管磨穿,将士的报国壮志却并没有被消磨,而是在大漠风沙和艰苦战斗的磨炼中变得更加坚定。"不破楼兰终不还",就是身经百战的将士豪壮的誓言。上一句将战斗的艰苦,战事之频繁越写得充分,这一句便越显得铿锵有力,掷地有声。一、二两句,境界阔远,感情悲壮,含蕴丰富。三、四两句之间,显然有转折,二句形成鲜明对照。"黄沙"句尽管写出了战争的长期和艰苦,但整个形象给人的实际感受是雄壮有力,而非低沉伤感。因此,末句并非嗟叹归家无日,而是在深深意识到战争的艰苦、长期的基础上所发出的更加坚定、深沉的誓言。盛唐优秀边塞诗的一个重要思想特色,就是在抒写戍边将士豪情壮志的同时,并不回避战争的艰苦乃至牺牲,本篇就是一个显例。可以说,三、四两句这种不是空洞肤浅的抒情,正需要一、二两句那种含蕴丰富、大处落墨的环境描写。典型环境和人物感情的高度统一,是王昌龄绝句的一个突出优点。这在本篇中也得到了完美的体现。

从军行七首(其五)

大漠风尘日色昏,红旗半卷出辕门①。**前军夜战洮河北**②,**已报生擒吐谷浑**③。

[校注]

①辕门,领兵将帅的营门。《六韬·分合》:"大将设营而陈,立表辕门。"行军扎营时用车环卫。军营出入处的两车车辕相向竖起,故称辕门。②洮河,又称洮水,源出今青海境内之西倾山,系黄河上游支流。③吐谷浑(Tǔ yù hún),古鲜卑族的一支。本居辽东,西晋时在首领吐谷浑的带领下西迁至甘肃、青海间,至其孙

叶延时，始号其国为吐谷浑，据有洮河西南一带地区。唐初经常侵扰边境，后为李靖所败，国王伏允自杀。其子被国人立为可汗，称臣内附。其后为吐蕃所并，此泛指西部犯边的敌酋。

[鉴赏]

绝句篇幅短小，很难对声势浩大、艰苦激烈的战斗场景和战争过程作正面的铺叙渲染。这首写战争行动的七绝，其高妙之处主要表现在通过巧妙的构思，力避绝句之短，发挥绝句之长，将一场战争写得既极具威武雄壮的气势，又留下丰富想象的余地。而它艺术构思的高妙，又主要体现在选取了一个极富包孕的片断加以集中表现。这个典型的片断便是大军出师瞬间所发生的情景。

起句大笔濡染战斗环境之艰苦恶劣。西北边塞，平沙万里，浩浩无垠，风暴起处，黄尘滚滚，直上云霄，遮天蔽日，一片浑黄。"日色昏"正显示了"大漠风尘"的威力。或谓"日色昏"指日已暮，恐非。一则大部队出征，一般都在平明。岑参《轮台歌送封大夫出师西征》"上将拥旄西出征，平明吹笛大军行"可证。二则下文说到"前军夜战洮河北"的捷报传来，如果是第二天傍晚大军才出发，则前锋部队与后续大军出发的时间间隔太长。当是大军早晨出师闻前军夜战告捷方合情理，诗的情节才显得更加紧凑。

次句接写主将率大军出征。由于篇幅有限，这里对具体的出征场景，行军过程概不作正面描写，只紧承首句的"大漠风尘"拈取了一个细节进行特写："红旗半卷出辕门。"红旗半卷，正突现出风势之迅猛劲厉，同时也透露出这支大军正以风驰电掣之势冲出辕门，是一种急行军的态势，与上引岑参诗句"平明吹笛大军行"的从容态势显然有别。这就暗示这支后续部队是紧急驰援前锋部队的，则前锋部队所担负的战斗任务之艰巨也可想而知。一个典型的细节总是能让读者联想到一系列与此密切相关的情事，方能富于蕴含，以少胜多。"红旗半卷出辕门"正是这样的细节。与上句"大漠风尘日色昏"相对照，又反衬出将士不畏艰苦恶劣的自然环境，不畏强敌的英雄气概和一往无前的精神。起得突兀，接得雄健，笔墨精练，气势雄浑。

按照一般的写法，下文似乎必写主将率领的这支部队如何与敌军交锋并取得胜利的场景。但使读者大出意料的是，诗人对此却不置一词，只似不经意地点出了那出辕门不久便传到的消息："前军夜战洮河北，已报生擒吐谷浑。"原来昨晚前锋部队在洮河以北和敌军经过激烈的战斗，已经活捉了敌人的首领。诗写到这里，戛然而止。后军将士得知这个消息后的意外惊喜，欢声雷动，以及胜利回营，奏凯报捷，庆祝胜利的情景统统留到了幕后，但读者却能从这前军报捷的情节中想象到一切。而整个部队的英勇善战，主将的用兵有方，前锋的行动迅猛，也尽在不言之中。这种写法，称得上是真正的笔未到而气已吞，师未到而功已奏。全篇没有一个字正面写战斗，没有任何血淋淋的战争场景，却能使读者从早晨大军出征，闻前军已报捷这样一个瞬间，联想到战争的全过程，想象出这支部队将士的精神风貌和一往无前、所向无敌的气势，确实称得上是充分发挥了绝句的优长，而避免了它之所短，做到了以一当十，以少胜多。

出塞二首（其一）①

秦时明月汉时关②，万里长征人未还。但使龙城飞将在③，不教胡马度阴山④。

[校注]

① 《出塞》，乐府旧题，属横吹曲辞汉横吹曲。郭茂倩《乐府诗集》卷二十一《出塞》解题曰："《晋书·乐志》曰：'《出塞》《入塞》曲，李延年造'……按《西京杂记》曰：'戚夫人善歌《出塞》《入塞》《望归》之曲。'则高帝时已有之，疑不起于延年也。唐又有《塞上》《塞下》曲，盖出于此。"王昌龄《出塞》原题二首，此为第一首。第二首"骝马新跨白玉鞍"，或谓系李白诗。《乐府诗集》所载王昌龄《出塞二首》，第二首为"白花垣上望京师"。② "秦""汉"系互文，全句意即秦汉时之明月秦汉时之关隘。③ 龙城飞将，王安石《唐百家诗选》作"卢城飞将"。清阎若璩《潜邱札记》卷二谓："'卢'是也。李广为右北平太守，匈奴号曰飞将军，避不敢入塞。右北平，唐为北平郡，又名平州，治卢龙县。《唐书》有卢龙府，有卢龙军。若'龙城'，见《汉书·匈奴传》：'五月大会龙城，祭其先天地鬼神。'……'龙城'明明属匈奴中，岂得冠于'飞将'上哉！"按："龙城"为匈奴大会祭天之所，不能因此得出不可将"龙城"冠于"飞将"之上的结论。"龙城飞将"者，直捣龙城之飞将。沈佺期《杂诗》："谁能将旗鼓，一为取龙城。"可证"龙城"为侵掠内地之胡人首府之代称。"飞将"固用飞将军李广之典，然李广无取龙城之事，"龙城"实用卫青之典。《汉书·卫青霍去病列传》："青为太中大夫。元光六年，拜为车骑将军，击匈奴，出上谷。公孙贺为轻车将军，出云中。

太中大夫公孙敖为骑将军,出代郡。卫尉李广为骁骑将军,出雁门。军各为骑。青至茏城(师古注:'茏',读与'龙'同),斩首虏数百骑。"故"龙城飞将"系兼用卫青与李广二典,指像卫青、李广那样的良将。《才调集》《文苑英华》《乐府诗集》《唐人万首绝句》均作"龙城"。④教(jiāo),使、让。阴山,即今横亘于内蒙古自治区南境,东北接连内兴安岭的阴山山脉,是防止北方外敌的天然屏障。古代北方游牧民族入侵内地,先要越过阴山。汉代,匈奴常越阴山而南侵。

[鉴赏]

《出塞》是汉乐府横吹曲旧题,它和《入塞》《塞上曲》《塞下曲》等,常被唐代诗人用作吟咏边塞征戍生活的题目。这类用乐府旧题写的边塞诗,内容往往带有较大的综合性、概括性,诗中涉及的地域,也多包括我国西北、北方和东北沿边广大地区。不妨说,它们实际上就是北方边塞的征戍者之歌。

抵御阴山以北强悍的游牧民族对内地的侵掠,是中国历史上中原各王朝一直关注的重大问题。王昌龄这首《出塞》,通过对秦、汉以来近千年间边防形势的回顾与沉思,从宏观上概括了历史的经验教训,唱出了一曲雄浑阔远的爱国军歌。

这首诗被明代诗评家誉为唐人七绝压卷之作,除了思想内容的丰厚、深刻以外,与其工于发端有很大关系。起句兼有气势雄奇和意境阔远的特点。秦月汉关,互文见义,举秦则包汉,举汉则兼秦,意即秦汉时的明月和关塞。一经错举成文,铸成诗的语言,便具奇警遒劲的风格。明月今古长存,本无所谓秦、汉、隋、唐之分,以月属秦,似乎不合逻辑,但它却是完全符合形象思维规律的。浮现在诗人脑海中的并不是秦月、汉关的抽象概念,而是月临关塞的鲜明图景和由此引发的悠远的历史想象。中天一轮明月,朦胧月色映照下逶迤起伏的崇山峻岭,绵亘伸展的长城,苍茫雄伟的关塞,这景象既雄壮阔大,又带有一些荒凉寂寥的情调。古老苍黑的关塞,经历了多少历史的风雨而至今巍然屹立,自然会引起对逝去的遥远历史年代的回忆;古今长存的明月,更是联系今古、跨越阔远空间的桥梁。边地雄关,是阻挡胡马南侵的屏障,是戍边将士保卫国家安宁的坚定意志的象征,同时它又是历史的见证。在凝聚了阔远时空的"月""关"之上冠以"秦""汉",悠远的历史想象便有了鲜明的指向,令人自然联想起秦代"筑长城而守藩篱,却匈奴七百余里,胡人不敢南下而牧马"的情景,和汉代卫青、霍去病、李广等名将屡败匈奴的伟绩。因此,这一句写月、写关,不是一般地描绘景物,渲染气氛,而是通过秦月、汉关的诗意联想,思接千载,展现出浑涵今古的悠远苍茫境界,其中蕴含了丰厚的历史内容,也蕴含了民族的自信心与自豪感。

如果说首句是由眼前的明月临关遥溯秦汉,由今及古;那么次句则是由古及今,揭示出千年来边地战事的长期延续。在诗人脑海中浮现的是另一幅图景:一队队荷戈披甲的士兵,带着长途跋涉的风尘,越过苍茫的关塞,不断开赴塞外荒漠中的战场,但却只见北去的队伍,不见胜利南返的大军。在"万里长征人未还"这个同样概括了阔远时空的诗句中,既透露了征途的漫长艰险,战争的旷日持久,也暗含了"纷纷几万人,去者无全生"(王昌龄《塞下曲》)的惨痛事实。

首句音情激越,高唱入云,这一句却寓慨深沉,启人深思。抑扬顿挫的对照中自然蕴含着一个尖锐的问题:为什么同是统一的强盛的封建国家,在秦汉,是"胡人不敢南下而牧马",而现时,却是"万里长征人未还"呢?三、四两句,便是诗人在总结千余年历史的经验教训、进行深刻历史沉思基础上得出的结论。用"但使""不教"这样的假设句式,正面的经验、反面的教训以及已然、未然之事均概括无遗。这答案似乎简单明了,却又蕴含深广。能否任用良将,向来与政治是否清明相联系,呼唤良将也就往往与向往开明政治有关。广大爱国将士的愿望是"不教胡马度阴山"而非穷兵黩武,侵凌别的民族。这里所透露的正是一个热爱祖国而又渴望和平的伟大民族的雄阔胸怀。

三、四两句纯用议论,有的诗评家因而认为这首诗"发端句虽奇,而后劲尚属中驷"。这种看法未必妥当。诗的前幅境界阔远雄浑,富于含蕴,后幅则单刀直入,明快有力,正体现了含蕴与明快的统一。三、四两句的议论本身也带有诗的形象和充沛的感情,加以音韵铿锵朗爽,读来只觉与前幅铢两相称,浑然一体,构成雄浑悲壮的艺术风格,丝毫没有头重之感,偏枯之弊。

绝句篇幅短小,难以表现重大的历史现实题材和丰富复杂的思想内容,此诗用高度的艺术概括手法创造出阔远的时空境界,提出自古迄今长期存在的重大边防问题以及诗人对这一问题的深沉思考,称得上是突破绝句天然局限的成功范例。它之所以被誉为"神品",列为唐代绝句压卷之作,看来不为无因。

采莲曲二首(其二)①

荷叶罗裙一色裁,芙蓉向脸两边开②。乱入池中看不见③,闻歌始觉有人来。

[校注]

①《采莲曲》，乐府旧题，属清商曲。郭茂倩《乐府诗集》卷五十《江南弄》解题引《古今乐录》曰："梁天监十一年冬，武帝改西曲，制《江南上云乐》十四曲，《江南弄》七曲：一曰《江南弄》，二曰《龙笛曲》，三曰《采莲曲》，四曰《凤笛曲》，五曰《采菱曲》，六曰《游女曲》，七曰《朝云曲》。"按：汉乐府有《江南》，词云："江南可采莲，荷叶何田田，鱼戏莲叶间。鱼戏莲叶东，鱼戏莲叶西。鱼戏莲叶南，鱼戏莲叶北。"后世之《采莲曲》，内容实多本于此。原题二首，此为第二首。②芙蓉，指荷花。③乱入，杂入。

[鉴赏]

汉乐府相和歌辞的《江南》用朴素清新的语言描绘了江南水乡的自然风光和采莲青年男女富于诗意的劳动和爱情。后世的《采莲曲》《采莲赋》等，大都溯源于此。但南朝贵族文人染指这一题材后，也给它带来了一些靡艳的成分。王昌龄这首《采莲曲》，却既保持了民歌的清新活泼、明朗健康的本色，又显示出文人诗构思新颖、描写细腻的特点。

如果把这首诗看作一幅"采莲图"，画面的中心自然是采莲少女们。但诗人却始终不让她们在这幅活动的画面上明显地出现，而是让她们夹杂在田田荷叶、艳艳荷花之中，若隐若现，若有若无，使采莲少女与美丽的大自然融为一体，使全诗别具一种动人遐想的优美意境。这样的艺术构思，是独具匠心的。

一开头就巧妙地把采莲少女和周围的自然环境组成一个和谐统一的整体——"荷叶罗裙一色裁"。说女子的罗裙绿得像荷叶一样，不过是个普通的比喻。而这里写的是采莲少女，置身莲池，说荷叶与罗裙一色，那便是"本地风光"，是"赋"而不是"比"，显得生动而富于情致，兼有素朴和美艳的风姿，"裁"字也用得巧妙而富诗情。屈原《离骚》："制芰荷以为衣兮。"诗人可能从这里得到启发，因采莲少女的罗裙与荷叶一色而生出奇幻的想象：那碧绿的罗裙也许竟是由这田田荷叶所裁成的吧？甚至采莲少女好像顺手从田田荷叶中裁取一袭，披在身上，就成了美丽的裳衣。次句"芙蓉"即荷花，说少女的面庞红润艳丽如同出水的荷花，这样的比喻也不算新鲜。但"芙蓉向脸两边开"却又不单是比喻，而是描绘出一幅美丽的图景：采莲少女的脸庞正掩映在盛开的荷花中间，看上去好像鲜艳的荷花正朝着少女的脸庞两边开放。把这两句联为一体，读者仿佛看到，在那一片绿荷红莲丛中，采莲少女的绿罗裙已经融入田田荷叶之中，几乎分不清孰为荷叶，孰为罗裙；而少女的脸庞则与鲜艳的荷花相互照映，人花难辨。让人感到，这些采莲女子简直就是美丽大自然的一部分，或者说竟是荷花的精灵。这描写既具有真切的生活实感，又带有浓郁的童话色彩。

第三句"乱入池中看不见"，紧承前两句而来。乱入，即杂入、混入之意。荷叶罗裙、芙蓉人面，本就恍若一体，难以分辨，只有在定睛细察时才勉强可辨；所以稍一错神，采莲少女又与绿荷红莲浑然为一，忽然不见踪影了。这一句所写的正是伫立凝望者在刹那间所产生的人花莫辨、是耶非耶的感觉，一种变幻莫测的惊奇与怅惘。这是通常所说的"看花了眼"时常有的情形。然而，正当望而不见，踟蹰怅惘之际，莲塘中歌声四起，忽又恍然大悟，"看不见"的采莲女子仍在这田田荷叶、艳艳荷花之中。"始觉有人来"要和"闻歌"联在一起体味。本已"不见"，忽而"闻歌"，方知"有人"；但人却又仍然掩映于荷叶荷花之中，故虽"闻歌"，却不见她们的身姿面影。这真是所谓"菱歌唱不彻，知在此塘中"（崔国辅《小长干曲》）了。这一描写，更增加了画面的生动意趣和诗境的含蕴。令人宛见十亩莲塘荷花盛开、菱歌四起的情景，和观望者闻歌神驰、伫立凝望的情状。而采莲少女们充满青春活力的欢乐情绪也洋溢在这闻歌而不见人的荷塘之中。

直到最后，作者仍不让画的主角明显出现在画面上。那目的，除了把她们作为美丽大自然的化身以外，还因为这样描写，才能留下悠然不尽的情味。

长信秋词五首（其三）①

奉帚平明金殿开②，**且将团扇暂裴回**③。**玉颜不及寒鸦色，犹带昭阳日影来**④。

[校注]

①《乐府诗集》卷四十三相和歌辞楚调曲收《班婕妤》《婕妤怨》《长信怨》等作，均借汉班婕妤失宠事咏宫妃怨思。郭茂倩于晋陆机《班婕妤》题下云："一曰《婕妤怨》。《汉书》曰：'孝成班婕妤，初入宫为少使，俄而大幸，为婕妤……其后赵飞燕姊弟，亦从微贱兴，班婕妤失宠，稀复进见。赵氏姊弟骄妒，婕妤恐久见危，求供养太后长信宫，帝许焉。'《乐府解题》曰：'《婕妤怨》者，为汉成帝

班婕妤作也。婕妤,徐令彪之姑,况之女。美而能文。初为帝所宠爱。后幸赵飞燕姊弟,冠于后宫。婕妤自知见薄,乃退居东宫,作赋及纨扇诗以自伤悼。后人伤之而为赋《婕妤怨》也。'"长信,汉宫名,太后所居。《三辅黄图》卷三:"长信宫,汉太后常居之……后宫在西,秋之象也。秋主信,故宫殿皆以长信、长秋为名。"班婕妤失宠于成帝后,曾居长信宫侍奉太后。王昌龄《长信秋词》共五首,本篇系第三首。②奉帚,捧持扫帚。《汉书·外戚传》载班婕妤失宠后居长信宫,作赋自伤,有句云:"共洒扫于帷幄兮,永终死以为期。"金,《河岳英灵集》《才调集》作"秋"。③《河岳英灵集》《乐府诗集》此句均作"暂将团扇共徘徊"。将,持。团扇,班婕妤失宠后,作《怨诗》(一作《怨歌行》)曰:"新裂齐纨素,鲜洁如霜雪。裁为合欢扇,团团似明月。出入君怀袖,动摇微风发。常恐秋节至,凉飙夺炎热。弃置箧笥中,恩情中道绝。""团扇"弃捐,象征宫嫔失宠的命运。④玉颜,美好的容颜,失宠宫嫔自指。昭阳,汉宫殿名。《三辅黄图》卷二引《庙记》:"未央宫有增城、昭阳殿。"汉武帝时,分后宫为八区,昭阳殿位列第一。此殿为后妃居室。汉成帝皇后赵飞燕,贵倾后宫,居昭阳殿。或说赵皇后之妹,得成帝绝幸,为昭仪,居昭阳舍。班固《西都赋》:"昭阳特盛,隆乎孝成。"日影,太阳的辉光。长信殿在西,昭阳殿在东,故云寒鸦犹带日影。日影,此喻皇帝的恩辉。

[鉴赏]

《长信秋词五首》是王昌龄著名的宫怨组诗,本篇尤为历代诗评家所称赏。整组诗都是假托班婕妤寂处长信宫的幽怨苦闷,来表现失宠宫嫔的生活和心情,设置的季节背景则在秋天,故题为《长信秋词》。

首句写女主人公在清晨宫殿门刚开时,就手持扫帚,开始洒扫。梁代诗人吴均《行路难》说:"班姬失宠颜不开,奉帚供养长信台。"失宠宫嫔扫除宫殿,是她们变化了的身份地位的一种象征性标志,也是排遣长日寂寞无聊的一种手段。但这种排遣,本身就令人意绪索然,扫除既毕,不免陷入更深的空虚苦闷。因此接下一句"且将团扇暂裴回",就进而写她扫除后手持团扇,在寂寞苦闷地徘徊。"团扇"用班婕妤《怨歌行》诗意。这一句是一个富于包蕴的细节。它不仅暗示了女主人公秋扇弃捐的命运,而且透露出她内心复杂微妙的感情活动。时已寒秋,仍持团扇徘徊,是因团扇与自己的命运相似而不忍委弃?还是因团扇而触动对往日"出入君怀袖"时生活的追忆?抑或因宫中寂寞无聊,唯有象征自己命运的团扇可与做伴?诗人含而不宣,留给读者自己玩味。"且""暂"二字,把女主人公寂寞无聊的意绪进一步强调出来了。

就在女主人公手持团扇，在长信宫中寂寞地徘徊时，忽然抬头望见寒鸦从得宠者与君主居住的昭阳殿那边飞来，不禁想道：自己的处境与命运甚至还不如这丑陋、瑟缩的寒鸦，因为寒鸦还有幸飞过昭阳，沾带一缕朝阳的辉光，而自己则幽闭寂处，享受不到丝毫阳光的温暖。因此，她从心底发出深沉的喟叹："玉颜不及寒鸦色，犹带朝阳日影来。"

昭阳殿在长信宫之东，寒鸦从昭阳殿飞来，故身上沾带朝阳的光影。古代以日喻君，故"日影"自然关合君主的"恩辉"。这两句糅合了比喻、夸张、对照、双关等一系列艺术手法，表现了丰富的生活内容与感情内容。"玉颜不及寒鸦色"，本身就是一个出人意料的仿佛不伦的比喻。洁白红润的"玉颜"和乌黑丑陋的"寒鸦"本是相对立的两个极端，一般情况下根本不会将它们相提并论，而现在女主人公不但将自己的玉颜与寒鸦加以比较，而且自叹不及寒鸦之色，则玉颜命运之可悲，长信幽居生活之苦闷无聊可知，事情的反常可知，女主人公内心怨愤之深刻强烈也就不难想见。可以说，这个比喻的成功首先就在于它将通常情况下处于美丑两极的事物，通过极度的夸张，让它们在特殊情况下互易位置，构成出人意料的强烈对比。因而"玉颜不及寒鸦色"这种现象的极端不合理便给人以强烈的感情冲击，造成这一反常现象的原因，以及女主人公对此的感情反应也就不难想见。这里固然有对自己不幸命运的自怜自叹，有对幽居寂处生活的深刻幽怨，更有对君主恩光不及的不满与怨愤，对反常不公现象的强烈不平。评家大都强调此诗之"怨而不怒""优柔婉丽"，似乎只注意到这两句诗表达方式委婉含蓄的一面，而对它的感情内涵中强烈怨愤的一面则有所忽略。在抒情主人公的内心深处，蕴藏着这样的疑问：是什么原因使美丽的玉颜落到了连寒鸦都不如的命运？

这个比喻的成功，还因为它并不是搜索枯肠所得，而是因眼前景的触发自然联想的结果。因此，它虽然新奇，却又非常自然合理。它实际上是眼前景（赋）、联想（兴）、比喻（比）的自然融合。朱庭珍说"十四字中兼有赋比兴之义"，王闿运说"想入牛角尖，却是面前语"，都揭示出其"入妙"的奥秘。

一般的宫怨诗多将背景设置在夜间。王昌龄这组诗的其他各首，以及《春宫曲》《西宫春怨》《西宫秋怨》等都是如此。这是因为夜间的一系列物象（诸如宫漏、砧声、月色、霜露、熏炉、银灯等）往往最易触动寂寞之感，借助它们较易造成凄寂的氛围，以表现失宠者的幽怨。而白天则缺乏这种特有的氛围。这首诗突破宫怨诗比较固定的构思方式,将背景放在清晨,抓住人物的行动细节和她在特定情景下对外物的特殊感受,深刻而独特地表现了人物内心的怨愤。而金碧辉煌的宫殿和灰暗无聊的失宠宫嫔生活的对照,玉颜与寒鸦的对照,又强化了人物的情绪,使读者的感受更强烈了。

闺　怨①

闺中少妇不曾愁②,春日凝妆上翠楼③。忽见陌头杨柳色④,悔教夫婿觅封侯。

[校注]

①《闺怨》,乐府曲名。《乐府遗声》载宫苑十九曲中有《闺怨》。②曾,汲古阁本《又玄集》作"知"。③凝妆,犹盛妆。翠楼,犹青楼,涂饰青绿色漆的高楼。汉李尤《平乐观赋》:"大厦累而鳞次,承苕莀之翠楼。"梁江淹《山中楚辞》:"日华粲于芳阁,月金披于翠楼。"④陌头,路边。

[鉴赏]

王昌龄善于用七绝细腻含蓄地描写宫闱女子的心理状态及其微妙变化。这首《闺怨》和《长信秋词五首》等宫怨诗,都是素负盛誉之作。

题称"闺怨",一开头却说"闺中少妇不曾愁",似乎故意违反题面。其实,作者这样写,正是为了表现这位闺中少妇从"不曾愁"到"悔"的心理变化过程。丈夫从戎远征,离别经年,照说应该有愁。之所以"不曾愁",除了这位女主人公正当青春年少,还没有经历多少生活波折,尚未谙离别之苦,家境也比较优裕(从下句"凝妆上翠楼"可以看出)等原因之外,根本原因还在于那个时代的风气。唐代前期国力强盛,从戎远征,立功边塞,成为当时人们"觅封侯"的重要途径。"功名只向马上取,真是英雄一丈夫"(岑参《送李副使赴碛西官军》),成为当时许多人的生活理想和生活时尚。在这种时代风气影响下,"觅封侯"者和他的"闺中少妇"对这条生活道路是充满了浪漫主义幻想的。王昌龄的《青楼曲》(其二):"驰道杨花满御沟,红妆缦绾上青楼。金章紫绶千余骑,夫婿朝回初拜侯。"写一位少妇红妆上楼观看"夫婿朝回初拜侯"的烜赫景象,就明显流露出得意之情。从本篇末句"悔教"二字看,这位少妇当初甚至还可能对她的夫婿"觅

王昌龄

"封侯"的行动起过一点推波助澜的作用呢。一个对生活、对前途充满乐观展望的青春少妇，在一段时间内"不曾愁"是完全合乎情理的。

第一句点出"不曾愁"，第二句紧接着用春日登楼赏景的行动具体展示她的"不曾愁"。一个春天的早晨，她经过一番精心的打扮、着意的妆饰，登上了自家的高楼（翠楼即青楼，古代显贵之家楼房多用青漆涂饰，这里因平仄要求用"翠"，且与女主人公的身份，与时令季节相应）。春日而凝妆登楼，当然不是为了排遣愁闷（遣愁何必凝妆），而是为了观赏春色以自娱。这一句写少妇青春的欢乐，正是为下段青春的虚度、青春的怨旷蓄势。

第三句是全诗转关。陌头柳色是最常见的春色，登楼览眺自然会看到它，"忽见"二字下得似乎有些突兀。关键就在于这"陌头杨柳色"所引起的联想与感触，与少妇登楼前的心理状态大不相同。"忽见"是不经意地流目瞩望而适有所遇，而所遇者——普普通通的陌头杨柳竟勾起她许多未明确意识到过的感触与联想。"杨柳色"虽然在很多场合下可以作为"春色"的代称，但它所引起的联想却比抽象的"春色"要丰富得多。它可以联想到蒲柳易衰，青春易逝；联想起千里悬隔的夫婿和当年"绿杨陌上"的双方离别，感到满目春光，无人共赏。这一切，都促使她从内心深处冒出以前从未明确意识到过而此刻却变得非常强烈的念头——"悔教夫婿觅封侯"。这也就是题目所说的"闺怨"。

本来凝妆登楼，意在观赏春色，结果反惹起一腔幽怨、一腔悔恨。这变化发生得如此迅速而突然，仿佛难以理解。诗的好处正在这里：它生动地显示了少妇心理的迅速变化，却不说出变化的具体原因与具体过程，留下充分的想象余地让读者仔细寻味。

短篇小说往往截取生活中的一个横断面，加以集中描写，使读者从这个横断面中窥见全貌。绝句在这一点上有些类似短篇小说。这首诗正是抓住闺中少妇春日凝妆登楼，忽见陌头柳色的一刹那间心理发生的变化，作了集中的描写，使读者从偶然领悟到必然，从突变联想到渐进，从一刹那窥见全过程。这就很有蕴蓄，耐人寻味。

芙蓉楼送辛渐二首① （其一）

寒雨连江夜入吴②，平明送客楚山孤③。洛阳亲友如相问，一片冰心在玉壶④。

[校注]

①芙蓉楼，在唐润州（治所在今江苏镇江）。晋王恭为润州刺史，改建城楼，其西南楼名万岁楼，西北楼名芙蓉楼。《文苑英华》载另一首（"丹阳城南秋海阴"），题作《芙蓉楼送辛渐长》。此诗原共二首，此为第一首。②《全唐诗》此句作"寒雨连天夜入湖"。此据《唐诗品汇》及黄本改。③润州春秋战国时为吴地，后入于楚。此句的"楚"与上句的"吴"互文同指，均指润州。④鲍照《代白头吟》："直如青丝绳，清如玉壶冰。"姚崇《冰壶诫》："夫洞澈无瑕，澄定见底，当官明白者，有类是乎？故内怀冰清，外涵玉润，此君子冰壶之德也。"

[鉴赏]

写这首诗的时候，王昌龄正在江宁丞任上。辛渐是王昌龄的朋友，这次由润州渡江，取道扬州，沿运河北上洛阳。大概王昌龄先是陪辛渐从江宁到润州，然后在润州芙蓉楼送别。送别的时间，是一个寒雨初过的秋天的清晨。（第二首说："丹阳城南秋海阴，丹阳城北楚云深。高楼送客不能醉，寂寂寒江明月心。"从时间上看，第二首应在前，当是头天晚上已在芙蓉楼饯别，第二天一早又在此握别。）

第一句先从昨夜的寒雨着笔。"入吴"者并不是诗人和辛渐，因为从第二首看，昨夜已在芙蓉楼饯别（饯别时尚有"明月"，但前两句说"秋海阴""楚云深"，已有欲雨朕兆，则雨可能是宴饯后才下的）。"寒雨"才是"入吴"的主语。谢朓《观朝雨》诗说："朔风吹飞雨，萧条江上来。"这一句描绘的景象与谢诗类似。"连""入"，都是着意刻画雨的动态，以渲染一种特有的情调与气氛。萧瑟的江风，吹送着带有深秋寒意的雨丝，自西向东，迤逦而来，顷刻间整个江面便笼罩在一片雨幕之中，整个吴地也似乎沉浸在这潇潇寒雨中了。这雨，使两个即将离别的朋友更增添了凄寒孤寂之感。昨天夜深，卧听连江风雨之声，恐怕彼此都很难入睡呢。

"平明送客楚山孤。"一夜连江寒雨，已经酿足了别情。清晨，寒雨已停，天色初晴，彼此又在芙蓉楼上殷殷话别。遥望去路，但见楚山孤峙，朋友就要绕过楚山，向更远的洛阳驶去。"孤"是雨后景色的特征。在楚云深深、烟雨迷蒙中，楚山轮廓是若隐若现、模糊不清的。而雨后天晴，空气澄澈，山如洗出，这才显出它的孤峙突兀。这虽是送别时遥望去路所见，但却景中含情。知己的朋友就要远去，眼前又少了一个能够倾诉情怀的人，一种难以名状的孤寂感浮上心头，那矗立在远处平野上的一座孤山，正像是诗人情怀的一种外化，诗人处境的一种象征。情写境偕，写来浑然一片，不露痕迹。

这里需要交代一下诗人的身世遭遇。王昌龄开元十五年（727）登进士第，授秘书省校书郎。二十二年，应博学宏辞科试中选，改授汜水尉。二十七年贬岭南，翌年北归，出为江宁丞。登第十多年后，仍沉沦下僚。这次送别友人，正处于这种境遇中，诗人的情怀自不能不渗透在诗中。开头几句，尽管没有一语正面涉及自己曾历的贬谪遭遇和不得志情怀，但从寒雨连江、楚山孤峙的景物描写中，已经透露出诗人凄寒孤寂的心境。但这首诗抒情的重点却是在三、四两句："洛阳亲友如相问，一片冰心在玉壶。"王昌龄在任汜水尉期间结识了洛阳一带不少朋友，如刘晏、李颀、綦毋潜等人，"洛阳亲友"指此。"玉壶冰"是古代相传的成语，在不同的场合有不同的比喻含义，但它的基本比喻意义则是指品格的高洁。前人或以为王昌龄是借此表明"心如冰冷，日就清虚，不复为宦情所牵"（《唐诗解》）。王昌龄不是恋栈的达官显宦，没有必要向亲友表白自己不牵于宦情。对于一位有才能有抱负的士人，丞尉一类下僚对他可能是一种屈辱，但长期屈居下僚决不是由于他牵于宦情而舍不得丢掉微禄，而是由于上层统治集团的打击迫害。把"冰心玉壶"之喻理解为不牵于宦情，那是后世一些把丞尉之类的微官也看得很重的文人心目中的清高。诗人的本意决不在此。这就需要追溯到开元二十七年贬岭南的事。这次外贬，具体原因已难考察，但从他的《见谴至伊水》"得罪由己招，本性易然诺"之句来看，可能是由于诗人轻于然诺，不拘细行而遭人毁谤所致。从常建在他再贬岭南时作的《鄂渚招王昌龄张偾》及昌龄自己的《为张偾赠阎使臣》也可看出，他的再贬是由于"谗口疾"的缘故。结合殷璠在《河岳英灵集》中对王昌龄的评论"不矜细行，谤议沸腾，再历遐荒"等语，可以推知其初贬和再贬都可能是由于在人品上遭到毁谤的缘故。"一片冰心在玉壶"之语必须结合这种遭遇，才能真正理解。细细体味，就不难发现，三、四两句并不单纯是自我表白，而是同时表露出对自己高洁品行的高度自信。它好像是对关心自己的亲友们表示：尽管对我毁议纷纷，交相攻讦，然而我在任何时候，都是表里澄澈、光明磊落的。这完全是一种蔑视"谤议"的口吻，一种我行我素，不为恶劣环境所屈的姿态。就这个意义上说，认为用这个比喻是"自夸"，也未尝不可。

"玉壶冰"这个古老的比喻，很多诗人都用过它。唐朝科举考试，甚至有用"清如玉壶冰"作试帖诗题目的。但把这个古老的比喻运用得如此形象、贴切、富于创造性的，却只有王昌龄。拿"清如玉壶冰"来说，它由玉之清、冰之洁的双重象喻突出了"清"的程度，是生动的比喻，不过它本身还构不成完整的形象；

"一片冰心在玉壶"却不同，它简直就是一个表里如一、晶莹澄澈、通体透明的高洁狷介之士的化身。将"玉壶冰"的"冰"想象成"一片冰心"，人的形象就突现出来了。文学作品的陈言务去，并不是不要借用古语，刻意避熟求生；赋予陈言以新的形象、意境，新的表达方式，这也是一种创新。三、四两句在前两句景中寓情的含蓄基础上，出以明快之笔，也使全诗兼有含蓄明快之美。

绝句是不易体现诗人个性的体裁。它太短小，又与乐府关系密切，而乐府是常以表现普遍的思想感情为特色的。而王昌龄的绝句却往往能突出诗人坚强、乐观、高洁的性格，这是诗人艺术上高度成熟的一种标志。

高适

高适（700—765），字达夫，郡望渤海蓨县（今河北景县）。父崇文，曾任韶州长史，适幼年时随父客居岭南。少落拓，不拘小节，家贫。年二十西游长安，无成而归。客于梁、宋。开元十九年（731）秋，北游燕、赵，登蓟门。翌年信安王李祎讨奚、契丹，适献诗欲求入幕未果。归宋州。二十三年，至长安应制举未中第，复归宋。天宝四载（745），与李白、杜甫同游汴、宋，后又同游齐、鲁。八载，因睢阳太守张九皋之荐举有道科中第，授封丘尉。十载冬送兵至清夷军，次年春回封丘，辞官。十一载秋赴长安。十二载被陇右节度使哥舒翰表为掌书记。安史乱起，拜左拾遗，转监察御史，佐哥舒翰守潼关。后随玄宗入蜀。擢谏议大夫，拜淮南节度使，防永王璘谋反。乾元元年（758）遭宦官李辅国之谮，授太子少詹事。二年，出为彭州刺史，转蜀州刺史。宝应元年（762）任成都尹、剑南节度使。广德二年（764）召还长安，任刑部侍郎，转散骑常侍。封渤海县侯。永泰元年（765）卒。有集二十卷。现传《高常侍集》十卷。《全唐诗》编其诗四卷。高适"喜言王霸大略，务功名，尚节义"（《旧唐书》本传），其诗"多胸臆语，兼有气骨"（殷璠《河岳英灵集》评语），以擅长边塞诗闻名。七言古诗成就最高，七律、七绝亦间有佳作。今人刘开扬有《高适诗集编年笺注》，孙钦善有《高适集校注》，周勋初有《高适年谱》。

燕歌行并序①

开元二十六年,客有从御史大夫张公出塞而还者②,作《燕歌行》以示适。感征戍之事③,因而和焉。

汉家烟尘在东北④,**汉将辞家破残贼**⑤。**男儿本自重横行**⑥,**天子非常赐颜色**⑦。**摐金伐鼓下榆关**⑧,**旌旆逶迤碣石间**⑨。**校尉羽书飞瀚海**⑩,**单于猎火照狼山**⑪。**山川萧条极边土**⑫,**胡骑凭陵杂风雨**⑬。**战士军前半死生,美人帐下犹歌舞**⑭。**大漠穷秋塞草腓**⑮,**孤城落日斗兵稀。身当恩遇恒轻敌**⑯,**力尽关山未解围。铁衣远戍辛勤久,玉箸应啼别离后**⑰。**少妇城南欲断肠**⑱,**征人蓟北空回首**⑲。**边庭飘飖那可度**⑳,**绝域苍茫更何有**㉑!**杀气三时作阵云**㉒,**寒声一夜传刁斗**㉓。**相看白刃血纷纷**㉔,**死节从来岂顾勋**㉕。**君不见沙场征战苦,至今犹忆李将军**㉖!

[校注]

①《燕歌行》,乐府古题,属相和歌平调曲。郭茂倩《乐府诗集》引《乐府广题》曰:"燕,地名也,言良人从役于燕,而为此曲。"又引《乐府解题》曰:"晋乐奏魏文帝'秋风''别日'二曲,言时序迁换,行役不归,妇人怨旷无诉也。"现存最早的《燕歌行》二首,为曹丕所作。其后魏明帝、陆机、谢灵运、谢惠连续有制作,内容均为思妇思念游子。从梁元帝开始,加入征戍方面的内容,萧子显、王褒、庾信之作均类此。高适之作,虽仍有征人思妇别离之情的抒写,但内容已转为以征戍之事为主。诗作于开元二十六年(738)。②御史大夫张公,指张守珪。《旧唐书·张守珪传》:"(开元)二十一年,转幽州长史,兼御史中丞、营州都督、河北节度副大使,俄又加河北采访处置使。先是,契丹及奚连年为边患,契丹衙官可突干骁勇有谋略,颇为夷人所伏。赵含章、薛楚玉等前后为幽州长史,竟不能拒。及守珪到官,频出击之,每战皆捷。契丹首领屈剌与可突干恐惧,遣使诈降。守珪察知其伪,遣管记右卫骑曹王悔诣其部落就谋之……会契丹别帅李过折与可突干争权不叶,悔潜诱之,夜斩屈剌及可突干,尽诛其党,率馀烬以降……二十三年春……廷拜守珪为辅国大将军、右羽林大将军、兼御史大夫……诏于幽州立碑以纪功赏。二十六年,守珪裨将赵堪、白真陀罗等假守珪之命,逼平卢军使乌知

义令率骑邀叛奚馀烬于湟水之北,将践其禾稼。知义初犹固辞,真陀罗又诈称诏命以迫之,知义不得已而行。及逢贼,初胜后败,守珪隐其败状而妄奏克获之切。事颇泄。上令谒者牛仙童往按之。守珪厚赂仙童,遂附会其事,但归罪于白真陀罗,逼令自缢而死。二十七年,仙童事露伏法,守珪以旧功减罪,左迁括州刺史。到官无几,疽发背而卒。"又据《通鉴·开元二十四年》载:"(二月)张守珪使平卢讨击使、左骁卫将军讨奚、契丹叛者,禄山恃勇轻进,为虏所败。"御史大夫,《高常侍集》各本作"元戎"。丛刊本《河岳英灵集》作"御史张公",《又玄集》《才调集》《文苑英华》等均作"御史大夫张公"。③感征戍之事,旧说多以为即指张守珪隐匿败状,妄奏克获之功事。实则诗人所感的征戍之事有更广泛的内容,系对前此数年北游燕赵期间所历边塞情事的集中概括。故详引《张守珪传》以证所指并非一端。④汉家,借指唐朝。唐人多借汉喻唐。烟尘,烽烟战尘,多指边境的寇警、外敌入侵。此指奚、契丹的侵扰。⑤残贼,对敌人的轻蔑称呼,犹"馀烬"。⑥横行,纵横驰骋,指在征战中所向无敌。《史记·季布栾布列传》:"上将军樊哙曰:'臣愿得十万众,横行匈奴中。'"⑦非常,不同寻常、特别。赐颜色,赏脸,赐以礼遇。《旧唐书·张守珪传》载:"(开元)二十三年春,守珪诣东都献捷,会籍田礼毕酺宴,便为守珪饮至之礼,上赋诗以褒美之。"所谓"非常赐颜色",当指皇帝对出征的将帅此类厚加礼遇之事。⑧㨗,撞击。金,指钲、铎一类金属乐器,行军时敲击,以壮军容军威。《唐六典》载军中"金之制有四:一曰錞,二曰镯,三曰铙,四曰铎"。《汉书·东方朔传》:"战阵之具,钲鼓之教。"下,犹"直指"。榆关,古关名,古称渝关,其地古有渝水。又称临渝关、临榆关。即今之山海关。今属河北秦皇岛市。⑨旌,杆头饰以五色羽毛的旗。旆,大旗。旌旆泛指军中旗帜。逶迤,曲折缭绕,连绵不断之状。碣石,山名。在今河北昌黎县北。碣石山余脉的柱状石亦称碣石,自汉末起已逐渐沉没于海中。此句碣石指山。⑩校尉,军职名。汉代建为常职,地位略次于将军。掌管少数民族地区事务之长官,亦有称校尉者。唐代为武散官之号。此句之"校尉"似指掌管少数民族地区事务之长官。羽书,即羽檄,插鸟羽以示紧急的军事文书。瀚海,指大沙漠。东起大兴安岭西麓,西至天山东麓。⑪单于,匈奴人称其君长。此处指入侵的东北少数民族首领。猎火,军事演习中点燃的火把。古代游牧民族作战前,往往举行大规模的校猎,实为军事演习,兼有示威意味。狼山,指狼居胥山,在今内蒙古自治区狼山县西北。此处与上句的瀚海均系泛指敌、我双方边境上的接壤地区。《汉书·霍去病传》:

"封狼居胥山，禅于姑衍，登临瀚海。"瀚海、狼山当本此。⑫极边土，极边远之地。⑬凭陵，横行、猖獗。《文选·王俭〈褚渊碑文〉》："嗣主荒怠于天位，强臣凭陵于荆楚。"张铣注："凭陵，勇暴貌也。"杜甫《病橘》诗："寇盗尚凭陵，当君减膳时。"杂风雨，风雨交加。形容敌军来势之凶猛。刘向《新序·善谋》："韩安国曰：'且匈奴者，轻疾悍亟之兵也，来若风雨，解若收电。'"游牧民族作战多用骑兵奔突驰骤，故用"凭陵杂风雨"形容。⑭半死生，半死半生，牺牲近半。帐，指汉军主帅营帐。⑮穷秋，深秋。腓（féi），病。此状枯萎衰黄。《又玄集》《才调集》《文苑英华》"腓"作"衰"。隋虞世基《陇头吟》："穷秋塞草腓，塞外胡尘飞。"⑯当，受。"身当恩遇"与前"天子非常赐颜色"呼应。恒，《高常侍集》各本作"常"。敦煌遗书诸卷及《又玄集》《才调集》《文苑英华》作"恒"，《河岳英灵集》作"常"。⑰玉箸，玉制的筷子，用以形容女子的两行珠泪。⑱城南，长安居民住宅区在城南，此处泛指思妇居处。沈佺期《古意呈乔补阙知之》："白狼河北音书断，丹凤城南秋夜长。"丹凤城南，即长安城南。⑲蓟北，泛指幽燕一带地区，即战士征戍之地。⑳边庭，边地。庭，《全唐诗》校："一作风。"按：《文苑英华》作"风"。飘飖，遥远貌。梁庾肩吾《经陈思王墓诗》："飘飖河朔远，飚飚飓风鸣。"度，越。㉑绝域，极远之地。苍茫，空阔旷远之状。更何，《河岳英灵集》作"何所"，《高常侍集》各本同。㉒杀气，杀伐之气。三时，指早、中、晚三时，即整个白天。阵云，战云。浓重厚积状似战阵的云气。象征战争之兆的云气。《史记·天官书》："阵云如立垣。"㉓刁斗，军中铜制炊具，白天用以煮饭，夜间击以巡更。㉔血，敦煌遗书斯2049、《高常侍集》明铜活字本作"雪"，《文苑英华》作"徒"。㉕死节，为保全忠于国家的气节而战死。㉖李将军，指飞将军李广。据《史记·李将军列传》："广居右北平，匈奴闻之，号曰汉之飞将军，避之，数岁不敢入右北平。"又载："广廉，得赏赐辄分其麾下，饮食与士共之。""广之将兵，乏绝之处，见水，士卒不尽饮，广不近水；士卒不尽食，广不尝食。宽缓不苛，士以此爱乐为用。""忆李将军"，当兼指其英勇善战与爱护士卒两方面。一说李将军指李牧，亦通。《史记·廉颇蔺相如列传》："李牧者，赵之北边良将也。常居代、雁门，备匈奴。以便宜置吏，市租皆输入莫府，为士卒费。日击数牛飨士，习骑射，谨烽火，多间谍，厚遇战士……大破杀匈奴十馀万骑。灭襜褴，破东胡，降林胡，单于奔走。其后十馀岁，匈奴不敢近赵边城。"是李牧亦以爱护士卒与破匈奴而闻名。但高适《塞上》云："惟昔李将军，按节临此都。总戎扫大漠，一战擒单于。"此李将军明显指李广（诗有"东出卢龙塞"之句，地在幽蓟，李将军自指为右北平太守者）。

[鉴赏]

　　《燕歌行》是唐代边塞诗的杰作，这一点已经为古今学者所公认。但对这首诗的理解，却存在不少误区。其中一种流行的观点，是认为它的主旨系讽刺张守珪不恤士卒，妄奏克捷之功，并指出当与潢水之败有关。诗序中既然明确提到"开元二十六年，客有从御史大夫张公出塞而还者"，这一年又正好有潢水之败这件事，因此，说这首诗的素材中包含了潢水之战，是可以的。但一定要说，诗的主旨就是讽刺张守珪的潢水之败，则不免拘泥。因为张守珪作为镇守东北边疆的最高长官，在任期间抵御契丹是有功的，潢水之败只是他任职期间一个局部的失误，而且直接责任者是他手下的部将赵堪、白真陀罗而非其本人。说他恃功骄纵，不恤士卒，于史无征。且高适有《宋中送族侄式颜时张大夫贬括州使人召式颜遂有此作》，是他的族侄高式颜赴时已贬任括州刺史的张守珪之召时的送行之作，诗中说："大夫东击胡，胡尘不敢起。胡人山下哭，胡马海边死……当时有勋业，末路遭谗毁。"热情赞颂张守珪抵御契丹的功绩，认为他被贬是遭谗毁所致。因此说《燕歌行》系专门讽刺张守珪，是缺乏根据的。同时，从诗序也可看出，诗人是因"客"将他所作的《燕歌行》给自己看，而"感征戍之事，因而和焉"。这说明，诗人是因客所作的《燕歌行》引发了他对更大范围的征戍之事的联想和认识，因而写了《燕歌行》来作和。实际上，从开元十九年（731）到二十一年，高适在长达三年的北游燕赵的过程中，对东北边塞的军事态势和存在的各种问题已经作了相当深入的考察和思考，并写出了一系列反映边塞问题的诗作，如《塞上》《蓟门五首》《赠别王十七管记》等。其中《蓟门五首》可以说在不少方面都为《燕歌行》的创作作了先期准备，诗云：

　　　　蓟门逢故老，独立思氤氲。一身既零丁，头鬓白纷纷。勋庸今已矣，不识霍将军。

　　　　汉家能用武，开拓穷异域。戍卒厌糟糠，降胡饱衣食。关河试一望，吾欲涕沾臆。

　　　　边城十一月，雨雪乱霏霏。元戎号令严，人马亦轻肥。羌胡无尽日，征战几时归？

　　　　幽州多骑射，结发重横行。一朝事将军，出入有声名。纷纷猎秋草，相向角弓鸣。

　　黯黯长城外，日没更烟尘。胡骑虽凭陵，汉兵不顾身。古树满空塞，黄云愁杀人！

其中，既有对战争的艰苦、长期的正面描写，也有对军中功赏不平、士卒生活艰困乃至统治者"开拓穷异域"等现象与问题的深刻揭示。《燕歌行》中所触及的一系列问题与矛盾，《蓟门五首》几乎都已涉及，有的连词句都非常相似。因此可以认为，《燕歌行》是高适在丰富深刻的边塞生活体验基础上，结合开元二十年幽州长史赵含章与契丹战于北山，二十一年幽州总管郭英杰都山之败，开元二十四年安禄山之败，开元二十六年的潢水之败等事件而作的更高的艺术概括。

　　这首诗大体上可以分为三段。第一段八句，写东北边境告急，将军奉命出征。起句以"汉家烟尘在东北"点明外族入侵，掀起战尘；接着写汉将辞家破敌，显出这是一场防卫性的正义战争。"男儿"二句，一句写将帅本就怀有横行敌境、扫荡敌寇的大志，一句写天子更给予超常的恩遇。句虽对偶，意则层递，显示出汉将此行务求歼敌的决心和勇气。"摐金"二句，写行军途中情景，用"摐金伐鼓""旌旆逶迤"来渲染壮盛的军容军威和将士旺盛的斗志，突出其堂堂正正的气势。"下榆关"的"下"字具有一往无前的气势，而"旌旆逶迤"则别具从容镇定的浩荡态势，二者对比鲜明地烘托出正义之师的威武与从容，给人以必胜的感受。"校尉"二句，则写敌酋的战火已高照狼山，前线飞檄告急，战争一触即发。整个这一段，起结都特意强调外族入侵，显示战争的防卫性。既渲染两军对垒的紧张局势，又显示唐军的壮盛军威。而"男儿"二句，又隐伏下文"轻敌""未解围"的结果。

　　第二段八句，写敌我双方激烈交战和唐军失利被围。"山川"二句，在充满萧条肃杀之气的广漠背景上突现胡骑如狂风骤雨席卷而来的猛烈进攻态势，与前段的"残贼"正形成鲜明对照，暗透唐军主帅对敌方力量的估计严重不足。正因为这样，才导致"战士军前半死生"的严重伤亡局面。但尤其令人痛心愤慨的，却是领兵的将领此时却正在营帐中歌舞作乐。这一极为鲜明的对比，不但揭示了军中苦乐的悬殊，而且斥责了将领的不谙前线局势，不顾士卒生命，感情深沉愤激，揭露深刻切直，称得上是古代边塞诗中揭露军中将卒对立最深刻的警句。"犹"字着意，寓有强烈的愤慨。"大漠"二句，写唐军失利，退守孤城。大漠深秋，塞草枯黄，孤城落日，斗兵已稀，勾画出一幅萧瑟衰败、日暮穷途的困守危城画面。气氛的渲染极为出色。而"身当恩遇恒轻敌,力尽关山未解围"二句,则总结性地道出了唐军失利的重要原因之一是将领身受皇帝恩遇,轻敌妄动,以致力困被围。"轻敌"应上"残贼""横行"。其中可以隐隐看出郭英杰与契丹大战于都山,英杰战死,兵士被围犹力战不已,直至全部牺牲,以及安禄山"恃勇轻敌,为敌所败"的影子。但又并非直叙其事,而是将它作为素材,融化到整体的艺术构思和艺术概括之中。整个这一段,写唐军之失利,原因有二,一是军中苦乐悬殊,将领生活腐化,不恤士卒;二是轻敌冒进,过低估计敌人的力量。

第三段十二句,写久戍不归的战士复杂的思想感情。前面两段,写出征、激战,虽也写到士兵,但重点是写将帅,这一段则专写士兵。"铁衣"四句,写被围后长期戍守的士兵思念家乡、妻子,而后方的思妇也因丈夫远戍不归而流泪断肠。表面上征人思妇两面夹写,实际上思妇的处境、感情乃是征人的想象,"应""欲"二字,透露出这是征人的遥揣。"边庭"四句,转写边地的荒寒遥远和森严的战争气氛,其中"边庭"句承上启下,转接自然而分明。"杀气"二句用工整的对仗渲染浓郁的战地氛围,极为出色,可与上段"孤城落日斗兵稀"句媲美。"相看"四句,直接抒写士兵为国献身,不计个人功赏的情怀和希望朝廷任用英勇善战、爱护士兵的统帅,免得作无谓牺牲的呼声。"相看白刃血纷纷"的惨烈,更突出了"死节从来岂顾勋"的崇高;而"君不见沙场征战苦,至今犹忆李将军"则画龙点睛式地总结了全诗,揭示了主旨,提出了解决矛盾的办法。

诗以"辞家破残贼"的报国行动开始,最后仍以为国献身的精神结束,中间展开了一系列错综复杂的矛盾,有胡汉之间的民族矛盾,有军中苦乐悬殊的对立,有人与自然的矛盾,也有士兵内心的复杂矛盾。这一切矛盾又相互交织,相互影响,展开了极为广阔的画面:从壮阔浩荡的行军场面,到敌我双方对垒的紧张局势;从沙场双方激战的惨烈场景到兵败被围的孤危局面;从少妇城南到征人蓟北,从沙场到营帐。以不长的篇幅描绘出了战争的全景。时间上也经历了从出征到激战到被围久戍的长期过程。在如此广远的时空背景和复杂矛盾中,诗人又分别从敌人的强悍、环境的艰苦、战斗的惨烈、将帅的腐败轻敌等各个方面层层渲染"沙场征战苦",反映出在民族矛盾和阶级矛盾复杂纠结的情况下艰苦卓绝的征战戍守生活,以及在这种情况下广大士兵的复杂思想感情,其内容之深广、思想之深刻、感情之深沉都远远超过了一般的边塞诗。尽管广大士兵的境遇极端艰苦,极端不平,但仍然表现了"死节从来岂顾勋"的爱国主义、英雄主义精神。《燕歌行》思想性之高，不仅由于它深刻地揭露了军中的阶级对立，更由于它在民族矛盾与阶级矛盾的复杂纠结中表现了广大士兵的爱国精神和不怕牺牲的献身精神。这种英雄气概就显得更为浑厚深沉。

总起来说，诗人在丰富、深刻的边塞生活体验基础上，对当时的"征戍之事"作了深入的思考和高度的典型化艺术概括。诗中通过慷慨出征、沙场激战、长期戍守等描写，广泛而深刻地反映了征戍生活的多方面矛盾，并在这个基础上抒发了广大战士崇高的爱国精神和英雄气概，也表达了他们对不恤士卒、享乐腐化、轻敌冒进的将帅的怨愤。它既有明显的现实主义特征，又具有鲜明的浪漫主义色彩。它的现实主义是一种深化了的现实主义，敢于面对矛盾，深刻地揭露矛盾；它的浪漫主义也不是单纯的报国豪气和浪漫理想，而是在面对复杂矛盾的基础上更为深厚、更为自觉的英雄主义。正是由于这些特点，高适的《燕歌行》既充分地体现了盛唐的时代精神，又以其特有的广阔性、深刻性、复杂性而超越于盛唐一般边塞诗之上。

这首诗的内容虽然丰富复杂，交织着多方面的矛盾，但却又能做到主次分明。具体地说，在反映民族矛盾和军中苦乐对立二者之中，以反映民族矛盾为主；在描写敌我双方中，以我方为主；在将帅与士卒二者之中，以抒写士卒的战斗生活、战斗环境和思想感情为主；在抒写士卒的爱国主义、英雄主义精神与他们对将帅的怨愤、对境遇的不平、对家人的思念、对和平生活的渴望当中，以抒写爱国主义、英雄主义精神为主。总之，是以表现我方广大战士崇高壮烈的爱国主义、英雄主义精神为主。抓住了这条中心线索，这就显得虽头绪纷繁却毫不芜杂，而是形成一个内容丰厚复杂而中心突出的艺术整体。

在环境气氛的渲染、对比的鲜明、语言的整饬、韵律的和谐等方面，这首诗也都相当出色。

人日寄杜二拾遗①

人日题诗寄草堂②，遥怜故人思故乡③。柳条弄色不忍见④，梅花满枝空断肠⑤。身在南蕃无所预⑥，心怀百忧复千虑。今年人日空相忆，明年人日知何处⑦？一卧东山三十春⑧，岂知书剑老风尘⑨。龙钟还忝二千石⑩，愧尔东西南北人⑪。

[校注]

①人日，农历正月初七。《太平御览》卷九百七十六引梁宗懔《荆楚岁时记》："正月七日为人日。以七种菜为羹。剪彩为人或镂金箔为人，以贴屏风，亦戴之头鬓。又造华胜以相遗，登高赋诗。"《事物纪原·天地生植·人日》："东方朔《占书》曰：岁正月一日占鸡，二日占狗，三日占羊，四日占猪，五日占牛，六日占马，七日占人，八日占谷。皆晴明温和，为蕃息安泰之候；阴寒惨烈，为疾病衰耗。"杜二拾遗，指杜甫。肃宗至德二载（757）夏，杜甫拜左拾遗。此处仍称其旧职。甫行二，故称杜二拾遗。诗作于肃宗上元二年（761），时高适任蜀州（治今四川崇州）刺史，杜甫则寓居成都西郭浣花溪畔的草堂。②草堂，即杜甫在成都西郭浣花溪畔的草堂，于上元元年（760）季春建成。③思故乡，人日思乡是传统习俗和心理。隋薛道衡《人日思归》："入春才七日，离家已二年。人归落雁后，思发在花前。"④弄色，形容柳枝显示、摆弄它那嫩绿的颜色和婀娜的风姿。⑤空，《文苑英华》作"堪"。⑥南蕃，《全唐诗》作"远藩"，《文苑英华》同，据《高常侍集》各本改。南蕃，同"南藩"，犹南疆。《史记·赵世家》："我先王因世之变，以长南藩之地。"《陈书·高祖纪》："公赤旗所指，袄垒洞开，白羽才拂，凶徒粉溃。非此神武，久丧南藩。"蜀州地近吐蕃边境，故云。无所预，指不能参与国家的军政大事。高适此前曾任淮南节度使，为肃宗所倚重，后因遭宦官李辅国之谮，左授太子詹事，继出为彭、蜀二州刺史，不被重用，故说"无所预"。⑦人日，《文苑英华》作"此日"。⑧卧东山，《世说新语·排调》："谢公（指谢安）在东山，朝命屡降而不动。后出为桓宣武司马，将发新亭，朝士咸出瞻送。高灵时为中丞，亦往相祖，先时多少饮酒，因倚如醉，戏曰：'卿屡违朝旨，高卧东山，诸人每相与言：安石（谢安字）不肯出，将如苍生何！今亦苍生将如卿何？'谢笑而不答。"东山，在会稽（今浙江绍兴），谢安早年辞官隐居之地。卧东山，指隐居不仕。高适二十岁时游长安，失意而归，长期客居梁宋。至五十岁时方为封丘尉，正好三十年。故云"一卧东山三十春"。⑨书剑，《史记·项羽本纪》："项籍少时，学书不成，去；学剑，又不成。"书剑，泛称文才武略。高适《别韦参军》："二十解（懂得）书剑，西游长安城。举头望君门，屈指取公卿。"风尘，指纷扰的宦途。参《封丘作》注⑤。老，影宋抄本作"舆"（与），正德本、活字本黄本、岁时杂咏、永乐大典均作"老"。⑩龙钟，身体衰老，行动不灵便的样

子。忝,愧居。谦词。二千石(dàn),指刺史之职。汉代州郡长官称太守,俸禄二千石。唐的州郡刺史与汉之太守职位相当。⑪东西南北人,《礼记·檀弓上》:"孔子曰:'今丘也,东西南北之人也。'"郑玄注:"东西南北,言居无常处也。"杜甫自乾元二年(759)弃官远游以来,到处漂泊,先后历秦州、同谷,最后抵成都。故云。

[鉴赏]

这是高适晚年写得最为真挚感人的一首七言古诗。它把对友人的怀念同情、对自身遭际的深沉感慨和对国事的深切忧虑非常和谐地融合在一起,包蕴丰富,感慨遥深,韵味隽永,与此前的雄直阔大、悲壮苍莽之作相比,显示出另一种艺术风貌。

开头两句,是全诗的总冒,既点明人日寄诗给友人杜甫的题目,又点出了全诗的主意:"遥怜故人思故乡。""遥怜故人"是对友人身世遭遇的同情。高适与杜甫,天宝初年即已论交同游,此后彼此诗歌唱酬,一直有联系。安史乱起,杜甫辗转逃难、陷贼,于短暂为官后弃官远游,历尽千辛万苦方抵成都,开始新一轮的"漂泊西南天地间"的生活。高适用"怜"字表达对杜甫流离迁徙生活和不得志境遇的同情,言简意赅,直贯篇末。"思故乡"由"人日"而起,"思"的主体则兼包故人与自己。因为两人同在剑南异乡之地,人日思乡自属共同的感情。如果将"思故人"的主体只限定于"故人"(即将这句诗理解为兼语式句子),则"怜"的内涵也只限定在同情故人思乡情切这一端,而实际上,诗人"怜故人"的内容非止于此,首先还是同情其遭际。

三、四二句,承"思故乡",抒写彼此身在异乡,虽柳条弄色、梅花满枝,却不忍面对,空自断肠。春光满目,虽信美而非吾土,只能徒增思念故乡的感情和欲归不得的怅惘。用对句表达相似的情况,正是为了通过反复渲染使思乡之情更加强烈。

五、六两句,转写自身的遭际感情。自己身在西南边远地区,对朝政已经失去了参与的资格,面对着安史之乱未靖、蜀中叛乱方萌的局势,心中正怀有百忧千虑。"无所预",写政治上的失意;"百忧""千虑",写政治上的强烈忧患。二者对照,正显示出诗人以遭谗失意之身而心怀天下忧患的强烈政治责任感。就在高适写这首诗后几个月,蜀中就发生了梓州刺史段子璋的叛乱。可见这"百忧""千虑"并非泛泛而言,而是确有强烈的忧患预感。这和诗人的政治家气质也是相一致的。

七、八两句,就题内"人日"抒写对故人的怀念和难以预料今后命运的感慨。说"今年人日空相忆",是彼此虽同在剑南,却不得相见,只能寄诗抒写相忆之情,"空"字突出了相忆而不能相见的无奈。而"明年人日知何处"则进一层,说自己遭谗外贬,入蜀之后,转徙彭、蜀二州,明年此时,更不知身在何处。其中寓含了无法掌握自己前途命运的感慨。虽有政治失意的牢骚和忧愤,却含而不宣,极富含蕴。

　　九、十两句,是对自己数十年来人生道路的艺术概括。用"卧东山"之典,绝非一般性地泛指隐居生活,而是表明自己正像当年的谢安那样,具有经纬国家、安济苍生的才略,高卧东山,正是为了待时而起。上句用"一卧""三十春"极言自己隐居待时时间之长,下句却用"岂知"重笔勾勒,突出自己的文才武略无法施展,理想抱负尽皆成虚的失落感。相互对照,越显出"书剑老风尘"境遇之可悲。这两句出语平易明畅,蕴含的情思却深沉强烈,艺术概括力也很高,两句诗几乎概括了诗人的一生经历。

　　最后两句,将自己的境遇与杜甫的境遇作对照,感慨作收。回顾自己平生经历,尽管隐居草泽时间很长,出仕后又遭谗贬官,身在南蕃不能参与朝政,但毕竟还以龙钟之老身忝居州郡刺史之职,比起杜甫的遭乱流离转徙、居无定所毕竟要好得多,故说"还忝""愧尔"。寄赠诗结尾宾主双收,原是常法,高诗的这一结,将"遥怜故人"和感慨自己"身在南蕃无所预"的感情进一步深化了。

　　就整体而言,这首诗的内容仍以抒写诗人自己的人生境遇和人生感慨为主,对故人的思念、同情只于起、结处略点。但由于将自己的际遇与故人的际遇对照着来写,故对友人的同情和愧疚便显得特别真诚恳挚,而自己忝居地方长官却无所作为的感慨也显得更加深沉。而在抒写自己人生境遇和人生感慨的同时又结合着对国事的忧虑和强烈的政治责任感,这种人生感慨也就越出了个人荣辱得失的狭小范围而显得更为博大深刻。在抒写个人境遇与人生感慨的同时将对国事的忧患感、责任感,对故人的同情与思念如此自然地融合起来,是这首诗的一个突出特点,也是它感人至深的重要原因。从杜甫十年后的追和诗中可以看出,他不但为这首诗中所表现的深厚故人情谊所深深打动,以至"泫泪幽吟""泪洒行间",而且对诗中所抒写的"郁郁匡时略"不能施展的感慨有深刻的感受与理解。

　　高诗"多胸臆语"的突出特点,在这首诗中仍表现得非常鲜明,但其"气骨"的表现形态却有异于早年的激昂慷慨、中年的悲壮阔大,而体现为在平淡畅达之中寓含着深沉的感慨,前人谓其"法老气苍",可谓知言。

封丘作①

我本渔樵孟诸野②，一生自是悠悠者③。乍可狂歌草泽中④，宁堪作吏风尘下⑤。只言小邑无所为，公门百事皆有期⑥。拜迎官长心欲碎⑦，鞭挞黎庶令人悲⑧。归来向家问妻子⑨，举家尽笑今如此。生事应须南亩田⑩，世情付与东流水。梦想旧山安在哉，为衔君命且迟回⑪。乃知梅福徒为尔⑫，转忆陶潜《归去来》⑬。

[校注]

①《高常侍集》各本题作《封丘县》。按：《河岳英灵集》《才调集》《文苑英华》均作《封丘作》。封丘，县名，唐属汴州陈留郡，今属河南。天宝八载（749）至十一载，高适任封丘尉。此诗当作于这一期间，有可能作于任封丘尉之后期。②渔樵，打鱼砍柴，指隐居草野。孟诸，古泽名，在今河南商丘市东北，接虞城县境。高适在任封丘尉之前，曾长时间客居宋中（今商丘市南）。③悠悠者，安闲自在、潇洒度日的人。④乍可，只可。狂歌，暗用楚狂接舆歌而过孔子事。《论语·微子》："楚狂接舆歌而过孔子曰：'凤兮凤兮，何德之衰！'"邢昺疏："接舆，楚人，姓陆名通，字接舆也。昭王时，政令无常，乃披发佯狂不仕，时人谓之楚狂也。"句意谓自己只能像楚狂接舆那样，佯狂避世，隐于草野。⑤风尘，指纷扰的官场、宦途。葛洪《抱朴子·交际》："驰骋风尘者，不懋建德业，务本求己。"风尘与上草泽（民间、草野）对文。一指官场，一指民间。⑥期，程期，指办事的规程期限。⑦时高适任封丘尉，地位低于县令、主簿，故云。"官长"也可指上级的官员。⑧黎庶，百姓。县尉职主"收率课调"，催缴赋税，对欠税的百姓施加鞭挞正是县尉的"职责"。⑨归，《河岳英灵集》作"悲"。⑩生事，犹生计。应须，《文苑英华》作"须依"。⑪衔，奉。衔君命，指受君主任命作吏。迟回，犹滞留。南朝齐王琰《冥祥记》："比往而山水暴涨不复可涉，吉不能泗，迟回叹息，坐岸良久，欲下不敢渡。"唐郑綮《开天传信记》："居一日，（裴）宽诣寂，寂曰：'有少事，未暇数语，且请迟回休憩也。'"此"迟回"非通常"迟疑""犹豫"之义。如解为"迟疑""犹豫"，与"且"字不协。且，影宋抄本作"日"。⑫梅福，字子真，西汉末寿春（今安徽寿县）人。曾任南昌尉，后弃官。事见《汉

书·梅福传》。徒为尔，空自为尉而已，意谓其作尉无所成就。⑬转，《文苑英华》作"却"。《宋书·陶渊明传》："为彭泽令……郡遣督邮至县，吏曰：'应束带见之。'潜叹曰：'我不能为五斗米折腰向乡里小人！'即日解印绶去职，赋《归去来》。"

[鉴赏]

高适是一个"喜言王霸大略，务功名，尚节义"，政治进取心很强的文人，入仕前有过长期的落拓贫困生活经历，年近半百才因宋州刺史之荐，举有道科登第而任封丘尉。按说他对这个来之不易的职位应该相当重视，但他却深感屈辱而起了仿效陶渊明弃官归隐的念头。这首《封丘作》就抒写了他的这段仕官经历和心路历程，表现了诗人性格的一个重要侧面。

诗共十六句，每四句一押韵，平仄韵交押，意随韵转，显示出四个明显的段落。第一段四句，先介绍自己的经历、生活，说自己本来长期混迹渔樵，隐于孟诸草野，平生自是悠闲自在、潇洒度日的人，只能在草泽之中狂歌避世，哪能忍受在纷乱的官场中浮沉作吏呢？对这番介绍和表白，不宜作表面的拘泥理解，必须透过那带有牢骚意味的话语理解其实际的意涵。渔樵孟诸之野，耕隐草泽之中，并非诗人的生活追求；一生悠悠，更非他的生活理想。他的真正理想是"举头望君门，屈指取公卿""常怀感激心，愿效纵横谟"。之所以长期困居草泽，乃是时代社会的原因所致，是生活迫使他不得不渔樵孟诸、狂歌草泽，做了一个闲散无所事事的悠悠者。透过"我本""自是""乍可""宁堪"这一连串似真似假、似自嘲似愤激、似正言似反言的话语，不难窥见诗人对自己长期沦弃草野生活的不满乃至愤激。但这段表白中，除了暗含的牢骚和愤激之外，也同时透露了他的不受羁束、追求自由、狂放纵逸的个性，这从"悠悠者""狂歌草泽""作吏风尘"等词语中可以体味出来。诗人固然渴望仕进，希望在政治上有所建树，但对一个企望"屈指取公卿"的才人来说，年已半百方"作吏风尘"又不免使他深感理想与现实之间的巨大反差。"宁堪"二字中，正含有不堪禁受这种现实处境的悲愤。总之，对高适的这段自我表白，不仅要透过字面体味其真实感情，而且要仔细体味同一字面中所包含的多方面的感情内涵。从语言表达方面看，这四句诗倒是起得疏朗畅达，抑扬有致，其中虚字的运用起了重要作用。"本"与"自是""乍可"与"宁堪"，两相呼应，勾连很紧，更加强了这种疏朗畅达的气势。

接下来四句，紧承"宁堪作吏风尘下"，集中抒发了不堪忍受"作吏风尘下"

的心情。四句诗讲了三个方面：一是原以为小邑公事清闲，乐得自由自在，哪知公门之中百事都有严格的规程期限。说"百事"，则公事繁冗可知，绝非原先设想的"无所为"（没有多少事要干）；而"百事"皆有程期，则非但不能越雷池半步，且不能超越规定的时限。这对一个喜言王霸大略而又酷爱自由，不受羁束的才人来说，是难以忍受的痛苦折磨。二是"拜迎官长心欲碎"，不但要束带敛躬，拜迎州郡的"官长"，连在本县的长官（如县令）面前也不能不卑躬屈膝，这对自视甚高、耻预常科的人来说，也是人格上的极大屈辱。三是"鞭挞黎庶令人悲"，县尉职主捕"盗贼"，收课调，"鞭挞黎庶"是经常会遇到的事。这对"深觉农夫苦"的诗人来说，是更难以忍受的良心上的痛苦折磨。第一桩是就"事"而言，二、三两桩是对"人"而言。而之所以让诗人感到"作吏风尘"的难以忍受，原因在于诗人同情"黎庶"、酷爱自由，痛恨谄上欺下的思想性格。县尉是唐代文人登第后常常担任的职务，但把它的职责看成难以忍受的差事，而且写诗抒发这种屈辱愤激之情，最后果真辞官的却很少见到。从这一点可以看出高适上述思想性格的可贵，也可看出他的表白是真诚的。在号称盛世的天宝时期能说出"鞭挞黎庶令人悲"的话，说明诗人的人道主义情怀在当时相当突出。两句将对上、对下的感情作鲜明的对照，艺术效果也特别强烈。

"归来"四句，诗情略作顿挫，从"拜迎"二句的愤激沉痛转为舒缓，说自己坐衙归家，将上述感受向妻子儿女倾诉，不料"举家尽笑今如此"。说当今的官场都是这个样子。话似乎说得淡然自若，波澜不惊，却反映了当时官场的腐败已成积习常规，一般人早就对此见怪不惊了。淡然中正含有深一层的沉痛愤激。正因为这样，诗人才发出"生事应须南亩田，世情付与东流水"的慨叹。既然官场如此腐败，如此令人不堪，而且处处如此，那么维持生计只有躬耕南亩之一途了。"应须"二字，颇可玩味。高适长期落拓贫困，不事产业，说明他实际上并无耕隐之资（所谓"归来洛阳无负郭，东过梁宋非吾土"）。然则，自己要维持生计，实无治生之资。"世情"在这里当具体指上面所说的官场腐败的情况。既然今之官场均如此腐败，自己又无力改变，只有随之任之，"付与东流水"了。表面上的旷达透露出的恰恰是对"世情"的无奈和绝望。

最后四句，抒写自己归隐的念头和矛盾的心情。既然"生事应须南亩田"，那就干脆归隐躬耕吧，自己虽"梦想旧山"，但却连"旧山"也不知所在。诗人祖籍渤海，长期困居梁宋，过着流浪他乡的生活，故虽怀旧山而旧山实已不在，成了一个无所归宿的人。况且,任职为尉,乃出君命。为奉王事,也只能暂时滞留。两句写了他欲归隐而不能,欲辞官而不得的处境。但像梅福那样,屈居尉职,做着违背自己人格与良心的事又有什么意思,因此,想来想去,还是要效陶潜之辞官而赋《归去来》。这四句将他在归隐念头产生后的复杂心情抒写得曲折有致,富于真切感。

全诗四段,主意在"宁堪作吏风尘下"一句。前两段述"宁堪作吏"之因,分别从自身性格和县尉之职事两方面叙说,而根本原因在自己的正直品格与同情黎庶的感情使他无法忍受县尉的职事。"拜迎官长"和"鞭挞黎庶"这两件事,许多县尉都亲自经历过,但分别用"心欲碎"和"令人悲"这样的词语来表达心中的愤激与悲痛,并且将它们联系对照起来写,一针见血地描写出封建社会基层官吏的媚上欺下本质的,却只有高适。殷璠说"适诗多胸臆语,兼有气骨",这两句诗正是"胸臆语""有气骨"的突出表现。后面两段是"宁堪作吏"之果,亦即感到无法忍受作尉的痛苦愤激之后诗人的思想感情和行为趋向。向家人倾诉的结果,是"举家尽笑今如此",使他对官场感到绝望,于是产生归耕南亩的念头,但一则旧山不在,无家可归;二则衔奉君命,难以即归;三则终感尉职无可作为,故得出的最后结论仍是效陶渊明而赋《归去来》。从哪里来,到哪里去,渔樵孟诸、狂歌草泽仍是自己的归宿。这种归宿,固非诗人所愿,但除此别无选择,因此,这结论又显得既痛苦又无奈。

诗的内在感情是痛苦、愤激而无奈的,但它的外在表现却并不剑拔弩张,而是显得相当疏朗畅达,转折自如。这种反差实际上更衬托出了内在感情的强烈程度,给人的感觉是故意用轻松旷达的语调来叙述内心的痛苦愤激,使后者更显突出。

和王七玉门关听吹笛[①]

胡人吹笛戍楼间[②],楼上萧条海月闲[③]。借问落梅凡几曲[④],从风一夜满关山[⑤]。

[校注]

①此诗《才调集》卷一作宋济诗,《全唐诗》卷二百十四作高适诗,卷四百七十二作宋济诗。按:《国秀集》卷下收高适诗一首,即此诗,题为《和王七度玉门

关上吹笛》。《全唐诗》卷二百十四即据此收入高适诗中而题稍异。《河岳英灵集》卷上亦作高适诗，题为《塞上闻笛》，前两句文字与《国秀集》略同。《文苑英华》卷二百十二亦作高适诗，题为《塞上听吹笛》，文字与《河岳英灵集》《国秀集》明显不同。《高常侍集》各本多从《文苑英华》。王七，即王之涣，有《凉州词二首》，其一（黄河远上白云间）有"羌笛何须怨杨柳，春风不度玉门关"之句，当即《玉门关听吹笛》诗。故此诗为高适作，殆无可疑。岑仲勉《唐人行第录》对此有考证（详该书第十页），可参。孙钦善《高适集校注》云：据靳能《唐故文安郡文安县太原王府君（之涣）墓志铭并序》，王之涣卒于天宝元年（742），时正居文安县尉职。任此职之前，家居十五年。家居之前，又曾沿黄河西游出塞，其《凉州词》即作于游西塞时，约在开元十年（722）至十五年期间，则高适和诗亦当作于此期间。②《文苑英华》《高常侍集》作"雪净胡天牧马还"。吹，《河岳英灵集》作"羌"。③《文苑英华》《高常侍集》作"月明羌笛戍楼间"。海，《河岳英灵集》作"明"。按：海月，一般指东海上升起的月亮。玉门关离海很远，此所谓"海月"，当指玉门关东的大泽升起的月亮。《元和郡县图志·陇右道下·瓜州》："晋昌县……冥水，自吐谷浑界流入大泽，东西二百六十里，南北六十里，丰水草，宜畜牧。玉门关，在县东二十步。"又《肃州·酒泉县》："白亭海，在县东北一百四十里。一名会水，以众水所会，故曰会水。以北有白亭，故曰白亭海。方俗之间，河北得水便名为河，塞外有水便名为海。"可见，"海月"之称，完全符合塞外方俗，而东西二百六十里，南北六十里的玉门关东的大泽，确实可称得上是"海"了。由于在流传过程中不明方俗地理，遂将"海月"改为泛称的"明月"。④《河岳英灵集》《文苑英华》《高常侍集》作"借问梅花何处落"。落梅，指笛曲《梅花落》。⑤《河岳英灵集》《文苑英华》《高常侍集》作"风吹一夜满关山"。从，随。

[鉴赏]

　　这首诗有三种不同的版本，即《国秀集》《河岳英灵集》《文苑英华》三部唐及宋初总集所载的不同文字。其中《国秀集》所载作品时间下限最早（天宝三载，744），而所载此诗的诗题也最近原始状态。如果撇开诗本身的艺术工巧质实不论，单从哪一种版本的文字更接近高适的风格着眼，那么《国秀集》的文字无疑更接近于高适的个人风格。

　　首句叙事，点出胡人在戍楼上吹笛。"戍楼"即玉门关上的戍楼。羌笛本为胡乐，军中或有胡人，故戍楼上有胡人吹笛。这一句平平叙起，为下面写听吹笛张本。

次句绘景。戍楼上空寂，四周一片静寂，一轮海月，正从东边的大泽徐徐升起，将清光洒向戍楼和空旷的大漠荒野。"闲"字形容海月冉冉升起时从容闲暇的意态。这一句既描绘出了听乐的环境气氛，也透露了听乐的人全神贯注、侧耳倾听，四周一片空旷静寂的情景，虽未正面写笛声，却传出了听者之神情，是很有神韵意境的写法。

三、四两句方正面写听笛。所奏的笛曲是《梅花落》，系汉乐府横吹曲名。郭茂倩说："《梅花落》，本笛中曲也。按唐大角曲，亦有《大单于》《小单于》《大梅花》《小梅花》等曲，今其声犹有存者。"现存《梅花落》曲辞自梁陈以下多抒思妇念远戍征人之情。这里说"落梅凡几曲"，联系下句来看，当是指戍楼上的《梅花落》笛曲，吹了一遍又一遍，笛声随着风声，一夜之间，传遍了塞上的重重关山。它触动了无数戍边将士的思乡念远之情，"一夜"之间，该有多少征人因听笛而辗转难眠呢？这是写笛声之传远，更是写笛声的感染力和听笛征人的感受。李益《夜上受降城闻笛》云："回乐烽前沙似雪，受降城下月如霜。不知何处吹芦管，一夜征人尽望乡。"同样写塞上闻笛，所写景物与高诗相似，而"一夜征人尽望乡"之句正可移作"从风一夜满关山"所含意蕴的诠释。而李诗直接说出"尽望乡"之意，高诗则情寓景中，似更含蓄耐味。

王之涣的原唱与高适的诗同押平声山韵，且同用"山""间"作韵脚，高诗在这一点上可说是亦步亦趋；王诗借羌笛《折杨柳》曲抒征戍者的复杂感情，高诗亦借笛曲《梅花落》抒征人之思，手法亦复相似。但王诗的背景在白天，境界雄浑阔远；高诗则改为夜间，境界于阔远中带有闲静的色彩。明月之夜于塞上听笛，似乎更能传出笛声的远韵远神。

别董大二首（其一）①

千里黄云白日曛②，北风吹雁雪纷纷。莫愁前路无知己，天下谁人不识君！

[校注]

①此题共二首，第二首云："六翮飘飖私自怜，一离京洛十馀年。丈夫贫贱应未足，今日相逢无酒钱。"孙钦善《高适诗注》云："据其二'一离京洛十馀年'句，当作于二十岁西游长安失意而归客居梁宋以来十馀年，时值开元二十五年前后。"（见《增订注释全唐诗》第一册第1793页）董大，或指当时著名琴师董庭兰。李颀有《听董大弹胡笳弄兼寄语房给事》，董大即董庭兰，曾为房琯门客。《敦煌唐诗写本残卷》此诗题作《别董令望》，一、二两句次序互易。董令望是否即董庭兰，目前尚难确定。②千，《全唐诗》作"十"，据敦煌遗书伯2552、2555及《高常侍集》明覆宋本改。曛，昏黄、昏暗。

[鉴赏]

《别董大二首》，据诗意，"六翮飘飖私自怜"一首系写与董大的相逢，应在前；"千里黄云白日曛"一首方写与董大的相别，应在后。从"丈夫贫贱应未足，今日相逢无酒钱"的诗句看，当时两人的处境都相当困顿。但"千里黄云白日曛"这首送别的七绝，却阔大悲壮，气概豪迈，唱出了时代的强音。

前两句大处落墨，描绘别时景物。"黄云"是指下雪时密布整个天空的昏黄的云层，即所谓"彤云"。"黄云"而曰"千里"，见视野所及，广远的天宇中到处密布暗黄的雪云，因而连白日也变得昏黄无光了。或说"曛"指落日的余光，恐非。送人启程一般不会在落日时分。"白日"之"曛"正因"千里黄云"覆盖所致。次句进一步写北风送雁飘雪的情景。"北风吹雪"，雪总是与"北风"相伴。风从北方来，而冬令正是北雁南飞的季节。在北风的吹送下，雁似乎飞得更急更快了，而雪也纷纷扬扬，从天空洒向大地。上一句写的是静景，这一句则是动景，动静相映，展现出一幅苍茫阔远中带有凄黯悲壮情调的境界。这是送别的环境与背景，也透露出送别双方的心境。它虽然有些凄黯，却不低沉，而是显得阔远而悲壮，这种环境背景，正是丈夫壮别的典型环境。

后两句由环境描写转为直抒别情，但"前路""天下"之语，仍关合着别时景。千里黄云，白日曛黄，北风吹雁，雨雪纷纷，在这种环境下启程，总不免会感到前路茫茫，形单影只，孤子无侣吧。但诗却突然振起，用"莫愁"二字一笔拗转，唱出雄直豪放的时代强音："莫愁前路无知己，天下谁人不识君！"盛唐人喜漫游，爱结交，所到之处都会遇到情投意合的知己，这是当时的风气。但要在送别双方都处于贫贱困顿的境遇下发出这样的豪语，却植根于对自己才能和所处时代的自信。没有这种高度的自信，就不可能对"前路"充满乐观的展望。正是在这个意义上，我们说这首诗鲜明地体现了盛唐士人乐观豪放的精神面貌，体现了鲜明的时代色彩。

诗的笔致粗犷豪放，但表现的感情并不浅率单薄，而是显得非常朴挚深厚；这是因为在豪语的背后有强大的思想感情支撑。虽直抒豪情，不务含蓄，但并不让人感到一览无余；这是因为透过它能感受到浓郁的时代气息和鲜明的时代精神，唤起人们对那个时代的丰富想象。雄直的歌唱中蕴含了丰富的时代信息。此之谓直而能蓄。

除夜作①

旅馆寒灯独不眠，客心何事转凄然？故乡今夜思千里，霜鬓明朝又一年②。

[校注]

①除夜，除夕。周处《风土记》："至除夕，达旦不眠，谓之守岁。"此诗作年不详。②霜，《全唐诗》作"愁"，据《高常侍集》影宋抄本、正德本、活字本、黄本改。又，影宋抄本作"更"。

[鉴赏]

在唐人抒写思乡之情的诗作中，这是一首篇幅虽短，却曲折层深，而又一气呵成的名篇。它的特殊魅力，在于选取了除夜这样一个特定的时间。

首句"旅馆寒灯独不眠"，点出思乡的地点——客途中一所旅馆。平常时日，旅馆中人来人往，川流不息，颇为熙攘热闹。但除夕之夜，旅途中的客子都已回到家乡与亲人团聚，只剩下诗人独自一人待在这显得空廓冷清的客房中，面对着一盏散发着寒意的孤灯，难以成眠。除夕之夜，是家人团聚，辞旧迎新的热闹节日。故乡今夜，家人守岁的灯光和笑语喧哗，该是何等温煦和热闹，而诗人此时的处境却正好相反。说"寒灯"，与其说是点明时值严寒的冬天，不如说是渲染诗人因孤馆独处而引起的凄寒感受，和诗人的那份孤寂感。"独不眠"三字，它的反面正是家人团聚共同守岁的热闹场景。总之，这一句虽只正面写诗人"旅馆寒灯独不眠"的情景，但在诗人的意念中，却离不开除夜家人团聚的场景。品味这句诗，也必须结合它的反面，才能真正得其神味。

第二句"客心何事转凄然",是一个承、转结合的关键性诗句。理解它的含义与作用,关键又在弄清"转"字的含义。"转"有转变、反而、更加等多种含义,这里用的是"更加"之义。韩愈《贺雨表》:"青春湛然,旱气转甚。"王翰《春日思归》:"杨柳青青杏发花,年光误客转思家。"均为表示程度加深的副词。这就意味着,首句"旅馆寒灯独不眠"时,客心已自凄然,此时愈加凄然。"转"字既承上句,又用设问的口吻逼出了三、四两句。三、四句即就"何事转凄然"的发问而推进一层作答。

"故乡今夜思千里,霜鬓明朝又一年。"三、四两句是流水对句。从形式上看,两句虽对偶而一气流走。但从内容上看,则明显分为两层。第一层"故乡今夜思千里",当如谭元春、沈德潜所解,指故乡亲友思千里外的自己。因为如果解作身在旅馆的自己思念千里之外的故乡和亲人,则实际上第一句在"旅馆寒灯独不眠"的情景当中已经包含了己思故乡的内容,这里再加申明,岂非重复,且与"转"字所表示的"更加"之义不协。当是诗人在思念故乡的同时自然联想到今夜远在千里之外的故乡亲人肯定也在思念自己,揣测远在异乡的自己此刻不知在何处漂泊。想到这一层,"客心"自然更加凄然,难以为怀了。第二层"霜鬓明朝又一年",是说过了除夕之夜,明朝又跨入了新的一年,而自己则霜鬓新添,漂泊依旧,年龄徒增,仕进无望。想到这一层,不仅自己愈加伤怀,而且深感有负于家人的思念和期望,是以更加"凄然"了。"霜鬓"之语,在诗歌中并不单纯指年岁的增长和衰老的临近,而是经常与功名事业之无成联结在一起,慨"霜鬓"之徒增,往往蕴含着仕进无望、功业无成的感情。这从"又一年"的"又"字当中也可以品味出来,对照陆游的"万里因循成久客,一年容易又秋风"(《宴西楼》)之句,更可悟出"霜鬓明朝又一年"诗句中所蕴含的人生感慨。

短短四句诗,意凡三转,从"旅馆寒灯独不眠"的凄寒孤寂,到"客心何事转凄然"的设问承转,再到"故乡今夜思千里"的对面设想,最后转出"霜鬓明朝又一年"的深沉感慨,其曲折层深可谓愈转愈深,但虚字("独""转""又")的承转连接和设问句的前后勾连,特别是流水对的创造性运用,使得这曲折层深的意蕴组成一个浑然的整体,所谓"寓流走于整对之中"正道出了三、四两句用流水对造成的艺术效果。胡应麟所说"对结者须意尽",实际上是指在貌似说尽当中所蕴含的无穷韵味,它与含蓄并不矛盾。

岑 参

岑参（715？—770），荆州江陵（今湖北荆州）人，出身于"国家六叶，吾门三相"的官僚家庭，曾祖文本、伯祖长倩、堂伯羲均官至宰相。父植，终仙、晋二州刺史。幼丧父，从兄受书。"十五隐于嵩阳，二十献书阙下。"（以上均见其《感旧赋》）此后十年，屡出入于京洛。开元二十七年（739）游河朔，登第前曾隐居终南。天宝三载（744），登进士第。后授右内率府兵曹参军。八载冬赴安西（治龟兹，今新疆库车），在安西节度使高仙芝幕任职。十载秋返抵长安。十三载夏秋间，赴北庭（治所在今新疆吉萨木尔北）为安西北庭节度使封常清幕僚。至德元载（756），领伊西北庭支度副使。二载自北庭东归，六月，为杜甫等所荐，授右补阙。乾元二年（759）三月转起居舍人，四月署虢州长史。代宗宝应元年（762）春，改为太子中允，兼殿中侍御史，充关西节度判官，十月雍王适会诸道节度使于陕州讨史朝义，以参为掌书记。广德元年（763）秋为祠部员外郎，二年改考功员外郎，寻转虞部郎中。永泰元年（765）转库部郎中。十一月出为嘉州刺史，因蜀中乱行至梁州折回。大历元年（766）二月，诏杜鸿渐入蜀平乱，杜表参为僚属，遂入蜀。大历二年赴嘉州刺史任。三年七月罢官东归，受阻于戎、泸州间群盗，淹留戎州。后至成都。约四年岁末（公元已入770年）卒于成都旅舍。岑参两度赴西北边塞，时间长达六年。边塞生活体验之丰富，为历代著名诗家中所仅有。他"好奇"的思想性格，包括对不平凡事业的向往，对新奇浪漫生活和事物的爱好，对奇伟壮丽风格的美学追求，使他成为中国文学史上艺术成就最突出、艺术个性最鲜明的边塞诗人。七古成就最高，七绝亦多佳作。与高适并称"高岑"，风格同中有异，均以边塞诗著称。唐杜确曾编《岑嘉州诗集》八卷。后世流传者有十卷本（已佚）、宋刊八卷本及明刊七卷本（即丛刊本）。今人陈铁民有《岑参集校注》。

岑 参

白雪歌送武判官归京①

北风卷地白草折②,胡天八月即飞雪。忽如一夜春风来③,千树万树梨花开。散入珠帘湿罗幕,狐裘不暖锦衾薄。将军角弓不得控④,都护铁衣冷难着⑤。瀚海阑干百丈冰⑥,愁云惨淡万里凝⑦。中军置酒饮归客⑧,胡琴琵琶与羌笛⑨。纷纷暮雪下辕门⑩,风掣红旗冻不翻⑪。轮台东门送君去⑫,去时雪满天山路⑬。山回路转不见君⑭,雪上空留马行处。

[校注]

①陈铁民《岑参集校注》谓此诗"天宝十四载八月作于轮台。据《吐鲁番出土文书》,天宝十三载八月武判官在安西,故此诗当作于天宝十四载八月。说详王素《吐鲁番文书中有关岑参的一些资料》(《文史》三十六辑)"。其时岑参任安西北庭节度判官,此武姓判官当为其幕府同僚,名不详。②白草,西域地区所产的一种牧草,干熟时呈白色,故名。《汉书·西域传上·鄯善国》:"地沙卤,少田,寄田仰谷旁国。国出玉,多葭苇、柽柳、胡桐、白草。"颜师古注:"白草似莠而细,无芒,其干熟时正白色,牛马所嗜也。"白草茎坚韧,不易折。③如,《全唐诗》作"然",据《丛刊》本改。④角弓,以兽角作装饰的硬弓。控,拉开。⑤都护,唐代于安西及北庭设都护府,均各设都护一人,为最高军事行政长官。《旧唐书·封常清传》:"(天宝)十一载……以常清为安西副大都护,摄御史中丞,持节充安西四镇节度、经略、支度、营田副大使,知节度事。十三载入朝,摄御史大夫……俄而北庭都护程千里入为右金吾大将军,仍令常清权知北庭都护,持节充伊西节度等使。"则此"都护"当即指封常清。铁衣,即铁甲。⑥瀚海,大沙漠。阑干,纵横貌。百丈,《丛刊》本作"千尺"。⑦惨淡,阴暗貌。⑧中军,指主帅所居的营帐。归客,指武判官。⑨胡琴,指曲项琵琶,从龟兹传入。半梨形曲项,四弦四柱(或云五弦五柱),燕乐所用。或指忽雷。唐段安节《乐府杂录·琵琶》:"文宗朝,有内人郑中丞善胡琴。内库有二琵琶,号大小忽雷,郑尝弹小忽雷。"⑩辕门,军营营门。古代行军扎营时用车环绕护卫,出入处将两车辕木相向交叉竖起如门状,故称。⑪掣,扯动、摇曳。翻,飘扬、翻卷。隋虞世基《出塞二首》其二:"雾烽黯无色,霜旗冻不翻。"⑫轮台,唐庭州有轮台县(治所在今新疆乌

鲁木齐市），属北庭都护府管辖。北庭都护府治庭州金满县（今新疆吉木萨尔北），在轮台县东北。⑬唐时称伊州（今新疆哈密）、西州（今新疆吐鲁番盆地一带）以北一带的山脉为天山。《元和郡县图志·陇右道下·伊州》："天山，一名白山，一名折罗漫山，在州北一百二十里，春夏有雪，出好木及金铁。匈奴谓之天山，过之皆下马拜。"自轮台归长安，须翻越天山。⑭山回，山势回环盘绕。

[鉴赏]

岑参用七言歌行形式写作的边塞诗中，有一个以"某某歌送某某"为标题方式的优秀系列。它们是《白雪歌送武判官归京》《热海行送崔侍御还京》《天山雪歌送萧沼归京》《火山云歌送别》。这些诗的描绘歌咏主体，是西北边塞的奇异壮丽风光，送别之意往往只于篇末稍点或于诗的后半略加抒写。正是诗中对边塞奇伟壮美风光的出色描写，使它们成为盛唐边塞诗中最具时代精神和地域特色，最富奇情壮采和艺术魅力的篇章，《白雪歌送武判官归京》尤为其中的杰出代表。

这首诗十八句，可以分为前后两段。前段十句，专咏塞外飞雪的奇观；后段八句，结合咏雪送别。雪在诗中是贯串始终的歌咏的主体，而送别情景则仅于后段中加以抒写，且在抒写过程中始终不离咏雪。这是全篇内容、构思的基本特点，从中略可窥见诗人作诗时感情投注的重点。

起首两句由北风卷地引出八月飞雪。风是雪的前奏。用"卷地"来形容塞外狂风席卷一切的威势，犹嫌未足，又进一步用"白草折"加以突出渲染。"白草"即芨芨草，茎极坚韧，密集丛生。"白草"之"折"，正显现出北风之强劲猛烈。起句突兀而来，有横扫一切之势，次句斩截明快，突出八月飞雪的奇观，其中蕴含了对这种内地从未寓目的景观的惊叹和新奇感。

三、四两句，承上"风""雪"，突发奇想，说纷纷扬扬、洒空积树的雪花，就像一夜春风，催开了千树万树梨花一样。梨花洁白似雪，前代诗人早有"洛阳梨花落如雪，河边细草细如茵"（梁萧子显《燕歌行》）的形容比拟。岑参在另一首《梁园歌送河南王说判官》的七言歌行中也有"梁园二月梨花飞，却似梁王雪下时"的诗句。单纯从梨花与雪花二者之间形状、色泽的相似而生发联想，构成比喻，无论是以雪花喻梨花，还是以梨花喻雪花，应该说都有一定的创造性。但岑参的这两句诗却绝非对萧子显"梨花落如雪"之喻的翻新，而是在自己生活体验和独特感受基础上创造出来的全新意境。关键就在于诗人是在北风呼啸、白草尽折、八月飞雪、气候酷寒的条件下，想到了一夜温煦春风的吹送，催开了千树万树的梨花，并用这种景象来比喻眼前的塞外飞雪奇观，这就不是单纯的设喻的新颖奇特所能解释的，在它背后有更本质更内在的东西，这就是诗人对塞外军旅生活，对边地奇异风光的热爱。如果视塞外为畏途、视酷寒环境为难以忍受的折磨，就绝不可能由卷地折草的寒风联想到和煦温暖、化育万物的春风，不可能由胡地的八月飞雪联想到内地的万树梨花，不可能激发出如此鲜妍明丽、富于诗意的想象。从这个意义上说，"忽如一夜春风来，千树万树梨花开"的联想和比喻，正饱含着对生活的热爱，透露出在艰苦环境中豪迈、乐观的精神。尽管客观环境艰苦严酷，但戍边将士心中却永远存在着春天。可以说，开头四句以写实与浪漫相结合的笔法，赞美边地八月飞雪的奇景壮观，不但为下面的描绘、抒情提供了引线，而且为全诗定下了豪迈乐观的基调。

接下来四句，写飞雪散入珠帘，沾湿罗幕，它所带来的严寒，使营帐里面的人穿上狐皮袍子也不觉暖和，盖上厚厚的锦被也觉得很薄，将军的角弓冻得拉不开，都护的铁甲也冷得穿不上身。第一句点明营帐，下三句分别从不同角度极力渲染帐内气候之酷寒。这里用了一系列鲜妍明丽的词语如珠帘、罗幕、狐裘、锦衾、角弓、铁衣等来形容渲染，令人感到，尽管气候严寒，但军营的生活色彩是鲜丽多彩的，丝毫没有灰暗冷漠的气氛和情调。在带有夸张渲染色彩的形容中，还隐隐约约透出一种对边地奇寒景象的夸示意味。

"瀚海"二句，转写军营之外笼盖天地的奇寒。一望无际的大沙漠中，到处都结满了厚厚的冰层；浩广无边的天空中，凝聚布满了惨淡的愁云。"百丈冰""万里凝"，仍用夸张渲染手法，但境界之壮阔却使这种铺天盖地的奇寒并不令人畏惧，而是感到无比奇美和壮观。这正是诗人夸张渲染所包含的真实感情，也是诗人所想达到的艺术效果。

"中军"四句，写营帐内设宴饯别。"中军"是主帅所居营帐，这次送武判官归京，可能即由主帅封常清作主人，而作为幕府同僚的诗人则奉命吟诗相送。"中军"句见送别规格之高，场面之隆重，但对饮饯场景却不多作铺张渲染，仅以"胡琴琵琶与羌笛"一语带过。而这一意象重叠、似乎累拙的诗句却传出了浓郁的异域情调。这异方之乐给人的感受，诗人并不加以申说，却转笔写营帐外纷纷暮雪，洒落辕门和"风掣红旗冻不翻"的景象。天寒地冻，红旗上结满了冰，变成了一面冰旗，狂风猛烈地扯动着红旗，却始终不能使它飘扬起来。类似的景象，隋代虞世基的《出塞二首》其二中也出现过："雾烽黯无色，霜旗冻不翻。"但岑诗这两句,不仅因白雪与红旗的相互映衬使军营雪景分外鲜艳夺目,而且因"纷纷暮雪下辕门"的气氛渲染,使雪景的描写中蕴含了惜别的感情。

最后四句,写想象中送武判官雪中驰马归京的情景。诗系宴席上即景而赋,故末四句所写景象乃是悬拟的虚景而非实写,但却写得情景交融,极富韵味。在"雪满天山路"的广袤背景下,目送武判官骑马东归,山势回环,道路弯曲,武判官的身影终于随着道路的拐弯而消失在远处的山脚下,只见雪地上空自留下了一道长长的马行的印迹。这个结尾,既展现了以雪为背景的阔远境界,又含蓄地表达了对朋友的依依惜别之情。"山回路转不见君,雪上空留马行处",诗人目送归骑,神驰天外的情景历历如绘,而在画面之外更蕴含了深永的情味。这空阔浑茫的境界,在电影中是一个情韵深长的空镜头。全篇就在这含蓄不尽的意境中自然收束。

这首诗中的咏雪和送别,既有密切相关的一面(后段),又有若即若离的一面(前段)。前段咏塞外八月飞雪、冰天雪地的奇观,与送别并无直接的联系,它本身自有独立的美学价值,从这方面说,是"离";但也可以说,它为这场塞外军中送别提供了一个大的环境背景,从这方面说,又是"即"。从咏雪与送别的这种关系可以看出,诗人写这首诗,其表面的目的似乎是为了送别;但其内在的创作动因则主要是通过对塞外风雪严寒、冰天雪地奇观的描绘,表达对这种奇美壮观景象的惊奇、叹赏,抒发不以塞外军旅生活为苦,不以朋友的别离为悲的豪情壮采。诗人对武判官的归京有依恋与向往,却无感伤与悲慨,这本身就是豪情壮采的一种具体表现。对被送者来说,雪中送别的奇美壮观场景固然会成为终生难忘的记忆,朋友以"白雪歌"为临行的馈赠,更将成为永远值得珍藏的礼物,因为这里凝结着自己人生旅程中一段值得自豪和回味的经历。

岑参的边塞诗,特别是七言歌行,多半用粗线条的大笔勾勒手法,很少作细腻婉丽的描绘抒情。这是为了更好地适应他所要表现的生活内容、奇景壮观。因此,粗犷豪放、朴质雄健便成为其边塞诗的主导风格。但这首诗却在粗犷豪放的基调中适当地融入细腻明丽的成分,使诗的风格兼有豪放与明丽的优长,显得分外丰富多彩。诗中像"北风卷地白草折,胡天八月即飞雪""将军角弓不得控,都护铁衣冷难着""瀚海阑干百丈冰,愁云惨淡万里凝""中军置酒饮归客,胡琴琵琶与羌笛""轮台东门送君去,去时雪满天山路"这一系列诗句,都是非常质朴劲健,笔致粗放的,但中间又有"忽如一夜春风来,千树万树梨花开"这样奇丽的想象,"散入珠帘湿罗幕,狐裘不暖锦衾薄"这种色彩鲜妍明丽的描绘,有"纷纷暮雪下辕门,风掣红旗冻不翻"这种白雪红旗交相辉映的壮美景象,更有"山回路转不见君,雪上空留马行处"这样细腻含蓄、韵味深长的描绘抒情,二者交替使用,融为一体,就像在铁马秋风的塞北风光中融入了"杏花春雨江南"的成分一样。岑参早期的诗,受到南朝诗人何逊、谢朓的影响,诗风明丽俊爽,他的这首《白雪歌送武判官归京》正吸收了齐梁诗歌某些方面的长处。

走马川行奉送出师西征①

君不见,走马川,雪海边②,平沙莽莽黄入天③。轮台九月风夜吼,一川碎石大如斗,随风满地石乱走④。匈奴草黄马正肥⑤,金山西见烟尘飞⑥,汉家大将西出师⑦。将军金甲夜不脱,半夜军行戈相拨⑧,风头如刀面如割。马毛带雪汗气蒸,五花连钱旋作冰⑨,幕中草檄砚水凝⑩。虏骑闻之应胆慑,料知短兵不敢接⑪,车师西门伫献捷⑫。

[校注]

①此诗与《轮台歌奉送封大夫出师西征》为同时同地之作,题内"西征"亦同指一事,而史籍失载。均为天宝十四载(755)九月作于轮台。走马川,柴剑虹《岑参边塞诗地名考辨》(载《学林漫录》第七辑)认为即唐轮台以西之著名水道玛纳斯河(唐时又称白杨河)。清代徐松《西域水道记》谓此河"冬则尽涸",故诗中有"一川碎石大如斗"的描写。奉送出师西征的对象为封大夫,即封常清,御史大夫为天宝十三载入朝时所加宪衔。②"川"字下原有"行"字,文义不通,当涉题内"行"字而衍。今删。且此诗每三句一转韵,句句押韵,起三句"走马川,雪海边,平沙莽莽黄入天","川""边""天"押同韵。雪海,《新唐书·地理志》:"雪海,又三十里至碎卜戍,傍碎卜戍五十里至热海。"热海即今吉尔吉斯共和国东部之伊塞克湖。可证雪海距伊塞克湖仅八十里。则"走马川"(玛纳斯河)与"雪海"之间似有相当一段距离,故或以为"雪海"指今准噶尔盆地之广大雪原。然此数句亦可理解为从走马川到雪海边的广大地区。③莽莽,无边无际貌。按此句所写即今所称沙尘暴景象。④川,指河床。走,跑。⑤匈奴,古北方游牧民族名,此处借指当时西域地区某个与唐朝作战的民族。游牧民族每于秋天草黄马壮时发动对汉族的侵扰战争,故句云。⑥金山,即阿尔泰山,蒙语意为"金

山"。在今新疆北部。或云"金山"即金岭，又称金娑岭，今新疆北部之博格达山。⑦汉家大将，指封常清。西出师，向西出兵征讨。⑧半夜军行，人马均衔枚于口中，以防喧哗被敌方发觉，故寂静中只听到兵器碰撞的声响。⑨五花，唐人喜将骏马鬃毛修剪成瓣以为装饰，分成五瓣者称五花马。连钱，马名。《尔雅·释畜》"青骊驎骈"郭璞注："色有深浅，班驳隐粼，今之连钱骢。"五花马，连钱骢，此处均泛称骏马。旋作冰，指马身上的汗气将落在身上的雪融化，马上又结成了冰。⑩草檄，起草讨伐敌人的军事文书。⑪谓敌人不敢与唐军短兵相接，近距离交锋。短兵，指刀剑一类短兵器，相对于能远距离攻击对方的弓箭弩器一类长兵器而言。句意盖谓敌人慑于唐军强大威势，不敢迎战，闻风而遁。⑫车师，汉西域国名，此指唐庭州，北庭都护府治所。《旧唐书·地理志三·陇右道·庭州》："金满……后汉车师后王庭。"

[鉴赏]

这首诗和《轮台歌奉送封大夫出师西征》所描绘的是同一次史籍失载的军事行动，过去有的学者根据《献封大夫破播仙凯歌六章》，认为此次西征即征播仙（今新疆且末城），诗中的"走马川"即左末河（又称且末河，今新疆车尔成河）。但据诗人《北庭西郊候封大夫受降回军献上》"胡地苜蓿美，轮台征马肥。大夫讨匈奴，前月西出师。甲兵未得战，降虏来如归"等句，这次军事行动是以不战而降人之兵结束的，与《献封大夫破播仙凯歌六章》所描绘的"万箭千刀一夜杀，平明流血浸空城""昨夜将军连晓战，蕃军只见马空鞍"的情景完全不符，当是另一次失载的军事行动。

诗三句一换韵，句句押韵，平仄韵交押，构成六个小节。第一节用"君不见"喝起，紧接着是由两个三字句、一个七字句构成的音节意义单元，展现出此次出师西征所经的地域是从"走马川"到"雪海边"的一片荒漠。远远看去，平沙万里，浩无际涯，大风起处，滚滚黄沙，卷入天空，将整个天宇都染黄了。这正是沙漠地区刮沙尘暴的景象。"入"字写出狂风翻卷黄沙直入天际的动态。

接下来三句，写夜间行军于走马川时狂风走石的景象。"轮台"是出师西征的出发地，"九月"是出师西征的时间，着一"吼"字，写出白天卷沙扬尘的风，到了夜间，更加猛烈，满川大如斗的石头，在狂风的冲击扫掠下，竟满地乱跑。"大如斗"而称"碎石"，自是河川中还有更大的石头；但这"碎石"本身也正是千万年来，狂风吹击冲撞巨石，使之粉身碎骨的结果。而"走"字上冠以"乱"字，又正显示出风力之猛烈。

"匈奴"三句,回笔补叙异族进犯和唐军出师。游牧民族作战多用骑兵,秋天草黄马肥,正是发动掠夺战争的时机,故"草黄马正肥"之后,紧接着就写"金山西见烟尘飞",表明敌人已经发动了进攻,烽烟战尘正飞扬翻滚而来。而"汉家大将西出师"紧随其后,则显示出所进行的是一场防卫性战争。"烟尘飞",写敌人来势汹汹,而"汉家大将西出师"则显得既堂堂正正,又镇定从容。这三句按自然顺序,应放在诗的开头,但那样写,不免平衍,故先极写风沙之狂暴,造成先声夺人的艺术效果,再回过头来从容补叙。并以"西出师"为贯串前后各六句的纽带,点明所写皆西征时行军所见所闻的景象。

"将军"三句,接写夜间行军情景。"金甲夜不脱",说明军情紧急,也说明将军以身作则,有强烈责任心。"半夜"句实际上交代了"金甲夜不脱"的原因是指挥夜行军。"戈相拨"是个细节,暗示行军时整肃无哗,除了风声外,只偶尔听到兵器轻微碰撞的声响。因为暗夜行军,前后的士兵所持武器不免无意中相撞。"风头"句则突出描绘了将士顶风急速夜行军时的尖锐痛切感受。虽似一句极通俗的大白话,却极真切而明快。

"马毛"三句,进一步渲染半夜行军所遇酷寒。前两句一意贯串,说五花马、连钱骢这样的骏马,马毛上沾满了雪,由于疾速奔驰,却汗气蒸腾;但汗气刚冒出来,马上又结成了冰。将风雪之猛、马驰之快、气候之寒、行军之疾一齐写出。"幕中"句是说如此严寒的深夜,即使是在生着炉火的军幕中起草军事文书,砚台中的水也冻成了冰,更何况是在茫茫雪原中顶风冒雪行军呢?后一句衬托前两句,且顺势带出下三句。

最后三句是对胜利的预期。说在如此纪律严明、威武神勇、不畏艰苦的军队面前,敌人肯定闻风丧胆,不敢与我军短兵相接,我们这些留守后方的幕僚们就在轮台西门等待着将军回师献捷吧。这虽是出师时的祝颂之辞,却真如诗人所料,一个月后就变成了现实。结尾用入声韵,更显示出一种斩截明快的意味,表现出信心百倍、所向披靡的气势。

这首诗标题的方式与《白雪歌送武判官归京》相同,但内容的侧重点却和《白雪歌》正好相反。《白雪歌》的侧重点是抒写塞外八月飞雪的奇丽风光和诗人的豪情壮采,"送别"是次要的,而且它本身就结合着雪景的描写,成为诗人豪情壮采的一个方面。而这首《走马川行奉送出师西征》尽管也写了塞外的飞沙走石、狂风暴雪,但这一切在诗中都只是对"出师西征"恶劣环境的展示,成为唐军将士英勇无畏精神的一种衬托。因此,用艰难酷烈的自然环境衬托豪壮的行军场面、唐军的昂扬士气,就成为这首诗艺术构思和表现手法的一个显著特点。

诗一开始就用重笔勾画出一个翻腾咆哮、凶猛狂暴的自然界。"入""吼""走"三个动词,不但写出风沙逞威肆虐的自然界面貌,而且传出它那带有原始色彩的桀骜不驯的精神和性格。大漠的狂风给人的印象就像是一头发狂的野兽,具有极强的破坏力。这样的自然环境,正显示出这次军事行动的艰苦。下面,又极力渲染夜间的严寒,在风如利刃割面、马汗砚水成冰的情况下急速行军,更显示出唐军不畏艰苦的战斗意志和神勇气概。但用自然界的狂暴、严酷反衬唐军的高昂士气和战斗意志,只是这首诗运用衬托手法的主要方面;与此同时,诗中还用敌人的来势汹汹反衬唐军的镇定从容("匈奴"三句),用动来反衬静,用喧腾咆哮的环境来反衬唐军的整肃("将军"三句),用热来反衬冷("马毛"二句)。总之,通过多方面的衬托,显示出唐军的浩壮军威、昂扬士气、无畏精神,从而水到渠成地引出"车师西门伫献捷"的胜利预期。

在貌似高度夸张的形容中寓有高度的真实,是这首诗的另一显著特点。诗中诸如"一川碎石大如斗,随风满地石乱走""风头如刀面如割""马毛带雪汗气蒸,五花连钱旋作冰"这些描写,猛一看,会感到都是高度夸张的形容,因为它们与人们日常的感受闻见有很大的距离,但亲历其境,才发现这是高度的真实。这正说明岑诗之"奇"源于真切的生活体验,没有长达数年的边塞生活体验,就不可能写出这样奇警而真实的诗句。

和《白雪歌》在奇丽壮美中融入鲜妍明丽色彩不同,这首诗自始至终都运用粗线条的笔法作大笔勾画濡染,但却又粗中有细,偶亦通过传神的细节描写来表现特定的情境,像"半夜军行戈相拨"就是显例。在狂风怒吼的喧腾声中,连面对面大声说话都不容易听清,因此这"戈相拨"的轻微撞击声只能是在狂风停顿的间隙中听到的,因为在喧腾咆哮的狂风骤停的间隙,环境会显得出奇的静。但如果这支队伍是在人语马嘶的喧闹声中行军,则"戈相拨"之声同样很难被察觉。只有在狂风骤歇,而整个队伍又一直保持高度整肃的情况下,才能听到军戈相碰撞之声。这正是一支纪律严明的队伍暗夜行军时特有的细节。"马毛"二句亦复如此。诚如有的学者所说:"写马毛带雪……可知雪之大,雪落在马身上竟不融化,可见寒之烈;就在这样的严寒之中,马身上是蒸腾的汗气,又可见马走之急速;而此蒸腾之汗气，旋即凝结成冰，又衬出寒冷之达于极致。"（罗宗强《唐诗小史》第81页）这种典型细节所蕴含的信息极其丰富，非亲历而有真正体验者不能道。

历代评家大都注意到此诗句句用韵、三句一转的奇特格式。它有意打破中国传统诗歌以偶数句为一意义、音节单元的格式，破偶为奇，每三句作为一个意义、音节单元，显得节短而势险，别具一种奇峭突兀的风格。这种格式完全适合它所要表达的雄奇气势、紧张军情，体现了内容与形式的高度统一，具有很大的创造性。读这样的诗，如闻战鼓"咚咚咚"之声在有节奏地擂响，节律本身就具有一种催人奋进的力量。

凉州馆中与诸判官夜集①

弯弯月出挂城头，城头月出照凉州。凉州七里十万家②，胡人半解弹琵琶。琵琶一曲肠堪断，风萧萧兮夜漫漫。河西幕中多故人③，故人别来三五春④。花门楼前见秋草⑤，岂能贫贱相看老。一生大笑能几回，斗酒相逢须醉倒。

[校注]

①诗作于天宝十三载（754）秋，诗人赴北庭途经武威时。凉州，《岑嘉州集》诸本均误作"梁州"，据诗中"河西幕"，当为凉州。《全唐诗》作"凉州"。唐陇右道凉州武威郡，河西节度府所在地（治所在今甘肃武威）。馆，宾馆。判官，节度使僚属。据闻一多《岑嘉州系年考证》及陈铁民《岑参集校注》附岑参年谱，天宝十载暮春岑参自安西至武威，有《武威送刘单判官赴安西行营便呈高开府》《武威送刘判官赴碛西行军》《武威春暮闻宇文判官西使还已到晋昌》《河西春暮忆秦中》《戏问花门酒家翁》《登凉州尹台寺》等诗，约五月始离武威东归长安。此诗有"河西幕中多故人，故人别来三五春"之语，当与天宝十载春夏间在武威停留之事有关。又据戴伟华《唐方镇文职幕僚考》，天宝十二载至十四载，哥舒翰任河西节度使期间，判官有吕諲（度支判官）、田良丘、萧昕、贺兰进明、严武（节度判官）等人，诗题内之"诸判官"，或为上述诸人中为诗人之故交者。②《元和郡县图志·陇右道下·凉州》："武德二年讨平李轨，改为凉州。置河西节度使，备羌胡……天宝元年，改为武威郡……州城本匈奴所筑……城不方，有头尾两翅，

名为乌城。南北七里,东西三里。"里,《全唐诗》校:"一作城。"《通鉴》卷二百十九:"武威大城之中小城有七。"则作"里"作"城"各有所据。而《新唐书·地理志》:"凉州武威郡……户二万二千四百六十二,口十二万二百八十一。"与岑诗所言"十万家",相差甚远,或岑参作诗时凉州已增至十万户。③天宝十载春夏间,岑参东归途中在武威羁留近三个月,当与河西幕中僚属结识;而作此诗之天宝十三载,在河西幕任职之僚属中,除十载结识现仍在河西幕者以外,或有新入幕之其他故交。④自天宝十载至十三载,首尾四载,故约称"三五春"。或故人中有别来三春者,有别来五春者。不限于天宝十载羁留武威期间所结交之"故人"。⑤花门楼,岑参天宝十载春夏间在凉州时,有《戏问花门酒家翁》诗,陈铁民《岑参集校注》谓此"花门"即"花门楼",系凉州客舍之名。按:花门为回纥之别名,回纥西南千里有花门山堡。杜诗有《留花门》诗,(诗云:"花门天骄子,饱食气勇决。")"花门"即指回纥。则岑诗之花门酒家翁或指回纥人开酒店者,此"花门楼"或亦可能指回纥人居住之楼舍,与上"胡人"相应。

[鉴赏]

在岑参的边塞诗中,这是一首将时代精神、地域特色和诗人个性结合得非常完美的篇章,也是一首极富民歌情调而又生动地展现出军幕文士真率豪爽、洒脱浪漫风貌的篇章,其艺术魅力之强烈,丝毫不亚于《白雪歌送武判官归京》《走马川行奉送出师西征》等最杰出的诗篇。但一千多年来,注意及此的评家却少得出奇。王夫之可算得上是此诗的知音,只可惜他过于惜墨如金,"出落无一字虚设"(《唐诗评选》卷三)七字之评不免使人感到难尽其妙。

诗共十二句,可以分为前后两段。前段六句,主要写边城凉州的风情。一上来是两个极具民歌风韵的诗句:"弯弯月出挂城头,城头月出照凉州。"一弯新月,高挂城头。这城头的月亮,又渐次升高,悬在天空,照亮了整个凉州。两句中"月出"重见,"城头"顶针,固是民歌格调,清新流丽,令人宛见新月清光如水银泻地的态势,同时也显示两句所写景象,有一个时间上的间隔、接续过程。即上句所写是新月初出、挂在城头时的景象,下句所写则是城头的月亮高挂中天、映照全城的景象。两个"月出",写的是不同时段的景象,词虽相同,却包含了时间的推移和景象的变化。这样来理解,方能品味其风神摇曳之美,而无繁复芜累之弊。

三、四两句,再用顶针格紧承次句,展现出在月亮清光映照下"凉州七里十万家"的全景。唐代的凉州,由于其地处中西交通要冲,不仅是军事重镇,而且是繁华的都会和中外文化交流的枢纽。"七里"既是实写,"十万家"当亦为唐代全盛时期凉州繁盛景象的真实反映。但由于地处西北边陲,向为胡汉民族杂居之地,因此它的风貌又显别于内地的繁华都市。"胡人半解弹琵琶",便是这个胡汉杂处都会异域风情的生动写照。琵琶本为胡乐,故当地胡人之善弹琵琶自属常情。音乐向来是民族风情的鲜明体现,故这"七里十万家"的凉州城中,在月亮清光映照下,到处响起一片参差错落的琵琶声乃至伴随的胡歌声时,这边城的异域情调、民族风情便显得十分浓郁。由于是在月夜,对边域风貌的感受主要诉之听觉,故写"胡人半解弹琵琶",正是写异域情调的简洁传神之笔。两句境界开阔,情调安闲,体现出全盛时期唐代凉州繁华而安定的面貌,其中闪现着时代的面影。

五、六两句,三用顶针格,写月夜闻琵琶声的感受。"肠堪断",是形容琵琶声感染力之强烈。"风萧萧"用荆轲《易水歌》中成语,"夜漫漫"用宁戚《饭牛歌》"长夜漫漫何时旦"而稍加变化,均随手拈来,自成妙趣,无原作中之悲壮与苦闷,却渲染出了一片西北边域特有的神韵。在寒风萧萧、长夜漫漫的环境中聆听这参差起伏的琵琶声,那种身处边域异乡的阔远中带点凄清的感受便变得十分强烈了。

后段六句,转写"与诸判官夜集"。"河西幕中"二句,点明"夜集"者除了身为客人的诗人自己外,多为河西幕中昔日相识的故交,而自己同这些故交别来已经三年五载了。"三五春"是不定之词,意在说明分别时间不尽相同,而时光倏忽、一别经年的感慨自寓其中,这便自然引出下面的人生感慨。

"花门楼前见秋草,岂能贫贱相看老。"花门楼前,秋草已衰,时光倏忽,人生有限,但自然界的盛衰荣枯在诗人心中引起的却不是消极的感叹,而是"岂能贫贱相看老"的豪情壮志。诗人天宝八载(749)首次赴边,是怀着"万里奉王事,一身无所求。也知塞苦,岂为妻子谋"(《初过陇山途中呈宇文判官》),"功名只向马上取,真是英雄一丈夫"(《送李副使赴碛西官军》)的雄心前往的,但首尾数载,竟未实现夙愿。此番重赴西北边塞,仍抱着"勤王敢道远"(《发临洮将赴北庭留别》)的壮怀,故有此语。话说得率真坦荡,是盛唐文人的本色语。

"一生大笑能几回,斗酒相逢须醉倒。"结尾两句,由"岂能贫贱相看老"句对前途的执著与乐观,转出对当前处境的豪爽旷达态度。尽管彼此目前仍身处贫贱,但均志存高远,相信定会有建功立业抱负实现之时,则自当笑对人生,想到一生之中有多少次能尽情大笑,故友相逢,自当开怀痛饮醉倒于宴席之上。这一结,将故友相逢宴集的淋漓兴会和豪情逸兴推至极致，诗人的浪漫情怀和不羁个性、骏爽风采也得到了生动的表现。

这是典型的盛唐之音。它的豪旷不同于苏轼那些在旷达中蕴含着人生悲慨之作，而是表现出更多的洒脱和浪漫。它的背后，有"天生我材必有用"的乐观自信作支撑。

奉和中书舍人贾至早朝大明宫[①]

鸡鸣紫陌曙光寒[②]，莺啭皇州春色阑[③]。金阙晓钟开万户[④]，玉阶仙仗拥千官[⑤]。花迎剑珮星初落[⑥]，柳拂旌旗露未干[⑦]。独有凤凰池上客[⑧]，阳春一曲和皆难[⑨]。

[校注]

①此诗作于乾元元年（758）春暮，系和中书舍人贾至之作。贾至（718—772），字幼邻（一作幼几），洛阳人。天宝元年（742）明经擢第。安史乱起，从玄宗入蜀，迁中书舍人。乾元元年春，贾至作《早朝大明宫呈两省僚友》，杜甫、岑参、王维均有和作。岑参时任右补阙。大明宫，初建于贞观八年（634），名永安宫，九年改名大明宫。有三十三门。正门（南门）为丹凤门，正殿为含元殿，其北为宣政殿。自唐高宗龙朔三年（663）迁往大明宫听政，直至唐末，历代皇帝大都在此听政，国家大典多在此举行。故址在今陕西西安市北龙首原上，有大明宫遗址公园。《丛刊》本题作《奉和中书贾至舍人早朝大明宫》。②紫陌，指京城的街道。③皇州，指帝都、京城。阑，晚、尽。④金阙，华美的宫阙。万户，指皇宫的千门万户。《史记·孝武本纪》："于是作建章宫，度为千门万户。"⑤玉阶，皇宫中以玉石砌成或装饰的台阶。《文选·班固〈西都赋〉》："玄墀扣砌，玉阶彤庭。"张铣注："玉阶，以玉饰阶。"仙仗，指皇帝的仪仗。⑥剑珮，指上朝官员佩戴的剑和佩饰。《旧唐书·舆服志》："朝服，冠、帻、缨……剑、珮、绶。一品已下，五品以上，陪祭，朝飨、拜表大事则服之。七品已上，去剑、珮、绶，馀并同。"⑦旌旗，指皇帝仪仗中的旗帜。⑧凤凰池，指中书省。《晋书·荀勖传》："勖自中书监除尚书令，人贺之，勖曰：'夺我凤凰池，诸君何贺邪？'"凤凰池本为禁苑中池沼。魏晋南北朝时设中书省于禁苑，掌管机要，接近皇帝，故称中书省

为凤凰池。此以"凤凰池上客"指时任中书舍人的贾至。⑨《阳春》,古代乐曲名,系高级曲调。宋玉《对楚王问》:"客有歌于郢中者,其始曰《下里》《巴人》,国中属而和者数千人。其为《阳阿》《薤露》,国中属而和者数百人。其为《阳春》《白雪》,国中属而和者不过数十人……是其曲弥高,其和弥寡。"此以《阳春》一曲指贾至的原唱曲高和难。

[鉴赏]

在盛唐诗坛上,天宝十一载(752)秋的登慈恩寺塔唱和,乾元元年(758)春的早朝大明宫唱和,称得上是后先辉映的诗坛盛事。两次唱和的诗人中,除薛据、储光羲和贾至外,高适、岑参、王维、杜甫四人都是当时第一流的大诗人。这种诗歌唱酬活动,参与的诗人本身自然有各自施展诗才的竞赛意识,后代的诗评家也就因此纷纷评其高下优劣,甚至为之排列名次。这些评论,虽因评论者本身的艺术眼光、趣味的不同而有参差,但越到后来,总体的看法逐渐趋于一致。如果说,争论唐人七律、七绝孰为第一殊属无谓,也根本不可能得出一致的结论,那么,这种同题同体的唱和诗思想艺术的高下却是大体上可以得出比较一致的结论的。如登慈恩寺塔诗,杜作思深虑远,象征手法运用亦出神入化,自非馀作可及,岑诗亦气势雄伟奇峻,境界高远阔大,体现出盛唐诗雄浑高华的风貌,为高、储二作所不及。而早朝大明宫唱和诗,则贾至原唱平平,杜作亦未见出色,已成公论。王、岑二作,虽各有短长,但就整体而言,岑作较为匀称,亦为共识。

起联点"早""春",系写"早朝"前情景。细味诗意,当是写参加早朝者循京城大道前往大明宫路上所见所闻:在华美的京城大道上骑马行进,传来鸡鸣的报晓声,清晨的曙色还略带寒意;皇州京城之中,流莺鸣啭,春色已经很深。之所以要点明季节,是因为贾至的原唱中即标明"春色",故岑、杜二作亦均点明这个季节背景,下面的有关描写亦与此密切相关。

颔联正面描绘大明宫早朝景象,上句写金阙晓钟响过,大明宫的千门万户纷纷开启;下句写玉饰的台阶上排列着皇帝的仪仗,上朝的官员聚集排班。"金阙""玉阶",见宫殿之华美壮丽;"开万户""拥千官",见宫殿规模之广大与上朝官员之众多。两句词采华丽,境界壮阔,气象博大,体现出大唐王朝泱泱大国的宏伟气度。而上下句之间,时间上有先后,显示出正在进行中的活动场景。

腹联仍写早朝景象,却转从侧面,借春晨物色加以烘托渲染。官员身上的"剑珮",仪仗队中的"旌旗",是上朝者身份与皇家威仪的象征,点出这两种物象,作为两句的核心意象,正紧扣宫廷早朝,而"花迎""柳拂"二语,不但点明时令、春色,而且使全联在华美庄严中显出了轻清流动的意致。"星初落""露未干"则进一步点明"早"字。全联色彩鲜明绚丽,对仗工整,风致天然。早朝诗不专从华美庄严着笔,而是点染出一片俊逸风流的意致,可称别具手眼。

早朝景象至此已作了充分的描绘,尾联转笔写"奉和中书舍人"之意。"凤凰池上客"点"中书舍人贾至","阳春一曲"指贾之原唱,赞美其诗如《阳春》《白雪》之高唱。"和皆难",不但点明"和"字,而且连同王维、杜甫的难以继和的意思也包括进去了。这是奉和诗必有的笔墨,用典雅切,结得也很得体。但五、六句与七、八句之间,确有纪昀所评的转接突兀之病,而王、杜二作,则收束承接得比较自然。

四首早朝大明宫诗,都有一个共同的特点,就是极力渲染宫廷早朝的华贵庄严气象,这自是早朝诗常见的风貌。但结合当时两京初复,安史之乱仍在继续的情势,四位诗人都不免有刻意渲染盛世景象的意向。这虽然也表现了诗人们的美好愿望,但不免有粉饰太平之感。尤其是像王维的"九天阊阖开宫殿,万国衣冠拜冕旒"的诗句,若作于开元盛世,庶几近似;作于疮痍满目的乾元初年,就有些故意张大其词,不免遭肤廓之讥了。

逢入京使①

故园东望路漫漫②,双袖龙钟泪不干③。马上相逢无纸笔,凭君传语报平安④。

[校注]

①天宝八载(749),安西四镇节度使高仙芝表岑参为幕僚,岑参于初冬启程赴安西(今新疆库车)。诗为赴安西途中适逢入京之使者时所作。②故园,此指长安。岑参系荆州江陵人,但自开元末至天宝八载,大部分时间均在长安。③龙钟:沾湿貌。蔡邕《琴操·信立退怨歌》:"空山欷歔,涕龙钟兮。"④凭,烦劳、请求。

[鉴赏]

此诗给人的突出印象是平易自然、朴素本色,但又经得起反复咀味。这是因为它具有以下几个特点。

平中见真。诗人在《初过陇山呈宇文判官》诗中曾豪迈地宣称："万里奉王事,一身无所求。也知塞垣苦,岂为妻子谋。"而这首诗中出现的诗人形象却是频频回望故园、两袖泪湿不干的怀乡者,二者间形成极大反差。诗中直抒强烈的怀乡思家之情,毫无讳饰。唯其如此,愈见情之真。同为勤劳王事,"功名只向马上取"的英雄气概与普通人的怀乡情怀原是统一的。而三、四两句所描叙的马上相逢、烦传平安口信的细节则见事之真,非有亲身经历者不能道。真情、真事,又均用白描手法,不稍雕饰,是为文之真。

平中见厚。前两句平平叙起,出语虽平淡,感情却深厚而强烈。"路漫漫",不仅见故园之遥远,亦传出怀乡之情的悠长;"泪不干"更显出怀乡之情的强烈,迹近夸张而愈见情之深厚。如此深厚强烈的乡思,似当有千言万语的倾诉,而马上相逢,行色匆匆,无纸笔亦无时间,千言万语,最后都浓缩成了一句最简单的话:"凭君传语报平安。""报平安"三字中包含了千言万语,其情之深厚可知。

平中有曲。前两句极言怀乡之情的强烈浓重,后两句却将满腔乡思化作最简单的三个字,重提而轻放,这是笔势之曲。一提一顿之间正显示出"报平安"的感情含量之重。不说自己如何思念家人,而从家人方面着想,想到家人最挂念的是征人的平安。透过一层,这是笔意之曲。

真、厚、曲,都与三、四两句所描叙的极富包孕的典型细节有密切关联。诗的耐味,主要得力于此。但诗人并非刻意求工,而是在真切的生活体验基础上如实描写,故能显示其整体的本色之美。好奇务险、豪情壮采的岑参,在这首诗中成了一位极平常的普通士兵,这正是诗人一体两面的真本色。

春　梦①

洞房昨夜春风起②,遥忆美人湘江水③。枕上片时春梦中,行尽江南数千里。

[校注]

①此诗初见于殷璠编选的《河岳英灵集》,是编收诗终于天宝十二载(753),诗当作于此前,具体年份不详。《文苑英华》卷一百五十七题作《春夜所思》。

②洞房，幽深的内室，多指卧室、闺房。《楚辞·招魂》："姱容修饰，絚洞房些。"③遥忆美人，《全唐诗》原作"故人尚隔"，据《河岳英灵集》《文苑英华》改。美人，品德美好的人。《诗·邶风·简兮》："云谁之思，西方美人。"此指所思念的人。

[鉴赏]

  岑参的边塞七绝，大都写得粗犷豪放，雄奇苍莽，富于北国情调；而这首《春梦》，由于题材不同，别具一种风流旖旎、蕴藉婉丽的情致，极具南国风调。从这里可以看出他诗歌风格的多样性和兼具南北诗风的特点。

  这首诗的内容，正如题目所标示的，是写一位闺中女子的春梦。第一句中的"洞房"，是深邃的房室的意思，指女子所居；第二句中的"美人"，指她所思念的男子。两句是说，昨天夜间，深邃的房室里荡漾起和煦的春风，深屋闺房的女主人公不由得遥想起远在湘江之畔的意中人来。时序的转换往往容易触动离人思绪，春天的到来自然更易引发对爱情的思慕。"春风起"与"遥忆"紧相承接，显示了春风对心灵活动的微妙作用。着一"起"字，不仅传出春风暗起于帘帷之间的动态感，而且仿佛可以感受到春风的温馨气息和充溢在整个洞房中的盎然春意。在这种气氛浸染下，女主人公的缱绻柔情自不免如春风驰荡，不能自已，遥忆远人而积思成梦了。因此，这里的"春风"虽实指自然界中的春风，但同时又使读者产生许多美好的联想，非常富于象外之致。不妨说，它同时是女主人公春情春思的一种象喻。"遥"字是个关键性的字眼，因为双方相隔遥远，这才有"忆"和"梦"，才会有"行尽江南数千里"的梦境。"湘江水"指明了所思慕的远人目前所居之地。这个词语本身，也很容易引发有关爱情和离别方面的联想。作为诗歌意象，它的内涵是极丰富的。

  以上两句，写洞房中人春夜的思忆。三、四两句，由"忆"而"梦"，进一步写春夜的梦寻。"枕上片时春梦中，行尽江南数千里。"女主人公和她的意中人之间，遥隔着数千里的路程。在现实生活中，这迢递的关河对于一个闺中女子来说，几乎是不可逾越的，但在梦中，这通往江南的数千里程途却在片刻之间便已度越。梦境的特点之一是不受时空限制，寻梦者甚至会感到自己身轻如燕，得以凭虚御风而行，所以有"片时春梦""行尽千里"的真切描写。时间之短暂与空间度越的遥远适成对照，突出了梦行的迅疾。一般写梦，往往着眼于梦中相会的具体情事，因为这正是寻梦者心中向往已久的。这首诗却别开生面，只写梦中行程之迅速，而于梦中相见的情景不置一词。这正是作者构思新颖独到之处。原来，女主人公之所以"忆"，原因就在于双方的遥隔。而"梦"正使之消除了空间的悬隔。梦境给她留下的最深刻的印象和最愉悦的感受，也正是这种片时行尽千里的幻境。诗人抓住这一点来写"春梦"，不仅生动地表现了梦境的飘忽迷离、变化迅疾，梦行的欣喜愉悦，而且透露了平日对遥隔的怨恨和相思之情的强烈。

"行尽江南数千里"以后的情事，诗人没有明写。或引晏几道《蝶恋花》"梦入江南烟水路，行尽江南，不与离人遇"之句，以为终未梦遇所思之人，但从"春梦""行尽"等富于暗示性的词语看，梦遇似已实现，只不过诗人意不在此，故而略去不提了。梦是风流旖旎的"春梦"，梦行所经，又是千里江南的锦绣之地，则梦遇情境的美好，便自然可以想见了。

李白

李白（701—762），字太白，号青莲居士，祖籍陇西成纪（今甘肃静宁西南）。先世窜于中亚碎叶（今吉尔吉斯斯坦托克马克附近）。五岁随父迁居绵州昌隆县（今四川江油）。二十四岁以前，在蜀中读书、任侠，"五岁诵六甲，十岁观百家""十五观奇书，作赋凌相如"，曾跟"任侠有气，善为纵横术"的赵蕤学习，少任侠，好神仙。开元十二年（724），出蜀漫游，历江汉、洞庭、金陵、扬州等地，后于安陆（今属湖北）入赘故相许圉师家，娶其孙女，"酒隐安陆，蹉跎十年"。约开元十八年初入长安，结交张垍等人，后失意归。开元二十四年寓居东鲁任城，与孔巢父等游，号竹溪六逸。天宝元年（742），由玉真公主推荐，应诏入京，供奉翰林。三载春，因遭谗毁，被"赐金还山"。后漫游梁宋，与杜甫、高适同游。复游齐鲁、吴越。十一载，北游幽蓟。翌年秋，又南游宣城，后至金陵、广陵。安史乱起时在梁园，后隐于庐山。永王璘经略南方军事，召李白入幕。至德二载（757），李璘被杀，李白系浔阳狱，后定罪长流夜郎（今贵州桐梓）。乾元二年（759）三月，于流放途中遇赦。东归江夏，游洞庭，下金陵，至当涂依族叔李阳冰。上元二年（761），闻李光弼自临淮率军平叛，曾请缨从军，半道病还。代宗宝应元年（762）病卒于当涂。李阳冰受托编其集为《草堂集》，并作序。李白为盛唐诗歌最杰出的代表，中国文学史上继屈原之后最伟大的浪漫主义诗人。儒、道、纵横诸家及任侠精神对他均有显著影响，而极为强烈的用世要求、建功立业的宏伟抱负与不屈己、不干人、蔑视权贵、蔑视礼法、追求自由解放的精神则是其思想性格的基本方面。其诗歌创作举凡对日趋腐朽的统治集团的强烈抨击与批判，对自己高昂热烈的爱国感情的抒写，对理想与现实的尖锐矛盾和蔑视权贵、反抗封建束缚精神的表现，对祖国壮伟秀丽山川的描绘和对盛唐时代生活美的反映，都贯串着他的思想性格。其诗歌风格兼有豪放与飘逸、壮丽与明秀之美，而统一于"清水出芙蓉，天然去雕饰"的自然真率。想象丰富奇特，瞬息万变，极具浪漫色彩。诸体中除七律现仅存八首外，各种体裁均有佳作，七言古诗、五七言绝句尤称圣手。历代注本中以清王琦《李太白集辑注》较善。近人注本有瞿蜕园、朱金城合编之《李白集校注》，安旗主编之《李白全集编年注释》，詹锳主编之《李白全集校注汇释集评》，郁贤皓撰著之《李白集校注》等。

古风五十九首（其十）

齐有倜傥生①，鲁连特高妙②。明月出海底③，一朝开光曜。却秦振英声，后世仰末照④。意轻千金赠，顾向平原笑⑤。吾亦澹荡人⑥，拂衣可同调⑦。

[校注]

①《古风五十九首》，内容涉及政治、社会、历史、人生、文艺等方面，非一时一地之作。多用比兴寄托、咏史讽时、游仙寓怀等手法，间用赋体直陈，是继承阮籍《咏怀》、陈子昂《感遇》讽时伤世、抒发理想抱负和人生感慨的重要作品。倜傥，卓越超异，不同寻常。司马迁《报任安书》："古者富贵而名摩灭，不可胜纪，惟倜傥非常之人称焉。"或解为洒脱不为世羁，疑非。参注②引《史记·鲁仲连邹阳列传》。②鲁连，即鲁仲连，战国时齐国著名策士。《史记·鲁仲连邹阳列传》："鲁仲连者，齐人也。好奇伟俶傥之画策，而不肯仕宦任职，好持高节，游于赵……会秦围赵，闻魏将欲令赵尊秦为帝，乃见平原君曰：'事将奈何？'平原君曰：'胜也何敢言事。前亡四十万之众于外，今又内围邯郸而不能去。魏王使客将军新垣衍令赵帝秦，今其人在是，胜也何敢言事！'鲁仲连……见新垣衍……曰：'彼秦者，弃礼义而上首功之国也，权使其士，虏使其民，彼则肆然而为帝，过而为政于天下，则连有蹈东海而死耳，吾不忍为之民也。所为见将军者，欲助赵也。'新垣衍曰：'先生助之将奈何？'鲁连曰：'吾将使梁（按：即魏）及燕助之，齐、楚则固助之矣。'新垣衍曰：'燕则吾请以从矣。若乃梁，则吾乃梁人也，先生恶能使梁助之？'鲁仲连曰：'梁未睹秦称帝之害故也……今秦万乘之国也，梁亦万乘之国也，俱据万乘之国，各有称王之名，睹其一战而胜，欲从而帝之，是使三晋之大臣不如邹、鲁之仆妾也。且秦无已称帝，则且变易诸侯之大臣。彼将夺其所不肖而与其所贤，夺其所憎而与其所爱，彼又将使其子女谗妾为诸侯妃姬，处梁之宫，梁王安得晏然而已乎？而将军又何以得故宠乎？'于是新垣衍起，再拜谢曰：'始以先生为庸人，吾乃今日知先生为天下之士也。吾请出，不敢复言帝秦。'秦将闻之，为却军五十里。适会魏公子无忌夺晋鄙军以救赵，击秦军，秦军遂引而去。"高妙，美善之至。唐苏鹗《苏氏演义》卷上："汉朝又悬四科取士：一曰德

行高妙，二曰通经学，三曰法令，四曰刚毅多略。"按：《史记·鲁仲连传》谓其"好奇伟俶傥之画策"，司马贞索隐引《广雅》云："俶傥，卓异也。"俶傥，义同"倜傥"，皆卓异不凡之义，可证"齐有倜傥生"即齐有卓异之士，亦即新垣衍所称"天下之士"。指品德才能言，不指风采个性。③明月，指明月珠，即夜光珠。《楚辞·九章·涉江》："被明月兮佩宝璐。"王逸注："言己背被明月之珠。"李斯《谏逐客书》："有随和之宝，垂明月之珠。"因其出于海蚌之中，故云"出海底"。但"明月出海底"之句亦可双关明月出于海底，升起于海上之意，故下句云"一朝开光曜"，既可指明月珠之光耀一朝为世人所识，又可指海底升起之明月光照人间。④却秦，使秦军退去，见注②。末照，余光。⑤顾，回首。平原，指平原君赵胜，战国时四公子之一。《史记·鲁仲连邹阳列传》："于是平原君欲封鲁连，鲁连辞让者三，终不肯受。平原君乃置酒，酒酣起前，以千金为鲁连寿。鲁连笑曰：'所贵于天下之士者，为人排患释难解纷乱而无取也。即有取者，是商贾之事也，而连不忍为也。'遂辞平原君而去，终身不复见。"⑥澹荡，放达。⑦拂衣，振衣而去，指不恋荣禄而决然归隐。《后汉书·杨震列传》："融曰：'……孔融鲁国男子，明日便当拂衣而去，不复朝矣。'"晋殷仲堪《解尚书表》："进不能见危授命，忘身殉国；退不能辞粟首阳，拂衣高谢。"南朝宋谢灵运《述祖德》诗："高揖七州外，拂衣五湖里。"同调，指志趣相投。谢灵运《七里濑》诗："谁谓古今殊，异代可同调。"

[鉴赏]

这是一首借咏史以抒怀的古风。左思《咏史八首》（其三）云："吾希段干木，偃息藩魏君。吾慕鲁仲连，谈笑却秦军。当世贵不羁，遭难能解纷。功成耻受赏，高节卓不群。临组不肯绁，对珪宁肯分？连玺耀前庭，比之犹浮云。"李诗在取材、立意上显然受到左诗的影响，但李诗无论在思想或艺术上，较之左诗，又有明显的超越，特别是在咏史抒怀之中既塑造了鲁仲连的鲜明形象，又凸显了李白自己的鲜明个性。篇幅虽短，却疏宕明快，潇洒俊逸，极具神采。

作为一个历史人物，鲁仲连身上集合了策士、纵横家、游侠、高士等多种类型人物的特征。这些特征，在李白身上，也有鲜明的表现。因此，他将鲁仲连作为自己的偶像加以崇拜，就是十分自然的了。毋宁说，是在鲁仲连身上看到了自己的影子。但这首仅有十句的短章，却没有（实际上也不大可能）去表现鲁仲连诸多方面的特征，而是集中笔墨突出其功成不受赏的高士风标，以寄托自己的人生理想。

开头两句是对鲁仲连的热情赞颂。"倜傥"是卓越超异之意，这已经是对其非凡品格才能的极赞，但诗人觉得仍不足尽其意，又加上"特高妙"三字作加倍的渲染。"高妙"是至美至善之意，从汉代设"德行高妙"一科可知它主要指人物的德行。这就为全诗对鲁仲连的赞颂定下了主调，即突出其高士的品格。

接下来四句，用一个鲜明生动的比喻进一步赞颂其品格才能的显露，就像沉埋于海底的明月宝珠，一朝闪烁出耀眼的光辉。"海底""一朝"之语，强调的是其品格才能本不为人所知，却因其突然显露而名扬天下。这一点在《史记·鲁仲连传》中并没有明确记载，李白这样写，正反映了他自己的人生理想。他在许多诗中描绘过类似的情景，如《驾去温泉宫后赠杨山人》："少年落魄楚汉间，风尘萧瑟多苦颜。自言管葛竟谁许，长吁莫错还闭关。一朝君王垂拂拭，剖心输丹雪胸臆。忽蒙白日回景光，直上青云生羽翼。"正可移作"明月"二句的注脚，值得玩味的是，"明月"二句，从字面上还不妨理解为：一轮明月，从海底升起，顿时清光照耀，天地增辉。这情景也许更能生动地表现鲁仲连的光明皎洁品格，以及他出现所带来的巨大影响。文学作品中这种可以相容的诠释，不仅不会引起理解上的紊乱，而且可以进一步丰富它的意蕴内涵。

以上四句，均从虚处着笔，极力赞叹，至五、六二句，势必转叙实事，否则诗就会显得空泛。诗人却以高度概括之笔出之："却秦振英声，后世仰末照。"十个字中，其主要的事迹（鲁仲连一生大事唯"却秦"与一箭书解聊城之围两件），以及在当世和后代的影响，均囊括无遗，"后世仰末照"中也自然包含了诗人自己对鲁仲连品格才能的敬仰。"仰末照"之语，又切第三句之"明月"，照应自然入妙。

如果说五、六两句主要是突出鲁仲连的事功，那么七、八两句便着重描写并赞颂其品格的高尚："意轻千金赠，顾向平原笑。"虽同样极简约，却有鲜明生动的形象，特别是下面那个"顾"字，更是画龙点睛式地写出了人物不慕荣利的品格和潇洒脱俗的风神。"轻千金赠"之"意"，正是通过"顾向平原笑"的神情意态得到传神的表达。之所以如此，鲁仲连自己的话已经作了最明确的解答："吾与富贵而诎于人，宁贫贱而轻世肆志焉。"与其富贵而受制于人，宁愿贫贱而轻视世俗、肆意适志。这里包含了重视个人自由甚于名利荣华的思想。这正是鲁仲连思想性格中最具人性光辉，也最为李白所钦慕的一面，也是诗人与他所歌颂的历史人物精神上高度契合之处。

末二句乃就势结出全诗的主旨。"澹荡"，意即放达不受拘束，亦即鲁仲连所谓"肆志"。正因为彼此都是重视个人意志、个人自由甚于名位荣利的"澹荡人",是以虽相隔千载,却异代同心,在功成拂衣而归隐的行动上,自可引为知音同调。这里,既交代了借咏古以抒怀的写作动机,又点明了诗的主旨。李白一生的最高人生理想,就是功成身退,具体地说,就是"申管晏之谈,谋帝王之术,奋其智能,愿为辅弼,使寰区大定,海县清一。事君之道成,荣亲之义毕,然后与陶朱、留侯,浮五湖、戏沧洲",而鲁仲连正是"功成不受赏"而身退的完美典型。李白将鲁仲连作为完美典型来赞颂,正是为了表达自己最高的人生理想。

这首诗歌咏自己所钦慕的历史人物,重点凸显歌咏对象与诗人自己精神性格的高度契合的方面,即既建不世之功,又不慕荣利,保持个人自由的"澹荡"性格。因此,歌咏对象与诗人自己融为一体,正是这首诗的突出特点,从鲁仲连身上能鲜明看到诗人自己的影子,寄托着诗人自己的人格理想和人生理想。在表现手法上,不取详尽的叙述,而是用赞叹的笔调和生动的比喻对其品格才能进行渲染形容。于其事功,仅以极概括的笔墨稍加点染;于其精神风貌,则用画龙点睛式的笔法加以表现。最后将自己与歌咏对象合而为一。整首诗既疏宕明快,又潇洒俊逸,体现出诗人一贯的风格。

古风五十九首(其三十四)

羽檄如流星①,虎符合专城②。喧呼救边急,群鸟皆夜鸣③。白日曜紫微④,三公运权衡⑤。天地皆得一,澹然四海清⑥。借问此何为,答言楚征兵⑦。渡泸及五月⑧,将赴云南征⑨。怯卒非战士,炎方难远行⑩。长号别严亲⑪,日月惨光晶⑫。泣尽继以血,心摧两无声⑬。困兽当猛虎⑭,穷鱼饵奔鲸⑮。千去不一回,投躯岂全生⑯?如何舞干戚,一使有苗平⑰。

[校注]

①羽檄,插鸟羽以示紧急的军事文书。《史记·韩信卢绾列传》:"吾以羽檄征天下兵。"裴骃曰:"以鸟羽插檄书,谓之羽檄,取其急速若飞鸟也。"如流星,极言其迅疾,转瞬即逝。②虎符,古代征调军队的凭证,铜制,刻为虎形,剖作两半,右半留中央,左半付将帅或州郡长官。调发军队时,朝廷使臣须持符验对,符合始能发兵。唐代已改用鱼符。专城,指州郡长官。《文选·潘岳〈马汧督诔〉》:

"剖符专城。"张铣注："专，擅也，谓擅一城也。谓守宰之属。"③《庄子·在宥》："鸿蒙曰：乱天之经，逆物之情，玄天弗成，解兽之群而鸟皆夜鸣，灾及草木，祸及昆虫。""群鸟"句用典，正示此次征兵赴边的军事行动是"乱天之经，逆物之情"的不义之战。④白日，象征皇帝。紫微，即紫微垣，星官名。《晋书·天文志上》："紫官垣十五星，其西蕃七，东蕃八，在北斗北。一曰紫微，大帝之座也，天子之常居也。"⑤三公，古代中央政府三种最高官衔的合称。周以太师、太傅、太保为三公（一说以司马、司徒、司空为三公）；西汉以丞相、太尉、御史大夫为三公；东汉以太尉、司徒、司空为三公，但已非实职。此处实泛指宰相。运权衡，运用权力。《晋书·潘岳传》："虽居高位，飨重禄，执权衡，握机秘，功盖当时，势侔人主，不得与之比逸。"权、衡，原指秤锤、秤杆，用以称量物体轻重，转喻权力。⑥《老子》："昔之得一者，天得一以清，地得一以宁。"一指道。澹然，安定貌。《文选·扬雄〈长杨赋〉》："使海内澹然，永忘边城之灾。"李善注："澹，安也。"⑦楚征兵，一作"征楚兵"。查慎行《初白诗评》："当天宝之世，忽开边畔，驱无罪之人，置之必死之地，谁为当国运权衡者？'白日'以下四句，国忠之蒙蔽殃民，二罪可并案矣。"沈德潜《唐诗别裁》注："言天下清平，不应有用兵之事，故问之。"按："楚征兵"，指为讨南诏而征发楚地之兵。《通鉴·天宝十载》："四月……剑南节度使鲜于仲通讨南诏蛮，大败于泸南。时仲通将兵八万，分二道出戎、巂州，至曲州、靖州。南诏王阁罗凤遣使谢罪，请还所俘掠，城云南而去，且曰：'今吐蕃大兵压境，若不许我，我将归命吐蕃，云南非唐有也。'仲通不许，囚其使。进军至西洱河，与阁罗凤战，军大败，士卒死者六万人，仲通仅以身免。杨国忠掩其败状，仍叙其战功。……制大募两京及河南、北兵以击南诏，人闻云南多瘴疠，未战，士卒死者什八九，莫肯应募。杨国忠遣御史分道捕人，连枷送诣军所……于是行者愁怨，父母妻子送之，所在哭声振野。"《旧唐书·杨国忠传》："南蛮质子阁罗凤亡归不获，帝怒甚，欲讨之。国忠荐闻州人鲜于仲通为益州长史，令率精兵八万讨南蛮，与罗凤战于泸南，全军陷没。国忠掩其败状，仍叙其战功，仍令仲通上表请国忠兼领益部。十载，国忠权知蜀郡都督府长史，充剑南节度副大使，知节度事……国忠又使司马李宓率师七万再讨南蛮。宓渡泸水，为蛮所诱，至和城，不战而败，李宓死于阵。国忠又隐其败，以捷书上闻。自仲通、李宓再举讨蛮之军，其征发皆中国利兵，然于土风不便，沮洳之所陷，瘴疫之所伤，馈饷之所乏，物故者十八九。凡举二十万众，弃之死地，只轮不还，人衔冤毒，无敢言者。"此诗所反映的当是天宝十载（751）征兵讨云南事。⑧泸，即泸水，即今雅砻江下游及金沙江会合雅砻江以后的一段江流。《水经注·若水》："泸峰最为杰秀，孤高三千丈，是山于晋太康中崩，震动郡邑。水之左右，马步之径裁通，而时有瘴气，三月、四月有径之必死，非此时犹令人闷吐。五月以后，行者差得无害。故诸葛亮表言：五月渡泸，并日而食，臣非不自惜也，顾王业不可偏安于蜀故也。《益州记》曰：泸水源出曲罗嶲下三百里，曰泸水。两峰有杂气，暑月旧不行，故武侯以夏渡为艰。"及，趁。⑨据《新唐书·南蛮传上》，开元末，皮逻阁并六诏为一，破吐蕃，浸骄大，以破弥蛮功，驰遣中人册为云南王。云南征，即征南诏。以地处云岭之南，故曰云南。⑩炎方，炎热的南方地区，此指南诏所在的云南地区。⑪长号，大声号哭。严亲，指父母。参注⑦引《通鉴》。⑫惨光晶，日月惨淡无光。晶，光亮。⑬摧，悲痛、哀伤。两无声，指出征者和送行的父母均悲痛失声。⑭当，值，遇上。⑮饵，饲。⑯投躯，舍身、献身。⑰《书·大禹谟》："三旬，苗民逆命……帝乃诞敷文德，舞干羽于两阶。七旬，有苗格。"孔传："干，楯；羽，翳也。皆舞者所执。修阐文教，舞文舞于宾主阶间，抑武事。"《帝王世纪》："有苗民负固不服，禹请征之。舜曰：'我德不厚而行武，非道也。吾前教由未也。'乃修教三年，执干戚而舞之，有苗请服。"干，盾牌；戚，大斧。

[鉴赏]

唐王朝为了牵制吐蕃，力助南诏统一了六诏。但统一后的南诏却与唐王朝产生矛盾。天宝九载（750），宰相杨国忠荐鲜于仲通为剑南节度使。仲通性褊急，少方略，"失蛮夷心。故事：南诏常与妻子俱谒都督，过云南。云南太守张虔陀皆私之。又多所征求，南诏王阁罗凤不应。虔陀遣人詈辱之，仍密奏其罪，阁罗凤忿怨，是岁发兵反，攻陷云南，杀虔陀，取夷州三十二"（《通鉴》卷二百十六），故有天宝十载鲜于仲通将兵八万讨南诏之举（见注⑦引《通鉴》）。其时南诏王阁罗凤曾谢罪，请还所俘掠，城云南而去，唐朝如趁此机会与南诏和好，可以免去这场战争。鲜于仲通却拒绝南诏之请求，囚其使者，至有丧师六万于西洱河的败绩。而杨国忠掩其败绩，仍叙其战功，进一步扩大对南诏的战争，此诗就是在这一背景下写作的，它鲜明地表现出对唐王朝决策者发动这场带有黩武性质的战争的愤激之情，对被驱使进行战争、无辜遭受痛苦牺牲的人民表达了深切的同情。

诗的开头四句，是对朝廷紧急向地方征调军队情景的描写。告急的军事文书像流星一样疾速驰送，朝廷调集地方军队的虎符立即发往州郡长官手中；送羽书的使者、握虎符的使臣一面驱马疾驰，一面喧呼着边境上有紧急军情，急需前往救援，弄得沿途夜宿的鸟都惊恐不安，发出尖厉的鸣叫声。前三句用"如流星""喧呼""救""急"等词语反复渲染，意在突出一种紧急的气氛。光看这几句，可能会认为这是一场外敌入侵、边境告急的自卫性军事行动，但"群鸟"句却通过用典，暗示这原是一场"乱天之经，逆物之情"的违背广大人民意愿的不义之战。李白的诗，常有这种虽用典却自然天成，宛若信口而出的句子。不了解典故出处的读者，虽也能从中品味出这种紧急调兵军事行动对百姓的骚扰，但了解其典故出处，则可深刻领会诗人反对这场黩武战争殃民的用意。

紧接着开头四句的"急"，"白日"四句所描绘的却是完全相反的另一种景象。"白日曜紫微"，用天象喻示皇帝安居京城皇宫，光辉照耀；"三公运权衡"，谓秉政的大臣在有效地运转国家机器，行使自己的权力。正因为如此，故天地广宇、四海之内都呈现出既统一又清平的局面。"澹然"和"清"是这四句的核心。实际上也就是李白自己所说的"寰区大定，海县清一"。这样来形容当时的政局，虽是为了反跌出上四句所写情况的反常，但也大体上符合天宝年间表面上繁荣安定的局势。

"借问"四句，由"得一""澹然"逼出诗人的反问，揭出紧急征调军队的原因与目的：原来羽檄星驰、虎符急征、喧呼救边，弄得禽鸟夜惊的原因就是为了"将赴云南征"。"楚征兵"，指在楚地征调军队。楚地离云南较近，故征调这一带的军队救边比较迅疾。相传渡泸水五月比较适宜，故用"及"字，以显示朝廷赶在这个季节讨南诏，实际上还是为了突出军事行动的紧急。"及"字正透露出朝廷军队赶时间、抢速度的意图。

"怯卒"六句，写被迫征调去讨伐云南的士兵与家人离别时的惨痛情景。史载其时"人闻云南多瘴疠，未战，士卒死者什八九，莫肯应募。杨国忠遣御史分道捕人，连枷送诣军所……于是行者愁怨，父母妻子送之，所在哭声振野"。将史籍记载与李白此诗对读，可以看出诗中所写完全是生活的真实反映。用"怯卒"来形容被强征的士卒，不仅透露出他们是在毫无训练的情况下被绑送战场，而且反映出战争的违背人民意愿。人民不愿为黩武战争卖命，故心存畏怯，更何况炎方远行，路途险阻，作战之地又多瘴疠，更使他们毫无斗志。一"怯"字蕴含着多重意涵，可称精练而富于表现力。"长号"四句所描绘的惨状，则可与杜甫《兵车行》"耶娘妻子走相送,尘埃不见咸阳桥。牵衣顿足拦道哭,哭声直上干云霄"相对照,而杜诗主于叙事,偏于客观写实;李诗主要抒情,偏于主观感情的抒发,带有更强烈的感情色彩。而"泣尽继以血,心摧两无声"的惨状,则可与杜诗"眼枯即见骨,天地终无情"比美,诗人的人道主义同情和对当权决策者的愤慨溢于言表。

"困兽"四句,通过形象、生动的比喻,显示被驱使去征讨云南的士卒,犹如陷入绝境的野兽正遇上凶猛的老虎,无路可逃的鱼儿投饲横暴奔突的巨鲸,此去万无生理。用"千去不一回"的夸张笔墨来形容"投躯岂全生"的必然后果,给人以触目惊心的感受,却完全符合征云南之师全军覆没的事实。高度的夸张与高度的真实在这里得到和谐的统一。至此,对当权者穷兵黩武、驱民死地的愤激之情达于极致。

末二句忽作转折,收归正意:"如何舞干戚,一使有苗平。""如何"即"何如"之意。与其穷兵黩武、丧师辱国,使无辜百姓遭受无谓的巨大牺牲,何如效舜之敷文德、修政教,使远人心悦诚服地归附呢?这是因批判黩武战争自然引出的主意,其中也自然包含了对当权决策者不能修明政治,只知滥用武力的尖锐批判。

唐代的三位大诗人李白、杜甫、白居易都针对唐王朝征南诏,给人民造成巨大的牺牲和痛苦的事件写过充满人道主义精神的杰出诗篇。白居易是事后追溯,痛定思痛的反省;李、杜则是直接针对眼前正发生的事实。其政治责任感与对人民的同情尤为突出。而由于三位诗人艺术个性的不同,三首诗又各具鲜明的特色。白作系叙事诗,主要通过新丰折臂翁的独特经历反映黩武战争的罪恶;杜作则虽偏于叙事,却触及黩武战争所造成的动摇国本的严重危害,思致更为深刻;李诗则将批判的矛头指向当权决策者,揭露其黩武战争给人民造成的巨大牺牲,感情更为愤激。

蜀道难①

噫吁嚱②!危乎高哉!蜀道之难,难于上青天。蚕丛及鱼凫③,开国何茫然④!尔来四万八千岁⑤,不与秦塞通人烟⑥。西当太白有鸟道⑦,可以横绝峨眉巅⑧。地崩山摧壮士死⑨,然后天梯石栈相钩连⑩。上有六龙回日之高标⑪,下有冲波逆折之回川⑫。黄鹤之飞尚不得过⑬,猿猱欲度愁攀援⑭。

青泥何盘盘⑮！百步九折萦岩峦⑯。扪参历井仰胁息⑰，以手抚膺坐长叹⑱。问君西游何时还，畏途巉岩不可攀⑲。但见悲鸟号古木⑳，雄飞雌从绕林间。又闻子规啼夜月㉑，愁空山。蜀道之难，难于上青天！使人听此凋朱颜㉒。连峰去天不盈尺㉓，枯松倒挂倚绝壁。飞湍瀑流争喧豗㉔，砯崖转石万壑雷㉕。其险也如此，嗟尔远道之人胡为乎来哉？剑阁峥嵘而崔嵬㉖，一夫当关，万夫莫开。所守或匪亲㉗，化为狼与豺㉘。朝避猛虎，夕避长蛇。磨牙吮血，杀人如麻㉙。锦城虽云乐㉚，不如早还家。蜀道之难，难于上青天，侧身西望长咨嗟㉛。

[校注]

①《蜀道难》，乐府旧题，《乐府诗集》卷四十相和歌辞瑟调曲载梁文帝《蜀道难二首》，题解云："《古今乐录》曰：'王僧虔《技录》有《蜀道难行》，今不歌。'《乐府解题》曰：'《蜀道难》备言铜梁、玉垒之阻，与《蜀国弦》同。'《尚书谈录》曰：李白作《蜀道难》，以罪严武。后陆畅谒韦南康皋于蜀郡，感韦之遇，遂反其词作《蜀道易》云：'蜀道易，易于履平地。'按铜梁、玉垒在蜀郡西南，今永康是也。非入蜀道，失之远矣。"《乐府诗集》于梁简文帝之作后又录刘孝威、阴铿及唐张文琮之作，内容均言蜀道之险阻，刘作即有"玉垒高无极，铜梁不可攀"之句，可证《乐府解题》谓"《蜀道难》备言铜梁、玉垒之阻"之言不虚。李白此作，亦极言蜀道之险阻。据诗中"问君西游何时还""其险也如此，嗟尔远道之人胡为乎来哉""锦城虽云乐，不如早还家"等句，当为在长安送人入蜀而作。作者另有《送友人入蜀》五律云："见说蚕丛路，崎岖不易行。山从人面起，云傍马头生。芳树笼秦栈，春流绕蜀城。升沉应已定，不必问君平。"与《蜀道难》或为同时之作。此诗收入殷璠选编之《河岳英灵集》，此集收诗终于天宝十二载癸巳（753），则《蜀道难》当作于此前。今之学者或系此诗于开元十八、九年（730、731）李白初游长安期间，亦有主张作于天宝初年者，当以后者为是。②宋庠《宋景文公笔记》卷上："蜀人见物惊异，辄曰：'噫吁嚱。'李白作《蜀道难》，因用之。"按：噫、吁、嚱均为叹词，可单独用，此则连用表强烈的惊叹。宋庠谓是蜀方言，可参。相当于今之"啊唷嗨"。③蚕丛、鱼凫，传说中古蜀王名。《文选·左思〈三都赋〉》注引扬雄《蜀王本纪》曰："蜀王之先名蚕丛、柏濩、鱼凫、蒲泽、开明。是时人萌，椎髻左言，不晓文字，未有礼乐。从开明上到

李　白

丛，积三万四千岁。"④茫然，模糊不清的样子。此处形容年代久远。⑤尔来，从那时以来。四万八千岁，极言年代久远，与《蜀王本纪》所谓"三万四千岁"，同为传说中的数字，不必拘实。⑥秦塞，犹秦地。秦地四面皆有险阻关隘，为四塞之国，故称。通人烟，指人烟相接，相互往来交通。⑦太白，山名，秦岭主峰，在今陕西眉县南。鸟道，只有飞鸟可以度越的通道。"有鸟道"，谓无人可行走的道路。⑧横绝，横度，飞越。峨眉，山名，在四川峨眉山市的西南。⑨《华阳国志·蜀志》："秦惠王知蜀王好色，许嫁五女于蜀。蜀遣五丁迎之。还到梓潼，见一大蛇入穴中。一人揽其尾，掣之，不禁，至五人相助，大呼拽蛇，山崩时压杀五人及秦五女并将从，而山分为五岭。"⑩天梯，喻高峻的山路如登天的梯。石栈，在悬崖峭壁上凿洞架木铺板而成的栈道。钩连，连接。⑪六龙回日之高标，极言山之高峻。古代神话传说，日神乘六龙为驾、羲和为御的车。左思《蜀都赋》："羲和假道于峻岐，阳乌回翼乎高标。"《初学记》卷一天部三："《淮南子》云：'爰止羲和，爰息六螭，是谓悬车。'注曰：'日乘车，驾以六龙。羲和御之。日至此而薄于虞渊，羲和至此而回六螭。'"螭即龙。高标，指高峻的山峰可以作为标志者，犹诸峰中之最高峰。句谓仰视则有连六龙所驾的日车也不能不为之回转的高峰。⑫冲波逆折，激浪撞击崖壁，形成倒流漩涡。回川，曲折的河流。⑬黄鹤，即黄鹄。善于高飞远举的鸟。古"鹤""鹄"二字通。《商君书·画策》："黄鹄之飞，一举千里。"⑭猱：猕猴。善攀援。⑮青泥，岭名，在今甘肃徽县南，陕西略阳县北。《元和郡县图志·山南道·兴州》：长举县："青泥岭，在县西北五十三里，接溪山东，即今通路也。悬崖万仞，山多云雨，行者屡逢泥淖，故号青泥岭。"盘，形容山路曲折盘绕。⑯萦，绕。岩峦，山峰。⑰扪，摸。历，经。参(shēn)、井，星宿名。古天文学将天上星宿的位置与地上的区域相对应，以测该对应地区的吉凶灾变，称分野。参为蜀之分野，井为秦之分野。胁息，屏住呼吸，形容因紧张而屏息。⑱膺，胸。⑲巉岩，险峻的山岩。宋玉《高唐赋》："登巉岩而下望兮。"李白《北上行》："磴道盘且峻，巉岩凌穹苍。"⑳悲鸟，叫声凄厉的鸟。号，号叫。㉑子规，即杜鹃鸟，蜀中多杜鹃。《文选·左思〈蜀都赋〉》："鸟生杜宇之魄。"刘渊林注："《蜀记》曰：'昔有人姓杜，名宇，王蜀，号曰望帝。宇死，俗说云，宇化为子规。子规，鸟名也。蜀人闻子规鸣，皆曰望帝也。'"㉒凋朱颜，红润的容颜为之憔悴失色。㉓去，距离。㉔湍，急流。瀑流，瀑布。喧豗(huī)，水石相击发出的喧闹声。㉕砯(pīng)：本指水冲击山崖发出的声音，这里用作动词

"冲击"之意。转，转动，翻转。㉖剑阁，此指险峻的剑阁道。《华阳国志》卷二："梓潼郡有剑阁道三十里，至险。"《水经注·漾水》："白水又东南迳小剑戍北，西去大剑三十里，连山绝险，飞阁通衢，故谓之剑阁也。"剑阁道在今四川剑阁县东北大小剑山之间。峥嵘，险峻貌。崔嵬，高峻貌。㉗匪亲，不是亲信可靠的人。㉘狼与豺，指凶恶的叛乱者。以上四句，本左思《蜀都赋》："一人守隘，万夫莫向。"张载《剑阁铭》："一夫荷戟，万夫趦趄，形胜之地，匪亲勿居。"㉙猛虎、长蛇，喻凶恶的叛乱者。吮，吸。杀人如麻，极言杀人之多。《旧唐书·刑法志》："遂至杀人如麻，流血成泽。"㉚锦城，指成都。成都旧有大城、少城，少城古为掌织锦官员之官署，因称锦官城。后遂用作成都之别称。唐时成都为全国除长安、洛阳两都及扬州以外的繁华都会，有"扬一益二"之称，故云"锦城虽云乐"。㉛咨嗟，叹息。

[鉴赏]

关于《蜀道难》的写作年代，有两条时间底线。一是根据《河岳英灵集》载李白此诗及集序，可断定此诗最晚的写作时间不会超过天宝十二载（753）；二是根据《本事诗》及《唐摭言》的记载，可进一步断定其写作时间在初入长安时。李白初入长安，有天宝元年及今人所倡开元十八年（730）两说。从李阳冰《草堂集序》、魏颢《李翰林集序》等白之同时代人叙及李白与贺知章的交往情形看，当在天宝元年。杜甫《寄李十二白二十韵》亦云："昔年有狂客，号尔谪仙人。笔落惊风雨，诗成泣鬼神。声名从此大，汨没一朝伸。"所谓"汨没一朝伸"，当指其供奉翰林事。写作年代既定，则举凡诸穿凿之旧说（忧房、杜，讽严武，讽玄宗幸蜀）均可不攻自破。讽章仇之说在时间上虽与诗之写作时间并无矛盾（章仇镇剑南西川，在开元二十七年至天宝五载），但其人并无跋扈割据之任何迹象，故此说亦可排除。

今人所倡功名无成说，其依据仅为姚合诗中"李白《蜀道难》，羞为无成归"之语及阴铿《蜀道难》中"蜀道难如此，功名讵可要"之句。然前者仅为姚合对李白《蜀道难》主题之理解，或当时诗坛上曾流传此种说法，这种理解和说法是否正确，还要依据李白作品本身进行检验并作出判断。至于后者，更仅属阴铿个人一时感触的联想，并不能得出《蜀道难》古题有此传统的寓意。实际上梁简文帝、刘孝威及张文琮诸人之作即仅言蜀道之难而无阴铿式的感触。自然更不能证明李白之《蜀道难》有功名难成的寓意。从李白《蜀道难》本身的内容看，诗中用主要篇幅描绘渲染了蜀道的险阻高峻，难以攀登度越。同时又因蜀道的险阻而联想到其地易于割据，如所守非人，将酿成祸患。其中没有任何地方提到或暗示仕途艰险、功名难成。这一点，只要将《蜀道难》和《行路难三首》对读，就能判断出《蜀道难》并无"欲渡黄河冰塞川，将登太行雪满山""行路难，行路难，多歧路，今安在""大道如青天，我独不得出"式的寓意。

　　《蜀道难》是乐府古题，古辞"备言铜梁、玉垒之阻"，可见写蜀道山川的险阻并非李白的新创造，李白的创造在于将这险阻的蜀道描绘渲染得十分雄奇壮美、神秘幽深，具有巨大的能量，令人惊心动魄。一开头，就如风雨骤至，连用三个充满强烈感情色彩的叹词将诗人对蜀道险峻的惊奇感受突出强调出来，接着又用"危乎高哉"四个字，概括对蜀道的总体印象。正是这"危"而"高"的蜀道造成了蜀道之"难"。为了强调蜀道之难，又糅合夸张和比喻，发出了"难于上青天"的慨叹。可以说，开头三句，就为全诗定下了基调。

　　"蚕丛"以下八句，写蜀道的开辟。却从追溯茫昧的远古开始，说自古蜀先王开国以来，经历了漫长的历史年代，蜀地与秦塞之间始终隔绝不通；直到五丁力士开山，秦蜀之间才出现了一条由险峻如天梯的山路和凿石架木而成的栈道勾连起来的道路。这里用了历史传说、神话故事来分别渲染上古时代蜀地与中原的隔绝和战国时代蜀道的开通，前者既见蜀地的险阻，又增添了古蜀地的神秘色彩，后者则渲染了蜀道开辟的神奇和蜀道的险峻。中间又插入"西当太白有鸟道，可以横绝峨眉巅"二句，以反衬蜀道开辟之前，秦蜀之间唯有飞鸟可以度越，而人迹所不能至。从"不与秦塞通人烟"到"天梯石栈相钩连"，写蜀道的从不通到通，神秘与神奇、雄奇与艰险兼而有之。"地崩"二句，更将蜀地先民开山辟道的壮举伟功神话化，写得气势磅礴，惊心动魄。

　　"上有"以下八句，极写蜀道之高峻险阻。"上有六龙回日之高标"，运用神话传说作夸张之渲染，系虚写其"高"；"下有冲波逆折之回川"，则实写其"危"。上句仰视，下句俯瞰。"黄鹤"二句分承，用善高飞的黄鹄、善攀越的猿猱反衬山高、水险难以度越。"青泥"二句，则以"百步九折"形容道路的盘纡曲折难行。"扪参"二句又用高度夸张的笔法渲染登上高峰之顶时的真切感受。登高峰者感到天上星辰仿佛伸手可触，"扪参历井"正传达出这种真切的错觉；而"仰胁息"则是登峰顶时下视万丈深谷，魂惊魄动、屏息凝气的真实写照；"以手抚膺坐长叹"则正是对这"高"而"危"的蜀道履历的深长叹息。

　　"问君"以下六句，是对蜀道之难另一侧面的描写。"问君"句说明这首诗的写作可能和送人入蜀有关，因蜀道艰险、畏途巉岩难以攀越而有"西游何时还"的发问。所送之人不必深考，因为在这首诗中，送人只是描绘渲染蜀道之难的契机，诗的主题与送人并无实质性的联系。"但见"四句，描绘了蜀道上所见所闻幽深凄厉的境界：叫声凄厉的鸟在古树上哀鸣，雌雄相随，在密林中飞翔；杜鹃鸟在月夜悲啼，使空旷的深山更显得凄清。蜀道由于险阻高峻，故人烟稀少，空旷凄寂，它的"高""危"正与空旷萧森有着密切的联系。

"蜀道之难，难于上青天！使人听此凋朱颜"三句，遥承篇首，开启下一节对蜀道之"险"的描写。"连峰"四句，融高度的夸张与真切的写实于一体，展现出连峰插天，直与天接，枯树倒挂，斜倚绝壁，激湍飞瀑，争相喧闹，撞崖转石，犹如万壑雷鸣。和"扪参历井"的夸张形容相似，说"连峰去天不盈尺"同样是极度的夸张，但行人仰视高峰插天时又确有"不盈尺"的真切感受。前人或赞"枯松"句逼真如画，其实这四句都形象鲜明，极富画意。但这画却是蕴含着大自然生机律动，释放出巨大能量，响彻万壑雷鸣般的声音的元气淋漓的画。在这种图画面前，王维《辋川集》中所描绘的境界便不免显得渺小了。在尽情描绘渲染之后，又用"其险也如此，嗟尔远道之人胡为乎来哉"作一收束，以回应前面的"问君西游何时还"，用一"险"字概括以上的描绘渲染给人的奇险感受。

"剑阁"以下直至篇末，由蜀道的奇险引出另一层意蕴：形胜之地易于割据的隐忧。"剑阁"五句，虽本左思《蜀都赋》与张载《剑阁铭》，但浑化无痕，且出新意。张载只说"形胜之地，匪亲勿居"，李白则改为"所守或匪亲，化为狼与豺"，理性的告诫化为感性直观的形象，用"豺狼"喻割据叛乱者，正形象地显示出其贪婪与残暴的野心家本性。接着，又连用四个四字句，以"猛虎""长蛇"重叠设喻，揭露其"磨牙吮血，杀人如麻"的凶残本质和百姓遭受残害的悲惨局面。"锦城"二句，乃顺势就送客西游回应前面的"问君西游何时还"和"嗟尔远道之人胡为乎来哉"，逼出"不如早还家"的劝诫。最后，再提"蜀道之难，难于上青天"，以"侧身西望长咨嗟"的感叹作结。

正如杜诗所形容的那样，这首诗的确给人以"笔落惊风雨"之感。题名"蜀道难"，但诗人用笔的重点显然放在对蜀道雄奇险峻的描绘渲染上。无论是"地崩山摧壮士死，然后天梯石栈相钩连"的蜀道开辟之神奇，还是"上有六龙回日之高标，下有冲波逆折之回川"，以及"飞湍瀑流争喧豗，砯崖转石万壑雷"的巨大能量的显现；无论是"扪参历井仰胁息"，还是"连峰去天不盈尺"的描写，都给

李　白

人一种魂悸魄动的强烈感受。诗中一再用惊叹的口吻表达对蜀道高危奇险的种种感受，正传达出诗人在奇险壮美的蜀道山川面前心灵上所受到的强烈震撼。所谓"蜀道难"，在李白笔下，实际上成了对蜀道充满惊奇感的赞叹。自然界的美多种多样，从大的类别来说，有阳刚之美和阴柔之美。阳刚之美中又包含各种不同的类型。同属五岳之一的泰山和华山，就一则偏于雄伟，一则偏于奇险。而蜀道山川，则兼具雄壮奇险之美。它高危险峻，令人"仰胁息""凋朱颜""愁攀援"，但它那特有的雄奇险峻之美就寓于这种惊心动魄的感受之中。人们从这雄奇险峻的蜀道山川中感受到大自然的神奇、壮丽和生命力，享受着一种心惊魄动的快感和美感。总之，它特有的壮美就寓于奇险之中。

美感是主客观的统一，是和人们的社会实践分不开的。对于蜀道，在相当长一段时间里，人们很可能只是单纯惊畏于它的险阻高峻，难以度越，而没有感受、发现它的美。李白之所以能将蜀道描绘得如此奇险壮丽，具有惊心动魄的美感，是和他所处的盛唐时代生产发展、交通发达，人们征服自然的力量增强，视野进一步扩大，因而美感观念也有了相应的变化发展等情况密切相关的。惊险的自然界在人们眼中不再仅仅是畏途，而是一种观赏的对象，并在观赏的同时感到一种精神上的满足。爱奇务险，以艰险为美，在盛唐诗中具有相当大的普遍性，边塞诗中对塞漠奇丽风光的欣赏赞美同样是这种变化了的美感观念的反映，李白的《蜀道难》正典型地反映了这种美感观念。殷璠用"奇之又奇"称赞《蜀道难》，同样是具有时代特征的审美观念在诗歌批评上的反映。

但描绘赞美蜀道山川的奇险壮丽，虽是这首诗内容的主要方面，却非它的全部。诗的末段，由蜀道的险阻联及形胜之地，匪亲勿居，明显地表现了对恃险割据局势的忧虑。赞美与忧虑，都统一于诗人的爱国感情。正因为热爱祖国奇险壮丽的山川，因而不愿意看到它为野心家所占据，造成国家分裂、生灵涂炭的局面。这两方面的内容完全可以统一，而且可以在一首诗中同时出现，不妨看杜甫歌咏相似题材的《剑门》：

> 唯天有设险，剑门天下壮。连山抱西南，石角皆北向……并吞与割据，极力不相让。吾将罪真宰，意欲铲叠嶂。

对"剑门天下壮"，杜甫是赞美的。但想到历史上经常发生恃险割据的事，因此又责备"设险"的天帝，要铲除剑门天险，以免"并吞与割据，极力不相让"的战争局面发生，祸害百姓。尽管李白在诗中没有说要"铲叠嶂"，但由杜诗可以说明，一个怀有爱国感情的人，在面对奇险壮丽的山川时，既热爱它、赞美它，又担心它为野心家所利用、所窃据，是非常自然的。李、杜都是爱国诗人，因此在面对剑门天险时，都同样想到了割据叛乱的问题，可谓"心有灵犀一点通"。但在李白诗中，这方面的内容是次要的，这不仅从篇幅上可以看出，而且从诗的基调也可看出。这是因为，李白写这首诗的天宝初年，封建割据叛乱还仅仅是一种隐患（开元末沿边设节度使，掌握军政大权，逐步造成尾大不掉的局面），处在萌芽状态之中。李白的可贵之处，正在于当割据势力初萌时就比较敏锐地觉察到了它的危险性，并且在这样一首描绘山川景物的诗里把这个问题鲜明地提了出来，引起人们对它的注意。但也正因为这个问题在当时还只是隐患，因此在诗里就没有将它作为重点。而杜甫的《剑门》，写于安史之乱正在继续的时代，蜀中的形势也很不平静，军阀徐知道正在酝酿一场叛乱。因此，《剑门》诗中就明显地将反对恃险割据作为主要内容，而对剑门天险的描绘则退居次要地位。

　　自然的性格化（或者说主观化、写意化），是这首诗的突出特点。这首诗从它的描写对象来说，应该属于山水诗。但它又和一般山水诗侧重描绘山水的形貌、情状不同，而是着重显示蜀道山川的"神"，着重抒写自己的主观感受。诗人借助高度的艺术概括力，抓住蜀道山川最突出的特点——雄奇险峻，充满原始的神秘、神奇色彩，充满巨大的生命活力，予以集中、反复的描绘渲染，并在描绘中渗透自己那种强烈的惊奇感、那种惊心动魄的感受。读这样的诗，也许对入蜀道路上的具体胜迹风景并无图经式的了解，但对蜀道山川之"神"，它那雄奇险峻的特征，它那"冲波逆折之回川"，那壁立千仞、可以扪参历井的高峰，那砯崖转石、万壑雷鸣的声响，却印象极为鲜明深刻，使我们感受到这是一个充满生命活力的自然界。而在传蜀道山川之神的同时，这首诗也展现了诗人自己的精神性格、神采个性，他那豪迈不羁的气概、磊落不平的胸襟、爱奇务险的性格、热爱祖国山川的感情也都隐现于字里行间。正是由于诗人的精神性格与蜀道山川的自然性格完全契合，他才能在诗中既传蜀道山川之神，又传诗人自己的神采个性。李白的这种山水诗，既和谢灵运那种专工客观描摹、细致刻画的山水诗显著有别，也和王维那种以情景交融的意境为特色的山水诗不同，而杜甫入蜀途中创作的那些图经式的山水诗更与此迥异。主要区别，就在于李白的这类山水诗，主观色彩要浓得多，他着重抒写自己的主观印象、感受，他笔下的山水，是一种性格化了的山水。

　　为了充分表现蜀道山川雄奇险峻的特点，淋漓尽致地抒写自己的主观感受，诗人将丰富的想象、高度的夸张和运用神话传说等一系列浪漫主义手法熔为一炉。"蚕丛"四句,通过对渺茫无稽的历史传说的追溯,展现出远古时代秦蜀之间群山莽莽、高入云天、飞鸟难度、人烟断迹的原始面貌,为现实的蜀道提供了深远的历史背景。紧接着,又运用了一个极富浪漫色彩的五丁开山的神话传说,有声有色地展现了蜀道的诞生,如同霹雳一声巨响,一个神奇的不平凡的景象突然涌现于眼前,使现实的蜀道带上了浓厚的传奇色彩。写山的高峻奇险,或用高度的夸张与反衬,如"黄鹤"二句;或将高度的夸张与奇特的想象结合起来,如"扪参"二句。而且这种夸张与想象又和"仰胁息"和"以手抚膺坐长叹"的细节描写结合,从而极真切地传达出登上险峰之巅时上顶青天、下临深渊的那种惊心动魄的感受,达到了幻与真的辩证统一。值得注意的是,在突出蜀道雄奇险峻的同时,诗中还插入了一段悲鸟号鸣、子规啼月的描写,展现了雄奇险峻的蜀道在月夜中所显示的另一种境界:幽深、凄清,带有某种神秘朦胧的色彩,使全诗的情调、色彩更加丰富。而在奇异这一点上又和全诗的基调和谐地统一。这一节也暗用了有关杜鹃的神话传说。

回环往复的抒情和参差变化的句式韵律,也是这首诗的突出特点。"蜀道之难,难于上青天"的诗句,在诗中三次出现,像一条贯串的纽带,将全诗连贯在一起,给人以波澜起伏之感。围绕着这个主旋律,诗一个波峰接一个波峰,回环往复中将诗的内容情感不断推向前进。诗一开头就将诗人对蜀道的种种强烈的主观感受凝聚成两声长叹和一句诗,拔地而起,破空而来,给人以神奇突兀之感,就像一场威武雄壮的戏开场前,突然响起的震撼人心的开场锣鼓,营造出紧张热烈的气氛,定下豪迈雄放的基调。第二次出场,是在一大段淋漓尽致的描绘渲染之后,起着承上启下的作用。既是对上一段描写的小结,又是一个暂时的间歇与停顿,好让读者紧张的神经松弛片刻,回味一下刚刚经历的惊心动魄的情景,准备迎接下面新的高潮。第三次出现,是在全诗的结尾处,为全诗作了总结,也留下了深长的回味。三次出现,都不是简单的重复和单纯的加深印象,而是和内容的发展紧密联系。它就像一部五音繁会的大型交响乐中的主旋律,将全诗的内容、感情和强烈的感染力都凝聚起来了。这种在回环往复中层层递进的抒情手法,是李白对《诗经》中民歌抒情手法的创造性运用和发展,使全诗在雄奇奔放中别具一种一唱三叹的韵味。

为了充分表现描写对象雄奇险峻的特点,自由抒写自己豪放不羁的情怀,诗人对传统的诗体也作了前所未有的大胆改造。传统诗歌,从《诗经》到楚辞,从五言到七言,从古体到新体、近体,一直是以齐言为主要特征。少数乐府诗句或长短参差不一,是由于音乐的需要。按照过去的诗体分类,这首诗仍归入七古一体,但说它是杂言,也许更准确。除二十一句七言这一基本句式外,有三言、四言、五言、九言,最长的句子达十一言。长短错综,极尽变化之能事。为了造成纵横驰骤的气势,诗中又大量运用散文化的句法,用了许多语助词、叹词。全诗的韵律也随着内容的变化而不断变化。这一切艺术因素的综合,造成了这首诗雄奇豪放、淋漓恣肆、跌宕多姿的风格,这种诗体,除了押韵这一点之外,可以说就是古代的自由诗。这是李白诗体解放的成功尝试,这种诗体,不但与初唐张若虚的《春江花月夜》、盛唐高适的《燕歌行》齐言体七古不同,与岑参破偶为奇的《走马川行》也显有差别,李白豪放不羁的性格和"笔落惊风雨"的创作风貌,在诗体的改造与解放上也充分体现出来了。

梁甫吟①

长啸梁甫吟,何时见阳春②?君不见,朝歌屠叟辞棘津,八十西来钓渭滨③。宁羞白发照清水④,逢时吐气思经纶⑤。广张三千六百钓⑥,风期暗与文王亲⑦。大贤虎变愚不测⑧,当年颇似寻常人。君不见,高阳酒徒起草中,长揖山东隆准公。入门不拜骋雄辩,两女辍洗来趋风⑨。东下齐城七十二,指挥楚汉如旋蓬⑩。狂客落魄尚如此⑪,何况壮士当群雄⑫!我欲攀龙见明主⑬,雷公砰訇震天鼓⑭。帝旁投壶多玉女⑮,三时大笑开电光⑯,倏烁晦冥起风雨⑰。阊阖九门不可通⑱,以额扣关阍者怒。白日不照吾精诚⑲,杞国无事忧天倾⑳。猰貐磨牙竞人肉㉑,驺虞不折生草茎㉒。手接飞猱搏雕虎㉓,侧足焦原未言苦㉔。智者可卷愚者豪㉕,世人见我轻鸿毛㉖。力排南山三壮士,齐相杀之费二桃㉗。吴楚弄兵无剧孟,亚夫咍尔为徒劳㉘。梁甫吟,声正悲。张公两龙剑,神物合有时㉙。风云感会起屠钓,大人𡾰𡾰当安之㉚。

[校注]

①《梁甫吟》,古乐府相和歌辞楚调曲名。《乐府诗集》卷四十一诸葛亮《梁

甫吟》解题:"《古今乐录》曰:王僧虔《技录》有《梁甫吟行》,今不歌。谢希逸《琴论》曰:诸葛亮作《梁甫吟》。《陈武别传》曰:武常骑驴牧羊,诸家牧竖十数人,或有知歌谣者,武遂学《泰山梁甫吟》《幽州马客吟》及《行路难》之属。《蜀志》曰:诸葛亮好为《梁甫吟》。然则不起于亮矣。李勉《琴说》曰:《梁甫吟》,曾子撰。《琴操》曰:曾子耕泰山之下,天雨雪冻,旬月不得归,思其父母,作《梁山歌》。蔡邕《琴颂》曰:梁甫悲吟,周公越裳。按梁甫,山名,在泰山下。《梁甫吟》,盖言人死葬此山,亦葬歌也。又有《泰山梁甫吟》,与此颇同。"诸葛亮所撰《梁甫吟》,系咏齐相晏婴二桃杀三士之事。《乐府诗集》所录陆机、沈约、陆琼之《梁甫吟》,或咏"年命时相逝,庆云鲜克乘"之慨,或抒"怀仁每多意,履顺孰能禁"之感,或写名倡歌尘绕梁之美,内容各不相同,均非古辞之义。《文选·张衡〈四愁诗〉》:"我所思兮在太山,欲往从之梁父艰。"李善注:"太山以喻时君,梁父以喻小人也。"刘良注:"太山,东岳也,愿辅佐君王致于有德而为小人谗邪之所阻难也。"李白此篇,当即取此义。詹锳《李白诗文系年》系此诗于天宝九载(750),谓:"《冬夜醉宿龙门觉起言志》诗云:'富贵未可期,殷忧向谁写。去去泪满襟,举声《梁甫吟》。青云当自致,何必求知音?'此诗寓意亦多与上首相合,疑是同时之作。"瞿蜕园、朱金城《李白集校注》则谓:"此诗有'张公两龙剑'之语,与《古风》第十六首'雌雄终不隔,神物会当逢'语意不能无关……詹氏所引《龙门言志》诗有'傅说板筑臣,李斯鹰犬人'之语,与此诗以太公郦生为喻,皆是未遇时口吻。若已被召入京,即使遭谗被放,亦与未遇者不同。"郁贤皓《李白集选注》谓:"按瞿、朱说甚是。《梁甫吟》相传为诸葛亮出山前所吟,本诗入手即以阳春喻明主,知其时未遇君主。所用吕望、郦食其事亦为渴望君臣遇合,末以张公神剑遇合为喻,深信君臣际遇必有时日。则此诗必未见君主前所作无疑。前人因诗中有'雷公''玉女''阍者'喻奸佞,以为被谗去朝后作,殊不知开元年间初入长安求取功业,亦为张垍等奸佞阻碍而无成,此诗正切合当时情事,与待诏翰林被放还山时事不侔……诗当作于开元二十一年即初入长安被张垍所阻而未见明主之后。"詹、郁二说不同,各有所据。然谓"未见君主",则与诗中"白日不照吾精诚"之语似未合。诗中所写政局昏暗景象,亦与开元之时情况不符。②阳春,阳光明媚的春天。语本宋玉《九辩》:"食不偷而为饱兮,衣不苟而为温。窃慕诗人之遗风兮,愿托志乎素餐。蹇充倔而无端兮,泊莽莽而无垠。无衣裘以御冬兮,恐溘死不得见乎阳春。"李白以"阳春"象喻政治上得到遇合之时。③朝歌屠叟，指吕望（即姜太公吕尚）。《韩诗外传》卷七："吕望行年五十，卖食棘津，年七十，屠于朝歌；九十，乃为天子师，则遇文王也。"又卷八："太公望少为人婿，老而见去，屠牛朝歌，赁于棘津，钓于磻溪，文王举而用之，封于齐。"朝歌，殷商都城，今河南淇县；棘津，在今河南延津县东北。渭滨，渭水边。指钓于磻溪（今陕西宝鸡东南）事。《史记·范雎蔡泽列传》："臣闻始时吕尚之遇文王也，身为渔父而钓于渭滨耳。"④宁，岂。清《全唐诗》校："一作绿。"⑤吐，李集诸本，《文苑英华》《乐府诗集》《全唐诗》均同，《乐府诗集》校云："一作壮。"经纶，喻治理国家。《易·屯》："君子以经纶。"⑥三千六百钓，旧注谓指吕望钓于渭滨几十年。然"广"字无解。此但泛言其广设钓而志在天下。吴昌祺《删订唐诗解》："予思地有三千六百轴，言太公会天下而钓之也。"瞿蜕园、朱金城《李白集校注》引黄本骥《痴学》："太白《梁甫吟》：'广张三千六百钓，风期暗与文王亲'，言渭水之钓，志在天下，非一丘之壑之比，即《鞠歌行》'虎变磻溪中，一举钓六合'之意。三千六百，偶举其数，无所取义。历来诠释皆近于凿。"⑦风期，风度品格。《晋书·习凿齿传》："其风期俊迈如此。"《世说新语·言语》"贫道重其神骏"刘孝标注引《高逸沙门传》："（支道林）少而任心独往，风期高亮。"⑧《易·革》："大人虎变。象曰：其文炳也。"孔颖达疏："损益前王，创制立法，有文章之美，焕然可观，有似虎变，其文彪炳。"虎变，指虎皮上的花纹变化，以喻大人物的行为经历变化莫测。愚不测，为愚人所难以测度。⑨高阳酒徒，指西汉初郦食其。《史记·郦生陆贾列传》："郦生食其者，陈留高阳人也。好读书，家贫落魄，无以为衣食也，为里监门史。然县中贤豪不敢役，县中皆谓之狂生……沛公（刘邦）至高阳传舍，使人召郦生。郦生至，入谒。沛公方倨床使两女子洗足，而见郦生。郦生入，则长揖不拜，曰：'足下欲助秦攻诸侯乎？且欲率诸侯破秦也？'沛公骂曰：'竖儒！夫天下同苦秦久矣，故诸侯相率而攻秦，何谓助秦攻诸侯乎？'郦生曰：'必聚徒合义兵诛无道秦，不宜倨见长者。'于是沛公辍洗，起摄衣，延郦生上坐，谢之……初，沛公引兵过陈留，郦生踵军门上谒曰：'高阳贱民郦食其，窃闻沛公暴露，将兵助楚讨不义，敬劳从者，愿得望见，口画天下便事。'使者入通，沛公方洗，问使者曰：'何如人也？'使者对曰：'状貌类大儒，衣儒衣，冠侧注。'沛公曰：'为我谢之，言我方以天下为事，未暇见儒人也。'使者出谢……郦生瞋目按剑叱使者曰：'走！复入言沛公，吾高阳酒徒也，非儒人也。'……沛公遽雪足杖矛曰：'延客入！'"草中,草泽之中,犹民间。长揖,指拱手高举,自上而下行礼而不拜。山东隆准公,指刘邦。《史记·高祖本纪》:"高祖,沛丰邑中阳里人……高祖为人,隆准而龙颜。"古以太行山以东地区为山东,沛县地处太行山之东,故云。隆准,高鼻。趋风,疾行至下风,以示恭敬。《左传·成公十六年》:"郤至三遇楚子之卒,见楚子,必下,免胄而趋风。"刘向《新序·善谋一》:"是故虞卿一言,而秦之震惧趋风,驰指而请备。"或解"趋风"为疾行如风,亦通。⑩《史记·郦生陆贾列传》:"汉三年秋,项羽击汉,拔荥阳,汉兵遁保巩、洛……郦生因曰:'……方今燕、赵已定,唯齐未下……臣请得奉明诏说齐王,使为汉而称东藩。'上……使郦生说齐王……田广以为然,乃听郦生,罢历下兵守战备,与郦生日纵酒。淮阴侯闻郦生伏轼下齐七十余城,乃夜度兵平原袭齐。"如旋蓬,如蓬草随风飞旋。此状其轻而易举。⑪狂客,指郦食其。郦食其被称为狂生。⑫壮士,李白自指。当群雄,对着群雄。⑬扬雄《法言·渊骞》:"攀龙鳞,随凤翼,巽以扬之,勃勃乎其不可及也。"《汉书·叙传下》:"舞阳鼓刀,滕公厩驺,颍阳商贩,曲周庸夫,攀龙附凤,并乘天衢。"攀龙,喻依附帝王以成就功业,亦喻指依附显贵而实现自己的志向。此处似指后者。⑭雷公,司雷之神。砰訇,状宏大之声响。天鼓,指雷声。《初学记》卷一天部引《抱朴子》:"雷,天之鼓也。雷神曰雷公。"⑮《神异经·东荒经》:"东王公……恒与一玉女投壶,每投千二百矫,设有入不出者,天为之嘘嘻。矫出而脱误不接者,天为之笑。"张华注:"言笑者,天口流火烙灼,今天不下雨而有电火,是天笑也。"⑯三时,指早、中、晚三时。⑰倏烁,电光迅速闪烁的样子。《楚辞·九思·悯上》:"云蒙蒙兮电倏烁。"晦冥,昏暗。⑱阊阖,天门。《楚辞·离骚》:"吾令帝阍开关兮,倚阊阖而望予。"王逸注:"阊,王门者也。阖门,天门也。"九门,天宫中的九重门。⑲白日,喻皇帝。精诚,至诚,忠诚之心。⑳《列子·天瑞》:"杞国有人,忧天地崩坠,身亡(无)所寄,废寝食者。"此谓自己深怀对国事的忧虑,如杞人之忧天地崩坠。㉑猰貐,传说中吃人的凶恶野兽。《尔雅·释兽》:"猰貐类貙,虎爪,食人,迅走。"竞人肉,争食人肉。㉒驺虞,传说中不吃生物、不踏生草的仁兽。《诗·召南·驺虞》:"于嗟乎驺虞。"毛传:"驺虞,义兽也。白虎,黑文,不食生物,有至信之德则应之。"㉓《文选·曹植〈白马篇〉》:"仰手接飞猱。"李善注:"凡物飞迎前射之曰接。猱,猿属也。"《尸子》卷下:"中黄伯曰:'余左执太行之獶,而右搏雕虎……夫贫穷,太行之獶也;疏贱,义之雕虎也,而每日遇之,亦足以试矣。'"獶或作猱。雕虎,虎身上有斑纹,似雕画而成，故曰雕虎。㉔焦原，张衡《思玄赋》："执雕虎而试象兮，阽焦原而跟趾。"《尸子》卷下："莒国有石焦原者，广长五十步，临百仞之谿，莒国莫敢近也。有以勇见莒子者，犹却行剂踵焉。此所以服莒国也。夫义之为焦原也，亦高矣，贤者之于义，必有剂踵，此所以服一世也。"焦原，山名，在今山东莒县南。㉕《论语·卫灵公》："蘧伯玉邦有道则仕，邦无道则卷而怀之。"智者可卷，指清醒的才士遇上邦无道之时，则深藏不露，待时而动。愚者豪，愚蠢的人则逞强好胜。㉖轻鸿毛，轻如鸿毛。言自己为世人所轻。李白《上李邕》："时人见我恒殊调，见余大言皆冷笑。"㉗排，推开。诸葛亮《梁父吟》："步出齐城门，遥望荡阴里。里中有三坟，累累正相似。问是谁家冢？田疆古冶子。力能排南山，文能绝地纪。一朝被谗言，二桃杀三士。谁能为此谋？国相齐晏子。"二桃杀三士事，详《晏子春秋·内篇谏下二》。春秋时，公孙接、田开疆、古冶子事齐景公，以勇力搏虎闻。晏子过而趋，三子不起，晏子见景公，谓此三人上无君臣之义，下无长率之伦，不若去之。因使景公以二桃赐三人，令其论功而食。公孙接、田开疆先各叙己功而取二桃，古冶子叙己功最大，让二人还桃，二人羞愧自杀，古冶子也认为自己不仁不义无勇而自杀。㉘《史记·游侠列传》："吴、楚反时，条侯（周亚夫）为太尉，乘传车将至河南，得剧孟，喜曰：'吴、楚举大事而不求孟，吾知其无能为已矣。'天下骚动，宰相得之，若得一敌国云。"吴楚弄兵，指汉景帝三年（前154），以吴王刘濞为首的吴、楚等七国叛乱。剧孟，西汉洛阳人。《史记·游侠列传》："田仲已死，而洛阳有剧孟。周人以商贾为资，而剧孟以任侠显诸侯……剧孟行大类朱家，而好博，多少年之戏。然剧孟母死，自远方送丧盖千乘。及剧孟死，家无舍十金之财。"亚夫，周亚夫，西汉景帝时名将，曾奉命平七国之乱。事详《史记·绛侯周勃世家》。咍（hāi），讥笑。尔，指吴、楚七国叛乱者。二句意谓，吴、楚七国叛乱没有罗致剧孟这样的人物，周亚夫讥笑他们根本不可能成事。此盖以剧孟自比，谓朝廷用己，则可在事关国家存亡的时候发挥巨大作用。㉙《晋书·张华传》："初，吴之未灭也，斗牛之间常有紫气……及吴平之后，紫气愈明。华闻豫章人雷焕妙达纬象，乃要焕宿……焕曰：'宝剑之精，上彻于天耳。'……即补焕为丰城令。焕到县，掘狱屋基，入地四丈余，得一石函，光气非常，中有双剑，并刻题，一曰龙泉，一曰太阿……遣使送一剑并土与华，留一自佩……华得剑，宝爱之……报焕书曰：'详观剑文，乃干将也，莫邪何复不至？虽然，天生神物，终当合耳。'……华诛，失剑所在。焕卒，子华为州从事。持剑行经延平津，剑忽于腰间跃出堕水,使人没水取之,不见剑,但见两龙各长数丈,蟠萦有文章。没者惧而反。须臾光彩照水,波浪惊沸……华叹曰:'先君化去之言,张公终合之论,此其验乎!'"此以龙剑自喻,谓已遇合终当有时。着意处在"神物合有时"。㉚风云感会,指风与云感应相会,喻君臣遇合,亦称风云际会、风云会。《后汉书·朱景王杜马刘傅坚马列传·附二十八将论》:"咸能感会风云,奋其智勇。"起屠钓,指起于屠夫渔钓之草野民间,用吕望事,详注③。大人,犹君子,自指。岘屼,不安貌。当安之,应当安守以待时,不必因暂时未遇而不安。

[鉴赏]

《梁甫吟》是李白七古和乐府歌行的代表性名篇。它的突出特点是:感情愤慨激越,充满对政治现实的猛烈抨击,而又始终保持着对理想的执著和对前途的自信。

开头两句,破空而来,声情激越。"长啸"是形容感情激愤抑郁,不吐不快,唯借此方能一抒积愤的状态。而诗人之所以"长啸梁甫吟",原因即在"何时见阳春"。"阳春"本指自然界中美好明媚的春天,这里作为政治象喻,象征着政治上清明美好的时代,也象征着自己政治上的美好遇合,与下面"倏烁晦冥起风雨"的昏暗政局正成鲜明对照,和篇末的"神物合有时"则正相吻合。"阳春"的这两层象征含义,是统一的。诗人所期盼的就是政治上清明美好、自己政治上获得遇合的"阳春"之时。或谓"阳春"指明主,恐非,诗中用以喻指君主的意象是"白日"。如果说,首句是点题,则次句便是对全诗内容旨意的揭示。因此这个开头起着提挈统领全篇的作用。

紧接着篇首,下十八句,用两个"君不见"分别领起。通过对吕望、郦食其两个历史人物经历遭际的叙写,来说明有杰出才能的人终能遇合明主,施展抱负。吕望的特点是地位微贱、老而未遇,年八十方遇文王而得重用,成为周代的开国功臣。诗人用笔的重点便放在他年虽老而志弥笃,"宁羞白发照清水,逢时吐气思经纶",不以"白发"照清水为羞,而是因"逢时"而经纶之志弥增。诗人用"广张三千六百钓,风期暗与文王亲"来形容他虽身隐渔钓,却志存天下,虽身处微贱,风度品格却暗与文王相亲,说明他所钓的是整个天下。历史的传说通过诗人生花妙笔的点染,将吕望的形象塑造得充满积极用世的精神和蓬勃的朝气。"大贤虎变愚不测,当年颇似寻常人"二句,是对吕望经历的总结,意在强调,有杰出才能的人在未遇时虽"颇似寻常人"而为愚者所不识,但一旦逢时而施展经纶之才略,则如虎变而显荣于世。这既是对自己安心待时的一种鼓励,对自己终能得遇的一种自信,也是对世俗之世不识自己才能的一种嘲笑。而郦食其的特点则是"狂"而"雄辩"。这二者实际上又都是对自己才能谋略高度自信的一种表现。诗人抓住这两个特点,不仅生动地展现了他谒见刘邦时长揖不拜、高骋雄辩、自称"高阳酒徒"的狂傲不羁风度和刘邦前倨后恭的态度变化,而且赞颂了他"东下齐城七十二,指挥楚汉如旋蓬"的杰出才能事功。在郦食其身上,显然有李白自己的影子。"狂客落魄尚如此,何况壮士当群雄",是对郦食其经历的总结,也是对自己强烈自信心的抒发。一个被视为"狂客",落拓不遇的人物尚且能建立不朽事功,何况是像我这样的"壮士",又何况是壮士而面对群雄,更加壮怀激烈呢!以上两层一大段,都是通过对历史人物经历的歌咏来抒发自己的政治自信心的。感情昂扬乐观,语调潇洒豪爽,节奏跌宕起伏。叙郦食其一节,描写尤见生动,郦食其的风采个性被描绘得虎虎有生气,可以体味出诗人在其中所贯注的感情。如果说,司马迁通过细节的描写将郦食其见沛公的场面小说化了,那么李白则进一步将它诗化了。

"我欲"以下十九句,转入对污浊黑暗政治现实的揭露抨击,感情也由上段的昂扬乐观,转为愤慨激越。十九句也分为前后两节。第一节七句,仿效《离骚》上天求女一段笔意,运用神话和象征手法,对自己在"攀龙见明主"过程中受阻的情形作了淋漓尽致的描绘:雷公擂响了震天的鼓声,天帝旁围绕着以投壶为戏的玉女,从早到晚,电光闪烁,风雨晦冥,天宫的门户闭塞不通,自己愤而用额头去打门,却遭到守门阍人的怒喝。"雷公""玉女"不必寻究其具体所喻,但显指围绕在皇帝身旁的邪恶势力。而电闪雷鸣、风雨晦冥的景象,则无疑是昏暗险恶政治局面的象征。"白日"以下十二句,则分别运用神话、寓言、历史传说进一步渲染政治环境之险恶和自己面对这种环境时的感情反应。"白日"二句,说皇帝根本不鉴察自己的忠诚,反而认为自己所陈述的政治忧患是杞人忧天、危言耸听。然则,所谓"明主",在群小包围下已经成了"昏主"。在这种主昏臣邪的政局中,一些凶恶的小人就像吃人的野兽一样,张开血盆大口,磨牙竞食人肉。力排南山的勇武之士,为齐相的阴谋伎俩所杀害,显得轻而易举。自己虽像神话中的仁兽,连生草茎也不忍践踩,却根本不被信任,尽管有手接飞猿、搏猛虎的本领,有"侧足焦原未言苦"的心志,却无从施展。自己原是真正的智者,却因政治形势而不得不"卷而怀之",被那班逞豪于时的愚者看得轻如鸿毛。可是国家一旦遇上吴楚七国弄兵那样的危急局面,又怎能没有自己这种剧孟式的人才呢?这十二句,叙述不大讲究次第，旁见杂出，无一定的章法，可以看出诗人在下笔时纯任自己感情的激流，随处横溢奔迸。这种不加修饰近乎感情原始状态的倾泻，正说明诗人写作时感情已到极为激愤而不加控制的程度。拉杂错乱，诚或有之，不必为之讳饰，但这正是诗人感情状态的真实反映。沈德潜说："后半拉杂使事，而不见其迹，以气胜也。"这个评语，倒是说明了一个事实，在"拉杂"的使事和叙事抒情中潜藏着一股贯通一切的气（诗人的思想感情凝聚而成的精神力量），从而使它在散乱中呈现出内在的统一。

最后一段，紧承上段，先点明这首《梁甫吟》所抒写的是诗人政治上忧愤悲慨之情。"声正悲"三字是对"我欲攀龙见明主"以下一大段的内容和思想感情的概括。然后却遥承篇首，突作转折，将自己比作神剑，坚信自己的政治遇合终当有时，就像出身于屠钓的吕望一样，总能在时代的风云感会中得遇明君，施展才能，实现抱负，不必为一时的挫折而惴惴不安。从而不但为"君不见"以下一大段作了精练的概括，而且回答了一开头提出的"何时见阳春"的问题。尽管诗人也难以明确指出具体的时间，但坚信必有遇合之时。看来，诗人对当时的政局虽充满愤激、深感忧虑，却未失去对时代的信心。

这首诗的写作年代，或有主张作于开元十八年（730）初入长安无成而归之后者。但从诗中"我欲攀龙见明主"一大段所描绘的政治局面看，无疑更像在天宝六载（747）以后，奸相李林甫专权，打击陷害一大批忠良贤能之士时期所呈现的景象。像"倏烁晦冥起风雨"的昏暗局面，"猰㺄磨牙竞人肉""力排南山三壮士，齐相杀之费二桃"的黑暗危险景象，以及诗人"忧天倾"的强烈政治忧患感，都不大可能出现在开元中期那样一个政治上仍然比较清明的时期。李白对时代的感受和认识，或有过于乐观之时，而这样愤慨激越、充满忧患的感情，似乎只能出现在天宝中期那个危机逐渐显露的时代。

乌栖曲①

姑苏台上乌栖时②，吴王宫里醉西施③。吴歌楚舞欢未毕，青山欲衔半边日④。银箭金壶漏水多⑤，起看秋月坠江波。东方渐高奈乐何⑥！

[校注]

①《乌栖曲》，乐府清商曲辞西曲歌旧题。《乐府诗集》卷四十七《乌夜啼八曲》解题引《唐书·乐志》曰："《乌夜啼》者，宋临川王义庆所作也。"又引《乐府解题》曰："亦有《乌栖曲》，不知与此同否？"按：《乌夜啼八曲》及梁简文帝、刘孝绰、庾信所作《乌夜啼》，又梁简文帝、梁元帝、萧子显、徐陵所作《乌栖曲》，内容多咏男女爱情，背景则多为夜间。李白此首亦然，诗中男女主角为吴王夫差及宠姬西施。萧士赟注："《乐录》：'《乌栖曲》者，鸟兽二十一曲之一也。'"胡震亨注："梁人辞云：'芳树归飞聚俦匹，犹有残光半山日，金壶夜水岂能多，莫持奢用比悬河。'又徐陵云：'绣帐罗帏隐灯烛，一夜千年犹不足。惟憎无赖汝南鸡，天河未落犹争啼。'皆白诗所本也。但六朝用两韵，韵各二句。此用三韵，前二韵各二句，后一韵三句，为稍异。无调。"②姑苏台，亦作姑胥台，相传为吴王夫差所筑。《墨子·非攻中》："（夫差）遂作姑苏之台，七年不成。"孙诒让间诂："按《国语》以筑姑苏为夫差事，与此书正合……《越绝》以姑苏为阖闾所筑，疑误。"袁康《越绝书·外记传吴地传》："胥门外有九曲路，阖闾造以游姑胥之台，以望太湖。"《述异记》卷上："吴王夫差筑姑苏之台，三年乃成。周旋诘屈，横亘百里，崇饰土木，殚耗人力，宫妓数千人。上别立春宵宫，为长夜之饮，造千石酒钟。夫差作天池，池中造青龙舟，舟中盛陈妓乐，日与西施为水嬉。"据《吴郡志》，姑苏台在姑苏山上，故址在今江苏苏州市西南。③西施，春秋时越国美女。公元前494年，越王勾践兵败于会稽，向吴王夫差求和。范蠡取西施献夫差，使其迷惑荒政。后越终亡吴。事见《吴越春秋·勾践阴谋外传》。《越绝书·越绝内经九术》则云："越乃饰美女西施、郑旦，使大夫种献之于吴王。"④青山欲衔半边日，指太阳将要落山。⑤银箭金壶，古代计时器。以铜为壶，底穿孔，壶中立一有刻度之箭形浮标，壶中水滴漏渐少，箭上度数即渐次显露，视之可知时刻。箭与壶均用金属制成，故云"银箭金壶"。漏水多，谓夜已深。⑥汉乐府《有所思》："东方须臾高知之。"东方渐高，指东方日出渐高。或谓"高"通"皜"（hào），白。奈乐何，谓寻欢作乐之事又能怎么办。有乐难久长的感叹。汉武帝《秋风辞》："少壮几时兮奈老何！"

[鉴赏]

詹锳《李白诗文系年》系此诗于天宝二年（743），略云："按本诗已见于《河岳英灵集》，必为天宝十二载以前所作。范传正《唐翰林李公新墓碑》：'在长安时，贺知章号公为谪仙人，吟公《乌栖曲》云：此诗可以哭鬼神矣.'《本事诗·高逸第三》：'李白初自蜀至京师……贺知章……又见其《乌栖曲》，叹赏苦吟曰：此诗可以泣鬼神矣！'……或言是《乌夜啼》，二篇未知孰是。……是此诗与《乌夜啼》之作当在太白入京之前。此诗起句云：'姑苏台上乌栖时，吴王宫里醉西施。'或太白游姑苏时怀古而作，《苏台览古》诗可以为证。是时白方求功名之未遑，刺晏朝之说恐不可信。"郁贤皓《李白选集》则谓："此诗作年无考，疑亦为初次游姑苏时作。"系开元十五年（727）由越州回苏州时，与《苏台览古》同编。按：《越中览古》《苏台览古》乃漫游吴越时览古迹咏叹之作，而《乌栖曲》所写景象全为凭虚想象之景，未必为游览苏台时所作。据范传正《唐左拾遗翰林学士李公新墓碑》，此诗当是李白天宝初入长安时贺知章叹赏之作，很有可能即是李白之近作。

《乌栖曲》为乐府《清商曲辞·西曲歌》旧题。现存南朝梁简文帝、徐陵等人的古题，内容大都比较靡艳，形式则均为七言四句，两句换韵。李白此篇，不但内容从旧题的歌咏艳情转为讽刺宫廷淫靡生活，形式上也作了大胆的创新。

相传吴王夫差耗费大量人力物力，用三年时间，筑成横亘五里的姑苏台，上建春宵宫，与宠妃西施在宫中为长夜之饮。诗的开头两句，不去具体描绘吴宫的豪华和宫廷生活的淫靡，而是以洗练而富于含蕴的笔法，勾画出日落乌栖时分姑苏台上吴宫的轮廓和宫中美人西施醉眼蒙眬的剪影。"乌栖时"，照应题面，又点明时间。诗人将吴宫设置在昏林暮鸦的背景中，无形中使"乌栖时"带上某种象征色彩，使人们隐约感受到包围着吴宫的幽暗气氛，联想到吴国日暮黄昏的没落趋势。而这种环境气氛，又正与"吴王宫里醉西施"的纵情享乐情景形成鲜明对照，暗含乐极生悲的意蕴。这层象外之意，贯串全篇，但表现得非常隐微含蓄。

"吴歌楚舞欢未毕，青山欲衔半边日。"对吴宫歌舞，只虚提一笔，着重写宴乐过程中时间的流逝。沉醉在狂欢极乐中的人，往往意识不到这一点。轻歌曼舞，朱颜微酡，享乐还正处在高潮之中，却忽然意外地发现，西边的山峰已经吞没了半轮红日，暮色就要降临了。"未"字"欲"字，紧相呼应，微妙而传神地表现出吴王那种惋惜、遗憾的心理。而落日衔山的景象，又和第一句中的"乌栖时"一样，隐约透出时代没落的面影，使得"欢未毕"而时已暮的描写，带上了为乐难久的不祥暗示。

"银箭金壶漏水多，起看秋月坠江波。"续写吴宫荒淫之夜。宫体诗的作者往往热衷于展现豪华颓靡的生活，李白却巧妙地从侧面淡淡着笔。"银箭金壶"，指宫中计时的铜壶滴漏。铜壶漏水越来越多，银箭的刻度也随之越来越上升，暗示着漫长的秋夜渐次消逝，而这一夜间吴王、西施寻欢作乐的情景便统统隐入幕后。一轮秋月，在时间的默默流逝中越过长空，此刻已经逐渐黯淡，坠入江波，天色已近黎明。这里在景物描写中夹入"起看"二字，不但点醒景物所组成的环境后面有人的活动，暗示静谧皎洁的秋夜中隐藏着淫秽丑恶，而且揭示出享乐者的心理。他们总是感到享乐的时间太短，昼则望长绳系日，夜则盼月驻中天，因此当他们"起看秋月坠江波"时，内心不免浮动着难以名状的怅恨和无可奈何的悲哀。这正是末代统治者所特具的颓废心理。"秋月坠江波"的悲凉寂寥景象，又与上面的日落乌栖景象相应，使渗透在全诗中的悲凉气氛在回环往复中变得越来越浓重了。

诗人讽刺的笔锋并不就此停住，他有意突破《乌栖曲》旧题偶句收结的格式，变偶为奇，给这首诗安上了一个意味深长的结尾："东方渐高奈乐何！"东方日出渐高，寻欢作乐难道还能再继续下去吗？这孤零零的一句，既像是恨长夜之短的吴王所发出的欢乐难继、好梦不长的喟叹，又像是诗人对沉溺不醒的吴王敲响的警钟。诗就在这冷冷的一问中陡然收煞，特别引人注目，发人深省。

这首诗在构思上的显著特点，是以时间的推移为线索，写出吴宫淫逸生活中自旦至暮，又自暮达旦的过程。诗人对这一过程中的种种场景，并不作具体描绘渲染，而是紧扣时间的推移、景物的变换，来暗示吴宫荒淫的昼夜相继，来揭示吴王的醉生梦死，并通过寒林栖鸦、落日衔山、秋月坠江等富于象征暗示色彩的景物隐寓荒淫纵欲者的悲剧结局。通篇纯用客观叙写，不下一句贬辞，而讽刺的笔锋却尖锐、冷峻，深深刺入对象的精神与灵魂。《唐宋诗醇》评此诗说："乐极生悲之意写得微婉，未几而麋鹿游于姑苏矣。全不说破，可谓寄兴深微者。……末缀一单句，有不尽之妙。"王尧衢说："太白特于前后用'欢'字、'日'字、'乐'字、'月'字作章法，以寓微意为讽，人鲜识其意也。"对本篇寄兴深微的特点作了相当中肯的评价。

李白的七言古诗和歌行，一般都写得雄奇奔放，恣肆淋漓，这首《乌栖曲》却偏于收敛含蓄，深婉隐微，成为他七古中的别调。前人或以为它是借吴宫荒淫来托讽唐玄宗的沉湎声色，迷恋杨妃，这是可能的。玄宗早期励精图治，后期荒淫废政，和夫差先发愤图强，振吴败越，后沉湎声色，反致覆亡有相似之处。据范传正《唐左拾遗翰林学士李公新墓碑并序》载："在长安时，秘书监贺知章号公为谪仙人，吟公《乌栖曲》云：'此诗可以哭鬼神矣！'"看来贺知章的"哭鬼神"之评，也不单纯是从艺术角度着眼的。杨玉环虽然直至天宝四载方被正式册立为贵妃，但自开元二十八年度为女道士，居太真宫以来，实际上已是玄宗的宠妃，李白天宝初入京时，正是杨玉环备受玄宗宠幸之时。

将进酒①

君不见黄河之水天上来，奔流到海不复回。君不见高堂明镜悲白发，朝如青丝暮成雪。人生得意须尽欢②，莫使金樽空对月。天生我材必有用，千金散尽还复来。烹羊宰牛且为乐，会须一饮三百杯③。岑夫子④，丹丘生⑤，将进酒，君莫停⑥。与君歌一曲⑦，请君为我倾耳听⑧。钟鼓馔玉不足贵⑨，但愿长醉不愿醒⑩。古来圣贤皆寂寞，惟有饮者留其名。陈王昔时宴平乐，斗酒十千恣欢谑⑪。主人何为言少钱，径须沽取对君酌⑫。五花马⑬，千金裘，呼儿将出换美酒⑭，与尔同销万古愁。

[校注]

①《将进酒》，乐府旧题。《乐府诗集》卷十六《鼓吹曲辞·汉铙歌》解题云："《古今乐录》曰：'汉鼓吹铙歌十八曲，字多讹误……九曰《将进酒》。'"又《将进酒》古辞解题曰："古词曰：'将进酒，乘大白。'大略以饮酒放歌为言。宋何承天《将进酒篇》曰：'将进酒，庆三朝。备繁礼，荐嘉肴。'则言朝会进酒，且以濡首荒志为戒。若梁昭明太子云'洛阳轻薄子'，但叙游乐饮酒而已。"将（qiāng），请。②得意，称心。③会须，应当。④岑夫子，岑勋。詹锳《李白诗文系年》系此诗于《酬岑勋见寻就元丹丘对酒相待以诗见招》之下，谓系同时之作。《文苑英华》卷八百五十七有岑勋撰《西京千福寺多宝感应碑》。⑤丹丘生，元丹丘，李白之友。李白《上安州裴长史书》云："故交元丹，亲接斯议。"《冬夜随州紫阳先生飡霞楼送烟子元演隐仙城山序》云："吾与霞子元丹、烟子元演气激道交，结神仙友。"魏颢《李翰林集序》："与丹丘因持盈法师达，白亦因之入翰林。"持盈法师即玉真公主。李白集中酬赠元丹丘诗甚多，郁贤皓《李白丛考》有《李白与元丹丘交游考》。⑥将进酒，君莫停，《河岳英灵集》无此六字。宋蜀本作"进酒君莫停"。《文苑英华》《乐府诗集》作"将进酒，杯莫停"。⑦与君，敦煌

写本《唐人选唐诗》作"为君"。⑧倾耳，《河岳英灵集》无此二字。⑨此句《河岳英灵集》作"钟鼎玉帛不足贵"，《文苑英华》作"钟鼎玉帛岂足贵"，敦煌残卷作"钟鼓玉帛岂足贵"。瞿蜕园、朱金城《李白集校注》云："按钟鼓馔玉不成对文，疑当作鼓钟馔玉，即钟鸣鼎食之意。"钟鼓，指古代豪贵之家进膳时奏乐鸣钟。馔玉，珍美的食物。馔，食。玉，形容食物之珍奇。梁戴暠《煌煌京洛行》："挥金留客坐，馔玉待钟鸣。"⑩不愿醒，《文苑英华》《乐府诗集》作"不复醒"，宋蜀本作"不用醒"。⑪陈王，指曹植。《三国志·魏书·曹植传》："陈思王植，字子建，太和六年，封植为陈王。"《文选·曹植〈名都篇〉》："我归宴平乐，美酒斗十千。"李善注："平乐，观名。"恣欢谑，肆意欢乐戏谑。⑫沽取，买来。⑬五花马，唐人喜将骏马鬃毛修剪成瓣以为饰。分为五瓣者，称五花马。杜甫《高都护骢马行》："五花散作云满身，万里方看汗流血。"仇兆鳌注引郭若虚曰："五花者，剪鬃为瓣，或三花，或五花。"然从杜诗"五花散作云满身"之语看，五花似指马身上有五色花纹。此泛称骏马。⑭儿，僮儿。将，取、持。

[鉴赏]

如果要从近千首李白诗中找出一首最能体现其精神性格和艺术风貌的代表作，可能大多数人会不约而同地选《将进酒》。"李白斗酒诗百篇"，李白的许多好诗，大都与酒有关，而在一大批咏酒的诗中，这首《将进酒》也是最突出的作品。题为"将进酒"，实际上就是一首劝酒歌，既劝朋友，更劝自己。全篇的内容，从表层看，就是举出各种理由，强调必须痛饮尽欢。

这首诗的写作时间，有天宝十一载（752）（黄锡珪《李太白编年诗集目录》）、开元二十四年（736）（安旗《李白年谱》）、开元二十三年（郁贤皓《李白选集》）等说，其中涉及与岑勋、元丹丘的交往与时间。从诗中抒写的忧愤之深广来看，作于天宝三载赐金放还以后的可能性更大一些，从诗中描写的情景看，这首诗有可能是在靠黄河边的一座酒楼里和朋友岑勋、元丹丘一起喝酒喝得半醺的情况下挥笔写成的。诗中不但有酒友，而且有店主人，有僮儿。这样来读，诗就有生动的现场感和浓郁的生活气息，也可以避免一些误解（例如，把"主人"误解为指招待他喝酒的友人，把"儿"误解为李白自己的儿子，并据此来考订作诗的年代），对诗的开头以"黄河"起兴也就会更有亲切的感受体会。

"君不见黄河之水天上来，奔流到海不复回。"旧说黄河源出昆仑，因其地势极高，故说"天上来"。这自然是对"天上来"这种夸张形容的地理学解释。但李

李　白

　　白这样写，当缘于其亲眼所见的实际感受。诗人和朋友坐在酒楼上，一边喝酒，一边望着奔腾咆哮的黄河从上游的远处天际滚滚而来，又滚滚而去，一直奔向大海，不禁感慨万端。这感慨，就集中寓含在"不复回"三字当中。以河水的流逝象征时间、生命流逝是古老的象喻。古诗中更有"百川东到海，何时复西归？少壮不努力，老大徒伤悲"（《长歌行》）这样的诗句，可能在潜意识中诱发诗人由黄河入海不复回联想到生命的流逝。但用黄河之水奔流入海来象喻生命的流逝，却打上了李白自身的特殊印记。诗人从眼前那奔腾咆哮，挟千里之势，具有磅礴气势和冲决一切阻碍的伟力的黄河身上看到了自己，所以才自然由它的"奔流到海不复回"生发出自己年华易逝的感慨。这里的黄河，有诗人自己的影子。诗人笔下的黄河，不妨说就是自身豪迈不羁精神性格的象征，巨大的精神力量的象征。正因为这样，诗人所兴起的感慨虽然是人生易逝之悲，却不给人以低沉感伤的感受。

　　"君不见高堂明镜悲白发，朝如青丝暮成雪。"这两句是由黄河奔流到海不复回所引起的感慨，却同样用"君不见"来领起，好像面对着高堂上悬挂的明镜，照见自己的白发而向朋友倾诉生命流逝之悲一样。一个胸怀大志的人常感时光流逝之快，所谓"志士惜日短"；一个胸怀大志而又怀才不遇，屡遭挫折的人就更感到光阴虚掷，年华易逝，所谓"功业莫从就，岁光屡奔迫"（《淮南卧病书怀寄蜀中赵征君蕤》），正可说明"悲白发"的实际内涵。把从青春到衰老的过程说成是朝暮之间的事，自然是极度的夸张，但由于感情的强烈，却使人不觉其为夸张。而这种强烈的感情背后，又隐含着诗人在人生道路上所遇到的重大挫折，天宝三载被赐金放还，便是这种重大挫折，就像传说中的伍子胥过昭关，一夜间愁白了头一样。

　　以上四句，连用"君不见"领起。构成一气直下，两两对称的长句，本身就给人以一种黄河落天走东海的气势，形式与内容取得了和谐的统一。题为《将进酒》，篇中除"天生"二句外，句句不离酒，但开端这四句，却一句没有涉及酒，而是从"黄河"发兴，以明镜白发承接抒慨，显得起势特别高远而突兀。这样的起势，正是为下面的反复强调痛饮尽欢蓄势。

　　"人生得意须尽欢，莫使金樽空对月。"诗意至此，突然大力兜转，从"悲白发"到"得意须尽欢"。猛一看，似乎是另一极端，但细一想，前者正是后者的"理由"。正因为人生苦短，悲多乐少，因此，称心快意的时候就要尽情地欢乐，尽情地享受人生。而"尽欢"的最佳方式，对于李白来说，自然莫过于酒，这就合乎逻辑地引出了"莫使金樽空对月"的结论，也就是李白为痛饮找到的第一个

"理由"。酒对李白来说，是诗化人生的重要内容。"唯愿当歌对酒时，月光长照金樽里。""花间一壶酒，独酌无相亲。举杯邀明月，对影成三人。"酒、月和诗，成了李白最亲密的人生伴侣。明乎此，才能真切地感受和理解"莫使金樽空对月"这句话的感情分量。在他看来，人生乐事，是"当歌对酒时，月光长照金樽里"，则"金樽空对月"正是人生极大的缺憾。为了强调这一点，特意用了"莫使""空"这种双重否定的句式。

孤立地看"人生"二句，似乎在公开宣扬纵酒和及时行乐的人生观。但颓废消极的享乐主义人生观与在积极有为的前提下诗意地享受人生，自是泾渭分明。接下来的两句诗"天生我材必有用，千金散尽还复来"，就使我们的一切怀疑涣然冰释。尽管因人生苦短、功业无成而悲，为怀才不遇而愤，但诗人并没有因此而消沉颓废，而是执著地追求理想抱负的实现，坚信自己的才能必能得到施展，有用于世。在唐代繁荣昌盛的开元、天宝年间，士人普遍对时代、对个人才能的发挥持有乐观的看法，但像李白这样，用不容置疑的口吻公开宣称"天生我材必有用"，却再无别人。这里起码包含了几层意思：第一，对自己才能的高度自信乃至自负，强调"天生"我材，不同凡响；强调"必有用"，必能有用于世。第二，对自己所处时代的乐观信心，坚信时代必定能为自己才能的发挥提供机会。第三，说"材必有用"，自然包含了材必为世所用的前提，说明诗人人生观的核心内容是积极用世，他的"人生得意须尽欢，莫使金樽空对月"的享乐观正是建立在积极用世的基础之上。在全篇乃至在李白全部诗歌中，这称得上是最闪光的诗句，最能体现李白豪迈、乐观、自信个性和积极用世精神的诗句。刘熙载说"眼乃神光所聚，故有通体之眼，有数句之眼，前前后后无不待眼光照映"（《艺概·诗曲概》）。"天生我材必有用"一句，正是全诗之眼，有了它，前面的"悲白发""得意须尽欢"，后面的"恣欢谑""万古愁"均受到它的照映而一扫低沉颓唐之气而呈现出豪旷的色调。

与"天生我材必有用"相伴的另一豪语"千金散尽还复来"也值得玩味。尽欢豪饮，是要钱的，何况是"烹羊宰牛""一饮三百杯"的"美酒"。豪饮既须"天生我材必有用"的强大精神支撑，亦须"千金"的物质基础，因此他满怀自信地宣称"千金散尽还复来"。李白出身富商，家道殷实，《上安州裴长史书》自豪地宣称"曩者游维扬，不逾一年，散金三十余万"，可以看出他说这种豪语并非任意夸张。李白诗中有许多极度夸张的话，换别的诗人来说，会感到他在吹牛，对李白却往往深信不疑，一是因为其气势之盛，感情之强烈、之真率，二是由于他确实有说这种豪语的条件。这"千金散尽还复来"就兼有这两种缘由。这是李白鼓吹喝酒的第二个"理由"。

"烹羊宰牛且为乐，会须一饮三百杯。"材必有用，金散复来，则完全是在一种充满自信和豪兴的精神状态下喝酒，故喝就要喝得淋漓痛快，一醉方休。"烹羊宰牛""一饮三百杯"的豪饮，与后来那些细腻纤弱的文人雅士的浅斟慢酌、细细品味完全异趣，虽出语粗豪，却气势豪雄，完全是李白式的豪饮乃至狂饮。诗情发展至此，达到第一个高潮。

"岑夫子，丹丘生，将进酒，君莫停。与君歌一曲，请君为我倾耳听。"这几句是前后两段之间的过渡，起着承上启下的作用。由于这里点出"岑夫子，丹丘生"，读者便知道这首诗原是有具体的作诗背景与场景、人物的。这里特意连用四个三字短句，与一开头以"君不见"领起的长句形成鲜明对照，诗也就显出鲜明的节奏感。如果把整首诗看成一大段唱腔，那么前面一段好像是在锣鼓、丝竹伴奏下气势豪迈的演唱，以下四句便像是无伴奏的清唱。

"钟鼓馔玉不足贵，但愿长醉不愿醒。"这两句要联系起来品味，才能理解"但愿长醉不愿醒"这句诗中所包含的感情。在诗人看来，历史上、现实中那些鸣钟列鼎而食的权贵显宦，大都是一批逢君之恶、误国害民的奸邪，尸位素餐、无所事事的废物，一群"得志鸣春风"的"蹇驴"和"鸡狗"，他们除了以富贵骄人以外，一无所长。对于他们，诗人连正眼瞧一下他们都感到是多余的，因此说"但愿长醉不愿醒"。这里蕴含的是对权贵显宦的极大轻蔑。为了表示对他们的蔑视，也必须饮酒，而且是"长醉不愿醒"。这是鼓吹喝酒的"理由"之三。

"古来圣贤皆寂寞，惟有饮者留其名。"这两句是鼓吹喝酒的"理由"之四。从表层意思看，好像是说，因为古代的圣贤不仅在当世不遇于时，身后也寂寞无闻，只有刘伶一类嗜酒如命的狂士才留名后世。因此，与其学圣贤而寂寞，不如效饮者而留名。实际上这当然是发牢骚、讲反话。"孔圣犹闻伤凤麟""大圣犹如此，小儒安足悲"，这正是"古来圣贤皆寂寞"的注脚。连圣贤都不遇于时，一般的士人怀才不遇，寂寞枯槁而没世更属常事。这种贤者不遇、遇者不贤（钟鼓馔玉不足贵者）的不合理现象正是李白强调要痛饮狂歌的又一理由，是对封建社会埋没压抑人才甚至毁灭人才的一种强烈抗议。

"陈王昔时宴平乐，斗酒十千恣欢谑。主人何为言少钱，径须沽取对君酌。"

这四句转押入声韵,举出历史上一个著名的诗人兼豪饮者曹植来作榜样。之所以在历史上的众多饮者中独举曹植,除了同是诗人,同样"才高八斗"而又嗜酒成性、挥金如土这些相似之处以外,同为怀才不遇之士应当是另一个重要原因。既然怀才不遇的曹植尚且"斗酒十千恣欢谑",与其怀有同样才情命运的自己何不命主人"径须沽取对君酌"呢?插入"主人何为言少钱"一句,仿佛面对店主人作善意的调侃,承以"径须沽取对君酌",则又如同面对岑夫子、丹丘生而豪语毕肖,一时情景如画,而神情口吻如见。

"五花马,千金裘,呼儿将出换美酒,与尔同销万古愁。"喝得兴起,干脆连珍爱的五花马、千金裘也一齐让僮儿牵取奉上,以为"斗十千"的美酒之资,畅快淋漓,尽醉而休,来消解胸中积郁的万古愁。在这首劝酒歌的结束,诗人还不忘再补上一个必须豪饮的重要"理由"——"与尔同销万古愁"。前面说到"悲白发",还是一己的人生苦短、功业未成之悲,中间插入"古来圣贤皆寂寞",已经扩展到历史上的圣贤亦皆同遭怀才不遇之悲。然则,这"万古愁",既纵贯古今,也包括尔我,乃是古今举世同此感慨,非美酒千斛何以消愁!这一结,既豪纵酣畅,又深沉厚重,因为它已经越出了个人穷通得失的范围,而镕铸了古往今来一切才人志士共同的遭遇与悲慨。如果说起首如黄河奔流冲决,一泻千里,则结尾已是汪洋大海,深广浩瀚了。

总括李白在这首劝酒歌中所强调的种种理由,无非是深感古往今来的志士圣贤怀才不遇、寂寞当时,而又愤慨于权贵显宦之气焰熏天、以富贵骄人,悲愤之情,积郁于胸,必须借酒宣泄。在诗人看来,功名富贵既如过眼云烟,千金之财更为身外之物,他对权贵借以骄人者投以轻蔑的眼神,对世俗看重者更挥之如土。自己既深信"天生我材必有用",有积极用世的强大精神支撑,则当酣畅淋漓地痛饮狂歌,适意尽欢,享受诗意的人生。透过这种种喝酒的理由,李白怀才不遇的愤懑,愤世嫉俗的情感,蔑视权贵的气概,狂傲不羁的个性,以及对自己才能的高度自信,对前途的乐观展望,都自然地充溢于字里行间。李白的精神性格,在这首诗中得到了集中的展现。

读李白的这首诗,会使人自然联想到同时代的伟大诗人杜甫作于天宝后期的那首《醉时歌》。杜甫以"诸公衮衮登台省,广文先生官独冷。甲第纷纷厌梁肉,广文先生饭不足"的不平现象生发开去,发出"德尊一代常坎坷,名垂万古知何用"的深沉感慨,联系自己,联系历史,进一步引出"儒术于我何有哉,孔丘盗跖俱尘埃"的结论。这和李白诗中从悲人生易逝、功业难成引出"古来圣贤皆寂寞，惟有饮者留其名"何其相似！而二诗也都因此而强调"烹羊宰牛且为乐，会须一饮三百杯""忘形到尔汝，痛饮真吾师"。同样是酒后狂言，高歌抒愤，李白的诗，更多地表现了诗人的狂傲不羁、豪迈自信；而杜甫的诗，则更多地表现了诗人在愤激牢骚之中那种痛切骨髓的沉悲和对时代的深深失望。两人的不同个性于此可见。不过，杜甫的诗似乎从来没有遭到过后人的误解，包括像"儒术于我何有哉，孔丘盗跖俱尘埃"这种诗句；李白的诗却经常受到不应有的贬抑和误解，这其中的缘由，值得我们进一步思索。

行路难三首（其一）①

金樽清酒斗十千②，玉盘珍羞直万钱③。停杯投箸不能食④，拔剑四顾心茫然⑤。欲渡黄河冰塞川，将登太行雪满山⑥。闲来垂钓碧溪上⑦，忽复乘舟梦日边⑧。行路难！行路难！多岐路，今安在⑨？长风破浪会有时⑩，直挂云帆济沧海⑪。

[校注]

①《行路难》，乐府杂曲歌辞旧题。《乐府诗集》卷七十录鲍照《行路难十八首》，解题曰："《乐府解题》曰：'《行路难》，备言世路艰难及离别悲伤之意，多以君不见为首。'按《陈武别传》曰：'武常牧羊，诸家牧竖有知歌谣者，武遂学《行路难》。'则所起亦远矣。唐王昌龄又有《变行路难》。"按：《行路难》古辞现存最早者为鲍照之《行路难十八首》，其内容即抒写世路艰难及人生悲慨。李白《行路难三首》，显仿鲍作。《晋书·袁山松传》："山松少有才名，博学有文章，著《后汉书》百篇。衿情秀远，善音乐。旧歌有《行路难》曲，辞颇疏质，山松好之，乃文其辞句，婉其节制，每因酣醉纵歌之，听者莫不流涕。初，羊昙善唱乐，桓伊能挽歌，及山松《行路难》继之，时人谓之'三绝'。"可证郭茂倩谓《行路难》"所起亦远"之言不虚，此曲及古辞当更早于袁山松所处时代。李白此组诗共三首，此为第一首。詹锳《李白诗文系年》系此三首于天宝三载（744）；郁贤皓《李白选集》谓前二首系开元十八九年（730、731）李白初入长安时作，第三首作年莫考；裴斐《太白乐府举隅》则谓此三首为太白辞官之初陈情述怀之作，作于

天宝三载辞官之后。②清，《文苑英华》作"美"。清酒，指美酒。酒分清、浊，清酒为上。辛延年《羽林郎》："就我求清酒。"曹植《名都篇》："美酒斗十千。"十千，即万钱。③珍羞，珍贵的菜肴。羞，通"馐"。直，通"值"。④箸，筷子。⑤鲍照《行路难十八首》（其六）："对案不能食，拔剑击柱长叹息。"⑥太行，山名，绵延于今山西、河北、河南之间。雪，《文苑英华》作"云"。满山，宋蜀本、《乐府诗集》作"暗天"。按：《文苑英华》作"满山"。⑦碧，宋蜀本、《乐府诗集》作"坐"。按：此句暗用吕望钓于渭滨事。参《梁甫吟》注③。⑧乘舟梦日边，《宋书·符瑞志上》："伊挚将应汤命，梦乘船过日月之傍。"⑨岐，通"歧"。今安在，指要走的路究竟在哪里。⑩《宋书·宗悫传》："叔父炳高尚不仕，悫年少时，炳问其志，悫曰：'愿乘长风，破万里浪。'"⑪云帆，白色的船帆。济，渡。沧海，大海。

[鉴赏]

此诗作年，有天宝三载（744）、开元十八、九年（730、731）二说。虽均各有所据，但从诗中所抒写的苦闷之强烈、感情之激愤看，作于天宝三载赐金还山之后的可能性似乎更大。

从诗中所写的情景看，这首诗大约就写在离开长安前朋友为他送行的宴席上。这和《晋书·袁山松传》所说"每因酣醉纵歌之"的情景正相吻合。开头两句，先用华美字面、夸张笔法极力渲染宴席的豪华丰盛，用以反跌三、四两句的强烈苦闷。李白素善豪饮，"斗酒十千恣欢谑""会须一饮三百杯""但使主人能醉客，不知何处是他乡"等诗句，正表现出他的嗜酒天性。但这一次，面对"斗十千"的"金樽清酒"，"直万钱"的"玉盘珍羞"，竟然一反常态。"停杯投箸不能食，拔剑四顾心茫然。"两句中连用"停杯""投箸""拔剑""四顾"四个写动作的词语，连续而下，动作的强度一个比一个大，反映出的苦闷情绪一个比一个强烈。"停杯"是喝着喝着，突然一阵苦闷涌上心头，就不知不觉停下了酒杯，是苦闷刚袭来的无意识动作。紧接着的"投箸"这个动作，则是苦闷强烈到无法承受、抑制的程度时，重重地撂下筷子，动作的强烈正反映出内心痛苦的强烈。"拔剑"这个动作，是人的情绪强烈到必须用猛烈的动作加以发泄时的表现，正如他在《南奔书怀》诗中所写："拔剑击前柱，悲歌难重论。"但"拔剑"之后，却找不到发泄的对象，只能茫然"四顾"，不知所措，不知所适。因此，在"拔剑""四顾"之后又用"心茫然"三个字点明此时诗人那种在强烈的苦闷中失落、彷徨、茫茫然不知所之的感情状态。这几句虽从鲍照《行路难》(其六)"对案不能食,拔剑击柱长叹息"脱化,但鲍诗中简单的"案"变成了"金樽清酒斗十千,玉盘珍羞直万钱",对此而"不能食"其内心苦闷之强烈便比"对案不能食"更有震撼力;而鲍诗中的"拔剑击柱长叹息"在李诗中衍化为"停杯投箸""拔剑四顾",将苦闷的发生、强化、宣泄和茫然失落描绘得更有层次,更有深度,可谓青出于蓝。

"欲渡黄河冰塞川,将登太行雪满山。"五、六两句,紧承"不能食""心茫然",揭示所以如此苦闷彷徨的原因,正面点醒"行路难"的题意。这两句虽明显带有象喻色彩,即用"冰塞川""雪满山"来象喻仕途和人生道路上的艰难险阻,但也不排除带有某种赋的意味,即诗人离开长安之后预设的行程。其《梁园吟》也说:"我浮黄河去京阙,挂席欲进波连山。"虽一主象喻,一主赋实,但二者也并不绝对排斥,而可相容。这两句不但是对人生未来道路上艰难险阻的想象,也是对过去已历的人生道路上艰难险阻的痛苦回顾与总结。两句用对偶句式,正表现出在为理想奋斗的征途中处处都横着艰难险阻。

"闲来垂钓碧溪上,忽复乘舟梦日边。"这两句暗用了两个大有作为的开国元勋的典故。"垂钓碧溪"用吕望钓于渭滨、隐居待时的故事,"乘舟梦日"用伊尹受聘于汤之前,梦见自己乘舟经过日月之边的故事。诗人将这两个典故巧妙地串联在一起,意谓闲来垂钓碧溪,隐居待时,忽然又梦见自己乘舟经过日边。看来自己又将受到君主的征聘任用了。这说明,诗人尽管深慨世路险阻,隐居待时,但内心深处却时刻企盼着君主的聘用,而且希望能像伊尹辅成汤那样,成就不朽的功业。两句景象明丽,格调轻快,透露出对未来充满希望。

"行路难!行路难!多岐路,今安在?"这是感情在激烈的矛盾中又一次回旋反复。想到历史上的吕望、伊尹的遇合,固然增强了对未来的信心,但当他的思路回到眼前的现实中来时,再一次感到人生道路的艰难多歧。所谓"多岐路",当有所指。摆在李白面前的路无非是这样两条:一条是遭受挫折后失望沉沦从此含光混世;另一条是继续追求,待时而动。在这两条道路中,李白是有过思想矛盾和斗争的,《行路难》的第三首就说过"含光混世贵无名,何用孤高比云月""且乐生前一杯酒,何须身后千载名",但李白那种极为强烈、执著的用世要求,终于使他摆脱歧路彷徨的苦闷,唱出充满信心与展望的强音。

"长风破浪会有时,直挂云帆济沧海。""长风破浪"用刘宋时代名将宗悫的典故。在原来的典故中,"愿乘长风破万里浪"是用来象喻自己远大志向、宏伟抱负的，李白将宗悫的原话概括为"长风破浪"，而紧接"会有时"三字，显然是指自己的宏伟抱负终有实现的一天，而下句"直挂云帆济沧海"则正是对"长风破浪"的进一步渲染形容。两句一意贯串，意谓：坚信总会有那么一天，高挂云帆，乘长风破万里浪，克服重重险阻，横渡沧海，到达理想的彼岸。或将"济沧海"理解为孔子的"道不行，乘桴浮于海"，或将其理解为"悠然而远去，永与世违"，或将"沧海"理解为北海中仙岛，都是不顾及"长风破浪"典故的原意，也不顾及末二句一意贯串的句法，更不顾及诗的形象、意境、气势的误解。

这是在感情的矛盾旋涡中挣脱出来以后，精神得到解放，满怀激情地唱出理想的赞歌。它是全篇感情发展的高潮，也是全篇感情的归宿。这两句，无论是形象的鲜明饱满，感情的昂扬激越，气势的豪放健举，以及比喻的生动贴切，用典的自然妥帖，如同己出等方面，都堪称李白诗中著名的警句。

这首诗给人最突出的印象和感受，是感情的大起大落、瞬息突变，以及由此形成的诗格调的抑扬起伏、激荡生姿。全篇虽只有十二句，却经历了三次大起大落。开头二句，极状宴席之豪华、酒肴之珍贵，给人以淋漓尽醉的预示，是一扬；三、四两句，连用"停杯""投箸""拔剑""四顾"来渲染内心极端的苦闷和茫然，是重重的一抑；"欲渡"二句，承上对人生道路的艰难作象征性描写，是对苦闷原因的说明，也是进一步的抑；"闲来"二句，却忽然转出碧溪垂钓、乘舟梦日的明丽意境，透出对未来的希望，又是一扬；"行路难"四个短句，从梦想回到现实，发出歧路彷徨的感慨，是第三次重抑；"长风"二句再次上扬，扶摇直上，达到高潮。感情的大起大落，瞬息突变，正是理想与现实尖锐矛盾的反映，也是诗人力图摆脱彷徨苦闷情绪，执著追求理想抱负的精神历程的表现。诗人的感情，不是在苦闷彷徨中走向绝望与幻灭，而是走向希望和光明，走向"长风破浪会有时，直挂云帆济沧海"这种无限壮阔浩瀚的理想境界。这正是这首诗最显著也最可贵的思想艺术特色。李白一系列表现理想与现实尖锐矛盾的抒情诗，都表现出诗人不屈服于黑暗环境的思想性格，但从感情发展变化的归趋来说，却并非没有区别，像"五花马，千金裘，呼儿将出换美酒，与尔同销万古愁""人生在世不称意，明朝散发弄扁舟"以及前面所引的"且乐生前一杯酒，何须身后千载名"，就不免在激愤中流露出无奈与颓唐，而这首诗，则更多地表现出诗人对理想抱负的执著追求和对前途的乐观信念。从这一点看，它也就更具有盛唐之音的典型品格。

李　白

长相思①

长相思，在长安。络纬秋啼金井阑②，微霜凄凄簟色寒③。孤灯不明思欲绝④，卷帷望月空长叹。美人如花隔云端⑤。上有青冥之长天⑥，下有渌水之波澜⑦。天长路远魂飞苦，梦魂不到关山难。长相思，摧心肝⑧。

[校注]

①《长相思》，乐府旧题，《乐府诗集》列入杂曲歌辞。解题曰："古诗曰：'客从远方来，遗我一书札。上言长相思，下言久离别。'李陵诗曰：'行人难久留，各言长相思。'苏武诗曰：'生当复来归，死当长相思。'长者，久远之辞，言行人久戍，寄书以遗所思也。古诗又曰：'客从远方来，遗我一端绮。……文彩双鸳鸯，裁为合欢被。著以长相思，缘以结不解。'谓被中著绵以致相思绵绵之意，故曰长相思也。又有《千里思》，与此相类。"《乐府诗集》卷六十九，载刘宋吴迈远、梁昭明太子、张率、陈后主、徐陵、萧淳、陆琼、王瑳、江总及唐郎大家宋氏、苏颋等人之作多首，李白之作三首（另两首为"日色已尽花含烟""美人在时花满堂"在该集中分置卷六、卷二十五）。其内容均咏男女离别相思。②络纬，昆虫名，一名莎鸡，俗称纺织娘。《尔雅翼·释虫》："莎鸡……振羽作声，连夜札札不止，其声如纺织之声，故一名梭鸡，一名络纬，今俗人谓之络丝娘。"此前崔豹《古今注》则云："莎鸡一名促织，一名络纬，一名蟋蟀。促织，谓鸣声如急织，络纬，谓其鸣声如纺纬也。"将络纬与蟋蟀混同，非。络纬秋夜露凉风冷，鸣声凄紧，故曰"秋啼"。金井阑，装饰精美的井边栏杆。吴均《杂绝句四首》："络纬井边啼。"③微，《全唐诗》校："一作凝。"簟（diàn），竹席。④明，《全唐诗》校："一作寐。"思欲绝，谓思念之情深刻强烈至极。⑤美人如花，《文苑英华》作"佳期迢迢"。《古诗·兰若生春阳》："美人在云端，天路隔无期。"⑥青冥，青天。长，宋蜀本作"高"。⑦渌水，清澈的水。⑧摧，崩裂。摧心肝，形容极度伤心。

[鉴赏]

这首诗写一个秋天的深夜，一位多情的男子对远在长安的如花女子的悠长思念。写得情深意挚，思苦语婉，情景交融，韵味悠长。

开头两个三字句，开门见山，点明题目，点出"长相思"的对象即在长安。

"在长安"三字，对理解诗的意旨至关重要。或解为诗人身居长安，恐非。这一点到探寻诗的托寓时再来讨论。

"络纬秋啼金井阑，微霜凄凄簟色寒。"三、四两句写抒情主人公秋夜所闻所感。在雕饰华美的井栏边，纺织娘在发出凄清的啼鸣声；夜深了，微霜凄凄，散发出萧瑟的寒意，在月色孤灯的映照下，床上的竹席泛着寒光。这两句似纯为写室内外之景物，却透露出抒情主人公的听觉、视觉、触觉感受。在霜寒露冷的秋天深夜，络纬的啼鸣听来更为凄紧，而床上的竹席在凄冷的霜夜也显得寒光荧荧，寒气逼人。"簟色寒"三字，写出了视觉通于触觉以至心灵的凄寒感受，似不着力而精细工妙。

"孤灯不明思欲绝，卷帷望月空长叹。"五、六两句，出现了抒情主人公的身影。他独对黯淡的孤灯，耿耿不寐，愁思欲绝，卷起窗帷，遥望明月，空自叹息。这是一个因为怀人而愁思绵绵、孤单寂寞、心绪黯淡凄清的男子。"孤灯不明"的景物描写，"卷帷望月"的情态描写，正透露出抒情主人公的处境和心绪。在"望月空长叹"中又正透露出所思远隔、杳不可即的怅恨，于是就自然引出了全诗中最关键的一句——"美人如花隔云端"。这位如花的美人，正是抒情主人公思慕的对象，此刻她正高居天上宫阙之中，身处云端，可望而不可即。抒情主人公之"思欲绝"，之"空长叹"，都是由于"美人如花隔云端"的缘故。诗人特意将这位美人描绘得如此虚无缥缈，杳远难即，除了引出下面的追寻之难以外，主要目的还是将思慕的对象虚化，以便寄托深层的情思。

"上有青冥之长天，下有渌水之波澜。天长路远魂飞苦，梦魂不到关山难。"接下来四句，承"隔云端"，写抒情主人公对所思慕的美人作魂牵梦绕的无望追寻。美人高居云端，欲追寻则上有青冥高天之阻隔；美人远在长安，欲追寻则下有渌水波澜关山重叠的间阻，此即所谓"天长路远"。如此高远之所，唯梦魂可以度越，然而如今却连梦魂也难以到达。叠用"魂飞苦""梦魂不到"，正见所思慕的对象永无相见之期。这就逼出诗的最后两句："长相思，摧心肝。"从一开头的"长相思"，到中间的"思欲绝"，再到结尾的"摧心肝"，从思绪绵绵到思念之情欲绝，最后发展到摧心裂肺式的痛苦，相思之情经历了一个逐步深化强化的过程。最后两句，是抒情主人公发自心底的强烈呼喊，具有震撼心灵的力量。

作为一首抒写离别阻隔相思之情的诗，这首诗情感真挚而热烈，缠绵而执著，情景相生，意境杳远，称得上是一首优秀的情诗。但细加吟味，又明显感到它不同于一般的情诗。最明显而突出的表征是,诗人似乎有意将所思慕的对象虚化甚至仙化,不仅没有任何对所思对象身份、容饰、情态的具体描写,而且将她写成一个遥隔云端,高居天上的虚无缥缈的仙子,一个可望而不可即的美好对象,一个带有象征色彩的人物。这就为寄寓象外之意创造了条件。联系一开头点出的"长相思,在长安",其寓意便更加明显。为了说明问题,不妨引诗人在天宝三载(744)所作的《单父东楼秋夜送族弟沈之秦》诗的后半:

遥望长安日,不见长安人。长安宫阙九天上,此地曾经为近臣。一朝复一朝,发白心不改。屈平憔悴滞江潭,亭伯流离放辽海。折翮翻飞随转蓬,闻弦坠虚下霜空。圣朝久弃青云士。他日谁怜张长公!

将《长相思》与此诗参较,可以明显发现《长相思》中所怀念的遥隔云端的如花"美人",就是这首诗中高居"长安宫阙九天上"的圣朝天子唐玄宗。诗中所抒发的"长相思,摧心肝"之情,就是"此地曾经为近臣"而此刻处于被放逐境地,类似"屈平憔悴滞江潭"的诗人自己对玄宗、对朝廷的一片惓惓眷恋之情。两首诗的时令均在秋天,《长相思》诗中又写到"天长路远"和"梦魂不到关山难",与单父(今山东单县)离长安遥远,关山阻隔正复相类。可以推断,两首诗系同时同地之作,思想内容也大体相同。只不过,《单父东楼秋夜送族弟沈之秦》采取赋的直叙写法,而《长相思》则以比兴象征手法表达。李白对玄宗的"恩遇",在很长的一段时间里,始终怀着感激之情,对自己"曾经为近臣"的经历,也始终视为荣耀。刚被放逐后的一段时间,对玄宗仍抱有眷恋和幻想,是完全可以理解的。或以为《长相思》是"寄寓追求理想不能实现之苦闷",这自然也可以讲得通,与"美人如花隔云端"的虚拟特征也非常吻合。在封建时代,志士才人常将自己理想抱负的实现寄托在君主身上,因而两种说法也并不矛盾。李白对玄宗的眷恋,正是因为他当时仍将自己理想抱负的实现寄托在曾对自己深加恩遇的玄宗身上。这种感情,随着政局的变化,其后有所改变。在《古风》(其五十一)中他就将玄宗喻为"乱天纪"的殷纣王和昏愦的楚怀王,指斥其时"夷羊满中野,菉葹盈高门。比干谏而死,屈平窜湘源"的腐朽黑暗政局,感情由怨慕转为愤慨。这说明,李白绝非愚忠式的人物。

用"美人"象喻所思慕眷恋的君主,是屈原辞赋所开创的优良传统。解者或引《离骚》"恐美人之迟暮"为说,但这句诗中的"美人"乃是屈原自喻而非喻君。与《长相思》中的"美人"有直接渊源关系的乃是屈原《九章·思美人》一篇。它一开头就说:"思美人兮,擥涕而伫眙。媒绝路阻兮,言不可结而诒。"这里的"美人",指的就是楚君。而"擥涕而伫眙"亦即《长相思》中的"长相思,摧心肝";"媒绝路阻",亦即《长相思》中的"天长路远""梦魂不到关山难"。两相对照,《长相思》的渊源所自便十分明显了。

日出入行①

日出东方隈②,似从地底来。历天又复入西海③,六龙所舍安在哉④!其始与终古不息⑤,人非元气⑥,安得与之久徘徊?草不谢荣于春风,木不怨落于秋天⑦。谁挥鞭策驱四运⑧?万物兴歇皆自然⑨。羲和⑩,羲和,汝奚汩没于荒淫之波⑪?鲁阳何德,驻景挥戈⑫?逆道违天,矫诬实多⑬。吾将囊括大块⑭,浩然与溟涬同科⑮。

[校注]

① 《全唐诗》题原作《日出行》校:"一作《日出入行》。"按:蜀刻本及本集诸本作《日出入行》。而《文苑英华》卷一百九十三、《乐府诗集》卷二十八相和歌辞收此诗,均作《日出行》。又卷一郊庙歌辞有《日出入》,古辞云:"日出入安穷?时世不与人同。故春非我春,夏非我夏,秋非我秋,冬非我冬。泊如四海之池,遍观是邪谓何?吾知所乐,独乐六龙,六龙之调,使我心若。訾黄其何不倈下。"则古辞原名《日出入》。细审《文苑英华》及《乐府诗集》,此诗之前或载沈约、萧子荣(显)、卢思道、殷谋(原作李白,当从《乐府诗集》作殷谋)、萧扮等人之《日出东南隅行》或《日出行》,或载陆机、谢灵运、沈约、张率、萧子显、陈后主、徐伯阳、殷谋、王褒、卢思道、萧扮等人之《日出东南隅行》及《日出行》,而以上诸人之《日出东南隅行》或《日出行》之内容均从汉乐府《陌上桑》变化而来,与李白此作内容了不相关。可见乃二书之编者误将源于《陌上桑》之《日出东南隅行》或《日出行》与源于《日出入》古辞之李白《日出入行》混编而脱去"入"字(李白《日出入行》之后,有李贺同题之作,内容与李白相近,亦系混编所致)。故当从本集及《乐府诗集》卷一所载《日出入》古辞补题内之"入"字。胡震亨注:"汉郊祀歌《日出入》,言日出入无穷,人命独短,愿乘六龙,仙而升天。太白反其意,言人安能如日月不息,不当违天矫诬,贵放心自

然,与滓溟同科也。"②隈,隅、角落。《陌上桑》:"日出东南隅。"③宋蜀本、《文苑英华》此句作"历天又复入西海"。兹从之补入"复""西"二字,西海,西方日落处。李白《古风》之十一:"黄河走东溟,白日落西海。"④六龙,神话传说日神乘车,六龙为驾,羲和为御。此处即以六龙代指太阳。郭璞《游仙诗》:"六龙安可顿,运流有代谢。"舍,止宿之地。⑤《文苑英华》此句作"其行终古不休息。"终古,久远。《庄子·大宗师》:"日月得之,终古不息。"按文义,似以《文苑英华》为长。⑥元气,指天地未分时的混沌之气。《汉书·律历志上》:"太极元气,函三为一。"颜师古注引孟康曰:"元气始起于子,未分之时,天地人混合为一。"古人将元气视为天地之始,万物之祖。⑦《庄子·大宗师》:"凄然似秋,暖然似春。喜怒通四时。"郭象注:"圣人之在天下,暖焉若春阳之自和,故蒙泽者不谢;凄乎若秋霜之自降,故凋落者不怨也。"《汉书·律历志》:"春秋迭运,草木自荣自落,何谢何怨。"⑧四运,指春夏秋冬四时的运行更迭。陆机《梁甫吟》:"四运循环转,寒暑自相承。"⑨兴歇,兴衰生死。⑩羲和,日御。此亦代指太阳。《后汉书·崔骃传》:"氛霓郁以横厉兮,羲和忽以潜晖。"李贤注:"羲和,日也。"《抱朴子·任命》:"昼竞羲和之末景,夕照望舒之馀耀。"⑪奚,何。汩没,淹没。荒淫,广大浩瀚貌。荒淫之波,指大海。即篇首"历天又复入西海"之"西海"。亦即神话传说中之"虞渊",见《淮南子·天文训》。⑫《淮南子·览冥训》:"鲁阳公与韩搆难,战酣,日暮,援戈而抳(挥)之,日为之反三舍。"鲁阳,神话中之大力士。驻景,使太阳停住不动。郭璞《游仙诗》:"愧无鲁阳德,回日向三舍。"⑬矫诬,虚妄。《魏书·崔浩传》:"浩……性不好老庄之书……曰:'此矫诬之说,不近人情。'"《通鉴·宋营阳王景平元年》引此文,胡三省注曰:"托圣贤以伸其说谓之矫;圣贤无是事,寓言而加诋谓之诬。"⑭大块,大自然。《庄子·齐物论》:"夫大块噫气,其名为风。"成玄英疏:"大块者,造物之名,亦自然之称也。"⑮滓溟,天地未形成时,自然之气混沌之状。《庄子·在宥》:"大同乎涬溟,解心释神。"司马彪注:"涬溟,自然元气也。"科,类、等。

[鉴赏]

李白是一位极富感性色彩的诗人,但他这首《日出入行》却极具哲理意趣,不仅在李白诗中别具一格,在唐诗优秀作品之林中亦属别调,是一首《天问》式的作品。

诗分三段。第一段从开头到"安得与之久徘徊",从日之出入运行不息说到人的生命短促。前三句说，太阳每天从东南角升起，好像是从地底出来似的，它经过中天，又每天傍晚沉入西海。这里所描叙的太阳东升西落的现象，是农耕社会中人们日出而作、日落而息最常见的现象，一般人都习而不察，李白却因神话中六龙驾日车的传说，天真地发问道：每天夜里，六龙所驾的太阳究竟在哪里停息止宿呢？这一问中实际上包含了对神话传说的怀疑。在诗人的想象中，太阳东升西落，昼夜不停，周而复始，它实在是没有时间、也没有地方可以停息的。诗人凭他超常的想象力，似乎天才地猜测到了太阳的运行是一刻不停的。这也正是下一句所说的"其始与终古不息"，意思是说，从太阳开始运转以来，它就伴随着久远的时间永不停息。正因为这样，人并非自然界的元气，而是有生命的事物，而生命总有终结之时，又如何能够和终古长存、运行不息的太阳长久相伴呢？古人视元气为天地未分时的混沌之气，它是天地之始，万物之祖，元气有聚有散，却不会消灭，人非元气，自然不能长存了。诗人用了"徘徊"这个词语，来形容人不能和太阳久久盘桓，可谓语新意惬。

上一段用"终古不息"的太阳与有生有死的人作对照，说明人的生命较之自然界的事物，是短暂的。接下来"草不谢荣"四句为一段，进一步阐说"万物兴歇皆自然"的客观规律，就像太阳东升西落、昼夜不息一样，自然界的春夏秋冬更迭代序，也是自然规律。正因为这样，草不因春天到来生长繁茂，而感谢春风的煦育；树不因秋天到来凋落飘零，而怨恨秋天。四时更迭，万物荣衰，各有各的规律，根本就没有什么造物主在挥鞭驱赶鞭策四时的运行，万物的生与灭都是自然而然的。这四句可以说是对古代朴素唯物论的自然观最简括、最形象的诗意化表述。《荀子·天论》曾说："天行有常，不为尧存，不为桀亡。"认为自然与社会各有自己的客观运行规律，这里更进一步，认为自然界的各种事物也各有自己的运行规律。为了强调这一点，诗人在前两句连用两个表示否定的"不"字，以强调"春风""秋天"存在的目的并不是为了使"草荣""木落"，因而草、木既不必谢，亦不必怨。在第三句以"谁"字反问喝起，第四句随即用一"皆"字作出斩钉截铁的回答。"万物兴歇皆自然"，是全诗的核心和灵魂。第一段以日之出入运行与人的生死作对照，第二段以草木的衰荣与四时的更迭运行对照，都是为了说明这样一个结论。

由"万物兴歇皆自然"的结论出发，诗人在第三段中进一步引出了对"逆道违天"的"矫诬"行动的批判。"羲和，羲和，汝奚汩没于荒淫之波"，这是对神话传说中日入于西海,止宿于虞渊说法的怀疑与否定,上承"历天又入海,六龙所舍安在哉"。诗人认为这种"汨没于荒淫之波"的说法,是与太阳终古不息的运行规律相违背的。接着,又对神话中大力士鲁阳挥戈退日的传说表示更直接而强烈的批判,认为鲁阳这种行动乃是"逆道违天"之举,是根本不可信的。这里在表面上虽是对鲁阳挥戈传说的否定,实际上是对人类社会一切"逆道违天"之举的全面彻底否定。

那么,人和自然之间究竟应该怎样相处呢?李白的答案是:"吾将囊括大块,浩然与溟涬同科。"要怀抱整个大自然,和充盈于其中的宇宙中的自然之气融为一体。这正是对庄子"万物与我同一""大同乎溟涬"思想的诗意化表述。

屈原《天问》中对古往今来一系列有关宇宙起源、自然现象和历史现象的神话、传说及历史记载提出了强烈的质疑,表现了可贵的怀疑批判精神。这对李白的《日出入行》的写作显然有启示。但《天问》提出的一百七十多个问题,其中涉及宇宙生成、自然现象的问题,诗人只是表示怀疑与不解,并没有实际上也不可能得出答案。而李白这首诗,在吸取屈原怀疑批判精神的同时,还吸取老、庄"天法道,道法自然"和"万物与我同一"的思想,在肯定"人非元气,安得与之久徘徊""万物兴歇皆自然"的基础上,对人与自然的关系,明确反对"逆道违天",主张"囊括大块,浩然与溟涬同科"。类似的思想表述,在陶渊明的诗文中也出现过,如他的《神释》说:"甚念伤吾生,正宜委运去。纵浪大化中,不喜亦不惧。应尽便须尽,无复独多虑。"《归去来兮辞》中也说:"聊乘化以归尽,乐夫天命复奚疑。"不过陶渊明的这种自然观似乎更偏重在对生死的达观态度上;而李白的诗却试图对人与自然的关系给出一个整体性的答案,即不能"逆道违天",而要顺应并回归自然。这就超越了生死观的范畴,而包含着人与自然和谐相处的可贵思想。道家的自然观、天人观,包括李白在这首诗中所包蕴的思想,自然和当代的人与自然环境和谐的思想有重要区别,但不能否认李白这首诗确实能给我们这方面的启示。历代有些评者为了强调此诗的针对性,认为"总见学仙之谬""似为求仙者发"。强调"万物兴歇皆自然",反对"逆道违天",客观上自然具有否定求仙学道的意义,但这首诗的意涵却比反求仙要宽泛得多。它表现的是人与自然的关系究竟应该如何处理这样一个大命题、大判断。至于陈沆之牵扯政治,谓喻君德之荒淫,则更远离诗人的本意了。

这是一首哲理色彩很浓的诗,但它首先是诗,而非用韵语写的哲理。其中不但有对日出入运行情况的诗意想象,有"草不谢荣于春风,木不怨落于秋天"这样新颖生动的描述，而且有"吾将囊括大块，浩然与溟涬同科"这种李白式的浪漫主义夸张。全诗既贯注着一股怀疑批判精神，又渗透着一种李白诗中特有的"气"，具有鲜明的李白个性。因此尽管此前的玄言诗、此后的道学诗曾经受到历代评论者的一致责难，李白的这首诗却没有遭到此类批评。

从李白的自然观可以明显看到，他"清水出芙蓉，天然去雕饰"的诗歌主张及创作风格是有深刻的哲理思想基础的。

北风行①

烛龙栖寒门②，光耀犹旦开③。日月照之何不及此④？惟有北风号怒天上来。燕山雪花大如席⑤，片片吹落轩辕台⑥。幽州思妇十二月⑦，停歌罢笑双蛾摧⑧。倚门望行人，念君长城苦寒良可哀。别时提剑救边去，遗此虎文金鞞靫⑨。中有一双白羽箭，蜘蛛结网生尘埃。箭空在，人今战死不复回。不忍见此物，焚之已成灰。黄河捧土尚可塞，北风雨雪恨难裁⑩！

[校注]

①《北风行》，乐府杂曲歌辞旧题。《乐府诗集》卷六十五收鲍照、李白《北风行》各一首，解题曰："《北风》，本卫诗也。《北风》诗曰：'北风其凉，雨雪其雱。'传曰：'北风寒凉，病害万物，以喻君政暴虐，百姓不亲也。'若鲍照'北风凉'，李白'烛龙栖寒门'，皆伤北风雨雪，而行人不归，与卫诗异矣。"萧士赟《分类补注李太白诗》："乐府有时景二十五曲，中有《北风行》。"胡震亨《李诗通》："鲍照本辞，伤北风雨雪，行人不归。此与照诗意同。"詹锳《李白诗文系年》云："诗云：'幽州思妇十二月，停歌罢笑双蛾摧。'当是写实。此诗盖天宝十一载严冬太白于幽州作。"郁贤皓《李白选集》，同意詹说，并引《资治通鉴》所载范阳节度使安禄山天宝四载（745）以来屡启边衅之事以证之。《通鉴·天宝十载》：八月"安禄山将三道兵六万，以讨契丹……奚复叛，与契丹合，夹击唐兵，杀伤殆尽。"诗中所写幽州思妇之丈夫提剑救边之事，当即指此次战事。作诗时离其夫战死已有一段时间，故定为天宝十一载严冬。②烛龙，古代神话中的神名。传说其张目（亦有谓其驾日、衔烛或衔珠者）能照耀天下。《山海经·大荒北经》："西北海之外，赤水之北，有章尾山。有神，人面蛇身而赤，直目正乘，其瞑乃

晦，其视乃明。不食不寝不息，风雨是谒。是烛九阴，是谓烛龙。"《楚辞·天问》："日安不到，烛龙何照？"王逸注："言天之西北有幽冥无日之国，有龙衔烛而照之也。"《淮南子·墬形训》："烛龙在雁门北，蔽于委羽之山，不见日。其神人面龙身而无足。"高诱注："龙衔烛以照太阴，盖长千里。视为昼，瞑为夜。吹为冬，呼为夏。"又："北方北极之山，曰寒门。"高诱注："积寒所在，故曰'寒门'。"又有称烛龙为烛阴者，《山海经·海外北经》："钟山之神，名为烛阴。视为昼，瞑为夜，吹为冬，呼为夏。"郭璞注："烛龙也。是烛九阴，因名云。"③因烛龙张开眼即为明亮的白昼，故说"光耀犹旦开"。④此句即《楚辞·天问》"日安不到"之意。句中"此"字指下文之幽州。⑤燕山，《元和郡县图志》阙卷遗文卷一河北道蓟州渔阳县："燕山，在县东南六十里。"燕山山脉，自蓟县东南绵延而东直至海滨，蓟州渔阳县之燕山为其中一段。⑥轩辕台，本古代传说中台名。《山海经·大荒西经》："有轩辕之台，射者不敢西向射，畏轩辕之台。"因传说中黄帝与蚩尤曾战于涿鹿之野，故后人认为轩辕台在汉上谷郡涿鹿县，今河北怀来县乔山上。其地与幽州邻近。⑦幽州，唐河北道州名，天宝初改称范阳郡，系范阳节度使府所在地。治所在今北京市西南。《旧唐书·地理志二·河北道》：幽州大都督府，"天宝元年，改范阳郡，属范阳、上谷、妫川、密云、渔阳、顺义、归化八郡"。⑧双蛾摧，双眉低垂，愁苦之状。⑨金鞞靫（bǐng chā），金属的盛箭器。鞞，又作鞴。⑩裁，抑止。

[鉴赏]

中唐新乐府运动主将之一元稹在《乐府古题序》中标榜"寓意古题，刺美见（现）事"，成为其乐府诗创新精神的一种重要表现形式。其实，借乐府古题来反映时事的创作手段，在李白许多乐府诗中都有出色的表现。这首《北风行》，从表面上看，是模仿鲍照的《北风行》伤北风雨雪，行人不归，但实际上，它却融入了时代的社会政治内容，成为一篇具有强烈政治批判精神和人道主义精神光辉的作品。

这首诗的创作背景，涉及唐玄宗天宝年间东北边境一系列对奚、契丹的战争。安禄山得到唐玄宗的信任，天宝元年（742）任平卢节度使，三载起兼任范阳节度使。十载，又兼任河东节度使，正积极策划反叛。为了邀宠，在这段时间内，安禄山多次发动对奚、契丹的战争。《通鉴·天宝四载》：九月，"安禄山欲以边功市宠，数侵掠奚、契丹，奚、契丹各杀公主以叛"。又《天宝九载》：十月，"安禄山屡诱奚、契丹,为设会,饮以莨菪酒,醉而坑之,动数十人,函其酋长之首以献,前后数四"。又《天宝十载》:八月,"安禄山将三道兵六万以讨契丹,以奚骑二千为向导,过平卢千余里……奚复叛,与契丹合,夹击唐兵,杀伤殆尽"。可以看出,这些战事都是安禄山为了邀功而挑动的,而战争的惨痛后果则为广大的人民,特别是参加战争的唐军士兵及其家属所承担。为了控诉安禄山挑动边衅给幽州人民所带来的灾难,这首诗特意设置了一个在战争中牺牲的幽州士兵的妻子作为主角,通过她的视角和心理来表达对这种战争的怨愤。

诗的前六句,是对抒情主人公所处严酷自然环境的描写。但一开头并不直接写幽州,而是用一个古老的神话传说起兴:"烛龙栖寒门,光耀犹旦开。"意思是说,在极北的寒门地区,幽冥晦暗,不见阳光,但烛龙一睁眼睛,还能带来早晨的光耀。第二句的"犹"字值得特别注意,说明头两句写寒门地区的情景,是为了引出并反衬下文。果然,三、四两句就转写女主人公身处之地:"日月照之何不及此?惟有北风号怒天上来。"第三句末尾的"此"字,不是上承"寒门",而是下启"燕山""幽州",指的就是幽州。前人或今人有将"此"解为"寒门"(即幽州)者,则第二句的"犹"字就无着落。三、四两句是将幽州与传说中的寒门作对照,说传说中的寒门犹有光耀旦开之时,幽州却暗无天日,只有北风怒号之声从天上不断袭来。"日月照之何不及此"是一个问句,既像是身处幽州的女主人公发自心底的呼号,又像是诗人对造物者的一种质问。这种呼号的句式,使诗中所写的景象带上了某种象征意味:这是一片"日月"光耀所照不到的黑暗寒冷、只有"北风"逞威肆虐的地区。五、六两句,由"北风"进一步写到"雪"。"燕山"点明女主人公身处之地在幽燕,"燕山雪花大如席"虽然是极度的夸张,而且完全是李白式的夸张,但读者却从不计较它是否合乎事实,而是从那推向极致的夸张渲染中得到强烈的感受,想象到那硕大如席的雪花密集飘洒、遮天蔽地的情景。而"片片吹落轩辕台"的"轩辕台"固然在地理上与幽州邻接,但诗人特意选用这个字面,似乎也不无用意。往日轩辕黄帝与蚩尤作战的地方,如今已是暗无天日,北风肆虐,冰雪苦寒之地,这里的百姓又该过着怎样的生活呢!总之,前六句对幽州自然环境的描绘渲染,在有意无意之中,已经隐隐透露出某种象征意味,能引发读者的联想。特别是"日月照之何不及此"这种显然有悖生活事实的诗句,就不能单纯用艺术的夸张来解释,而是要和李白其他诗中诸如"日惨惨兮云冥冥"(《远别离》)、"白日不照吾精诚"(《梁甫吟》)一类句子对照来读,才能更明显地体味到它的象外之意。

"幽州思妇"以下十四句，全是对女主人公的描写，除"停歌罢笑双蛾摧"和"倚门望行人"二句是对她的形容和行动的客观描写外，其他各句全是对她的心理描写，也可以视为女主人公的心理独白。"幽州思妇"点醒女主人公的身份，"十二月"点时，以与北风雨雪的环境相应。"停歌罢笑双蛾摧"一句，连用三个写动作、表情的词语，表现女主人公愁肠哀思百结的内心世界。接着，用"倚门望行人"一句，点出她所以如此愁苦的原因，是因为远征的丈夫至今未归，不免日日倚门而望。"念君长城苦寒良可哀"，想到丈夫远戍长城苦寒之地，其处境实在可哀。长城一带，正是唐军与奚、契丹的军队进行战斗的地方。"念"字领起了以下各句的心理活动。

"别时提剑救边去，遗此虎文金鞞靫。中有一双白羽箭，蜘蛛结网生尘埃。"这四句将"念"的内容集中到一个点——丈夫"提剑救边去"时留下的一个箭筒和两支白羽箭上。"救边"之语，说明当时战局已经相当危急，丈夫此去遇到的危险也就可以想见。他临走时无意中留下的箭筒和羽箭，从此就成了女主人公日夜思念的触发物。但日日倚门而望，日日对箭而思，却根本不见丈夫的归来，甚至连丈夫的音讯也一点都得不到，如今箭筒和羽箭上，蜘蛛已结成了网，堆满了灰尘，暗示丈夫去前线的时间已经很久。天宝十载八月发生的讨契丹的那场战争，应该就是思妇的丈夫"提剑救边去"参加的战争，而写这首诗的"十二月"则已经是第二年的严冬了。如此长的时间得不到丈夫的音讯，则其战死沙场的命运实已可以断定。只是这位思妇长期以来总是心存希望，不愿相信丈夫已经牺牲。等到这时，终于清醒意识到，丈夫临走时留下的箭筒和羽箭，已经成了永远的遗物了。以下六句，便是女主人公在意识到这一残酷的事实以后内心迸发出的强烈悲愤和无穷的怨恨。

"箭空在，人今战死不复回。不忍见此物，焚之已成灰。黄河捧土尚可塞，北风雨雪恨难裁！"箭在人亡，目睹丈夫留下的遗物，更增对丈夫的思念，但战死沙场的丈夫是永远回不来了，着"空"字、"不复"字，突出了睹物思人、物在人亡的绵绵长恨。与其日日睹物思人，倍感伤神，不如焚之成灰，以免触动内心的怨愤。但焚箭的行动真能烧掉心头的长恨吗？回答是绝不可能。诗人又用了一个极度夸张的典故性比喻"黄河捧土尚可塞"来有力地反衬"北风雨雪恨难裁"，造成了惊心动魄的艺术效果。在《汉书·朱浮传》中"捧土以塞孟津"的黄河边上的人，本就是被嘲笑为"多见其不知量"的,说明滔滔黄河绝不可塞,这里反用其意,说奔腾咆哮的黄河尚且可以阻塞,但幽州思妇在北风怒号、雨雪纷纷的环境中失去丈夫的怨愤却永远难以抑止!上句将绝不可能之事说成可能,以之反衬下句北风雨雪之恨永难消释,就不但更有力地强调了恨之永恒,而且使幽州思妇之恨带上了比奔腾咆哮的黄河还要有力度的视觉形象。最后这六句,从睹物思人、空添悲恨到不忍见物、焚之止恨,最后到河虽可塞、恨永难消,两句一层,层层转折,最后逼出"北风雨雪恨难裁"的悲愤呼号,具有极强烈的控诉力量和批判力量,其矛头所指,显然是轻启边衅的边地主帅和他的背后的支持者。

《乐府诗集》解题说:"《北风》,本卫诗也。《北风》诗曰:'北风其凉,雨雪其雱。'传曰:'北风寒凉,病害万物,以喻君政暴虐,百姓不亲也。'若鲍照'北风凉',李白'烛龙栖寒门',皆伤北风雨雪,而行人不归,与卫诗异矣。"虽引《诗·卫风·北风》以释《北风行》,但认为李白诗与《诗·北风》意异。这意见恐怕值得商榷。细味诗语及诗意,诗中的"北风号怒天上来"和"燕山雪花大如席,片片吹落轩辕台"的环境气候描写中已隐隐透露某种比兴象征意味,而"日月照之何不及此"一句更点醒幽州地区是日月所不照临之暗无天日、北风肆虐之地,则诗中除了抒发对安禄山轻启边衅,驱使百姓为之卖命的暴政的愤恨之外,也流露了对宠信安禄山的最高统治者的不满乃至怨愤情绪。这种诗的风格,已经远离传统诗教怨而不怒的温柔敦厚之旨,而呈现为极强烈的怨愤,具有震撼人心的艺术力量。而其中所流露的对幽州思妇心情的深情体贴和曲折细致的心理描写,则又表现了李白对受迫害的妇女深厚的人道主义同情,而闪耀着人性的光辉。

诗人在《经乱离后天恩流夜郎忆旧游书怀赠江夏韦太守良宰》这首自叙生平的长诗中提及天宝十一载幽州之行的感受时说:"十月到幽州,戈鋋若罗星。君王弃北海,扫地借长鲸。呼吸走百川,燕然可摧倾。心知不得语,却欲栖蓬瀛。"主意虽在渲染安禄山的跋扈气焰和蓄意反叛的态势,但对安禄山的专横及"君王"的养痈遗患均明显流露出或愤慨或痛切的情绪,可与此诗相参。

关山月①

明月出天山②,苍茫云海间。长风几万里,吹度玉门关③。汉下白登道④,胡窥青海湾⑤。由来征战地⑥,不见有人还。戍客望边色⑦,思归多苦颜。高楼当此夜⑧,叹息未应闲。

[校注]

①《关山月》,乐府旧题,《乐府诗集》列此曲于横吹曲辞,于梁元帝《关山月》诗下引《乐府解题》曰:"《关山月》,伤离别也。"按唐吴兢《乐府古题要解》卷下:"《关山月》,皆言伤离别也。"李白此首,沿旧题抒写戍边战士久戍思归和对家室的思念之情。②天山,《元和郡县图志》卷四十陇右道伊州:"天山,一名白山,一名折罗漫山,在州北一百二十里。春夏有雪。出好木及金铁。匈奴谓之天山,过之皆下马拜。"在今新疆中部。此谓"明月出天山",则戍客戍守之地当在天山之西。或谓天山即今甘肃、青海两省边界之祁连山,恐非,与下"长风几万里,吹度玉门关"之语似未合。岑参边塞诗中之"天山"与李白此诗同指。③玉门关,见王之涣《凉州词》"春风不度玉门关"句注。④下,出,指出兵。《战国策·秦策一》:"(张仪)对曰:'亲魏善楚,下兵三川,塞镮辕、缑氏之口,当屯留之道。'"姚宏注:"下兵,出兵也。"白登,山名,在今山西大同市东北,匈奴冒顿单于曾围攻汉高祖于此。《史记·匈奴列传》:"是时汉初定中国,徙韩王信于代,都马邑。匈奴大攻围马邑,韩王信降匈奴。匈奴得信,因引兵南逾句汪,攻太原,至晋阳下。高帝自将兵往击之。会冬大寒雨雪,卒之堕指者十二三。于是冒顿详(佯)败走,诱汉兵。汉兵逐击冒顿,冒顿匿其精兵,见其羸弱。于是汉悉兵,多步兵,三十二万,北逐之。高帝先至平城,步兵未尽到。冒顿纵精兵四十万骑围高帝于白登,七日,汉兵中外不得相救饷。"⑤窥,伺机图谋、觊觎。青海湾,青海湖沿岸一带地区。⑥由来,自来、从来。⑦边色,边地的景色。色,《全唐诗》校:"一作邑。"⑧高楼,指远在中原故乡、住在楼上的戍客妻子。

[鉴赏]

《关山月》这一乐府旧题,仅《乐府诗集》所载,在李白之前,就有梁元帝、陈后主、陆琼、张正见、徐陵、贺力牧、阮卓、江总、王褒、卢照邻、沈佺期、崔融等十二人的作品十四首,其内容均抒写戍客思归伤离之情,其主要诗歌意象则多为关、山、月。这正是因为逍递的关山,是阻隔戍客和思妇,使他们长期离别,不能相聚的自然障碍,而月则是远隔的戍客、思妇共同面对,引起对方的怀念的自然物。在表达戍客伤离思归的主题和借以表达这一主题的主要诗歌意象上,李白这首拟作和以前诸人之作可以说没有任何不同,且前人如徐陵、崔融的两篇优秀作品更对李白这首诗产生了明显而直接的影响。但李白此作的成就却远超包括徐、崔二人之作在内的所有前人之作，也为其后许多诗人的同题拟作所不及。其中一个突出的方面，就是李白这首诗，展现了极为广阔悠远的历史、现实时空，创造了雄浑苍茫而又渺远深邃的诗歌意境，兼有豪放与飘逸、流畅而闲雅的风格。

  诗分三层，每四句为一层。开头四句，起势阔远，以明月、天山、云海、长风、玉门关等极富边塞景物特征的诗歌意象组合成一幅壮阔辽远的关山明月图。唐代在玉门关西有极广阔的疆域版图，戍边将士所戍守的地方远在今新疆中部的天山之西，故望见明月升起于东边的天山。这"明月出天山"，正是西部边塞特有的景象，与中原或海滨的人所常见的月出东山或"海上生明月"的景象完全不同，故阔远明朗之中自然给人一种新鲜感。次句"苍茫云海间"，是写明月逐渐升高，浮现于苍茫云海之上的情景。这使首句所展现的阔远境界中又增添了苍茫的色彩。境虽同属阔远，色调则有变化。三、四两句，在前两句阔远苍茫的静境基础上展现出万里长风，自西向东，一直度越远处的玉门关的景象。"几万里"固是夸张，"吹度玉门关"亦属想象，但它却展现了比开头两句更为阔远的空间，且引导人们去想象玉门关以东更阔远的地域。由于万里长风吹度，整个画面上便增添了动态感。诗的意境也显得既雄浑阔远而又飘逸流畅。前人或以为"长风""吹度"者，指月。崔融的《关山月》前四句"月生西海上，气逐边风壮。万里度关山，苍茫非一状"也容易被误解为指月度关山系边风吹送所致。此解有悖事理。月东升至中天而西下，岂能因万里长风之吹送而东复东。且"长风几万里，吹度玉门关"，主语是长风，"吹度玉门关"者也显然是长风。两句一气直下，自然浑成。如"吹度"者指月，则句法扞格难通。以上四句，展现的虽是苍茫阔远的关山明月图，画面上并没有出现人物，但实际上，这一切均为远戍天山之西的"戍客"望见和感触到的边塞物色。"长风"二句，更隐含着对远在玉门关东的万里之外的中原故乡的想象与思念，只是没有明显点出而已。

  中间四句为一层，是由眼前雄浑阔远的边塞景象引发的对悠远历史空间的想象。唐人常借汉喻唐，但这里的"汉下白登道"却是实指汉高祖被匈奴冒顿单于围困于白登的战争，不过它的内涵已经被泛化了，意思是说自古以来，北部边地一带，就经常进行着胡汉民族之间的战争。唐时青海湖边沿地区，常是吐蕃与唐互相争夺、交战之地，说"胡窥青海湾"，自然是有感于唐代西部边地胡汉民族不断进行交战的现实态势。二句中"汉下""胡窥"相对互文，实际上，概括了自汉至唐，在广阔的北边、西边，胡汉民族间经常进行着战争的历史。而这一系列战争，给人民带来的是长期的痛苦和牺牲，自古至今，边塞征战之地，出征的战士少有生还者。上两层的意蕴，略同于王昌龄《出塞》的"秦时明月汉时关，万里长征人未还"。绝句贵简约含蓄，而乐府古诗则可稍事展衍，故上一层展现雄浑阔远的现实空间，下一层展现悠远的历史空间；前者主绘景，后者主叙述议论；前者只描绘征戍者所处的环境，后者则写到自古及今长期征战带来的牺牲。中间几句，既可看作是诗人对边地长期战争历史的回顾与沉思，也可理解为"戍客"面对广远的关山明月图景时引发的历史沉思。由于有这四句，诗的意境便既雄浑苍茫而又深邃悠远。对于自古迄今胡汉民族间长期的战争，诗人并没有作简单的肯定或否定结论，这是因这一系列战争的性质非常复杂。但战争带来惨重的牺牲则是事实，诗人着重揭示的正是这一点。然则它所隐含的结论——"乃知兵者是凶器，圣人不得已而用之"（《战城南》）也就不难推出了。

最后四句，又由对历史的回顾回到现实环境中来。"戍客望边色"一句，实际上是对第一层四句的总括，"边色"即前四句所描绘的关山明月、长风万里的边塞景色。但"望"中有"思"，则第二层的意蕴也隐寓其中。"思归多苦颜"则是戍客此际面对迢递关山阻隔和一轮明月时所引发的思念家乡而难归的感情。"高楼当此夜，叹息未应闲"，是戍客对远在中原家乡的妻子此时独居高楼，怀念远人，不停叹息情景的遥想，采取的是从对面着笔的写法，更深一层地表现出对家人的思念怀想和深情体贴。由于中间一段对悠远历史的回顾与沉思，戍客的"思归"之情和高楼思妇的"叹息"也变得更加深沉了。

全诗内容，虽可以戍客望边色而思归一语概括，但这种概括永远不可能替代诗人所创造的涵盖历史时空的雄浑苍茫、悠远深邃的诗歌意境。如果没有开头四句那种阔远苍茫的关山明月图景，长风万里、吹度玉关的磅礴气势，以及由它们所组成的雄浑阔远意境，这首诗便要大为减色，而且显示不出李白诗歌的个性。

杨叛儿[①]

君歌杨叛儿，妾劝新丰酒[②]。何许最关人[③]？乌啼白门柳[④]。乌啼隐杨花，君醉留妾家。博山炉中沉香火[⑤]，双烟一气凌紫霞。

[校注]

①《杨叛儿》，六朝乐府《西曲歌》曲调名。杜佑《通典》卷一百四十五："《杨叛儿》，本童谣也，齐隆昌时，女巫之子曰杨旻，随母入内，及长，为太后所爱。童谣云：'杨婆儿，共戏来。'所歌语讹，遂成杨叛儿。"《旧唐书·音乐志》："《杨伴》，本童谣歌也。齐隆昌时，女巫之子曰杨旻。旻随母入内，及长，为后所宠。童谣云：'杨婆儿，共戏来。'而歌语讹，遂成《杨伴儿》。"《乐府诗集》卷四十九清商曲辞西曲歌收《杨叛儿》古辞八首，其一首云："暂出白门前，杨柳可藏乌。欢作沉水香，侬作博山炉。"李白之作，即据此首展衍发挥而成。詹锳《李白诗文系年》系此首于开元十四年（726）游金陵时，云："诗中有句云：'何许最关人？乌啼白门柳。'虽衍古词而亦即景，盖少年浪游金陵时作。"②新丰酒，新丰所产之名酒。王维《少年行》"新丰美酒斗十千，咸阳游侠多少年"之新丰美酒指长安东新丰镇（今西安临潼东北）所产之美酒。而清钱大昕《十驾斋养新录》卷十一云："丹徒县有新丰镇，陆游《入蜀记》：六月十六日，早发云阳，过夹冈，过新丰小憩。李太白诗云：'南国新丰酒，东山小妓歌。'又唐人诗："再入新丰市，犹闻旧酒香。'皆谓此，非长安之新丰也。然长安之新丰亦有名酒，见王摩诘诗。"钱氏所引李太白诗题为《出妓金陵子呈卢六四首》（其二），谓"南国新丰酒"，自非指长安之新丰。丹徒在南京附近，与此诗作于游金陵期间正合。③何许，犹何所、何处。关人，牵动人的感情、思绪。④《杨叛儿》古辞："暂出白门前，杨柳可藏乌。"白门，南朝宋都城建康（今江苏南京）宣阳门的俗称。《南史·宋纪下·明帝》："宣阳门谓之白门，上以白门不祥，讳之。尚书右丞江谧尝误犯，上变色曰：'白汝家门！'"宣阳门系建康之正南门。或说，指建康西门。《通鉴·齐中兴元年》胡三省注："白门，建康城西门也。西方色白，故以为称。"⑤博山炉，古香炉名，因炉盖上的造型类似传闻中的海中名山博山而得名。《西京杂记》卷一："长安巧工丁缓者……又作九层博山香炉，镂为奇禽怪兽，穷诸灵异，皆自然运动。"梁吴均《行路难》："博山炉中百和香，郁金苏合及都梁。"沉香，一种名贵香木。晋嵇含《南方草木状·蜜香沉香》："交趾有蜜香，树干似柜柳，其花白而繁，其叶如橘。欲取香，伐之，经年，其根干枝节，各有别色也。木心与节坚黑，沉水者曰沉香。"《南史·夷貊传上·林邑国》："沉木香者，土人斫断，积以岁年，朽烂而心节独在，置水中则沉，故名曰沉香。"古代亦用沉香作熏香用。

李　白

[鉴赏]

　　六朝《杨叛儿》古辞，现有八首，均为以女子声口写的情诗，多用隐喻手法。李白所拟的这一首写女子偶出白门之外，春色深浓，杨柳繁茂已可藏乌之所，与所爱男子幽会。写得朴素而含蓄。李白的拟作，对古辞中的主要意象（白门、杨柳、乌、沉水香、博山炉）及兴喻手法均加以利用，内容亦仍写男女欢爱，且仍用女子口吻，取第一人称写法。篇幅则较古辞展衍了一倍。它给读者带来的艺术感受却远超古辞，显得炽烈而浪漫，特别是抒写男女欢会方面，更创造出极富象征色彩的诗意境界，使此前及以后的许多同类描写相形失色。

　　一开头就展现出一对青年男女唱歌劝饮的热烈场景："君"（女子所爱的男子）纵情高唱《杨叛儿》的歌曲（此《杨叛儿》或谓指童谣，但理解为指乐府《杨叛儿》古辞似乎更贴近现实情境），而"妾"（女主人公）则频频向对方劝酒以助兴。可以看出，这对青年情侣此刻已经进入一种两情欢洽的热烈而忘情的境界。

　　三、四两句，用设问口吻引出青年情侣欢会所在地——"乌啼白门柳"。这显然是化用古辞"暂出白门前，杨柳可藏乌"的诗句和意象。在古辞中，"白门"（建康宣阳门）作为一个具体地名，指男女欢会之地，历经南朝至唐，它的内涵已经泛化，成为男女欢会之地的一种代称；而"杨柳可藏乌"在古辞中原用以形容春色渐浓的物候特征，以关合男女之情的深浓，李白诗中成了"乌啼白门柳"，仿佛被简化了，只成了一个男女相约欢会之地的代称。但就回答"何许最关人"的设问来说，这已经足够了。因为对于当事的男女双方来说，白门柳色和乌啼就足以唤起他们对已历的一切美好情事的甜蜜回忆。古辞以叙事写景开始，显得起势较为平衍，李白将它拓展为六句，一开头就进入热烈欢洽的唱歌劝酒场景，再引出欢会之地，就使起势显得不平衍而气氛热烈，而三、四句一问一答，又显得灵动飘逸，风神摇曳。

　　五、六两句，在古辞"杨柳可藏乌"的基础上加以生发，将表现春意深浓的物象景色演化成一个带有隐喻色彩的诗句——"乌啼隐杨花"，而隐喻的内容则是"君醉留妾家"。"杨柳可藏乌"只表现春深柳浓，可以藏乌，它所显示的是季候特征，但"乌啼"则通常与日落相关，因此"乌啼隐杨花"也就自然成了"君留妾家"的隐喻，妙在两句之间，似兴似比似赋，若即若离，意虽明朗，而调则极为灵动跳脱。第六句着一"醉"字，不但上承"劝"字、"酒"字，暗示两情由开始时的热烈欢洽而发展到陶醉乃至沉醉，最后两句的欢会高潮也就呼之欲出了。

"博山炉中沉香火,双烟一气凌紫霞。"这两句承古辞"欢作沉水香,侬作博山炉"加以生发。可以看出,古辞的"沉水香""博山炉"之喻,当是寓意男方投入女方怀抱之后将升腾起爱情之火。南朝乐府中每多女方作热烈真率的主动之态,此喻亦带有这种色彩。李白这诗将古辞"欢作沉水香,侬作博山炉"简括为一句"博山炉中沉香火",不仅将"沉水香"的静止状态变成燃烧着的"沉香火",直接点明了双方由"醉"而至迸发出爱情之"火",而且将单方的主动变成双方的交融。更奇妙的是紧接着的一句"双烟一气凌紫霞",将男女欢会的高潮写得既淋漓尽致,又含蓄隽永;既炽热浪漫,又极富象征色彩和浓郁的诗情。男女在真挚热烈情感基础上的欢会,是灵肉一体的纯美境界。但古往今来,能将性爱场景写得极艳而不亵的却很少见。李白的这句诗可以说真正达到了这种纯美的诗的境界。香炉中点燃沉香,升腾起丝丝的香烟,烟气时有互相交叉缠绕之状,诗人从这一现象生发出"双烟一气"的极富象征色彩的隐喻,寓意男女双方精神心灵在极度欢洽中的交融,而"凌紫霞"的夸张渲染则成了双方精神心灵无限升华的绝妙象征。《红楼梦》中的贾宝玉,对心灵的知己黛玉说:咱们一起化烟、化灰如何?被看成是痴话。殊不知"化烟"之语早被李白用过了。"双烟一气凌紫霞"之写欢情,其艳可谓入骨,极浓极烈,却丝毫没有亵狎浮薄的气息,写欢情至此,可叹为观止了。

长干行①

  妾发初覆额②,折花门前剧③。郎骑竹马来④,绕床弄青梅⑤。同居长干里,两小无嫌猜⑥。十四为君妇,羞颜未尝开⑦。低头向暗壁,千唤不一回。十五始展眉⑧,愿同尘与灰⑨。常存抱柱信⑩,岂上望夫台⑪?十六君远行,瞿塘滟滪堆⑫。五月不可触⑬,猿声天上哀⑭。门前迟行迹⑮,一一生绿苔。苔深不能扫,落叶秋风早。八月蝴蝶来⑯,双飞西园草。感此伤妾心,坐愁红颜老⑰。早晚下三巴⑱,预将书报家。相迎不道远⑲,直至长风沙⑳。

[校注]

  ①《长干行》,乐府杂曲歌辞旧题。长干,里名。《文选·左思〈吴都赋〉》:"长干延属,飞甍舛互。"刘逵注:"建邺之南有山,其间平地,吏民杂居之,故号为干。中有大长干、小长干,皆相属。"据郁贤皓《李白选集》,大长干巷在今南

京市中华门外；小长干巷在今南京市凤凰台南，巷西达长江。《乐府诗集》卷七十二杂曲歌辞收《长干曲》古辞一首，崔颢《长干曲》四首、崔国辅《小长干曲》一首，又收李白《长干行》二首（第二首"忆妾深闺里"系张潮之作误入），张潮《长干行》（婿贫如珠玉）一首。内容多写船家青年男女爱情或商人妇的生活与感情。《李白选集》系此诗于开元十四年（726）游金陵时。②妾，古代妇女自称。发初覆额，头发长得刚刚覆盖前额，表示年尚幼小。古代女子十五始笄（绾起头发，加上簪子，表示已成年）。年幼时不束发。③剧，戏耍、玩耍。④郎，称自己的丈夫，也就是昔日的童年伴侣。竹马，将竹竿放在胯下当马骑。⑤床，古称坐具为床。或谓"床"指井床，井旁的栏杆。弄，玩。⑥无嫌猜，不避嫌疑。⑦开，舒展，放开。⑧展眉，犹眉开眼笑，喜悦之情直接流露于眉眼之间。⑨愿同尘与灰，希望像灰尘那样凝为一体。灰与尘为同类，易于凝合，故云。王琦注："言其合同而无分也。"或谓指愿同生共死。⑩抱柱信，《庄子·盗跖》："尾生与女子期于梁（桥）下，女子不来，水至不去，抱梁柱而死。"句意为常存终身相守的信誓。⑪望夫台，《初学记》卷五引刘义庆《幽明录》："武昌北山上有望夫石，状若人立。古传云：昔有贞妇，其夫从役，远赴国难，携弱子饯送此山，立望夫而化为石。"望夫石之传说，各地多有。此句谓岂料竟有丈夫远行，自己时时盼夫归来的离别之苦。⑫瞿塘，即瞿塘峡，长江三峡的头一个峡，在今重庆市奉节县境。滟滪堆，亦作"淫预堆"，系瞿塘峡口突起于江中之大礁石。长江三峡中行船最危险之处。《水经注·江水》："（白帝城西）江中有孤石，为淫预石，冬出水二十余丈，夏则没。"《太平寰宇记·山南东道·夔州》："滟滪堆周回二十丈，在州西南二百步蜀江中心瞿塘峡口。冬水浅，屹然露百馀尺，夏水涨，没数十丈，其状如马，舟人不敢近……谚曰：'滟滪大如襆，瞿塘不可触。滟滪大如马，瞿塘不可下。滟滪大如鳖，瞿塘行舟绝。滟滪大如龟，瞿塘不可窥。'"⑬五月不可触，指夏天水涨季节，滟滪堆为水淹没，行舟极险，不可触碰礁石。参上句注引民谚。⑭三峡一带，两旁山高林密，时有哀猿长啸，故云。《水经注·江水》："自三峡七百里中，两岸连山，略无阙处。重岩叠嶂，隐天蔽日……常有高猿长啸，属引凄异，空谷传响，哀转久绝。故渔者歌曰：'巴东三峡巫峡长，猿鸣三声泪沾裳。'"⑮迟(zhì)，等待。迟行迹，因为等待丈夫来往徘徊而留下的足迹。迟，《全唐诗》校："一作旧。"⑯来，《全唐诗》校："一作黄。"《李太白诗醇》引谢枋得曰："'蝴蝶来'，《文粹》作'蝴蝶黄'。蝶以春来，八月非来时。秋蝶多黄，感金气也。白乐天诗：'秋花紫燕濛，秋蝶黄茸茸'，此可证也。"王琦曰："以文义论之，终以'来'字为长。"⑰坐，殊、甚、深。见张相《诗词曲语辞汇释》。⑱早晚，多早晚、何时。三巴，指巴郡、巴东、巴西。见《华阳国志·巴志》。宋王应麟《小学绀珠》卷三："三巴：巴郡，今重庆府；巴东，今夔州；巴西，今合州。"下三巴，从三巴乘船顺长江而下。⑲不道，有"不知""不顾"二解。前者，如李白《幽州胡马客歌》："虽居燕支山，不道朔风寒。"后者，如李白《忆旧游寄谯郡元参军》："五月相呼度太行，推轮不道羊肠苦。"义均可通。张相《诗词曲语辞汇释》谓此句之"不道"犹云不管或不顾。然细味诗意，似以作"不知"解为长。⑳长风沙，地名，在今安徽安庆市东长江中。本为江中沙洲，现已与北岸相连。《太平寰宇记》卷一百二十五淮南道舒州怀宁县："长风沙在县东一百九十里，置在江界，以防寇盗，元和四年入图经。李白《长干行》云：'相迎不道远，直至长风沙。'即此处也。"陆游《入蜀记》卷三谓自金陵至长风沙七百里，地属舒州，旧最号湍险。

[鉴赏]

乐府中以"长干"地名为题的有《长干曲》《小长干曲》和《长干行》。前两者系五言四句的抒情小诗，内容多写江南水乡青年男女弄潮采莲的生活和爱情，后者则为篇幅较长的带有叙事色彩的五言古诗，内容多写商人妇对远赴外地经商丈夫的深长思念。李白这首《长干行》和另一首《江夏行》，内容均写商妇的离别相思之情，且均用第一人称的抒写方式。但这首《长干行》却在抒写商妇的离别相思之情以前，用占全诗一半的篇幅展示了女主人公的爱情从萌生到发展、到成熟的历程。正是由于这一大段极为出色的叙写，使全篇充溢着动人的真挚爱情的光彩，女主人公的形象也显得相当鲜明和丰满。

诗的前六句，从童年的追忆叙起。女主人公现在的丈夫，就是童年时期一起嬉戏的伙伴。记忆中的第一个镜头，就是自己头发刚刚覆盖前额的孩提时代，折了花枝正在门前游戏，而邻家男孩的你，则骑着竹马跑来，两人一起绕着井栏，以投掷青梅为戏。古代井栏边常种有桃李一类果树，"折花""弄青梅"，正是小伙伴们"就地取材"，互相追逐为戏的情景。而一则"折花门前"，一则"骑竹马"，则又显示了女童和男孩游戏的不同兴趣。"同居"二句，在点明男女主人公从小一起在长干里长大的事实和背景的同时，给童年时期两人的亲密关系作了定位和总结——"两小无嫌猜"。尽管性别不同，但两位童年伴侣彼此之间却浑沌未凿，毫不避嫌，

李　白

整天在一起追逐嬉闹。这是对童年时代异性伙伴间亲密而纯真关系和童年欢乐生活的生动写照。"青梅竹马，两小无猜"的童幼关系当然不等于爱情，却可以为日后的爱情提供最适宜的土壤。

"十四为君妇，羞颜未尝开。低头向暗壁，千唤不一回。"接下来四句，从童幼阶段的回忆忽然跨到对新婚时情景的追忆，笔意跳脱，不黏不滞。"羞颜未尝开"是说在新婚之夕，自己的羞涩表情一直没有消除（羞涩是一种含蓄内敛的表情，故用"未尝开"来形容其未曾消解）。为了进一步渲染"羞颜未尝开"的情景，又回忆起新婚之夜的鲜明细节：自己低着头，面对着暗壁，任新婚丈夫千呼万唤，也不转过脸来。尽管相互之间早就熟悉，似乎没有必要羞涩，但从两小无猜的童真友谊到灵肉交融的新婚夫妇，却是一个大的转折。这种相互间关系性质的突然改变，带来的是一种既熟悉又陌生的新鲜感和羞涩感。不久前还在一起嬉闹的玩伴现在突然成了自己的丈夫，尽管对方的面孔那样熟悉，但今夜面对却突然感到有些陌生；想到两小无猜时的种种亲昵举动，此刻立即将变为夫妇间的亲密行为，更不由得羞涩难持。而"低头向暗壁，千唤不一回"的举动本身，又包含着对原是熟悉玩伴的新郎一种撒娇式的反应，娇柔妩媚，兼而有之。因此，这个极生动传神的细节，将双方关系的变化所引起的心理变化和表情变化，描写得极其真切微妙，准确到位。

"十五始展眉，愿同尘与灰。常存抱柱信，岂上望夫台？"记忆的窗口又打开新的一幕。这已经是婚后的第二年，羞涩的表情才从脸上消失，热烈的情感在眉眼间充分表露出来。从"羞颜未尝开"到"展眉"，是一个由犹存少女的矜持到少妇的炽爱的变化，而"愿同尘与灰"正是对这种炽热爱恋感情的誓言式表达：希望和对方像尘之于灰，永远黏附，结为一体。"常存抱柱信"，是说希望丈夫像传说中的尾生那样，坚守信约，永不离弃；"岂上望夫台"，是说自己也坚信彼此永远相守，永不分离，哪里会料想到夫妇别离，上望夫台引领眺望丈夫归来的痛苦呢？"岂上"句语气陡转，开启下一大段对离别相思之情的抒写。

"十六君远行，瞿塘滟滪堆。五月不可触，猿声天上哀。"婚后的第三年，丈夫外出经商，开始了远行的生活，而女主人公自己也开始了商人妇与丈夫长离，"愁水又愁风"的既怀念思恋又担惊受怕的日子。江南水乡的商人多循江而行，远至巴蜀，而"瞿塘滟滪堆"正是入蜀水程中最为危险的地方，因此她的思绪和想象就聚焦在这一段行程上。她想象丈夫经过瞿塘峡一带时，正是五月水涨，滟滪如襟,舟行至为艰危之时,更何况两岸高山上又有哀猿长啸,在旅途的惊险艰危中又倍感远行的孤子凄清呢。这四句在对丈夫行程的悬想中,流露了女主人公对丈夫的关切和焦虑。

"门前迟行迹,一一生绿苔。苔深不能扫,落叶秋风早。"从这里开始,由对过去的回忆、对丈夫远行的想象转到对当前情景的描写:门前因等待丈夫归来不断徘徊留下的行迹,已经一一长满了绿色的苔藓。绿苔长得越来越深,却没有心思去打扫,转眼间又到了秋风落叶的季节了。等待的足迹一一长满绿苔,暗示等待的时间已经很长,也暗示因为盼归的失望,已经有一段时间没有在门前迟回等待了。而"不能扫"自非因"苔深"之故,而是由于心绪落寞,无心打扫。这几句化景物为情思,将长期的等待写得很美,在电影上是一串极富诗意的镜头组接:长久的相思等待留下的足迹,化为一片绿苔;在绿苔渐次加深的过程中,不断飘洒秋风吹下的落叶,最后在绿苔上堆满了黄叶。长期的等待和失望,心绪的孤寂无聊,都在时序的变换和景物的变化中含蓄而又鲜明地表现出来。

"八月蝴蝶来,双飞西园草。感此伤妾心,坐愁红颜老。"八月的蝴蝶,已经到了它们生命的秋天,但依然双双对对,在西园的草丛上翩翩起舞,呈现着生命的欢乐。面对这种景物,女主人公不禁联想起自己与丈夫长久别离,孤居独处的生活,和在怀念、忧伤中容颜凋伤的情状,因而更深深地为自己的红颜变老而惆怅。上面"落叶秋风早"的"早"字,已经暗透在伤离氛围中容颜早衰的意蕴,到这里更直接挑明愁红颜之易老的伤感。正因为如此,才越发盼望着丈夫的归来。于是便自然引出下面四句。

"早晚下三巴,预将书报家。相迎不道远,直至长风沙。"盼归的急切,引出对丈夫归期的切盼,希望远行的丈夫在下三巴之前,预先将归期写信相告;而方盼归期,却又预想自己的相迎,思绪跳跃,瞬息变化,正透露出情绪的急切和激动。尤为出人意料的是,女主人公不是设想自己在江边楼头迎候归帆,而是逆水沿江而上,远道相迎。远迎之中,不知路之远近,一直到离金陵七百里的长风沙。这几句全是天马行空的悬想和幻设,说的几乎全是虚语甚至傻话,但流露的却是一片至情,一片缱绻的柔情。

这首诗用第一人称的叙事、抒情方式,追溯了女主人公自己从童年时代与玩伴的天真嬉戏、两小无猜,到新婚时的羞涩幸福、娇柔妩媚,再到婚后的炽热爱恋、誓同尘灰,展现了她的爱情从萌芽到发展、到成熟的历程。在此基础上,叙写了丈夫远赴三巴经商，迟迟未归的长期等待中对他的深情关切和深长思念，以及由此引发的魂飞千里的迎归悬想。全诗塑造了一位在南方商业经济比较发达的地区市民社会普通小家女子的生活经历和感情经历，展现了她的爱情心史，表现了她对真挚爱情和幸福生活的热烈期待和执著追求。从具有较为完整的故事情节和鲜明的人物形象这方面看，它具有叙事诗的基本格局（尽管篇幅不长，仅三十句）。长江中下游一带，南朝以来商业经济就比较发达，尽管传统文人诗中极少涉及这方面的题材，但在江南民歌中对商人及商妇的生活、感情却颇有反映和表现，像《懊侬歌》《莫愁乐》《三洲歌》等吴歌、西曲的曲辞，就带有这方面的内容，但均为五言数句的抒情小诗。用叙事诗的体裁来写商人妇的生活经历、感情经历，特别是她们的爱情生活，李白这首诗无疑是个创举。特别是初试锋芒，就塑造了鲜明的人物形象，更对叙事诗体的发展具有重要意义。李白的成功，除了他年青时代漫游长江中下游地区、"混迹渔商"、对市民社会和商人生活比较熟悉以外，艺术手段的创新应该是一个极其重要的原因。从表面看，诗的前段，是学习民歌中常用的年龄序数写法来叙写女主人公的生活经历，后段则采用民歌中类似四季相思的抒情手法来写女主人公的怀远相思之情。但李白却在年龄序数写法的外壳下注入极具叙事文学特征的元素——经过提炼的典型化细节，来塑造鲜明的人物形象，表现人物的心灵活动，从而使这些描写既具有每一具体生活阶段的鲜明特征和生活气息，又具有鲜明的叙事性质和浓郁的抒情色彩。像童幼时期的青梅竹马、两小无猜的叙写，就不仅生动地展现了儿童的天真活泼，而且显示了异性童年伙伴之间那种心灵毫不设防的纯真和亲密关系，以致使历代的人们用它来概括类似的生活经历和美好的感情记忆。这正是这段描写具有典型性和叙事、抒情紧密结合特征的突出表现。新婚时期的羞涩和矜持、娇柔妩媚中流露的幸福与甜蜜，更是画笔难到的化工之笔。后段从丈夫出发远行，到设想中的五月过滟滪，再到落叶秋风、八月西园、蝴蝶双飞，时序的变换中有人物的活动（丈夫的行踪、自己的门前伫候），叙事的格局仍隐然可见，并结合时序变换，不断变换景物，且在景物描写中注入了真挚强烈的相思怀远之情，于叙事、写景、抒情的结合中着重抒写人物的心灵活动，使人物的内心情感表现得更为细腻委婉、深刻动人。而篇末的魂飞天外、远道相迎的设想更使人物的感情活动达到高潮，为塑造人物、表现心灵添上了最光彩的一笔。

这首诗的浓郁抒情色彩，和通篇采用第一人称的叙事抒情写法有密切关系。六朝民歌本多用女子的口吻抒情，李白将它运用到叙事诗中，是一种创举。全篇就像是女子的心灵独白，又像是一封充满缱绻柔情的诗体书信，在和想象中的远方丈夫进行心灵的交流。当女主人公追忆童幼时期青梅竹马的嬉戏和新婚之夕"低头向暗壁，千唤不一回"的情景时，就不仅仅是重温心灵深处难以忘却的记忆，而且是在和远方的丈夫共同享受昔时的欢乐和甜蜜。由于心灵中有亲密的倾诉对象，这一切回忆、思念和对自己长期伫望情景的叙写，便变得特别亲切感人。特别是篇末四句，更像是和远在千里之外的丈夫进行直接对话，忘情之语中正溢出一份至真至诚的感情，一种令人解颐的谐趣，这种"儿女子情事，直从胸臆间流出"的艺术效果，如果改成第三人称的客观叙述方式，恐怕要削弱不少。从这里，也可窥见诗人真率自然的个性和他所歌咏对象之间的天然密合程度。

诗分前后两段，每一段中随着年龄和时序的变化又自然形成小的层次和转折。但读来却一气流注，转折自如，具有鲜明的整体感。这是因为诗人紧紧把握住了女主人公感情发展的脉络，将叙事（包括细节描写）、写景和抒情紧密结合、融为一体的缘故。前后两段，一则侧重叙事，一则侧重写景，如不注意，也易造成脱节。诗人则先用"岂上望夫台"句为下段写离别预作逗引，继又在"十六君远行"四句中，参用年龄序数的写法和季候物景的写法，从而形成极自然的衔接过渡，使读者仿佛在不经意之间就从前段的回忆过渡到了后段的怀思，这种行云流水式的无缝对接，也显示了诗人高超的艺术才能。

塞下曲六首（其一）①

五月天山雪②，无花只有寒。笛中闻折柳③，春色未曾看。晓战随金鼓④，宵眠抱玉鞍⑤。愿将腰下剑，直为斩楼兰⑥。

[校注]

①《乐府诗集》卷二十一汉横吹曲《乐府解题》："汉横吹曲，二十八解，李延年造。魏、晋已来，唯传十曲：一曰《黄鹄》，二曰《陇头》，三曰《出关》，四曰《入关》，五曰《出塞》，六曰《入塞》，七曰《折杨柳》，八曰《黄覃子》，九曰《赤之扬》，十曰《望行人》。后又有《关山月》《洛阳道》《长安道》《梅花落》《紫骝马》《骢马》《雨雪》《刘生》八曲，合十八曲。"又于《出塞》下解题曰："《晋书·乐志》曰：'《出塞》《入塞》曲，李延年造。'……按《西京杂记》

曰：'戚夫人善歌《出塞》《入塞》《望归》之曲。'则高帝时已有之，疑不起于延年也。唐又有《塞上》《塞下》曲，盖出于此。"李白《塞下曲六首》，除第四首为五排外，其余五首均为五律；且第四首写思妇远忆边城之丈夫，与其他五首均写征戍之士的征战生活，内容亦有别。故詹锳《李白乐府集说》谓第四首"本是《独不见》诗，后世编太白集者误入《塞下曲》中耳"。《乐府诗集》将此六首列入新乐府辞。郁贤皓《李白选集》谓："这组诗作年莫考。从诗中多写朝廷出兵推测，疑为天宝初在长安所作。"安旗等《李白全集编年注释》则系于天宝二年（743），均无显证。②天山，在今新疆境内。详李白《关山月》注②。③折柳，指《折杨柳》曲。系乐府鼓角横吹曲之一，参见注①。《乐府诗集》鼓吹曲辞《折杨柳》解题曰："梁乐府有胡吹歌云：'上马不捉鞭，反拗杨柳枝。下马吹横笛，愁杀行客儿。'此歌辞出之北国，即鼓角横吹曲《折杨柳枝》是也。"④金鼓，指进军作战时用以激励士气的战鼓。《左传·僖公二十二年》："三军以利用也，金鼓以声气也。"又《庄公十年》："一鼓作气。"或谓指钲，其形似鼓，故名金鼓。然钲系行军时用以节制步伐之乐器，与鼓之用以激励进军士气者不同，恐非。《诗·小雅·采芑》"钲人伐鼓"毛传："钲以静之，鼓以动之。"⑤宵眠，夜间睡眠。抱玉鞍，形容夜不敢安睡，时时警备敌情。⑥将，持。直，径。楼兰，汉西域国名，在今新疆罗布泊西。《汉书·西域传》："元凤四年，大将军霍光遣平乐监傅介子往刺其（指楼兰国）王。介子……既至楼兰，诈其王，刺杀之。"又见《汉书·傅介子传》。

[鉴赏]

前人或谓李白长于乐府歌行而短于律诗。但他的五言律共有七十余首，且颇多能见李白艺术个性的佳作。这首《塞下曲》便写得纵逸豪宕，一气呵成，雄浑自然，极具神骏之致。

起句语平而意奇。"五月天山雪"，似信口道出，朴素平易，不稍修饰，却给人以惊奇突兀之感。这种感受，缘于它所揭示的自然现象。五月仲夏，在内地已是炎威初显之时，而在天山一带，竟然白雪皑皑，寒威逼人。这就和岑参笔下的"胡天八月即飞雪"同样给人以惊奇感。妙在次句接以"无花只有寒"，顿觉逸气横生，诗趣盎然。"无花"妙语双关，既暗示这"天山雪"并非洒空飘舞的雪花，而是终年不消的天山上的皑皑积雪；又兼指春天开放的花卉。一句而兼绾二意，而这两层含义又都突出了"只有寒"。"无"与"有"的对照，突出了天山之地的苦寒和不见春色。"无花"是视觉感受,"只有寒"是触觉感受。"只有"二字,意似强调"寒"字,但全句的语调却显得轻松平常,和首句的风调一致。

颔联出句转写听觉感受。军营中传来了羌笛的声音,吹奏的正是征人熟悉的《折杨柳》曲调。杨柳是春天的标志,春色的代称,《折杨柳》的曲调,使征人很自然地联想到春光烂漫的景象,可是眼前的五月天山,竟是积雪皑皑,寒威逼人,既不见春花之烂漫,又不见杨柳之袅娜,故说"春色未曾看"。两句中"闻"与"看"的矛盾,构成了耐人寻味的略带遗憾的苦涩和幽默。

整个前幅,均写边塞苦寒景象。确如前人所评,"一气直下,不受羁缚""不用对偶,倍见超逸"。但包含在这种风调中的内在感情意蕴,则未见有人揭出。细加吟味,便不难感受到在平易朴素、流畅自如的格调中,流注着一种对上述自然景象坦然面对、不以为苦的感情和态度。尽管面对"无花只有寒""春色未曾看"的环境,也会有遗憾与苦涩,但这原就是边地的本色。"羌笛何须怨杨柳,春风不度玉门关",既"何须怨",那就淡然面对了。将艰苦的环境用轻松流畅的语调来表达,正缘于诗人的感情是朗爽而充沛的,"一气直下"的"气"当中就蕴含了这种朗爽而充沛的感情。

腹联方由自然环境的描写转到征战之事上来,但只出以极概括之笔,以"晓战""宵眠"概写无数个日日夜夜的征战生活。清晨随擂响的战鼓上阵,奋力拼杀,而一日之紧张战斗已寓其中。而夜间睡眠,犹抱马鞍而憩。这个细节,既渲染了军情的紧张,也烘托出战士的高度警觉,较之枕戈待旦的成语似更为生动形象。"随""抱"二字,已隐隐透出征戍将士行动之习惯与自觉,逗下"愿"字。一路写来,至此方用工丽的对仗作一转折顿宕,使诗显示出分明的节奏感,不致直泻而下,一览无余。特意选用"金鼓""玉鞍"这种华美的字面,是为了表现对战争的感情、态度并非厌恶与逃避,而是抱着一种豪迈的感情勇敢地投入。这就自然引出诗尾联对报国之志的表达。

"愿将腰下剑,直为斩楼兰。"这一联用了傅介子用计斩楼兰国王的典故,但舍弃原典故中傅介子利用楼兰王贪财的本性,设计刺杀的权谋机诈内容,化为战场上光明正大的搏杀决斗,突出将士持腰下宝剑,勇往直前斩取敌酋的英雄形象,为全诗作了淋漓尽致、笔酣墨饱的收束。"直为"二字,即勇往直前为国之意,语气斩截,气概豪雄,是表达报国豪情的着意之笔;或解为"只为",不免意味大减,顿失豪雄之气。

全诗主旨，集中体现在尾联。但如果没有前面三联对自然环境、战斗生活艰苦紧张的出色渲染，则尾联的正面主题表达便会因失去有力的衬垫而显得平淡苍白。但如果在前六句的描写中渗透贯注的是一种悲凄怨苦、畏惧逃避的感情，则尾联的主旨表达亦成无源之水。

赵翼《瓯北诗话》评李白五律说："盖才气豪迈，全以神运，自不屑束缚于格律对偶，与雕绘者争长。然有对偶处，仍自工丽，且工丽中别有一种英爽之气，溢出行墨之外。"这段话用来评这首诗，也是非常恰当的。

玉阶怨[①]

玉阶生白露[②]，夜久侵罗袜。却下水晶帘[③]，玲珑望秋月[④]。

[校注]

①《玉阶怨》，乐府旧题。《乐府诗集》卷四十三相和歌辞楚调曲载齐谢朓、虞炎《玉阶怨》，均五言四句抒情小诗。谢朓之作显为宫怨诗，李白此篇，显受小谢诗影响。胡震亨曰："班婕妤失宠，供养太后长信宫，作赋自悼，有'华殿尘兮玉阶苔'之句，谢朓取之作《玉阶怨》，白又拟朓作。"按谢朓《玉阶怨》云："夕殿下珠帘，流萤飞复息。长夜缝罗衣，思君此何极！"②玉阶，玉石砌成或装饰的宫中台阶，亦为台阶的美称。《文选·班固〈西都赋〉》："玄墀扣砌，玉阶彤庭。"张铣注："玉阶，以玉饰阶。"李善注："白玉阶。"③却，还，仍。下，放下。水晶帘，用水晶串制成的帘子。④玲珑，明亮澄澈貌。此处形容秋月。

[鉴赏]

李白是一位感情极其浓烈而且常在诗中作爆发式倾泻的诗人，即使在一些五七言绝句中，也常以自然真率的表达见长。但这首抒写宫怨的小诗，却一反常态，写得极其含蓄蕴藉、细腻委婉，不但诗中女主人公的感情表达得极其隐微，而且诗人自身的感情倾向也自始至终没有正面流露，通篇都像是不动声色的纯客观描写。

诗的前幅写女主人公夜间久立玉阶。"玉阶"是宫殿中玉石的台阶，它和第二句的"罗袜"、第三句的"水晶帘"等物象的组合，暗示主人公的身份是宫中的女性。至于这位女子究竟是望幸的妃嫔，抑或失宠的宫妃，甚至是连望幸的奢望都没有的普通宫人，则不必细究，可以任人自行推想。"玉阶生白露"，似乎只是纯客观地写夜间物象，但句中那个似不经意的"生"字，却暗透了时间的推移、景象的变化和女主人公感受的变化。原来这位女子在玉阶上伫立、徘徊已久，不知不觉间已经到了深夜，玉阶上已经滋生了晶莹的露水，女主人公在目接身受之际，也感到了一阵沁人的凉意。

次句更进一步，用"夜久"既点醒上句的"生"字，且暗示玉阶白露既生之后，女主人公仍伫立徘徊其间，以致白露由"生"而浓，久立其间，不觉凉露侵湿罗袜，感到侵肤沁骨的寒凉。"侵"字和上句的"生"字，虽一则侧重写触觉感受，一则侧重写客观物象，但都带有渐进的意味，非常细腻地传达出女主人公对凉露的感受由浅至深的变化过程。"罗袜"的意象，或与曹植《洛神赋》"凌波微步，罗袜生尘"之语有些瓜葛，令人自然联想到这位女子的姿容仪态之美。

后幅更换场景，由室外回到室内。两句写了前后相续的两个动作：放下水晶帘，望玲珑之秋月。于"下水晶帘"之前着一"却"字，便让人感到有多少无奈、无限幽怨含蓄其中。女主人公由伫立徘徊玉阶而返回室内，最直接的原因当是由于感到不胜寒意之袭人，故返室后一个自然的动作便是放下帘子，似乎要借此稍隔外界寒凉的侵袭，稍减心头的凄寒孤寂之感。这"却"字正透露了女主人公此刻这种聊欲排遣凄寒孤寂感受的心态。按照常情，下帘之后，当准备就寝，然而接下去的行动却是"望秋月"。这便暗示女主人公由于凄寒孤寂，根本就无法入睡。而且像这样伫立玉阶、痴痴望月，中宵不眠的情景已经不知重复过多少次。这"望"不是玩赏，亦非望月怀远，而是怀着长夜无眠的孤寂凄寒，怀着满腔的幽怨与无奈，带着茫然的神情，痴痴地、长久地望月。"玲珑"二字，自是形容秋月的明澈皎洁的，但由于是隔着水晶帘望月，这"玲珑"也就似乎兼具形容水晶帘晶莹透明的意味，这正是诗歌语言模糊性的妙用。

读到这里，会恍然发现这首诗所展示的所有物象，几乎全都具有莹洁透明的特征。玉石砌成的台阶，晶莹透明的白露和水晶帘，乃至轻薄透明的罗袜，明净莹洁的月光，构成一色的清莹皎洁的境界。但这清莹皎洁的物象和境界，却又都成为女主人公凄寒孤寂处境与心境的一种衬托乃至象征，似乎在它们身上都散发出一股寒凉凄冷之意，弥漫于整个室内室外的空间，而女主人公那莹洁而又寂寞凄清的风神也就自然浮现在我们面前了。同时，玉阶、罗袜、水晶帘等物象，又都带有华美的色彩，而这一切，也都成了女主人公凄寒孤寂处境与心境的有力反衬。

通篇展现的是一个无言而凄然神伤的境界。除前两句暗透的伫立徘徊玉阶的行动，后两句明写的下帘与望月的行动外，女主人公始终默默无言。她的全部感受、心绪和幽怨都借助物象与行动曲曲传出。处此孤寂凄寒之境，她的无限幽怨又能向谁诉说！不但女主人公无言，诗人亦无言，而诗人的无言正透露出对女主人公最深切的同情。比较之下，他的另一首题为《怨情》的小诗："美人卷珠帘，深坐颦蛾眉。但见泪痕湿，不知心恨谁？"就不免落于言筌，难称高格了。

静夜思①

床前看月光②，疑是地上霜。举头望山月③，低头思故乡。

[校注]

①《静夜思》，《乐府诗集》新乐府辞乐府杂题载此诗。胡震亨《李诗通》曰："思归之辞，白自制名。"按南朝乐府民歌《子夜四时歌·秋歌十八首》之十七云："秋风入窗里，罗帐起飘飏。仰头看明月，寄情千里光。"李白此诗，内容、体式均受其影响。题名"静夜思"，即抒写静夜中思乡之情。②看，本集各本均同。元范德机《木天禁语》里引此句已作"床前明月光"（见李定广《〈唐诗三百首〉的"软硬伤"及其成因》《文艺研究》2021年第1期）明李攀龙《唐诗选》亦作"明"，其后，《李诗直解》、王士禛《唐人万首绝句选》、沈德潜《重订唐诗别裁集》均从而作"明"。《乐府诗集》《万首唐人绝句》亦作"看"。③山，本集各旧本均同。明高棅《唐诗品汇》卷三十九所录第三句已为"举头望明月"（亦见李文）。李攀龙《唐诗选》、《李诗直解》、《唐宋诗醇》作"明"。《乐府诗集》亦作"山"。

[鉴赏]

这首诗题为"静夜思"，说明它的内容就是抒写静夜中的乡思。夜深人静，往往是独在异乡为异客的旅人乡思最易触发，而且最为集中强烈的时刻。周围万籁俱寂的环境气氛，既使旅人感到孤寂凄清，又使因此引起的思乡之情变得特别执著悠长，不易转移分散。所以这"静夜"的背景，对乡思的产生与发展有着不可忽视的作用。诗中虽未明写"静"字，但写景抒情，处处都离不开"静夜"这个特别的环境氛围。

这是一个秋天的月明之夜。诗的第一句"床前看月光"，开门见山，写抒情主人公伫立床前，透过窗棂，看着庭院中的月光。究竟是由于心有所思、耿耿不寐而伫立床前看月光呢？还是入梦后夜间醒来而披衣下床、伫立看月呢？作者没有说，读者似乎也没有必要认定某一种情况而排斥另一种可能。如属前者，则在这以前，实际上已由静夜的氛围而暗暗产生孤寂感和乡思；如属后者，则不妨设想梦中也为乡思所萦绕，甚至梦归故乡。无论属于何种情况，都透露出在"床前看月光"之前，已经有过一段感情的潜在流程，只不过作者未加正面描写而已。认定末句才产生"思故乡"的感情，不免有些拘泥于文字的表面了。

　　第二句紧承上句"看"字，写主人公对月光的主观感受。月色皎洁如霜，古代文学作品中用"霜"字来形容月色的极多，梁简文帝《玄圃纳凉》"夜月似秋霜"之句更可能为李白此句所本。因此，从单纯的形容比喻角度看，说月光如霜并不见新妙出色。但在这里，与其说是用"地上霜"来形容月色，不如说是用主人公的一时错觉来透露他此时的心理状态。霜不仅洁白，而且给人一种清冷之感，在伫立凝思中看月光而"疑是地上霜"，这"疑"字用得极精细。一方面说明洒满地面的月光与霜虽相似而不尽同，另一方面也说明这是在伫立凝思中恍惚间产生的错觉联想。但为什么产生月光似霜的错觉，而不是产生月光似水的错觉呢？关键在于心境。诗中的抒情主人公是远离家乡的客子，此刻或者处于"旅馆寒灯独不眠"的境况，或者处在"布被秋宵梦觉"的境况，正怀着一种独在异乡的清冷孤寂之感；秋宵的凉意，更加重了心头萧森寒凉的感受。在这种情况下，所感受到的自然是秋宵夜月如霜般的清冷，而不是它柔和明净如水般的恬适了。这样看来，"疑是地上霜"表面上是写视觉的一时错觉，透露的却是主人公的清冷孤寂之感。明写月色，实写心态。这正是第二句耐人寻味之处。

　　由于"疑是地上霜"只是一时恍惚间的错觉，因此当主人公凝神定睛明察时，便很容易发现这原是清冷的月光。于是又自然地由俯视地上的月光而"举头望山月"，说"山月"自是实景，也突出了须"举头"始能望见的情况。俯仰之间，牵引物都是月光。从表面看，这句又单纯到不能再单纯，只叙述了一个动作，仿佛没有任何可以寻味的意蕴。但在这无言的"望"字当中却蕴含着悠长的情思。李白诗中的"望"字，都不是单纯的"望"，而是"望"中有"思"。像《玉阶怨》中的"却下水晶帘，玲珑望秋月"，一"望"字传出无限清冷幽怨；《夜泊牛渚怀古》的"登舟望秋月，空忆谢将军"，一"望"字包含了由今及古的遐想。这首诗中的"望山月"，则包含了超越空间的联想。明月普照天下，身隔千里的亲人，面对的是同一轮明月，故乡与异乡也同在一轮圆月映照之下。因此月亮常是思乡怀乡之情的触媒或寄托乡思的凭借。从《古诗十九首》中的"明月何皎皎，照我罗床帏。忧愁不能寐，揽衣起徘徊。客行虽云乐，不如早旋归"，到谢庄《月赋》的"美人迈兮音尘阙，隔千里兮共明月"，再到张九龄《望月怀远》的"海上生明月，天涯共此时"，千百年来，诗人一再重复这个望月思乡怀人的主题。久而久之，这"明月"或"望月"的诗歌意象就积淀了浓郁的乡思离情。不过，这句中的"望山月"虽然已经蕴蓄着乡思，却含而未宣。于是，直接点明乡思的任务便自然由最后一句来承担了。

元代杨载《诗法家数》说："绝句之法……多以第三句为主，而第四句发之……大抵起、承二句固难，然不过平直叙起为佳，从容承之为是。至如宛转变化，工夫全在第三句，若于此转变得好，则第四句如顺流之舟矣。"这段话揭示了绝句创作构思方面的一般规律。这首诗的第三句正是由写月光到抒乡思转变的关键。而且第三句的"望"字当中已有"思"，因此第四句直接点明"思故乡"便是势所必然。在"思故乡"三字之前特意加上"低头"二字，一方面与上句的"举头"相应，暗示在"举头"与"低头"的动作变化间有情思的流动变化；一方面又赋予"思"字以沉思默想、无限低回的感性形象。到这里，抒情主人公的身份（客子）、环境（异乡秋天的月夜）、情思（思乡）终于显现出来，这首抒写乡思的小诗也完成了主题的明确表达而收束了。

然而，它给我们的实际感觉却是收而不尽，像是留下了一连串省略号。"低头思故乡"，话说得极明白而直接，却又极含蓄而耐人吟味。"思故乡"原是一个内涵非常宽泛且不确定的词语。"思"的具体内容是什么？"思"所引起的情感反应又是什么？是故乡的山水田园、亲朋故旧、风俗习惯，还是一草一木，一花一树？是亲切的回忆，温馨的怀念，无限的向往，还是思归不得的伤感，往事如烟的惆怅？没有说，也似乎不必说，因为说不尽，也不大说得清。就这样，以"思故乡"一语笼统带过，反而可以涵盖一切，任人自领。沈德潜说："旅中情思，虽说明而不说尽。"道出了末句既明朗又含蓄的特点。绝句一体，特重含蕴不尽，语绝而意不绝，这首诗可以说充分体现了绝句的这一特点和优长。

整首诗所表现的是一个情景相生的过程。情，是由隐至显的乡思；景，是贯串全诗的明月。全篇由"看月"到"疑霜"，由"疑霜"到"望月"，由"望月"到"思乡"，抒情主人公的心理与行动，始终与月光联系在一起，表现为一个情景相生的层次分明的过程。运思相当细腻，但读来却只觉得像脱口而出，信笔而成，承转之间，毫不着迹，神理一片，妙合天然。前人称这种几乎看不出任何人工技巧，极真率自然的诗境为"无意于工而无不工"的"化境"，实则在一片神行之中仍然有迹可寻。只不过由于真切的生活感受与诗人高度的艺术素养及技巧融为一体,使人浑然不觉罢了。诗中"看月""望月"两见,"举头""低头"叠用,似乎显得朴质拙直,其实这正是诗中很见巧思的地方。特别是"疑是地上霜"这一句,上承"看月光",下启"望山月"和"思乡",但由"疑霜"到"望月",中间的过渡被略去了,必须透过"疑霜"中所反映的清冷心境,才能与"望月""思乡"真正神接,因此显得细密而有巧思。这种寓巧于朴,寓细密的构思于自然真率之中的功夫,正是一种很高超的技巧。

  单纯与丰富的统一,也是这首诗的一个显著特点。全篇所写的情景,只有月光和乡思,举头和低头,可以说单纯到不能再单纯。抒情主人公的具体情况,包括外貌、衣着、住所、室内的陈设、室外的景物、思乡的内容,一切可有可无的东西全部舍去,只剩下月光和望月的人。然而在这样单纯得近似儿歌的情境中却蕴含着丰富的情思。不但在举头望月和低头思乡的无言情境中包含着有关明月与故乡的一系列联想、追忆和由此引起的万千思绪,就是在"床前看月光,疑是地上霜"这种仿佛是单纯描绘月光的诗句中也透露出客子的处境与心态。潘德舆《养一斋诗话》说:"太白五绝虽亦从六朝《清商》小乐府来,而天机浩荡,二十字如千言万言。"这种内容上单纯与丰富的统一,又跟它在语言风格上深入与浅出的统一,表现手法上明朗与含蓄的统一、真率自然与巧思的统一结合在一起,于是就达到了妙绝古今的化境。

  《静夜思》的这种艺术风格和境界,与民歌的亲缘关系是非常明显的。潘德舆已经从总体上指出李白五绝与六朝《清商》小乐府的渊源关系,这里不妨进一步指出《静夜思》的直接渊源,即《子夜秋歌》中的一首:"秋风入窗里,罗帐起飘扬。仰头看明月,寄情千里光。"这首民歌以"秋风""明月"作为怀思远人的触媒,情调优美,意境悠远,李白此诗在构思与造境上显然脱胎于此。但《静夜思》舍去秋风、罗帐,只集中写明月,与看月、疑霜、望月、思乡,不但意象更为集中,全篇一线贯串,而且内容更为丰富,意境也更为含蓄。这说明李白学习民歌确实是既得其神理而又有所超越。

  古往今来,抒写乡思的优秀诗作不绝如缕,李白这首小诗在流传的广远这一点上堪推首位。除了上面讲到的一些因素外,内容的普泛性可能是一个重要原因。诗中抒写的思乡情绪,几乎不带任何特殊的因素和色彩,写的只是一个普通客子在秋天月夜中的乡思。李白七古长篇中那种豪放不羁的个性,奔放淋漓的感情在这里都不见了，显现在读者面前的只是一个普通的客子形象。其实李白作客他乡时写的小诗也有写得豪爽放达的，如《客中作》："兰陵美酒郁金香，玉碗盛来琥珀光。但使主人能醉客，不知何处是他乡。"这倒是典型的李白式口吻，非常富于个性色彩。但太李白化了，和一般人的客中情思不免有距离，在流传的广远上也不免受到一些限制。而这首看来个性完全融在普通人情思中的《静夜思》，倒拥有更大的读者群，它之所以成为抒写乡思的绝唱，看来不是偶然的。

子夜吴歌·秋歌①

长安一片月，万户捣衣声②。秋风吹不尽，总是玉关情③。何日平胡虏，良人罢远征④？

[校注]

①宋蜀本题内无"歌"字。《晋书·乐志》："吴歌杂曲，并出江南。东晋以来，稍有增广。其始皆徒歌，既而被之管弦。盖自永嘉渡江，下至梁、陈，咸都建业。吴声歌曲，起于此也。"六朝乐府吴声歌曲中有《子夜歌》《子夜四时歌》。《宋书·乐志》："《子夜歌》者，有女子名子夜，造此声。晋孝武太元中，琅琊王轲之家有鬼歌《子夜》。殷允为豫章时，豫章侨人庾僧度家亦有鬼歌《子夜》。殷允为豫章，亦是太元中，则子夜是此时以前人也。"吴兢《乐府古题要解》卷上："《子夜》，旧史云：晋有女子曰子夜所作，声至哀。晋武帝太元中，琅玡王轲家有鬼歌之。后人依四时行乐之词，谓之《子夜四时歌》，吴声也。"《乐府诗集》卷四十四清商曲辞一载晋宋齐辞《子夜歌四十二首》、《子夜四时歌七十五首》（其中《春歌》《夏歌》各二十首，《秋歌》十八首，《冬歌》十七首）。《子夜四时歌》自梁武帝以下，历代多有拟作。李白《子夜吴歌》分《春歌》《夏歌》《秋歌》《冬歌》四首，均五言六句。《乐府诗集》卷四十五载李白此四首，题作《子夜四时歌四首》，下分题《春歌》《夏歌》《秋歌》《冬歌》。郁贤皓《李白选集》谓此四诗疑非同时所作。"第一首写'秦地女'，第三首写到'长安'，或作于长安。"将此二首系于开元十九年（731）初入长安时。安旗《李白全集编年注释》系于天宝元年（742）秋在长安时。②捣衣，古时衣服常由纨素一类织物制作，质地较为硬挺，须先置石上以杵反复舂捣衣料，使之柔软，方可裁剪缝衣。秋天是妇女捣衣帛

准备缝制寒衣寄远的季节。谢朓《秋夜》诗："秋夜促织鸣，南邻捣衣急。"此前刘宋谢惠连《捣衣》诗对妇女捣衣情景有具体描写："檐高砧响发，楹长杵声哀。微芳起两袖，轻汗染双题。纨素既已成，君子行未归。裁用笥中刀，缝为万里衣。"③玉关，即玉门关。见王之涣《凉州词》"春风不度玉门关"句注。玉关情，指女子思念远戍玉关外的丈夫的感情。④良人，古代妇女对丈夫的称呼。《诗·唐风·绸缪》："今夕何夕，见此良人。"此良人本义为美人（美男子），因系指新婚之丈夫，故后即以良人指称丈夫。《孟子·离娄下》："齐人有一妻一妾而处室者，其良人出，必餍酒肉而后反。"此良人即指丈夫。

[鉴赏]

明清两代的诗评家都有人认为这首诗含有反黩武战争的意蕴（见唐汝询、沈德潜评）。这可能是一种误解。李白确实旗帜鲜明地反对统治者轻启边衅，进行黩武战争，像《古风》（羽檄如流星）之反对唐朝对南诏进行的黩武战争，《答王十二寒夜独酌有怀》之痛斥哥舒翰"西屠石城取紫袍"之举，均为显例，但这些战争，均发生在天宝中后期朝政腐败，玄宗君臣企图通过这种黩武性质的战争来提高威望，巩固统治之时。而在开元时期乃至天宝初年，唐王朝在西北边地进行的战争，多数对解除西北游牧民族的侵扰，保证西域道路的畅通，促进唐朝与西域、中亚乃至欧洲的经济文化交流均有积极意义。李白在这一时期写的边塞诗，像《塞下曲》《关山月》以及《子夜吴歌》中的《秋歌》《冬歌》，虽也表现了戍守的长期、战争的艰苦和征人思妇对和平生活的渴望，但对战争本身还是支持的。即以本篇而论，最后两句就明确用"平胡虏"的字眼表明对战争合理性的认定，并将此作为"良人罢远征"的前提条件。这说明诗人的基本态度是尽早平定胡人的侵扰，以实现人民对和平安定生活的渴望。

"长安一片月，万户捣衣声。"诗起势阔远，境界浩渺而清朗。整个长安城，沉浸在一片明净的月色之中，千家万户响起了阵阵清朗的砧杵声。日本学者松浦友久解"一片"为"一个"（即"一轮"），此说或有其训诂上的依据，但"一片"和"一个"（一轮），给读者的感受可说大不相同。"一个"或"一轮"，所显示的乃是孤月高悬中天的景象；而"一片"所显示的却是月光的弥漫、浩渺，是清朗的月色普照长安城的每个角落，它和下句的"万户"正完全相应。唐代的长安城，相当于明建西安旧城的五倍，周长三十五公里，规模宏伟，说"长安一片月"，可以想见其展现的境界何等阔远清朗。上句是从视觉上写整个广阔的长安城沉浸在一片清朗的月色之中，下句转从听觉写长安城千家万户中传出阵阵清朗的砧杵声。这里的捣衣砧杵声，与思妇缝制寒衣寄送远戍的丈夫直接关联。唐代府兵制规定，征人需自备部分器械和衣物，因此唐诗中每多思妇寄送寒衣到前线的描写。一个长安城中，就有"万户"捣衣，准备裁缝寄远，可以想见其时战事的频繁持久、参加战争人数之多和对百姓和平安定生活影响之深广，从而直接为末二句蓄势。

"秋风吹不尽，总是玉关情。"这里点出"秋风"，不仅关合时令季候，点明又到了一年一度捣帛缝衣寄远的季节，而且上承"捣衣声"，下启"玉关情"，将"捣衣声"中所蕴含的"玉关情"自然展现在读者面前。意思是说，那阵阵秋风吹送来的此起彼伏、连绵不绝的捣衣声，声声都注入了闺中思妇对远戍玉关的丈夫的无限关切与思念。说"秋风吹不尽"，主要不是形容秋风吹送时间的长久，而是渲染千家万户中传出的砧杵声连续不断，不绝于耳。砧杵声本身并不关情，但捣衣的闺中思妇却将自己思念远戍丈夫的感情投注到了每一个动作和砧杵声当中。上句用"吹不尽"渲染，下句又用"总是"强调，正突出了这种思念关切之情的悠长、执著和强烈。

这就自然要由思念关切引发出对和平团聚生活的热切期盼："何日平胡虏，良人罢远征？"什么时候，才能讨平胡虏，使丈夫结束远征，一家团聚呢？这是长安城千家万户思妇发自心底的呼声，也是她们对和平安定生活的柔情召唤。有的评家认为删去最后两句，"更觉浑含无尽"，殊不知诗的前四句写闺中思妇捣衣怀远，只是提出了矛盾和问题，解决矛盾的办法就是通过"平胡虏"来达到"罢远征"的目的。如果只有前四句，诗意境的完整性就被破坏了，这和意境已经完整的情况下画蛇添足是完全不同的两回事。为了达到所谓的"浑含无尽"而割裂有机的艺术整体，是对"浑含无尽"的误解。

这首诗所表现的情思和意境是高度提纯的。尽管用"秋夜捣衣怀远"六个字便可概括它的基本内容，但它在读者面前展现的则是一片情景浑融的空明浩阔的自然境界和悠长深永的心灵境界。这既和诗人所选择的意象有关，也和诗人将这些意象巧妙地组合成浑融意境的艺术手段有关。诗中主要意象只有四个：秋月、秋风、砧杵声（捣衣声）、玉关。这四个意象都非常典型，是实与虚的结合，情与景的结合，有丰富的蕴含。秋夜朗月，既明净似水，又浩渺无际，它本身就是思妇柔美而悠长流转思绪的一种象征，也是思妇怀念远人的触媒和载体。正如王夫之所说，"'长安一片月'，自然是孤栖忆远之情"。捣衣的砧杵声，自南朝以来，一直被用作怀念远戍征人的传统意象，砧杵声几乎成了思妇怀念征人心声的一种象征。"秋风"这个意象，除了表现带有季节特征的萧瑟情调以外，也常常是思妇怀远的触发物，像曹丕的《燕歌行》就由"秋风萧瑟天气凉"而引发"念君客游思断肠"的感情。在这首诗里，它既标示已经到了缝制寒衣寄远的季节，又是传送砧杵声、玉关情的载体。而"玉关"这个意象，作为内地与西域的一个分界线，一直与远戍、征战之事、之情相连，几乎就是边塞的代称，"玉关情"也就成了征戍将士怀念家乡及亲人或思妇怀念远戍征人感情的代称。总之，诗中四个主要意象，无一不关合着对远戍征人的深情思念。它们本身就是情景交融，浑然一体的。但诗人并不是将这些意象随意地叠加在一起，而是以"捣衣声"为中心，以"一片月"与"秋风"为媒介，通过景与情的相生相引，自然流动，水到渠成地揭示出思妇怀远的"玉关情"，并使上述意象组成浑融的艺术意境。先是由笼罩着整个长安城一片浩渺的月光，引出了月下千家万户传出的捣衣声，又由砧杵声的远近起伏、络绎不绝，联想起传送砧杵声的阵阵秋风，再由这仿佛吹送不尽的砧杵声联想起闺中思妇在捣衣过程中贯注的"玉关情"，最后由"玉关情"引出思妇"平胡虏""罢远征"的期盼。层层相引，毫不费力，确实达到了"圆转流美如弹丸"的程度。通过这些意象的自然组合，不但展现出秋空朗月映照下的整个长安城，而且借助"秋风吹不尽"的"玉关情"，展现出"长风几万里，吹度玉门关"这种更加浩阔广远的存在于抒情主人公脑海中的境界。与此同时，这明朗柔和的月色、清亮深永的砧杵声、轻灵而悠长的秋风，以及整个空阔渺远而又略带惆怅的境界，又跟思妇一往情深的似水柔情显出一种内在的和谐，从而达到情景浑然一体的境界。整首诗具有一种明朗自然的美、玲珑剔透的美，情深而词显，境阔而韵远，堪称诗中化境。

诗中并没有具体写到时代，写到人民的生活和情绪，但透过诗中对长安秋夜、朗月砧杵的描写，透过全诗阔远明朗的意境，能够感受到一种整体上和平安定、明朗而富于希望的时代气氛。尽管有战争、离别和深长的思念，但并没有沉重的叹息和悲慨，情思虽然缠绵悠长，却并不低沉黯淡，整个境界是阔大明朗，对未来的生活充满展望的。一个衰颓的时代不可能出现这种境界和情调。试比较杜甫作于安史乱起后的名作《捣衣》："亦知戍不返，秋至拭清砧。已近苦寒月，况经长别心。宁辞捣衣倦，一寄塞垣深。用尽闺中力，君听空外音。"调苦而情悲，完全是另一时代的声音了。

李　白

襄阳歌①

落日欲没岘山西②，倒著接䍦花下迷③。襄阳小儿齐拍手，拦街争唱白铜鞮④。傍人借问笑何事，笑杀山翁醉似泥⑤。鸬鹚杓⑥，鹦鹉杯⑦，百年三万六千日，一日须倾三百杯⑧。遥看汉水鸭头绿⑨，恰似葡萄初酦醅⑩。此江若变作春酒，垒曲便筑糟丘台⑪。千金骏马换小妾⑫，笑坐雕鞍歌落梅⑬。车旁侧挂一壶酒，凤笙龙管行相催⑭。咸阳市中叹黄犬⑮，何如月下倾金罍⑯。君不见晋朝羊公一片石⑰，龟头剥落生莓苔⑱。泪亦不能为之堕，心亦不能为之哀。谁能忧彼身后事，金凫银鸭葬死灰⑲。清风朗月不用一钱买，玉山自倒非人推⑳。舒州杓，力士铛㉑，李白与尔同死生。襄王云雨今安在㉒，江水东流猿夜声。

[校注]

①《乐府诗集》卷八十五杂歌谣辞三载《襄阳童儿歌》一首，李白《襄阳歌》一首、《襄阳曲四首》。于《襄阳童儿歌》下解题曰：“《晋书》曰：'山简，永嘉中镇襄阳。时四方寇乱，朝野危惧。简优游卒岁，唯酒是耽。诸习氏荆土豪族，有佳园池。简每出嬉游，多之池上，置酒辄醉，名之曰高阳池。'于是童儿皆歌之。有葛强者，简之爱将，家于并州，故歌云：'举鞭向葛强，何如并州儿？'”其歌云：“山公出何许，往至高阳池。日夕倒载归，酩酊无所知。时时能骑马，倒着白接䍦。举鞭向葛强：何如并州儿？”李白此诗，开篇即用山简耽酒之事及《襄阳童儿歌》语意，抒写自己醉酒之情趣，实系拟《襄阳童儿歌》并即兴发挥之作。《唐宋诗醇》卷五于此诗题下引《古今乐录》：“《襄阳乐》，宋随王诞作。《襄阳蹋铜蹄》者，梁武西下所制。沈约又作其和云：'襄阳白铜蹄，圣德应乾来。'”朱谏《李诗选注》云：“按《襄阳歌》亦为乐府之曲，故《唐书》志于礼乐卷内，于古乐府宜为一类。”按：李白此诗，与乐府《襄阳乐》无涉，实系自拟其题之作如《庐山谣》者。詹锳、郁贤皓系此诗于开元二十二年（734）春游襄阳时。又乐府《襄阳曲四首》，均五言四句小诗，其中语意，亦多为本篇所用，参见有关各句注。②岘山，又名岘首山。《元和郡县图志·山南道·襄州》：襄阳县：“岘山在县东南九里，山东临汉水，古今大路。”③接䍦（lí），一种头巾。《世说新语·任

诞》:"山季伦为荆州时,出酣畅。人为之歌曰:'山公时一醉,辄造高阳池。日莫倒载归,茗芋无所知。复能乘骏马,倒著白接䍦。举手问葛强,何如并州儿?'"花下迷,用乐府《襄阳曲四首》(其一):"襄阳行乐处,歌舞白铜鞮。江城回绿水,花月使人迷。"④白铜鞮(tí),即《白铜蹄》,南朝齐梁时歌谣,有童谣云:"襄阳白铜蹄,反缚扬州儿。"识者言,白铜蹄,谓马也;白,金色也。及义师之兴,实以铁骑,扬州之士,皆面缚,果如谣言。故即位之后更造新声,帝自为之词三曲。参注③引《襄阳曲四首》(其一)。⑤山翁,宋蜀本作"山公"。指山简。醉似泥,形容烂醉。《后汉书·儒林传下·周泽》:"时人为之语:'生也不谐,作太常妻。一岁三百六十日,三百五十九斋。'"李贤注:"《汉官仪》此下云:'一日不斋醉如泥。'"⑥鸬鹚杓,形状如鸬鹚长颈的长柄酒杓。鸬鹚,水鸟名,善捕鱼,渔人驯以捕鱼。⑦鹦鹉杯,以形似鹦鹉嘴的螺壳制成的酒杯。《太平广记》卷四十六引《岭表录异》:"鹦鹉螺,旋尖处屈而味,如鹦鹉嘴,故以此名。壳上青绿斑,大者可受二升。壳内光莹如云母,装为酒杯,奇而可玩。"⑧三百杯,《世说新语·文学》"郑玄在马融门下"刘孝标注引《郑玄别传》:"袁绍辟玄,及去,饯之城东,欲玄必醉。会者三百余人,皆离席奉觞。自旦及莫,度玄饮三百余杯。而温克之容,终日无怠。"陈暄《与兄子秀书》:"郑康成一饮三百杯,吾不以为多。"倾,倒转(酒杯),饮尽。⑨鸭头绿,像鸭头上绿毛般的颜色。颜师古《急就篇注》:"春草、鸡翘、凫翁,皆谓染采而色似之,若今染家言鸭头绿、翠毛碧云。"⑩酦醅(pō pēi),重酿而尚未过滤的酒。⑪曲,俗称酒母。糟,酒糟。《论衡·语增》:"传语曰:纣沈湎于酒,以糟为丘,以酒为池。"⑫小,宋蜀本作"少"。《独异志》卷中:"后魏曹彰,性倜傥,偶逢骏马,爱之,其主所惜也。彰曰:'余有美妾可换,唯君所选。'马主因指一妓,彰遂换之。"⑬落梅,指笛曲《梅花落》,又名《落梅花》。《乐府杂录》:"笛,羌乐也,有《落梅花》。"李白《与史郎中钦听黄鹤楼上吹笛》:"黄鹤楼中吹玉笛,江城五月落梅花。"《乐府诗集》横吹曲辞有《梅花落》。⑭凤笙,笙形似凤,故称。《风俗通·声音》:"《世本》:随作笙,长四寸,十二簧,象凤之身。正月之音也。"龙管,笛声似龙吟,故称。马融《长笛赋》:"近世双笛从羌起,羌人伐竹未及已。龙鸣水中不见已,截竹吹之声相似。"⑮《史记·李斯列传》:"二世二年七月,具斯五刑,论腰斩咸阳市。斯出狱,与其中子俱执。顾谓其中子曰:'吾欲与若复牵黄犬,俱出上蔡东门逐狡兔,岂可得乎!'遂父子相哭,而夷三族。"⑯金罍,华美的罍。⑰羊公,指西晋羊祜。《晋书·羊祜传》:"祜乐山水,每风景必造岘山置酒,言咏终日不倦。祜卒,襄阳百姓于岘山祜平生游憩之所建碑立庙,岁时飨祭焉。望其碑者莫不流涕。故预因名为堕泪碑。"一片石,即指襄阳百姓为羊祜建的碑,亦即杜预所称堕泪碑。石,宋蜀本作"古碑材"。⑱龟头,指负碑的石雕动物赑屃(bì xì)的头部。因赑屃形状像龟,故称其头部为龟头。剥落,指石雕因年深岁久遭侵蚀而脱落。乐府《襄阳曲》(其三):"岘山临汉江,水绿沙如雪。上有堕泪碑,青苔久磨灭。"⑲宋蜀本本有"谁能忧彼身后事,金凫银鸭葬死灰"二句。兹据补。金凫银鸭,金属制的鸭状香炉。此指墓中殉葬品。⑳《世说新语·言语》:"刘尹云:'清风朗月,辄思玄度(许询字)。'"又《容止》:"嵇叔夜之为人也,岩岩若孤松之独立;其醉也,傀俄若玉山之将崩。"玉山自倒,形容醉倒之态。㉑舒州,唐淮南道州名。今安徽潜山。《新唐书·地理志》:"舒州同安郡,隶淮南道。土贡铁器、酒器。"舒州杓当是舒州所产酒杓。铛(chēng),温酒器。《新唐书·韦坚传》:"豫章力士瓷饮器、茗铛、釜。"力士瓷当是当时著名的酒器。㉒宋玉《高唐赋序》:"昔者楚襄王与宋玉游于云梦之台,望高唐之观,其上独有云气……王问玉曰:'何谓朝云?'玉曰:'昔者先王尝游高唐,怠而昼寝,梦见一妇人曰:'妾巫山之女也。为高唐之客。闻君游高唐,愿荐枕席。'王因幸之。去而辞曰:'妾在巫山之阳,高丘之阻。旦为朝云,暮为行雨。朝朝暮暮,阳台之下。旦朝视之,如言,故为立庙,号曰朝云。'"又《神女赋序》:"楚襄王与宋玉游于云梦之浦,使玉赋高唐之事。其夜王寝,果梦与神女遇,其状甚丽。"

[鉴赏]

《襄阳歌》和《将进酒》都是李白七言歌行中描写饮酒题材的著名诗篇。比较之下,《将进酒》更侧重于借强调饮酒来宣泄怀才不遇的愤郁,表现狂傲不羁的个性,抒发对自己才能的高度自信和对前途的乐观展望;而《襄阳歌》则更侧重于渲染饮酒之乐、之趣,表现自己对以醉饮为标志的诗意人生的追求。题为《襄阳歌》,诗中出现的江山(汉江、岘山)、人物(山简、羊祜)便就地取材,与襄阳密切相关。

开头六句,紧扣题目,描写襄阳历史上一位"优游卒岁,唯酒是耽"的人物山简的醉态。这几句在情节和语言上明显取资于民谣《襄阳童儿歌》和乐府《襄阳乐》,但却将它们熔铸为一个极具风趣的戏剧性场景:一轮落日,快要沉没在岘山之西。一位喝得醉醺醺,倒戴着白帽子的太守大人,正迷醉在花下。一群襄阳儿童一齐拍手，拦街唱起《白铜鞮》的歌曲（《襄阳曲》有"歌舞白铜鞮"之句，又有"山公醉酒时，酩酊襄阳下。头上白接䍦，倒着还骑马"等句）。路上的行人好奇地问儿童们所笑何事，儿童们齐声回答道："笑杀山翁醉似泥。"几乎不用任何改动，就可以将这六句诗改写成一个戏剧小品，其中溢出的不仅有浓郁的幽默感，而且有对这位醉酒太守的亲切感。这好像是吟咏历史人物，其实不妨视为李白的自我写照。或者说，诗人在歌咏山简这个醉酒太守的醉态时，将自己的灵魂也附在了山简这个历史人物身上。山简与诗人，已经融为一体。

正因为这样，接下来的一大段才能跨越几百年的历史，回到当前的现实场景上来。"鸬鹚杓，鹦鹉杯，百年三万六千日，一日须倾三百杯。"这是酒仙兼诗仙李白的人生宣言，《将进酒》还只宣称"烹羊宰牛且为乐，会须一饮三百杯"，此诗却扩展到整个人生。借助精美酒器的渲染，更将饮酒人生的乐趣发挥到淋漓尽致。以下四句，即承"一日须倾三百杯"，写醉眼蒙眬中所见汉江春色。一江碧绿的春水，在诗人眼中，忽然幻化成了一江春酒，就像葡萄酒初酿未滤时那样泛着鸭绿色，清澈透明，微波荡漾。诗人忽发奇想，这样一江春酒，它用来发酵的酒曲和滤剩的酒糟恐怕足够筑成一座糟丘台了。这种奇思妙想，也只有"百年三万六千日，一日须倾三百杯"的诗人才能产生。它极荒诞又极天真极美妙，具有一种童真的想象力。饮酒还必辅以行乐，才能使饮酒之乐更加浪漫而富诗意，于是有"千金"四句的描写：骑骏马、坐雕鞍、歌《落梅》、奏凤笙，而"车旁侧挂一壶酒"则是行乐的核心和灵魂，有了它，才能使这一幕增辉添彩。至此，诗人心目中以醉酒为中心的诗意人生行乐图便浮现出了整个轮廓。以下六句，便转为对另一种人生的惋惜和慨叹。

"咸阳市中叹黄犬"所代表的是一种应该加以慨叹的人生。李斯一生，辅始皇，成帝业，位三公，却不能功成身退，终因恋爵禄而为赵高所害。对此，诗人曾在《行路难》（其三）中对其"税驾苦不早"加以批评，认为他正因"功成不退"而导致"殒身"的结局。照诗人看来，这样的人生哪里赶得上"月下倾金罍"的生活之浪漫而富于诗意呢？诗人在《月下独酌》（其一）中对"月下倾金罍"的诗意生活有极富韵味的描写，可以参看。

在襄阳镇守过的名将羊祜，常登岘山。曾对部属邹湛说："自有宇宙便有此山，由来贤达胜士登此远望如我与卿者多矣，皆湮没无闻，使人悲伤，如百岁后有知，魂魄犹应登此也。"邹湛回答道："公德冠四海，道嗣前哲，令闻令望必与此山俱传。至若湛辈，乃当如公言耳。"这样一位事功显赫，为当地百姓所追怀悼念的前哲，按说其名其事均应"与山俱传"，但时过境迁，不但往日百姓为他建造的纪念碑已经底座剥蚀，莓苔遍生，连今天游赏的人们也再不能对之堕泪生悲了。谁能去忧虑身后之事，即使贵重的金鸭香炉也只能与死灰朽骨相伴于墓中。羊公当年那样重视的后世名，随着时间的流逝，也已湮没无闻。诗人对羊祜的品德事功自存敬仰，他所慨叹的是"令闻令望"的与时俱泯，不能长在。因此他追求的是现世的诗意生活享受。"清风朗月不用一钱买，玉山自倒非人推。"自然界的清风朗月，不用一钱，即可尽情享用，取之不尽，用之不竭，这是何等的畅怀适意；而想象中的满江春酒，同样可以随意享用，尽兴而饮，玉山般的伟岸身躯，颓然自倒，又是何等潇洒浪漫。清风明月，随时可遇，谁也不曾意识到这原是人生不费任何代价的诗意享受，一经李白用"不用一钱买"五字道出，立即变成最平凡又最美妙的人生乐事；嵇康醉后如玉山之倒的典故，经诗人用"自倒非人推"五字点化，也成了对醉态、醉趣之美的绝妙形容。自然风景之美和饮酒之乐之趣的尽情享受，比起那些与时俱泯的身后名，哪一种是人生应该追求的，岂用再赘一词。

　　结尾五句，遥承第二节开头的"鸬鹚杓，鹦鹉杯"，再次发表宣言，不过这里的"舒州杓，力士铛"已经不再是单纯的酒器，而是成了与诗人"同死生"的终生精神伴侣。"襄王云雨今安在，江水东流猿夜声。"一切富贵尊荣，一切功名事业，都会随着时间的流逝在历史长河中消逝得无影无踪，眼前所见所闻，唯有江水东流，猿狖哀鸣而已。

　　可以看出，诗人所要着重表现的是以饮酒为标志的人生乐趣和诗意享受，读者最感兴趣的也是这方面的内容。"咸阳市中叹黄犬"，"襄王云雨今安在"乃至羊公碑的"剥落生莓苔"，不过是用来反衬"清风朗月不用一钱买，玉山自倒非人推"的人生诗意享受的一种历史见证。如果据此而判定诗的主旨是宣扬人生虚无，不免本末倒置。李白的人生追求自然还有"申管晏之谈，谋帝王之术，奋其智能，愿为辅弼"，积极追求事功的主要一面，但包括畅饮美酒在内的对自由畅适的诗意生活的追求也是李白人生追求的一个重要方面。这首诗在表现诗人对自由畅适的诗意生活的追求方面，显示出了特有的艺术美感和魅力，表现了诗人精神性格极富童真情趣的一面。在不放弃对事功的积极追求，坚信"天生我材必有用"的前提下，"人生贵适意"也未尝不是一种活法。

梁园吟①

我浮黄河去京阙②,挂席欲进波连山③。天长水阔厌远涉,访古始及平台间④。平台为客忧思多,对酒遂作梁园歌。却忆蓬池阮公咏,因吟渌水扬洪波⑤。洪波浩荡迷旧国,路远西归安可得⑥?人生达命岂暇愁⑦,且饮美酒登高楼。平头奴子摇大扇⑧,五月不热疑清秋。玉盘杨梅为君设,吴盐如花皎白雪⑨。持盐把酒但饮之,莫学夷齐事高洁⑩。昔人豪贵信陵君⑪,今人耕种信陵坟。荒城虚照碧山月,古木尽入苍梧云⑫。梁王宫阙今安在⑬?枚马先归不相待⑭。舞影歌声散绿池⑮,空馀汴水东流海⑯。沉吟此事泪满衣⑰,黄金买醉未能归。连呼五白行六博⑱,分曹赌酒酣驰晖⑲。酣驰晖,歌且谣⑳,意方远。东山高卧时起来,欲济苍生未应晚㉑。

[校注]

①此诗诗题敦煌写本唐人选唐诗、《文苑英华》卷三百三十六作《梁园醉歌》,《文苑英华》卷三百四十三作《梁园吟》。王琦《李太白年谱》系此诗于天宝三载(744),郁贤皓《李白选集》则谓此诗"当是开元二十一年(733)离开长安,舟行抵达梁园时作"。梁园,唐汴州,今开封市。②浮黄河,浮舟黄河。去京阙,离开京城长安。③挂席,挂帆。④平台,古台名,相传为春秋时鲁襄公十七年(前556)宋皇国父所筑。汉梁孝王时大建宫室,"筑东苑,方三百馀里,广睢阳城七十里。大治宫室,为复道,自宫连属于平台三十里"(《史记·梁孝王世家》)。曾与当时名士司马相如、枚乘、邹衍等游此。故址在今开封市东南。⑤阮公,指三国魏著名诗人阮籍,其《咏怀八十二首》(其十六)云:"徘徊蓬池上,还顾望大梁。绿水扬洪波,旷野莽茫茫。"蓬池是战国时魏都大梁(今开封)东北的沼泽,"蓬池咏"即指此章,"渌水扬洪波"系诗中成句。渌水,形容水之清澈。⑥旧国,指长安。西归,指归长安。⑦达命,通达天命。暇,须。李峤《梅》:"若能遥止渴,何暇泛琼浆?"或解作"空闲",误。⑧平头奴子,不戴冠巾的奴仆。梁武帝《河中之水歌》:"平头奴子擎履箱。"丘为《冬至下寄舍弟时应赴入京》:"适远才过宿春料,相随唯一平头奴。"平头不戴冠巾,以示其装束与主人有别。⑨吴盐,吴地所产的盐。《史记·吴王濞列传》:"吴王即山铸钱,煮海水为盐。"或谓上句

之"杨梅"即指梅,"盐、梅为古代菜羹主要调味物,诗中借指佐酒之菜肴",然以"杨梅"指梅,文献似未见,且李白诗中写到"杨梅"不止此诗,如《叙旧赠江南宰陆调》云:"江北荷花开,江南杨梅熟。"江南地区农历五月,正杨梅成熟之时,与上"五月"之语正合。杨梅蘸盐食之,其味更美,故有此二句。⑩夷齐,指伯夷、叔齐。殷孤竹君之二子,周武王伐纣,伯夷、叔齐叩马而谏。殷亡,不食周粟,隐于首阳山,采薇而食,饿死于首阳山。见《史记·伯夷列传》。此句一作"何用孤高比云月",一作"咄咄书空字还灭",敦煌写本作"世上悠悠不堪说"。⑪信陵君,战国时魏安釐王之弟,名无忌,封于信陵(今河南宁陵),故号信陵君。为战国时著名四公子之一。《史记·魏公子列传》:"公子为人仁而下士,士无贤不肖,皆谦而礼交之,不敢以其富贵骄士。士以此方数千里争往归之,致食客三千人。当是时,诸侯以公子贤,多客,不敢加兵谋魏十馀年。"又,"(汉)高祖十二年,从击黥布还,为公子置守冢五家,世世岁以四时奉祠公子"。据《太平寰宇记》卷一河南道开封府浚仪县:"信陵君墓在县南十二里。"⑫苍梧,山名,即九嶷山,在今湖南宁远县南。《文选·谢朓〈新亭渚别范零陵〉》:"云去苍梧野,水还江汉流。"李善注引《归藏·启筮》曰:"有白云出自苍梧,入于大梁。"即"古木尽入苍梧云"之句所本。⑬梁王,指西汉时梁孝王刘武,当年曾大治宫室,参注④引《史记·梁孝王世家》。⑭枚马,指枚乘、司马相如。二人均曾游梁,为梁孝王宾客。《史记·司马相如列传》:"是时梁孝王来朝,从游说之士齐人邹阳、淮阴枚乘、吴庄忌夫子之徒,相如见而说之,因病免,客游梁。梁孝王令与诸生同舍,相如得与诸生游士居数岁。"《汉书·枚乘传》:"枚乘……游梁,梁客皆善词赋,乘尤高。"先归,先故去。⑮绿池,指梁苑中的池沼。《西京杂记》卷二:"梁孝王好营宫室苑囿之乐,作曜华之宫,筑兔园。园中有百灵山,山有肤寸石,落猿岩,栖龙岫。又有雁池,池间有鹤洲凫渚,其诸宫观相连,延亘数十里。"⑯汴水,古水名。此指隋通济渠、唐广济渠之东段。自今荥阳市北引黄河东南流,经今开封市及杞县、睢县、宁陵、商丘、夏邑、永城,复东南经今安徽宿州、灵璧、泗县与江苏泗洪,至盱眙县对岸入淮河,为隋唐至北宋中原通往东南沿海地区的主要水运干道。⑰沉吟,深思。《古诗十九首》之十二:"驰情整中带,沉吟聊踯躅。"⑱五白、六博,古代博戏。《楚辞·招魂》:"菎蔽象棋,有六博些。分曹并进,道相迫些。成枭而牟,呼五白些。"王逸注:"投六箸,行六棋,故为六簙也。言宴乐既毕,乃设六簙,以菎蔽为箸,象牙为棋,丽而且好也。"洪兴祖《补注》引

《古博经》："博法：二人相对，坐向局，局分为十二道，两头当中名为水，用棋十二枚，六白六黑，又用鱼二枚置于水中。其掷采以琼为之，琼畟方寸三分，长寸五分，锐其头，钻刻琼四面为眼，亦名为齿。二人互掷采行棋，棋行到处即竖之，名为枭棋，即入水食鱼，亦名牵鱼，每牵一鱼获二筹，翻一鱼获三筹。"可见这是一种掷采以行棋的博戏。高亨《楚辞选》："十二个棋子，六个白的，六个黑的。五个骰子，方形，六面，有相对的两面是尖头，其馀四面都是平的。一面刻二画，一面刻三画，一刻四画，一面不刻画……当'成枭而牟'的时候，掷骰得到五个骰子都是不刻画的一面在上，叫作'五白'。掷得五白，便可杀对方的枭棋，所以下棋的人要喊五白。"或分"五白"与"六博"为两种博戏，视"连呼五白行六博"之说，似非。⑲分曹，分成两方。驰晖，飞驰的太阳。⑳"酣驰晖"三字，原缺，据宋影本补。《诗·魏风·园有桃》："我歌且谣。"毛传："曲合乐曰歌，徒歌曰谣。"㉑《世说新语·排调》："谢公（指谢安）在东山（会稽东山，谢安早年曾辞官隐居于此），朝命屡降而不动。后出为桓宣武司马，将发新亭，朝士咸出瞻送。高灵时为中丞，亦往相祖，先时多少饮酒，因倚如醉，戏曰：'卿屡违朝旨，高卧东山，诸人每相与言：安石不肯出，将如苍生何！今亦苍生将如卿何！'谢笑而不答。"

[鉴赏]

　　这首诗最早见于敦煌写本唐人选唐诗，又两见于《文苑英华》，虽题目有《梁园醉歌》与《梁园吟》之异，但均题为李白之作。诗的内容、风格也明显符合李白的经历、思想和创作特征。朱谏以"无伦次"与"驳杂"为由，疑其非李白之作，可以说毫无根据。但他提出的节去"人生达命"八句及"沉吟此事"八句，以前十句与"昔人豪贵信陵君"八句共为一首的主张倒反映出一个带根本性的问题，即怀古诗的共性与个性问题。

　　怀古诗历来以抒写盛衰变化之慨为基本内容，这不妨看作这一诗体在历史发展过程中形成的共性。不同经历、思想、个性和艺术风格的作者创作的怀古诗，本应有鲜明的个性特征，但在多数怀古诗中，却很少体现。这正是怀古诗的一个明显缺陷。但怀古诗这种个性被淹没在共性之中的创作套路，却造成了一些评家的思维定式，认为怀古诗只能抒写盛衰变化之慨，如果掺入一些带有明显个人色彩的内容，便被看成内容驳杂不纯，叙述语无伦次。朱谏的怀疑、批评和删节主张，实际上正反映了对怀古诗个性的排斥，他主张保留的十八句，恰恰是怀古诗抒盛衰变化之慨的共性部分；而他认为驳杂不纯、主张删去的十六句，恰恰是最能体现李白鲜明思想、个性的部分。如果按照他的主张删去那十六句，这首《梁园吟》就基本上清除了李白的个人印记而不再是李白之作了。实际上，这首诗真正的好处，正是在抒盛衰变化之慨的同时融入了个人的咏怀内容，体现了怀古与咏怀、共性与个性的完美结合。

诗的开头四句，叙述诗人自己由"去京阙"到"及平台"的行程。"访古""平台"四字，可以看作对这首题为"梁园吟"的怀古诗的点题。但在叙述行程的同时，却明显流露了诗人对政治道路上风波险恶、途程遥远的感受，这从"挂席欲进波连山"和"天长水阔厌远涉"的诗句中可以体味出来。对照《行路难三首》（其一）中的"欲渡黄河冰塞川，将登太行雪满山"，其寓意更显。但后者纯用象喻手法，此则于写实中寓象征，写法有别。"厌远涉"的"厌"字还透露出对艰险从政道路的厌倦。这一切，都带有明显的个人色彩。朱谏没有提出要删掉这四句，主要是由于它们具有交代行程和点题的作用，同时也可能对其中蕴含的个人色彩并未注意。

接下来四句，由"平台为客"而叙及《梁园吟》的创作，进一步点明题面。值得注意的是，这里不但明白点出平台为客时"忧思"之多，而且通过对阮籍"蓬池咏"的追忆，曲折表现自己的"忧思"。阮籍"蓬池"之咏，对身处阴惨肃杀的政治环境流露出强烈的忧患感和孤寂感，李白忆其人而吟其诗，当与阮籍有相似的感受而忧思充溢，不可抑止。

以上八句，是交代《梁园吟》创作的缘起。透露出诗人因从政道路上遇到险阻，离开政治中心长安，忧思重重。而访古忆昔，吟阮籍"蓬池"之咏，则进一步触发加深了忧患感和孤寂感。

"洪波"以下十句，承上"忧思多"，抒写自己借酒以遣愁。"洪波"二句，用顶针格承上启下，以"迷旧国"与"西归安可得"遥应篇首，抒写对长安的眷恋，意致与"长安宫阙九天上"相近，再次暗点"愁"字。故下两句紧接着揭出此段主意："人生达命岂暇愁，且饮美酒登高楼。"李白诗中的"命"与"宿命"不同，它和时运、机缘之义相近，所谓"达命"，也常和"待时""等待机缘"相通。因此它不是消极认命，无所作为，而是在遭遇困难挫折的情况下用达观的态度和放逸的行为来排遣忧愁。"平头奴子"五句，就是渲染在访古期间如何充分享受美酒佳果之味，逸兴高飞之乐。"杨梅"在这里充当了重要角色。作为江南佳果，汉代司马相如《上林赋》中即有记载，五月正是杨梅成熟的季节。红紫鲜艳的杨梅，置于晶莹透明的玉盘之中，又佐以似雪的吴盐，以此作为"饮美酒"的肴馔，真是别开生面，别具风味，难怪诗人要将它作为人生乐事来铺叙渲染了。末缀以"莫学夷齐事高洁"一句，乍读似感突兀，其实这正是李白的常调，《行路难三首》（其三）一开头便说："有耳莫洗颍川水，有口莫食首阳蕨。含光混世贵无名，何用孤高比云月。"表述的是同样的意思。李白在政治上失意的时候，不是用隐居不仕的"高洁"来表示自己与统治者的距离，就是往往以狂放不羁的行为来发泄自己的愤懑，所谓"莫学夷齐事高洁"正应从这方面去理解。饮酒狂放，在有些人眼里，或许是一种自渎的消极颓废行为；但在诗人看来，这既是失意苦闷时的一种排遣，又是对现实的不满与抗议。

"昔人"以下八句，紧扣"梁园""访古"，抒写今昔盛衰之慨，是怀古诗中应有之义。梁园旧地，古来著称于世者有战国四公子之首的信陵君和汉初深受宠信、权势盛极一时的梁孝王刘武。事移世迁，昔日豪贵一时、宾客如云的信陵君，如今他的荒坟已经犁为田地。昔时的大梁城早已荒芜，只剩下今古长存的月亮升上碧山，空照古城，千年古树全部笼罩在苍茫的白云之中。西汉时代盛极一时的梁王宫阙，如今早已化为一片废墟，当年门下的宾客枚乘、司马相如今也早魂归地下，无从追随他们的足迹；梁苑的池沼之上，歌声舞影早已消散无踪，只有悠悠汴水，至今仍东流入海。这里显示的是自然（碧山月、苍梧云、古木、汴水）的永恒长远与人事（信陵豪贵、梁王宫阙、舞影歌声）变化的迅疾沧桑，也是怀古诗最常见的音调。诗人写来，虽然行文飘逸流畅，自在从容，但蕴含的情感则显得慷慨悲凉。对信陵君的缅怀追思中包含了对历史上礼贤下士、重视人才的时代的怀念，在这方面，梁孝王刘武也和信陵君有相似之处，故于梁园怀古时一并提及并表示追缅之意。而在追缅信陵君、梁王的同时，也透露了对现实中缺乏这类人物的深深失望，其内在意蕴实际上与"昭王白骨萦蔓草，谁人更扫黄金台"相近。因此，这一段写怀古之慨，仍与诗人怀才不遇的忧思紧密相关，并非泛泛抒写怀古之幽情。在"枚马先归不相待"的慨叹中，也隐约透露出对盛世文士际遇的歆慕和"前不见古人"式的感叹。

正因为怀古慨今，深慨才不逢时，故末段劈头一句就用"沉吟此事泪满衣"来概括揭示上一段怀古中蕴含的悲慨。如此悲慨，唯有用狂歌痛饮、分曹博戏的放纵行为方能稍得宣泄。"黄金买醉"三句，写狂放行为虽极事渲染，却无颓唐之态,而是意态豪雄,酣畅淋漓,尤其是"分曹赌酒酣驰晖"一句,更传出其兴会飙举、意气凌云的情状。显示出虽怀失意的忧思悲慨,精神上仍然昂扬挺拔而无萎靡之态。这样,结尾五句转入高唱方不显得突兀。

"酣驰晖,歌且谣,意方远。东山高卧时起来,欲济苍生未应晚。"这是全诗的归趋与结束,也是全诗感情发展的高潮。在经历了一段离京去国的忧思、酣饮高楼的排遣、怀古慨今的悲愤和分曹赌酒的宣泄的曲折心路历程之后,诗人终于唱出昂扬奋发的强音。"意方远"三字,透露出诗人并不因一时的挫折而消极颓唐,而是将人生的道路看得很长很远。坚信自己正像隐居待时的谢安一样,实现自己济苍生、安黎元的人生抱负还有的是时间。这是典型的李白的声音。《梁甫吟》结尾说:"张公两龙剑,神物合有时。风云感会起屠钓,大人𡷊屼当安之。"《行路难三首》(其一)结尾说:"长风破浪会有时,直挂云帆济沧海。"和本篇的结尾,都通过用典,表达了对政治前途的乐观信念。李白抒写怀才不遇的诗篇,每于篇末振起,决非故作宽解之词,而是出于其坚强的信念和对自己才能的高度自信,因此它给人带来的是乐观的展望和对未来的信心。

可以看出,这首诗虽以梁园怀古为题材,但其主旨却是咏怀,不仅二、四两段直接抒怀,就连首段叙行程、三段抒怀古之情,也都关合着怀才不遇的主意。因此,不妨说它是一首以怀古形式出现的咏怀诗,一首怀古与咏怀紧密结合的抒怀诗。

峨眉山月歌①

峨眉山月半轮秋,影入平羌江水流②。夜发清溪向三峡③,思君不见下渝州④。

[校注]

①峨眉山,在今四川峨眉山市西南,主峰高三千余米,为蜀中名山。《元和郡县图志》卷三十一剑南道嘉州峨眉县:"峨眉大山,在县西七里。《蜀都赋》云'抗峨眉于重阻'。两山相对,望之如蛾眉,故名……中峨眉山,在县东南二十里。"宋蜀刻本题下有"峡路"二字。王琦《李太白全集》谓"此诗约是开元中,李白未出蜀以前所作"。詹锳《李白诗文系年》系此诗于开元十二年(724)出蜀

路经三峡时。郁贤皓《李白选集》系年从詹说，谓是出蜀时途中寄友之作。②平羌江，即青衣江。源出今四川芦山县，东南流经雅安、夹江、乐山，会大渡河，入岷江。《元和郡县图志》卷三十一剑南道嘉州平羌县："本汉南安县地，周武帝置平羌县，因境内平羌水为名。"平羌县在嘉州（今乐山市）之北。③清溪，指清澈的江水。旧注或谓清溪指资州清溪县，或谓指嘉州犍为县之清溪驿。按资州清溪县本名牛鞞，天宝元年（742）始更名清溪，开元中尚无清溪县。且资州离峨眉、平羌江甚远，可证此句"清溪"绝非资州之地名。王琦注引《舆地纪胜》谓犍为县有清溪驿，但今本《舆地纪胜》无此记载。三峡，指巴东三峡。所指不一。今通指瞿塘峡、巫峡、西陵峡。郁贤皓《李白选集》谓："味此诗中之三峡，似非指长江三峡。《乐山县志》谓当指乐山县之黎头、背峨、平羌三峡，而清溪则在黎头峡之上游。其说近是。"可备一说。④君，有指月、指友二解。据诗题，此"君"当是指月。渝州，唐剑南道有渝州，今重庆市。

[鉴赏]

这首诗自明代诗评家王世贞指出其连用五地名（实际上是四地名）而不露痕迹，深得炉锤之妙以来，评家多赞为绝唱。但对诗中"半轮""清溪""君"的理解，却有分歧。特别是对"君"的理解，直接涉及对诗整体构思和主旨的理解把握，尤需辨析。

其实，李白另外两首诗已经为我们提供了理解此诗中的"君"所指的可靠依据。一首就是解者每加以称引但却未揭出与此诗联系之关键的《峨眉山月歌送蜀僧晏入中京》，另一首则是解者未加注意的《渡荆门送别》。《峨眉山月歌送蜀僧晏入中京》作于乾元二年（759）在江夏时，开头四句说："我在巴东三峡时，西看明月忆峨眉。月出峨眉照沧海，与人万里长相随。"此诗题目既与早年出川时所作《峨眉山月歌》相同，则前四句所写当即开元十二年（724）诗人出川时在巴东三峡看明月忆峨眉的情景，其中"月出峨眉照沧海，与人万里长相随"二句，正可用来说明七绝《峨眉山月歌》所写的内容意境：前两句总写峨眉山月之与自己相随；后两句则写月之"不见"，而在对月的思念中下渝州，向三峡。而《峨眉山月歌送蜀僧晏入中京》通篇不离峨眉月，也可印证《峨眉山月歌》这一仅四句二十八个字的七绝更应通篇不离题内的"峨眉山月"，而所谓"思君不见"，也就是"思峨眉月而不见"。《渡荆门送别》与《峨眉山月歌》同为李白初出川时所作，其尾联云："仍怜故乡水，万里送行舟。"亦出荆门而仍念故乡之水，殷勤相送于

李　白

万里之外，可见其对故乡的深情怀念。由此可以启示我们，《峨眉山月歌》实际上是抒写"仍怜故乡月，万里送行舟"，只不过因为途中有一段见不到月，因而变成了"思君不见"。思故乡水、思故乡月，都是思故乡的表现。"君"之所指既明，对《峨眉山月歌》构思、内容和意境的理解把握便比较容易。

　　首句"峨眉山月半轮秋"，正点题面。"半轮"，相对全轮、一轮而言，指弦月。从下面描写的情况看，当是农历初七、八的上弦月。王褒《咏月赠人》："上弦如半璧，初魄似蛾眉。"半轮，也就是"半璧"之状。这句所写，当是初夜景象。峨眉山上空，悬挂着半轮明月，将皎洁的清辉洒向大地山川。"秋"字本是点明时令季节的，这里将它作为韵脚，置于"半轮"之后，构成"半轮秋"的特殊诗语，不仅点明这半轮山月乃是秋月，而且使名词形容词化，令人联想到这半轮秋月似乎特别皎洁清澄，在散发着凉意，给人一种沁人心脾的感受。

　　次句"影入平羌江水流"，写月影映江，随水而流。江水中清晰可见月的倒影，显示水之清澈。而句末的那个"流"字，用得尤为精彩。它与前面的"入"字相接，使全句成为一个浓缩句，即"月影映入平羌江水"与"月影随着平羌江水的流动而流动"这两层意思的融合。这后一层意思，实际上暗示了人在舟中，在舟行过程中看着映入江水的月影一直在随水流动。不但意境清澄优美，而且透出了诗人对始终伴随自己的江中月影的那份亲切感和喜悦感。故乡月、故乡水、故乡情，在这里被不着痕迹地融合在清澄流动的诗的意境中，令人咀味无穷。

　　第三句"夜发清溪向三峡"，是整首诗中叙述行程的句子，也是对前两句景物描写立足点的补充交代，说明峨眉秋月、月影江流均为"夜发清溪向三峡"的行程中所见。其中，"清溪"是此行的出发地，"三峡"是此行的所向之地。清溪，或解为资州清溪县，显误；或说是犍为之清溪驿，虽意似可通，但《舆地纪胜》并无清溪驿之记载，故此解殊可疑。实则，所谓"清溪"意即清澈的江水，实即指眼前的平羌江。李白有《清溪行》云："清溪清我心，水色异诸水。借问新安江，见底何如此？人行明镜中，鸟度屏风里。向晚猩猩啼，空悲远游子。"将清澈见底的新安江称为"清溪"，与将可见月影的平羌江称为"清溪"，正属同例。李白此次出川，"三峡"是必经之地，且紧扣舟行所经，故用"向三峡"指明所向，这句在全篇中起着承上启下的枢纽作用。

　　末句"思君不见下渝州"，是舟下渝州行程中对峨眉山月的怀想。"君"指峨眉山月。上弦月升起得早，天未煞黑即已高挂空中；故落得也早，深夜时分即已隐没不见。在舟行过程中，一直伴随着自己的天上半轮秋月和映入江流的月影都不见踪影；峨眉山月越离越远，不免引起对峨眉山月的无限思念，想到自己就要在不见峨眉山月的情况下向下游的渝州驶去，心中不免增添了一丝告别故乡月的惆怅。

这是一位胸怀四方之志的青年诗人"仗剑去国，辞亲远游"途中因故乡山水景物引发的对故乡的亲切怀恋。峨眉山、平羌江、峨眉月，在诗中都自然成为故乡的象征，而"峨眉山月"，则成为全诗的核心意象和贯串线索，成为诗人故乡情的集中寄托。诗以望峨眉山月始，以不见而思"峨眉山月"终，表现了诗人在仗剑远游之初对故乡的深切怀念。但诗的整个节奏、格调却因连用峨眉山、平羌江、三峡、渝州，而构成一气流走之势，再加上"流""发""向""下"等动词的连续运用，更加强了轻快愉悦的气氛，而秀丽的峨眉、皎洁的秋月、清澈的江流和莹洁的月影所组成的意境，也透出一种清新秀发的韵味。因此，它虽抒故乡情，整首诗的情调仍显得轻快而清新，透露出诗人对前途的乐观展望。

或将末句的"君"理解为友人。一则题称"峨眉山月歌"，说明诗的中心意象就是峨眉山月，而这峨眉山月，无论从题面或诗面，都看不出有象喻友人之意。二则诗的前两句分写峨眉山月与月影江流，第三句交代行程，丝毫看不出有告别友人之意，第四句忽说"思君"是思念友人，太感突兀，从艺术构思看，殊不可解。而解为指月，则显得顺理成章。

闻王昌龄左迁龙标遥有此寄①

杨花落尽子规啼②，闻道龙标过五溪③。我寄愁心与明月，随风直到夜郎西④。

[校注]

①王昌龄，生平详见本编王昌龄小传。《河岳英灵集》谓昌龄"晚节不矜细行，谤议沸腾，再历遐荒"，即指其贬龙标（今湖南洪江）尉之事。其贬龙标之年月，当在天宝十二载（753）以前。傅璇琮、李珍华《王昌龄事迹新探》谓此诗当作于天宝十载或十一载春。李云逸《王昌龄诗注》则谓此诗当作于天宝七载暮春。左迁，贬官。龙标，唐县名，开元十三年（725）至大历五年（770）期间，属巫州，为州治所在。在今湖南洪江西南。②杨花落尽，宋蜀本作"扬州花落"。咸

本、萧本、胡本及《全唐诗》均作"杨花落尽"。子规，即杜鹃鸟。③五溪，指酉、辰、巫、武、沅五溪，在今湘西、黔东一带。④风，宋蜀本作"君"。夜郎，这里指唐业州夜郎县，在今湖南芷江县西南。与龙标相距很近。据《新唐书·地理志》，龙标县武德七年（624）置，贞观八年（634），析置夜郎、郎溪、思微三县，九年省思微。因此诗中的"夜郎"实即龙标的异称。因避复（第二句已出"龙标"）及末句第五字宜仄而用"夜郎"。"夜郎西"，即远在西边的夜郎之意。如泥解为龙标在夜郎之西，则与地理不合（龙标县在夜郎县之东南）。

[鉴赏]

这是李白一首流传广远的寄赠友人之作。首句从眼前景物发兴，在写景点明时序中寓含有意无意的比兴象征意味。杨花落尽，已是暮春百花凋残的季节；它的纷纷飘落，又易触发漂泊天涯的联想。子规啼，暗用《离骚》"恐鹈鴂（即杜鹃、子规）之先鸣兮，使夫百草为之不芳"，更象征着美好春光的消逝。联系王昌龄的被贬，不难引发读者对他所处时代更广泛的联想。

次句叙事，正式点出题内"闻王昌龄左迁龙标"。五溪一带，当时还是"蛮夷"所居的僻远之地。说"过五溪"，更突出了龙标的荒远。句首的"闻道"二字，则以渺远未历、但凭传闻的口吻，渲染了这种荒远之感。这句虽似平平叙事，但王昌龄的获罪严谴，贬谪途中的辛苦与贬所的荒凉，以及诗人的关切同情都自寓于其中。

这首诗的出名，更得力于三、四两句。但如果单纯从构思上看，则它显然曾受到曹植"愿为西南风，长逝入君怀""愿为南流景，驰光见我君"等诗句的启发。而在读者的感受中它又是地地道道李白式的抒情，带有李白特有的艺术个性。

一般的诗人，写到"闻道龙标过五溪"，多半会顺着龙标僻处荒远这条思路去想象对方凄凉孤子的谪宦生活。李白却撇开这一层，反过来集中抒写自己听到这个消息后的强烈主观感情。他不但满怀"愁心"，同情因"不矜细行"而遭远谪的朋友，而且要把"愁心"托付给西驰的明月，让它趁着长风，一直吹送到西边的夜郎（即龙标）。在这里，明月成了传送友谊的使者，长风也成了吹度明月的凭借。这夸张奇妙而又天真烂漫的想象，使这首诗带有强烈的主观抒情色彩和李白豪放天真的个性，而诗人对朋友的深挚情谊也不费力地表达出来了。比较李白"狂风吹我心，西挂咸阳树"的诗句，更可见其所体现的李白式的想象与构思的个性色彩。

"愁心"原是悲伤而沉重的。但愁心寄月随风的形象所给予读者的，却不是沉重的压抑之感，而是对李白诗特具的那种明朗、飘逸之美的感受。明月的光波柔和而流动，长风送月更增添了飘飞之感。这样，读者所感受到的，便主要不是远窜穷荒的凄凉孤子，而是友谊的光波对远贬者的精神慰藉。元稹《闻乐天授江州司马》："残灯无焰影幢幢，此夕闻君谪九江。垂死病中惊坐起，暗风吹雨入寒窗。"深挚之情以沉重之笔出之，满纸悲酸不堪卒读，与李白此诗以飘逸灵动之笔传深挚之情显然有别。虽抒"愁心"，却并无压抑之感。

沈德潜《说诗晬语》说："七言绝句，以语近情遥，含吐不露为主。只眼前景，口头语，而有弦外音，味外味，使人神远。太白有焉。"这首诗将奇妙的想象和明朗自然而富蕴含的语言和谐地统一起来，仿佛脱口而出，信手写成，正是体现沈氏所说的七绝高品的典范。

庐山谣寄卢侍御虚舟①

我本楚狂人，凤歌笑孔丘②。手持绿玉杖③，朝别黄鹤楼。五岳寻仙不辞远④，一生好入名山游。庐山秀出南斗傍⑤，屏风九叠云锦张⑥，影落明湖青黛光⑦。金阙前开二峰长⑧，银河倒挂三石梁⑨。香炉瀑布遥相望⑩，回崖沓嶂凌苍苍⑪。翠影红霞映朝日⑫，鸟飞不到吴天长⑬。登高壮观天地间，大江茫茫去不还。黄云万里动风色，白波九道流雪山⑭。好为庐山谣，兴因庐山发。闲窥石镜清我心⑮，谢公行处苍苔没⑯。早服还丹无世情⑰，琴心三叠道初成⑱。遥见仙人彩云里，手把芙蓉朝玉京⑲。先期汗漫九垓上⑳，愿接卢敖游太清㉑。

[校注]

①庐山，在今江西九江市南。谣，《尔雅·释乐》："徒歌谓之谣。"卢侍御虚舟，指殿中侍御史卢虚舟，字幼真，范阳（今北京大兴）人。至德元载（756），贾至从玄宗幸蜀，拜起居舍人，知制诰，迁中书舍人，有《授卢虚舟殿中侍御史制》，称其"闲邪存诚，遁世颐养，操持有清廉之誉，在公推干蛊之才"。乾元元年（758）贾至出为汝州刺史。故卢虚舟为殿中侍御史，当在至德元载至乾元元年之间（756—758）。此诗詹锳主编《李白全集校注汇释集评》系上元元年（760），

谓"李白至德后被系狱、流放,倘非遇赦归来,不可能如此咏庐山之胜景。故系于上元元年。诗云'朝别黄鹤楼',是知李白自江夏来庐山"。郁贤皓《李白选集》同。李白另有《和卢侍御通塘曲》云:"通塘在何处,宛在浔阳西。"与《庐山谣》当为同时同地之作。②楚狂人,指春秋时楚国狂士陆通,字接舆。《论语·微子》:"楚狂接舆歌而过孔子曰:'凤兮凤兮,何德之衰!往者不可谏,来者犹可追。已而,已而!今之从政者殆而。'"《庄子·人间世》及皇甫谧《高士传》亦有有关陆通的记载。此处李白以楚狂陆通自况。③绿玉杖,用绿玉为饰的手杖。《太平御览》卷六百七十五道部引《茅君传》:"朱官使者把绿节杖。"此指仙人所用的手杖。④五岳,即东岳泰山、西岳华山、北岳恒山、中岳嵩山、南岳衡山(一作霍山,即天柱山)。此泛指名山。⑤秀出,突出。南斗,星名,即二十八宿中的斗宿。庐山所在的古吴国之地,属斗宿分野。⑥屏风九叠,即庐山之屏风叠,又称九叠屏。《舆地纪胜》卷二十五江南东路南康军:"九叠屏,在五老峰之侧,唐李林甫女学道此山。山九叠如屏。李白诗云:'屏风九叠云锦张。'"安史乱起后,李白曾隐居庐山屏风叠,有《赠王判官时余归隐居庐山屏风叠》诗。云锦张,形容峰峦起伏逶迤,如锦绣屏风张开,盖极言其美。⑦影,指庐山的倒影。明湖,即鄱阳湖。青黛光,指青黛般的庐山山色。⑧金阙,指庐山金阙岩,又称石门。《水经注》卷三十九庐江水:"庐山之北有石门水,水出岭端,有双石高竦,其状若门,因有石门之目焉。水导双石之中,悬流飞瀑,近三百许步,下散漫数十步。上望之连天,若曳飞练于霄中矣。"《太平御览》卷四十一引慧远《庐山记》:"西南有石门山,其形似双阙,壁立千仞,而瀑布流焉。"长,宋蜀本作"帐"。⑨银河,形容倒挂而下的瀑布。三石梁,指九叠屏左之三叠泉。王琦注:"今三叠泉在九叠屏之左,水势三折而下,如银河之挂石梁,与太白诗句正相吻合。"⑩香炉瀑布,指庐山香炉峰的瀑布。李白《望庐山瀑布水二首》之一云:"西登香炉峰,南见瀑布水。"陈舜俞《庐山记》卷二:"次香炉峰,此峰山南山北皆有。其形圆耸,常出云气,故名以象形。李白诗云:'日照香炉生紫烟,遥看瀑布挂前川。'即谓在山南者也。"遥相望,指香炉峰之瀑布与三石梁之瀑布遥遥相对。⑪回崖,曲折的山崖。沓嶂,层叠的山峰。凌苍苍,凌越苍天。⑫翠影,翠色的山影。⑬吴天,庐山在三国时属于吴国。故称这一带的天为吴天。⑭白波九道,古代传说,长江流到浔阳(今江西九江)一带时分为九道。《书·禹贡》:"九江孔殷。"孔传:"江于此州界分为九道。"《汉书·地理志》九江郡注:"应劭曰:江自庐江、寻阳分为九。"

流雪山，形容长江九派如雪山奔流、波涛汹涌。⑮石镜，山峰名，《太平寰宇记》卷一百一十一江南西道江州："石镜，在庐山东悬崖之上，其状团圆，近之则照见形影。"谢灵运《入彭蠡湖口》有"攀崖照石镜"之句，即指石镜峰。⑯谢公，指谢灵运。谢灵运曾游庐山，有《登庐山绝顶望诸峤》诗云："峦陇有合沓，往来无踪辙。"此句谓当年谢灵运游踪所历之处，如今已被苍苔所掩没。⑰还丹，道家合九转丹与朱砂再次提炼而成的仙丹，自称服后可即时成仙。葛洪《抱朴子·金丹》："若取九转之丹，内神鼎中，夏至之后，爆之鼎，热，内朱儿一斤于盖下。伏伺之，候日精照之。须臾翕然俱起，煌煌辉辉，神光五色，即化为还丹。取而服之一刀圭，即白日升天。"世情，世俗之情。⑱琴心三叠，道教修炼之法。《云笈七签》卷十一《黄庭内景经·上清章》："琴心三叠舞胎仙。"梁丘子注："琴，和也。叠，积也。存三丹田，使和积如一，则胎仙可致也。"此指修炼到心静气和的境界，则学道初成。⑲把，持。芙蓉，莲花。玉京，道教称元始天尊所居之处。葛洪《枕中书》引《真记》："元都玉京，七宝山，周回九万里，在大罗之上。"又云："元始天王在天中心之上，名曰玉京山。山中宫殿，并金玉饰之。"⑳先期，预先约定。汗漫，渺茫不可知。后转指仙人名。张协《七命》："过汗漫之所不游。"㉑卢敖，燕之道流。《淮南子·道应训》高诱注："卢敖，燕人。秦始皇召以为博士，使求神仙，亡而不返也。"此以卢敖借指殿中侍御史卢虚舟。《道应训》载卢敖事云："卢敖游乎北海，经乎太阴，入乎玄阙，至于蒙谷之上。见一士焉，深目而玄鬓，泪注而鸢肩，丰上而杀下，轩轩然方迎风而舞……卢敖与之语曰：'……敖幼而好游，至长不渝，周行四极，惟北阴之未窥，今卒睹夫子于是，子殆可与敖为友乎？'若士者龘然而笑曰：'……吾与汗漫期于九垓之外，吾不可以久驻。'若子举臂而竦身，遂入云中。"太清，道教以玉清、上清、太清为三清。太清系元始天尊所化法身道德天尊所居之地，在玉清、上清之上。此以"太清"指仙境。

[鉴赏]

《庐山谣寄卢侍御虚舟》作于肃宗上元二年（761）自江夏下九江时，是李白七古的名篇，也是其晚年描绘山水景物最出色的篇章之一。

诗可分为三段。开头六句，是全诗的引子，也可以说是《庐山谣》的序曲。"我本"二句，以楚狂接舆自况，以"凤歌笑孔丘"的佯狂行为表达对当下政局的不满和对"今之从政者"前途的忧虑。经历了从永王璘获罪的巨大政治挫折之后，李白对政局的昏暗和从政的危殆有了痛切的体验，"笑孔丘"三字中蕴含的正是这种痛切的反省，貌似狂放不羁，实含迷途知返的感慨。这正是他醉心山水景物深层的思想感情动因。"手持"二句，即交代此次庐山之游的行踪，描绘出自己手持绿玉装饰的仙杖，辞别黄鹤楼东下的飘然远举的形象。"五岳"二句，既是对自己一生喜游名山胜景、寻仙访道行为的概括，又是对此行重访庐山的一种提示和导引。前四句用五言，这两句忽转用七言句式，句式的变化增添了诗的流动意致，也生动地传达出诗人的飘逸风姿。

第二段十七句，描绘庐山胜景，是全诗的主体。其中又可分为三层。"庐山"九句，写庐山的秀美壮丽景色，为第一层。"秀出南斗傍"五字，不但画出其耸入云霄、上接星汉的气势，而且透出其草木葱茏、蔚然深秀的山容水貌，壮美优美，兼而有之。以下六句，分写屏风叠、三叠泉、香炉瀑三处庐山最壮美的风景。写屏风叠，既状其如巨大的锦绣屏风，层叠开张，如云锦之鲜丽灿烂，又形容其映入鄱阳湖的倒影，一片青黛之色，似乎连湖中的倒影都呈现出鲜亮的山光。上句以"屏风"状屏风叠，下句以湖光衬山色，均极富创意。"金阙"二句，写三叠泉瀑布，泻出于金阙二峰之间，如银河之倒挂；"香炉"二句，写香炉峰瀑布，与三叠泉瀑布遥遥相望，而以"回崖沓嶂凌苍苍"为以上二瀑布的大背景。写庐山，必写瀑布，而瀑布由于有层峦叠嶂作衬托的背景，益显出其壮伟的气势。"翠影"二句，又由分而总，写纵目骋望，庐山的青翠山影，与绚丽的朝霞、璀璨的红日交相辉映，长空一碧，吴天阔远，飞鸟翱翔，也难越出这广远的空间。两句从大处落墨，以更广远的吴天作为背景，益发显出庐山的秀美壮丽。以上九句，先总后分复总，层次清晰而富变化，色彩鲜明绚丽而语言清新自然，称得上是对庐山的绝妙描绘。至"鸟飞不到吴天长"一句，已透出诗人身登山顶纵目遥望之情境，下一层遂就势写"登高"所见壮观。

"登高"四句，写登峰顶所见长江滚滚东流而去的壮伟景象。骋目遥望，天地之间，但见茫茫大江，奔流赴海，去而不返，脚下是黄云万里，随浩荡的长风而飘动，远处是长江九派，波涛汹涌，如雪山之奔涌。这四句极写登顶所见景象，境界之壮伟广远，气势之豪放超迈，均臻极致。古往今来写长江的诗句，几无出其右者。但写长江仍是写庐山，因为只有飞峙大江边的庐山，方能"登高壮观天地间"，见到如此壮伟的江山胜景。

"好为"四句，是这一段的第三层，写游庐山石镜峰所感。先用两个五言句提引,点出题内"庐山谣",并指出此诗即因游庐山而发仙兴,等于是对全篇内容意蕴的一种提示。插在诗中而不置于篇首,既避免起势平衍,也起着束上起下的作用。谢灵运喜游山水,这一点与"一生好入名山游"的李白相似,因此凡谢公足迹到处,李白在诗中都会提到这位先贤的遗踪,如《梦游天姥吟留别》与本篇。谢灵运曾登庐山绝顶,又曾"攀崖照石镜"。李白此番游庐山,正是步灵运之遗踪。如今石镜依然长在,闲窥石镜,感到自己的心境也变得分外莹洁清朗,了无世情,只可惜昔贤的行踪早已为苍苔所掩,只能空自想象当年的情景了。想到这里,不免感到自然的永恒和人生的短暂,因而触发求仙的意兴,于是便转出下一段。

"早服"以下六句,抒写自己访道求仙的夙愿和携友人同游仙境的豪兴,遥承篇首"五岳寻仙",近接"兴因庐山发"。"遥见仙人彩云里,手把芙蓉朝玉京",以幻境为目接之实境,亦幻亦真,正是李白游仙诗常见的境界。"卢敖"系求仙者,用来绾合卢姓友人,自然贴切。末二句结出题内"寄"字。

李白描绘名山胜景的诗篇,每与隐居避世、求仙学道的内容相联系,这既是当时的社会风气,也带有李白的个性色彩。以今人的眼光与兴趣看,可能对首尾两段所抒写的内容缺乏兴味,但在李白,却是其生活与感情的真实反映。联系写这首诗时李白的遭际,不难看出李白之醉心山水景物,有其深层的思想感情动因,即对当时政局的不满和对从政的失望,这从"凤歌笑孔丘""早服还丹无世情"等诗句中可以明显体味出来。可贵的是,李白虽经历了从璘事件的巨大挫折,却仍对生活、对自然界的美好事物充满了热爱和激情,诗的主体部分正是诗人这种感情的生动展现。从中不但可见祖国雄伟壮丽的山川胜景,也可见诗人壮阔的胸襟和永不衰竭的生命力,这也正是诗巨大艺术魅力的一个重要方面。

梦游天姥吟留别[①]

海客谈瀛洲[②],烟涛微茫信难求[③]。越人语天姥,云霞明灭或可睹[④]。天姥连天向天横[⑤],势拔五岳掩赤城[⑥]。天台四万八千丈[⑦],对此欲倒东南倾[⑧]。我欲因之梦吴越[⑨],一夜飞度镜湖月[⑩]。湖月照我影,送我至剡溪[⑪]。谢公宿处今尚在[⑫],渌水荡漾清猿啼。脚著谢公屐[⑬],身登青云梯[⑭]。半壁见海日[⑮],空中闻天鸡[⑯]。千岩万转路不定,迷花倚石忽已暝[⑰]。熊咆龙吟殷岩泉[⑱],栗深林兮惊层巅[⑲]。云青青兮欲雨,水澹澹兮生烟[⑳]。列缺霹雳㉑，丘峦崩摧。洞天石扉㉒，訇然中开㉓。青冥浩荡不见底㉔，日月照耀金银台㉕。霓为衣兮风为马㉖，云之君兮纷纷而来下㉗。虎鼓瑟兮鸾回车㉘，仙之人兮列如麻㉙。忽魂悸以魄动㉚，恍惊起而长嗟㉛。惟觉时之枕席，失向来之烟霞㉜。世间行乐亦如此㉝，古来万事东流水㉞。别君去兮何时还？且放白鹿青崖间㉟，须行即骑访名山。安能摧眉折腰事权贵㊱，使我不得开心颜！

[校注]

①宋蜀本题下校："一作《别东鲁诸公》。"诸本同。按：据此，题当一作《梦游天姥吟别东鲁诸公》。《河岳英灵集》题即作《梦游天姥吟别东鲁诸公》。天姥，山名。在今浙江新昌县南，周围六十里，东接天台山，道教以此为第十六洞天，其主峰拨云尖海拔八百一十七米，孤峭如在天表。《元和郡县图志》卷二十六江南道越州剡县："天姥山，在县南八十里。"《太平寰宇记》引《后吴录》云："剡县有天姥山，传云：登者闻天姥歌谣之响，谢灵运诗云'暝抵剡山中，明登天姥岑。高高入云霓，遗奇那可寻'，即此也。"詹锳《李白诗文系年》系此诗于天宝五载(746)李白将离东鲁南下再游吴越时，系留别东鲁诸公之作。②海客，海上来的客人。此处实指侈谈神仙的方士之流。瀛洲，传说中的海上仙山。《史记·秦始皇本纪》："齐人徐市等上书，言海中有三神山，名曰蓬莱、方丈、瀛洲，仙人居之。"又《封禅书》："自威、宣、燕昭使人入海求蓬莱、方丈、瀛洲。此三神山者，其传在勃海中，去人不远。患且至则船风引而去，盖尝有至者，诸仙人及不死之药皆在焉。"《海内十洲记》则谓："瀛洲，在东海中，地方四千里……洲上多仙家，风俗似吴人，山川如中国也。"③微茫，隐约模糊。信，实。④明灭，时明时灭，时隐时现。云霓明灭，谓云霞变幻，山容时隐时现。或，或许、有时。⑤连天，与天相接，形容其高峻。向天横，形容其绵延广大。盖其山周围六十里。⑥拔，超越。掩，盖过。赤城，山名，在今浙江天台县北。孔灵符《会稽记》："赤城山，土色皆赤，状似云霞，望之如雉堞。"⑦天台，山名，其主峰华顶山，在天台县东北。《天台山志·郡志辩》："天台山在县北三里……按旧《图经》载陶隐居《真诰》云：高一万八千丈，周围八百里。山有八重，四面如一，当斗、牛之分，上应台宿，故曰天台。"或谓"四万八千丈"系"一万八千丈"之误。⑧此，指天姥山。欲倒东南倾，也像要倾倒在它的东南。⑨之，指越人对天姥山的

形容。梦吴越，梦游吴越。因之，《河岳英灵集》作"冥搜"。⑩镜湖，在今浙江绍兴市南会稽山北麓。东汉永和五年（140）会稽太守马臻主持下修建的大型农田水利工程。《舆地志》："山阴南湖萦带郊郭，白水翠岩，互相映发，若镜若图，故王逸少云：'山阴道上行，如在镜中游。'名镜，如是耳。"⑪剡溪，水名，在今浙江嵊州南，即今之曹娥江上游诸水。《元和郡县图志》卷六："剡溪出（越州剡）县西南。"⑫谢公，指南朝刘宋著名诗人谢灵运。其《登临海峤》诗云："暝投剡中宿，明登天姥岑。"⑬《南史·谢灵运传》："寻山陟岭，必造幽峻，岩障数十重，莫不备尽。登蹑常着木屐，上山则去其前齿，下山去其后齿。""谢公屐"即指谢灵运为登山特制的可以根据上山下山需要去其前后齿的木屐。⑭青云梯，指高峻直入云霄的山路。《文选·谢灵运〈登石门最高顶〉》："惜无同怀客，共登青云梯。"此用谢诗语。⑮半壁，半山腰。海日，从海上升起的太阳。⑯《述异记》卷下："东南有桃都山，上有大树，名曰桃都，枝相去三千里。上有天鸡，日初出照此木，天鸡即鸣，天下之鸡皆随之鸣。"⑰迷花，为花所吸引迷醉。暝，天色昏暗。⑱吟，吟啸。殷（yǐn），震动。《楚辞·招隐士》："虎豹斗兮熊罴咆。"⑲谓幽深的树林使人战栗，层叠的峰巅使人惊惧。⑳澹澹，水波动荡貌。㉑列缺，闪电。《文选·扬雄〈羽猎赋〉》："霹雳烈缺，吐火施鞭。"李善注引应劭曰："霹雳，雷也；烈缺，闪隙也。"㉒洞天，道教称神仙所居洞府为洞天，盖谓洞中别有天地。石扉，石门。㉓訇（hōng）然，大声貌。㉔青冥，青天（指洞中的青天）。浩荡，广阔浩大貌。扉，宋蜀本作"扇"，《河岳英灵集》作"扉"。㉕金银台，神仙所居的金银建造的宫阙台观。郭璞《游仙诗》："神仙排云出，但见金银台。"㉖霓，副虹。《楚辞·九歌·东君》："青云衣兮白霓裳。"㉗《楚辞·九歌·云中君》以云中君为云神。此处泛指神仙，言其驾云而出。㉘张衡《西京赋》："白虎鼓瑟，苍龙吹篪。"鸾回车，鸾鸟拉车回转。㉙《太平御览》卷九十六引上元夫人《步玄曲》："忽过紫微垣，真人列如麻。"列如麻，形容其多。㉚悸，心惊。㉛恍，心神不定，恍惚迷离的样子。㉜二句谓梦醒时唯见身边的枕席，而刚才梦境中的烟霞胜景均已消失得无影无踪。㉝亦如此，指亦如梦境之虚幻与倏忽变化。《河岳英灵集》作"皆如是"。㉞谓如东流水之一去不复返。㉟古代隐士、仙人多养白鹿、骑白鹿。《楚辞·九章·哀时命》："骑白鹿而容与。"《乐府诗集》卷二十九《古辞·王子乔》："王子乔，参驾白鹿云中遨。"㊱摧眉，低眉、低头。折腰，弯腰。陶渊明不为五斗米折腰事，历代传为美谈。事，侍奉。

李白

[鉴赏]

关于《天姥吟》的主题，有两种对立的见解。一种以清代陈沆的《诗比兴笺》之说为代表，认为"太白被放以后，回首蓬莱宫殿，有若梦游，故托天姥以寄意……题曰'留别'，盖寄去国离都之思"，这实际上是认为梦游天姥的过程即长安三年政治生活的曲折反映与幻化。另一种看法，则认为梦境是诗人所向往追求的理想境界，是作为污浊昏暗的政治现实的对立面出现的。两种看法的根本区别，在于前者认为梦境所反映的仍是现实，只不过是现实的变形，而后者则认为梦境是与现实对立的理想境界；前者认为梦境是对过去生活经历的回顾与反思，后者认为梦境是对理想境界的向往追求。

陈沆的具体阐释可能失之穿凿（这也是整部《诗比兴笺》的通病），但他把这首诗的创作和李白长安三年的政治生活实践及赐金放还的背景联系起来，却是有见地的。特别是诗的结尾集中揭示的主旨——"安能摧眉折腰事权贵，使我不得开心颜"，如果脱离了这个特定背景，就不可能得到充分合理的解释。但"梦游"过程中所遇到的各种境界，无论是从境界本身所具的美感或诗人的感受与态度看，都明显可以看出它们绝非否定性的境界，因此，像陈沆那样，将《天姥吟》中的一些描写，和《梁甫吟》中"我欲攀龙见明主，雷公砰訇震天鼓""阊阖九门不可通，以额扣关阍者怒"等同起来，显然不合诗人的原意。追求理想境界之说，可能比较接近实际，但似乎不必注入过多的政治内涵。所谓"梦游"，不管是真有此梦游的经历或是出于假托虚构，实际上就是描写一次精神上的美好经历和由此引发的感慨。

诗分三段，开头一段八句，是"梦游"天姥的缘由。"海客"四句，以"海客谈瀛洲"与"越人语天姥"对举并起，说海上仙山，虽被方士们描绘得极其美妙，但烟涛微茫，实难寻求；而越人所形容的天姥山，虽云封雾锁，烟霞缭绕，时隐时现，却或可一睹其容颜。将天姥山与海上仙山相提并论，言外即含天姥乃人间仙境之意。天姥山在今天并不出名，但在唐代，却是一座名山。白居易《沃洲山禅院记》说："东南山水，越为首，剡为面，沃洲、天姥为眉目。"可见其在当时人的心目中乃是东南山水的精神灵秀结聚之地。用"云霓明灭"来形容天姥山，使它蒙上了一层神秘的面纱，连同那"或可睹"的"或"字，也带有几分隐约朦胧的色彩。李白早年出峡漫游吴越时，虽说"自爱名山入剡中"，但足迹似未到此山，故而留下了悬念和向往。

以下四句，便是"越人"所形容的天姥山的雄姿。"连天"与"向天横"，一状其高峻，一状其广大，合起来正形象地显示出天姥山横空出世的姿态。吴小如先生说"'向天横'三字真是奇崛之至……仿佛连天姥山的恣睢狂肆个性也写出来了，诚为神来之笔"。不妨说这正是诗人个性的投影与外化。为了尽情渲染天姥山之横放杰出，诗人不惜违反明显的地理常识，用极度夸张的笔法，说天姥山的高大雄伟之势，超越了著名的五岳，盖过了赤城，高达四万八千丈的天台山，也不得不倾伏于它的东南，拜倒在它的脚下。此类形容，倘在别的诗人，当被视为胡言乱语；而在李白，由于他出色的艺术夸张在读者中所建立起来的信任感，不但不予追究，反而和"白发三千丈""燕山雪花大如席"等诗句一样，被视为奇语。解者或引《真诰》天台一万八千丈之记载，说"四"乃"一"之误，殊不必。李白"四万八千丈"之语，本就是极而言之，以反衬天姥之高峻，何用考证校勘。

从"我欲"句以下二十六句，为第二段，写"梦游天姥"所历，是全诗的主体。"我欲因之梦吴越"句，束上起下，因越人之"语"而有吴越之"梦"。点出"梦"字，照应题面，领起下面一大段描写。妙在紧接着一句"一夜飞度镜湖月"，立即进入梦境，笔意空灵跳脱，毫不黏滞。"飞度镜湖月"的形象，不但体现出梦游者飘然轻举、行动迅疾的特点，而且带有某种游仙的色彩。"湖月"两句，进一步展现出诗人在镜湖月色的映照下，飘飘荡荡，凌虚而行，倏忽之间，已到剡溪的情景。湖光与月色相映，将诗人的凭虚飞渡之境渲染得既轻灵超妙，又恍惚迷离，完全符合"梦游"的特点。剡溪一带，是诗人兼旅行家谢灵运往日曾游之地，并留下了"暝投剡中宿，明登天姥岑"的诗句，因此诗人在梦游剡溪时，似乎看到了当年谢公留宿之处，而且闻见了其地绿水荡漾、清猿长啼的清绝之景。这两句刻意将梦境写得十分真切具体，以增强它的真实感，与前几句之轻灵飘忽、恍惚迷离正形成鲜明对照，真真幻幻，相得益彰。以上六句为一层，写梦游的第一阶段——登天姥山前所历。时间是在夜间，所历之地是镜湖、剡溪，景物的特点是清朗秀美、幽静澄洁，诗人的心情是轻快而愉悦的。

"脚著"四句，承上"谢公"，写梦游登山过程中所见所闻。上文提到"谢公"，因此这里写诗人正沿着当年谢公的足迹，穿着谢公为登山特制的木屐，登上伸展入云的山路。"半壁见海日，空中闻天鸡"二句，时间由夜间进入清晨，地点由剡溪进入天姥山的半山腰，景色则由月夜镜湖、剡溪的清幽秀美转为阔远壮丽——登上半山腰，就看到了海上日出的壮丽情景，耳边似乎传来了空中天鸡的鸣声。天鸡之鸣，原是神话传说，在实际的登山过程中，是不可能听到的。但在梦游之境中，却可将神话传说中的景象化为真实的情境。化幻为真，正见梦境的特点，而有了这一笔，梦境的奇幻色彩也显然加浓了。

"千岩"二句，概写从清晨到傍晚一整天的梦游赏景历程。用"千岩万转"概写天姥山之山峦重叠，峰回路转，用"迷花倚石"概括在行进过程中移步换形、目不暇接、或行或坐，为美景所陶醉的情形，"忽已暝"三字，传神地表现了在流连赏景的过程中不知不觉夜幕忽已降临，也传出了梦境的恍惚迷离。以下便转入暮景的描写。

"熊咆龙吟殷岩泉，栗深林兮惊层巅。云青青兮欲雨，水澹澹兮生烟。"前两句写听觉：暮夜中只听得熊黑咆哮、虬龙鸣叫，宏大的声响在山岩泉涧之间震动，使得进入深林、登上峰顶的游人（诗人自己）感到战栗和惊惧。天气也瞬息倏变，白天还是艳阳高照，入夜却是云层青黑，低垂湖面，水波动荡，烟气蒸腾，一派山雨欲来的景象。这四句写暮夜的惊心动魄、暴雨将临之景，正是为下面进入幻境作好准备，酝酿气氛。

"列缺霹雳，丘峦崩摧。洞天石扉，訇然中开。青冥浩荡不见底，日月照耀金银台。"突然之间，电闪雷鸣，山峦崩摧，轰然一声巨响，通往神仙洞府的石门打开了。洞中别有天地，在一望无际的浩阔透明不见尽头的天空中，显现出为日月照耀得光明璀璨的金银楼台、仙境殿阙。这六句由奇入幻、由幻而仙，由惊心动魄而神奇美妙，由昏暗阴霾而光明璀璨，境界巨变，在读者面前展现出一个极其神奇的世界，使人目夺神摇。紧接着，又用浓墨重彩尽情渲染仙境的缤纷热闹：一队队的仙人，以云霓为衣，以长风为马，纷纷自天而降；虎为鼓瑟，鸾为拉车。将神仙世界描绘得既色彩缤纷，又热闹非凡，既有尘世之多彩，又有尘世所无的自由浪漫，称心惬意。写到这里，"梦游"进入最高潮，诗也达到笔酣墨饱、淋漓尽致的境界。

以下一段，写梦醒后的感慨。"忽魂悸以魄动，恍惊起而长嗟。惟觉时之枕席，失向来之烟霞。"这四句将梦醒时魂悸魄动和惊醒后的恍然若失描绘得惟妙惟肖，后二句尤为神来之笔：一觉惊醒，身边唯有孤枕凉簟，而梦中刚历的一切奇幻变化景象均已消失得无影无踪。"烟霞"二字，不独指天姥山烟雾云霞缭绕之景，也包括梦中所历的一切不断变化的境界。这就自然要引出下面两句的感慨："世间行乐亦如此，古来万事东流水。"奇妙的梦境忽于顷刻之间消失无踪，因悟人世间的行乐亦如幻梦，如流水，顷刻消失，永无回时。值得注意的是，诗人将"梦游"

的经历与"世间行乐"相比论，可以看出他对梦中所历的境界并非持否定态度，而认为是一种乐事，只不过它转瞬即逝罢了，这就和陈沆所说的梦游即"《梁甫吟》'我欲攀龙见明主，雷公砰訇震天鼓'……'阊阖九门不可通，以额扣关阍者怒'之旨"完全相反。实际上，梦游中所有的"列缺霹雳，丘峦崩摧。洞天石扉，訇然中开"之境与《梁甫吟》中的上述象征性境界有着本质区别。前者，是惊心动魄的奇险壮美之境，是出现光明璀璨的神仙境界的前奏，诗人对此虽惊心骇目，却感到无比壮美；而后者，则是现实中昏暗政局和权臣奸邪当道的象征，诗人对之抱着完全否定的厌憎态度。不能因"列缺霹雳"与"雷公砰訇"之貌似而相提并论。更值得注意的是，诗人由梦境的虚幻与人事的倏忽引出的并不是人生的虚无与幻灭，而是对污浊现实的厌弃和对封建权贵的蔑视，以及对自由生活的热烈向往。"别君"以下五句，结合题内"留别"，集中表达了由"梦游"引发的感慨。"安能摧眉折腰事权贵，使我不得开心颜"两句，是李白追求个性自由精神，张扬"不屈己，不干人"的理想人格和蔑视权贵的叛逆性格的集中体现，也是全诗的灵魂和结穴。

梦的特点，就是超越时空，自由自在，不受任何拘束。所谓"梦游"，其实质就是精神的遨游。诗中所描绘的梦游所历之境，或清澄明秀、幽洁静谧，或高远壮阔、奇幻恍惚，或昏暗阴霾、惊险幽怖，或惊心动魄、光明璀璨，或缤纷热闹、自由浪漫，虽境界层出不穷，变化倏忽，但对诗人来说，都是精神上的一种自由和解放，即便是"列缺霹雳，丘峦崩摧"那样的险境，也是精神上的一种快意历险。而梦境最后所历的仙境，则更是精神自由遨游所遇的最高境界。正因为经历了如此怡情悦性、惊心动魄的精神遨游，他才能发出"安能摧眉折腰事权贵，使我不得开心颜"这样的呼声。从这个意义上说，末二句正是"梦游"的必然逻辑发展和自然归宿。

李白的七言歌行，都写得豪放健举、恣肆淋漓。其中如《远别离》《天姥吟》《蜀道难》等篇，则更多地继承了屈赋的浪漫主义精神和奇幻多变的表现手法，境界屡变、句式参差，而本篇则又在瞬息万变之中体现出步骤井然的特点，尤其值得重视。

金陵酒肆留别[①]

风吹柳花满店香[②]，吴姬压酒唤客尝[③]。金陵子弟来相送[④]，欲行不行

李　白

各尽觞⑤。请君试问东流水⑥，别意与之谁短长？

[校注]

①李白开元十二年（724）仗剑去蜀，辞亲远游。其《上安州裴长史书》云："曩昔东游维扬，不逾一年，散金三十馀万，有落魄公子，悉皆济之……又以昔与蜀中友人吴指南同游于楚，指南死于洞庭之上……遂权殡于湖侧，便之金陵。"据詹锳《李白诗文系年》，其初游金陵，在开元十四年。此诗郁贤皓《李白选集》谓"当是初游金陵将往广陵时留赠青年朋友之作，其时当在开元十四年（726）春"。②风吹，宋蜀刻本作"白门"。咸本、萧本、郭本等均作"风吹"，与《全唐诗》同。③吴姬，吴地女子，此指酒肆中的吴地侍女。压酒，米酒酿制将熟时，压榨取酒。朱谏注："压酒者，酒熟而汁滓相将，则盛之以囊置槽中，压以重物，去滓而取汁也。"唤，萧本作"使"，郭本作"劝"。④金陵子弟，指李白在金陵结交的年轻人。⑤欲行，指诗人自己；不行，指金陵子弟。或解为形容诗人欲行而不忍行的情态亦似可通。⑥试问，宋蜀刻本作"问取"。咸本、萧本、郭本及《全唐诗》均作"试问"。

[鉴赏]

这首留别诗，写得极自然流丽，毫不费力，却特具一种潇洒俊逸的风神，一种充满青春气息和乐观情调的少年精神，一种富于展望的时代气息。

起句"风吹柳花满店香"便飘然而至，极俊爽而流丽。"风吹柳花"，点明时令，正当暮春三月，柳花飘雪的季节，着一"吹"字，则柳花漫天飞舞的轻盈之态如见。但接下来的"满店香"三字却引起诸多歧解。从句式看，似乎这满店飘散的就是"风吹柳花"送来的香气。但有人说，柳花本无香气；有人则说柳花亦有微香。但纵有微香，亦在依稀仿佛之间，何得云"满店香"？更有引《唐书·南蛮传》谓诃陵国以柳花椰子酿酒，则直以"柳花"为"柳花酒"。不仅与"风吹柳花"之语未合，且其时金陵酒肆中亦未必有远从海外来的柳花酒。胶柱鼓瑟，离原意更远。其实，诗本易解，"风吹柳花"写酒肆外柳花漫天飞舞，春意正浓，诉之视觉；"满店香"写酒肆内香气扑鼻，诉之嗅觉。而这"满店香"的来源便是第二句"吴姬压酒唤客尝"中所说的"压酒"。时值暮春，春酒已熟，酒肆中好客的女招待面对这一帮风流倜傥的年轻人，特意亲自榨酒相待。酒本飘香，更何况新从槽里榨出来的春酒，又更何况有春风的吹送，自然是"满店香"了。如果吹送的是柳花香，则那淡淡的微香恐早就为浓浓的新酒香所掩盖而闻不到了。前人或赏"压"字之工，那是因为不了解这是当时的俗语之故。其实这句的精彩处全在它所营造出来的一种热烈而亲切的气氛。通常来客，用现成的酒招待即可，此番由吴姬边压酒边饮客，图的就是新鲜和浓香，就是待客的浓浓情意。"唤"或作"劝"，表面上看"劝"似乎更殷勤，实则"唤"却更亲切而随和，没有主客间的距离感。总之，前两句写"金陵酒肆"内外情景氛围。如果说第一句写出了对春意和酒香的陶醉，那么第二句就写出了对店主人和吴姬浓郁的待客情意的陶醉。在这种情景氛围中，便自然引出了行者与送者的尽兴行动。

第三句点出了来相送的"金陵子弟"，照应题面"金陵"，也暗透被送的诗人自己其时亦当风华正茂的青年时代。两句写饮酒的场面，妙在"欲行不行各尽觞"的传神描写。或解"欲行不行"为"诗人不得不行而又无限依恋的矛盾心理"，这固然也可通。但一则"各尽觞"的"各"字照应"欲行"与"不行"，如将"欲行不行"解为诗人一人的情态，则不但与"各"字不相应，也与上句"金陵子弟"脱节。二则诗人此时正是意气风发，作快意之游的时期，与"金陵子弟"的离别虽有依依之别情，却无离别的愁恨，故诗人自己似乎也不存在欲别而不忍别的心态，还是解为欲行的诗人与不行的金陵子弟为宜。春日丽景，酒香情浓，无论是行者或送者，都充满了对生活的浪漫热情和对前途的乐观展望，因此都尽兴尽情，而"各尽觞"了。总之，这不是满怀离愁别恨地喝闷酒，而是充满浪漫情调地尽情畅饮。

五、六两句说到离别。金陵酒肆当可看到远处的江水，故这两句写别情，即以"东流水"起兴并作喻。诗人另有《口号》诗云："食出野田美，酒临远水倾。东流若未尽，应见别离情。"末二句设喻与此诗相似，诗中提及"远水"，当与此诗为同时之作。以流水兴起并喻别情，前代诗中已见，李白诗中亦屡用此法，脍炙人口者如《赠汪伦》之"桃花潭水深千尺，不及汪伦送我情"。此诗不言"深"而言"长"，自是因"潭"水与"江"水之别而引起，而其取眼前景，用口头语，而有弦外音，味外味则同。两句诗的意思，如正面表达，当为双方之间的别情，比起眼前的东流水，应是江流短而别情长。但如此表达，不免一副呆相；上引《口号》诗的"东流若未尽，应见别离情"也不免此弊。此诗却用"试问"与不定的口吻出之，便顿添摇曳生姿的情致和俊逸灵动的格调，细加吟味，则诗人自己顾盼自如的风姿也显现出来了。诗人与金陵子弟之间的别情虽未必像他所形容的那样悠长，但分别之际诗人的这种风姿神态倒给人以深刻的印象和无穷的遐想。

归根结底，这是李白青年时代佩剑远游期间一次充满了浪漫情调的离别。快意之游中的分别，有别情而无别恨，加上李白特有的超逸潇洒个性，这首诗遂体现出一种特有的青春气息和乐观情调。透过这一切，繁荣昌盛的盛唐时代风神也隐然可见了。

黄鹤楼送孟浩然之广陵①

故人西辞黄鹤楼，烟花三月下扬州。孤帆远影碧空尽②，唯见长江天际流。

[校注]

①黄鹤楼，故址在今湖北武汉市武昌蛇山的黄鹄矶上。详参崔颢《黄鹤楼》题注。郁贤皓《李白选集》云："按此诗约作于开元十六年（728）暮春。上年秋冬间曾北游汝海（今河南临汝），途经襄阳，已与孟浩然结识，故此次于黄鹤楼得称'故人'。是年孟浩然四十岁，李白二十八岁。"而徐鹏《孟浩然集校注》则谓浩然之广陵约在开元十五年。傅璇琮主编《唐五代文学编年史》则谓开元二十三年春，李白在武昌，有诗送孟浩然之广陵。诸说不同，兹并列以备参考。之，往。广陵，今江苏扬州市。②影，敦煌残卷作"映"，宋蜀本一作"映"。空，《全唐诗》原作"山"，宋蜀本同。据胡本、萧本、郭本等改。

[鉴赏]

李白的送别诗、留别诗，多而且好。这跟他一生到处漫游、广结朋友而又富于感情的生活经历、个性特征密切相关。这首送别诗在他许多同类诗作中之所以特别出名，是因为它不仅借助情景浑融的境界表现了对友人的深挚情谊，而且通过景物描写，展现了阔远的空间境界和心灵境界，透露出繁荣昌盛的盛唐时代的面影，从而使它成了不可复制的盛唐气象的典型代表之一。

李白才高性傲，但对比他年长十二岁的诗人孟浩然却是从诗品到人品，都敬仰佩服之至。其《赠孟浩然》说："吾爱孟夫子，风流天下闻。红颜弃轩冕，白首卧松云。醉月频中圣，迷花不事君。高山安可仰，徒此揖清芬。"从中可以看出李白对孟浩然，不仅怀有深挚的朋友情谊，而且怀有一种深切了解基础上形成的敬仰爱慕。这种特殊的关系和感情，使这首送别诗中所抒发的感情特别深挚而悠远。

起句"故人西辞黄鹤楼"，似乎平平叙起，但径称孟浩然为"故人"，却透露出此前两人已经结识定交，具有深厚的情谊；也透露出李白对这位心怀敬慕的年长友人，自有一种不拘年辈的亲切感。"西辞黄鹤楼"是唐诗中常有的句法，意即辞别了西边的黄鹤楼而沿江东下。古人送别，多在名胜古迹之地，且多在高处，黄鹤楼正兼有这两个特点。它伫立江边，高耸蛇山之上，是饯别、送远的极佳地点。点明这个送别之地，后两句目送孤帆远去的情景才字字有根。

次句"烟花三月下扬州"，仿佛又只是款款承接，点明题内的"之广陵"和此行的季节。但细加体味，却感到其中的每一个词语和诗歌意象，都浸透了浓郁的诗情。用"烟花"来形容"三月"，特别是三月的长江中下游地区（包含送别之地武昌和孟浩然所游之地扬州），可以说极简洁而传神。"烟"，指在晴空丽日的映照下，笼罩在田野大地、城市乡村上空的一层轻烟薄雾；"花"，则正是所谓"暮春三月，江南草长。杂花生树，群莺乱飞"的景象。"烟"与"花"的组合，使诗人笔下的长江中下游地区呈现出一片晴空万里、烟霭如带、花团锦簇的明丽灿烂景象。而故人要去的扬州，更是当时除长安、洛阳以外最大的都会，而其繁华热闹、富庶风流的程度较之两京有过之而无不及。张祜《纵游扬州》诗云："十里长街市井连，月明桥上看神仙。人生只合扬州死，禅智山光好墓田。"杜牧《赠别二首》之一云："春风十里扬州路，卷上珠帘总不如。"从中不难想见作为商业大都会而又具有江南绮艳风流色彩的扬州对于生性浪漫的诗人的特殊吸引力。诗人心目中的扬州，不仅是繁华富庶之地、温柔绮丽之乡，而且是诗酒风流之所。而在"烟花三月"和"扬州"之间的那个"下"字，也就绝不只是点明题内的那个"之"字，而且渲染出了一种放舟长江、乘流直下的畅快气氛，传达出了故人对此行的淋漓兴会，及诗人对扬州的向往和对朋友的欣美。可以说，每一个字都极富表现力，而整个诗句却又浑然天成，毫无着意雕琢、用力的痕迹。前人誉为"千古丽句"，诚为的评。

三、四两句写诗人伫立黄鹤楼上目送故人乘舟远去的情景。第三句一作"孤帆远映碧山尽"，陆游《入蜀记》即引作"孤帆远映碧山尽"，谓"帆樯映远山尤可观，非江行久不能知"。但他忽略了两点，一是此诗所写并非江行所见，而是楼头远眺所见；二是帆映碧山之景固可观，但句末"尽"字无着落，因为既见帆影与碧山相映，则船犹在视野之内，不得云"尽"。还是以作"孤帆远影碧空尽"为胜。盖此七字实分三个小的层次，展示的是不同时间内的不同景色，"孤帆"是舟行未远时所见，友人所乘的帆船犹显然在目；继则船渐行渐远，化为一片模糊的帆影，故曰"远影"；最后则连这一片模糊的帆影也逐渐消失在远处无边无际的碧空之中，此时所见，唯一派浩荡的长江流向水天相接的远处而已。"唯见"紧承上句"尽"字，是对上句所写情景的进一步引申。"尽"则"孤帆"消失在视线的尽头，"唯见"正是孤帆消失以后视线内所看到的景象，因此两句之间同样有个时间的落差。然则，三、四两句从写景的角度看，总共有四个不同时间内的景物层次，即从"孤帆"显然在目到帆影渐远，再到帆影消失，最后到"唯见长江天际流"。

  这好像是纯粹的写景，但其中却显然蕴含着诗人登眺时目注神驰的情状，融入了诗人对远去的故人深挚悠长的情谊，创造出了堪称典范的情景交融意境。境界阔远，极富远神远韵。武昌以下，长江的江面已经相当宽阔，在一望无际的江汉平原上，视线所及，几无阻挡（这也可以证明第三句当作"孤帆远影碧空尽"而不是"孤帆远映碧山尽"）。在阔远的江面上，如果是长时间地登临赏景，纵目流眺，则所见者或许竟是千帆竞发、百舸争流的繁忙热闹景象。但由于诗人是送仰慕的"故人"乘舟东下，因此从一开始，他的目光就锁定在黄鹤矶边那条故人所乘的船上，从看它解缆启程，顺流东去，到它的身影逐渐模糊消失，目之所存，心之所注，始终只有这一只"孤帆"。古代的帆船本就走得慢，武昌以下的一段长江，江阔水缓，从解缆启程到帆影消失在碧空尽头，需要经历相当长的一段时间。这样长时间地始终追随着这一叶"孤帆"，目不旁及，心不旁骛，神情高度专注，不正反映出诗人对"故人"的情谊之深挚浓至、悠长深永吗？而与此同时，诗人对故人此行的热切向往之情也在这长时间追随的目光中生动地表现出来了。"孤帆远影碧空尽"，这"尽"字中蕴含了失落的怅惘；"唯见长江天际流"，这"唯见"之中也同样含有故人远去的空廓寂寥。但这两句所构成的极其阔远的境界和长江浩荡东流的雄阔景象，却又使全诗的格调和境界显得非常壮阔辽远，没有送别诗通常的那种黯然销魂的情调。

  盛唐送别诗之所以具有这种阔远壮大的空间境界和心灵境界，归根结底，是时代精神浸润影响所致。因此，它所呈现出来的不是个别的特殊事例，而是一种共同的时代风貌。从高适的"莫愁前路无知己，天下谁人不识君"，到岑参的"轮台东门送君去，去时雪满天山路。山回路转不见君，雪上空留马行处"，到王维的"劝君更尽一杯酒，西出阳关无故人""唯有相思似春色，江南江北送君归"，再到李白的"孤帆远影碧空尽,唯见长江天际流",虽表现手法各有不同,而情思境界的阔远壮大则大抵相同。时代精神之作用于诗人的心灵,显现于诗境,不正显然可见吗?

渡荆门送别①

渡远荆门外,来从楚国游②。山随平野尽③,江入大荒流④。月下飞天镜⑤,云生结海楼⑥。仍怜故乡水,万里送行舟。

[校注]

①荆门,山名,在今湖北宜都市西北长江南岸。《水经注·江水》:"江水东历荆门、虎牙之间。荆门山在南,上合下开,其状似门。虎牙山在北。此二山,楚之西塞也。"《文选·郭璞〈江赋〉》"荆门阙竦而磐礴"李善注引盛弘之《荆州记》曰:"郡西溯江六十里,南岸有山,名曰荆门;北岸有山,名曰虎牙。二山相对,楚之西塞也。荆门上合下开,暗达山南,有门形,故因以为名。"唐汝询《唐诗解》谓题中"送别"二字疑是衍文,沈德潜《重订唐诗别裁集》亦谓"诗中无送别意,题中(送别)二字可删"。詹锳《李白诗文系年》系此诗于开元十三年(725)初出川时。按:"送别"非衍文。②来从,来到。《晏子春秋·杂上十二》:"景公夜从晏子饮,晏子称不敢与。"葛洪《〈抱朴子〉序》:"故权贵之家,虽咫尺弗从也;知道之士,虽艰远必造也。"荆门以东的地区,战国时属楚。③荆门山以东,进入广大的江汉平原,视野所及,不见高山。意谓随着平野的出现,江两岸的高山终于消失了。④大荒,本指荒远之地,此指荒野,广远的原野。⑤月下,天上的月亮下映水中。天镜,指映入水中的如同明镜的圆月。⑥海楼,即所谓海市蜃楼。《史记·天官书》:"海旁蜃气象楼台。"

[鉴赏]

李白是个一生到处漫游,遍访名山大川,以四海为家的诗人,又是一个对故乡怀着深厚感情、乡情乡思极般的诗人。这首作于他青年时代,初出三峡,"仗剑去国,辞亲远游"途中的诗歌,就在抒写他奔向广阔新天地的舒畅、壮阔、新奇感受的同时,表现了深挚的故乡情。把握了这一贯串全诗的感情线索,对题目及诗意才能有切实的感受与理解。

开头两句平直叙起，点题内"渡荆门"。渡远，即乘舟远渡。荆门山系楚之西塞，亦可视为蜀、楚的分界，远渡荆门之外，即已进入古楚国的疆域。两句是交代行程的，但首句的"远"字，显然是以故乡蜀地为基点的，句末的"外"字，也隐含远在巴蜀之外的意思。读这首诗，须处处注意到诗人举凡叙事、写景、抒情，都离不开蜀地故乡这个基点和参照物。同样，"来从楚国游"一句也包含了离开蜀地故土，来到一个新天地时的新鲜感和兴奋感。

　　三、四两句承"荆门外"与"楚国"，写舟行中所见开阔广远景象。荆门以下，是一望无际、苍茫广远的江汉大平原，视线所及，再无山峦，而浩荡的长江水，也冲出了上开下合的荆门山的阻挡，而奔流于广阔无际的莽莽原野之中。这两句写"荆门外"的景象，境界既极壮阔旷远，而形象尤为生动逼真。客观的景象本来是山尽而平野展现，诗人却写成"山随平野尽"，仿佛是由于平野的展现而使山峦消失。这看来有些不合因果关系的句法，其实正真切地表现了诗人的感受。这就需要联系蜀国山川和诗人已历的行程来体味。蜀地多山，所谓"巴山万嶂"、岷峨积雪。诗人出蜀，又须经著名的三峡，"七百里中，两岸连山，略无阙处，重岩叠嶂，隐天蔽日"。近千里的行程中，诗人所乘的舟船一直就在重重叠叠的峰峦中打转。直到舟过三峡，越出荆门之外，那一直伴随着自己的两岸山峦才忽然从视野中消失，展现在面前的则是一片广阔无边的江汉平原，因此才有"山"仿佛"随平野"而"尽"的感受。也就是说，诗人是以蜀地多山和舟行三峡两岸层峦叠嶂的经验为参照物来感受和描写眼前所见的新境界的。同样，"江入大荒流"也是如此。本来，奔腾咆哮的长江一直被约束在狭窄的高山峡谷之中，不能自由畅快地奔流，直至出三峡，过荆门，才进入莽莽苍苍、一望无际的原野中，江面变得宽阔，得以自由自在地奔流向前。因此，说"江入大荒流"，正透露了在此之前的一长段行程中江流穿行于峡谷高山间的情形。这两句所隐含的与已历行程的对照，突出地表现了诗人"渡荆门"之后眼前豁然开朗，面对极其壮阔旷远的新境界时那种舒畅感、新奇感、兴奋感。蜀地四面皆山，尽管其中有沃野千里的成都平原，但整个地形格局是封闭型的。因此在蜀地生长的诗人初次出峡进入江汉平原时每有此种共同的感受。陈子昂的《度荆门望楚》："巴国山川尽，荆门烟雾开。城分苍野外，树断白云隈。"所描绘的豁然开朗的壮阔景色正与李白此诗相似，而"谁知狂歌客，今日入楚来"一联中所表现的兴奋喜悦之情亦与李诗相近。李诗这一联中的"随"字、"尽"字，"入"字、"流"字，虽自然浑成，不见用力之迹，却都极富表现力。既渲染出了客观景物（山、江）的动态感，又透露出这是舟行过程中观赏两岸、瞩目江流时的感受。"随""尽"二字见平野之广阔无限，"入""流"二字见长江之奔流不息。两句又共同组合成一幅由广阔莽苍的平原和宽广奔流的长江相互映衬的壮阔画图，而诗人的身影则正处于画面的中心。

"月下飞天镜，云生结海楼。"腹联仍写望中所见"荆门外"之景，但与颔联之旁顾、前瞻不同，是俯视与仰望。一轮圆月映入江水之中，倒影清晰可见，像是一面天上飞来的镜子在江水中映现。李白在《峨眉山月歌》中曾写过"峨眉山月半轮秋，影入平羌江水流"的景象，"月下飞天镜"所描绘的景象与之类似，而"飞天镜"的设喻则表现出一种儿童式的天真好奇。（试比较其《古朗月行》："小时不识月，呼作白玉盘。又疑瑶台镜，飞在青云端。"）而浩荡的长江水中清晰可见月亮的倒影，尤见水之清澈。"下"字、"飞"字同样充满了动感。仰望天上，云彩变幻，正结构成一座海市蜃楼。这景象同样充满了新奇感和动态感。初看这两句所描绘的景象似与"荆门"没有必然联系，但只要联系诗人峡中所历，就可明白这里所写的景象绝不可能发生在"重岩叠嶂，隐天蔽日，自非亭午夜分，不见曦月"的七百里三峡的舟行途中，只能在"荆门外"的广阔境界中泊舟时，才能看到广阔的天宇和云层变幻，看到升天的圆月映入水中的情景。这一联写到圆月映水，时间当已入夜，因此与颔联之舟行过程中所见不同，当是泊舟江边时所见。如是行舟，则水中月影因江水的奔流当不能如此清晰稳定。

颔、腹两联，分写"荆门外"日间行舟时旁顾前瞻所见与夜间泊舟时俯视仰观所见。"渡荆门"的题意已经写足。尾联乃转而关合题内"送别"二字。但这个"送别"却非一般意义上的以自己为送别主体、别人为送别对象的送别，而是以自己为送别对象的送别。那么，谁是送别的主体呢？这就是"故乡水"。回顾来路，这才发现，原来一直不远万里，送自己的行舟历三峡、出荆门的长江流水，就是自己蜀地故乡的水啊！"荆门"既为楚之西塞，蜀、楚的分界，在诗人意念中，也成了蜀江与楚江的分界。明朝离荆门东去，舟行所经之水就不再是"故乡水"了。因此，诗人想象，"故乡水"送自己这个远赴天涯的游子于荆门，就要与自己告别了，而自己，也即将与"故乡水"告别，奔向广阔的天地。这两层意思，都蕴含在"仍怜故乡水，万里送行舟"这充满深情的诗句中。题目的含意，说全了应该是"渡荆门与故乡水告别"。或者换一种说法，"渡荆门故乡水送别"。将纯属自然物的江水人格化，将它描绘成怀着缱绻深情、遥送客子的具有灵性的事物，正深刻地表现了诗人对养育自己的蜀地故乡的无限眷恋。

对广阔壮美的新天地的强烈向往,以及初出荆门时放眼眺望广远壮美境界时产生的舒畅感、兴奋感、新奇感,与对故乡山水的深长怀恋,在这首诗中以"江水"为中心线索,被水乳交融地统一在一起了。诗的意境既阔大壮美,又缠绵宕往,兼具气势雄放与情韵悠长之美。这正是李白感情世界中看似矛盾实则和谐统一的两面。如果在告别故乡时没有这一结,不但诗的情韵为之大减,李白也就不成其为李白了。

送陆判官往琵琶峡①

水国秋风夜②,殊非远别时。长安如梦里,何日是归期?

[校注]

①判官,唐代节度使、观察使幕的僚属。陆判官,名未详。琵琶峡,在今重庆市巫山县。《方舆胜览》卷五十七:"琵琶峰在巫山,对蜀江之南,形如琵琶。此乡妇女皆晓音律。"郁贤皓《李白选集》谓此诗疑亦天宝六载(747)于江南所作。②水国,犹水乡。刘宋颜延之《始安郡还都与张湘州登巴陵城楼作》:"水国周地险,河山信重复。"孟浩然《洛中送奚三还扬州》:"水国无边际,舟行共使风。"罗邺《雁》:"暮天新雁起汀洲,红蓼花开水国秋。"一般多指江南水乡。此诗送行之地,当为长江下游某滨江之地。

[鉴赏]

这首诗绝大多数李诗选本都弃而不选,更不用说通代的唐诗选本。其实它确如前人所评:"语短意长,是五言绝妙境也。"陆判官其人,情况不详,李白诗中仅此诗提及,两人之间未必有深厚的交谊。这次往琵琶峡,可能仅为一次普通的探亲访友的旅行,未必有评家所猜测的谪宦远贬的背景。诗写得也很随意,仿佛是送行之际信口占成的"口号"诗。但却写得情韵悠长,风神摇曳,经得起反复吟味。它和《赠汪伦》一类诗一样,都属于天籁式的作品,却比《赠汪伦》更饶情韵,更具含蓄的韵致。

起句"水国秋风夜",淡淡道出送别的时(秋风夜)地(水国),仿佛极平常而不经意。但这三个看似平常而含意虚泛的诗歌意象的巧妙组合,却传达出一种浓郁的氛围。"水国"的意象，虽泛称江南水乡，但它给人带来的联想，则是整个江南水乡泽国那种清新秀美、明丽天然的风韵和柔和润泽的色调，而"水国"的"秋风"之"夜"，则又透出了轻灵飘逸、清凉沁人的韵致和朦胧含蓄的氛围。这三种意象组合成的氛围，既极具清逸柔美的情韵，又带有一点孤寂凄清的意味。这一典型的氛围，正为这场普通的离别营造了浓郁的气氛。

次句由上句的氛围渲染转而直接抒情——"殊非远别时"。"殊非"二字强调的意味很重，仿佛可以听到诗人在江边送别友人时深长的叹息声。为什么"水国秋风夜""殊非远别时"呢？一是因为水国秋风之夜，有一种特有的美，如此良宵，正应朋友相聚，或月下泛舟，或对酒共酌，或对床夜话，共享如此良夜，岂能"远别"；二是由于"水国秋风夜"所特具的孤寂凄清情调，人更需友情的温暖和抚慰，当此之际，自然殊非远别之时了。两个方面的原因，相反相成，都突出表明了"殊非远别时"。但诗人并没有直接说明具体的缘由，而是以咏叹的笔调浑沦道出，因此显得既含蓄而又浑成。

三、四两句，按通常的写法，似应续写对方的去路或自己对友人的思念，但诗人却撇开这种熟套，出人意料地反过来直抒自己的情怀："长安如梦里，何日是归期？"李白自天宝三载（744）被"赐金还山"，离开长安后的相当长一段时间内，对长安的思念悠长而执著。其《长相思》云："长相思，在长安。络纬秋啼金井阑，微霜凄凄簟色寒。孤灯不明思欲绝，卷帷望月空长叹。美人如花隔云端，上有青冥之高天，下有渌水之波澜。天长地远魂飞苦，梦魂不到关山难。长相思，摧心肝。"这正是所谓"长安如梦里"了。随着时间的消逝，诗人重归长安、再为近臣的希望越来越渺茫，因此他不得不发出"何日是归期"的深沉慨叹。"长安宫阙九天上，此地曾经为近臣"的经历已成不可重历的幻梦。"圣朝久弃青云士，他日谁怜张长公"的一线希望也终于落空，只能空自慨叹归期之无日了。

从咏叹"水国秋风夜，殊非远别时"，到慨叹"长安如梦里，何日是归期"，从远别之难堪到归京之无望，中间有一个思绪的明显跳跃。乍读似感前后幅之间缺乏过渡连接。实则，前后幅之间有一条潜在的引线，这就是因"水国秋风夜"与友人远别引起孤寂凄清感。朋友远去，客中送客的自己又多了一分羁旅中的孤寂凄清况味。在这种情况下，想到昔日在长安为近臣时的荣耀和热闹，不免有天上人间之隔的感喟。而奸邪当权，浮云蔽日，朝政日非，羁泊水国秋风中的自己只有叹息"长安如梦里，何日是归期"了。但诗中亦不点明这条引线，只让读者自己涵泳玩索。这又是一层含蓄。

李白是一个主观色彩极鲜明的诗人。即使在送别诗这种通常要侧重写被送者的行踪、境遇、心情的诗歌体制中,李白也总是打破常规,只写自己当下的感情意绪,将送别诗写成自我抒情的诗。这正是李白送别诗的艺术个性。

整首诗除开头一句写景外,其余三句均为直接抒情。但读后却感到全诗都沉浸在"水国秋风夜"的氛围和如梦似幻的情调之中。加上诗音调极具咏叹的韵味,其间又缀以"殊非""何日"等词语,读来便更感到其风神摇曳、情韵悠长了。

宣州谢朓楼饯别校书叔云①

弃我去者昨日之日不可留,乱我心者今日之日多烦忧。长风万里送秋雁,对此可以酣高楼②。蓬莱文章建安骨③,中间小谢又清发④。俱怀逸兴壮思飞⑤,欲上青天览明月⑥。抽刀断水水更流,举杯销愁愁更愁。人生在世不称意,明朝散发弄扁舟⑦。

[校注]

①此诗诗题《文苑英华》卷三百四十三作《陪侍郎叔华登楼歌》,题下注:"集作《宣州谢朓楼饯别校书叔云》。"日藏宋本题下注:"一作《陪侍御叔华登楼歌》。"宣州谢朓楼,即宣州陵阳山北楼。南齐诗人谢朓任宣城太守时所建。又名谢朓北楼、谢公楼。校书,校书郎。唐代秘书省有校书郎八人,正九品上;门下省弘文馆亦有校书郎二人,从九品上。校书叔云,校书郎李云。据《新唐书·宗室世系表下》,道王房有道孝王元庆曾孙名云。李白有《饯校书叔云》诗云:"少年费白日,歌笑矜朱颜。不知忽已老,喜见春风还。惜别且为欢,裴回桃李间。看花饮美酒,听鸟临晴山。向晚竹林寂,无人空闭关。"可证李白确与任校书郎之李云有交谊。但二诗一曰"春风""桃李",一曰"秋雁",显非同时之作。今之学者多谓题当从《文苑英华》作《陪侍御("郎"字误)叔华登楼歌》。詹锳《李白诗文系年》系此诗于天宝十二载(753),考曰:"此诗《文苑英华》题作《陪侍郎叔华登楼歌》,当以'一作'(《陪侍御叔华登楼歌》)为是。按诗云:'蓬莱文章建安骨,中间小谢又清发。'则所登者必系谢朓楼无疑也。《旧唐书·李华传》:'天宝中登朝为监察御史,累转侍御史……贼平,贬抚州司户参军……遂屏居江南……

上元中，以左补阙、司封员外郎召之……称疾不拜。'独孤及《赵郡李华集序》：'（天宝）十一年，拜监察御史，会权臣窃柄，贪猾当路，公入司方书，出按二千石，持斧所向，郡邑为肃。为奸党所嫉不容于御史府，除右补阙。'三者所记稍有出入，然此诗之作必在天宝十一载以后无疑也。"郁贤皓《李白选集》亦同此说，谓此诗当是天宝十二、三载（753、754）秋在宣城作。可参考。②酣高楼，酣饮于高楼（指谢朓楼）。③蓬莱，东海中三神山之一。传仙家之幽经秘录藏于此山，故东汉时将中央政府藏书处东观称为道家蓬莱山。此借指供职秘书省的校书郎李云。建安骨，建安风骨的省称。句意谓校书郎李云的文章具有建安风骨。《后汉书·窦章传》："其时学者称东观为老氏藏室，道家蓬莱山。"蓬莱，《文苑英华》一作"蔡氏"，指蔡邕。④小谢，指南齐诗人谢朓，相对于刘宋诗人谢灵运称"大谢"而言。此系诗人自指。清发，清新秀发。《南齐书·王融谢朓传》："朓字玄晖，少好学，有美名，文章清丽。"⑤逸兴，超逸豪迈的意兴。壮思，豪壮的情思。⑥览，通"揽"，摘取。⑦散发，去掉冠簪，隐居江湖。《文选·张华〈答何劭〉》："散发重阴下，抱杖临清渠。"张铣注：散发，言不为冠所束也。弄扁舟，暗用范蠡佐越王勾践灭吴后，乃"乘扁舟浮于江湖"事，见《史记·货殖列传》。

[鉴赏]

此诗发端既不写楼，更不叙别，而是陡起壁立，直抒郁结。"今日之日"与"昨日之日"，是指许许多多个弃我而去的"昨日"和接踵而至的"今日"。也就是说，每一天都深感日月不居，时光难驻，心烦意乱，忧愤郁邑。这里既蕴含了"功业莫从就，岁光屡奔迫"（《淮南卧病书怀寄蜀中赵征君蕤》）的精神苦闷，也熔铸着诗人对污浊政治现实的感受。他的"烦忧"既不自"今日"始，他所"烦忧"者也非指一端。不妨说，这是对他长期以来政治遭遇和政治感受的一种艺术概括。忧愤之深广、强烈，正反映出天宝中期以来朝政的愈趋腐败和李白个人遭遇的愈趋困窘。理想与现实的尖锐矛盾所引起的强烈精神苦闷，在这里找到了适合的表现形式。破空而来的发端，重叠复沓的语言（既说"弃我去"，又说"不可留"；既言"乱我心"，又称"多烦忧"），以及一气鼓荡，长达十一字的句式，都极生动形象地显示出诗人郁结之深、忧愤之烈、心绪之乱，以及一触即发，发则不可抑止的感情状态。

三、四两句突作转折，面对着寥廓明净的秋空，遥望万里长风吹送鸿雁的壮美景色，不由得激起酣饮高楼的豪情逸兴。这两句在读者面前展现出一幅壮阔明朗的万里秋空画图，也展示出诗人豪迈阔大的胸襟。从极端苦闷忽然转到朗爽壮阔的境界，仿佛变化无端，不可思议。但这正是李白之所以为李白的原因。正因为他素怀远大的理想抱负，又长期为黑暗污浊的环境所压抑，所以时刻都向往着广大的可以自由驰骋的空间。目接"长风万里送秋雁"之境，不觉精神为之一爽，烦忧为之一扫，感到一种心、境契合的舒畅，酣饮高楼的豪情逸兴也就油然而生了。

五、六两句因诗题有《宣州谢朓楼饯别校书叔云》与《陪侍御叔华登楼歌》之不同，而有不同的理解。按前题，则这两句系承高楼饯别分写主客双方。东汉时学者称东观（政府的藏书机构）为道家蓬莱山，唐人又多以蓬山、蓬阁指秘书省。李云是秘书省校书郎，因此这里用"蓬莱文章"借指李云的文章，"建安骨"，指刚健遒劲的"建安风骨"。上句赞美李云的文章风格刚健；下句则以"小谢"自指，说自己的诗像谢朓那样，具有清新秀发的风格。李白非常推崇谢朓，这里自比小谢，正流露出对自己才能的自信。这两句自然地关合了题目中的"谢朓楼"和"校书叔"。按后题，则这两句承高楼饯别写纵酒高谈的内容。"蓬莱文章"借指东汉文章。"建安骨"，指建安时期的诗文风格刚健。下句则提及小谢诗清新秀发的风格。李白推崇谢朓，在谢朓楼谈到谢朓，正是"本地风光"。

七、八两句就"酣高楼"进一步渲染双方的意兴。说彼此都怀有豪情逸兴、雄心壮志，酒酣兴发，更是飘然欲飞，想登上青天去揽取明月。前面方写晴昼秋空，这里却说到"明月"，可见后者当非实景。"欲上"云云，也说明这是诗人酒酣兴发时的豪语。豪壮与天真，在这里得到了和谐的统一。这正是李白的性格。上天揽月，固是一时兴到之语，未必有所寓托。但这飞动健举的形象却让我们分明感觉到诗人对高远理想境界的向往追求。这两句笔酣墨绝，淋漓尽致，把面对"长空万里送秋雁"的境界时所激起的昂扬情绪推向高潮。仿佛现实中的一切黑暗污浊都一扫而空，心头的一切烦忧都已忘到了九霄云外。

然而诗人的精神尽管可以在幻想中遨游驰骋，诗人的身体却始终被羁束在污浊的现实之中。现实中本不存在"长风万里送秋雁"这种可以自由飞翔的天地，他所看到的只是"夷羊满中野，菉葹盈高门"（《古风》五十一）这种可憎的局面。因此，当他从幻想中回到现实里，就更强烈地感到了理想与现实的矛盾不可调和，更加重了内心的烦忧苦闷。"抽刀断水水更流，举杯销愁愁更愁"这一落千丈的又一大转折，正是在这种情况下必然出现的。"抽刀断水水更流"的比喻，是奇特而富于独创性的，同时又是自然贴切而富于生活气息的。谢朓楼前，就是终年长流的宛溪水，不尽的流水和无穷的烦忧之间本就极易产生联想，因而很自然地由排遣烦忧的强烈愿望中引发出"抽刀断水"的意念。由于比喻和眼前景的联系密切，从而使它多少带有"兴"的意味，读来便感到自然天成。尽管内心的苦闷无法排遣，但"抽刀断水"这个动作性很强的细节却生动地显示出诗人力图摆脱精神苦闷的要求，这就和沉溺于苦闷而不能自拔，以至陷于颓废有别。

"人生在世不称意，明朝散发弄扁舟。"李白的理想与现实的矛盾，在当时历史条件下，是无法解决的。因此他总是陷于"不称意"的苦闷中，而且只能找到诸如"散发弄扁舟"一类的出路。这结论当然不免有些消极和无奈，但其中也多少包含了不与当权的统治者同流合污，向往自由生活的情绪。

李白的可贵之处在于，尽管他在精神上经受着苦闷的重压，但并没有因此放弃对高远理想境界的追求，诗中仍然贯注着豪迈慷慨的情怀。"长风"二句，"俱怀"二句，更像是在悲怆的乐曲中奏出高昂乐观的音调，在黑暗的云层中露出灿烂明丽的霞光。"抽刀"二句，也在抒写强烈苦闷的同时表现出倔强的性格。因此，整首诗给人的感觉不是阴郁绝望，而是忧愤苦闷中显现出豪壮雄放的气概。这说明诗人既不屈服于环境的压抑，也不屈服于内心的重压。

思想感情的瞬息万变，波澜迭起，和艺术结构的腾挪跌宕，跳跃发展，在这首诗里被完美地统一起来了。诗一开头就平地突起波澜，揭示出郁结已久的强烈精神苦闷；紧接着，却完全撇开"烦忧"，放眼万里秋空，从"酣高楼"的逸兴，到"览明月"的壮举，扶摇直上九霄。然后却又迅即从九霄跌落苦闷的深渊。直起直落，大开大合，没有任何承接过渡的痕迹。这种起落无端、断续无迹的结构，最宜于表现诗人因理想与现实的尖锐矛盾而产生的急遽变化的情绪。

自然与豪放和谐结合的语言风格，在这首诗里也表现得相当突出。必须有李白那样阔大的胸襟抱负、豪放坦率的性格，又有高度驾驭语言的能力，才能达到豪放与自然和谐统一的境界。这首诗的开头两句，简直像散文的语言，但却一气流注，充满豪放健举的气势。"长风"二句，境界壮阔，气概豪放，语言则高华明朗，仿佛脱口而出。这种自然豪放的语言风格，也是这首诗虽极写烦忧苦闷，却并不阴郁低沉的一个原因。

下终南山过斛斯山人宿置酒①

暮从碧山下，山月随人归。却顾所来径②，苍苍横翠微③。相携及田

家④,童稚开荆扉⑤。绿竹入幽径,青萝拂行衣⑥。欢言得所憩⑦,美酒聊共挥⑧。长歌吟松风⑨,曲尽河星稀⑩。我醉君复乐,陶然共忘机⑪。

[校注]

①终南山,在陕西西安市南,又称南山。斛斯,复姓。山人,隐居山中的士人。王勃《赠李十四》之一:"野客思茅宇,山人爱竹林。"瞿蜕园、朱金城《李白集校注》:"杜甫《过斛斯校书诗》自注云:'老儒艰难时病于庸蜀,叹其殁后方授一官。'《全唐诗》引《英华》注云:'即斛斯融。'杜又有《闻斛斯六官未归》诗,其中有'走觅南邻爱酒伴',自注:'斛斯融,吾酒徒。'未知斛斯山人即其人否。"詹锳《李白诗文系年》系此诗于天宝三载(744),郁贤皓《李白选集》则"疑是初入长安隐居终南山时作",约开元十九年(731)。②却顾,回顾。③翠微,本指青翠掩映的山腰幽深处。《尔雅·释山》:"未及上,翠微。"郭璞注:"近上旁陂。"郝懿行义疏:"翠微者……盖未及山顶屏颜之间,葱郁菶菶,望之祫祫青翠,气如微也。"句意谓从终南山顶下来,回望所经过的道路,只见一抹苍茫的暮霭横亘在青翠的山峦前深处。④田家,指斛斯山人所居。⑤荆扉,以荆为门户。犹柴门。⑥径,宋本作"暖"。暖指"篱笆"。青萝,即女萝,地衣类植物。多附生于松树上,呈丝状下垂。故人经过时可拂衣。⑦得所憩,得到休息止宿之处。⑧挥,本指振去余酒,此指倾杯尽兴而饮。⑨吟松风,吟唱《风入松》曲。按:琴曲有《风入松》曲。⑩河星,银河中的众星。⑪陶然,欢乐陶醉貌。忘机,消除机巧之心。指甘于淡泊,与世无争。

[鉴赏]

这首五言古诗写诗人在长安期间一次游终南山后夜宿友人家的愉快经历。作诗的时间,有初入长安与二入长安两种不同说法,对理解诗意关系不大。从末句"陶然共忘机"看,诗人此时对长安生活中所历的"机巧"已有所感受并感到厌倦,则系于二入长安期间可能更妥当一些。

开头四句写"下终南山"所历所见。"暮从碧山下"五字,是这一节的主句。明写下山的历程,而此前登上山顶,纵目游眺,流连忘返,至暮方下的情景可以想见。"碧山"指青翠碧绿的终南山。拈出"碧"字,下面的"苍苍""翠微"乃至"绿竹""青萝""松风"方字字有根。整个终南山,便是一片和谐的绿色世界。这统一的色调,对于"厌机巧"的诗人乃是一种心灵的熨帖与抚慰。在下山的过程中，随着暮色的加深，一轮明月升上天空，映照着下山的诗人。"山月随人归"固然是月下行人的错觉，却是极真切的感受。着一"随"字，用极平淡而浑朴的语言将山月写得极富人情味，洋溢着天真的童趣，透露出人与自然的亲切和谐。像这样精练生动而又随意挥洒的诗句，只有在陶诗里才能读到。

"却顾所来径，苍苍横翠微。"妙在下山途中那不经意地回头一望，却只见下山时经过的一片青翠的山峦和路径此刻已经笼罩在一抹苍茫的暮霭之中。"横"字极精当，显示出苍茫的暮霭正如一条飘带，横亘在半山腰上，具有一种飘逸流动的美感，而诗人目光之随意横扫也从中可见。这种景象，下山途中回望常见，一般人不大注意及此，即使注意到，也不会感受到其中蕴含的诗意，而且捕捉到这动人的一刹那，将它定格在诗中，遂成一种典型的诗境。这里，不仅有景物本身的特有美感，而且流动着诗人意外发现这种美的境界的喜悦。从景物的变化中，透露出暮色的加深。这便自然引出下一节的"过斛斯山人宿"来。

"相携"四句，写与友人相携至其田庄所见。"相携"二字，或许透露出斛斯山人是陪同诗人一同登山，又一起相携回到他所住的田家，但也可能是诗人登山前已约好下山后过访其家，专门在路旁相候，而相携至家。不管属于哪种情况，都透出主人的热情好客，真诚朴挚。不仅主人好客，连家中的孩子也早知有客人到来，赶紧打开柴门，迎接来客。这两句颇有陶渊明《归去来兮辞》中"童仆欢迎，稚子候门"的意味，但那是回到自己久别的家，而这里则给人以虽非自己的家却有归家的感觉。"绿竹"二句，写至田家所见。"绿竹入幽径"固可理解为"入绿竹之幽径"（因与下句对文而改变句式），但理解为绿竹随意丛生，有的竟侵入到了幽径之中，似乎更具山居的野趣。而松树上垂挂的青萝，也像在欢迎来客，轻拂行人的衣裳。两句写景，清幽中透出野趣和生机，"拂"字尤具亲切感，与主人的情意融为一体。

"欢言"以下六句，写主人留宿置酒的情景。游了一天的山，感到有些疲倦，在这种情况下，既有如此幽美的山居可以休息，又有主人的热情交谈和美酒助兴，心情之愉悦惬意自不待言。"欢言得所憩，美酒聊共挥"二句将这份自在与惬意表现得恰到好处。如果说，"得"字传达出轻松和喜悦，那么"聊"字则传达出不拘客套的亲切和随意。而"挥"字则生动表现了共饮时的淋漓酣畅。

"长歌吟松风，曲尽河星稀。"酒酣兴浓，非长歌不足以骋怀尽兴，不觉高歌一曲。"吟松风"既可理解为吟唱《风入松》曲，也可理解为歌吟之声与风吹松涛之声相和，二者可以兼容并包。一曲吟罢，万籁俱息，仰望天穹，但见银河横斜，星斗已稀，时间不觉已到深夜。上句写酒酣之际的高歌长吟，淋漓尽致；下句写酒尽之后的静寂，情韵深长。

"我醉君复乐，陶然共忘机。"最后两句，主客双收，"忘机"二字点出此游此访此饮的总的感受，是全诗的精神意旨所在。诗人游山赏景，访友欢谈，饮酒长歌，所得到的整体感受，就是人与自然、人与人、人与内心的自然和谐，一切纷繁的尘俗之事，一切内心的纷扰都消失了，这正是篇末点睛所说的"陶然共忘机"。

这首诗的艺术风格确如前人所评，有神似陶诗之处。这主要体现在诗中所表现的人与自然、人与人、人与内心关系的和谐这个基点和诗歌语言的朴素自然、情味隽永上。但细加品味，仍能感受到与陶诗的区别。诗在写景叙事中所透露出的那种飘逸潇洒、俊朗明快的意致，那种顾盼自赏的风神，就是陶诗所无而为李白所独具的。这在"绿竹"二句以及"欢言"以下六句中表现得尤为明显。

把酒问月①

青天有月来几时？我今停杯一问之。人攀明月不可得，月行却与人相随。皎如飞镜临丹阙②，绿烟灭尽清辉发③。但见宵从海上来，宁知晓向云间没？白兔捣药秋复春④，嫦娥孤栖与谁邻⑤？今人不见古时月，今月曾经照古人。古人今人若流水，共看明月皆如此。唯愿当歌对酒时⑥，月光长照金樽里。

[校注]

①题下自注："故人贾淳令予问之。"贾淳，生平事迹不详。②飞镜，飞升的明镜。李白《古朗月行》："小时不识月，呼作白玉盘。又疑瑶台镜，飞在青云端。"临，照临。丹阙，红色宫门，此指长安宫阙。③绿烟，指蒙在月亮上的一层薄薄的烟雾，因月光映照，故呈绿色。灭尽，散尽。清辉，月亮的清光。④《楚辞·天问》："夜光（指月）何德，死则又育？厥利维何，而顾菟在腹？"王夫之《楚辞通释》："顾菟，月中暗影似兔者。"古代神话谓月中有玉兔捣药。汉乐府《董逃行》："玉兔长跪捣药虾蟆丸。"傅玄《拟天问》："月中何有？玉兔捣药。"⑤嫦娥，神话中的月中仙子。《淮南子·览冥训》："羿（后羿）请不死之药于西王

母,姮娥窃以奔月。"因避汉文帝刘恒名讳改"姮"为"嫦"。⑥曹操《短歌行》:"对酒当歌,人生几何?"当,即"对"。

[鉴赏]

早在屈原的《天问》中,充满怀疑和批判精神的天才诗人就在关于"天"的一系列问题中提出过这样的疑问:"日月安属?列星安陈?出自汤谷,次于蒙汜。自明及晦,所行几里?夜光何德,死则又育?厥利维何,而顾菟在腹?"对月亮的所系、运行及阴晴圆缺变化的有关传说提出疑问。但这只是一百七十多个关于宇宙和社会历史问题中的一小部分。初盛唐之交的张若虚在他的《春江花月夜》中则进一步展开了关于江月与人生富于哲理与诗情的遐想:"江畔何人初见月,江月何年初照人?人生代代无穷已,江月年年望相似。不知江月待何人,但见长江送流水。"但这仅是全篇对美好的春江花月之夜情景人事描写的一个局部(尽管这个局部对升华全诗意境有重要的作用)。将"问月"作为全诗的主体,而且和"把酒"联系起来,变纯理性的对宇宙自然现象的探索为充满好奇乃至童趣的发问,变悠远的诗意遐想沉思为充满潇洒豪放情调的抒情,则是李白的创造。

这首诗不但有一个很李白化的题目——"把酒问月",将李白平生最喜爱的两种事物(月亮和酒)联在一起,以便凸现其两美兼具的淋漓兴会和潇洒飘逸的诗仙情怀;而且有一个极饶童趣的题注——"故人贾淳令予问之"。月本无知,问亦徒然,而这位故人自己不发问,偏令李白问之,言外自含唯天真的李白能问,唯把酒微醺的李白宜问。看来,这个诗题和题注已经把诗的基调定下来了。

"青天有月来几时?我今停杯一问之。"劈头一问,就问到了问题的根本上:什么时候开始,这青天中才有了一轮明月?现代科学对地球的卫星月亮的生成年代虽已有了大体可信的推断,但在诗人生活的年代,绝对是个神秘不可知的问题。月何言哉!诗人亦并不要求作答。故虽问,而问得潇洒随意,问得摇曳生姿。

"人攀明月不可得,月行却与人相随。"这两句就月与人的关系抒感,而疑问之意包含其中。月亮高挂中天,明亮皎洁,"欲上青天览明月"是富于童心的诗人常怀的奇想,但那是办不到的,月亮仿佛永远那样神秘、遥远、望而难即。但月亮的运行,却又好像与人的脚步紧紧相随,人走到哪里,月亮就将它的清光洒向哪里。两句从两个不同侧面写月与人的关系,在诗人心目中,月既高不可攀,又近在咫尺;既神秘莫测,又亲切多情。在相互对照中,将诗人对月亮既仰慕又亲近的感情很好地表达出来。这两种对月的感情,都带有明显的童趣,也都带有李白式的天真。或有疑此二句无问意者，其实对这两种似乎相反现象的不解就隐寓在其中。

五、六两句，专写月临中天，光照人间之美。月亮像一面皎洁的飞镜，照临人间的丹阙宫殿，当蒙在它上面的云彩散去之后，清辉顿时洒满了大地。"绿烟"二字，仿佛奇突，实则即"彩云追月"之"彩云"，因月映其上，加上青天的映衬，常给人以鲜明的色彩感，故有"碧云""绿烟""彩云"一类的形容。两句描绘出了一个月临中天时的光明皎洁的世界。它本身并无问意，问月之意在下两句："但见宵从海上来，宁知晓向云间没？"上两句写月临中天，已暗含月之运行，此二句即对月之"宵从海上来""晓向云间没"的运行现象表示不解。这背后隐藏的又是一个极饶童趣的问题：从"晓"到"宵"这一整天时间中，月亮究竟到哪里去了。后来大词人辛弃疾就将这层疑问衍化成了一阕"《天问》体"的《木兰花慢》词："可怜今夕月，向何处、去悠悠？是别有人间，那边未见，光影东头？是天外空汗漫，但长风浩浩送中秋？飞镜无根谁系？姮娥不嫁谁留？　谓经海底问无由，恍惚使人愁。怕万里长鲸，纵横触破，玉殿琼楼。虾蟆故堪浴水，问云何玉兔解沉浮？若道都齐无恙，云何渐渐如钩？"李白想到的未想到的一切疑问，辛弃疾都代为道出了。

"白兔"二句，就有关月亮的两个神话传说发问：白兔年复一年地捣药，什么时候才是尽头？嫦娥孤孤单单地栖守月宫，有谁和她做伴？上两句是对月亮运行情况的疑问，这两句则是对月亮内部事物的疑问，其中都包含着对神秘月亮的好奇。而这两句在字里行间还渗透了对清寂孤单的玉兔和嫦娥的同情。后来杜甫的"斟酌嫦娥寡，天寒奈九秋"和李商隐的《嫦娥》都循着"嫦娥孤栖"的思路进一步展开诗意的遐想。

以上六句，均从月亮本身发问。从"今人"句开始，又遥承"人攀明月"二句，回到月与人的关系上来。但角度则从人与月关系的亲疏远近转为人与月在时间上孰更久远。"今人不见古时月，今月曾经照古人。"两句以月之古今与人之古今对举，互文见意。月亮今古长存，宵升晓没，亘古如斯，而人则古今更迭，代代相续，故说"今人不见古时月"，言外自含"古人不见今时月"之意；而"今月"实同"古月"，故说"今月曾经照古人"，言外亦含"古月依然照今人"之意。表面上看，这似乎有点像绕口令，实则在古与今、人与月的对照中已自然寓含了自然的永恒与人生的短暂的意蕴。由于诗人是用这种轻快流利的语调和巧妙的构思来表达的，因此读来自会感到诗人是用一种平和轻松的心态来对待人生短暂和自然永恒这一矛盾的,这就和"年年岁岁花相似,岁岁年年人不同"式的无奈与感伤有别。

"古人今人若流水,共看明月皆如此。"这两句进一步将上两句蕴含的意蕴和态度挑明:古人和今人就像先后相续的流水一样,代代相传,而无论是古人还是今人,他们所面对的却都是同一轮明月。"若流水",是变化不已;"皆如此",是永恒如斯。这里,将古今之人与古今之月打通,再次进行对照,意蕴与《春江花月夜》的"人生代代无穷已,江月年年望相似"类似,而"若流水"之喻也与"但见长江送流水"之句暗合。李白未必读到过张若虚的《春江花月夜》,他们在诗中所流露的对自然之永恒与人生的有限的态度的平静从容却可谓神合。这正是处于繁荣昌盛时代氛围中的士人共同的精神状态。

"唯愿当歌对酒时,月光长照金樽里。"这是由月亮之永恒与人生之有限引出的结论,也是全诗的结穴。有了那样一份平静从容的心态,得出的结论自然是珍视有限的人生,在对酒当歌、对月畅饮中充分享受人生的乐趣。诗人在《将进酒》中宣称:"人生得意须尽欢,莫使金樽空对月。天生我材必有用,千金散尽还复来。"有了"天生我材必有用"的乐观和自信,"对酒当歌"便不是无奈的颓废享乐,而是在必求有用于世的前提下充分地享受人生,"月光长照金樽里"便是诗意人生的一个标志。末句人、月、酒兼绾,结得圆满之极。

陪侍郎叔游洞庭醉后三首(其三)①

划却君山好②,**平铺湘水流**③。**巴陵无限酒**④,**醉杀洞庭秋**。

[校注]

①侍郎叔,即族叔刑部侍郎李晔。李白另有《陪族叔刑部侍郎晔及中书贾舍人至游洞庭五首》。《新唐书·宗室世系表》大郑王房载:"晔,刑部侍郎。"《旧唐书·李岘传》:"乾元二年……凤翔七马坊押官先颇为盗,劫掠平人,州县不能制。天兴县令知捕贼谢夷甫擒获决杀之。其妻进状诉夫冤。(李)辅国先为飞龙使,党其人,为之上诉。诏监察御史孙蓥推之,蓥初直其事。其妻又诉,诏令御史中丞崔伯阳、刑部侍郎李晔、大理卿权献三司讯之,三司与蓥同。妻论诉不已,诏令侍御史毛若虚复之,若虚归罪于夷甫,又言伯阳等有情,不能质定刑狱……伯阳贬端州高要尉,权献郴州桂阳尉,凤翔尹严向及李晔皆贬岭下一尉。"王琦《李太白年

谱》云:"李晔之贬在乾元二年四月,则公与晔游饮,应在是年之秋。"按:李晔,京兆万年(今西安)人。淮安郡公李琇子。天宝中历仕监察御史、侍御史兼殿中。天宝末任虢州刺史。至德元载(756),随玄宗入蜀,擢宗正卿。至德二载,任凤翔尹。乾元元年(758),改任刑部侍郎。二年四五月间,贬岭南为县尉,赴贬所途中经岳阳,与李白、贾至相遇。此为与李白同游洞庭时李白所作组诗三首中的第三首。②刬(chǎn)却,铲掉。君山,在湖南洞庭湖口,又名湘山、洞庭山。《水经注·湘水》:"(洞庭)湖中有君山……湘君之所游处,故曰君山矣。"③湘水,指流入洞庭湖的湘江水。《北梦琐言》卷七:"湘江北流至岳阳,达蜀江。夏潦后,蜀涨势高,遏住湘波,让而退溢为洞庭湖,凡阔数百里。而君山宛在水中。"因君山正当洞庭湖口,系湖水入长江处,故铲却君山乃可使江水平铺而流,不受阻挡。④巴陵,唐岳州巴陵郡,有巴陵县,今湖南岳阳市。《元和郡县图志·江南道三》:"昔羿屠巴蛇于洞庭,其骨若陵,故曰巴陵。"此句之"巴陵"实指洞庭湖,因与下句避复,故称。

[鉴赏]

唐肃宗乾元二年(759)四月,刑部侍郎李晔被贬岭南为尉,于秋天途经岳阳;这时原中书舍人贾至也由汝州刺史贬为岳州司马;与流夜郎中途遇赦放还,憩于岳阳的李白相遇。三人被贬的原因,都与唐肃宗排斥玄宗旧臣,剪除政治上的异己有关,因此颇有同命相怜之感。三人曾同游洞庭,李白写下《陪族叔刑部侍郎晔及中书贾舍人至游洞庭五首》;李白又与李晔同游洞庭,写下这组《陪侍郎叔游洞庭醉后三首》,本篇是组诗的第三首。

此诗虽仅二十字的短章,却奇想迭出,气势豪健。然异解亦多。理解此诗的关键,首先当充分注意题内的"醉"字,明白诗中所写内容,皆"醉后"所想所见。同时须注意二人同遭贬逐的政治背景和诗人胸中的块垒积郁、牢骚不平,方能明白诗人何以有此奇想。

诗人与李晔当是由岳阳下湖游洞庭的。而君山正当湖的东北,离岳阳不过四十里。入湖不久,便到了君山跟前。在醉意蒙眬中,诗人感到面前那突兀矗立的君山似乎挡住了湘水(实即洞庭湖水,因湘水是流入湖中的最大河流),使湘水不能平铺舒展地畅流,因而产生"刬却君山好"的奇想。这里所表现的是对畅适无碍、宽阔舒展境界的强烈向往。由于人生经历中遇到过重重障碍,时时感到"人生在世不称意",因而在游山玩水的过程中,也时有"山水何曾称人意"的感愤。《江夏赠韦南陵冰》作于此前不久，诗中一方面表现出对畅适宽阔境界的向往："有似山开万里云，四望青天解人闷。"一方面则因山水不称人意要"捶碎黄鹤楼""倒却鹦鹉洲"。这首诗中"划却君山好，平铺湘水流"的奇想，正是诗人冲决障碍不平，向往畅适无碍境界的反映。或解为从岳阳楼上望洞庭，则君山在浩瀚的洞庭湖中不过"白银盘里一青螺"（刘禹锡《望洞庭》）而已，当不致产生君山阻遏湘水的印象；只有身行至君山跟前，才会有突兀矗起、阻挡水流之感。且如在楼上遥望，则题当曰"望洞庭"，而不应称"游洞庭"。

　　一、二两句是由君山迎面矗立而生的奇想，三、四两句则是绕过君山以后面对浩瀚宽广的洞庭湖水而生的奇想。时值寒秋，霜林尽染，一片绚烂的秋色；而夕阳西下，残照斜映，洞庭湖水也染上了一抹绚丽的色彩。在诗人的醉眼蒙眬中，眼前的洞庭湖水都变成了"无限"的美酒，把洞庭湖这一带的整个秋天都"醉杀"了。诗人在《襄阳歌》中已有"此江若变作春酒"的奇想，但那只是设想；此诗则直视浩瀚洞庭为"无限酒"，"醉"意更甚，诗境也更超逸。诗人的醉眼醉心，把一切都染醉了，不但人醉、水醉，连"秋"天也醉了，显示出了美的光华。三首之中，此首最富浪漫色彩，也最具李白个性。五言绝的体性风格，一般较七言绝更含蓄蕴藉，此诗则发扬蹈厉，不为含蓄之辞。但在奇想迭现中，却含有令人深思咀味的意蕴。而其气体高妙，自是太白本色。又，三、四两句的句法，应为"巴陵无限酒"（主语）"醉杀"（谓语）"洞庭秋"（宾语），是酒醉杀洞庭秋，而非人醉于洞庭秋。不同的理解，对诗境的高下影响甚大。以无知之物为有知，冠以"醉"字，如后世王实甫《西厢记》之"长亭送别"一折"晓来谁染霜林醉，总是离人泪"，已为奇思妙想，为评家所称道；而李白则径称无生命的"洞庭秋"为"醉杀"，则更属超乎常情之奇警想象。醉眼看世界，将整个世界都看成"醉杀"了。然"醉"字自含无限绚丽的洞庭秋色。此无限绚烂之洞庭秋色，即因"巴陵无限酒"而致。此种想象，此种境界，唯李白有之。

登金陵凤凰台①

　　凤凰台上凤凰游，凤去台空江自流。吴宫花草埋幽径②，晋代衣冠成古丘③。三山半落青天外④，二水中分白鹭洲⑤。总为浮云能蔽日⑥，长安不见使人愁。

[校注]

①金陵，今南京市。《太平寰宇记·江南东道》昇州江宁县："凤凰山，在县北一里……宋元嘉十六年，有三鸟翔集此山，状如孔雀，文彩五色，音声谐和，众鸟群集。仍置凤凰里，起台于山，号曰凤凰山。"按《宋书·符瑞志中》载："文帝元嘉十四年三月丙申，大鸟二集秣陵民王顗园中李树上，大如孔雀，头足小高，毛羽鲜明，文采五色，声音谐从，众鸟如山鸡者随之……扬州刺史彭城王义康以闻，改鸟所集永昌里为凤凰里。"当即《太平寰宇记》所本，而文字略异。南宋张戒《岁寒堂诗话》卷一云："金陵凤凰台，在城之东南，四顾江山，下窥井邑，古题咏惟谪仙为绝唱。"郁贤皓《李白选集》谓："此诗当作于天宝六载（747）游金陵时。另有《金陵凤凰台置酒》诗，当为同时之作，可参看。詹锳《李白诗文系年》系二诗于上元二年，疑非是。"按：诗有"浮云蔽日""长安不见"之语，而无曾历战乱之迹，当作于诗人天宝三载被赐金放还之后，郁氏系年可从。②吴宫，指三国时吴国的宫殿。吴国都城建业，即金陵。③晋代，指东晋。东晋都建康，即金陵。衣冠，指士族高门，显宦。古丘，古坟。④三山，在今南京市西南长江东岸，有南北相连的三座山峰，突出江中，故称。《元和郡县图志·江南道》润州上元县："三山，在县西南五十里。"陆游《入蜀记》："三山，自石头及凤凰台望之，杳杳有无中耳。及过其下，则距金陵才五十馀里。"半落青天外，谓三山有一半被远处的云雾遮住。⑤二水，宋蜀刻本作"一水"，注："一作二水。"《文苑英华》《唐文粹》均作"二水"。白鹭洲，古代长江中小洲。《方舆胜览·江东路》建康府："白鹭洲。《丹阳记》在江中心，南边新林浦，西边白鹭洲，上多白鹭，故名。"后世长江江流西移，白鹭洲已与江岸相接。"二水中分"，指江流（或谓秦淮河）经白鹭洲，分为二支。王琦注："史正志《二水亭记》：秦淮源出句容溧水两山，自方山合流至建业，贯城中而西，以达于江，有洲横截其间，李太白所谓'二水中分白鹭洲'是也。"⑥浮云蔽日，象喻奸邪蒙蔽君主。陆贾《新语·察征》："邪臣之蔽贤，犹浮云之障日月也。"

[鉴赏]

自南宋以来，围绕李白此诗学崔颢《黄鹤楼》诗及崔、李二诗优劣这个话题，争论一直不断。近年来又成为唐诗接受史（特别是影响史）上一桩著名的研究个案。从这一系列争论中可以断定，李白心仪并有意仿效崔颢《黄鹤楼》作《登金陵凤凰台》及《鹦鹉洲》。像沈德潜那样，用"从心所造，偶然相似"来说明其未必有意模仿，显然不符事实。但模拟与创造未必绝然对立，既然崔颢效沈佺期《龙池篇》而青远胜蓝，得到历代评家的一致推崇，那么李白仿崔颢《黄鹤楼》，也完全可能有自己的创造与风格。问题是不能执定崔诗气体高妙、逸气横流这一端，要求李白此诗在这一点上必须与崔诗铢两相称，工力悉敌。如果李白真的按这种要求去与崔诗争胜，写出来的最多是可以乱真的仿制品而非创作。李白之所以不在这一点上去与崔诗争胜，不仅是为了避熟求生，求新求变，而且是由于他的登临所感，有着与崔颢完全不同的内容。而这种内容，又并不适宜用气体高妙、逸气横流的风格来表现，而只能采取另一种风格来表现。这就是说，评鉴李诗，主要应该根据诗要表现的内容和感情，看它是否适合内容的需要，而不能用崔诗作为参照物甚至标准来衡量它的优劣得失。

这是一首登览诗。登临眺望，自然会望见近处远处的景物，因而有写景的内容；金陵为六朝古都，有许多前朝历史遗迹，因而有怀古的内容；但李白此次登金陵凤凰台，却因怀古而引起伤今的感慨，引起对当前政局和国家命运的忧患感，因望远而引出对政治中枢长安的怀念，因此这首登览诗便不再是一般的览景诗或单纯的览古诗，而具有政治抒情的内容和性质。这正是它不能采用崔颢《黄鹤楼》那种气体高妙、逸气横流的艺术风格的内在原因，尽管以李白的才情个性，写一首气体高妙、逸气横流的诗对他绝非难事。

凤凰在中国古代的历史文化传统中，向来被视为祥瑞。历代史书的《五行志》中，记载凤凰出现的祥瑞不绝于书。凤鸟之来集，被视为国家繁荣昌盛的祥兆；而凤鸟之去，则常被视为世衰运去的征兆。孔子就曾慨叹："凤鸟不至，河不出图，吾已矣夫！"（《论语·子罕》）而金陵凤凰台的建造，更直接与宋文帝元嘉年间凤凰翔集的祥瑞有关。因此诗的起句"凤凰台上凤凰游"便不仅仅是点明题面，而且是与凤凰之翔集来仪、为国之祥瑞这层寓意有关，绝非金圣叹所批评的那样是"闲句"。它的目的是为了引出和反衬下句。

次句"凤去台空江自流"，紧承上句"凤凰游"，以反笔出之。谓我今登上凤凰台，往日凤凰翔集的景象早已不复重现，只剩下一座空廓的高台和远处奔腾东流的长江。"凤去"，象征着繁荣昌盛国运的消逝，暗逗末联伤今意绪；"台空"，显示出古台的寥落，暗启颔联怀古意绪；"江自流"，显示自然永恒、江山长在，以反衬人事沧桑、朝代更迭，双绾颔、腹二联。"去""空""流"三字连贯而下，造成了浓郁的怀古伤今氛围,起着笼盖全篇的作用。

  颔联写登台俯瞰金陵古迹。金陵是六朝古都,这里曾有过从东吴、东晋到南朝帝王将相、高门士族的繁华烜赫、奢华享乐,而如今豪华的吴宫已经湮没荒废,往日的遗址上只剩下长着花草的幽径;而晋代士族衣冠的风流也早成遗迹,只剩下古丘荒坟供人凭吊遐想。举"吴""晋"实概六朝。三百余年的六代繁华,正如长江流水,一去而不复返。"埋"字、"成"字,寓慨颇深。

  腹联写登台遥望山川胜景。西南方向的长江边上,三山连绵耸峙,但由于远处云雾迷漫,只露出一半的峰峦,映现于青天之外;滚滚江水,流经白鹭洲时,自然分成了两支。上句将三山在云雾中若隐若现的身影描绘得饶有画意,下句则将白鹭洲为江水环抱的身姿描绘得生动分明。两句境界阔远,对仗工丽,是律诗中难得的佳联。

  尾联写向西极望,但见在一片苍茫的暮色中,浮云迷漫,遮蔽了西斜的落日,帝都长安,更远在天外。眼前"浮云蔽日"的景象,使诗人对当时昏暗的朝局和国家的命运产生了深切的忧虑,因此发出了"总为浮云能蔽日,长安不见使人愁"的深沉慨叹。天宝六载(747),正是奸相李林甫专权,陷害忠良正直之臣的时候。联系《答王十二寒夜独酌有怀》诗中对李林甫陷害李邕、裴敦复的痛愤指斥,此处的"浮云蔽日"当非泛泛而言。

  整首诗以登览为中心,将写景和抒情、慨古与伤今融为一体,抒发了对朝局国运的深切忧虑。尾联所抒发的感情,表面上看是由于向西极望、浮云蔽日、不见长安而引起,实际上早就蕴蓄积郁于胸,"浮云蔽日"的景象只不过起了触发作用而已。因此,它不但是全诗的结穴,也是全诗的主旨。根据这个主旨,回过头去品味各联,当能进一步体味出其中蕴含的言外之意。不但可以看出"凤去"与"浮云蔽日"之间的内在关联,而且可以品出颔联在吊古中蕴含的今之视昔,亦犹异日之视今的意蕴。腹联固然可视为尾联的引线,但江山长在、人事沧桑的意蕴在与颔联的对照中亦隐然可见。

望庐山瀑布水二首(其一)[①]

  西登香炉峰[②],南见瀑布水[③]。挂流三百丈[④],喷壑数十里[⑤]。欻如飞电来[⑥],隐若白虹起[⑦]。初惊河汉落[⑧],半洒云天里[⑨]。仰观势转雄,壮哉造化功⑩。海风吹不断，江月照还空⑪。空中乱潨射⑫，左右洗青壁。飞珠散轻霞⑬，流沫沸穹石⑭。而我乐名山，对之心益闲。无论漱琼液⑮，还得洗尘颜。且谐宿所好⑯，永愿辞人间。

[校注]

①宋本题内无"水"字。詹锳《李白诗文系年》系此二诗于开元十四年（726），谓是年李白游襄汉，上庐山，作此诗，曰："任华《杂言寄李白》：'登庐山观瀑布，海风吹不断，江月照还空。余爱此两句。'指此诗第一首，华诗下文又云：'中间闻道在长安，及余戾止，君已江东访元丹。'则《望庐山瀑布》盖入京以前作也。按白虽屡游庐山，而大都在去朝以后，其在天宝以前者约当是时。"郁贤皓《李白选集》则疑为至德元载（756）隐居庐山时作，谓"诗云'且谐宿所好，永愿辞人间'似非初出蜀时作"。庐山，在今江西九江市东南。《元和郡县图志·江南道四·江州》：浔阳县："庐山，在县东三十二里。本名鄣山。昔匡俗字子孝，隐沦潜景，庐于此山，汉武帝拜为大明公，俗号庐君，故山取号。周环五百馀里。"《太平寰宇记·江南西道·江州》：德化县："庐山，在州南，高二千三百六十丈，周回二百五十里。其山九叠，川亦九派。《郡国志》云：庐山叠嶂九层，崇岩万仞。《山海经》所谓三天子都，亦曰天子障也。周武王时，匡俗字子孝，兄弟七人，皆好道术，结庐于此。仙去，空庐尚在，故曰庐山。"②香炉峰，庐山山峰名。晋慧远《庐山记》："东南有香炉山，孤嶂秀起，游气笼其上，则氤氲若烟水。"（《艺文类聚》卷七山部引）白居易《庐山草堂记》："匡庐奇秀甲天下山。山北峰曰香炉峰。"《太平寰宇记·江南西道·江州》："香炉峰，在庐山西北，其峰尖圆，云烟聚散，如博山香炉之状。"陈舜俞《庐山记》卷二："次香炉峰。此峰山南山北皆有，其形圆耸，常出云气，故名以象形。李白诗：'日照香炉生紫烟，遥看瀑布挂前川。'即谓在山南者也。"詹锳《李白全集校注汇释集评》引上述记载后云："据此，庐山之香炉峰非一。黄宗羲《匡庐游录》曰：'北山之香炉峰，在峰于庐山为东，登之亦无瀑布可见，（与白诗）不相涉也。'则白所见之香炉峰，盖为陈舜俞所言之南峰也。安（旗）注：'《太平寰宇记》谓香炉在庐山西北，误。'详见万萍《香炉峰考》（《江西师范学院学报》，1978年第4期）。"③见，一作"望"。詹锳《李白全集校注汇释集评》引《舆地纪胜》卷二十五南康军："瀑布水，在开先院之西，庐山南。瀑布无虑十数，皆积雨方见，惟此不

竭……李白诗云：'飞流直下三千尺，疑是银河落九天。'即开先之瀑也。"又引陈舜俞《庐山记》卷三："瀑布在其西。山南山北有瀑布者无虑十余处……惟此水著于前世……李白诗云：'飞流直下三千尺，疑是银河落九天。'即此水也。香炉峰与双剑峰相连续者在瀑布之旁。"④挂流，形容瀑布自上而下悬挂下泻。⑤喷壑，指瀑布自上而下喷射山谷。"数十里"乃形容其喷射的气势力量达数十里之遥。⑥欻（xū），迅疾貌。飞电，闪电。⑦隐，隐然、隐约。⑧河汉，指银河。⑨此句一作"半泻金潭里"。⑩造化，大自然。⑪江，一作"山"。⑫潈（cóng），众水会合。⑬此句形容阳光透射瀑布的飞珠，呈现出七彩霞光。⑭沸，形容瀑布的飞珠流沫喷射有如水沸之状。穹石，大石。⑮琼液，仙家所饮的琼浆玉液。此处形容瀑布水的清澈。⑯谐，符合。宿，昔。敦煌残卷本末二句作"爱此肠欲新，不能归人间。"

[鉴赏]

　　李白的《望庐山瀑布水二首》，描绘的对象同为庐山香炉峰与双剑峰间的瀑布，但观察的角度不同。七绝为"遥看"，五古则写从远看到近观的过程。观察的细致程度有别，写法也就有所不同。由于七绝广为传诵，五古不免为其所掩，其实二诗在艺术上各有千秋，未可轩轾。

　　诗分三段。前八句为一段，写登香炉峰途中远望所见瀑布的壮观。"西登香炉峰，南见瀑布水"二句，交代自己在向西登香炉峰的途中，望见在峰南面的瀑布，这是对瀑布所在山峰名称及方位的交代，起着进一步点明题目的作用（题只说"庐山瀑布"）。"西登"不可误解为已登峰顶，如果那样，就不是远望而是俯视了。

　　"挂流三百丈，喷壑数十里。"三、四两句，写远望中的香炉峰瀑布自顶部奔泻而下及抵达底部后喷射奔迸于山谷间的壮观景象。"挂"字生动地显示出瀑布悬空而降的景象，"喷"字传神地展现出瀑布落入山谷后挟带着雷霆万钧的神奇伟力奔泻而下的奇观。正因为有"挂流三百丈"的冲击力，才会有"喷壑数十里"的反激力。"三百丈"极言其高，"数十里"极言其遥，二者之间存在着因果关系。

　　"欻如"二句，转写瀑布奔泻而降、喷射而下的迅猛态势。"欻如"句承"挂流"句，形容悬流直下的瀑布，其迅疾犹如飞电之来；"隐若"句承"喷壑"句，形容喷射而下的水流像一道白虹，隐现于山谷之间。

　　"初惊"二句，进一步写"挂流三百丈"的瀑布奔泻而下时如同银河从天而降，它所挟带的飞珠溅沫有一半都洒向了云霄间。这两句既映衬渲染出了瀑布之高，也显示出了它的气势和力量。以上八句，均写远望中的香炉峰瀑布，其内容与七绝大体相同，连"挂流三百丈""初惊河汉落"的用语都与七绝相近。

"仰观"以下八句，为第二段，观察的角度由远望变为近处"仰观"。观赏瀑布，远望与近观（特别是仰观），虽都同样能感到它的雄奇，而"仰观"显然更能感受到它的壮盛气势。但诗人并不马上接写仰观所见的具体景象，而是先虚写一笔，表达仰视所见的总体感受。"势转雄"三字写心理感受生动逼真，"转"字尤精到，说明诗人在仰视的过程中通过与先前远望时所得印象的比较，更加感受到瀑布的气势与力量。而"壮哉造化功"五字正是在获得上述感受时对造化神奇力量发自内心的赞叹。"雄""壮"二字正概括了"仰观"瀑布时的突出感受。

"海风吹不断，江月照还空"两句，进一步具体写"仰观"所见所感。"海风""江月"均非眼前实景，因为下面写到"飞珠散轻霞"，说明观赏瀑布时有阳光的照射。故两句实际上是面对瀑布雄壮的气势时心中的想象。上句是说，瀑布飞流直泻，具有永不停息的伟力，即使巨大的海风也吹不断。下句是说，瀑布悬空而下，清激莹洁，在江月的映照下，宛若空清透明。上句突出其永恒的雄奇伟力，下句突出其清莹澄明，但这种清莹澄明不是小溪流水式的柔和静美，而是挟带着磅礴气势和巨大声响的清与壮的和谐结合。妙在这两句全用白描，仿佛信手拈来，冲口道出，而所创之境的新颖清奇和壮美飞动却无与伦比，是历来写瀑布的诗中从未有过的境界。历来评此诗，多举此二句作为标的，是切合实际的。

"空中"四句，变从下而上的仰视为左右两旁的仰观。瀑布的水珠在半空中迸溅激射，将两旁的岩壁洒洗得洁净青翠；阳光映照在飞溅的水珠上，折射出七彩霞光；而冲决而下的瀑布水，遇到山谷中的巨石，激荡出如同沸水般的泡沫。四句中连用"乱""洗""散""沸"四个动态感、形象感很强的词语，将瀑布向空中、向两旁、向下流飞溅激射时产生的景象，描绘得色彩鲜明，生动细致。如果说"仰观"四句是从虚处传神，那么"空中"四句则从实处见工了。这样虚实相济、神形兼备、宏观微观结合的描写，遂使瀑布之壮美得到全面的表现。以下便自然转入因观赏瀑布而引发的归隐林泉的愿望。

末段六句，说自己平素喜爱名山，今日得亲历庐山，观赏瀑布奇观，更感到心境之清闲，因而引动辞人间而归隐的夙愿。瀑布如此壮伟雄奇，气势飞动，诗人却说"对之心益闲"。这是因为面对雄伟的自然造化之功，益感尘世纷扰之渺小；而那未经尘世污染的瀑布水，更使自己心灵得到彻底的洗涤。清澈的瀑布水，既如琼浆玉液之可漱我口，更可清洗我的尘颜和尘心。这实际上也是一般人在面对大自然的奇观时常会引发的感触，因此对"永愿辞人间"之类的话实亦不必过于较真。

望庐山瀑布水二首（其二）

日照香炉生紫烟①，遥看瀑布挂前川②。飞流直下三千尺，疑是银河落九天③。

[校注]

①紫烟，瀑布的水汽弥漫，结成烟雾，在阳光照射下呈现紫色。②前川，宋本作"长川"。挂前川，即五古之"挂流"。句意盖谓遥望峰前的瀑布如河流倒挂。或谓前川指瀑布泻下形成的河流倒挂。或谓前川指瀑布泻下形成的河流，亦通。③九天，九重天，天之最高处。

[鉴赏]

这首七绝和前一首五古为同题同时之作，所描绘的景象和所用的词语也有不少相似之处，如"挂流三百丈"与"飞流直下三千尺""挂前川"，"初惊河汉落"与"疑是银河落九天"，乃至"飞珠散轻霞"与"生紫烟"也不无相似之处。但两首诗却同样精彩，不可互相替代，也无须强分轩轾。这是因为两首诗虽然描绘的是同一对象，但观察景物的角度和立足点有同有异，描绘的全面细致与集中概括更有明显的不同。就后世流传的广远看，七绝由于其集中概括形成的艺术冲击力，较之五古也更强烈。

首句写香炉峰。这一带瀑布很多，水汽缭绕弥漫，在日光照射下，形成紫色氤氲的烟雾。云烟笼罩着峰顶，看上去就像一个正在飘散着香烟的香炉。诗人巧妙地将"香炉峰"略称为"香炉"，再加上一个"生"字，就将原为静态的香炉峰写活了，使人感到峰顶缭绕的紫烟就像是香炉里升腾出来的一样，同时又生动地表现出在日光映射下，那紫色的云烟仿佛在明灭变幻。这一句是香炉瀑布的背景。因为瀑布非常雄伟，因而作为它的背景的香炉峰也必须写出它的奇幻多姿。

次句正面写瀑布，用"遥看"二字点明这是远望中的瀑布全景。"挂前川"三字，给人以瀑布悬空泻下的感觉，显示出它的雄伟气势。特别是"挂"字，既给人以悬挂飘落的动感,又幻觉似的显示出它在一刹那间仿佛是静止的状态,就像电影中一个原来活动中的物体突然之间的"定格",这种感觉是只有"遥看"时才会产生的。白色的瀑布和香炉峰紫色的烟雾相映衬,更显出色彩的绚丽多彩。

第三句写瀑布从高处直泻而下的态势。用"飞流"代指瀑布,不仅是渲染瀑布的流势迅疾,而且将它从两峰之间喷薄而出、气势飞动的景象和悬空飞泻的姿态也描绘得栩栩如生。"直下"二字,写出了瀑布一泻到底、落势陡直、速度迅疾的特点,这正是香炉瀑布不同于三叠泉瀑布之处。同时也写出了瀑布奔腾不息的雄奇气势和无穷无尽的神奇力量。"三千尺",即五古之"三百丈",当然都是一种夸张,但对照周景式《庐山记》"其水出山腹,挂流三四百丈"之语,这种夸张也有其文献依据,夸张得并不失实。这一句可以看作对瀑布的动态描写。

末句"疑是银河落九天"是凝神欣赏瀑布时产生的惊讶、奇幻的感觉。在恍惚中,眼前那从高处直泻而下的瀑布仿佛幻化成了一条从九天之上落下的银河。这就把前面所描绘的景象升华到了幻想中的境界。这是整首诗中给读者留下的印象最深刻、美感最强烈的点睛之笔。不但赋予瀑布以非凡的雄伟气势与力量,而且赋予它以超人间超自然的神奇色彩。使人感到这只能是造化的创造,所谓"壮哉造化功",或者如苏东坡所说,是"帝遣银河一派垂"。瀑布因而成为宇宙神奇伟力和永不停息生命力的象征。而这种浪漫主义的想象当中又蕴含了心胸开阔、性格豪放、被人们称为"谪仙人"的李白独特的主观感受和精神气质。瀑布那雄奇飞动的气势,雄迈神奇的力量,永不停息的生命力,都仿佛有诗人自己的影子。不妨说,李白在观赏瀑布的过程中自然而然地与对象融为一体,因此才能在传瀑布之"神"的同时传出自己的神采个性。

值得玩味的是,五古中也同时出现了"初惊河汉落"这样的比喻,但它却显然没有收到七绝中所产生的巨大艺术效果。这跟诗人将这个创造性的比喻放在什么位置大有关系。在五古中,这比喻仅仅是对瀑布进行全面细致描绘中的一个局部,而且将它放在一系列多侧面的描绘当中,并未着意加以强调,因此并没有引起读者的充分注意,只是将它看作一个有创意的比喻匆匆读过。而在七绝中,诗人是将它放在末句的位置上作为全篇的警策、全诗的神魂出现的,因此格外引人注目。更重要的是,在它之前,诗人又围绕这个警策进行了充分的铺垫和渲染。第一句就勾画了香炉峰上紫烟氤氲弥漫、变幻不定的背景,只有在这种隐约朦胧、缥缈多彩的背景下,才有可能产生"银河落九天"的幻觉联想;第二句的"挂前川"三字,更进一步将飞泻而下的瀑布与悬挂的河流联系起来,为"银河落九天"从形态上作了准备;第三句的"飞流直下",更直接创造出瀑布仿佛从天而降的态势,这离"银河落九天"已经只有一层之隔了。但以上描写的,基本上还都是现实世界中的景象,而"银河落九天"则是幻想中的景象,因此前三句虽从各方面充分蓄势,但第四句所创的境界对前三句来说,仍是一个飞跃。妙在诗人在"银河落九天"之前用了"疑是"这个极灵动极真切的词语,准确传神地表达了诗人当时那种恍恍惚惚,似真似幻的主观感受和心理状态,那种半是神奇半是惊叹的感情。如果改成"正似""恰似"一类词语,含义确定了,但这种似真似幻的感受也就消失了,灵气也随之索然。用得传神,正由于用得恰如其分。喜欢夸张的李白,在这个高度夸张的句子里,却用了一个非常老实的词语,这说明艺术分寸感的掌握与高度的夸张并不矛盾,而是可以达成一种奇妙的统一。

秋登宣城谢朓北楼①

江城如画里②,山晚望晴空③。两水夹明镜④,双桥落彩虹⑤。人烟寒橘柚⑥,秋色老梧桐⑦。谁念北楼上,临风怀谢公⑧!

[校注]

①谢朓北楼,即谢公楼,南朝齐谢朓任宣城太守时在陵阳山上所建,自称"高斋"者。朓有《郡内高斋闲坐答吕法曹》诗。此诗约天宝十二、三载(753、754)秋李白在宣城时所作。②江城,指宣城,因有宛溪、句溪二水绕城流过,故称。③晚,诸本均作"晚",独《全唐诗》作"晓",当误,兹据诸本改。④两水,指宛溪、句溪,二水于宣城东北合流。夹明镜,形容清澈如镜的两条溪水环抱全城而过。此句句法实为两水如明镜之夹城。或谓"明镜"指宣城附近之明镜湖,原位于宛溪与句溪之间,故曰"夹",今湖已废。⑤双桥,指宛溪上的两座桥。《江南通志》卷十六山川宁国府:"宛溪在府城东,源出新田山,纳诸水而来,委蛇数十里,故曰宛溪。上下两桥。上曰凤凰,下曰济川,并跨溪上。"王琦注引《宣州图经》:"宛溪、句溪两水绕郡城合流,有凤凰、济川二桥,开皇时建。"落彩虹,谓双桥拱形的身姿如天上落下的彩虹。⑥人烟,人家的炊烟。⑦句意谓在秋色中梧叶变黄,显得苍老。⑧谢公,指谢朓。

[鉴赏]

这首登临怀古诗和一般的同类诗作多将内容的侧重点放在怀古上,写景每多围绕怀古之情展开不同。它的侧重点显然放在写景上,怀古之意仅于篇末一点即止。全篇留给读者印象最深,最具诗情画意的无疑是江南山环水绕的小城那一派明丽绚烂的秋色。

首句以充满抒情赞叹意味的笔调凌空而起。江南地区,水无论大小均称"江",所谓"江城"即指有宛溪、句溪绕城而流的宣城。"如画里"三字直贯颔、腹二联,极概括又极具诱惑力。五个字不仅统摄全篇,而且突出强调了诗人登楼瞬间所获得的总体感受,渲染出浓烈的抒情氛围。起得既飘逸潇洒,又具有艺术冲击力,使读者也随着诗人的一声深情咏叹而顿生神往之感。

接下来一句,才从容交代这种强烈的第一印象是在什么情况下获得的。"山"指陵阳山,亦即建有北楼的诗人登临的地点。"晚"点明时间已近日暮。"晴空"则强调登临时的天气正值晴空万里,一碧如洗,其中暗藏"秋"字。"望"字既统摄全句,也统摄前六句。前三联所写的都是诗人在一个晴空一碧的傍晚登山(亦即登楼)远望所见。

颔联写望中所见的水和桥,这本是"江城"的特点。但在诗人的彩笔渲染下,却都鲜丽如画。"两水"指宛溪、句溪二水。据《清一统志》记载,"宛溪在宣城县东门外,源出县东南峰山,至县东北里许与句溪合。句溪在宣城东三里,溪流回曲,形如句字"。两水清澈如镜,绕城而流,故说"两水夹明镜"。诗的特殊句法结构给读者造成的视觉印象,仿佛是两条溪水当中夹了一面明镜,这虽是因句法造成的衍生义,却也同样鲜丽如画。"双桥"句是望中所见宛溪上的两座拱桥,就像天上落下的彩虹,横跨溪水两岸。着一"落"字,不仅赋予静止的拱桥以飞动之感,而且渲染了它的神奇,仿佛天外飞来。而"彩"字则进一步渲染桥的色彩鲜明绚丽。两句在字里行间,同样渗透了诗人对如此美好景色的热情赞叹。

腹联写望中所见江城秋色。"人烟"指人家的炊烟,而"橘柚"则是江南地区人家庭院果园中常见的果木。"人烟"与"橘柚"之间着一"寒"字,正是写江城秋色的传神之笔。深秋的傍晚,缭绕在橘柚之间的轻烟似乎带着一股寒凉的意味。在诗人的感觉中,橘柚好像是由于轻烟散发的寒意使它的果实染黄了,显出了分明的秋意。"人烟"之"寒",诗人是如何感受到的呢?仿佛无理。但秋天傍晚那种沁人肌肤心神的寒意,此刻正在山上楼头的诗人无疑是处在它的包围之中而且明显感受到的。正是感受的自然传导，使诗人感到连人家的炊烟也带上了寒意，而使橘柚受到了浸染。因此，这个"寒"字，乃是处于秋天寒意氛围中的诗人将自己主观感受移之于客观景物的结果，和说"秋山"是"寒山"，说"秋烟"是"寒烟"是一个道理，只不过诗人将它用作动词，显得分外新警而已。这正是对"秋"意的传神描写，因为它无所不在，沁人心神，沉浸景物。下一句"秋色老梧桐"同样是诗人的主观感受作用于客观物象的结果。"秋色"虽是一个似乎抽象的集合性意象，却是由一系列具象的景物组成的，举凡经霜的红叶、篱边的黄菊、田野上金黄的稻谷、树梢上金黄的果实，乃至寥廓高远的秋空，都可以包括在"秋色"之中。在诗人的感觉中那人家屋旁的梧桐树，仿佛是受了这一片秋色的熏染，而变老了，显现出枯黄的树叶。本来，梧桐树是秋天较早变黄落叶的，故可因梧叶落而知秋，这里却说成"秋色老梧桐"，自是诗人主观感受作用的结果。这同样是对秋色的传神描写，在诗人笔下，"秋色"也成了有生命的东西，它能使绿叶成荫的梧桐在它的浸染下慢慢变老。

这一联写江城秋色，虽用了"寒""老"等字眼，但景物的色调并不显得凄寒黯淡、萧瑟冷寂。"秋色"的意象本身就包含着诸多江南秋景的绚丽多彩，就连那受了带着秋意的寒烟浸染的橘柚，也是叶绿果黄，纷然在目的。再加上那"寒"字、"老"字中，还隐隐透出了一种大自然生气流注的意趣，更使得整个境界不显得枯寒冷寂。而是显示出江南秋景绚丽多彩、生机盎然的美感。

尾联紧扣题内"谢朓北楼"，将目光收归登临之地的眼前之境，思绪却远溯往昔，说我今登谢朓所建的北楼，对景临风，怀念谢公。悠悠此情，又有谁能解会呢？若只说"今日北楼上，临风怀谢公"，便直遂少味，着"谁念"二字，便隐然有无人会登临意的蕴涵，平添了隽永的情味。李白钦服谢朓，从现有提及谢朓的诗句看，主要是推赏其诗才诗风，"怀谢公"之中，未必有更深的含意。但"谁念"二字中，或许包含有谢朓之诗才，今世唯我独为真正的知音；我今登楼怀谢公，异日登此楼者，又有谁为我之知音呢？在自赏自负之中流露出一丝孤寂感，令人神远。由于李白对谢朓的特殊推崇知赏，这个看似泛语的结尾便有了值得涵泳的情味，有了摇曳不尽的风神。这个结尾，与前三联之鲜丽俊逸的格调也完全统一。

望天门山①

天门中断楚江开②,碧水东流至此回③。两岸青山相对出④,孤帆一片日边来⑤。

[校注]

①天门山,《元和郡县图志·江南道·宣州》:当涂县:"博望山,在县西三十五里,与和州对岸。江西岸曰梁山,在溧阳县南七十里。两山相对如门,俗谓之天门山。"博望山,今又称东梁山,江西岸之梁山又称西梁山。两山夹江对峙。郁贤皓《李白选集》谓此诗当是开元十三年(725)初次过天门山时所作。②天门中断,谓本来合拢成一体的天门山从中断开。楚江,当涂在战国时属楚国,故称这一带的长江为楚江。开,打开。③至此,《全唐诗》原作"至北",宋本作"直北",萧本、郭本作"至北"。《方舆胜览》引作"至此"。王注引毛先舒(西河)曰:"因梁山、博望夹峙,江水至此一回旋也。时刻误'此'作'北',既东又北,既北又回,已乖句调,兼失义理。"兹据缪本一作"至此"改。詹锳《李白全集校注汇释集评》云:"按'直北回'即是直向北转而流,并非'既北又回'。"④两岸青山,指博望山与梁山,即今之东、西梁山。⑤孤帆,指诗人所乘的船。日边来,指从西边上游落日的方向驶来。或据《世说新语·夙惠》载晋明帝少时其父问长安与日孰远,明帝答曰"日远,不闻人从日边来,居然可知"之语,谓日边指长安,非。详鉴赏。

[鉴赏]

天门山是今天安徽当涂县东梁山(古代称博望山)与和县西梁山的合称。两山夹长江对峙,像一座天设的门户,形势险要,"天门"即由此得名。诗题中的"望"字,说明诗中所描绘的是远望所见天门山壮美景色,历来许多注本由于没有弄清"望"的立脚点,所以往往把诗意理解错了。

天门山夹江对峙,所以写天门山离不开长江。诗的前幅即从"江"与"山"的关系着笔。第一句"天门中断楚江开",着重写出浩荡东流的楚江(长江流经战国楚旧地的一段)冲破天门奔腾而去的气势。它给人以丰富的联想:天门两山本来是一个整体,阻挡着汹涌的江流,由于楚江怒涛的冲击,才撞开了"天门",使

李　白

它"中断"为东西两山。这和作者在《西岳云台歌送丹丘子》中所描绘的情景颇为相似："巨灵（河神）咆哮擘两山（指黄河西边的华山和东边的首阳山），洪波喷流射东海。"不过前者隐后者显而已。在作者笔下，楚江仿佛成了有巨大生命力的事物，显示出冲决一切阻碍的神奇力量，而天门山也似乎默默地为它让出了一条通道。

第二句"碧水东流至此回"，又反过来着重写夹江对峙的天门山对汹涌奔腾的楚江的约束力和反作用。由于两山对峙，浩阔的长江流经两山间的通道时，激起回旋，形成波涛汹涌的奇观。如果说上一句是借山势写出水的汹涌，那么这一句则是借水势衬出山的奇险。有的本子"至此回"作"直北回"，解者以为指这一带的长江由东流向正北方向回转。这也许称得上是对长江流向的精确说明，但不是诗，更不能显现天门山奇险的气势。试比较《西岳云台歌送丹丘子》的开头几句："西岳峥嵘何壮哉！黄河如丝天际来。黄河万里触山动，盘涡毂转秦地雷。""盘涡毂转"也就是"碧水东流至此回"，同样是描绘成万里江河受到峥嵘奇险的山峰阻遏时出现的情景。作者《天门山铭》"梁山博望，关扃楚滨""卷沙扬涛"数语亦可参证。绝句尚简省含蓄，所以不像七古那样写得淋漓尽致，惊心动魄。加上这一段江流相对于《西岳云台歌送丹丘子》中所写的黄河比较宽阔平缓，因而虽受阻而激起回旋，却不至于发出雷鸣般的巨大声响。

"两岸青山相对出，孤帆一片日边来。"这两句是一个不可分割的整体。上句写望中所见天门山的雄姿，下句则点醒"望"的立脚点和诗人的淋漓兴会。诗人并不是站在岸上的某一个地方望天门山，他"望"的立脚点便是从"日边来"的"孤帆一片"。读这首诗的人大都赞赏"两岸青山相对出"的"出"字，因为它使本来静止不动的山带上了动态美，却很少去考虑诗人何以有"相对出"的感受。如果是站在岸上某个固定的立脚点"望天门山"，那恐怕只能产生"两岸青山相对立"的静态感。反之，舟行江上，顺流而下，望着天门山由远而近，扑进眼帘，显现出愈来愈清晰的身姿时，"两岸青山相对出"的动态感就非常突出了。"出"字不但逼真地表现了舟行顺流而下过程中"望天门山"时夹江对峙的两山势如涌出的姿态，而且寓含了舟中的诗人那份新鲜喜悦之感。夹江对峙的天门山，似乎正迎面向自己走来，表示它对江上来客的欢迎。

青山对远客既如此有情，则远客自当更加兴会淋漓。"孤帆一片日边来"，正传神地描绘出孤帆背映日影，乘风破浪，越来越靠近天门山的情景，和诗人欣睹名山胜景,目接神驰的情状。它似乎包含着这样的潜台词:雄伟险要的天门山啊!我这乘一片孤帆的远方来客,今日终于看见了你。试比较陈子昂的《渡荆门望楚》尾联"今日狂歌客,谁知入楚来",其兴奋之情可见。由于末句在叙事中饱含诗人的激情,这首诗便在描绘出天门山雄伟景观的同时突出了诗人的自我形象。如果要正题,诗题应该叫"舟行望天门山"。

早发白帝城①

朝辞白帝彩云间②,千里江陵一日还③。两岸猿声啼不尽④,轻舟已过万重山⑤。

[校注]

①题目咸本、万首绝句作《白帝下江陵》。白帝城,古城名,故址在今重庆市奉节县东瞿塘峡西口之长江北岸,相传为公孙述所筑。《水经注·江水一》:"江水又东迳鱼腹县故城南,故鱼国也。……公孙述名之为白帝,取其王色。"奉节古称鱼腹,西汉末公孙述割据时迁鱼腹于此,称白帝城。公孙述至鱼腹,有白龙出井中,自以承汉土运,故称白帝,改鱼腹为白帝城。诗当作于乾元二年(759)长流夜郎途经白帝城时遇赦,旋即回舟东还行抵江陵时。宋本题下注:"一作白帝下江陵。"②白帝城在白帝山上,地势高峻,坐在顺流而下的船上往回看,白帝城如在彩云之间,故云。"彩云"指奇幻多彩的云霞,此处或暗用宋玉《高唐赋序》巫山神女"旦为朝云,暮为行雨"的典故。距白帝城不远有巫山县,有巫山十二峰之神女峰,上常有彩云缭绕。③《水经注·江水》:"自三峡七百里中,两岸连山,略无阙处,重岩叠嶂,隐天蔽日。自非亭午夜分,不见曦月。至于夏水襄陵,沿溯阻绝,或王命急宣,有时朝发白帝,暮到江陵,其间千二百里,虽乘奔御风,不以疾也。"④尽,《唐诗品汇》《唐人万首绝句选》《唐诗别裁》《唐宋诗醇》作"住"。《水经注·江水》:"每至晴初霜旦,林寒涧肃,常有高猿长啸,属引凄异,空谷传响,哀转久绝。故渔者歌曰:'巴东三峡巫峡长,猿鸣三声泪沾裳。'"⑤轻舟已过,咸本、万首绝句作"须臾过却"。

[鉴赏]

此诗作年有开元十二年(724)初出峡时及乾元二年(759)遇赦东归时二

说。从诗的第二句"千里江陵一日还"的"还"字看，在写这首诗之前当有乘舟自江陵溯江上三峡的经历，则自以乾元二年遇赦东归时作为是。王建《江陵使至汝州》七绝云："回看巴路在云间，寒食离家麦熟还。日暮数峰青似染，商人说是汝州山。"与李白这首七绝同押删韵，韵脚全同，且一、二句叙事写景及写法类似，可能有意模仿或无意中受到李诗的影响，王诗第二句的"麦熟还"明指还家，亦可作为旁证。不过，说诗是抵达江陵后作，则似乎将第二句理解得太实太死，其实诗人只是化用盛弘之《荆州记》或《水经注·江水》的文字，说千里江陵一日可达而已，是舟中悬想之词，意思本较活泛。从末句看，诗或当作于船过三峡的重峦叠嶂，行将进入平野之时，是诗人激动兴奋、轻松舒畅的心情正浓时挥笔而成的即兴之作。这样理解，诗的现场感会更加强烈，诗的新鲜感也会更加浓郁。

　　第一句"朝辞白帝彩云间"，表面上看是简单的叙事，交代早晨从白帝城出发，点明诗题。但"朝辞白帝"之后缀以"彩云间"三字，却起着点染景物、渲染气氛的重要作用。白帝城在白帝山上，从舟中回望，宛若处于云端，固是实情，但它却渲染出了一种美好而富于遐想的气氛。白帝城，本是诗人在长流夜郎途中所经历的一站，其时心情之忧伤、愁苦可以想见。如今突然遇赦，顿感天地再新，阳春重见，怀着喜悦兴奋的心情向它告辞，因而那高耸入云的白帝城也宛若彩云缭绕的缥缈仙境，而令诗人感到追恋向往了。如果满怀忧伤愁苦之情继续长流夜郎之行，即使看到同样的景物，也会视而不见，写不出"朝辞白帝彩云间"的诗句。说此诗者或言"彩云间"显示江流落差之大，水势之急，以衬托舟行之疾，可能未注意到"白帝彩云间"仅是"朝辞"的瞬间所见景象，其时诗人所乘之舟尚在白帝山下或离山不远处，不大可能将后来的行程及江流的地势落差也预计在内。三峡一带，重岩叠嶂，江流弯曲，身行不久，当已不见"白帝彩云间"的景象了。

　　次句"千里江陵一日还"，是船出发后对行程的畅想。这种畅想，既有《荆州记》或《水经注·江水》"朝发白帝，暮到江陵"的文献记载依据，更有舟行轻疾如飞的现实情境依据。解者或据此句谓诗作于舟抵江陵以后，这恐怕是将途中的畅想当成了既成事实。此诗纪行，大抵是按时间先后次序来写的。第一句写出发辞别白帝城，第二句写出发后途中畅想，语气口吻类似杜甫《闻官军收河南河北》的"即从巴峡穿巫峡，便下襄阳向洛阳"。三、四两句，则借"猿声"概写轻舟穿越千山万嶂的行程。虽"已过万重山",但离江陵还有一段行程,不过已经在望了。这样看来,直至篇末,乃至此诗写成之际,江陵仍在望中,则第二句的"一日还"不可泥解自明。这句通过"千里"的遥远空间与"一日"短暂时间的鲜明对照,显示出畅想中舟行的迅疾。且透露出诗人在畅想时按捺不住的兴奋喜悦之情。句末的"还"字,看似漫不经意,却极有蕴涵,极可玩味。在长流夜郎途中,诗人时刻都在盼望着被赦放还。"我愁远谪夜郎去,何时金鸡放赦回?"(《流夜郎赠辛判官》)"我行望雷雨,安得沾枯散。"(《流夜郎至西塞驿寄裴隐》)"予若洞庭叶,随波送逐臣。思归未可得,书此谢情人。"(《送郗昂谪巴中》)"二年吟泽畔,憔悴几时回?"(《赠别郑判官》)"独弃长沙国,三年未许回。"(《放后遇恩不沾》)在诗人的内心深处,被赦放还几乎是一个遥远而渺茫的幻想和梦境。如今,十五个月的宿愿竟突然实现,而且一日之间便可回到繁华的江陵,则这个"还"字蕴含的感情分量便可想而知了,举重若轻,正在这"还"字当中。

三、四两句是一个整体,借两岸连山叠嶂的猿声来表现"轻舟已过万重山"的行程之迅疾。三峡两岸多猿,《水经注·江水》有生动描写,且引渔者之歌为证。写这段行程提及猿声,本很自然。但在一般情况下,猿声与舟行之疾、行程之速并无必然联系。但诗人却巧妙地以舟行过程中听觉的连续和视觉的倏变,传神地描绘了轻舟穿峡、其速如飞的情景。两岸连山,山山有猿,就实际情况说,每一座山的每一头猿的鸣声都是有"尽"时的;但由于舟行之疾,这两岸山上的猿声在感觉中就似乎连成了一片,没有休止。而就在这"猿声啼不尽"的过程中,轻舟已经驶过万重山峦,江陵已经在望了。"啼不尽"是错觉,却符合特定情况下听觉的真实,这个特定情况就是轻舟穿越两岸连山其速如飞。"已过"却是眼前的真实。听觉之幻与视觉之真,"不尽"与"已过"的呼应,既印证了"千里江陵一日还"的畅想,又传达出诗人当时那种意外的惊喜与兴奋。"猿声"犹似在耳,轻舟已经出峡,眼前所见,已是"山随平野尽,江入大荒流"了。

古代没有现代化的高速交通工具,陆行或可靠接力的骏马,水行则只能靠涨水季节江流湍急顺水行舟方能体验高速的快感与美感。李白这首诗,传神地表现了一种在常态下难以想象的高速度,以及诗人对这种高速特殊而真切的感受。单就这一点,就极富创造性。但这首诗既非单纯的写景纪行诗,也并不单纯为了表达一种高速行舟的快感,而是有更加深刻内在的感情蕴涵。这就必须联系长流夜郎途经三峡时的心情和诗作,才能有切实的理解。其《上三峡》诗说:"三朝上黄牛,三暮行太迟。三朝又三暮,不觉鬓成丝。"黄牛山在上三峡的入口处,山势高峻,加上江流宛转曲折难行,上行途中几天几夜都能看到,好像老围着它打转。身行的迟缓、艰难,流放的愁苦、悲伤,使诗人的心情格外沉重,三朝三暮之间连头发都愁白了。这和《早发白帝城》诗中所表现的轻快喜悦、兴奋激动的心情正好成为鲜明对照。从中可以体味出诗中所洋溢出来的轻快之感,包含着一种劫后重生、摆脱枷锁、重获自由的轻松感、兴奋感。为了充分表达这种感受,诗人还特意给自己所乘的小舟之上加一"轻"字,生动地营造出一叶轻舟,飞掠水面,瞬息而过的场景,诗人的心也好像飞起来了。这种心情,也明显流露在遇赦出峡的其他诗作中。《宿巫山》:"桃花飞绿水,三月下瞿塘。"《荆门浮舟望蜀江》:"逶迤巴山尽,摇曳楚云行。雪照聚沙雁,花飞出谷莺。芳树却已转,碧树森森迎。"欣喜轻快之情,同样溢于字里行间,而且都不约而同地用了"飞"字。猿声,在《水经注·江水》中,是"哀啭久绝",催人泪下沾裳的愁苦之音,但在这首诗中,"两岸猿声啼不尽"仿佛成了愉快旅途的轻松伴奏,成了清猿一路送我行了。总之,景物依旧,心情迥异,只有用长流途中上三峡时情景作为参照,才能真正深切感受并理解这首诗所表现的感情实质。

　　清代一些有眼光的诗评家都特别强调这首诗第三句的高妙,如朱之荆、沈德潜、桂馥、施补华等人的评语,从各个不同的侧面作了深入的发挥,可以参看。其实作为诗的素材,如前所述,《水经注》中早已提及,但一则作为身行迅疾的巧妙映衬,一则作为旅人愁苦心绪的映衬,作用完全相反。李白利用旧有的素材作了全新的艺术处理,为表现其轻快喜悦的心情服务。这首诗的成功,关键就在第三句的天才创造以及它与第四句之间的巧妙配合。有一个小小的试验可以从反面证明这一点。在《水经注》中,形容舟行之快,用了"虽乘奔御风不以疾也"这样一个比喻句,如果李白利用现成的文字将诗的第三句改成"乘奔御风不以疾"来和第四句"轻舟已过万重山"配合,那么整首诗就灵气索然、拙笨平直得如庸人之作了。

宿五松山下荀媪家[①]

　　我宿五松下,寂寥无所欢。田家秋作苦[②],邻女夜舂寒[③]。跪进雕胡饭[④],月光明素盘[⑤]。令人惭漂母[⑥],三谢不能餐。

[校注]

①五松山，在今安徽铜陵市东南。北临天井湖，南仰铜官山，西隔玉带河与长江相望。胡震亨《唐音癸签》卷十六："五松山，在南陵铜井西。初不知何名。李白以其山有松，一本五干，苍翠异恒，题今名。诗云：'征古绝遗老，因名五松山。'人皆知白改九子为九华，不知更有更五松事。"媪（ǎo），老年妇女。李白另有《南陵五松山别荀七》《五松山送殷淑》《与南陵常赞府游五松山》《答杜秀才五松山见赠》《铜官山绝句》等有关五松山的诗作。瞿蜕园等《李白集校注》疑荀媪为荀七家人。詹锳《李白诗文系年》系此诗于上元二年（761），云："诗云：'我宿五松下，寂寥无所欢……令人惭漂母，三谢不能餐。'是则暮年寥落，与'数十年为客，未尝一日低颜色'时，不可同日而语矣。诗云：'田家秋作苦，邻女夜舂寒。'当是秋季作。"安旗主编《李白全集编年注释》系于天宝十四载（755），郁贤皓《李白选集》入不编年诗。按：李白《答杜秀才五松山见赠》诗云："闻道金陵龙虎盘，还同谢朓望长安。千峰夹水向秋浦，五松名山当夏寒。铜井炎炉歊九天，赫如铸鼎荆山前。"詹锳据此谓："知太白由金陵经秋浦抵南陵五松山，时方当夏季。按李集中于五松山所赋诗甚多，俱是前后之作。"《答杜秀才五松山见赠》明显是安史乱前所作，而《宿五松下荀媪家》作于秋季，时间相接，当为同时先后之作。故作于天宝末（十三或十四载）比较可信。又，据《答杜秀才五松山见赠》"五松名山当夏寒"之句，五松山系李白更名之说殆不足信。②作苦，耕作辛苦。杨恽《报孙会宗书》："田家作苦，岁时伏腊，烹羊炮羔，斗酒自劳。"秋作苦，秋天耕作辛苦。③夜舂，夜间舂米。将带壳的粮食放在石臼中用杵捣之。④雕胡，即菰米。茭白的子实。《史记·司马相如列传》："其卑湿则生藏莨蒹葭，东蔷雕胡。"司马贞索隐："雕胡，案谓菰米。"《西京杂记》卷一："菰之有米者，长安人谓之雕胡。"用菰米煮的饭称雕胡饭。⑤明，映照。素盘，指农家用的无釉饰的白色粗瓷盘。⑥《史记·淮阴侯列传》："淮阴侯韩信者，淮阴人也。始为布衣时，贫无行，不得推择为吏，又不能治生商贾，常从人寄食饮，人多厌之者……信钓于城下，诸母漂，有一母见信饥，饭信，竟漂数十日。信喜，谓漂母曰：'吾必有以重报母。'母曰：'大丈夫不能自食，吾哀王孙而进食，岂望报乎！'"后被汉王刘邦用为大将。汉高祖五年，徙封楚王，都下邳。信至国，召所从食漂母，赐千金。此以"漂母"喻指荀媪。漂，漂洗衣服。漂母，漂洗衣服的老妇。

李　白

[鉴赏]

　　这首诗显示出李白身上非常平民化的一面，诗也写得极朴素真挚，如道家常，内容与形式达到高度的和谐。

　　起首一句，平直叙起，交代自己夜宿五松山下，朴素得如同一篇日记的开头。次句从容承接，点出自己的心境。"寂寥无所欢"五字，既是对自己寂寞孤独、无以为欢心境的叙写，也透露入夜的山村寂静的氛围，但语气平和而从容，诗人好像对这种孤寂的环境与心境已经有些习以为常了。联系此前在宣城写的《独坐敬亭山》"相看两不厌，只有敬亭山"的诗句，可以体味出诗人在这一时期内心的孤独寂寞。

　　接下来一联，叙写夜宿山村所见所闻所感。诗人没有将笔触马上叙及荀媪家，而是泛写整个山村的情景。传统的旧日农村，日出而作，日入而息，但诗人夜宿的山村，却虽入夜仍有农民在田地里辛勤劳作，"田家秋作苦"正是对这种情况的概括叙写，"田家"可以包括荀家，但指向广泛。对具体的劳作情景虽未展开描写，但从句末的"苦"字中可以见其艰辛勤苦，也透露出诗人的真挚同情。"邻女"自指荀媪家近邻的女子，笔触由远而近。在山村整体寂静的氛围中，那单调而不断的夜间舂米声不但显得格外清晰，吸引诗人的注意力，而且在秋夜的寒凉气氛中，似乎透出了一阵阵寒意。"夜舂寒"的"寒"字，似不经意，却极传神。它既传出了秋夜舂捣的神韵，也传出了诗人在侧耳倾听之际内心孤寂凄寒的感触，以及对邻女夜舂辛勤劳作的悲悯。这一联实际上是诗人对山村农家生活辛劳贫苦状况的一个素描。它同样是诗中所写夜宿荀媪家情景的环境和背景。有了前两联的感情背景、环境背景作为铺垫，后两联正面描写夜宿荀媪家所遇所感才显得有深度有厚度。

　　"跪进雕胡饭，月光明素盘。"当诗人将笔触正面写到荀媪家时，却只是精练到不能再精练的一个镜头：白发苍苍的荀媪恭恭敬敬地跪着进上雕胡饭，月光映照着素洁的盘子。这是一个无言的场景，却包蕴丰富，情味隽永。山村老媪待客的朴素真诚，诗人亲历其境时的心灵触动，都不着痕迹地融和在这无言的场景当中。那青碧晶莹的雕胡饭，明净如水的月光，和素洁的粗瓷盘，构成了一个玲珑剔透的世界，映射出山村老媪真淳纯朴、晶莹透明的内心世界，也洗净了诗人的灵魂。

　　"令人惭漂母，三谢不能餐。"尾联是诗人面对此情此景时发自内心的感慨。上联写到荀媪进雕胡饭，因而联想到漂母饭韩信之事，故用"漂母"喻指荀媪。或引李白另一首诗中"感子漂母意，愧我非韩才"之句以释"惭"字所包含的意蕴，联系诗人同时作的《书怀赠南陵常赞府》中"君看我才能，何似鲁仲尼。大圣犹不遇，小儒安足悲""自顾无所用，辞家方未归。霜惊壮士发，泪满逐臣衣。以此不安席，蹉跎身世违"等句，"惭"字中包含身世蹉跎、难以酬报漂母一饭之恩的意思情或有之。但联系此诗的颔联，诗人之所以感到惭愧，恐怕更主要的是由于山村的农家虽然劳作辛勤，生活贫苦，但心地却极淳朴善良，感情极真挚淳厚，这跟诗人所熟悉的污浊势利的上层社会形成鲜明对照。以荀媪为代表的山村百姓是另一世界中人。面对他们的深情厚谊，诗人不禁深感惭愧，以致"三谢不能餐"了。詹锳等谓："'不能餐'，谓不能下咽。"可见诗人感触之深。

在这首朴素得像水一样莹澈透明的诗里，李白一贯的豪纵不羁之气，飘逸风流之致，傲视权贵之概，都让位给了对山村老媪和农村生活的真挚感动和关切。诗人习用的夸张手法在这里也让位给自然而本色的叙写。但在朴素自然之中又蕴含着深永的情韵，营造出令人神远的意境，这在"邻女夜春寒""月光明素盘"等句中表现得尤为明显。

苏台览古①

旧苑荒台杨柳新②，菱歌清唱不胜春③。只今惟有西江月④，曾照吴王宫里人⑤。

[校注]

①苏台，指姑苏台。《墨子·非攻中》："（夫差）遂筑姑苏之台，七年不成。"孙诒让间诂："《国语》以姑苏为夫差事，与此书正合……《越绝》以姑苏为阖闾所筑，疑误。"汉袁康《越绝书·外记传吴地传》："胥门外有九曲路，阖闾造以游姑胥之台，以望太湖。"当是阖闾兴建，其子夫差增修。馀参《乌栖曲》注②。旧址在江苏苏州姑苏山上。詹锳《李白诗文系年》谓此诗"疑是初游姑苏时作"。郁贤皓《李白选集》谓"当是开元十五（727）春由越州回到苏州时作"。②旧苑，在姑苏台上建造的宫苑。③菱歌清唱，《文苑英华》作"采菱歌唱"。菱歌，采菱时唱的歌。多为女子所唱。不胜春，犹不尽春，无边的春意。④只今，至今。西江，唐人多称长江中下游为西江。宋本"西江"作"江西"。⑤吴王宫里人，此当特指吴王夫差的宠妃西施。

李　白

[鉴赏]

　　"览古",即游览古迹。览古诗一般都有怀古慨今、人事沧桑的感情内容,实际上就是通常所说的怀古诗。但在不同的时代,不同的诗人那里,它们的意蕴、情调往往有明显的区别。这首《苏台览古》是李白开元中期漫游吴越期间所作,其中虽也有今昔沧桑的感慨,但整个情调却并不伤感低回,而是在凭吊故迹的同时表现出对今昔沧桑、人事变化的从容洒脱态度,以及对眼前美好自然景物和生活的欣赏,体现出盛唐怀古诗的特有风神和诗人青年时代对生活的乐观态度。

　　首句"旧苑荒台"指昔日姑苏台上的吴宫如今已是一片荒凉残破的废墟。这是诗人"苏台览古"的第一印象,曰"旧",曰"荒",在触目苏台旧址的荒废时自然会引起历史沧桑感。但接下来的"杨柳新"三字,却在印证今昔变化的同时写出了诗人面对的现实生活、自然景色欣欣向荣,一派春天的生意。"新"与"旧"的对照,不是让人沉溺在对已经逝去的年代和事物的惋惜追恋上,而是给人一种古今迭代、新陈代谢的启示。

　　次句承"新"字,进一步渲染苏台登览所闻见的景象。"菱歌清唱",指采菱女子清脆动人的歌唱;"不胜春",是说她们的唱歌声中充溢着不尽的春意。这既显示了采菱少女青春的活力和对生活的热爱,也渗透了诗人目睹耳闻之际心往神驰、为"菱歌清唱"所深深吸引的情状。这里所勾画的是充满生机活力的吴中春意图,第一句中由于新、旧对照而引发的历史沧桑感,在这里已经为对眼前美好春色的神往所代替。

　　三、四两句由眼前的"西江月"将今古打通,转出自然景物依旧、历史人事沧桑的意蕴。诗人登览的时间是傍晚,所以可以看到天上的初月。说"西江月",固然是由于吴地滨江,也由于"江"和"月"一样,都具有亘古如斯的不变的自然属性。"只今惟有"四字,重笔勾勒,突出显示昔日的姑苏台上一切繁华景象,均已荡然不存,只有长江上的一弯明月,曾经照临过往日吴王宫里的美人西施。对旧苑荒台之上发生过的旧事,如今只能通过这亘古如斯的西江月去想象了。这里自然包含了人间繁华短暂、自然景象永恒的感慨。但诗人对此并没有发出沉重的叹息和低回不已的伤感,而是在流转自如、清畅宛转的笔调中表露出一种从容洒脱的态度。一切人间的繁华都将随着时间的消逝成为历史陈迹,但自然永恒,明月长在,杨柳长新,生活中仍然充满青春的欢乐和春天的生意。一个繁荣昌盛的时代,一个对前途充满幻想与展望的诗人,当他面对历史陈迹时,唤起的正是这种由今昔沧桑引发的对生活的热爱和珍重。"今人不见古时月,今月曾经照古人。古人今人若流水,共看明月皆如此。唯愿当歌对酒时,月光长照金樽里。"《把酒问月》的这几句诗,或许可以给这首诗的意蕴提供一种参照。

谢公亭盖谢朓范云之所游①

谢公离别处②,风景每生愁。客散青天月,山空碧水流。池花春映日,窗竹夜鸣秋③。今古一相接,长歌怀旧游④。

[校注]

①谢公亭,在安徽宣州市北。《方舆胜览》卷十五宁国府宣城县:"谢公亭在宣城县北二里。旧经云:谢玄晖送范云零陵内史之地。"《海录碎事》卷四下:"谢公亭在宣城,太守谢玄晖置。范云为零陵内史,谢送别于此,故有《新亭送别》诗。"按:谢朓有《新亭渚别范零陵云》诗。此"新亭"系东吴时所建之亭,名临沧观。晋安帝隆安中丹阳尹司马恢之重修,名新亭,东晋时为京师名士周𫖮、王导辈游宴之所,即著名的新亭对泣故事发生地。新亭故址在今南京市江宁区南。谢朓送任零陵内史的范云赴任的送别之地即在此。谢朓另有《和徐都曹出新亭渚诗》云:"宛洛佳遨游,春色满皇州。"亦可证谢朓送范云赴零陵处在建康。《方舆胜览》引旧经谓谢公亭为谢朓送范云赴零陵内史之地,显误。此"新亭"与宣城之谢公亭无涉。诗题下"盖谢朓范云之所游"是否李白之原注,亦颇可疑。或后人附会《新亭渚别范零陵云》诗而加此题注,亦有可能。且题注只言"盖谢朓范云之所游",并未言此地为谢送范赴任零陵之所,则谢、范二人或曾同游此亭并作别,亦有可能。后人遂名此亭为谢公亭。詹锳《李白诗文系年》系此诗于天宝十二载(753)。②公,宋本作"亭",咸本、萧本、王本、郭本并同《全唐诗》作"公"。③此联出句言"春",对句言"秋",当是对谢亭风景的概括描写,非同时所历。④旧游,指谢朓当年与范云同游的情景。

[鉴赏]

这首五律,写得极清新流畅,潇洒自然,却又空灵含蓄,浑然一体,是李白五律特有的妙境。

　　　　　　　　　　　　　　　　　　　　　　　　　李　白

　　谢公亭的得名，据题注，可能和谢朓与范云曾游此并离别而得名。但绝非谢朓送范云赴零陵内史任之地。谢、范都是齐代著名文人，竟陵八友之一。两位著名文人的告别之地，使这座亭在后世成了著名的别地。从这首诗一开头即径称"谢公离别处"及晚唐诗人许浑的《谢亭送别》可以看出，古今相接的不断的离别，使这里的美好风景似乎也染上一层惆怅的色调，令人触目生愁了。"风景每生愁"是人的主观感受。从下两联所写的景物看，它们原是怡悦耳目、愉心娱情的美景，之所以"生愁"，除了上面提到的古今长作别地的原因外，还有一层更内在的原因，这就是诗的题目及首尾所透露的思慕谢公而不得见的遗憾和怅惘。起联紧贴题目，点出"离别"及"风景生愁"作为全篇眼目。"每"字透露出诗人在宣城期间，到谢公亭游宴或送别不止一次，伏下"春""秋"不同之景。

　　颔联紧承"离别"写令人"生愁"的风景：客人散去之后，唯见青天之上，孤月高悬；空山静寂，碧水长流。"客散"二字及"空"字，贯串全联。这境界，既高远寥廓，明净清丽，又带有一种空旷寂寥的神韵，令人神远。写法颇似李商隐的"高阁客竟去，小园花乱飞"（《落花》）、"客去波平槛，蝉休露满枝"（《凉思》），而情调自有潇洒朗爽与感伤怅惘之别。这一联究竟是即目所见的今日之景，还是想象当中的昔时谢、范离别之景？我的理解是，既是当前登临谢公亭时仰望远眺所见之景，也是昔日谢、范别离时之景，或者更准确一点说，是由当前所见触发的对昔时别离情景的想象。谢公亭既为别离之处，则诗人来此亭时，或自己送别友人，或见他人送别，均可目接"客散青天月，山空碧水流"之景；而"谢公亭"之名又使诗人自然联想起昔日谢、范离别的情景，这正是由今而及古，由目寓而神驰，所谓"今古一相接"者是。

　　"池花春映日，窗竹夜鸣秋。"这一联写到池花、窗竹，自是亭内近处所有景物，但上句言"春"，下句言"秋"，自非同时所见，这就必须联系次句的"每"字来理解。也就是说，这一联乃是诗人在不同季节来谢公亭时所见景物的概括描写。春天，池边的花映日而开放，鲜艳夺目；秋天，窗外的竹迎风摇曳，飒飒作响。猛一看，这一联似乎单纯写春秋佳节亭内的美景，与怀古无涉。实则，它们都要和"离别"和"客散"联系起来，方能体味出其中寓含的意蕴。无论是当前之别或是昔日谢、范之别，"客散"之后，亭内如此美景也只能空自闲置，无知音共赏。是则这一联虽未明出"空"字，却传出了"空"的神韵。如果说上一联的"山空碧水流"令人联想到温庭筠《望江南》词"过尽千帆皆不是，斜晖脉脉水悠悠"的意境或许浑《谢亭送别》"红叶青山水急流"的意境,那么这一联的"池花春映日"就让人联想起王维《辛夷坞》"涧户寂无人,纷纷开且落"的意蕴了。王夫之极赞此联,正是体味出了其中内在的神韵。同样,这一联也是明写今,实贯通今古。

尾联总收。"今古一相接"是对颔、腹两联由眼前景追溯昔时景思维活动的概括,即寓目当前而神驰古代,在想象中与古人神游的说明。而"长歌怀旧游"则是对全诗怀慕古人主题的集中揭示。结得既干脆利落,又潇洒从容,从中不难想见诗人的神情风采、高标逸韵。

李白的五律,大都写得清畅流丽,虽有工丽的对仗,但却绝无板重凝滞之弊,而是一气呵成,极富潇洒飘逸之致,此诗的颔联即是典型的例证。腹联以"春映日"对"夜鸣秋",也明显是要打破过于拘滞的工对格局,交错以对,增流动萧散之趣。至于李白对谢朓的推服追慕,自是此诗内容意蕴的核心,这是不言自明的。

夜泊牛渚怀古① 此地即谢尚闻袁宏咏史处

牛渚西江夜②,青天无片云。登舟望秋月,空忆谢将军③。余亦能高咏,斯人不可闻④。明朝挂帆席⑤,枫叶落纷纷⑥。

[校注]

①牛渚,山名,在今安徽马鞍山市当涂县西北。《元和郡县图志·江南道》:宣州当涂县:"牛渚山,在县北三十五里。山突出江中,谓之牛渚圻,津渡处也……晋左卫将军谢尚镇于此。"牛渚山突出于长江中的部分,即采石矶。《世说新语·文学》:"袁虎(袁宏小字)少贫,尝为人佣载运租。谢镇西(谢尚曾进号镇西将军)经船行。其夜清风朗月,闻江渚间估客船上有咏诗声,甚有情致。所诵五言,又其所未尝闻,叹美不能已。即遣委曲讯问,乃是袁自咏其所作《咏史诗》,因此相要,大相赏得。"刘孝标注:"《续晋阳秋》曰:虎少有逸才,文章绝丽,曾为《咏史诗》,是其风情所寄。少孤而贫,以运租为业。镇西谢尚时镇牛渚,乘秋风佳月,率尔与左右微服泛江。会虎在运租船中讽咏,声既清会,辞文藻拔,非尚所曾闻,遂住听之。乃遣问讯,答曰:'是袁临汝郎(袁宏父勖,临汝

令）诵诗,即其《咏史》之作也。'尚佳其率有胜致,即遣要迎,谈诗申旦。自此名誉日茂。"詹锳《李白诗文系年》系此诗于开元二十七年(739),谓:"诗云:'……明朝洞庭去,枫叶落纷纷',当是去巴陵途中作。"郁贤皓《李白选集》系开元十五年(727),谓"诗云'明朝洞庭去',疑作于开元十五年秋完成'东涉溟海',溯江往洞庭云梦途经牛渚时"。②西江,从南京以西至江西九江的一段长江,古称西江。牛渚即位于西江岸。亦有径称长江为西江者。③谢将军,指曾号镇西将军之谢尚。《晋书·谢尚传》,尚累官至建武将军,进号安西将军。永和中拜前将军、镇历阳。入朝,进号镇西将军,镇寿阳。升平初,征拜卫将军,卒于历阳。袁宏后为谢尚引为幕府参军。④斯人,指谢尚。闻,见。⑤挂帆席,宋本一作"洞庭去"。挂帆席,指扬帆行船。⑥落,宋本一作"正"。

[鉴赏]

这首诗题为"夜泊牛渚怀古",但和一般的怀古诗多抒今昔沧桑变化之慨、历史兴衰之感不同,它的内容旨意与晋代发生在牛渚的一段佳话密切相关,这就是袁宏遇谢尚得其知赏的故事。诗题下的注"此地即谢尚闻袁宏咏史处",明确地揭示出诗人所怀之"古"的具体内容。

从南京以西到江西境内的一段长江,古代称西江。首句开门见山,点明"牛渚夜泊"。次句写牛渚夜景,大处落墨,展现出一片碧海青天、万里无云的境界。寥廓空明的天宇,和苍茫浩渺的西江,在夜色中融为一体,越显出境界的空阔渺远,而诗人置身其间时那种悠然神远的感受也就自然融合在里面了。

三、四句由牛渚"望月"过渡到"怀古"。谢尚牛渚乘月泛江遇见袁宏月下朗吟这一富于诗意的故事,和诗人眼前所在之地(牛渚西江)、所接之景(青天朗月)的巧合,固然是诗人由"望月"触发"怀古"之情的主要契机,但之所以如此,还由于这种空阔渺远的境界本身就很容易触发对于古今的悠远联想。空间的无限和时间的永恒之间,在人们的意念活动中往往可以相互引发和转化。陈子昂登幽州台,面对北国苍茫辽阔的天地而涌起"前不见古人,后不见来者"之感,便是显例。而古今长存的明月,更常常成为由今溯古的桥梁,"月下沉吟久不归,古来相接眼中稀"(《金陵城西月下吟》),正可说明这一点。因此,"望"与"忆"之间,虽有很大跳跃,读来却感到非常自然合理。"望"字当中就含有诗人由今及古的联想和没有明言的意念活动。"空忆"的"空"字,暗逗下文。

如果所谓"怀古",只是对几百年间发生在此地的"谢尚闻袁宏咏史"情事的泛泛追忆，诗意便不免平庸而落套。诗人别有会心，从这桩历史陈迹中发现了一种令人向往追慕的美好人际关系——贵贱的悬隔，丝毫没有妨碍心灵的相通；对文学的爱好和对才能的尊重，可以打破身份地位的壁障。而这，正是诗人在当时现实中求之而不可得的。诗人的思绪，由眼前的牛渚秋夜景色联想到往古，又由往古回到现实，情不自禁地发出"余亦能高咏，斯人不可闻"的感慨。尽管自己也像当年的袁宏那样，富于文学才华，而像谢尚那样激赏文学才能、丝毫没有贵贱地位观念的人物，已经不可复遇了。"不可闻"回应"空忆"，寓含着世无知音的深沉感喟。

"明朝挂帆席，枫叶落纷纷。"末联宕开，想象明朝挂帆离去的情景，在飒飒秋风中，片帆高挂，客舟即将离开停泊的牛渚；枫叶纷纷飘落，像是在无言地送别寂寞离去的行舟。秋色秋声，进一步烘托出因不遇知音而引起的凄清寂寞的情怀。

诗意明朗而单纯，并没有什么深刻复杂的内容，但却有一种令人神远的韵味。清代主神韵的王士禛甚至把这首诗和孟浩然的《晚泊浔阳望香炉峰》誉为"不着一字，尽得风流"的典型，认为"诗至此，色相俱空。正如羚羊挂角，无迹可求，画家所谓逸品是也"。这说法未免有些玄虚。其实，神韵的形成，离不开具体的文字语言和特定的表现手法，并非无迹可求，不可捉摸。像这首诗，写景的疏朗有致，不主刻画，迹近写意；写情的含蓄不露，轻点即止，不道破说尽；用语的自然清新，虚涵概括，力避雕琢；以及寓情于景、以景结情的手法等等，都有助于造成一种空灵悠远的意境和悠然不尽的神韵。

李白的五律，不以锤炼凝重见长，而以自然明丽为主要特色。本篇"无一句属对，而调则无一字不律"（王琦注引赵宧光评），行云流水，纯任天然。这本身就造成一种萧散自然、风流自赏的意趣，适合于表现抒情主人公那种飘逸不群的性格。诗的富于情韵，与这一点也不无关系。

月下独酌四首（其一）①

花间一壶酒②，独酌无相亲。举杯邀明月，对影成三人。月既不解饮③，影徒随我身④。暂伴月将影⑤，行乐须及春。我歌月徘徊⑥，我舞影零乱。醒时同交欢，醉后各分散。永结无情游⑦，相期邈云汉⑧。

李　白

[校注]

①敦煌写本唐人选唐诗题作《月下对影独酌》，将此首与第二首（天若不爱酒）合为一首。《文苑英华》录此首，题为《对酒》。詹锳《李白诗文系年》系此四首于天宝三载（744），谓："《月下独酌四首》，缪本题下注云：'长安。'按此诗第三首云：'三月咸阳城，千花尽如锦。'当与'咸阳二三月'诗为同时之作……《太平广记》卷二〇一引·《本事诗》云：白才行不羁，放旷坦率，乞归故山，玄宗亦以为非廊庙器，优诏许之。尝有醉诗云：'天若不爱酒，酒星不在天。'即《月下独酌》第二首也。"②间，宋本一作"下"。《文苑英华》作"前"。③解，懂得，会。④徒，只（会）。⑤将，与、共。⑥月徘徊，月徐行貌。⑦无情游，指月与影均为无情之物。⑧邈，高远。云汉，云霄银河。句意谓与月及影相约于天汉云霄之上。

[鉴赏]

题曰《月下独酌》，诗中又明说"独酌无相亲"，只能"举杯邀明月，对影成三人"，诗人心中怀有很深的孤独感是无疑的。但整个诗境，却不是沉溺于孤独而不能自拔，而是通过邀月、对影，和月下独酌的场景，在将这种场景美化、诗化的同时，使孤独感得到了消解，使心灵得到了超脱。

起句"花间一壶酒"，点明时值春暖花开的美好佳节，诗人置身花间，手持美酒，正是良辰美景，赏心乐事，共醉花间的大好时节，起得潇洒从容，顾盼自如。次句却突然折转，揭出"独酌无相亲"的孤寂处境，透露出内心的遗憾和惆怅。"无相亲"三字是一篇之骨，下面的一系列转折都由此而生。

正因为"独酌无相亲"，诗人乃忽发奇想，何不举杯邀请天上的明月，连同自己和自己月下的身影，不就成了三人了吗？月本无知，影更虚渺，诗人却把它们都说成是"人"。这儿童式的天真幻想是酒已喝得微醺的情况下产生的。在醉眼蒙眬中，月变得多情而亲切，影也似乎有了灵性和生命。故月如友之可邀，影如友之不离，它们都活起来了。这想象极奇极幻，又极真极美，成为最富李白这位诗仙兼酒仙个性色彩的名句。

既"对影成三人"，则似可花间对酌，"一杯一杯复一杯"地痛饮了。然月亮既不会喝酒，影子也徒然随身而不解饮。微醺中的诗人似乎突然清醒过来，意识到邀月同饮、挥杯劝影只不过是一厢情愿的幻想。诗情至此又一转，语气中有遗憾，有失望，语调却并不沉重。

月和影虽不解饮，却可作为自己的伴侣。遗憾失望之中，诗人仍然给自己找到与月及影做伴，及春行乐的最佳途径。"暂"字略略透露出一点无奈，"须"字随即表现出强烈的及时行乐的意愿。诗情至此又转而上扬。

"我歌月徘徊，我舞影零乱。"接下来的两句，是对上两句的生动形容与发挥。我边走边唱的时候，月亮也好像在徘徊流动，伴我而行；我起舞的时候月下的身影也随之晃动零乱，形影密合。月与影不但成为诗人"独酌"时的伴侣，而且成为其歌舞行乐时的朋友。

"醒时同交欢，醉后各分散。""醒时"句是对"我歌"二句的总括。说"同交欢"，则月与影虽不解饮，却极有情，故可同相欢乐。"醉后"则既不见月，亦不见月下之影，三位形影不离的好朋友则自然分散。诗人对"同交欢"固兴会淋漓，对"各分散"亦处之泰然，这是从语调口吻上可以体味出来的。上句一扬，下句一抑，但抑是为了引出下两句的扬，暂时分散是为了永久的相约相聚。

"永结无情游，相期邈云汉。"月与影本是无情之物，这里却说要与它们永远结成朋友，这是因为，在"月下独酌"的过程中，诗人已经深切体会到了这两种"无情"之物的缱绻多情。它们使寂寞的诗人身边有"人"做伴，心灵得到慰藉，因此要与它们相期相约，在银汉之上相会。这是诗人月下独酌对月伴影得出的结论，也是诗人的寂寞感得到化解的标志。

读这首诗，可能会使人联想起诗人的《独坐敬亭山》。同样是表现寂寞感的诗，《独坐敬亭山》在强调"相看两不厌，只有敬亭山"的同时，透露出对敬亭山之外的那个世界的决绝态度和彻底失望，情调在闲静中不免有些清冷；而这首《月下独酌》却在寂寞中邀月对影，相互交欢，淋漓尽致，在层层转进中将感情推向高潮，整个情调是潇洒从容、愉悦舒展的。这说明，写这首诗时，诗人虽有孤独感，却并没有被孤独感所压倒，而是使这种孤独在对月伴影中得到诗化，得到消解。这正是不同时期中诗人心态变化的反映。

独坐敬亭山①

众鸟高飞尽，孤云独去闲。相看两不厌，只有敬亭山。

[校注]

①敬亭山，在安徽宣州市城北。《元和郡县图志》卷二十八江南道宣州："敬

李 白

亭山，州北十二里，即谢朓赋诗之所。"古名昭亭山，又名查山，山高286米。东临宛、句二水，南俯城闉，烟市风帆，极目如画。胜迹今存双塔及古昭亭石坊。谢朓、孟浩然、王维、李白、白居易等诗人均曾游此山并赋诗。谢朓《游敬亭山》云："兹山亘百里，合沓与云齐。隐沦既已托，灵异俱然栖。上干蔽白日，下属带回溪。"今辟为敬亭山公园。詹锳《李白诗文系年》系此诗于天宝十二载（753）。李白另有《登敬亭山南望怀古赠窦主簿》，当为同时先后之作。

[鉴赏]

敬亭山是宣州的名山胜景，《江南通志》言其"东临宛溪，南俯城闉，烟市风帆，极目如画"，可见其风景的优美。以"独坐敬亭山"为题，完全可以写成一首远望近观风景之佳的写景诗，但李白这首诗却将敬亭山一切外物全部舍去，只剩下一座本真状态下的敬亭山，并在与敬亭山的默默相对中深有所感，称得上是"皮毛落尽，精神独存"。这独有的"精神"，就是被诗人主观化了的敬亭山的精神和诗人自己的精神。

诗的前幅，写独坐敬亭山所见。树林蔚然深秀的敬亭山，本是众鸟栖息之地。但在诗人独坐的过程中，原本在此上飞翔嬉戏的鸟群已经逐渐翩然高飞，最后连一只也不剩了。"众"字与"尽"字相应，透露出一个较长的时间过程。这是一个由喧闹到逐渐归于静寂的过程。山峰之上，原本有一片孤云在与它相依相伴，最后连这一片孤云也独自悠闲地飘荡远去，消失得无影无踪，只剩下兀然矗立的山峦。"孤"与"独"相应，"闲"则描写孤云独去的悠悠意态。也透露出云之去和人之独坐静观都有一个较长的时间过程，与上句的"众"字、"尽"字透露的时间过程相应。解者或谓"众鸟""孤云"喻世间名利之徒、高隐之流，不但流于穿凿，而且根本没有注意到诗人的目的不是写鸟、写云，而是借鸟之飞尽、云之远去来写山。当众鸟高飞、孤云远去之后，诗人面前所对的这座敬亭山就显得特别静寂、空旷。①

这样的一座敬亭山岂不是显得太孤单寂寞？是的，诗人所欣赏的正是这孤独的敬亭山。在诗人看来，敬亭山的本真状态，它的精神，它的特有的美，就是这份孤独寂寞的意态和神情。"相看两不厌，只有敬亭山。"在"独坐"凝望，与孤寂的敬亭山默默相对的过程中，诗人将自己内心深处的孤独寂寞之感投影到山上，使敬

---

① 李白《春日独酌二首》（其一）："孤云还空山，众鸟各已归。彼物皆有托，吾生独无依。"虽同样出现孤云和众鸟的形象，但寓意不同，不能以彼证此。

亭山也具有了人的灵魂和性格。它寂然独处，静默不语，兀然不动，淡泊自守，展示出一种最朴素本真、纯净自然的美。人化的山和诗人在"相看"之间似乎正在进行灵魂的交流。所谓"两不厌"，它的实际含义就是"两相赏"，诗人欣赏山之孤独静寂之美，山也欣赏诗人的孤独寂寞之性。"两不厌"是彼此相赏，永无厌倦、厌足、厌止之时的意思。如果说"相"与"两"突出了欣赏的相互性，那么下句的"只有"便突出了欣赏的排他性，言外则除"相看两不厌"的敬亭山与诗人外，其他一切都无非是俗物浊物罢了。

这是一个身心处于孤独之境的诗人对这种境界的自赏，其中既有自负乃至孤傲的成分，也多少流露出一丝幽冷的意味。这是慨叹"我本不弃世，世人自弃我"的诗人复杂矛盾心绪的自然流露。

忆东山二首（其一）①

不向东山久②，蔷薇几度花③？白云还自散④，明月落谁家⑤？

[校注]

①东山，借指旧隐之地。据《晋书·谢安传》，谢安少有重名，曾寓居会稽之东山，"与王羲之及高阳许询、桑门支遁游处，出则渔弋山水，入则言咏属文，无处世意"。中丞高崧曾戏之曰："卿累违朝旨，高卧东山，诸人每相与言：安石不肯出，将如苍生何！"施宿《会稽志》卷九《山·上虞县》："东山，在县西南四十五里，晋太傅谢安所居也，一名谢安山。岿然特立于众峰间……其巅有谢公调马路，白云、明月二堂址。千嶂林立，下视沧海，天水相接，盖绝景也。下山出微径，为国庆寺，乃太傅之故宅。傍有蔷薇洞，俗传太傅携妓女游宴之所。"詹锳《李白诗文系年》系此诗于天宝三载（744），谓盖遭谤以后将还山时作。按：李白有《秋夜独坐怀故山》二首，其二有"寥落暝霞色，微茫旧壑情。秋山绿萝月，今夕为谁明"之句，亦在长安供奉翰林期间忆故山之作，当作于天宝二年秋。而《忆东山二首》有"蔷薇几度花"之句，或作于三载春暮。②向，往。③几度花，开了几遍花。④南朝梁陶弘景《诏问山中何所有赋诗以答》："山中何所有，岭上多白云。只可自怡悦，不堪持赠君。""白云"用此。陶弘景隐于句曲山（即茅山），梁武帝每有军国大事，常遣人咨询，有"山中宰相"之称。还，宋本作

"他"。⑤谢灵运《东阳溪中赠答二首》："可怜谁家妇，缘流洒素足。明月在云间，迢迢不可得。""可怜谁家郎，缘流乘素舸。但问情若为，月就云中堕。""明月落谁家"或暗用此二诗语，而有所暗喻。盖谢安有东山携妓之事，此"明月"或指当年之东山妓也。

[鉴赏]

这首只有二十个字的小诗，写得明白如话，却又极轻灵飘逸，含蓄耐味，称得上是五绝中的仙品。

李白青年时代初出峡后，曾漫游越中。所谓"自爱名山入剡中"，这"名山"除了天姥、天台、赤城等以外，谢安当年栖隐的会稽东山自然也在其中。但这首诗中的"东山"却并非谢安栖隐之东山，而是借指自己的旧隐之地，这从《秋夜独坐怀故山》诗"寥落暝霞色，微茫旧壑情。秋山绿萝月，今夕为谁明"等句中可以得到明证。或引《会稽志》中会稽东山有蔷薇洞及白云、明月二堂来证明诗中所忆系诗人曾游之会稽东山，实则宋人施宿所撰《会稽志》中所载古迹显系误解并附会李白此诗而造成之假古董，且与诗中"还自散"之语绝不相合，不能用后起的记载来解李白此诗之东山指谢安栖隐之东山。《忆东山》之"东山"，即《秋夜独坐怀故山》之"故山""旧壑"，而"秋山绿萝月，今夕为谁明"，亦即"明月落谁家"。李白在天宝初供奉翰林前，曾先后酒隐安陆，偕元丹丘隐嵩山，与孔巢父等会于徂徕山，"东山"具体所指，不易确定。从"蔷薇几度花"之语看，或指此前不久寓家之东鲁。李白被放还后，亦曾回到东鲁可证。

诗的开头以"不向东山久"提起，点出题内"忆"字。这似乎是极普通的叙事，但联系李阳冰《草堂集序》"天宝中，皇祖下诏，征就金马……丑正同列，害能成谤，格言不久，帝用疏之。公乃浪迹纵酒，以自昏秽，咏歌之际，屡称东山"等语，可以看出，作此诗时，诗人已经遭到同列的谗毁而萌去志，这从《秋夜独坐怀故山》诗"庄周空说剑，墨翟耻论兵。拙薄遂疏绝，归闲事耦耕。顾无苍生望，空爱紫芝荣"等句也可得到印证。诗人之所以忆东山，正是由于其"济苍生"的宏愿无法实现引起的。因此，在"不向东山久"这似平稳从容的叙述中，已隐含了夙愿不遂的感慨，这就自然要引出对旧隐之地的深情追忆与怀想。以下三句，便是"忆东山"的具体内容。

次句"蔷薇几度花"，既紧承首句"久"字，又兼绾题内"忆"字，说自己离开"东山"已久，故山的蔷薇不知道已几度开花了。故山当有蔷薇在暮春盛开，给诗人留下深刻印象，故首先忆及。而"蔷薇几度花"的发问则暗示了时间的流逝，其中亦寓含功业无成的感慨。"蔷薇"虽意中所忆，但也可能与诗人当时面对的景物有关，即由眼前景而忆及故山的当时景。因此，这一句既暗示了离故山时间之久，又抒发了对故山春日景物的深情怀想，而岁月蹉跎、志业不成之慨亦寓其中。笔意空灵超妙。

第三句"白云还自散"，表面上的意思是说，故山上的白云，由于自己久未回去，无人伫望观赏，只能悠悠而来，又悠悠而去。但联系"东山"为旧隐之地，便可发现这里实际上用了一个跟归隐有关的典故，即陶弘景的《诏问山中何所有赋诗以答》："山中何所有，岭上多白云。只可自怡悦，不堪持赠君。"白云的意象，在这里成了隐士清高品格和闲逸风神的象征。李白暗用此典，除了忆念旧隐之地美好景物无人欣赏这层表面的意思之外，也寓含有向往追慕往日隐逸时不受羁束的生活的内在意蕴。白云既是美好的旧山景物的标志，也是自在闲逸的隐逸生活的象征。

末句"明月落谁家"，联系《秋夜独坐怀故山》的末联"秋山绿萝月，今夕为谁明"，意思也比较清楚，是慨叹自己久不回故山，不能欣赏故山的明月，今夜的故山明月不知道落在谁家，为谁人所赏。但联系谢灵运的《东阳溪中赠答二首》，就会发现谢诗中的"明月""谁家""云中堕"和李诗中的"明月落谁家"竟是无一不相吻合。再联系谢安东山携妓的故实，特别是此诗的第二首一开头的"我今携谢妓，长啸绝人群"之语，便不能不产生这样的联想，这句诗可能含有往日隐于旧山时所携之妓，今天不知落向谁家之意。无论是谢安本人的东山之隐，或是极力追慕谢安的李白的故山之隐，都既有隐居待时、大济苍生的一面，又有追求纵逸、诗酒风流的一面。今人或许觉得携妓遨游之事近于庸俗，但当时人却以为这是一种风流自赏的生活，李白自己在诗中也经常渲染这种生活。

难得的是，这首诗虽然用了"东山""白云""明月"这些典故，但通篇明白如话，一气呵成，几乎看不出用典的痕迹。在轻灵秀逸的笔调中寓含着浓郁的抒情味和隐约的功业不成、岁月蹉跎之情，称得上是五绝中的上乘逸品。

听蜀僧濬弹琴①

蜀僧抱绿绮②，西下峨眉峰③。为我一挥手④，如听万壑松⑤。客心洗流水⑥，馀响入霜钟⑦。不觉碧山暮，秋云暗几重⑧。

[校注]

①蜀僧濬，出生于蜀地的僧人仲濬。李白有《赠宣州灵源寺仲濬公》诗，其中的"仲濬公"当即此诗之蜀僧濬。詹锳《李白诗文系年》系此诗于天宝十二载（753）秋，谓："起句云：'蜀僧抱绿绮，西下峨眉峰。'既言'蜀僧'，则必非作于蜀中。按'蜀僧濬'与'仲濬公'盖是一人。诗云：'不觉碧山暮，秋云暗几重。'此诗与上首（指《赠宣州灵源寺仲濬公》）盖俱为本年秋作也。"郁贤皓《李白选集》入不编年诗。②绿绮，琴名。傅玄《琴赋序》："齐桓公有鸣琴曰号钟，楚庄王有鸣琴曰绕梁，中世司马相如有绿绮，蔡邕有焦尾，皆名器也。"③峨眉峰，即峨眉山，在今四川省境内，为佛教名山。句意谓其从西边的峨眉山下来。④挥手，指弹琴。嵇康《琴赋》："伯牙挥手，子期听琴。"⑤万壑松，千山万谷中的松涛声，琴曲有《风入松》。⑥客，诗人自指。洗流水，谓琴声如高山流水，洗涤了我的心灵。《吕氏春秋·本味》："伯牙鼓琴，钟子期听之。方鼓琴而志在太山，钟子期曰：'善哉乎鼓琴，巍巍乎若太山。'少选之间，而志在流水，钟子期又曰：'善哉乎鼓琴，汤汤乎若流水。'钟子期死，伯牙破琴绝弦，终身不复鼓琴，以为世无足复为鼓琴者。"⑦霜钟，《山海经·中山经》："丰山……有九钟焉，是知霜鸣。"郭璞注："霜降则钟鸣，故言知也。"此谓琴声的余响与钟声相融合。⑧嵇康《琴赋》："飘馀响于秦云。"按：此形容琴声停歇以后，才发现天色已暗，雾霭笼罩碧山，秋天的暮云已经好几重了。

[鉴赏]

描绘音乐的诗，不难在描摹乐之声音，而难在传达乐之意境；不难在实处见工，而难在虚处传神；不难在渲染演奏者之技艺，而难在传达听乐者内心之感受；不难在借博喻作淋漓尽致的形容，而难在借空灵含蓄之笔法造成悠然不尽的韵致。李白这首只有四联的五律，可以说是集中克服了以上所列举的各种困难，举重若轻似的达到了艺术上的最高境界。

诗是在宣城（或蜀地之外的一个地方）写的，开头两句却远从峨眉山着笔，说蜀僧仲濬抱着名贵的绿绮琴，从西边的峨眉峰上下来了。这好像是为了交代题目中的"蜀僧"和"琴"，却变静止的叙述交代为生动的描绘，将过去发生的情事化为似乎是当下出现的场景。不仅富于动态感和现场感，而且给人这样的感觉：这位蜀僧唯一擅长的就是弹琴，他这次从峨眉山上下来，似乎就是要给"我"开一场专门的演奏会。这一联起势高远而气度从容，颇像一首长篇五古的开篇。习惯了精练笔法的评家可能认为这样的开头有些词费（所谓"闲叙事"），实际上这正是以古入律的李白五律的特点。它起得潇洒自然，雍容大度，超凡脱俗，与全篇不为琐细的形容刻画风格和谐统一。

接下来一联，立即进入演奏的现场，笔势飘忽而迅疾。"为我"二字，紧承上联之"抱琴""下峰"，造成蜀僧专为诗人一人不远千里而来的印象，大有千里觅知音的意味。如此郑重而虔诚，等到正面写弹琴和琴声，却只用"一挥手"和"如听万壑松"八个字一笔带过。用千山万壑的松涛来形容琴声，与其说是形况它的声响，不如说是传达它的意境。琴曲有《风入松》，诗人当是因此产生联想。但"万壑松"的形容却传出了琴声的急骤、激越、宏大的气势和所体现的广阔恢宏而极富力度动感的艺术意境。尤其是"一挥手"与"万壑松"的对照，更表现出音乐高手一出手便不同凡响，立即展现高潮的神奇手段。不经任何迂回曲折、酝酿准备，立即进入最高潮，这种写法，不但笔墨极省净，而且大有横扫千军如卷席之势。这一联似对非对，语意一贯，如行云流水，极自然亦极潇洒。

正面描绘琴声之所以如此精练，正是为了要腾出有限篇幅进一步传达听者的心灵感受和琴声的艺术意境。"客心洗流水"的"流水"，虽暗用了伯牙弹琴，志在流水，钟子期会心而赞的故事，但它所体现的却不仅是"知音"这样一层意蕴，而是极其生动传神地传达了诗人的心灵感受。听此琴声，诗人的心灵仿佛经历了一番彻底的洗涤，俗虑尘念顿消。这是写琴声的意境，更是写琴声的感染力。"洗"字用得精妙而又自然。"馀响入霜钟"是形容琴声的余响和山寺秋暮的钟声融合，分不清孰为琴声的余韵，孰为山寺的钟声。钟声在寂寥的环境中显得特别悠长、深永、杳远，这融入钟声的琴声虽歇，而余音犹袅袅在耳，此时适逢山寺暮钟响起，遂生"馀响入霜钟"的错觉。这样来写音乐意境的悠远，较之传统的余音绕梁三日不绝之类的形容，自然更为有神无迹，也更令人神远了。这正是虚处传神的化工之笔。

尾联又进一层，写"馀响"在耳畔消失后如梦初醒的情境。上句写到山寺钟声，暗示时已近暮，但沉浸在音乐余韵中的诗人却浑然不觉。直到钟声停歇，"馀响"随之消失时，这才发现，沉沉暮色，已经笼罩了眼前的碧山，秋云重重，天似乎在不知不觉中就变暗了。这是写乐终声歇的眼前景，更是进一步写音乐意境的吸引力和感染力，"不觉"二字点眼，遂使全诗在不尽的余韵中结束，达到一种虽尽而不尽的艺术效果。这种写法，与钱起《省试湘灵鼓瑟》结尾的"曲终人不见，江上数峰青"，白居易《琵琶行》写琵琶弹奏结束时"东船西舫悄无言，惟见江心秋月白"的神韵可谓神似。

诗虽为律体，却写得一气舒卷，浑然天成，潇洒飘逸。前四句一气直下，略无停顿，五、六两句改用凝练工整之笔，略显顿挫，使之不致一泻无余，尾联复以景结情，含蓄中饶摇曳之致。

春夜洛城闻笛①

谁家玉笛暗飞声②，散入春风满洛城。此夜曲中闻折柳③，何人不起故园情④！

[校注]

①洛城，唐东都洛阳，今河南洛阳市。詹锳《李白诗文系年》系此诗于开元二十三年（735）李白游洛阳时，郁贤皓《李白选集》则系于开元二十年。②玉笛，对笛子的美称。因笛声从暗夜传出，故曰"暗飞声"。③折柳，即笛曲《折杨柳》之省称，汉横吹曲名。传说张骞从西域传入《德摩诃兜勒曲》，李延年因之作新声二十八解，以为武乐。魏晋时古辞多言兵事劳苦。南朝与唐人多为伤离惜别之辞。如《乐府诗集》所载最早之《折杨柳》辞，为梁元帝作，云："巫山巫峡长，垂柳复垂杨。同心且同折，故人怀故乡。山似蓬花艳，流如明月光。寒夜猿声彻，游子泪沾裳。"即为游子思乡之辞。④故园，故乡。参上注。

[鉴赏]

这首诗和《与史郎中钦听黄鹤楼上吹笛》（诗云："一为迁客去长沙，西望长安不见家。黄鹤楼中吹玉笛，江城五月落梅花。"）不但题材相同，内容相近，体裁亦同为七绝，甚至在利用笛曲名关合引发思绪方面，也有相似之处，但读来毫不感到重复，而觉得它们各擅其胜，不能相互替代。

两首诗的题材，虽同为闻笛而有感，但所感的内容却同中有别。《梅花落》与《折杨柳》这两支笛曲，虽同有表现伤离之情的一面，但《梅花落》曲中所含的凋零之感这一面,却是《折杨柳》中所没有的。故《春夜洛城闻笛》诗因闻《折杨柳》而引起的思绪便单纯是与故乡亲人离别而产生的"故园情"。而《与史郎中钦听黄鹤楼上吹笛》,因听《梅花落》曲而引起的思绪却比较复杂,从前两句"一为迁客去长沙,西望长安不见家"所揭示的背景来看,其中固有思念家乡亲人之情,但更主要的是一种去国恋阙之情和迁谪沦落之感。这是跟这两首诗一作于壮岁仗剑去国、辞亲远游时期,一作于晚年遭贬放还时期密切相关的。可以说,正是不同时期不同的人生经历,决定了这两首诗内容的不同侧重点。而两首诗的风格,一清畅明快,一含蓄蕴藉,实亦与感情内容的单纯集中与复杂多端密切相关。《春夜洛城闻笛》由于闻笛引起的只是"故园情"这一端,故可明白说出;而《与史郎中钦听黄鹤楼上吹笛》则由于听笛所感复杂多端,故只能以"江城五月落梅花"之语浑沦而书,含蓄出之。

两首诗还有一个重要的区别,就是《春夜洛城闻笛》用全部篇幅相当细致地描写了由闻而感的全过程;而《与史郎中钦听黄鹤楼上吹笛》则前两句只叙听笛的生活经历背景,对听笛一字未及,只在后两句概括地写听黄鹤楼上吹笛的情景。这是由于,后诗通过背景的展示和笛曲的名称,读者自能体味出诗人在听笛时引起的复杂思绪,没有必要去细致描写听笛及由听而感的过程。而前诗由闻笛而起情,其间有一个由无意到有意、由聆听欣赏到识曲生感的过程,笛声的传送也有一个由隐至显、由低至高、由点至面的过程,不细致地描写出这个过程,"何人不起故园情"的感慨就失去了依据。下面结合这一点,对这首诗作一些分析。

首句"谁家玉笛暗飞声",点出夜色朦胧中,不知从哪里(或哪一家)传出了笛子的声音。"谁家"说明诗人只是在偶然的情况下听到有笛声传来,但并不清楚它从哪里传出,这和处于夜间的环境,不辨声音的来源与方向有关。试与《与史郎中钦听黄鹤楼上吹笛》之"黄鹤楼中吹玉笛"对照,便显然可见后者由于时值白天,故清楚知晓有人在黄鹤楼上吹笛;前者则适值夜间,故只闻声而不辨"谁家"。"暗飞声"的"暗"字除了进一步点明这声音是从暗夜中传出,还透露出一开始时这笛声比较低咽,给人一种时断时续,听得不很真切的感觉,而诗人闻声寻踪,侧耳倾听的情态也隐约可见。"飞"字则透露出声音来自较远之处,这和"暗"字所透露的声音较低的情况正相吻合。

第二句"散入春风满洛城",进一步写笛声的随风远送,这当中已经织入了诗人的想象。"春风"点题内"春"字。随着阵阵春风的吹送,这笛声传向四面八

李　白

方，布满了整个洛阳城。不说春风传送笛声，而说笛声"散入春风"，似乎让人看见那无形的笛声都化成了一个个有形可见的音符随着春风散布到四面八方，而且每一个音符又都浸透了春的气息。抽象无形的笛声原只可诉之听觉，经诗人诗意的点染，不但似乎有形可见，且带有春天的气息，似乎可嗅了。"满洛城"是对"散入春风"的进一步想象。这想象明显带有夸张成分，却自然得让人感觉不到它是夸张，关键就在于"春风"是无所不至的，则笛声也就满城可闻了。这一句虽明写笛声随风传送的过程，但也透露出笛声已由开始时较低较弱的"暗飞声"变成高亢嘹亮，具有强烈扩散力、穿透力的音乐境界了。总之，从一开始的"暗飞声"到"散入春风"再到"满洛城"，是一支乐曲由低到高、次第展现的过程，也是诗人由偶尔听到笛声到侧耳倾听，到想象其声满洛城的过程。其间有时间的推移、空间的扩展，更有诗人对笛声的神往与欣赏。

　　第三句"此夜曲中闻折柳"是全诗的关键。前两句只写笛声之"飞"之"散"之"满"，到这里方点明所奏之曲是充满别情的《折杨柳》。说明在这之前，诗人只是侧耳倾听并欣赏，到这时才恍然明白所奏的曲名，遂油然而触发听曲的联想与感慨。《折杨柳》的笛曲充满了伤离惜别的情绪，折柳又关合送别的传统习俗，使诗人自然联想起故乡的春色，这些因素叠加在一起，遂自然勾起诗人强烈的思念故乡和亲人的感情，水到渠成地引出末句："何人不起故园情！"

　　本是诗人自己因闻《折杨柳》曲引起"故园情"，却推进一层，说"何人不起故园情"，这"何人"当然不是泛指所有的洛城人，而是指所有跟自己一样的作客他乡的身处洛城者，这里自然包含了一个推己及人的情感判断。诗人这样说，不仅透露了自己所引起的"故园情"之强烈，而且更有力地表现了笛声感染力之强烈。由于前面已有"满洛城"预作铺垫，因此这推想便显得十分自然。全诗也就在情感发展到最高潮时自然收束。充满咏叹情调的诗句，使感情的表达虽明白而直截，但诗的韵味却悠长不尽。

　　诗人的"故园情"虽强烈而悠长，但全诗的情调却并不低沉凄苦，而是使人在感受笛声在传播过程中显现美感的同时，对诗人的那种深切的"故园情"同样充满了亲切感。诗中"飞""散""满"等一连串动感鲜明的词语的运用，更使全诗显现出一种潇洒飘逸的韵致和自然流畅的美感。

题戴老酒店①

戴老黄泉下②,还应酿大春③。夜台无李白④,沽酒与何人⑤?

[校注]

①题原作《哭宣城善酿纪叟》,诗云:"纪叟黄泉里,还应酿老春。夜台无晓日,沽酒与何人?"宋蜀刻本诗末注:"一作《题戴老酒店》云:'戴老黄泉下,还应酿大春。夜台无李白,沽酒与何人?'"按:一作是,今从之。詹锳《李白诗文系年》将此诗与《宣城哭蒋征君华》均系于上元二年(761),云:"以上二诗疑均上元中太白再游宣城对作,是时戴老与蒋华均已入墓,故太白为诗哭之也。"郁贤皓《李白选集》不编年。按:据诗中口吻,李白此前已与戴老熟悉,且为其酒店常客,故詹氏系年较为合理。且詹氏亦认为"是则一作所据之本反较近古",今亦从其说。②黄泉,指人死埋于地下。《左传·隐公元年》:"不及黄泉,无相见也。"③大春,酒名。唐代名酒,末字多用"春"字。李肇《国史补》卷下:"酒则郢州之富水,乌程之若下,荥阳之土窟春,富平之石冻春,剑南之烧春。"此"大春"酒当是戴老所酿制之当地名酒。④夜台,坟墓,亦借指阴间。《文选·陆机〈挽歌〉》:"按辔遵长薄,送子长夜台。"李周翰注:"谓坟墓一闭,无复见明,故云长夜台。"⑤沽酒,卖酒。"沽"字作"买"义者乃后起义。

[鉴赏]

中国古代诗歌在流播过程中常产生各种不同版本的异文,唐代优秀的诗歌由于流传的广远,这一现象尤为突出。像这首诗,连诗题也有"哭宣城善酿纪叟"与"题戴老酒店"两种迥然不同的版本,诗也因之有第一句中"纪叟"与"戴老"的区别。而第三句中"无晓日"与"无李白"的重大区别,更直接影响到诗的通与否、工与拙,不可不加以考辨。

诗题中的"纪叟"或"戴老",与诗意及诗的工拙高下无关,但无论是哪一种诗面,都看不出有"哭"的意味;因此题作"哭宣城善酿纪叟",这"哭"字首先值得怀疑。相反,"题戴老酒店"的题面倒与诗中的"沽酒"十分吻合。可以设想,这位戴老开的酒店,以自酿美酒"大春"闻名,李白天宝十二、三载(753、754)游宣城时,是这座酒店的常客。上元二年(761)再度游宣城,戴老已经作古，而酒店犹存，故题诗于酒店。这比较符合唐人作此类诗的情况（试比较崔护的《题都城南庄》可知）。而如题作"哭宣城善酿纪叟"，一则如上所说诗中并无"哭"意，二则在时隔八年之后闻熟悉的善酿纪叟已去世，李白为他作一首诗哭吊，总觉有些超乎常情。尤为重要的是《哭宣城善酿纪叟》的三、四句"夜台无晓日，沽酒与何人"，不仅"夜台"与"无晓日"犯复，而且上下句之间毫无逻辑联系，何以"无晓日"就不能"沽酒"？这是根本说不通的。而题作"题戴老酒店"，第三、四句作"夜台无李白，沽酒与何人"，不但上下句一气贯通，而且具有一种令人解颐的妙趣，透露出戴老与诗人之间亲切的感情，诗之高妙，全在于此。再以他诗参照，其《重忆（贺监）一首》云："欲向江东去，定将谁举杯？稽山无贺老，却棹酒船回。"第三句"稽山无贺老"，与此诗"夜台无李白"句法正同，只不过一是说阳间已无对方，一是说阴间尚无自己而已，可见这是李白特有的一种语言表达方式。总之，无论从诗题与诗语的密合，从三、四两句的逻辑联系，以及李白的语言习惯看，均以题为《题戴老酒店》，诗为"戴老黄泉下，还应酿大春。夜台无李白，沽酒与何人"者为近于李诗原来面目。

这首诗的妙处，全在诗中贯注的一种谐趣。这种谐趣，只有彼此关系亲切随便的老朋友之间才能不拘形迹地表现出来。像这首诗，便完全可以看成阳间的李白对阴间的戴老的一段问话。

"戴老黄泉下，还应酿大春。"可爱的戴老头啊，如今你到了黄泉地下，阴曹地府，究竟在干什么呢？恐怕还是重操旧业，酿制你的大春美酒吧。戴老生前以酿大春著称。像这样一位专精此道、热爱此道的老人，死后又岂能舍弃旧业、舍弃祖传妙艺，改从他业呢？"还应酿大春"是猜度之辞，也是打趣之辞，更是对戴老专精"酿大春"之道的赞美之辞。

猜想对方在黄泉地府依然执著于"酿大春"之旧业，固已属奇想，但更具奇趣的是三、四两句："夜台无李白，沽酒与何人？"戴老的酒店，当是前店后坊式的，旋酿旋卖的传统作坊式酒店，酿是为了卖。但诗人却执拗地认为，普天之下，真正懂得品味"大春"酒的只有"自称酒中仙"的我李白，"大春"酿造的专利属您戴老，品味享受"大春"酒的专利则非我莫属。如今，您老虽已入夜台，但独享品味"大春"专利的我却还在阳世，请问您酿出酒来，又能卖给谁呢？美酒本当大家共享，李白却毫不客气地垄断独享之权。这极不合逻辑也极不合情理的设问却透露了在戴老生前，李白不但是酒店常客，而且是"大春"酒和酿制"大春"

的戴老知音，透露出彼此之间不拘形迹的亲密关系和真挚情谊。

一位是名满天下的大诗人，一位是平凡的酿酒卖酒老头。彼此之间不但毫无贵贱的身份地位的俗念，而且像老朋友似的可以相互打趣，"夜台无李白，沽酒与何人"的诗句中，甚至还蕴含着一种高山流水式的知音之感。诗固然写得极平易而又极真挚，极朴素而又极富奇趣，而诗中所折射出的李白的平民化个性与情感，或许更值得珍视。

杜甫

杜甫（712—770），字子美，祖籍京兆杜陵（今西安），生于巩县（今河南巩义）。出身于"奉儒守官"之家。远祖杜预系西晋名将名儒，祖父杜审言为武后朝著名诗人，他们对杜甫的儒家思想、功业追求、诗歌创作均有重要影响。七岁能诗。年十四出入于东都翰墨之场。二十岁开始漫游吴越，二十三岁回到洛阳，应举未第。二十五岁复游齐、赵。天宝三载（744），结识被"赐金放还"的李白，同游梁、宋，在宋中遇高适，三人同游，慷慨怀古。后又与李白游齐、鲁。天宝五载至长安。六载，应举落第，遂居留长安。先后献《三大礼赋》《封西岳赋》，并投诗干谒权贵。十四载擢河西尉，不赴，改授右卫率府胄曹参军，岁末赴奉先（今陕西蒲城）探望妻子，时安史叛军已陷洛阳迫近潼关。十年困守长安的生活，将杜甫锻炼成了忧国忧民的诗人。避乱鄜州时，得知肃宗已在灵武即位，遂冒死前往投奔，半道为叛军所俘，陷居长安。至德二载（757）夏，间道奔赴肃宗行在凤翔，授左拾遗。不久即因上疏救房琯触犯肃宗。九月长安光复，携家返京供职。乾元元年（758），出为华州司功参军，是年冬，曾至洛阳，亲历战争对人民造成的惨重伤害。二年秋，弃官携家赴秦州（今甘肃天水）、转同谷，生活陷于绝境。复由同谷入蜀，于岁末抵达成都。在友人资助下于西郊浣花溪畔营建草堂，开始了一段相对平静的生活。上元二年（761）七月，友人严武自成都尹入朝，杜甫送至绵州。适遇剑南兵马使徐知道在成都作乱，遂辗转徙居绵、梓、阆州。广德二年（764）严武再度镇蜀，表署节度参谋、检校工部员外郎（后世因称甫为杜工部）。永泰元年（765）正月辞幕归草堂。四月，严武卒，五月，携家沿江而下，在云安（今云阳）因病逗留约半年。大历元年（766）夏至夔州（今奉节），得都督柏茂林之助，在夔州首尾居留三年。大历三年三月，离夔州出峡，先后漂泊江陵、公安、岳阳、潭州、衡州等地。五年冬病卒。

  杜甫为中国文学史上最伟大的现实主义诗人。其诗歌创作对唐代由极盛转衰时期的社会生活作了全面深刻的反映，举凡战乱的破坏、人民的疾苦、统治者的腐败、贫富的悬殊、军阀的跋扈叛乱，乃至一些重大的军事事件，在他笔下均有及时而鲜明的反映，并贯注着深厚的爱国主义精神和人道主义精神，被后人称为"诗史"。其中熔述志抒怀、叙事绘景、纵横议论为一体，将个人经历遭遇与时事政治、人民生活融合的长篇，以及以下层人民的苦难为内容，带有叙事性的短篇，都是对现实主义传统的创造性发展。在古体诗的创作中，极大地提高了诗的写实技巧和叙事艺术，并能以高度概括的艺术手段揭示出生活的本质。在古代诗史上，杜甫既是集大成者，又是开新世界者。他在诗歌体裁上，五古、七古、五律、七律、排律（尤其是长律）均达到一流水平，对七律的发展提高更有巨大贡献。不仅用七律来反映广阔的现实生活，抒写人民的苦难，抒发忧国忧民的情怀，从而极大地扩展了七律的生活容量与政治内涵；且能运古于律，既格律精严，字句烹炼，而又气势磅礴，意境浑融，极大地提高了七律的艺术品位。晚年大量创作七律拗体，以表现内心郁勃不平之气，在艺术上也有明显创新。在艺术风格上，创造了极富时代特征和个性特征的"沉郁顿挫"风格，思想的深厚博大，感情的深沉凝重，意境的沉雄悲壮，表现的回环起伏、波澜曲折，构成了融时代悲剧与个人悲剧为一体的具有崇高悲壮色彩的诗风。与此同时，还创造了极其锤炼精工的诗歌语言。通过"语不惊人死不休"的苦心经营，达到"毫发无遗憾""下笔如有神"的程度。而这种锤炼，又与创造浑然一体的诗歌意境结合，显得字烹句炼，力透纸背，又具整体流贯的气势。此外，为了扩展诗歌的容量，在古体、律体中大量创作组诗，并加以精工的组织经营，也是杜甫的一大创造。有集六十卷，已佚。北宋王洙重编《杜工部集》二十卷、补遗一卷，为后世杜集祖本。清代著名杜集注本有钱谦益《钱注杜诗》、仇兆鳌《杜诗详注》、浦起龙《读杜心解》、杨伦《杜诗镜铨》等。今人张忠纲等有《杜甫全集校注》，谢思炜有《杜甫集校注》。

望　岳①

岱宗夫如何②？齐鲁青未了③。造化钟神秀④，阴阳割昏晓⑤。荡胸生曾云⑥，决眦入归鸟⑦。会当凌绝顶⑧，一览众山小⑨。

[校注]

①岳，此指东岳泰山。诗作于开元二十五、六年（737、738）游齐、赵时。望岳，在山下远望东岳泰山。②岱宗，即泰山。《书·舜典》："岁二月，东巡守，至于岱宗。"孔传："岱宗，泰山，为四岳所宗。"泰山居五岳之首，为其他诸岳所宗，故称。夫（fú），助词，用于句中或句首、句末。③齐鲁，春秋时齐国、鲁国之地。《史记·货殖列传》："故泰山之阳则鲁，其阴则齐。"青未了，谓泰山的一派青黛之色尚绵延不绝。④造化，大自然。钟，聚集。神秀，神奇秀美。孙绰《游天台山赋序》："天台山者，盖山岳之神秀者也。"⑤阴阳，指山的北面和南面。割，分。昏晓，指阴暗与明亮。⑥荡胸，心胸激荡。曾，通"层"。此句系倒装句，谓望见山上层云涌动翻卷，心胸为之激荡。⑦眦（zì），眼眶。决眦，谓张大眼睛极望。入归鸟，看到归林之鸟。萧涤非曰："鸟向山飞，目随鸟去，所以说入归鸟。岑参诗：'鸟向望中灭。'（《南楼送卫凭》）可与此句互参。"（《杜甫诗选注》）⑧会当，定要。凌，凌驾、登上。⑨《孟子·尽心上》："孟子曰：'孔子登东山而小鲁，登泰山而小天下。'"《法言·吾子》："升东岳而知众山之峛崺也，况介丘乎！"凌，九家注杜本作"临"。

[鉴赏]

在中国的名山中，泰山高居五岳之首。除历代帝王多在此举行封禅盛典以告成功这一历史文化原因之外，还由于其特殊的地理形势——拔起于齐鲁平原之间，使它显得特别巍峨雄峻。此诗写远望中的泰山，其主要特征即多从大处落笔，虚处传神，既写出它的阔大巍峨，雄奇峻峭，又传达它磅礴高远气势和荡激心胸、引人奋发向上的力量。要写出泰山的整体面貌和气势，远望是最佳的观察角度；否则就会如苏轼所说，"不识庐山真面目，只缘身在此山中"。而远望，则自然只能得其大体，不可能作非常具体细致的观察和描写。远望，大处落笔，虚处传神，写出其整体面貌气势，这三者之间是密切相关的。

首句即以设问语虚处落笔喝起。不说泰山而称"岱宗",便含郑重推尊意味。紧接"夫如何"三字,更隐透面对如此雄壮巨大而带神奇色彩的对象时发自内心的惊叹。在"岱宗"与"如何"之间插入一个在诗歌中很少用的语助词"夫"字,不仅使诗的节奏显得纡徐有致,而且传达出一种暗自沉吟揣摩的神情,仿佛感到面前的对象难以把握。

次句便从大处落笔,正面描绘泰山之广大。泰山绵亘于今山东省中部泰安、济南之间,古称"泰山之阳则鲁,其阴则齐",故用"齐鲁青未了"一语概写其青黛之色绵延古齐鲁之地而不绝的广袤面貌。实际上,即便站在更远处,诗人也不可能真正望见泰山广远绵延的全貌,这里的概括描写,已经包含了想象甚至夸张的成分。妙在用"青未了"三字传出其跨齐鲁而犹绵延不绝的态势,遂觉这青黛山色苍茫杳远而无有际涯。这正是大处落笔与虚处传神结合的范例。

如此广袤绵延的泰山突兀拔起于平野之上,使诗人不得不惊叹这是造化所创的奇观。第三句"造化钟神秀"仍从虚处下笔,说大自然仿佛特别钟爱照顾泰山,将宇宙间的神奇秀美都集中在它身上。这完全是虚写,但正是这种写法才能从整体上传达泰山之美所具有的神奇色彩和它在观赏者心中引起的震撼。第四句"阴阳割昏晓"有各种不同的解释,但只要明白诗人是把泰山作一个庞大的整体来描写,便不难理解其真实含意是极状山之高峻,说它的南面(阳)为阳光所照射,故明亮(晓);北面(阴)为阳光所不及,故晦暗(昏)。着一"割"字,不仅形象地显示出山的南面和北面,仿佛被分割成了一明一暗两个截然不同的世界,而且传神地表现了山的高峻奇险,宛如巨刃摩天的非凡气势。王维《终南山》腹联"分野中峰变,阴晴众壑殊"所描绘的情景与此句相近,但王维是站在终南山顶下瞰,故是实写眼前景,而杜甫是在山下遥望,不可能同时看到山北山南一晦一明的景象,故是虚写想象中之景,而山之高峻奇险则于此可见。

五、六两句,改换笔法,写远望中的泰山云涌鸟归景象,其中自含写实成分。但诗人的着力点不在云涌鸟归景象本身,而在通过它来写自己远望时的感受与神情,故实中寓虚。上句本是写远望泰山上层云涌动,自己的胸中也因之激荡不已,因倒装句法而给人以胸中汹涌激荡如云起潮涌之感,突出了泰山上的壮丽景象对人的感染力。下句是写遥望归鸟向泰山飞去,随着鸟的渐飞渐远,仿佛要睁大眼睛,尽力追寻,才能摄入飞鸟的踪影。这目随飞鸟而去的景象,正传神地表现了诗人目注神驰的情状,体现了泰山之景对人的吸引力,这正是写远望之神。

末二句由远望而生"凌绝顶"之想。远望中的泰山,已如此广袤绵延、高峻奇险,使自己心潮涌动,目注神驰,遂自然产生强烈的登临绝顶的愿望。从晚年所作《又上后园山脚》诗"昔我游山东,忆戏东岳阳。穷秋立日观,矫首望八荒"之句,诗人当年实已登泰山之巅,此诗"会当"二字,也透露了其愿望之迫切强烈。"一览众山小"虽是因孔子"登泰山而小天下"而引发的想象虚拟之词,却画出了诗人挺立峰巅,"矫首望八荒"的生动形象和奋发向上、登峰造极、雄视天下的壮阔情怀。前六句写远望中的泰山,已极传其广大巍峨、雄峻奇险之势,此二句写遥想中登顶"一览众山小",既是进一步写出泰山之广袤、高峻,又是进一层写出诗人因"望岳"而生的壮怀,可以说是既传泰山之神,又传诗人望岳之神的完美收束。

兵车行①

车辚辚②,马萧萧③,行人弓箭各在腰④。耶娘妻子走相送⑤,尘埃不见咸阳桥⑥。牵衣顿足拦道哭,哭声直上干云霄⑦。道旁过者问行人⑧,行人但云点行频⑨:或从十五北防河⑩,便至四十西营田⑪。去时里正与裹头⑫,归来头白还戍边⑬。边庭流血成海水⑭,武皇开边意未已⑮。君不闻汉家山东二百州⑯,千村万落生荆杞⑰。纵有健妇把锄犁⑱,禾生陇亩无东西⑲。况复秦兵耐苦战⑳,被驱不异犬与鸡㉑!长者虽有问㉒,役夫敢申恨㉓!且如今年冬,未休关西卒㉔。县官急索租㉕,租税从何出?信知生男恶,反是生女好。生女犹得嫁比邻㉖,生男埋没随百草㉗。君不见,青海头㉘,古来白骨无人收。新鬼烦冤旧鬼哭,天阴雨湿声啾啾㉙!

[校注]

①这是杜甫"即事名篇,无复倚傍"(元稹《乐府古题序》),针对现实而作的乐府歌行。作于天宝十载(751)冬。内容系抨击玄宗后期发动的一系列开边黩武战争,有较大概括性。②辚辚,车声。《诗·秦风·车邻》:"有车辚辚。"③萧萧,马鸣声。《诗·小雅·车攻》:"萧萧马鸣,悠悠旆旌。"④行人,征人,出征的士兵。⑤耶娘,即爷娘,父母。走,奔走。⑥咸阳桥,即西渭桥。《雍录》:"秦、汉、唐架渭者凡三桥:在咸阳西十里者,名便桥,汉武帝造;在咸阳东南二

十二里者,为中渭桥,秦始皇造;在万年县东四十里者,为东渭桥。"西渭桥又称便门桥,因与汉长安城便门相对,故名。故址在今咸阳市西南。从长安出发过咸阳西去,必经此桥。⑦干,犯。⑧道旁过者,指诗人自己。将自己作为诗中的一个人物,见证诗中所写情景。⑨点行,按户籍名册依次点名抽丁出征。频,频繁。⑩防河,当时吐蕃经常侵扰河西(黄河以西)陇右地区,唐廷征调关中、朔方等内地军队集于河西一带以防备,故曰防河。又称"防秋"。⑪营田,即屯田。戍边士兵,兼事屯田垦荒,有事作战,平时种田。营田亦为防备吐蕃。⑫去时,指初次从军出征时,即上云"十五"岁时。里正,唐代百户为一里,设里正一人。裹头,包扎头巾。古以皂罗三尺裹头。因初次出征时年少,故里正为之裹扎头巾。⑬此句上承"便至"句。谓好容易挨到从前线归来,又被征调入伍,前往戍边。⑭边庭,犹边疆,边地。⑮武皇,本指汉武帝。唐代诗人多借"武皇"指唐玄宗。⑯汉家,借指唐朝。山东,指华山以东。又称关东。仇兆鳌注引《十道四蕃志》:"关以东七道,凡二百一十七州。"二百州系举成数。⑰生荆杞,形容田地荒芜,民生凋敝,农业生产遭到巨大破坏。⑱把,持。把锄犁,拿着锄头、犁耙从事农耕。⑲无东西,形容妇女耕种的田地,庄稼长得杂乱不成行列。⑳秦兵,指关中地区的士兵,即下文"关西卒"。《史记》称"秦人勇于攻战"。岑参《胡歌》:"关西老将能苦战,七十行兵仍未休。"古有关东出相,关西出将之说。王嗣奭曰:"秦兵即关中之兵,正此时点行者。因坚劲耐战,故驱之尤迫。今驱负耒者为兵,直弃之耳,与犬鸡何异!"(《杜臆》)㉑驱,驱使,指被强征服役。㉒长者,征人称"道旁过者",即诗人自己。㉓役夫,行役之人,即上文"行人"。敢申恨,岂敢申说自己的怨恨。㉔休,停止征调。关西,指函谷关以西的关中地区。关西卒,即上文"秦兵"。㉕县官,朝廷、官府。《史记·孝景本纪》:"令内史郡不得食马粟,没入县官。"《汉书·食货志上》:"贵粟之首,在于使民以粟为赏罚。今募天下入粟县官,得以拜爵,得以除罪。"柳宗元《答元饶州论政理书》:"今富者税益少,贫者不免于捃拾以输县官,其为不均大矣。"朱鹤龄曰:"名隶征伐,则生当免其租税矣。今以远戍之身,复督其家之输赋,岂可得哉!"此承上更进一层语,亦与上村落荆杞相应。㉖比邻,近邻。㉗杨泉《物理论》载秦代民谣云:"生男慎勿举,生女哺用脯。不见长城下,尸骸相支拄。"陈琳《饮马长城窟行》:"生男慎莫举,生女哺用脯。君独不见长城下,死人骸骨相撑拄!""信知"四句化用其语。㉘青海头,青海湖边上。这一带是唐军与吐蕃经常交战的地方。㉙啾啾,此处象鬼哭泣之声。

[鉴赏]

在唐诗发展史上，杜甫的《兵车行》称得上是一篇划时代的作品。以它为标志，唐诗由此前的歌咏繁荣昌盛时代昂扬奋发的精神风貌和高华朗爽的艺术风貌转为揭露社会矛盾、时代危机和下层人民的苦难，诗风也转为写实。单从诗的主旨——抨击统治者的黩武战争这一点看，同时代的诗人李白、李颀、刘湾等都写过类似的作品，但杜诗却以其特有的深刻性、广阔性和艺术概括性、创造性超越其他诗人之作而成为新诗风的突出代表。

要准确地理解这首诗的内容，首先必须弄清它所反映的黩武战争究竟是指某一次具体的战争，还是对一个较长时期中进行的一系列黩武战争的概括。宋代黄鹤认为此诗所反映的是天宝十载（751）鲜于仲通丧师泸南，下制大募兵击南诏之事。据《通鉴》载：天宝十载"四月壬午，剑南节度使鲜于仲通讨南诏蛮，大败于泸南……士卒死者六万人，仲通仅以身免，杨国忠掩其败状，仍叙其战功……制大募两京及河南北兵以击南诏。人闻云南多瘴疠，未战士卒死者什八九，莫肯应募。杨国忠遣御史分道捕人，连枷诣送军所……于是行者愁怨，父母妻子送之，所在哭声震野"。所叙情景与李白《古风》其三十四专写此次征兵讨南诏之事者相合，亦与杜甫此诗开头所写咸阳桥头哭送征人一幕相合，故后世注杜诗者如钱谦益即据此认为诗为此次征南诏之役而作。而另外一些注家，则认为此诗系讽唐玄宗用兵吐蕃而作。这在诗中同样能找到一系列明显证据。一是诗中提到的"北防河""西营田"均与同吐蕃作战有关；二是诗末明确提到"青海头"的新鬼旧鬼，更是与吐蕃长期作战之结果。但这两种意见却都忽略了杜诗的写实，并非对一时一事的实录，而是对现实生活的提炼、熔铸和典型化概括。从诗中所写到的"汉家山东二百州，千村万落生荆杞"的情况看，这绝不是某一次黩武战争所能造成的严重局面，而是在一个相当长的时期中连续进行黩武战争酿成的恶果，这从"边庭流血成海水，武皇开边意未已"的诗句中也可明显看出。玄宗的黩武开边战争，与其政治上的逐渐腐败基本上是同步的。从天宝以来，东北边境上安禄山对奚、契丹的战争，西北边境上哥舒翰对吐蕃的战争，西南边境上鲜于仲通及李宓对南诏的战争，都带有黩武的性质。特别是天宝八载陇右节度使哥舒翰以死伤数万人的惨重代价夺取吐蕃石堡城之役，和鲜于仲通征南诏之役，士卒死者六万人，尤为玄宗开边黩武战争付出惨重代价的突出事例。可以认为，《兵车行》是杜甫在天宝以来玄宗进行一系列开边黩武战争的基础上，特别是在天宝八载与吐蕃的石堡城之战及十载征南诏之败这两次战役的基础上，提炼概括而成的反黩武战争的诗篇。

诗一开头，就展现出一幅惨绝人寰的咸阳桥头送别征人的画面：车声辚辚，马鸣萧萧，出征的士兵腰间都佩带上了弓箭。征人的父母妻子奔走相送，人马杂沓，尘埃蔽天，连咸阳桥也被遮挡得不见踪影。送行的人们牵扯着征人的衣裳，顿足捶胸，呼天喊地，号啕大哭，哭声一直上冲云霄。这幅活动着的画面，显然是为了揭示这场战争违背人民意愿的非正义性质，说明征人是被迫上前线的。特别是"牵衣顿足拦道哭"一句，连用三个动作（牵衣、顿足、拦道）来渲染句末的"哭"字，不仅传达出眼睁睁看着亲人被迫赴死的士兵家属悲痛欲绝的心情，而且透露出他们对这场不义之战及发动这场战争的统治者内心强烈的怨愤。不妨说，这幅图景本身就是对黩武战争的强烈控诉。这个开头，确如前人所评，笔势如风潮骤涌，具有强烈的冲击力和震撼力。在给人以强烈的视、听感受的同时，又给人以心理上的强烈震撼。

诗人在这首诗中，是以一个目击者和见证者的身份出现的。因此，在描绘上述图景之后，就自然引出了"道旁过者问行人"及行人的回答，以交代这幅惨绝人寰图景的由来，并通过行人之口逐层深入地揭露抨击黩武战争造成的苦难和严重后果。这个"道旁过者"就是诗人自己。"行人但云"以下，从表面看，全是行人的回答。然揆之实际，杜甫当年即使真的目击了咸阳桥头哭送征人上前线的场景，并和其中的某个行人有过问答，但下面的这一大段答辞，显然不可能全出于行人之口，而是包含了杜甫多年来对现实生活的体验和思考。

"点行频"三字，一篇眼目。"或从"四句，用前后交错的句式，揭示出战争的旷日持久和点行之频。唐制：二十服役，六十而罢。天宝三载改为二十三岁征点，五十岁老免。诗中的这位征人，十五岁便被抽到西北边疆防秋，直到四十岁还在那里屯田戍守，初次入伍时由于年少连头巾都是由年长的里正代裹的，好不容易挨到头白还乡，却又被强征入伍，赶往前线。"或从"句与"去时"句重合，"便至"句与"归来"句承接，"十五""四十"的久远时间差距，"归来"与"还戍边"的对应，将这位士兵数十年的经历与战争之久、点行之频融为一体，写得简洁而不费力。

"边庭流血成海水，武皇开边意未已。"这样旷日持久的战争造成的一个直接严重后果，就是前线士兵的大量牺牲，诗人用"边庭流血成海水"的夸张渲染突出了牺牲之巨大与惨烈，可是最高统治者开边扩张的意愿却并没有止境。这两句是对全篇主旨的集中揭示,矛头直指唐玄宗,可见诗人的强烈正义感和可贵的诗胆。较之李白《古风》其三十四将矛头指向杨国忠更进一层。

"君不闻"四句,特意用乐府套语提起另一层意,将对黩武战争的揭露向深广处延伸。由于长期进行黩武开边战争,华山以东广大地区的农业生产遭到严重破坏,千村万落,田地上长满了荆棘,一片荒芜景象。纵使有妇女在田地上持锄扶犁耕作,种出来的庄稼也是行不成行,杂乱丛生,收成浇薄。"点行"之频,战争之久,使广大的中原地区丁壮都上了前线,田地荒芜,生产凋敝。这不仅从地域的广阔上进一步揭示出黩武战争造成的破坏波及范围之广,而且从动摇国家的根本上深刻地揭示出其为祸之烈。封建社会的经济,是以农业为立国根本的小农经济,一旦广大地区的农业生产遭到严重破坏,就必然会动摇立国的根基,造成一系列的矛盾和危机。因此这四句诗对全诗思想内容的开拓与深化起着至关重要的作用。《兵车行》之所以有别于一般的反黩武战争的诗,主要就在于杜甫看问题并不局限于战争本身给士兵及其家人带来的痛苦牺牲和生离死别,而是联系到整个国家的前途命运,看到了它对农业生产这个根基造成的破坏。李白在《古风》其十四中抨击唐玄宗"劳师事鼙鼓"的同时也曾言及"三十六万人,哀哀泪如雨。且悲就行役,安得营农圃",但仅一笔带过;而杜甫则在诗中将这种破坏淋漓尽致地展示出来,加以大笔濡染,其警动的效果便明显不同。

"况复"四句,又从昔时回到眼前,从"山东"回到关中,申述关中地区的百姓因为"耐苦战"而遭到统治者反复多次的驱遣,简直视同鸡犬,语气中充满怨愤和无奈。明说自己岂敢发泄怨愤,实际上内心极度怨恨朝廷草菅民命,只不过敢怒而不敢言而已。

"且如"四句,又转进一层。先说今冬接连征调"关西卒"以遥承"点行频";再揭示人虽被征,租税却不能免,朝廷急索租税,但家中既无人从事生产,又哪里能上缴租税呢?这里不仅反映出统治者为了进行开边黩武战争,已经毫不讲章法,而且透露出关中地区也同时面临着田地荒芜、生产凋敝的局面。然则整个北方地区所遭到的破坏都已极其严重。这和杜甫在《忆昔》诗中所描绘的"开元全盛日"景象简直有天壤之别。这在正史之中并没有记载,人们的印象中,天宝中后期,政治虽日趋腐败,经济仍相当繁荣,杜甫的《兵车行》正可补史之阙。

不但广大北方地区的生产遭到严重破坏,连社会心理也因长期黩武战争的影响而出现了变化。原来重男轻女的传统心理,由于男丁被大量赶往前线白白送死,而一变为"信知生男恶，反是生女好"，因为生女尚能嫁给近邻，总能生聚相见，而生男却只能葬身沙场，随百草同枯。语气极沉痛而愤激。"信知""反是"，用强调的口吻透露出这完全是一种扭曲的社会心理。这种反常的心理正反映出长期黩武战争给人民带来的深重苦难和心理创伤，是对黩武战争更深一层的揭露。

"君不见，青海头，古来白骨无人收。新鬼烦冤旧鬼哭，天阴雨湿声啾啾！"这四句紧接"生男埋没随百草"句而来，遥承"边庭流血成海水"，却将反黩武战争的主旨一直向古代延伸，说明古往今来，从汉到唐，统治者好大喜功，发动开边黩武战争，以致青海湖边，白骨累累，无人收埋，新鬼旧鬼，烦冤哭泣，天阴雨湿之时，啾啾之声，更是凄绝不忍闻。四句抵得上李华一篇《吊古战场文》。这既是被强征的征人对黩武战争的沉痛控诉，也是诗人对黩武战争的强烈抗议，二者水乳交融，浑然一体。

从来写反黩武战争的诗，其主要着眼点都集中在战争造成的惨重牺牲上。与杜甫同时代的诗人刘湾的《云南曲》说："去者无全生，十人九人死。"李白的《古风》其三十四也说："千去不一回，投躯岂全生？"李颀的《古从军行》亦云："年年战骨埋荒外，空见葡萄入汉家。"杜甫却比一般的诗人想得更深更远，他想到长期黩武战争给广大地区的农业生产带来严重的破坏，造成了广大农村经济的凋敝，而这又进一步造成"县官急索租，租税从何出"的恶性循环，造成百姓对统治者的怨恨。这一切，都会动摇国家根本，形成经济、政治危机。《兵车行》的深刻性，正在于此；杜甫为其他同时代诗人所不及，亦在于此。

《兵车行》是杜甫所创作的"即事名篇，无复倚傍"的新乐府诗中以反映国计民生重大问题为题材的首篇。它继承了汉代乐府"感于哀乐，缘事而发"的创作精神和长于叙事的传统，用通俗明畅、富于表现力的语言叙事记言绘景，表达富于时代意义的深刻主题和深广的现实生活内容。诗人的笔触，由眼前咸阳桥头哭声震天的场景向广远的时空延伸，不但延伸到"山东二百州"的千村万落，"白骨无人收"的青海湖边，而且由现在延伸到过去，由唐朝延伸到古代，从现实生活延伸到社会心理，从而极大地拓展了诗的历史现实内涵，深化了诗反黩武、伤凋敝、忧国运的主题。从此之后，忧国忧民，便成为杜诗的主旋律，杜甫和同时代的其他诗人，也就显示出鲜明的区别。

《兵车行》表现出杜甫善于将深广的生活内容严密有序地组织成艺术整体的杰出才能。诗中先记事，后记言。在记言中先述已往之事，再说眼前之事。在行文的勾连照应（包括"君不闻""君不见""况复""且如"等词语的恰当提引和顶针手法的运用，以及围绕"点行频"这个诗眼，反复以"武皇开边意未已""未休关西卒""新鬼烦冤旧鬼哭"等诗句作照应渲染等）和内在意蕴的潜在关联上（如开头咸阳桥头的人哭和结尾青海湖边的鬼哭），都可看出其用思之细密巧妙。而随着内容推进不断变化的韵律和长短参差的句式更增添了诗的生动性和鲜明的节奏感。

但更值得注意的是诗的想象虚构成分。这首诗虽采用叙事体，但并非单纯的生活实录，而是经过诗人的提炼加工，作了集中概括的。咸阳桥头的惨痛场景，可能是杜甫所亲历，但下面一大段"道旁过者"与"行人"的问答，特别是行人答话中的某些内容，显然有假托的痕迹。一个"归来头白还戍边"的老兵从他的切身遭遇出发，对黩武开边战争怀有怨愤是很自然的，但这位老兵竟能从"山东二百州"的生产凋敝谈到"秦兵"被多次驱遣，从征行的频繁谈到租税的苛急，恐怕就不再是生活原生态的记录。这位"行人"所说的话，大部分也是诗人要说的话，不过借行人之口，用问答的方式表达出来而已。一个艺术才能平庸的诗人，很可能用下述方式来表达这首诗所反映的生活内容，即在开头描写送行场景之后，就由作者自己出面，发一通议论和感慨。从戍边时间之长、死伤之惨重，对广大地区生产破坏之严重以及对社会心理影响之深刻等方面来论述黩武战争的严重恶果。这样写，就内容的深广来说，与杜甫的原作可以说没有多少区别，但诗歌的形象性、真实感和艺术感染力却大大削弱了。杜甫没有这样做，他把自己对黩武战争的深切感受与认识，通过艺术的想象与加工，化为咸阳桥头哭声震天的生离死别场面，化为"道旁过者"与"行人"的问答，将主观的议论化为客观的叙述描绘。这样的艺术构思，就大大增强了作品的生活气息和真实感、现场感。这种通过艺术的想象和提炼加工，将自己耳闻目睹的情景与生活中得来的种种感受、认识熔为一炉的典型化手段，是杜甫现实主义艺术创造精神的突出表现。

醉时歌[①]

诸公衮衮登台省[②]，广文先生官独冷[③]。甲第纷纷厌粱肉[④]，广文先生饭不足。先生有道出羲皇[⑤]，先生有才过屈宋[⑥]。德尊一代常坎坷[⑦]，名垂万古知何用[⑧]！杜陵野客人更嗤[⑨]，被褐短窄鬓如丝[⑩]。日籴太仓五升米[⑪]，时赴郑老同襟期⑫。得钱即相觅，沽酒不复疑⑬。忘形到尔汝⑭，痛饮真吾师⑮。清夜沉沉动春酌⑯，灯前细雨檐花落⑰。但觉高歌有鬼神⑱，焉知饿死填沟壑⑲。相如逸才亲涤器⑳，子云识字终投阁㉑。先生早赋归去来㉒，石田茅屋荒苍苔㉓。儒术何有于我哉㉔！孔丘盗跖俱尘埃㉕。不须闻此意惨怆㉖，生前相遇且衔杯㉗。

[校注]

①题下原注：赠广文馆博士郑虔。《旧唐书·玄宗纪》：天宝九载七月，"国子监置广文馆，徙生徒为进士业者"。广文馆有博士四人，助教二人，均为学官。郑虔（691—759），字趋庭，郑州荥阳人。开元中，任左监门录事参军。开元末，任协律郎。因私修国史，贬官十年。天宝九载（750），"玄宗爱虔才，欲置左右，以不事事，更为置广文馆，以虔为博士……虔善著书，时号郑广文"（《新唐书·文艺传·郑虔》）。天宝末迁著作郎。安史乱军陷长安，伪署水部郎中，称疾不就，以密章潜通在灵武的肃宗朝廷。乱平，以次三等治罪，贬台州司户参军，后卒于贬所。杜甫与郑虔友善，集中有寄赠怀念郑虔的诗十八首。虔多才艺，曾自书其诗并画，呈玄宗，御题"郑虔三绝"。此诗中提及"日籴太仓五升米"之事，据《旧唐书·玄宗纪》：天宝十二载，"八月，京城霖雨，米贵，令出太仓米十万石，减价粜与贫人"。又言及"动春酌"，则当作于十三载春。②衮衮，众多貌，从相继不绝之义引申而来。台，指御史台，包括台院、殿院、察院，是中央政府的监察机构。省指中书省、门下省、尚书省（包括吏、户、礼、兵、刑、工六部）。台省泛称中央政府的枢要部门。③官独冷，指与权势无缘的闲官冷职。广文馆博士就是这样一个冷官。李商隐在任太学博士时也称自己"官衔同画饼，面貌乏凝脂"（《咏怀寄秘阁旧僚二十六韵》）。④甲第，豪门贵族的宅第。《史记·孝武本纪》："赐列侯甲第，僮千人。"裴骃集解引《汉书音义》："有甲乙第次，故曰第。"或曰："第，馆也；甲，言第一也。"（《文选·张衡〈西京赋〉》"北阙甲第"薛综注）梁肉，泛指精美的饭食。⑤出，超越。羲皇，指传说中的古圣君伏羲氏。⑥屈宋，屈原、宋玉。战国时楚国的杰出诗人，楚辞的代表作家。⑦德尊一代，道德为一代所尊崇。此句上承"有道出羲皇"。坎坷，困顿不得志。⑧名垂万古，名传于万代。此句上承"有才过屈宋"。⑨杜陵野客，杜甫时居京兆杜陵，故以"杜陵野客"自称。嗤，讥笑。⑩被褐，穿着粗布短衣。褐衣古代为贫贱者所穿。⑪太仓

古代京师储谷的官仓。唐司农寺下设太仓署，掌廪藏之事。买入谷米曰"籴(dí)"，卖出曰"粜"。太仓粜米事参见注①。⑫郑老，郑虔比杜甫年长二十余岁，故称。同襟期，同敞怀抱。⑬不复疑，毫不迟疑。⑭忘形，不拘形迹。到尔汝，到以你我相称的程度，表示相互间关系亲密，为忘年之交。《文士传》："祢衡与孔融为尔汝交，时衡年二十余，融年五十。"⑮此句谓郑虔在痛饮方面真称得上是我的师。这是谐谑的话。⑯清夜，寂静的夜晚。沉沉，深沉貌。鲍照《代夜坐吟》："冬夜沉沉夜坐吟，含声未发已知心。"劝春酌，饮春酒。⑰檐花，屋檐边树上的花。或云檐前细雨因灯光映射，闪烁如花，亦通。⑱高歌，指高声吟诗。有鬼神，谓若有鬼神相助。⑲填沟壑，填尸于山谷。《孟子·滕文公下》："志士不忘在沟壑，勇士不忘丧其元。"赵岐注："君子固穷，故常念死无棺椁没沟壑而为恨也。"⑳逸才，超逸出众之才。《史记·司马相如列传》："文君夜亡奔相如，相如乃与驰归成都。家居徒四壁立……相如与俱之临邛，尽卖其车骑，买一酒舍沽酒，而令文君当垆。相如身自著犊鼻裈，与保佣杂作，涤器于市中。"㉑子云，扬雄字。识字，指扬雄能识古文奇字。《汉书·扬雄传》："王莽时，刘歆、甄丰皆为上公。莽既以符命自立，即位之后欲绝其原以神前事，而丰子寻、歆子棻复献之。莽诛丰父子，投棻四裔，辞所连及，便收不请。时雄校书天禄阁上，治狱使者来，欲收雄，雄恐不能自免，乃从阁上自投下，几死。莽闻之曰：'雄素不与事，何故在此？'间请问其故，乃刘棻尝从雄学作奇字。雄不知情，有诏勿问。"㉒晋陶渊明辞彭泽令归家时，作《归去来辞》，表明归隐田园之志。此句谓郑虔早有归隐之志。㉓石田，沙石之田，指贫瘠的田。㉔儒术，指儒家之道。何有，有什么用。㉕盗跖，姓柳下，名跖。春秋时著名的大盗。㉖此，指《醉时歌》。惨怆，凄楚忧伤。㉗衔杯，饮酒。《晋书·张翰传》："或谓之曰：'卿乃可纵适一时，独不为身后名邪？'答曰：'使我有身后名，不如即时一杯酒。'时人贵其旷达。"末句从此化出。

[鉴赏]

困居长安十年期间，杜甫在求仕的道路上屡遭挫折，备受屈辱，不但生活上越来越困顿，精神上也越来越痛苦。在此期间所写的不少诗中，都沉痛愤慨地描写了其困顿的生活和内心的屈辱痛苦。其中为读者所熟知的，如"骑驴三十载，旅食京华春。朝扣富儿门，暮随肥马尘。残杯与冷炙，到处潜悲辛"（《奉赠韦左丞丈二十二韵》），"此身饮罢无归处，独立苍茫自咏诗"（《乐游园歌》），"长安苦寒谁独悲,杜陵野老骨欲折……饥卧动即向一旬,敝衣何啻联百结。君不见空墙日色晚,此老无声泪垂血"(《投简咸华两县诸子》)。一个怀着"致君尧舜上,再使风俗淳""会当凌绝顶,一览众山小"的理想抱负的才人,竟沦落到如此困顿的境地,这正是杜甫能写出《兵车行》《丽人行》《同诸公登慈恩寺塔》等一系列关注人民痛苦与国家命运、抨击上层统治集团奢侈淫逸的优秀诗篇的生活基础。但上述诗作,虽令人同情扼腕,有时却不免感到过于压抑,杜甫性格中豪纵不羁、诙谐旷放的一面在生活的重压下似乎消失了。而这首《醉时歌》,却在抒发一肚子牢骚不平、愤激悲慨的同时寓含着一股豪纵不羁之气,使人感到这才是真正的杜甫。

据题下原注,这首诗是赠给广文馆博士郑虔的。但全诗内容,却既写郑虔的坎坷境遇,又写自己的困顿生活;既写两人之间的交谊和醉酒痛饮,又抒发内心的愤激不平,实际上是借醉酒抒写彼此坎坷困顿境遇和激愤悲慨的诗。

诗一开头,就用两两相对的四个排偶句,通过鲜明的对比,来突出渲染郑虔仕途的坎坷和生活的贫困:一方面,是衮衮诸公连续不断地登上了台省高位;另一方面,是广文先生独自做着博士这样的冷官。一方面,是高官显宦的豪华第宅中纷纷厌倦了精美的肴馔;另一方面,是广文先生却连饭都吃不饱。"诸公衮衮"自是泛指,仿佛有一笔扫尽之嫌,但当时的朝廷在杨国忠把持下,一批有才能德行和时名但不为其所用的台省官员都陆续遭到清洗,登上高位的衮衮诸公大都非庸才即奴才,杜甫此语作大面积的否定嘲讽,实非无的放矢。说"官独冷",似乎也有些过度渲染。但国子监的官吏本就是无权势的学官,更加上广文馆本就是玄宗因欣赏郑虔的书画而又感到他"不事事"而临时增设的机构,完全是一种照顾性的人事安排。据《新唐书·文艺传》,玄宗"更为置广文馆,以虔为博士。虔闻命,不知广文曹司何在。诉宰相,宰相曰:'上增国学,置广文馆,以居贤者,令后世言广文博士自君始,不亦美乎?'虔乃就职。久之,雨坏庑舍,有司不复修完,寓治国子馆,自是遂废"。连办事衙门毁坏了都没人修的广文馆博士,也真够得上"官独冷"的称号了。至于"甲第"二句所描绘的情景,杜甫自己就有切身体会,上引诗句和《丽人行》中所写"犀箸厌饫久未下"的对照,可为此二句作注脚。以上四句,起得突兀,一气直下,语气口吻在谐谑中寓有愤激不平。

接下来四句,将这种愤激不平之气进一步发泄出来。广文先生之所以"官独冷""饭不足",并不是因为其无德无才,相反,是德超羲皇,才过屈宋,但却遭遇坎坷,困顿沉沦,因此诗人愤慨地说:"德尊一代常坎坷,名垂万古知何用!"

对郑虔的赞誉不无渲染，不必看作认真的评价，重要的是诗人有一肚子才而不遇的牢骚愤慨，不吐不快。前二句连以"先生有道""先生有才"排比而下，后两句更用对句痛抒愤激之情，淋漓痛快中寓有深沉的悲慨。以上八句，均写郑虔之不遇，为其代抒悲愤不平，也寄寓自己的牢骚激愤，至"德尊"二句，已分不清是代郑虔抒愤还是为自己抒愤了。这就自然转入下段写自己的困顿。

"杜陵野客人更嗤，被褐短窄鬓如丝。"在同时的其他诗中，杜甫已自称"杜陵野老"，这次因为面对郑虔这样的长者，自当改称"杜陵野客"，但诗人笔下的这幅自画像，却是标准的衣衫褴褛、鬓发如丝的苍老文士形象，着一"更"字，说明自己的困顿境遇较郑虔更甚。连个冷官闲职也没有，自然更遭人冷眼、嗤笑。"日籴太仓五升米，时赴郑老同襟期。"贫困之况，以"日籴太仓五升米"一事概之。说明其时的杜甫，已经沦落到城市贫民，需要国家救助的地步，但即使如此，却豪性不减，经常到郑虔处畅叙怀抱。"时赴"句引出郑虔，下四句即接写两人亲密交谊。

"得钱即相觅，沽酒不复疑。忘形到尔汝，痛饮真吾师。"这四句写"沽酒""痛饮"，照应题面，突然改用五字句，节短势促，渲染出彼此酒酣耳热之际忘年忘情复忘愁的豪情，似乎可以听到尔汝相谑的笑声和激动跳荡的心声，深具象外之趣。以上八句，从自己的困顿境遇叙到两人的交谊和醉酒情景，感情从悲慨转为豪旷，节奏从舒缓转为促急，为下一段高潮的到来作了充分的酝酿。

"清夜沉沉动春酌，灯前细雨檐花落。但觉高歌有鬼神，焉知饿死填沟壑。"这四句紧承"痛饮"，写对饮高歌的动人场景。这是一个寂静的春夜。夜深人静，灯前细雨飘洒，檐前春花飘落，一对生性豪爽旷放的忘年之交就在这种既凄寂又温馨的氛围中痛饮春酒，乘兴赋诗。酒酣耳热之际，高歌朗吟新成的诗作，但觉诗思洋溢，有如神助，哪里还去考虑什么饿死埋尸沟壑之事呢！发泄牢骚的诗常易一泻无余，此诗却在痛愤悲慨之中有顿挫，有蕴藉，有深远的意境；诉说穷愁的诗每易陷于凄苦低沉，此诗却既悲慨深沉，又豪放健举，虽苦中作乐，却充满了对美好情谊、情境的热爱。"焉知饿死填沟壑"之句虽悲慨入骨，但充溢在诗歌意境中的温馨美好的气息和高歌朗吟的豪放情怀却冲淡了这种悲慨。历代评家多盛赞此四句为神来之句，其实这正是杜诗中特有的妙境，无论是《赠卫八处士》《彭衙行》还是《北征》中，都有此类境界，关键原因，就在于杜甫在任何困境中都始终保持着对理想的追求和对生活的热爱。

"相如"二句，承"焉知饿死填沟壑"，进一步举古代才人的遭际为例，来自作宽解。连司马相如那样的文豪在穷困时尚不免开酒店谋生，亲自洗涤器具，连扬雄那样的才士也受株连而被逼投阁，那么像我们这样，有冷官可做，有太仓米可籴，有春酒可痛饮的境遇又算得了什么！这里自然也有才士不遇、古今一概的感慨，但举古的目的在于慰今，尽管这种慰今不免有点苦涩。

最后一段六句，主客双收，表明归隐之志与旷达情怀。"先生早赋归去来，石田茅屋荒苍苔。"赞扬郑虔面对如此时世，早已有归欤之志，其实杜甫也早已表明过"白鸥没浩荡，万里谁能驯"的意愿，用他在《自京赴奉先县咏怀五百字》中的话来说，就是"非无江海志，潇洒送日月"。因此，赞郑也是自表心迹。但接下来的两句诗却让熟悉杜甫的读者大吃一惊："儒术何有于我哉！孔丘盗跖俱尘埃。"笃信儒术的杜甫在困守长安八年之后得出的结论竟是儒术无用！这固然是愤语，却是实情。说明在当时的政治生活中，只有借助钻营攀附之术、阴谋诡计之术方能飞黄腾达。而真正信仰儒家仁政爱民之道的人却只能做冷官、被短褐，这是对儒术不行于世而误才士之身的极大痛愤。在这种情况下他甚至喊出"孔丘盗跖俱尘埃"的愤慨声音。现实中贤愚不分，黑白颠倒，窃国者侯，使世代奉儒守官的杜甫愤激到了离经叛道之言不择口而出的程度。这是全诗在痛饮之后乘醉酒而发出的痛愤之音，也是全诗情感的最高潮，痛快淋漓，有如李白的痛饮狂歌；较之李白的"古来圣贤皆寂寞，唯有饮者留其名"，态度更激烈、言论更大胆、感情更沉痛。

最后两句，由激愤而转为稍加和缓，说郑老不必因为我写的这首痛愤激切的《醉时歌》而感情凄楚忧伤，还是像古人那样，且乐生前一杯酒，何须身后千载名吧。"且衔杯"的"且"字透出在旷达中的无奈和悲哀。

作为一首抒发怀才不遇的牢骚和痛愤的诗，《醉时歌》既不流于叹老嗟卑、诉苦哭穷，也不流于一味的宣泄和痛骂，而是用诙谐嘲谑的笔调，豪纵旷放的风格，淋漓尽致地表现出胸中的块垒不平。诗人的感情虽激愤悲慨，却并不阴郁绝望，显示出对困顿生活精神上的承受力。特别是诗中渲染深夜对饮高歌的情景，更显示出诗人对生活的热爱。这种感情境界，使杜诗在抒写苦难的同时永远显现出生活的亮色。给人以美的感受和对生活的执著乐观信念。

诗虽写得豪纵旷放，但构思却严谨缜密。在这方面，浦起龙的《读杜心解》有较精到的分析。和李白的《将进酒》作对照，可以看出这一点。

杜 甫

赠卫八处士①

人生不相见，动如参与商②。今夕复何夕③，共此灯烛光！少壮能几时④，鬓发各已苍⑤。访旧半为鬼⑥，惊呼热中肠⑦！焉知二十载，重上君子堂⑧。昔别君未婚，儿女忽成行⑨。怡然敬父执⑩，问我来何方。问答未及已⑪，儿女罗酒浆⑫。夜雨剪春韭，新炊间黄粱⑬。主称会面难，一举累十觞⑭。十觞亦不醉，感子故意长⑮。明日隔山岳⑯，世事两茫茫⑰。

[校注]

①黄鹤注：处士，隐者之号，以有处士星，故名。唐有隐逸卫大经，居蒲州。卫八亦称处士，或其族子。蒲至华，止一百四十里，恐是乾元二年（759）春在华州时至其家作。山岳指华岳言。（仇兆鳌《杜少陵集详注》引）按：卫八处士名不详。或引《唐史拾遗》谓"公与李白、高适、卫宾相友善，时宾最年少，号小友"，均难以征信。肃宗乾元元年六月，杜甫由左拾遗贬华州司功参军。冬，由华州赴洛阳。翌年三月，由洛阳返华州。此诗当作于乾元二年由洛返华途中。②动如，动辄就像。参（shēn），二十八宿中的参宿，西方白虎七宿的末一宿，即猎户座的七颗亮星。商，二十八宿中的心宿，也称"大辰""大火"。参星在西，商星在东，此出彼没，永不相见。此喻朋友隔绝。曹植《与吴质书》："面有逸荣之速，别有参商之阔。"③《诗·唐风·绸缪》："绸缪束薪，三星在天。今夕何夕，见此良人。"④汉武帝《秋风辞》："少壮几时兮奈老何！"⑤苍，灰白色。⑥访旧，询问亲故旧友。曹丕《与吴质书》："昔年疾疫，亲故多离（罹）其灾……观其姓名，已为鬼箓。"⑦热中肠，心里火辣辣地难受。⑧君子，诗人称卫某。王粲《公宴诗》："高会君子堂。"⑨行（háng），列。成行，言其从长至幼序列成行。⑩怡然，高兴的样子。父执，父亲的朋友。语本《礼记·曲礼》："见父之执。"执为接之借字，指父亲接近的朋友。⑪未及，原作"乃未"，《全唐诗》校："一作未及。"兹据改。⑫儿女，《全唐诗》校："一作驱儿。"酒浆，此指酒。不包括菜饭。⑬间（jiàn），掺杂。黄粱，即黄小米。《楚辞·招魂》"挐黄粱些"洪兴祖补注引《本草》："黄粱出蜀、汉、商、浙间亦种之。香美逾于诸粱，号为竹根黄。"⑭累（lěi），叠加连续。觞，酒杯。⑮故意，朋友的情谊，旧谊。⑯隔山岳，指相互离

隔分别。山岳指华山。⑰世事，指时世和彼此的个人身世遭遇。茫茫，形容前途命运茫不可知，难以预料。

[鉴赏]

这可能是杜诗中最易读而又耐读的作品之一。说它易读，是因为它用最朴实无华、如道家常的表达方式叙写了与阔别二十年的老朋友一夕会面的情景，几乎毫无阅读障碍，便能进入诗人所创造的氛围情境之中；说它耐读，则是因为它在朴实无华的生活场景之中蕴含着深沉的人生感慨，而这种感慨又必须结合特定的时代背景和诗人的有关创作才能深入体味。

这首诗作于肃宗乾元二年（759）春天，杜甫从洛阳回华州途中。这时，安史之乱已经进行了三年半时间，两京虽已收复，但战争局势却时有反复。就在这年三月，郭子仪等九节度遭遇了相州大溃败，"官军大奔，弃甲仗器械，委积道路。子仪等收兵断河阳桥保东京……留守崔圆、河南尹苏震、詹事高适、汝州长史贾至百余人南奔襄、邓"（《册府元龟》卷四百四十三），杜甫自洛阳归华州，正好碰上相州之溃，官府强征兵丁入伍，著名的"三吏""三别"即创作于其时。这一特定的时代与创作背景可以帮助我们理解《赠卫八处士》诗中未直接描写却弥漫渗透在全诗肌理血脉之中的那种沉郁苍凉的情调和氛围。

诗的开头四句，写与卫八处士的今夕相会，像是交代事件，却写得曲折有致，感慨深沉。本要写两人的相遇，却从"人生不相见"的感慨开始。用"动如参与商"来形容"人生不相见"，是为了突出"不相见"乃是常态，从而加倍渲染今夕得以相会的偶然和可喜可珍。但在承平年代，"九州道路无豺虎，远行不劳吉日出"（《忆昔》之二），卫八所居又在京洛通衢之地，与杜甫的家乡巩县相距不远，按说旧友之间的相见不是太难。而安史乱起，两京沦陷，干戈阻绝，函关内外，也宛若天壤了。因此这"人生不相见，动如参与商"的感慨当中便融入时代乱离的色彩而变得更加深沉了。

"今夕复何夕，共此灯烛光。"正因为乱离时代相见之不易，今夕在匆匆旅途中的偶然相逢便格外令人兴奋喜悦。"今夕何夕"是《诗·唐风·绸缪》的成句，本用以渲染新婚妻子"见此良人"的喜悦，杜甫顺手拈来，借以抒写重逢旧友的兴奋之情，可谓恰到好处。在"今夕"与"何夕"之间，着一"复"字，突出强调了"今夕"之可珍，诗人的感情亦随之汩汩流溢。而紧接着的"共此灯烛光"又化叙事为写境，用省净的笔墨勾画出一幅故友重逢、秉烛相对的图景。烛光周围的一大片暗影衬出了烛光的明亮和对烛而坐的两人,其效果有如舞台上的聚光灯将焦点集中在这上面,从而突出渲染了一种亲切、温煦而又如梦似幻的气氛。不必更着一语具体叙述两人秉烛夜谈的内容,在默默相对的无语交流中已包含了万语千言,句首的那个"共"字就含蓄透露了其中的消息。

表面上看,开头这四句写得似乎很朴素平易,实则起首突起直抒感慨,已给人一种天外飞来的突兀无端之感,接下来两句,又撇开一切具体情事的叙写,用充满感情的咏叹笔调和化实为虚的笔法渲染重逢的喜悦与对烛叙旧、情景浑融的意境,可以说一开头便奠定了全诗极富抒情气氛、极富感情内蕴的基调,而剪裁之省净自不待言。以下便进入重逢情事的抒写。

"少壮能几时,鬓发各已苍。"写这首诗时,杜甫四十八岁。两人昔日之别是在二十年前的"开元全盛日",正值"裘马清狂"的少壮之年。今日相见,双方的第一印象便是"鬓发各已苍"。"各"字透露出这正是双方同有的感慨。联系杜甫的志事遭际,特别是"窃比稷与契""居然成濩落""况我堕胡尘,及归尽华发"等诗句,还不难体味出其中包含的岁月蹉跎、志事无成的悲慨。

"访旧半为鬼,惊呼热中肠。"对烛话旧,"访旧"自是必然会涉及的话题,但打听的结果却使诗人大出意料之外,这些旧友当中竟有半数已沦为鬼物了。这使诗人不禁失声惊呼,心里热辣辣地难以禁受。这两句在前面平缓的语调之后突起波澜,感情趋于激愤。旧友的年岁应与双方相仿,却已"半为鬼",这在承平年代是不大可能发生的事。杜甫的这两句诗,在意蕴上和《古诗十九首》"所遇无故物,焉得不速老"之句及曹丕《与吴质书》"昔年疾疫,亲故多离其灾。徐、陈、应、刘,一时俱逝"一段有些渊源关系,而二者均与战争乱离的时代背景有密切关系。可以体味出这"访旧半为鬼"的惊心事实与四年的战乱,叛军所到之处,"杀戮到鸡狗"的现象有着必然的联系。因此这"惊呼热中肠"的诗句中也自然包含了对战乱之祸的痛愤之情。"穷年忧黎元,叹息肠内热",杜甫曾为"忧黎元"而"肠内热",这一次又因安史叛军掀起战火,祸及士庶而"惊呼热中肠"。从朋友阔别叙旧访旧中透露出来的,正是乱离时代的讯息。

"焉知二十载,重上君子堂。"这两句如果接在"人生"二句或"今夕"二句后面,从叙事的顺序看,均无不可,诗人却特意将它安排在"访旧半为鬼,惊呼热中肠"这一感情高潮之后,以倒叙的方式出之,是为了避免平直,同时也使诗的节奏有急有缓,富于变化。在意蕴上也就带有特殊的含义。由于旧友亲故半数已列鬼箓,今夕能在二十载之后"重上君子堂"便显得特别不同寻常。"焉知"二字,既含有"生还偶然遂"的感慨,又含有意想不到的惊喜。亦悲亦喜,亦慨亦慰。

以上十句,写主客双方今夕相会,侧重抒写诗人一方久别重逢的欣喜与感慨。以下十句,便转入对主人一方儿女言行与盛情款待的叙写。

"昔别君未婚,儿女忽成行。"二句紧承"二十载",将"昔别"与"今逢"时主人的情况作鲜明对照。卫某的年岁,大约与杜甫相当,二十年前正值意气风发的盛年,尚未结婚,在杜甫记忆中,也始终保持着当年英爽的风貌,二十年后重逢,却已是鬓发苍苍,儿女成行了,"忽"字、"成行"字均极传神。诗人仿佛惊奇地发现,当年的英爽青年身旁忽然冒出了一长串自长至幼的儿女,感到既意外又欣喜,或许还有些人事更迭、世移代改的感慨。想想自己,不也同样是"儿女成行"吗?这里的"儿女忽成行"正照应上文的"鬓发各已苍",不但岁月催人老,儿女也在催人老。不过较之上面的"已"字,这里的"忽"字似乎欣喜惊奇的成分多于感慨,这是从下两句当中可以明显体味出来的。

"怡然敬父执,问我来何方。"两句写出孩子们的彬彬有礼和天真好奇情态。"问我来何方"句透露出他们根本就不知道父亲的挚友中有杜甫这个人,也不知道他的行踪,说明诗人此次与卫某久别重逢纯属偶然。这就更增添了重逢的意外与惊喜。这两句颇有些类似贺知章的"儿童相见不相识,笑问客从何处来",纯用白描,富于戏剧性。

有问自当有答,但诗并非生活的实录,诗人的笔毫不黏滞,一下子就从"问答"跳到了"罗酒浆"。这种高度省净的剪裁功夫,前人论之已详。其实,这倒是生活中常见的情事,那边正在问答,这边主人已经催赶快上酒,透露出一种热烈而匆忙的气氛。

有酒自必有饭菜。古往今来,写待客饭菜之美者恐怕非"夜雨剪春韭,新炊间黄粱"二语莫属。处士乡居,自无山珍海味,杜甫亦非贵客。山野本地风光方是处士待客本色。今人时尚饮食讲究环保无污染,此理古人早明,无非一鲜二嫩再加色香味俱全而已。春天的韭菜最鲜嫩味美,客人刚到,事先并无准备,故须至菜园中现剪,正值夜雨潇潇,春韭在细雨的滋润下更显得鲜嫩碧绿,翠色欲滴;而现煮的二米饭中又特意掺入了黄澄澄的清香扑鼻的黄粱。黄白相间的饭和碧绿鲜嫩的菜,香味浓郁的黄粱和酒,新炊的热气腾腾,展现在诗人和读者面前的不仅是视觉和味觉、嗅觉俱美的山野盛宴,而且是主人殷勤待客的真挚情谊,而在烛光摇曳中的这席盛宴,又透露出令人神远的诗情。诗人自己的那种欣喜、新鲜、温暖乃至兴奋的感受也在这工整而极富色彩美的对句中曲曲传出。

"主称会面难,一举累十觞。"二句写主人。因为深感会面之难,唯有举杯痛饮方能表达心中的兴奋喜悦,故有"一举累十觞"的痛饮。

"十觞亦不醉,感子故意长。"二句写客人。上句是果,下句是因。无论是主人的"一举累十觞"还是客人的"十觞亦不醉",总因久别意外重逢的兴奋喜悦,在杜甫则更因"感子故意长"。这五个字总束上文,实际上也集中揭示出了诗人"今夕"的主要感受。这是全诗的第二个感情高潮。与上一个感情高潮侧重于抒写深沉的人生感慨有别,这一段主要是抒写意外重逢的兴奋喜悦。当然这种兴奋喜悦仍和战乱流离的时代背景引起的"会面难"密切相关,不同于一般情况下久别重逢的欣喜。

"明日隔山岳,世事两茫茫。"短暂的"今夕"在"共此灯烛光"的对床夜语中即将过去,明日自己又将踏上征途,从此两人相隔山岳,世事茫茫,又不知何时方能相见。"世事"包括时事和人事。干戈未靖,战乱未已,战争的局势和前途尚茫茫难以预料;而自己的命运与前途也同样像去路的茫茫云山一样,茫茫未可逆料。这并非临别前一般的应酬语,而是动乱多变的时代和艰难多蹇的仕途在杜甫心中的投影,就在此别之后的四个月,诗人就弃官远游,开始了辗转漂泊西北、西南和荆楚湖湘的生活,再也没有机会回到京洛,应验了诗一开头所慨叹的"人生不相见,动如参与商"。

尽管在整首诗中始终没有出现有关战争的字眼,但诗人的人生感慨、兴奋喜悦、惊呼悲叹乃至世事茫茫的预感,都或隐或显地与已经进行了近四年的这场战乱有着密切的关联。如果在欣赏视野中抽掉了战争离乱这个大背景,诗中写得最动人的那些诗句,特别是像"今夕复何夕,共此灯烛光"这种抒情境界,"访旧半为鬼,惊呼热中肠"这种抒情场景,"夜雨剪春韭,新炊间黄粱"这种宴饮场面,都将大大减弱其感人的艺术力量而变得平淡无奇,缺乏动人的光辉。正是由于战争乱离的大背景,和京洛道上兵荒马乱、生离死别的悲剧在不断地上演的具体背景,以及诗人仆仆风尘,奔波于京洛道上的具体行役经历,使这场阔别二十载的意外重逢变得特别珍贵,也使旧友话旧、"共此灯烛光"的场景显出了别样的温煦和光辉,而"夜雨剪春韭,新炊间黄粱"的山野田园平常风味也成了乱离时代充满和平生活之美和人情温煦之美的象征而永远保留在诗人的记忆之中。尽管许多不了解作诗背景的读者也会直觉地感受到此诗的艺术魅力，但这恰恰是因为诗人在创作时已经将乱离时代所形成的特殊心态、感受自然地渗透在字里行间的缘故。知人论世的解诗赏诗原则在先入为主、脱离文本、任意比附发挥的情况下错误地运用，往往带来对诗意的曲解；但这是运用者的失误，而非知人论世原则本身的错误。

读这首诗，会使我们自然联想起诗人的《彭衙行》。同样是战争乱离的背景，同样写到旅途上友人的盛情款待，题材类似，又同样运用白描的手法，同样学习汉魏古诗的写法，但两首诗的风貌却同中有异。《彭衙行》更侧重于叙事和写实，而《赠卫八处士》则更侧重于抒情和意境的创造。尽管后者也有一个自"今夕"至"明日"，自"会面"至分别的叙事间架，但它的特点和魅力却主要不在叙事和写实，而是化实为虚、化叙事为抒情，将二十年前少壮时的相聚，二十年后的意外重逢，打乱分散在"今夕""共此灯烛光"的叙旧宴饮的抒情场景之中。一切与抒情境界无关或关系不大的情事统统删去，只留下最能表现人生感慨、悲喜交并、人情温煦的场景意境。可以说，它所要着意表现的并不是具体情事，而是一种氛围感，一种充满诗情的人生体验。因此在叙事的框架中充溢渗透的乃是感情的琼浆。这正是此诗之所以显得特别空灵，也特别具有艺术魅力的原因。

同诸公登慈恩寺塔①

高标跨苍穹②，烈风无时休③。自非旷士怀④，登兹翻百忧⑤。方知象教力⑥，足可追冥搜⑦。仰穿龙蛇窟⑧，始出枝撑幽⑨。七星在北户⑩，河汉声西流⑪。羲和鞭白日⑫，少昊行清秋⑬。秦山忽破碎⑭，泾渭不可求⑮。俯视但一气⑯，焉能辨皇州⑰！回首叫虞舜⑱，苍梧云正愁⑲。惜哉瑶池饮⑳，日晏昆仑丘㉑。黄鹄去不息㉒，哀鸣何所投？君看随阳雁㉓，各有稻粱谋㉔！

[校注]

①作于天宝十一载（752）秋。诸公，指同登慈恩寺塔（即大雁塔）并赋诗的高适、岑参、储光羲与薛据。薛诗今不传，高、岑、杜、储四人之作今均存。原注："时高适、薛据先有作。"故杜甫此作题为《同诸公登慈恩寺塔》，同，即"和"，酬和之意。②高标，指高耸特立的塔。苍穹，青天。穹，《全唐诗》原作

"天",校云:"一作穹。"兹据改。③烈风,猛烈的风。④旷士,超旷之士。鲍照《代放歌行》:"小人自龌龊,安知旷士怀?"⑤兹,此,指慈恩寺塔。翻,反而。作"翻动"解亦通。仇注引王粲《登楼赋》:"登兹楼以四望兮,聊假日以销忧。"并曰:"此云翻百忧,盖翻其语也。"⑥象教,指佛教。释迦牟尼逝世,诸弟子想慕不已,刻木为佛,以形象教人,故称佛教为象教。象教力,指建塔。无佛教则无此塔。⑦冥搜,尽力寻找、探幽。孙绰《游天台山赋》:"非夫远寄冥搜,笃信通神者,何肯遥想而存之?"黄生曰:"冥搜犹探幽也。登塔,则足不至而目能至之,故曰追。"二句谓方知登此佛塔,足可以骋目探寻幽胜。或谓唐人多以"冥搜"指苦心作诗,"此处所谓冥搜,其实是揭露现实"(萧涤非《杜甫诗选注》)。但上下文均写登塔,此处似不宜突然阑入作诗之事。⑧龙蛇窟,指塔内各层之间的磴道弯曲盘旋,向上攀登,如穿行于龙蛇之窟穴。⑨枝撑,指塔内用以支撑的交错斜柱。"始出枝撑幽",是指方越过层层幽暗支撑的斜木而登塔顶。仇注引黄山谷曰:"塔下数级,皆枝撑洞里,出上级乃明。"⑩七星,指北斗七星。北户,北向开的窗户。⑪河汉,指银河。⑫羲和,古代神话传说中驾驭日车的神。《楚辞·离骚》:"吾令羲和弭节兮,望崦嵫而勿迫。"王逸注:"羲和,日御也。"传说日乘车,驾以六龙,羲和为御者。⑬少昊,古代神话传说中司秋之神。亦作"少皞"。《吕氏春秋·孟秋》:"孟秋之月,日在翼,昏斗中,旦毕中,其中庚辛,其帝少皞。"高诱注:"庚辛,金日也……少皞……以金德王天下,号为金天氏,死配金,为西方金德之帝,为金神。"《礼记·月令》:"孟秋之月,其帝少昊。"⑭秦山,指长安以南之终南山,为秦岭山脉之一部分,故称。朱鹤龄注:"秦山谓终南诸山,登高望之,大小错杂如破碎然。"按诸山为云雾笼罩,只露若干峰顶,故云"破碎"。⑮泾渭,泾水、渭水。泾水系渭水之支流,出泾谷之山,流经今陕西中部,东南流至今陕西高陵县入渭水。不可求,谓看不清泾水和渭水。⑯但一气,形容一片模糊之状。⑰皇州,指京城长安。⑱虞舜,古代传说中与唐尧并称的圣君,即有虞氏之部落首领,受尧禅让为君。⑲苍梧,《礼记·檀弓上》:"舜葬于苍梧之野。"《山海经·海内经》:"南方苍梧之丘,苍梧之渊,其中有九疑山,舜之所葬,在长沙零陵界中。"九疑山,现称九嶷山,在今湖南宁远县南。⑳《列子·周穆王》:"(穆王)升昆仑之丘,以观黄帝之宫……遂宾于西王母,觞于瑶池之上。"《穆天子传》卷三:"乙丑,天子觞西王母于瑶池之上。"瑶池,古代神话传说中昆仑山上池名,西王母所居。㉑昆仑,古代神传说中山名,上有瑶池、阆苑、增城、县圃等仙境。《庄子·天地》："黄帝游夫赤水之北,登乎昆仑之丘。"㉒黄鹄(hú),健飞的大鸟。《商君书·画策》："黄鹄之飞,一举千里。"古代常用以比喻高才贤士。《文选·屈原〈卜居〉》："宁与黄鹄比翼乎？将与鸡鹜争食乎？"刘良注："黄鹄,喻逸士也。"㉓随阳雁,雁为候鸟,随着太阳的偏向北半球和南半球而北迁南徙,故称。㉔稻粱谋,指禽鸟觅食,常以喻人之谋求自身衣食。

[鉴赏]

《同诸公登慈恩寺塔》的写作时间比《兵车行》只晚了半年,但杜甫在《兵车行》中因黩武战争而引发的对生产凋敝、百姓怨愤的担忧,在这首诗中已经发展为一种对唐王朝整个统治的强烈忧患感。由于同时登塔赋诗的有当时著名的诗人岑参、高适、储光羲(薛据的诗未流传下来),杜甫诗与其他几位诗人之作的显著区别也就成了衡量大家与名家、伟大作家与优秀作家间区别的一个重要标志。

登高赋诗,是由来已久的文学传统。对于登慈恩寺塔这样一个题材,描绘塔的高峻雄伟,以及登塔望远所见的景物,均为题中应有之义。杜甫此诗也同样具有上述内容。但和其他三位诗人截然不同的是,杜诗所抒写的主要并非对塔本身的赞赏以及登高望远时的快感,而是一种强烈的忧患感。而且,杜甫本人似乎有意强调自己与其他几位诗人的区别。这在诗的一开头便已鲜明地显示出来了。

诗的开头四句,是全篇的提纲,或者说,是全诗内容的浓缩。首句写塔高耸矗立、跨越苍穹的高峻雄伟形象。高七层的大雁塔,孤耸突起于周围的建筑物之上。称得上是整个长安城的地标,用"高标"来称它,是最适当不过的了。天似圆穹笼盖,而高塔耸峙,站在塔的顶层,感到塔身比周边的天际高出了很多,故用"跨苍穹"来形容。如果说这一句还只是比较精练地描绘出塔之高峻雄伟,那么第二句就已带有诗人特定的感情色彩。因为塔高,故风大。但用"烈风"来形容风之猛烈而迅疾,却使人感到它的震撼力、威慑力,一种紧张惊悚、难以禁受、骚屑不宁的情绪渗透于字里行间。且接以"无时休"三字,上述感受便更加突出而持久。

三、四两句便直截了当揭出登塔时的感受。"自非旷士怀"虽是翻用鲍照诗语,但联系诗题下的原注"时高适、薛据先有作",特别是对照高、岑、储三人之作均不同程度地表现出登高览眺时常有的高旷超逸情怀,这句诗的现实针对意味便相当明显。岑诗结尾悟净理而明觉道,表明"挂冠"之意;储诗结尾谓"俯仰宇宙空,庶随了义归",高诗结尾亦云"斯焉可游放",均可以"旷士怀"概之。上句从反面说，下句"登兹翻百忧"从正面直接揭出登高之际胸怀百忧的情形。这一句可以说是全诗的点眼，也表明了自己的感受、自己的诗与其他几位诗人的根本区别。至于"百忧"的具体内容，则留待下面作具体的抒写。读这首诗的人可能会觉得叙事的次序有些颠倒，一开头已说"烈风无时休""登兹翻百忧"，显然已登塔顶，下面却又回过头去写登塔过程，好像次序颠倒。明白了开头四句是全篇的总冒和提纲，这个疑问便可消除。

"方知象教力，足可追冥搜。"五、六句承首句，谓佛教所建的高出苍穹的塔，足可追踪冥搜探幽之功，盖谓登高方可望远。这里先放开一步，以反跌下文"秦山"数句。

"仰穿"二句，概写登塔过程，谓仰头向上，穿越各层之间弯曲盘旋的磴道，如同穿越龙蛇的洞窟，通过交错支撑的斜柱，最后才到达顶层，豁然开朗。写登塔，突出塔内之幽暗，与攀登之艰难，既极形塔之高，又显出时已暮。

"七星"二句，写仰望天穹所激起的想象。此诗所写虽为晚暮之景，但并非夜景，故此二句所写当为想象中的景色。由于塔耸入云霄，诗人感到自己宛如置身天上，北斗七星仿佛就在北边的窗户旁边，银河也仿佛正向西流动，其声汩汩可闻。评家往往激赏李贺《天上谣》之"银浦流云学水声"之句，不知杜甫此诗"河汉声西流"之句已得先机，而且较贺诗更近自然，可以说是运用通感曲喻，幻中有幻，却能达到浑成境界的范例。

"羲和鞭白日，少昊行清秋。"二句亦登塔远望所见，上句点出时已晚暮，白日依山，行将沦没；下句点明时值清秋，秋色苍然。上句用羲和驾车的神话传说，而以"羲和鞭白日"的神奇想象透露出时光消逝之迅疾，有"日忽忽其将暮"的迟暮之感；下句用少昊司秋的神话传说，透露出时序更易之迅速，有"日月忽其不淹兮，春与秋其代序"二句之意。或以为此二句有更深的政治托寓，恐近穿凿。

"秦山"以下四句，写俯视所见景象。南望秦岭诸山，在云雾笼罩中只露出一个个孤立的峰顶，似乎整个秦山忽然之间变成了零星的碎片，东望泾、渭二水，由于暮色迷茫，雾气弥漫，也再难寻觅它们的踪影。俯视茫茫大地，但见云封雾锁，一气混茫，哪能再分辨哪里是皇州京城呢？这显然是暮色渐浓、暮霭笼罩大地时所见的景象。作为对特定时间登高望远景象的描写，自然也很真切形象。但联系一开头的"登兹翻百忧"，其中的政治托寓便相当明显。说"秦山"二句象喻山河破碎、清浊难辨可能求之过深。（杜甫对时局虽有强烈的忧患，但恐怕还不至于预料到会出现山河破碎的局面,而"泾渭不可求"也只是说视野中不见泾渭,而非难辨清浊。即使能见度极好时,登塔恐亦难辨泾渭之清浊。)但从"俯视但一气"之句看,这四句象喻整个京城畿辅之地为一片昏暗所笼罩,政治腐败黑暗则属无疑。周振甫先生引《通鉴·天宝十一载》云:"'上(玄宗)晚年自恃承平,以为天下无复可忧,遂深居禁中,专以声色自娱。悉委政事于李林甫。林甫媚事左右,便会上意,以固其宠。杜绝言路,掩蔽聪明,以成其奸;妒贤嫉能,排抑胜己,以保其位;屡起大狱,诛逐贵臣,以张其势。''凡在相位十九年,养成天下之乱。'杜甫已经看到了这种情况,所以有百忧的感慨。"李林甫卒于天宝十一载(752)。同年,杨国忠为相,政治更为腐败,而玄宗之昏暗亦更甚。李、杨的把持朝政,是引起诗人"百忧"的直接而主要的原因;而玄宗的信任奸邪,亦是其中的原因。

"回首叫虞舜,苍梧云正愁。"由于现实政治的腐败、君主的昏愦,诗人自然怀念起理想中的圣贤之君。这里的"虞舜",理解为实指传说中远古时代的圣君虞舜固亦可通,但根据杜甫诗中屡称唐太宗(如《北征》之"煌煌太宗业"),将其视为理想中的贤君来看,理解为借指唐太宗似更切合杜甫的思想实际。太宗受高祖之禅,故以继尧而帝的虞舜喻之;"苍梧"则借指太宗之陵墓昭陵(在九嵕山)。唐人在慨叹忧虑现实政治之昏暗与国运之颓败时,常起"望昭陵"之思,以寄寓对太宗盛时的追慕,如杜牧之"欲把一麾江海去,乐游原上望昭陵"即是,故这里的"叫虞舜"、望"苍梧",正寄寓了对唐初贞观盛世的向往追慕。一"叫"字传达出诗人感情的强烈,而"苍梧云正愁"又似乎连昭陵上空也弥漫着一片愁云,透露出太宗英灵对不肖子孙治绩的忧愁叹息。传神空际,笔意超妙,而感慨深沉。九嵕山在长安之北,故须由东望泾渭而"回首"眺望。

"惜哉瑶池饮,日晏昆仑丘。"两句由追慕太宗盛世而转回慨叹现实中的玄宗荒淫逸乐,正如古时的周穆王那样,与西王母宴饮于昆仑山上的瑶池。联系《自京赴奉先县咏怀五百字》诗中段有关玄宗、贵妃与贵戚权臣在骊山歌舞宴饮,耽于享乐的描写,及杜诗中将杨妃喻为西王母的情况,这两句当是隐喻玄宗与贵妃在骊山上宴饮享乐的情景,用"惜哉"二字表达对这种现象强烈的痛惜,与上句"云正愁"呼应。而"日晏"二字则透露出了昏暗没落的时代气氛,与上句"惜哉"联系起来体味,好景不长的感喟自见。同时,也说明杜甫登塔时正值日暮,故有"羲和鞭白日"及"秦山"等句"俯视但一气"的描写。

以上八句,均写登塔时引发的时世之忧。"黄鹄"以下四句,则转写身世之忧。"黄鹄"二句，写望中黄鹄高飞远举，哀鸣不已，不知所投，这当是借喻值此昏暗时世，贤能之士只能避而远引却找不到自己的归宿，其中自然包括诗人自身（《奉赠韦左丞丈二十二韵》有"今欲东入海，即将西去秦"之句，可与此互参），而各有稻粱谋的"随阳雁"则指那些能适应政治气候的人们各自都能找到自己的谋生之路。"君看"二句语气似美似讽，透露出诗人感情之复杂，并不是单纯嘲讽小人，与"黄鹄"二句相参，其中寓含慨叹自己在混浊时世谋生乏术之意。身世之慨与时世之忧，均包于"登兹翻百忧"的"百忧"之中。

  这首登览诗最突出的思想内容，自然是贯串全诗的忧患感。由于面对的是一个表面上仍然繁荣实际上危机四伏的时世，诗人的忧患感便显得特别敏锐而具洞察力，使人不得不为诗人深沉的思想感情所动容、所警醒，深感识兆乱的敏感比许多政治人物要锐敏得多，也比同时登塔的其他诗人对现实的认识深刻得多。这自然和杜甫困居长安期间的政治遭遇、生活困顿和亲历耳闻各种政治弊端的实践有关。如果不是亲历"骑驴十三载，旅食京华春。朝扣富儿门，暮随肥马尘。残杯与冷炙，到处潜悲辛"的生活，目睹咸阳桥头哭送征人的惨痛场景，他对现实危机的感受就不可能超越同时代人而达到如此深刻的程度。在艺术上，此诗最突出的成就是将写实与象征融为一体，将黄昏时分登高览眺的真切感受与览眺时所引发的时世身世之感打成一片，不露刻意设喻之迹，而寓慨自然融合在所写景物之中，故内容虽有别于盛唐诗，艺术上仍保持了高浑的盛唐风貌。就描绘塔之高峻雄伟气势及所见景物来看，杜诗不如岑诗，但杜诗自有"登兹翻百忧"的主旨，自然也不必用同一标尺来衡量了。

自京赴奉先县咏怀五百字[①]

  杜陵有布衣[②]，老大意转拙[③]。许身一何愚[④]，窃比稷与契[⑤]。居然成濩落[⑥]，白首甘契阔[⑦]。盖棺事则已[⑧]，此志常觊豁[⑨]。穷年忧黎元[⑩]，叹息肠内热[⑪]。取笑同学翁[⑫]，浩歌弥激烈[⑬]。非无江海志[⑭]，潇洒送日月[⑮]。生逢尧舜君[⑯]，不忍便永诀[⑰]。当今廊庙具[⑱]，构厦岂云缺[⑲]？葵藿倾太阳[⑳]，物性固莫夺[㉑]。顾惟蝼蚁辈[㉒]，但自求其穴[㉓]。胡为慕大鲸，辄拟偃溟渤[㉕]。以兹悟生理[㉖]，独耻事干谒[㉗]。兀兀遂至今[㉘]，忍为尘埃没[㉙]。终愧巢与由[㉚]，未能易其节[㉛]。沉饮聊自遣[㉜]，放歌颇愁绝[㉝]。岁暮百草零[㉞]，疾风高冈裂。

天衢阴峥嵘㉟,客子中夜发㊱。霜严衣带断,指直不得结㊲。凌晨过骊山㊳,
御榻在嵽嵲㊴。蚩尤塞寒空㊵,蹴蹋崖谷滑㊶。瑶池气郁律㊷,羽林相摩戛㊸。
君臣留欢娱㊹,乐动殷胶葛㊺。赐浴皆长缨㊻,与宴非短褐㊼。彤庭所分帛㊽,
本自寒女出。鞭挞其夫家㊾,聚敛贡城阙㊿。圣人筐篚恩㉛,实欲邦国活㉜。
臣如忽至理㉝,君岂弃此物!多士盈朝廷㉞,仁者宜战栗㉟。况闻内金盘㊱,
尽在卫霍室㊲。中堂舞神仙㊳,烟雾蒙玉质㊴。暖客貂鼠裘㊵,悲管逐清瑟㊶。
劝客驼蹄羹㊷,霜橙压香橘。朱门酒肉臭㊸,路有冻死骨㊹。荣枯咫尺异㊺,
惆怅难再述。北辕就泾渭㊻,官渡又改辙㊼。群冰从西下㊽,极目高崒兀㊾。
疑是崆峒来⑦⓪,恐触天柱折⑦①。河梁尚未坼⑦②,枝撑声窸窣⑦③。行旅相攀援⑦④,
川广不可越⑦⑤。老妻寄异县⑦⑥,十口隔风雪。谁能久不顾,庶往共饥渴⑦⑦。
入门闻号咷⑦⑧,幼子饥已卒。吾宁舍一哀⑧⓪,里巷亦呜咽⑧①。所愧为人父,
无食致夭折。岂知秋禾登⑧②,贫窭有仓卒⑧③。生常免租税⑧④,名不隶征伐⑧⑤。
抚迹犹酸辛⑧⑥,平人固骚屑⑧⑦。默思失业徒⑧⑧,因念远戍卒⑧⑨。忧端齐终南⑨⓪,
澒洞不可掇⑨①。

[校注]

①天宝十三载(754)夏,杜甫携家眷移居于长安城南十五里之下杜城。是年秋,长安霖雨六十余日,关中大饥。因乏食,将家眷安置于奉先县(今陕西蒲城县,在长安东北,属京兆府管辖)。复返长安。十四载十月,任右卫率府兵曹参军(看守兵甲器仗、管理门禁锁钥的小官)。十一月,离京赴奉先县探家。此时,安禄山已在范阳反叛,但消息尚未传到长安。而杜甫已预感到国家的严重危机。他将此次奉先之行的见闻感受以"咏怀"为题,写成这首划时代的杰作。②杜陵,在长安城南。秦置杜县,汉宣帝筑陵于东原上,因名杜陵,并改杜县为杜陵县,北周废。杜甫十五世祖杜畿、十三世祖杜预为京兆杜陵人,杜甫天宝十三载又移居于此,故以"杜陵布衣"自称。杜甫作此诗时虽已授官,但尚未上任,故仍自称布衣。古代平民百姓穿麻布衣。③老大,杜甫时年四十四,古人四十即常称"老"。拙,笨拙,工巧的反面。迂执不通世故、不知权变之意,实际上是强调自己的理想抱负、品格操守之坚定。"拙"是自嘲的口吻,正话反说。④许身,自许、自期。愚与上句"拙"义近。⑤窃,对自己的谦称。稷,周的祖先,舜时的农官,教百姓种五谷,契(xiè),商的祖先,舜时的司徒,掌文化教育。稷契是古人心目中理想的辅

佐圣君的贤臣。《孟子·离娄下》："稷思天下有饥者，犹己饥之也。"⑥居然，果然。濩落，大而无用之意，同"瓠落"。《庄子·逍遥游》："魏王贻我大瓠之种，我树之成而实五石，以盛水浆，其坚不能自举也。剖之以为瓢，则瓠落无所容。"⑦契阔，辛勤劳苦。⑧《韩诗外传》卷八："孔子曰：'学而已，阖棺乃止。'"则，乃。⑨此志，指效法稷契之志。觊（jì），希望。豁，达到。⑩穷年，终年，一年到头。黎元，老百姓。⑪肠内热，犹忧心如焚。⑫同学翁，与自己年辈相当的先生们。萧涤非谓"翁字外示尊敬，实含讥讽"。⑬浩歌，高歌。弥，更加。⑭江海志，隐逸避世之志。《庄子·刻意》："就薮泽，处闲旷，钓鱼闲处，无为而已矣。此江海之士，避世之人。"⑮潇洒，无拘无束貌。送日月，打发日子。⑯尧舜君，指唐玄宗。玄宗即位后的一段时期内，励精图治，任用贤相，开创"开元之治"，故称。《南史·李膺传》："膺字公胤，有才辩……（梁）武帝悦之，谓曰：'今李膺何如昔李膺？'对曰：'今胜昔。'问其故，对曰：'昔事桓、灵之主，今逢尧、舜之主。'"⑰永诀，长别。杜甫困居长安期间，也曾有过离开长安，浪迹江湖之想，但因为想辅佐皇帝做一番事业，故不忍心与之长别。⑱廊庙具，能在朝廷上担任要职的栋梁之才。具，才具。江淹《杂体诗》："大厦须异材，廊庙非庸器。"⑲构厦，构建国家的大厦。⑳葵，向日葵。藿，豆叶。曹植《求通亲亲表》："若葵藿之倾叶，太阳虽不为之回光，然终向之者，诚也。"葵有向阳的特性，藿并无此物性。此系用曹植表中语，故连类而及。㉑莫，校云："一作难。"夺，强行改变。㉒顾惟，转思。蝼蚁辈，指只知营求自己私利的庸小之辈。㉓但，只。自求其穴，营求自己的安乐窝。㉔胡为，何为。㉕辄拟，老是打算。偃，游息。溟渤，茫无边际的大海。㉖悟，一作"误"。生理，处世之道，人生的原则。㉗干谒，指干求谒见权贵。㉘兀兀，劳苦貌。㉙尘埃没，沦落湮没于尘埃，终身潦倒无成。㉚巢，巢父。由，许由。尧时的两位高士。传说尧想将帝位传给许由，许由听了，跑到河边去洗耳。《高士传》载许由逃尧之让，告巢父，巢父说："何不隐汝形，藏汝光，非吾友也！"㉛其，杜甫自指（第三人称的特殊用法）。节，节操、志节。指"窃比稷与契"之志节。㉜聊，姑且。遣，排遣苦闷。遣原作"適"（适），据宋本改。㉝放歌，纵情高歌。颇，甚，很。《全唐诗》原作"破"，据宋本改。杜集诸本唯钱注作"破"。㉞零，凋零枯萎。㉟天衢，天空。天空广阔如通衢，故称。峥嵘，本状山之高峻，此处形容天空阴云密布，黑压压的，如山势之峥嵘。㊱客子，杜甫自指。中夜发，半夜从长安出发。㊲得，《全唐诗》校："一作能。"㊳骊山，在长安东面六十里，山麓有温泉。每年十月，唐玄宗率杨贵妃及其姊至华清宫避寒，岁末方归。《雍录》："温泉，在骊山。秦、汉、隋、唐，皆常游幸，惟玄宗特侈。盖即山建立百司庶府，各有寓止。于十月往，至岁尽乃还宫。又缘杨妃之故，其奢荡益著。大抵宫殿包裹骊山，而缭墙周遍其外。观风楼下，又有夹城可通禁中。"㊴御榻，皇帝的床。借指玄宗。嵽嵲（dié niè），山高峻貌，此即指高耸的骊山。㊵蚩尤，传说中的古代九黎族首领，以金作兵器，与黄帝战于涿鹿，失败被杀。相传其与黄帝作战时雾塞天地。故以"蚩尤"借指雾气。《史记·五帝本纪》"遂禽杀蚩尤"裴骃集解引《皇览》曰："蚩尤冢在东平寿张县阚乡城中，高十丈，民常十月祀之，有赤气出，如匹绛帛，民名为蚩尤旗。"㊶蹴蹋，踩踏。㊷瑶池，神话传说中神仙西王母与周穆王宴会之地。此借指骊山温泉。郁律，水汽蒸腾弥漫貌。㊸羽林，皇帝的禁卫军，即羽林军。摩戛，摩擦碰撞。㊹君臣，《全唐诗》校："一作圣君。"留欢娱，留在骊山上寻欢作乐。㊺殷（yīn），震。《文选·司马相如〈上林赋〉》："车骑雷起，殷天动地。"郭璞注："殷，犹震也。"胶葛，深远广大貌。《上林赋》："置酒乎颢天之台，张乐乎胶葛之寓。"此指广远的天空。㊻长缨，长帽带，大官僚的服饰，指权贵。《旧唐书·安禄山传》："玄宗宠安禄山，赐华清池汤浴。"㊼与宴，参与宴会。短褐，粗布短衣，指平民百姓。㊽彤庭，朝廷。古代宫殿楹柱地面多用朱红色涂饰。㊾其，指寒女。㊿聚敛，聚集搜刮。城阙，指京城。(51)筐篚，盛物的竹器，方曰筐，圆曰篚。筐篚恩，指皇帝的赏赐之恩。《诗·小雅·鹿鸣序》："《鹿鸣》，燕群臣嘉宾也。既饮食之，又实币帛筐篚，以将其厚意。然后群臣嘉宾，得尽其心矣。"《通鉴·天宝八载》：二月，"引百官观左藏，赐帛有差。是时州县殷富，仓廪积粟帛，动以万计。杨钊（即国忠）奏诸所在粜变为轻货，及征丁租地税皆变布帛输京师。屡奏帑藏充牣，古今罕俦，故上帅群臣观之。上以国用充衍，故视金帛如粪壤，赏赐贵宠之家，无有限极"。此句所谓"筐篚恩"即指玄宗在赐宴赐浴的同时赏赐贵宠币帛之事。(52)邦国活，国家昌盛繁荣。(53)忽，忽视。至理，最高的原则，天经地义的道理。(54)多士，百官。《诗·大雅·文王》："济济多士，文王以宁。"(55)仁者，指多士中之仁者，即百官中有良心的。战栗，触目惊心。(56)内金盘，宫廷内府的金盘，泛指珍贵宝器。(57)卫霍室，指贵戚之家。汉代卫青系汉武帝皇后卫子夫之弟，霍去病系卫皇后姊之子（外甥）。此以卫、霍借指杨贵妃家族如杨国忠兄弟、韩国夫人、虢国夫人、秦国夫人等。玄宗对他们滥行赏赐。(58)中堂，指贵戚府邸的大厅。舞神仙，指府中女乐翩翩起舞，有若神仙。(59)烟雾，指歌舞女子身上所披之轻纱雾縠。司马相如《子虚赋》："杂纤罗，垂雾縠……眇眇忽忽，若神仙之仿佛。"蒙，《全唐诗》原作"散"，校："一作蒙。"兹据改。蒙，罩。玉质，指女子洁白的肌体。⑥暖客，使客暖。貂鼠裘，紫貂一类皮做的袄。⑥管、瑟，分别泛指管乐与弦乐。"悲"与"清"形容乐声之动人与清亮。句意谓丝竹合奏，其声互相紧随。⑥驼蹄羹，骆驼蹄作的珍贵菜肴。⑥朱门，指豪贵人家。⑥冻死骨，冻饿而死的人。"路"即指诗人经过骊山东去的道路。⑥荣，指富贵豪奢，承"朱门"。枯，指贫困饥寒，承"冻死骨"。咫尺异，指华清宫墙内外，仅咫尺之隔，而荣枯迥异。⑥北辕，车辕向北，指路转向北。就，靠近。泾、渭，关中八水之二水，合流于昭应县。杜甫自京赴奉先，由长安向东经骊山，然后向北渡过昭应县泾渭二水合流处的渡口，再向东北方向走。⑥官渡，指官家设在泾渭二水合流处的渡口。改辙，改道。指官家渡口迁移至他处。⑥冰，《全唐诗》校："一作水。"按：当作"冰"。十一月泾、渭二水当已开始封冻。⑥崒兀（zú wù），高峻貌。⑦崆峒，山名，在今甘肃平凉市。相传是黄帝问道于广成子之所。见《庄子·在宥》。泾渭二水均源于陇西，故云"疑是崆峒来"。⑦天柱，神话传说中支撑天的柱子。《楚辞·天问》："天极焉加？八柱何当？"《淮南子·墬形训》："昔者共工与颛顼争为帝，怒而触不周之山，天柱折，地维绝。"二句形容河冰汹涌而下，有天崩地塌之感。⑦河梁，河上的桥梁。坼（chè），裂，散架。⑦枝撑，桥的支柱。窸窣，形容桥被河冰撞击时晃动发出的声音。⑦行旅，指旅之人。攀援，挽扶。⑦不，《全唐诗》校："一作且。"按：上句指行旅之人互相挽扶着小心翼翼走过危桥。下句慨叹泾渭合流处由于官渡迁移河流广阔无法渡越。⑦异县，别县，指奉先。⑦庶，表示希望的副词。⑦号咷，放声痛哭。⑦饥，《全唐诗》校："一作饿。"⑧宁，即使，纵使。舍，割舍。⑧里巷，犹邻里、街坊。⑧禾，原作"未"，校："一作禾。"兹据改。十一月秋收早已完毕。登，收成，指庄稼成熟。⑧贫窭（jù），贫穷人家。仓卒（cù），本义为急遽，此处引申为突然发生的意外事故或灾祸。⑧唐代制度，凡皇亲贵戚，或家有品爵官职者，均可免缴租税，免服兵役，见《唐六典》卷三。杜甫祖、父都做过中央或州郡的官吏，故可免除租税、兵役。⑧隶，属。谓名字不列入征兵的名册。⑧抚迹，回想自己的经历，指幼子饿死之事。⑧平人，平民百姓。固，本当。骚屑，纷扰不安、骚动不安。⑧失业徒，失去土地的破产农民。业，产业。唐初实行均田制，农民按规定可以有一定的永业田和口分田，永业田可传承。后因豪强兼并，使许多农民失去土地，均田制遭破坏。

(89)远戍卒，久戍不归的士兵。唐初实行府兵制，百姓服兵役定期轮番更替，后因战争不息，服役期满长期不能更代，甚至出现《兵车行》中所描写的“或从十五北防河，便至四十西营田。去时里正与裹头，归来头白还戍边”的情况。(90)忧端，忧愁的心绪。(91)澒（hòng）洞，水势浩大无边貌。此状忧思之广远。掇，收拾。仇兆鳌曰：此承“忧端”来，是忧思烦懑之意，赵（汸）注谓比世乱者，未然。

［鉴赏］

这是杜甫诗歌创作历程中一首里程碑式的作品，也是中国古代诗歌史上一首深刻反映历史转折时代社会生活本质的史诗性作品。它作于天宝十四载（755）十一月，当时，安禄山已在范阳发动叛乱。但消息尚未传到长安（十一月初九安禄山反，十五日玄宗方得知消息）。一场使唐王朝由极盛急剧转衰、长达八年的大动乱已经拉开序幕，但在骊山华清宫过着骄奢淫逸生活的唐玄宗和他的宠妃、宠臣们却对此浑然不觉。而这时的杜甫，在经历了长安十年困顿屈辱生活的磨炼和对社会生活的深切体察之后，已经对大唐王朝面临的深重危机有了相当深刻的感受与认识，创作出了《兵车行》《同诸公登慈恩寺塔》《丽人行》等深刻反映唐王朝统治的腐败和危机的优秀作品。这首《自京赴奉先县咏怀五百字》便是在上述感受、体察和认识的基础上，结合此次赴奉先之行的见闻感受写成的带有总结性的篇章。

诗分三大段。开头一大段却完全撇开题内“自京赴奉先县”而单刀直入，凭空起势，反复抒怀。前十二句为一层，表明自己比稷契、忧黎元的志向情怀。“杜陵有布衣，老大意转拙。”杜甫当时已经有了一个右卫率府兵曹参军的官职，但一开头却郑重地宣称自己的“布衣”身份，这恐怕不是一时疏忽，也未必是因为官品低而不屑提，而是在思想意识上感到自己和当权的统治集团是不同的两路人。正如林庚先生所说，“杜甫之所以骄傲于布衣的，则正是那‘窃比稷与契’的政治抱负上”（《诗人李白》）。尽管诗人用了“拙”“愚”“窃比”这一系列带有自贬、自谦口吻的词语，但其真实的感情却是强调这种志向抱负的宏大与坚定。当然，这在有些人看来，未免太“拙”而“愚”了。说“老大意转拙”，“转”字深可玩味。本来，年龄老大，仕途困顿，屡次碰壁之后应该清醒意识到此志之难以实现，而有所改变甚至放弃，但却反而更加迂拙，更加执著。这是为什么呢？问题的答案就是国家危机和人民苦难的不断加深。这一点，随着诗中内容的展开，将会看得更加清楚。正因为自己既愚且拙地坚守稷契之志，果然就落得个无所用于世的结果，“居然”二字，是既在意料之中又对这一结果深感痛心疾首的口吻。但即使如此，自己也心甘情愿地为志向的实现而辛勤到老。"居然"与"甘",一抑一扬,越衬出志向的坚定。"盖棺"二句,就是对这种坚定意志的进一步强调。不但老而弥坚,而且不到盖棺之时就始终希望抱负的实现。说"盖棺事则已",意在强调不盖棺则实现志向的努力永不停歇。

"穷年"二句,是对稷契之志的核心内容的揭示。《孟子·离娄下》:"禹思天下有溺者,犹己溺之也;稷思天下有饥者,犹己饥之也。"稷契之志,就是这种己溺己饥的忧念百姓的情怀和济苍生安黎元的抱负。怀稷契之志者,遇治世明君,辅佐君主使国家繁荣昌盛,百姓富足安康;而遇衰世昏主,则不能不"穷年忧黎元"而"叹息肠内热"了。因此这两句又带有明显的时代色彩,抒发的实际上是危机深重时代忧民之疾苦、救民于水火的稷契之志。

一介布衣而怀此宏远抱负,自不免"取笑同学翁",被讥为徒出大言,迂阔不切实际,但诗人却慷慨高歌,情怀更加激昂热烈。"浩歌弥激烈"是比喻性的说法,却展现出诗人不畏讥嘲的坚定意志和慷慨激昂的风采。

以上十二句为一层,主要是正面抒发自己比稷契的志向抱负和忧黎元的热烈情怀,并用自嘲自谦中透出自负,正反抑扬中显出坚定的口吻语调,表现出这种志向抱负的至死不移。下面一层八句,便进一步从"江海志"与"稷契志"的对照中揭示自己这种志向是出于本性,不能改变。

杜甫并不讳言自己也曾有过浪迹江海、"潇洒送日月"的隐逸之志,也承认当今能构建朝廷这座大厦的栋梁之材很多,并不缺自己这块料,但却因为生逢尧舜之君,不忍心就此远离朝廷与之永诀,自己就像葵藿之始终朝向太阳一样,不能改变自己忠于君主的本性。杜甫称玄宗为"尧舜君",有真有假,感情颇为复杂。以现在玄宗的所作所为,杜甫肯定认为他不是什么尧舜君,但玄宗毕竟有过励精图治、任用贤臣、开创开元之治的业绩,因此虽对其当前的行为极感失望痛切,但在内心深处仍希望其能及早醒悟,重整朝纲。"不忍便永诀"的"不忍"二字正透露了这种复杂矛盾的感情,这正是所谓"物性固莫夺"。这一层通过自我解剖、表白心迹,将稷契之志、忧民之怀所以老而弥坚的原因作了更深刻的揭示。

"顾惟"以下十二句为第三层。主要是通过"蝼蚁"与"大鲸"两种对立的人生追求的对照比较,进一步坚定了"偃溟渤"的宏伟抱负和"耻干谒"的人生原则。"蝼蚁辈"指但知营求个人私利而趋事干谒的庸鄙小人;"大鲸"则指怀有宏大抱负的志士,亦即比稷契、忧黎元的人们。诗人用设问的口吻提出这两种对立的人生追求之后,并不用通常方式作答,而是宕开一笔,说自己正是因为从这两种鲜明对立的人生追求中懂得了人生的道理,深以趋事干谒,自营其穴为耻。"独耻"二字,分量很重,也很沉痛。长安十年的求仕生涯中,杜甫也曾不断地干谒过权贵,但在"朝扣富儿门,暮随肥马尘。残杯与冷炙,到处潜悲辛"的屈辱与辛酸中,他不但深感上层统治者的冷酷,而且深感人格所受的侮辱与精神的痛苦。"独耻"二字,正是这种痛苦人生体验的总结。也说明虽趋事干谒而不以为耻者大有人在。

"兀兀遂至今,忍为尘埃没。终愧巢与由,未能易其节。"因为耻事干谒,故辛勤劳苦至今而沉沦不遇,恐怕不得不没于尘埃之中了。"忍为"二字,透露出诗人既不甘又无奈的感慨。尽管如此,自己还是不愿效仿巢父、许由避世高隐,不愿改变自己追踪前贤、忧念黎元的志节。巢、由是历来公认的品格高洁的隐者,杜甫自不能说自己不仿效巢、由,而是用"终愧"二字,委婉地表达自己未能追随他们的坚定志节。

仕既无望,隐又不愿;既不屑与蝼蚁为伍,自营其穴,又不能如大鲸之游息溟渤,施展抱负;既耻于趋事干谒,又不忍为尘埃之没。无可奈何,只有用饮酒放歌来聊且自我排遣,消除胸中的愁愤。这正是《醉时歌》中所说的"但觉高歌有鬼神,焉知饿死填沟壑"。

整个这一大段,围绕着"窃比稷与契""穷年忧黎元"这个中心,通过层层对比映照、层层曲折反复,既逐层深入又一气流注地充分表现了自己的坚定志向抱负。正如俞平伯先生所说,"千回百转,层层如剥蕉心。出语的自然圆转,虽用白话来写很难超得过他。把文言用得像白话一般,把诗做得像散文一般。这种技巧,不但对古诗为'空前',即在杜集中亦系'仅有'之作"。

第二大段从"岁暮百草零"到"惆怅难再述",共三十八句,叙自京赴奉先途经骊山所见所闻所感。也可分为三层,逐层递进。第一层十二句,写自京出发到骊山的路上天寒风疾霜严雾浓,行路艰苦的情景。先点出"岁暮"这个特定的季节,为下面写道中严寒张本。点行程,只用"客子中夜发""凌晨过骊山"二句,其余均极力渲染严寒。写寒风劲厉,曰"疾风高冈裂";写严霜之凛冽,曰"指直不得结";写天空之阴森,曰"阴峥嵘";写雾气之弥漫,曰"塞寒空"。这些都给人一种严寒刺骨,阴森昏暗的感受,不必深求"蚩尤塞寒空"是否更有象征寓意,即上述景物,自能构成一种特殊的氛围,隐隐透出特定的时代气息。其中"御榻在嵽嵽"一句，点出玄宗此时正在骊山避寒；"瑶池气郁律，羽林相摩戛"二句更写出骊山温泉水汽蒸腾氤氲，羽林军士兵甲相互摩擦击撞之情状，闻见之间，已可想见华清宫内君臣逸乐之状，故下一层即转入对玄宗君臣在骊山享乐情景的描写与议论。

自"君臣留欢娱"至"仁者宜战栗"十四句，只前四句写君臣欢娱、赐浴、与宴情景，且多出之想象，因为在宫墙之外行路的诗人，虽或可听到"乐动殷胶葛"之声响，却无从看到宫内宴饮赐帛之场景，且"凌晨"正是"留欢娱"的"君臣"酣卧之时，非宴饮作乐之时，故对欢娱情景只略点即过，主要是就"分帛"一事发抒激烈的议论。诗人一针见血地指出，皇帝赐给宠臣们的布帛，都是由贫寒人家的妇女千丝万缕辛勤织成。而聚敛的官吏鞭挞她们的丈夫，搜刮聚集，贡献给朝廷。这四句可以说是封建社会，特别是衰乱之世司空见惯的现象，但自古迄杜甫作诗之时，却未见有诗人如此直截了当地揭示出朝廷和官吏残酷掠夺人民的本质。话说得如此赤裸裸，正因为掠夺方式之赤裸裸。接下来四句，却先放缓语气，说皇帝赏赐群臣，本意是为了使臣下尽忠效力，治理好国家。如果臣子忽视了这个最根本的道理，皇帝岂不是白白丢弃了这些用民脂民膏凝成的财物！说到这里，诗人已控制不住内心的激愤，痛心疾首斥责道：衮衮诸公充满了整个朝廷，这当中如有"仁者"应当为之战栗戒惧！说"仁者宜战栗"，实即谓这盈朝的"多士"中间都是些麻木不仁的权奸佞人和"但自求其穴"的小人。浦起龙说"圣人"四句是"以责臣者讽君"，从诗人的本意看，确有讽君之意，但也显有回护之词。如此将民脂民膏滥行赏赐，哪里还谈得上"实欲邦国活"呢？不仅臣忽"至理"，皇帝也同样将此"至理"丢到九霄云外了。

"况闻内金盘"以下十二句，专写外戚之豪奢而归结到贫富的悬殊和危机的深重。用"况闻"二字另提，明示此下又转进一层，也透露此下所写贵戚豪奢情景均出之想象。杨国忠兄妹在骊山华清宫旁均有私第，《旧唐书·杨国忠传》："玄宗每年冬十月幸华清宫，常经冬还宫。国忠山第在宫东门之南，与虢国相对，韩国、秦国甍栋相接。"可见，由一般的臣下写到贵戚杨氏兄妹之家，并不离骊山这个特定地点。先说久闻宫中珍品，尽在贵戚之室，不仅揭示玄宗对他们恩宠无比，滥行赏赐，而且意在表明其权势之炬赫。"中堂"二句写歌舞，"暖客"四句写宴饮，或用缥缈之笔状其声色享受，或用扇对之法形其豪奢饮食，均为铺叙渲染之法，将贵戚之奢华推向极致，为下面两句最尖锐的揭露作充分的铺垫。天宝后期政治的腐败和危机的深化,玄宗对杨国忠的宠信和对杨氏家族的滥行赏赐,是一个突出的表征。诗人将外戚的豪奢放在"朱门"二句之前加以突出描绘渲染,正是有鉴于此。

"朱门酒肉臭,路有冻死骨。"就在贵戚府邸、华清宫殿歌舞宴饮、奢华极乐的同时,宫墙之外的道路上却横陈着因冻饿而死的穷人的尸骨。这触目惊心的鲜明对照,使诗人从心底涌出这一震撼千古的名句。"朱门"句是对"君臣留欢娱"至"霜橙压香橘"一大段描绘的概括和提炼,也是诗人对长安十载所历上层统治集团豪奢生活的总结性揭露,而"路有冻死骨"则正是此刻目击的惨痛现象。由于有深刻的生活体验和亲眼所见的现象作基础,这两句诗便不是孤立的议论,而是亲历目睹、铁证如山的深刻概括。杨伦说"路有"句"拍到路上无痕",正说明了这一点。

诗情发展到此,已达感情的沸点和全篇的高潮,下面如再就此发抒议论,反成蛇足。诗人就此顿住,用"荣枯咫尺异"一语概括宫墙内外,咫尺之隔,而荣枯顿异,展示出两个不同的世界。面对此情景,心中的愤激、焦虑、悲痛、无奈,百感交集,却只用"惆怅难再述"一语带过。"难再述",正是因为所感万端,难以尽述,也不忍再述了。举重若轻,无言中蕴含的是无比丰富的感情内容和无比深沉的感慨。

这一大段是全诗的重心,其中第三层尤为重中之重。前面的所有记述、描写和议论,都是为"朱门"两句蓄势。开头一层写道路的风霜严寒,正与下两层写宫中府内歌舞宴饮场景的热闹奢华,与"瑶池气郁律""暖客貂鼠裘"的温暖如春形成鲜明对照,以凸现"荣枯咫尺异"。而"君臣留欢娱"一层的"赐浴""与宴"又是为了脱卸出下一层贵戚之家的极度豪奢,从而逼出"朱门酒肉臭"的集中揭露。对下层贫民的生活前面虽未充分描写,但有"寒女"数句的铺垫,又有"路有冻死骨"的集中展示,因此"朱门"二句对贫富悬殊和对立这种社会危机深重现象的揭露便如水到渠成,毫无突兀之感。

第三大段写过骊山后北上奉先途中所历及到家后所遇所感,共三十句,也可分为三层。第一层十句写北上赴奉先途中所历,只集中笔墨写渡泾渭时情景。突出渡越的艰危。这固然是"自京赴奉先"的题意所需,但诗人对艰危情景的描写却透露出一种战兢惶惧的心态和险象环生的氛围,这自然是时代气氛在诗人心中的投影。其中"群冰"四句,用夸张笔墨渲染冰凌奔泻而下的情状,更带有明显的象征色彩,"恐触天柱折"之句尤为寓意国家危机的点眼之笔,说明诗人已强烈地感受到时代的危机。

"老妻"以下十二句,写到达奉先家中突遇幼子饿卒的变故。这一层虽是用极朴素的口头语如实抒写,但却写得极反复深至,真挚感人。先写途中内心活动,说老妻相隔于异县,十口之家正在风雪之外遥遥相隔,自己作为一家之主,怎能久不相顾,即使前往同饥共渴对家人对自己也都是一种慰藉,其中有思念,有同情,有愧疚,有希望,说来只如道家常。不料入门之后却惊闻一片号啕大哭之声,原来幼子因为贫穷饥饿,已经不幸夭折。对生性慈爱的杜甫来说,这不啻是晴天霹雳。但他却强自抑制,强作宽解,说自己纵使能舍弃丧子的悲哀,但街坊邻里却为这惨痛的景象呜咽流涕,不能自止。先用假设口气退后一步,再用侧面烘托手法转进一层,将自己和妻子的悲哀渲染得更加沉痛。接着又深深自责,"所愧为人父,无食致夭折"。杜甫当然知道"无食"的真正原因是整个国家的深重危机所导致的社会大范围贫困使邻里之间失去了最起码的救助能力,但他却只是自愧自责。在杜甫固然是由衷之言,但读者却不能不联想到那个残酷现实所造成的社会极端不公。这种不怨天不尤人的自责,比呼天抢地的控诉更令人感慨歔欷。"岂知秋禾登,贫窭有仓卒。"秋禾登场之后的季节,本不应饿死人,但贫困之家竟然遭此意外的变故。可见当时关中地区的贫困已经臻于极致。在杜甫也只是如实写出自己的出乎意料,但这正反映出大动乱到来之前人民生活已濒于绝境。杜甫在这样说的时候,已不知不觉地把自己放到"贫窭"者的行列中了。要是换一个人,自命贫窭,我们或许会觉得他言过其实,言不由衷,但杜甫这样说,却非常自然,因为他有"幼子饥已卒"的惨痛遭遇。生活对一个人的世界观、人生观的形成与改变具有决定性作用。没有亲身经历"幼子饥已卒"的生活体验,对于广大人民的疾苦就不可能有真正的己溺己饥的切肤之痛,就会只停留在悲天悯人的人道主义同情水平上。相对于整个国家的危机来说,杜甫的"幼子饥已卒"只是个人的家庭悲剧;但对杜甫世界观、人生观的改变,对他忧国忧民情怀的深化来说,这件事却起着至关重要的作用。

最后一层八句,杜甫又推己及人,由家而国,想到广大人民的深重苦难和整个国家的深重危机而忧思浩茫,渺无边际。自己出身奉儒守官的家庭,祖、父世代为官,享有不缴租税、不服兵役的特权,回顾平生经历,尚且如此惨痛辛酸,那么一般的平民百姓自更悲惨而骚动不安。想起那些远戍不归的士兵和失去产业的农民,他们的处境和心情,想起由此形成的国家危机,感到自己的忧愁就像终南山一样高，像浩瀚的大海那样汹涌澎湃，无法收拾。一篇由郑重抒写稷、契之志，忧民之怀开篇的作品，中间又有"朱门酒肉臭，路有冻死骨"这样深刻的揭露、高度的概括，结尾如果在幼子饿死的深悲中收束，那必然会让人感到头重脚轻，收束不住。因此结尾这八句由己及人的推想、由身及国的忧思乃是全篇成败的关键。推己及人固然是儒家的古训，但杜甫的推己及人由于有自身的惨痛遭遇作基础，这种联想便十分真实而自然；"生常免租税，名不隶征伐"的奉儒守官之家尚且沉沦困顿濒于绝境，则天下百姓的处境和整个国家的忧患更不必说。杜甫的推己及人、由家而国便是这样极真实而自然的过渡。这首题为"咏怀"的诗，从写忧国忧民之情志开始，然后写"自京赴奉先"途中亲身经历，最后以到奉先后的惨痛遭遇进一步证实国家危机、人民苦难之深重结束。篇末的"忧端齐终南，澒洞不可掇"，正是忧国忧民之情在实践中进一步深化的表现，给人以"篇终接混茫""心事浩茫连广宇"之感。如此收束，才与开篇铢两相称。

中国古代抒情诗，从先秦直到初盛唐，除极少数篇章（如屈原《离骚》、宋玉《九辩》、蔡琰《悲愤诗》和李白少数带有自叙传性质的作品如《经乱离后天恩流夜郎忆旧游书怀赠江夏韦太守良宰》等）较长以外，基本上都是短章。像阮籍《咏怀》、陈子昂《感遇》、李白《古风》这种咏怀组诗，也都是篇幅短小、各自独立的作品。短小的体制不能不影响到它所表现的感情容量和生活容量。上面提到的屈、宋、蔡、李篇幅较长的抒情诗，又大都以抒写个人的遭际情怀为主，对广阔的社会现实生活与矛盾较难展开正面的充分的描写；即使像《离骚》这样伟大的作品，也因其运用浪漫主义式的手法和神话传说，而对楚国的政治现实较少正面描写。杜甫的《自京赴奉先县咏怀五百字》虽以咏怀为主轴，但他的志与怀不是狭隘的个人志向情怀，而是"穷年忧黎元"的稷契之志、匡世济时之志，而他所遇之时又是一个"朱门酒肉臭，路有冻死骨"的危机四伏之时。因此他的述志抒怀就自然地与忧怀国事、反映社会矛盾与危机融合在一起，成为一种将个人志向抱负、经历遭遇与人民苦难、国家命运融为一体的诗歌新体制，一种既是个人抒怀又是政治抒情，融抒怀、叙事、描写与议论为一体的体制。这是适应转折时代的需要而产生的一种史诗式的体制（与西方史诗从神话中来，主要是叙事不同）。

杜诗从宋代起便号称诗史，但对此要有正确理解，不能理解为用诗歌形式写的历史。那样不是提高而是贬低了杜诗的价值，将它降为押韵的历史散文。实际上，如果单纯从反映历史事件、历史事实方面去要求，即使像《自京赴奉先县咏怀五百字》这样的杰作,也没有给我们提供太多的历史图景。杜甫的这类作品,与一般的历史不同,他是用深沉炽热的诗人感情去熔铸经过典型化的社会生活,所以是诗;而他所抒写的感情又密切地关联着时代风云、人民生活,因此又有史的特色。这种亦诗亦史的特征,表现在这首诗的具体写法上,就是一方面抒怀述志、纵横议论,有浓郁的诗的韵味和强烈的诗的激情;另一方面,这种抒情议论又和记叙描写社会生活密切结合。全诗既是诗人生活与内心的抒写,又是时代和社会生活的写真;既是心史,又是社会历史的艺术反映。如果把诗中的记叙描写删去,只有抒情议论,诗的内容自然会流于空泛,广阔的社会生活、时代面貌就不可能得到真切而充分的反映;反之,如果仅仅记述途经骊山及赴奉先途中的见闻和家庭的变故,那么诗人那种深沉悲愤的感情就很难充分表现出来。诗中对时代的反映,也绝不仅仅靠上述记叙描写就能完成,而是得力于渗透全诗的那种危机感、动荡感、忧患感。可以说,这首诗给人印象最强烈的正是这种融记叙描写与抒情议论为一体的危机感,诗最高潮处出现的"朱门酒肉臭,路有冻死骨"就是集中体现危机感的典型。

对国家命运深沉强烈的忧患感和高度的责任感,是一个伟大作家思想感情最可宝贵的部分,也是作品具有思想深度和崇高感的基础。杜甫的这种忧患感,在天宝十一载(752)写的《同诸公登慈恩寺塔》中已有出色表现,但那毕竟是一种比较朦胧的不祥预感;而到了《自京赴奉先县咏怀五百字》,才是基于对社会矛盾切实而深刻的感受与认识,因而显得特别深沉凝重。如果我们将与杜甫同时代的诗人在天宝十四载作的诗作一个系年,就会发现杜甫的忧患感在同时代的诗人中显得特别突出。据《通鉴·天宝十二载》:"是时中国盛强,自安远门(长安城西面北来第一门)尽唐境万二千里,闾阎相望,桑麻翳野,天下称富庶者,无如陇右。"在许多诗人还沉醉于繁荣昌盛的表象时,杜甫已经清晰地预感到了大动乱的来临,不仅在诗中揭露了尖锐的贫富两极的对立,而且在安史之乱的消息尚未传到长安时就发出了"恐触天柱折""忧端齐终南"这样的声音。这种强烈深沉的忧患感不仅表明他对国家命运的无比关切,更显示出他对现实感受与认识的无比深刻。面对深重的危机,作为一介布衣,他既不逃避,也不消极慨叹,而是更加激发起对国家的责任感。"许身一何愚,窃比稷与契""穷年忧黎元,叹息肠内热"。既不愿效巢由,潇洒送日月,更鄙弃蜷蚁辈但自求其穴。从而使本来比较低沉压抑的忧患感升华为一种非常积极坚毅的精神力量,具有一种崇高的美感,诗人的人格美也得到充分的体现。

杜诗的典型风格"沉郁顿挫",在这首诗中也表现得非常鲜明突出。沉郁一般指思想感情的深厚博大、深沉凝重,在这首诗中则集中表现为上面着重说到的对国家命运深沉强烈的忧患感和高度责任感。顿挫,偏重于艺术表现方法和艺术风格,在这首诗中突出表现为结构、行文上的波澜起伏与曲折变化。第一大段咏怀,或两句一个波澜(第一层),或四句一个回旋(二、三两层),抑扬反复,剖析自己的内心矛盾,展示内心世界。第二大段集中揭露上层统治集团的奢侈淫逸,不是连贯直下,而是分三层逐步上扬、逐步深入,显得有顿挫,有回旋,给人以层波叠浪,一浪高过一浪的感受,显示出忧愤的无比深广。第三大段对第一、二两大段而言,是一个大的回旋。第一大段提到"穷年忧黎元",第二大段展示"路有冻死骨"的惨痛景象。第三大段通过默思失业徒、远戍卒,展示了内心更深远的忧患。通过"幼子饥已卒",展示了连"生常免租税"的人也不免此祸,说明社会危机已经到了下层无法生活下去,上层也不能照旧统治下去的地步了。因此它对第一、二两大段是一种螺旋式的上升。

将鲜明的对比运用于表现社会矛盾,使之成为诗歌创作艺术典型化的一种重要手段,是杜诗的一种重要创新。对比这种艺术手法虽很古老,但除古代民歌偶有将其运用于揭露社会矛盾外,在文人诗中却很少见。这主要是由于他们中大多数人看不到或不敢正视、不愿揭露尖锐的社会矛盾,或缘于对这种现象的麻木。杜甫在这首诗中,基于"穷年忧黎元"的情怀,将他对于社会上贫富对立现象的深刻感受,通过鲜明的对比,概括为"朱门酒肉臭,路有冻死骨"这一警动千古的名句,产生了极其巨大深远的社会效果和艺术效果。它不仅深刻揭示了封建社会尖锐的阶级对立,而且概括了一切不合理反人道社会制度的腐朽本质,对于人们认识腐朽制度的本质,永远是伟大的启蒙。揭露得越深,概括得越广。此后,中晚唐不少诗人运用对比揭露社会矛盾,成为一种风气,这固然是由于时代的影响,但杜甫对他们的启示也是不可否认的。可以说两句诗开创了一个新的诗世界。

杜诗中运用对比揭露社会矛盾的名句,此后还陆续出现,如"高马达官厌酒肉,此辈杼轴茅茨空""富家厨肉臭,战地骸骨白""百姓疮痍合,群凶嗜欲肥"。但却都再也未达到"朱门"两句的艺术高度,除了艺术的重复这个因素外,还由于它们与"朱门"二句相比,不仅艺术概括程度有高低,形象的鲜明饱满程度有差别,感情的深沉强烈程度也有不同。更重要的是,"朱门"二句在全篇中并非孤立出现的奇峰,而是在此前一大段对上层统治集团的骄奢淫逸已经有了充分的揭露，对下层人民遭鞭挞搜刮的情况也有了相应的描写，因此它的出现无论就作品本身或读者的接受来说，都已有了充分的酝酿与准备。"朱门"句是对上层奢侈淫逸情况的高度概括，而"路有"句则正是眼前所见，与一般作抽象概括有别，因此这两句诗既深刻有力，令人惊心动魄，又极富生活实感。

《自京赴奉先县咏怀五百字》还塑造了鲜明的诗人自我形象。如果说读《咏怀》以前的杜甫优秀诗作，诗人的自我形象还不那么鲜明，那么通过《咏怀》这首诗，诗人的形象，他的志向抱负、思想感情、性格特征已经鲜明可触了。站在我们面前的是一位有着自比稷契的宏大抱负、"穷年忧黎元"的深厚感情、"白首甘契阔"的坚定志行的杜甫，又是一位带有几分愚忠色彩的杜甫，明知玄宗昏聩淫侈，却眷恋而时加回护。他自许甚高，却决不自命为天生的圣贤，而是丝毫不讳饰自己的内心矛盾；他是深沉的，看得很深，想得很远；又是敏感的，在统治集团还沉醉于歌舞升平中时就预感到了祸乱的发生；他是真诚坦率的，顽强执著的，又不免带有几分迂阔；他忧念关切百姓，也爱自己的妻室儿女，跟一个普通的丈夫、父亲一样。这一切，都浮雕一般展现在读者面前。他崇高的人格美，正与上述特征相融为一体，因此诗人的形象是鲜活而富于个性特征的。

哀江头①

少陵野老吞声哭②，春日潜行曲江曲③。江头宫殿锁千门④，细柳新蒲为谁绿⑤？忆昔霓旌下南苑⑥，苑中万物生颜色⑦。昭阳殿里第一人⑧，同辇随君侍君侧⑨。辇前才人带弓箭⑩，白马嚼啮黄金勒⑪。翻身向天仰射云⑫，一箭正坠双飞翼⑬。明眸皓齿今何在⑭？血污游魂归不得⑮。清渭东流剑阁深⑯，去住彼此无消息⑰。人生有情泪沾臆⑱，江水江花岂终极⑲！黄昏胡骑尘满城⑳，欲往城南忘南北㉑。

[校注]

①江，指曲江，在唐长安城东南，为游赏胜地。参注④、⑤。江头，江边。诗作于肃宗至德二载（757）春，与《春望》大体同时。②少陵，汉宣帝许皇后的陵墓，因其比汉宣帝的陵墓杜陵小，故名。程大昌《雍录》："少陵原在长安县西南四十里，宣帝陵在杜陵县，许后葬杜陵南园。"杜甫祖籍京兆杜陵，又曾在此住

家,故自称"杜陵野客""杜陵布衣"或"少陵野老"。少陵在杜陵附近。③潜行,暗地行走。曲江曲,曲江的角落。④江头宫殿,指曲江边的紫云楼、芙蓉苑、杏园等。《史记·孝武本纪》:"于是度为建章宫,千门万户。"《旧唐书·文宗纪》:"上好为诗,每诵杜甫《曲江行》云:'江头宫殿锁千门,细柳新蒲为谁绿!'乃知天宝以前,曲江四岸皆有行宫台殿,百司廨署,思复升平故事,故为楼殿以壮之。"⑤康骈《剧谈录》:"曲江池花草周环,烟水明媚。江侧菰蒲葱翠,柳阴四合,碧波红蕖,湛然可爱。"⑥霓旌,缀有五色羽毛的旗帜,帝王仪仗之一。南苑,指曲江东南之芙蓉苑。⑦生颜色,犹增光生辉。⑧昭阳殿,汉殿名。《汉书·外戚传》谓赵飞燕之妹被立为昭仪,绝受宠幸,居昭阳殿。而《三辅黄图》卷三则谓赵飞燕居昭阳殿。唐人常以赵飞燕借指杨贵妃,如李白《宫中行乐词》:"汉宫谁第一,飞燕在昭阳。"《清平调词》:"借问汉宫谁得似,可怜飞燕倚新妆。"⑨辇,皇帝的车。君,指唐玄宗。《汉书·外戚传》:"成帝游于后庭,尝欲与婕妤同辇载,婕妤辞曰:'观古图画,圣贤之君,皆有名臣在侧。三代末主,乃有嬖女,今欲同辇,得无近似之乎!'上善其言而止。""同辇""侍君侧"出此,有讽意。⑩才人,唐代宫中女官名。《新唐书·百官志》:"(内官)才人七人,正四品。掌叙燕寝,理丝枲,以献岁功。"此指射生的女官。⑪嚼啮,咬啮。黄金勒,黄金做的马衔勒。何逊《拟轻薄篇》:"柘弹随珠丸,白马黄金勒。"⑫仰射云,仰射云中飞鸟。⑬箭,原作"笑",据宋本改。此承三句"仰射"而言。正坠双飞翼,暗寓玄宗、杨妃后来马嵬坡的死别。⑭明眸皓齿,指杨妃之美色。⑮血污游魂,指杨妃在马嵬驿兵变中被缢身死事。⑯清渭,指渭水,古有泾浊渭清之说。马嵬驿南滨渭水。剑阁,指剑门关古栈道,在今四川剑阁县北,玄宗奔蜀所经。⑰去住彼此,分指赴蜀的玄宗和死葬马嵬的杨妃。⑱臆,胸膛,胸襟。⑲水,《全唐诗》校:"一作草。"句意谓:曲江流水,年年长流;江边之花,年年长开,岂有穷尽之时!以反跌"情"之无已。⑳胡骑,指安史叛军。㉑城南,指杜甫此时所居之地。忘南北,校:"一作望城北。"或解:望城北,肃宗行在时在灵武,在长安之北。"望城北"者,正所谓"日夜更望官军至"也。萧涤非《杜甫诗选注》谓:"王安石集句诗曾两用此句,皆作'望城北',必有所据。"又或解:"望城北"者,望太宗昭陵。其意盖近同时所作《哀王孙》之末句"五陵佳气无时无",不过未明言城北九嵕山之昭陵耳。录以备考。

[鉴赏]

安史之乱是唐王朝由盛而衰的分水岭。曲江的盛衰，则是唐王朝盛衰的一面镜子。而乱前玄宗、贵妃的多次宴游逸乐与乱后无复游幸，又正是曲江盛衰的突出标志。杜甫在安史乱前，曾多次到曲江一带游赏，亲眼见到曲江的繁华和上层统治集团骄奢淫逸的情景。乱后身陷长安，春日重游曲江，不禁触动无限今昔盛衰的感慨和对这种沧桑巨变原因的思考。这首《哀江头》就是以曲江的今昔盛衰为主要内容，以玄宗、贵妃为主要角色，反映时代巨变的作品。

诗的开头四句，概写春日重游曲江所见所感，可以视为全篇的一个引子。杜甫诗中称老，虽自天宝后期即已开始（如《投简咸华两县诸子》之自称"杜陵野老"，《秋雨叹》《官定后戏赠》之称"老夫"），但在身陷长安时期则越来越多，反映出其时他的心态愈趋悲凉。此诗一开头就写出自己"吞声哭""潜行曲江曲"的形象。国家与人民遭受的巨大灾难，使诗人的心情十分悲痛，但却不敢放声痛哭，只能"吞声"饮泣；走在路上，也只能悄悄地行走，以免引起叛军的注意。这两个细节，透露出沦陷的长安城中弥漫的恐怖气氛。接下来两句，描绘出曲江周围，往日豪华的行宫台殿，千门紧闭，一片荒凉冷寂的景象；春天虽然又来到了曲江，嫩绿的柳枝、抽芽的蒲草，依然展示出自然界的活力和生机，可是眼前的曲江，却是一片空寂，往日车水马龙，游人如织，仕女会集的繁华景象荡然不存。诗人用了一个"锁"字，便透露出一个繁华时代的悄然逝去；而"为谁绿"三字，更有力地反衬出大好春光无人欣赏的悲凉。这就自然引起对曲江昔日繁华的追忆，转入下面一段。

"忆昔"八句，写昔日玄宗、杨妃游幸曲江的盛况。先总写帝妃出游南苑，使苑中万物增辉添彩；再写杨妃同游，用"昭阳殿里第一人"突出其在后宫中的尊贵地位，用"同""随""侍"反复渲染其备受玄宗的专宠。"同辇"句暗用班婕妤辞与帝同辇之语，暗示玄宗之弃贤臣而宠嬖女，远逊圣贤之君而近乎末主之行，讽意含婉不露。"辇前"四句，集中笔墨专写游幸过程中令射生宫女射鸟以取悦贵妃的情景。射鸟的情景特用铺叙渲染之笔，写她佩带弓箭，骑着黄金嚼勒的白马，翻转身子，对着天空高处的云层，射出一箭，一对比翼双飞的鸟立时坠落马前。这个场景写得生动传神，宛若一组活动的画面。说明在这出游的场面中，杨妃是画面的中心，无论是君主还是才人，都要取悦于她。妙在写到游幸场面最高潮时，却似无意似有意地用了一句带象征暗示色彩的诗句："一箭正坠双飞翼。"这正应了

"乐不可极"的古训。在穷欢极乐的同时，一场大动乱即将降临，玄宗、杨妃双飞比翼的生活就要结束了。把"一箭"和"正坠双飞翼"联系起来，正暗示穷欢极乐的享乐生活是双飞折翼悲剧的前奏。寓讽寄慨极深，却又不显刻露的痕迹，让读者自己去品味其中包蕴的弦外之音，艺术手腕极为高妙。由"正坠双飞翼"，而自然引出了对玄宗、杨妃悲剧和曲江今日情景的深沉悲慨。

"明眸皓齿今何在？血污游魂归不得。"两句由"忆昔"转而慨今。短短十四个字中，实际上包括了安史乱起、两京沦陷、玄宗贵妃仓皇奔蜀、马嵬兵变、贵妃赐死等一系列惊天动地的大事件。但诗题为"哀江头"，诗人的笔就决不旁骛杂出，而是紧扣曲江的今昔盛衰下笔。如今的曲江，满目萧条荒凉，杨妃的明眸皓齿，千娇百媚，再也见不到了，马嵬坡惨死的杨妃游魂，血污尘蒙，即使想回到往日游幸的曲江，恐怕也自惭形秽了。"今何在"与"归不得"均紧贴曲江而言。由前一段的极乐忽然跳到这两句的极悲，中间省略了一系列大事件，却一点不显突兀，不显匆遽，笔力极横放劲健，转接却极紧凑自然，苏辙所盛赞的"如百金战马，注坡蓦涧，如履平地"，正突出体现在这转接之处。

"清渭东流剑阁深，去住彼此无消息。"这两句又由杨妃之"归不得"转进一层，说玄宗奔蜀，道经深险的剑阁，而杨妃则死葬马嵬与东流的渭水做伴，往日比翼双飞，共游曲江，如今却是一去一住，生死隔绝，永远不通消息了。这是对昔日曲江游幸的两位主角今天悲剧结局的深沉悲慨。"清渭东流剑阁深"的自然景物点染，隐含了悲剧主角的悠悠长恨和深悲。

"人生有情泪沾臆，江水江花岂终极！"这两句由玄宗、杨妃的悲恨进一步引出诗人自己的悲慨。对于玄宗宠幸杨妃，沉迷享乐，荒废朝政，酿成祸乱，诗人自有清醒的认识，在《丽人行》《自京赴奉先县咏怀五百字》等诗中对其酿乱之责、淫奢之行进行过严肃的批判或讽刺。但值此国家和民族遭到巨大灾难的时刻，对于国家代表和象征的玄宗的悲剧，又怀有深刻的悲悯同情，国家、民族的灾难固然使诗人泪沾胸臆，玄宗、杨妃在这场灾难中遭遇的悲剧同样使他感慨流泪。这正是"人生有情泪沾臆"一语中所包含的复杂情感。而紧接着的"江水江花岂终极"一句，又紧贴眼前曲江景物抒慨，说自己的这种深悲难道也要像江水江花一样年年如斯，永无终极之时？从痛切的反问口吻中正透出诗人对早日结束这场变乱的渴望。

"黄昏胡骑尘满城，欲往城南忘南北。"不知不觉当中，黄昏已经降临，在暮色苍茫中,但见胡骑纵横,尘满京城,眼前城阙蒙尘、敌寇猖獗的景象更激起诗人对早日平定叛乱的期盼,在心绪迷茫不安,仓黄匆遽之际,诗人欲往城南少陵竟一时间忘记了南北的方向。写特定场景下的心情逼真传神。

这首诗是唐人诗歌中最早创作的以玄宗、杨妃之事为题材,反映安史之乱这场大变乱所造成的沧桑巨变的作品。由于以曲江之今昔盛衰为主要内容,来反映时代沧桑,抒发盛衰之慨,它在构思上的突出特点便成为一种为后代诗人学习仿效的范型。元、白的《连昌宫词》《长恨歌》,都可明显看出对《哀江头》的承袭,《长恨歌》中的"比翼鸟"之喻和"天长地久有时尽,此恨绵绵无绝期"的主旨更和"双飞翼"之语以及"人生有情泪沾臆,江水江花岂终极"的悲慨有着明显的联系。而李商隐的《曲江》则在整体构思上继承了《哀江头》以曲江今昔抒国运盛衰的艺术表现方式。诗中对玄宗、杨妃的复杂矛盾感情,"半露半含,若悲若讽"的感情表达方式,也成为此后一系列性质近似的作品的范型。

彭衙行①

忆昔避贼初②,北走经险艰。夜深彭衙道,月照白水山③。尽室久徒步④,逢人多厚颜⑤。参差谷鸟吟⑥,不见游子还⑦。痴女饥咬我,啼畏虎狼闻。怀中掩其口,反侧声愈嗔⑧。小儿强解事⑨,故索苦李餐⑩。一旬半雷雨⑪,泥泞相牵攀⑫。既无御雨备⑬,径滑衣又寒⑭。有时经契阔⑮,竟日数里间⑯。野果充馂粮⑰,卑枝成屋椽⑱。早行石上水⑲,暮宿天边烟⑳。少留同家洼㉑,欲出芦子关㉒。故人有孙宰㉓,高义薄曾云㉔。延客已熏黑㉕,张灯启重门㉖。暖汤濯我足㉗,剪纸招我魂㉘。从此出妻孥㉙,相视涕阑干㉚。众雏烂熳睡㉛,唤起沾盘餐㉜。誓将与夫子㉝,永结为弟昆㉞。遂空所坐堂㉟,安居奉我欢㊱。谁肯艰难际,豁达露心肝㊲。别来岁月周㊳,胡羯仍构患㊴。何当有翅翎㊵,飞去堕尔前。

[校注]

①彭衙,指彭衙故城,今称彭阳堡。《汉书·地理志》:左冯翊有衙县。师古注:"即《春秋》所云'秦、晋战于彭衙'。"《元和郡县图志·关内道·同州》:"白水县,本汉粟邑县之地……又为汉衙县地,春秋时秦、晋战于彭衙是也。"《太

平寰宇记》谓彭衙故城在白水县东北六十里。天宝十五载（756）四月，杜甫赴奉先携家至白水县依舅氏崔顼。六月，潼关失守，复携家逃难，经彭衙、华原、三川至鄜州羌村。此诗记叙从白水经彭衙道向北逃难的一段经历。仇兆鳌《杜少陵集详注》引黄希曰："公避寇，在天宝十五载，此云'别来岁月周'知诗是至德二载（757）追忆避贼时事。"杜甫从凤翔回鄜州，路经彭衙之西，回忆起一年前逃难的旧事，因不能绕道访故人孙宰，故作此诗以志感。作于是年秋。②避贼初，指一年前从白水县向北逃难之事。"忆昔"二字直贯至"豁达露心肝"。③白水山，泛指白水城附近的山。④杜甫在《送重表侄王砯评事使南海》诗中忆及当年逃难情形时说："往者胡作逆，乾坤沸嗷嗷。吾客左冯翊，尔家同遁逃。争夺至徒步，块独委蓬蒿。"可见本有坐骑，后被人抢夺而不得不徒步行走。尽室，全家。⑤厚颜，羞惭。《书·五子之歌》："颜厚有忸怩。"⑥参差，不齐貌。形容鸟鸣声或先或后，或高或低，或长或短。谷鸟，山谷中的鸟。吟，《全唐诗》校："一作鸣。"⑦游子还，指逃难的人往回家的路上走。⑧咬，恳求。反侧，翻来覆去转动身体。嗔，恼怒。⑨强解事，稍稍懂事。⑩故，通"固"。索，索取。苦李，庾信《归田诗》："苦李无人摘。"⑪谓十日之内却有一半日子下雷雨。⑫谓人在泥泞之中相互牵攀着艰难行进。⑬御雨备，防雨的工具。⑭衣又寒，指衣服单薄又为雨湿，故感到它特别寒冷。⑮契阔，本为辛苦之意，此指艰辛的地段。⑯竟日，一整天。⑰餱粮，干粮。⑱卑枝，本指低矮的树枝，此指矮树。屋顶的圆木条称椽，屋椽即指屋顶。⑲石上水，因下雨，故水漫流石径之上。⑳天边烟，天边烟雾笼罩处。句意谓夜间露宿。㉑少留，暂时停留。同家洼，地名，即孙宰的家所在。㉒芦子关，关名，在今陕西安塞县西北，系由山西太原向陕、甘西进所经的重要关隘。杜甫本想携家出芦子关至肃宗行在灵武，故云"欲出芦子关"。㉓孙宰，宰是唐人对县令的尊称，这位姓孙的朋友曾做过县令，故称。㉔薄，逼近。曾云，层云。谓其高情厚谊直薄云天。㉕延客，邀请客人（杜甫一家）。熏黑，天色昏暗。㉖张灯，张设灯烛。启重门，开启一重又一重的门。屋有多进，故有重门。㉗暖汤，烧热水。濯，洗。㉘古代有剪纸作旗幡以招魂的风俗。亦可招生人之魂。因担心杜甫一家路上受惊，故有剪纸招魂之举。㉙从此，谓在暖汤濯足、剪纸招魂之后。出妻孥，唤出自己的妻子儿女。㉚阑干，纵横貌。㉛众雏，指杜甫自己的儿女们。烂熳，杂乱繁多貌。烂熳睡，犹杂乱睡，形容孩子们因为疲累，横七竖八地睡得正酣畅。㉜沾，有蒙受厚赐之意。餐，一作"飧"。飧，晚餐。㉝夫子，孙宰称杜甫。二句系诗人代述孙宰语。㉞弟昆,弟兄。㉟空,腾出。所坐堂,延客列坐的厅堂。㊱奉我欢,给予我欢情。㊲豁达,豪爽大方貌。露心肝,犹肝胆相照,敞露心胸。㊳岁月周,指满一周年。㊴羯,古代民族名,曾附属匈奴。胡羯,泛指北方民族。此指安史叛军。构患,犹作乱。㊵何当,犹安得、怎能。浦起龙说:"结则所谓'静言思之,不能奋飞'也。"(《读杜心解》卷一)

[鉴赏]

《彭衙行》和"三吏"、"三别"、《赠卫八处士》一样,都算得上是杜甫诗集中为数不多的叙事诗,"三别"和"三吏"中的《石壕吏》具有较强的故事性,而《彭衙行》和《赠卫八处士》则以纪行写景、朋友相聚为主要内容,但通篇贯串叙事的线索。

对《彭衙行》的评论鉴赏,存在一个普遍的误区,那就是将前面一大段避难行程的描写仅仅看作后面一大段描写故人孙宰高情厚谊的一种衬托,认为这首诗"本怀孙宰,后人制题,必云怀某人矣。然不先叙在途一节饥寒困苦之状,则不显此人情意之浓,并己感激之忱,亦不见刻挚。如此命题,如此构篇,可悟呆笔叙事与妙笔传神,相去天壤"。黄生的这段评论,后来评者多从之,颇具代表性。但并不符合诗的内容立意和艺术构思的实际。

这首诗题为"彭衙行",彭衙故城虽在白水县东北六十里,但题内的"彭衙"其实就是白水县的异名,而诗中的"彭衙道"则泛指由白水县向北经彭衙故城的道路,诗中所记叙的则是从白水县经彭衙道向北逃难一段十来天的避难经历,其中夜宿同家洼,受到故人孙宰热情接待的经历也包括在其中。在作者的意识中,徒步逃难的艰险经历和夜宿同家洼的温暖经历都已成为永不磨灭的深刻记忆,其间并无主次重轻之别。这从诗的前段二十四句写逃难,后段二十二句写夜宿同家洼及对孙的思念,篇幅上大体平均也可看出。题之所以不称"同家洼行""夜宿同家洼"或"忆孙宰",正缘于此。

前段二十四句,可以分成三个层次。第一层八句,总写道途情况。"忆昔避贼初,北走经险艰"二句,是全段的提纲,"避贼初"点明特定的时代背景,"北走"标明此行的方向,"经险艰"则概括此行特点,分领二、三两层。而篇首的"忆昔"二字则直贯到"豁达露心肝",串起前后两大段。"夜深彭衙道,月照白水山"二句除点明题目"彭衙行"外,兼写深夜从白水县出发时情景(《自京赴奉先县咏怀五百字》也写到"客子中夜发"),"白水山"则正是白水县城附近一带的山。

虽系交代行程，却像一幅轮廓分明的剪影，显现出凄清冷寂的气氛。"尽室久徒步，逢人多厚颜"二句，点明此行系拖家带口，徒步逃难。据杜甫晚年所作《送重表侄王砅评事使南海》诗，知诗人本有坐骑，后遭人抢夺，故只能徒步而行。大约杜甫觉得自己大小是个京官，故路上碰到熟人，不免感到羞惭。这实际上说明杜甫一家当时跟普通的流亡百姓已经没有多大差别，这也正是一路上历尽"险艰"的重要原因。"参差谷鸟吟，不见游子还"二句，是说一路上只听到山谷中的鸟鸣声时高时低，时长时短，此起彼落，却见不到从外地归来的游子，显示出道路上的荒凉冷寂，杳无人影。

"痴女"六句，主要写道途所历之饥饿和危险，而集中笔墨写儿女的表现。幼小的女儿因为饥饿而又哭又闹，缠着诗人要吃的（"咬"是唐人口语，求恳之意），诗人深恐啼哭声引来虎狼，情急中将怀里的女儿掩住口不让出声，但幼小不懂事的孩子却闹得更凶，在怀中翻来覆去挣扎扭动，声音更充满了恼怒。这四句所写的情景，在杜甫之前的诗中似乎从未出现过，大约诗人们觉得这是难以入诗的材料。杜甫却以极素朴生动的语言和写实手法如实写出，遂成逃难遇险的绝唱，今日更成影视作品中描绘险境的常用手段。"小儿"二句，仍承"饥"而来，小儿因为年龄稍大，故稍懂人事，看到道旁有苦李树，便苦苦要求摘来充饥。可见所谓"强解事"，仍是不解事。口吻之中，流露出一种半是哀怜、半是无奈的幽默，读之令人心酸。

"一旬"以下十句，为第三层，主要写道途所历之艰。农历六月正值北方雨季，"一旬半雷雨"所反映的正是实况。这一句是主句，由此引出了以下九句。陕北黄土高原遇到这种连日雷雨滂沱的天气，行人只能在泥涂中相互攀牵，艰难行进；再加上没有雨具，身上被雨淋得透湿，原就单薄的衣裳更显得寒冷；天雨路滑，有时经过特别艰难的路段，一天只能走几里路；山路荒凉，杳无人家，只能摘野果当干粮充饥，在矮树下休息避雨。早晨上路，踩着漫水的石径；晚上露宿，在烟雨笼罩的天穹之下。这一层将雷雨季节逃难艰难、缓慢、饥寒交迫的情景渲染得极其真切生动，如一幅活动的画面，而语言则通俗朴质，自然流动。与第二层主要运用细节描写突出饥饿危险情景有别，这一层主要采用生动的叙述，笔法有变化。"早行"二句，为全段作一收束。至此，"北走"避贼途中所历之艰险饥寒已经得到充分的表现，以下便自然转入下一段。

"少留同家洼，欲出芦子关。故人有孙宰，高义薄曾云。"和前段起四句为全段之纲一样,这四句是后段的纲。"同家洼"点地,"孙宰"点人,"高义"点事见情,揭示出这一段所叙写的就是暂留同家洼,受到故人孙宰热情款待的事,而"欲出"句则补充交代了"北走"的目的地是出芦子关直奔灵武行在。

"延客"十二句,紧承"高义薄曾云"句,详写孙宰热情延接款待的情景。按时间次序逐层叙写:先写延客进门。杜甫一家人到达时,天色已经昏暗。孙宰命人张设灯烛,开启重门,像迎接贵客那样热烈隆重。"熏黑"的天色和明亮的灯光所形成的鲜明对照,使诗人仿佛在连日"暮宿天边烟"的黑暗昏蒙环境中突然见到人间的亮光,心也一下子被照亮了。接着,便是"暖汤濯我足,剪纸招我魂"。烧了热气腾腾的水让我烫脚,不但解除这一路的疲累困乏,更温暖了历经饥寒的旅人的心灵;剪了招魂的旗幡挂在门外,为历经艰险、备受惊吓的旅人招魂,更使屡日颠沛流离于道途上的旅人的灵魂仿佛回到了温暖的家园。而孙宰对诗人无微不至的关怀亦于此二事中灼然可见。然后才唤出自家的妻子儿女与诗人相见,"相视涕阑干"一语,透露出孙宰一家过去即与诗人夫妇熟悉,今日于乱离颠沛之中重逢,不禁悲喜交集,涕泗横流。虽未写言语,而深情厚谊,万千感慨,尽在"相视"而"涕阑干"的情态之中。但其时诗人的儿女却因一路上的劳累饥困,早已呼呼大睡。"众雏烂熳睡"五字,描摹儿辈睡态入神。"烂熳"系联绵词,有杂乱繁多、散乱之义,当是形容众儿女横七竖八地躺了一床,睡得十分酣畅,而言外则透出诗人的无限怜爱之情。将他们从酣睡中唤醒,与主人及家人相见自不必费辞,而"沾盘餐"之事却必须点明,因为这对"野果充馐粮"的孩子来说实在是最大的享受。只一"沾"字,孩子们的兴奋喜悦之状,诗人的沾溉感激之情均曲曲传出。"誓将与夫子,永结为弟昆",是诗人转述孙宰的话,正透出其延请款待杜甫一家,是出于真挚的兄弟情谊。最后才写到安排客人休息:"遂空所坐堂,安居奉我欢。"一下子接待杜甫全家老少,自然只能腾出堂屋作客房,但这对连日幕天席地、露宿野外的杜甫一家来说,已经是最好的安居之所了,"安居奉我欢"五字正表现出诗人的喜悦与感慨。主人的安排招待细致入微,杜甫的叙述描写也点滴不漏。

"谁肯艰难际,豁达露心肝。"这两句是对上文的总结。"艰难际",即避乱途中历尽的艰险,而"豁达露心肝"则是对孙宰热情待客所有行动所包含"高义"的集中揭示。由此又从"忆昔"自然过渡到当前对孙宰的思念。"别来岁月周"点明同家洼一别至今,已经整整一年;"胡羯仍构患"则回应篇首的"避贼初",再次点明战乱的背景。在这种情况下回念在"艰难际"加深的情谊,不禁发出"何当有翅翎,飞去堕尔前"的深情期盼。

诗的前段写避乱途中所历的种种艰难惊险,饥困劳顿,展现出一幅在战乱大背景下颠沛流离的真切生动图景,为安史之乱带给广大人民的灾难留下了历史记录,是诗化的历史,具有一般史籍记载所不具备的生动性和形象性,特别是其中的细节描写,更传神地表现了避乱途中的饥困艰险。诗的后段则集中描叙了战乱背景下故人孙宰热情待客的深厚情谊,充满了浓郁的人情味。由于在战乱背景和历经艰险的情况下受到故人如此热情的款待,诗人对孙宰"高义"的感受便特别强烈而深刻,孙宰真挚深厚的感情和真淳品质便愈显突出;反过来,夜宿同家洼一夕所表现出来的人情人性之美愈显突出,战争所带给普通人的灾难与不幸也愈加突出,二者相互衬托,相得益彰。战争使美好的人性愈显出其珍贵的价值和美好的光辉,而人性的美好光辉又更彰显出战争的灾难。杜甫在这首诗中表达的,正是这样一种对战争和人性的深切体验。这种体验,使全诗的情调在战乱的黑暗中透出人性的亮色,使人在饥寒艰困中体验到友情的温煦,给人以生活的热情和希望。

羌村三首(其一)①

峥嵘赤云西②,日脚下平地③。柴门鸟雀噪,归客千里至④。妻孥怪我在⑤,惊定还拭泪⑥。世乱遭飘荡,生还偶然遂⑦。邻人满墙头,感叹亦歔欷⑧。夜阑更秉烛⑨,相对如梦寐⑩。

[校注]

①《全唐诗》题内无"三首"二字,据他本增。至德二载(757)五月十六日,杜甫任左拾遗。同月丁巳,房琯罢相。《新唐书·杜甫传》:"(甫)与房琯为布衣交,琯时败陈涛斜,又以客董廷兰,罢宰相。甫上疏言:'罪细,不宜免大臣。'帝怒,诏三司杂问,宰相张镐曰:'甫若抵罪,绝言者路。'帝乃解……然帝自是不甚省录。"闰八月初一,墨制放还鄜州探望家人,自凤翔出发经麟游、邠州、宜君至鄜州羌村。蔡梦弼注引《图经》曰:"(鄜)州治洛交县。羌村,洛交村墟也。"这组诗系刚到家不久所作。所选的是第一首。羌村旧址在今陕西省富县岔口乡大申号村。②峥嵘,山峰高峻貌,此形容云的形状如山峰之高峻。赤云,红色的晚霞。赤云西,犹西边天空的晚霞。③日脚,太阳透过云层射下来的光线。岑

参《送李司谏归京》："雨过风头里，云开日脚黄。"与"雨脚"形容密集如线而落的雨点同一用法。或谓古人不知地转，以为太阳在走，故有"日脚"之说，恐非其原意。④归客，杜甫自指。从凤翔至鄜州近七百里，"千里"泛言其远。此次杜甫系徒步归家，其《徒步归行》诗有"凤翔千官且饱饭，衣马不复能轻肥。青袍朝士最困者，白头拾遗徒步归"之句。陆贾《新语》："乾雀噪而行人至。"⑤妻孥，本指妻子儿女，此处偏义指妻子。怪，惊讶。⑥惊定，惊讶之情刚平息。⑦遂，遂愿。⑧歔欷，哽咽悲叹。⑨阑，深。秉，持。⑩梦寐，犹睡梦之中。

[鉴赏]

《羌村三首》分写初到家时情景、还家后苦闷心境、邻里造访情景，恰似一组还家的连环画。其中第一首写得最出色，内容也相对独立。

前四句写刚到村时所见。经过长途的艰难跋涉，傍晚时分，诗人终于到达了羌村。西边的天空，布满一片形状高峻如同险峰似的晚霞，红艳夺目；快要落山的太阳透过云层，将条条光线射向地面。这种景象，虽为晴日傍晚的山村所常见，但对一个久客在外的归客来说，却感到既绚丽奇异，又亲切熟悉。开头两句是刚进村远望所见，三、四两句便移步换形，进一步写行至家门时所闻。在与妻子儿女长期隔绝的一年中，诗人曾经多次想象过自家的"柴门"，但却总是杳不可即。如今，熟悉的"柴门"已经在望，家门口的鸟雀见到有人走近，发出一阵喧闹的声音，像是在欢迎归客的到来。古有"乾雀噪而行人至"的俗谚，今民间犹有"喜鹊叫，客人到"之俗谚，因此在"柴门鸟雀噪"之后便自然引出了"归客千里至"这一首段中的主句。总的来说，这四句中的前三句点染羌村暮景，从远景到近景，从见到闻，从赤云、日脚到鸟雀，都是为"归客千里至"渲染环境氛围的，所描绘的景象是既绚丽奇异，又朴素平凡；既熟悉，又陌生。诗人的心情则是既激动兴奋，又有些忐忑不安，很微妙地透露了诗人当时特有的感觉和心境。

以下八句，便依时间次序逐层描写进家后与妻子相见、邻人围观及夜阑秉烛这三个不同的场景。

"妻孥怪我在，惊定还拭泪。"妻孥的本义是妻子儿女，这里是偏义复词，实指妻子杨氏。杜甫在刚任左拾遗时写的《述怀》诗中表示尚未接到家书，担心家人已经罹难。其后终于得到家书，知道妻子儿女平安，仍在鄜州羌村旧居，则家人亦已得知杜甫健在。但当夫妻见面时，妻子的头一个反应却是"怪我在"，仿佛根本不相信丈夫还活在世上。这是因为，长期音讯隔绝造成的极度忧念已经造成了她的一种心理定式，即使接到杜甫来信，感情上仍有些不敢相信这是真的。何况分隔两地，只要一天未见面，总是始终不能不为其安全担心。加上杜甫此次归来，事先来不及先写信告知家人，因而当形容憔悴、华发满头的丈夫突然出现在面前时，妻子见到的是一个既熟悉又陌生的杜甫，思想感情上毫无准备，自不免惊讶得发愣，似乎不相信站在面前的竟是自己日思夜想的丈夫了。"怪我在"三字中正蕴含有无限深厚曲折的感情背景。当然，这种惊讶之情只是在初见刹那之间的反应，等到确认眼前的丈夫是完全真实的存在时，过去一年间所遭受的种种艰难困苦，特别是时刻忧念丈夫生死存亡而杳无音信的心灵痛苦，便一齐涌上心头，不禁悲从中来，热泪横流；但又旋即感到，这是应该庆幸的大喜事，因而又迅即拭去脸上的泪痕。这从"怪"到悲、由悲转喜的心理感情变化，诗人只用"妻孥怪我在，惊定还拭泪"这极朴质的十个字，便毫不费力、真切细腻、生动传神地表现了出来。其表现人心灵的艺术功力，确实到了出神入化的程度。

"世乱遭飘荡，生还偶然遂。"这是诗人目睹妻子表情、心理的变化，自己心灵也受到巨大震撼的同时发自内心的感慨。萧涤非先生说："'偶然'二字中含有极丰富的内容和无限的感慨。杜甫陷叛贼数月，可以死；脱离叛军亡归，可以死；疏救房琯，触怒肃宗，可以死；即如此次回鄜，一路之上，风霜疾病，盗贼虎豹，也无不可以死。现在竟得生还，岂不是太偶然了吗？妻子之怪，又何足怪呢！"（《百家唐宋诗新话》第204页）结合杜甫这一年来的遭遇，对这两句诗所概括的生活内容和感情容量作了深入细致的分析。而这两句诗客观上所展示的，则是一种具有更大普遍性和更高典型性的乱世人生体验与感慨，能唤起一切遭受战乱流离、妻离子散、音讯隔绝、侥幸生还的人们的心灵共鸣，包含了深刻的乱世人生的哲理。在整首诗中，它是主旨的集中表达，也是思想感情深化的集中体现。它使诗中所抒写的"世乱遭飘荡"的生活提升到哲理的高度与深度。有它作为全诗的核心和点睛，诗的思想内容得到了深化，艺术风格也更深沉凝重了；有它在诗中作为过渡的枢纽，前后的诗句也都染上了浓郁苍凉的色彩。

"邻人满墙头，感叹亦歔欷。"上句所描绘的，是农村来客时常见的景象。农村平常很少有外人来往，一旦见到或听说谁家来了人（客人或由外面归来的家人），都会不约而同地围在农家的矮墙外想看个究竟，这正是小农经济下农村典型的人文景观，写来犹如风俗画，透出一种淳朴的生活气息。但接下来的"感叹亦歔欷"却透露出了特定的时代气息。他们也为这一家人在音讯隔绝、生死未卜近一年之后终于团聚而感慨,而叹息,而歔欷悲泣。五个字当中有同情,有悲慨,有庆幸。如果说"妻孥"两句是从妻子的表情动作和心理变化中体现"世乱遭飘荡,生还偶然遂",那么这两句便是从邻人的围观和感叹悲泣中进一步显示乱世中飘荡在外的人生还之偶然,而村民们真淳的感情也得到鲜明表现。

但诗人的笔却并不就此停住,也不像一些平庸的作者那样在邻人围观感叹之后缀上两句自己的议论或作一般化的抒情,而是顺着时间的推移,由暮入夜,展现出一幅极具情调、氛围、意境之美的画面:"夜阑更秉烛,相对如梦寐。"夜深人静,邻人早已散去,孩子也均已入睡。在四周一片寂静的氛围中,华发生还的诗人和衣衫百结的妻子在摇曳不定的烛光映照下,默然相对,感觉到这意外的相逢就好像是一场梦境一样,虚幻而不真实。陆游《老学庵笔记》卷六云:"杜诗'夜阑更秉烛',意谓夜已深矣,宜睡,而复秉烛,以见久客喜归之意。"不能说这当中没有喜归之意,但从"相对如梦寐"的情境中,透露出的恐怕主要是一种虚幻不实之感,而烛光的摇曳不定与四周的暗影相映衬,更增强了这种是邪非邪、疑真疑幻之感。这种虚幻不实之感,反映了诗人内心深处"生还偶然遂"的悲慨:即使"生还"已成事实,仍然不敢相信这一切是真实的,可见"世乱遭飘荡"的惨痛经历所造成的心灵创伤是何等深巨。"更秉烛"可以作多种理解:一是原未燃烛,夜阑而秉烛相对;二是原已燃烛,夜阑烛残而续添;三是持烛而照。不同的理解都不影响"如梦寐"的情调和氛围感,不影响诗歌意境中所蕴含的深沉悲慨。诗写到这里,悠然收住,而读者则仍沉浸在这如梦似幻的境界中,咀味着战乱飘荡的人生无限的悲凉。

结尾二句所创的意境,是古代诗史上全新的艺术意境。它与"世乱遭飘荡,生还偶然遂"的哲理性抒慨互为表里,相互渗透,对乱世侥幸生还的情境作了典型的概括。从此之后,它就作为一种范型,为后世的诗家词人所学习模仿,创造出一系列类似的意境。从司空曙的"乍见翻疑梦,相悲各问年"(《云阳馆与韩绅宿别》),到晏几道的"今宵剩把银釭照,犹恐相逢是梦中"(《鹧鸪天》),我们可以看到杜诗所首创的这一意境的艺术生命力。

洗兵马①

中兴诸将收山东②,捷书夜报清昼同③。河广传闻一苇过④,胡命危在

破竹中⑤。只残邺城不日得⑥，独任朔方无限功⑦。京师皆骑汗血马⑧，回纥䭾肉葡萄宫⑨。已喜皇威清海岱⑩，常思仙仗过崆峒⑪。三年笛里关山月⑫，万国兵前草木风⑬。成王功大心转小⑭，郭相谋深古来少⑮。司徒清鉴悬明镜⑯，尚书气与秋天杳⑰。二三豪俊为时出⑱，整顿乾坤济时了⑲。东走无复忆鲈鱼⑳，南飞觉有安巢鸟㉑。青春复随冠冕入㉒，紫禁正耐烟花绕㉓。鹤驾通宵凤辇备㉔，鸡鸣问寝龙楼晓㉕。攀龙附凤势莫当㉖，天下尽化为侯王㉗。汝等岂知蒙帝力㉘，时来不得夸身强㉙。关中既留萧丞相㉚，幕下复用张子房㉛。张公一生江海客㉜，身长九尺须眉苍。征起适遇风云会㉝，扶颠始知筹策良㉞。青袍白马更何有㉟，后汉今周喜再昌㊱。寸地尺天皆入贡㊲，奇祥异瑞争来送㊳。不知何国致白环㊴，复道诸山得银瓮㊵。隐士休歌紫芝曲㊶，词人解撰河清颂㊷。田家望望惜雨干㊸，布谷处处催春种㊹。淇上健儿归莫懒㊺，城南思妇愁多梦㊻。安得壮士挽天河㊼，净洗甲兵长不用㊽！

[校注]

①原注："收京后作。"题内"马"字，王嗣奭《杜臆》、仇兆鳌《杜少陵集详注》均作"行"。黄鹤注："当是乾元二年（759）仲春作。按：相州兵溃在三月壬申，乃初三日。其作诗时，兵尚未败也。"（仇注引）按：至德二载（757）九月收复长安，十月收复洛阳，安庆绪与其党奔河北，退守邺城。此云"收京后"，是较宽泛的时间概念。本篇宋人赵次公及清钱谦益系于乾元元年（758）春。詹锳《谈杜甫的〈洗兵马〉》从其说，莫砺锋《杜甫评传》亦赞同此说。似以赵、钱之说较优。洗兵马，谓洗净甲兵，祈望太平。②杜甫诗中常称肃宗为"中兴主"，以汉光武帝中兴汉室比拟肃宗中兴唐室。这里的"中兴诸将"也以辅汉光武帝兴复汉室之诸将（以邓禹为首的二十八人）喻当时领军讨伐安史叛军的成王李俶、郭子仪、李光弼等人。山东，此指华山以东的广大地区。包括安史叛军的巢穴河北一带。③夜，原作"日"，校："一作夜。"兹据改。此句可两解：一谓捷报夜传之消息与白天传来的消息内容相同，见捷报之可信。一谓捷报昼夜频传，见胜利消息之不断。似以后解为优。④《诗·卫风·河广》："谁谓河广，一苇杭之。"一张苇叶即可渡过，极言其易。⑤胡，指安庆绪（时安禄山已死）、史思明。《晋书·杜预传》："今兵威已振，势如破竹，数节之后，迎刃而解。"萧涤非《杜甫诗选注》引《唐书·肃宗纪》："至德二载十一月下制曰：朕亲总元戎，扫清群孽。势若摧枯，

易同破竹。"认为"杜甫也兼采用了制文"。⑥残,余、剩。邺城,即唐之相州,今河南安阳市。乾元元年(758)十月,九节度之师克复卫州,安庆绪逃往邺城,遂围之。乾元二年二月,九节度即将对邺城发动总攻,故有"不日得"之语。⑦朔方,此指朔方节度使郭子仪。据《旧唐书·郭子仪传》,天宝十四载(755),安禄山反。十一月,以子仪为卫尉卿,兼灵武郡太守,充朔方节度使。诏子仪以本军东讨。此后屡建功绩。乾元元年十月,子仪自杏园渡河,围卫州。安庆绪与其骁将悉其众来援,贼众大败,遂收卫州。进军赴邺,与贼再战于愁思冈,贼军又败,乃连营围之。故云"无限功"。肃宗于乾元元年九月,诏九节度之师讨安庆绪,以子仪、光弼俱是元勋,难相统属,故不立元帅,唯以中官鱼朝恩为观军容宣慰使。唐军虽众,因军无统帅,自冬及春,竟未破贼。此云"独任",表明主张朝廷应专任郭子仪,以之为全军统帅。因九节度不设元帅,导致乾元二年三月的相州溃败。⑧京师,指长安。汗血马,汉代西域大宛有骏马,流汗如血,故名。《汉书·武帝纪》:"四年春,贰师将军广利斩大宛王首,获汗血马来。"颜师古注引应劭曰:"大宛旧有天马种,蹋石汗血,汗从前肩膊出,如血,号一日千里。"此指来自回纥之良马。其时回纥派骁骑助唐王朝讨安史叛军,见《北征》"阴风西北来,惨澹随回纥"一节。⑨《通鉴·至德二载十月》:"回纥叶护自东京还,上命百官迎之于长乐驿,上与宴于宣政殿。"餧(wèi)肉:喂肉。指以肉喂马。葡萄宫,汉上林苑宫殿名,汉宣帝曾宴单于于此。此以"葡萄宫"借指唐代宫苑。此句,王嗣奭《杜臆》谓:"复京师后,帝宴回纥于宣政殿,而云'餧肉葡萄宫'盖为朝廷讳,故用汉元帝待单于事,而且以禽兽畜之,此老杜《春秋》笔也。"萧涤非亦谓"这两句在铺张中含有讽意,杜甫始终反对借用回纥兵"。按:杜甫对朝廷倚重回纥兵虽有微词,但以"餧肉"讽其为禽兽,恐难以置信。此句承上,似指回纥士兵在汉官苑喂马,但马食草料,而此云"餧肉",或讥其任意糟蹋。二句总谓两京收复而回纥势盛。⑩海岱,渤海、泰山。指今山东省渤海至泰山之间的地带。《书·禹贡》:"海岱惟青州。"⑪仙仗,借指皇帝的仪仗。崆峒,山名。《括地志》:笄头山,一名崆峒山,在原州平凉县西百里。《庄子·在宥》:"黄帝立为天子十九年,令行天下,闻广成子在于空同之上,故往见之。"此谓天下平定之后,当进而修明政治,令行天下。系向往之词。《新唐书·苏颋传》:"陛下拨定祸乱,方当深视高居,制礼作乐,禅梁父,登空同。"意可互参。崆峒,又作空同。⑫三年,指安史之乱爆发以来的三年。自天宝十四载(755)十一月至乾元二年(759)二月,为三年零四个月。首尾已五年，不得再云"三年"。如此诗作于乾元元年春，则首尾四年，实为二年零四个月。作"三年"较切合。《关山月》，乐府横吹曲名，曲辞多抒征戍之情。句意谓三年间，战争不断，笛中传出的尽是征人的思乡伤别之情。⑬万国，犹万方。泛指全国各地。兵前草木风，浓缩"草木皆兵""风声鹤唳"二典。《晋书·苻坚载记》记淝水之战前，"坚与苻融登城而望王师，见部阵齐整，将士精锐。又北望八公山上草木，皆类人形，顾谓融曰：'此亦勍敌也，何谓少乎！'怃然有惧色"。既为晋军所败，遁逃途中"闻风声鹤唳，皆谓晋师之至"。此谓三年战乱，全国各地均深受战乱流离之苦，见草木、闻风声鹤唳而均疑战祸将至。此二句上承"常思"句。或谓指"会兵邺城，如风卷叶"（王嗣奭语），恐非。⑭成王，指唐肃宗之子李俶。乾元元年三月，自楚王徙封成王。四月立为皇太子（改名豫）。诗不称其为太子，正可证其作于乾元元年五月之前。在收复两京的战争中，封为天下兵马元帅。故云"功大"。心转小，谓其小心谨慎，居安思危。刘昼《慎言篇》："楚庄王功立而心惧，晋文公战胜而绝忧，非憎荣而恶胜，乃功大而心小，居安而念危也。"⑮郭相，指郭子仪。至德元载，"太子即位灵武，诏征师。子仪与光弼率步骑五万赴行在。时朝廷草昧，众单寡，军容缺然，及是国威大振，拜子仪兵部尚书，同中书门下平章事，仍总节度"。乾元元年八月，进中书令。谋深，指其在战争中善用谋略，如卫州之役，"安庆绪与其骁将安雄俊、崔乾祐、薛嵩、田承嗣悉其众来援，分为三军。子仪阵以待之，预选射者三千人伏于壁内，诫之曰：'俟吾小却，贼必争进，则登城鼓噪，弓弩齐发以迫之。'既战，子仪伪遁，贼果乘之，及垒门，遽闻鼓噪，俄而弓弩齐发，矢注如雨，贼徒震骇，子仪整众追之，贼徒大败。是役也，获伪郑王安庆和以献，遂收卫州"（《旧唐书·郭子仪传》）。⑯司徒，指李光弼，在平定安史之乱的过程中与郭子仪并建大功，号称郭、李。至德二载四月封司徒。《旧唐书·李光弼传》："光弼御军严肃，天下服其威名，每申号令，诸将不敢仰视。"曾预料史思明诈降终必复反，故云"清鉴悬明镜"。⑰尚书，指王思礼，高丽人，时为兵部尚书。杳，远。《旧唐书·王思礼传》谓其"立法严整，士卒不敢犯"。气与秋天杳，谓其严肃之气度像秋天的高空那样杳远。乾元二年，与子仪等九节度围安庆绪于相州。思礼领关内及潞府行营步卒三万、马军八千。大军溃，唯思礼与李光弼两军独全。此亦其治军严整之显例。《八哀诗·赠司空王公思礼》赞其"禁暴靖无双，爽气春浙沥"。⑱二三豪俊，指郭、李、王等人。为时出，犹应运而生。⑲整顿乾坤，指上述诸人重新整顿被安史叛军扰乱破坏了的国家,使之转危为安。济时了,完成匡救时局的大业。⑳《世说新语·识鉴》:"张季鹰(翰)辟齐王东曹掾,在洛见秋风起,因思吴中菰菜羹、鲈鱼脍,曰:'人生贵得适意尔,何能羁宦数千里以要名爵!'遂命驾便归。"《晋书·张翰传》作"菰菜、蓴(莼)羹、鲈鱼鲙"。句意谓如今像张翰那样想东归尝家乡美味的人便可径自东去,不再因战乱道路梗阻而空自想念了。㉑曹操《短歌行》:"月明星稀,乌鹊南飞,绕树三匝,何枝可依。"以南飞之乌鹊无枝可依喻人民流离失所。句意谓如今想南归的人民也可有所栖托,不致流离失所了。㉒青春,春天的景象。冠冕,指朝廷官吏。入,指入紫禁城。㉓紫禁,皇宫。古以紫微垣比喻皇帝居处,因称宫禁为紫禁。耐,宜。㉔鹤驾,太子的车驾。《列仙传》载,王子乔(即周灵王太子晋)尝乘白鹤驻缑氏山头。后因称太子车驾为鹤驾。此指肃宗所乘的车驾。凤辇,皇帝的车驾。此指玄宗车驾。㉕问寝,早起问安。龙楼,皇帝所住的楼,此指玄宗所居。浦起龙曰:"此二句正须看得活相,益显天伦之乐。'鹤驾'既来,'凤辇'亦备,父子相随以朝寝门,欢然交忻,龙楼待晓。岂不休哉!此以走马为对仗,乃杜公长技。"恐非。其时李俶未立为太子。二句意谓:昔之太子今之皇上通宵都备好了车驾,准备早起至太上皇所居的楼殿问安。玄、肃父子之间有矛盾,玄宗自蜀返京后,晚景凄凉,此处可能有以祝颂寓婉规之意。㉖攀龙附凤,语本《法言·渊骞》:"攀龙鳞,附凤翼。"此处指攀附有权势者以谋取富贵之辈。旧说指王屿、李辅国等人,实际所指范围当更广,参下句。㉗《汉书·叙传下》:"舞阳鼓刀,滕公厩驺,颍阳商贩,曲周庸夫,攀龙附凤,并乘天衢。"又:"云起龙骧,化为侯王。"王嗣奭曰:"'天下尽化为侯王',微有风刺,当时封爵滥,甚至以官赏功,给空名告身,凡应募入军者一切衣金紫,公实痛之,故先言'攀龙附凤',明谓其凭藉宠灵,而又以'蒙帝力'申言之。"(《杜臆》)㉘汝等,鄙视之词,指上攀龙附凤而化侯王猎富贵之辈。《击壤歌》:"日出而作,日入而息。凿井而饮,耕田而食。帝力何有于我哉!"《汉书·张耳传》:"且先王亡国,赖皇帝得复国,德流子孙,秋豪皆帝力也。"此反用之。萧涤非说:"'明帝力'三字,婉而多讽。明斥王侯的无能无耻,暗讽肃宗的偏私。"㉙句意谓尔等不过适逢其时,因缘成事,岂可自夸才能高强。㉚关中,指今陕西省关中平原一带地区,因地处函谷关、武关、散关、萧关四关之中,故称。萧丞相,指萧何。汉王刘邦以萧何留守关中,补充兵员给养,关中成为巩固的后方基地。《史记·萧相国世家》:"夫上与楚相距五岁,常失军亡众逃身遁者数矣。然萧何常从关中遣军补其处……夫汉与楚相守荥阳数年,军无见粮,萧何转漕关中,给食不乏,陛下虽数亡山东,萧何常全关中以待陛下。此万世之功也。"此借指房琯。钱谦益曰:"'萧丞相',指房琯也,琯自蜀郡奉册,留相肃宗,故曰'既留'。或以谓指杜鸿渐,据《新书》'卿乃吾萧何'语,非也。"(《钱注杜诗》)㉛张子房,指张良。《史记·留侯世家》:"汉六年正月,封功臣。良未尝有战斗功,高帝曰:'运筹策帷帐中,决胜千里外,子房功也。'……乃封张良为留侯,与萧何等俱封。"此借指张镐。钱谦益曰:"琯既罢,张镐代琯为相,故曰'复用张子房'。琯以至德二载五月罢相,以镐代;八月,出镐于河南,次年(乾元元年)五月,镐罢。六月,琯贬邠州。琯、镐皆上皇旧臣,遣赴行在。肃宗疑之,用之而不终者也。"㉜张公,指张镐。江海客,浪迹四方,放情江海之人。此指张镐本为隐逸之士。《旧唐书·张镐传》言其"风仪魁岸",故下句云"身长九尺须眉苍"。独孤及《张公颂》谓镐隐居终南三十年,故云"江海客"。㉝征起,被征召起用。风云会,指动乱时世的君臣遇合。《易·乾》:"云从龙,风从虎,圣人作而万物睹。"意谓同类相感应,故以风云会比喻遇合。《旧唐书·张镐传》:"肃宗即位,玄宗遣镐赴行在所。镐至凤翔,奏议多有弘益,拜谏议大夫,寻迁中书侍郎、同中书门下平章事……时方兴军戎,帝注意将帅,以镐有文武才,寻命兼河南节度使,持节都统淮南等道诸军事。"此正所谓"适遇风云会"。或引其"以褐衣初拜左拾遗"事,非。此天宝末杨国忠为相时"以声名自高,搜天下奇杰,闻镐名,召见荐之,自褐衣拜左拾遗"。非所谓"适遇风云会"。㉞扶颠,拯救危亡。筹策,谋划计策。《旧唐书·张镐传》:"时贼帅史思明表请以范阳归顺,镐揣知其伪,恐朝廷许之,手书密表奏曰:'思明……包藏不测,禽兽无异。可以计取,难……以义招。'又曰:'滑州防御使许叔冀,性狡多谋,临难必变,望追入宿卫。'肃宗计意已定,表入不省……肃宗以镐不切事机,遂罢相位……后思明、叔冀之伪皆符镐言。"㉟《梁书·侯景传》:"普通(梁武帝年号)中,童谣曰:'青丝白马寿阳来。'后景果骑白马,兵皆青衣。"侯景亦胡人,作乱反梁,此以喻指安史叛军。更何有,谓其转眼即可消灭。㊱后汉,东汉;今周,指周室。均借指唐。喜再昌,以汉光武帝中兴、周宣王中兴喻肃宗中兴唐室。㊲寸地尺天,极言全国各地每一寸土地。㊳谓各地争献奇祥异瑞以庆捷。㊴致,奉献。白环,白玉环。《竹书纪年》:"帝舜九年,西王母来朝,献白环、玉玦。"㊵银瓮,银质盛酒器。古代传说常以为祥瑞之物,政治清平,则银瓮出。《初学记》卷二十七引《瑞应图》:"王者宴不及醉,刑罚中，人不为非，则银瓮出。"㊶紫芝曲，隐者之歌。相传秦末东园公、绮里季、夏黄公、甪里先生避乱隐居商山，称商山四皓。作歌曰："漠漠商洛，深谷威夷。晔晔紫芝，可以疗饥。皇农邈远，余将安归？驷马高盖，其忧甚大。富贵而畏人，不如贫贱而轻世。"此谓隐逸避乱者不必再歌唱《紫芝曲》，因为天下已经平定，可以出而入仕了。㊷解撰，懂得撰写。《宋书·临川烈武王道规传》附《鲍照传》载："元嘉中，河、济俱清，当时以为美瑞。照为《河清颂》，其序甚工。"此谓文人们纷纷撰写歌颂升平的文字。㊸望望，急切盼望貌。㊹布谷，鸟名，以鸣声似"布谷"，又鸣于春天播种时，故相传以为劝耕之鸟。㊺淇上健儿，指围困安庆绪叛军于邺城的唐军战士。淇，水名，在邺城附还。归莫懒，意谓凯旋至家后不要耽误了春耕的时间。㊻城南思妇，泛称后方的征人妻子。愁多梦，指挂念前方的丈夫，忧愁而多梦。二句盖祝早日克复邺城，战士归而耕种，以免思妇思念。㊼挽天河，牵引银河。㊽甲兵，铠甲与兵器。《说苑·权谋》载，武王伐纣，风霁而乘以大雨。散宜生曰："此非妖与？"王曰："非也，天洗兵也。""洗兵"语本此。

[鉴赏]

    这首诗的写作时间，直接关系到对诗基调的理解。如果按照黄鹤的编年，系此诗于乾元二年（759）仲春，不但与题注"收京后作"不合［此时离至德二载（757）九月收复长安已达一年零五个月，离十月收复洛阳亦已一年四个月］，而且与诗中"三年"之语亦不符［自天宝十四载（755）十一月安史乱起至乾元二年二月，首尾已五年，按当时纪年数惯例，绝不可能说成三年］。应从赵次公、钱谦益之说，系于乾元元年（758），时间当在三月李儆自楚王徙封成王稍后。此时距两京收复只有半年左右，谓"收京后作"，时间较合。且诗中提到的"京师皆骑汗血马，回纥馁肉葡萄宫"的现象，与克复两京的时间有密切联系；"鹤驾"四句写到的"鸡鸣问寝"景象亦在至德二载十二月玄宗返京以后，均距乾元元年三月稍后作诗的时间较近。尤可注意者，为诗中重点称颂的宰相张镐，乾元元年三月已在任上，与"幕下复用张子房"之语正合。如作于乾元二年二月，则其时镐已罢相七个月，用五句诗来专门颂扬一个已不在位的宰相，几乎不可理解。再有一点，安庆绪自洛阳被唐军收复后即逃往邺城，到至德二载十二月，因史思明之降，而"沧、瀛、安、深、德、棣等州皆降。虽相州（邺城）未下，河北卒为唐有矣"（《通鉴》卷二百二十），与诗中"中兴诸将收山东""只残邺城不日得"之语完全符合。正是在这样一个时间节点上，诗人才会强烈感到安史之乱的平定已是指日可待，从而创作出一阕胜利的畅想曲。如果将作诗的时间延至乾元二年仲春,则其时史思明复反,围邺诸军"既无统帅,进退无所禀……城久不下,上下解体""诸军乏食,人思自溃",形势已非昔比。

全诗四十八句,分四段,每段十二句,平仄韵交押。第一段十二句押平声韵,总叙破敌平叛的大好形势,抒发对胜利的畅想。前六句为一层,谓中兴诸将收复华山以东的广大地区,捷报频传,昼夜相继。黄河虽广,一苇可渡;官军破竹之势已成,胡命危浅,亡在旦夕之间。眼下只剩下邺城尚未攻取,其陷落亦指日可待。前五句一气直下,以夸张渲染的笔调传达出胜利在望的兴奋喜悦之情,第六句以"独任朔方无限功"重笔收束,点明这一切胜利均缘于皇帝对朔方节度使郭子仪的"独任"。《通鉴·至德二载》:"十一月,广平王俶、郭子仪来自东京,上劳子仪曰:'吾之家国,由卿再造。'"从肃宗的评价中可以看出他在收复两京前对郭的倚重。正是由于对郭子仪的专任,这才有"捷书夜报清昼同"的大好形势和诸将共建的"无限功"。这也说明,此诗当作于乾元元年九月诏九节度之师讨安庆绪,且不设统帅之前。如作于乾元二年二月,则其时肃宗早已不"独任朔方",歌颂赞扬之语也变成皮里阳秋的讽喻了。

"京师"以下六句为另一层,在"已喜皇威清海岱",庆祝已经取得的辉煌胜利的前提下,对回纥势力的炽盛表示隐忧。借回纥之力击安史叛军,是唐肃宗的既定方针。《通鉴》载:"初,上欲速得京师,与回纥约曰:'克城之日,土地士庶归唐,金帛子女归回纥。'"后虽因广平王的劝说,回纥未即在长安进行掠夺,但破东京后则"如约"大掠,直到广平王"入东京,回纥竟犹未厌,俶患之,父老请率罗锦万匹以赂回纥,回纥乃止"。可见肃宗这种急功近利的方针给百姓带来的祸害。"京师皆骑汗血马,回纥餧肉葡萄宫"二句,在貌似渲染京师回纥战马之多、军士之众的笔调中,隐隐透露出诗人对这种现象的忧虑。这也是杜甫的一贯态度。与此同时,诗人还寓劝于赞,指出在取得辉煌胜利的时刻,要"常思仙仗过崆峒",进一步修明政治,使天下长治久安。"三年笛里关山月,万国兵前草木风"二句,就是对三年来全国各地饱受战乱之苦的艺术概括。上句是说笛里吹奏出的尽是征戍离别之音。下句是说各地百姓受尽战争惊吓,"兵前草木风"五字,浓缩"草木皆兵""风声鹤唳"的故实,造语新奇而警拔。两句对仗工整,词采清丽,意境宏阔,韵味深长,是杜诗中著名的对句。由于是在欢庆胜利的时刻回想过去,情调便不显得那样沉重忧伤,而是无形中透露出一种轻快明朗的气息。

第二段十二句改押仄声韵，对"中兴诸将"的才能、品格、气度进行赞颂，对他们"整顿乾坤"、收复两京后带来的新气象热情讴歌。诸将人数众多，这里只着重揭举四人：成王李俶（即后来的代宗）、郭子仪、李光弼、王思礼。以李俶为首，是因为在克复两京的过程中，他担任天下兵马元帅，"功大心转小"，则是赞其不居功自傲，而是更加小心谨慎。长安克复之日，回纥叶护要如约抢掠，广平王的劝阻是起了作用的，以至入城之日，"百姓军士胡虏，见俶拜（于叶护马前，请暂勿俘掠），皆泣曰'广平王真华夷之主'"。郭、李同为元勋，在克复两京时功勋卓著，诗人一赞其"谋深"、一赞其"清鉴"，一赞其才，一赞其识，各有侧重；于王思礼，则赞其气度之高远。以上四人，所赞均不重在功绩（因收两京、收山东已足以证明），而在其才能、品质、气度，这正是"中兴诸将"异于一般将帅之处。称李俶为"成王"，正说明诗作于乾元三月李俶自楚王徙封成王后不久，至四月庚寅，俶已立为皇太子，不得再以"成王"称之。"二三豪俊为时出，整顿乾坤济时了"二句，总束以上四句，用"整顿乾坤"概括他们的业绩，正是对他们"收拾山河""再造唐室"功绩的热情讴歌。以上六句为一层，下一层六句转入对乾坤新气象的描绘渲染。"东走"二句谓士庶百姓出行道无豺虎，安居有巢可栖，互文见义，虽用典而流走畅达，内容与语言风格和谐统一。"青春"二句，谓京城收复，春天的明丽景象又来到了长安，朝臣们冠冕齐整，朝仪如旧；紫禁城上笼罩着春天的烟霭花树，相互辉映，分外壮丽。二句全用明丽锦绣之词，渲染出一派喜庆气氛，正是中兴气象。"鹤驾"二句，谓自蜀迎归上皇，从此父子相聚，可以朝起问寝，尽天伦之乐、父子之礼了。玄、肃之间有矛盾，历时已久，马嵬事变实为仓促之际的一场政变。这里特意渲染家人父子之间其乐融融的景象，是以祝愿赞颂微寓婉规，希望玄、肃父子之间能出现这种融洽无间的关系和景象。

第三段十二句又转押平声韵。这一段两层，前一层四句，揭示两京收复、论功行赏时出现的封爵过滥的现象。《通鉴》载，至德二载十二月戊午，"上御丹凤楼，赦天下……立广平王俶为楚王，加郭子仪司徒、李光弼司空，自馀蜀郡、灵武扈从立功之臣，皆进阶赐爵加食邑有差。"《旧唐书·肃宗纪》载：蜀郡、灵武元从功臣韦见素、高力士、裴冕、李辅国、李遵等均封国公，兼进封邑。在这一大批封王赐爵的人当中，有的根本就没有任何功勋，却因"时来"之故"尽化为侯王"，杜甫对这种滥行封王赐爵的现象深表不满，语气中有讽刺、有斥责、有蔑视，实际上也婉转表达了对肃宗的批评。"关中"以下八句，转出另一层意，谓中兴之业，关键在任相得人。"关中"二句,谓肃宗先留房琯,再用张镐,二人均为济危扶颠之良相,房琯至德二载五月已罢相,张镐代相,作此诗时镐仍在任上(乾元元年五月罢)。虽并举房、张,而侧重在张。正因张镐在任期间,两京先后克复之故。因此下面不吝笔墨,用了四句诗对张镐的出身品格、仪表气度、逢时而起、扶颠筹策进行多角度的渲染描绘,最后以"青袍白马更何有,后汉今周喜再昌"二句总束以上六句,谓得此张良式的贤相运筹帷幄,方能建此中兴之伟业。对张镐的赞颂可谓无以复加,词亦淋漓尽致。这一段前后两层,看似有些脱节,实则均着眼于中兴之业的政治层面,也是使中兴之业得以继续推进的根本。前者望肃宗勿滥行封赏,后者望肃宗任用贤相,又都统一于用人这一为政的主要方面。唐太宗开创贞观之治,关键即在用人与纳谏,今日肃宗中兴正应着眼于此。但前四句讽刺斥责之意明显,"势莫当""尽化""岂知""不得"等语,连贯而下,诗人对这种与中兴气象不和谐的现象的愤激不屑亦溢于言表;后者则于抑扬有致、潇洒轻快的笔调中抒发对肃宗任用贤相的赞扬和对贤相精神风貌的景仰,至"青袍"二句已将对中兴局面的赞颂推至高潮。前后两层,情感由愤转喜,语调由讽转赞,构成鲜明对照,显得跌宕多姿。

第四段十二句,又转用仄声韵。这一段的前六句,紧承"后汉今周喜再昌",对伴随着中兴局面出现的各地争送奇祥异瑞、纷纷歌功颂德的现象作了或尖锐或委婉的讽刺。如果说上一段的头一层是讽为君者不可因胜利而滥行封赐,那么这一段的头一层则是讽为臣者不可因胜利而阿谀逢迎、投君所好。这二者都是封建政治在形势稍好时极易出现的腐朽现象。对于各地纷呈祥瑞,诗人用"寸地尺天""奇祥异瑞""皆入贡""争来送""不知""复道"等语进行尖锐的嘲讽,讽刺地方官为了逢迎邀宠而刻意弄虚作假,唯恐落后;对词人之歌功颂德则仅以"解撰"一语作含蓄的婉讽,且以"隐士休歌紫芝曲"之正面描叙作对照,使讽意不致过于刻露。诗人揭示上述种种与"中兴"伴生却又与之不和谐的现象进行或显或隐的讽刺,正说明在一片大好形势的喜庆气氛中应始终保持着清醒的头脑。诗人意中,实希望地方官们关心民瘼,注重生产。下一层的开头两句"田家望望惜雨干,布谷处处催春种"就透露了这一消息。前面均为大段叙述议论,此处"忽入时景",仿佛突兀,实则与上词断神连。与其争送祥瑞、歌功颂德,不如踏踏实实做一点有利于百姓和生产的实事。"淇上"二句,遥承首段"只残邺城不日得",紧接"催春种",用充满祈望的语气,希望早日攻克邺城,使"淇上健儿"归家从事农耕,与家人团聚。"归莫懒""愁多梦",语带调侃,情则亲切,表达出人民对和平生活的渴望。末二句乃就势收束,希望壮士力挽天河,洗净甲兵,使百姓永不受战争之害。直至篇末方直接点明题旨。看似又显突兀,实则在此前的所有喜庆胜利,赞颂中兴新气象的叙述描绘和议论中,都贯串着早日结束战争,使人民安享和平生活的意蕴。故篇末点睛,正是水到渠成,结得既自然又有力。

在安史乱起以后的十五年中,杜甫遇到的最使他兴奋喜悦的国家大事,除了广德元年(763)的"闻官军收河南河北",安史之乱最终平定外,就是这次"中兴诸将收山东"的局面。《闻官军收河南河北》被称为杜甫"生平第一快诗",这首《洗兵马》也称得上是他的另一首"快诗"。为了充分表达对胜利局面、中兴事业、和平生活的欣喜、庆祝和祈望,渲染热烈欢快的喜庆气氛,他特意采用了词采鲜丽、对仗工整、形式齐整的转韵体。这实际上是杜甫在"初唐四杰"七言歌行基础上改造的颂体诗。但它并不以铺排为特色,而是在淋漓尽致、抑扬顿挫的抒情性议论中贯串着劲健的气势,故华而不靡,丽而有骨。王安石取此为杜诗压卷之作,洵称有识。

石壕吏[①]

暮投石壕村[②],有吏夜捉人。老翁逾墙走,老妇出门看[③]。吏呼一何怒[④]!妇啼一何苦!听妇前致词[⑤]:三男邺城戍[⑥]。一男附书至[⑦],二男新战死[⑧]。存者且偷生,死者长已矣[⑨]!室中更无人,惟有乳下孙[⑩]。有孙母未去[⑪],出入无完裙[⑫]。老妪力虽衰[⑬],请从吏夜归。急应河阳役[⑭],犹得备晨炊[⑮]。夜久语声绝,如闻泣幽咽[⑯]。天明登前途,独与老翁别[⑰]。

[校注]

①本篇系杜甫著名组诗"三吏""三别"中之第三首。题下原注:"收京后作。虽收两京,贼犹充斥。"仇兆鳌《杜少陵集详注》引师氏曰:"从《新安吏》以下至《无家别》,盖纪当时邺师之败,朝廷调兵益急。虽秦之谪戍,无以加也。"仇兆鳌曰:"此下六诗,多言相州师溃事,乃乾元二年自东都回华州时,经历道途,有感而作。钱氏以为自华州之东都时,误矣。"据《通鉴·乾元二年》:"郭子仪等九节度使围邺城,筑垒再重,穿堑三重,壅漳水灌之。城中井泉皆溢,构栈而居,

自冬涉春，安庆绪坚守以待史思明，食尽，一鼠直钱四千，淘墙麸及马矢以食马。人皆以为克在朝夕，而诸军既无统帅，进退无所禀；城中人欲降者，碍水深，不得出。城久不下，上下解体。思明乃自魏州引兵趣邺……诸军乏食，人思自溃。思明乃引大军直抵城下，官军与之刻日决战。三月，壬申，官军步骑六十万陈于安阳河北，思明自将精兵五万敌之，诸军望之，以为游军，未介意。思明直前奋击，李光弼、王思礼、许叔冀、鲁炅先与之战，杀伤相半；鲁炅中流矢。郭子仪承其后，未及布陈，大风忽起，吹沙拔木，天地昼晦，咫尺不相辨。两军大惊，官军溃而南，贼溃而北，弃甲仗辎重委积于路。子仪以朔方军断河阳桥保东京。战马万匹，惟存三千，甲仗十万，遗弃殆尽。东京士民惊骇，散奔山谷，留守崔圆、河南尹苏震等官吏南奔襄、邓，诸节度各溃归本镇。士卒所过剽掠，吏不能止，旬日方定。惟李光弼、王思礼整敕部伍，全军以归。"此即"相州师溃"之详情。为补充溃散伤亡的兵源，统治者四处抓丁，连未成丁的中男、白发老妪、刚成婚的新郎、子孙阵亡尽的老翁、无家可归的阵败士兵均被征调入伍。诗人在三月初相州兵溃之后由洛阳返回华州的途中，见到上述种种惨绝人寰的情景，写下著名的组诗《新安吏》《潼关吏》《石壕吏》（即所谓"三吏"），《新婚别》《垂老别》《无家别》（即所谓"三别"）。其中"三吏"系有诗人在内的问答叙事体，"三别"则纯为主人公之自述，但都具有明显的叙事诗特征。除《潼关吏》一首系写与关吏的对话，发表自己对守关的见解以外，余五首均写被征百姓的悲惨遭遇。石壕，村名，在今河南陕县东南七十里。杜甫离新安后，先至陕县石壕，再至潼关。"三吏"将《潼关吏》置于《新安吏》之后，《石壕吏》之前，从事情发生的时间看，或误。②投，投宿。③门看，《全唐诗》校："一作看门。"④一何，多么、怎么这样。⑤前致词，在差吏跟前述说。⑥三男，三个儿子。邺城戍，在邺城（即相州）前线当兵打仗。⑦一男，（三个儿子中的）一个儿子。附书至，托人捎信回来。⑧二男，另外两个儿子。新战死，指在不久前的邺城大溃败中战死。⑨长已矣，永远逝去了。⑩乳下孙，正在喂奶的小孙儿。⑪未去，未离开家庭。⑫以上二句《全唐诗》校："一作孙母未便出，见吏无完裙。"⑬老妪，老妇自称。⑭河阳，今河南孟州市。时郭子仪退守河阳。役，差役。⑮备晨炊，准备早饭。⑯泣，低声而哭，抽泣。幽咽，形容哭声低而时断时续。"泣幽咽"者当是儿媳，即乳下孙之母。⑰末句暗示老妇已被吏带走。

[鉴赏]

　　这首诗与《新安吏》《潼关吏》虽同为"夹带问答叙事"（浦起龙语），同有诗人自己在场，但《新安吏》《潼关吏》都写了诗人与新安吏、潼关吏的问答，《新安吏》还有过半篇幅是写诗人对送行者的同情劝慰，诗人本身的言行在诗中显得相当突出。而在《石壕吏》中，诗人的身影仅在首尾"暮投石壕村""天明登前途，独与老翁别"中一现，在作为诗主体的绝大部分篇幅中（从"有吏夜捉人"至"如闻泣幽咽"），写的是吏捉人的事件和吏与老妇的问答，诗人自己只是作为事件的亲历者在旁听闻，并不直接出现在事件与场景之中，更不发表任何见解或评论。这就使《石壕吏》较之《新安吏》《潼关吏》，更像一首首尾完整，有情节，有场景，有人物，有开端，有高潮，有结局的叙事诗，一篇第一人称的诗体短篇小说。全诗写了一个事件的过程。从"暮投"到"夜捉"，再到"夜久""天明"，这是故事发生的时间线索。开头四句写日暮投宿，点明差吏捉人的事件，是故事的开端。"吏呼"以下十六句写暴吏怒索威逼下老妇的致词，依次写出老妇始则企图以一家人的惨重牺牲打动差吏；继则企图以一家人的贫困悲惨境遇哀告差吏，并为老翁打掩护；终则在暴吏威逼下挺身应役。这是故事的高潮，也是全诗的主体。"夜久"四句写诗人彻夜未眠与天明启程，这是故事的结局。

　　诗写得极其朴素，全篇硬是没有用一个形容词（连形容妇啼之苦、吏呼之怒，都有意不用，而是用"一何"这样的副词），没有任何背景的叙述、环境的描绘，也几乎没有气氛的渲染和对人物（包括诗人自己）的心理刻画，好像就是那样不动声色地叙述了一个故事。习惯了诗歌要有一点文采、一点色泽的读者可能觉得它过于质木无文。《新安吏》已经写得够朴素了，但毕竟还有"白水暮东流，青山犹哭声"这样出色的气氛渲染和环境描写，还有"眼枯即见骨，天地终无情"这种惊心动魄的强烈抒情。《石壕吏》比起它来，更进了一步，称得上是"皮毛落尽"了。但绝不意味着这首诗在艺术上是没有经过锤炼的，恰恰相反，它的锤炼功夫很深，已经锤炼到不仔细体味就不容易发现锤炼痕迹的地步，这是艺术上高度成熟、达到炉火纯青程度的一种标志，是艺术上归真返璞的表现。

　　首先是选材的典型性。"三吏""三别"除《潼关吏》外，每一首诗都写一桩悲惨事件，选材都相当典型，但最集中、最典型的无疑是《石壕吏》。讲到选材的典型性，首先要明确这首诗的题材究竟是什么。诗一开头就直书"有吏夜捉人"，而且后来真把老妇抓走了，似乎诗的题材就是写"有吏夜捉人"的事件和过程。但奇怪的是，诗里对如何"捉人"的事几乎没有任何正面描写，只是在最后"独与老翁别"中暗示了一下，却详细记述了"捉人"之前老妇的一段长达十三句

（占全诗篇一半以上）的致词。是杜甫不懂作诗的起码常识，离题了吗？当然不是。这里就存在一个究竟什么才是《石壕吏》题材的问题。其实，诗人是要通过"夜捉人"的事件来反映这一家人的悲惨境遇，这才是《石壕吏》的题材。仇兆鳌说："'三男戍''二男死''孙方乳''媳无裙''翁逾墙'，妇夜往，一家之中，父子兄弟，祖孙姑媳，惨酷至此。民不聊生极矣。""民不聊生极矣"是杜甫目击"三吏""三别"中所描绘的生活现象时最突出的感受，在某种意义上说，也是这两组诗的总主题（说"某种意义上"，是因为这两组诗还有劝勉、赞扬人民挺身赴国难的另一面）。对于这样一个主题来说，"有吏夜捉人"，而且捉的又是一个年老力衰的老妇的事件，当然已经相当典型了，但比起在"三男戍，二男死，孙方乳，媳无裙，翁逾墙"情况下仍将老妇抓走的事件，后者自然更为突出，更为典型。可见，作者的本意，并不只是要写"夜捉人"这一事件，而是要通过"夜捉"这一事件，写出这一家七口惨绝人寰的悲剧，以充分表现"民不聊生极矣"的主题。简单地将这首诗的题材说成是"有吏夜捉人"，对诗选材的典型性就不可能有正确的理解，而对选材的典型性缺乏正确理解，对诗的一系列艺术表现手段也不可能很好理解。

其次是情节的提炼与剪裁。陆时雍说："其事何长，其言何简！'吏呼一何怒，妇啼一何苦'二语，便当数十言写矣。"这段话指出了这首诗写得很简练，每为鉴赏者所称引。但单纯从字数上看问题，不免有些表面化和绝对化。作品叙述描绘的繁与简，离不开题材与主题。如果这首诗的题材是"有吏夜捉人"，主题亦仅为揭露吏的凶残横暴，"吏呼一何怒，妇啼一何苦"这十个字究竟是概括精练，还是空洞贫乏呢？我看是空洞贫乏。同样，如果是这样一个题材和主题，老妇致词一大段究竟是详细具体还是繁冗噜苏呢？恐怕难免不被讥为繁冗噜苏。反之，正因为题材是一家七口惨绝人寰的悲剧，主题是"民不聊生极矣"，作者才把"吏呼"和"妇啼"写得那么简括，惜墨如金，而对老妇的致词则写得那么详细具体（具体到媳妇的"出入无完裙"），因为这是构成题材、体现主题的要素和凭借。诗人根据题材和主题的需要，对许多次要素材作了巧妙的剪裁，以突出一家七口惨绝人寰的悲剧这个重点。下面作一些具体分析。

开头两句写日暮到老翁家投宿，夜里碰上差吏来抓人。这是交代事件缘由的，写得极精练，简直像十个字的写作提纲。根据这个提纲，可以敷衍出一大篇文章来。比如说诗人是在什么情况下到石壕村的（总该交代一下兵荒马乱的时代背景吧），又如何找到老翁家投宿，主人是如何接待的，夜里吏又是如何来敲门抓人的。可到了诗人这里，却一概剪去，只剩下光秃秃的"暮投石壕村，有吏夜捉人"十个字，对照一下题材情境类似的晚唐诗人唐彦谦的《宿田家》：

> 落日下遥峰，荒村倦行履。停车息茅店，安寝正鼾睡。忽闻扣门急，云是下乡吏。公文捧花柙，鹰隼驾声势。良民惧官府，听之肝胆碎。阿母出搪塞，老脚走颠踬。小心事延款，□馀粮复匮。东邻借种鸡，西舍觅芳醑。再饭不厌饱，一饮直呼醉。明朝怯见官，苦苦灯前跪。使我不成眠，为渠滴清泪。民膏日已瘠，民力日愈弊。空怀伊尹心，何补尧舜治？

平心而论，这首诗在晚唐算得上是比较优秀的作品。它主要揭露下乡吏对农民的威吓和敲诈勒索，对吏的丑恶嘴脸和农民的畏惧哀告和小心侍奉之状自然要作比较具体的描写，但开头四句那样噜苏絮叨实无必要，因为这与诗的主题也是无关的。杜甫"暮投"一句，足抵唐的四句。

下面老妇致词一段，分三层。这三层内容并不是老妇一口气讲下来的，也不是平心静气，像叙家常一样讲的，而是在吏的不断催逼怒喝声和老妇的啼哭哀求声中断断续续地进行的。当老妇讲到三个儿子都参加了攻打邺城的战役，其中两个已经牺牲了之后，吏肯定要紧接着喝问：你家里难道就没有别的男人了吗？就你一个老婆子吗？因为吏是来"捉人"的，不是来听老妇哭诉的，因此老妇为了掩护"逾墙走"的老翁，连忙声明"室中更无人，惟有乳下孙。有孙母未去，出入无完裙"。家里再无能服役的男人，只有还在吃奶的孙子和媳妇，媳妇连一件完好的裙子都没有，根本无法出来见官，更不用说前去服役了。在这种情况下，吏肯定会大发脾气，再三威逼，甚至提出要把媳妇带走，老妇哀求无效，这才挺身而出，表示自己可以去河阳前线服役，为大军烧饭。而老妇提出"请从吏夜归"的请求后，根据下面的"夜久语声绝"一句，肯定还有其他的对话和情节，如吏起先不依，嫌老妇不顶用，后来看看实在没有人，只好抓老妇去交差；而老妇临行前也可能跟媳妇作了些交代，等等。这一切，由于跟主题无关或关系不大，统统剪裁掉了。总之，老妇的层层诉说，用实写，明承"吏呼""妇啼"；暴吏的步步威逼喝问，用虚写，暗承"吏呼""妇啼"。从妇的层层诉说中，可以窥见吏穷凶极恶的嘴脸，收到"无字处皆其意"的艺术效果。此外，老妇被带走和老翁回到家中，是作为暗场处理的，诗中用"夜久语声绝"和"独与老翁别"作了暗示。这些剪裁，都是为了突出致词中所反映的一家人的悲惨遭遇。经过这样大刀阔斧的剪裁之后，情节被提炼得非常精纯，它的典型性被凸显出来，诗的主题——"民不聊生极矣"便得到了集中而深刻的表现。从这里也可以悟出，这首诗所要控诉的绝不仅仅是石壕吏的凶暴和兵役制度的不合理，而是像《新安吏》里所控诉的那样，"眼枯即见骨，天地终无情"！一个社会，一个制度，一个统治集团，怎么能让这样惨绝人寰的现象发生。至少在客观上，它导致的结论是这样的。

三是寓情于事，寓主观感情于客观叙述之中。这是杜甫诗歌写实性的突出特点。表面上看，这首诗从头到尾都是客观的叙述描写，诗人自己一直没有正面出现在悲剧发生的场景中，更没有像《新安吏》那样发出激愤的控诉。但描述的客观性绝不等于没有倾向性。梁启超说杜甫"做这首《石壕吏》诗时，他已化身做那位儿女死绝、衣食不继的老太婆，所以他说的话，完全和他们自己说一样"，"这可以说是讽刺文学中的最高技术"，正因为诗人亲历了这幕惨剧发生的全过程，对诗中所描述的情事有极痛切的感受，才能如此真切地感同身受地将它展现出来，并在貌似不动声色的客观描述中渗透自己深厚的感情。不妨对诗中一些客观描述的句子作一些分析。

一开头就是"暮投石壕村"。说"暮宿石壕村"行不行，当然，"投"和"宿"都可以说明晚上在石壕村住下来这个客观事实，但所表现的气氛不同，所表现的诗人主观感受也不同。萧涤非说："'投'字兼写出大乱时一种苍黄急遽之状。贾岛诗'落日恐行人'在乱世更有此感觉。"这个感受很真切细腻。"投"和"宿"虽义近，但"宿"字比较中性，用来表现正常情况下心情比较安闲的投宿比较恰当，且能给人一种归宿感，但用在这里就写不出气氛和诗人的感情色彩，而"投"字则给人一种在兵荒马乱中匆匆投奔之感，可以体味出当时紧张的气氛和诗人的惶遽不安心理。

"有吏夜捉人"，不说"征兵""点兵"，而说"捉人"，而且是"夜捉人"，这样的"吏"，就跟闯到人家家里绑架的强盗差不多。古代史书讲求"春秋笔法""以一字寓褒贬"，这个"捉"字就是以一字寓褒贬。直书其事，不稍掩饰，本身就是尖锐的揭露批判。

"老翁逾墙走，老妇出门看。"那里一"捉人"，这里就"逾墙走"，紧接着老妇就出门看动静，说明在这一带，"夜捉人"的事件发生过多次，老百姓对付"夜捉"的经验已经很丰富，动作也很熟练。仿佛只是客观叙述，但其中却含有对这种把老百姓搞得鸡犬不宁的"捉人"行为的厌恶乃至痛恨。

"吏呼一何怒！妇啼一何苦！"不说吏如何可恨，老妇如何可怜，只以浑括的"一何"二字出之，它所具有的强烈感情色彩自然会引发读者对吏的凶恶狰狞面目和妇的悲哀无告神情的想象。

"夜久语声绝，如闻泣幽咽。"这个"如"字很值得细细体味。"幽咽"的是媳妇。丈夫"新战死"，只留下一个还在吃奶的小孩。家里的生活本来就十分艰困，连一件完好的裙子都没有。这天夜里，公公跳墙逃跑了，婆婆又被抓去应差，家里只剩下她和吃奶的小孩。一切不幸，仿佛都集中在她一个人身上，内心极度悲痛，该是号啕大哭的，但为了不惊醒孩子、惊动家里的客人，只能极力抑制悲痛，独自抽泣。而且连抽泣的声音大了也怕惊动客人，只能低声饮泣，抽泣一阵，又强忍一阵，这种情景，在杜甫笔下，就成了"如闻泣幽咽"。这五个字，把媳妇强忍悲痛但又抑制不住，断断续续低声抽泣的情景非常逼真传神地表现了出来，也把诗人自己怀着无限关切和同情，侧耳细听，又听不真切的情状非常真切细腻地表现了出来，和"夜久语声绝"联系起来，透露出整个一夜，杜甫都没有入睡。比较唐彦谦的"使我不成眠，为渠滴清泪"，后者的浅露便显而易见。

"天明登前途，独与老翁别。"昨天傍晚投宿时，是老翁老妇一起接待的，今晨登路，却只剩下老翁一人与之告别。在经历了昨夜那一幕惨剧，耳闻了老翁一家的悲惨境遇之后，再与老翁一人告别，心中翻腾的悲慨肯定是非常复杂的，但诗人却一句话也没有说，只是默默登上前途。除了从艺术上看，一切抽象的议论都是苍白无力的，更主要的恐怕还是悲愤之至，反而说不出话来。

以上分析的是作者叙述语言中所寓含的感情，下面再看一看纪言部分所蕴含的感情。不妨举一个例子："存者且偷生，死者长已矣！"这两句话对于情节叙述来说，无关紧要；但对老妇及诗人的感情表达来说，却具有艺术的震撼力。这样一个家庭，三个儿子都上了前线，其中两个为国家献出了生命，照理说应该得到政府的抚恤和照顾，结果反而横遭新的迫害。"死者长已矣"，为国牺牲的人就这样无声无息地死去了，永远完了，谁也不会记起他们，谁也不会来同情他们的家庭。"存者且偷生"，可冷酷的现实却是连幸存的老人也不让他们苟延残喘。这里面的潜台词其实就是"天地终无情"，是身受其害的老妇对当权者对这个社会和世道的愤激控诉，也曲折地表达了诗人的愤激与控诉。

有一种比较流行的看法，认为"三吏""三别"这种带有纪实色彩的诗是诗中的报告文学。这可能会导致误解，以为这类迅速反映时事的诗艺术上锤炼不够，缺乏长久的艺术生命力。上面的分析说明它实际上在题材和主题上经过了典型化提炼与概括，并据此对生活素材进行了精心的提炼剪裁，文字表达上极其精练传神。可以说，在诗歌史上提供了用叙事诗的形式直接迅速地反映时事，而在艺术上又精雕细刻、精益求精的典范。

新婚别①

兔丝附蓬麻②，引蔓故不长③。嫁女与征夫，不如弃路旁。结发为妻子④，席不暖君床。暮婚晨告别，无乃太匆忙⑤。君行虽不远，守边赴河阳⑥。妾身未分明⑦，何以拜姑嫜⑧？父母养我时，日夜令我藏⑨。生女有所归⑩，鸡狗亦得将⑪。君今往死地，沉痛迫中肠⑫。誓欲随君去，形势反苍黄⑬。勿为新婚念，努力事戎行⑭。妇人在军中，兵气恐不扬⑮。自嗟贫家女，久致罗襦裳⑯。罗襦不复施⑰，对君洗红妆⑱。仰视百鸟飞，大小必双翔。人事多错迕⑲，与君永相望⑳。

[校注]

①《新婚别》《垂老别》《无家别》，合称"三别"，均为乾元二年（759）三月自东京归华州途中据所见乱征兵现象而作。三首均为代言体，用第一人称口吻。此首托为新婚妻子送别丈夫之辞，另二首则为被征的老翁与妻子作别、战败归来重被征召入伍的单身汉无家可别之辞。②兔丝，藤蔓植物，依附在其他植物枝干上生长。蓬，蓬草；麻，麻类植物。蓬草与麻均矮小。《古诗》："与君为新婚，兔丝附女萝。"③引蔓，伸展茎蔓。故，《全唐诗》校："一作固。"二句以兔丝依附蓬或麻而生故引蔓不长为喻，比女子嫁给征夫，很难白头到老。④结发，指成婚。古礼，成婚之夕，男女左右共髻束发，故称。或谓古代男二十岁，女十五岁开始束发插簪，表示已成年，可以结婚。《文选·苏武诗四首》之三"结发为夫妻"李善注："结发，始成人也。谓男年二十，女年十五，取笄、冠为义也。"⑤无乃，岂非。⑥萧涤非曰："二句有言外之意，弦外之音。守边竟守到河阳，守到自己家里来了。与李白诗'天津（洛阳桥名）成塞垣'同一用意。"⑦身，身份。《礼记·曾子问》："三月而庙见，称来妇也。"孔疏："此谓舅姑亡者，妇入三月之后于庙中以礼见于舅姑。"此为古礼。唐代习俗，嫁后三日始庙见，并上坟，新妇的身

份地位才正式确定。诗中新妇"暮婚"而"晨告别",在家中的身份地位尚未定,故云"未分明"。⑧姑嫜,丈夫的母亲、父亲,即婆婆、公公。⑨藏,指藏于闺中。⑩归,古称女子出嫁。⑪将,相随。宋庄季裕《鸡肋编》卷下:"杜少陵《新婚别》云:'鸡狗亦得将。'世谓谚云'嫁得鸡逐鸡飞,嫁得狗逐狗走'之语也。"亦得将,亦当相随。萧涤非引王建《促刺词》"少年虽嫁不得归,头白犹著父母衣。田边旧宅非所有,我身不及逐鸡飞",谓唐时已有嫁鸡随鸡之谚。⑫往死地,指上前线打仗,随时都有牺牲的可能。迫,煎迫。中肠,犹内心。⑬苍黄,喻变化不定、反复无常。此承上句谓本欲随君前去,但又担心将局面弄得更加复杂(指使士气不扬)。⑭戎行(háng),本指军队。此指军旅征战之事,即打仗。⑮兵气,士气。扬,高昂。《汉书·李陵传》:"我士气少衰,而鼓不起者,何也?军中岂有女子乎?陵搜得,皆剑斩之。"⑯久致,很久才置办。罗襦裳,丝绸的短衣。指新嫁衣。⑰施,用,指穿。⑱洗红妆,洗去脸上的脂粉。⑲错迕,不如意。⑳永相望,永远相望相守,表示忠贞不渝。

[鉴赏]

《新婚别》是"三别"的头一首,写一位新婚女子与丈夫告别时说的话。古代征兵制度,新结婚的男子,在一周年内不服役。但这首诗中的丈夫,却是头天晚上刚结婚,第二天清晨就上前线。这种情况的发生,自然跟相州兵溃,部队急需补充兵源的特殊背景有密切关系,但也说明当时这一带乱征兵的状况确实到了毫无章法、惨无人道的程度。

与《垂老别》《无家别》系以赴征的士兵为主角不同,《新婚别》的主角是出征士兵的新婚妻子。这种选择可能是出于艺术上的考虑,即使主人公的命运更令人同情,使主人公的自诉更令人动容。

开头四句是一组比喻,用兔丝攀附在蓬和麻这种矮小植物身上不能充分伸展枝蔓比喻女子嫁给当兵的,不可能长久相守,白头偕老。古诗有"与君为新婚,兔丝附女萝"之句,是用兔丝与女萝这两种蔓生植物互相缠绕依附,象喻夫妇之间的紧密相依关系。杜甫用其词而不袭其意,用"兔丝附蓬麻"来兴起并象喻女子所托非可以依附的对象来揭示其命运的悲惨,用古而别出新意。第三句明白点出所嫁者为"征夫",第四句更作哀怨愤激之语,说嫁给时刻有生命危险的征夫,还不如一生下来就丢弃在路边。这种强烈的怨愤语透露出她所嫁的"征夫"不同于平常情况下的从军出征,而是特殊情况下"往死地"的出征。因此开头这四句在全篇虽只是一个起兴，但悲愤哀怨之气已流注于笔端。

接下来八句，正面点题，围绕"暮婚晨告别"这个主句反复深入地抒发怨情。用"席不暖君床"的细节来突出渲染"暮婚晨告别"的相聚之短、别离之速，极富生活气息；而"无乃太匆忙"的强烈嗟叹则倾泻了女主人公对"暮婚晨告别"的哀怨与无奈。"君行"二句，点出新婚丈夫所往之地——河阳，交代了这首诗所写的"暮婚晨告别"悲剧发生的特殊战争背景。"虽不远"先退一步，离家不远，似稍可安慰；但"守边赴河阳"却逼进一步，家乡河阳一带已经成了边疆。这既是对战争形势危急的一种点醒，也意味着卫国与保家的关系从来没有像现在这样密切。这也正是女主人公勉励丈夫"勿为新婚念，努力事戎行"的重要原因，在似不经意的交代中已为女主人公感情的变化预设了伏笔。"妾身"二句，又回过头来写新娘子在家庭中的尴尬处境：虽已"结发为妻子"，却因"暮婚晨告别"而没有来得及拜庙上坟，还算不上夫家的正式家庭成员。这样不清不楚的身份，叫我如何去拜见公婆呢！在实际生活中，兵荒马乱的年代，又是贫苦人家，也许没有那么多礼数上的讲究，新娘子这样说，也许只是为了在新婚丈夫面前表达自己的难堪和怨意，但却生动逼真地传达出女主人公的口吻神情和忐忑不安的心理。

"父母养我时"以下八句，紧扣"新婚"，写女主人公誓欲相随而不能的痛苦。女主人公虽是贫家女，但从小也秉承礼教，养于闺中，长大嫁人，则生死相随，遵守嫁鸡随鸡、嫁狗随狗的礼俗。但如今丈夫却身往随时都会遭遇不测的"死地"，这怎能不沉痛万分，肝肠寸断呢？刚刚结婚，面对丈夫，"君今往死地"的话是轻易不会出口的，但这又是不得不面对的严酷现实，可以想象她在说出这句话时内心确实沉痛到了极点。因此接下去的"誓欲随君去"，无非是表示死也要死在一块儿的意愿，但立即又想到，这是根本不可能的，只会使局面反而弄得更糟。一扬一抑、一纵一收之间，突出了欲随而不能的实际境遇，剩下来的唯一选择便是勇敢地面对离别。"形势反苍黄"句启下。

"勿为新婚念"以下八句，是清醒地意识到离别必不可免、反叛战事理当支持的女主人公对新婚丈夫的勉励和自誓。叛军已经压到了家门口，河阳成了最前线，家乡如重新沦为敌占区，带来的将是更大的劫难。"勿为新婚念，努力事戎行"的深情嘱咐与勉励中正包含有家国一体的切身感受。这使得女主人公的言行真实可信。"妇人"二句是对"誓欲"二句的说明。据史籍记载，当时实有妇女结伴参军之事（见《旧唐书·肃宗纪·乾元元年》），但那是打仗，至于普通兵士家属随军,那是绝不允许的,因为那会影响士气。"自嗟"四句,向丈夫诉说自己本是贫家女子,好不容易才为嫁人而置办了一套比较像样的新嫁衣,为了表明自己的忠贞不贰,今天当着你的面就把它脱下,并且洗去新婚之夕的红妆。这番话说得既婉曲又坚决,既深明大义又饱含深情,是提升人物精神境界、塑造人物形象的点睛之笔。

末四句即景抒情,仍以比兴结。仰视天上,百鸟无不结伴双飞,可人世间的事却难得如意顺心。但不管怎样,我都会永远相守,与你彼此相望。"与君永相望"之中,既含有对前途未卜的忧虑和渺茫,更有坚贞相守的自誓。女主人公虽明知"君今往死地",团聚的愿望非常渺茫,但仍不丧失生活的信心和对胜利的信念。

如果说"三吏"主要是以事件为中心,那么"三别"便明显是以人物为中心,以刻画人物心理、塑造人物形象为用力的重点。这首诗中的新婚女子,既对不合理兵役制度所造成的"暮婚晨告别"的悲剧境遇充满了强烈的怨愤,对自己的悲剧命运表示了强烈的怨嗟,对新婚丈夫身赴死地的境遇表现了强烈的沉痛,但面对叛军迫近家园、家国一体的严酷现实,又发自内心地勉励丈夫从戎杀敌,保国卫家。显得既温柔缠绵,又刚强坚决;既深婉多情,又理智清醒;既沉痛无奈,又自强自信。显得既可亲、可信而又可敬。看得出来,诗人是要塑造出一位在国家、民族和家庭的灾难面前深明大义、勇敢面对严酷现实的妇女形象。前面的怨愤使后面的勉励显得更难能可贵,也更合情合理。

因为是新婚送别,诗采用了第一人称面对面诉说的方式。这种方式,极大地增强了现场感和亲切感;而频频呼"君",又使全诗自始至终充满了新婚妻子对丈夫的一往情深。诗中"君"字凡七见,均出现在感情的发展加深和转折变化处,次第展现出女主人公由怨嗟、愤激到沉痛,到无奈,再转而为坚贞不渝、永远相望的变化过程。既是女主人公在临别之际心路历程的展示,又加强了诗的节奏感。

诗的语言朴素亲切,富于生活气息,符合贫家女和新婚妻子的身份。口吻于略带羞涩中透露出深挚缠绵,即使是怨愤语,也符合新婚女子的身份处境,而起、结均用比兴,更增强了诗的民间色彩和生活气息,也增添了婉曲缠绵的情致。

垂老别①

四郊未宁静②,垂老不得安。子孙阵亡尽,焉用身独完③!投杖出门去④,同行为辛酸⑤。幸有牙齿存,所悲骨髓干。男儿既介胄⑥,长揖别上官⑦。老妻卧路啼,岁暮衣裳单。孰知是死别⑧,且复伤其寒。此去必不归,还闻劝加餐。土门壁甚坚⑨,杏园度亦难⑩。势异邺城下⑪,纵死时犹宽⑫。人生有离合,岂择衰老端⑬!忆昔少壮日,迟回竟长叹⑭。万国尽征戍⑮,烽火被冈峦。积尸草木腥,流血川原丹⑯。何乡为乐土⑰?安敢尚盘桓⑱!弃绝蓬室居⑲,塌然摧肺肝⑳!

[校注]

①垂老,将近老年。此诗写一位子孙阵亡的老人投杖从戎,与老妻告别之词。②四郊,都城四周的地区,此指东都洛阳近郊地区。《礼记·曲礼上》:"四郊多垒,此卿大夫之辱也。"首句用其意。③焉用,何用。完,完好。身独完,独自活着。④投杖,摔掉拐杖。⑤同行,指一起被征入伍的士兵。为辛酸,为之伤心。⑥介胄,甲衣和头盔,此用作动词,即穿上甲衣戴上头盔。《史记·绛侯周勃世家》:"(文帝)至营,将军亚夫持兵揖曰:'介胄之士不拜。'请以军礼见。"故下句云:"长揖别上官。"⑦长揖,拱手从上至极下为礼。上官,指州县长官。⑧孰知,犹熟知,深知。死别,永别。⑨土门,土门口,又名井陉口,在今河北井陉县,系著名的隘口。《元和郡县图志·河北道·恒州》:井陉县:"井陉口,今名土门口,县西南十里,即太行八陉之第五陉也。四面高,中央下,似井,故名之。"或谓此句"土门"当在河阳附近,非井陉之土门。萧涤非等编著之《杜甫全集校注》云:"邺城溃收……李(光弼)回河东,仍镇守太原。土门要塞,必严加防守。"壁,壁垒。⑩杏园,在今河南卫辉市。度,度越。《九域志》:卫州汲县有杏园镇。《旧唐书·郭子仪传》:"乾元元年……十月,子仪自杏园渡河,围卫州。"即此杏园。系黄河渡口。⑪句意谓形势与不久前邺城军溃之时不同。⑫句意谓即使战死,也还有相当长一段时日,意盖指河阳的防守相当坚固,不会轻易被攻破而战死。⑬二句谓人生有离有合,有聚有散,哪能选择衰岁时来离别呢。老,校:"一作盛。"端,犹"头",一头。⑭迟回,徘徊不前貌。⑮万国,泛称全国各地。⑯川原,河川与原野。⑰《诗·魏风·硕鼠》:"誓将去女,适彼乐土。乐土乐土,爰得我所。"乐土,和平安乐之地。⑱盘桓,逗留。⑲蓬室,犹茅屋。⑳塌然,颓丧伤心貌。摧,裂。

[鉴赏]

《垂老别》写一位"子孙阵亡尽"的老翁应征入伍,与老妻诀别的情景,其遭遇与《石壕吏》中的老翁一家相似,可见当时这一带此类现象的普遍。所不同的是,《石壕吏》中的老翁在"有吏夜捉人"的情况下"逾墙"逃跑,最后不得不由老妇挺身而出,"急应河阳役",才暂时保全了这个已经付出重大牺牲的家庭;而《垂老别》中的老翁却在"子孙阵亡尽"的情况下,慷慨赴征,为国效力,奏出了一曲悲壮激昂的离别之歌。

全诗三十二句,可以分为四段。第一段八句,写投杖应征;第二段八句,写夫妻诀别;第三段八句,写慰妻自叹;第四段八句,写自励别家。

起四句陡直起势,直截了当地点明"垂老"别离出征的主旨。"四郊"句暗用"四郊多垒,此卿大夫之辱也"之语,而归结到"垂老不得安",便暗含对当权者未能迅速平定叛乱的不满,而自己不得不以垂老之年挺身而出的意蕴也自寓其中。"子孙"二句,用"子孙阵亡尽"的惨痛牺牲反激出"焉用身独完",感情极沉痛、极悲愤,也极壮烈:子孙都为国家献出了生命,留下我这把老骨头活在世上又有什么意义!正是由于这种感情的驱使,才有"投杖出门去"的毅然决然的行动。"投杖"二字,活现出主人公不顾老弱之身,奋起应征的情景,但同行的应征者看到龙钟老人投杖出门,奋不顾身的情景却无不为之辛酸。垂老应征的悲苦,从旁观者的反应中写出,更显出其情之可悯。"幸有"二句,一扬一抑,"幸有牙齿存"是庆幸自己还不至于老得掉完牙齿的地步。"所悲"句是悲慨自己毕竟已是骨髓干枯的衰老之身。两句相互映照,不仅"悲"者可悲,连"幸"者也显得可悲了。"骨髓干"还暗含生活的艰困乃至遭受敲骨吸髓诛求的意蕴,使"悲"意更显深沉。以上八句,写投杖出门应征,行动本身是壮烈的,却用"子孙阵亡尽"的惨痛牺牲,"同行为辛酸"的旁观反应,"牙齿存"与"骨髓干"的龙钟老态,作层层衬托映照,使壮烈行动中蕴含的沉痛和悲愤得到充分的表现。

"男儿"八句,写夫妻诀别。先用"男儿既介胄,长揖别上官"二句交代自己应征入伍后已正式穿戴了铠甲头盔,别过了地方长官,接下来便是出发上路。自称"男儿",表现出不服老的意志,而穿甲戴盔,长揖上官的举动更透出一种飒爽的英姿,与前段"投杖"的举动遥相呼应,透露出老翁虽以垂老之年应征,却具有奋发的精神状态和义无反顾的精神力量。接下来六句,便集中描写在出发的路旁与老妻的诀别。先写自己眼中的老妻,僵卧路旁,岁暮天寒,却只穿着单薄的衣衫,冻得瑟瑟发抖,坚持着前来与自己作别。接着便深入抒写自己的内心活动:明明知道自己这一去便和妻子永别,但看到眼前妻子衣衫单薄的情景,仍不免怜悯她的寒冷。按理说,既明知已成死别,那还有什么顾念的呢?但数十年相濡以沫的共同生活,却不能忍心看着老伴在寒风中瑟缩送行的情景。先用"死别"之无可顾惜来突出情之可以割舍一切,再用"且复伤其寒"来突出情之亦难割舍,一反一正,越衬出内心的伤痛难以抑制消除。这是从自己方面写。妻子方面呢?也同样如此:明明知道丈夫此去绝不可能再归来,但临别之际却还深情嘱咐丈夫要珍重身体,努力加餐。由于是从主人公的眼中来写对方的临别嘱咐,便不单写出了老妻的缱绻深情,而且透露出自己内心的感怆。"孰知"句与"此去"句意似复,但由于分别从自己与老妻两方面说,故似重而非重,"且复""还闻"着意。这四句写夫妻诀别而双方俱不言死别,仍像平常一样"伤其寒""劝加餐",正深一层透露出双方都强抑死别的悲痛,怕对方因触及这个话题而加重精神负担。纯用细节描写,却能传神阿堵。

"土门"八句,是主人公对老妻的慰解与自慰自叹。前四句系对老妻所说:此去从军戍守,无论是壁垒坚固的土城,还是难以度越的杏园渡口,都是易守难攻之地,和邺城之围我军进攻、叛军防守的形势完全不同,纵然是死也还有相当的时日。前面已经一再明言"死别""必不归",这里自然不能故作乐观之词,说自己或可生还,而是用"纵死时犹宽"这种似乎旷达的话来慰解对方。但实际上这种貌似旷达的话却更透露出内心的悲慨:明知难免一死,只能以死期尚早宽慰。"人生"四句,转为对自己的慰解和自叹:人生总是有离有合,有盛有衰,而分离的时间竟选择在自己衰暮之岁这一端。言外是垂老别家抛妻,是万方多难的时代造成的,自己只能因时而行,投杖出征。这是以人生命运的偶然来宽解自己,但垂老而逢此多难之时,又不能不深感悲哀。故虽欲宽解自慰而实无法宽慰。由垂老而逢乱世,又引发对少壮年代的回忆,当时正值河清海晏的太平年月,对比现在的干戈离乱,不禁迟回长叹,这两句感情复杂,而出语浑含。像是对往昔太平年代和少壮岁月的不胜追恋,又像是对眼前离乱年代和垂老岁月的不胜悲慨。

"万国"以下八句,忽从迟回长叹中振起,放眼全国各地,到处充满了征戍的气氛(当时广大的南方尚未被叛军占领,但征调军队粮草,支援北方战事,同样充满征戍气氛),战争的烽火遍布山冈峰峦,堆积的尸体使草木都散发出腥气,流淌的鲜血染红了河川原野。在这种情况下,哪里还有安静太平的乐土呢?自己又怎能不奋起从军,奔赴战场,而迟回长叹,盘桓流连呢?这六句,悲壮淋漓,慷慨激昂,情感由悲转壮,音调由低转高,达到全诗的高潮。但诗人并没有使这种情调一直持续到篇末,而是在即将离开故土、离开蓬室和老妻时,不禁颓然而悲,感到肝肠断绝的悲痛。这个结尾,并没有影响主人公悲壮慷慨的情怀,而是使这种情怀的抒发更加真实可信。

诗人笔下的老翁,不过是一个普通的百姓,诗人也并没有把他作为英雄人物来描写。诗中描绘他的心理活动,曲折细腻,真实感人。从一开始的悲慨"四郊未宁静,垂老不得安",到"子孙阵亡尽,焉用身独完"的沉痛悲愤,再到"投杖出门"的毅然从军,感情逐步上扬,而"幸有"二句,又流露出深沉的悲慨。这是一个曲折的"之"字形感情回旋。第二段则先扬后抑。先是穿上戎装、长揖别官的行动中透露出不服老的气势和义无反顾的精神,继则因老妻卧路衣单而引发缱绻的深情和诀别的深悲。第三段作宽解语,情绪似稍舒展,但旷中含悲,悲慨更甚,本身就包含曲折反复。第四段前六句一路上扬,悲壮淋漓,但末二句仍以深沉悲慨作收。通过多次的曲折反复,将一位已经为平叛战争作出巨大牺牲的老翁,在面对自身苦难和国家灾难时迸发出的爱国感情和报国行动描绘得倍加深刻、真实。在人物描写特别是心理描写的成功方面,《垂老别》与《新婚别》都达到了很高的水平。

佳　人①

绝代有佳人②,幽居在空谷③。自云良家子④,零落依草木⑤。关中昔丧乱⑥,兄弟遭杀戮。官高何足论⑦,不得收骨肉⑧。世情恶衰歇⑨,万事随转烛⑩。夫婿轻薄儿⑪,新人美如玉⑫。合昏尚知时⑬,鸳鸯不独宿⑭。但见新人笑,那闻旧人哭⑮。在山泉水清,出山泉水浊⑯。侍婢卖珠回,牵萝补茅屋⑰。摘花不插发⑱,采柏动盈掬⑲。天寒翠袖薄,日暮倚修竹⑳。

[校注]

①乾元二年(759)深秋作于秦州。诗中的"佳人"是一位美丽而高洁的被丈夫遗弃的女子。身上也有诗人自己的影子。②绝代,冠绝当代、举世无双。汉李延年歌曰:"北方有佳人,绝世而独立。一顾倾人城,再顾倾人国。宁不知倾城与倾

国,佳人难再得!"③幽居,深居。④良家子,出身世家的子女。《后汉书·陈蕃传》:"初,桓帝欲立所幸田贵人为皇后,蕃以田氏卑微,窦族良家,争之甚固。"《晋书·后妃传上·武元杨皇后》:"泰始中,帝博选良家以充后官……名家盛族子女,多败衣瘁貌以避之。"下云"官高",可见非一般所谓清白人家子女。⑤零落,飘零。依草木,指幽居于山野,与草木为伴。应上"幽居在空谷"句。⑥关中,指函谷关以西的关中平原一带地区。丧乱,指安史叛军攻陷长安。⑦官高,指佳人出身于仕宦人家,兄弟曾任高官。⑧收骨肉,指收兄弟之尸。⑨恶衰歇,厌恶衰败。句意慨叹世态炎凉。因自己娘家遭乱衰败,故夫家亦随之厌弃自己。⑩转烛,风中烛光摇曳不定,称"转烛"。喻世态之不常。⑪轻薄儿,轻佻浮薄子弟。⑫新人,指丈夫新娶的妻子。《诗·魏风·汾沮洳》:"彼其之子,美如玉。"⑬合昏,即合欢花,又名夜合花、马缨花。其羽状复叶朝开夜合,故曰"知时"。⑭鸳鸯常成双成对,形影不离,共同游憩,故曰"不独宿"。⑮旧人,佳人自指。说明已被丈夫遗弃。⑯二句设喻,但对喻义的理解颇为纷歧。疑以出山泉水浊反衬"在山泉水清",以表示要坚守自己高洁幽独的品格。⑰萝,指藤萝、松萝或女萝一类藤蔓植物。⑱谓不事修饰。⑲谓自甘清苦。柏子味苦。掬,犹"把"。⑳修竹,修长的竹子,以映衬坚贞的品格。

[鉴赏]

不妨暂时撇开这首诗所写"佳人"在当时是否实有其人其事的争议,先直接进入诗的情节和境界。

诗分三段,每段八句,先叙其身世和家庭变故;次叙其为丈夫所遗弃的遭遇;末写其幽居生活与气韵风神。前两段除开头两句外,均为女主人公的自述,末段则为诗人的描述。

"绝代有佳人,幽居在空谷。"开头两句,不妨视为全诗的提纲。上句用汉李延年歌,由此自可想见其人的绝代容颜风姿,但联系全诗,诗人所着意赞美的主要是其人的气韵风神、节操品格。下句交代其居处,曰"幽"曰"空",不但表现出其人所居的深幽空寂,也透露出其处境的孤独寂寞和幽独自守的情怀。诗人的情感,既有同情,也有赞美。十个字将主人公的处境遭遇、诗人的赞美同情均概括无遗。

"自云"以下六句,是佳人自述出身门第和家庭变故。说自己本来出身于世家高门,如今却飘零沦落,寄身于山野草木。原因是关中地区遇上了战乱,兄弟都遭到了叛军的杀戮。纵然是生前身居高官又有什么用，死后连尸骸都无力收殓。从高门显宦的烜赫突然跌落到"零落依草木"的地步，这今昔沧桑的巨变，对女主人公造成的巨大心理冲击自不难想见。而造成这一切的原因则是战乱。对悲剧遭遇原因的揭示，使这首诗带上了鲜明的时代色彩。

但这还只是悲剧的开始，紧接着，女主人公又遭遇了自身婚姻的悲剧。由于身居高位的兄弟突然遭戮，家道也随即中落。而当今的世态人情却是趋炎附势，厌恶衰歇，人情冷暖之间的变化，就像风中摇曳转动的烛光那样飘忽不定。自己的丈夫原本就是轻佻浮薄的子弟，这时马上抛弃了自己，而另娶新人。战乱和人情世态的双重原因导致了女主人公的双重悲剧——家庭的悲剧和自身婚姻的悲剧。对于一个从小生活在太平盛世和优裕环境中的女子来说，无疑是极沉重的打击。"合昏"四句，便是女主人公在遭受打击后发出的悲愤呼声。上两句悲慨自己的命运不如草木禽鸟，"尚知""不独"四字见意。下两句对轻薄无情的丈夫发出愤激的控诉，"但见""那闻"四字见意。

写到这里，"佳人"的悲剧遭遇已经得到较充分的表现。如果就此顺势发一点议论收束，也不失为一首有特定时代色彩的弃妇诗。但诗人的用意和表现的着力点却主要不在女主人公的悲剧命运，而是处在这种境遇中的女主人公所表现出来的气韵风神、节操品格之美。第三段的开头，紧承上两段的叙事，忽插入两句比兴语——"在山泉水清，出山泉水浊"。"佳人"幽居于山谷之中，清澈的泉水是其幽居环境的组成部分，也是她清高莹洁精神气韵的一种象征。而"出山泉水浊"则是污浊世俗社会和炎凉世态的一种象喻。诗人以"浊"衬"清"，承上启下，以下六句，便转入对"佳人"清高莹洁精神气韵的描写，"侍婢卖珠回"，上承"良家""官高"，暗示佳人生活的清苦；但"牵萝补茅屋"的描写所显示的却不仅仅是居处的简陋，而是展现出一种在清苦境遇中随遇而安的生活态度和随意修饰而美感自见的幽居生活之美。侍婢如此，主人更不问可知。"摘花不插发"是形容女主人公不重外在的容饰，不追求世俗的艳丽；"采柏动盈掬"是表现其清苦自甘的品格。而结尾两句"天寒翠袖薄，日暮倚修竹"则像一幅传神写意的画图，集中展示了"佳人"的风神意态、精神气韵之美。日暮天寒，佳人身穿单薄的衣衫，默默无言地独自倚傍着翠绿的修竹。翠袖与翠竹融为一体，使人感到那莹洁挺拔的翠竹就是佳人的化身。

如果说前两段所叙述的佳人悲剧遭遇，跟生活中的弃妇还比较相似，那么末段着意表现的佳人风神意态、精神气韵之美,就离实际生活中的弃妇比较远,或者说跟绝大多数弃妇诗所表现的感情、心理、精神状态有着明显的区别。历来的弃妇诗,无论是《诗经》中的《谷风》《氓》,还是汉乐府古诗中的《白头吟》《上山采蘼芜》,或哀怨,或愤激,或决绝,或谴责,大抵不离哀与愤,而此诗则虽亦有对夫婿的怨愤语,重点却在表现弃妇精神上的挺然自立和清苦自甘的风标。从诗的末段的描写看,所赞美的并非封建礼教、道德所赞扬的所谓坚贞节操,而是一种不为困厄清苦境遇所屈的高洁风标。这当中明显融入了诗人的感情,带有理想化的色彩。这也正是本篇寄托痕迹比较显露的地方。

不妨作这样的推测,杜甫在秦州的深山幽谷之中,确实遇见过有着上述身世遭遇的女子,并且偶见其在茅屋外独倚修竹的身影。由于这位女子的身世境遇在某一点上与诗人自己的境遇正好契合——都是因战乱而流离转徙、因世情反复而见弃于时,因此遂以"佳人"为题,在叙写佳人身世境遇的同时寄托自己的困顿境遇,寄托自己的人生态度和高洁风标。这种寄托,由于只是在某一点上受到触发,因此绝不可能像陈沆所说的那样,作亦步亦趋的比附式寄托,而是一种若即若离式的寄托,一种画龙点睛式的寄托。而这首诗的末段,就是全篇寄托的点睛。从侍婢"牵萝补茅屋"的行动,到女主人公"摘花不插发,采柏动盈掬"的举动,再到"天寒翠袖薄,日暮倚修竹",反复渲染的就是一种在困厄清苦境遇中清高自守、淡泊自甘的人性之美。在这里,我们感受到的主要是诗人的思想感情、理想情操。由于不是从封建道德的角度出发赞赏弃妇的贞节,而是从人性的角度来渲染其美好的风神品格,因此正如黄生所评:"末二语,嫣然有韵。本美其幽闲贞静之意,却无半点道学气。"

梦李白二首①

死别已吞声②,生别常恻恻③。江南瘴疠地④,逐客无消息⑤。故人入我梦,明我长相忆⑥。恐非平生魂⑦,路远不可测⑧。魂来枫林青⑨,魂返关塞黑⑩。君今在罗网⑪,何以有羽翼⑫?落月满屋梁,犹疑照颜色⑬。水深波浪阔,无使蛟龙得⑭。

浮云终日行,游子久不至⑮。三夜频梦君,情亲见君意⑯。告归常局促⑰，苦道来不易⑱。江湖多风波，舟楫恐失坠⑲。出门搔白首，若负平生志⑳。冠盖满京华㉑，斯人独憔悴㉒。孰云网恢恢㉓，将老身反累㉔。千秋万岁名，寂寞身后事㉕！

[校注]

①乾元二年（759）秋作于秦州。杜集中有关李白的诗有十余首，主要集中在安史之乱前与李白同游期间及其后一段时间、秦州流寓期间。在秦州期间作的还有《天末怀李白》《寄李白二十韵》。至德二载（757）李白因参加永王李璘幕府获罪，被系于浔阳狱中。乾元元年长流夜郎，二年春中途遇赦放还。由于战乱隔绝，杜甫并不知道李白已经放还的消息。因想念李白，积思成梦，写了这两首诗。②已，止。此句言死别止于吞声饮泣而已。③恻恻，悲凄貌。此句谓生离却长久地悲凄牵挂，痛苦甚于死别。④江南，李白系浔阳狱与流放夜郎，二地均在长江之南。瘴疠，瘴气。南方气候湿热，瘴气积聚，人每感染成疾，故云"瘴疠地"。⑤逐客，被贬谪放逐的人，此指李白。隋孙万寿《远戍江南寄京邑旧友》："江南瘴疠地，从来多逐臣。"据"逐客"语，杜甫已知李白被流放夜郎的消息。至德二载十二月，郑虔贬台州司户，杜甫有诗送之，同月，李白长流夜郎，时杜甫在长安，当知其事。此云"无消息"，是指被放逐以后杳无消息。⑥故人二句意谓，故人入我梦中，是因为知道我在经常思念他。明，明白，知晓。⑦平生魂，平日所见李白的魂。怀疑梦中所见或系李白死后的魂。古人以为生者的魂亦可游离身体之外，故有招生魂之俗。⑧远，《全唐诗》校："一作迷。"路远，当指流放夜郎的道路遥远。不可测，指遭到不测。下句解释上句。正因路远易遭不测，故疑其非平生之魂。或解"路远"指魂之来与去之路，恐非。⑨《楚辞·招魂》有"湛湛江水兮上有枫，目极千里兮伤春心，魂兮归来哀江南"之句，此化用其语。上云"江南瘴疠地"，故想象李白的魂从江南前来时枫林一片青黑。⑩关塞，指诗人所在的秦川，因其地处边塞，又有陇关等关隘，故云。魂之来去，均在暗夜，故云"枫林青""关塞黑"。⑪在罗网，指身陷朝廷的法网之中，失去人身自由。定罪流放也可以说"在罗网"，不必定指身系狱中。⑫以，《全唐诗》校："一作似。"魂来魂去，似不受拘束，故云"何以有羽翼"。⑬二句写梦醒时恍惚迷茫情景。颜色，指李白的容颜。⑭蛟龙，南方水深多蛟。吴均《续齐谐记》：汉建武中，长沙人欧回，见一人自称三闾大夫，曰："吾尝见祭甚盛，然为蛟龙所苦。"此句暗用此事。二句对李

白魂之归去表示关切担忧，希望他要不为蛟龙所获。"蛟龙"喻恶人。⑮《古诗十九首》之一："浮云蔽白日，游子不顾反。"曹丕《杂诗二首》其二："西北有浮云，亭亭如车盖。惜哉时不遇，适与飘风会。吹我东南行，行行至吴会。吴会非我乡，安得久留滞。弃置勿复陈，客子常畏人。"古诗常以浮云喻游子。此反其意。游子指李白。⑯二句谓三夜频频梦见你，足见你对我的情亲意挚。⑰告归，指李白之梦魂辞别归去。局促，指时间紧迫不能久留。⑱苦道，再三地说。⑲或谓此二句连上"来不易"均为李白之魂告辞时所说的话，但上首结尾"水深波浪阔，无使蛟龙得"与此二句意近，恐亦为诗人之担忧。⑳搔白首，形容李白告别时苦闷郁愤，频搔白发的神态。故下句说"若负平生志"。㉑冠盖，指达官贵人的冠帽和车盖，借指达官贵人。京华，京城。㉒斯人，指李白。《论语·雍也》："斯人也，而有斯疾也。"杜甫《殿中杨监见示张旭草书图》："斯人已云亡，草圣秘难得。"杜牧《沈下贤》："斯人清唱何人和，草径苔芜不可寻。""斯人"一语在运用时每含赞叹追思之意。憔悴，困顿不得志。㉓《老子》第七十三章："天网恢恢，疏而不漏。"恢恢，广大貌。此句谓天道如大网，虽稀疏而无漏失，喻作恶者逃不过上天的惩罚，以示天道之公平合理。此用"孰云"的反问口气对"天网"之公平合理表示怀疑与否定。㉔李白时年五十九，故云"将老"。身反累，谓身陷法网。此句申足上句之意，对天网恢恢的怀疑否定即因李白之不幸遭遇而生。㉕二句谓李白之声名定当传之千秋万岁，但遗憾的是其死后却非常寂寞。或谓：李白一定有不朽的声名，不过这是寂寞之身亡没以后的事情。言外之意，如果能不负平生志，对于李白才是真正的安慰。"寂寞"，就李白晚年的遭遇说。

[鉴赏]

在杜甫诸多怀念李白的诗作中，《梦李白二首》无疑是最真挚感人的篇章。杜甫对李白的深刻理解、深厚情谊和深挚怀念，自然是这两首诗之所以感人的思想感情基础，另外还有两个重要的因素值得注意。一是当时杜甫并不知道李白的存亡。从"逐客"之语，可以肯定杜甫已得知李白长流夜郎的消息，但长流以来直至写这两首诗时有关李白的情况，由于战乱阻隔，杜甫却一无所知。从诗中"恐非平生魂""寂寞身后事"之语可以揣知，在杜甫的潜意识中，已预感到李白或许不在人世，但又不能证实。这就使杜甫对李白的怀念带上了一种生死存亡未卜的意味，从而更增添了感情的悲怆。二是这种怀念是以梦的形式表现出来的，两首诗均为纪梦之作。这就使诗的境界增添了迷离惝恍、疑幻疑真的情致和色彩。这两重因素的叠合交织，使这两首诗在以写实为重要特色的杜诗中显得非常引人注目，但所表达的感情又极深挚沉至，带有杜甫的特殊印记。

第一首是初梦李白后所作。起四句是交代入梦之由的，却写得极沉痛曲折而耐人寻味。论者或谓诗人系以"死别"止于"吞声"来反托"生别"之"常恻恻"尤为可悲。但"生别"而如有对方确切的消息，甚至是平安的消息（比如得知李白已中途遇赦放还），则亦止于挂念怀想而已，不致"常恻恻"。因此这"生别常恻恻"必须和"江南瘴疠地，逐客无消息"联系起来，才能深切理解。李白长流的夜郎之地，是极偏僻遥远的瘴疠之乡，即使是常人前往游历，也冒着为疫气所染的危险，更何况是以"逐客"之身份，何时放还又遥遥无期的情况！在这种情况下，"逐客无消息"便显然带有生死存亡未卜的意味。这才是"生别常恻恻"的真正原因。虽是"生别"，却是"往死地"的生别，又是杳无消息的生别，这种连对方的生死存亡都茫然无知的生别，才使怀念者每时每刻都经历着痛苦的感情折磨。张籍的《哭没蕃友人》云："欲祭疑君在，天涯哭此时。"杜甫当时的感情，与此或有些相似。正是由于"逐客无消息"所透露的生死存亡未卜的忧虑，才有下面"恐非平生魂"的疑惑。

"故人"四句，接写入梦。不说自己因为长久思念李白而积思成梦，而说"故人入我梦，明我长相忆"，仿佛是由于李白明了自己长相忆念的感情而特意主动入梦。从对面着笔，不仅表现了知己朋友之间心灵的相通感应，而且表现了自己在"逐客无消息"情况下乍见故人的欣喜与感动。但面对故人憔悴的面容身影（这从第二首可以看出），诗人在转瞬之间忽生疑问：这恐怕不是平日所见李白的生魂吧。长流夜郎的路途如此遥远，生死存亡实在难以预料。日有所思，夜有所梦；正因为平日在潜意识中已有李白或许在流放途中遭遇不测的预感，故而梦中才有"恐非平生魂，路远不可测"的疑虑。感情由喜而疑而悲，变化倏忽，正是梦中情感流程的真实反映。

"魂来"四句，承上"入梦"，续写李白梦魂来去往返的情景和自己的疑惑。"枫林"系李白梦魂所在和出发之地，"关塞"系杜甫所在和李白梦魂折返之地。上句化用《楚辞·招魂》"湛湛江水兮上有枫，目极千里兮伤春心，魂兮归来哀江南"句意，紧贴"枫""魂""江南"等字，以示李白之梦魂从江南多枫之地前来，句末着一"青"字，仿佛魂来之时，枫林突显一片青苍之色，使本来静止的青枫林具有了动感，下句写法相同，仿佛魂返之际，苍茫的关塞突显一片苍黑之色,"黑"字同样具有动感。总的都是为了渲染李白梦魂来去之时那种倏忽变幻的景象和诗人的迷离惝恍之感。

魂之来去,如此倏忽,仿佛天马行空,不受任何羁束,这本是对梦魂的写真。但转瞬之间,诗人又不禁生疑:"君今在罗网,何以有羽翼?"你现在正被统治者的罗网所控制羁束,怎么能像长了翅膀似的来去自由呢?将李白的现实处境与梦境一加对照,不禁更强化了对李白现实处境的深悲。

最后四句,写李白梦魂离去之后的情景和诗人对归魂的深情遥嘱。梦醒之际,落月的光洒满了屋梁,朦胧之中仿佛还能见到故人的面容颜色。这是在梦初醒的迷离恍惚中一时的错觉与幻觉。似有似无,疑真疑幻,极饶神韵,极具意境之美。妙在"犹疑"二字,尽传迷离惝恍、是耶非耶的情致。

转瞬之间,幻觉消失,故人的梦魂已杳不可寻,遂转为对归魂的深情遥嘱:此去千里江南,水深浪阔,千万不要被蛟龙所获。这里的"蛟龙",带有政治象征色彩,是对那些攻击陷害李白的"魑魅"之辈的称呼,表现了诗人对李白处境命运的忧虑。

第二首是"三夜频梦君"之后所作。起手二句以"浮云终日行"从反面兴起"游子久不至",运用传统的起兴手法既新颖独特又自然贴切。浮云的意象,除了作为游子飘荡无依、飘浮不定的象征之外,还兼有象征谗佞奸邪之徒的意蕴。联系李白诗"总为浮云能蔽日""紫阙落日浮云生"等句,也不排斥"浮云终日行"可能兼有象喻政治昏暗、奸邪充塞的意味,而这又正是造成"游子久不至"的主要原因。正因为"游子久不至",而有"三夜频梦君"的现象,诗人把这归结为李白对自己的一片深厚情意。这和第一首将故人入梦归结为"明我长相忆"是同一思路,不说自己情亲意殷,而说对方情意亲切,正表现出对李白情谊的重视。前四句和上首一样,也是述入梦之由的,但上首以沉重的悲慨发端,显得意蕴深沉郁结,而此首则从"浮云"引出"游子",由"终日行"引出"久不至",又由"久不至"引出"频梦君",而归为"见君意",辗转相引,显得亲切而自然。这或许是"三夜频梦君"所致吧。

"告归"四句,由君之来直接跳到君之归。先转述梦中李白告归之态与告归之语。每次"告归",总是显得那样匆忙局促,仿佛有无形的力量在催逼;而告归时又总是强调自己前来会面之不易,仿佛有强大的力量在压制。梦中浮现的李白这种情态与语言,正透露出在杜甫心目中,李白的现实处境是没有任何自由的。或以为"江湖"二句也是李白梦中告归之语，但联系上首结语，似理解为诗人对告归的李白的忧虑更为切当。

"出门"四句，写李白梦魂告别出门时的情态和诗人的感慨。昔日豪迈不羁、神采飞扬的李白如今在"告归"时已无复"仰天大笑出门去，我辈岂是蓬蒿人"的气概，而是频频搔首，白发萧疏，好像为自己辜负了平生志而苦闷悲慨。这里拈出"平生志"三字，正反映出杜甫对李白的深刻理解。李白的"平生志"，就是"申管晏之谈，谋帝王之术，奋其智能，愿为辅弼，使寰区大定，海县清一"。杜甫在壮岁与李白同游的过程中当不止一次地听到李白对自己宏图大志的申述。如今，却陷罗网，为逐客，平生志，尽成空。这正是李白一生最大的悲剧，最深的憾事。达官贵人的高冠华盖充斥着京城，而杰出才人却困顿憔悴，遭受放逐，这又正是时代的最大悲剧，人间的最大不平。写到这里，诗人已由李白的梦中情态跳出，转为对现实社会的深沉感慨，并由此引出结尾四句更深沉的感慨。

"孰云网恢恢，将老身反累。"说什么天网恢恢，疏而不漏，如今的现实却是奸佞邪恶者网漏吞舟之鱼，而胸怀大志、才华盖世者却垂老而身陷缧绁、遭受流放，还有什么天道可言！这是对现实政治的愤激控诉。诗情至此，发展到最高潮。接下来两句，却转为深沉的感慨："千秋万岁名，寂寞身后事！"诗人坚信，李白必将名垂千秋万代，但这样一位杰出的才人不但生前困顿憔悴，恐怕身后也不免寂寞凄凉。这是为李白的悲剧遭遇深表悲慨，也是为古往今来一切志士才人的共同悲剧抒发悲慨。由李白这一特殊才人的悲剧遭遇联及广大才人的悲剧，并上升为更具普遍性的感慨，使诗的思想感情得到升华和深化，这正是《梦李白二首》的深刻之处。

两首纪梦诗，前首侧重于对梦境的描写，极具迷离恍惚、疑真疑幻的情致色彩、情韵意境；后者侧重于对李白梦中情态的描写和诗人悲慨的抒发。前者飘忽变幻，后者沉痛悲愤。但飘忽变幻之中亦有开头四句那样沉重的悲慨，沉痛悲愤之中亦有开头四句那样亲切自然的抒情，色调并不单一。而两首之间，既有明显的勾连照应（如前云"逐客无消息"，后云"游子久不至"；前云"故人入我梦"，后云"三夜频梦君"；前云"明我长相忆"，后云"情亲见君意"；前云"君今在罗网"，后云"将老身反累"；前云"水深波浪阔，无使蛟龙得"，后云"江湖多风波，舟楫恐失坠"），又有明显的递进发展，感情由悲转愤，由浅而深，从而形成一个有机的艺术整体。

后出塞五首（其二）①

朝进东门营②，暮上河阳桥③。落日照大旗，马鸣风萧萧④。平沙列万幕⑤，部伍各见招⑥。中天悬明月，令严夜寂寥。悲笳数声动⑦，壮士惨不骄⑧。借问大将谁⑨，恐是霍嫖姚⑩。

[校注]

①乐府汉横吹曲有《出塞》《入塞》。杜甫有乐府组诗《前出塞九首》《后出塞五首》。仇兆鳌《杜少陵集详注》卷四于此组诗题下引鲍钦止曰："天宝十四载，三月壬午，安禄山及奚、契丹，战于潢水，败之，故有《后出塞五首》，为出兵赴渔阳也。"仇氏按云："末章是说禄山举兵犯顺后事，当是天宝十四载冬作。"今之学者多从仇说。按：《后出塞五首》和《前出塞九首》同为以一个士兵为主角的带有自叙传性质的组诗。《后出塞五首》中的主角，从少壮离家从军，到初次行军宿营，再到讽君主好大喜功边将邀勋，以及边将位崇气骄，最后因安禄山即将发动叛乱而间道逃归故里，前后时间长达二十年，等于一篇幽蓟从军记。这里所选的是组诗的第二首。②东门，洛阳城东面门有上东门，唐代在此有镇。军营设在上东门，故称东门营。③河阳桥，晋杜预于古孟津（唐属孟州河阳县，在今河南孟州西）所建的跨黄河浮桥。安禄山反于范阳，封常清议断河阳桥。可证赴幽州须经此桥。④《诗经·小雅·车攻》："萧萧马鸣，悠悠旆旌。"三、四二句从此化出。⑤平沙，指平旷的沙地。列万幕，整齐地排列着千万顶军营的帐幕。⑥部伍，军队的编制单位，部曲行伍。《史记·李将军列传》："及出击胡，而广行无部伍行陈，就善水草屯，舍止，人人自便。"司马贞索隐："《百官志》云'将军领军皆有部曲。大将军营五部，部校尉一人，部下有曲，曲有军候一人'也。"句意谓部队的各战斗单位分别整队集合。⑦悲笳，悲壮的胡笳声。军中用作静营的号角。⑧惨，心情凄惨悲伤。⑨《全唐诗》句下有注云："天宝二年，禄山入朝，进骠骑大将军。"按：此"大将"当指招募丁壮入伍并统军的将领，未必指安禄山。⑩霍嫖姚，汉代名将霍去病。《史记·卫将军骠骑列传》中记载，霍去病善骑射，再从大将军，受诏与壮士，为嫖姚校尉。此以"霍嫖姚"借指招募统军大将。张𬘡曰：将从霍嫖姚，盖武皇开边，而去病勤远，故托言之。（仇注引）

[鉴赏]

　　《后出塞五首》的第一首，写主人公应召入伍赴蓟门与乡亲告别时的豪情，第二首接着写初入军营行军宿营的情景，以意境的阔大悲壮著称。

　　开头两句叙事，简洁明快，分别点出新兵入营与开拔。"朝进"而"暮上"，说明时间之短促与军情之紧急。"东门营"在洛阳上东门外，补充交代了主人公当是在洛阳附近应召入伍的。"河阳桥"在洛阳东北约八十里，从东门军营出发，正好是一天的路程。午入营旋即开拔，踏上赴蓟门的征途，主人公的心情是激动喜悦而怀着对行伍生活的新鲜感的。从诗的明快流畅、摇曳有致的格调中似乎可以窥见主人公轻快的步伐和跃动的心律。

　　"落日照大旗，马鸣风萧萧。"这是呈现在主人公面前的一幅极具氛围感的行军图景。暮色苍茫中，一轮殷红的落日映照着正在行进中的主将的大旗，红旗猎猎，风声萧萧，远处传来战马的长啸。这幅图景，有声有色，动静相间，情景两浃，境界壮阔悠远，声韵浏亮朗爽，韵味隽永悠长。既描绘出壮盛的军容和雄浑的气象，又隐隐传出主人公目接此境时那种新鲜感、庄严感和苍茫感。《诗经·小雅·车攻》中"萧萧马鸣，悠悠旆旌"的诗句，境界于阔远中透出闲静的意致，经诗人化用改造，顿觉极雄浑悲壮之致，关键就在增添了落日的余晖映照和"风萧萧"与"马鸣"的配搭。

　　接下来两句，写列幕宿营："平沙列万幕，部伍各见招。"在一望无际的平展沙地上，有序地排列着千万张宿营的帷幕，各个基层战斗单位的军官在分别集合自己的战士。前一句是静景，于阔远之境中显出列幕之齐整有序和军容之壮盛；后一句是动景，于活动的画面中透出军纪之整肃。

　　"中天悬明月，令严夜寂寥。"时间已由暮而入夜。中天之上，一轮明月高悬，四周一片寂静。在寂寥的深夜，时或传来几声威严的口令声，更衬出了整个氛围的寂寥。夜间宿营，有哨兵值勤，遇有人行，则喝问口令。在寂静的夜间，听来特别警动人心，故云"令严"。或解"令严夜寂寥"句为军令森严，故夜间军营寂静无声，亦通。但似以解令为"口令"，更饶以声显寂之神韵。

　　"悲笳数声动，壮士惨不骄。"笳指胡笳，其声悲壮。《文选·李陵〈答苏武书〉》云："凉秋九月，塞外草衰，夜不能寐，侧耳远听，胡笳互动，牧马悲鸣，吟啸成群，边声四起。"所描绘的是深秋塞外夜间边声四起的情景，杜诗"悲笳数声动"当是化用了其意境而单举"悲笳"之声以点染夜间静营的号角响过数声以后军营上弥漫着一种悲壮、严肃、静寂的氛围。这种特有的氛围,使初入军营的壮士原来那种满怀雄心壮志、热烈激动的精神状态猛然间变得有些惨然而悲,不再那样浪漫张扬了。这"胡笳数声动"所酿造的军营氛围,像是使初入伍的壮士经受了一次军队生活的心灵洗礼。

"借问大将谁,恐是霍嫖姚。"末二句是夜不能寐的主人公的自问自答:如此壮盛的军容军威和整肃的军纪,这位统军的大将恐怕是汉代骠骑将军霍去病一类的人物吧。以汉代年轻有为的大将霍去病喻指主将,口吻是敬畏赞美而非讽刺。文中主人公"跃马二十年",其初入伍时当在开元二十三、四年(735、736)前后,其时安禄山还只是幽州节度使张守珪部下的一员将领,根本未跻身"大将"之列。何况,此首所写系行军宿营情景,"大将"非指边将,而是招募统军之将。不能因为后面写到安禄山反叛而将此首的"大将"也误解为安禄山。

组诗中的主人公,在"跃马二十年"的长时间中,思想感情和对边地情况的认识有一个逐渐变化的过程。刚开始应募入伍时充满了立功封侯的浪漫幻想。及至军营,则在行军宿营中强烈感受悲壮整肃的气氛,心情有所变化。到蓟门后,逐渐看清皇帝开边、边将邀勋的真相,以及边将由骄横跋扈演为叛乱的过程。组诗的第二首正是主人公亲历行军宿营生活后心理状态变化的展现。十二句诗,时间从朝至暮,自暮至夜,地点由东门营而河阳桥,由河阳桥而平沙旷野,景物由落日、大旗、马鸣、风萧萧而中天明月、悲笳声动,主人公的心情也由一开始的激动喜悦而逐步感受到日暮行军特有的雄浑悲壮、阔远苍茫气氛和夜间宿营特有的整肃寂寥氛围,接受了一次初入戎旅的心灵洗礼。序次井然,而境界之雄浑阔远、悲壮混茫尤为出色。

成都府①

翳翳桑榆日②,照我征衣裳③。我行山川异④,忽在天一方⑤。但逢新人民,未卜见故乡⑥。大江东流去⑦,游子日月长⑧。曾城填华屋⑨,季冬树木苍⑩。喧然名都会⑪,吹箫间笙簧⑫。信美无与适⑬,侧身望川梁⑭。鸟雀夜各归,中原杳茫茫⑮。初月出不高,众星尚争光⑯。自古有羁旅,我何苦哀伤!

[校注]

①成都府，今四川成都市。《新唐书·地理志·剑南道》："成都府蜀郡，赤。至德二载曰南京，为府。上元元年罢京。"乾元二年（759）十月，杜甫由秦州出发，前往同谷（今甘肃成县），在同谷度过了一段极为艰难贫困的生活。十二月，由同谷出发入蜀，年底抵达成都。此诗系初抵成都时所作。②翳翳，晦暗朦胧貌。桑榆日，即傍晚的落日。《初学记》卷一引《淮南子》："日西垂景在树端，谓之桑榆。"③征衣裳，客子所穿的衣裳。阮籍《咏怀》："灼灼西隤日，馀光照我衣。"二句化用阮诗。④山川异，指由秦州辗转至同谷、至成都，所历山川各异。⑤成都在全国的西南，故云"天一方"。⑥未卜，未料、难以预料。⑦大江，指岷江。古代以岷江为长江正源。⑧日月，《全唐诗》原作"去日"，校："一作日月。"兹据改。此句意谓自己这位游子将长期过着漂泊异乡的生活。⑨曾，通"层"。曾城，犹重城。成都有大城、少城。填，充满、密布。华屋，华美的房屋。⑩成都气候温暖，故虽暮冬而树木苍郁青翠。⑪喧然，喧阗热闹的样子。唐代除东、西二京外，扬州、益州均为全国著名的都市，有"扬一益二"之称。⑫间，夹杂。⑬信美，确实美好。无与适，无所适从、无所归依。此句化用王粲《登楼赋》"虽信美而非吾土兮，曾何足以少留"句意。⑭侧身，侧转身体。川梁，岷江和江上的桥梁。此句盖谓侧身东望川梁而思故乡，有川广不可渡越意，从上句来。张衡《四愁诗》："我之所思在太山，欲往从之梁父艰，侧身东望涕沾翰。"⑮上句兴起下句。因见傍晚鸟雀各自归巢而思归故乡，而故乡杳远渺茫，遥不可见。⑯黄生曰："'初月'二句，寓中兴草创，群盗尚炽。"此本杜田注而稍有变化，恐过凿。

[鉴赏]

乾元二年（759）十月到十二月，杜甫在从秦州至同谷、从同谷至成都的艰难旅程中，写了两组各十二首的纪行山水组诗。这二十四首诗，以写实手法，再现了秦陇、陇蜀道上奇险雄峻的山川景物和它们不同的个性特征，为山水诗的创作开拓了崭新境界。本篇是二十四首的最后一首，前人或谓是二十四首诗的总结。不过它的风格却显然不同于其他各篇之雄肆奇崛、削刻生新，而是在朴素平易的叙述描写中蕴含着浓郁的抒情色彩，近乎汉魏古诗的风貌。

开头四句写初抵成都的情景：傍晚西斜的夕阳余光，映照着我这个跋山涉水从秦至蜀的征人的衣裳。一路之上，经历了风貌殊异的万水千山，如今又忽然来到远在西南一隅的蜀地殊方。这四句调子比较轻快舒畅，透露出诗人在历经三个月的艰困生活和道途艰险之后终于抵达此行终点时心情的放松和愉悦。"翳翳"二字,形容夕阳余光的朦胧黯淡,但它映照在游子征衣上的时候,却使人感到一种亲切的抚慰。"山川异"是对以往行程经历的概括,其中亦包含饱览不同山川胜景的新奇感,而"忽在天一方"的"忽"字则透出了历经秦蜀间崇山峻岭,忽见平野千里、富庶繁华的天府之国时的欣喜。

"但逢"四句,续写入城路上所见所感。一路上,只遇到话音装扮不同的异乡百姓,却不知道何时才能见到自己的故乡。滔滔不绝的岷江水,东流而去,我这漂泊天涯的游子客居异乡的日子还正悠长。这四句分别以眼前所见的"新人民"和"大江东流"兴起"故乡"之思和"游子"来日方长之情,在景物描写的同时织入了对故乡的思念和游子长期漂泊生涯的感慨。但感情并不悲伤激烈,而是在舒缓平和的调子中寓有对异乡风物的新鲜感和对游子悠长岁月的某种希望和期待,透露出历经奔波跋涉的"一岁四行役"之后的诗人渴望有一个平静安适的栖息之地的内心要求。联想和兴起的自然,使这四句诗同样具有隽永的情味。

"曾城"四句,写成都的繁华热闹。成都是唐代除西京长安、东都洛阳之外全国最著名的繁华都会之一,它与濒海的扬州并称,有"扬一益二"之称。《新唐书·地理志》载,成都府有户十六万九百五十,口九十二万八千一百九十九,杜甫诗中亦称成都"城中十万户",诗人来到这里时,尚称"南京",可以想见其繁华。四句以"喧然名都会"为主句,一句写城池之重叠、房舍之华美,以一"填"字写出其户口之众多和房舍的鳞次栉比,以见其繁华富庶;一句写其气候之温暖宜人,虽处隆冬,而树木苍郁青翠;一句写其生活之安乐和市面的热闹,箫管笙簧之声喧然相杂。这一切,对于一个经历了三年战乱生活的诗人来说,无疑是一个远离干戈烽火的和平安乐、富庶繁华的天府之国。面对这样一个"喧然名都会",诗人的最初感受是欣喜、新鲜、喜悦、赞叹,隐然含有不意忽见如此繁华安定之都的惊喜之情。

但这种感情转瞬之间就起了变化,诗人马上意识到,这是一个虽然美好却无所与适的地方,在那层城华屋之中,箫管笙簧之旁,哪里能找到自己的归宿?侧身东望,但见川广桥横,而自己却无法渡越;但见暮色苍茫中鸟雀各自归栖夜宿,而自己中原的故乡却杳远渺茫,遥在天外。一种茫然无所归宿的异乡漂泊感,一种欲归而不得的忧思和茫然萦绕在字里行间。诗情至此一变,乍到和平富庶之乡的欣喜化为无着落的羁旅忧思,但感情并不沉重。

最后四句,时间由暮而入夜。初月东升,遥挂天边,繁星闪烁,正像与初月争光。异乡的第一个夜晚就这样降临了。这夜晚,既新鲜又陌生,既美丽又神秘,面对异乡和平安静的夜空,诗人的心情又逐渐平静下来,他自我宽慰道:自古以来就有无数羁旅漂泊之人,我又何必为此苦苦哀伤呢!

整首诗交织着对"天一方"的和平富庶、繁荣热闹的成都府景物人事、山川风物的新鲜感、喜悦感和身在异乡的漂泊感、陌生感,交织着对新山川、新人民的欣喜和对中原故乡的怀念忧思。但总的情调并不沉重悲伤,而是在朴素的叙述描写中渗透悠长而浓郁的诗情。这种浓郁的诗情,正透露了诗人对生活的热爱和执著。以这样的诗篇结束艰难的秦陇、陇蜀之旅,正说明诗人对新的和平安适生活的深情期盼。

茅屋为秋风所破歌①

八月秋高风怒号,卷我屋上三重茅。茅飞度江洒江郊,高者挂罥长林梢②,下者飘转沉塘坳③。南村群童欺我老无力,忍能对面为盗贼④。公然抱茅入竹去⑤,唇焦口燥呼不得⑥,归来倚杖自叹息。俄顷风定云墨色⑦,秋天漠漠向昏黑⑧。布衾多年冷似铁⑨,骄儿恶卧踏里裂⑩。床床屋漏无干处⑪,雨脚如麻未断绝⑫。自经丧乱少睡眠⑬,长夜沾湿何由彻⑭!安得广厦千万间,大庇天下寒士俱欢颜⑮,风雨不动安如山!呜呼,何时眼前突兀见此屋⑯,吾庐独破受冻死亦足!

[校注]

①上元二年(761)八月作于成都浣花草堂。②挂罥(juàn),缠绕、悬挂。长林梢,高树之颠。③塘坳,低洼积水处。坳,地面低洼处。④能,这样。忍能,忍心这样。对面,面对面,与下"公然"义近。⑤公然,明目张胆地。竹,指竹林。⑥呼不得,形容因竭力呼唤顽童弄得唇焦口燥再也喊不出声的情状。或解为"喝不住",似非原意。⑦俄顷,顷刻间。⑧秋天,秋天的天空。漠漠,阴沉昏暗貌。向,趋向。⑨布衾,布被。⑩骄,一作"娇"。恶卧,睡相不好。踏里裂,将被里蹬裂。⑪床床,《全唐诗》校:"一作床头"。⑫雨脚,形容雨下得很密,如直泻而下,连成一线。⑬丧乱,指安史之乱。⑭彻,彻晓。何由彻,怎样才能挨到天

亮。⑮寒士，贫寒的士人。⑯突兀，高耸的样子。见，同"现"。

[鉴赏]

上元二年（761）八月，一场突然袭来的狂风，将杜甫草堂前一株二百年的老楠树连根拔起，卷走了辛苦经营而成的茅屋上的三重茅草。紧接着暴雨倾盆而至，床床屋漏，无一干处。在漫漫长夜何时彻晓的痛苦等待中，杜甫思前想后，从个人遭受的痛苦联想到累年战乱所造成的国家忧患和广大人民的困苦，写下这首感人至深的诗篇。

"八月秋高风怒号，卷我屋上三重茅。"八月仲秋，正是秋高气爽的季节，却骤然狂风怒号，卷走了屋上的三重茅草。第一句"八月秋高"与"风怒号"之间，实际上有个转折，说明天气的反常和情况的突然。第二句的"三重茅"，是说屋顶上的三重茅草都被掀起卷走，可见风力之凶猛，这样，才有下面的"床床屋漏无干处"。

"茅飞度江洒江郊，高者挂罥长林梢，下者飘转沉塘坳。"茅草被狂风吹飞过江，洒落在江边一带。飞得高的挂在高高的树梢上，飞得低的飘飞翻转，沉落在池塘洼地里。以上五句写茅屋为秋风所破，着力写茅草：先写风，次写茅卷，再写茅飞，茅挂树梢、沉塘坳，次第井然。表面上只是写风卷茅飞，实际上随着茅卷、茅飞、茅挂、茅沉，处处跟着一双充满焦急、痛惜而又无可奈何神情的眼睛。因此这些描写中渗透了诗人的感情，而要理解诗人眼睁睁地看着狂风破屋卷茅时焦急、痛惜的感情，又必须了解这些年来诗人经历的颠沛流离的生活和经营草堂所付出的努力，如果说草堂是他多年颠沛流离之后获得暂时安定生活的象征，那么狂风卷茅就意味着安定生活的破坏甚至结束。诗人在《楠树为风雨所拔叹》的结尾说："我有新诗何处吟，从此草堂无颜色。"楠树被拔，使草堂顿失颜色；茅屋被破，则无安身立命之处了。

"南村"四句，写飞洒江郊的茅草被南村一群顽童抱走。称"群童"为"盗贼"，是生气中夹带着几分哭笑不得神情口吻的话，就跟老人嗔笑顽皮的孩子为"小强盗"差不多。这帮顽皮孩子，看杜甫年纪大，又是有点迂腐的读书人，加上隔着一条浣花溪，知道奈何他们不得，便故意大摇大摆地抱着茅草钻进竹林，消失得无影无踪，任凭杜甫喊得唇焦口燥也不加理睬。杜甫笔下的这群顽童，既调皮又带几分天真稚气。这个场景，在焦急生气中还带点无奈的幽默，给全诗的悲剧气氛注入了一点别样的喜剧色彩。杜甫是擅长此道的。

"归来倚杖自叹息。"这是一个单句,是全篇的过脉。浦起龙说:"单句缩住黯然。"回到家中,又气又累,只好倚杖叹息,叹息什么呢?没有说。叹息中有沉思,有丰富的蕴含,末段的祈望和抒怀都于此伏脉。

"俄顷风定云墨色,秋天漠漠向昏黑。"风停云黑,天色阴暗,是暴雨来临的前兆。"向"字富于动感,本来明朗的天空忽然变得灰蒙蒙一片,像是接近黄昏暗夜的样子。这两句由"风"过渡到"雨",由茅卷过渡到"屋漏",写景中渗透着一种紧张不安、沉重压抑的气氛,这正是当时诗人心绪的反映。

"布衾多年冷似铁,骄儿恶卧踏里裂。床床屋漏无干处,雨脚如麻未断绝。"这四句要连起来读,写的是夜间大雨屋漏的苦况。大雨密集直泻,茅卷屋破,到处漏雨,每张床上没有一块干的地方。布被子用了多年,内胎早已板结,冷得像块铁板,再加上被漏雨沾湿,更又冷又湿。孩子们睡相本就不老实,加上被子又湿又冷又硬,更难受得辗转反侧,脾气上来,竟将被里蹬开了一个大口子。说布衾多年冷似铁,而不说"硬似铁",正说明这陈年旧被早就过了使用的期限,布已经敝败不堪,故虽"冷似铁",却是一踹就破。可见草堂闲居的杜甫,生活其实相当穷困。这床多年的布被恐怕已经随着颠沛流离的主人走过许多地方了。这四句写夜雨屋漏之苦,却用骄儿恶卧蹬破被子的细节来表现,既令人心酸,又透出一种无奈的幽默,一种含泪的自嘲。这种描写,跟传统的典雅风格相去十万八千里,故不免某些评家的村俗之讥。但却愈俗愈真。

"自经丧乱少睡眠,长夜沾湿何由彻。"由眼前这个狂风卷茅、夜雨屋漏的夜晚,联想起这些年来无数个不眠之夜。上句由眼前宕开,诗境亦随之拓开,将五六年来国家的丧乱和自身的"少睡眠"联系起来,将国家的命运与个人的不幸联系起来,这就为下一段诗境的升华准备了条件。秋天夜渐长,但这里的"长夜",主要是一种主观感受,由于床床屋漏,无法入睡,只有坐等天明,故特别感到长夜之难挨。这"长夜沾湿何由彻"由于紧接"自经丧乱少睡眠",也就自然带有一些象征意味,给人一种"长夜漫漫何时旦"的感觉。

"安得广厦千万间,大庇天下寒士俱欢颜,风雨不动安如山。呜呼!何时眼前突兀见此屋,吾庐独破受冻死亦足!"前三句是由自己的困窘处境产生的祈望和畅想。推己及人,故因己之切盼安居的广厦而希望有千万间广厦,庇护天下寒士使之俱展欢颜。这里的"寒士",自指和自己处境类似的穷寒士人,不必从字面上另作他解,但从情理上说,则比自己及一般的寒士更困苦,甚至连破茅屋也没有的穷人自然更需要安居之所。从杜甫一贯的思想，特别是联系《自京赴奉先县咏怀五百字》中"生常免租税，名不隶征伐。抚迹犹酸辛，平人固骚屑。默思失业徒，因念远戍卒"所表现的思想感情逻辑来看，在这屋破雨漏的不眠之夜，他想到的绝不只是个人床床屋漏、衣被沾湿的痛苦，他还会联想到更多连破茅屋也没有的百姓。前面写到茅草被顽童抱走后"归来倚杖自叹息"的沉思中，恐怕也含有对"群童""不为困穷宁有此"的体谅。因此，从精神实质上看，他的这种祈望和畅想自然也涵盖了普天下住无安居的穷苦百姓的愿望。诗人在这里特意破偶为奇，于"大庇天下寒士俱欢颜"之后缀上一句"风雨不动安如山"，不但强化了这种祈望的迫切和力度，使之更为酣畅淋漓，而且自然绾合了前面的狂风卷茅、骤雨屋漏的描写。写到这里，诗人的思想感情已由哀一己之困窘升华到悯天下寒士的境界，似乎已到高潮，诗人却又紧接着以更强烈的感叹"呜呼"发端，由推己及人进一步升华出舍己为人的精神境界，而在抒发这种感情时又仍紧扣"庐破受冻"之事，并不旁骛离题。诗就在感情发展到最高潮、境界升华到最高处时猛然刹住，结得极饱满而自然。

一个生活困窘的读书人，在风雨卷茅破屋、床床屋漏之夕感慨处境之艰难，是常有的事。论困窘艰难的程度，孟郊或许更甚于杜甫；但除了《寒地百姓吟》之外，孟诗基本上只专注于自身的穷困寒苦，诗境不免寒俭。但杜甫却由床床屋漏、长夜难眠想到国家多年的丧乱，想到天下寒士的困苦处境，由眼前的破屋想到大庇天下寒士的千万间广厦，更进一步想到用自己的受冻换取天下寒士的温暖。一次秋风破屋的事件引出了忧国忧民的大文章。但我们读的时候，丝毫不感到杜甫是小题大做，不会怀疑这种感情的虚假，相反地，却倍感其感情的真挚与强烈。这固然与杜甫长期受儒家思想中积极因素的熏陶、影响分不开，但更根本的是由于他在长期穷困潦倒、颠沛流离的生活经历基础上思想感情逐渐靠近人民的结果。拿这首诗来说，如果不是由于茅卷屋漏、彻夜难眠的生活经历，末段的祈望、畅想乃至"吾庐独破受冻死亦足"的表白便显得缺乏基础，而使人感到空洞、苍白甚至虚假。因此，从根本上说，是生活本身成就了杜甫这首充满人道主义光辉的诗篇。

这首诗的高潮虽集中体现在末段五句的抒情，但高潮的出现却离不开前三段（大风卷茅、群童抱茅、夜雨屋漏）的一系列叙述描写。先是突如其来的狂风怒号、卷茅破屋，连用"怒号""卷""飞""渡""洒""挂罥""飘转""沉"等动感强烈的动词，再加上句末一连五个带有拗怒音调的韵脚，不但使人宛见狂风卷茅、四散飘洒的情景,而且宛闻狂风呼啸怒号的声音,诗人目接耳闻之际那种惶恐、焦急之状亦如在目前。接着写群童抱茅之事。这一段乍看似与末段的抒情关系不大,但细参自有内在关联,群童抱茅而去,除了欺负诗人"老无力"外,还有穷困的因素在起作用。诗人在气愤焦急无奈之余,自然会想到这群孩子"不为困穷宁有此",甚至会想到这点茅草根本无助于他们的困穷,只有"广厦千万间"才能真正解决问题。总之,由眼前的群童抱茅这件事,使他对社会的普遍贫困有更直接的感受,并由此联想开去。紧接着一个单句"归来倚杖自叹息",这叹息中包含了丰富的内容,说明诗人的思想感情波澜已经被激发起来了,只是还没有达到高潮,故轻点即收。再接着又写风起云黑、天色昏暗,诗人的感情也转为沉闷、压抑,然后是雨脚如麻、床床屋漏。不但漏,而且"无干处";不但雨密,而且"未断绝",再加上小儿恶卧,把"冷似铁"的旧被也蹬裂了。这样层层加码、逼进,使人感到这样的生活实在无法忍受。长夜无眠,天明难挨,思前想后,国家的灾难、人民的困苦和自身的困窘融为一体。这才会更深切地体验到和自己一样穷困、今夜同遭屋漏之苦的"天下寒士"是多么需要"风雨不动安如山"的"广厦千万间",才会涌现出末段的强烈抒情。

丹青引赠曹将军霸①

将军魏武之子孙②,于今为庶为清门③。英雄割据虽已矣④,文采风流今尚存⑤。学书初学卫夫人⑥,但恨无过王右军⑦。丹青不知老将至⑧,富贵于我如浮云⑨。开元之中常引见⑩,承恩数上南熏殿⑪。凌烟功臣少颜色⑫,将军下笔开生面⑬。良相头上进贤冠⑭,猛将腰间大羽箭⑮。褒公鄂公毛发动⑯,英姿飒爽来酣战⑰。先帝天马玉花骢⑱,画工如山貌不同⑲。是日牵来赤墀下⑳,迥立阊阖生长风㉑。诏谓将军拂绢素,意匠惨淡经营中㉓。斯须九重真龙出㉔,一洗万古凡马空㉕。玉花却在御榻上㉖,榻上庭前屹相向㉗。至尊含笑催赐金㉘,圉人太仆皆惆怅㉙。弟子韩幹早入室㉚,亦能画马穷殊相㉛。幹惟画肉不画骨㉜,忍使骅骝气凋丧㉝。将军画善盖有神㉞,必逢佳士亦写真㉟。即今漂泊干戈际㊱,屡貌寻常行路人㊲。途穷反遭俗眼白㊳,世上未有如公贫㊴。但看古来盛名下,终日坎壈缠其身㊵!

[校注]

①丹青，丹砂和青䕭，可作绘画用的红绿颜料。此指绘画。引，乐曲体裁之一，亦指诗体名称。《历代名画记》："曹霸，魏曹髦（曹操曾孙）之后。髦画称于后代，霸在开元中已得名，天宝末每诏写御马及功臣，官至左武卫将军。"蔡梦弼《草堂诗笺》："霸玄宗末年得罪，削籍为庶人。"《宣和画谱》著录其《逸骥》《玉花骢》等画迹十余种。此诗约作于代宗广德二年（764）。②魏武，指三国魏武帝曹操。参注①引《历代名画记》。③庶，庶人，普通百姓。清门，犹寒门，寒素之家。《左传·昭公三十二年》："三后之姓，于今为庶。"④英雄割据，指魏武帝创建的三分割据的霸业。已矣，成为过去。⑤文采风流，横溢的才华和潇洒的风度。指曹操在文艺方面的才华风采。刘勰《文心雕龙·时序》："魏武以相王之尊，雅爱诗章。"绘画亦艺事之一，故云"文采风流犹尚存"。盖谓操之文采风流后继有人。今，《全唐诗》原作"犹"，据宋本改。今，贴曹霸而言。⑥书，书法。卫夫人，卫铄（272—349），晋代女书法家，字茂漪，汝阴太守李矩妻，世称卫夫人。师蔡邕、钟繇，参以卫氏家学之精髓，融会贯通之。张怀瓘《书断》称其隶书尤善，如"碎玉壶之冰，烂瑶台之月，婉然芳树，穆若清风"，王羲之早年曾从其学书法。⑦无过，未能超越。王右军，王羲之，东晋大书法家，官至右军将军、会稽内史，世称"王右军"。草书、楷书、行书兼擅，在书法史上有继往开来之巨大贡献，被后世推为"书圣"。张怀瓘《书断》："篆、籀、八分、隶书、章草、飞白、行书、草书，通谓之八体，惟王右军兼工。"⑧《论语·述而》："发愤忘食，乐以忘忧，不知老之将至。"句意谓曹霸专精绘画，热爱艺术，不知老之将至。⑨《论语·述而》："不义而富且贵，于我如浮云。"句意谓霸淡泊功名富贵。⑩引见，指皇帝接见臣下或宾客时由有关大臣引导入见。《汉书·两龚传》："征为谏大夫，引见。"《后汉书·儒林传上·戴凭》："自系廷尉，有诏敕出，后复引见。"⑪南熏殿，在唐南内兴庆官中。⑫凌烟功臣，《大唐新语》卷十一："贞观十七年（643），太宗图画太原倡义及秦府功臣赵公长孙无忌、河间王孝恭、蔡公杜如晦、郑公魏征、梁公房玄龄、申公高士廉、鄂公尉迟敬德、郧公张亮、陈公侯君集、卢公程知节、永兴公虞世南、渝公刘政会、莒公唐俭、英公李勣、胡公秦叔宝等二十四人于凌烟阁。太宗亲为之赞，褚遂良题阁，阎立本画。"少颜色，指因年代已久，故画上的颜色褪色。⑬开生面，指重新画像，使之面目如生。《左传·僖公三十年》："狄杜人归其（先轸）元，面如生。"⑭良相，二十四位功臣中如长孙无忌、房玄

龄、杜如晦、魏征等均一代名相。进贤冠,古时朝见皇帝的一种礼帽。原为儒者所戴,唐时文官皆戴用。《后汉书·舆服志下》:"进贤冠,古缁布冠也,文儒者之服也。前高七寸,后高三寸,长八寸。公侯三梁,中二千石以下至博士两梁,自博士以下至小史私学弟子,皆一梁。"《新唐书·车服志》:"进贤冠者,文官朝参,三老五更之服也。"⑮猛将,二十四功臣中,如尉迟敬德、程知节、李勣、秦叔宝等皆为著名武将。大羽箭,《酉阳杂俎》称唐太宗好用四羽大杆长箭,当是一种长箭。⑯褒公,褒国公段志玄(二十四功臣中第十)。鄂公,鄂国公尉迟敬德(第七人)。二人均为猛将。两《唐书》有传。毛发动,须眉头发开张貌。⑰飒爽,豪迈英俊貌。酣战,痛快淋漓地厮杀。⑱先帝,指唐玄宗。玄宗于代宗宝应元年(762)四月逝世。玉花骢,唐玄宗所乘骏马。《历代名画记》卷九:"时主好艺,韩君间生。遂命悉图其骏,则有玉花骢、照夜白等。"玉花骢,以其面白,又称玉面花骢。⑲画工如山,形容画工人数之众多。貌不同,画得不像真马。貌,作动词用。⑳赤墀,宫殿的赤色台阶。亦称"丹墀"。㉑迥立,昂首挺立。闾阖,天子宫门。生长风,形容骏马飞动骏迈的神采气势,如有长风生于脚下。㉒拂绢素,在白色绢上画马。"拂"字形容其下笔之熟练轻巧。㉓意匠,构思。惨淡经营,形容作画时先用浅淡颜色勾勒轮廓,苦心构思,经营位置。六朝齐谢赫《古画品录》以经营位置为绘画六法之一。㉔斯须,不一会儿。九重,指皇宫。天子之门九重,故称。真龙,马高八尺为龙,真龙指曹霸画的马犹如真马那样生动传神。㉕一洗,犹一扫。句意谓曹霸所画之马神骏无比,使万古之凡马均为之一扫而空。㉖玉花,指玉花骢。所画之马置于皇帝的坐榻之旁,栩栩如生;而御榻边本不应有真马,故云"玉花却在御榻上"。㉗榻上的画马与庭前的真马屹然兀立,两相对向,真假莫辨,故云。㉘至尊,指玄宗。㉙圉人,养马的人。太仆,太仆寺(掌管皇帝车马的机构)的官员。惆怅,感慨惊叹之状。㉚韩幹(?—780),唐代著名画家,工人物、鞍马。《历代名画记》卷九:"韩幹,大梁人(《唐朝名画录》谓其京兆人)。喜写貌人物,尤工鞍马。初师曹霸,后自独擅……遂为古今独步。"早入室,早已成为曹霸的入室弟子,得其嫡传。《论语·先进》:"由也升堂矣,未入于室也。"邢昺疏:"言子路之学识深浅,譬如自外之内,得其门者。入室为深,颜渊是也,升堂次之,子路是也。"㉛穷殊相,穷尽马的各种不同的形象。㉜画肉,幹所画之马,体形肥硕,故云。画骨,画出马之骨骼神骏。韩幹作画重写生,主张以自然实物为师,尝为玄宗宫中骏马一一图之,故所作皆穷形极相。㉝骅骝,泛称骏马。气凋丧，神采气骨丧失。㉞画善盖有神，绘画之善，盖在于能传物的精神气韵。画，宋本作"尽"。尽善，尽善尽美之省。二字形近易混。今从蔡本作"画"。㉟必，《全唐诗》校："一作偶。"写真，画肖像画。㊱漂泊干戈际，因避战乱而四处漂泊之时。㊲貌，画。寻常行路人，普通的百姓。㊳魏阮籍因心情苦闷，"率意独驾，不由径路，车迹所穷，辄恸哭而返"（《世说新语·栖逸》刘孝标注引《魏氏春秋》）。"能为青白眼，见礼俗之士，以白眼对之"（《晋书·阮籍传》）。"途穷""眼白"用此。句意则谓曹霸因晚年处境困窘而遭到世俗之士的蔑视。㊴《全唐诗》校："一作他富至今我徒贫。"㊵坎壈，困顿不得志。

[鉴赏]

在杜甫后期的七言歌行中，《丹青引赠曹将军霸》是具有标志性成就的作品。历代注家评家对此诗虽赞誉交并，好评如潮，但对此诗的深层意蕴却少有抉发，"百年歌自苦，未见有知音"，诗人的这种感慨，殆非虚发。

诗共四十句，分五段，每段八句，平仄韵交押。首段叙其家世门第、学书工画，在全篇中是一个总叙或提纲。这种起法，在带有叙事色彩的作品中，似乎是常调。但读来却让人感到其中别有寓慨。"将军魏武之子孙"，陡然而起，远处取势，仿佛着意上扬；"于今为庶为清门"，陡然而落，收到当前，却似重重一抑。扬抑之间，昔盛今衰之慨自见。"英雄割据虽已矣"，承次句，谓祖上英雄割据的霸业今已风流云散，仿佛又一抑，而"虽"字着意，却逼出下句"文采风流今尚存"，又一扬。这层抑扬，透出了这一段的主意，表面上是说魏武之"文采风流"如今正体现在其子孙曹霸的文艺成就上，而与前几句对照起来体味，便隐然含有功名富贵有时而尽，文采风流自传于后的意味。以此句为枢纽，又自然引出了下面四句："学书初学卫夫人，但恨无过王右军。丹青不知老将至，富贵于我如浮云。"未写学画，先写学书，自是其学艺过程的真实反映，也透露出其最后专工绘画，乃是在实践过程中选择了最能发挥自己才能和优势的专业。且书画艺术样式虽异，艺术规律却相通，古来善画者大都工书，由书入画，亦是常事。"但恨"句既是其书法成就的客观反映，更透露出其艺术追求的高标准。有此高标准的追求，在绘画上才能达到高境界。"丹青"二句，正体现出一位纯粹的艺术家热爱艺术，专精独诣，孜孜不倦，不知老之将至，摒弃一切外在功名富贵的私欲，沉潜于艺术创造之中的高尚品格和忘我境界。古往今来，这正是一切大艺术家成功的关键。这两句，可视为对曹霸人品、艺品的总赞，评家莫不赞赏它用经语不着痕迹，宛如己出，自是实情，但更值得注意的是，它体现了一种人生价值观，即将对艺术创造的追求置于世俗对功名富贵的追求之上，对照李白的诗句"屈平词赋悬日月，楚王台榭空山丘"，其义自见。

"开元"以下八句为一段，叙其承恩奉诏重画功臣图像。这不是一般的画人，而是盛世的盛大艺事。凌烟图像，本就是盛世之盛典，当年阎立本为功臣图像，被视为一种殊荣。如今在"开元"盛世，重新为功臣图像，更是一种难得的机遇。"常引见"与"数上"相应，说明曹霸当时在绘画界的地位。"少颜色"与"开生面"相应，显示曹霸此次为功臣重新画像，并非对阎立本旧画的机械摹写，而是别开生面的艺术创造。旧画因年代久远，颜色模糊，已经失去人物的神采，曹霸的重画，使人物精神风貌栩栩如生，其中自然融合了画家对人物的理解。"良相"二句，先概写一笔，以"头上进贤冠"与"腰间大羽箭"标明其"良相""猛将"身份。"褒公"二句，于"猛将"中专挑两位个性鲜明的人物画像作特写。"毛发动"三字，简洁而传神。如果说李颀《古意》"须如蝟毛磔"虽形象却仍是静态描写，那么"毛发动"便是将原本是静态的画像写"活"了，令人感到那画上的人物头发开张、须眉皆动，仿佛立时要从画上跑出来，而补上一句"英姿飒爽来酣战"，更织入了想象的成分，似乎他们正在气概豪迈地与敌人进行激烈的战斗。杜甫当年在长安时曾欣赏过曹霸重绘的功臣图像，事隔多年，当年观画时留下的印象还如此鲜明，可见画的艺术魅力。这一段写曹霸为功臣重新绘像，用最概括的语言来形容，就是生动传神，亦即诗人所说的"开生面"。

"先帝"以下八句，写曹霸奉诏为御马画像。以"先帝"提起，便含有对盛世的追怀之意。先说"玉花骢"早经众多画工图形写像，却都"貌不同"——未能尽传其精神。以为下文曹霸画马作衬垫。"是日"二句，先写御马玉花骢的出现。"迥立"，即高高地屹立，突现出马高大伟岸、昂然挺立的风姿。"生长风"三字，正像上文"毛发动"一样，以想象之笔，渲染出马俊迈奔腾的气势，仿佛它在赤墀之下、阊阖之中那么一站，立时宛见四蹄之间长风飘起，是则马虽"迥立"，而势欲腾空。如此写马，真把马写活了。而如此神骏的御马，也必须有真正的高手方能绘形传神。这是进一步以真马的神骏来突出画马之不易与传神的可贵，再垫一笔。

"诏谓"二句，方正式写到奉诏画马。皇帝下诏命其在御前对马作画，自是隆重的盛事，"拂绢素"三字，却说得轻巧，仿佛可以在绢上一拂而就，重与轻之间的对照显示出皇帝对曹霸艺术才能的信任和倚重。面对如此重大的盛事和信任，画家却不敢掉以轻心，而是精心构思，经营位置，做到成竹在胸，意在笔先，这正是一个真正的艺术家对待艺术严肃认真的态度。等到一切均已烂熟于心之时，方挥毫泼墨，一挥而就："斯须九重真龙出，一洗万古凡马空。""斯须"极言时间之短，与前之"惨淡经营"正形成鲜明对照。构思时至精至密，下笔时方能纵笔挥洒，落纸云烟，须臾之间，真龙突现于九重宫阙之上，使古往今来的一切凡马均一洗而空！"凡马"或谓指历代画工所画的凡俗之马，恐非。杜甫这里是以画中的真神骏与世上的真凡马作对照，强调这虽是画中之马，却比古往今来所有凡俗的真马都强百倍，在这样的"真龙"面前，一切凡俗的真马都黯然失色。原因就在于它传出了骏马的神采。"一洗"句句法极奇警遒劲，句末的"空"字尤其劲健。它将对曹霸画马艺术成就的赞颂推向所向无敌的极致。

纵笔至此，对曹霸画马的赞颂似乎已无从措手，诗人却从画成之后真马与画马的对照，至尊与圉人太仆的反应，以及与韩幹画马的对比中层层推衍，摇漾出另一段文章，使奇峰之外复有奇峰，形成层峦叠嶂的奇观。先写御榻旁的画马与庭前的真马的对照。玉花马本不可能出现在御榻之旁，着一"却"字，点出此景象的奇特乃至反常，亦透出当日在场者那种惊诧不已的神态，而榻上的画马与庭前的真马挺然屹立，彼此相向，竟是真假难辨，更渲染出观赏者眼花缭乱的情景，而曹霸画马之笔夺造化亦自见于言外。"至尊"二句，再写皇帝含笑催促赏赐，圉人太仆感慨称叹的情景，固是从不同的观赏者角度写画马之精彩，但二者对照，却寓含着一层言外之意。圉人和太仆官吏是负责养真玉花骢的，曹霸则是画玉花骢的，但皇帝却只顾催促给曹霸杰出的画技以奖赏，却对养真马的圉人太仆不置一词，对比之下，养真马者不免感到自愧不如了。"惆怅"一词，含蕴丰富，除称赏外，欣羡自愧之意亦存焉。这种艺术效应，正说明艺术虽源于生活，却高于生活。到这里，可以发现诗人对曹霸画马赞颂分明的三个递进的层次：画中真龙胜过世上凡马，这是第一层；画中玉花与庭前玉花真假莫辨，这是第二层；画马的效应与价值超过了真马，这是第三层。真正的艺术品，不仅师法造化、逼真造化，而且要妙夺造化。这正是这段精彩描写所寓含的道理。诗人虽未必自觉意识到这一点，但其中自可引出这个结论。写到这里，似乎又山穷水尽，无以为继，诗人就势引出同是画马的名手韩幹作比衬，说明曹霸之画马所以有如此惊人的艺术效果，关键在于韩幹只画肉而不画骨，致使他笔下的骅骝失去了神骏之气，而曹霸之画马，则重在画骨，亦即重在传神。在杜甫看来,真正的神骏大都神清骨峻,而非痴肥之辈,所谓"胡马大宛名,锋棱瘦骨成"即是此意。韩幹所画皆"厩中万马",而皇家马厩之马,多丰满肥硕,幹之画马,又强调写生,故杜甫有"画肉不画骨"之讥。韩幹在绘画史的地位,自有公论,杜甫之意,盖在强调画马必须画其骨骏,传其神采,以突出曹霸的艺术成就,不必拘泥于他对韩幹的看法与评价。

由画人到画马,二、三、四三段已将曹霸潜心于丹青所达到的成就作了充分的描写,末段开头一句"将军画善盖有神"总束以上三段,而以"有神"二字对其艺术成就作了高度概括,以下便转为对其当前困穷境遇的感慨。安史之乱以后,曹霸也像杜甫一样,漂泊流落到成都。在写这首诗的同时,杜甫还写过一首《韦讽录事宅观曹将军画马图歌》,对曹霸的《九马图》备极赞赏。故这一段写其当前境遇,仍紧扣其画家的身份。先说"将军画善盖有神,必逢佳士亦写真",遥承上画功臣像一段,谓曹霸过去一定要遇到"佳士"才为之图像写真;下二句一转,跌落当前:"即今漂泊干戈际,屡貌寻常行路人。"在干戈离乱之世,曹霸既失去了将军的显赫身份,沦为庶民,又失去了生活来源,只能"屡貌寻常行路人",以卖画维持生计了。"途穷"二句,便集中描叙其当下的困顿失意,遭受白眼的境遇,其中也隐隐渗透诗人对自己类似境遇的悲慨,同病相怜之意自寓其中。"但看古来盛名下,终日坎壈缠其身!"结尾二句,推开一层,仿佛是对曹霸的劝慰,又仿佛是自慰,而悲慨更深。古往今来,负有盛名的杰出才人有哪一个不是终日坎壈,一世坎坷,困顿终身的呢?"千秋万岁名,寂寞身后事",杰出才人不但身后寂寞,生前亦如此贫困潦倒,令人悲慨无穷。

末段是全诗的结穴,也是全诗主旨和内在意蕴的集中体现。杜甫写这首诗,并不单纯是要表彰曹霸的艺术成就,为一代才人立传,而是在赞扬"将军画善盖有神"的同时,写出一代才人的悲剧命运。杜甫的经历命运,与曹霸有相似之处,其《莫相疑行》说:"忆献三赋蓬莱宫,自怪一日声辉赫。集贤学士如堵墙,观我落笔中书堂。往时文彩动人主,此日饥寒趋路旁。晚将末契托年少,当面输心背面笑。"昔之烜赫,今之饥寒,正与曹霸相似,故在抒写曹霸昔盛今衰命运的同时,正深寓着诗人自己的命运感慨。评家之中,真正看到这一点的是浦起龙,他说:"自来注家只解作题画,不知诗意却是感遇也。"但只看到这一点还未真正领会其内在意蕴与主旨。盖曹霸昔盛今衰的命运,与时代的治乱盛衰密切相关。诗中描绘渲染曹霸昔日之盛,着意点明"开元之中"的盛世,标明"先帝""至尊"对艺事、才人的重视，明显是把重绘凌烟功臣、殿前为玉花骢图像作为盛世的艺术盛典来描绘的，其中渗透了对盛世的无限缅怀追恋。在诗人看来，一个繁荣昌盛的时代，才能有文艺事业的繁荣，才能有重视文艺事业的君主，才能有才人的殊遇；而一个干戈离乱的衰世，则只有导致才人的困穷漂泊和艺术的衰落。因此在悲慨曹霸昔盛今衰命运的同时，正深寓有时代今昔盛衰的感慨。杜甫后期许多写自己、写别人悲剧命运的诗，无不贯串了这一深层意蕴。无论是《观公孙大娘弟子舞剑器行》《江南逢李龟年》还是本篇，都在这一点上有着共同的主旨。

观公孙大娘弟子舞剑器行 并序①

大历二年十月十九日，夔府别驾元持宅②，见临颍李十二娘舞剑器③，壮其蔚跂④。问其所师，曰："余公孙大娘弟子也。"开元五载⑤，余尚童稚⑥，记于郾城观公孙氏舞剑器浑脱⑦，浏漓顿挫⑧，独出冠时⑨，自高头宜春、梨园二伎坊内人⑩，洎外供奉⑪，晓是舞者，圣文神武皇帝初⑬，公孙一人而已。玉貌锦衣⑭，况余白首⑮；今兹弟子，亦匪盛颜⑯。既辨其由来⑰，知波澜莫二⑱。抚事慷慨⑲，聊为《剑器行》⑳。昔者吴人张旭㉑，善草书、书帖㉒，数尝于邺县见公孙大娘舞《西河剑器》㉓，自此草书长进，豪荡感激㉔，即公孙可知矣㉕。

昔有佳人公孙氏㉖，一舞剑器动四方㉗。观者如山色沮丧㉘，天地为之久低昂㉙。爧如羿射九日落㉚，矫如群帝骖龙翔㉛。来如雷霆收震怒㉜，罢如江海凝清光㉝。绛唇珠袖两寂寞㉞，晚有弟子传芬芳㉟。临颍美人在白帝㊱，妙舞此曲神扬扬。与余问答既有以㊲，感时抚事增惋伤㊳。先帝侍女八千人㊴，公孙剑器初第一㊵。五十年间似反掌㊶，风尘澒洞昏王室㊷。梨园子弟散如烟㊸，女乐馀姿映寒日㊹。金粟堆前木已拱㊺，瞿塘石城草萧瑟㊻。玳筵急管曲复终㊼，乐极哀来月东出。老夫不知其所往㊽，足茧荒山转愁疾㊾。

[校注]

①公孙大娘，开元年间著名舞蹈家。剑器，舞蹈名。唐代健舞类舞蹈之一。《明皇杂录》："开元中，有公孙大娘善剑舞。"《乐府杂录》："健舞曲有《棱大》《阿莲》《柘枝》《剑器》《胡旋》《胡腾》。"据载，公孙大娘所擅剑器舞有《西

剑器》《剑器浑脱》《裴将军满堂势》《邻里曲》等。《文献通考·乐考·乐舞》引张尔公《正字通》云："《剑器》，古武舞之曲名，其舞用女妓雄妆空手而舞。"但从杜甫此诗所描叙的情景及姚合《剑器词》三首、敦煌写卷《剑器诗》三首等作所记叙的情况看，舞者当执剑而舞。唐郑嵎《津阳门》诗："公孙剑伎皆神奇。"自注："有公孙大娘舞剑，当时号为神妙。"尤可证。据序，诗即作于大历二年(767)十月十九日观舞后。②别驾，州郡刺史的佐吏。《新唐书·地理志》："夔州云安郡，下都督府。"《百官志四下》："下都督府……别驾一人，从四品下。"持，《全唐诗》校："一作特。"③临颍，唐河南道许州有临颍县，今属安徽。李十二娘，公孙大娘弟子。④蔚跂，雄浑多姿。"蔚"有"盛大"义，"跂"有"飞腾"义。"蔚跂"连文，或形容剑器舞之壮盛飞腾的气势。⑤五，原作"三"，《全唐诗》校："一作五。"按：开元三年(715)，杜甫方四岁，似不大可能记得当时情事。五年为六岁，已开始记事，与"余尚童稚"之语亦较合。兹据一作及钱谦益说改。⑥童稚，幼年。⑦郾城，唐河南道许州县名，今属河南。浑脱，舞名。《旧唐书·郭山恽传》："将作大匠宗晋卿舞浑脱。"《通鉴》卷二百九记其事，胡三省注："长孙无忌以乌羊毛为浑脱毡帽，人多效之，谓之赵公浑脱，因演以为舞。"剑器浑脱，是剑器与浑脱舞（浑脱舞是一种不断抛接乌羊毛所制毡帽的舞蹈）的融合。⑧浏漓顿挫，流利飘逸而抑扬顿挫，富于节奏感。⑨独出冠时，独树一帜，冠绝当时。⑩高头，上头，前头，在皇帝跟前，接受皇帝正面观赏。《教坊记》："右教坊在光宅坊，左教坊在延政坊，右多善歌，左多工舞。……妓女入宜春院，谓之内人，亦曰前头人，常在上前头也。"宜春院，唐代长安宫内官妓居住的院名，开元二年置，在京城东面东宫内。梨园，唐玄宗时教练宫廷歌舞艺人之处。《雍录》卷九："梨园在光化门北，光化门者，禁苑南面西头第一门，在芳林、景曜门之西也。……开元二年，置教坊于蓬莱宫，上自教法曲，谓之梨园弟子。至天宝中，即东宫置宜春北苑，命宫女数百人为梨园弟子，即是梨园者按乐之地，而预教者名为弟子耳。凡蓬莱宫、宜春院皆不在梨园之内也。"伎坊，唐皇宫内教练歌舞艺人的机构，即教坊。内人，官人。⑪洎(jì)，及。外供奉，设在官外的左右教坊的歌舞艺人。仇注本"外供奉"下有"舞女"二字。⑫晓，通晓。⑬圣文神武皇帝，玄宗尊号，开元二十七年所加。初，初年。⑭玉貌锦衣，谓开元五年自己见到公孙大娘舞剑器浑脱时，她还是有着青春容颜、衣饰华丽的妙龄女子。⑮况余白首，何况我如今已是白发老人。此连上句，寓含今昔沧桑之慨。⑯兹弟子，此弟子,指李十二娘。匪,非。盛颜,青春容颜。⑰辨其由来,弄清了李十二娘的师授渊源。⑱波澜莫二,形况李十二娘的舞蹈,风貌与公孙大娘没有什么两样,即赞其得公孙大娘之真传。⑲抚事,追怀往事。慷慨,感慨激动。⑳聊,姑且。《剑器行》,即指《观公孙大娘弟子舞剑器行》这首诗。㉑张旭,盛唐著名书法家,号"草圣"。㉒草书、书帖,《全唐诗》原作"草书帖",据仇注本增补。书帖,书写简帖。㉓数,屡次。尝,原作"常",据宋本改。邺县,唐河北道相州邺县,今河北临漳县西南。《西河剑器》,剑器舞的一种,西河(黄河以西地区),当指用其地乐曲伴奏。㉔豪荡感激,形容其草书风格奔放激越,不受拘束。按:李肇《唐国史补》卷上:"旭尝言,吾始见公主担夫争路,而得笔法之意;后见公孙氏舞剑器,而得其神。"沈亚之《叙草书送山人王传乂》序亦云:"昔张旭善草书,出见公孙大娘舞剑器浑脱,鼓吹既作,言能使孤蓬自振,惊沙坐飞。而旭归为之书,则非常矣。"又张彦远《历代名画记》卷九:"开元中,将军裴旻善舞剑,道玄观旻舞剑,见出没神怪,既毕,挥毫益进。时又有公孙大娘,亦善舞剑器。张旭见之,因为草书,杜甫歌行述其事。"而《乐府杂录》则云:"开元中有公孙大娘善舞剑器,僧怀素见之,草书遂长,盖准其顿挫之势也。"此当是传闻异辞。㉕即,则。㉖佳人公孙氏,指年轻貌美的公孙氏女子,亦即序中所云"玉貌锦衣"。㉗动四方,名动四方,名扬天下。㉘如山,形容观者之众,重叠如山。色沮丧,因舞姿之气势壮盛,惊心动魄而色为之变,神为之夺。㉙低昂,上下晃动震荡。㉚㸌,光芒闪烁貌。《淮南子·本经训》:"尧之时,十日并出,焦禾稼,杀草木……尧乃使羿……上射十日。"高诱注:"十日并出,羿射去九。"此句形容剑光闪烁,如后羿射九日落时的情景。㉛矫,夭矫。群帝,诸天神。骖龙翔,驾着龙车飞翔。夏侯玄赋:"又如东方群帝兮,骖龙驾而翱翔。"㉜雷霆收震怒,萧涤非曰:"剑器舞有声乐(主要是鼓)伴奏,大概舞者趁鼓声将落时登场,故其来也如雷霆之收震怒,写出舞容之严肃。"㉝江海凝清光,形容剑舞罢时剑光如江海清光之凝结。舞剑时如翻江倒海,故舞罢如江海之凝。㉞绛唇,犹朱唇,此借指公孙大娘其人。珠袖,缀珠的衣袖,此借指公孙大娘之舞姿。句意谓如今公孙大娘的容颜舞姿均已寂然不见。㉟晚,《全唐诗》原作"况",校:"一作晚。"兹据改。晚,晚年。传芬芳,传承公孙大娘的技艺。㊱临颍美人,指李十二娘。白帝,指夔州。㊲既有以,既有由来,指序中所述师承之事。㊳感时抚事,有感于时代之盛衰,追缅往日所历的旧事。㊴先帝,指唐玄宗。㊵初,本。㊶五十年间,自开元五年(717)至大历二年

(767),首尾五十一年。反掌,犹转瞬。喻时间之短暂。《旧唐书·僖宗纪》:"亦有方从叛乱,能自回翔,移吉凶于反掌之间,变福祸于立谈之际。" ㊷风尘,喻战乱。澒洞(hòng tóng),弥漫。风尘澒洞,指安史之乱及其后的内乱外患,绵延不绝。澒洞,宋本作"倾动"。㊸此句谓安史乱起,京师乐工伶人,多四散流落,如李龟年之流落江南。"梨园子弟"见注⑩。㊹女乐馀姿,指李十二娘的容颜姿貌不再年轻。映寒日,时已十月入冬,故云。㊺金粟堆,即金粟山,在蒲城县东北,玄宗陵墓所在。《旧唐书·玄宗纪》:"上元二年四月甲寅,崩于神龙殿,时年七十八……初,上皇亲拜五陵,至桥陵,见金粟山冈有龙盘凤翥之势,复近先茔,谓侍臣曰:'吾千秋后宜葬此地,得奉先陵,不忘孝敬矣。'至是追奉先旨,以创寝园,以广德元年三月辛酉葬于泰陵。"按:自广德元年(763)三月至大历二年(767)十月,已历时四年半,故陵墓上的树木已可两手合围。㊻瞿塘石城,指夔州白帝城,城在白帝山上。草萧瑟,切初冬之候。㊼玳筵,指夔州别驾元持宅所设的盛筵。急管,宴会上节拍急促的管乐。㊽老夫,诗人自指。㊾足茧,脚底长了厚厚的老茧,形容行动迟缓。转愁疾,更加忧愁。疾,甚。

[鉴赏]

  这是杜甫晚年七古的巅峰之作,感慨的深沉,笔力的豪健,风格的顿宕起伏、抑扬变化,都达到了出神入化的程度。

  盛唐是一个文化艺术的空前繁荣期。这一时期的文化艺术,无论诗歌、绘画、音乐、舞蹈、书法、建筑、雕塑,都体现出强烈的时代精神,体现出封建社会臻于顶峰时期特有的时代气息,从而成为那个充满健康活力时代的一种象征。杜甫是在盛唐时代文化艺术土壤上孕育成长起来的,他对盛唐时代的记忆因此总是与那个时代的文化艺术紧密相连。听一首盛唐时代流行的歌曲,看一段盛唐时代风行的舞蹈,见到一位盛唐时期著名的艺人,都会情不自禁地联想到那个繁荣昌盛的时代。这种情感,在他晚年漂泊西南天地间的时期,当中兴希望濒于破灭,盛唐已经成为一个遥远的难以重现的旧梦的时候,便变得越来越经常而强烈,成为他晚年感情世界的一个重要特征。这首《观公孙大娘弟子舞剑器行并序》便是因观舞而触发对盛唐时期的深情追忆,抚今追昔,抒发深沉的时代盛衰之慨的杰出诗篇。

  诗前一篇长达一百八十字的序,记述了创作这首《观公孙大娘弟子舞剑器行》的缘由,大历二年(767)十月十九日,杜甫在夔州别驾元持家见到临颍李十二娘舞剑器,深为其壮盛飞动的气势所吸引,问她的师承,说:"我就是公孙大娘的弟子。"

这使诗人马上回忆起开元五年（717）自己还是幼童时期在郾城观看公孙大娘舞剑器浑脱的情景，那可真是流利飘逸而抑扬顿挫，出神入化，冠绝当代。当时无论是皇帝跟前的内教坊歌舞伎人还是宫外左右教坊的艺人，通晓擅长此舞的，也就是公孙一人而已。当年玉貌锦衣、色艺双绝的公孙如今早已不在人世，连自己这个当年童稚的观众也已是皤然白首的老人；如今连她的弟子也不再是青春盛年的容颜了。既然弄清了李十二娘的师承，才明白她的舞姿确实是得公孙真传。追怀往事，不禁深有感慨，于是写下这篇《剑器行》。先前吴人张旭善草书、书帖，听说是由于在邺县多次见到公孙大娘舞西河剑器，触类旁通，从此草书大有长进，风格奔放激越，不受拘束，然则公孙大娘舞技之出神入化也就可想而知了。历来认为杜甫长于诗而拙于文，但他的这篇序却写得既感慨淋漓又含蓄蕴藉，且极饶诗的情韵，完全可以独立出来成为一篇极有情致的抒情散文。从序中可以看出，李十二娘舞剑器，只是触发诗人对往日公孙大娘舞剑器记忆的一个契机和凭借，而对公孙大娘舞剑器的追怀，又是跟对开元时代和玄宗早年盛时的记忆联结在一起的。但对盛世的追缅本身不是目的，追昔之盛乃是和慨今之衰（包括时代之衰和个人之衰）紧密联结的。"抚事慷慨"，这"事"既包括昔之盛，也包括今之衰。因此这篇序，不但交代了这首诗创作的缘起，点明了其"抚事慷慨"的主旨，而且揭示了其艺术构思，是理解诗的钥匙。

诗共二十六句，分四节，前两节押平声韵，后两节押入声韵。第一节八句撇开题内"弟子舞剑器"而直接从公孙入手，这是因为诗人虽由李十二娘舞剑器而追忆昔之公孙大娘舞剑器，但作为盛世艺术的代表、时代精神的体现却是公孙大娘而非李十二娘，故一上来便以充满感情的赞叹追怀口吻叙说公孙大娘舞剑器之名动四方。这个"昔"，便是诗人一再追怀的"开元全盛日"，也就是序中所说的"圣文神武皇帝初"。从"一舞剑器动四方"的形容中，不但可见其时公孙大娘之名扬天下，而且可以窥见其时人们对艺术的普遍喜好。接下来两句，先总写一笔观者对公孙舞剑器的强烈反应。人山人海的观众，因公孙气势壮盛的舞姿，感到惊心动魄，色变神骇，"色沮丧"三字，出色地渲染其舞姿对观者的震撼力和慑服力，而"天地为之久低昂"更从观者的幻觉中生动地表现出舞时天旋地转的情景和观者目眩神迷的情态，给人以笔未到而气已吞的感觉。以下四句乃分写舞姿的闪烁、夭矫、初动、既罢。"㸌如"句，是形容剑光闪烁，自上而下，犹如羿射九日，倏然而落；"矫如"句，是形容舞姿夭矫，犹如天神们驾龙车飞翔；"来如"句，是形容刚起舞时，是踩着雷霆般隆隆作响的鼓点登场的，鼓声乍停，舞者现身；"罢如"句，是形容剑舞罢歇时，原来如同翻江倒海的舞姿突然停住，如同江海清光之凝结。作诗不可能像赋那样尽情铺排渲染，只能选取最能表现其特征的几个点来突出描写，前两句从横的方面写其闪烁、夭矫，意在突出舞姿之迅疾而富于变化，后两句从纵的方面写其开始与结束，意在突出其舞姿的壮盛气势和戛然而止时的静态，目的都是为了以点带面，以起结见全过程。笔墨简省而其舞技之出神入化已灼然可见。特别是"罢如江海凝清光"一句，恰如京剧武打结束时的亮相，极具雕塑美，而此前翻江倒海的动态之美已暗含其中，是非常聪明而经济的写法。

"绛唇珠袖两寂寞"一句，突然从五十年前的剑器舞现场拉回到今夜夔州李十二娘当筵起舞的现场。往昔佳人公孙氏的美好容颜和动人舞姿都已成为过去，所幸晚年有弟子传承她的舞技。如今在古老的白帝城又看到临颍美人李十二娘的剑器舞，她妙舞一曲，神态昂扬，仿佛可见当年公孙的舞姿。她和"我"问答之间，已然了解了她的师承，"我"却因此追忆往事，感慨时世，增添了无限伤感。这一段六句，主要是叙述"公孙大娘弟子舞剑器"的情形，对李十二娘的舞姿不再作具体描写，仅以"妙舞此曲神扬扬"一语带过，因为上段对剑器舞已有笔酣墨饱的描写，读者从公孙的舞姿中自可想见。诗人把重点放在叙述中寓感慨上。开头的"绛唇珠袖两寂寞"一句，便寓含着对一代舞蹈大师兼绝代佳人逝去的无限追缅，情致苍凉而缠绵，仿佛在宣告一个舞蹈时代的结束。这句重重一抑，下句"晚有弟子传芬芳"又稍稍上扬，仿佛给人以些许安慰和庆幸。但观舞对答之余，又反增"感时抚事"之悲，感情又再次一抑。在抑扬反复之间，诗人的感情随之变化，而诗的顿挫曲折之致也得到生动展现。"感时抚事"一句，是全诗的主句，以此为枢纽，连接起前二段与后二段，以下便转入"感时抚事增惋伤"的具体描写。

"先帝"六句，围绕公孙及其弟子，抒写时代盛衰之慨。前两句写昔，追忆当时玄宗有侍女（包括宫女、宫妓）八千人，其中公孙的剑器舞号称第一。这两句上承首段。中两句写时代巨变，五十年来，世事沧桑变化，安史之乱和接踵而至的内忧外患，使全国在风尘弥漫中蒙受长期灾难，李唐王室也因此而长期笼罩着昏暗的阴影。后两句写当今，由于长期战乱，众多的梨园弟子都四散流落，如同云烟，歌妓舞女的残余人员如今正在寒日的照映下凄凉起舞。昔与今之间横亘着那场改变了唐王朝面貌的大变乱。所谓"感时抚事"，正指由极盛到衰的巨变。表面上看，诗人似乎是悲慨梨园弟子、歌妓舞女的聚散盛衰，实际上诗人正是由梨园弟子、歌妓舞女的聚散盛衰而追本溯源，悲慨时代的由盛而衰。写到这里，全诗的旨意已经显露，以下一段便收归现境，回到自身。

"金粟堆前木已拱"，上承"先帝"句，以泰陵墓木已拱标示盛唐时代的消逝，下句"瞿塘石城草萧瑟"立即转到诗人所在的夔州，以"草萧瑟"点冬日凄寒景象，也暗寓自身衰世暮年的衰飒凄凉之感。"玳筵"二句，写曲终舞罢，皓月东升，"乐极哀来"四字，明写舞罢筵散而哀感油然而生，而联系上文"五十年间似反掌，风尘澒洞昏王室"之语，则更大范围的时代巨变引发的"乐极哀来"之慨也隐见言外。结尾二句写曲终筵散的诗人，在荒山寒月的映照下，茫然而行，不知所往，心中的愁绪越来越深重，正显示出由观舞而引起的时代盛衰的悲慨已经使衰老的诗人心情十分沉重，不胜负荷了。"疾"是急剧猛烈之意，"转愁疾"是愁绪更加急剧猛烈的意思，或解为"足茧行迟，反愁太疾，惜去而不忍其去"，恐非。

杜甫亲历了中国封建社会由繁荣昌盛的顶峰急剧跌落下来，陷于长期战乱的由盛转衰的时代。时代今昔盛衰的体验感受特别强烈而深刻。而盛唐乐舞，作为那个繁荣昌盛时代精神文化的标志与象征，在他心中留下了永难磨灭的深刻记忆。在衰颓时世，衰暮之年，漂泊留滞异乡的境遇中重睹盛唐时风靡四方的剑器舞，引起的时代盛衰之慨无疑是极深沉而强烈的。这首诗所抒发的今昔盛衰之慨，客观上反映了一个大的时代社会转折在诗人心灵中留下的深重烙印。从这方面看，自有它深刻的历史内涵和认识意义。

房兵曹胡马诗①

胡马大宛名②，锋棱瘦骨成③。竹批双耳峻④，风入四蹄轻⑤。所向无空阔⑥，真堪托死生⑦。骁腾有如此⑧，万里可横行⑨。

[校注]

①宋千家本、二蔡本、仇注本题末无"诗"字。兵曹，即兵曹参军。据《新唐书·百官志》，十六卫、太子府、王府及外州、府均设此职官。此房兵曹具体情况未详。诗可能作于开元二十九年（741）由齐、赵归洛阳后。②大宛，汉西域国名，在今中亚乌兹别克斯坦共和国境内费尔干纳盆地，都贵山城（今中亚卡散

赛），产良马。《史记·大宛列传》："大宛在匈奴西南，在汉正西，去汉可万里。其俗土著，耕田，田稻麦。有蒲陶酒。多善马，马汗血，其先天马子也。"③锋棱，此指马的骨骼瘦硬，棱角分明，如物之锋芒、棱角。④批，削。竹批，斜削之竹筒。峻，尖锐。《齐民要术》谓"马耳欲得小而促，状如斩竹筒"。⑤风入四蹄轻，《拾遗记》卷七："（曹）洪以其所乘马上帝（魏武帝曹操），其马号曰白鹄。此马走时唯觉耳中有风声，足不践地……时人谓乘风而行。"刘昼《新论·知人》："故孔方谭之相马也，虽未追风逐电，绝尘灭影，而迅足之势固已见矣。"崔豹《古今注》谓："秦始皇有骏马名追风。"⑥无空阔，不知有空阔，视空阔为无有，形容马疾驰时所向无前。⑦托死生，以自己的死生相托付。⑧骁腾，骁勇飞腾（的良马）。⑨横行，纵横驰骋。《史记·季布栾布列传》："上将军樊哙曰：'臣愿得十万众，横行匈奴中。'"杨素《出塞二首》之一："横行万里外，胡运百年穷。"二句谓有如此骁勇飞腾之良马，自可凭借其立功于万里之外，扫荡胡尘。

[鉴赏]

　　杜甫虽不专以咏物名家，却是诗史上杰出的咏物诗大家。在他现存诗中，咏物诗达百首以上，其中以马为吟咏对象的名篇尤为出色。这首作于其青年时代的咏马名作，称得上是不即不离、不黏不脱、借形传神、形神兼备的典范之作。

　　首句直接入题，交代马的产地，指明这是匹产自大宛的千里马。历史典籍中有关汉武帝伐大宛以取名马的记载，特别是它那"汗血"的特征，使其增添了神奇的色彩。故此句虽平起直叙，却能唤起读者"此马非凡马"的联想，为下面一系列描写议论预留了充分的地步。

　　次句即从总体上描绘大宛名马最突出的特征："锋棱瘦骨成。"它长成一副锋棱突起的骨架和一身劲瘦结实的肌肉，一望而知是能日行千里的神骏，和那些看上去油光水滑，实经不起长途奔驰的"痴肥"之辈完全不同。会相马者先审其骨相，看其整体，这句正是房兵曹的大宛名马给诗人的整体印象、第一印象。这最初的印象便抓住了神骏的总体特征。

　　第三句从整体转到局部，对神骏作更细致的观察与描绘："竹批双耳峻。"《齐民要术》谓"马耳欲得小而促，状如斩竹筒"，可见双耳如斜削的竹筒尖锐劲挺，乃是古人在长期观察良马过程中积累的鉴别经验。"峻"字不但画出马耳尖锐竖起的外形，也透露出马的精神抖擞、活力四射之神情，并不单纯是静止的外形描绘。

至此，对大宛名马的总体特征、局部特征都已作了概括而精练的描写，第四句便转入对神骏的动态描写。大宛马之所以出名，首先在于它奔驰之迅疾，因此这一句也是对其外形鉴识的一种验证，是决定其是否神骏的关键。前人或谓前四句均写其形，不免失之笼统。写马奔驰之疾，靠一般性的形容或夸张都会显得吃力而呆滞，必须靠适当的参照使它真正活起来。东汉后期的马踏龙雀雕塑，马三足腾起，一足轻点在鸟背上，用飞鸟不及躲闪的回首惊愕之状烘托其风驰电掣的奔腾气势，构思极为巧妙。杜诗此句则从"追风"一语得到启发，用"风"作了烘托参照，但并不是说"追风逐电"，而是用了一个"入"字，一个"轻"字，将马疾驰时仿佛腾空飞行，脚不沾地，但闻呼呼风声，掠过四蹄的态势描绘得极生动而传神，不但写出了马的飞腾，连骑手神奇美妙的感受也传达出来了。

　　第五句紧承第四句，从大宛马奔驰之迅疾进一步写到它一往无前的气势。或谓此句指其能日行千里，不管多么遥远的路程都不在话下，这样理解可能有失原意，也与上句犯复。"空阔"非指路程之阔远，而是指征途上遇到的沟涧山壑等通常认为难以逾越的险阻，"无空阔"即无视上述障碍险阻。在"空阔"之上安一"无"字，已显示出其非凡的气势和履险如夷的才能，其前又叠加"所向"二字，则其所向披靡、一往无前的雄迈气概如在目前。如果说第四句是写其"腾"，那么第五句就是写其"骁"。已经从写马的才能进到写马的精神——勇的领域。

　　第六句由第五句写马的勇敢精神进一步写到它的忠诚品格——"真堪托死生"，赞颂神骏可以将自己的生命相托付的忠诚品格。它和上句写马之神勇无前有联系，但不是一回事。良马之可贵，除了它奔跑之迅疾、勇敢的精神以外，最可贵的还在它对主人的忠诚。它的才能和精神为"托死生"提供了必要的条件，但没有忠诚的品格，则虽奔驰如飞、所向无前，亦无以"托死生"。"真堪"二字，贯注着诗人对神骏的忠诚品格发自内心的赞赏。写马，至此已进入最高境界。它是马，但又被赋予了人的色彩，从马身上，可以联想到"托死生"的良朋、义侠、忠臣。其时诗人方当壮岁，此句未必有更深的寄托。但联系诗人《赠李白》的"二年客东都，所历厌机巧"之句，则"真堪托死生"的感慨当非凭虚而发，其中也包含了诗人在交游中的人生体验。

　　第七句总束上六句。句即"有如此之骁腾"之意，将"有如此"三字后置，着意强调渲染，也是极力赞叹，末句就势得出"万里可横行"的结论，笔酣墨饱，神完意足。末联意凡三层。作泛论说，意谓有如此骁勇奔腾之良马，则自可横行万里，而毫无阻碍，这是表层之意。因题称"房兵曹胡马"，兵曹职参军事，故自含房兵曹有此神骏，自可横行敌国，建不朽之功勋，这是切合题面的里层之意。而杜甫睹此神骏，跃然而起横行万里，报效国家之志自蕴其中。这是拍合到自己身上的深层之意，言外之意。上句一笔兜转，收得拢，下句纵情开放，意蕴深厚，一合一开，极具豪纵健举的气势。

此诗在结构章法上先总后分，最后又加总结发挥，二至六句，先形后神，先整体后局部，先才能次精神后品格，每句之间，既有紧密关联，又逐层递进深化，故新意迭现，毫不重复。体现出杜甫早期五律已具法度谨严，气势飞动，意态沉雄的特征。其中炼字炼句，如"风入四蹄轻""所向无空阔"，均为奇警之佳句。

春日忆李白①

白也诗无敌②，飘然思不群③。清新庾开府④，俊逸鲍参军⑤。渭北春天树⑥，江东日暮云⑦。何时一樽酒，重与细论文⑧？

[校注]

①作于天宝六载（747）春杜甫到长安后不久。②无敌，无敌手，无与伦比。《礼记·檀弓上》："为伋也妻者，是为白也母。"或谓语本此。③飘然，形容诗思之高远飘逸。思不群，诗思卓越不凡。左思《咏史》之三："功成不受赏，高节卓不群。"④庾开府，即庾信。原仕梁，后入北周，为骠骑大将军、开府仪同三司。生平详参《周书》及《北史》本传。⑤俊逸，俊迈洒脱。鲍参军，即鲍照。刘宋著名诗人，曾任临海王子顼前军参军。生平详参《宋书》及《南史》本传。⑥渭北，渭水北岸。此借指诗人所在的长安。⑦江东，长江以东的吴越地区。此指李白当时所在的浙江一带。李白诗中曾称越州会稽为"江东"。如《重忆一首》："欲向江东去，定将谁举杯？稽山无贺老，却棹酒船回。"⑧论文，即论诗。

[鉴赏]

自从天宝三载（744）初遇李白到写这首诗时，杜甫已经陆续写了《赠李白》五古、七绝各一首，又有《与李十二白同寻范十隐居》《冬日有怀李白》各一首。这首作于天宝六载春的《春日忆李白》是杜甫天宝年间赠李诸诗中流传最为广远的一首。它本是一首充满深挚情谊的思念远方诗友的作品，却因李、杜在后世的齐名并称与评论者抑扬轩轾而引发对诗意的误解，这恐怕是李、杜当时根本就没有料想到的。

对杜甫来说，李白最使他倾倒的无疑是其杰出的诗才，数载同游生活中，登临怀古，饮酒赋诗，是一项重要的内容。因此，这首怀想李白的诗，首先便从赞其诗写起。首联赞其诗名与诗思。李白年长杜甫近一纪，称得上是杜甫的前辈诗人，但杜甫却直以"白也"开端，直呼其名，显示出两人之间情同手足的亲切关系。仇注说"白也"是用《礼记·檀弓上》"是为白也母"的句法，把本来是朋友间亲切称呼"白也"（相当于李白啊）变成掉书袋，未免有些杀风景。作此诗时，李白的一大批代表性作品虽已问世，但其后还有相当长的一段创作历程，诗歌的内容和风格都还有重要发展，杜甫却下了断语，称其"诗无敌"。杜甫一生，称美的前代和当世诗人甚多，但从来没有用"诗无敌"来称扬他人的。即此三字，就可扫却历代一切妄加猜测的评论。仔细想来，这"诗无敌"的赞语又十分中肯，即以李白当时已经取得的创作成就而论，确实已超越了同时代的所有诗人而居于"无敌"的地位。

第二句"飘然思不群"是极赞其诗思的。诗思所包含的内容甚广，既包括诗歌所表现的思想情趣、风采个性，也包括诗的构思和表现，甚至可以包括对自然社会人生一切具有诗意的景象的感受、捕捉能力。对这种杰出的诗思，杜甫除了用"不群"来突出其卓越不同凡响和富于个性以外，又用"飘然"来形容其高远飘逸，具有"诗仙"的色彩。这种诗思，既有别于一切苦咏之辈，也有别于杜甫之沉郁顿挫。这两句可能存在着因果关系（前果后因），但读来却似一气呵成。妙在对偶工整，尤妙在以"白也"对"飘然"，虚字句中为对，却极富诗趣而无酸腐之气，可称创举。

颔联盛赞其诗风。庾信与鲍照，是六朝诗人当中杜甫经常提到并给予很高评价的。庾信对杜甫诗歌创作的影响尤其深巨。但杜甫对庾信的继承，主要在其"老成"的一面，此处却标举其"清新"的一面来盛赞李白。李白诗歌，既豪放而又飘逸，但都具有"清水出芙蓉，天然去雕饰"的共同风格，以"清新"赞李白之基本诗风，可谓具眼。鲍照诗歌对李白七言歌行的影响亦同样深巨，此处以"俊逸"称其诗，当指其诗风俊迈洒脱，超群拔俗。乔亿《剑溪说诗》卷上："鲍明远五言轻俊处似三谢，至其笔力矫捷，直欲与左太冲、刘越石中原逐鹿矣。七言歌行，寓廉悍于藻丽中，江东三百年，允称独步。"又云："杜诗'俊逸鲍参军'，

'逸'字作'奔逸'之逸，才托出明远精神，即是太白精神。"既提到其"俊"，又提及其"逸"。他所理解的"逸"实与今称李白的诗风既豪放又飘逸相近。然则这一联可以说正概括了李白诗既豪放飘逸又清新自然的特征。一千三百年前同时代的杜甫，对李白诗风的把握如此精到，不得不令人叹服。或以为杜甫仅以庾、鲍许李白，是小看了李白，这是对诗意的误解。杜甫的原意是赞李诗清新处似庾，俊逸处似鲍，并没有说李白之诗才及成就如庾、鲍。而且杜甫即使再极赞李白，也不大可能对一个在世的诗友作盖棺论定式的历史地位的评价。后世的评论者在李、杜的历史地位已定之后，责怪杜甫止以庾、鲍许李，没有肯定其在唐代乃至诗史上的地位，未免太缺乏历史观念了。何况如前所说，单凭"白也诗无敌"一语，就可看出杜甫对李白在当世诗坛崇高地位的认识是何等明确而坚定了。更何况，怀念诗友的诗，即便有赞扬评论其诗歌的内容，也非论诗诗，更非科学的论文。这首诗的前两联，赞李白之诗才、诗思、诗风，实际上都是"忆"的内容，是在对往昔同游论交的美好回忆中浮现其"飘然思不群"的诗人风貌和"清新""俊逸"的诗风。今之读者觉得似乎是抽象评赞的诗句，在诗人构思和表现过程中却是伴随着鲜活的形象的。这两联对李白的评论固然精致，但在一气贯注中流露的对李白的倾倒羡慕和亲切热烈的感情同样使人受到强烈感染。

如果说前两联是回忆作为诗人的李白，那么腹联便是怀念作为友人的李白，尽管这两方面密不可分，但诗人在抒写时不妨有所侧重。这两句中"江东""渭北"分别点李、杜二人所在之地，"春天"点季候，"日暮"点时间。"云""树"点两地景物，分开来看，可以说每一个都极平常，但当诗人将它们组成一个没有任何动词，只有名词和方位词的对句之后，却创造出情寓景中、兴在象外、含蓄无穷的艺术意境。不但显示出两位昔日诗友如今一处渭北、一在江东，天各一方的情景，且表现出彼此面对眼前的云树（"春天树"与"日暮云"，系互文），默默思念对方的同时，遥想对方此时也正默默思念自己。妙在无一"忆""思"之语，而无限思念之情溢于言表，以致"云树之思"成为朋友阔别之后互相思念的成语，"云树"也成了朋友阔别远隔的典型意象，白居易的"云树三分隔，烟波恨一津"（《早春西湖闲游怅然兴怀寄微之》），李商隐的"嵩云秦树久离居，双鲤迢迢一纸书"（《寄令狐郎中》），均从杜诗化出，后者更是可与杜甫此诗相媲美的名作。

尾联双绾以上两层意思作收：什么时候，才能重逢把酒、细论诗文呢？唐代是一个诗的时代，朋友之间作别赠诗，重逢谈诗，是唐人诗意生活的重要内容，更何况是诗友兼知音的重逢和把酒论诗呢？只有设身处地去想象那个浸透浓郁诗歌氛围的时代，才能真正体会到这两句诗中所充溢着的浓郁诗情和深挚友情。

在杜甫的五律中，这大概是写得最不着力、最自然流丽的作品，通篇看不到任何锤炼的痕迹，但却在一片神行中充满了深浓的情思，具有令人神远的意境。应该说，这仍然是典型的盛唐之音。

月 夜[1]

今夜鄜州月[2]，闺中只独看。遥怜小儿女，未解忆长安[3]。香雾云鬟湿[4]，清辉玉臂寒。何时倚虚幌[5]，双照泪痕干？

[校注]

[1]天宝十五载（756）六月，潼关失守，杜甫携家逃难至鄜州之羌村。八月，闻肃宗在灵武（治今宁夏灵武西南）即位，只身奔赴，途中为叛军所俘，押送至已沦陷之长安。此诗即是年八月对月思念妻子儿女之作。[2]鄜（fū）州，关内道鄜州洛交郡，治所在今陕西富县，南距长安四百七十七里。[3]未解，不懂得。"忆长安"意可兼指小儿女与妻子之忆。忆，思念。[4]香雾，形容妻子云鬟上涂抹的膏沐使笼罩着她的雾似乎也带上了香气。[5]时，《全唐诗》校："一作当。"虚幌，薄而透明的窗帷。

[鉴赏]

读这首诗，要避免两个误区：一是将诗人发于自然的深挚感情理解为刻意追求用意与笔法的深曲；二是将诗人的感情神圣化，不敢面对诗中已经明显表现出来的绮思柔情。不走出这两个误区，都不可能真正了解真实的杜甫。

这是一首在战乱年代的大背景下，身处沦陷区的诗人在京城长安对月思家的诗。题为"月夜"，这月便是诗中所有思绪的触发物和寄托物。但诗的一开头却似完全撇开身处长安，对月思家这层诗人原就存在的感情意绪，而直书"今夜鄜州月，闺中只独看"，于是便有种种"从对面写来"一类的分析。其实，诗人这样写，完全是长安对月时自然产生的联想。由于自己身处长安，对月思家，便自然联想起在鄜州的妻子，此刻也正在对月怀想自己。在诗人来说，这原是长安对月的瞬间自然引发的感情，并非有意要运用"从对面写来"的艺术手法来表达自己思家的感情，而这种感情已自然包蕴其中了。感情深挚的夫妻之间这种由己及人的推想，完全发自内心，想到的首先是对方的处境与心情，这正是所谓深情体贴。这一联虽说直抒诗人对月时所想，但每一个词语都值得细加体味。说"今夜鄜州月，闺中只独看"，则意中自有往日在鄜州乃至长安时两人共对明月的情景作为参照。彼时虽或举家逃难，或生计艰难，但总能夫妻团聚，相濡以沫，而"今夜"之鄜州月，妻子却只能一人独看了。说"闺中只独看"，而己之独对长安月之意亦包于内。"独"字明写对方，实绾双方。而"看"字则"看"中含思，而思亦不单纯是思念，还包含着对对方处境的想象，安危的焦虑。"只"与"独"似重而非重，"独"强调的是一人独处的客观处境，"只"强调的是主观感情，是对这种处境的同情与体贴。"只独看"三字，直贯前三联，并暗逗结联。

"遥怜小儿女，未解忆长安。"这一联似又撇开"闺中"而另提"儿女"，其实，说小儿女不懂得思念在长安的父亲，正暗透妻子的"忆长安"。"忆长安"正是对第二句"独看"的"看"字内涵的揭示。但这一联除暗透妻子之思念自己这层意思外，还直接流露出对小儿女的无限怜爱关切之情。小儿女不懂事，还不懂得思念处于危境中的父亲，这好像是庆幸他们的无忧无虑，实际上更透露出内心的悲悯，"怜"字中正含有深刻的意蕴。"未解"句还可以有另一层意思，即小儿女不理解母亲对远在长安的父亲的思念，这同样衬托出闺中妻子"独看"的孤寂和思念之苦。

"香雾云鬟湿，清辉玉臂寒。"这是诗人对远在鄜州的妻子今夜"独看"明月时情景的想象。由于久久凝望，思念在危城中的丈夫，不知不觉中夜已经深了，缥缈而似乎散发着香气的薄雾沾湿了如云的发鬟，月亮的清辉映照着洁白的手臂，似带寒意。"湿""寒"二字，透露出凝望驰思时间之长，不言思忆而思忆之情自深，更体现出诗人对妻子的深情体贴，虽远隔却能细致入微地体察对方的感受，"寒"字还透露出对方的凄寒孤寂处境与心境。这一联词语相当绮艳，尤其是"香雾""云鬟""玉臂"等语，几近后世香艳词中用语，以致有的评家误以为这是诗人"初年始解言情之作"，而有的评家则囿于诗庄词媚的传统观念或出于对杜甫圣贤形象的固定看法，而"不喜之"，或认为此联非写其妻。其实，此联紧承"只独看"与"忆长安"，其所指对象极明显。关键是对杜甫其人，脑子里已经形成了严肃而稍带迂腐的印象，觉得如此绮艳的字眼用在年过四十的妻子身上，未免过于浪漫而不符合脑子里的杜甫形象罢了。其实，真正的杜甫是一个感情极真挚、极深厚、极丰富的诗人，无论对国家、人民、君主、朋友、妻子儿女乃至自然界的一切美好事物，都怀有至深至浓的感情。杜诗感染力之强烈而持久，这是一个至关重要的因素。梁启超说杜甫是"情圣"，这是独到而深刻的见解。既如此，在思念妻子的诗里既表现出自己的深情体贴，又表现出想象中妻子的美丽，就完全合乎情理，也符合杜甫的实际。王嗣奭说这一联"语丽而情更悲"，固然不错，但情悲与对妻子的怜爱并不矛盾，与写妻子形象的美丽也并不冲突。相反，这倒是给思念之深之苦增添了一点温婉清丽的色彩，使诗情诗境变得更加丰富动人了。

末联即由深长的思念引出，由"独看"思忆之苦之深引出对"双照"的热烈期盼。"倚虚幌"，即倚帘望月之省，但这回不再是"独看"，而是合家团圆，夫妻重聚，在明月清辉的映照下，双双拭去悲喜交集的泪痕了。说"双照泪痕干"，则今夜长安、鄜州两地对月，因思念而泪不干的情景自在言外。"倚虚幌""双照"之语，想象中带有温煦的期盼；而"何时"一语，又在热烈期盼中带有渺茫无期的叹息。感情复杂，情味隽永。

全篇没有一字直接写到战乱的背景，但这绝非一般情况下的夫妻离别和相互思念。透过"只独看""忆长安""泪痕干"等词语，可以感受到在长安、鄜州的阻隔中隐现出战乱的特殊氛围，联系杜甫在沦陷的长安城中所目睹耳闻的一系列战乱造成的残破景象和令人触目惊心的事物（像《春望》《哀江头》《哀王孙》《悲青坂》《悲陈陶》诸诗中所描绘的那样），可以体味出在"独看""忆长安"中所包含的干戈离乱中特有的担心与焦虑、惶恐与不安。这正是此诗比一般写夫妻离别思念的诗更深挚动人的原因。

春　望①

国破山河在②，城春草木深③。感时花溅泪，恨别鸟惊心④。烽火连三月⑤，家书抵万金。白头搔更短⑥，浑欲不胜簪⑦。

[校注]

①春望，此指春天登高眺望（长安城）。作于唐肃宗至德二载（757）三月，杜甫在沦陷的京城长安期间。②国破，国家残破。或谓"国"指京城长安，疑非。当时的中国北方大部分地区已在安史叛军铁蹄蹂躏之下，不仅是国都沦陷而已。如

解为国都，与"山河在"配搭不上。③春，城春的"春"与上句"破"字对文，带有动词意味。"城春"指春天又到来了长安城。草木深，形容草木因无人修整，杂乱荒芜。④时，指时局、时事。二句谓因有感于国家残破的艰难时局而看花溅泪，因怀家人离散之恨而听鸟惊心。⑤连三月，有二解：一谓从去年三月到今年三月，一谓春天中接连的三个月。似以后解为优。因为从去年三月到八月，杜甫一直和家人在一起，不存在"家书抵万金"的问题。⑥搔，指因忧愁焦虑而下意识地用手搔头。⑦浑，简直。不胜，不能承受。鲍照《拟行路难》："白发零落不胜冠（按：《草堂诗笺》作'簪'）。"

[鉴赏]

这是杜甫在沦陷了的京城长安写的一首感时恨别的五律。从头一年八月身陷长安到写这首诗时，已经八个月了。因为诗是写春天登高眺望长安时的所见所感，故题为"春望"。

"国破山河在，城春草木深。"起联正面点明题目"春望"，"山河""草木"都是望中所见。"国破"点明特定的时代背景，"春"点明时令。国家残破了，山河还依然在目；春天又来到了长安城，眼前所见却是草木丛生，一片荒芜景象。两句感情深沉凝重，表现凝练含蓄。"国破"二字当头喝起，概括了自天宝十四载（755）十一月安禄山从范阳起兵反叛，长驱南下，连续攻陷洛阳、潼关、长安，玄宗仓皇奔蜀，北中国的大片国土沦于叛军铁蹄之下的惨状和人民遭到的巨大灾难，为全诗抒情写景提供了一个大的时代背景。"山河在"，表面上是说，山河还存在，还依然如故，但这里面却包蕴深厚丰富，感慨深沉凝重，关键就在句末那个看来很平常的"在"字，当它和"国破"一联系起来，就有了特殊的含义：山河虽然还在，但诗人所熟悉和热爱的某些最宝贵的东西已经不在了；山河虽然似乎没有变化，但社会面貌却发生了沧桑巨变。杜甫亲身经历的"开元全盛日"，已经随着"国破"而"不在"了。山河不改，而江山易主。沦陷了的长安城，看到的是"群胡归来血洗箭，仍唱胡歌饮都市"的景象；放眼河山，则"青是烽烟白是骨"。因此这"在"正透露出另一面的"不在"，曲折含蓄而又沉痛，表达了诗人对国家人民所遭受的历史灾难的深沉感慨。

春天的长安城，本来是一片花团锦簇般的繁华景象。而现在呢？登高眺望，唯见"草木深"而已。这一"深"字也同样看似平易而实则十分锤炼。草木繁茂葱郁，本是春天特有的景象，平常它给人的感受是生机蓬勃，但着一"深"字，却变繁茂葱郁为杂乱丛生，变生机蓬勃为荒芜凄凉。满目春光，反而成了长安城萧条冷落的突出标志。从这里可以联想到遭受安史叛军洗劫焚烧后的长安城，到处是一片废墟，杳无人迹，寂无人烟，几乎变成一座死寂的空城了。而诗人目接此景时那种今昔盛衰的深沉感慨，触目惊心的强烈感受，也统统熔铸在这个"深"字当中。

"感时花溅泪，恨别鸟惊心。""感时"的"时"特指时局，即国家残破的局面；"恨别"，即因长期与家人离别而抱恨。杜甫当时独自困居沦陷了的长安，一家老小则在鄜州，存亡未卜。"花""鸟"二字之前实际上分别省略了"看"字"闻"字。两句互文，意谓由于感慨国事，深悲别离，因此看到花开反而迸泪，听到鸟鸣反而心惊。"感时"承上二句，"恨别"启下二句。花、鸟，紧扣题内"春"字，花开、鸟鸣，正春天登眺所见所闻。这本是使人心情愉悦的景象，但在国破、家散的情况下，反而引起内心的强烈悲痛。因为它和整个时代环境（国破），和眼前长安城一片荒芜萧条的景象（草木深），和自己因感时恨别而陷于无限伤痛的感情太不协调了。它不但没有给整个环境增添一点明朗欢乐的色彩，反而因为与环境的不协调而使诗人感情上受到强烈的刺激。因而情不自禁地"溅泪""惊心"。"溅"字、"惊"字，正透露出花开鸟鸣给予诗人的刺激何等强烈！有一种理解认为"花溅泪""鸟惊心"是拟人化的写法，但说带露的花好像在流泪似可理解，说鸟鸣声透露出心惊就难以想象。这一联和上一联，从创作过程来说，都是触景生情，但在表现手法上却并不雷同。首联是寓情于景，这一联是借景抒情。

"烽火连三月，家书抵万金。""烽火"亦登望所见，即前引"青是烽烟白是骨"的景象，"连三月"则正紧扣题内"春"字，此句承"国破""感时"。"家书"句承"恨别"。杜甫《述怀》中说："去年潼关破，妻子隔绝久……自寄一封书，今已十月后。反畏消息来，寸心亦何有！"这首诗写于至德二载（757）初夏，可证杜甫困居长安沦陷区时确曾写信寄往鄜州，但一直得不到回信，故有"家书抵万金"的感慨。这一联用流水对，上句"感时"，下句"恨别"，上句是因，下句为果。两句一意贯串，着重写"恨别"，国事、家事紧密相联。"连"字"抵"字，都是锤炼而不露痕迹的字眼，前者突出战火的连绵不断，并给人以烽火满目的视觉形象；后者突出切盼家书的感情之强烈和家书的可贵。只有像杜甫这样，经历过国破家散的痛苦磨难，才能深切理解其感情的深沉厚重。

"白头搔更短，浑欲不胜簪。"杜甫这一年才四十六岁，正值壮岁。由于长期在沦陷的长安城困居，目击时艰，忧伤国事，思念家人，存亡未卜，精神痛苦，头发几乎全白了。(《北征》诗云:"况我堕胡尘,及归尽华发。") 由于心情忧郁愁闷,不断搔头,原本就逐渐稀疏的白发越来越短越少,简直连发簪都快承受不住了。从"白头搔更短"的描绘中,正透露出诗人面对国难家离,忧心如焚的情态。这里虽未明写"望"字,但出现在我们面前的却是一个在凝望中带着深沉忧郁神情搔首踟蹰的诗人形象,用杜甫自己的诗句来形容,那就是"白头吟望苦低垂"。

这首诗是杜甫伤时感乱之作的优秀代表。它在内容上的一个显著特点,就是对国家前途命运的悲慨和对个人命运的悲叹水乳交融般地联为一体。正因为"国破",所以诗人不仅深刻体验到国土沦亡的悲痛,山河易主的悲愤,体验到这场战乱对和平繁荣局面的巨大破坏,而且饱尝了颠沛流离、妻离子散的痛苦。他的"感时"之痛既为国家的灾难而发,同时也为千千万万像他一样饱受战乱之苦的人民而发;他的"恨别"之情既是个人的,同时也代表了广大遭受战乱之苦的普通人的感情,是属于整个时代的。由于二者的水乳交融,诗里所抒写的"感时"之痛就有深厚的生活基础,所抒写的"恨别"之情也就具有普遍的时代意义。"烽火连三月,家书抵万金",明明是写诗人自己在战乱中切盼家书的感情,但读者从中却感受到所有和杜甫有类似遭遇处境的人们的共同心声。之所以将它作为内容的特点而不是表现手法的特点提出来,是因为并非杜甫刻意用什么手法将二者捏合在一起,而是生活本身使诗人深切感受到国难与家愁之密不可分,因此很自然地将国破的感时之痛与家离的恨别之情融为一体。

诗的情调虽然深沉凝重,但并不绝望。"国破山河在,城春草木深。"尽管深痛国家的残破、山河的蒙难、京城的荒凉,但神州大地仍然存在,恢复仍存希望,"神尧旧天下,会见出腥臊"的企望同样蕴含在字里行间。最深刻的痛苦总是缘于最深挚的爱。杜甫对国家、对生活、对家人的热爱使他在最艰困的情况下也永不绝望。从感时恨别的忧愤中正透露出对胜利、对和平团聚生活的渴望。

这首诗所写的是"国破"这样一个特定的时代背景,"春"天这样一个特定的季节中诗人的感时恨别之情。"国破"与"春"二者之间就构成一种矛盾,为反衬手法的成功运用创造了条件。具体来说,就表现为在春天这样一个富于生机的季节,诗人面对的却是国家和山河的破碎、长安城的荒凉、连绵不断的烽火,从而构成极尖锐的矛盾;花、鸟作为春天的标志,本当使人愉悦,但因"感时""恨别"却反而增悲添恨。总之,"国破"的时代大背景使"春望"所见之景成为"感时""恨别"之情的有力反衬,这正是"以乐景写哀,以哀景写乐,一倍增其哀乐"的艺术辩证法。而"国破"所包含所引发的种种令人伤痛悲慨的情事,又使诗的情、景和事既矛盾对立,又融合统一,构成有机的整体。

秦州杂诗二十首(其七)①

莽莽万重山②,**孤城山谷间**③。**无风云出塞,不夜月临关**④。属国归何晚⑤,楼兰斩未还⑥。烟尘独长望⑦,衰飒正摧颜⑧。

[校注]

①秦州,唐陇右道州名。天宝元年(742)改为天水郡,乾元元年(758)复为秦州,治上邽县。今甘肃天水市。因关中饥馑,加上对朝政的失望,杜甫于乾元二年七月,弃去华州司功参军的官职,携家远赴秦州,在秦州居住了三个月左右。《秦州杂诗二十首》是他在秦州期间创作的大型五律组诗,本篇是组诗的第七首。②万重山,指秦州周围的山。《元和郡县图志》载:"嶓冢山,在(上邽)县西南五十八里。"其西南有朱围山,东北有大陇山、小陇山。陇山高约二千余米,山势陡峻。③孤城,指秦州州治上邽县。城北濒渭水,四周均山,故云"孤城山谷间",秦州向为西边军事重镇。④关,泛称秦州城的城门,非指陇关。⑤属国,用汉苏武出使匈奴被囚困十九年始归汉,拜为典属国(主管外交事务的官)之事。事见《汉书·苏武传》。此以"属国"借指唐廷出使吐蕃的使臣。⑥此句用傅介子斩楼兰王首而归事,事见《汉书·傅介子传》。参王昌龄《从军行》(青海长云)注③。⑦长望,(向西)极望。⑧衰飒,景象衰败萧索貌。摧颜,使人面容忧愁。

[鉴赏]

"莽莽万重山,孤城山谷间。"首联陡起壁立,大处落墨,概写秦州险要的地理形势。秦州坐落在陇东山地的渭河上游河谷中,北面和东面,是高峻绵延的六盘山和它的支脉陇山,南面和西面,有嶓冢山、朱围山,更西有鸟鼠山。四周山岭重叠,群峰环绕,是当时边防上的重镇。"莽莽"二字,写出了山岭的绵延长大和雄奇莽苍的气势;"万重"则描绘出它的重沓和深广。在"莽莽万重山"的狭窄山谷间矗立着的一座"孤城",由于四周环境的衬托,越发显出了它那独扼咽喉要道的险要地位。同是写高山孤城,王之涣的《凉州词》"黄河远上白云间,一片孤城万仞山",雄浑阔大中带有闲远的意态,而"莽莽万重山,孤城山谷间"则隐约透露出一种严峻紧张的气氛。沈德潜说"起手壁立万仞",这个评语不仅道出了这首诗发端雄峻的特点,也表达了这两句诗所给予人的感受。

"无风云出塞,不夜月临关。"首联托出雄浑莽苍的全景,次联缩小范围,专从"孤城"着笔。云动必因风,这是常识;但有时地面无风,高空则气流运动而云层飘移,从地面上的人看来,就有云无风而动的感觉。不夜,就是未入夜。上弦月升起得很早,天还未黑月就高悬天上,所以有不夜而月已照临的直接感受。云无风而动,月不夜而临,一属于错觉,一属于特定时间的景象,孤立地写它们,几乎没有任何意义。但当诗人将它们和"关""塞"组合在一起时,便立即构成奇警的艺术境界,表达出特有的时代感和诗人的独特感受。在唐代全盛时期,秦州虽处交通要道,却不属边防前线。安史乱起,吐蕃乘机夺取河西、陇右之地,地处陇东的秦州才成为边防军事重镇。生活在这样一个充满战争烽火气息的边城中,即使是本来平常的景物,也往往敏感地觉察到其中仿佛蕴含着不平常的气息。在系心边防形势的诗人感觉中,孤城的云,似乎离边塞特别近,即使无风,也转瞬间就飘出了边境;孤城的月,也好像特别关注防关戍守,还未入夜就早早照临着险要的雄关。两句赋中有兴,景中含情,不但警切地表现了边城特有的紧张警戒气氛,而且表达了诗人对边防形势的深切关注,正如浦起龙《读杜心解》所评的那样:"三、四警绝,一片忧边心事,随风飘去,随月照着矣。"

三、四两句在景物描写中已经寓含边愁,因而五、六两句便自然引出对边事的直接描写:"属国归何晚,楼兰斩未还。"苏武出使匈奴,被扣留十九年,归国后,任典属国。第五句的"属国"即"典属国"之省,指唐朝使节。大约这时唐朝有出使吐蕃的使臣迟留未归,故说"属国归何晚"。第六句反用傅介子斩楼兰王首还阙事,说吐蕃侵扰的威胁未能解除。两句用典,同赋一事,而用语错综,故不觉复沓,反增感怆。苏武归国、傅介子斩楼兰,都发生在汉王朝强盛的时代,他们后面有强大的国家实力作后盾,故能取得外交与军事上的胜利。而现在的唐王朝,已经从繁荣昌盛的顶峰上跌落下来,急剧趋于衰落,像苏武、傅介子那样的故事已经不可能重演了。同样是用后一个典故,在盛唐时代,是"黄沙百战穿金甲,不破楼兰终不还"(王昌龄《从军行》)的豪语,而现在,却只能是"属国归何晚,楼兰斩未还"的深沉慨叹了。对比之下,不难体味出这一联中所寓含的今昔盛衰之感和诗人对于国家衰弱局势的深切忧虑。

"烟尘独长望,衰飒正摧颜。"遥望关塞以外,仿佛到处战尘弥漫,烽烟滚滚,整个西北边地的局势,正十分令人忧虑。目接衰飒的边地景象,联想起唐王朝的衰飒趋势,不禁使自己疾首蹙额,怅恨不已。"烟尘""衰飒"均从五、六生出。"独""正"两字,开合相应,显示出这种衰飒的局势正在继续发展,而自己为国事忧伤的心情也正未有尽期。全诗在雄奇阔大的境界中寓含着时代的悲凉,表现为一种悲壮的艺术美。这也是整个《秦州杂诗》的共同艺术特征。

蜀 相①

丞相祠堂何处寻②?锦官城外柏森森③。映阶碧草自春色④,隔叶黄鹂空好音⑤。三顾频烦天下计⑥,两朝开济老臣心⑦。出师未捷身先死⑧,长使英雄泪满襟⑨!

[校注]

①上元元年(760)春作。蜀相,指三国蜀汉丞相诸葛亮。建安二十六年(221)四月丙午,刘备在蜀即帝位,以诸葛亮为丞相,此诗为杜甫初到成都后不久,游武侯祠后所作。②丞相祠堂,即武侯祠。在今四川成都市南郊,一称昭烈庙、蜀相祠,系祭祀蜀汉先主刘备与丞相诸葛亮的合庙。本为刘备陵庙,称惠陵祠、昭烈庙。孔明庙始建于西晋末成汉时,在成都旧城内。唐初在昭烈庙侧建武侯祠(因诸葛亮生前封武乡侯,死后谥忠武侯)。李商隐《武侯庙古柏》有"蜀相阶前柏,龙蛇捧閟宫。阴成外江畔,老向惠陵东"之句。③锦官城,成都的别称。成都旧有大城、少城。少城古为掌织锦官员之官署,故称锦官城,后用作成都之别称。《华阳国志·蜀志》:"州夺郡文学为州学,郡更于夷里桥南岸道东边起文学,有女墙,其道西城,故锦官也。锦工织锦,濯其中则鲜明,他江则不好,故命曰锦里也。"柏森森,指武侯祠前的古柏。顾宸注引《儒林公议》曰:"成都先主庙侧有诸葛武侯祠,祠前有大柏,系孔明手植,围数丈,唐相段文昌有诗刻存焉。"森森,枝叶繁茂貌。④映,掩。自春色,空自呈现出一片春色。"自"字与下句"空"字对文义近。⑤隔叶黄鹂,指藏在树叶茂密处的黄莺。空好音,空自发出悦耳的鸣叫声。⑥三顾,指诸葛亮初隐于隆中时,刘备曾三次前往拜访,恳请其出山相助。《三国志·蜀书·诸葛亮传》:"时先主屯新野,徐庶见先主,先主器之,谓先主曰:'诸葛孔明者,卧龙也,将军岂愿见之乎?'先主曰:'君与俱来。'庶曰:

'此人可就见，不可屈致也。将军宜枉驾顾之。'由是先主遂诣亮，凡三往，乃见。"诸葛亮《出师表》有"先帝不以臣卑鄙，猥自枉屈，三顾臣于草庐之中，咨臣以当世之事"之语。频烦，殷勤，情谊深厚，或云频繁，一而再，再而三之意。或谓"频烦"指多次烦劳，与下句"开济"不对，疑非。天下计，统一天下的战略方针，即诸葛亮在《隆中对》中提出的"东连孙权，北抗曹操，西取刘璋"，进而夺取中原，统一中国的方针。⑦两朝，指先主刘备、后主刘禅两朝。开济，开创基业、匡救危局。或解：指开创基业，济美守成。老臣心，即诸葛亮在《出师表》中所称的"鞠躬尽瘁，死而后已"的精神。⑧出师，指诸葛亮于后主建兴五年（227）开始的多次出兵伐魏的战争。《三国志·诸葛亮传》："（建兴）十二年春，亮悉大众由斜谷出，以流马运，据武功五丈原，与司马宣王（懿）对于渭南……相持百馀日。其年八月，亮疾病，卒于军，时年五十四。"⑨英雄，指后世和诸葛亮一样有远大抱负的英雄豪杰、志士才人。"英雄"可以兼包诗人自己，但不局限于此。

[鉴赏]

在凭吊追思诸葛亮的诗作中，《蜀相》无疑是最出色的篇章。除了艺术上的完美之外，与将诸葛亮作为一个既具有杰出才能，更具有高尚精神品格，既建立了不朽业绩，又未能完成终极目标的悲剧人物来歌咏，同时又寄寓了深沉的现实感慨和身世遭逢之感有密切的关系。

题称"蜀相"，而不称"谒武侯祠"，说明诗的主意在人而不在祠。但诗人对蜀相的追思凭吊却是从谒武侯祠引发的。诗的首联，用自问自答的叙述方式交代了武侯祠所在的地方和环境特点。森森古柏，既是诸葛亮坚贞忠诚的不朽精神品质的象征，又是后人睹树思人、追思凭吊的寄托（李商隐《武侯庙古柏》说："大树思冯异，甘棠忆召公。"即可为参证），同时它又渲染出一种庄严肃穆的气氛，与上句的"何处寻"相呼应，传达出郑重专程寻访、追思凭吊的气氛。律诗讲究精练，这个起联却写得相当疏朗，如果目的只在交代武侯祠所在，则"锦官城外武侯祠"一句即可。现在这样写，正是为了用这种音情摇曳、顿挫生姿、富于抒情咏叹意味的诗句传达出一种特定的情调气氛，为赞颂、悲悼伏脉。

"映阶碧草自春色，隔叶黄鹂空好音。"颔联正面写进入武侯祠所见所闻春天景物。祠堂前的台阶旁，碧草萋萋，呈现出一片春色；祠前的柏树中，黄莺在茂密的树叶后面欢快地鸣叫，传出美好的歌唱。这景色在通常情况下原能给人以悦目、娱耳的美好感受,但它既与武侯祠庄严肃穆的整个环境气氛不协调,又和诗人此时崇敬追思、哀挽悲悼的感情不协调,因而感到它们只是空自呈现春色、空自传出好音而已。"自""空"互文见义,诗人将这两个虚字放在句眼的位置上,顿时使原来悦目娱耳的景物成为崇敬追思、悲悼哀挽之情的一种有力反衬,从而更突出了庄严肃穆的整个氛围和诗人的追思悲悼之情。这正是以乐景写哀,倍增悲感的范例,"自""空"二字就是起到转化作用的关键字眼。

在正面渲染、反面衬托,酿足庄严肃穆、哀挽悲悼气氛的基础上,腹联便自然过渡到对诸葛亮的赞颂追思上来。"三顾频烦天下计,两朝开济老臣心。"上句写诸葛亮在先主刘备屡次拜谒求教的情况下,为他定下了统一天下的战略方针,亦即《隆中对》提出的"跨有荆、益,保其岩阻,西和诸戎,南抚夷越,外结好孙权,内修政理;天下有变,则命一上将将荆州之军以向宛洛,将军身率益州之众出于秦川"的先图三分鼎立之霸业,后进而统一中国、兴复汉室的总方针。这一句写出了诸葛亮的卓越见识才略和宏伟远大的抱负,大有未出茅庐而天下之事已成竹在胸的气度。下句赞其辅佐蜀汉两代皇帝,开创鼎足三分的霸业,匡济刘禅在位时蜀汉的危局,充分表现了老臣忠贞报国的品质。"开济"的"济",或引《晋书·刘琨传》"琨忠亮开济"之语,谓指"济美",但按之实际,刘禅昏庸,嬖昵小人,信任宦官,其在位时蜀汉的局势正如诸葛亮在《出师表》一开头所明白揭示的,是"益州疲弊,此诚危急存亡之秋也"。也正由于是匡济危局,才越发显示出"老臣"的忠贞亮节,亦即《后出师表》所说的"鞠躬尽瘁,死而后已"的精神。诸葛亮辅佐刘备,是"受任于败军之际,奉命于危难之间";辅佐刘禅,更是"五月渡泸,深入不毛",六出祁山,北伐曹魏,殚精竭虑,身殁军务,知其不可为而为之。这就是所谓"老臣心"。诸葛亮一生的事迹很多,如果不从大处着眼,大处落墨,就很难在一联之中概括出他一生的才能抱负、品质业绩;没有对描写对象透彻的了解,没有对其作出准确历史评价的能力,就无法作出这样的艺术概括。

"出师未捷身先死,长使英雄泪满襟。"五、六两句,极赞其"天下计""老臣心",第七句却突作转笔,痛悼其"出师未捷身先死"的悲剧结局,表面上看,似乎硬转突接,实则在匡济危局的"老臣心"中已经暗藏"天下计"之难为甚至不可为,因此这句的大开仍显得很自然。作为一个著名的政治家、军事家,诸葛亮确实是"功盖三分国",建立了三足鼎立的霸业,但由于客观条件的限制,最终未能成就兴复汉室,统一中国的王业,又是一生最大的憾事。这种因客观条件限制未能完成终极目标的遗恨，在历代志士仁人中具有很大的普遍性，诗人抓住这一点，写出了诸葛亮的悲剧结局在后世志士仁人中所引起的深沉感慨和强烈共鸣，从而使这首诗在五、六两句的基础上另辟新境，更出警策，结束得极为圆满、有力而富于余韵。

　　杜甫入蜀以后，写了一系列咏诸葛亮的诗篇，除本篇外，像《咏怀古迹》之五（诸葛大名垂宇宙）、《八阵图》、《古柏行》等都是脍炙人口的篇章。这些诗篇不但表现了诸葛亮的才略事功、精神品质，而且表现了诸葛亮的悲剧结局和遗恨；不但具有历史的真实性，而且寓含深沉的现实感慨和人生感慨。这和他后期活动的地区在巴蜀夔巫之地有关，更与时代环境与个人境遇有关。国家的危难和个人漂泊的境遇，都使他对诸葛亮这样一个历史人物怀有特殊的感情，希望当世有这样富于才略的人物出来整顿乾坤、匡救危局。同时，他自己那种自许稷契、致君尧舜的抱负不得伸展、才大难为用的遗恨，在诸葛亮"出师未捷身先死"的悲剧结局面前，也极易引发共鸣。因此，这首诗在歌颂诸葛亮才略事功、精神品质的同时，渗透了诗人对现实中出现类似人物的渴望；在悲悼哀挽诸葛亮悲剧结局的同时，又寄寓着诗人自己抱负难伸、才而不遇的悲慨。正是由于这种现实感慨和人生感慨，才使诗人在歌咏诸葛亮时倾注了深沉的感情，所谓"长使英雄泪满襟"的"英雄"之中，就包含了诗人自己在内。

　　古来贤相代不乏人，而杜甫独钟情于诸葛亮，主要不是因为他的才略事功高出其他贤相，而是因为诸葛亮是一个遭遇乱世、拯救危局、支撑局面的宰相，一个具有鞠躬尽瘁、死而后已精神的宰相，一个因悲剧结局而愈益彰显其崇高精神的宰相。杜甫的《蜀相》在构思立意上正是将诸葛亮作为一个才德兼备、建立了光辉业绩但又未完成其终极目标的悲剧性人物来追思凭吊、哀悼悲慨的。"出师未捷身先死"的悲剧结局，使此前一切"受任于败军之际，奉命于危难之中"的努力，以及艰难创立的霸业最后尽付东流，从这个意义上说，无论是雄图大略的"天下计"，还是"两朝开济"的光辉业绩，都成了悲剧结局的有力铺垫，使"出师未捷身先死"的悲剧更显得强烈而具悲壮感。另一方面，诸葛亮的鞠躬尽瘁、死而后已的精神品质，知其不可为而为之的拯救危局的努力又使"出师未捷身先死"的悲剧结局更显出其崇高感。因此，诗的结尾，既使人无限低回，也使人在心灵上得到陶冶，得到净化。

　　杜甫以前的七律，主要是抒情写景，从杜甫开始，大量引入议论。但他不是让抒情、写景、议论等因素各自孤立,而是以抒情贯串记叙描写和议论。这首诗从表面看,前两联是记叙描写,后两联是议论,但实际上从头到尾,都贯串着抒情的主线,贯串着诗人的追寻凭吊、哀挽悲慨的感情。由于抒情贯串了写景和议论,就使我们感到那古柏森森的祠堂,那映阶碧草、隔叶鹂音,那"天下计""老臣心""英雄泪",统统互相关联,互相映带,融为一个整体。这种以抒情贯串叙述、描写和议论的写法,也为后来很多咏怀古迹的诗开了不二法门。

这首诗在结构上还有一点值得注意,就是全篇在高潮中结束。律诗的通病,是颔、腹两联比较用力,经常出现警句,而末联往往疲弱,显得仓促、敷衍,甚至草率,成为强弩之末,甚至蛇足。即使是杜甫这样的七律大家,也有相当一部分优秀作品显得后劲不足,像我们熟悉的《登楼》《宿府》《登高》都不免此病,这首诗不但前几联精彩,末联更在前几联的基础上将诗境升华到一个具有崇高悲剧美的境界,这一点和它的构思立意是密切相关的。

春夜喜雨①

好雨知时节,当春乃发生②。随风潜入夜③,润物细无声。野径云俱黑④,江船火独明。晓看红湿处,花重锦官城⑤。

[校注]

①约上元二年(761)春作于成都浣花草堂。②发生,犹出现,指春雨。或谓指万物发生。③潜,暗暗、悄悄。④句意谓田野上的小路笼罩在一片带着浓浓雨意的黑云之下。⑤花重,花经雨而沾湿,故加重。梁简文帝《赋得入阶雨》:"渍花枝觉重。"锦官城,成都城,参详《蜀相》注③。

[鉴赏]

古代咏雨的诗汗牛充栋,其中不乏名篇佳制,但像杜甫的《春夜喜雨》这样,既传春天夜雨之灵性与神韵,又传诗人对春天夜雨美好境界的喜悦赏爱之情的,却不多见。

首联径直而起,一"好"字笼盖全篇。"知时节"三字,是对"好雨"的诠释,而"当春乃发生"又是对"知时节"的进一步说明。"知"字将春雨拟人化,将它描写得仿佛极具灵性,正当春天万物萌发生长的季节,亟须雨水的滋润时,它就飘然而至了。"当"字、"乃"字,是"知"的具体化,说明它不迟不早,来得正值其时。而诗人对雨的喜悦赏爱之情,也渗透在"好""知""当""乃"等一系列词语之中。这两句是叙述议论,却写得很饶情韵,关键就在写出了春雨体贴人们需要的那份温情与灵性。

赞赏春雨之"知时节",是因为它能润泽滋养万物。颔联便进而从"润物"的角度写春夜细雨的特征和神韵。出句明点"夜"字,说它随着春天的和风悄悄地在夜间降临了。"潜"字极富神韵,说明这雨是暗暗地、悄悄地随风飘然而至的,是在人们不知不觉中忽然降临的,这正传出了春天夜雨轻柔幽细的特征,可以说是传"细"字之神。那么,诗人又是如何感知到这"潜入夜"的春雨的呢?或谓是凭听觉,但对句明说"无声",可见这雨已经细到落地悄无声息的程度。其实从"随风"二字中可以揣知,诗人是凭借风吹细雨飘洒而下时带来的那丝凉意湿意而感知到它"潜入夜"的,这种细致入微的描写不但写出了春夜细雨看不到、听不见的特征,而且传出了诗人在锐敏感知其"潜入夜"时的那份惊喜。正因为"细",它才能最有效地润泽滋养花草树木、田间作物,对句"润物细无声"便集中显示了春雨的这种特征、功能乃至品格。"细"字既是对"无声"的一种说明,又是对"润物"功能的一种强调。这两句描摹春夜细雨确实到了出神入化的程度。人们在吟味玩赏其风神气韵的同时可能会引发对生活中类似人物精神风貌的某种联想,这是具有典型特征的艺术形象的客观作用,却未必是诗人有意的兴寄。如果泥定其中的寓意,反失诗情与诗趣。

前四句用流水对写雨当春而生、随风入夜、润物无声的过程,一气直下,略无停顿,格调轻快,充分表现出诗人的喜悦之情,腹联乃略作顿宕,转写望中雨夜景物情境,但意脉则仍承"春夜喜雨"而一意贯串。"野径云俱黑",即"野径与云俱黑"之意。在平常无雨的暗夜,田野上的小径虽隐约模糊,但总有一点白色的反光与周围田野区分开来,而此刻却因浓密的黑云遮盖,全然不见踪影。而写云之黑,正所以透露雨意之浓,暗示这细无声的春雨将绵绵脉脉地一直飘洒下去。"江船火独明",放眼江上,只有渔船上的灯火独自在暗夜中闪烁明亮。这一句与上句正形成一明一暗的鲜明对照,相互反衬,使"黑"者愈显其黑,明者愈显其明。一方面,周围一片浓密的黑暗愈加突出了江船上一星灯光的明亮;另一方面,这独明的江船灯火又反过来愈益衬出整个暗夜的黑暗。从诗人的用意看,自然是以"江船火独明"反衬"野径云俱黑",以渲染雨意之浓、雨势之霖霪未已;但从所描绘的意境看,则这在浓密黑暗中的江船灯火,又极具诗情画意,给人一种诗意的遐想和美感。这两方面的意蕴,均为此联所有,不可只强调"江船"句对"野径"句的衬托作用。写黑云笼罩下的暗夜,很难写得富于美感,杜甫这一联却将它特有的美感写得极其出色,这正是因为诗人从内心深处对春天的雨夜怀有一份深深的喜爱,因而能发现它特殊的美。这一联表面上没有一字写到雨,但读者从中却可想象出那浓黑的雨云正络绎不绝地飘洒出如丝的细雨,洒遍田地、野径、春江,使土地渗透浸润,使草木庄稼得到充分的滋润,甚至似乎可以听到它们拔节生长的声响,不言喜而喜悦之情自含其中。

尾联写晓来所见锦官城花团锦簇的美景,以反托春夜细雨润物之功。这两句或理解为诗人夜间想象之词,这样理解自有它的动人遐想之处,但理解为晓来目击,似乎更能淋漓尽致地表达对春夜好雨的赞美和喜悦。在脉脉绵绵、悄无声息的一夜春雨中悄然入睡,一觉醒来,但见千枝万树,一片"红湿",枝头的花苞花朵,浸透了水分,洗出夺目的鲜红,挂着晶莹的水珠,分外饱满,变得沉甸甸的,整个锦官城似乎变成了一座花的城市。两句中的"红湿"和"重",都是着意渲染的传神写照之笔,它们不但写出了一夜春雨滋润后花的分外鲜艳、明洁、润泽、饱满,而且写出了春雨的城市美容师的作用。"锦官城"这个词语在这里作为成都的别称加以运用,也恰到好处地起了点染情境的作用,使整座城市花团锦簇的面貌得到充分的展示。

诗在时间上由暮至夜,由夜至晓,随着时间的流逝,所写的景物不断变化,诗人喜悦的感情也随之不断加强,至尾联而"喜"雨之情达到极致,诗也就在感情的高潮中悠然收束,结得极为圆满而富于余韵。

水槛遣心二首(其一)[1]

去郭轩楹敞[2],**无村眺望赊**[3]。澄江平少岸,幽树晚多花。细雨鱼儿出,微风燕子斜。城中十万户[4],此地两三家。

[校注]

[1]水槛,傍水的有栏杆的亭轩类建筑。杜甫在上元元年(760)修建浣花草堂的同时,修建了供观赏垂钓的水槛(水亭)。其《江上值水如海势聊短述》云:

"新添水槛供垂钓。"即指此。心,《全唐诗》校:"一作兴。"约作于上元二年。②郭,指成都城郭。轩楹,廊柱。敞,宽。③赊,阔远。④十万户,《新唐书·地理志》:成都府,"户十六万九百五十,口九十二万八千一百九十九"。

[鉴赏]

《水槛遣心二首》,抒写诗人水亭晚眺晨赏的感受,在杜甫五律中是别具一格之作。这里选的是第一首。

起联从水槛所在的处所落笔。"去郭"二字,一篇之根。由于远离城市,这一带住家稀少,周围没有成片的村落,凭轩览眺,视野显得非常阔远。"轩楹"(廊柱)本未必宽,因所眺者远,故觉其"敞"。"轩楹敞"即因"眺望赊"而来,两句对仗,而意则互补。不仅勾画出一片远离尘嚣的空旷境界,而且透露出诗人凭轩极目之际宽舒闲适的心境。"敞"字、"赊"字,即隐含"遣心"之意。

颔联分写眺望中的远景、近景。春夏之交,锦江水涨,远远望去,江水几乎与对岸齐平,往日水浅时的高岸已不复见;近处,草堂内外,幽树丛生,在这寂静的黄昏,盛开着各色各样的花朵。江岸与江面齐平,益添阔远之感;繁花与黄昏相伴,愈增幽寂之趣。两句远近相映,阔远幽静相衬,使两个方面都显得更为突出。而无论远眺近观,又都统一于闲适之境。"少"字、"多"字,似平易而实精工。

腹联分写俯视、仰望所见景物。槛外江面上,正下着蒙蒙细雨,形成一个个小水泡。水底的鱼儿时时浮出水面,在水泡间欢快地游动;在微风中,轻盈的燕子正借着风势倾斜着身子掠过江天,准备归巢。这一联向为评家所赏,叶梦得的评语"缘情体物……自然工妙,虽巧而不见刻削之痕"一段更每为鉴赏此诗者所称引。不过,叶氏只说到了诗人体物入微的一面,而忽略了隐藏在这后面的诗人那一份悠闲从容、欣喜轻快的心情。在细致入微地观赏景物的同时,诗人那久经丧乱、颇多创伤的心,也似乎得到了抚慰熨帖,"遣心"的意蕴也就得到进一步的表现。

尾联回抱首联。"城中十万户",极言成都之繁盛,用意却在反跌下句"此地两三家",以见草堂这一带的闲远清旷。而这旷远的"去郭"之地,正是诗人得以纵目遣心的地方。浦起龙说:"偏说有'家',正使'无村'益显。"可谓善体作者之意。

这一首每联都用工整的对仗,但读来却毫无板重之感。诗中既有首尾两联那种大处落墨、疏宕有致的笔法,又有颔腹两联那种细处着眼、精工刻画的笔法。浓密疏淡相间，对法又灵活多变，遂显得不单调不平板。而且精细处能传神写意，不流于纤巧；疏宕处亦不废锤炼，无浅率之弊。尾联出句先重笔放开，对句却淡淡着笔，徐徐收住，益见摇曳不尽之致与萧散自得之趣。

闻官军收河南河北①

剑外忽传收蓟北②，初闻涕泪满衣裳。却看妻子愁何在③，漫卷诗书喜欲狂④。白日放歌须纵酒⑤，青春作伴好还乡⑥。即从巴峡穿巫峡⑦，便下襄阳向洛阳⑧。

[校注]

①唐代宗宝应元年（762）十月，唐王朝各路大军由陕州发动反攻，再次收复洛阳，并相继平定河南各郡县。十一月，进军河北。叛军将领薛嵩、李抱玉、李宝臣、田承嗣、李怀仙等纷纷纳地投降。第二年（广德元年，763）春正月，叛军头子史朝义（史思明之子）兵败自杀。延续七年零三个月的安史之乱，终于宣告平定。这年春天，杜甫因为避军阀徐知道作乱，流寓在梓州（今四川三台），听到胜利的喜讯，写下这首诗。②剑外，剑门关以南的蜀中地区。蓟北，指安史叛军的老巢幽蓟地区，今京津地区及河北北部地区。③却看，回看。妻子，妻子儿女，与下句"诗书"对文，均为复合名词。但实际上偏义于指妻。④漫卷，胡乱地收卷。⑤白日，阳光普照的晴朗日子。放歌，放声高歌。纵酒，纵情痛饮。日，百家本、千家本作"首"。⑥青春，指春天。⑦巴峡，《太平御览》卷六五引《三巴记》云："阆、白二水合流，自汉中至始宁城下，入武陵，曲折三曲，有如巴字，亦曰巴江，经峻峡中，谓之巴峡。"阆、白二水即今嘉陵江之上游，杜甫从梓州出发东归，当经此巴峡。巫峡，长江三峡之一，在湖北巴东县西，与重庆市巫山县接界。⑧诗人自注："余田园在东京。"襄阳，今湖北襄阳市。襄阳县是杜甫祖籍。洛阳附近的巩县（今巩义）是杜甫的家乡。

[鉴赏]

延续八年的安史之乱，终于在代宗广德元年（763）春平定，这是当时的军事政治大事，也是杜甫一生中所经历的大事。具有"诗史"称号的杜诗，对这件大事的反映却并没有用长篇五古或七古这种便于详尽叙事的诗歌样式，而是用格律极为精严的七律这种形式来淋漓尽致地抒情。这个事实，似乎有些出人意料，却非常符合杜甫当时的心境。刚听到胜利的消息，他头一个创作冲动就是要尽情释放压抑了多年的感情，而不是记录这一长段历史。而他之所以采取七律这种形式，则又说明他对这种形式的掌握已经达到了随心所欲而不逾矩的程度。

"剑外忽传收蓟北，初闻涕泪满衣裳。"第一句叙事，点明题目，注意那个"忽"字。平定安史之乱，恢复国家的统一，是杜甫多年来一直盼望的。但唐王朝统治集团政治上的腐败、军事上的失策，使这场叛乱年复一年地延续，杜甫也就一次又一次地失望。现在，这突然传来的特大喜讯，既是想望已久的，又是出乎意料的，所以说"忽闻"。听到这天大的喜讯，应该欢天喜地，怎么反会"涕泪满衣裳"呢？评家均以为这是喜极而悲，是因为惊喜而掉泪。这恐怕未必。喜极不一定就悲。如果所喜的那件事本身和生活经历中悲的情事没有联系，喜极也无非就是狂喜而已，并不会"涕泪满衣裳"。这一句必须结合杜甫的生活经历，才能体会到它的真切与强烈。杜甫是一个忧国忧民而又饱经丧乱的诗人，多年来一直为国家的残破而感到极度沉痛，为国家的命运而担心、流泪。"不眠忧战伐，无力正乾坤。"他自己在这场旷日持久的战争中也吃尽了苦头。乍一听到安史之乱终于平定的消息，在意外惊喜的同时，过去长时期亲身经历的国家的灾难、百姓的痛苦和个人的颠沛流离、艰难困苦统统化为一股强烈的感情潮流，一下子涌上心头，热泪不禁夺眶而出，洒满了衣裳。杜诗中类似的描写，像"妻孥怪我在，惊定还拭泪"，"喜心翻倒极，呜咽泪沾巾"，都和生活经历中悲的情事密切相关，喜极而悲，必定是在喜的瞬间唤起了对过去悲苦经历情事的追忆而悲从中来，尽管这种反应十分迅疾，有时连当事者自己都未必明确意识到。唯其如此，更加真切。不说"沾衣裳"而说"满衣裳"，也正见感情冲击力之强烈。

"却看妻子愁何在，漫卷诗书喜欲狂。"这一联紧承第二句，写悲痛过后接着产生的狂喜。用了两个生活细节（却看妻子、漫卷诗书）来渲染"愁何在""喜欲狂"的感情，极其真切传神。这两个细节都是在极度喜悦、兴奋的情况下一种情不自禁的近乎下意识的举动。在听到特大喜讯，心情极度兴奋时，总是抑制不住地想和别人交流一下内心的喜悦，正好朝夕相处的妻子就在旁边，于是情不自禁地回过头来就要跟她交流一下内心的激动喜悦，由于对方是对自己的思想感情、生活经历了若指掌的老伴，所以连"胜利了""终于等到了这一天"这样的话都无须说，只要迅速看上一眼，交换一个欣喜的目光，彼此的心情就迅速得到了交流。双方都立即感到历年来郁积的一切忧愁苦闷、精神上的一切重压,在一刹那间都烟消云散。"愁何在"三字,正道出了精神上大解放的快感。"漫卷诗书"也同样是在极度兴奋的情况下不自觉做出来的一种下意识动作。人在这种场合,往往会控制不住地手舞足蹈或者手足无措。因为喜欲狂,不知不觉地将摊开的书卷胡乱地卷成一团。或谓"漫卷诗书"是因为杜甫想到立刻回家,忙不迭地收卷诗书,这恐怕是将无意识的举动理解为目的性非常明确的归家准备,反失诗趣。上一联写初闻消息后的惊喜与悲从中来,这一联写悲过之后的欣喜若狂,感情的发展完全符合生活逻辑。

"白日放歌须纵酒,青春作伴好还乡。"这一联承上启下。上句承"喜欲狂",用"放歌""纵酒"来渲染内心的兴奋喜悦;下句由狂喜进一步发展为"还乡"的渴望。同样是春天,在国破家散的情况下,是"感时花溅泪,恨别鸟惊心",而在平叛战争胜利的情况下,却感到阳光也变得特别灿烂明亮,春天也变得特别多情了。"白日"不只是写出了艳阳高照的天气,也写出了人的心理感受;"青春作伴",不只是趁着春天还乡的意思,而且把春天拟人化了,仿佛春天有意为胜利还乡的诗人做伴,可以说同时写出了诗人心里的春天。两句中"须""好"两个虚字强调的意味很重,很传神。"须"者,应该也。大有此时不饮,更待何时的味道,充分表达出诗人兴会淋漓的情状。如果改成"兼"字,便兴味索然。"好"者,正好也,着一"好"字,便有天从人愿、天助人兴之感。若改成"可"字,同样情味顿失。放歌纵酒,似乎和我们印象中杜甫那种迂夫子的形象不大相符,但这的的确确是彼时彼地的杜甫。有那种长期积郁的忧愁苦闷,才会有胜利的消息传来后抑制不住的豪情狂态。

"即从巴峡穿巫峡,便下襄阳向洛阳。""巴峡",指从梓州到渝州(今重庆)这一带的巴江江峡。旧解"巴峡"为巴东三峡中的巴峡,并不是旅程的起点,不能说"从"。峡险而窄,故曰"穿",同时也写出身行如箭、一穿而过的迅疾感、轻快感。穿过巫峡以后,就到了今湖北境内的江陵,出峡顺水而迅速,故说"下"。由江陵到洛阳,要由水路改成陆路,先到襄阳,再到洛阳,这里不说"下江陵",而说"下襄阳",主要是与上句两"峡"字叠字对应,同时也因襄阳是诗人的祖籍,而"洛阳"是诗人的家乡,对于"还乡"而言,"襄阳"与"洛阳"二地具有标志性意义。"向"字具有"直指"的意味。这一联紧承第六句"还乡",预想还乡时所取的路线和目的地。这一段路约有三千多里,在古代交通不便的情况下，要花几个月时间，但杜甫因为极度兴奋，归心似箭，巴不得一步就跨到家，所以在畅想中竟把这三千余里的水陆行程描叙得似乎可以朝发夕至。两句中一连用了四个带有叠字的地名（巴峡、巫峡、襄阳、洛阳），又接连用了"即从""穿""便下""向"四个词语，将它们组合在一起，就好像在读者面前接连闪过几个迅速变换的叠印镜头，使人眼花缭乱，目不暇接。空间的距离似乎根本不存在，一转眼就到了洛阳。就描写来说，这是高度的夸张；但就表现杜甫当时的心情来说，却是高度的真实。在句式上，这一联采用了流水对这种一意贯串的句式，更加强了其疾如飞的气势，诗也就在这种神驰天外的淋漓兴会中结束。

与《春望》并读，会更突出地感受到杜甫的喜怒哀乐和国家安危息息相关。尽管这两首诗，一悲一喜，感情上是两个极端，但思想感情基础却同是对祖国深沉、强烈的爱。尽管这首诗除第一句叙事外，其他七句全是抒情，抒情诗句当中也没有任何政治术语，没有一处直接涉及时事，但它的确是典型的政治抒情诗，关键就在于诗里蕴含的感情与时代政治、国家命运紧密相连。

浦起龙称这首诗为杜甫"生平第一快诗"，可以说抓住了它的突出特点。首先是感情的痛快淋漓。从初闻消息时的"涕泪满衣裳"，到"愁何在""喜欲狂"，到"放歌""纵酒"，到渴望还乡，最后发展成对还乡行程的畅想，可以说整首诗的感情都是处在一种大悲大喜，完全放纵的状态。故读来倍感痛快淋漓，无复往日那种迂回曲折、抑扬吞吐的情味。但在痛快淋漓之中，又蕴含着一种内在的沉郁，这就是诗人对国家命运的深切关注和对祖国深沉强烈的爱，同时还包含诗人多年来颠沛流离、艰难困苦的生活经历所造成的深沉积郁。没有这，就不可能有"涕泪满衣裳"的感情表现和"喜欲狂"的感情爆发，就不可能产生这种"泼血如水"式的诗。这种诗，可以说不是做出来的，而是喷涌出来的。但我们不能只看到它喷涌而出时的淋漓痛快，还应想想它何以有这样巨大的喷涌力量。生活基础的深厚、思想感情的深沉，是这首诗感情痛快淋漓的基础。因此这种"痛快"，是沉着痛快，而不是轻快或轻飘。方东树说此诗"通篇一气，而沉着激壮……与流利轻滑者不同"，可谓知言。

其次，是艺术风格上的"快"。读这首诗，八句诗句句紧接，逼着读者非一口气读完不可，确实给人以一气直下，其疾如飞之感。思想感情的"快"又和艺术风格的"快"和谐统一。但只看到这一点还比较表面，还应看到在"快"之中有递进发展。尽管这首诗整个来说都是抒写刚听到胜利消息后短时间内产生的感情，而且这种感情又是爆发性的、奔迸式的，但却是一个合乎逻辑的递进发展过程，即"初闻"而"悲"（涕泪满衣裳），继之而"愁何在""喜欲狂"，再接着是"放歌纵酒"的狂态，和"还乡"的渴望，最后发展成为对归程的"畅想"。这样一个感情发展过程，可以说是瞬息万变的，却被诗人非常准确细致地、有层次地表现出来了。去掉其中一个层次或改变层次的次序都不行。可以说是在充满浪漫主义激情的感情发展描写中体现出严谨的现实主义精神。

"快"之中有生动细致的细节描写。"快"与"细"是有矛盾的。感情的痛快、发展的迅疾，容易产生粗放的毛病。而粗放，没有生动的细节描绘，抒情就会流于空泛，缺乏生活气息。这首诗的一个优点，就是快中有细。像"却看妻子"和"漫卷诗书"这两个细节，就是完全从生活中来的传神写照之笔。如果没有它，"愁何在""喜欲狂"的感情就得不到真切而富有感染力的表达。

"快"之中有语言的精心锤炼。这首诗抒发的是一种奔泻而出的痛快淋漓的感情，发展又非常迅疾多变，按说应该用七古这种体裁来抒写。七律这种形式，字句、格律都有严格限制，很少回旋余地，似乎不大适合表现这种状态的感情。杜甫却出奇制胜，创造性地在每一句都用一个经过精心锤炼的虚字，即"忽""初""却""漫""须""好""即""便"。八个虚字就像一条纽带，把全诗连成一个不可分割的整体。它们既在各自句子中有独立表情达意的作用，又互相配合、呼应（"忽"与"初"、"却"与"漫"、"须"与"好"、"即"与"便"），把诗人当时那种兴会淋漓的情状传神地表达了出来，而且使全诗显得一气贯注，一气呵成。一般地说，七律不宜多用虚字，否则容易缺乏遒劲的骨格。这首诗却好像故意触犯这个忌讳，句句都用，而且都用得非常精彩。这在具体分析每一句时已经涉及。这里不妨从相反方面作一个假设，即把这些传神的虚字去掉或换掉，削成一首五言八句的诗：

  人传收蓟北，涕泪满衣裳。
  看妻愁何在，卷书喜欲狂。
  放歌兼纵酒，春日可还乡。
  巴峡穿巫峡，襄阳向洛阳。

不管通不通，似乎还是诗，但那种火山爆发式的感情大大减弱了，神采也不见了。可见虚字的运用下了很大功夫。然则虽是"快诗"，看来写得却未必"快"，甚至还可能是"新诗改罢自长吟"。总之，这首诗在杜甫的七律中虽为变格，但变中仍不失其沉郁顿挫的本色。

登 高①

风急天高猿啸哀②，渚清沙白鸟飞回③。无边落木萧萧下④，不尽长江滚滚来⑤。万里悲秋常作客⑥，百年多病独登台⑦。艰难苦恨繁霜鬓⑧，潦倒新停浊酒杯⑨。

[校注]

①朱鹤龄注：旧编成都诗内。按：诗有"猿啸哀"句，定为夔州作。诗作于大历二年（767）深秋。②天高，秋高气爽，秋空高远明净，故云。三峡多猿，民谣有"巴东三峡巫峡长，猿鸣三声泪沾裳"之句，《水经注·江水》谓："每至晴初霜旦，林寒涧肃，常有高猿长啸，属引凄异，空谷传响，哀转久绝。"故云"猿啸哀"。③渚，江中小洲。也可指江边沙洲。回，回旋。④落木，落叶。《楚辞·九歌·湘夫人》："袅袅兮秋风，洞庭波兮木叶下。"萧萧，象声词，此处状草木摇落声。⑤滚滚，《全唐诗》原作"衮衮"，通。此据宋本改。⑥句意即万里作客常悲秋。⑦百年，犹一生。⑧苦恨，犹忧愁、愁恨。繁霜鬓，白发日繁。⑨潦倒，指身体衰弱多病。浊酒，质量差的酒。杜甫因肺疾戒酒，故云"新停浊酒杯"。

[鉴赏]

这是杜甫单篇七律中最著名的一首。同时所作的《九日五首》，今存四首，或以此首足之，虽未能定，但前四首（特别是第一首七律）与此首辞、意多同，则是显著的事实。在解说鉴赏这首诗时，不妨联系比较，相互印证。

诗系大历二年（767）客居夔州时重阳节登高而作。"万里悲秋常作客"一句，即全诗之主句，亦全诗主旨所在。而"悲秋"之意绪，即因登高时所闻见的秋景而触发，故开头即写登高所见秋景。

"风急天高猿啸哀，渚清沙白鸟飞回。"发端两句意象密集，十四个字写了六种具有夔峡地域特征的深秋景象。其中"风急""天高"四字是贯串前两联的主要意象。时值寒秋，又立足于高台之上，故益感风之急疾猛烈，所谓"高台多悲风"。"急"字即含有"悲"意。由于"风急"，故扫荡浮云万里，益见秋空之高远明净，故曰"天高"。巴东三峡多猿，晴初霜旦、林寒涧肃的寒秋季节，猿声显得特别凄异，加上疾风的传送，哀啭的猿声仿佛被放大了许多倍，故曰"猿啸哀"。这一句写登高仰望平视所见所闻所触所感（"天高"写所见，"猿啸"写所闻，"风急"则既写听觉，又写触觉，"哀"写感觉）。下一句则全从视觉角度写俯视所见景象。由于天高气爽，云雾散尽，故江中的沙洲和岸边的沙地显得特别清朗明净、洁白无垢。由于"风急"，故鸟只能在低空盘旋来回。如果说上句所写景象，透露出一种骚屑峻疾、凛寒悲哀的意绪，那么下句所写景象，则多少具有幽洁明净中略带凄清的色彩。两句所写均为秋景的特征，而格调则一疾一徐，显得张弛有致。

颔联写登高远视所见，一则写山，一则写水。时值深秋，三峡两岸的山峦上，层层叠叠的树林在经霜后，树叶凋黄，在疾风的吹拂下，纷纷陨落，耳畔似闻一片萧萧的落叶之声。这句所写景象，显然与《楚辞·九歌·湘夫人》的"袅袅兮秋风，洞庭波兮木叶下"有渊源关系，但情调却有显著区别。《九歌·湘夫人》中的"秋风"，是"袅袅"的轻盈舒徐之风，故所掀起的洞庭之波亦是微波动荡，而"木叶"之"下"也自然是一片两片地往下掉落。整个意境是阔大明净中具轻盈柔美之致，适宜于表现湘夫人的柔美情思。而《登高》中的秋风则是急疾猛烈的风，在它的强劲吹送下，千山万壑，丛林高树，木叶尽脱。着"无边"二字，既充分展示出境界之阔远，更渲染出在广远的空间中疾风席卷落叶的气势；而"萧萧"这一象声的叠字加在"下"字之上，更使读者如亲历其境，听到风卷无边落叶的声音，从而将"悲哉秋之为气也，草木摇落而变衰"的悲秋意蕴渲染到极致。整个情调是阔大悲壮，具有强烈的动荡感，适宜于表达诗人"万里悲秋"的意绪。下一句写长江之水东流，着"不尽""滚滚"四字，不仅展现出万里长江，自西向东，绵延伸展的广远空间，而且渲染出长江波涛汹涌，奔腾咆哮，一泻千里的气势。而上句无边落叶萧萧而下的景象，又使人自然联想起在广阔宇宙中生命凋衰的阔大悲凉；万里长江，滚滚东流的景象也同样极易唤起在悠悠不尽的历史长河中时间与生命消逝的联想，从而为诗的后幅抒写"悲秋"之情作好了充分的铺垫。这一联与上一联之意象密集正好相反，只写了"落木"与"长江"两个意象，以它为中心，分别用"无边"与"不尽"，"萧萧"与"滚滚"，"下"与"来"加以尽情渲染，创造出极为阔远悲壮的境界，笔意显得非常疏宕。与上联正形成一密一疏的鲜明对照。

腹联转而抒写登高之情，"万里""百年"即从上联"无边""不尽"的广远之境中自然引出，故丝毫不显突兀。从叙事的角度看，这一联只不过说了客中登高而悲秋这样一件事（"多病"也可包于"悲秋"之意中）。但由于用"万里""百年""常""独"等词语分别加以形容渲染，加上意象之间的互相映衬渗透，遂使读者感到其中包含的感情意绪极其复杳多重，极具抑扬顿挫的情致。前代评家对这一联十四个字中所包含的多重意蕴已有细致入微的分析，不必重复。妙在虽意蕴多重，却具鲜明的整体感，似乎诗人于此并未作着意的经营琢炼，只是随口说出。而上句概括了诗人安史之乱以来悲剧性的处境与心境，下句则紧贴诗题"登高"，突出强调了"悲秋"意蕴中所包含的生命衰飒的悲慨，从而自然转到尾联。这种化繁复于单纯明快的艺术功力，也许更值得称赞。

尾联直承"多病""悲秋"，说自己由于历尽艰难困苦，尝尽愁苦恼恨，白发日繁；又因身体衰病，新近不得不戒了酒，连借酒浇愁的机会也没有了。或据《九日五首》之一的头两句"重阳独酌杯中酒，抱病起登江上台"，认为杜甫因病停杯之说为曲说。单看"独酌"之语，似乎有理，但诗人此下紧接着说"竹叶于人既无分，菊花从此不再开"（竹叶、菊花，指竹叶酒、菊花酒），则因病戒饮之说仍可成立，否则"既无分""不再开"就无法解释。作为全篇感情的结穴，这个结尾确实有点"黯然而收"。就杜甫的实际处境而言，这样的结尾自是无可厚非，但就诗的艺术意境而言，尾联（特别是末句）只是顺延敷衍腹联的意蕴，而乏新意，也是事实，尽管并不至于影响诗的整体。

诗所抒写的虽是"悲秋"之意绪，但正如《秋兴八首》的"秋兴"包蕴极为丰富深厚一样，这里所抒的"悲秋"意蕴亦绝不仅仅是对自然界秋景的感受，而是包含了身世之悲、家国之忧的丰富内涵。因此，所谓"艰难苦恨"也不仅仅是属于诗人一身之境遇，这正是整首诗虽抒悲秋之意，而境界却极高远阔大、雄浑悲壮的内在原因。

绝句二首（其一）[1]

迟日江山丽[2]，春风花草香。泥融飞燕子[3]，沙暖睡鸳鸯[4]。

[校注]

[1]作于广德二年（764）春重归成都草堂时。[2]迟日，形容春天的太阳阳光温

暖、光线充足的样子。《诗·豳风·七月》："春日迟迟。"朱熹集传："迟迟，日长而暄也。"③因泥融化湿润，燕子衔泥作巢，故飞来飞去。④因阳光照射，晴沙温暖，故鸳鸯贪睡。

[鉴赏]

绝句主风神，贵含蓄，尚疏宕，杜甫此类对起对结，全篇写景，一句一景，且均为实景的写法，每为诗评家所诟病，或讥为半律，或讥为儿童属对。但杜甫现存的三十一首五绝中，这种对起对结的体式达二十二首，可见他是有意为之，将它作为主要体式进行试验。在这二十多首诗中，本篇是艺术上比较成功的例证。它的好处是体物细致入微，描绘工整秀美，色彩秾艳绚丽，用字精工锤炼，而全篇仍能构成浑融完整的意境，传达出春日特有的气氛和诗人观赏景物时的感受。

诗虽两联皆对，一句一景，但并非平列四景，首句"迟日江山丽"实为一篇之主，其中"迟日"尤为起关键作用的核心意象，是全篇景物、境界的总根由。"迟日"虽本《诗·豳风·七月》之"春日迟迟"，但并不能径解为"春日"，其中自含对暮春时节阳光温暖、明亮的形容乃至光照时间久长的意思。这样的"迟日"才能使"江山丽""花草香""泥融""沙暖"，才能出现一系列令人悦目娱情、令人心醉神怡的境界。而首句"迟日江山丽"乃是一个全景镜头，展现出在春日灿烂阳光的映照下，视野所及的江山阔远之境无不呈现出一片明丽的景象。"江山"既包下三句所写的地上花草、空中飞燕、沙上鸳鸯，而一"丽"字则尽括以下三句所描绘境界的总特点。以下三句，便紧扣"迟日"特点从各个方面具体描绘江山丽景。

次句"春风花草香"，写骀荡的春风吹拂下，繁花似锦，碧草如茵，散发出阵阵醉人的香气。花红草碧，是春日最富特征的景象，这里却主要突出其袭人的芳香，以传达诗人对浓郁春意的嗅觉感受，较之写花草的颜色形状更能表现人的心理感受，一种微醺的醉意。表面上看，这香气似乎是"春风"传送的，但究其实，如果不是春天晴日的照映，则花草也不大可能传出袭人的香气。江淹《别赋》："闺中风暖，陌上草薰。""草薰"须"风暖"，"风暖"须晴日，故此句所写景象的真正主角仍是"迟日"。

三、四两句，转从视觉感受角度写春日江山丽景，而一写仰望所见空中景象，一写俯视所见沙上景象，一为动景，一为静景。燕子飞翔，春、夏、秋三季均常见，而衔泥筑巢则是春燕的特征。日暄天暖，泥土融化湿润，燕子正可衔以筑巢，着一"飞"字,写出春燕往返飞翔、穿梭而行的繁忙身影和春天的热闹气氛。而作为句眼的"融"字,则不仅传出了温煦的春天气息,而且表现出"迟日"的关键作用。由于晴日照耀,江边的沙洲被阳光晒得非常温暖,成对的鸳鸯便惬意地在晴沙上安然入睡。写鸳鸯,不写其撇波戏水的动态,而写其酣卧晴沙的睡态,却更能生动地表现出温煦的春意,点眼处正在那个"暖"字。夏日炎炎,则晴沙烫热,自不宜眠沙,唯有春阳温煦,不冷不热,才营造出催眠的环境。这句虽写静态景象,却把春天的温煦暖意和鸳鸯在这种环境中的舒适感和甜蜜意态描绘得非常生动传神。而诗人在仰视俯视之际那种喜悦安闲的意绪也被生动地表现出来了。

全篇不用一个虚字,也没有承接勾连的字眼,意象密集,色彩秾艳。但围绕"迟日江山丽"这个主句所描绘的三个场景,却把春天的温煦和生机,春天的色彩和气息,组成了一个浑融完整、令人陶醉的意境。实中寓虚,这"虚"便是那股浓郁的春意和诗人对它的愉悦微妙感受。

登 楼①

花近高楼伤客心,万方多难此登临②。锦江春色来天地③,玉垒浮云变古今④。北极朝廷终不改⑤,西山寇盗莫相侵⑥。可怜后主还祠庙⑦,日暮聊为梁甫吟⑧。

[校注]

①作于代宗广德二年(764)春自阆州初回成都时。②首二句倒装,谓自己在万方多难时登此高楼,故虽目睹近楼之春花而伤心。客,诗人自指。③句意谓锦江春色,弥天盖地而来。④玉垒,山名。在四川汶川县东北。《元和郡县图志·剑南道》:茂州汶川县:"玉垒山,在县东北四里。"又:彭州导江县:"玉垒山,在县西北二十九里。"导江县即今四川都江堰市。汶川县与都江堰市,一在玉垒山之西,一在玉垒山之东。这一带是唐与吐蕃交界处,常发生战争。作此诗之前数月(广德元年冬十二月),吐蕃陷松、维、保三州。杜甫有五律《岁暮》诗纪其事,云:"岁暮远为客,边隅还用兵。烟尘犯雪岭,鼓角动江城。"⑤北极,北极星,喻朝廷。《晋书·天文志上》:"北极,北辰最尊者也……天远无穷,三光迭曜,而极星不移,故曰'居其所而众星共之'。"故以喻帝王或朝廷。广德元年七月,吐

蕃陷长安，立广武王李承宏为帝，改元，置百官，留十五日而退。十二月，代宗由陕州返长安，故曰"北极朝廷终不改"。⑥西山，即西岭、雪岭，岷山主峰。西山寇盗，指广德元年十二月吐蕃陷松、维、保三州事。《通鉴》卷二百二十三：广德元年十二月，"吐蕃陷松、维、保三州及云山新筑二城，西川节度使高适不能救，于是剑南西山诸州亦入于吐蕃矣"。⑦后主，指蜀后主刘禅。还，仍。成都城南有昭烈帝祠，祀蜀先主刘备，附祀后主，故云"还祠庙"。⑧《梁甫吟》，古歌曲名。《三国志·蜀书·诸葛亮传》："亮躬耕陇亩，好为《梁甫吟》。"此句以《梁甫吟》借指所吟之《登楼》诗。

[鉴赏]

钱锺书先生在《谈艺录·七律杜样》中指出："少陵七律兼众妙，衍其一绪，骎足名家。"并谓世人之所谓"杜样"者，乃指雄阔高浑，实大声弘一类，此外另有细筋健骨、瘦硬通神一类。《登楼》正是杜甫七律"雄阔高浑，实大声弘"一类的杰出代表，这也是其七律的主要类型，具有范型意义。

七言律不难在颔腹二联，难在发端与结句，这首诗可谓工于发端的范式。诗评家大都推崇此诗首联因倒装而造成的突兀之势，诗人所登之楼附近当有花木扶疏，值此三春时节，更是花团锦簇，一片明艳景象。这本是赏心悦目之景，但诗人却在"花近高楼"四字之下突接"伤客心"三字。这一出乎常情的转折，造成了巨大的落差和冲击力，也设置了疑问和悬念。下句"万方多难此登临"七字，便以极大的概括力揭示出此次登楼的特殊时代背景，从而回答了何以"花近高楼"而"伤心"的原因。"万方多难"四字，概括甚广，举凡藩镇割据、吐蕃入侵、蜀中战乱、浙右"盗贼"、民生凋敝等均可包蕴其中。这四个字，感情沉重而声调洪亮，本身就给人以悲壮之感，下接"此登临"三字，"此"字重重向下一抑，突出强调了这样一个令人悲慨的时间登楼的意蕴，读来有一种强烈的沉重感，仿佛可以听见诗人不胜心理的重压而缓慢艰难登楼的脚步声。这一联起势突兀，境界高远，万方多难的时局和花近高楼的春景形成强烈的反照，逼出"伤客心"这一全篇感情的主调，具有笼罩全局的气势。

"锦江春色来天地，玉垒浮云变古今。"颔联写登楼览眺所见景色，而情寓景中，兴在象外。锦江源出都江堰市，流经郫县、成都而入岷江。"春色来天地"，上承"花近高楼"，着一"来"字，使本来处于静态的春色具有鲜明的动感，仿佛随着锦江流水，弥天盖地，扑面而来。而"锦江"的字面与"春色"的配搭，更使眼前无边的春色显得特别壮丽,给人以天地山河一片锦绣之感,称得上是咏天府之国春天丽景的名句,其中既蕴含了诗人对它的热爱,也隐寓自然界的春色终古常新的意蕴,暗逗腹联的"终不改",意脉上下贯通。下句明写望中所见远景,而其内在意蕴则更为深微。玉垒山一带,是唐与吐蕃接壤地区,自初唐直到晚唐,唐蕃之间一直在这里进行争夺。因此,这玉垒山浮云变化不定的景象便不是单纯的自然景物描绘,而是带有对人事的象喻意味,使人从中联想到边境形势的变幻不定,暗逗腹联的"西山寇盗"。而"变古今"三字,织入对悠远历史的想象,使诗人的视野和思绪更加悠远。这一联目极天地,思接古今,具有极广阔的空间感和悠远的时间感,境界壮阔雄浑,能引发读者深广悠远的联想,是杜甫诗中咏登临的名联。

"北极朝廷终不改,西山寇盗莫相侵。"腹联上承"万方多难"与"玉垒浮云",正面揭出诗人心中最忧念的时局形势。写这首诗的前一年,长达八年的安史之乱刚告平定,藩镇割据的局面尚未结束,却接连发生了两起吐蕃入侵的严重事件。头年十月,吐蕃攻陷长安,立广武王李承宏为帝,代宗仓皇出奔陕州,后经郭子仪收复长安,代宗方还京,故说"北极朝廷终不改","终"字着意,既对唐廷统治地位的巩固表明信念,对战争的结局表示庆幸,也含蓄地透露出诗人对这种局面的忧虑担心。就在代宗还京的同时,吐蕃又连续攻陷松、维、保三州及云山新筑二城,"剑南西山诸州亦入于吐蕃""西山寇盗相侵"正指此近事。着一"莫"字,在意脉上自是紧承上句之"北极朝廷终不改",表明这次入侵并不会动摇唐廷统治的全局,但其中也同样隐寓对其再次相侵的忧虑。细加吟味,还不难感到几分无奈。

"可怜后主还祠庙,日暮聊为梁甫吟。"蜀后主祠庙,亦为登高所见。但诗人于连为一体的蜀先主庙、武侯祠、后主祠中独拈出后主祠来,当是有感而发。"可怜"与"还"着意。可叹的是像刘禅这样昏庸无能的皇帝至今仍然保留了他的祠庙,与诸葛武侯一起配祀先主刘备,不由得令人感慨万端,自己虽欲像武侯那样,开创基业,匡济危局,却有志难伸,只能在暮色苍茫中,聊为《梁甫》之吟,来寄托自己的悲慨。这里所说的《梁甫吟》,实借指正在吟诵的《登楼》诗。诗人虽未必将当今的皇帝代宗比作蜀后主刘禅,但在览眺抒慨中,寓含了对自己所遭衰颓时世的感受,则不难体会。诗人之所以"伤心",不但由于"万方多难",更因遭逢衰世、有志难伸,无力拯救危局。因此尾联实际上是诗意蕴的深化。

绝句四首（其三）①

两个黄鹂鸣翠柳，一行白鹭上青天。窗含西岭千秋雪②，门泊东吴万里船③。

[校注]

①代宗广德二年（764）三月，因友人严武再任成都尹兼剑南节度使，有信邀杜甫入幕，乃携家自阆州复回成都。这组七绝是杜甫刚回成都草堂后不久所作。所选的是第三首。②西岭，即岷山雪岭，系岷山主峰。其上终年积雪，历时久远，故云"千秋雪"。③万里，范成大《吴船录》："蜀人入吴者，皆从合江亭登舟，其西则万里桥。"杜甫的草堂在万里桥西，濒江，故云。东吴万里船，驶向万里之外的长江下游吴地的船。

[鉴赏]

《绝句四首》，均咏草堂景物。这一首写草堂近观远眺所见景物，每句一景，对起对结，乍读似各自独立，不相连属，实则都贯注着诗人流眺景物时的喜悦感情和广远襟怀。

前幅写草堂附近景物，时值春末夏初，草堂周围的柳树，一片翠绿，两只黄鹂在柳树丛中欢快地鸣啭歌唱，草堂近处的江天上，一行白鹭正振翅直上云霄。这本是春夏之交郊野常见的景物，但经诗人的着意点染，却显得色彩鲜明，生机盎然。"黄"和"翠"、"白"与"青"的色彩配搭组合，使前者更加鲜妍明丽，充满生机，使后者更加对比鲜明，境界高远。而数量词"两个"和动词"鸣"之间的配搭，则不但传达出了黄鹂鸣声的欢快清脆，而且创造出一种成双成对、物遂其性的和悦气氛；"一行"与"上"之间的配搭，则不仅使江天寥廓的境界借以显现，而且使整个画面充满了动感，仿佛可见白鹭凌波而起，排成整齐的一行，直上青天的态势。而诗人在目接耳闻之际那种对自然界鲜妍明丽、高远寥廓情境的愉悦感受也自然流露于笔端。

后幅分写草堂远眺近观之景。"窗含西岭千秋雪"，是在窗前向西北远眺所见。"含"字极富创意，向为评家所赏。西山雪岭，高远巍峨，广大磅礴，而方广不过数尺的"窗"却可将它尽收眼底，故曰"含"。或谓诗人将窗框想象成画框，而

"西岭千秋雪"则像是窗框中的一幅画；或谓此系运用透视学原理来观察、描绘景物，所言皆是。但我更欣赏这"含"字中所透露的那份纳须弥于芥子的怡然自得的情趣。"雪"而曰"千秋"，自是由于岷山主峰上的积雪终年不化之故，但不说"终年雪"而曰"千秋雪"，则已在直观景物的同时融入了想象的成分，广远的空间又叠加了悠远的时间，则此"窗"所"含"者不仅有广远的空间，且有悠远的时间，其中所蕴含的情趣又不单是怡然自得，且有一种对广远时空的悠然神往之情了。

"门泊东吴万里船"：草堂的门前就是锦江的支流浣花溪，东边不远处则是"万里之行始于此"的万里桥。《野老》诗前幅说："野老篱边江岸回，柴门不正逐江开。渔人网集澄潭下，贾客船随返照来。"可见草堂的门外就能见到贾客的商船，着一"泊"字，说明这船此刻正停泊在门外，写的是近景，但特意标出"东吴万里船"，则在目接之际同样包含了想象和神驰的成分。这一方面是由于"万里桥"的名称和掌故的触发，另一方面则是基于诗人在日常生活中的观察了解。但更重要的是诗人对青年时代曾游历的吴越之地始终怀有强烈向往。其《壮游》诗追忆吴越之游时说："东下姑苏台，已具浮海航。到今有遗恨，不得穷扶桑。王谢风流远，阖庐丘墓荒。剑池石壁仄，长洲荷芰香。嵯峨阊门北，清庙映回塘。每趋吴太伯，抚事泪浪浪。枕戈忆勾践，渡浙想秦皇。蒸鱼闻匕首，除道哂要章。越女天下白，鉴湖五月凉。剡溪蕴秀异，欲罢不能忘。"在夔州时所作的《夔州歌十绝句》（其七）云："蜀麻吴盐自古通，万斛之舟行若风。长年三老长歌里，白昼摊钱高浪中。"《解闷十二首》（其二）云："商胡离别下扬州，忆上西陵故驿楼。为问淮南米贵贱，老夫乘兴欲东游。"联系上述诗作，可以体味出"门泊东吴万里船"之句中蕴含的对往昔壮游经历的回忆，以及今日在战乱平定后重游东吴的祈望。所见者虽为门前停泊的船只，所思者却是万里之外的东吴和壮岁时的漫游经历。"东吴万里船"的意象，由于融入了想象，使诗歌境界在空间、时间上都极大延伸了。而"窗含西岭千秋雪"与"门泊东吴万里船"的工整对仗，更使整个诗境在空间上西起岷山雪岭，东极东吴大地，横贯华夏大地，时间上由几十年前的壮游上溯到"千秋"万代。这广远的时空境界，不但使短小的绝句展现出前所未有的阔大悠远之境，而且表现了诗人身在草堂，而思接千载，视通万里的胸襟。

旅夜书怀①

细草微风岸，危樯独夜舟②。星垂平野阔③，月涌大江流④。名岂文章著⑤，官应老病休⑥。飘飘何所似？天地一沙鸥⑦！

[校注]

①此诗旧编代宗永泰元年（765）杜甫离成都乘舟东下至忠州之旅途中，与颔联描绘之阔大景象不符。今依陈尚君说，系于晚年客居江陵前舟行之际，时约在大历三年（768）春。②危樯，高高的桅杆。③"星垂"与"平野阔"互相关联：因见繁星点点，高垂天宇，而益感平野之阔；因平野宽阔，而见广阔的天空中繁星如垂。④"月涌"与"大江流"亦互相关联：因见月光之随波涌动而益感大江东流滚滚的气势；因大江之波涛涌动，故见月影随波而涌的景象。⑤这句表面的意思是说，自己岂因工诗能文而著名？似自负语，实则深寓壮志不遂、空以文章著名的感慨。⑥应，《全唐诗》原作"因"，校"一作应"。宋本作"应"，兹据改。杜甫因疏救房琯而获罪，由左拾遗贬华州司功参军，后又弃官远游。但这是贬官弃官，而非休官。且系十年前的旧事。此处所说的"官"，当指永泰元年杜甫辞严武幕职后，严武奏请朝廷任命他为检校工部员外郎这一官职。杜甫本拟去蜀入朝为官，但在夔峡、江陵一带羁留漂泊日久，始终得不到朝廷任用的消息，故云"官应老病休"，"应"是揣测之辞，也是愤懑牢骚之语。⑦以天地之间一沙鸥形况自己的飘荡无依和渺小孤独。

[鉴赏]

这首著名的五律写出了一种雄浑壮阔境界中的孤独感和漂泊感，在杜甫"漂泊西南天地间"时期的诗作中具有代表性。

首联写旅夜泊舟江岸。大江岸边，春天的微风吹拂着细草，诗人所乘的船，桅杆高竖，正孤独地停泊着。细草、微风，透露出时令正值春天。如果说首句所写的景象还多少带有春天傍晚和煦安闲的气息，那么次句的"危""独"二字就明显传出一种孤独、不安的感受。两种不同景象所形成的对照，正透露出在这个和煦的春夜，孤舟泊岸的诗人内心那份孤独不宁的心绪。

颔联写诗人身上仰观俯视所见壮阔雄浑景象。仰望天穹，繁星密布，遥接天际，平原旷野，广阔无边；俯视大江，但见月影随波涌动，粼粼波光，闪烁不定，滔滔江水，汹涌奔流。这一联境界极壮阔雄浑，两句中的"垂"字、"阔"字、"涌"字、"流"字则是构成此种境界的句眼。特别是"垂"字尤为奇警而贴切。广阔无垠的江汉大平原上，四望无阻，天似圆盖，笼盖四野。这种天地相接、浑然一体的景象使人产生天似乎低垂于人的头顶的视觉感受。这正是"星垂"二字所描绘的境界。而星之低垂,正衬托出天穹的阔远;而天穹的阔远,又正显示出它所笼盖的平野的广阔。一"垂"字而天之广、野之阔毕现。或谓这两句均为"下因句"即下三字为因,上二字为果,其实,诗人虽字烹句炼,但两句均为浑沦一体、直书即目所见。即使景象之间有因果关联,也是互为因果。正因为所写为一浑沦的整体,故虽锤炼而仍具浑成之致。上句所写本为静景,因"垂"字而使其带有某种动感,下句所写更是动感强烈的景象,不仅具有奔腾的气势,而且因"大江"之"流"而展示出更为阔远的境界。评家每以此联与李白"山随平野尽,江入大荒流"一联作比较,正说明李、杜这两联所写的景象在地理上的相近。旧说杜甫此诗作于自成都至忠州的旅途中,陈尚君已提出:"江水流至戎、泸诸州,多在群山中穿行。至渝、忠二州,已渐入峡谷,两岸山势更为险峻。舟中很难见到'星垂平野阔'这样开阔的平原景色。"甚是。而李白《渡荆门送别》"山随"一联则明显是写荆门以外的江汉平原景象。李、杜此二联虽有昼景、夜景之别,但所描绘的开阔景象同属江汉平原一带则灼然可见。且杜甫永泰元年(765)春夏之交由成都动身,中途在嘉州、戎州、泸州、渝州均有停留,有纪行诗,据陈贻焮《杜甫评传》所考,端阳节前抵嘉州,与族兄杜某相聚,稍作盘桓,五月十五月圆前后过青溪驿,五月底六月初舟次戎州,受到杨刺史接待,至渝州又因候严六侍御而有耽搁。按其时令,早就过了春天,无复此诗首句所写"细草微风岸"之春日景象了。而大历三年(768)三月,由夔州抵达江陵,此诗如作于抵江陵前,时令正合。

腹联由前幅旅途夜泊所见之景转而书怀。"名岂文章著,官应老病休。""岂""应"二虚字,开合相应,是这一联中传情达意的句眼。"岂"字在这里含有"岂应"的意味,意思是说,声名岂能因文章而著称于世呢?这是带有反问语气的话。杜甫的理想抱负是"致君尧舜上,再使风俗淳","窃比稷与契",并不以"文章惊海内"为自己的人生追求,但由于政治的腐败、时局的动乱,使自己的凤志落空,徒以诗名著称于世,这实在是极大的悲哀。故"名岂文章著"之句,在仿佛是自负的口吻中透露出的正是志业不遂的深沉悲慨。名本不应因文章而著而竟因文章而著,"岂"字中所寓含的正是这种事与愿违的悲哀。与"岂"字相应,"官应老病休"的"应"字,则含有理所应当的意味。杜甫当时的境况是"老病有孤舟",朝廷虽然给了他一个检校尚书工部员外郎的官职,却一直没有实授,如今自己既老且病,看来理所应当成为"圣朝"的"弃物"了。而杜甫的实际想法却是"落日心犹壮,秋风病欲苏。古来存老马,不必取长途",虽然老病,却壮心不已,仍希为国效力。因此,这句表面上是说,官理应因老病而休,而实际上对此既心有不甘,又对朝廷的冷漠心怀牢骚愤懑,感到自己虽老而壮心犹在,却被朝廷看成无用的"弃物"了。

"飘飘何所似?天地一沙鸥。"既因老病而为朝廷所弃,又贫困无依,只能随孤舟到处漂泊,自己的境况就像是广阔天地之间一只渺小的沙鸥,飘飘然无所依傍止宿了。时值夜间,沙鸥飘飞的景象自非目接,但不妨因日间所见而引发联想。沙鸥的意象,在杜甫诗中经常出现,但在不同的诗作中,具有不同的寓含。天宝七载(748)所作的《奉赠韦左丞丈二十二韵》结尾说:"白鸥没浩荡,万里谁能驯?"这里出现的"白鸥",是自由无拘、不受驯服意态的象征,表达了当时杜甫虽困顿失意却仍保持着傲岸不羁的性格和心态。而这首诗中出现的"沙鸥",却因广阔天地的衬托而愈显其孤单、渺小,它那"飘飘"的身影也成了漂泊者的象征。比起"残生随白鸥"的诗句,感情虽不像那样沉痛,但在仿佛是超旷的口吻中仍可品味出一种无奈的凄凉。

就诗人的处境而言,这首诗所反映的无疑是晚年杜甫老病交加、漂泊无依、孤独寂寞的困境,但全诗的意境却并不局促、感情也不颓唐,而是雄浑壮阔,气象万千,显示出诗人虽穷困老病而仍具阔大的胸襟气魄。这当中,颔联所描绘的境界起着至关重要的作用。它虽非直接书怀,却体现出诗人阔大的胸怀。

阁 夜①

岁暮阴阳催短景②,天涯霜雪霁寒宵③。五更鼓角声悲壮④,三峡星河影动摇⑤。野哭几家闻战伐⑥,夷歌数处起渔樵⑦。卧龙跃马终黄土⑧,人事依依漫寂寥⑨。

[校注]

①阁,指诗人在夔州所居之西阁。据首联,诗当作于大历元年(766)冬。②阴阳,指日月交替运行。短景,犹短日。冬日昼短,故云。③天涯,指僻远的夔州。雨过天晴日霁,此处形容霜雪映照寒宵有如晴霁。兼写晓霁之景。④《通典》卷一百四十九:"行军在外,日出日入,挝鼓千捶。三百三十三捶为一通。鼓声

止,角声动,吹十二声为一叠。角音止,鼓音动。如此三角三鼓,而昏明毕之。"又见《李卫公兵法》。⑤星河,指天上的银河。影,指江中银河倒影。⑥几,《全唐诗》校:"一作千。"⑦夷歌,彝人之歌,指巴东一带少数民族之歌。数,《全唐诗》校:"一作是。"仇注本作"几"。起渔樵,起于渔人樵夫之口。左思《蜀都赋》:"陪以白狼,夷歌成章。"李善注:"白狼夷在汉寿西界,汉明帝时作诗三章以颂汉德。"⑧卧龙,指诸葛亮。《三国志·蜀书·诸葛亮传》:"诸葛孔明者,卧龙也。"跃马,指公孙述。西汉末恃蜀中地险,时局动乱,据益州自称白帝,又述曾改鱼腹县为白帝,建武十二年(36)为汉军所灭。《后汉书》卷十三有传。左思《蜀都赋》:"公孙跃马而称帝。"诸葛亮、公孙述在夔州均有活动及遗迹。有白帝庙、孔明庙。⑨人事,人间世事。依依漫,《全唐诗》校:"一作音尘日,一作音书颇。"仇注本作"音书漫"。依依,依稀隐约貌。漫,空自,徒然。

[鉴赏]

《阁夜》是杜甫七律正格的代表作,以风格之沉雄悲壮、意境之阔大苍凉著称。

题曰"阁夜",首句却从题前写起。又是一年将尽的岁暮季节,隆冬日短,太阳和月亮此落彼起,匆匆交替,仿佛在催促着短暂的白天赶快消逝。"岁暮"而"短景",已使人深感岁月易逝,流光难驻,着一"催"字,更突出地渲染了时间消逝的迅疾和日月更替催人老的意蕴。虽系点时,却透露出一种浓烈的生命匆匆消逝的悲凉。

次句点地。"天涯"指僻处西南一隅的夔州。"寒宵"点题内"夜"字。这是一个霜雪初停、分外凛冽的寒夜,着一"霁"字,不仅形象地显示出霜雪交映的寒夜一片银白的光辉,而且在一片银白的光影中更透露出凛冽彻骨的寒意,诗人目接此境时凛然生寒的感受亦自然寓含在其中。这一联虽点时、地和题内"夜"字,而诗人的迟暮之感、天涯羁旅之慨和孤寂悲凉之情也都自然融合在"阴阳催短景""霜雪霁寒宵"的境界中。"霁寒宵"三字兼写寒宵将尽时的晴霁之色。

颔联写寒宵将尽时阁上所闻所见景物。天阴雨湿则鼓皮松弛而声沉浊,天晴雪霁则鼓皮紧绷而声响亮,五更将晓之时,四围一片静寂,城头上的鼓角之声显得分外悲壮。夔州虽是偏僻的山城,但因蜀中连年战乱,这原本宁静的山城也染上了浓重的战争气息,在饱经战乱的诗人听来,这破晓时分的鼓角声就显得分外悲壮了。上句从听觉角度写,下句从视觉角度写。三峡的上空,星河西斜,倒映入江,因江水的汹涌澎湃而其影动荡不已。前人或谓星辰动摇系民劳之象，系用事，实过凿。此虽实写眼前壮观之景，但在雄壮阔大中有飞动之势，且透露出诗人目接此境时动荡起伏的情思，与上句所写雄浑悲壮之境融合，极沉雄悲壮之致。

"野哭几家闻战伐，夷歌数处起渔樵。"腹联全从听觉角度写阁上所闻。"几家"或作"千家"，恐非。夔州是个小城，"千家"正是它的大致户数，《秋兴八首》之三"千家山郭静朝晖"可证。如说"千家"，则夔州全城皆闻哭声，即使是夸张渲染之词，亦不免太过。仍以"几家"为是。诗人伫立西阁，遥闻四野传来哭声，从哭声中联想到蜀中战乱不断，民间因征战或兵乱而死者，而家人离散者不少，故闻野哭几家而如闻战伐之声。这句与领联出句之"鼓角声悲壮"正紧相承接。下句写在阁上听到当地各民族百姓的歌谣，联想到值此寒夜将尽、天已破晓之际，他们一天的渔樵劳动生活又要开始了，点眼处在"夷歌"二字，在天涯羁泊的诗人听来，这"夷歌"之声不免使他更增添了羁泊异乡的孤寂感。

"卧龙跃马终黄土，人事依依漫寂寥。"尾联多异文，通行本多作"人事音书漫寂寥"，颇具音律宛转低回之美，但前代注家评家对此句的解说多嫌牵强，萧涤非谓"朝廷记忆疏"是人事方面的寂寥，"亲朋无一字"是音书方面的寂寥，似乎可通。但联系全诗，总觉"音书"寂寥之慨有些突然，虽说"天涯""夷歌"等字中亦略透羁泊天涯异域之意，但作为总收，仍嫌与上文有些脱节。所谓"人事"，当紧承上句"卧龙跃马终黄土"而言，指人间世事，亦即知章《回乡二首》"近来人事半销磨"、鹿虔扆《临江仙》词"烟月不知人事改"之"人事"。"依依"依稀隐约貌，形容历史上的英雄人物如号称"卧龙"的诸葛亮和跃马称帝的公孙述均已化为黄土，他们的事迹和音容如今已依稀隐约，只存留于人们的想象中了。想到这一点，诗人不免有萧条异代不同时的寂寞之感，故说"人事依依漫寂寥"。这种感慨，明显地流露在他的《上白帝城二首》中，其一云"英雄馀事业，衰迈久风尘"，其二说"白帝空祠庙，孤云自往来……勇略今何在，当年亦壮哉！"都可旁证此诗"人事依依"乃指公孙述、诸葛亮的英雄事业如今只依稀地留存在人们记忆想象中，而自己已经是衰暮之年，又长期羁滞异乡，虽追慕前代英雄亦不可能有所作为，只能空自寂寥了。这是因其地有公孙、诸葛的遗迹、祠庙而引发的历史感慨和人生感慨。

总的来看，这首诗的首联点明时地、题目，带有总写的性质，以下三联，便分别从所闻、所见、所想的角度来写，内容既有对战乱时世、人民苦难的忧悯，也有对自身羁滞天涯、无所作为境遇的悲慨，还有对夔峡寒夜雄浑壮伟景色的描绘。但多方面的内容又统一在沉雄悲壮的基调之中。

秋兴八首①

其 一

玉露凋伤枫树林②，巫山巫峡气萧森③。江间波浪兼天涌④，塞上风云接地阴⑤。丛菊两开他日泪⑥，孤舟一系故园心。寒衣处处催刀尺⑦，白帝城高急暮砧⑧。

其 二

夔府孤城落日斜，每依北斗望京华⑨。听猿实下三声泪⑩，奉使虚随八月槎⑪。画省香炉违伏枕⑫，山楼粉堞隐悲笳⑬。请看石上藤萝月，已映洲前芦荻花⑭。

其 三

千家山郭静朝晖⑮，日日江楼坐翠微⑯。信宿渔人还泛泛⑰，清秋燕子故飞飞⑱。匡衡抗疏功名薄⑲，刘向传经心事违⑳。同学少年多不贱，五陵衣马自轻肥㉑。

其 四

闻道长安似弈棋，百年世事不胜悲㉒。王侯第宅皆新主，文武衣冠异昔时㉓。直北关山金鼓振㉔，征西车马羽书驰㉕。鱼龙寂寞秋江冷㉖，故国平居有所思㉗。

其 五

蓬莱宫阙对南山㉘，承露金茎霄汉间㉙。西望瑶池降王母，东来紫气满函关㉚。云移雉尾开宫扇，日绕龙鳞识圣颜㉛。一卧沧江惊岁晚㉜，几回青琐点朝班㉝。

其 六

瞿塘峡口曲江头㉞，万里风烟接素秋㉟。花萼夹城通御气㊱，芙蓉小苑入边愁㊲。珠帘绣柱围黄鹤㊳，锦缆牙樯起白鸥㊴。回首可怜歌舞地㊵，秦中自古帝王州㊶。

其　七

昆明池水汉时功㊷，武帝旌旗在眼中。织女机丝虚夜月㊸，石鲸鳞甲动秋风㊹。波漂菰米沉云黑㊺，露冷莲房坠粉红㊻。关塞极天惟鸟道㊼，江湖满地一渔翁㊽。

其　八

昆吾御宿自逶迤㊾，紫阁峰阴入渼陂㊿。香稻啄馀鹦鹉粒(51)，碧梧栖老凤凰枝(52)。佳人拾翠春相问(53)，仙侣同舟晚更移(54)。彩笔昔游干气象(55)，白头吟望苦低垂(56)。

［校注］

①秋兴，秋日的情怀。西晋潘岳有《秋兴赋》。《秋兴八首》是杜甫在夔州创作的一系列组诗中最著名的七律组诗。据“丛菊两开他日泪”之句，这组诗当作于他来到夔州的第二年秋天——大历元年（766）秋。与其他组诗中的每一首诗分开可独立成篇不同，这组诗的八首有严密的组织结构，次序很难移易，每首也很难独立，必须作为一个艺术整体来阅读吟诵，感受理解。②玉露，晶莹的露水。凋伤枫树林，指枫林经霜后颜色变红，凋衰陨落。李密《淮阳感秋》：“金风荡初节，玉露凋晚林。此夕穷途士，郁陶伤寸心。”杜诗此句用其语意。③巫山巫峡，《水经注·江水》：“江水历峡，东径新崩滩，其下十馀里有大巫山，其间首尾百六十里，谓之巫峡，盖因山为名也。自三峡七百里中，两岸连山，略无阙处，重岩叠嶂，遮天蔽日。自非亭午夜分，不见曦月。”萧森，萧瑟阴森。④江间，指这一带的长江。兼天，连天。⑤塞上，指险峻的巫山。第七首“关塞极天惟鸟道”之“关塞”同此。非指想象中的边塞。陈廷敬曰：“塞上”指夔州。并举《夔府书怀》诗“绝塞乌蛮北”，《白帝城楼》诗“城高绝塞楼”为证。二句所写均为眼前景象。接地，连地。⑥他日，昔日、往日。去年秋天诗人已在夔州云安，见丛菊开而思念故乡，伤心落泪；今年秋天仍滞留夔州，见丛菊再开而再次触动乡愁落泪。⑦催刀尺，用剪刀、尺子赶裁衣服。⑧急暮砧，傍晚的捣衣砧杵声一声紧似一声。裁制衣裳之前，先将衣料用砧杵捣之使软。⑨北，原作“南”，《全唐诗》校：“一作北。”兹据改。杜甫《夜》：“步蟾倚杖看牛斗，银汉遥应接凤城。”《太岁日》：“西江元下蜀，北斗故临秦。”均可证。京华，指京城长安。《晋书·天文志上》：“北斗七星在太微北……斗为人君之象，号令之主也。”故后以北斗喻帝王，亦可喻指帝

都。仇兆鳌云："赵、蔡两注俱云秦城上直北斗。长安在夔州之北，故瞻依北斗而之。"浦起龙云："盖紫微垣为天帝座，以象帝京。北斗正列垣旁，又名帝车，故依此以望耳。"⑩三声泪，《水经注·江水》："每至晴初霜旦，林寒涧肃，常有高猿长啸，属引凄异，空谷传响，哀转久绝。故渔者歌曰：'巴东三峡巫峡长，猿鸣三声泪沾裳。'"⑪八月槎，张华《博物志》卷十：旧说天河与海通，近世有人居海渚者，年年八月见有浮槎去来，不失期。遂立飞阁于槎上，赍粮乘槎而去，十余日至天河。又《荆楚岁时记》，汉武帝令张骞使大夏，寻河源，乘槎经月而至一处，见城郭如州府，室内有一女织，又见一丈夫牵牛饮河。此句"奉使""八月槎"合用此二书所载，喻指诗人自己参严武幕之事。杜甫为严武辟署为节度参谋，故曰"奉使"。《奉赠萧使君》云："昔在严公幕，俱为蜀使臣。"可证"奉使"正指参幕。杜甫本拟日后随严武还朝，但严武于永泰元年（765）夏突然去世，这一愿望遂落空，故云"虚随八月槎"。⑫画省，指尚书省。《汉官仪》："尚书省中，皆以胡粉涂壁，青紫界之，画古贤人烈女。尚书郎更直，给女侍史二人，执香炉烧熏，从入护衣服。"伏枕，指卧病。永泰元年春，杜甫离严武幕后，严武奏请朝廷任命杜甫为检校尚书省工部员外郎。此句谓自己因为卧病而违离朝廷，不能在尚书省就职寓直。疑另有解，见鉴赏。⑬山楼，指夔州城楼。粉堞，城上涂以白色的女墙。隐悲笳，悲凉的笳声隐现萦回。⑭藤萝月，照映在藤萝上的月光。洲，江边沙洲。芦荻花，即芦花。二句写夜间时间的推移，原先照在山石藤萝上的月光，不知不觉中已经映在沙洲边的芦花之上了。⑮千家山郭，指夔府山城。⑯日日，原作"一日"，《全唐诗》校："一作日日。"兹据改。翠微，指青翠的山色。⑰信宿，连宿两夜。再宿曰信。还，仍也。泛泛，漂浮貌。⑱故，仍，还。与上句"还"互文同义。⑲《汉书·匡衡传》："荐衡于上，上以为郎中。迁博士、给事中。是时，有日蚀、地震之变，上问以政治得失，衡上疏（略）。上说其言，迁衡为光禄大夫，太子少傅。"抗疏，向皇帝上疏直言。杜甫任左拾遗时，曾上疏救房琯，得罪了肃宗，遭到贬斥。这句说自己虽然像匡衡那样，上疏直言，但却因此遭到贬斥，功名不遂，官位低微。上四字以匡衡抗疏自比，下三字自慨。下句同。⑳《汉书·刘向传》："向字子政，本名更生……初立《穀梁春秋》，征更生受穀梁，讲论五经于石渠。……成帝即位……更名向。……诏向领校中五经秘书。"钱谦益曰："刘向虽数奏封事不用，而犹居近侍，典校五经。公则白头幕府，深愧平生，故曰心事违也。"传经，指刘向典校五经，使经书得以流传。杜甫家世奉儒，故以传经之刘向自比，但却连在朝廷典校经书亦不可得，故曰"心事违"。㉑五陵，西汉长安渭北五座皇帝的陵墓（长陵、安陵、阳陵、茂陵、平陵）。元帝之前每建陵墓，辄迁四方富豪及外戚居此，供奉园陵，故五陵之地为豪杰贵戚所聚。《论语·雍也》："乘肥马，衣轻裘。"衣马，即裘马。㉒似弈棋，形容长安政局如棋局之互相争斗、此消彼长、变化不定。百年世事，泛指近百年来所历之政局变化。㉓二句承上"似弈棋"，极言朝廷政局变化之大，未必有具体所指，是对政局变幻的一种概括与悲慨。㉔直北，正北。《史记·封禅书》："汉文帝出长安门，若见五人于道北，遂因其直北立五帝坛，祠以五牢具。"直北关山金鼓振，指北面边塞一带，金鼓震天，回纥时常入侵。㉕征西，指征讨西面吐蕃入侵。羽书，传送紧急军情的文书，插羽其上，以示紧急。驰，原作"迟"，《全唐诗》校："一作驰。"兹据改。羽书驰，羽书快马传送，交驰于途。㉖鱼龙寂寞，点秋景。《水经注》："鱼龙以秋日为夜。龙秋分而降，蛰寝于渊，故以秋日为夜也。"㉗故国，指故都长安。平居，平日、平素。杜甫《赠特进汝阳王二十韵》："晚节嬉游简，平居孝义称。"㉘蓬莱宫阙，指唐大明宫。《唐会要》卷三十："龙朔二年，修旧大明宫，改名蓬莱宫，北据高原，南望爽垲。"南山，即终南山。大明宫建于长安城北龙首原上，正遥对长安城南的终南山。㉙承露，承露盘。金茎，铜柱。班固《西都赋》："抗仙掌以承露，擢双立之金茎。"汉武帝迷信神仙，于建章宫筑神明台，立铜仙人舒掌捧铜盘承接甘露，冀饮以延年。《史记·封禅书》："其后则又作柏梁铜柱承露仙人掌之属矣。"唐代宫中并无承露盘及铜柱，此借汉事以形容宫殿建筑之崔巍宏丽。㉚此二句，或谓借指玄宗宠杨妃、好道术，或谓为帝京设色。《穆天子传》卷三："乙丑，天子觞西王母于瑶池之上。"西王母系神话传说中的人物，瑶池系西王母所居。其地在极西，故云"西望"。降，下降。西王母下降事，见《汉武内传》。东来，《关尹内传》："关令尹喜常登楼，望见东极有紫气西迈，曰：应有圣人经过。果见老君乘青牛东来。"函关，函谷关。老子从洛阳入函谷关，故曰"东来紫气"。㉛云移雉尾，雉尾障扇像云彩一样移动分开。《唐会要》卷二十四："开元中，萧嵩奏：每月朔望，皇帝受朝于宣政殿，宸仪肃穆，升降俯仰，众人不合得而见之。乃请备羽扇于殿两厢，上将出，扇合，坐定，乃去扇。"《新唐书·仪卫志》："唐制，人君举动必以扇，大驾卤簿仪物则有曲直华盖、六宝香灯大伞、雉尾障扇、雉尾扇、方雉尾扇、花盖子雉尾扇、朱画图扇、俾倪之属。"龙鳞，皇帝所穿衮衣上所绣的龙纹图案。"云移"二句，形容朝仪之盛。㉜沧江，指夔州，因其滨江，故云。岁晚，切"秋"，兼指自己年已迟暮。㉝点，原作"照"，《全唐诗》校："一作点。"（按：宋本作"点"）兹据改。青琐，指宫门。《汉官仪》卷上："黄门郎，每日暮，向青琐门拜，谓之夕郎。"点，传点。杜甫《至日遣兴奉寄北省旧阁老两院故人》（其一）："去岁兹辰捧御床，五更三点入鹓行。"朝臣早晨上朝时听到传报五更三点时依官职大小依次排班入殿，故云"点朝班"。此句当指玄宗朝唐王朝盛时至今，又不知换了几朝皇帝，几回朝班。㉞瞿塘峡口，夔州奉节县东即瞿塘峡之西口。曲江头，曲江边。"曲江"见《哀江头》诗注①。㉟风烟，风尘烟雾迷蒙的景象。素秋，指秋天。秋当西方，属金，色白，故曰素秋。㊱花萼，唐长安兴庆宫内楼名。《唐六典》："兴庆宫在皇城之东南，宫之南曰通阳门，通阳之西曰花萼楼。"原注："兴庆宫即今上（指唐玄宗）龙潜旧宅也。开元初以为离宫。至十四年，又取永嘉、胜业坊之半以置朝，自大明宫东夹罗城复道，经通化门磴道潜通焉。"《旧唐书·玄宗纪》："开元二十年六月，遣范安及于长安广花萼楼，筑夹城，至芙蓉园。"芙蓉园在曲江。夹城，两边筑有高墙的通道。唐代长安东边的城墙共两道，中为复道（即夹城），由北至南，直达曲江。供皇帝后妃游幸专用。御气，天子之气。㊲芙蓉小苑，即芙蓉园，见上句注。钱谦益笺："禄山反报至，帝欲迁幸，登兴庆宫花萼楼，置酒，四顾凄怆，此所谓'小苑入边愁'也。"㊳鹤，《全唐诗》校："一作鹄。"按：鹤、鹄通。㊴锦缆，游船上锦制的缆绳。牙樯，以象牙为饰的桅杆。㊵歌舞地，承上指曲江游赏享乐之地。㊶秦中，指关中地区。《汉书·娄敬传》："秦中新破，少民，地肥饶，可益实。"颜师古注："秦中谓关中，故秦地也。"谢朓《鼓吹曲》："金陵帝王州。"西周、秦、西汉、北周、隋、唐均建都长安。古，宋本作"出"。二蔡本及钱本作"古"。㊷昆明池，在长安西南，汉武帝元狩三年（前120）开凿以习水战，池周围四十里，广三百三十二顷。《汉书·武帝纪》："（元狩三年春）发谪吏穿昆明池。"颜师古注引臣瓒曰："《西南夷传》有越巂、昆明国，有滇池，方三百里。汉使求身毒国，而为昆明所闭。今欲伐之，故作昆明池象之，以习水战。在长安西南，周围四十里。"《史记·平准书》："大修昆明池，列观环之。治楼船高十余丈，旗帜加其上甚壮。"《西京杂记》卷下："昆明池中有戈船楼船各数百艘，楼船上建楼橹，戈船上建戈矛，四角悉垂幡旄旍葆麾盖，照灼涯涘。"杜甫《寄贾严两阁老》："无复云台仗，虚修水战船。"可证唐玄宗曾置船于昆明池。此盖以汉武喻玄宗。㊸《文选·班固〈西都赋〉》："集乎豫章之宇，临乎昆明之池。左牵牛而右织女，似云汉之无涯。"李善注引《汉宫阙疏》曰:"昆明池有二石人,牵牛织女象。"曹毗《志怪》:"昆明池作二石人,东西相望,象牵牛织女。"虚夜月,空对夜月。㊹《西京杂记》卷上:"昆明池刻玉石为鲸,每至雷雨,鱼常鸣吼,鬐尾皆动。汉世祭之以祈雨,往往有验。"㊺《西京杂记》卷上:"太液池边皆是雕胡、紫箨、绿节之类,菰之有米者,长安人谓之雕胡。"菰米,茭白所结之实,又称雕胡米,可以作饭。㊻唐时昆明池中种植莲藕,白居易、韩愈等人诗中均有提及。韩愈《曲江荷花行》云:"问言何处芙蓉多,撑舟昆明渡云锦。"注云:昆明池周回四十里,芙蓉之盛如云锦也。此句写昆明池中露凝莲房,粉红色的莲花陨落。㊼关塞,指夔州附近的险峻高山。极天,上至于天,极形其高。鸟道,飞鸟才能越过的道路。㊽江湖满地,指身之所处的夔州,因滨长江,故云。"江湖"多指隐逸者居处。《南史·隐逸传序》:"或遁迹江湖之上,或藏名岩石之下。"一渔翁,诗人自指。㊾《汉书·扬雄传》:"武帝广开上林,东南至宜春、鼎湖、御宿、昆吾。"晋灼曰:"昆吾,地名也,有亭。"师古曰:"御宿在樊圃西也。"《三秦记》:"樊川一名御宿川。"逶迤,曲折连绵貌。自长安至渼陂,必经昆吾、御宿。㊿紫阁,长安城南终南山峰名。张礼《游城南记》:"圭峰、紫阁粲在目前。"注曰:"圭峰、紫阁在终南山祠之西。圭峰下有草堂寺,紫阁之阴即渼陂,杜诗'紫阁峰阴入渼陂'是也。"紫阁峰在圭峰东,旭日照之,烂然而紫,其形上耸,若楼阁然,故名。《长安志》:"渼陂在鄠县西。"《十道志》:"陂鱼甚美,因名之。"渼陂湖水源于终南山,出谷后潜流地下,隐渡十里天桥,复涌成泉,汇流成陂,陂水甘美。杜甫有《渼陂行》。㉑此句倒装,意即香稻乃鹦鹉啄馀之粒。香稻,《草堂》本作"红豆"。㉒此句亦倒装,意即碧梧乃凤凰栖老之枝。㉓拾翠,拾翠羽。曹植《洛神赋》:"或采明珠,或拾翠羽。"后遂作为妇女游春的代称。相问,互相赠送礼物。㉔《后汉书·郭太传》:"太与李膺同舟而济,众宾望之,以为神仙焉。"仙侣,指志同道合的朋友。杜甫曾与岑参兄弟同游渼陂。其《渼陂行》云"岑参兄弟皆好奇,携我远游来渼陂……船舫暝戛云际寺,水面月出蓝田关。"此即"仙侣同舟晚更移"之例。移,移舟。㉕游,原作"曾",据宋本改。昔游,上承"仙侣同舟"而游事。干气象,上冲云霄天象,形容诗之风格宏伟道上。明张𬘘曰:"气象指山水之气象。干者,言彩笔所作,气凌山水也。"(仇注引)㉖吟望,吟诗遥望(京华)。苦低垂,忧伤愁苦地低垂着。

[鉴赏]

《秋兴八首》是杜甫晚年诗歌创作的巅峰之作,也是他组诗创作的精品。历来的选家、评家对题内的"兴"字所包含的内容意蕴都非常注意,实则"兴"的内容意蕴离不开"秋"字。诗人的情怀和感慨,因萧瑟的秋色、秋气而引发,故曰"秋兴"。注家或引潘岳《秋兴赋》以释诗题"秋兴"二字所本,其实从精神实质上看,它的真正源头应是宋玉的《九辩》。"悲哉秋之为气也,萧瑟兮草木摇落而变衰"的悲秋音调同样是《秋兴八首》贯串始终的主旋律。具体地说,诗人的因秋而感发的悲秋意蕴主要表现在两个方面:一是因秋色秋气引发的个人漂泊异乡之悲、栖迟不遇之感和人生衰暮之慨,亦即所谓"故园心";一是秋色秋气引发的对百年世事、时代盛衰的悲慨,亦即所谓"故国思"。这两方面的悲秋意蕴在宋玉的《九辩》中都有出色的抒写,而以"贫士失职而志不平"的个人失意困顿之悲作为主轴;而在杜甫的《秋兴八首》中,则以"故国思"作为组诗的主要内容,而个人失意漂沦的悲剧命运则紧紧地联系着时代的盛衰、国家的命运,这是组诗的基本内容和整体构思。

第一首写峡中秋色引发的"故园心",直接点明"秋兴"的题目和组诗内容意蕴的一个重要方面,可视为前三章的总冒。

首联点明时、地,总写峡中萧森的秋景秋气。"玉露"即白露,晶莹的露水和经霜后一片火红的枫树林,本是绚烂秋色的突出表征,于二者之间着"凋伤"二字,立即改变了景物明丽绚烂的色调,呈现出一片黯淡凋零的景象,透露出诗人面对此景象时凄伤的心情。这句写的是眼前的近景。次句宕开,从广阔的视野概写峡中秋气,诗人身居夔州,处瞿塘峡的入口,在地理上与巫山、巫峡本有一段距离,这里不如实地写夔峡夔山,而说"巫山巫峡",实际上是将三峡中最长的巫峡作为三峡的代称,将巫山作为三峡七百里两岸连山的代称,因此这句虽从眼前景出发,却融入了想象的成分,成为对三峡地区秋色的一个总括。"萧森",是萧条森寒的意思。不说"景萧森",而说"气萧森",固因直承宋玉《九辩》"悲哉秋之为气"之语,同时也透露出诗人所感受的不仅仅是具体的秋景秋色,而且是充溢渗透于天地之间的秋气,一种令人凛然生悲的秋之神魂。这种直取其神的虚笔,与从广阔视野概写三峡秋色正相吻合。

颔联承"气萧森",进一步具体描绘峡中秋景。到过夔州一带的人都会感到,这一联所描绘的景象不大像是实写夔州夔峡秋景,因为在两岸连山,重岩叠嶂的三峡地区,江流被紧束在两岸的高山之间,不大可能出现在广阔平原地区才有的

"江间波浪兼天涌,塞上风云接地阴"的天地相接的混茫景象。显然,诗人笔下的景象已经过诗人感情的熔铸改造,带上了想象夸张的成分。从诗中所写的情况看,诗人所面对的是一个阴寒有风的秋日,江间波浪汹涌,那奔腾澎湃的气势像是要直上云霄,与天相接;两岸的高山绝塞,风云屯聚,像是和地上的阴寒之气连成混茫的一片。这种描写,似乎更主要的是抒写诗人的胸中所感。呈现在读者面前的这幅图景,既具壮阔混茫的境界和飞动的气势,又隐隐传出一种阴寒萧森、动荡不宁的气氛。它虽不是诗人有意借景物描写象征时代环境,却是那个动荡不宁、阴寒惨淡的时代环境在诗人心中的投影。故虽非有意用象征手法,却具有象征色彩。从中不但可以联想到时代的动荡不安、萧森阴寒,而且可以隐见诗人澎湃起伏的心潮。

以上两联,均写夔峡秋景,腹尾两联,转抒滞留峡中羁旅漂泊之感与思念故园之情。"丛菊"点秋。诗人于去年春夏间离蜀沿江东下,于重阳节前抵达云安,因肺疾发作而留滞,"丛菊"开放之时正在云安;至今年(大历元年,766)初夏移居夔州,到写这组诗时,他在峡中已经经历二秋,故云"丛菊两开"。"他日泪",指昔日泪,亦即去年丛菊开时因留滞思乡而流之泪。今年再开,仍复留滞峡中,不禁触动旧日的记忆而再次流泪。是今年之泪,犹复去年之泪,故云"两开他日泪"。妙在"两开"二字,似乎菊开即泪开,泪即因菊之开而流,将触物伤情的情景表现得新颖别致。对杜甫说,菊花不仅是秋天物候的表征,而且是故园的象征。长安杜陵,是他的祖籍(十五世祖杜畿,京兆杜陵人),他自己又曾长期居住在这里,《九日五首》之四说:"故里樊川菊,登高素浐源。他时一笑后,今日几人存。"由眼前的夔州之菊,联想到故里樊川之菊而勾起怀念故园之情,原极自然。故下句即直接点出全诗的核心"故园心"。上下句对照,可知无论是他日之泪、今日之泪,皆为怀念故园而流。妙在将"孤舟一系"与"故园心"组接,含蕴丰富,韵味无穷。"孤舟"是诗人归乡的凭借,也是其思乡之情的寄托,更是其晚年漂泊生涯和孤子身世的象征(所谓"亲朋无一字,老病有孤舟")。而"系"既有牵系之义,又有牢系之义。停泊在江边的那一叶孤舟既无时无刻不在牵系引起诗人迫切希望归乡的心情,但它却一动不动地停靠着,又像是牢牢地拴住了诗人迫切返乡的希望,使归乡之愿无法实现。"系"字的双重含义,在这里起了奇妙的作用,使本来平常的诗句变得隽永而富于含蕴。

就在诗人因丛菊之开、孤舟之系而引动故园之思、流淌思乡之泪的过程中,天色已经向晚,暮色苍茫中,伫立在白帝高城上的诗人,耳畔传来一阵紧似一阵的清亮的捣衣砧杵声,像是催促家家户户拿起刀尺,赶制冬衣。"急暮砧"点秋。前三联写玉露、枫林、巫山、巫峡、波浪、风云、丛菊、孤舟,均为目接之景,从视觉角度写,末尾改从听觉角度,写"急暮砧"所代表的秋声。又到了一年将暮的寒秋季节,那清亮而凄清的砧杵声使长期漂泊羁留异乡的诗人倍感孤寂凄凉,使本已萦绕胸间的"故园心"更加深浓强烈了。着一"急"字,不仅传出诗人对砧声一声紧似一声的突出感受,而且使人感到这一声声凄清的砧声似乎都敲在诗人的心上,砧声和诗人凄伤寂寞的心声融为一体,砧声亦即心声,其中都渗透着浓郁的秋意。

这一首写夔峡秋色秋景秋气秋声,意绪沉郁悲凉而意象高华美丽,意境壮阔飞动,给人以凄悲而华美、哀伤而激壮的突出感受。全篇基本上是写景,"故园心"只总提一笔,而诗人的感情意绪却渗透在所有景物描写中,可称寓情于景、情与境偕的范例。如果把整个组诗看成一部大型交响乐,这一首便像是它的序曲。

第二首紧承上首"暮砧",写夔府孤城从"落日斜"到月映洲前的情景。首句点时、地,唐代的夔州郡城,是一个仅有千家的偏僻山城,它孤零零地处于群山万壑之中,故曰"孤城"。如此僻远的山城,又值暮色苍茫的"落日斜"时分,更加重了羁旅漂泊者孤寂凄凉的况味。这一句虽似叙述交代诗人所在之地之时,却透过"孤城"和"落日斜"的意象,点染出特有的环境气氛,为次句重笔叙写作势。长安在夔州之北,其上正值北斗,而北斗又向为帝王、帝都的象喻,故有"每依北斗望京华"的诗句。看到北斗星,就联想到其下的帝京。但虽可"依"北斗而遥望"京华",而京华实不可望见,故所谓"望",实即伫望而遥思。"望"中有萦回缠绕的感情活动、心灵活动。这一句向为评家所称引,谓是八首之主意。从组诗的主要内容是写诗人身处夔州,时刻思念长安这一点来说,这一句确实是对组诗主意的提挈。曰"每依",则月明之夜,夜夜如此,"望"之频繁,"思"之执著可知。对杜甫来说,"京华"既是朝廷所在,亦是家园所在,"故园心"与"故国思"是完全统一在同一"京华"上的。故这"望"中之"思",蕴含原极丰富,此处亦只总提一笔,浑沦而书,随着以下的抒写,自会逐次展开。

颔联紧承"夔府孤城"与"望京华",分写身羁孤城的孤寂凄凉和未能随严武返朝的悲慨。三峡多猿,夜间猿声响于山谷,在静寂中尤显凄凉。民谣素有"巴东三峡巫峡长,猿鸣三声泪沾裳"之语,今日亲历其境,方觉其语之真实可信,故曰"听猿实下三声泪"。"奉使"句兼用《博物志》与《荆楚岁时记》乘槎之典，说自己参西川严武幕，犹如奉使乘槎，本企日后随其还朝，不料严武遽然去世，还朝之望成空，故曰"奉使虚随八月槎"。两句分用"听猿""乘槎"二典，将自己羁留峡中心情的凄苦孤寂和还朝无望的悲慨表达得曲折有致。"实"与"虚"的鲜明对照，强化了现实处境的凄凉和希望成空的悲慨。"听猿""奉使"分别上承"夔府"与"望京"。

腹联出句"画省香炉违伏枕"承二、四句，进一步具体抒写"望京华"的感情活动。"画省"即尚书省的代称。杜甫离严武幕后，严武奏请朝廷任命其为检校尚书省工部员外郎，故用"画省"典。"违伏枕"，旧解均以为指"因卧病而远违"，固可通。《奉赠萧二十使君》"旷绝含香舍，稽留伏枕辰"可证。但详味应劭《汉官仪》"尚书郎给青缣白绫被，以锦被帷帐毡褥通中枕……从直女侍执香炉烧从入台护衣"的记述，疑"伏枕"非指己之卧病峡中，而是指在尚书省直夜住宿，"枕"即所谓"通中枕"，系寓直时所用之卧具。"画省香炉违伏枕"，是慨叹自己徒有尚书员外郎的虚衔，却不能回到长安，真正任职寓直，"违"即违离之意。这样解释，既紧扣原典中的"通中枕"，又与"奉使虚随"句意一贯。

对句"山楼粉堞隐悲笳"承一、三句，写自己身在夔府城楼，入夜之后，白色的女墙外隐隐传来阵阵悲凉的胡笳声，为这座偏僻的山城增添了紧张的军旅气氛，诗人心忧国事的感情和悲凉心绪也隐现于字里行间。

尾联写深夜景色。随着时间的推移，一轮明月，已经升至中天，原先照映在石壁藤萝上的月光，此刻已经移照到江边沙洲前的芦荻花了。三峡层岩叠嶂，非亭午夜分，不见曦月。月映洲前芦花，正是中宵之月。两句用流水对，以"请看"提起，以"已映"照应，从景物的变化中见时间之推移，而诗人伫立"望京华"时间之久，思念之深，心境之孤寂均寓于其中。"芦荻花"点明深秋季候。"请看"二字，仿佛是诗人的心灵自语。

这一首以时间的推移、景物的变化为线索，写从"落日斜"到月映洲前的时间过程中诗人遥望京华而引发的萦回缠绕的思绪和孤寂悲凉的心境。其中"奉使虚随八月槎""画省香炉违伏枕"的悲慨，正是全篇主意。与上一首着重从广阔的空间着笔写法有别。

第三首紧承第二首尾联月映洲前，写夔州江楼朝坐所见所感。"千家山郭"即夔府山城，"江楼"指所居临江之西阁。清晨时分，独坐西阁，整个夔州山城都沉浸在一片朝晖之中，四围一片寂静，自己所居的江楼，正面对连绵的群山，沐浴在青翠蓊郁的山色之中。"坐翠微"，即坐对翠微之省。不说"对翠微"而说"坐翠微"，仿佛整个人就融化在一片青翠的山色之中。首联写夔州山城朝景，极饶画意，而上句的"静"字、下句的"坐"字尤具神韵，为画笔所难到。这景色原极清新优美、宁静闲远，字里行间也不难感受到诗人面对此景时的愉悦与赏爱。但下句开头的"日日"二字，却隐隐透露出一丝单调重复、孤寂无聊的况味。

颔联续写独坐江楼所见景物，江上渔人，泛舟而渔；清秋燕子，来往飞翔。这种景色，原亦为优美的生活画面和自然景象，但上句着一"还"字，下句着一"故"字，便透露出诗人"日日"面对此景时的单调无聊感受。"还"与"故"对文，互文见义，都是"仍旧""依旧"之义，或解"故"为"故意"，当非。这种日对佳景而生厌的意绪，正是长久羁留异乡的漂泊者典型的感受。"泛泛""飞飞"，叠字的运用，加强了这种厌倦感。

以上两联，写"日日"面对夔州江山景物，久而生厌的情绪，原因自不在自然景物本身，而是诗人的境遇遭际所致。腹联便分用匡衡、刘向二典，以古人之得意际遇反托自己的"功名薄""心事违"。自己虽也像匡衡那样，抗疏上奏，疏救房琯，却因此触忤肃宗，被贬出朝廷。从此名宦不达，坎壈终身。虽也像刘向那样，以奉儒守道、传授经书为己任，却心事乖违，愿望落空。这种境遇，正是虽面对美景而意绪无聊的深刻原因。这也是诗人对自己平生困顿际遇的回顾与概括，句末的"薄""违"二字，透露出对这种际遇的愤激不平。

尾联由自己的困顿不遇联想到昔日的"同学少年"的得意境遇。所谓"同学少年"亦即《自京赴奉先县咏怀五百字》中讥笑自己迂拙守志的"同学翁"们，他们但自营其穴，而如今都衣轻裘，乘肥马，成了达官显宦，驰骋于五陵之间，得意扬扬，风光无限。"多不贱""自轻肥"，以貌似欣美的口吻，传达出对此辈的轻蔑与不屑。萧涤非说："意极不平，语却含蓄。""一'自'字，婉而多讽。"深得诗意。

以上三首，或写羁泊夔峡、怀念故园之情，或写不能回到京华供职寓直的悲慨，或写自己"功名薄""心事违"的困顿境遇，每首中虽均写到夔州秋景，但都是作为上述情绪的背景和环境，起着或正面渲染烘托，或反面衬托的作用。由眼前秋景发兴，落脚点都在自己的羁泊、困顿境遇上。从下一首起，诗意开始转向对长安今昔状况的描写和对盛衰之慨的抒写。

第三首尾联写到"同学少年多不贱，五陵衣马自轻肥"，虽是用来和自己羁滞异乡、困顿栖迟的境遇作对照，却已涉及长安今日政坛人物和政坛状况，第四首便自然过渡到对长安政局、国家忧患的描写与感慨。首联以"闻道"二字提起，点明以下所述乃是身在夔州山城所听到的情况，切合当下身份。出语平淡而寓慨自深。用"弈棋"来形容比喻长安政局，既揭示出争斗不断，此消彼长，又揭示出其反复无常，变化多端。如果说盛世的政局常具有稳定、和谐的特征，则"似弈棋"的政局正是乱世衰世政局的突出表征。第二句宕开，从广阔的视野俯视百余年来的政局，深感盛衰不常，感慨生悲。这一句写得很概括虚泛，"百年世事"既包括了贞观、开元的盛世，也包括了安史之乱以来的乱世衰世。盛衰的巨变，正是"百年世事"的突出特征，故诗人回顾这一段"世事"，悲慨甚深。论者多以"望京华"或"故园心""故国思"为八首之主意，固是；但私意以为"百年世事不胜悲"一句似更能揭示八首的内在意蕴。整个组诗就是抒发诗人对唐王朝由极盛而急剧转衰的沧桑巨变的悲慨，以及在这样一个时代中对个人悲剧命运的感慨。这一点，在后四首诗中体现得更为明显。

颔联是对"长安似弈棋"政局的具体叙写。表面上看，"王侯第宅皆新主，文武衣冠异昔时"所描述的似乎是政坛上人事更迭的自然现象和自然规律，但联系杜甫在夔州期间所作《八哀诗》中对贤相张九龄、名将李光弼等人的追缅，《诸将五首》讽回纥、吐蕃入侵，诸将不能御敌，以及肃、代二朝宠信宦官、滥行封爵等情况，不难体味到诗人对当时王侯第宅中的新主人、朝廷上新封的文武衣冠，是明显带有讥讽之意的。将这两句与上首尾联与此首腹联对照着来读，会更感到其讽意的深长。

"直北关山金鼓振，征西车马羽书驰。"如果说前两联写"似弈棋"的政局是揭示其内部的争夺纷乱，那么这一联便是揭示其外患。出句写回纥扰边，长安北边的关山金鼓震天；对句写吐蕃入寇，朝廷征西的军队车马交驰，羽书飞传，一片警急的景象。杜甫在蜀期间，回纥吐蕃多次入寇。广德二年（764）八月仆固怀恩引回纥、吐蕃十万众将入寇，京师震骇。十月，复引回纥、吐蕃至邠州。永泰元年（765）九月，仆固怀恩复诱回纥、吐蕃、吐谷浑、党项、奴剌数十万人同时入寇，士民惊骇，宦官鱼朝恩欲使代宗去河中避吐蕃，后吐蕃大掠男女数万而去，所过焚毁庐舍、践踏禾稼殆尽。十月，吐蕃又联合回纥入寇，屯兵北原，长安形势危急。这都是杜甫写作《秋兴八首》之前两年内发生的近事。"直北"二句，正是对外患频仍、回纥吐蕃交相入侵形势的艺术概括。这种局面的形成，与当时朝廷上的文武大臣、王侯显贵的腐败无能有密切关联，正如诗人在《诸将五首》之二所抨击的："独使至尊忧社稷，诸君何以答升平！"故"似弈棋"的政局和严重的外患之间有着内在的联系，诗的颔、腹二联之间正是迹断而神连。

以上三联，从长安纷争不已、变化无常的政局写到唐王朝深重的内忧外患，对百余年来盛极而衰的"世事"深表悲慨，"闻道"二字直贯到第六句。尾联突然宕开，收转现境。时值深秋，鱼龙蛰伏，眼前的夔江显得特别清冷寂寞，这是写眼前的夔江秋景，也是写诗人清冷寂寞的处境与心境，从中不难体味出诗人"济时敢爱死，寂寞壮心惊"的感慨。处此清冷寂寞之境，对长安故国的思念，对国家命运的思考，对时代盛衰的悲慨反而变得更加深长执著、强烈深沉，这正是末句"故国平居有所思"所蕴含的内容。

在《秋兴八首》中，这一首是唯一直接涉及政局时事的。在整个组诗中，它居于承前启后的枢纽地位。前三首写夔州秋景，兴起诗人的故园之心和羁滞异乡、困顿栖迟之悲，主要抒写个人的悲剧境遇，而个人的悲剧境遇，又植根于时代的政治，故第四首自然联及长安政局和国家的内乱外患。而政局的纷乱和国家的忧患又正是唐王朝由盛转衰的突出表征，故下四首即由"故园心"转为"故国思"，由个人悲剧境遇的抒写转为对国家命运、时代盛衰的抒写。"故国平居有所思"一句正是后四首内容的一个总括和提示。"故园"和"故国"，尽管具体所指均为长安，但作为自己旧居和第二故乡的长安以及作为唐王朝政治中枢的长安，其内在含意并不相同。"故园心"主要指长期羁泊异乡、困顿栖迟的诗人对家园的思念、对个人悲剧境遇的感慨，而"故国思"则主要指对唐王朝由盛转衰局势的悲慨与思考。

第五首抒写对长安宫阙壮盛气象和早朝景象的追思缅怀，是"故国平居有所思"首先涉及的内容。

"蓬莱宫阙对南山，承露金茎霄汉间。"蓬莱宫阙，指长安城北的大明宫。它建在龙首原上，地势高敞，天清气朗之时，可以清楚地看到长安城南四十里的终南山。着一"对"字，既显示出自北而南，纵贯百里的广阔视野，又显示出巍峨壮丽的宫阙与气势雄壮的终南山遥遥相对、竞相比高的态势，以突出大明宫的宏伟壮丽气象。次句将视线收到宫前,描绘承露的铜柱矗立霄汉的景象。有关唐代的文献记载,从未提及大明宫或其他宫前立有承露铜柱及金铜仙人像,故此句显系借汉代故实以喻唐。从它所描绘的景象来看,是要显示宫中建筑的高耸挺拔,与上句的阔远视野正构成一远一高的立体画面。但承露铜柱及金铜仙人之建既为企图求仙长生,而唐玄宗又在好道求仙这一点上与汉武神似,则此句中寓有玄宗好道之意,是可以肯定的。只不过它未必寓有明显的讽刺之意,最多也只是在追忆宫阙的华美壮丽之中微寓感慨而已。这一点,联系三、四两句,会看得更加清楚。

"西望瑶池降王母,东来紫气满函关。"三、四一联,写在蓬莱宫上东西眺望所见景象。向西极望,居住在瑶池仙境的神仙西王母正下降人间,与君主相会;向东极望,紫气东来,正充满了函谷旧关,预示着老子即将入函谷关。两句分别用西王母下降及老子入函谷关之典,所言皆神仙之事;瑶池王母之典又曾被诗人用来借喻杨妃,故注家以为此二句寓讽玄宗好女色、宠杨妃、惑神仙。从这两句全用典故、全用虚笔来看,其中有所寓托可以肯定,否则未免写得太虚无缥缈,不着边际。但诗句所流露的感情倾向是追缅中略寓感慨,既渲染皇宫的壮盛气象,又寓含对玄宗宠杨妃、好道术的轻微感慨。如果理解为明显的讽刺,则与追缅长安宫阙的壮盛之整体感情倾向有矛盾。总的来说,后四首在追思缅怀长安昔日之盛的同时都寓有盛衰不常之慨,都不同程度地存在追缅与寓慨的关系如何把握的问题。就诗人的创作而言,寓慨以不破坏总体的追思缅怀倾向为前提;就读者的理解而言,亦当适当把握追缅与寓慨的关系及寓慨的度。

腹联仍就"蓬莱宫阙"着笔,正面描绘早朝景象。由于只有一联十四个字的篇幅,不可能作铺叙渲染,只能抓住雉扇乍开、圣颜初现的瞬间着笔,以表达激动喜悦的感受。宫扇之开如云彩移动,日光照映衮衣如龙鳞闪耀的描写又传达出朝仪的隆重与皇帝的威严。这类描写,如出现在一般的早朝诗中并不见出色,但作为对长安宫阙壮盛景象的追思缅怀,笔端自渗透了浓重的感情。此联或以为写杜甫自己天宝十载(751)献《三大礼赋》,得以觐见玄宗事,或以为写自己在乾元元年(758)任左拾遗时早朝见肃宗事。关于献赋事,《旧唐书·文苑传》只说"天宝末,献《三大礼赋》,玄宗奇之,召试文章"。《新唐书·文艺传》也说:"甫奏赋三篇,帝奇之,使待制集贤院,命宰相试文章。"并未提到因献赋得见玄宗事。杜甫自己在《莫相疑行》也只说"忆献三赋蓬莱宫,自怪一日声烜赫。集贤学士如堵墙,观我落笔中书堂。往时文采动人主",根本未提及曾因献赋而得见玄宗,故此事实属子虚乌有。且诗中所写明为早朝景象，杜甫在玄宗朝既未为京官，自无参加早朝的经历。至于乾元元年任左拾遗时，则确有早朝经历，且写过和贾至的早朝大明宫诗，但此诗前三联所写皆唐王朝盛时宫廷景象，而肃宗时已历安史之乱，急剧衰落，已非乱前景象，从诗的结构说，也不大可能前四句写玄宗时事，五、六句却跳到肃宗朝。比较合理的解释是，诗人根据自己肃宗朝参加早朝的经历，想象玄宗唐王朝盛时早朝景象，而诗人自己并不在朝列，"识圣颜"云云，只是泛说群臣，自己并不在内。

"一卧沧江惊岁晚，几回青琐点朝班。"尾联出句从对盛时宫阙朝廷的壮盛气象的遥想中突然捩转，回到眼前，"沧江"指夔州；"岁晚"点秋深，亦寓迟暮之感、蹉跎之慨。"一卧"与"惊"相呼应，见沉沦时间之长与恍如隔世之感。此句笔力苍劲，感慨深沉，下句却又再转回到长安，说从玄宗唐王朝极盛时至今，又不知换了几朝皇帝，几回朝班？故作摇曳不定之语，而无限盛衰之慨即寓其中。大开之后又复大合，更显示出千钧笔力和深沉感慨。

这一首前六句极力渲染唐王朝盛时宫阙之巍峨壮丽与早朝景象之庄严华美，表现出对盛世的深情追缅向往，而在这追缅之中亦对玄宗之崇道术、求长生、宠杨妃微有寓慨。尾联大开大合，一转再转，在"一卧""惊岁晚"和"几回""点朝班"中寓含深沉的时代盛衰之慨。

第六首追忆昔日曲江游幸盛况而发今昔盛衰之慨，是"故国"之思的又一内容。紧承上首之追忆宫阙壮丽早朝气象而及于池苑。

首联大处落笔，将身之所在的瞿塘峡口与心之所系的曲江头，通过想象组合在一起，展现出清秋万里，两地风烟遥遥相接的广阔画面。不但抒发了身在夔府的诗人对长安故国的深情思念，而且寓含了对万里江山的深情赞美，具有极广阔的空间感，境界寥廓壮美，音调爽利浏亮。

颔联写当年游幸曲江情事。玄宗由所居的兴庆宫花萼楼出发，通过专门修筑的夹道去曲江芙蓉楼等地游幸。颔联所写实即此情事，妙在两句于"花萼夹城""芙蓉小苑"之后各缀以"通御气""入边愁"，含蓄地透露出二者之间的因果关系，暗寓耽于游幸享乐所导致的是无尽的"边愁"。"入边愁"，实即"渔阳鼙鼓动地来"，却不用这类显露的表达方式，仅以轻描淡写的"边愁"隐隐逗出，而乐极哀来的感慨自寓其中。

"珠帘绣柱围黄鹤，锦缆牙樯起白鸥。"腹联承"通御气"，渲染曲江游幸的热闹繁华："珠帘绣柱"与"锦缆牙樯"均指曲江中的豪华游船，船上有珠帘、画柱，有锦缆、牙樯，见其装饰之华丽。而由于游船众多，密密层层，池中的黄鹤像是被游船所包围；而游船如织，来往穿梭，惊起了池中悠游的白鸥。两句均以"黄鹤"之"围"，"白鸥"之"起"来渲染昔日游幸之繁盛。于貌似客观描绘之中寓含的感情既有追缅向往，也有感慨叹息。

"回首可怜歌舞地，秦中自古帝王州。"尾联承"入边愁"，想象今日曲江的荒凉，抒发今昔盛衰的感慨。第七句"回首"二字从昔日繁华一笔兜转，用"可怜"二字点醒今日的悲慨。秦中自古为帝王建都之州，曲江更为帝王歌舞游乐之地，其形胜与繁华自令人无限追思缅怀，然经历了长达八年的安史之乱和吐蕃的屡次入侵，今日的帝王州和歌舞地恐怕已是一片荒凉凄清景象。无限今昔盛衰之慨，只用"可怜"二字逗出，不作任何渲染描绘，而读者自可意会。此联按自然顺序，应为：秦中自古帝王州，（曲江自古）歌舞地，（今日）回首（只感）可怜了。改用现在这样的句法，于"秦中自古帝王州"之后陡然顿住，倍感"回首可怜"四字寓慨的深沉。或解末句为对国家中兴的前途抱有希望，恐非诗人本意。与上两首尾联陡然转至所居之"沧江""秋江"，写自己的处境有别，这一首是由忆昔转到伤今，显示出其构思的多样性。

第七首写对昆明池的思忆，是"故国"之"思"的又一内容。但写法上与前二首之由盛而衰，以盛托衰不同，反过来主要写昆明池今日之荒凉冷落，以透露昔日之繁华热闹，寄寓今昔盛衰之慨。

首联从追忆昆明池的开凿写起，首句点明昆明池系汉武帝为伐昆明、练水战而修凿，故次句即据此而展开想象，说今日想起昆明池，眼前就会出现楼船壮丽、旌旗飘扬、戈矛森列的壮观景象。据杜甫的《寄贾严两阁老》诗，唐时昆明池也修造过水战船。无论是就昆明池的开凿追忆汉时昆明池练水军的壮观，还是依唐人借汉喻唐的习惯将这一联理解为唐代昆明池的景象，都是对壮盛时代昆明池景象的追忆，但诗人对昆明池之盛不作铺陈渲染，仅以"旌旗在眼中"五字一笔带过。以下即转入对其今日衰败景象的描绘。

"织女机丝虚夜月，石鲸鳞甲动秋风。"颔联想象昆明池边景物。昆明池边有两石像，东西相望，以象牵牛、织女。刻玉石为鲸，每至雷雨，鱼常鸣吼，鬐尾皆动。这两句化用上述记载,将环境设置为秋天的月夜。想象今日昆明池畔,织女织机上的丝缕,正冷冷清清地空对着夜月,而石鲸身上的鳞甲在秋风的吹拂下,仿佛在歙动开张。这境界,幽冷凄清,空寂虚幻,透露出昔日昆明池上楼船壮丽、旌旗飘扬的热闹景象均已成空,只留下无知的织女石像和石鲸雕像空对着秋风夜月。

"波漂菰米沉云黑,露冷莲房坠粉红。"腹联转写池中景物。池中的波浪漂荡着菰米,逐渐沉落堆积,在湖底堆满了厚厚的一层黑云般的积淀;秋晚露冷,莲花的粉红色花瓣在一瓣瓣地下坠掉落。菰米如沉云之黑,见久无人收,荒废之状可想;莲坠粉红,任其自开自落,见久无人游赏,空寂之境如见。两句中"漂""沉""冷""坠"四字,都是着意锤炼的句眼,透露出一种浓重的荒凉冷寂气息。

颔、腹二联,一写池边,一写池中,均着意渲染想象中今日之昆明池荒凉冷寂之境,言外自有无限世事沧桑、盛衰不常之慨,荆棘铜驼之悲、黍离麦秀之感,或解为忆盛时之昆明,不啻南辕北辙。五代鹿虔扆《临江仙》词中有"藕花相向野塘中,暗伤亡国,清露泣香红"等句,意境颇似"露冷"句,相互参照,杜诗所寓含的感情昭然可见。不妨说,这两联正是对一个已经逝去的壮盛时代的哀挽凭吊。

尾联由想象故国池苑的荒凉冷寂回到身之所处的现境。关塞,指夔州四周的高山;江湖,指长江,亦寓身处江湖之上,远离故国;渔翁自指,寓漂泊之意。眼前所见,唯高峻至天的崇山峻岭,与外界唯鸟道可通,面对满地江湖,深感自己就像一个漂荡无依的渔翁。两句由"故国"之荒凉冷寂,及于己身之漂泊羁滞,家国之盛衰与个人境遇的沉沦融为一体。

第八首追忆渼陂旧游,是"故国"之"思"的内容之四。

首联写赴渼陂所经及到渼陂所见。从长安城内赴渼陂须经昆吾、御宿,"逶迤"形容道路曲折绵延之状。着一"自"字,透出诗人与朋侣沿着曲折绵延的道路缓缓徐行,顾盼流连,赏玩优美风光的自得之情状。或谓此首系忆昆吾、御宿及渼陂等地,是把所经当成目的地了。次句接写到达目的地渼陂后首先映入眼帘的景色:紫阁峰的倒影映入清澈的渼陂之中。山北曰阴。映入湖中的正是紫阁峰北面的影子,故曰"紫阁峰阴入渼陂"。渼陂之所以成为长安近郊风景佳胜,与其靠近终南山,具湖光山影之美有密切关系。杜甫在《渼陂西南台》诗中说:"错磨终南翠,颠倒白阁影。"《渼陂行》亦云:"半陂以南纯浸山,动影裛窊冲融间。"均可证。因此这一句正突出地强调了渼陂给人的第一印象和整体印象,使人仿佛眼前突然一亮。

"香稻啄馀鹦鹉粒,碧梧栖老凤凰枝。"颔联写渼陂周围物产之丰饶与风景之佳胜。由于有一大片广阔的水域,故这一带盛产名贵的香稻,又生长着许多珍奇美丽如碧梧一类的树木。此联前人评论解说甚多,其句法之老健、色彩之秾艳固极突出,实则均是为了渲染香稻之美与碧梧之珍,说这里的香稻乃鹦鹉啄余之粒,碧梧乃凤凰栖老之枝。鹦鹉、凤凰,均非实有,而是诗人因香稻、碧梧之美好珍奇而引发的想象。"香稻"之"馀"、"碧梧"之"老",均暗寓"秋"字,不过写的是渼陂秋日的丽景而非衰飒凄清之景,这和其他各首均有别。或因第五句写到"春相问",遂以为此首所写系春景,恐非。

"佳人拾翠春相问,仙侣同舟晚更移。"这一联转写渼陂士女游赏之乐。上句写妇女们在美好的三春季节,游春拾翠,互相赠送礼物;下句写士人结伴泛舟,流连忘返,到傍晚仍移舟更游。上一联"香稻""碧梧"写的是渼陂秋景,这一联改写春日游赏,见春秋佳日,渼陂美好景色都吸引着长安的游人。"仙侣"句更融进诗人自己与岑参兄弟的一段游历,见注引《渼陂行》。"晚更移",正见游兴之浓与渼陂景色之美不胜收,写出当时的淋漓兴会。

尾联由渼陂的美好景色追昔慨今。"彩笔昔游干气象",是说自己当年渼陂之游曾用彩笔描绘过这一带的美好景色,风格宏伟遒劲,上干云霄之象,但这一切都已成为永难重复的过去,如今的自己,只能吟诗遥望京华,忆念承平气象,吟罢而白头苦苦低垂,心中充满了无限深沉的时代盛衰的悲慨和个人命运的悲慨。或解上句"干气象"为"气冲星象表,词感帝王尊",谓指天宝末献赋得到玄宗赏识之事,与以上六句写渼陂游赏了不相涉,恐非。"彩笔昔游干气象",当指昔年与岑参兄弟游渼陂而赋《渼陂行》,上干山水之气象,见当时意气之风发;而"白头吟望苦低垂"则指今日吟《秋兴》而望京华,不胜国家命运和个人命运的悲慨而白首低垂,可以视为整个组诗的结尾。

《秋兴八首》的思想感情内容,可以用两句话概括,即伤流滞羁泊、坎坷困顿而思故园、忆京华;伤内忧外患、今昔盛衰而思故国、忆长安。夔府秋色,既是引发上述思绪的自然景物、环境氛围,又是表现个人悲剧命运和国家命运的凭借或载体。组诗的前三首,大体上以时间为线索,写夔峡的秋色秋声所引发的"故园心"，或将思绪引向自己"抗疏功名薄""传经心事违"的困顿境遇，或将思绪引向"奉使虚随八月槎""画省香炉违伏枕"的欲归不能的失落苦闷。而自身的悲剧境遇和命运又紧紧地联系着国家的安危盛衰。因此，以第四首为转关，便由伤流滞羁泊、坎坷困顿的个人悲剧命运转向忧念国家命运、感慨时代盛衰，由"故园心"转为"故国思"，诗所描绘的主要景象也由夔州移向长安。由"故园心"而"故国思"，由个人悲剧命运而国家命运，是诗人思想感情的自然发展，也是其思想感情的深化与升华。诗人在抒写"故园心"和个人悲剧境遇时，心中常激荡着对动荡不安时代的感受（如第一首颔联）；在抒写"故国思"，感慨时代盛衰时，更常在字里行间寓含对衰乱原因的思考与叹惋（如第五首前幅，第六首颔、尾二联），并常与自己沉沦漂泊的身世境遇相联系（如其四、其五、其七、其八各首的结尾）。因此整个组诗所显示的，是个人悲剧命运与国家命运、时代盛衰的密不可分。

组诗的后四首，以所忆的对象为线索，从宫阙早朝气象到池苑风景名胜，选择诗人认为最能代表盛世气象的所在进行深情的追思想象，尽管在追思中不无感慨叹惋和思考，但基调是深情的追缅而非讽慨。这使得整个组诗充溢着浓重的怀旧情调。这种情调，不但贯串在夔州时期的诗歌创作中，而且贯串在此后的湖湘诗中。从更广远的范围看，这也是整个中晚唐诗歌的一个重要基调，而杜甫的夔州诗，特别是《秋兴八首》，则为中晚唐的这类感慨时代盛衰的怀古诗、怀旧诗树立了一个创作范型。中国长期的封建社会中出现过几个著名的盛世，但达到巅峰并具有大转折意义的盛世则无疑是开元盛世。不管其时的诗人在抒写盛衰之慨时是否隐约地感受到安史之乱前后的时代盛衰的典型意义，但他们对这种盛衰变化的强烈深刻感受和深沉感慨，至少在客观上显示了封建社会盛世巅峰的消逝。从这个高度看，这类抒写时代盛衰之慨的诗或许有更深远的认识意义和审美价值。它留下的是诗人对封建社会巅峰时期的美好追忆和深情追缅。讽世刺时与感慨时代盛衰固不必绝缘，但毕竟是两种对时世的感情态度。如果刻意去寻求《秋兴八首》这类诗中更多的讽时刺世的内容，不免会感到失望，因既非诗人的本意，亦非诗的主要价值。

正由于诗人的"故园心"和"故国思"如此浓重深沉，缠绕不已，因此在表现这种感情时不但采用了组诗的形式，而且运用了连章复沓、反复回旋的表达方式。具体地说，前三章主要从时间上着眼，写夔峡自朝至暮、自暮至夜、自夜至朝的不同秋景所引发的羁泊异乡、思念故园的情怀和坎坷困顿的人生境遇；后五首主要从空间着眼，写身在夔峡、心系故国的情思，分写长安政局、蓬莱宫阙、曲江池苑、昆明池水、渼陂胜景,而归总为对故国魂牵梦绕的深情追忆,对唐王朝盛世的无限追恋和对时代盛衰的无限感怆。在反复吟咏中将"故园心""故国思"逐步深化强化。而前三首当中,或由巫山巫峡而心系故园,再由高城暮砧而回到眼前;或由夔府落日而遥忆京华,勾起对画省香炉的思忆,又由山楼闻笳而回到当前的月映洲前芦荻;或由眼前朝晖映照山郭、渔舟泛而燕子飞的日日坐对的景色而生留滞异乡之感,引发"功名薄""心事违"的感慨,而顺势忆及衣马轻肥的达官显贵,思绪反复在夔府与长安之间回旋。后五首则或由长安政局而直北关山、征西车马,再回到眼前的寂寞秋江;或由蓬莱宫阙、早朝气象而回到当前的独卧沧江;或由瞿塘峡口而遥忆盛时曲江游幸,复由当年之盛跌入当前之衰,慨叹帝王州、歌舞地之荒乱荒凉;或遥忆昆明池旌旗战舰之盛,而跌入今日之荒凉,又由遥忆回到当前的关塞极天、江湖满地,叹己身之漂泊;或遥忆盛时渼陂之胜与诗兴之高,而归结到当前的"白头吟望苦低垂"。诗思反复回翔于夔府、长安之间,诗情则回环于时代盛衰的变化之间。这反复回旋的情思,组成了回肠荡气的交响乐章,使诗人的故园情、故国思得到了最充分的展开、最深入的表现。

组诗在表现方式和艺术风格上还有一个突出的特点,就是以壮阔的境界表现悲凉的情思,以绮丽的语言表现悲哀的情思、盛衰的感慨。像首章的"江间波浪兼天涌,塞上风云接地阴",就是典型的以壮阔之境抒悲凉之思的例证。而"昆明池水"一首,则是以绮语写荒凉的突出例证。这种表达方式,收到了相反相成的艺术效果,也使这组诗在整体艺术风格上呈现出一种悲而能壮、哀而不伤、华而不靡的可贵特征。

咏怀古迹五首(其三)[①]

群山万壑赴荆门[②],生长明妃尚有村[③]。一去紫台连朔漠[④],独留青冢向黄昏[⑤]。画图省识春风面[⑥],环佩空归月夜魂[⑦]。千载琵琶作胡语[⑧],分明怨恨曲中论[⑨]!

[校注]

①《咏怀古迹五首》,分咏夔州辖境内及附近的五处古迹(庾信宅、宋玉宅、昭君村、永安宫、武侯庙),借以抒写自己的情怀,故题曰"咏怀古迹"。当作于

大历元年（766）居夔州时。昭君村，在唐归州兴山县北（今湖北兴山南），相传为汉王昭君故里。归州与夔州邻接，故诗人居夔时前往寻访。其《负薪行》云："若道巫山女粗丑，何得此有昭君村？"可见昭君村即在巫山附近。或云昭君村在荆门山附近，恐非杜甫此诗中所指的昭君村。荆门山在湖北宜都市，已出峡。②群山万壑，指三峡两岸的连绵高山和深谷，亦即《水经注·江水》所谓"自三峡七百里中，两岸连山，略无阙处，重岩叠嶂，隐天蔽日，自非亭午夜分，不见曦月"。荆门，山名，在今湖北宜都市西北，长江南岸，隔江与虎门山相对。《水经注·江水》："江水又东历荆门、虎牙之间。荆门在南，上合下开，暗彻山南，有门象虎牙，在北……此二山，楚之西塞也。"至荆门，则"山随平野尽"而"江入大荒流"（李白《渡荆门送别》）。此句概写三峡一带重岩叠嶂、奔赴而东下荆门的山势。③谓王昭君生长的村子今尚存。《太平寰宇记》："山南东道归州兴山县，王昭君宅，汉王嫱即此邑之人，故云昭君之村，县连巫峡，即其地。"④去，离开。紫台，即紫禁、紫宫，指皇宫。古以紫微垣喻皇帝居处，因称皇帝所居为紫禁、紫宫、紫台。《文选·江淹〈恨赋〉》："若夫明妃去时，仰天太息。紫台稍远，关山无极。"李善注："紫台，犹紫宫也。"朔漠，北方沙漠之地，指匈奴统治地区。《汉书·匈奴传》："竟宁（汉元帝年号）元年，单于（呼韩邪单于）来朝，自言愿婿汉。元帝以后宫良家子王嫱字昭君赐单于。单于欢喜，上书，愿保塞，请罢边备，以休天子之民。昭君号宁胡阏氏，生一男伊屠智牙师，为右日逐王。呼韩邪立二十八年，建始（汉成帝年号）二年死。子雕陶莫皋立，为复株累若鞮单于，复妻王昭君（《后汉书·南匈奴传》谓昭君上书求归，成帝令从胡俗），生二女，长女为须卜居次，小女为当于居次。"⑤青冢，指王昭君墓，在今内蒙古自治区呼和浩特市城南二十里。《太平寰宇记》："其上草色常青，故曰青冢。"⑥《西京杂记》卷二："元帝后宫既多，不得常见，乃使画工图形，案图召幸之。诸宫人皆赂画工，多者十万，少者亦不减五万。独王嫱不肯，遂不得见。匈奴入朝，求美人为阏氏，于是上案图，以昭君行。及去，召见，貌为后宫第一，善应对，举止闲雅。帝悔之，而名籍已定。帝重信于外国，故不复更人。乃穷案其事，画工皆弃市，籍其家，资皆巨万。画工有杜陵毛延寿，为人形，丑好老少，必得其真。安陵陈敞、新丰刘白、龚宽……下阳杜望……樊育……同日弃市。京师画工，于是差稀。"省识，曾识。句意谓元帝当年曾因画图而见识过王昭君的美好容颜，言外之意是竟不辨其美丑而轻嫁于匈奴单于。此"省"字与下句"空"字对文，均为副词。或解为"解识",恐非。详参张相《诗词曲语辞汇释》第 573 页。亦有解为"约略""岂省(知)"音。⑦环佩,指妇女身上佩带的玉环、玉佩等佩饰。⑧作胡语,犹作胡音。石崇《王昭君辞并序》:"王明君者,本是王昭君。以触文帝讳,故改之。匈奴盛,请婚于汉。元帝以后宫良家子明君配焉。昔公主嫁乌孙,令琵琶马上作乐,以慰其道路之思,其送明君,亦必尔也。"《琴操》:"昭君在匈奴,恨帝始不见遇,心思不乐,心念乡土,乃作《怨旷思惟歌》。"琴曲有《昭君怨》。此句糅合以上记载。⑨曲中论,曲中诉说。韦庄《小重山》词:"万般惆怅向谁论?凝情立,宫殿欲黄昏。"

[鉴赏]

《咏怀古迹五首》,分咏庾信、宋玉、王昭君、蜀先主刘备、诸葛亮五位在夔州一带地区有历史遗迹的人物,以寄托自己的身世遭遇、抱负情怀。其中咏王昭君的这一首,由于所咏对象的特殊性,寄慨最为深沉,情韵最为深长,堪称杜甫七律中的精品。

"群山万壑赴荆门,生长明妃尚有村。"起句陡健飞动,雄奇阔远,勾画出三峡一带群山万壑、连绵不绝、奔赴荆门的壮盛气势,为次句昭君村展现出一个阔远的背景。诗人之所以用这样的笔墨来写昭君生长的环境,是因为在他心目中,昭君并不是一般的闺阁女子,而是一位其身世遭遇与国家民族紧密相连、其怨思愁恨具有广远意义的特殊人物,诗人所寄寓的情怀也非常深远的缘故。因此,对于这样一位对象,自不能像歌咏寻常闺阁女子那样,用清澈的香溪水作为其生长的背景,而必须大笔濡染,以"群山万壑赴荆门"之阔远雄奇背景作烘托。"赴"字极富动感和气势。三峡一带,不但重岩叠嶂,略无阙处,而且水平落差很大,"赴"字不但将静止的群山写活了,而且展现出其奔赴东下的连绵态势,写山态山势极富力度。次句点题,"尚有"二字,见事隔千载,遗迹尚存,感怀之情,自寓其中。

"一去紫台连朔漠,独留青冢向黄昏。"颔联由古迹而过渡到人,对昭君一生的悲剧遭遇作出最精练的概括。用"紫台"指代汉宫,是因为它具有鲜明的色彩,可以唤起对帝都长安宫阙壮丽及繁华景象的种种联想,而"朔漠"则给人以广漠无边、荒寒萧索的联想,它们之间,形成鲜明的对照,隔着广远的空间,用一"连"字将它们勾连起来,不但展现出昭君离开故国远赴大漠途中关山迢递、前路漫漫的情景,透露出内心的迷茫凄伤之感;而且因句首"一去"与"连"的呼应,使原本连接遥远空间的"连"字带上了连接长远时间的意味。一去紫台,遂连朔漠,此后的悠长岁月,明君的生命遂和荒寒萧索的大漠连成一体,直至生命的终结,一句话写尽了昭君离京赴胡的大半生,其中"连"字正是绾结广远时空的句眼,却用得自然浑成,不着痕迹。

"独留青冢向黄昏",这一句悲慨死葬异域,只留下一座青冢寂寞地对着黄昏。这句的意思,如只说死葬异域,则不免质实乏韵,妙处全在情景的渲染。"青冢"与"黄昏",和上句的"紫台"与"朔漠"一样,也有鲜明的色彩对比。"黄昏"的黯淡和周围一片土黄色的无边大漠越发衬托出了"青冢"的寂寞和孤独,使句首的"独留"二字更加突出而富于形象感;而"青冢"的"青"字又透出了生命乃至青春的气息,使人联想到昭君的"春风面"和她那不死的精魂。"向"字尤具神韵。"向"有"对"义,但却不是单纯的"对",它具有一种渐进的动态感,仿佛可以看到在浩瀚无垠的一片广漠之中,一座草色常青的孤坟正默默无言地面对着越来越黯淡下去的黄昏。这里所透露出来的是一种永恒的孤独感和寂寞感,一种被"生长"于斯的故国永远抛弃在异域荒原的深沉怨怅和无穷遗恨,远韵远神,令人玩味无尽。

腹联分承三、四,从昭君一生的遭遇转而揭示造成悲剧的原因,抒发其魂灵空归的遗恨。"省识"一语,或解作"略识",或解作"曾识",或解作"解识",但究其实都是感慨皇帝的不辨妍媸。靠画工的图像来取舍召幸对象,画工为取得贿赂,必然会颠倒妍媸;这样,皇帝在画工颠倒妍媸的画像中自然不辨妍媸,不识昭君的"春风面"了。浦起龙说:"'省识'只在画图,正谓不'省'也。"此语最为通透。因为即使画像能约略得昭君其形,却难以传其神,所谓"意态由来画不成"是也。正因为元帝按图"省识春风面",这才造成了昭君被遣异域的悲剧。这一联揭示了悲剧造成的原因,矛盾直指皇帝"选美"方式的荒谬。类似的悲剧,又岂止是宫中选美!

下句承"独留青冢",想象其魂魄空归。"月夜"承上"黄昏"。昭君尽管被无知的统治者遣送匈奴、死葬异域,但她却始终怀念生长的故国,在清冷的月夜,千里魂归,身上的环佩叮咚作响。这月夜环佩归来的境界,清冷幽寂,而又极具远神,着一"空"字,悲慨深沉。悲剧已经铸成,只能留下绵绵不尽的永恒遗恨。

"千载琵琶作胡语,分明怨恨曲中论!"琵琶本为胡乐,而《琴操》、石崇《王明君辞并序》中又有昭君心念乡土作《怨旷思惟歌》的记载及昭君入匈奴时弹奏琵琶的传闻,琴曲中有《昭君怨》,故诗人据此想象,千载之下,琵琶中所奏出的胡音，分明是昭君的无穷怨恨借乐曲而尽情倾诉！点出"怨恨"二字为全篇意旨点眼。

由于所咏对象是一位女子，因此诗人在诗中所寄寓的情怀便不能像其他四首那样明显直接，如咏庾信之"漂泊西南天地间""词客哀时且未还""庾信平生最萧瑟，暮年诗赋动江关"，所咏对象与诗人自身融为一体；咏宋玉之"风流儒雅亦吾师""萧条异代不同时"和四、五两首之向往"君臣一体"亦然。而本篇的托寓则更注重其内在的神合。诗人于昭君的悲剧命运及其原因，着眼其为不辨妍媸的统治者所远遣、所抛弃的那种悲慨和寂寞感、孤独感。我们从"一去紫台连朔漠，独留青冢向黄昏"的悲慨中，自然会联想起《秋兴八首》中"鱼龙寂寞秋江冷，故国平居有所思""关塞极天惟鸟道，江湖满地一渔翁"一类诗句。从这一点说，杜甫之于昭君，也是"怅望千秋一洒泪，萧条异代不同时"了。

江　汉①

江汉思归客，乾坤一腐儒②。片云天共远，永夜月同孤③。落日心犹壮，秋风病欲苏④。古来存老马⑤，不必取长途⑥。

[校注]

①大历三年（768）正月，杜甫由夔州启程出峡，三月，抵达江陵。同年秋，移居公安（今属湖北），诗题为"江汉"，当是大历三年秋天赴公安途中所作。或编寓居江陵时，或系大历四年秋，恐误。江汉系泛指今湖北南部一带地区。②腐儒，迂腐不通世的读书人。杜甫自称，带贬义的称呼中既含自嘲亦含自负，与《咏怀五百字》之"老大意转拙"的"拙"，"许身一何愚"的"愚"意味近似。③两句意为自己飘然一身，孤子无依，与远天的片云同样遥远，与长夜的孤月同其孤单。④苏，《全唐诗》原作"疏"，校："一作苏。"（宋本作"苏"）兹据改。苏，苏息，恢复，指病体好转。⑤存，存留，留养。《韩非子·说林上》："管仲、隰朋从于桓公而伐孤竹，春往而冬反，迷惑失道。管仲曰：'老马之智可用也。'乃放老马而随之，遂得道。"⑥不必取长途，谓留养老马是为了用其智慧经验，而非取其能长途跋涉、日行千里。借以自喻年虽衰迈而尚能为朝廷献智出谋。

[鉴赏]

　　这是杜甫晚年离开夔州后开始新一轮漂泊生活时期所写的一首著名五律。写这首诗的时候，他大约正在由江陵赴公安途中。在离开江陵时写的《舟出江陵南浦奉寄郑少尹审》诗中说："更欲投何处？飘然去此都。形骸元土木，舟楫复江湖。社稷缠妖气，干戈送老儒。百年同弃物，万国尽穷途。"可以想见他当时的处境与心境。这首诗就是在这种困境中迸发出来的坚毅精神和积极用世态度，焕发着崇高人格美的光辉。

　　首联从自己身处的漂泊之地和自己的身份写起。"江汉"指长江、汉水交汇处附近一带地区，也是杜甫乘舟出峡头一个漂泊之地。用"江汉"指称身处的漂泊之地，自然会引发读者对江汉浩渺的阔远景象的想象，暗透诗人正在舟行途中。"思归客"自指，漂泊巴蜀湖湘间的十年中，"思归"一直是杜甫诗歌的一个重要主题，出峡以后，由于漂泊无依，辗转各地，"思归"之情更为强烈频繁。但杜甫的"思归"却主要不是盼望回乡，而是渴望回到朝廷，为多难的国家效绵薄之力，这从腹、尾二联可以看得很清楚。次句是对"思归客"的进一步说明。以"腐儒"自称，貌似自贬自嘲，实则寓含自伤与自负。中国古代诗歌语言精练而含蓄丰富，同一个词语，从不同的角度体味，可以有很多含义，多种感情色彩。而且在特定的情况下，这不同的意义和色彩可以并存甚至结合。这首诗中的"腐儒"，从通常的贬义方面看，自然是说自己不过是一个迂腐不通世俗的读书人罢了。一般的缺乏实际经验的读书人也确实或多或少有这种毛病，从这方面说，是自谦和自嘲；但从特定的意义上看，这"腐"又往往是顽强、执著、坚守某种正确理念和人生原则的一种特殊表达方式，就跟《自京赴奉先县咏怀五百字》中所说的"老大意转拙""许身一何愚"的"拙"和"愚"一样，则这种"腐"便是一种自赏自负了。这样的坚守正确理念与人生态度的人却被视为"腐儒"，言外又含有对世俗之见的一种怨愤和对自己的自伤。因此，"腐儒"一语，在诗中是自谦自嘲和自赏自负、怨愤与自伤多种含义与感情的结合。而在"腐儒"之上冠以"乾坤"与"一"，则此一"腐儒"在浩渺天地之间的那种孤独感便更加强烈了。

　　"片云天共远，永夜月同孤。"上句承"思归客"，写自己漂泊异乡远方；下句承"一腐儒"，写自己孤孑清冷处境。这一联虽全用朴素的语言进行白描，却创造出含蓄而富于远神的意境，关键全在于用诗的语言而不是用散文的语言来表达。无论是说"片云与天共远，永夜与月同孤"或是说"如一片浮云飘荡在远天，如一轮孤月独处于长夜"，甚至说"流落异乡，就像跟一片浮云一起在遥远的天边飘荡，孤独无依，就像只有与孤月为伴来度过长夜"，都很难表达这两句所包含的意境和韵味，问题就在于以上这些解说都将原诗中触景而生的自然联想变成了借景为喻的有意比喻。诗人在身行过程中，眺望广阔的天宇，但见一片浮云，悠悠飘荡，随着逐渐伸展的远天越飘越远，忽然联想到自己也正像这随天远去的片云一样，飘飘然无所着落。这里，诗人所乘的小舟是移动的，诗人的视线也是移动的，片云和天随着视线的伸展越来越远，诗人的情思也随着这伸展的远天和飘荡的浮云越来越远，因此，联想的产生既十分自然而又具有远神，使人宛见诗人思随云去、情随天远的神情意态，着一"共"字，更将人与物、情与景浑化为一体。这种纯属于诗的远神远韵，是上述那些散文化的解说所根本无法传达的，也为画笔所难到。下句"永夜月同孤"亦同此。傍晚时分，望见天边的一弯新月，在广阔的天宇中显得分外孤独，不禁联想到自己这个"乾坤一腐儒"也正像它一样孤寂清冷地度过漫漫长夜。说"永夜"，其中已经包含了对时间的延伸联想，也包含了对自身在无数个寂寞长夜中孤独情境的联想，着一"同"字，同样体现了眼前景与心中情的浑融一体。

"落日心犹壮，秋风病欲苏。"腹联着重抒写在漂泊远方、寂寞孤独境遇中触发的壮思。这情思仍由眼前景触发，但在意蕴上则是重要的转折。"落日"的意象，常引发桑榆暮景的联想，看到行将沉西的落日，自不免联想起自己年已近暮（这一年杜甫五十七岁，离他生命的终结只有两年），但报效国家的壮心仍然没有消磨。"落日"与壮心，本是相反的两极，着一"犹"字，便突出强调了年虽衰暮而壮心不已的精神。"秋风"的意象，更常与衰飒凄清相连，但诗人迎着扑面吹来的秋风，却感到自己多病的身体好像正在走向恢复。说"欲苏"，说明这只是诗人的一种主观感觉。这种感觉，固然跟秋凉气爽的天气有关，但更重要的是诗人的主观精神，是诗人永不衰歇的壮心在起作用。精神的力量使诗人仿佛感到，常年多病之身在凉爽的秋风中正在复苏，生命的活力又回到自己身上。

评家或对颔、腹两联连现云、天、夜、月、落日、秋风等自然意象有微词，或对夜月、落日并现有看法，并因日月并现而将"落日"解为纯粹的比喻（喻衰暮之年）。这其实是既不了解此诗中间两联的情思全由客观景物的触发而引起，也不了解在特定情况下完全存在日月并现的景观所致。农历的月初，西边的太阳行将沉落之际，上弦月也孤悬天上的情景是极普通的景象。诗人完全可以在同一时间既看到西沉的落日,又看到孤悬的新月。弄清这一点,对诗的意境韵味至关重要。如果不是由于眼前景的触发而产生联想,诗的现场感就要大为削弱,诗自然浑成的风格也要大大减色,更无论前面已仔细分析过的远韵远神了。

"古来存老马,不必取长途。"尾联是由"心犹壮""病欲苏"引发的愿望。因为壮心不已、病体欲苏,所以想到为国效力;但毕竟年已衰暮,且兼多病,所以自不可能如壮岁之奔驰千里,故以识途的"老马"自喻,暗示自己虽不能长途跋涉,驰骋千里,但经验智慧仍可为朝廷提供借鉴。杜甫诗中多次提及"弃物",对朝廷的漠视冷遇怀有强烈的被抛弃感,也时露被弃的怨愤,但这首诗却完全从正面着笔,表达切盼朝廷任用的意愿。这两句包蕴的思想感情并不单纯。一方面,这里仍表现出对自己才能的自信,表明自己这个被视为"腐儒"的人并非真的迂腐不通世务;另一方面,对朝廷的久不任用和漠视也流露出怨意。古来尚且重视老马的经验智慧而加以留养,而当今现实中,自己这个"留滞才难尽,艰危气益增"的旧臣却被当作一匹残废无用的老马加以抛弃,满腔的报国热情,竟遭到如此冷遇!这层意思,虽表现得很含蓄,但弦外之音,还是完全可以体味出来的。

读这首诗,最突出的感受就是杜甫那种极其强烈而执著的积极用世精神。尤为可贵的是,他是在极其艰困的境遇中表现出这种基于忧国情怀的用世热情的。杜甫自困守长安的后期开始,除了在京任左拾遗的短时期内和成都草堂初期生活相对安定,心情较为闲适以外,可以说绝大部分时间都处于困顿流离的境遇中,到了暮年,境况更加萧瑟凄凉。朝廷除了给他一个检校工部员外郎的空职以外,实已视为"弃物"。出峡以后,辗转漂泊,无所依靠;生活上也极为艰难,过着"饥借家家米,愁征处处杯"的窘迫日子;加上身体多病,有严重的肺疾,右臂麻痹,耳亦半聋。可以说已濒于绝境。在这样一种常人难以想象和忍受的艰困境遇中仍然迸发出如此坚定执著的用世精神,正反映出他忧国情怀的深沉炽热。这种在逆境、困境甚至是濒于绝境中焕发出来的永不衰歇的用世精神,在这首诗里表现得非常深刻而饱满,升华到一种崇高的人格美的高度。因此有特别感人的思想艺术力量。

层层深入的反衬,是这首诗表现坚定执著的用世精神特别深刻饱满的重要艺术手段。总的来说,用艰困之境遇反衬报国用世的壮怀,是这首诗的基本艺术构思。具体来说,首联是以"江汉"之远、"乾坤"之大,反衬"一腐儒"之异乡漂泊、孤子无依。颔联则进一步以辽阔的远天反衬"片云"之"远",以悠悠的长夜、广阔的天宇反衬夜月之"孤"。而"片云""孤月"又透露出诗人自身的"远"与

"孤"。腹联的"落日""秋风",本是衰暮、萧飒的意象,它们对"心犹壮"与"病欲苏"是有力的反衬,而前两联所写的身世境遇之漂泊异乡、远离故国、孤子无依,对于"心犹壮"而言,又都是有力的反衬。尾联则是对"落日心犹壮"的进一步发挥。通过这层层反衬,诗人于困境中更显壮心的用世精神才得到最饱满有力的表现。而这一切,又使全诗的境界既苍凉,又悲壮;既阔大,又深沉。情和景之间,既相反,又相成,达到悲壮的艺术美与崇高的人格美的统一。

江南逢李龟年[①]

岐王宅里寻常见[②],崔九堂前几度闻[③]。正是江南好风景,落花时节又逢君[④]。

[校注]

①大历五年(770)暮春作于潭州(今湖南长沙)。江南,长江以南地区。此处特指江湘一带地区。《明皇杂录》卷下:"唐开元中,乐工李龟年、彭年、鹤年兄弟三人,皆有才学盛名。彭年善舞,龟年能歌,尤妙制《渭州》,特承顾遇。于东都大起第宅,僭侈之制,逾于公侯。……其后龟年流落江南,每遇良辰胜赏,为人歌数阕,座中闻之,莫不掩泣罢酒,则杜甫尝赠诗所谓:'岐王宅里寻常见,崔九堂前几度闻。正是江南好风景,落花时节又逢君。'崔九堂,殿中监涤、中书令湜之第也。"《云溪友议》卷中:"李龟年奔迫江潭,杜甫以诗赠之……龟年曾于湘中采访使筵上唱'红豆生南国……',又'清风明月苦相思……',此词皆王右丞所制……歌阕,合座莫不望行幸而惨然。"李龟年为盛唐时期著名宫廷乐师,善歌,又善奏羯鼓、筚篥。②岐王,唐睿宗之子、唐玄宗之弟李范。《旧唐书·睿宗诸子传》:"惠文太子范,睿宗第四子也。睿宗践阼,封岐王。范好学工书,雅爱文章之士。士无贵贱皆尽礼接待。天宝三载,又以惠宣太子(名业,睿宗第五子)男略阳公为嗣薛王。"此岐王黄鹤认为当指嗣岐王,见下句注引。《云仙杂记》卷二引《辨音集》:"李龟年至岐王宅,闻琴声,曰:'此秦声。'良久又曰:'此楚声。'主人入问,则前弹者陇西沈妍也,后弹者扬州薛满。二妓大服。乃赠之破红绡、蟾酥麸。龟年自负,强取妍秦音琵琶、捍拨而去。"此记载可见李龟年之以知音自负及其常出入岐王第宅。③原注:"(崔九堂,)殿中监崔涤,中书令湜之第。"

《旧唐书·崔仁师传》："仁师……子挹，挹子湜，湜弟液、涤并有文翰。涤素与玄宗亲密，用为秘书监，后赐名澄。开元十四年卒。"黄鹤曰："开元十四年，公止十五岁，其时未有梨园弟子，公见李龟年必在天宝十载后。诗云'岐王'当指嗣岐王。"仇兆鳌曰："据黄说则所云'崔九堂前'者，亦当指崔九旧堂耳。不然，岐王、崔九并卒于开元十四年，安得与龟年同游耶？"浦起龙曰："考《明皇杂录》，梨园弟子之设在天宝中，时有马仙期、李龟年、贺怀智皆洞知律度者，是则龟年等乃曲师，非弟子也。曲师之得幸，岂在既开梨园后哉！明皇特举旧时供奉为宜春助教耳。则开元以前李何必不在京师？又公《壮游》诗云：'往者十四五，出游翰墨场。'开元十三四年间正公十四五时，恰是少年游京师之始，于岐宅崔堂，更为暗合。"高步瀛曰："浦辨龟年开元前何必不在京，其说殆是。至据《壮游》诗'出游翰墨场'为往来岐宅崔堂，则实傅会不足信。岐王似以嗣王珍为是，崔九亦当指崔氏旧堂。黄、仇说是。浦氏谓杜公十四五已日游王公间，谬矣。"按：诗言"岐王""崔九"，盖因其"推爱文章之士""有文翰"，故杜甫少年时因游岐王宅、崔九堂得与闻李龟年之歌唱。如指"嗣岐王"及崔九旧堂，则嗣岐王、崔涤后人从未闻有"推爱文章之士""有文翰"者，李龟年未必仍与其交往，且诗前二句所写皆开元承平年代盛事，以与乱后情景作鲜明对比，寄寓盛衰之慨。如黄等所说在天宝十载（751）以后，则其时政治日趋昏暗，乱象渐萌，非复开元承平气象矣。故仍以指岐王李范、秘书监崔涤为是，浦举《壮游》诗"往者十四五，出游翰墨场"为证，正当开元十三、四年（725、726），则杜甫之见到李龟年或即在开元十三年（李范、崔涤卒前之一年）。④落花时节，指暮春时节。

[鉴赏]

　　这是杜甫绝句中最有情韵、最富含蕴的一篇。只二十八字，却包含着丰富的时代生活内容和深沉的历史感慨、人生感慨。

　　李龟年是开元、天宝时期"特承顾遇"的著名歌唱家。杜甫初逢李龟年，是在十三四岁"出游翰墨场"的少年时期。当时王公贵族普遍爱好文艺，杜甫即因才华早著而受到岐王李范和秘书监崔涤的延接，得以在他们的府邸欣赏李龟年的歌唱。而一位杰出的艺术家，既是特定时代孕育的产物，也往往是特定时代的标志与象征。在杜甫心目中，李龟年正是和鼎盛的开元时代、也和他自己充满浪漫情调的青少年时期的生活，紧紧联结在一起的。几十年之后，他们又在江南重逢。这时，遭受了八年动乱和其后一系列内忧外患的唐王朝业已从繁荣昌盛的顶峰跌落下来，陷入重重矛盾之中。杜甫自己，则辗转漂泊到潭州，"疏布缠枯骨，奔走苦不暖"，晚境极为凄凉；李龟年这位当年红极一时的歌唱家也流落江南，"每逢良辰胜景，为人歌数阕，座中闻之，莫不掩泣罢酒"（《明皇杂录》）。这种相逢，自然很容易触发杜甫胸中原本就郁积着的无限沧桑之感和时代盛衰之慨。"岐王宅里寻常见，崔九堂前几度闻。"诗人虽然是在追忆往昔与李龟年的接触，流露的却是对"开元全盛日"的深情怀念。这两句用流利的对仗起，下语似乎很轻，含蕴的感情却深沉而凝重。"岐王宅里""崔九堂前"，仿佛信口道出，但在当事者心目中，这两个文艺名流经常雅集之处，无疑是鼎盛的开元时期丰富多彩的精神文化的渊薮，它们的名字就足以勾起诗人对"全盛日"的美好回忆。当年诗人出入其间，接触李龟年这样的艺术明星，原是"寻常"而不难"几度"的，现在回想起来，简直是不可企及和重复的梦境了。这里所蕴含的天上人间之隔的感慨，是要结合下两句才能品味出来的。两句诗在叠唱和咏叹中，流露了诗人对"开元全盛日"的无限眷恋，好像是要有意无意地拉长回味的时间。

梦一样的回忆，毕竟改变不了眼前的现实。"正是江南好风景，落花时节又逢君。"风景秀丽的江南，在承平时代，原是诗人们所向往的作快意之游的所在。如今自己真正置身其间，所面对的竟是满眼凋零的"落花时节"和皤然白首的流落艺人。"好风景"三字，像是顺手拈来，随口道出，却使人自然联想起"风景不殊，正自有山河之异"的过江东晋士大夫的时代沧桑之慨；"落花时节"，像是即景书事，又像是别有寓托，寄兴在有意无意之间。熟悉时代和杜甫身世的读者会从这四个字上头联想起世运的衰颓、社会的动乱和诗人的衰病漂泊，却又丝毫不觉得诗人是在刻意设喻，显得特别浑成无迹。加上两句当中"正是"和"又"这两个虚词一转一跌，更在字里行间寓藏着无限感慨。江南好风景，恰恰成了乱离时世和沉沦身世的有力反衬。一位从开元全盛日走过来的老歌唱家与一位老诗人在漂流颠沛中"又"重逢了，落花流水的风光，点缀着两位形容憔悴的老人，成了时代沧桑的一幅典型画图。它无情地证实"开元全盛日"已经成为历史陈迹，一场翻天覆地的大动乱，使杜甫和李龟年这些经历过盛世的人，沦落到了不幸的地步。感慨是很深的，但诗人写到"落花时节又逢君"，却黯然而收，仿佛一篇大文章刚刚开了头就随即煞了笔，多少治乱兴衰的沧桑变化，多少战乱流离的惨痛经历，多少深沉的历史、人生感慨，多少痛定思痛的悲哀，统统蕴含在这无言的沉默之中。这样一种急刹车似的结尾，留下的恰恰是大段的历史空白和感情空白，可以说将绝句的空灵蕴藉发挥到了极致，也将绝句的情韵风神之美发挥到了极致。四句诗，从岐王宅里、崔九堂前的"闻"歌，到落花江南的重"逢"，"闻""逢"之间，联结着四十年的时代沧桑、人生巨变。尽管诗中没有一笔正面涉及时世身世，但透过诗人的追忆感喟，读者不难感受到给唐代社会物质财富和文化繁荣带来浩劫的那场大动乱的阴影，以及它给人们造成的巨大灾难和心灵创伤。确实可以说"世运之治乱，年华之盛衰，彼此之凄凉流落，俱在其中"。而造成这种治乱盛衰沧桑巨变的原因，更引发读者的思考。正像传统戏曲舞台上不用布景，观众通过演员的歌唱表演，可以想象出极广阔的空间背景和事件过程；又像小说里往往通过一个人的命运，反映一个时代一样。这首诗的成功创作似乎可以告诉人们：在具有高度艺术概括力和丰富生活体验的大诗人那里，绝句这样短小的体裁可以具有很大的容量，而在表现如此丰富的内容时，又能达到举重若轻、浑然无迹的艺术境界。

刘学锴 撰

刘学锴讲唐诗 下

中州古籍出版社
·郑州·

目 录

刘方平
夜 月/2

张 继
枫桥夜泊/5

柳中庸
征人怨/9

刘长卿
逢雪宿芙蓉山主人/12
送灵澈上人/13
碧涧别墅喜皇甫侍御相访/15
寻南溪常山道人隐居/17
长沙过贾谊宅/19
别严士元/22

严 维
送人入金华/26

韦应物
自巩洛舟行入黄河即事寄府县僚友/29
登楼寄王卿/31
寄李儋元锡/33
寄全椒山中道士/37
滁州西涧/39

钱 起
归 雁/43

韩 翃
寒 食/46

郎士元
送杨中丞和蕃/50

耿 沣
秋 日/54

卢 纶
和张仆射塞下曲六首（其二、其三）/57
晚次鄂州/60

李 端
听 筝/64

司空曙
云阳馆与韩绅宿别/67
江村即事/69

顾 况
过山农家/72

戎 昱
咏 史/76

窦 牟
奉诚园闻笛/79

戴叔伦
除夜宿石头驿/83
过三闾庙/85

畅 诸
登鹳雀楼/89

李 益
喜见外弟又言别/92
夜上受降城闻笛/94
汴河曲/96

上汝州郡楼/98
塞下曲/100

张 籍
征妇怨/104
节妇吟寄东平李司空/105
没蕃故人/109
秋 思/111

王 建
田家留客/115
望夫石/117
田家行/118
新嫁娘词三首（其三）/120

孟 郊
游子吟/124
游终南山/126
洛桥晚望/128

韩 愈
山 石/133
雉带箭/138
八月十五夜赠张功曹/140
谒衡岳庙遂宿岳寺题门楼/146
石鼓歌/151
听颖师弹琴/158
晚 春/162
次潼关先寄张十二阁老使君/163
左迁至蓝关示侄孙湘/166
早春呈水部张十八员外二首（其一）/169

张仲素
秋思二首（其一）/173

柳宗元
与浩初上人同看山寄京华亲故/176
登柳州城楼寄漳汀封连四州/178
柳州峒氓/181
酬曹侍御过象县见寄/184
南涧中题/186
江　雪/190
渔　翁/192

刘禹锡
西塞山怀古/196
酬乐天扬州初逢席上见赠/202
竹枝词二首（其一）/205
竹枝词九首并引（其二）/208
竹枝词九首（其九）/211
杨柳枝词九首（其六）/212
秋词二首（其一）/214
金陵五题并序（其一、其二）/215
和乐天春词/221
杨柳枝/223

崔护
题都城南庄/227

卢仝
有所思/231

李贺
李凭箜篌引/235
雁门太守行/239
苏小小墓/244
秋　来/247
南园十三首（其一）/250
金铜仙人辞汉歌并序/252
马诗二十三首（其四）/257
老夫采玉歌/258
将进酒/262

元稹
遣悲怀三首/266
行　宫/271
闻乐天授江州司马/274
连昌宫词/276

白居易
宿紫阁山北村/287
上阳白发人/289
新丰折臂翁/293
卖炭翁/297
井底引银瓶/300
长恨歌/304
琵琶引并序/313
花非花/321
赋得古原草送别/323
欲与元八卜邻先有是赠/326
大林寺桃花/328
问刘十九/330
勤政楼西老柳/331

暮江吟/333

钱唐湖春行/335

贾 岛

暮过山村/340

孙 革

访羊尊师/344

刘 皂

旅次朔方/347

李 绅

古风二首/352

李 涉

润州听暮角/356

朱庆馀

宫 词/359

近试上张籍水部/360

许 浑

秋日赴阙题潼关驿楼/364

金陵怀古/366

谢亭送客/369

张 祜

宫词二首（其一）/373

题金陵渡/375

温庭筠

侠客行/379

利州南渡/380

过陈琳墓/383

题崔公池亭旧游/388

过五丈原/390

瑶瑟怨/393

碧涧驿晓思/396

商山早行/398

苏武庙/401

雍 陶

题君山/406

宣宗宫人

题红叶/409

杜 牧

过华清宫绝句三首（其一）/412

长安秋望/414

江南春绝句/416

题宣州开元寺水阁阁下宛溪夹溪居人/419

九日齐山登高/421

早 雁/424

赤 壁/427

泊秦淮/431

寄扬州韩绰判官/434

山 行/437

秋 夕/439

清 明/441

赵嘏
江楼感怀/445

陈陶
陇西行四首（其二）/448

李商隐
锦　瑟/452
重过圣女祠/457
霜　月/460
蝉/462
乐游原（向晚意不适）/464
夜雨寄北/466
韩　碑/467
宿骆氏亭寄怀崔雍崔衮/472
梦　泽/474
寄令狐郎中/476
隋　宫（紫泉宫殿锁烟霞）/478
二月二日/483
筹笔驿/486
无题二首（其一，昨夜星辰昨夜风）/488
无　题（相见时难别亦难）/491
端　居/493
齐宫词/495
马嵬二首（其二）/499
代赠二首（其一，楼上黄昏欲望休）/503
春　雨/504
晚　晴/507
安定城楼/511
常　娥/514
贾　生/516

曲　江/521
燕台四首/523

陆龟蒙
白　莲/535

聂夷中
咏田家/538

罗隐
绵谷回寄蔡氏昆仲/541

高蟾
下第后上永崇高侍郎/545

秦韬玉
贫　女/549

郑谷
淮上与友人别/552

崔涂
巴山道中除夜书怀/555

韩偓
惜　花/559
已　凉/560

王驾
古　意/564

杜荀鹤

春宫怨/568

韦　庄

台　城/572

钱　珝

江行无题一百首（其九十八）/575
未展芭蕉/576

张　泌

寄　人/580

无名氏

哥舒歌/583

附录/586

刘方平

刘方平，生卒年未详。唐河南府（今河南洛阳）人，出身世代仕宦之家。高祖政会，为唐开国元勋，封邢国公。祖奇，武后时为吏部侍郎。父微，吴郡太守、江南采访使。二十工词赋，萧颖士称其为"山东茂异"。天宝九载（750）举进士不第。曾短期入幕，三十余岁即退隐颍阳大谷，终身不再仕。与李颀、元鲁山、皇甫冉等交善。与皇甫冉过从尤密。善画山水，墨妙无前，李勉甚爱重之。《新唐书·艺文志》著录其诗一卷。现存诗二十七首，以乐府居多。工七绝。令狐楚纂《御览诗》首列刘方平诗，共选录其诗十三首。

夜　月①

更深月色半人家②，北斗阑干南斗斜③。今夜偏知春气暖，虫声新透绿窗纱④。

[校注]

①题一作《月夜》。②半人家，指月色映照着人家房屋的一半，系形容月光斜照之状。③阑干，横斜貌。北斗七星，列成斗形，夜深时斗转星移，横斜散乱。南斗，即斗宿，有星六颗，形似斗，故称。④新，初。

[鉴赏]

刘方平是盛唐时期一位不很出名的诗人，但他的几首小诗却写得清丽、细腻、新颖、隽永，在当时独具一格。

据皇甫冉说，刘方平善画，"墨妙无前，性生笔先"（《刘方平壁画山水》），这首诗的前两句就颇有画意。夜半更深，朦胧的斜月映照着家家户户，庭院一半沉浸在月光下，另一半则笼罩在夜的暗影中。这明暗的对比越发衬出了月夜的静谧，空庭的阒寂。天上，北斗星和南斗星都已横斜。这不仅进一步从天象上点出了"更深"，而且把读者的视野由"人家"引向寥廓的天宇，让人感到那碧海似的青天之中也笼罩着一片夜的静寂，只有一轮斜月和横斜的北斗南斗在默默无言地暗示着时间的流逝。

这两句在描绘月夜的静谧方面是成功的，但它所显示的只是月夜的一般特点。如果诗人的笔仅仅停留在这一点上，诗的意境、手法便不见得有多少新鲜感。诗的高妙之处，就在于作者另辟蹊径，在三、四句展示出了一个独特的、很少为人写过的境界。

"今夜偏知春气暖，虫声新透绿窗纱。"夜半更深，正是一天当中气温最低的时刻，然而，就在这夜寒袭人、万籁俱寂之际，响起了清脆、欢快的虫鸣声。初春的虫声，可能比较稀疏，也许刚开始还显得很微弱，但诗人不但敏感地注意到了，而且从中听到了春天的信息。在静谧的月夜中，虫声分外引人注意。它标志着生命的萌动，万物的复苏，所以它在敏感的诗人心中所引起的，便是春回大地的美好联想。

三、四两句写的自然还是月夜的一角，但它实际上所蕴含的却是月夜中透露的春意。这构思非常新颖别致，不落俗套。春天是生命的象征，它总是充满了缤纷的色彩、喧闹的声响、生命的活力。如果以"春来了"为题，人们总是选择在艳阳之下呈现出活力的事物来加以表现，而诗人却撇开花开鸟鸣、冰消雪融等一切习见的春的标志，独独选取静谧而散发着寒意的月夜为背景，以静谧突显生命的萌动与欢乐，以料峭夜寒突显春天的暖意，谱写出一支独特的回春曲。这不仅表现出诗人艺术上的独创精神，而且显示了敏锐、细腻的感受能力。

"今夜偏知春气暖"，是谁"偏知"呢？看来应该是正在试鸣新声的虫儿。尽管夜寒料峭，敏感的虫儿却首先感知到在夜气中散发着的春的信息，从而情不自禁地鸣叫起来。而诗人则又在"新透绿窗纱"的"虫声"中感知到春天的来临。前者实写，后者则意寓言外，而又都用"偏知"一语加以绾结，使读者简直分不清什么是生命的欢乐，什么是发现生命的欢乐之欢乐。"虫声新透绿窗纱"，"新"字不仅蕴含着久盼寒去春来的人听到第一个报春信息时那种新鲜感、欢愉感，而且和上句的"今夜""偏知"紧相呼应。"绿"字则进一步衬出"春气暖"，让人从这与生命联结在一起的绿色上也感受到春的气息。这些地方，都可见诗人用笔的细腻。

苏轼的"春江水暖鸭先知"是享有盛誉的名句。实际上，他的这点诗意体验，刘方平几百年前就在《月夜》诗中成功地表现过了。刘诗不及苏诗流传，可能和刘诗无句可摘、没有有意识地表现某种"理趣"有关。宋人习惯于将自己的发现、认识明白告诉读者，而唐人则往往只表达自己对事物的诗意感受，不习惯于言理，这之间是本无轩轾之分的。

张继

张继，生卒年未详。字懿孙，行二十。襄阳（今属湖北）人。郡望南阳。天宝十二载（753）登进士第。约至德元载（756）起曾避乱游越、杭、苏、润等地。大历四年（769）以检校祠部员外郎出任转运使判官，掌财赋于洪州。约大历末卒于洪州。以气节自矜，与诗人刘长卿、皇甫冉交善。有诗一卷。《全唐诗》录继诗四十七首，其中多混入他人之作（详周义敢《张继诗考辨》）。高仲武《中兴间气集》选录其诗三首，并评其诗曰："员外累代词伯，积习弓裘。其于为文，不自雕饰。及尔登第，秀发当时。诗体清迥，有道者风。如'女停襄邑杼，农废汶阳耕'，可谓事理双切。又'火燎原犹热，风摇海未平'，比兴深矣。"长于七绝，《枫桥夜泊》最为传诵。

张继

枫桥夜泊①

月落乌啼霜满天,江枫渔火对愁眠②。姑苏城外寒山寺③,夜半钟声到客船④。

[校注]

①影宋钞本《中兴间气集》卷下选录此诗,题作"夜宿松江",嘉靖本、汲古阁本《中兴间气集》"宿"作"泊"。枫桥,在苏州阊门外。桥跨运河,西有寒山寺。或云本名封桥,因张继此诗而相沿作"枫桥"。然杜牧《怀吴中冯秀才》(一作张祜《枫桥》)已云:"唯有别时今不忘,暮烟疏雨过枫桥。"②火,《全唐诗》原作"父",据《中兴间气集》改。③姑苏,苏州的别称,因其地有姑苏山而得名。寒山寺,在今苏州市西枫桥镇。相传唐诗僧寒山及拾得曾居于此,故名。始建于梁天监年间,本名妙利普明塔院,又名枫桥寺。④夜半钟,欧阳修曾对夜半寺院敲钟之事提出疑问(见其《六一诗话》)。然据前人、今人考证,唐代诗赋中言及寺院夜半敲钟者甚多,且不止苏州一地。详参《王直方诗话》《能改斋漫录》《石林诗话》《老学庵笔记》及傅璇琮《唐人诗人丛考》"张继"。

[鉴赏]

一个秋天的夜晚,诗人泊舟苏州城外的枫桥。江南水乡秋夜幽美的景象,吸引着这位怀着旅愁的客子,使他领略到一种情味隽永的诗意美,写下了这首意境清远的小诗。

题为"夜泊",实际上只写"夜半"时分的景象与感受。诗的首句,写了午夜时分有密切关联的三种景象:月落、乌啼、霜满天。上弦月升起得早,半夜时便已沉落下去,整个天宇只剩下一片灰蒙蒙的光影。乌鸦本就有夜啼的习惯,这时大约是因为月落前后光线明暗的变化,被惊醒后在栖宿的树上发出几声啼鸣。月落夜深,繁霜暗凝。在幽暗静谧的环境中,人对夜凉的感觉变得格外锐敏。"霜满天"的描写并不符合自然景象的实际(霜华在地在树在屋顶而不在天),却完全切合诗人的感受:深夜侵肌砭骨的寒意,从四面八方围向诗人夜泊的小舟,使他感到身外的茫茫夜气中正弥漫着满天霜华。整个一句,"月落"写所见,"乌啼"写所闻,"霜满天"写所感,层次分明地体现出一个先后承接的时间过程和感受过程,而这一切,又都和谐地统一在水乡秋夜的幽寂清冷氛围和羁旅者的孤孑清寥感受中。从这里可以看出诗人运思的细密。

诗的第二句接着描绘"枫桥夜泊"的特征景象与旅人的感受。在朦胧夜色中,江边的树只能看到一个模糊的轮廓,之所以径称"江枫"也许是因为"枫桥"这个地名而引起的一种推想或是日间所见江边有枫之故。而"江枫"这个意象本身也能唤起秋色秋意的联想,给人以离情羁思的暗示。"湛湛江水兮上有枫,目极千里兮伤春心""青枫浦上不胜愁""枫落吴江冷",这些前人的诗句可以说明"江枫"这个意象所沉积的感情内容和它给予人的联想。透过雾气茫茫的江面,可以看到星星点点几处"渔火"。由于周围昏暗迷蒙背景的衬托,使它显得特别引人注目,动人遐想。"江枫"与"渔火",一静一动,一暗一明,一江边,一江上,景物的配搭组合颇见用心。写到这里,才正面点出泊舟枫桥的旅人——诗人自己。"愁眠",指怀着旅愁躺在船上的不眠旅人。"对愁眠"的"对"字包含了"伴"的意蕴,不过不像"伴"字外露。这里确有孤寂的旅人面对霜夜江枫渔火时萦绕的缕缕轻愁,但同时又隐含着对旅泊幽美风物的新鲜感受。我们从那个仿佛很客观的"对"字当中,似乎可以感觉到舟中的旅人和舟外的景物之间一种无言的交融与契合。

诗的前幅布景密度很大,十四个字写了六种景象,后幅却特别疏朗,两句诗只写了一件事:卧闻寺中夜钟。这是因为,诗人在枫桥夜泊中所得到的最鲜明深刻、最具诗意美的景象,就是这寒山寺的夜半钟声。月落乌啼,霜天寒夜,江枫渔火,孤舟客子等景象,固然已从各方面显示出枫桥夜泊的特征,但还不足尽传它的神韵。在暗夜中,人的听觉升居为对外界事物景象感受的首位,而午夜万籁俱寂时的钟声,给予人的印象又特别鲜明突出。这样,"夜半钟声"就不但衬托出了夜的静谧,而且显示了夜的深永和清寥,而诗人卧听疏钟时种种难以言传的感受也就尽在不言中了。

这里似乎不能忽略"姑苏城外寒山寺"。寒山寺在枫桥西一里,初建于梁代。相传唐初诗僧寒山、拾得曾从天台国清寺移居此寺,故称。枫桥的诗意美,有了这座古刹,便带上了深远的历史文化色泽,而显得更加丰富,动人遐想。因此,这寒山寺的"夜半钟声"也就仿佛回荡着历史的回声,渗透着宗教的情思,而给人一种古雅庄严之感了。诗人之所以用一句诗来点明钟声的出处,看来不为无因。有了寒山寺的夜半钟声这一笔,"枫桥夜泊"之神韵才得到最完美的表现,这首诗就不再停留在单纯的枫桥秋夜景物画的水平上,而是创造出了情景交融、含蕴深永的典型化艺术意境。夜半钟的风习,虽早在《南史》中即有记载,但把它写进诗里,成为诗歌意境的点眼,却是张继的创造。在张继同时或以后,虽也有不少诗人描写过夜半钟,却再也没有达到过张继的水平,更不用说创造出完整的艺术意境了。

这首诗的前后幅虽然一密一疏,似乎相差很大,但全篇的色调、意境却非常和谐统一,呈现出秋夜江南水乡特有的清迥寂寥的美感。诗中出现的一系列意象,如月落、乌啼、霜天、江枫、渔火、孤月、客子、姑苏城、寒山寺、夜半钟,全都统一在朦胧、凄寂、清寥的氛围中。特别是诗的中心意象——夜半钟声,更使所有围绕着它的意象成为一个有机的整体。前人对此诗的评论,绝大部分集中在"夜半钟"之有无上,正是由于看到了它在全诗中所起的关键作用。援引有关诗例或证据,证实"夜半钟"之有,是有意义的。因为诗的中心意象(特别是像《枫桥夜泊》这样的羁旅行役诗)如果在实际生活中根本不存在,那么诗的真实性便大成问题,它的感发力量也要大打折扣。这是不能用一般的艺术虚构理论来解释的,因为它是旅泊中亲耳闻见的景物情事。如果细心一点,还会发现,连"姑苏""寒山寺"这种地名,也着意于意象色调的统一。用"姑苏"而不用"苏州",是因为"姑苏"较之"苏州"有更悠远的历史文化色彩;而"寒山寺"除了上面已经提到的寺的古老和诗僧寒山曾居此这两层原因外,还因为"寒山寺"的"寒山"二字,和霜天秋夜的凄寒色彩、清迥意境有着密切关联,而"霜"又和"钟声"有着内在联系。《山海经·中山经》:"(丰山)有九钟焉,是知霜鸣。"郭璞注:"霜降则钟鸣,故言知也。""霜钟"从而成为一个常用的诗歌意象。诗人在握笔之际未必想到这些,但诗人的历史文化素养却使他在选择组合诗歌意象时自然地作出这样的而不是那样的安排。王士禛说第三句若改成"南城门外报恩寺"岂不可笑,正说明诗歌意象色调的统一和谐对于构成完整艺术意境的重要作用。

诗中直接点明诗人感情的只有"对愁眠"三字,不少论者因此而认为全篇抒写的便只是旅人的愁绪,乃至悲恨。这未免有些以偏概全,将诗人旅泊枫桥时的感受理解得过于简单了。诗人在面对霜天暗夜、江枫渔火时,心中萦绕着羁旅者的轻愁是事实,但这种愁绪并不沉重,它本身因与周围的景物氛围交融契合,同时又具有一种美感,特别是当听到寒山寺的夜半钟声传到客船上时,就倍感霜天清夜、旅泊枫桥的清迥隽永的美感,其中显然寓含着对这种美的境界发现与欣赏的喜悦。总之,诗人的感情,绝非一个"愁"字可以概括。

柳中庸

柳中庸，生卒年不详。名淡，以字行。祖籍河东（今山西永济），后迁居京兆（今西安）。幼善属文，与兄并、弟中行均有文名。天宝中师事萧颖士，萧以女妻之。安史乱中避地江南。大历九年（774）在湖州，与颜真卿、皎然等联唱。曾诏授洪州户曹参军，不就。与陆羽、李端等友善，有唱酬。《全唐诗》录其诗十三首，多征戍、闺怨之作。

征人怨①

岁岁金河复玉关②,朝朝马策与刀环③。三春白雪归青冢④,万里黄河绕黑山⑤。

[校注]

①《全唐诗》原作"征怨",校:"一本'征'下有'人'字。"兹据补。②金河,河名,今名大黑河,流经今内蒙古自治区呼和浩特市南,至榆林入黄河。唐置金河县,属单于大都护府所辖。玉关,即玉门关,在瓜州晋昌郡北。另有汉之玉门故关,在沙州敦煌郡西北。③马策,马鞭。刀环,刀柄上的铜环。④归,归向。青冢,即昭君墓。在今内蒙古自治区呼和浩特市南。塞外草白,而传说昭君墓上草独青,故名。⑤黑山,又名杀虎山,在今呼和浩特市境。

[鉴赏]

在唐代边塞诗中,这是一首很具艺术特色的作品。它给人的突出印象与感受有以下几点:一是题为"征人怨",而通篇不着一个"怨"字,但仔细寻味,又感到字里行间,处处渗透散发出怨思。二是四句皆对,且均为精工的对仗,但读来丝毫不感到板滞,而是自然流走,一气浑成。三是用了一系列的地名,构成极其广袤的空间画面。四是多用色彩鲜明的表颜色字构成工整的对仗和鲜明的对比,使全诗的色彩感特别强烈。

首句凌空而起,写征人戍守之地更换的频繁。金河与玉关,一在北,一在西,分属单于大都护府与河西节度使府管辖,彼此迥不相及,或以为诗中金河、青冢、黄河、黑山均在单于都护府辖境,而断定此诗的主人公是单于都护府的征人,但"玉关"显然不在单于都护府管内,此说实不可通。盖此句意在突出远戍征人调动的频繁,忽而远戍玉关,忽而戍防金河,着一"复"字,正见调动戍防地之频繁与相距之遥远。而句首的"岁岁"二字则进一步突出渲染了这种远距离的频繁调动,年年皆然。然则远戍的辛苦再加上调戍的长途跋涉之苦均可想见。

次句写征戍生活的单调寂寞。长期的戍守、行军生活中,天天面对的首先便是手中的马鞭与刀柄上的刀环。"马策",正透露出跋涉之意,与上句"金河复玉关"相应,不说"刀"而说"刀环",自寓微意。盖"环"谐"还",见刀环则思归还故乡，但长期戍守，返乡的愿望根本无法实现，只能空对刀环而思归。"怨"意已含其中。

第三句"三春白雪归青冢"，是写征戍之地的严寒。三春季节，内地早已是艳阳高照、百花争艳，一片花团锦簇的明丽景象，而在穷边绝域，却是白雪纷纷，洒向青冢，一派冰封雪飘的肃杀萧条景象。白雪自然不会只飘洒在青冢上，但作为生长在内地、日日盼望归返故乡的征人，他的目光却自然而然地专注在那荒寒大漠中孤零零的一座青冢上，感到自己的命运似乎也正像在大漠中被遗忘的孤冢一样，显得分外孤单寂寞。而万里"白雪"中的一点"青冢"，则更以鲜明的色彩对照，强化了"青冢"的渺小孤子。而"归"字则给人以漫天白雪一齐归聚于"青冢"的视觉印象，使它在莽莽茫茫的白雪中显得更加无助和孤单。这种景象，于写实中带有某种象征意味，却又不是刻意运用象征手法，很耐玩味。

"万里黄河绕黑山。"末句更大处落墨，将写实与想象融合起来，描绘出万里黄河蜿蜒曲折，奔腾东去缭绕黑山而过的景象。"黑山"固在单于都护府境内，但"万里黄河"却是自西向东，延伸及整个北中国的大地。身在征戍之地的征人，当然不可能望见万里黄河，但作为"岁岁金河复玉关"、征戍调动频繁的战士，心目中自有万里黄河的整体印象，因此这"万里黄河绕黑山"的描绘，正符合其征戍的经历和体验。所历者广，故眼界自宽，眼前的黄河自然和想象中的万里黄河联结在一起。单看此句，或许只觉得境界雄浑壮阔，但前幅的"岁岁""朝朝"四字，却是一直贯注到后幅的，因此在"岁岁""朝朝"面对"万里黄河绕黑山"的情况下，这原本雄浑壮阔的境界反倒更衬托出了征人的孤单寂寞和生活的单调。"绕"字既形象地显示了黄河蜿蜒曲折的态势和画面的动态感，但也透露出征人跋涉迁转于黄河上下的征戍生活的辛苦和心中牵绕不已的怨思，同样具有象外之致。

全篇对偶极为精工，除一二、三四对起对结外，各句中又自为对（"金河"对"玉关"，"马策"对"刀环"，"白雪"对"青冢"，"黄河"对"黑山"），且"金""玉""白""青""黄""黑"，均有意选用色彩鲜明的词语。但这样精工而锤炼的对偶并没有使通篇显得板滞，由于从头到尾贯注着一种神驰万里的气势，诗人的目光和视野从不拘限于眼前的狭小空间，故能创造出具有广远时空感的雄浑阔远境界，使首尾浑然一体，一气呵成，而且使征人的"怨"思与雄浑阔远的境界相融，全篇的情调就不显得凄凉低沉，而是"怨"而仍"壮"。

刘长卿

刘长卿（？—约790），字文房，郡望河间，祖籍宣州，自幼居洛阳。少居嵩山读书。屡试不第。肃宗至德二载（757）礼部侍郎李希言知江东贡举时登第，任长洲尉。翌年正月，摄海盐令。旋因事下狱，贬潘州南巴（今广东电白东）尉。广德元年（763）量移浙西某县。永泰元年（765）前后入转运使幕。大历前期，曾在京任员外郎。二年（767），以转运使判官兼殿中侍御史奉使淮西。三月，至淮南。五年，移使鄂岳，迁鄂岳转运留后、检校祠部员外郎。遭鄂岳观察使吴仲孺诬奏，贬睦州（今浙江建德）司马。建中初（780）迁随州刺史。李希烈叛，长卿失州东归。贞元元年（785）入淮南节度使杜亚幕。约贞元六年卒。工诗，自称"五言长城"。有《刘随州集》。《全唐诗》编其诗为五卷。今人储仲君有《刘长卿诗编年笺注》、杨世明有《刘长卿集编年校注》。

逢雪宿芙蓉山主人①

日暮苍山远②，**天寒白屋贫**③。柴门闻犬吠，风雪夜归人④。

[校注]

①芙蓉山，在常州义兴（今江苏宜兴）阳羡山附近。长卿于阳羡山筑有碧涧别墅。《宋高僧传》卷十一《唐常州芙蓉山太毓传》谓太毓尝"止于毗陵义兴芙蓉山"。《江南通志》卷十三："荆南山，在宜兴县西南，荆溪之南。""山之东麓为静乐山，南为芙蓉山，西为横山，一名大芦山，北为南岳山（即阳羡山）。"诗作于大历十年（775）闲居义兴期间。杨世明《刘长卿集编年校注》系此诗于大历六年（771）冬出使湖南时，谓芙蓉山指潭州（今湖南长沙）近处之芙蓉山，参见该书第338页。②苍山，指芙蓉山。③白屋，指不施彩色，露出木材的房屋。为古代平民寒士所居。《尸子·君治》："人之言君天下者瑶台九累，而尧白屋。"一说，指以白茅覆盖的房屋。《汉书·王莽传上》："开门延士，下及白屋。"颜师古注："白屋，谓庶人以白茅覆盖者也。"④夜归人，指夜归的主人。

[鉴赏]

这首小诗写天寒日暮投宿山居主人家的情景，题材很平常，却写得意境清迥，情韵悠长，经得起反复咀味。

题曰"逢雪宿芙蓉山主人"，见出此次投宿不仅因为"日暮"，且与"逢雪"有密切关联。因此，前两句虽未直接写到雪，却不能忽略这个气候背景。

"日暮苍山远"，首句写日暮时分，诗人孑然独行所见所感。暮色苍茫，天阴欲雪，前面的芙蓉山显得更加灰暗渺远。"远"不仅是空间距离，而且是心理距离。由于天阴欲雪，急于投宿，感到苍茫的前山似乎更远了。虽是句眼，句法却显得自然浑成，似不经意道出。

"天寒白屋贫"，次句写到达芙蓉山主人所居时所见所感。标明"白屋"，则主人的身份当是贫寒的普通百姓或寒士。"天寒"自因欲雪，但在诗句中，却与"白屋贫"之间存在着某种感受上的因果联系。由于天寒，原就简陋的"白屋"显得更加萧瑟凄冷，别无长物。"白屋"原本就是贫民所居，用"贫"来形容白屋，似乎多余。但这里的"贫"字却主要是表现一种氛围，表达一种心理感觉。它使人感到，这简陋的白屋中似乎每一处空间都在散发着一种萧瑟凄冷的气息，一种寒意袭人的氛围。

整个前幅，写诗人从行路到投宿所见所感，意境、氛围是清冷凄寒的，但后幅的意境、氛围却起了明显的变化。

"柴门闻犬吠，风雪夜归人。"前幅点出"日暮"，后幅则已入"夜"，前后幅之间存在着一段时间过程。从"闻"字可以揣知，诗人在芙蓉山主人家投宿以后，已经入睡。夜间忽然听到简陋的柴门边响起了犬吠声，接着便听到由远而近的脚步声、敲门声，家人起身、点灯、开门声和主人进门声，这才知道，原来是主人在漫天风雪之夜归来了。"犬吠"声打破了山居夜间的静寂，随着犬吠声次第出现的因"风雪夜归人"的到来而产生的一系列声响和动态，更使这原来显得凄冷萧瑟的"白屋"变得热闹起来、活动起来，充满了亲切温煦的气息。这静寂中的热闹，寒天风雪中的温煦，暗夜中的光亮，构成了鲜明的对比，使诗人心中充满了新鲜的诗意感受。他把这场景记叙下来，并定格在"风雪夜归人"这个动人瞬间。而在这之前、之后发生的许许多多情事，统统被略去了。

唐诗的魅力有众多的构成因素，但其中最关键的一点是唐代诗人所特具的诗心，即从平常生活中发现的诗意。这首诗的魅力正在于诗人对这种静寂中的热闹、风雪中的温暖、暗夜中的光亮的鲜明对照中所显示的诗意美的发现与成功表现。诗之所以止于"风雪夜归人"而不必再赘一辞，正是由于这一场景是诗意美的集中体现。

送灵澈上人①

苍苍竹林寺②，杳杳钟声晚。荷笠带斜阳③，青山独归远。

[校注]

①灵澈（746—816），一作灵彻，唐代著名诗僧。俗姓汤，字源澄，会稽（今浙江绍兴）人。幼出家于云门寺。肃、代间从严维学诗。约大历末至吴兴，与诗僧皎然唱和。兴元元年（784）赴长安，因皎然致书，得御史中丞包佶延誉，诗名大震。贞元后期，与刘禹锡、柳宗元、韩泰、吕温等关系甚密。后被诬流窜汀州，约元和初赦还。四年（809）至庐山，住东林，后东归。元和十一年卒于宣州开元

寺。其门人从其平生所赋诗二千首中删取三百首，编为《澈上人文集》十卷，又取其与人唱和酬别之作，另编为十卷，均佚。《全唐诗》编其诗为一卷。刘禹锡有《澈上人文集纪》，《宋高僧传》有传。储仲君《刘长卿诗编年笺注》谓此诗作于大历十二年长卿贬睦州司马期间。"当为灵澈游睦，挂锡山寺，日间相聚，傍晚送归，故有是作。"杨世明《刘长卿集编年校注》置未编年诗中。②竹林寺，杨注谓在镇江。《宋高僧传》卷八有《唐润州竹林寺昙璀传》。据《舆地记胜》，寺在黄鹤山。储注则谓："润州（竹林寺）肃代间诗人均称之为鹤林，未闻有称竹林者……此诗所云，非必专名。寺旁多竹，即可谓为竹林寺也。"③荷笠，戴着箬笠帽。

[鉴赏]

  这首五绝写诗僧灵澈在夕阳晚钟中荷笠归山寺的情景，堪称诗中有画。但尤为难得的是，诗中所涵容的一种悠闲淡远的情致和悠然神远的韵味。而这种情致韵味既与题内的"送"字密切相关，又与诗人主观情思密不可分。

  首句写远望中的竹林寺——灵澈晚归的所在。这是一个晴朗的傍晚，远处的青山下，一座竹林环抱中的寺庙，在夕阳暮霭中显现出一片青苍之色。"苍苍"既点晚暮，更显出望中的遥远，它使得远望中竹林环抱的古寺既对晚归的诗僧具有吸引力，又有一份杳远难即之感。

  次句写遥闻竹林寺的钟声。山寺暮钟，是平常景，它通常给人一种归宿感，也因它的悠长余响唤起一种悠远缥缈的情思。妙在前面冠以"杳杳"二字，赋予这无形的钟声一种杳远而隐约的神韵；而句末的那个"晚"字，不但点明山寺暮钟，而且显示出一种动态，仿佛在一声接一声的悠远缥缈的钟声中，天色在逐渐向晚。上句从视觉角度写竹林寺的苍茫杳远，下句转从听觉角度写山寺晚钟的缥缈杳远。两重不同角度的渲染，已经创造出一种悠远的情致韵味，而两句句首以"苍苍""杳杳"叠字为对，更透出一种悠闲容与的意味。

  三、四两句，从远望、远闻中的山寺、晚钟转写归寺的灵澈。"荷笠带夕阳"句展现的是一个头戴箬笠，在夕阳余晖映照下悠然归去的僧人身影。这幅写意式的剪影，透出了一种潇洒出尘的情致。"带夕阳"的"带"字，尤饶韵味，仿佛可见夕阳的光影在箬笠上闪动流淌的情状。在整个逐渐苍茫黯淡的背景上透出了几许温煦的色彩。

  末句"青山独归远"是一个朝着远处的青山缓缓归去的，在视野中越来越小直至最后融入苍茫暮色中的身影。"独"字透露了一种远离尘俗的孤高情致，而

"远"字则不但显示了暮色苍茫中前路的悠远,更表现出一种悠闲淡远的情韵。

全篇不着"送"字,但透过对望中苍苍山寺和耳际杳杳寺钟的描写,已使读者感受到诗人与灵澈在临别之际一起遥望山寺、遥闻晚钟的神驰情景,惜别与向往之意均寓其中。后两句更显示出诗人目送灵澈的背影在夕阳余晖中缓缓朝青山独往的情景,其神驰之状可以想见。正是这一系列对目接耳闻、目注神驰情景的描写,将题内的"送"字写得既浑含不露,又使人悠然神远。

比起诗人的许多诗作常流露出一种寂寞凄凉的情思来,这首诗虽也出现"夕阳"的意象和"苍苍""杳杳""独归"一类词语,但诗中所表现的情思却主要是对悠闲淡远境界的向往与欣赏,这既是对灵澈精神风貌的一种写意,也是诗人自己心灵境界的一种展示。

碧涧别墅喜皇甫侍御相访①

荒村带返照②,落叶乱纷纷③。古路无行客,寒山独见君④。野桥经雨断,涧水向田分⑤。不为怜同病⑥,何人到白云⑦。

[校注]

①碧涧别墅,在常州义兴(今江苏宜兴)阳羡山中。储仲君云:"长卿削籍东归(指大历八九年间任鄂岳转运留后、检校祠部员外郎期间遭鄂岳观察使吴仲孺诬陷而再贬睦州司马)后,即在常州义兴营碧涧别墅。碧涧,地志无载。按长卿《酬滁州李十六使君见赠》诗注云:'李公与予俱在阳羡山中新营别墅。'则碧涧亦在阳羡山中……独孤及有《得李滁州书以玉潭庄相托因书春思以诗代答》诗(《全唐诗》卷二四七),知李滁州幼卿庄名玉潭。《江南通志》卷一三山川三:'玉女潭,在荆溪县(按即宜兴)张公洞西南三里,深广逾百尺,旧传玉女修炼于此。唐权德舆称:阳羡佳山水,以此为首。'玉潭,盖玉女潭之省也。以此知碧涧别墅当在阳羡山中,张公洞侧。皇甫侍御,即皇甫曾,曾字孝常。独孤及《唐故左补阙安定皇甫公(冉)集序》(《全唐文》卷三八八)云:'孝常既除丧,惧遗制之坠于地也,以及与茂政前后为谏官,故衔痛编次,以论撰见托,遂著其始终以冠于篇。'《四库全书》本《二皇甫集》载及此序,署大历十年。是知皇甫曾编次乃兄遗文毕,尝于大历十年(775)至常州求序于及。访刘长卿于义兴,当在同时。"

考证翔实可信。或有谓"碧涧别墅"在睦州者,非。皇甫曾有《过刘员外长卿别墅》云:"谢客开山后,郊扉与水通。江湖千里别,衰老一尊同。返照寒川满,平田暮雪空。沧洲自有趣,不复哭途穷。"为同时之作。皇甫曾于广德至大历初,在京任殿中侍御史,故称皇甫侍御。②返照,夕阳,傍晚的阳光。③王融《古意》:"况复飞萤夜,木叶乱纷纷。"④君,指皇甫冉。⑤谓雨后水涨,涧水盈满,分流到田间。⑥时长卿因鄂岳观察使吴仲孺的诬陷,削职东归,暂居义兴碧涧;而皇甫曾大历六七年间亦因事贬舒州司马,卸任后闲居丹阳,暂时无官职,故云"同病"。《吴越春秋·阖闾内传》:"子胥曰:'吾之怨与喜同。子不闻河上之歌乎?同病相怜,同忧相救。'""同病"语出此。⑦白云,指自己栖隐的寒山。谢灵运《入彭蠡湖口》:"春晚绿野秀,岩高白云屯。"陶弘景《诏问山中何所有赋诗以答》:"山中何所有?岭上多白云。只可自怡悦,不堪持寄君。"到白云,犹到深山隐栖之地。

[鉴赏]

这是刘长卿在仕途上遭到第二次严重打击之后,削职东归,暂居义兴阳羡山中碧涧别墅期间,因友人皇甫曾的造访,欣喜而作的一首五律。萧瑟荒寒的景物和温煦真挚的情谊在诗中形成了鲜明的对照,构成了相反相成的情景交融意境,使这首诗呈现出独特的艺术风貌。

起联渲染荒村秋景。荒凉萧索的山村,映带着一抹夕阳余晖,枯黄的落叶,纷乱地飘洒向地面。荒村、夕阳、落叶,都是带有强烈萧瑟凄寒、凋衰没落情调的意象。"荒村"而"带返照","落叶"而"乱纷纷",更叠加出其荒寒衰暮的色调,透露出诗人凄寒而纷乱的心境。

颔联在续写荒村寒寂的同时转出正意——喜友人造访。荒村的古路上杳无人迹,寂寞得像远离现实的太古时代,寒山一带,碧色凄然,而今天却在这荒寂凄寒的村中见到了远道来访友人的身影。以上四句,一气直下,荒村、返照、落叶、古路、寒山,这一系列萧瑟凄寒的意象的反复渲染,将诗人内心的凄冷寂寞之情推向极致,而"独见君"三字陡然转折,与前面一系列描绘渲染形成鲜明对照,有力地突出了友人造访的欣喜。

但写到"独见君",诗人却不再续写相见后的具体情景,而是一笔宕开,转写荒村景物。"桥"而曰"野",见出这桥不但置身荒野,而且是那种随便用几根木头草草架成的。由于不久前下了一场大雨,山涧水涨,竟将它冲断了,足见"荒村"之荒僻，亦见道路之难行。而涨满了水的山涧则随意漫溢，分流向两边的田中。如果说上句还继续渲染荒村的荒僻以反衬友人造访的欣喜，下句却只是点染眼前景，不但景物本身纯出自然，诗人目接此景时的感情也比较闲适轻松。故此联虽亦写荒村景物，表现的感情却与前两联一味渲染荒寒冷寂有别，这显然是由于"寒山独见君"的欣喜影响了诗人观照景物时情绪的结果。连带之下，甚至"野桥经雨断"的景物也在荒僻中显示出一种朴素的美感。

"不为怜同病，何人到白云。"尾联结出全篇主旨，揭示皇甫曾之所以特意造访荒村别墅，完全是出于同病相怜的感情，这就为此次造访增添了"同是天涯沦落人"的共同经历遭际、共同思想感情的内涵，使造访更显出情意的真挚，也更显出诗人的欣喜。用反问语口吻，强调的意味更重，以"到白云"指称友人到访，不但与前之"寒山""荒村"相应，且传达出一种摇曳生姿的风调情致。或以为第四句与尾联意重，但"独见君"的原因却必须有待于"怜同病"的揭示，故虽貌似重复，实为意蕴的深化。

写友人间同病相怜情谊的诗，容易陷入凄苦哀伤。此诗却以荒寒冷寂的荒村景物作背景与反衬，使朋友之间同病相怜的情谊显得更珍贵而温煦。故全篇虽多写荒寒凄寂景象，而情调却不冷寂。

寻南溪常山道人隐居①

一路经行处②，莓苔见履痕。白云依静渚③，春草闭闲门④。过雨看松色，随山到水源。溪花与禅意⑤，相对亦忘言⑥。

[校注]

①诗题明弘治十一年（1498）李君纪刊本作《寻常山南溪道人隐居》，《文苑英华》卷二百二十六同。储仲君谓"常山"即唐江南东道衢州之常山县，乾元二年（759）春长卿初贬南巴，由长洲赴洪州，系取道睦州、衢州、玉山一路，诗即作于此年春贬谪途中。详参其《刘长卿诗编年笺注》第190页本篇注。而《全唐诗》诗题作《寻南溪常山道人隐居》。杨世明则谓"南溪"在长卿嵩阳旧居附近，颍水三源之左水即出少室山南溪。诗为天宝中家居所作。详参其《刘长卿集编年校注》。按：诗题如依《英华》，则常山似为县名，唯诗之内容、情趣不似贬

谪途中所作；如依杨说，则"常山"或为道人籍贯。诗之内容情趣似与家居寻访禅友较合。道人，得道之人，据"禅意"语，当为僧人。《世说新语·言语》："支道林常养数匹马。或言，道人畜马不韵，支曰：'贫道重其神骏。'"叶梦得《避暑录话》卷下："晋、宋间佛学初行，其徒犹未有僧称，通曰道人。"隐居，指其栖隐之所。②经行，佛家语。《法华经·序品》："又见佛子，未尝睡眠，经行林中，勤求佛道。"系指旋绕往返或径直来回于一定之地。此处犹行走经过之意。③渚，储仲君《刘长卿诗编年笺注》引卢文弨本校语："者，近本作渚，不通。"按：《英华》作"渚"。"静渚"与下句"闲门"相对，作"静者"则不对。诗集诸本亦均作"静渚"。句意为白云飘荡在静寂的沙洲之上，此"白云"当即笼盖在沙洲上的雾气，所谓"烟笼寒水"者。④春，《全唐诗》校："一作芳。"⑤禅意，犹禅心，指清静寂定的心境。⑥忘言，心领神会，不必言传。《庄子·外物》："言者所以在意，得意而忘言。"

[鉴赏]

　　此诗写寻访一位栖隐在南溪的禅僧一路所见所感，于清新秀雅、研炼工稳中渗透闲适的意趣和禅意，风格接近王维而明快过之。

　　"一路经行处，莓苔见履痕。"首句忽然而起，概述一路行程，次句拈出一个细节：在莓苔遍生的山路上，隐约可见履屦踩过的印痕。莓苔被径，见其地之清幽；而其上留下的履痕，则暗示所寻访的禅僧曾经过这里。诗人注意到莓苔上的履痕，正暗透出题首的"寻"字，踏着印有禅僧履痕的莓苔小径，诗人寻访的脚步也似乎加快了。这两句写得很富镜头感、动态感，展现在读者面前的是：在深山密林中，一条逶迤曲折的小路正往密林深处延伸，路上长满了绿色的莓苔，上面深深浅浅，留下了一串履屦的印痕。行走在这条小路上的诗人，则边行走、边辨认履痕，从急匆匆的步伐上，可以想见其即将见到禅僧之际的喜悦。

　　"白云依静渚，春草闭闲门。"颔联写抵达禅僧栖隐之地所见景象。隐居之所傍着溪边的洲渚，上面缭绕浮动着白色的云雾；萋萋春草，封锁住了幽居的门户。看来，幽居的主人（亦即诗人所要寻访的这位住在南溪的禅僧）并不在住所。是临时外出未归，还是长久外出，诗中未明说，也似乎不必说。总之，是"寻"而未遇。这好像令人有些失望。但眼前展现的景象却自能给诗人也给读者带来一份美感和意趣，而体现美感和意趣的句眼，则是上句的"静"字和下句的"闲"字。禅僧虽不在隐居之所，但隐居之地这既"静"且"闲"的景象，却透出了主人的高标逸韵。两句中的"依"字、"闲"字用得工炼而自然。前者突出了缭绕浮动于溪渚之上的白云似乎深情相依的情态，给眼前的静景增添了流动的意致和亲切的情趣；而"闲"字则不但突出了春草的繁茂，而且显示出隐居的幽静，使"闲门"的"闲"字所蕴含的门虽设而常关的意思也透露出来了。

访友不遇，似乎扫兴，但诗人却兴致不减。本来，寻访禅僧就是为了尽兴适意。友虽不在，但山中景物，随处皆佳，白云绕渚、春草拥门，友人不在的隐居之所也别有一番闲静的情趣。更何况，骤雨初过，松色苍翠如滴，正值得观看欣赏；随着水流淙淙，山势宛转，忽见水源，更饶穷源探幽之趣。"看""到"二字，传达的是一种纯任自然、漫无目的却随处可见美景、有所发现的喜悦。腹联所写的，是在访道人不遇的情况下纵情适意游赏山景的兴致，表现的是一种无往而均适意的意趣。故虽不遇道人而已悟道心，已有禅意。其意致与王维的"行到水穷处，坐看云起时"有些类似。

"溪花与禅意，相对亦忘言。"腹联在"过雨看松色，随山到水源"的游踪中已蕴含有一种随缘自适的禅意，故尾联就势点明。怀着这份无往不适的禅意，面对山中溪旁自开自放的"溪花"，感到自己的心境与客观的物象仿佛交融无间，合而为一，虽彼此无言相对，而灵心妙悟则均在不言之中了。

整首诗所表现的正是这样一种虽寻访禅僧不遇而随缘自适，既观赏山中美景，又体悟道心禅意的心境。这是一种心灵境界，也是一种人生境界。没有遗憾和惆怅，只有随缘自适的欣悦。说全篇"语语是寻"，实在是死扣题目、不符实际的解读。评家中只有黄生看出了"但写南溪自己一路得意忘言之妙，其见道士否不论"这一点，但援王子猷何必见安道为比，则可能引起尽兴而来、兴尽而返的误会。实则诗人的态度是遇固欢悦，不遇亦欣然自得的随缘自适。

长沙过贾谊宅[①]

三年谪宦此栖迟[②]，万古惟留楚客悲[③]。秋草独寻人去后[④]，寒林空见日斜时[⑤]。汉文有道恩犹薄[⑥]，湘水无情吊岂知[⑦]？寂寂江山摇落处[⑧]，怜君何事到天涯[⑨]！

[校注]

①《水经注·湘水》:"湘州城内郡廨西有陶侃庙,云旧是贾谊宅。地中有一井,是谊所凿,极小而深,上敛下大,其状如壶。旁有一局脚石床,才容一人坐形。流俗相承,云谊宿所坐床。"《元和郡县图志·江南道·潭州长沙县》:"贾谊宅,在县南四十步。"《太平寰宇记·潭州长沙县》:"贾谊庙在县南六十步。汉时为长沙王傅,庙即谊宅也。"此诗杨世明《刘长卿集编年校注》系乾元二年(759)贬南巴过长沙时。而储仲君《刘长卿诗编年笺注》则系大历六年(771)秋任转运判官、分务鄂岳、南巡湘南诸州时。并谓:"或谓此诗作于贬谪途中,然长卿两遭贬谪,均未经长沙。盖诗作于贬谪江西后,感慨颇深,易生误解耳。"按:长卿贬南巴,经湘水一带时,有《秋杪江亭有作》五律,有句云:"世情何处澹,湘水向人闲。""扁舟如落叶,此去未知还。"时令与《长沙过贾谊宅》同。从"湘水""扁舟""此去未知还"之语看,《秋杪江亭有作》为贬南巴经湘水一带时所作无疑,则《长沙过贾谊宅》当亦同时之作。储注因认为长卿并未至南巴贬所,而是贬江西,故认为未经长沙。但《新年作》有"岭猿同旦暮"之句,明为岭南作,故长卿贬南巴经长沙、湘水、越梅岭,抵贬所之经历殆属无疑。诗均作于上元元年(760)秋。②《史记·屈原贾生列传》:"贾生为长沙王傅。三年,有鸮飞入贾生舍,止于坐隅。楚人命鸮曰'服'。贾生既以適(谪)居长沙,长沙卑湿,自以为寿不得长,伤悼之,乃为赋以自广。"此,指贾谊宅。栖迟,滞留。《后汉书·冯衍传下》:"久栖迟于小官,不得舒其所怀。"贾谊受绛、灌、东阳侯谗害被贬事见《史记·屈原贾生列传》。③楚客,指贾谊,也可泛指古今迁客。④贾谊《鵩鸟赋》:"野鸟(指鵩鸟)入室兮,主人将去。"⑤贾谊《鵩鸟赋》:"庚子日斜兮,鵩集予舍。"上句"独寻",此句"空见"的主语是诗人。⑥汉文,汉文帝。古代历史上著名的明君,文帝、景帝统治期间,史称"文景之治"。故曰"汉文有道"。⑦《史记·屈原贾生列传》:"(屈原)乃作《怀沙》之赋……于是怀石遂自沉汨罗以死……自屈原沉汨罗后百有馀年,汉有贾生,为长沙王太傅,过湘水,投书吊屈原。""于是天子后亦疏之,不用其议,乃以贾生为长沙王太傅。贾生既辞往行,闻长沙卑湿,自以寿不得长,又以谪去,意不自得。及渡湘水,为赋以吊屈原。"⑧《楚辞·九辩》:"悲哉秋之为气也,萧瑟兮草木摇落而变衰。"⑨君,指贾谊,亦可自指。天涯,指长沙。唐人每以"天涯"指称被贬谪的僻远之地。

[鉴赏]

在唐代贬谪诗中,刘长卿的这首《长沙过贾谊宅》在构思的精妙、用典的入

刘长卿

化和意境的创造等方面都具有独特的成就，堪称通体完美的七律精品。

诗作于贬谪潘州南巴尉途中。一个深秋的傍晚，诗人来到长沙贾谊的旧宅。贾谊受谗被贬、才而见斥的不幸遭遇，触发千年之后的诗人因"刚而犯上"、受谗被贬的身世遭遇之悲和"直道不容身"的感慨，吊古伤今，写下这首兴在象外、凄伤哀怨的诗篇。借凭吊贾谊以抒发自己的迁谪之悲，是全诗的基本构思。

"三年谪宦此栖迟，万古惟留楚客悲。"首句叙事，点明贾谊谪宦长沙三年的悲剧遭遇，"此"字指贾谊宅，"栖迟"本义为居留，此处转义为留滞。"此栖迟"三字，声调低沉压抑，透露忧伤意绪。次句是说当年贾谊留滞于此旧宅，千年万代以来，留下了被贬的贾谊这位"楚客"无穷的悲慨。长沙古属楚地，故曰"楚客"，其实际意义实同"骚人""逐客"。"三年"与"万古"相对，突出强调了贾谊三年谪宦经历留下的是万古深悲，则其遭遇的可悲、悲慨的强烈可想。而由于贾谊的被贬代表了千年万代今古才人的普遍遭遇，具有极大的典型性，因此这"楚客"又同时是历代无数才而见斥的逐客骚人的代称。当诗人由贾谊的三年谪宦经历联想到自己"已似长沙傅"的经历时，这"楚客"的万古之悲也就自然融合了诗人被贬南巴的深悲，由吊古而伤今，由贾谊而自身，一开头就将被凭吊的对象与自身的经历遭遇和栖迟留滞的悲慨融合到了一起。

"秋草独寻人去后，寒林空见日斜时。"颔联承"此"字、"悲"字，写贾谊旧宅的景物、氛围，抒写自己的怀古伤今意绪。昔日的贾谊宅，如今已经是秋草丛生，荒凉破败不堪，宅旁寒林萧瑟，斜日映照，一片凄伤黯淡的景象。曰"独寻人去后"，则昔贤已没，自己仍在其遗迹上徘徊彷徨、寻觅怀想的情状如见；曰"空见日斜时"，则旧宅虽留、风景如昔，斯人已泯的空廓失落感和凄寒黯淡心绪可想。注家大都注意到"人去""日斜"系用贾谊《鵩鸟赋》中语，并指出其用典的不着痕迹，固是。但它的真正妙处是将眼前所见、心中所感与记忆中的语典毫不着力地融为一体，仿佛随手拈来，从而将古之情景与今之情景打成一片。这样的运用古典，确实已臻化境。

"汉文有道恩犹薄，湘水无情吊岂知？"腹联上句承"三年谪宦"，由贾谊被贬的遭遇联及君恩的疏薄寡情。汉文帝在历史上号称明君，而贾谊仍因大臣之谗害而被贬，故云"有道恩犹薄"。这句措语之妙，全在它的弦外之音。虽有道而恩犹薄，一则说明，无论遇有道之君无道之君，才人之被疏遭贬都是常事，以突出悲剧遭遇的普遍性；二则暗示自己所遇之君，根本不能与汉文相提并论，则自己之受谗遭贬更属必然。其中包含了对当今统治者的不满和怨望，不过说得很委婉含蓄。下句就贾谊作赋凭吊屈原一事抒慨。贾谊渡湘水，感屈原自沉汨罗之事，为赋以吊之。这句表面上是说，湘水悠悠，本自无情，作赋吊屈，情怀又有谁能理解！而言外之意则是：世情悠悠，贾谊借吊屈原以自伤的情怀，并没有人同情理解。上句怨君恩之薄，下句进而慨世情之衰。而更深一层的意蕴则是：我今溯湘水赴贬所而过贾谊宅凭吊贾谊，又有谁理解我的情怀和悲慨。就这样，诗人在意念中将屈原、贾谊和自己的悲剧遭遇和悲剧情怀串到了一起，从而将"万古惟留楚客悲"的意蕴进一步扩展与深化了。

"寂寂江山摇落处，怜君何事到天涯！"尾联承上"秋草""寒林""三年谪宦"，就眼前草木摇落的江山萧瑟秋景，以设问语抒写对贾谊谪宦之事原因的追索和怨恨。贾谊谪贬长沙，是由于才高受到文帝信任，遭到大臣的忌恨谗毁，原因明显，史有明文，本不必问，而曰"何事到天涯"者，故以问语摇曳出之，既引起读者对才高遭忌这一普遍悲剧性现象的深层思索，也使诗的结尾余韵深长，含蓄不尽。"怜君"自是同情贾谊贬谪天涯的悲剧遭遇，但怜君之中又寓有对自己被贬谪岭外遭遇的自怜。一"君"字绾合双方，贯串古今，怀古伤今，俱在其中。

方东树《昭昧詹言》论唐人七律说："大历十子以文房为最……文房诗多兴在象外。"这首《长沙过贾谊宅》正是"兴在象外"的显例。全诗不但以"秋草""寒林""人去""日斜""江山摇落""天涯"等一系列意象的组合，创造出凄其萧瑟的意境，以传达其遭贬谪后凄伤哀怨的意绪；而且因借古伤今的基本构思，和巧妙入化的用典，使诗中的人、景、事都绾合古今，引发读者由古而今、由贾谊而诗人的联想，"怜君"之情与自怜之意融为一体。贬谪诗、怀古诗的融合能达到这种境界的，唐代诗人中罕见。

别严士元①

春风倚棹阖闾城②，水国春寒阴复晴③。细雨湿衣看不见，闲花落地听无声④。日斜江上孤帆影，草绿湖南万里情⑤。东道若逢相识问⑥，青袍今日误儒生⑦。

[校注]

①严士元，华州华阴（今属陕西）人，严损之之子，严武之堂兄弟。天宝末，在永王李璘幕府，后离去。受命于江南，与在苏州任长洲尉的刘长卿晤别。时在至德二载（757）春。此后士元赴长安任大理司直，历京兆府户曹参军、殿中侍御史、虞部员外郎、河南令、刑部郎中等职，终国子司业。贞元八年（792）卒，年六十五。《文苑英华》卷九百四十四穆员《国子司业严公墓志》载其仕履甚详。此诗《才调集》作李嘉佑诗，误。《中兴间气集》卷下、《文苑英华》卷二百七十、《唐诗纪事》卷二十六均作长卿诗。诗题一作《吴中赠别严士元》。②倚棹，靠着船桨，犹言泊舟或泛舟。阖闾城，指苏州。《吴郡图经续记》卷上："吴自泰伯以来，所都谓之吴城，在梅里平墟，乃今无锡县境。及阖闾立，乃徙都，即今之州城是也。"③水国，指江南水乡泽国之地。④闲花，悠闲安静的花。⑤湖，指太湖，在苏州城南五十里。严之"受命南国"当在太湖以南之某地。⑥东道，东道主的省称，指严士元此去路上遇到的接待宴请的主人。语出《左传·僖公三十年》："若舍郑以为东道主，行李之往来，共其乏困，君亦无所害。"句意谓：此去路上遇到的东道主如有相识者问起我的近况。⑦青袍，八品九品官所服。上县县尉从九品上，服青袍。或据此句，谓作诗时刘长卿已受到打击罢官，甚至已贬南巴尉，故将此诗作年系于乾元元年春甚至更后，恐误。"青袍今日误儒生"不过是自慨之词，说自己这个夙有抱负的儒生如今屈居尉职，为青袍所误。与获罪之事无关。日，残宋本作"已"。

[鉴赏]

刘长卿的感时伤乱之作与贬谪之作中，常渗透苍凉凄楚或凄伤寂寞的情思，体现出中唐诗的时代气息和艺术风貌。但他的这首《别严士元》，却写得极细腻秀美、工稳流丽，富于情韵、风调之美。这大约跟他作诗时刚入仕途，尚未经历挫折，心境还比较轻松愉悦有关。

"春风倚棹阖闾城，水国春寒阴复晴。"起联点明别地别时和友人将要乘舟离去的情景。首句不过说春天泊舟苏州城外，却写得风华流丽，极饶风韵。用"阖闾城"来代称苏州，便已给这座千年古城增添悠远的历史想象；不直说泊舟而曰"倚棹"，更形象地表现出友人倚棹伫立船头，即将启航而去的情景；再加上句首的"春风"二字，一幅在和煦摇漾的春风中倚棹姑苏古城，即将作别的图景已完整地展现在读者面前。次句集中笔墨，专写江南水乡春天乍暖还寒时的季候特征。

"水国"是对"阖闾城"地理特征的进一步点明,亦与"倚棹"相应。江南水乡,气候湿润,遇到倒春寒时节,天气忽阴忽晴,变幻不定。这是对"水国春寒"特征的传神描写,也微妙地透露出即将与友人作别的诗人此际恍惚不定的情思。这个开头,为全篇定下了一个极具南国水乡柔美气息的基调。

"细雨湿衣看不见,闲花落地听无声。"颔联承"水国春寒"进一步描绘渲染季候特征与别时景物氛围。霏霏细雨,如烟似雾,如丝似缕,使人根本看不见它悄然降落,久而忽然感到衣裳湿润,这才知道它已经下了好一阵了。在春风细雨中,花静悄悄地飘落在地上,根本听不到它陨落的声音。这一联不但体物精细,对仗工切,而且创造出一种极富南国情调的闲静柔美意境。透过这一切,还可想象出一对友人长久伫立在江畔身旁依依惜别、无言相对的情景。而诗人对这场在细雨春风中江边送别情景的诗意感受也将成为永远的记忆。

"日斜江上孤帆影,草绿湖南万里情。"腹联想象友人乘舟远去的情景和自己的殷殷送别之情。"江"指吴江,"湖"指太湖。友人当循吴江乘舟入太湖,到湖以南的某地任职。上句想象日斜时分,友人所乘的一叶孤帆循江而下,逐渐远去,直至消失于碧空尽头,下句进而想象友人的舟车横越浩渺的太湖,行驶在绿草如茵的湖南大地上,而自己的殷殷惜别之情和相思之意也一直伴随着直至天外。下句的情景类似王维的《送沈子福归江东》中的名句"唯有相思似春色,江南江北送君归"而更凝练而含蓄。次句点明水国的春天气候特征是"阴复晴",故颔联承"阴"而写细雨落花,腹联承"晴"而写"日斜"孤帆远去之景。颔联意境闲静柔美,腹联意境阔大悠远,二者相济,更显示出情景意境的丰富多彩。

尾联由送友转到自己的境遇上来:"东道若逢相识问,青袍今日误儒生。"作诗时诗人刚入仕任长洲尉,对一个有抱负的士人来说,县尉自然非其素望,故临别时托友人告诉沿途迎接的东道主中与自己"相识"者,我如今是一袭青袍,恐误平生素志了。这本是送别诗的常套,自谦中虽略寓感慨,却不必看得过于认真,自然也跟前六句的整个基调并不矛盾。

严维

严维（？—约780），字正文，越州山阴（今浙江绍兴）人。天宝中应进士试未第。至德二载（757）登进士第，授诸暨尉。时年已四十余。宝应元年至大历五年间（762—770），入浙东观察使薛兼训幕，检校金吾卫长史，与鲍防等五十七人联唱，结集为《大历年浙东联唱集》。后闲居越州，与刘长卿过往唱酬甚密。大历十二年（777）入河南府尹严郢幕，兼河南县尉。官终秘书郎。约建中元年（780）卒。《全唐诗》录存其诗一卷，维之《酬刘员外见寄》的"柳塘春水漫，花坞夕阳迟"，传为名句，惜全篇不称。

送人入金华①

明月双溪水②，清风八咏楼③。昔年为客处④，今日送君游。

[校注]

①唐江南东道有婺州东阳郡，治金华县。今浙江金华市。《全唐诗》校：诗题"一作赠别东阳客"。②双溪，水名。《浙江通志》："双溪在金华县南，一曰东港，一曰南港。东港之源出东阳之大盆山，过义乌，合众流西行入县境，又合杭慈溪、白溪、东溪、西溪、坦溪、玉泉溪、赤松溪之水，经马铺岭石碛岩，下与南港会。南港之源出缙云之黄碧山，过永康、武义入县境，又合松溪、梅溪之水，经屏山西北行，与东港会于城下，故曰双溪。"双溪至金华南合为一，谓之东阳江。③八咏楼，在金华市南隅，婺江北岸，旧名玄畅楼。南朝齐隆昌元年（494）沈约为东阳太守时所建。约有《登玄畅楼诗》，又曾作《八咏诗》"登台望秋月"等八首，题于玄畅楼，一时传诵，后人遂易其名为《八咏楼》。盛唐诗人崔颢《题沈隐侯八咏楼》诗，有"绿窗明月在，青史古人空"之句。上句"明月"当与沈诗有关。④昔，《全唐诗》校："一作少。"

[鉴赏]

在唐人五绝中，有一类明白如话而又韵味深长的作品，每因其看似清浅而不为人所注意。严维的这首《送人入金华》便是明显的例证。

诗的内容极单纯：送一位友人到自己昔年曾游之地——金华去。乍看似极平常而乏诗意，但在诗人笔下，却写得音情摇曳、余韵悠长，能唤起一种人生的体验与感慨。

"明月双溪水，清风八咏楼。"前两句对起，写金华胜迹。作为一座历史悠久的古城，金华有众多的名胜古迹，其中具有地理标志意义的风景佳胜，便是双溪水；而最具文化内涵和诗人流风余韵的著名古迹，便是八咏楼。它们正是金华这座城市的"名片"，是它的风景佳胜和古迹的精华。而在它们之上分别冠以"明月""清风"，更形象地展现出在明月映照之下，荡舟双溪之上；在清风徐来之际，登楼览胜怀古的游赏之兴。虽只十个字，却是对金华胜迹和风貌的精练概括。

题为"送人入金华"，乍读似感这是向友人介绍金华的名胜风景之美。但如果真是这样，这开头两句便不免显得平常而缺乏情味。妙在第三句，承中忽转，顿辟新境；第四句再转作收，更饶余韵。

"昔年为客处"，金华的双溪水、八咏楼，都是自己昔年作客金华时的曾历之地，从这方面说，第三句对前两句是"承"；但对于今日送友人入金华而言，这"明月双溪水，清风八咏楼"已经成为一种逝去的记忆，从这方面说，它又是"转"，是由今日送君之游到遥忆昔日自己之游的"忽转"。这一转折，顿时使前两句的描叙变为对昔年曾历情景充满诗意的追缅；紧接着第四句又从"昔年"再转回到"今日"，并以"送君游"回应题目，就势作收。在"昔年"与"今日"的对映中寓含着深长的情思与感慨。

一个人对昔日曾历之地的追忆，往往与自己昔日年华情事的追缅怀想联结在一起。诗人对"昔年为客处"的金华"明月双溪水，清风八咏楼"游赏情景的追忆，决不仅仅是怀想这些风景名胜本身，而是同时追缅已经逝去的年华岁月、逝去的美好青春。在遥想追缅中，不但将"双溪水""八咏楼"进一步美化、诗化了，也将自己逝去的岁月美化、诗化了。因此，这首诗的艺术魅力正在于今昔的对照中所寓含的对已经逝去岁月的亲切记忆和诗意追缅。人生的美好生活体验，虽因年华消逝而不可重复，却可长存于美好的记忆之中。诗中有深长的感慨，却无浓重的感伤。

整首诗就像一篇忆昔游的长篇五古，刚开头就煞了尾。而它的深长余韵正主要有赖于这似乎煞不住却又就此作煞的结尾当中，无限情思，尽在不言之中了。

韦应物

韦应物（约737—790），京兆杜陵（今陕西西安东南）人。曾祖待价曾相武后。年十五，因门荫补右千牛卫。改羽林仓曹，授高陵尉、廷评。代宗广德元年（763）至永泰元年（765）任洛阳丞，因严惩不法军士被讼，请告闲居洛阳。大历六至八年（771—773），任河南府兵曹参军，九年为京兆府功曹参军，十三年为鄠县令，寻迁栎阳令，辞官居长安西郊沣上善福精舍。建中二年（781）除比部员外郎，三年出为滁州刺史，兴元元年（784）冬罢任闲居滁州西涧。贞元元年（785）转江州刺史，三年入为左司郎中。四年冬，出为苏州刺史，六年（790）遇疾终于官舍，州人为之罢市。白居易谓其五言诗"高雅闲淡，自成一家之体"，苏轼谓韦诗"发纤秾于简古，寄至味于澹泊"。其诗于平淡自然中别饶远韵，于朴素平易中时见流丽。有诗集十卷。今人陶敏、王友胜有《韦应物集校注》。生平仕历见丘丹撰《唐故尚书左司郎中苏州刺史韦君墓志铭并序》。

自巩洛舟行入黄河即事寄府县僚友[①]

夹水苍山路向东[②],东南山豁大河通[③]。寒树依微远天外[④],夕阳明灭乱流中[⑤]。孤村几岁临伊岸[⑥],一雁初晴下朔风[⑦]。为报洛桥游宦侣[⑧],扁舟不系与心同[⑨]。

[校注]

①巩洛,巩县与洛水。巩县(今河南巩义)为唐河南府属县。洛水源出洛南县冢岭,东流经卢氏、长水、福昌、寿安、洛阳,至偃师与伊水会,复东北流经巩县,至洛口入黄河。即事,犹即景,面对眼前景物。府县,指河南府及其属县。诗人于广德元年(763)冬至永泰元年(765),任洛阳丞。此府县僚友当指河南府之属僚及洛阳县之僚友。诗作于代宗大历四年(769)秋。时诗人自长安经洛阳、楚州等地赴扬州。②水,指洛水。《元和郡县图志·河南道·河南府》:"巩县,古巩伯之国也……按《尔雅》'巩,国也'。四面有山河之固,因以为名。"③豁,开。大河通,通向黄河。《元和郡县图志·河南道·河南府》:巩县:"洛水,东经洛阳,北对琅邪渚入河,谓之洛口。亦名什谷。张仪说秦王'下兵三川,塞什谷之口',即此地。"此句所叙即洛水入黄河附近一带山川地形。④依微,隐约依稀貌。⑤明灭,忽明忽暗,形容夕阳映照在动荡不定的波浪上闪烁不定的情状。⑥几岁,犹何年,言其时间久远。伊岸,伊水岸边(实指伊洛合流后的洛水岸边,因此处宜平,故不用"洛"而用"伊")。⑦朔风,北风。时已秋令,故上言"寒树",此言"朔风"。⑧洛桥,指洛阳城内的天津桥。《元和郡县图志·河南道·河南府》:河南县:"天津桥,在县北四里。隋炀帝大业元年初造此桥,以架洛水。以大缆维舟,皆以铁锁钩连之……然洛水溢,浮桥辄坏,贞观十四年更令石工累方石为脚。《尔雅》'箕、斗之间为天汉之津,故取名焉'。"洛桥游宦侣,即题内之"府县僚友"。⑨扁舟,小船。《庄子·列御寇》:"巧者劳而智者忧,无能者无所求,饱食而遨游,泛若不系之舟,虚而遨游者也。"此句谓自己的心境,就如同不停泊系岸的小舟一样,无所系恋牵挂,自由无拘。

[鉴赏]

这首以行旅为题材的七律,以清爽流利的笔调描绘由巩洛入黄河行舟所见沿途风光和由此引起的感受，诗情画意，融洽无间。

起联写"自巩洛舟行入黄河"的一段旅程。巩县四面有山河之固，故这一段的洛水，两岸连绵不断的山峦，一直随着山势向东延伸。着一"夹"字，形象地显示出两岸山峦紧束洛水的逼仄态势。忽然，东南方向的山峦像是被打开了一个缺口，豁然开朗，洛水与滔滔浩浩的黄河便在瞬间相汇贯通了。"豁"字"通"字，与上句"夹"字紧相呼应，不但写出舟行从两岸皆山的逼仄之境进入山豁河通的广阔境界的过程，具有动态感、层次感和变化感，而且透露出诗人因景物境界变化而产生的惊奇感、舒畅感，虽叙行程，而景随程现，情寓其中。

"寒树依微远天外，夕阳明灭乱流中。"颔联承"山豁大河通"，描绘舟行黄河之上极目远望所见。河洛汇合后的黄河，水势突然加大，且已进入广阔无垠的平原地带，故极目东望，但见寒林一带，隐现于远天之外；时值傍晚，夕阳映照下的黄河滚滚波涛，光影闪烁，明灭不定。这一联向为评家所称道，认为上句可画，而下句画亦难到。这是因为，上句描绘的是静景，虽是在舟行过程中远望，但由于寒树依微于天外，故呈现在诗人前面的画面是静止不动的，不妨把它看作一幅远山寒树图。而下句所描绘的却是夕阳映波，光影闪烁，变幻不定的动景，这种变幻闪烁的景色，对于空间艺术的绘画，确实是画笔所难到。而"乱流"的"乱"字，不但渲染出大河波涛滚滚、水流急骤而杂乱的态势，且对"夕阳明灭"起着加倍渲染的作用，给人一种眼花缭乱之感。这一联不但写景极为出色，且进一步将诗人目接此阔远壮美之境时那种舒畅自如的快感和兴会淋漓之情也表现出来了。

"孤村几岁临伊岸，一雁初晴下朔风。"腹联仍写舟行所见之景，但从颔联的远望转为回望、仰观。回望来路，但见孤村隐隐，远临伊洛之上；仰望天穹，但见初晴的秋空中，一只孤雁，迎着朔风盘旋而下。上句插入"几岁"二字，便化"孤村临伊岸"的空间画面为对遥远历史时间的想象；而下句"一雁"与广阔的晴空相映照，更衬托出空间的广阔。而"一雁"之乘朔风下晴空，固不免有些孤孑，却更显示出翱翔的自由无拘。

颔、腹二联，均为写景，而"寒树""夕阳""孤村""一雁""朔风"等景物，又多带有萧瑟孤凄的色彩，但这两联所创造的境界，却具有广阔悠远、壮美旷逸的特征，诗人的感情也并不黯淡低沉，而是透露出对广远时空的向往欣赏。上述带有萧瑟孤凄色彩的景物恰恰成了阔远之境的有机组成部分。

"为报洛桥游宦侣，扁舟不系与心同。"尾联应题内"寄府县僚友"，但它的主要作用却是自我抒情。全篇中直接抒情的句子只有末句"扁舟不系与心同"七个字,诗的成败与艺术上是否完整,在很大程度上取决于这句诗与前面所描写的景物及景中所寓之情是否密合。如果二者游离,则前六句的写景即便再出色,也不免有前后割裂之嫌,至少是有结尾敷衍了事之失,但从前三联的纪行写景看,其中所蕴含所透露的感情从总体上说,都是一种对广远时空境界的向往欣赏和舒畅愉悦的感受,这和末句所表现的无所牵挂、自由无拘的心境可以说完全合拍。因此,末句是对全篇所抒之情的集中揭示,也是对上六句景中所寓之情的概括,而"扁舟不系"之语仍紧扣"舟行"作结,更显得叙事、写景和抒情的紧密结合。

写这首诗的时候,诗人因在洛阳丞任上严惩不法军骑而见讼,请告闲居,在仕途上遭遇挫折已有数年之久。末句用《庄子·列御寇》典,多少透露出以"无能者无所求"自命的牢骚,但"泛若不系之舟"的比喻所透露的却是他的旷达情性和对自由无拘生活的向往。

韦诗多古澹闲逸,此诗却通体清爽流利、明快畅达,而又具风调情韵之美,可称别调。

登楼寄王卿①

踏阁攀林恨不同②,楚云沧海思无穷③。数家砧杵秋山下④,一郡荆榛寒雨中⑤。

[校注]

①王卿,名未详。诗集同卷有《郡斋赠王卿》云:"无术谬称简,素餐空自嗟。秋斋雨成滞,山药寒始华。蘦落人皆笑,幽独岁逾赊。唯君出尘意,赏爱似山家。"当与本篇为同时赠同人之作。陶敏、王友胜《韦应物集校注》谓"王卿,当是被贬至滁州者,名未详。大历建中中有太常少卿王纮,王维弟,未知是此人否。"诗作于建中四年(783)秋任滁州刺史时。②踏阁攀林,指攀援树木登山踏阶而上楼阁,登览胜景。恨不同,恨未能与王同登。③楚云沧海,写登楼所见景物:楚云弥漫,遥连沧海。滁州楚地,故所见之云为"楚云"。其地离东海不太远,故登楼可见楚云连接沧海的景色。"楚云沧海"与"楚雨连沧海"之境类似,不过易"雨"为"云",省略"连"字而已。"思无穷",思绪无穷,其中蕴含对王某的思

念，但不止于此。④砧杵，捣衣石与木杵，此指捣衣声。⑤一郡，指滁州郡城。荆榛，丛生灌木。"一郡荆榛"，形容郡城的荒凉残破。

[鉴赏]

这首登临寄友的小诗，虽然写得很饶情韵，却遭到不少误解。无论是刘辰翁的"野兴正浓"，唐汝询的"楚云沧海，天各一方"，还是黄生的"章法倒叙"，都不符合实际。其中尤以"楚云沧海，天各一方"之解，至今仍为学者所沿用，影响相当深远。

起句写登楼的过程与不能和友人同登的遗憾。"踏阁攀林"，按正常词序，应为"攀林踏阁"，意即攀援树枝，登上山岭，沿着梯阶，踏上楼阁。四个字概括的是攀援上山，登上山顶的楼阁的过程，由于这是一首仄起的七绝，故为合律而改为"踏阁攀林"。往常登览出游，总是与友人携手同行，此次对方却因故未能一起攀登，少了同游的乐趣，故说"恨不同"。正由于未能同登，故有寄诗之事。

次句写登楼远望所见云雾弥漫绵延之景与深长的思绪。滁州古属楚地，故称这一带的云为"楚云"。登楼向东极望，但见云雾弥漫绵延，远连沧海，眼前是一片浩渺的云封雾锁的黯淡景色。本来就因友人不能同游而有所遗憾，登楼极望，又见此云雾连绵黯淡之景，不免更添愁绪。说"思无穷"，自然包含有对友人的深长思念，但无论是从本句"楚云沧海"，云封雾锁的黯淡之景，还是从三、四两句所描绘的凄清萧条之景来体味，这无穷的思绪又自不止怀友这一端。

这里需要顺便考辨一下王卿其人是否与诗人分居两地，天各一方。查韦集中，与王卿有关的诗，除本篇及注①所引《郡斋寄王卿》外，尚有《送王卿》《答王卿送别》《池上怀王卿》《陪王卿郎中游南池》《南园陪王卿游瞩》等多首，其中除《送王卿》一首可能作于韦在苏州刺史任上之外，其余各首均为韦任滁州刺史时作。从诸诗中"郡中多山水……相携在幽赏""鹡鸰俱失侣，同为此地游""兹游无时尽，旭日愿相将""元知数日别，要使两情伤"等诗句看，诗人与王卿系同住滁州，故常相携出游，偶有数日之别，也会感到情伤，故此次"踏阁攀林"之游，王卿未能偕游，方深以为憾事。因此，将"楚云沧海"说成是二人"天各一方"，显然不符合实际情况。又，前人或谓此诗"先叙情、后布景"，亦未全合。前二句固有"恨不同""思无穷"之语，但"踏阁攀林"之行程，"楚云沧海"之遥望，又何尝不是景物描写，至于后两句，景中寓情，自不待言。

"数家砧杵秋山下，一郡荆榛寒雨中。"三、四两句将眼光从遥望收回到俯视秋山下的郡城。只听得城中零零星星、断断续续传出了清亮的捣衣砧杵声。这声音，在带着萧瑟情调的秋山衬托下，显得分外凄清寂寥；环视郡城，但见寒雨潇潇，荆棘丛生，一片荒凉萧条景象。乍一看，可能会觉得诗人是用砧杵、秋山、荆棘、寒雨这一系列带有萧瑟凄清、荒凉冷落色调的物象所构成的氛围、意境，来表达因友人未能同游而产生的凄清寂寥情思。但联系诗人的特定身份——在任的滁州刺史，一郡的最高地方长官，特别是联系诗人在滁州的其他诗作，就会感到其中自有更深广的内涵。在写这首诗的头一年（建中三年，782）秋天，他在《答王郎中》诗中说："守郡犹羁寓，无以慰嘉宾……野旷归云尽，天清晓露新。池荷凉已至，窗梧落渐频。风物殊京国，邑里但荒榛。赋繁属军兴，政拙愧斯人。"所谓"邑里但荒榛"，正是这首诗所描绘的"一郡荆榛寒雨中"的荒凉破败景象。滁州虽未直接遭受战乱破坏，但长期战乱所造成的苛重赋税负担，却对这一带起着极大的破坏作用。如宝应元年（762）宰相元载严令追征江淮欠缴租庸，官吏公开掠夺民财。特别是建中二年，河北强藩联兵抗命，藩镇割据加剧；三年，河北、山东、淮西诸镇叛乱，李希烈、朱滔、田悦等结盟称王；四年正月，李希烈陷汝州。作此诗后不久（十月）又发生朱泚之乱。在这样一种动乱频繁的局势下，滁州因军兴赋繁，导致邑里荒榛、百姓逃亡的景象是必然的。诗人览眺郡城，不但会产生对百姓的同情怜悯，也自然会有"政拙愧斯人（民）""邑有流亡愧俸钱"的愧疚之情。秋天本是家家户户裁制寒衣的季节，如今秋山之下的郡城，只有"数家"零零落落地传出砧杵之声，可以想见因赋税繁重百姓流亡、人户稀疏的情景。只不过由于绝句主含蓄尚余韵，像其他诗体可以明白说出的那些感触、感慨就寓情于景，自在不言之中了。

诗从攀林登楼，写到登楼遥望楚云弥漫绵延，直至沧海之景，再到近瞰俯视郡城凄清荒凉之景，诗人的感情则由一开始的不能与友同游的遗憾，发展到"思无穷"。这无穷之思中，既有思念友人不得的凄寂，更有对郡邑荒凉景象的悲慨和忧念百姓、愧对斯民的复杂意绪。其佳处主要体现在三、四两句景中寓情，含蕴丰富，情韵深长上。全篇情与景均系顺叙，倒叙之说亦属错会。

寄李儋元锡[①]

去年花里逢君别，今日花开已一年[②]。世事茫茫难自料[③]，春愁黯黯独成眠④。身多疾病思田里⑤，邑有流亡愧俸钱⑥。闻道欲来相问讯⑦，西楼望月几回圆。

[校注]

①李儋，韦应物关系最密切的朋友。据《赠李儋侍御》诗，儋曾官殿中侍御史或监察御史。建中年间，曾在太原参河东节度使马燧幕。见韦《寄别李儋》诗。韦集中，有关李儋的诗有《赠李儋》《将往江淮寄李十九儋》《雪中闻李儋过门不访聊以寄赠》《善福阁对雨寄李儋幼遐》《赠李儋侍御》《寄李儋元锡》《送李儋》《寄别李儋》《酬李儋》等多首。元锡，洛阳人，字君贶。贞元十一年（795），为协律郎，山南西道节度推官。元和年，历衢州、苏州刺史，福建、宣歙观察使，授秘书监分司，以赃贬壁州，后为淄王傅，卒。详见《元和姓纂》卷四及岑仲勉《元和姓纂四校记》。韦集中，有关元锡的诗有《滁州园池燕元氏亲属》《南塘泛舟会元六昆季》《郡中对雨赠元锡兼简杨凌》《寄李儋元锡》《宴别幼遐与君贶兄弟》《送元锡杨凌》《月溪与幼遐君贶同游》《与幼遐君贶兄弟同游白家竹潭》《与元锡题琅琊寺》等多首，过从亦甚密。据陶敏、王友胜《韦应物集校注》，此诗系德宗兴元元年（784）春在滁州刺史任上作。参注②。或谓贞元初在苏州刺史任上作，误，参注⑧。②建中四年（783）暮春，李儋曾至滁州看望韦应物。《赠李儋侍御》诗云："风光山郡（指滁州）少，来看广陵（扬州）春。残花犹待客，莫问意中人。"同年秋，有《寄别李儋》诗云："首戴惠文冠，心有决胜筹。翩翩四五骑，结束向并州。名在相公幕，丘山恩未酬……远郡卧残疾，凉气满西楼。想子临长路，时当淮海秋。"建中三年（782）秋，元锡曾来滁访韦应物，有《郡中对雨赠元锡兼简杨凌》诗及《滁州园池燕元氏亲属》诗。四年夏，有《南塘泛舟会元六昆季》诗。此二句叙与李、元二人之逢与别，当以与李之逢、别时间为主。去年花里，指建中四年春。今日花开，指兴元元年春。逢君别，逢君并作别。③建中四年十月，诏泾原节度使姚令言率师东征。丁未，泾原军士入长安城，倒戈作乱。德宗出奔奉天。乱兵奉朱泚为帅，泚自称帝。朱泚军围攻奉天，浑瑊力战始得保全，至十一月奉天之围方解。兴元元年正月，李希烈仍称帝，国号大楚，以汴州为大梁府。二月，李怀光与朱泚通谋，反。德宗奔梁州。韦应物是年春有《京师叛乱寄诸弟》诗云："羁离守远郡，虎豹满西京……忧来上北楼，左右但军营。函谷行人绝，淮南春草生。"此句所谓"世事"，当包括从去年十月至今春的京师叛乱等战

乱情事在内。茫茫，模糊不清貌。④黯黯，沮丧忧愁貌。李商隐《自桂林奉使江陵途中感怀寄献尚书》："江生魂黯黯，泉客泪涔涔。"此"黯黯"，即黯然销魂之"黯然"。⑤田里，犹故里、田园。《史记·汲郑列传》："黯（汲黯）耻为令，病归田里。"⑥流亡，因战乱饥馑而逃亡流落到外地的百姓。⑦问讯，慰问。《后汉书·清河孝王庆传》："庆多被病，或时不安，帝朝夕问讯，进膳药，所以垂意甚备。"或解曰"打听"，非。⑧西楼，或指滁州城西门城楼。长安城在滁州之西。注③引《京师叛乱寄诸弟》有"忧来上北楼"，指郡城北门城楼似可类证。也有可能指所居郡斋之西楼。注②引《寄别李儋》诗有"远郡卧残疾，凉气满西楼"之句，则滁州亦有"西楼"，此"西楼"似指应物所居之郡斋西楼。高步瀛《唐宋诗举要》引《清统志》："江苏苏州府：观风楼在长洲子城西。龚明之《中吴纪闻》：唐时谓之西楼，白居易有《西楼命宴》诗。"文研所《唐诗选》从之，并将此诗系于唐德宗贞元初年韦应物任苏州刺史时。无论此"西楼"是指滁州西门城楼，还是指郡斋西楼，均在滁州无疑，非指在苏州者，苏州素称富庶，与"邑有流亡"之语亦不甚符。

[鉴赏]

这首寄怀友人的七律，有以下几个突出的特点。一是题曰"寄"，且起结均抒怀念想望之情，但主要内容却是向友人倾诉自己的感慨和苦闷，全篇像是一封自诉情怀的诗体书信。二是感情极其真挚自然，仿佛从肺腑中流出。三是风格清畅闲淡，如行云流水，一气舒卷，虽为律体，实近古风。

首联从与对方的"逢"与"别"写起。建中四年（783）暮春，李儋曾来滁州看望韦应物，韦有《赠李儋侍御》诗，其后二人相别；元锡于建中三年秋，亦曾来滁探访应物，韦亦有《郡中对雨赠元锡兼简杨凌》诗，元锡在滁时间较长，四年夏犹与应物南塘泛舟。与二人之"逢"与"别"并不同时，但诗系同寄二人，故这里的"去年花里逢君别"自单指李儋，不必拘泥。次句接以"今日花开已一年"，以"今日"对"去年"，以"花开"应"花里"，以"已一年"承"逢君别"，似对非对，似重非重，出语流易清畅，构成一种萧散自然的风调韵致，而时光流逝之易与相念之情之殷均包蕴其中。这一联的句式，完全是七言古风的风调。

颔联却从"君"与我的逢与别跳开，单写自己的感慨和愁绪。纪昀可能是由于看到前四句有诸如"花里""逢君别""花开已一年""春愁黯黯独成眠"一类的词语诗句，而说它"竟是闺情语，殊为疵累"，恐怕是读后世闺情诗词（特别是清代女性诗词）而形成的惯性思维。其实这一联中的"世事"和"春愁"都离不开次句的"花开已一年"，因此它和次句乃是迹似断而神实连。"世事"一语，既可泛指人世间的一切情事，包括时代、社会和个人的情事，也可主要指时代的军事政治方面发生的大事。在"去年花里"到"今日花开"这一年里，发生了震动全国的朱泚之乱，德宗逃奔奉天，被叛军包围，形势极其危急；后又因李怀光与朱泚通谋，德宗再奔梁州。写这首诗时，长安仍为朱泚盘踞，安史之乱的情形似乎又在重演。这一切，都是诗人所未料及的；国事如此，诗人自己的前途命运自然也跟国事一样，茫茫不可知。故说"世事茫茫难自料"。这里所包蕴的，正是对国家、个人命运难以预卜的茫然感和忧伤感。下句的"春愁"承"今日花开"，但内容却绝非一般的时光流逝、年华将暮的哀愁，而是和"世事"变化紧密联结的忧国忧民之情。与此诗同时作的《京师叛乱寄诸弟》说："弱冠遭世乱，二纪犹未平。羁离官远郡，虎豹满西京，上怀犬马恋，下有骨肉情。归去在何时，流泪忽沾缨。忧来上北楼，左右但军营。函谷行人绝，淮南春草生。鸟鸣野田间，思忆故园行。何当四海晏，甘与齐民耕。"其中所抒发的忧世难未平、悯齐民未安、伤羁离难归、痛骨肉分离的感情，正是"春愁"所涵盖的感情内容。这种复杂的忧思，使自己情怀黯然，夜难成眠，着一"独"字，突出了羁离远郡的孤寂感和无奈感。这一联将世乱和家庭骨肉的分离、百姓的流离困苦、自身的前途命运不着痕迹地融为一体、对偶工整，而上下贯通。与上一联一气蝉联，如行云流水，略无停顿，而抒发的感慨与忧思却深挚而悠长。

"身多疾病思田里，邑有流亡愧俸钱。"腹联上句承"春愁黯黯"，写在国难家离的忧思难以消解的情况下，想到自己身多疾病，对时局又无能为力，因而产生归休田里的念头，下句承"世事茫茫"，说自己忝为州郡长官，因军兴赋繁，百姓逃亡流离，却又无能为力，深感有愧于官吏的俸钱。话说得很平淡，仿佛脱口道出，却极真挚朴实，道出了一个有良心有同情心的官吏在面对国忧民困的现实时无力改变状况的自愧自责。由于这一联所抒写的感情在封建社会的一部分士人官吏中具有很大的普遍性和典型性，充分表现了他们既同情百姓又无力改变其现实处境的矛盾苦闷情绪，因而引起历代文士的共鸣。特别是由于诗人在抒写上述矛盾苦闷时，完全出自内心，出语真率自然，"无一字做作"，故读来倍感亲切，感到与诗人在精神上可以毫无距离地沟通。这种境界，最近陶诗之平淡真切、情味隽永。需要注意的是，诗人之所以思归田里，从诗面看似因"身多疾病"而起，但实际上真正的原因却缘"邑有流亡"所致。在滁州任上所作的另一首《答崔都水》诗中说:"珉税况重叠,公门极熬煎。责迨甘首免,岁晏当归田。"可见他的"思田里"之情主要还是由于作为地方官,不忍心向百姓催缴酷重繁多的赋税,与其被责免官,不如干脆归居田里,以免忍受内心的煎熬,故上下两句,虽似单行,意自互补。

在这种忧思苦闷难以消释的情况下,对友人的思念更加深切。尾联遂由一开头的因"逢君别"引起的怀念,进一步发展为对友人前来相会的热切期盼:"闻道欲来相问讯,西楼望月几回圆。"听说你俩有意前来慰问我这个羁守远郡、处境困难、心情苦闷的朋友,我已屡上西楼,翘首以待,但西楼之月已经数回圆,我们间的聚会却到现在还未实现。月儿圆而友人未来,是由于战乱道路的阻隔,还是由于别的原因,诗人没有说,也不必说。给读者留下想象的空间,情味更显得隽永。

寄全椒山中道士①

今朝郡斋冷,忽念山中客②。涧底束荆薪③,归来煮白石④。欲持一瓢酒,远慰风雨夕。落叶满空山,何处寻行迹?

[校注]

①全椒,唐淮南道滁州属县,今属安徽滁州市。宋王象之《舆地纪胜》:"淮南东路滁州:神山在全椒县西三十里,有洞极深。唐韦应物《寄全椒山中道士》诗,即此道士所居也。"未知所据,录以备参。诗作于兴元元年(784)秋任滁州刺史时。②山中客,指全椒山中道士。③束,《全唐诗》校:"一作采。"荆薪,荆条柴木。④煮白石,旧传神仙、方士煮白石为粮,借以指道士修炼。葛洪《神仙传·白石先生》:"常煮白石为粮,因就白石山居。"庾肩吾《东宫玉帐山铭》:"煮石初烂,烧丹欲成。"

[鉴赏]

如果要从近六百首韦诗中选出一首最能体现诗人胸襟气质、个性风神的作品,这首《寄全椒山中道士》无疑是首选。它的高妙之处,就在于纯任天然,纯凭诗性思维的自然流动,不加任何雕饰,一片神行,不可复制。虽通篇淡淡着笔,而所寄对象和诗人自己的风神毕现,所创造的清寂悠远而又充满人情味的意境更令人神远。在整个唐代诗人中,能创造出这种近于天籁式作品的,大约只有李白,尽管他们的个性似乎迥不相同。

"今朝郡斋冷，忽念山中客。"起二句自然淡远，如叙家常。身在郡斋，心念山中。"郡斋冷"的"冷"字，写的是一种复合的感觉，既是寒秋季节那种袭人的寒冷，又透出郡斋的清冷空寂，而由天气的寒冷与环境的冷寂所引起的心境的冷寂也隐隐传出。如此丰富的意蕴，只用极平常随意的一"冷"字便全部包括，却毫不着力，像是随口说出。这样的天气、环境氛围和心境，最易引起对友人的怀念。而所"念"的对象却是一位"山中客"——"全椒山中道士"。韦应物在地方官任上，多与方外之士交往，这自然与他高洁恬淡的个性密切相关，这些方外之士也就成为郡斋中的常客。《宿永阳寄璨律师》写道："遥知郡斋夜，冻雪封松竹。时有山僧来，悬灯独自宿。"即使诗人因事离郡斋外出，这些方外之友也时来独宿。从"山中客"这个称谓可以看出，这位全椒山中道士也是滁州郡斋中的常客之一。因此，诗人在寒冷空寂的环境氛围和清冷寂寞的心境中心念"山中客"，就显得非常自然，句首的那个"忽"字，下得既飘忽又自然，仿佛"忽"然想到却又自然会想到，诗人淡泊恬静的性格和对山中客的关切怀念都从中隐隐透出。

"涧底束荆薪，归来煮白石。"三、四两句紧承次句，遥想"山中客"的生活情景：从山涧深谷采集捆扎了荆条柴枝，回到所居之处来烧煮白石。"煮白石"本是道士的修炼方式之一，用它来点明"山中道士"的身份，点缀其日常生活情景，自很贴切。但诗人在这里主要想表现的是一种远离尘俗、清寂淡泊的生活品格、精神追求，一种清高自守的风貌。"煮白石"与其说是具体的修炼方式，不如说是清高绝尘精神风貌的象征。在遥想中，诗人的向往欣美之情也自然蕴含其中。

"欲持一瓢酒，远慰风雨夕。"山中的生活，是高洁绝尘的，也是清冷空寂的。诗人由"今朝郡斋"之"冷"，联想到"山中"之"冷"，因此自然产生持一瓢酒远慰在风雨寒秋之夕寂处山中的友人的念头。应物诗中，有《寄释子良史酒》《重寄》《答释子良史送酒瓢》一类的诗，其中有"秋山僧冷病，聊寄三五杯"之句，可见寄酒或持酒给方外僧道之事时有之，并非一般的应酬之词。从"远慰风雨夕"之句，可以想象诗人在风雨之夕，与山中客对床共话的诗意场景。前两句将山中客的生活与精神风貌渲染得那样清高绝尘，仿佛不食人间烟火，这两句却将对友人的怀念与关切写得那样充满了温煦亲切的人情味。二者相映相衬，展现的境界既清静幽寂，又温暖安恬，这也正是诗人心灵世界的全面展示。

"落叶满空山，何处寻行迹？"结尾紧承五、六两句，仍写遥想中的情景：值此风雨寒秋之夕,萧萧落叶,布满了整座空寂的山林,山中人行踪本就飘忽不定,又哪里能从落叶满径中寻找你的行迹呢?这种诗句是绝不能从字面上去寻求它的含意的,以为诗人是欲寻山中友人而担心寻找不到,或者是为欲前往山中而终未去找原因,死于句下,不免把诗境破坏无遗。诗人的真意是通过诗意的想象创造出一种较前面所描写的情景更加空灵悠远、令人神远的意境。它所表现的与其说是寻而不可得的失落和茫然,不如说是对这种空灵缥缈、杳远难寻的境界的神往。诗的实际艺术效果也正是引导读者对"落叶满空山"之境的欣赏与陶醉。这首诗的超妙绝诣,固然与整体的浑融完美、一片神行密切相关,但关键却在此一结,它把诗的境界提升到了一个更高远缥缈的层次。

滁州西涧①

独怜幽草涧边生②,上有黄鹂深树鸣③。春潮带雨晚来急④,野渡无人舟自横。

[校注]

①兴元元年(784)冬,韦应物罢滁州刺史,寓居滁州西涧。此诗当是贞元元年(785)春所作。诗人于贞元元年元日作《岁日寄京师诸季端武等》云:"少事河阳府,晚守淮南墙。……昨日罢符竹,家贫遂留连。……听松南岩寺,见月西涧泉。"《大明一统志》卷十八滁州:"西涧,在州城西,俗名乌土河。"即上马河。②独,最、特别。怜,爱。杜甫《题李尊师松树障子歌》:"已知仙客意相亲,更觉良工心独苦。"③黄鹂,黄莺。④春潮,形容水势如春潮之涌,非实指通长江之海潮。西涧系小河,不可能通潮。

[鉴赏]

读这首诗,有两点需要注意。一是首句一开头的"独怜"二字,并不只指"幽草涧边生"而言,也不仅包前两句,而是直贯篇末,统指诗中所描绘的所有景象以及由它们所构成的意境。二是诗中所描绘的景象,并不处在同一时间段,具体地说,前两句是晴昼之景,后两句则是雨暮之景,当然地点都是"滁州西涧"所见所闻。

"独怜幽草涧边生。"首句写涧边幽草,系俯视所见。西涧沿岸,幽草丛生,这景象极平常而不起眼，而诗人却"独怜"（特别喜爱）之。是因为它虽处于幽僻之境不为人所注意却欣欣然有生意而偏爱它，还是由于诗人自身对幽静景物有一种天然的爱好使然？似乎兼而有之。

"上有黄鹂深树鸣。"次句写深树鹂鸣，系仰听所闻。西涧岸边，有茂密的树林，时值暮春，黄鹂的鸣声时不时地从茂密的树林中传出。黄鹂的鸣叫声，流美清脆，这声音仿佛是破静的。但曰"深树"，曰"有"，透露出整个环境是深幽的、寂静的，只是从密林深处偶或传来那么一阵两阵黄鹂的鸣叫。这样的"鸣"，正反衬出了整个环境的幽静，就像长夏永昼，偶闻蝉噪，更感环境之寂静一样。以上两句，描绘的是暮春晴昼之景，如果是像三、四句那样的雨骤风急之景，黄鹂是不会欢快鸣叫的，即使鸣叫，也会被风雨声所淹没而听不到。诗人《幽居》云："微雨夜来过，不知春草生。青山忽已曙，鸟雀绕舍鸣。"写景抒情，与前二句相似，可供参校。

三、四两句，转写西涧雨暮之景。前后幅之间的时间推移过渡，诗人采用暗场处理，略去不写，但"独怜"之情，仍一意贯串。第三句"春潮带雨晚来急"，描绘的是带有明显动态感的景象。春天的傍晚，西涧上下起了急雨，刮起了风，河水陡涨，风卷浪涌，其势如潮；风助雨势，潮涌雨急。单看这一句，也许会觉得不但所写的客观景象富于动荡之感，而且诗人的主观感情和心态也并不平静，但三、四两句是一个整体，写"春潮带雨晚来急"，正是要托出第四句"野渡无人舟自横"来。在雨骤风急潮涌的河面上，一只孤零零的渡船正悠悠然地横躺在那里。因为是荒郊野渡，行人本就稀少，加以风急雨骤，更是行人断绝，那条渡船在风吹浪涌中，便兀自横转船身，晃晃荡荡地在水面上转悠。"野渡无人舟自横"的景象，可以出现在不同的时间和气候条件下，本身有其相对的独立性，故每被摘句者孤立地拎出来欣赏。但在这首诗里，它是和特定的时间、特定的气候条件所构成的环境背景紧密相连的，即与"春潮带雨晚来急"紧密相连，浑然一体，不可分割。因此，统观三、四两句，诗人所要表现的乃是在风急雨骤浪涌这种具有明显动荡感的环境反衬下的寂静和悠然，"晚来急"与"舟自横"正形成鲜明的对比。潮之涌，风之急，雨之骤，恰恰反衬出了这"无人"野渡的荒寂幽静和一叶横舟的悠然自适。而诗人的那份静观雨骤潮涌舟自横景象的幽闲自得情趣也就更加突出地表现出来了。

诗中所写的景象，并非一味的幽静悠闲，其中既有第二句所写的黄鹂鸣于深树的景象，更有第三句所描绘的雨骤潮涌的景象，但它们在诗中所起的作用却是反衬整体环境的幽静和心境的悠闲。正是这些景象的反衬，使整体环境的幽静和心境的悠闲更加突出，也使这种幽静与悠闲不致陷于死寂与幽冷，而是一种带有生意的幽静和悠闲。

吴乔曾激烈批评唐诗被宋人说坏，从这首诗的诠释史看，他的批评不无道理。尽管谢枋得以牵强附会的诠释遭到后代评家的尖锐指责，但善解诗者如黄生却仍说"全首比兴"，直至当代，仍有谢说的余响，可见这种穿凿之风流毒之深远。

钱起

钱起(？—782或783),字仲文,吴兴(今浙江湖州)人。天宝十载(751)登进士第。释褐秘书省校书郎。曾奉使入蜀。乾元二年(759)至宝应二年(763)春,在蓝田尉任,与王维唱酬。大历中历拾遗、祠部员外郎、考功员外郎,官终考功郎中。约建中三或四年卒。高仲武《中兴间气集》选大历诗人之作,以钱起冠首。《新唐书·卢纶传》谓"与郎士元齐名",姚合选《极玄集》,于李端下谓其"与卢纶、吉中孚、韩翃、钱起、司空曙、苗发、崔峒、耿湋、夏侯审唱和,号'十才子'"。有集十卷,《全唐诗》编其诗为四卷。钱起为大历十才子和整个大历诗风的代表人物,在当时有盛名,但诗实工稳而平庸。偶有佳作,除《省试湘灵鼓瑟》当时即有盛誉外,均未入《中兴间气集》《极玄集》等选,可见其时之诗坛好尚。

钱 起

归 雁[①]

潇湘何事等闲回[②]？水碧沙明两岸苔[③]。二十五弦弹夜月[④]，不胜清怨却飞来[⑤]。

[校注]

①大雁秋天南飞，春天北归，故称"归雁"。作诗时诗人身在北方。瑟曲有《归雁操》。②潇湘，潇水和湘水合流一带地区。潇水源出今湖南宁远县九嶷山，至永州西北汇入湘水。这一带相传是雁南飞止宿之处，附近的衡山有回雁峰，旧有雁南飞不过衡阳之说。等闲，轻易，无端。③苔，苔藓，生长在潮湿的地方，传为雁所喜食。杜牧《早雁》："莫厌潇湘少人处，水多菰米岸莓苔。"④二十五弦，指瑟。《史记·孝武本纪》："泰帝（即太昊伏羲氏）使素女鼓五十弦瑟，悲。帝禁不止，故破其瑟为二十五弦。"弹夜月，在月夜下弹奏。此暗写湘灵月下鼓瑟。⑤不胜，不能禁受。清怨，指瑟所奏出的凄清怨慕的声音。却，返。却飞，犹返飞，即"归"也。

[鉴赏]

在中国古代诗歌中，雁作为一种诗歌意象，经常与乡思羁愁联系在一起。咏雁的诗，也因此而具有大体相近的构思套路。这首题为《归雁》的小诗，却完全跳出习惯性的构思，别出心裁地将雁之"归"与音乐的强烈感染力联系在一起。通过想象，创造出凄清悠远的意境，并具有摇曳的风神和不尽的韵味。

诗人身处北方，春天见南雁北归而触发诗思。衡山有回雁峰，相传雁南飞不过衡阳，潇湘一带，正是南飞的大雁止宿之地。春来南雁北归，本是作为候鸟的大雁的习性使然，诗人却似乎故作不知，劈头发问："潇湘何事等闲回？"在潇湘待得好好的，为什么轻易地飞回北方了？发端新奇而突兀，给读者留下了悬念。

"水碧沙明两岸苔。"次句紧承"何事等闲回"，补充说明"潇湘"之美好宜居。"潇"字本身就是形容水之清深的。《水经注·湘水》："二妃从征，游于湘江，神游洞庭之渊，出入潇湘之浦。潇者，水清深也。"故说"水碧"。"沙明"，则是形容湘江岸边的平沙，一片白色，皎洁如霜。"两岸苔"，则显示这一带雁的食料丰富。诗人用清词丽句，展现出一个清澄皎洁、安恬丰美的境界，进一步突出了对大雁"何事等闲回"的疑问，从而逼出三、四两句的转折和对疑问的解答。

"二十五弦弹夜月"，"二十五弦"是瑟的代称。是谁在月色似水的夜间弹奏清瑟？或谓是诗人自己弹瑟，恐非。下句明言"不胜清怨"，显示雁是由于不能禁受瑟声的悲怨而从弹奏之地潇湘飞归北方的。如果是诗人自己弹瑟而雁飞来，那根本不是什么"不胜清怨"，而是为瑟声之清怨所吸引才飞来了，这跟诗人的原意显然不符。根据"潇湘何事等闲回"的发问和二妃溺于湘江，"出入潇湘之浦"的传说，以及湘灵鼓瑟的记载，特别是诗人《湘灵鼓瑟》中"流水传潇浦"的诗句，这弹瑟者自是非湘灵而莫属。而在皎洁静谧的月夜，瑟声显得更为凄清幽怨。

"不胜清怨却飞来。"这就水到渠成地引出了末句，对首句提出的疑问作了解答：大雁是由于不能禁受湘灵弹奏的瑟声中传出的无限凄清幽怨之情而离开如此清澄幽洁、美好丰饶的潇湘之地，飞归北方的。

诗题为"归雁"，着眼处似乎在那个"归"字。从表面上看，诗好像就是为了解释潇湘的雁何以从如此清澄丰美的地方北归，原因就是"不胜"湘灵鼓瑟的"清怨"。那么，诗人是在渲染大雁的通晓音乐、具有人的情感吗？似乎不像。那么，诗人是意在通过雁的"不胜清怨"而强调湘灵之善于鼓瑟吗？是渲染湘灵鼓瑟的艺术感染力吗？或者更进一层，是为了渲染湘灵通过鼓瑟所表达的无限凄清幽怨之情吗？好像都是，又好像都不足以概括诗的意蕴。如果对诗作通体的玩赏，就不难发现，诗人是就月夜归雁展开一系列诗意的想象，创造出一个明净清澄、高远寥廓，而又凄清寂寥、充满幽怨的境界。在这个境界中，北归的大雁、鼓瑟的湘妃和"不胜清怨"的诗人境似而情通，三位而一体，都融成一片，与境俱化了。问答的方式和起承转合的艺术则更增添了摇曳的风神和不尽的韵味。

韩翃

韩翃,字君平,南阳(今属河南)人。天宝十三载(754)登进士第,代宗宝应元年(762),淄青节度使侯希逸辟为掌书记,检校金部员外郎。永泰元年(765),希逸为部将所逐,翃随其还朝。在京闲居期间,与钱起、卢纶等唱和。约大历六年(771)曾居官长安。八年初,曾在滑州令狐彰幕。后入汴宋节度使田神功幕,九年神功卒,曾至长安。神玉继任,翃仍为从事。十一年神玉卒,汴州兵乱,节镇数易,翃仍先后留李忠臣、李希烈、李勉幕。德宗建中元年(780),除驾部郎中、知制诰,迁中书舍人。约贞元初卒。翃为"大历十才子"之一。与歌妓柳氏的悲欢离合故事,为许尧佐写成传奇《柳氏传》。有诗集五卷,《全唐诗》编其诗为三卷。

寒 食①

春城无处不飞花②，**寒食东风御柳斜**③。日暮汉宫传蜡烛，轻烟散入五侯家④。

[校注]

①《文苑英华》卷一百五十七题作《寒食日即事》。寒食，节日名，在清明节前一日或二日。《荆楚岁时记》："去冬节（冬至日）一百五日，即有疾风甚雨，谓之寒食。禁火三日，造饧大麦粥。"寒食节及禁火之俗起源甚早，至晋陆翙《邺中记》、范晔《后汉书·周举传》始附会介子推事[介子推随晋公子重耳出亡于外十九年，重耳回国后为君（晋文公），赏赐随从诸臣，介子推不言功，禄亦不及，隐于绵山。文公觅之，焚绵山，之推抱树而死。后人为纪念他，遂于冬至后一百五日禁火]。②春城，指春天的长安城。③御柳，指宫苑中的柳。当时风俗，寒食节折柳插门。④汉宫，借指唐宫。《唐辇下岁时记》："清明日取榆柳之火以赐近臣。"元稹《连昌宫词》："初届寒食一百六，店舍无烟宫树绿……特敕街中许燃烛。"《西京杂记》："寒食日禁火，赐侯家蜡烛。"五侯，《汉书·元后传》：河平二年（前27），汉成帝悉封诸舅：王谭为平阿侯、王商为成都侯、王立为红阳侯、王根为曲阳侯、王逢时为高平侯。五侯同日封，故世谓之"五侯"。又《后汉书·宦者传》：东汉桓帝封宦官单超新丰侯、徐璜武原侯、具瑗东武阳侯、左悺上蔡侯、唐衡汝阳侯。五人亦同日封，故世亦谓之五侯。

[鉴赏]

在"大历十才子"中，韩翃的诗风最接近盛唐，这在他的七古与七绝中，体现得尤为明显。

这首擅名当时的七绝，描绘帝京寒食景象。寒食节有两个最突出的特征：一是暮春的时令特征，二是节俗的禁火特征。七绝篇幅有限，更应集中笔墨，描绘主要特征。但由于是在京城长安，因此在描绘时令及节俗特征时又要紧扣帝京的特点，写出帝京寒食特有的景象。这首诗正是以帝京为主轴，分别描绘帝京寒食节的时令特征和节俗特征。并通过这种描绘，渲染出一种繁华贵盛的承平气象。

"春城无处不飞花，寒食东风御柳斜。"前两句当一气读。用春城代指长安，是诗人的创造，不仅渲染出帝京长安的繁华富丽、春天的生机活力，而且透露出诗人置身长安，触处皆春的主观感受。这种"触处皆春"的感受，用"无处不飞花"来形容渲染，确实是再恰当不过的了。单看这五个字，眼前也许会浮现长安的大街小巷、宫廷池苑，处处花瓣飘飞的景象，但联系下句的"东风"和"柳"特别是暮春的时令，就不难发现诗人所说的"飞花"，实际上是指漫天飘飞的柳絮。一般的春花，如桃、李、杏、梨等花，在盛开至快凋谢时，东风起处，自然也会飘散陨落，但不会像杨花那样，漫天飞舞，因此"飞花"的"飞"字，正是对杨花柳絮在东风吹拂下满城飞舞的准确形容。这样理解，也许少了一点繁花似锦的鲜艳色彩，但却更传神地体现出暮春的节令特征和满城柳絮飘飞的热闹气息。次句明点"寒食"，不仅点题，且明示时令。这漫天飞舞的杨花柳絮，再加上随风飘拂摇曳的柳枝，将暮春的帝京长安春天的繁盛热闹气氛和婀娜风流的韵致生动地呈现在读者面前。次句点出"御柳"，既为三、四句"汉宫"作引，又为"传烛"伏脉（取榆柳之火以赐近臣）。而"东风"则纵贯全篇，既上应"无处不飞花"，又照应本句"御柳斜"，更下启"轻烟散入"，勾连上下，使全篇浑然一体。

"日暮汉宫传蜡烛，轻烟散入五侯家。"三、四两句转写寒食的节俗特征，却紧密结合着帝京来写——赐火。寒食例须禁火。但帝王权贵却可比一般百姓享有等级制度规定的特权。点出"日暮"，表明时间的推移，且为"传烛"作引。"传蜡烛"之"传"，即含有依次转授之意。宫中先以榆柳取新火以燃烛，然后再依照地位的高低，先显宦近臣，后一般官吏，然后及于民间。窦叔向《寒食日恩赐火》云："恩光及小臣，华烛忽惊春。电影（指火种）随中使，星辉拂路人。幸因榆柳暖，一照草茅贫。"可以清楚看出"蜡烛"由宦官从宫中依次传出的顺序：先贵近（窦诗中略去，从"恩光及小臣"句可想），后小臣，后平民。这里截取的正是"传火"过程中最早也最风光的一幕：威风凛凛的宦官骑着高头大马，将蜡烛新火首先传递给显赫的权贵近臣，让他们最先享受到皇帝的恩宠。随着走马传送的嘚嘚蹄声，"五侯"之家纷纷升起了新火带来的缕缕轻烟。"轻烟散入"四字，正形象地表现了"五侯"所首先享受到的恩光和荣耀。诗人在描绘这种景象时，明显带有欣美、欣赏、向往的感情色彩。他是把"传火"先及"五侯"的场景当作寒食节的一道风景、一桩盛事来描绘渲染的。"五侯"在这里只不过是一个符号，是显贵之家的代称，关键的问题是诗人的口吻神情中所流露的感情究竟是欣美还是厌恶。

自清初高士奇、贺裳等人首创讽刺之说以来，后世解此诗者纷纷附和，除讽刺对象究竟是指贵戚还是宦官有分歧外，在寓讽这一根本点上几乎是空前一致（除俞陛云持不同意见外）。实际上，这种说法无论是从这首诗本身的神情口吻、形象意境上看，还是从韩翃现有的全部诗作看，都找不出任何实际依据。我们看他的《羽林骑》《赠张千牛》《少年行》等作，虽所写对象不过是羽林军骑、千牛将军乃至游侠少年，但神情口吻之间流露的已全是欣美之情，更不用说寒食先受赐火恩宠的"五侯"了。但也不必因此而贬低这类作品。作为京城寒食特征景象的素描，这首诗写得既华美清丽，又潇洒轻扬，生动地展现出繁华贵盛的帝京气象，自有其美学价值。人为地拔高其思想价值，或斥之为粉饰升平，似乎都不尽符合实际。作品所描绘的客观现象可能会引发读者皇恩先及权贵的联想，但这和诗人主观上是否寓讽是两回事。至于德宗赏爱此诗的同一事实，或因此得出讽刺微婉的结论，或相反得出德宗有感悟之意而特用之的结论，那就更是任意评说，毫无定准了。

郎士元

郎士元，字君胄，定州（今属河北）人。天宝十五载（756）登进士第。宝应元年（762）补渭南尉。广德二年或永泰元年（764或765）入朝为拾遗。大历中后期为员外郎。大历后期出为郢州刺史。后曾任某司郎中。卒于建中末或贞元初。诗与钱起齐名，时称"前有沈、宋，后有钱、郎"。《中兴间气集》谓"自丞相以下，出使作牧，二君无诗祖饯，时论鄙之……就中郎公稍更闲雅，近于康乐"。《全唐诗》编其诗为一卷。

送杨中丞和蕃①

锦车登陇日②，边草正萋萋③。旧好寻君长④，新愁听鼓鼙⑤。河源飞鸟外⑥，雪岭大荒西⑦。汉垒今犹在，遥知路不迷。

[校注]

①杨中丞，御史中丞杨济。《旧唐书·吐蕃传下》："永泰二年（766）二月，命大理少卿兼御史中丞杨济修好于吐蕃。"诗当作于其时。蕃，指吐蕃。②锦车，以锦为饰的车。《汉书·西域传下·乌孙国》："冯夫人锦车持节，诏乌就屠诣长罗侯赤谷城，立元贵靡为大昆弥，乌就屠为小昆弥，皆赐印绶。"颜师古注引服虔曰："锦车，以锦衣车也。""锦车"因而常用作出使外国或边地使车的美称。虞世南《拟饮马长城窟》："前途锦车使，都护在楼兰。"陇，陇山，在今陕西、甘肃交界处。赴西北边地或吐蕃须度越陇山。③萋萋，草茂盛貌。④旧好，指唐与吐蕃素为友好的与国。《新唐书·吐蕃传上》："（贞观）十五年，妻以宗女文成公主，诏江夏王道宗持节护送，筑馆河源王之国。弄赞率兵次柏海亲迎，见道宗，执婿礼恭甚。""中宗景龙二年，还其昏使……明年，吐蕃更遣使者纳贡，祖母可敦又遣宗俄请昏，帝以雍王守礼女为金城公主妻之。"故唐与吐蕃素为舅甥之国。君长，指当时吐蕃的首领。寻，《全唐诗》校："一作随。"⑤鼓鼙，军中的大鼓与小鼓，此借指战伐之声。广德元年（763）后，吐蕃连年入侵，战争激烈。⑥河源，指黄河发源地一带。《新唐书·吐蕃传上》："玄宗开元二年，其相坌边延上书宰相，请载盟文，定境于河源。"《旧唐书·吐蕃传上》："（开元）十八年……诏御史大夫崔琳充使报聘。仍于赤岭各竖分界之碑，约以更不相侵。"赤岭在今青海西宁西，亦近河源一带。⑦雪岭，泛指吐蕃境内积雪的山岭。大荒，荒远的边地。

[鉴赏]

这首送大理少卿兼御史中丞杨济赴吐蕃修好的五律，作于永泰二年（766）二月。吐蕃自代宗广德元年（763）以来，连年侵扰。元年十月，寇泾州，犯奉天、武功，京师震骇，代宗奔陕州，吐蕃入长安。二年（764）八月，仆固怀恩引回纥、吐蕃十万众将入寇，京师震骇，十月，怀恩引回纥、吐蕃至邠州。又围凉州。永泰元年（765）九月，仆固怀恩诱回纥、吐蕃、吐谷浑、党项、奴剌数十万人同时入寇,吐蕃大将尚结悉赞摩、马重英等从北路往奉天。十月,吐蕃退至邠州,遇回纥,又联合入寇,至奉天,围泾州、屯北原。永泰二年二月命杨济修好于吐蕃,正是在吐蕃连年侵扰的形势下,唐王朝被迫所采取的一次修好行动。这种特殊的形势和背景,对于理解这首诗的内容意蕴,有着重要的意义。

"锦车登陇日,边草正萋萋。"首联想象杨中丞使车登陇时的情景。陇山在唐代繁荣昌盛的时代,只是一道天然的地理分界线,陇山东西虽自然风物殊异,却离唐王朝西北的边境很远。但安史之乱以来,陇右、河西两镇精兵内调,边防空虚,吐蕃陆续攻取两镇所属各州。特别是广德元年以后数年间,西北数十州相继失守,自凤翔以西、邠州以北,均成吐蕃领地。陇山因此也成了当时唐、蕃之间实际的边界。装饰华美的锦车本是天朝上国使臣身份显赫的标志,茂盛的春草本应给人以生机盎然之感,但一将"登陇"与"边草"联系起来,便自然透露出唐王朝在内忧外患的夹攻中疆土逼仄的现实处境,而诗人和被送者目接或想象此境时的悲凉感触也隐隐传出。如果单纯将此联看成点杨中丞启程时季候景物,不免浅会诗意。

"旧好寻君长,新愁听鼓鼙。"颔联点题内"和蕃"。唐与吐蕃自唐太宗下嫁文成公主、中宗下嫁金城公主以来,世为舅甥之国,开元中又于赤岭会盟立碑,约以更不相侵,故称吐蕃为"旧好"。但如今这素称甥国的"旧好"却趁乱屡次侵掠占领唐王朝的领地,致使作为天朝上国的唐朝竟不得不屈尊派遣使臣,不远万里,前往修好。"寻君长"的"寻"字值得玩味,说明唐王朝的君主如今已不再像强盛时那样,高居长安宫阙,坐等吐蕃来朝贡,来求亲,而是特遣使臣、寻访对方的君长,以求修好了。强弱态势的互易,导致了主宾的易位,"寻"字中正透出一种屈辱的悲凉和感慨。下句"新愁听鼓鼙"补足上句,正指吐蕃连年入侵,战事不断,京师告急的情景,这也正是"旧好寻君长"的现实背景。就在杨中丞出发前数月,吐蕃即有一次联合回纥入侵的军事行动,故说"新愁"。"听"字加强了战争不断进行的现场感和紧急气氛,它使上句的"寻"字中包含的无奈更加突出了。

"河源飞鸟外,雪岭大荒西。"腹联进一步遥想杨中丞出使吐蕃途经河源、雪岭一带的情景。黄河源头一带,昔日唐王朝强盛时,是唐、蕃分界之地,如今已经成为飞鸟所不能及的吐蕃腹地,说"飞鸟外",正见其远出天外,而诗人翘首遥望凝望之态亦如在目前。下句"雪岭"非指岷山雪岭,因为岷山之东为成都平原,沃野千里,不应称"雪岭大荒西"。此"雪岭"当指吐蕃境内诸积雪皑皑的群山,其山岭正处荒远的青藏高原之西,故云。这一联境界壮阔,气象雄浑,声调高亮,骨格遒劲，俨然盛唐余响，向被评家推为佳联，但和前后诸联联系起来体味，却感到在雄浑壮阔、高亮遒劲之中隐隐透出一种旷远孤寂感，这正是时代衰飒氛围在诗人心中的投影。

"汉垒今犹在，遥知路不迷。"汉垒，即唐垒，指唐朝盛时在河源一带地区所筑的营垒，非指汉时的营垒（纪昀谓"汉有征蕃之垒"，非）。尾联承腹联"大荒"之语，谓杨中丞一行值此旷远孤寂之境，虽一路辛苦寂寞，但盛时唐军所筑旧垒犹在，尚可指引路程，不致迷误，言外则见昔日之营垒，犹可想见当时国家之强盛，找回一点自信。诗也就在透露出一丝乐观的气息中结束。"遥知"二字总绾全篇。

耿湋

耿湋（736—787），字公利，蒲州（今山西永济）人。宝应二年（763）登进士第，任左卫率府仓曹参军。约广德二年（764）改盩厔尉。约大历初因王缙荐，擢左拾遗。大历九年（774）秋奉使往江淮括图书。十二年坐元载、王缙事贬许州司仓参军，量移郑州司仓参军。约建中三年（782）任河中府兵曹参军。转京兆府功曹参军，贞元三年（787）廿六卒于任。长于五言古诗。在"大历十才子"中，耿湋的诗风比较朴素少雕饰，善写世态人情与乱离荒凉景象，前者如《春日即事》（其二）、《邠中留别》，后者如《宋中》（日暮黄云合）、《路旁老人》、《秋日》。《全唐诗》编其诗为二卷。生年见《唐故京兆府功曹参军耿君墓志铭并序》。

秋　日

返照入闾巷①，忧来谁共语？古道少人行，秋风动禾黍②。

[校注]

①返照，夕阳反射的光照。闾巷，犹里巷。②《诗·王风·黍离》："彼黍离离，彼稷之苗。行迈靡靡，中心摇摇。知我者，谓我心忧；不知我者，谓我何求。""秋风动禾黍"与次句"忧来"均化用其意。《诗序》曰："《黍离》，闵宗周也。周大夫行役至于宗周，过故宗庙宫室，尽为禾黍，闵周室之颠复，彷徨不忍去而作是诗也。"

[鉴赏]

这首仄韵五绝虽以"秋日"为题，内容却不只是描绘一般的秋日萧瑟景象，而是渲染一种乱后荒凉萧条、空寂凄清的境界，渗透万绪悲凉、无可告语的忧思，虽思深而忧广，表现却朴素含蓄，极富韵味。

"返照入闾巷。"起句写秋日的残阳斜照映入深幽的里巷之中。闾巷本是平民百姓聚居之处，在承平年代，无论城市乡镇，闾巷中传出的是热闹喧闹的人间生活气息，即使在渭川那样的隐居之地，也照样有"斜阳照墟落，穷巷牛羊归。野老念牧童，倚杖候荆扉"这种和平安恬、充满人情味的景象。可是眼前的这条"闾巷"却空寂寥落，杳无人迹（从下文"谁共语""少人行"可知）。秋日惨淡的斜阳残照映入这空荡荡的闾巷，更增添了空寂凄清、荒凉萧森的色彩。

"忧来谁共语？"次句由环境氛围转到诗人自身的情思上来。劈头一个"忧"字，揭示出诗人身处此境时自然触发的忧思。这种忧思，和末句的"秋风动禾黍"联系起来，明显是化用《诗·王风·黍离》"彼黍离离，彼稷之苗。行迈靡靡，中心摇摇。知我者，谓我心忧；不知我者，谓我何求"之语、意，具体指对于国家命运的深切忧思和对乱后荒凉残败景象的无限忧伤。而这种忧思和忧伤，虽触绪万端，不可断绝，却无可告语。之所以如此，表面上似是因为眼前空寂无人，找不到倾诉的对象，但更深层的意蕴，则未尝没有"众人皆醉我独醒"之意。就以同时酬唱的"大历十才子"来说，在钱起、韩翃、李端等人的诗作中，对于乱后暂时出现的表面承平气象的歌颂乃至粉饰已经显露端倪。在这种诗坛风气中，耿湋也许真感到自己"忧来谁共语"了。这是一种独醒者的寂寞与深忧。

"古道少人行，秋风动禾黍。"三、四两句由空廓萧森的"闾巷"转到寂无人行的"古道"，随步换形，写古道所见的另一种荒凉景象。行走在眼前这条历史悠久的"古道"上，昔日车马交驰、行人熙攘的景象不见了，路上杳无人迹，只见道旁的田野上，秋风萧瑟，吹动田中的禾黍，摇荡不已，沙沙作响。禾黍在秋风中摇荡的景象，正烘托出村巷的空寂无人，荒凉萧条。而目睹此景象的诗人，自不免中心摇摇，触绪百忧，难以为怀。诗以景结情，不着一字正面抒情，而诗人的忧国伤世情怀已充溢流注于笔端。这样的结尾，极隽永而有韵味。

卢纶

卢纶(约744①—约798),字允言,蒲州(今山西永济)人。安史乱起,避乱寄居鄱阳。大历初,数举进士不第。约大历六年(771),经宰相元载推荐,补阌乡尉,迁密县令。后因王缙荐,为集贤学士、秘书省校书郎。十二年元载、王缙获罪,纶坐累去官。十四年调陕府户曹。建中元年(780)任昭应令。兴元元年(784)入河中节度使浑瑊幕。贞元十三年(797)秋,因其舅韦渠牟推荐,超拜户部郎中,未几卒。纶与吉中孚、韩翃、钱起、司空曙、苗发、崔峒、耿湋、夏侯审、李端皆能诗齐名,号"大历十才子"。宪宗诏中书舍人张仲素访集遗文,文宗遣中人悉索家笥,得诗五百篇。《全唐诗》编其诗为五卷。今人刘初棠有《卢纶诗集校注》。

[注释]

①旧据《纶与吉侍郎……》云:"八岁始读书,四方遂有兵……是月胡入洛,明年天陨星。"天宝十四载十二月,安史叛军攻陷洛阳。是年卢纶八岁,则当生于天宝七载(748),然据其父卢元翰撰妻《韦氏(卢纶生母)志》,韦氏天宝元年与元翰结婚,四载三月卒,则纶当生于天宝二年或三载。

和张仆射塞下曲六首[①]

其 二
林暗草惊风[②],将军夜引弓。平明寻白羽[③],没在石棱中[④]。

其 三
月黑雁飞高,单于夜遁逃[⑤]。欲将轻骑逐[⑥],大雪满弓刀。

[校注]

①张仆射,有二说,文研所《唐诗选》谓指张延赏。《旧唐书·张延赏传》:"张延赏,中书令嘉贞之子……贞元元年,以宰相刘从一有疾,诏征延赏为中书侍郎、同中书门下平章事。与凤翔节度使李晟不协,晟表论延赏过恶,德宗重违晟意,延赏至兴元,改授左仆射。……贞元三年……复加同中书门下平章事……七月薨,年六十一。"张延赏《塞下曲》原作已佚,卢纶和作六首,作于河中浑瑊幕期间。这组诗最早见于令狐楚编选之《御览诗》,题作《塞下曲》。第三首"月黑雁飞高"一作钱起诗,非。傅璇琮《唐代诗人丛考·卢纶考》、吴汝煜《全唐诗人名考》及陶敏《全唐诗人名考证》则均谓题内之"张仆射"指建封。傅《考》云:"据《旧唐书》卷一四〇《张建封传》:'贞元四年,以建封为徐州刺史,兼御史大夫、徐泗濠节度支度营田观察使。……十二年,加检校右仆射。十三年冬,入觐京师,德宗礼遇加等……'张建封卒于贞元十六年……卢纶此诗有极大可能作于贞元十三年冬张建封入朝及第二年贞元十四年(797—798)还朝期间……卢纶当是在张建封入朝时,为称颂张建封的武功而作此诗。"陶敏《考证》引权德舆《张建封文集序》"歌诗特优,有仲宣之气质,越石之清拔",以证建封之能诗。而刘初棠《卢纶诗集校注》则据组诗第六首"亭亭七叶贵"之句,谓建封父张玠乃一介白衣,而延赏祖孙三代为相。卢纶此诗当和延赏作,或作于贞元二年(786)秋。按:刘说较优,兹从之。陈尚君疑此张仆射指曾任尚书左仆射之张献甫,系卢纶弟媳之父。详《卢绶墓志》。②《易·乾》:"云从龙,风从虎,圣人作而万物睹。""草惊风",暗示有虎。③白羽,指羽箭尾部装置的白翎。④没,陷入。石棱,石头的棱角,亦指多棱的山石。此指后者。《史记·李将军列传》:"广出猎,见草中石,以为虎而射之,中石,没镞,视之,石也。"此二句暗用其事。又,《韩诗外

传》卷六："昔者楚熊渠子夜行，见寝石，以为伏虎，弯弓而射之，没金饮羽，下视，知其为石。"事与之相类。《吕氏春秋·精通》："养由基射兕中石，石乃饮羽，诚乎兕也。"⑤单于，汉时匈奴君长的称号。此借指当时北方民族的君长。⑥将，率领。轻骑，轻装快捷的骑兵。逐，追逐。《六韬·五音》："夜半，遣轻骑往至敌人之垒。"

[鉴赏]

卢纶《和张仆射塞下曲六首》，是一组组织严密、首尾完整的五绝组诗。六首分写军中操练、将军夜猎、追逐遁敌、宴饮庆功、呼鹰射雉、功高不名。刘永济《唐人绝句精华》云："此题共六首，乃和张仆射之作，故诗语皆有颂美之意，与他作描绘边塞苦寒者不同。"颂美的具体对象，当即张延赏。从和作推测，张延赏的原唱当亦写军中生活及征战庆赏等情事。文研所《唐诗选》谓"卢纶答和此诗时，正在浑瑊镇守河中的幕府中当幕僚。"似可从。在河中浑瑊幕期间，卢纶有《腊日观咸宁王部曲娑勒擒豹歌》，内容、风格与《塞下曲》近似，可为旁证。但诗并非歌颂浑瑊之作。

先看第二首。这一首写将军夜猎，其素材可能与诸多古籍中所载射石没羽之事，特别是流传最广的李广射石没镞之事有关，但这首诗却并非单纯敷演古事，而是借此富于戏剧性的素材表现将军的神勇，为第三首追逐遁敌渲染声势。

首句"林暗草惊风"，以突兀之笔凌空起势，渲染紧张氛围。漆黑的夜晚，幽暗的丛林中忽然传出一阵迅猛急疾的风声，使草丛猛烈摇动。着一"惊"字，不仅传神地表现出风之劲疾倏忽，草之披靡偃伏，且宛闻风声之杂沓呼啸。而林之暗、风之劲、草之惊，又暗示猛虎即在近处伺伏，使人联想到其随时跃出、森然欲搏人的态势。这一句纯从将军的视觉、听觉感受着笔，虽无一字写到虎，但却传神地渲染出了猛虎近在咫尺、跃然欲出的紧张气氛。

次句紧承，写将军引弓射虎。点明"夜"字，既应上"林暗"，又启下"平明"。上句极形情势之紧急。这一句写将军射虎，却显得气度从容而自信。"夜引弓"三字，殊可玩味。暗夜幽林之中，目不能辨，虽疑其有虎，却看不到对象，"引弓"而射，全凭循声辨踪的敏锐感受和应声而射的高超射技。故此句虽只平平道来，却自具一种从容镇定的大将风度。

"平明寻白羽，没在石棱中。""夜引弓"的战果如何？将军并没有立即寻检，这是因为将军基于对自己射艺的高度自信，早已料其必中鹄的，无须当场检验，只需明日清晨再清点战果即可。但结果却让人大出意料：昨夜射出的箭，没有射中猛虎，却射中了一块棱角凸起的巨石。写到这里，才透露出"将军夜引弓"之举乃是对"林暗草惊风"现象的一种错觉，而暗夜中巨石偃卧的模糊形状则更加强疑似有虎的错觉。

这好像是一场纯粹的误会。闻风吹草动，见巨石峥嵘而疑其为真虎，引弓而射的结果却射中了巨石。但诗人写这样一场戏剧性的误会，目的却是借此凸显将军的神勇。虎皮虽厚韧，利箭劲射自能贯穿；锋棱凸出的巨石，其坚硬的程度远超虎皮，而将军引弓而射的结果，不但直穿巨石，且使箭尾的白羽也陷没在巨石之中，则将军此一箭所发出的神力便远超乎人们的想象。正是这一误射，使将军的超常神勇得到了淋漓尽致的发挥。值得玩味的是，《史记·李将军列传》在"广出猎，见草中石，以为虎而射之，中石没镞，视之石也"之后，还有这样两句："因复更射之，终不能复入石矣。"这正说明，在以石为虎的紧急情况下，李广的神力得到超常的发挥；而一旦知其为石，则心理上无此应急机制，能力亦不再有超常发挥。而写将军的超常神勇，又正显示出他所统率的部队战无不胜、所向披靡的气势，为下"单于夜遁逃"渲染声势。

第三首写敌军夜遁、我军轻骑追逐。首句"月黑雁飞高"承第二首仍写暗夜景象。"月黑"，指没有月亮的夜晚；"雁飞高"，以雁之高飞兴起下句敌之夜遁。全句正写出一个幽暗微茫、便于敌人趁暗夜逃遁的环境。

第二句紧承首句，正面写敌军之夜遁。此前的情形，均略去不写。是两军交战，对方一触即溃，故乘夜追逐，还是听说我方主帅士兵英勇善战，故闻风而遁，抑或经艰苦战斗后对方自料不敌，故乘夜逃脱，均不作交代，任凭读者想象，但我方军威之令敌胆慑则全可想见。五绝篇幅极狭，此等可以省略不写的过程或具体情景自当略而不提，反增含蕴。

"欲将轻骑逐，大雪满弓刀。"三、四两句，承单于夜遁而有率轻骑夜逐之举，务求全歼敌军，以获全胜。黄生谓三、四"倒叙，言虽雪满弓刀，犹欲轻骑相逐"。此意固含于句中，但谓二句倒叙，则并不符合诗的语气口吻。盖第三句"欲"字透露，将军闻敌军夜遁，正欲率轻骑追逐之际，忽见纷扬的大雪洒满弓刀。"欲"之意愿在前，见大雪满弓刀之景象在后，次序之先后显然。而诗之高妙，正在欲逐未逐、忽见此大雪满弓刀景象时戛然而止。遂使此一景象定格为最富包孕的时刻，留下了大片空白给读者以丰富想象余地。诸如轻骑星奔、追亡逐北之势,大获全胜、尽歼残敌之景固可于想象得之。而将士之不畏艰苦,不避严寒,一往无前之战斗精神亦隐然可见。绝句篇幅有限的短处在这里正转化为长处。

这两首诗的风格都极雄健遒劲,适合它所表现的内容。但雄健遒劲的风格并没有导致发露无余,而是在雄健遒劲中兼具蕴蓄之致,其中的奥秘即在选取富于包孕的细节和时刻。第二首的"林暗草惊风"与白羽没石的细节,第三首的"欲将轻骑逐,大雪满弓刀"就是典型的例证。

晚次鄂州①

云开远见汉阳城②,犹是孤帆一日程。估客昼眠知浪静③,舟人夜语觉潮生。三湘衰鬓逢秋色④,万里归心对月明。旧业已随征战尽⑤,更堪江上鼓鼙声⑥!

[校注]

①题下原注:"至德中作。"至德,指池州属县至德。"中"字衍。《新唐书·地理志》:"池州……县四……至德,至德二载析鄱阳、秋浦置。"卢纶安史乱起后流寓鄱阳,后改为池州至德县。大历初,再举进士不第,归至德。次,途次止宿。鄂州,今武昌市。或疑此诗非作于在至德流寓时,而系建中二年秋(781)自南方回故乡蒲州旅途中,似较合。②汉阳,唐淮南道沔州治所,今湖北汉阳市。与鄂州隔江东西相对。汉阳在汉水之北。③估客,指舟中的行商。④三湘,泛指湘江流域及洞庭湖地区。⑤旧业,原有的产业,包括田地、第宅等。⑥鼓鼙,军中的大鼓、小鼓。此以"鼓鼙声"代指战伐之声。

[鉴赏]

这首吟咏行旅生活的七律,由于生活体验与描写的真切,又融入了对时代乱离的感受,遂使它在同类作品中成为富于时代生活气息的佳篇。

首联写舟行望中所见,兼纪行程。诗人此次旅行,当是溯长江西上,而汉阳则是此行的目的地或由水而陆的一个重要转折地(从尾联及第六句推测,有可能是到汉阳后再转道北上回故乡蒲州)。"云开远见汉阳城,犹是孤帆一日程。"连日阴霾,江上云封雾锁,一片迷茫。此时忽然云开雾散,天气转晴,向西边远眺,舟行的终点汉阳城城郭已经在望了。长时间的舟行,生活本就单调,加上天气阴霾,更

卢　纶

觉心情黯然。此时不但天气转晴，且汉阳在望，不觉心情为之豁然开朗。首句写望中所见，正透露出诗人内心的开豁与喜悦。下句却就势折转，说汉阳虽远远可见，计算程途，却仍有一整天的船程。上水船走得缓慢，故汉阳虽遥遥可见，走起来却费时。"犹是"二字折转，透露出可望而难即的些许遗憾和盼望早到舟行目的地的急切。二句一开一合，一纵一收，笔意曲折有致，声情跌宕多姿，传达出诗人远望之际心情的微妙起伏变化。而"犹是一日程"即透露出"晚次鄂州"的缘由。虽未明点题面，却紧扣题意。

"估客昼眠知浪静，舟人夜语觉潮生。"颔联分承一、二句。上句写未抵鄂州时舟中所见所感，从这一联看，诗人所乘的船并非自己独自租用，而可能是搭乘来往长江沿岸行商的商船，故船上有不止一个估客。这些估客，早就习惯了水上漂泊的生活，只要风平浪静，哪怕是大白天，也能安然酣睡。将"知浪静"与首句"云开"联系起来体味，可以推知近日来不但天气阴霾，云雾弥漫，而且江间风浪汹涌，舟行颠簸摇晃，更增艰苦迟滞。此刻云开雾散，风平浪静，故估客们均酣然昼卧。从"知浪静"三字中可以看出，诗人此时已置身船舱之中，他是从"估客昼眠"的情态中推知舱外江面上风平浪静的情景的。不仅体察真切细致，而且透露出一种悠闲静观的情趣。下句"舟人夜语觉潮生"，是写夜泊鄂州所闻所感。在夜半似梦非梦、半睡半醒的迷糊状态中，听到船夫们相互说话的声音，加上船的晃荡摇动之声，知道是夜潮上涨，船夫们正在固缆定舟了。暗夜身处船舱，"潮生"之状自然是看不见的，只能凭感觉感知。若只写因船身的晃动与潮水击舷之声而感知，便比较一般；这里写因"舟人夜语"而"觉潮生"，便新鲜生动，别饶情趣。这种体验，非久历江上舟行夜宿者不能有，此前亦从未有人道及。故这一联向为评家所称赏。尤为难得的是，二句纯用白描，以朴素平易的语言，新鲜而富于生活气息的细节（估客昼眠、舟人夜语），表达真切而独特的感受，遂能千古常新。

"三湘衰鬓逢秋色，万里归心对月明。"腹联转写"晚次鄂州"见月思归之情。"三湘"或言指潇湘、沅湘、蒸湘，或言指湘潭、湘乡、湘阴，实不必拘。唐人诗文中之"三湘"多泛指今湖南及洞庭湖一带广大地区，靠近洞庭湖的鄂州、汉阳也可以包含在内（王维《汉江临泛》"楚塞三湘接"可证）。此借指此时诗人身处之地，"秋色"则点所逢之时。以漂泊之身，"衰鬓"之年（建中二年，诗人年近四十），羁泊异乡，又适逢秋色萧瑟之候，更觉孤寂凄清，思乡之情遂益发强烈。而蒲州故园，远在千里之外，独对江上明月，云山迢递，阻隔重重，归思遂绵绵不已。上句"逢"字，下句"对"字，或加倍渲染，或寓慨言外，虽情味隽永，却并不显得着力。上句宾，下句主，"衰鬓"而"逢秋色"，更觉归心之急切深浓。

尾联紧承"万里归心"，进一步抒写思归而不得的心情，并就眼前景收转作结。万里思归之心虽切，但长期的战乱，家乡蒲州的旧时产业早已荡尽，即使回到家乡，也形同无产业的游民，无以安居了，更何况眼前这江上，又处处传来军中鼙鼓的声音，战争的气息正充溢着大江南北，哪里又能找到一片安乐宁静的地方呢。末句转进一层，"更堪"二字，将万里思归的感情，与国家的忧患、战争的背景紧密联系起来，使诗人的旅泊思归之情带上了鲜明的时代色彩。

这首诗前两联着重写舟行旅泊，后两联着重写万里思归，二者之间本有天然联系。但从情调上看，前两联比较舒缓平和，后两联则转为凄楚伤感。前者侧重于写舟行旅泊真切的生活体验，后者侧重于写因秋色明月而触发的思乡情怀。二者之间的过渡，在颔联的"知浪静"与"觉潮生"中已暗暗透出。盖诗人在估客昼卧、舟人夜语之际并未入睡，其漂泊孤寂意绪实已暗启后幅之"归心"，此种过渡，不妨谓之有神无迹。

李端

李端,字正己,赵州(今河北赵县)人。大历五年(770)登进士第,授秘书省校书郎。与钱起、卢纶、韩翃等文咏唱和,游于驸马郭暧之门。以清羸多病,辞官居终南山草堂寺。《新唐书·艺文志》著录《李端诗集》三卷。《全唐诗》编其诗为三卷。

听 筝^①

鸣筝金粟柱^②，素手玉房前^③。欲得周郎顾^④，时时误拂弦^⑤。

[校注]

①筝，古代拨弦乐器，形状似瑟。其弦数历代由五弦增至十二弦、十三弦、十六弦。《隋书·乐志下》："丝之属曰：一曰琴……四曰筝，十三弦，所谓秦声，蒙恬所作者也。"《急就篇》注："筝，瑟类也。本十二弦，今则十三。"李商隐《昨日》："十三弦柱雁行斜。"②鸣筝，弹筝。金粟柱，筝上用以系弦的木以金粟粒为饰，以形容筝之华贵。③玉房，以玉为饰的房屋，状其华美。或谓玉房系筝上安枕之处。④周郎，周瑜。《三国志·吴书·周瑜传》："瑜年二十四，吴中皆呼为周郎，少精意于音乐，虽三爵之后，其有阙误，瑜必知之，知之必顾。故时人谣曰：'曲有误，周郎顾。'"顾，回头看。⑤误拂弦，指故意弹错音调。

[鉴赏]

和诗人写女子拜月的《拜新月》类似，这首五绝也好像一幅人物素描，描绘的对象也是年青女子，而所要透露的则是其内心的隐秘情愫。所不同的是《拜新月》是借助女子拜月时"细语人不闻，北风吹裙带"的行动和景象，避实就虚，引发读者的丰富想象；而这首《听筝》则通过女子弹筝时故意"时时误拂弦"的典型细节，明白揭示出其"欲得周郎顾"的内心隐秘。但由于这一典型细节本身的独特性和富于包孕，诗同样写得情味隽永，耐人吟味。

"鸣筝金粟柱，素手玉房前。"前两句写女子弹筝，当一气连读，意谓在华美的玉房前，女子的纤纤素手，在装饰华美的弦柱上弹奏出动人的乐曲。"金粟柱""玉房"等华丽的字面，透露出弹奏的地方是富贵之家。而"玉房"与"素手""金粟"的相互映衬，更显示出女子的冰肤雪貌和莹洁风神。虽未具体描绘其人，而其形神已隐约可见。

"欲得周郎顾，时时误拂弦。"周郎在这里既是知音者的代称，更是年青英俊的男主人公的代称。这位弹筝者可能是贵家的乐伎，或许是教坊的乐伎，似以前者的可能性较大。贵家多蓄声伎，以供主人娱乐。按照通常的情况，弹筝的乐伎总是力求在主人面前充分施展自己的弹奏技艺，以博得精通音乐的主人的欣赏。唯恐弹奏过程中出现错误，遭到知音主人的批评。但这位弹筝女子的心思却不在以高超的技艺博得知音主人的欣赏上，而是另有所图——希望自己能得到主人的特别眷顾。显然，她认为自己真正能引起对方注意的并不是高超的音乐技艺，而是曼妙的容颜和动人的风神。而对一位"知音"的主人来说，动人的乐曲和高超的演奏技艺只能使他如痴如醉地沉迷于音乐的意境中，而完全忽略了演奏者的存在。为了引起"知音"主人的注意，聪明的女子使出了意想不到的招数——用"误拂弦"的反常举动来引起这位"知音"周郎的特别注意。而一次乃至两次的"误拂弦"还不足引起对方的充分注意（以为只是演奏中偶然的疏忽失误），于是便"时时"而"误拂"，对方这才感到演奏者举动的异常，而不得不一顾而再顾，从而使自己的容颜得到了对方充分的注意。诗写到这里，即收行束。以后的情节发展，便全凭读者驰骋想象。

　　欲求知音赏，本是演奏者的普遍愿望。但这位弹筝女子希望对方欣赏的却不是"艺"而是"貌"或"色"，于是便有了反常而合乎其特殊愿望的举动。透过这一反常而合理的典型细节，将弹筝女子对英俊而知音的主人的倾慕，希望引起对方注意和眷顾的隐秘愿望，以及为了达到这一目的而施展的小聪明乃至狡狯，当然还有对自己容颜的自信自赏，她的大胆与娇羞，都不着痕迹地表现出来了。典型细节在短小的五绝中所具有的丰富蕴含，在这首诗中得到了最充分的体现。这正是它虽明白揭示"欲得周郎顾"的愿望，却仍然耐人咀味的原因。

司空曙

司空曙，字文明，一字文初。广平（今河北永年）人。一说京兆（今陕西西安）人。安史之乱中避难寓居江南。约大历初登进士第。六、七年间（771、772）任拾遗；与钱起、卢纶等文咏唱和。大历末贬长林丞。任满后久滞荆南。贞元初佐剑南西川节度使韦皋幕，检校水部郎中。官终虞部郎中。曙为大历十才子之一，五律、五绝、七绝均有佳作。《新唐书·艺文志》著录《司空曙诗集》二卷；《全唐诗》编其诗为二卷。

司空曙

云阳馆与韩绅宿别[①]

故人江海别[②],几度隔山川。乍见翻疑梦[③],相悲各问年[④]。孤灯寒照雨,湿竹暗浮烟。更有明朝恨[⑤],离杯惜共传。

[校注]

①云阳,唐京兆府属县,在今陕西泾阳县西北。馆,驿馆。韩绅,《全唐诗》校:"一作韩升卿。"疑即韩绅卿,韩愈之叔父。《新唐书·宰相世系表三上》:韩氏:叡素子晋卿、季卿、子卿、仲卿、云卿、绅卿、升卿。升卿,易州司法参军。陶敏《全唐诗人名考证》:"《全文》卷三五〇李白《韩仲卿去思颂》称睿素'成名四子',仲卿外,尚有少卿、云卿、绅卿,未及升卿。卷五六四韩愈《韩岌志》亦云睿素'有子四人,最季者曰绅卿',与李白文合。愈乃睿素孙,仲卿子,所云必不误。恐以作韩绅卿为是。"则题内"绅"下当脱"卿"字。绅卿曾任泾阳县令、京兆府司录参军。②江海别,犹遥隔江海之别。③翻,反而。④年,指年龄。⑤明朝恨,指明晨作别之恨。

[鉴赏]

大历时期诗歌风貌的一个重要特征,就是对乱离时代的人生体验与悲慨。"大历十才子"中的卢纶、司空曙都有过安史乱起避难南方的经历,对时代乱离有亲身体验与深切感受。司空曙的这首《云阳馆与韩绅宿别》便是吟咏乱离时代人生体验的典型代表。

"故人江海别,几度隔山川。"首联先叙与故人之间的阔别。"江海别"指与故人之间遥隔江海,通常指称朋友之间的阔别,多指时间的久远,这里强调的则是空间的遥隔,亦即下句所谓"隔山川"。这种情况的产生,自然跟安史乱起,士人多避难南方有密切关系。本来过从甚密的朋友,由于战乱而天各一方,遥隔江海山川,相见无期。唐汝询说"江海""山川"未免重叠,其实"江海别"与"隔山川"正可互相发明补充,类似修辞中的"互文见义"。不仅是空间上遥隔山川江海,而且又是"几度"相隔,可以想见,像这样遥隔江海山川的送别,在他们之间已经是"几度"发生了,则相别时间之久远可知。十个字写出他们之间的远别、屡别与久别。虽未有一字正面触及乱离时代,但乱离时代的影子却隐约可见。

"乍见翻疑梦,相悲各问年。"颔联紧承起联的远别、久别与屡别,写骤然相见后的复杂感情。"乍见",指两人在云阳馆骤然相见的刹那,其中亦自然蕴含有感到意外、突然的情绪。久别、远别的朋友意外相逢,感到分外惊喜自属常情,但说"翻疑梦",则透露出浓郁的时代气息。承平年代,即使是西出阳关,远涉万里的朋友归来重逢,也未必会有"疑梦"之感,因为在那个"九州道路无豺虎,远行不劳吉日出""海内富安,行者万里,不持寸兵"的"全盛日",远别朋友的平安归来与重逢完全是可以预期的。只有在"丧乱死多门""生还偶然遂"的战乱年代,远别朋友间的重逢才会变得茫茫不可预期,乃至连对方的生死存亡都感到茫然不可预测。正因为这样,才会将面对的真实存在疑为梦境,不敢相信它是真的。"乍见翻疑梦",不仅透露出乱离年代朋友久别重逢的最初瞬间那种意外、突然之感,而且表现出乍见之际那种惊疑、恍惚、如真似幻、不敢置信的感受,那种惊讶、惊喜交并的感情。类似的描写,在杜甫的《羌村三首》之一中也出现过,但那是在傍晚归来已与妻子相见之后,夜深秉烛相对之时,在摇曳朦胧的烛光中浮现的"相对如梦寐"之感,那是在经历了最初相见的惊讶、疑惑、悲痛之后仍然对重逢的恍惚如梦之感。而在这首诗里,则是"乍见"的刹那间强烈的情感冲击,"夜闻更秉烛,相对如梦寐"则是事后追思时的惘然和感情余波荡漾。而其共同的根源则是"世乱遭飘荡,生还偶然遂"。

　　在最初一刹那的情感强烈反应过去之后,接下来的便是"相悲各问年"。当两位老朋友终于由"疑梦"而相信老友重逢的真实以后,第一眼看到的便是双方都已是"鬓发各已苍"的老境将至的人。联想起这些年来的乱离时世和各自的漂泊身世,不禁悲从中来。由于久别,彼此虽是熟悉的故友,却已记不清对方的年龄,因而有"各问年"的举动。"相"字"各"字,说明这"悲"和"问"乃是彼此自然而一致的情感反应。"问年"之举,与其说是向对方打听各自的年龄,不如说是对生命在战乱、别离中悄然流逝的深沉悲慨。

　　"孤灯寒照雨,湿竹暗浮烟。"在抒写乍见之际的强烈情感反应与既见之后涌现的深沉悲慨之后,诗人却掉转笔锋,去描绘云阳馆中的景物。这是一个寒冷的雨夜。室内,一盏孤灯,荧荧如豆,映照室外的纤纤雨丝,使彼此默然相对的朋友都感受到孤灯、雨丝的寒意;而窗外的竹子,被雨丝所沾湿,反射出几许亮光,孤灯所照不到的竹林深处,则飘浮着一层朦胧的烟雾。这是宕开写景,渲染环境氛围,更是借此烘托双方凄寒孤寂、黯淡迷茫的心境。"孤灯""寒雨""湿竹""浮烟",

这一系列景象组合成的正是一种与上述心境融合的诗歌意境,极具象外之致。

"更有明朝恨,离杯惜共传。"久别重逢,已经触发无限人生悲慨,相逢的悲喜交集还没有来得及散去,再一次的离别又迫在明朝。尾联出句点出"明朝恨",用"更有"二字将旧日的别恨与明朝的别恨叠加在一起,使人生的别离之悲更进一层。正因为旧恨新恨相续,因此,久别重逢的酒杯也就成了离别的酒杯。想起在离乱中悄然流逝的人生,眼前这短暂的相聚便更感到需要珍惜,就让这别夜在离杯共传中悄然消逝,给彼此的人生再留下一点珍贵的友谊记忆吧。结尾由逢而别,感情上再起波澜,诗境上也再创新境,不再是单纯的悲慨,而是在悲慨的同时更加珍惜短暂的重逢。

这首诗的领联,纯用白描,抒写乍见之际的复杂感情反应,固为评家交口称誉的佳联。但如无首联对双方阔别的重笔渲染,尾联对明朝重别的深一层揭示,特别是腹联对环境氛围的出色烘染,诗就不可能达到情景交融、浑然一体的境界。它的成功,不在局部而在通体。

江村即事①

钓罢归来不系船②,江村月落正堪眠。纵然一夜风吹去,只在芦花浅水边③。

[校注]

①即事,就眼前景物情事为题材的即兴之作。诗中所写的是江村钓者归来不系船而眠的情景。②不系船,不用缆索(系在岸边的木桩上)将船固定停泊在岸边。《庄子·列御寇》:"泛若不系之舟。"③芦苇多生江边浅水中,故云。

[鉴赏]

从诗题看,这首诗像是一首伫兴而就的即景书事之作,但在通俗明快、朴素天然的描绘中却寓含着一种萧散自得、无拘无束的生活态度,一种纯任自然的人生态度。

"钓罢归来不系船,江村月落正堪眠。"前两句写钓罢归来,就船而眠的情景。江村月落时分,垂钓的渔翁兴尽归来,该是系舟泊岸归家而眠的时候了。但这位渔翁却一反常情,虽"钓罢归来",却不系缆泊岸、归家而眠。"不系船"的原因,自然不是由于其"不欲眠",而是由于在他看来,这"江村月落"时分的静谧境界和身处的小舟,正是他最佳的安眠环境和地方。"江村月落正堪眠"这七个字,正表现出主人公一种随缘自适、随遇而安的生活态度,一种将自身的劳作、休憩与大自然融为一体的生活追求。"正堪眠"三字,不妨说是对"眠"的一种审美追求。在旁人看来或许有些荒唐颓放的举动,在主人公看来正是一种潇洒天然的精神享受。在月落后的静寂中,置身朝夕不离的小舟,在江水拍舷中酣然入睡,较之归家而眠,无疑是一种超凡脱俗的享受。"不系船"与"正堪眠",相互呼应,透出了一种潇洒自得的风神。

"纵然一夜风吹去,只在芦花浅水边。"三、四两句,从"不系"与"眠"生出。可以理解为诗人对渔翁"江村月落正堪眠"情景的进一步想象,也可以理解为这位渔翁就船而眠时的内心独白。实则诗人与渔翁,已融为一体,渔翁亦即诗人的化身。第三句用"纵然"先放开一步,第四句用"只在"收回。一纵一收之间,将诗人那种萧散自得、顾盼自赏的风神情趣更淋漓尽致地表现了出来。"一夜风吹去"似乎要将小舟带到一个茫然杳远的境地,"芦花浅水边"出现的却是一种安恬自适的境界。"只在"一语,传达出的是一种自赏自得、安然恬然的心境。

诗虽写得很通俗浅显,寓含的感情却并不浮浅。在思想观念上显然渊源于《庄子·列御寇》:"巧者劳而智者忧,无能者无所求,饱食而遨游,泛若不系之舟,虚而敖游者也。"但它却并非用具体的生活场景来诠释生活哲理,而是通过生动活泼的生活场景表现一种纯任自然、无拘无束的生活态度和审美愉悦。诗中的这位渔翁,也许会使人联想起张志和这位"烟波钓徒"笔下的渔翁:"青箬笠,绿蓑衣,斜风细雨不须归。""不系舟"的渔翁与"不须归"的渔翁之间,在陶醉于大自然的美景之中,与自然融为一体,充分享受萧散自得的天趣这一点上,不正是一脉相通的吗?

顾况

顾况（约727—约816），晚字逋翁，自号华阳山人。祖籍润州丹阳（今属江苏），后迁居苏州海盐横山。至德二载（757）登进士第。历杭州新亭监盐官。大历六至九年（771—774）任温州新亭监盐官。建中二年（781）至贞元三年（787）在浙江东西观察使、润州刺史韩滉幕为判官。三年闰五月后任秘书郎，迁著作佐郎。五年贬饶州司户。九年归隐茅山。约元和中卒。顾况性诙谐狂放，其诗风、画风均见其个性。皇甫湜称其"逸歌长句，骏发踔厉"，然"七言长篇，粗硬中时杂鄙句，惜有高调而非雅音"（贺裳评）。真正可读的作品倒是他的绝句。《新唐书·艺文志》著录《顾况集》二十卷，已佚。《全唐诗》编其诗为四卷。

过山农家①

板桥人渡泉声,茅檐日午鸡鸣。莫嗔焙茶烟暗②,却喜晒谷天晴。

[校注]

①此诗《全唐诗》卷二百四十二作张继诗,题为"山家"。胡震亨《唐音统签》卷二百十八张继集、季振宜《全唐诗稿本》第二十六册张继集均不载此诗,而宋《华阳真逸集》《顾况诗集》,明《唐五十家诗集》《唐百家诗》均收入此诗,题为《过山农家》。故此诗当为顾况之作。②焙茶,烘制茶叶。制作茶叶的一道工序,用微火烘烤,以去掉其中的水分,烘出香气。陆羽《茶经·茶之具》:"棚,一曰栈,以木构于焙上,编木两层,高一尺,以焙茶也。"

[鉴赏]

六言绝句一体,整个唐代作者寥寥。时代较早而且写得比较成功的当推盛唐诗人王维的《田园乐七首》,其第六首云:

桃红复含宿雨,柳绿更带春烟。
花落家僮未扫,莺啼山客犹眠。

在鲜妍清新的画面中流动着隐居田园的高人恬然自适的生活情趣,堪称诗中有画。中唐诗人顾况的这首《过山农家》,同样饶有画意,却是地道的山村风光,农家本色,于质朴清淡的笔墨中含有一种真淳的生活美。诗约作于诗人晚年隐居润州延陵大茅山期间。题内的"过"字,是访问的意思。

前两句是各自独立又紧相承接的两幅图画。前一幅"板桥人渡泉声",画的是山农家近旁的一座板桥,桥下有潺湲的山泉流淌,桥上有行人经过。"人渡"与"泉声",分写桥上与桥下,本属二事,"人渡泉声",仿佛无理,却真切地表达了人渡板桥时满耳泉声淙淙的新鲜喜悦感受。诗中有画,这画便是仿佛能听到泉声的有声画。画中的"行人",实即诗人自己。大约是由于目接耳闻莹澈锵鸣的水声泉声,恍惚置身画图之中,落笔时便不知不觉将自己化为画中人了。抒情的主体融入客体,成了景物的一部分。这一句写出农家附近的环境,"板桥""泉声"显示山居的特点,"人渡"暗点"过"字。

后一幅"茅舍午鸡图",正写"到山农家"。是"山农家"本色。日午鸡鸣,仿佛是打破了山村的沉静,却更透出了山村农家特有的静寂。在温煦的正午阳光照耀下,茅舍静寂无声,只偶尔传出几声悠长的鸡鸣。这就把一个远离尘嚣、全家都在劳作中的山农家特有的气氛传达出来了。"农月无闲人,倾家事南亩"(王维《新晴野望》),这里写日午鸡鸣的闲静,正是为了反托闲静后面的忙碌。从表现手法说,这句是以动衬静,以声显寂;从内容的暗示性说,则是以表面的闲静暗写繁忙。三、四两句,便直接写到山农的劳动上来。

"莫嗔焙茶烟暗,却喜晒谷天晴。"这两句一般都理解为山农对诗人表示歉意的话,意思是说,您别怪罪屋里因为烧柴烘烤茶叶弄得乌烟瘴气,将就着在破茅屋里歇歇脚;可喜的是今天正好有大太阳,场上的谷子要趁晴翻晒,实在分不开身来招待您。这当然也可以见出山农的淳朴好客和雨后初晴农家的繁忙,而且神情口吻毕肖。不过,理解为诗人对山农说的话也许更符合题意,也更富情味。诗人久居山中,跟附近这一带的山农已经相当熟悉,当他信步闲游,来到这一户山农家时,主人因为焙茶烟雾弥漫,不免有些歉意,诗人则用轻松幽默的口吻对他说:别气恼焙茶弄得烟雾腾腾的了,可喜的是今天雨后新晴,正好翻晒谷子呢。乍一看,三、四两句之间并无必然联系,细加寻味,便可发现它们都是统一在雨后新晴这一特定的天气背景上。久雨茶叶返潮,需加紧用微火焙烤制作;而雨后新晴,空气湿度较大,茅屋里的烟雾透不出去,故有"焙茶烟暗"的景象;但雨后放晴,正可趁此晒谷,故说"却喜晒谷天晴"。不熟悉农家生活、农民心理,说不出这样本色的农家语。诗人虽只随口道出,略不经意,却生动地表现了他跟山民之间那种不拘形迹、融合无间的关系,让人感到他并不是山农茅舍中陌生的尊贵来客,而是跟这个环境高度契合的"此中人"。相比之下,把这两句理解为山农致歉的话,诗人与山农间的关系不免显得生分了。从题目与内容的关系看,首句是过访途中情景,次句正写到山农家所见所闻。三、四句进一步写诗人与山农不拘形迹地聊家常。全篇都紧紧围绕"过"字写抒情主人公的活动,语意一贯,顺理成章。而首句"泉声"暗示"雨后",次句"鸡鸣"暗透"天晴",更使前后幅贯通密合,浑然一体。

清新明丽的山村风光,闲静而繁忙的劳动生活气息,质朴真淳的相互关系,亲切家常的农家语言,这一切高度和谐地统一在一起,呈现出一种淳厚真朴的生活美。这正是这首短诗艺术魅力之所在。

六言绝句,由于每句字数都是偶数,六字明显分为三顿,因此天然趋于对偶骈俪,工致整饬,语言较为工丽。顾况这首六言绝句虽也采取对起对结格式,但由于纯用朴素自然的语言进行白描，前后幅句式与写法（一为写景，一为记言）又有变化，读来丝毫不感单调、板滞，而是显得清新爽利，轻快自如。诗的内容和格调呈现出高度的和谐。

贞元四年夏顾况任著作佐郎时，在长安宣平里家中与柳浑、刘太真、包佶等人聚会赋六言诗，次日朝臣皆和，举国传览，结集为《诸朝彦过顾况宅赋诗》一卷。今包佶集中尚存《顾著作宅赋诗》六言律诗一首。看来，顾况在当时还是一位六言体诗的倡导者。

戎昱

戎昱，长安（今陕西西安）人。少举进士不第。乾元二年（759）在浙西节度使颜真卿幕。大历元年（766）游蜀，二年入荆南节度使卫伯玉幕为从事。大历四年前后入湖南观察使崔瓘幕。后流寓湘中，客居桂林。八年入桂州观察使李昌巙幕。建中三年（782）为殿中侍御史。四年谪辰州刺史。贞元七年（791）入杜亚幕，十二年出任虔州刺史。《新唐书·艺文志》著录《戎昱集》五卷。《全唐诗》编其诗为一卷。

咏 史①

汉家青史上②,计拙是和亲③。社稷依明主④,安危托妇人。岂能将玉貌,便拟静胡尘⑤。地下千年骨,谁为辅佐臣?

[校注]

①《全唐诗》校:"一作《和蕃》。"②青史,古代以竹简记事,故称史籍为"青史"。③和亲,封建王朝利用婚姻关系与边疆各族统治者结亲和好。《史记·刘敬叔孙通列传》:"(高祖)取家人子名为长公主,妻单于,使刘敬往结和亲约。"④依,靠,倚仗。⑤将,持,拿。拟,打算。静,平息。胡尘,指胡人入侵。二句当一气读。

[鉴赏]

戎昱之著诗名于当时,实因此诗(见《云溪友议·和戎讽》);而其诒讥评于后世(见吴乔、纪昀评语),亦因此诗。连严羽《沧浪诗话》谓"戎昱在盛唐为最下,已滥觞晚唐矣",亦与《咏史》之多议论有关。故对此诗之评价,关键在如何看待此诗之议论。

此诗题《咏史》,开篇又直截了当地揭示"汉家青史上,计拙是和亲",尾联更谓"地下千年骨,谁为辅佐臣",似乎诗的主旨就是痛斥汉代的和亲政策以及制定施行这一政策的君主大臣。但唐代自安史之乱以来,因内乱外患,国势衰危,却屡有嫁公主和亲之事。如肃宗乾元元年(758),以幼女宁国公主下嫁回纥;大历三年,以仆固怀恩幼女为崇徽公主为其继室;德宗时,以咸安公主下嫁回纥,均其例。戎昱此诗,很可能是针对当代的现实情况,有感而发,否则诗中抒发的感情不会如此强烈。

"汉家青史上,计拙是和亲。"一开头奋笔直书,斥和亲之策为"计拙"。"拙"者,愚拙、拙劣之谓;"计拙",谓其计穷而不得不为此愚蠢之下策也。一笔抹倒,不留余地,斩钉截铁,不稍假借。这是给历史上、现实中的"和亲"之策作总定位。"汉家"既指汉代,也可包括历代以汉族为主体的封建王朝以及当前的唐朝。封建时代的和亲政策,有各种不同的时代背景和双方强弱不同的态势。有双方均出于交好的动机而进行的有积极意义的和亲,也有处于弱势的汉族王朝不得已的甚至带有屈辱性质的和亲，不能一概而论。诗人在这里虽似概斥和亲之举为"计拙"，实际上他针对的是胡人入侵时汉族封建王朝屈辱性的和亲，这从下文"安危托妇人""便拟静胡尘"等句可以明显看出。

"社稷依明主，安危托妇人。"颔联以沉痛愤激之辞抨击"和亲"之"计拙"。两句貌似直遂，实有蕴涵，值得涵泳玩味。出句是说，治理和保卫国家社稷应该依靠圣明的君主。这仿佛是极平常的议论，但一和对句联系起来，这平常的议论就成了强烈的反讽。对句是说，拙劣的和亲政策却把国家社稷的安危托付给了一个柔弱的妇人。体味此句，诗人显然是指汉族封建王朝处于弱势时屈辱性的"和亲"，否则不会说国家的安危托于妇人。正因为君主将"安危"托付给根本无法承担如此重任的妇人，就反过来证明了君主已经无法承担这原本应当承担的政治责任，也就根本不是什么"明主"，而是"庸主""衰主"甚至"昏主"了。两句对应，对施行"和亲"政策的君主的讽嘲与愤激固可意会，对无力承担却不得不承担拯救社稷安危重任，因而远嫁异域，甚至作了牺牲品的"妇人"的同情怜悯也自寓其中，于同情中又含有一份沉痛之情。

"岂能将玉貌，便拟静胡尘。"腹联用流水对，一气直下，直斥这种屈辱的和亲政策的天真愚蠢、一厢情愿，亦即"计拙"。"岂能""便拟"，前呼后应，讽意显然。处于强势的胡族，之所以恃强乘机入侵，自有更大的目的，根本不会因下嫁公主而休兵，即便暂时言和，不久又将入侵。靠"妇人"的"玉貌"来"静胡尘"只能是不切实际的幻想。

"地下千年骨，谁为辅佐臣？"这种天真愚蠢的屈辱性和亲政策的制定与施行，既有君主的责任，也有辅佐大臣的责任。他们实际上都是"和亲"政策的决策者和主要责任人。对君主，诗人用的是婉讽手法，感情虽愤激，语言却比较婉曲；而对"辅佐臣"，则痛斥其非，感情激愤痛切到直欲起千年地下之骨而面斥之的程度。而这样的"辅佐臣"，千年之前有过，当今也同样存在。诗人在痛斥"地下千年骨"的同时，其言外之意也自可默会。

议论和直陈是这首诗的显著特点，但这和无蕴蓄并不是一回事。关键是这种议论本身是否具有深刻的内涵和深沉的感慨，是否具有诗的激情和韵味。这首诗正是将二者结合得比较好的例子。沈德潜多次提及"议论须带情韵以行"，并以此诗为例，他的看法是比较中肯的。

窦牟

窦牟（约749—822），字贻周，窦叔向次子。贞元二年（786）登进士第，授秘书省校书郎。历东都留守巡官，河阳、昭义节度使从事，东都留守判官。元和五年（810），入为虞部郎中。出为洛阳令。历都官郎中、泽州刺史、国子司业，长庆二年（822）二月卒。韩愈曾师事之，有《国子司业窦公墓志铭》。《新唐书·艺文志》著录《窦氏联珠集》五卷，收录牟与兄弟共五人诗各一卷，今存。《全唐诗》录存其诗二十一首。

窦牟

奉诚园闻笛①

曾绝朱缨吐锦茵②,欲披荒草访遗尘③。秋风忽洒西园泪④,满目山阳笛里人⑤。

[校注]

①奉诚园,原注:"园,马侍中故宅。"马侍中,指马燧(726—795),唐中期著名将帅。大历至建中间,屡平李灵曜、田悦、李怀光等叛乱。拜司徒,兼侍中,与李晟皆图像凌烟阁。《旧唐书》卷一百三十四、《新唐书》卷一百五十五有传。《新唐书·马燧传》附其子马畅传云:"燧没后,以赀甲天下。畅亦善殖财,家益丰。晚为豪幸牟侵……贞元末,神策中尉杨志廉讽使纳田产。至顺宗时,复赐之。中官往往逼取,畅畏不敢吝,以至困穷……诸子无室庐自托。奉诚园亭观,即其安邑里旧第云。故当世视畅以厚畜为戒。"冯翊《桂苑丛谈》:"马司徒之子畅,以第中大杏馈中人窦文场,文场以进德宗,德宗以为未尝见,颇怪畅。畅惧,进宅,改为奉诚园。"奉诚园在长安安邑坊内,见《雍录》。"闻笛",见注⑤。②绝朱缨,扯断结冠的带。据刘向《说苑·复恩》载:楚庄王宴群臣,日暮酒酣,灯烛灭。有人引美人之衣。美人援绝其冠缨以告王,命上火,以得绝缨之人。王不从,命群臣尽绝缨而上火,尽欢而罢。后三年,晋与楚战,有楚将奋死赴敌,终胜晋军。王问之,始知即前宴席上引美人之衣而绝缨之人。此以"绝缨"借指曾受马燧之恩遇。事又见《韩诗外传》卷七。吐锦茵,《汉书·丙吉传》:"吉驭吏耆酒,数逋荡。尝从吉出,醉欧(呕吐)丞相车上。西曹主吏白欲斥之,吉曰:'以醉饱之失去士,使此人将复何所容?西曹地(但)忍之,此不过汙丞相车茵耳。'"吐锦茵,醉酒呕吐污车上锦绣的垫褥。此亦借指马燧宽厚待人,不计较细小的过失,于己有恩。③披,拨开。访遗尘,寻访昔日马燧居此时的遗迹。④西园,传为曹操所建园林,故址在今河北省临漳县邺县旧址北。曹丕、曹植及王粲、刘桢诸文人常宴游于此。王粲《杂诗》云:"日暮游西园。"刘桢《公宴诗》云:"月出照阁中,珍木郁苍苍。"曹丕《芙蓉池作诗》云:"乘辇夜行游,逍遥步西园。"曹植《公宴诗》:"清夜游西园,飞盖相追随。"此句"西园泪"可能指昔年曾与马燧及其子辈同游饮宴,今燧已逝,而其安邑里旧第荒废,故悲而下泪。西园,借指奉诚园。

⑤山阳笛，晋向秀与嵇康、吕安友善，嵇、吕亡故后，向秀经其山阳（今河南修武）旧居听邻人吹笛，作《思旧赋》追忆昔日游宴之好，其序云："余逝将西迈，经其旧庐。于时日薄虞渊，寒冰凄然。邻人有吹笛者，发音寥亮。追思曩昔游宴之好，感音而叹，故作赋云。"句意谓在奉诚园听到笛声，怀念起昔日对自己有知遇之恩而今已经逝世之马燧，不禁有满目凄凉、不胜今昔之感。着眼处在"旧居"二字。

[鉴赏]

绝句尚白描、贵风韵，一般很少用典。这首七绝却连用四典（绝朱缨、吐锦茵、西园泪、山阳笛），密度之大，极为罕见。但读完全篇，不但深感用典之贴切，而且可以看出它们在创造意境、形成情韵风神方面的独特作用。这是因为，诗人始终用浓郁沉挚的怀旧之情将这一系列典故贯串起来，使它们成为浑然一片的艺术整体的缘故。

"曾绝朱缨吐锦茵"，首句连用二典，显示诗人与"奉诚园"的旧主人之间特殊的关系。这两个典故有一个共同的特点：主人的地位尊贵（一为明主、一为贤相）而待下宽厚，不以下属有小过而施罚，而臣下或宾客则虽有过失而得到主人的宽容，受到主人的恩遇。用"曾"字提起，暗示过去自己曾作为宾客而游于马燧之门，受到马燧的优容厚遇。诗人未必即有"绝缨""吐茵"那样的情事，但从用典中却可想见当年宾主之间那种不拘形迹、不拘小节的亲密关系，这正是诗人对这位位高权重的旧主人始终怀着一种特殊的亲切之情的缘故。叠用二典，正加重了这种亲切感怀之情。

"欲披荒草访遗尘"，第二句由感怀昔日的亲切恩遇自然转到寻访旧主人所在的遗迹上来。往日的安邑里府邸，自当是雕梁画栋，车水马龙，极为繁华热闹的，如今却已是荒草被径，一片荒芜冷落景象。从上句的"朱缨""锦茵"，即可想象当年宾客盈门、陈设华丽的景象，这正与眼前的荒草满径的景象形成鲜明对比，言外自含一种世事沧桑的感慨。作为一个曾受厚待恩遇的宾客，在面对荒草丛生的旧居时，心中兴起的或许更有一种世态炎凉的感慨。"欲"字"访"字，显示出诗人面对荒园时那种恍然茫然、寻寻觅觅，而又若有所失的情态，浓郁的怀旧之情，亦于"披荒草访遗尘"中自然流出。

"秋风忽洒西园泪，满目山阳笛里人。""西园"的典故，暗示自己当年为门下客时，曾像昔日刘桢、王粲等人与曹丕、曹植等西园雅集、冠盖相随那样。而今，秋风起处，荒草离披，一片荒凉，触景伤情，不禁潸然泪下，此即所谓"西园泪"。这是怀旧恩、追昔游、伤物是人非、慨人事沧桑之泪。"忽"字生动传神，传达出一种因景物的触动而忽生悲慨的神态。正好在这时，又传来一阵阵凄凉的笛声，联想起山阳闻笛的典故，触发自己对已经逝去的马燧的怀念伤悼，恍惚之间，遂觉满目都是旧日恩主的影子，而更感慨唏嘘不已了。"满目山阳笛里人"自然是一种幻觉式的联想，但这种联想却十分真切地表达了诗人的悲悼怀念之情的真挚与深沉，典故本身所包蕴的怀旧、感逝、悲悼等情感，将历史与现实、实景与幻境融为一体，情致苍凉、风神悠远，结得极饶韵味。

戴叔伦

戴叔伦（732—789），字幼公，一字次公，润州金坛（今属江苏）人（梁肃《戴叔伦神道碑》："公讳融，字叔伦，谯国人。"与墓志异）。天宝年间师事萧颖士。约至德二载（757）至广德二年间（764）登进士第。后为刘晏举荐，授秘书省正字。大历后期因刘晏表荐，以监察御史里行出任湖南转运留后，大历末调河南转运留后。前后在漕运任十一年。建中元年（780）刘晏被贬，叔伦出为东阳令。四年入江西节度使李皋幕为判官，后守抚州刺史。贞元二年（786）辞官还乡，四年授容州刺史、容管经略使。五年四月以疾受代，六月，北还途中卒于端州。《新唐书·艺文志》著录其《述稿》十卷，已佚。《全唐诗》编其诗二卷，其中多掺入历代伪作。经明胡震亨及岑仲勉、富寿荪、傅璇琮、蒋寅诸学者考证，可确定的伪作达五十六首，可确信的戴作一百八十四首，另有六十首真伪待定。蒋寅有《戴叔伦诗集校注》考辨甚详。

戴叔伦

除夜宿石头驿①

旅馆谁相问②,寒灯独可亲。一年将尽夜,万里未归人③。寥落悲前事,支离笑此身④。愁颜与衰鬓⑤,明日又逢春⑥。

[校注]

①石头驿,在今江西新建县赣江西岸。《水经注·赣水》:"赣水又迳豫章郡北为津步,步有故守贾萌庙……水之西岸有盘石,谓之石头,津步之处也。"《通鉴·大历十年》考异:"石头驿,在豫章江之西岸。"《全唐诗》校:"一作石桥馆。"按:《文苑英华》卷一百五十八题作《除夜宿石头馆》。②相问,问候,慰问。《论语·雍也》:"伯牛有疾,子问之。"③梁武帝《子夜四时歌·冬歌》:"一年漏将尽,万里人未归。"三、四二句化用其语意。④支离,流离、流浪。杜甫《咏怀古迹五首》之一:"支离东北风尘际,飘泊西南天地间。"⑤愁,《文苑英华》作"衰";衰,《文苑英华》作"愁"。⑥又,《文苑英华》作"去"。

[鉴赏]

本篇收入高仲武编选的《中兴间气集》,该集收诗止于大历十四年。故此诗当作于此前的某年除夕。诗当是奉使外出宿石头驿时所作。

除夕思归诗与节俗心理密切相关。中国传统节俗之中,中秋与除夕都是家人团聚的节日,尤以除夕更为全家所有成员所重视。时至今日,此风仍深入每一个中国人的心灵世界。古代交通远不如今日发达,外出远宦远游的人除夕回不到故乡与家人团聚是常有的事,因此写除夜旅宿孤寂怀乡思亲的诗屡见不鲜,唐诗中这类题材的佳作,除本篇外,像高适的《除夜作》、崔涂的《巴山道中除夜抒怀》都是历代传诵的佳作。这首诗的独特之处,在于它抒发除夜旅宿孤寂凄凉之感的同时,织入了身世、时世之感,使它的内容超越一般的游子思归怀亲之情,而折射出时代乱离的面影。

"旅馆谁相问,寒灯独可亲。"首句劈头以沉重的慨叹起,似乎有些突如其来,却与"除夜"旅宿的特定时间、情景密切相关。平常的日子,哪怕是其他节令,驿馆内总会有过客住宿,独有除夜,不但一般情况下不会有旅客住宿,恐怕连驿馆的工作人员也早早回家与家人团聚了,因此这空荡荡的石头驿便显得特别凄清孤寂，不要说有人相伴对谈，连人慰问一下除夕独处是否孤寂也没有。"谁相问"这一声发自心底的叹息，将诗人那种仿佛被抛弃在荒岛上的空寂感生动地传达出来了。孤子无依，独对寒灯，按说当更倍感心头的冷寂，那在寒风凛冽中明灭闪烁的孤灯通常也给人带来凛寒之感，但诗人却一反常情，说"寒灯独可亲"。这是因为寒灯虽"寒"，但毕竟可与孤寂的诗人相对，伴他度过这漫长而孤清的除夜，那一点闪烁的灯火，有时也能给诗人带来些许暖意，使他不至沉入无边的孤寂与黑暗之中，因此反而感到它"独可亲"了。说"寒灯独可亲"，正透露出在这旅宿石头驿的除夜，除此之外，一无可亲之物，相伴之人。"独"字应上"谁"字，"独可亲"三字，在仿佛有些许欣慰中正传出惨然的意绪。

"一年将尽夜，万里未归人。"颔联上句紧扣题内"除夜"，下启"明日又逢春"，下句紧扣"宿石头驿"，点明自己旅泊未归。"万里"字只言离家遥远，不必拘泥，像唐汝询那样，说"幼公家于润，去石头不远，而曰万里未归，诗人多诬，不虚哉"（沈德潜仍袭唐说），固缘误考石头驿在今南京；即使新建离金坛，亦不到千里，此类字面，如果较真起来，诗就不能作了。此联向称名联，而实有所本，即梁武帝萧衍《子夜四时歌·冬歌四首》之四的"一年漏将尽，万里人未归"，原诗系女子思念外出未归的男子之作，故接下来有"君志固有在，妾躯乃无依"之语，戴诗只将"漏"字改成"夜"字，其他一字未改，只调换了一下次序，而给人的感觉却有很大区别。关键就在于原诗是两个完整的句子，表达的是一年将尽的除夕，万里之外的男子尚未归来这样一层比较单纯而明显的意思和女子对男子的思念。但改动次序之后的戴诗次联，却是两个带定语的名词短语（即一年将尽之夜，万里未归之人），它们之间既以"未归人"为中心而相互联系，又相互对待，各自独立，从而构成一个概括了悠长时间和广阔空间的意境，使处于其中的这个"未归"之"人"形影愈显孤单寂寞，处境愈加冷寂凄凉，其中又蕴含有诗人对自己在兀兀穷年而漂泊难归身世的无穷感怆，创造出一种"无字处皆其意"的境界。谢榛批评此诗"八句意相联属，中无罅隙，何以含蓄"，实在是未细体诗境所致。

"寥落悲前事，支离笑此身。"颔联于广远的时空境界中已暗合身世漂泊之慨，腹联便将抒情的重点自然转到这方面来。"寥落"一语，评家多忽略未加解释。按"寥落"有稀少、衰落、冷落诸义，此处所用当为"稀少"之义，白居易《自河南经乱》诗"田园寥落干戈后，骨肉流离道路中"之"寥落"正其义，亦即所谓"时难年荒世业空"之意。戴氏所谓"寥落悲前事"，当亦指安史乱起及永王兵乱，他随亲族逃难至江西鄱阳,家中产业田园受到损失,寥落稀疏之事,因距此诗之写作时间已较久,故曰"前事"。这既是家事,亦紧密关联着世事。下句"支离"即漂泊之义,亦即杜诗"支离东北风尘际"之"支离"。回想自己这些年来的经历,依人作幕,羁泊飘零,奔波劳顿,直到如今,仍然连除夜都远离故乡亲人,孤处驿馆,如此身世,真让人觉得可怜亦复可笑。"支离笑此身"的"笑",用故作旷达幽默的口吻笑对自己的身世飘零,其意更加悲怆,与次句"寒灯独可亲"都是表面平淡而蕴蓄深厚的诗句。这一联由眼前除夜旅宿的孤寂凄清进而联想到整个身世经历,其中还蕴含了时代乱离之悲,内容已大大拓广加深,但又没有离开除夜旅宿的境况。

"愁颜与衰鬓,明日又逢春。"因除夜旅宿之孤寂凄清联想到万里之外的家乡亲人,联想到整个流离漂泊的身世,悲愁之情层层加深,故说"愁颜与衰鬓"。而一年将尽,明日又是一年开头的春日。如此憔悴悲苦的形容,面对万象更新的春天,相形之下,更觉难堪。诗写到这里,黯然而收,留下无穷的感慨,读者自可默会。"又"字极富含蓄。万里作客,羁泊飘零,在怀乡思亲中度过除夜已经不是一次了,"明日"所"逢",又是一个明媚新鲜的春天,而自己却是年复一年地悲愁衰老下去了,"又"字中正含有无限凄凉。

这首诗和同类题材的作品相比,一个突出的特点是全篇均用抒情语而极少作景语,诗中唯一可视为景物描写的"寒灯",也因下接"独可亲"而成为抒情浓烈的诗句。但通篇却弥漫着浓郁的孤寂凄清、怅惘伤感的气氛。这是因为,诗中的情感、悲慨,都离不开除夜旅宿、独对寒灯这个环境。这说明,不但一切成功的景语皆情语,而且一切成功的情语也均蕴含着触发它的客观景物。

过三闾庙①

沅湘流不尽②,**屈子怨何深**③。**日暮秋风起**④,**萧萧枫树林**⑤。

[校注]

①三闾庙,即屈原庙。在今湖南汨罗市。《史记·屈原列传》:"屈原至于江滨,被发行吟泽畔。颜色憔悴,形容枯槁。渔父见而问之曰:'子非三闾大夫与?何故而至此?'"王逸《离骚序》:"屈原与楚同姓,仕于怀王为三闾大夫。三闾之

职,掌王族三姓,曰:昭、屈、景。"《水经注·湘水》:"汨水又西,迳罗县……汨水又西,为屈潭,即汨罗渊也。屈原怀沙自沉于此,故渊潭以屈为名……渊北有屈原庙。"《括地志》:"故罗县城在岳州湘阴县东北六十里,春秋时罗子国,秦置长沙郡而为县地。按:县北有汨水及屈原庙。"蒋寅《戴叔伦诗集校注》系此诗于在湖南任转运留后期间。时在大历三年(768)。但建中三年(782)在湖南观察使李皋幕期间作此诗的可能性也不能排除。②沅湘,沅水和湘水。流入洞庭湖的两条江。屈原遭放逐后,曾长期流浪于沅、湘间。《离骚》有"济沅湘以南征兮,就重华而陈词"之句。③子,《全唐诗》原作"宋",校:"一作子。"兹据改。④风,《全唐诗》原作"烟",校:"一作风。"兹据改。屈原《九歌·湘夫人》有"袅袅兮秋风,洞庭波兮木叶下"之句。⑤《楚辞·招魂》:"湛湛江水兮上有枫,目极千里兮伤春心,魂兮归来哀江南。"

[鉴赏]

　　一篇仅二十字的五绝,抒写对屈原的凭吊之情,显然不可能涉及屈原的生平遭际等具体情事,只能从虚处着笔、空际传神。这首诗的高明之处,就在于将眼前景与屈赋中的典型意象、意境融为一体,创造出一种浓郁的氛围,从而使屈原的怨愤、屈赋中所表现的怨愤和后人对屈原的哀思凭吊之情不着痕迹地形成一个艺术整体。

　　屈原庙就在湘水支流的汨罗江边,屈原放逐之地就在沅、湘一带,作品中更多次提到沅湘。因此诗的前幅就从眼前的湘水发兴,因湘水而联及沅水,说明诗人在目睹眼前的湘水时已经神游往古,联想到屈原在沅湘一带遭放逐时的经历与创作,从而将滔滔北去、奔流不尽的沅湘和屈原的遭际、感情乃至创作联系起来,这一切,都集中汇成一个"怨"字。正如司马迁在《史记·屈原列传》中所说:"屈平正道直行,竭忠尽智,以事其君,谗人间之,可谓穷矣。信而见疑,忠而被谤,能无怨乎?""忠而被谤"的"怨",正是对屈原生平遭际、思想感情、辞赋创作的集中概括。诗人将"流不尽"而"深"的沅湘与屈原的"怨"联系起来,形象地表现出屈原怨愤的悠长深沉和强烈奔放。不直说屈原之怨如沅湘之悠长和深沉,而是先出现"沅湘流不尽"的画面,再引出"屈子怨何深",便使前两句不再是一个单纯的比喻,而是由眼前景(也融合了想象中的景)自然触发的联想和诗人的深切追思凭吊之情,那"流不尽"的"沅湘"仿佛成了屈原深沉悠长怨愤的载体,又好像成了屈原怨愤的物化和象征。读者仿佛可以从沅湘的滔滔流水上感受到一股千年缭绕的怨愤之气。这样的艺术效应是单纯的比喻所根本不能达到的。黄生说："言屈原之怨，与沅湘同深，倒转便有味。"虽然看出了"倒转便有味"，却仍然将它的艺术含蕴理解得过于狭窄了。

"日暮秋风起，萧萧枫树林。"后两句转写祠庙边的景物和环境气氛。日暮时分，四望苍茫，秋风起处，庙边的枫树林萧萧作响，落叶纷纷。这幅图景，充满了一种苍茫黯淡、凄清悲凉的情调，用来表现诗人追思凭吊屈原时哀伤凄凉的情思自然非常适合。但诗的妙处却不仅是即景寓情，而且将屈赋中的有关意象、意境与眼前景自然融合起来。"日暮"的意象，《离骚》中即有"日忽忽其将暮""时暗暗而将罢兮"等句，其中即寓含对时代的象征意味；"秋风"更有《九歌·湘夫人》中"袅袅兮秋风，洞庭波兮木叶下"的千古名句作为这一充满萧瑟情调的意象意境作为先导；而"枫树林"的意象则又来自《招魂》的"湛湛江水兮上有枫，目极千里兮伤春心，魂兮归来哀江南"，其中寓含了对国家危亡的哀愤和对亡魂的追思哀悼。诗人将这一切有着丰富内涵的屈赋意象意境与眼前景自然融合，从而使这两句诗不仅仅是出色的环境氛围渲染，而且能触发读者广远的联想与思绪。楚国国势的昏暗与贴危，亡国的凄凉，乃至怀王魂归故国的哀伤，诗人对前贤的追思凭吊，都隐现于字里行间，但又绝不拘泥落实，只凭读者想象。这样以屈赋写屈吊屈，即景寓情，贯串古今，确实达到了诗艺的极致。

畅诸

畅诸,生卒年不详,汝州(今属河南)人。开元初登进士第。九年(721)中拔萃科。曾任许昌尉。或谓其系畅当弟,误。其年辈早于当,籍贯亦异。生平事迹见《元和姓纂》卷九《四十一漾》、李翰《河中鹳雀楼集序》。《全唐诗》录存其诗一首,其名作《登鹳雀楼》误入畅当诗。

畅　诸

登鹳雀楼①

迥临飞鸟上②，高出世尘间③。天势围平野，河流入断山。

[校注]

①鹳雀楼，已见前朱斌《登楼》诗注①。《全唐诗》原作畅当诗，此盖沿《唐诗纪事》之误。按李翰《河中鹳雀楼集序》云："前辈畅诸，题诗上层，名播前后。山川景象，备于一言。"宋人沈括《梦溪笔谈》卷十五《艺文二》："河中府鹳雀楼三层，前瞻中条，下瞰大河，唐人留诗者甚多，惟李益、王之奂、畅诸三篇能状其景……"畅诸诗曰："迥临飞鸟上，高出世尘间。天势围平野，河流入断山。"彭乘《墨客挥犀》卷二："河中府鹳雀楼，五（当作三）层，前瞻中条，下瞰大河，唐人留诗者甚多。畅诸诗曰：'迥临飞鸟上，高出世尘间。天势围平野，河流入断山。'"敦煌残卷伯三六一九有畅诸《登鹳鹤楼》诗，系八句之五言律："城楼多峻极，列酌恣登攀。迥林飞鸟上，高榭代人间。天势围平野，河流入断山。今年菊花事，并是送君还。"似是此诗原貌。《唐诗纪事》卷二十七始误作畅当诗。岑仲勉《读全唐诗札记》对此有详细考证。②迥临，犹高临。③世尘间，犹人世间，亦状其细如微尘。

[鉴赏]

鹳雀楼为唐代著名登览胜迹，它的出名，固与其所处的"前瞻中条，下瞰大河"的地理形势有关，更由于唐代诗人在登览时留下了一系列杰出的诗篇，其中朱斌、畅诸二作，尤为翘楚。历代诗评家亦多将其相提并论，分析比较。实际上，畅诸的原作很可能是一首五言律体，在流传的过程中，后人因其首尾两联平平，与中间两联不相称，遂截头去尾，成了一首对起对结的五绝。这种删改，亦见于高适的《哭梁九少府》（将一首五古的头四句裁成五绝）及刘长卿的《听弹琴》（将一首五律去掉首尾成为五绝）。这种历代的淘汰删削，体现了诗的艺术生命力之所在，也表明了读者审美评判力的公正。如果我们把一首诗在流传过程中艺术水平经改动后的提高看作其生命的延续成长，那么便可以理直气壮地将改动后的作品作为评判的对象而不必拘泥于它的原始面貌。

前两句写登楼的最高层俯瞰所见，首句突兀而起，说鹳雀楼高临于飞鸟之上。飞鸟翔翔于天空,而楼却高出于飞鸟之上,则其凌空矗立的雄姿可见。这并非夸张的形容,亦非视觉的反差,而是写实。鹳雀楼建于黄河中的小岛上,地势本高,加以楼高三层,在最高层上俯瞰,见飞鸟从楼下掠过,本很正常,这是我们登上高山或高楼时常见的景象。岑参《与高适薛据同登慈恩浮图》亦云:"下窥指高鸟,俯听闻惊风。"可参证。此句系俯瞰近处所见。

次句"高出世尘间",写俯瞰远处地面所见。蒲州城繁华热闹的街市行人,城外的村庄房舍,田野树木,在诗人的视野中都变得非常细小,这正应验了世间如微尘的说法。这同样是登高俯瞰地面人间的实际感受,其情形与在升高的飞机中望城邑乡村的感觉类似。但这两句却非单纯的客观描绘,从"迥临""高出"的词语中,自能体味出诗人在登高俯瞰之际那种居高临下的凌云气势和超凡脱俗的高逸情怀。

"天势围平野",第三句写登楼远望天地相接的景象。极目四望,圆盖似的整个天空似乎笼盖了广阔的平原田野,一"势"字显示出天宇自高处低垂的态势,给人以一种动态感,而"围"字则展现出一种四面围合的形象感。这种感受,只有登高四顾,而所处之地又正在大平原附近地区才会产生。

"河流入断山",末句是登楼顺着黄河奔流的方向远眺时所见的景象。奔腾咆哮的黄河由楼前流过,挟巨浪滚滚而去,诗人的目光也一直送着它远去,直到它流入中条山与华山之间的山峡,掉头东去,隐没不见为止。"入断山"三字极为准确形象,也极富气势力量。黄河冲决一切的伟力仿佛劈断了本来连成一体的山脉,使之成为河东、河西夹岸对峙的两山,而滔滔巨浪则穿峡而去。诗人的目光虽止于断山,而诗情和想象仍随河流远去。故此句与上句虽系写实,但实中寓虚,读者从中仍可感受到一种笼盖宇宙的气势和冲决奔腾的力量。

李益

李益（746—829），字君虞，陇西狄道（今甘肃临洮）人。大历四年（769）登进士第，同年再中超绝科，翌年又中主文谲谏科，授河南府参军，转华州郑县主簿。秩满为渭南县尉。后山南东道洎鄜畤、邠郊皆以管记之任请，由监察、殿中历侍御史，自书记、参谋为节度判官。约贞元十七、八年入幽州节度使刘济幕为营田副使，检校吏部员外郎，迁检校考功郎中，加御史中丞。元和元年（806）征拜都官郎中，进中书舍人，出为河南少尹。约七年入为秘书少监，兼集贤学士，转太子右庶子、左庶子，官至右散骑常侍。大和元年（827）以礼部尚书致仕。三年八月卒。益自称"五在兵间，故为文多军旅之思"。德宗曾诏征益之制述，令词臣编录，诗作流传海外，为夷人所宝。令狐楚编选《御览诗》，录其诗三十六首。诸体皆工，尤长七绝。《全唐诗》编其诗为二卷。按：李益曾两入朔方（崔宁、杜希全）幕府（墓志未载），其边塞从军诸作多作于此期间。生平仕历据崔郾《李益墓志铭》。

喜见外弟又言别①

十年离乱后②,长大一相逢。问姓惊初见,称名忆旧容。别来沧海事③,语罢暮天钟。明日巴陵道④,秋山又几重!

[校注]

①外弟,表弟。②十年离乱,指安史之乱。天宝十四载(755)冬安史之乱爆发,至代宗广德元年(763)始告平定,首尾历九年。此举成数而言。③沧海事,指世事经历沧海桑田的巨变。《神仙传》卷上:"麻姑自说云:接待以来,已见东海三为桑田。向到蓬莱,又水浅于往日会时略半耳,岂将复为陵谷乎?王远叹曰:圣人皆言,海中将复扬尘也。"④巴陵,唐江南西道郡名。《元和郡县图志·江南道三·岳州》:"本巴丘地……吴于此置巴陵县,宋文帝又立为巴陵郡……武德六年,复为岳州。"治所在巴陵县(今湖南岳阳)。

[鉴赏]

由于时代相近,题材相似,历代评家多将司空曙的《云阳馆与韩绅宿别》与李益的《喜见外弟又言别》,特别是将它们的颔联相提并论。其实,这两首诗在抒写乱后意外重逢的情景时有两个明显的区别。其一,司空诗的晤别双方是多年未见的故友,彼此在别前已届壮岁;而李诗晤别的双方则是乱前年尚幼小,乱后重逢时已长大的表兄弟。即两首诗的晤别双方在年岁上有差别。其二,由于经历乱离,重逢时的感情自是悲喜交集,但司空诗的感情明显偏重于悲,而李诗的感情则偏重于喜。

"十年离乱后,长大一相逢。"首联重笔提起,明点"离"与"逢"。但这却不是普通的离别与重逢,而是经历了"十年离乱"的时代浩劫与沧桑巨变之后的别后重逢,因此双方的晤话主题自然离不开这一特殊的时代背景,这一点,李诗与司空诗都是相同的,只不过司空诗未明点"离乱"而已。但"长大一相逢"却意味着别离前双方都还是幼年。李益出生于天宝五载,安史之乱爆发时年方十岁,其外弟的年龄自是更小,十年离乱之后,彼此都已长成青年人,故说"长大一相逢"。这个"一"字强调了悠久而纷乱的十年岁月中双方相逢的唯一性,从而突出了它的艰难与珍贵,为"喜"字伏脉。这一联主要是叙事,交代背景,但在叙事中即寓含有对时代与人生的感慨。而正是这"十年离乱"的特殊背景和幼别长逢的特殊经历，决定了颔联双方相逢时的特殊情态。

"问姓惊初见，称名忆旧容。"由于双方别前年方幼小，重逢时却已"长大"，而一个人的形容变化，最显著而突出的便是这从幼到大的十来年，因此双方乍见之时形同陌生。从情理推测，外弟应是主动前来寻访李益的，因此在看到这位表兄时虽也感到陌生，但毕竟知道对方就是久违的表兄，但李益却是在完全不知情的情况下乍见这位外弟的，因此便有了这颇具戏剧性的一幕。当外弟突然出现在面前时，由于对方形容大变，全感陌生，因而自然而然地问对方"贵姓"，而当对方道出姓氏并说出自己的表弟身份，称诗人为表兄时，诗人竟一时感到茫然无绪，感到这位自称表弟的人似乎是初次相见，从未谋面。"惊初见"的"惊"字，正传神地表现出诗人当时那种惊讶、迟疑、惊异、惊奇的复杂心态。诗人的这种迟疑情态自然引起了对方的注意，于是乎便主动地说出自己的名字。诗人这才恍然大悟，原来此刻站在面前的便是十来年前和自己一起玩耍的表弟。可面对这位形容陌生的表弟，竟想不起他幼小时的形容、模样，于是便在记忆中努力搜寻。这就是所谓"称名忆旧容"。这个"忆"是一种恍恍惚惚、遥远模糊的记忆。从诗人"问姓"而"惊"到外弟"称名"而诗人努力记"忆"，这一少小离别、十年重逢的场景，特别是诗人的心理活动、情态变化，被描绘刻画得极为真切、细腻、曲折、生动，富于戏剧性。而这一切，又纯用素朴的语言进行白描，使人不得不叹服诗人的艺术功力。

"别来沧海事，语罢暮天钟。"腹联转写双方重逢后的叙谈。十年离乱，双方隔绝，音信不通，国事、世事、家事以及双方各自的情况都起了巨大变化。这一切，都是双方叙谈时必然触及的话题，但在短短的十个字中，却无论如何也无法道尽，只能用高度概括的"沧海事"三字，将别后情事包举，而由此引起的沧海桑田的感慨亦自然寓含其中。妙在下句宕开写景，虚处传神，写彼此叙谈语罢之际，天色已经向晚，远处传来一阵阵暮钟的声音，在耳边萦回荡漾。这个场景，不仅暗示了叙谈时间的长久、内容的繁多、感慨的深长，而且将双方在暮天钟声中默默相对无言时心潮的回荡起伏也透露出来，传达出更丰富的感情和令人神远的隽永意味。如果说，颔联的成功在于真切细腻的描绘，在于实处见工，腹联的成功就在于高度概括，虚处传神，具有远神远韵。一实一虚，都体现出诗人的艺术功力。

"明日巴陵道，秋山又几重！"尾联从别后重逢过渡到"明日"的又一次离别。"巴陵道"是外弟明日要登上的道路。诗人想象，明日外弟又要沿着巴陵道迤逦而去,山川重阻,秋云暗淡,一别之后,彼此又被重重秋云笼罩的山川阻隔,天各一方了。末句以景语作设问口吻,有悠然不尽的情致,正与别情的悠长相应。

综观全篇,表现的感情虽亦有对十年离乱沧桑巨变的感慨,但主导的感情倾向是乱后意外重逢的惊喜。对于"明日"的又一离别,虽有依依惜别的感情和深挚的思念,却无明显的悲感。这和司空曙的《云阳馆与韩绅宿别》直接揭出"相悲",抒写乍见疑梦、恍如隔世的悲感,在腹联的景物描绘中渗透凄寒冷寂的心态有明显区别。如果说,司空诗表现的是一种中年人的心态,则李益这首诗多少还体现了一些青少年人的心态。

夜上受降城闻笛①

回乐烽前沙似雪②,受降城下月如霜③。不知何处吹芦管④,一夜征人尽望乡。

[校注]

① 《旧唐书·张仁愿传》:"神龙三年,突厥入寇,朔方军总管沙吒忠义为贼所败,诏仁愿摄御史大夫,代忠义统众。仁愿至军而贼众已退,乃蹑其后,夜掩大破之……仁愿请乘虚夺取漠南之地,于河北筑三受降城,首尾相应,以绝其南寇之路,中宗从之,六旬而三城俱就。以拂云祠为中城,与东西两城相去各四百馀里。皆据津济,遥相应接,北拓地三百馀里。于牛头、朝那山北,置烽候一千八百所。自是突厥不得度山放牧,朔方无复寇掠。"中受降城在今内蒙古自治区包头市西,东城在今内蒙古托克托南,西城在今内蒙古杭锦后旗乌加河北岸。此指西受降城。《乐府诗集》卷八十《近代曲辞二》录此诗,题为《婆罗门》,解题引《乐苑》曰:"《婆罗门》,商调曲,开元中西凉府节度杨敬述进。"又引《唐会要》曰:"天宝十三载,改《婆罗门》为《霓裳羽衣》。"《全唐诗》卷二十七杂曲歌辞重录此诗,亦题为《婆罗门》,当是以此诗配《婆罗门》曲名改题。《旧唐书·德宗纪》:大历十四年(779)十一月,"癸巳,加崔宁兼灵州大都督,单于镇北大都户、朔方节度等使,出镇坊州"。又,兴元元年(784),"八月甲辰,以金吾大将军杜希全为灵州大都督、西受降城、天德军、灵盐丰夏节度营田等使"。李益《从军诗序》云:"迨贞元初,又忝今尚书(指杜希全)之命,从此出上郡、五原四五

年，荏苒从役。其中虽流落南北，亦多在军戎。"此诗当作于在崔宁幕之某年巡行朔野时。详参陈铁民《李益五入边地幕府新考》，《文学遗产》2021年第1期。西受降城正崔宁管内之地。②回乐烽，在西受降城附近之烽火台。或说指灵州回乐县之烽火台，但回乐县距西受降城甚远。据诗意，此回乐烽与西受降城当相距不远，故指回乐县烽火台之说恐非。其《夜上西城听梁州曲二首》之西城即指西受降城。首二句"行人夜上西城宿，听唱梁州双管逐"与本篇"闻笛"近似。烽，《全唐诗》原作"峰"，校："一作烽。"兹据改。《暮过回乐烽》云："烽火高飞百尺台。"可证当作"回乐烽"。③下，《全唐诗》校："一作外。"④芦管，胡人吹奏的乐器。宋陈旸《乐书》云："芦管之制，胡人截芦为之，大概与觱篥相类，出于北国者也。"曾慥《类说·集韵》："胡人卷芦叶而吹，谓之芦笳。"

[鉴赏]

这是李益一系列边塞佳作中最出名的一首。之所以特别出名，一是由于它的代表性。李益的边塞七绝，多借军中闻乐抒久戍思乡之情，如《从军北征》《听晓角》，都写得相当出色，而这首《夜上受降城闻笛》则意境最为浑融，表现最为自然。二是由于它的时代色彩。虽同样写久戍思乡，但风貌与盛唐显然不同，带有特定的时代悲凉色彩。

诗的前幅写"夜上受降城"所见，两句互文，"回乐烽"当在"受降城"附近。合而言之，即回乐烽前，受降城下，平沙似雪，月色如霜。这是一幅月色笼罩下平沙万里、寥廓广远、凄清寂静的境界。月光在这里起了关键作用。如果是在白天，则沙漠的颜色多呈黄褐色或淡黄色，且可明显见到沙丘的高低起伏。但入夜之后，在银色的月光映照下，浩瀚无垠的沙漠不但消失了高低起伏的形状，变成了浩浩无垠的万里平沙，连它的颜色也变成了一片洁白，白得像无垠的雪原。这一切，正是因"月如霜"所致。月色如霜，本不单属北方边塞地区，中原内地、江南水乡，处处可见。但当它出现在边塞朔漠地区，和浩浩无垠的万里平沙融为一体时，便显出了北方大漠之夜特有的广远寥廓、凄清寂静的境界。它美得让人神远心醉，也美得让人心凄神伤。"雪"和"霜"不但是对平沙、月光的颜色的形容描摹，更暗透目接此境的诗人（也包括征戍将士）心理上凄清寂寞的感受。整个画面上除了明月的万里清光和浩荡无垠的如雪平沙外，几乎看不到任何人和物的活动，听不到任何声息，有的只是无边的荒寂。两句似是纯粹写景，但景物描写中已暗透出抒情主人公的孤寂凄清，这正是乡思的前奏。

"不知何处吹芦管，一夜征人尽望乡。"诗的后幅由望而听，由色而声，转写登城"闻笛"。芦管，即芦笛，亦即题内之"笛"，芦管本胡人吹奏的乐器，带有浓郁的异域情调，声调又特别悲凉，因此极易引发征戍之士的思乡之情。妙在"不知"二字，突然作转，传神地描摹出在皓月当空、平沙万里、似雪如霜的无边荒寂之境中忽然传来悲凉的芦管声，使听者怦然心动、悠然神驰的情景。这声音不但使登城的诗人乡思涌动，遥望故乡，想必也使所有远戍此地的征人乡思悠悠，一夜无眠，起而望乡了。末句由己推人，其中蕴含了诗人的想象，使诗的内容更具普遍性，意境也更为广远。"一夜"犹整夜，言时间之长；"尽"言人数之众，包括全体闻笛的征人。虽是着意强调的词语，但全句却显得自然浑成，不见着力之迹。而"不知"与"一夜""尽"相呼应，又使三、四两句显得摇曳生姿，极具咏叹情味。比起《从军北征》的"碛里征人三十万，一时回首月中看"来，后者不免稍露夸张之迹，比起《听晓角》的"无限塞鸿飞不度，秋风卷入小单于"来，后者亦略显深曲，均不及此诗后幅之自然不着力。

远戍思乡，是边塞征戍之作最常见的主题。但在不同的时代，却显示出不同的情调意境。盛唐边塞诗尽管也写乡思边愁，但其中大都贯注着一种阔大雄浑之气，像王昌龄的《从军行》之一："烽火城西百尺楼，黄昏独坐海风秋。更吹羌笛关山月，无那金闺万里愁。"虽亦吹笛而怀闺人思故乡，而雄阔之气终不能掩。而李益此诗，则虽阔大旷远，但其中已经自然渗透了时代的悲凉萧瑟色调，与王诗显然有别了。

李益的七言绝句，前人多赞其可与龙标、太白竞爽。从艺术风貌上看，似乎更近于李白之自然俊爽。像这首诗，就很容易使我们联想起李白的《春夜洛城闻笛》："谁家玉笛暗飞声，散入春风满洛城。此夜曲中闻折柳，何人不起故园情？"但正如前面已经提及的，李白诗尽管亦写夜闻笛而起故园情，但诗中却荡漾着盎然的春意；而李益此诗，却透出凄清的寒意，这并不单纯由于所写时令，而且由于整个时代氛围的影响。

汴河曲[①]

汴水东流无限春，隋家宫阙已成尘[②]。行人莫上长堤望[③]，风起杨花愁杀人。

李　益

[校注]

①汴河，即汴水，隋通济渠、唐广济渠之东段。《通鉴·隋炀帝纪》："大业元年三月辛亥，命尚书右丞皇甫议发河南、淮北诸郡民，前后百余万，开通济渠，自西苑引谷、洛水达于河。复自板渚引河历荥泽入汴。又自大梁之东引汴水入泗，达于淮。"因自荥阳至开封一段为古汴水，故唐、宋人遂进而将荥阳至盱眙入淮之通济渠通称汴河或汴水。②隋家宫阙，指隋炀帝为游江都在通济渠沿岸所设的行宫。《隋书·炀帝纪》："大业元年，自长安至江都，置离宫四十余所。"③长堤，即汴堤，隋炀帝沿通济渠、邗沟（江、淮之间的一段古运河，隋炀帝时重开）岸边筑御道，道旁植柳。

[鉴赏]

这是一首怀古诗。题中的汴河，唐人习惯指隋炀帝所开通济渠的东段，即运河从板渚（今河南荥阳北）到盱眙入淮的一段。当年隋炀帝为了游览江都，前后动员了百余万民工凿通济渠，沿岸堤上种植柳树，世称隋堤。还在汴水之滨建造了豪华的行宫。这条汴河，是隋炀帝穷奢极欲、耗尽民膏，最终自取灭亡的历史见证。诗人的吊古伤今之情、历史沧桑之感，就是从眼前这条汴河引发出来的。

首句撇开隋亡旧事，正面重笔写汴河春色。汴水碧波，悠悠东流，堤上碧柳成荫、柔丝袅娜，两岸绿野千里、田畴相接，望中一片无边春色，使本来比较抽象的"无限春"三字具有鲜明的形象感。但"春"字既可指春色又可指岁月。从隋炀帝开凿通济渠到诗人写这首诗时，时间已经过去好几百年，如果再上溯到魏晋时的汴梁渠乃至古汴水，则时间更长。因此，这"无限春"既可将读者的想象引向广阔的现实空间、无边春色，又可将读者的思绪引向悠远的历史时间。这两方面，都极易引发人们的沧桑感，从而不着痕迹地过渡到第二句。刘禹锡《杨柳枝》说："炀帝行宫汴水滨。"第二句中的"隋家宫阙"即特指水边的炀帝行宫。春色常在，但当年豪华的隋宫则已荒废颓破，只留下断井颓垣供人凭吊了。"已成尘"，用夸张的笔墨强调往日豪华荡然无存，与上句春色之无边、时间之永恒正形成触目惊心的强烈对照，以见人世沧桑，历史无情。"台城六代竞豪华，结绮临春事最奢。万户千门成野草，只缘一曲后庭花。"（刘禹锡《金陵怀古·台城》）包含在"隋家宫阙已成尘"中的意蕴，不正是这种深沉的历史感慨吗？

一、二两句还是就春色常在而豪华不存这一点泛泛抒感，三、四句则进一步抓住汴水春色的典型代表——隋堤柳色来抒写感慨。柳絮春风，飘荡如雪，本是令人心情骀荡的美好春色,但眼前的隋堤柳色,却绾结着隋代的兴亡,历史的沧桑,满目春色,不但不能使人怡情悦目,反倒令人徒增感慨了。当年隋炀帝沿堤树柳,本是为他南游江都点缀风光的,到头来,这隋堤烟柳反倒成了荒淫亡国的历史见证,让后人在它面前深切感受到豪奢易尽、历史无情。那随风飘荡、漫天飞舞的杨花,在怀着深沉感慨的诗人眼里,仿佛正是隋代豪华消逝的一种象征("杨花"的杨与"杨隋"的杨,也构成一种意念上的自然联系,很容易让人产生由此及彼的联想)。但是,更使人感怆的也许是这样一种客观现实:尽管隋鉴不远,覆辙在前,但当代的封建统治者却并没有从亡隋的历史中汲取深刻教训。哀而不鉴,只能使后人复哀后人。这也许正是"行人莫上长堤望,风起杨花愁杀人"这两句诗中所寓含的更深一层的意旨吧。

怀古与咏史,就抒写历史感慨,寄寓现实政治感受上这一点上看,有相通之处。但咏史多因事兴感,重在寓历史鉴戒之意;怀古则多触景生慨,重在抒今昔盛衰之感。前者较实,而后者虚。前者较具体,后者较空灵。将李益这首诗跟题材、内容与之相近的李商隐咏史七绝《隋宫》略作对照,便不难看出二者的差异。《隋宫》抓住"春风举国裁宫锦,半作障泥半作帆"这一典型事例,见南游江都所造成的巨大靡费,以寓奢淫亡国的历史教训;《汴河曲》则只就汴水春色、堤柳飞花与隋宫的荒凉颓败作对照映衬,于今昔盛衰中寓历史感慨。一则重在"举隅见烦费",一则重在"引古惜兴亡"。如果看不到它们的共同点,就可能把怀古诗看成单纯的吊古和对历史的感伤,忽略其中所寓含的伤今之意;如果看不到它们的不同点,又往往容易认为怀古诗的内容过于虚泛。怀古诗的价值往往不易被充分认识,这大概是一个重要原因。

上汝州郡楼[①]

黄昏鼓角似边州,三十年前上此楼。今日山川对垂泪[②],伤心不独为悲秋[③]。

[校注]

①汝州,唐都畿道郡名,治所在梁县(今河南汝州)。②川,《全唐诗》原作"城",校:"一作川。"兹据改。《世说新语·言语》:"过江诸人,每至美日,辄

相邀新亭，藉卉饮宴。周侯（颛）中坐而叹曰：'风景不殊，举目有山河之异。'皆相视流泪。惟王丞相（导）慨然变色曰：'当共戮力王室，克服神州，何至作楚囚相对！'""山川对垂泪"暗用其事。③宋玉《九辩》："悲哉秋之为气也，萧瑟兮草木摇落而变衰。"

[鉴赏]

绝句贵简省含蓄，但像李益这首诗一样，简省到对正意不着一字，含蓄到使读者对某一诗句产生歧解的，却为数不多。而这首诗所独具的深沉含蕴的风格，又正和上述表现手法密切相关。

这是一首登临抒慨之作。汝州，唐时属都畿道，州治在今河南汝州市。从地理位置上说，河南为中州之地，汝州更是王畿近甸，本来应当是人烟相接、桑柘遍野的和平富庶之乡。但安史乱起，洛阳附近一带沦为唐军与叛军反复争夺拉锯的战场，屡经兵火洗劫，早已残破不堪。安史乱平，藩镇割据。淮西地区从代宗大历十四年（779）李希烈割据叛乱，到宪宗元和十二年（817）吴元济被平定，前后为军阀割据近四十年，其间战争不断。汝州地近蔡州，正是与军阀交战的前线地区。这首诗当作于元和十二年淮西藩镇被讨灭之前。诗的开头一句"黄昏鼓角似边州"，就以寓含深沉感喟的笔触勾画出一幅冷落荒凉、充满战争气氛的图景：日暮黄昏，田野萧条，悲凉的鼓角声不断地从城楼上传出，回荡耳边。登楼四顾，恍惚中竟觉得置身于沿边的州郡。这种感觉，使人联想起杜甫《秦州杂诗》中的诗句："鼓角缘边郡，川原欲夜时。秋听殷地发，风散入云悲……万方声一概，吾道欲何之？"但那是置身真正的边郡，而李益此刻所在的却是王畿近甸的中原腹心之地，气氛竟如同边州，则汝州一带军事形势的紧张和景象的寥落可知。一"似"字正含有无限伤时感乱之痛。姜夔的《扬州慢》写劫后的扬州"渐黄昏，清角吹寒，都在空城"，内容情调与此类似。但姜词注重刻画，此诗则含浑不露。

"三十年前上此楼"，第二句由今日之登楼联想到三十年前登此楼的情景。由于此诗确切写作年代不详，"三十年前"究竟是哪一年也无从详考。但大致可以肯定是在安史之乱以后（安史之乱爆发那一年，诗人才十岁。如此时登楼，恐不大会留下深刻记忆，更不大可能有多少感触）。假定诗人是在淮西地区刚被军阀割据时到过汝州，[据《通鉴》载，德宗建中四年（783），李希烈兵陷汝州，执别驾李元平，遣将四出抄掠]则到元和初已达三十年，与此诗所写情景正合。"三十年前上此楼"的具体情景，句中一字未提。但联系上下文（特别是上句），不难揣知，今日登楼所见所闻所感，正和三十年前上此楼时相仿佛。时间距离之长与景象、感触之相似，形成一种意味深长的对照，使诗人在思前想后中感慨更深了。这就必然要引出三、四两句来。

"今日山川对垂泪，伤心不独为悲秋。"宋玉悲秋，历来被视为贫士失职而志不平的一种表现。这里说自己今日面对汝州的山川而伤心垂泪，原因不单是个人的落拓失意之悲。言外之意是，自己之所以"伤心""垂泪"是由于对国家的前途命运怀着更深广的忧愤。但这一层心意，却并未直接说出，而是用"伤心不独为悲秋"这样的诗句从反面微挑，虚点而不明说。这就留下许多涵泳、思索的余地。实际上，当诗人面对三十年来山川依旧的汝州城时，藩镇割据势力的长期猖獗，统治集团的腐败无能，人民生活的艰难困苦，唐王朝国运的衰颓没落，都不免在日暮黄昏、鼓角悲凉的惨淡气氛中萦绕于脑际。诗人的"伤心""垂泪"既如此深广，自然只能以不了语了之，只说"不独为悲秋"了。"山川对垂泪"的字面，当与《世说新语·言语》周颛之"风景不殊，举目有山河之异"，"皆相视流泪"之事有关，读者从中正可唤起一种对国运衰颓和世事沧桑的悲慨。

这首诗在构思方面的显著特点，就是用三十年前后两登汝州城楼所见所闻所感的相似，来集中表达对在长期战乱中衰颓不振的整个时代的深沉感慨。由于它充分发挥了绝句长于含蓄的特点，虚处传神，吞咽出之，遂使这首小诗具有深广的时代内容和感情内容，经得起反复吟味。

塞下曲①

伏波惟愿裹尸还②，定远何须生入关③。莫遣只轮归海窟④，仍留一箭定天山⑤。

[校注]

①《塞下曲》，乐府横吹曲旧题。此为唐代新乐府辞。②伏波，指东汉名将马援，曾封为伏波将军。《后汉书·马援传》："玺书拜援伏波将军。"曾曰："方今匈奴、乌桓尚扰北边，欲自请击之。男儿要当死于边野，以马革裹尸还葬耳，何能卧床上在儿女子手中邪！""会匈奴乌桓寇扶风，援以三辅侵扰，园陵危逼，固请行，许之。"③定远，指东汉名将班超，因立功西域，封定远侯，邑千户。《后汉书·

班超传》:"为人有大志……家贫,常为官佣书以供养。久劳苦,尝辍业投笔叹曰:'大丈夫无它志略,犹当效傅介子、张骞立功异域,以取封侯,安能久事笔研间乎!'""西域五十馀国悉皆纳贡内属焉。明年……封超为定远侯,邑千户。超自以久在绝域,年老思土(故土)。(建初)十二年,上疏曰:'……臣不敢望到酒泉郡,但愿生入玉门关……'""帝感其言,乃征超还"。④遣,让,使。只轮归,《春秋公羊传·僖公三十三年》:四月,"晋人与姜戎要之(指秦军)殽(山名,在今河南洛宁北)而击之,匹马只轮无反者。"海窟,指胡人所居的极远的巢穴之地。⑤《新唐书·薛仁贵传》:"诏副郑仁泰为铁勒道行军总管。时九姓众十余万,令骁骑数十来挑战,仁贵发三矢,辄杀三人,于是虏气慑,皆降……军中歌曰:'将军三箭定天山,壮士长歌入汉关。'九姓自此衰弱,不复更为边患也。"此处为与上句"只轮"对仗,且诗律宜用仄声,故改"三"为"一",更显将军之神勇。

[鉴赏]

此诗不但在整个中唐诗中堪称别调,就是在古代绝句史上也是别具一格之作。它的突出特点,就是句句用典,句句对仗。这两个特点通常情况下都是绝句创作艺术上的大忌。绝句贵含蓄,贵空灵,句句用典(特别是事典)极易使诗的内容、风格过实,缺乏想象空间和言外余韵。绝句贵风神摇曳,情韵悠长,句句对仗,特别是工整的对仗,极易使诗的风格流于板滞。但李益此作,却在犯绝句创作板与实两大忌的情况下,成功地发挥了用典与对仗的优长,而避开了用典与对仗可能引起的弊病,写出了一首感情悲壮激越、风格雄浑苍劲、通体一气浑成的杰作。

首句"伏波惟愿裹尸还"用马援典,意在突出其为国御敌,勇于牺牲,以战死疆场为荣的英雄气概。马援的话本身就是极具个性化色彩的人生誓言,诗人又用"惟愿"二字重笔勾勒,强调其唯一性,从而将它提高到人生价值观的高度。值得注意的是,马援的这一人生宣言是针对"方今匈奴、乌桓尚扰北边"的形势而发的,而且他真正践行自己的誓言,"自请击之",将人生观付诸实践,最后果然死于军中。因此,读者从这个事典中所感受到的就不仅仅是马援豪言壮语中显示出来的英雄气概,而且是他的整个人生价值观以及与此相联系的一生实际英雄业绩,是这一英雄人物的整体形象。而"方今匈奴、乌桓尚扰北边"的话也无形中具有某种现实针对性。

次句"定远何须生入关",用的同样是一位东汉名将的典故。班超经营西域三十余年,使西域五十余国纳贡内属,其功勋之卓越可以说是超越了前辈张骞,使东汉王朝的国威远扬域外，真正实现了其早年的大丈夫志略。晚年思故土而"愿生入玉门关"，也是人之常情，但诗人却以"何须"二字与上句"惟愿"相呼应，反其意而用之，说班超既立功西域，就干脆为维护汉王朝的国威而终老异域，何必恋故土而入玉关呢！班超的业绩如此卓越，犹以"何须"之语表示不足为遗憾，则诗人的宏伟志向可见。上句正用，以"惟愿"从正面强调；下句反用，以"何须"从反面表示不足。对仗虽极工整，意思却不重复，正反相济，愈加显出为国立功，终老异域，死于疆场的英雄气概和人生理想。"惟愿"与"何须"，上下勾连照应，使两句意思贯通，一气流注。

前两句着重从人生观的高度，借马援、班超的典故，表达英雄人物应有的志向气概，下两句进一步从践行志略的角度突出英雄人物应具的行动与业绩。"只轮归"用秦晋殽之战，秦人"匹马只轮无反"之典，强调对来犯之敌，要坚决、彻底、干净地加以消灭，不使其一兵一卒生归巢穴，以绝后患。这句虽是正面用典，却主要用其语，而与具体的人物、事件无关，用法灵活多变。"海窟"似是诗人的独创语，意指瀚海沙漠极远处胡人的窟穴。句首用"莫使"二字，有告诫之意，说明此诗可能是为壮词以激励戍边将帅。

末句"仍留一箭定天山"。用薛仁贵三箭定天山的事典，却将原典中的"三"改为"一"。这一改动，不但是为了与上句"只轮"构成铢两相称的工对，而且更是为了突出将军的神勇。"三箭"而"定天山"，已传为军中佳话，"一箭"而"定天山"，则又超仁贵而上之，英勇绝伦了。用"仍留一箭"之语，既有奋其余勇之意，又兼平定另一强敌之意，品味自知。"莫遣"句着意强调，重重提起；"仍留"句轻轻放下，口吻轻松，似乎是说请再留下区区一箭，捎带着把天山一带地区也给平定了。轻重抑扬之间，表现出对将军神勇的高度信任与赞扬，也使两句诗上下贯串一气，显得摇曳有致，气定神闲。

通观全诗，可以看出四句诗之所以能构成一个浑融的艺术整体，既取决于内在贯通首尾的气——一种坚信自己理想信念的精神力量，又得力于四句中"惟愿""何须""莫遣""仍留"等词语的勾连照应，使强大而充盈的"气"贯注于字里行间，使原来含意比较实的典故变得灵动起来，每一句都充溢着英雄主义的气概。而典故用法的多变和对仗句式的变化，又增添了全诗挥洒自如的风神韵味。

张籍

张籍（766—830），字文昌，吴郡（今江苏苏州）人。少时已寓居和州乌江（今安徽和县）。贞元十五年（799）登进士第。元和元年（806），始补太常寺太祝。十一年秋冬任国子监助教，十五年夏秋间任秘书郎。长庆元年（821）因韩愈之荐，迁国子博士，二年除水部员外郎，四年任主客郎中。大和二年（828）迁国子司业，大和四年卒。籍与王建早年相识，且均工乐府，故称"张王乐府"。与韩愈、孟郊交谊亦厚。白居易称其"尤工乐府诗，举代少其伦"。近体五律、七绝亦有清新之作。《新唐书·艺文志》著录《张籍诗集》七卷。《全唐诗》编其诗为五卷。

征妇怨①

九月匈奴杀边将②,汉军全没辽水上③。万里无人收白骨,家家城下招魂葬④。妇人依倚子与夫⑤,同居贫贱心亦舒。夫死战场子在腹,妾身虽存如昼烛⑥。

[校注]

①本篇系新题乐府。《乐府诗集》卷九十四新乐府辞乐府杂题收入此篇。②匈奴,古代北方游牧民族。此借指当时北方边境入侵的胡族。九月秋高马肥,正是胡人入侵内地的季节。③辽水,即今之辽河。《水经注·大辽水》:"《地理志》曰:渝水自塞外南入海,一水东北出塞,为白狼水,又东南流至房县,注于辽。"按:《汉书·地理志八下·辽东郡·望平》:"大辽水出塞外,南至安市入海,行千二百五十里。"这一带是唐王朝与奚、契丹等经常交战的地区。④招魂葬,指人死后未能收得其尸骨,用其生前所着衣冠,招其魂而葬。《晋书·袁瑰传》:"时东海王越尸既为石勒所焚,妃裴氏求招魂葬越,朝廷疑之,瑰与博士傅纯议,以为招魂葬是谓埋神,不可从也。"⑤依倚,倚仗,依赖。《仪礼·丧服》:"妇人有三从之义,无专用之道。故未嫁从父,既嫁从夫,夫死从子。"⑥昼烛,白天点燃的蜡烛,喻其系多余之物。

[鉴赏]

这首诗所写的战争,据"汉军全没辽水上"之句,系发生在辽河流域一带。但据《新唐书·北狄传》:"自至德后,藩镇擅地务自安,郛戍斥候益谨,不生事于边,奚、契丹亦鲜入寇。岁选首豪数十人长安朝会,每引见,赐与有秩,其下率数百皆驻馆幽州。至德、宝应时再朝献,大历中十三,贞元间三,元和中七,大和、开成间凡四。"在张籍生活的年代,这一带似乎并没有发生过这样大规模的战事,则所写似非当代之事。而在此前,"天宝四载……(安)禄山方幸,表讨契丹以向帝意。发幽州、云中、平卢、河东兵十余万,以奚为乡导,大战潢水南,禄山败,死者数千。自是禄山与相侵掠未尝解,至其反乃已",则亦有可能借咏安禄山邀功败绩之事以揭露黩武战争给百姓造成的苦难,如白居易《新丰折臂翁》之借杨国忠讨南诏事以戒邀边功而祸民者。

张籍

　　此诗八句,分前后两段,前段四句总写此次战役死者之众、状况之惨。开头两句,写九月秋高马肥季节,胡人进犯,边将被杀,汉军全部覆没于辽水之上。"全没"二字,沉痛切至,可以想见辽水沿岸,尸体累累,到处横陈的惨状。接下来两句,立即由辽水岸边的战场转到后方征人的家庭。"万里无人收白骨,家家城下招魂葬。"万里,是指征人远征东北边地,离家万里。家人自然不能跋山涉水,前往战地收尸埋葬,因而只能在家乡的城下用征人生前的衣冠招其魂魄归来而葬。但也反映出镇守边地的统帅对士兵生命和牺牲的漠视,任自己的士兵陈尸辽水而不加收埋。"家家"二字,应上"全没",正因为全军覆没,无一生还,故征人之家,家家城下作招魂之葬。从中可以想见征人家属沉痛欲绝、哀苦无告、呼天抢地的惨景。以上四句,可以说是为"征妇怨"提供了一个大背景,揭示出诗中所抒写的"怨妇"之"怨"并非特例,而是千千万万征人征妇共同悲剧命运的写照,具有普遍性和代表性。

　　后段四句,由面及点,将笔墨集中到一位具体的征妇身上。"妇人依倚子与夫,同居贫贱心亦舒。"先放开一步,写征妇的微末愿望。说妇人的命运寄托在丈夫和儿子身上,只要夫妻同居,合家团聚,即使过着贫贱的生活,心情也是舒畅的。在通常情况下,总觉得"贫贱夫妻百事哀",但在战争的灾祸降临到家庭面前时,却觉得"同居贫贱心亦舒"了。这种心理状态正是战争造成的,愿望说得越微末,越令人感到心酸。

　　"夫死战场子在腹,妾身虽存如昼烛。"七、八两句,旋即逼进一步,逼出全篇的警策。如今,丈夫已经战死沙场,而子却仍在腹中。失去了全家的顶梁柱,这个家就垮塌了,尚在腹中的子女即使侥幸平安降生,在如此艰困的条件下又如何将他抚养成人,看来依靠尚在腹中的子女更是遥遥无期,希望渺茫。自己一无所依,则虽暂时活在世上,也如同白昼点烛毫无意义。"昼烛"之喻,新颖独创,前所未见。这两句将妇人对生活、对将来绝望的沉痛心情表达得非常深刻有力。虽写"怨",却不仅是无告的哀怨,也有沉痛激愤的控诉。张籍诗每于结处用力,作尖锐沉痛之语,旋即收束,给人以急闸截流,水势奔涌回荡不已之感,此诗亦如之。

节妇吟寄东平李司空[①]

君知妾有夫,赠妾双明珠。感君缠绵意,系在红罗襦[②]。妾家高楼连苑

起③，良人执戟明光里④。知君用心如日月，事夫誓拟同生死⑤。还君明珠双泪垂，何不相逢未嫁时⑥。

[校注]

①四库本《张司业集》、四部丛刊本《张司业集》诗题均作《节妇吟》。据刘明华《关于张籍〈节妇吟〉的本事及异文等问题探讨》一文考证，北宋初姚铉所编《唐文粹》卷十二《乐府辞》所收本篇，题下始有注："寄东平李司空。"南宋计有功《唐诗纪事》卷三十四"张籍"条下收此诗题作《节妇吟寄东平李司空》。兹从之。而最早出现此诗写作背景的文字，则始于南北宋之交王铚之《四六话》卷上："唐张籍用裴晋公荐为国子博士，而东平帅李师道辟为从事，籍为《节妇吟》以辞之云……"南宋祝穆编撰《古今事文类聚》前集卷三十收入此诗，则题为《节妇吟寄东平李司空（辞辟命作）》，而南宋洪迈《容斋三笔》卷六则谓："张籍在他镇幕府时，郓帅李师古又以书币辟之，籍却而不纳，而作《节妇吟》一章寄之。"是诗题有《节妇吟》、《节妇吟寄东平李司空》、《节妇吟寄东平李司空师道》（《全唐诗》）之异；对李司空则有指李师古、李师道之异。按：东平，唐郓州东平郡，治所在须昌（今山东东平西北），中唐时为淄青节度使府所在。据《新唐书·藩镇传·淄青横海》，李师古与其异母弟师道曾先后任淄青节度使[师古卒于元和元年（806），师道卒于元和十四年]，且均曾封司空，故注家对李司空有指师古及师道之异说。刘明华认为：张籍中进士后与李师古共时较短，如果张籍真有拒聘某司空之事，指师道之可能性较大。诗之副标题很可能是姚铉根据相关传闻所加。作此诗的时间，当在任太常府太祝的困穷期间，而非任国子助教博士之时。刘文见《中国唐代文学学会第十四届年会暨国际学术研讨会论文汇编》。②罗襦（rú），丝绸短袄。③苑，宫苑。④良人，女子称丈夫。执戟，秦汉时的宫廷侍卫官，因值勤时手持戟，故称。《史记·滑稽列传》："官不过侍郎，位不过执戟。"明光，汉桂宫殿名，汉武帝时建。《三辅黄图》卷二引《三秦记》："未央宫渐台西有桂宫，中有明光殿，皆金玉珠玑为帘箔，处处明月珠、金阶玉阶，昼夜光明。"⑤拟，必。表极度肯定的语气副词，非"打算""准备"之意。⑥何，《全唐诗》校："一作恨。"按：宋代各本及总集、笔记、类书所引均作"何"。明代诗话中所引始有作"恨"者。

[鉴赏]

对这首乐府名篇的解读，应将对原题及文本的解读与后代关于此诗本事及托意的分析评论分开来讨论,否则会治丝益棼,缠夹不清,无法理清头绪。

先讨论宋代以来关于此诗本事的记载、副题的增入、寓言托意及所寄对象等问题。这些问题均有关联,故合并在一起讨论。关于此诗诗题开始有"寄东平李司空"的内容,始于北宋初姚铉《唐文粹》,至南北宋之交王铚《四六话》而更具体化为"东平帅李师道辟为从事,籍为《节妇吟》见志以辞之"。姚铉编选《唐文粹》在大中祥符四年(1011),上距张籍作此诗之年约二百年,姚氏以此诗为"寄东平李司空",可能得之传闻,也可能确有所据。从张籍生平经历看,姚合《赠张籍太祝》已有"甘贫辞聘币"的明确记载,可见其确有宁愿守穷而辞聘之事。当然姚合诗并未指明所辞之对象,只能据此推知其事当在其任太常寺太祝期间或以前,即元和元年(806)至十一年秋冬或更前。而元和元年李师古已卒,则如是在任太常寺太祝期间辞聘,似以辞李师道之聘之可能性较大。但李师道元和十一年十一月始加司空,且元和十年六月已发生师道遣刺客刺杀宰相武元衡之事,八月又与嵩山僧圆净谋反,遣勇士数百伏于东都进奏院,欲窃发焚烧宫殿而肆行焚掠,如师道于元和十一年十一月加司空后再辟聘张籍为从事,一则此时籍可能已离太祝任转国子助教,与姚合诗所述情况不符,二则张籍在师道反迹已彰的情况下似乎也不可能再说"知君用心如日月"之类的话。故籍"甘贫辞聘币"之事虽有之,但所辞对象却不可能是李师道,相反倒有可能是李师古。因为姚合诗所说"甘贫辞聘币"之事也可能发生在其任太常寺太祝之前。李师古于永贞元年(805)三月兼检校司空,元和元年(806)六月卒。张籍贞元十五年(799)登进士第,元和元年始官太祝。永贞元年三月至元和元年六月这期间,正是他穷极潦倒之时,师古辟聘其为从事,正可谓救其困穷,而籍则因"师古虽外奉朝命,而尝畜侵轶之谋,招集亡命,必厚养之,其得罪于朝而逃诣师古者,因即用之",德宗死时,又"冀因国丧以侵州县",故婉辞其辟聘,似较符合情理。再从当时诗坛风气看,也确有此类比兴寓言之作,如与张籍直接有关的朱庆馀《闺意献张水部》及籍之《酬朱庆馀》,即属此类比兴之作。如朱诗题内无"献张水部"四字,又无籍之酬作,读者完全可以将朱之《闺意》解为对新嫁娘心情神态之生动传神描写。

下面,不妨先从肯定此诗确为有本事的比兴体这个角度来对它的比兴含义作简单的解读。

"君知妾有夫,赠妾双明珠。"张籍贞元十五年已登进士第,至此时虽或尚未正式授官,但为唐之臣僚的身份已定,故说"有夫"。李师古在明知张籍即将正式成为朝廷官吏的情况下礼聘其为幕僚，故说"君知妾有夫，赠妾双明珠"。洪迈说"张籍在他镇幕府，郓帅又以书币辟之"，单从这两句看，洪迈的解读可能更为合理，但一则文献无籍曾在他镇幕府的记载，从姚合的《赠张籍太祝》诗也看不出有这方面的经历。

"感君缠绵意，系在红罗襦。"三、四句是对李师古厚币辟聘情谊表示感激的比喻性说法。从"系在红罗襦"之语看，处于困境中的张籍当时也许真动过接受其辟聘的念头。不管是否如此，这起码是对师古之礼聘表示感激与尊重之情的表现。

"妾家高楼连苑起，良人执戟明光里。"五、六两句承上"妾有夫"，对丈夫的身份地位作具体的描叙。从"执戟"本身的实际身份地位说，不过就是皇帝的普通侍卫而已，但从这两句诗的神情口吻及描绘的情景看，无疑对其夫带有夸饰赞扬的成分，与《陌上桑》罗敷之夸夫有相似之处。

"知君用心如日月，事夫誓拟同生死。"从比兴的角度解诗，"知君"句的解释是个关键，所谓"用心如日月"，表面上意思是说，你厚币礼聘，是表示对我的厚爱和尊重，用心光明磊落，并没有任何不可告人的目的（如用张籍的文才来为其反抗朝廷、扩充势力的政治图谋服务），实际上当然话中有话，暗中指其有不良的意图。这句上承"感君"句。尽管君用心光明，但我既有夫，供职朝廷，誓必与其同生死共命运，不可能再接受君之厚爱。这句承"妾有夫"，婉拒之意已经显露。"知君"句极婉转巧妙，既给足对方面子，使其有台阶可下，又微露对对方用意的察觉之意。

"还君明珠双泪垂，何不相逢未嫁时。""还君明珠"，是却聘的明确表示。虽却其聘，却深感其情，故虽"还珠"而"双泪垂"。末句更进一步道出自己这种感激之情的深厚程度。言下之意是妾若未嫁，则必当感君之缠绵情意相随终身。对于被婉辞的人来说，这无疑是情感上最大的满足。如果作为婉辞的一种词令，这恐怕是最巧妙也最能打动对方的词令了。

在唐代中叶藩镇割据、对抗朝廷的时代背景下，一位登第后长期得不到朝廷任用、穷困潦倒的文人，面对强藩的厚币礼聘，竟能甘贫辞聘，这件事本身就突出显示了一位寒士的政治气节。而借诗歌比兴婉转表达自己"事夫誓拟同生死"的坚定信念，将婉转巧妙的言辞与坚定的意志和谐统一起来，更为难得。作为一首比兴寓言体诗作，思想内容和艺术表现当均属上乘。

张籍

　　但这首诗如果撇开传闻的本事及比兴寓托之意,将它作为一位女子对所爱者的自白来读,也许更富于人情味,也更感人。这也正是它富于艺术生命力的突出表现和引起历代广大读者感情共鸣的原因。

　　由于各种各样的主客观原因,无论是在古代或在现代,非常美满幸福的婚姻总是少数,即使在旁人看来非常美满幸福的婚姻,在当事人的实际感受中却并非如此;甚至当事人已经长期感到非常美满的婚姻,一旦遇到在她(或他)看来更理想的对象向自己示爱时,也会由于两相比较或由于新鲜感而感到自己的婚姻并非完美。但由于情与礼的矛盾、情与义务、责任的矛盾、情与道德的矛盾,又强烈地感到自己应忠于原来的婚姻。从感情上说,是接受新对象的示爱的;但从礼法、道德、义务责任上说,又应当拒绝新对象的示爱。当后一方面的考虑战胜前一方面时,就有了将已经"系在红罗襦"的双明珠还给对方的举动。理智虽战胜感情,却无法消弭感情,于是便不由自主地在"还君明珠"的同时双泪长流。在主人公看来,这是一种悲剧性的无奈,而造成这种悲剧性无奈的根源则是人生的偶然性机缘,即自己在"未嫁时"未遇上这位理想的对象,从而在篇末集中地宣泄自己的无奈与遗憾——"何不相逢未嫁时"! 由于对婚姻美满幸福度的不满的普遍性,故当遇上自己认为更理想的对象示爱时,这种"何不相逢未嫁时"的遗憾与无奈就能唤起普遍的共鸣。从这个意义上说,这首诗的艺术魅力主要就在它非常真实深刻地表现了人们对婚姻乃至人生缺憾的无奈。

　　唐代是一个比较开放的时代,诗中所表现的一个已婚女子对丈夫以外的男子的示爱表示欣然接受的行为,在宋以后封建礼法越来越森严的时代,是受到严厉谴责的,尽管最后"还君明珠"也被视为一种动摇乃至背叛,因此有一系列节妇不节的负面评论,甚至有乾隆改诗的迂腐愚蠢之举,只有贺裳之评,总算说了一点近乎情理的话。在唐代,系珠罗襦与还君明珠,可视为节妇的合情合理之举。而自宋以后,却遭到一系列的指责,这正可视为封建社会后期封建礼法越来越严苛,影响到对诗歌评价的一个典型事例。

没蕃故人①

　　前年伐月支②,城上没全师③。蕃汉断消息,死生长别离。无人收废帐④,归马识残旗。欲祭疑君在,天涯哭此时⑤。

[校注]

①没，犹陷没。蕃，此指吐蕃。贞元六年，吐蕃陷北庭都护府，后又陷西川及安西四镇。②月（ròu）支，亦作"月氏"，古族名，曾于西域建月氏国，其族先游牧于敦煌、祁连间，汉文帝时遭匈奴攻击，西迁至塞种故地（今新疆伊犁河流域一带）。西迁者称大月氏，少数未西迁者入南山（今祁连山）与羌族杂居，称小月支。此以"月支"借指吐蕃。③上，《全唐诗》校："一作下。"④废帐，残存的军营营帐。⑤天涯，指诗人身在之地，因离故人身没之地极远，故云。

[鉴赏]

张籍的五律《夜到渔家》，写得自然灵动，这首《没蕃故人》却写得悲怆沉痛，另具一格。

诗中叙及的战争，按其地理位置，当指唐、蕃之间的战争。安史之乱后，吐蕃乘机连年攻占西北各州，且一度攻入长安。贞元六年（790），吐蕃攻陷北庭都护府，自此安西路绝，四镇亦陷。唐与吐蕃之间的战争，这一时期均由吐蕃主动挑起。诗首句所叙"伐月支"之战，或系借用汉代之事，表明前年唐、蕃间有此一战，也许与吐蕃陷北庭之战有关，不必过于拘实。诗意的重点在悼念此役中陷没于蕃地的故人，至于战争的性质由谁主动挑起，则非诗人注意的重点，也有可能指吐蕃"伐月支"而唐军覆没。

"前年伐月支，城上没全师。"首联追叙前年有讨伐月支之战，结果我军遭到全师覆没的惨败结局。诗人所悼念的故人也参与了这次战役，全师既没，个人的悲惨结局自在所难免。这一联是全诗的背景和根由，以下三联情事均由此生发。开篇标明"前年"，可见事过已久，但对故人的悼念却悠长不已，这一方面表明情谊之深厚，另一方面也是由于全师虽没，却一直得不到故人生死存亡的确切消息，这一点看下文自见。"城上"一作"城下"，义似较长。但如果将诗句理解为前年吐蕃发动的"伐月支"之战，我守城将士力战而全军覆没，则自亦可通，作"城上"指守城唐军，似更贴切。

"蕃汉断消息，死生长别离。"颔联承"城上没全师"，说城既陷而从此蕃、汉隔断，通向西域的道路断绝，消息音讯杳无，看来与故人之间只能是一死一生，永远别离了。"死生长别离"句语意沉痛，但这个结论是由"城上没全师"与"断消息"推断出来的，两年的长时间中得不到故人的任何消息，按情理自是存亡隔世了，故有此沉痛语。但"断消息"又隐含着另一种或然的可能，暗启末联，用语措辞，自有分寸。

"无人收废帐，归马识残旗。"腹联系想象之词。遥想当年两军激战的旧战场上，经历了岁月的长期侵蚀，残存的军营营帐还在大漠风沙中簌簌发响，却再也无人去收拾，牺牲战士的白骨无人收埋之意亦自寓其中；而识途的归马却似乎还认识残存的旗帜，这是用马之识残旗表明马之恋旧怀旧，以兴起下联。两句相对衬而意自见，言外则牺牲之将士早已被统治者忘却，悲怆之情深沉不露。

"欲祭疑君在，天涯哭此时。"尾联是全篇的警策，感情极沉痛，而语意极含蓄。上文讲到"城上没全师"，又讲到"死生长别离"，两年以来得不到故人的任何消息，按常情推断，对方早已不在人间。悲悼之情难已，故有"欲祭"之举；但转念一想，"蕃汉断消息"的现实状况，也许存在着一线希望，即对方侥幸还活着，只是由于消息断绝，不知情况而已。这种"欲祭疑君在"的悲痛比起那种明知对方已不在人间的悲痛更加折磨人的心灵，由于心存这万分之一的渺茫希望，连祭也不忍心举行，只能使远在天涯的自己恸哭心摧，永远在悲恸与疑惑中度过难熬的岁月了。诗的深刻动人之处，正在于揭示出了这种情知其必死又希其未死的复杂心理，将悲痛之情作了入骨的描写。

秋　思①

洛阳城里见秋风②，欲作家书意万重③。复恐匆匆说不尽④，行人临发又开封⑤。

[校注]

①秋思，秋天的归思，参注②。②《世说新语·识鉴》："张季鹰（西晋张翰字季鹰）辟齐王东曹掾，在洛，见秋风起，因思吴中菰菜羹、鲈鱼脍，曰：'人生贵得适意尔，何能羁宦数千里，以要名爵。'遂命驾便归。俄而齐王败，时人皆谓为见机。"张翰为吴郡吴人，与张籍同籍贯故里，用此典正切。③意万重，情意重叠多端。家，《全唐诗》原作"归"，校："一作家。"兹据改。④复，《全唐诗》原作"忽"，校："一作复。"兹据改。⑤行人，此指托其捎信的远行人。临发，临出发时。开封，开启信的封口。

[鉴赏]

盛唐绝句，多寓情于景，情景交融，较少叙事成分；到了中唐，叙事成分逐渐增多，日常生活情事往往成为绝句的习见题材，风格也由盛唐的雄浑高华、富于浪漫气息转向写实。张籍这首《秋思》，寓情于事，借助日常生活中一个富于包孕的片断——寄家书时的心理状态和行动细节，非常真切细腻地表达了作客他乡的人对家乡亲人的深切怀念。

第一句说客居洛阳，又见秋风。平平叙事，不事渲染，却有含蕴。秋风是无形的，可闻、可触、可感，而仿佛不可见。但正如春风可以染绿大地，带来无边春色一样，秋风所包含的肃杀之气，也可以使木叶黄落，百卉凋零，给自然界和人间带来一片秋光秋色，秋容秋态。它无形可见，却处处可见。作客他乡的游子，见到这一切凄清摇落之景，不可避免地要勾起羁泊异乡的孤子凄寂情怀，引起对家乡、亲人的悠长思念。这平淡而富于含蕴的"见"字，所给予读者的暗示和联想，是很丰富的。

第二句紧承"见秋风"，正面写"思"字。晋代张翰在洛阳，"因见秋风起，乃思吴中菰菜、莼羹、鲈鱼脍。曰：'人生贵得适志，何能羁宦数千里，以要名爵乎？'遂命驾而归。"（《晋书·张翰传》）张籍祖籍吴郡，此时客居洛阳，情况与当年的张翰相似。当他"见秋风"而起乡思的时候，很可能联想到张翰的这段故事，连"见秋风"三字，也和原典相同，而历代注家对此处的用典竟失之交臂，致使其用典的妙切其人其地其事竟无从领略。但由于种种没有明言的原因，诗人竟不能效张翰的潇洒命驾而归，只能修一封家书来寄托思家怀乡的感情。这就使本来已很深切而强烈的乡思中又增添了欲归不得的怅惘，思绪变得更加复杂多端了。"欲作家书意万重"，这"欲"字颇可玩味。它所表达的正是诗人铺纸伸笔之际的意念和情态。心里涌起千思万绪，觉得有说不完写不尽的话需要倾吐，而一时间竟不知从何说起，也不知如何表达。本来显得比较抽象的"意万重"，由于有了这"欲作家书"而迟迟不能下笔的生动意态描写，反而变得鲜明可触、易于想象了。

三、四两句，撇开写信的具体过程和具体内容，只剪取家书就要发出时的一个细节——"复恐匆匆说不尽，行人临发又开封"。诗人既因"意万重"而感到无从下笔，又因托"行人"之便捎书而无暇细加考虑，深厚丰富的情意和难以尽情表达的矛盾，加以时间"匆匆"，竟使这封包含着千言万语的信近乎"书被催成墨未浓"了。书成封就之际，似乎已经言尽；但当捎信的行人就要上路的时候，却又忽然感到刚才由于匆忙，生怕信里遗漏了什么重要的内容，于是又匆匆拆开信封。"复恐"二字，刻画人物心理入微。这"临发又开封"的行动，与其说是为了添写几句匆匆未说尽的内容（一些千叮咛万嘱咐、絮絮叨叨的话），不如说是为了验证一下自己的疑惑或担心（开封验看的结果也许证明这种担心纯属神经过敏）。而这种毫无定准的"恐"，竟然促使诗人不假思索地作出"又开封"的戏剧性决定，正显示出他对这封"意万重"的家书的重视和对亲人的深切思念——千言万语，唯恐遗漏了一句。如果真以为诗人记起了什么，又补上了什么，倒把富于诗情和戏剧性的生动细节化为平淡无味的实录了。这个细节之富于包孕和耐人咀嚼，正由于它是在"疑"而不是在"必"的心理基础上产生的。并不是生活中所有"行人临发又开封"的现象都具有典型性，都值得写进诗里，只有当它和特定的背景、特定的心理状态联系在一起时，方才显出它的典型意义。因此，像我们现在所看到的那样，在"见秋风""意万重"，而又"复恐匆匆说不尽"的情况下来写"临发又开封"的细节，本身就包含着对生活素材的提炼和典型化，而不是对生活的简单描写。王安石评张籍的诗说："看似寻常最奇崛，成如容易却艰辛。"（《题张司业诗》）这是深得张籍优秀作品创作要旨甘苦的评论。这首极本色、极平易，像生活本身一样自然的诗，似乎可以作王安石精到评论的一个出色的例证。

王建

王建（766—?），字仲初，祖籍颍州，关辅（今陕西关中地区）人。贞元初求学于齐州，与张籍同学。历佐淄青、幽州、岭南幕。元和初奉使江陵，后入魏博幕。八年任昭应丞。后入为太府寺丞、秘书郎，迁秘书丞。大和二年（807）出为陕州司马，曾从军塞上。晚年罢任闲居咸阳原上，卒。长于乐府、宫词。《新唐书·艺文志》著录《王建集》十卷。《全唐诗》编其诗为六卷。

王　建

田家留客

　　人家少能留我屋，客有新浆马有粟①。远行僮仆应苦饥②，新妇厨中炊欲熟。不嫌田家破门户，蚕房新泥无风土③。行人但饮莫畏贫④，明府上来何苦辛⑤。丁宁回语屋中妻⑥，有客勿令儿夜啼。双家直西有县路⑦，我教丁男送君去⑧。

[校注]

①新浆，新酿的酒。②僮仆，指随从诗人的仆役童儿。苦，甚，很。③蚕房，养蚕的房屋。蚕喜温畏风，故每年养蚕季节要先将蚕房用泥封涂缝隙。这里系将新泥的蚕房供客人居住。④行人，指诗人和随从的僮仆等行路的客人。⑤明府，唐人对县令的尊称，这里是对客人的客气称谓。上来，从远处至近处，犹远道而来。⑥丁宁，反复叮嘱。回语，回头对（某某）说。⑦冢，《全唐诗》校："一作井。"县路，犹通向县城的大路。⑧丁男，家中成丁的男孩子。

[鉴赏]

　　这首七言古诗在题目上虽未标出"行""谣""吟""歌"一类表明为乐府体的字眼，但一向编入王建的乐府体诗中，题材、写法、风格亦与其乐府相类，故完全可视为王建即事名篇的新题乐府诗。

　　诗为叙事纪言体，全篇除"丁宁回语屋中妻"一句系诗人从旁描述之语外，均为"田家留客"之词。且纯用白描，全用口语，一气直下，略无停顿。不但神情口吻毕肖，而且传出人物之质朴淳厚、热情好客的精神风貌。像原生态的生活那样真实自然，毫无雕饰；又像原生态的生活那样生动形象，不但如闻其声，如见其人，而且字里行间，溢出浓郁的生活气息，溢出浓郁的朴野情趣。这是一种最高级的写实。

　　"人家少能留我屋，客有新浆马有粟。"一开头就是这位田家对诗人发出的留客语，说过路的客人很少能留在我这农家屋里住宿，可我这看来不起眼的农家屋却能使住宿的客人喝口新酿的酒，马吃上粟料。上句先退一步，为"人家少能留我屋"感到遗憾，见出田家以留客为荣的热情与淳厚，下句反逼一步，强调自家的接待条件很好，好像是在为免费住宿做广告，说得既大方又风趣。

"远行僮仆应苦饥,新妇厨中炊欲熟。"招呼完了主人,又回过头招呼僮仆:远道而来,您的这些仆人童儿们恐怕早就饿了,这不,我家娘子正在厨房忙活,饭已经炊上了,马上就要开锅吃热饭了。从这里可以看出,这位田家是客人们进门之后就开始准备留宿吃饭了,否则客人刚进门怎么"炊欲熟"?既见其留客之殷勤热情,又见其安排之周到细致。

途中投宿农家,客人们最重视的除了能及时吃上热腾腾的饭菜外,就是能不能有一个干净安全的住处,这正是"留宿"的要点。热情细心的田家仿佛猜到了客人的心思,紧接着就介绍给客人准备的住处:别嫌弃我们农家的破门户,我们家新泥过的蚕房可是又干净又温暖,既不透风,也无灰尘。蚕房是农家养蚕的地方,也是农家最干净卫生之处。让客人住蚕房,既是就地取材,也是精心安排。

"行人但饮莫畏贫,明府上来何苦辛。"说话之间,田家妻子的酒菜已经上桌,主人连忙招呼客人们饮酒吃菜:客人们只管放开酒量,尽情饮酒,别担心我们家穷而故意客气,你们远道而来,路上辛苦,可得开怀畅饮。怕客人因为担心自己家穷而不舍得、不好意思尽情吃喝,这仿佛是客套,却是真正体会到了客人的内心活动。豪爽热情中显出细心体贴。

酒足饭饱,还担心夜里孩子啼哭吵闹,影响客人休息安睡,于是又回过头去叮咛屋里的妻子:"家里来了客人,夜里千万别让孩子啼哭吵闹。"小儿夜啼,本来是常事小事,但对远道而来一路辛劳的"行人"来说,却是影响安眠、影响明日继续行役的大事,因此细心的主人特别认真地叮咛嘱咐妻子管好孩子,曰"丁宁",则反复郑重之态如见,曰"回语",则连说话时的动作也捎带写出。虽系白描,却细入毫芒。

不仅要让客人吃好睡好,还考虑到明天一早客人继续赶路的事:村头有两座大坟,一直向西走就是大路,明天一早我让大孩子送你们走,保证误不了你们赶路。不但管人管马、管主管仆、管吃管喝,而且管住管行,一切都作了细心妥帖的安排。遇到这样热情好客、细心体贴的农家主人,还能不为其至情至性所感动所陶醉吗?这是最朴素最真切的农家本色语,也是最质朴最本色的从内心流出的诗。如实描写,不加修饰,这种生活、这种语言,本身就是一首美好的诗。白描的功夫到了这种毫无修饰痕迹、如同生活本身的程度,才是最纯粹最真实最高级的白描。比起杜甫那首《遭田父泥饮美严中丞》,王建的这首《田家留客》可谓尽灭雕饰之痕而复归于自然。

王　建

望夫石①

望夫处，江悠悠。化为石，不回头。山头日日风复雨②，行人归来石应语。

[校注]

①我国各地有多处"望夫石"或"望夫山"的古迹，均为民间传说，谓妇人因丈夫远出不归而伫立遥望，久而化为石。《初学记》卷五引南朝宋刘义庆《幽明录》："武昌北山有望夫石，状若人立。古传云：昔有贞妇，其夫从役，远赴国难，携弱子饯送北山，立望夫而化为立石。"据"江悠悠"句，或即指武昌北山之望夫石。王建曾在荆南节度使幕，距武昌不远。②山，《全唐诗》原作"上"，校："一作山。"兹据改。

[鉴赏]

张、王五七言乐府，虽均尚通俗、主写实，但比较之下，张多短制，风格峭刻奇警；王多铺叙渲染，风格诙谐风趣；张多比兴，王多白描。但王建的这首《望夫石》却是七古中的超短制。通篇由四个三字句、两个七字句构成。语言虽极朴素通俗，抒情却极深刻，平易中有深永的情味，奇警的想象。二十六个字，不仅概括了动人的民间传说，浓缩了悠远的时空，而且熔铸了古代妇女坚贞的精神品格。

"望夫处，江悠悠。"开头两句紧扣题目中的"望夫"，写望中所见之景，渲染环境气氛。"江悠悠"三字，即景寓情，既显示出望夫女子之情，如江之悠长无尽，又显示出江上之空寂，唯见江水悠悠，不见丈夫的归舟，传达出"望"者的空虚失落之情。其意境与温词《望江南》"梳洗罢，独倚望江楼。过尽千帆皆不是，斜晖脉脉水悠悠"近似，而更为凝练含蓄。同时，这悠悠的江水又是悠悠的时间之流的一种象征，使人联想起望夫的女子伫立遥望，已经不知经历了多少悠悠岁月，这就自然引出了三、四两句。

"化为石，不回头。"乍读似乎只是敷衍民间传说，点明题内的"石"字。但"不回头"这三个字却不仅仅是写"石"之屹立不动，而且写出了一种坚贞自守、亘古不变的精神品格。语言虽极通俗平易，语气却极坚定不移，寓有一种斩绝峭拔之气。

"山头日日风复雨,行人归来石应语。"五、六两句转用七字句,显示出内容的转折,也使诗的格调显得错落有致。上句写景,说这望夫石所在的山头上,日日经受风吹雨打,言语中自含对望夫女子的同情体贴,更有对其栉风沐雨,历悠悠时间之流而屹立不动的尊敬与感动。下句则是想象之词,也是全篇的警策。在诗人的凝望遥想中,这历千年而伫立江边山头不动的望夫石仿佛注入了灵魂。精诚所至,金石为开,远征的丈夫在她的精神感召下,果然归来了;而这时屹立不语的"望夫石"恐怕也要复活为人,欢欣而语,迎接丈夫的归来吧。这一句从写实跃入想象的领域,不但丰富发展了民间传说,而且使诗境得到升华提高。望夫石的传说,本来带有浓郁的悲剧色彩,既坚贞长守、亘古不变,又透露出一种对未来的绝望和无奈。但透过"行人归来石应语"这一石破天惊式的想象,却给望夫石的传说注入了希望的色彩和乐观的气息。在长久的伫望中,人可化而为石,石又可化而为人,这仿佛是还魂式的想象,充满了浪漫主义的奇思异采,使全诗因此而增添了亮色。宋宗元说末句既是"极苦语",又是"极趣语",所谓"极趣语",正是这种奇特的浪漫主义色彩。

田家行①

男声欣欣女颜悦,人家不怨言语别②。五月虽热麦风清③,檐头索索缲车鸣④。野蚕作茧人不取,叶间扑扑秋蛾生⑤。麦收上场绢在轴⑥,的知输得官家足⑦。不望入口复上身⑧,且免向城卖黄犊。田家衣食无厚薄⑨,不见县门身即乐⑩。

[校注]

①本篇系新题乐府。②人家,犹民家。别,不同,各别。言语别,此谓与往常言语之间每露悲愁怨愤情绪不同,显得兴奋喜悦。③麦风,麦收时的风。④檐头,屋檐边。索索,响声。缲车,抽茧出丝的车。⑤秋蛾,蚕作茧成蛹后所化的蛾。前云"五月",后云"麦收",本篇所写系五月农忙季节情景,"秋蛾"系想象之词。⑥轴,织机的轴。绢在轴,指绢已快织成。⑦的知,确知。输,缴纳田税。⑧入口,指粮食;上身,指绢帛。⑨无厚薄,不论质量精粗厚薄。⑩县门,县府衙门。

王　建

[鉴赏]

　　这首诗集中笔墨描写农家麦收季节的欢欣、忙碌和对生活的低微希望。通篇以"欣""悦"始，以"乐"终，但给人的感受却是农民生活的辛酸。

　　"男声欣欣女颜悦，人家不怨言语别。"诗一开头就从农家说话的声音、言语的内容、表达的感情和面部的表情上渲染出一片欣喜、欢悦的气氛。无论是当家的男人还是家庭的主妇，言语表情之间，都一扫过去常有的怨气和悲哀，透露出内心的欢欣喜悦。两句前四字与后三字，意思相对而字数参差，且互文见义，显得既紧凑又流畅，读来自有一种轻快的调子在流动。"人家"即家家农民，是泛指各家各户而非指某一家。"言语别"的"别"字用得生新别致而含蓄，只说言语与前不同，而今之欢欣喜悦，昔之忧苦悲怨均可想见。

　　"五月虽热麦风清，檐头索索缫车鸣。"三、四两句，对开头渲染的欢悦气氛出现的原因作出解释：原来又到了五月这个麦收、蚕收的忙碌季节。而且是一个麦子和蚕丝都丰收在望的好年景，农民全家男女，一冬一春的辛勤忙碌，等待的就是这个麦熟蚕收的季节。农历的五月，天气其实已经相当炎热，但在田间辛勤收割的农夫却觉得偶尔掠过的一阵清风特别地凉爽惬意，这自然是由于收获的喜悦使他们对外界事物的感受也变得特别轻松愉快了，从那个主观性很鲜明突出的"清"字中，似乎还可以闻到麦子成熟时的清香。这句写男人田间劳动的喜悦，下句则写妇女在家缫丝的情景，家家户户传出屋檐边缫车抽丝时索索的鸣响。这声响，在局外人听来，可能显得有些单调而嘈杂，但在经历了一春蚕事大忙的农妇耳中，却无异于最美妙动人的音乐，让人从"索索""鸣"等字眼中仿佛可以感受到其欢悦轻快的心声。

　　"野蚕作茧人不取，叶间扑扑秋蛾生。"五、六两句，承第四句缫丝宕开一笔，说由于蚕茧丰收，家家户户都忙于缫丝织绢，根本没有时间去收野蚕作的茧，只能由它自生自长，由蛹化蛾了。这宕开的一笔，似撇开了农家五月麦收的忙碌场景，却更衬出了农事的繁忙，闲中着笔，余波荡漾，更显得摇曳生姿。

　　"麦收上场绢在轴，的知输得官家足。"麦收既毕，上场枷打簸扬晒干；缫丝既毕，团团缕缕也上了织机，马上就可以织成绢帛了。长时间的辛勤劳动，正在化为场上机上看得见摸得着的"果实"。可农夫农妇这时首先考虑的却并不是全家人如何享用辛勤劳动的果实，而是首先盘算这打下来晒干净的麦和织成的绢究竟够不够缴纳官家的租税。因为是丰年，麦子和绢匹看来是足够缴税的了。"的知"二字,说得十分肯定,透出满足和喜悦,却分外令人心酸。丰年在缴税之后或略有盈余,水旱灾害的年月,则连缴纳官府的税也不够,可见其时税收的酷重和农民生活之艰困。

"不望入口复上身,且免向城卖黄犊。"九、十两句,紧承"输得官家足",写田家的自我庆幸和自我解嘲。男耕女织,本为维持一家人的温饱,但多年的酷重赋税负担却使农民彻底打破了自给自足、丰衣足食的幻想,而是宣称本就不指望长好的麦子能吃到嘴,洁白的绢能穿上身,只要能免于到城里卖黄牛崽儿缴税就算万幸了。黄牛是农民的重要生产资料,卖黄牛犊就等于卖掉明后年的基本生产资料,故能幸免于此,已自庆幸。从这里可以看出,即使是丰收年景,缴税之外,剩余的衣食之资也少得可怜。"不望""且免"相互呼应,自我解嘲中透露出内心深处的悲苦和对往昔"向城卖黄犊"这种困穷境遇的痛苦记忆。

"田家衣食无厚薄,不见县门身即乐。"末二句是全篇的警策和点睛之笔。上句说农民对自己生活的要求非常低微,只要有粗衣淡饭就已满足,根本不计较衣食的精粗厚薄,只求果腹蔽体而已。不是农民对生活没有改善的愿望和追求,而是残酷的现实、无情的压榨迫使他们放弃了丰衣足食的奢望,这种心态正透露出造成它的环境的残酷。下句进一步说出农民的快乐就是身不见县门。在他们心中,"见县门"就意味着因缴不起租税而面临的严刑责罚——倾家荡产、坐牢系狱一系列灾难。官府衙门在他们心目中就是森严的阎王殿,因此说"不见县门身即乐"。沉重的悲哀却用轻松诙谐的口吻道出,愈显出悲哀的沉重。

以乐写悲,以丰收的忙碌和喜悦反衬丰收之后的穷乏,以自我庆幸和解嘲的轻松口吻透露生活的沉重,相反相成,愈显出农民的悲苦困穷处境。但诗人并非刻意追求技巧,他只是用朴素的语言描写他所熟悉的农民生活与农民心态。读者从诗人所描绘的生活场景和农民心态中自能得到启示,联想到造成这种生活与心态的时代社会根源,这正是写实的力量、生活真实本身的力量。

新嫁娘词三首(其三)[①]

三日入厨下,洗手作羹汤[②]。未谙姑食性[③],先遣小姑尝[④]。

[校注]

①这组诗共三首。第一首云:"邻家人未识,床上坐堆堆。郎来傍门户,满口

索钱财。"第二首云："锦幛两边横，遮掩侍娘行。遣郎铺簟席，相并拜亲情。"流传最广的还是第三首。②古时习俗，新娘子过门后第三天要下厨做饭菜，俗称"过三朝"。羹汤，用肉类或菜蔬等制成的带浓汁的食物。此泛指菜肴。③谙，熟悉。姑，婆婆。食性，口味。④遣，让。小姑，丈夫的妹妹。

[鉴赏]

　　尚俗，是中唐张、王、元、白一派诗人的共同创作趣向，其中王建的尚俗趣向尤为突出。以民间婚嫁场景习俗入诗，是尚俗趣向在诗歌题材领域的一种表现，也是对诗歌题材的一种开拓。这组《新嫁娘词三首》便是典型的例证。但三首诗中唯有这一首流传广远，得到历代评家的高度赞誉，而前两首则不为人所知。问题的关键就在于，诗人在描写民间习俗的时候是否发现了诗情诗趣和人物在特定环境下的行为心态。

　　"三日入厨下，洗手作羹汤。"前两句点明这一首所要描写的婚姻习俗：新娘子在过门后第三天下厨做饭烧菜。这一习俗，既标志着新嫁娘正式参加主要家务劳动的开始，也是她作为新的家庭成员首次接受的一次考试。能做得一手好菜肴，是新媳妇"主内"能力的一种展示。因此作为新嫁娘的女主人公，对这样一次关系到自己将来在公婆心中印象和在家庭中地位的才艺展示，自然是极为重视的。首句平平叙起，次句在"作羹汤"三字之前，用了"洗手"二字，却显得相当严肃而郑重，透露出此刻她心中既跃跃欲试又有些忐忑不安的心理。

　　"未谙姑食性，先遣小姑尝。"三、四两句，略去一切具体的烹制过程，从下厨洗手直接跳到肴馔既成，好像一场精彩的演出刚开头就结了尾。这固然是由于五绝篇幅最短，容不得对具体过程的铺叙描写，更缘于这场才艺展示究竟能不能获得成功和称许，关键不在用料的精细、烹饪的火候和操作者的主观感受，而在于得到这个新家的主人，主要是婆婆的认可和满意。在新媳妇到来之前，婆婆是职主中馈的，多年掌厨调和众口的结果，婆婆烹制肴馔的口味实际上也就代表了全家的口味，此之所以"姑食性"之重要也（并非婆婆特难侍候，也并非家中其他人的口味就无须考虑）。但到新家才三日，姑之食性又何从而"谙"？不但不熟悉，而且也不好意思直接动问。不过不要紧，虽"未谙姑食性"，却可就近请教此刻也许正在厨下帮忙的小姑，而且也不必详细说道，直接将烹制出来的羹汤让她尝一尝就行了。口味这个东西，说不清、道不明，却尝得出，故只需将烹制出来的样品让小姑品味一下，若得认可，则即可照此办理了。在这里，小姑既是婆婆"食性"的鉴定者，也是全家口味的代表，此之所以"先遣小姑尝"也。同为女性，年纪相仿，新嫁娘到夫家，小姑自然成为其亲密伴侣，故可不拘形迹地"遣"其先尝。"遣"字用得亲切而真率。读者于此，或者赞新嫁娘之聪慧乖巧，贤惠尊长，诚然如此，但新娘子的这一举动，实为源于生活，无师自通。在娘家十几年生活中，早就懂得母亲的"食性"口味亦即全家的食性口味，而自己在帮厨的过程中也早谙熟了母亲的口味，到婆家之后不过将此经验照搬而已。女主人公并未用特别的心机，只是自然地这样做，诗人也只是如实描写，并未刻意施巧。"未谙姑食性，先遣小姑尝"这个行动细节之所以典型，正缘于它来自生活，具有浓郁的生活气息。透过这一细节，不仅可以窥见新嫁娘在这场考试中随机应变的能力和融入新家的迫切心情，而且可以感受到姑嫂乃至婆媳之间已有的或将有的融洽气氛与和谐关系。这一行动细节本身以及它所透露的氛围，都充溢着诗情诗趣，使人于发出会心微笑的同时感受到一个家庭新成员融入新家时的生活美。

孟郊

孟郊（751—814），字东野，湖州武康（今浙江德清）人。贞元八、九年（792、793），两应进士试不第，十二年始登第。十七年选为溧阳尉，因吟诗废吏事，罚半俸，遂辞官。元和元年（806），河南尹郑馀庆辟为水陆转运从事，试协律郎。九年，郑馀庆镇兴元，奏为参谋，试大理评事，赴任途次阌乡，遇暴疾卒。友人张籍等私谥为贞曜先生。长于五古，刻意苦吟，韩愈称其为诗"刿目鉥心，钩章棘句"，李肇称其诗"矫激"，张为《诗人主客图》列郊为"清奇僻苦主"，苏轼则有"郊寒岛瘦"之评。有《孟东野诗集》十卷，《全唐诗》编其诗为十卷。今人郝世峰有《孟东野诗集笺注》。

游子吟①

慈母手中线,游子身上衣。临行密密缝,意恐迟迟归。谁言寸草心②,报得三春晖③。

[校注]

①题下自注:"迎母溧上作。"贞元十七年(801),孟郊始任溧阳尉,迎其母至任所。溧上,指溧阳,因其南有溧水,故称。《游子吟》系乐府杂曲歌辞。《乐府诗集》卷六十七于此题首列孟郊此首,解题曰:"汉苏武诗曰:'幸有弦歌曲,可以喻中怀。请为游子吟,泠泠一何悲。'又有《游子移》,亦类此也。"似汉代已有《游子吟》乐曲及曲辞。唐代孟郊之前,顾况已有《游子吟》五古长篇,李益亦有同题之作。②寸草,小草。③三春,此指整个春天。晖,阳光。

[鉴赏]

韩愈称孟郊为诗"刿目𨱎心,钩章棘句",论者多据此谓其诗之独创风格为"思苦奇涩""寒涩""琢削""坚瘦""沙涩而带芒刺感""阴郁狠峭"。这确实是孟郊刻意追求、力求创新的一种主导风格,也是韩、孟一派诗人带有共同性的审美趣向。但韩愈同时又说过"孟生江海士,古貌又古心"这样的话,孟郊自己也主张"文高追古昔"。因而在他的诗集中也有相当数量的高古朴素,甚至浅切平淡而感情真挚淳厚的作品。这首《游子吟》就是孟诗后一种风格的代表。

诗所抒写的是人类最普遍也最真挚的一种感情——母爱。但不是从母亲的角度写对亲生儿女的爱,而是从儿子的角度写自己对母爱的感受、体验和赞颂。据题下自注,诗为孟郊初仕溧阳尉将母亲迎至任上时所作。诗人早孤,父亲孟庭玢在昆山尉任去世后,其母裴氏含辛茹苦,将孟郊及孟酆、孟郢兄弟抚养成人。写这首诗时,孟郊已经五十岁,此前多次辞亲远游,历经艰难挫折,备尝人情冷暖,对世道人心的险恶有深刻体验,因而对母爱的无私与温暖有更深刻的感受。这种特殊的人生经历,是诗人能创作出如此真挚动人诗篇的重要原因。在五十年的生活经历基础上写母爱,无论叙事或议论,都可衍为淋漓尽致的长篇,但诗人却将全部深刻感受和体验浓缩为一首只有六句的五古乐府。而这六句诗又只由一个细节、一个比喻组成。

"慈母手中线,游子身上衣。临行密密缝,意恐迟迟归。"前四句是游子离家

孟 郊

前母亲为远行的儿子缝制衣裳的一个细节。写游子对母爱的感念，有许多居家时母亲关爱的细节可以叙写，也有孤身在外思念母亲的感情可以抒发，但对于"游子吟"这样一个题目来说，临行前夕母亲为自己缝制衣裳的细节无疑最具典型性。因为这个细节包蕴了母亲对远行儿子的无限关爱。"慈母手中线，游子身上衣。"开头两句起得极朴素，却极简洁，缝制的过程、动作统统省略，仿佛顷刻之间，慈母手中的针线，就化作了游子身上的衣裳。在"线"与"衣"的跳跃中，蕴含着巨大的感情空间，慈母对游子前途的期盼，对游子远行的辛苦与孤子的担忧，对游子外出饮食起居的挂念，都在这一针针、一线线的缝制衣裳的过程中充满胸间，民歌式的自然亲切语调加强了浓郁的抒情气氛，读来倍感情味的深挚隽永。

三、四两句，紧承"手中线"与"身上衣"，于缝制衣裳的细节基础上再突出一个细节："临行密密缝，意恐迟迟归。"上句点出"临行"二字，与题目紧相呼应，而"密密缝"这个细节，则以诗人的揣想作出解释：原来慈母的细针密线，是由于担心远行在外的儿子归来的时间太晚，总想把衣裳缝制得结实坚牢一些，免得儿子在外衣裳脱线无人缝补。这一解释，不但突出渲染母亲对儿子的深情体贴和无微不至的关爱，而且透过诗人的揣想，也表现了这时儿子对母亲体贴关爱之情的深切理解和感念。在"密密缝"的过程中，慈母将自己全部柔情挚爱、全部关怀温暖也融化进去了。孟郊长期穷困贫寒，过的是和普通人相似的生活，故对远游前母亲为他缝制衣裳的细节有极深切的感受体验和亲切记忆，写来也就特别自然顺畅，如同脱口而出，却在无意中道出了广大普通人的感情体验。

"谁言寸草心，报得三春晖。"前四句借助典型的细节，极富感染力地表现了慈母对游子的挚爱关切，后两句则借助一个生动贴切而又新颖的比喻抒发对母爱的感激和无以为报的深挚感情。传统的比喻一般很少用太阳来比喻女性，这里却以春天的阳光来比喻母爱，显然是一种创造，但又使我们感到它的无比贴切。特别是诗人同时将自己喻为"寸草"，将自己对母亲的感激图报之情比作"寸草心"，以之与带着无限关爱、温暖的"三春晖"构成鲜明的对照，母爱的博大、无私和终身无以酬报的感恩之情便得到了形象生动、淋漓尽致的表现。这里的"寸草心"，当和题下自注"迎母溧上"之事有关。五十始得一尉，故随即将母亲迎至任所。这当然也是感母养育关爱之恩而图"报"的一种表现，但在诗人心中，慈母的抚育照养教诲关爱之恩是根本不能报其万一的，就像寸草之心不能报三春阳光的恩辉一样。结用反问语，加强了咏叹的情味，具有不尽的韵致。

诗人在长期贫困漂泊的境遇中，对世态人情的险恶有深刻的感受，故每多愤激怨恨乃至诅咒之语，其诗风阴暗冷峭的一面即缘此而生。这和他在此诗中充满感情地歌颂母爱并不矛盾。实际上，正由于他对世道人心的险恶冷酷感受越深，对母爱的温煦和无私便越加珍视。这正是矛盾的统一体。感情有此两面，诗风亦有此两面。刻意苦吟，着力创造寒涩冷峭的风格，虽能体现诗人的创造精神，但刻削太过，写出来的未必是佳作。相反，纯由至情至性而自然流出的作品，却往往倍加真挚感人。

自清初贺裳以来，评此诗者每谓其言理、议论。孟诗确有议论化、理念化的倾向，但这首诗却非议论言理之作。前四句选取记忆中最能体现慈母对游子无微不至关爱体贴的典型细节，以个别见一般，以形象的画面代替叙述，后二句则借助生动形象而新颖贴切的比喻融化议论，故全篇毫无理念化之弊。

游终南山①

南山塞天地②，日月石上生③。高峰夜留景④，深谷昼未明。山中人自正⑤，路险心亦平。长风驱松柏，声拂万壑清。即此悔读书⑥，朝朝近浮名⑦。

[校注]

①终南山，在长安城南。系秦岭西起武功县境东至蓝田县境之总称。参见王维《终南山行》注①。②塞天地，充塞于天地之间。③因山高，故远望日月似乎从山顶的石上生出。④景，指太阳。太阳落下之后，似乎留在西边的高峰之后。故云。自注："太白峰西，黄昏后见馀日。"⑤山中，或解为山势中正，不欹倾。与"人自正"为因果关系。但"中"字似少此用法。全句意盖谓处于山中，与大自然相亲，人自正直。⑥悔读书，指为求取功名而读的经书等。⑦浮名，虚名，指功名。

[鉴赏]

孟郊的诗，每因注意于个人的穷愁寒病，且刻意追求奇险峭硬的风格，虽横语盘空，而诗境不免局狭寒俭。这首《游终南山》诗则不但境界奇伟，气象博大，而且语言也一改他许多诗刻意搜奇之风，显得朴爽健朗，气度不凡。是一首有孟诗奇警之优长而无逼仄枯槁之弊的作品。

"南山塞天地，日月石上生。"开头两句，总写终南山之高大雄伟，统摄全篇。这里有一个诗人的视角问题。或以为这是写诗人身在深山，仰望则山与天连，环顾则视线为千岩万壑所遮，压根儿看不见山外有什么空间的情景。细味此二句，当是在山下不远处仰望整个终南山时的感受。终南山西起武功，东至蓝田，绵亘连延数百里，站在山下仰望，但见高峰插天，上与天连，由西向东，绵延不断，似乎整个天地之间都被眼前的终南山"塞"满了。从写实的角度说，"南山塞天地"当然是极度的夸张渲染，但从特定观察角度所得的主观感受而言，这"塞"字又十分准确真切，生动形象。"塞"字用字虽奇横突兀，却自然妥帖，既写出了终南山的广大雄伟，又传出了其磅礴的气势，可以说是韩愈赞孟郊诗"盘空横硬语，妥帖力排奡"的典型。"日月石上生"更明显是山下仰望所见。这句极写山的高峻。抬头仰望，但见太阳或月亮从山顶的岩石上升起。不说"峰顶升"而曰"石上生"，同样是为了取得奇警的效果。就单个字而言，"石"和"生"都是极平常的字眼，但当诗人将"日月"之"生"与它们联系在一起时，却立时感到境界的奇警不凡，令人联想到这高大的终南山甚至能包孕日月，它与上句终南山充塞天地的形容连在一起，整个终南山那种高大雄伟、充塞天地、包孕日月的神奇景象便得到了极富创造性的表现。

"高峰夜留景，深谷昼未明。"三、四两句续写登高峰、下深谷时所见奇观。未攀上高峰时，太阳已经落下西峰；及至登上峰顶，却见夕阳余晖仍映照着峰西的山峦，给人的感觉是"高峰"将太阳留在了自己的身后，这也就是原注（可能是诗人自注）所说的"太白峰西，黄昏后见馀日"的奇特景象。这种景象，自非亲历高峰之巅者所不能道。"夜"与"景"仿佛矛盾，但因登高峰而使此"夜留景"的奇特景象得以呈现。下到深谷投宿，翌日天晓，渐至白昼，却幽暗阴森、不见阳光，故说"深谷昼未明"。这句所写景象，孤立看并不特别奇特，但和上句对照起来读，却可见终南山千山万壑，阴晴各异，或"夜"而"留景"，或"昼"而"未明"的奇异景象，而终南山之广大、高峻也得到进一步的表现。

"山中人自正，路险心亦平。"五、六两句，概写山中所遇之人、所行之路给自己的感受。上句是说，处此山中，所遇之人均朴野正直，无邪曲阴险之辈，"自"字用意，强调山中的环境对于人的"正"直品格具有自然生成的作用，虽着意而不露着力之痕。当然，也可以作另一种理解，即游于山中，得此自然之气的熏染，远离尘嚣世俗的纷扰，自己的心也变得正直而无邪曲之念了。无论作哪一种理解，这一句与下句都构成对应关系与因果联系，由于人心正直，故山中路虽险峻崎岖，内心也是平静安详的。两句所表现的是山中的自然环境和人文环境对自己心情的影响。孟郊为诗，刻意追求奇峭高古，不屑于为骈偶对仗工整之句，此诗通篇不用偶对，不大可能在这里着意作工对。这两句将叙述、议论和抒情融成一片，承上启下，为全篇枢纽。"人正""心平"起下四句。

"长风驱松柏，声拂万壑清。"七、八两句掉笔写山中之景，集中笔墨写风吹松柏之形态与声响。山高风猛而连续不断，故曰"长风"。一"驱"字极生动形象而有气势，写出在"长风"的驱动下，千山万壑中的松柏枝叶，都所向披靡，向风吹的方向倾斜，如波涛汹涌，发出令人神清气爽的清响。两句极力渲染松涛的声势，着眼处却在句末的那个"清"字。"清"是"心平"的进一步发展，至此山中，不但人正、心平，人的神志也变得格外清爽而无丝毫杂念了。松涛之清响，不但传遍万壑，亦沁人心脾。这就自然引出诗的结尾两句。

"即此悔读书，朝朝近浮名。"唐代士人读书，多为参加科举考试作准备，王维《山中与裴秀才迪书》一开头便提及"近腊月下，景气和畅，故山殊可过。足下方温经，猥不敢相烦"。所谓"温经"，即为参加来年初春的科举考试温习经书，也就是这里的"读书"所指的主要内容。在如此高大雄峻、具有崇高感的终南山面前，在远离尘嚣和纷扰的大自然熏染下，不但人正心平神清，万虑俱消，而且对此前为考取功名而孜孜不倦地读经书以应科考的行为感到追悔，悔恨自己日日朝朝所追求的不过是过眼云烟的浮名而已。这是全篇的结穴，也是"游终南山"受大自然的浸染而悟到的人生真谛。孟郊一生，对功名的追求实际上是非常执著的，从《登科后》一诗中所表现的得意忘形之态可以看出这一点。但不必因此怀疑诗人"即此悔读书，朝朝近浮名"这两句诗的真诚。人在亲近崇高、壮伟而又远离尘嚣纷扰的自然时有此感受而自省，也是自然而真切的，正由于他在游终南山的过程中暂时摆脱了名缰利锁的拘束，精神上得到解放，才能发现终南山壮伟雄峻的崇高美并加以出色地表现。

洛桥晚望①

　　天津桥下冰初结，洛阳陌上人行绝②。榆柳萧疏楼阁闲③，月明直见嵩山雪④。

孟　郊

[校注]

①洛桥，即首句之"天津桥"。隋炀帝于大业元年（605）迁都洛阳，以洛水贯流都城，有天汉津梁气象，因在洛阳皇城端门外建浮桥，名曰天津桥。隋末焚毁，至唐贞观十四年（640），更令石工累方石为脚重建。故址在今洛阳市西南。②陌，街道。《后汉书·蔡邕传》："及碑始立，其观视及摹写者，车乘日千馀两，填塞街陌。"③闲，安静。④嵩山，在河南省登封市北，为五岳之中岳。嵩山在洛阳之东南，登封为东都洛阳之畿县，故在天津桥上晚望可见嵩山顶上之积雪。

[鉴赏]

孟郊诗多借寒苦之境抒写其不平之鸣。因缺乏理想的光辉和高远的追求，每使人感到其诗境局狭，反映出精神上受囚禁的状态。虽或能引起同情怜悯，却感受不到诗境之美。苏轼称其诗如"寒虫号"，元好问讥其为"高天厚地一诗囚"，都揭示出孟诗这方面的缺陷。这首《洛桥晚望》所写的虽是寒冬冰封雪积季节的景色，却境界高远，气象不凡，体现出诗人精神性格孤峭峻拔、意气轩昂健爽的一面。

诗题"洛桥晚望"，全诗四句便以"洛桥"为立脚点，以"望"字为中心，由近及远，次第展开景物描写。首句紧扣题目，写天津桥下近眺所见。"冰初结"，表明时令已至严冬。次句由眼前景推开，写望中所见洛阳街道上的景象。由于天气严寒，时间又到晚暮，故往日熙熙攘攘、繁华热闹的街道上，此刻已是行人断绝，一片空寂，上句"冰初结"写寒冷，下句"人行绝"写清寂。上句俯视，下句平视，视角变换，视线由近及远。故虽写冷寂之景，境界已不局限于自身所处的小天地，体现出舒展的趋势。

第三句"榆柳萧疏楼阁闲"，续写望中之景，却由第二句的平视转为仰望。由于时值寒冬，榆柳已经落尽黄叶，枝干萧疏，往日为榆柳浓荫所遮掩的楼阁也显现在眼前。晚暮行人绝迹，楼阁空寂无人，显得一片静寂。这一句虽写萧疏空寂之景，但别饶一种疏朗闲静、从容不迫的韵致，而无孟郊写寒苦境况的诗常有的逼仄之态。

"月明直见嵩山雪。"末句急转，写远望之景。题目"晚望"，实际上"晚"字中含有一个渐进的时间过程——由暮色苍茫至明月东升。在皓洁的明月清光映照之下，远处的嵩山顶上，积雪之光与明月之辉相互辉映，显现出一个高远寥廓、明净皎洁的境界。"直见"，上承"榆柳萧疏"，生动地展示出视界之寥阔高远，毫无窒碍，也透露出在"直见"的刹那，诗人目接神驰，望中之景与心中之境忽然相遇，两相契合的情景。"嵩山雪"在这里既是远望中的客观景物的展现，又是诗人此刻心境的升华与外化，借用张孝祥的《念奴娇·过洞庭》词来形容，那就是"表里俱澄澈，悠然心会，妙处难与君说""孤光自照，肝胆皆冰雪"。诗押入声韵，末句于斩绝之势中复含悠远的余韵，令人神远。

韩愈

韩愈(768—825),字退之,河阳(今河南孟州)人。自称郡望昌黎。少孤,由兄韩会、嫂郑氏抚育。刻苦自砺,通六经、百家之学。贞元八年(792)登进士第。贞元十二年、十五年,先后在宣武节度使董晋幕、武宁节度使张建封幕任推官。十八年为四门博士,次年迁监察御史,以上疏论事得罪权要,贬阳山令。宪宗即位,徙江陵府法曹参军。元和元年(806)六月,授国子博士,分司东都。四年改东都都官员外郎。五年任河南令。六年入为职方员外郎。七年降为国子博士分司东都。八年擢比部郎中、史馆修撰。九年转考功郎中,仍任史馆修撰。十二月以考功郎中知制诰。十一年正月迁中书舍人,因上书论淮西事降为太子右庶子。十二年,以功授刑部侍郎。十四年,因上表谏阻迎佛骨触忤宪宗,贬潮州刺史。移袁州刺史。十五年九月,穆宗召为国子祭酒。长庆元年(821)七月,转兵部侍郎。次年二月奉命宣慰镇州,使还,转吏部侍郎。三年拜京兆尹,转御史大夫。四年十二月二日卒官吏部侍郎。谥曰文。后世因称韩吏部、韩文公或韩昌黎。愈以继承儒家道统、弘扬仁义、排斥佛老为己任,倡导古文,反对骈偶文风,主张文道合一,以道为主。与柳宗元同为文坛盟主,世称"韩柳"。其诗多用赋法,铺陈渲染,又多用散文章法、句法,好发议论,故有"以文为诗"之评。诗风雄放奇崛,时入险怪。叶燮谓"韩愈为唐诗之一大变,其力大,其思雄,崛起特为鼻祖。宋之苏、梅、欧、苏、王、黄,皆愈为之发其端"(《原诗·内篇上》)。《新唐书·艺文志》

著录《韩愈集》四十卷。《全唐诗》编其诗为七卷。今人钱仲联有《韩昌黎诗系年集释》，屈守元主编有《韩愈全集校注》。

韩愈

山　石①

　　山石荦确行径微②，黄昏到寺蝙蝠飞。升堂坐阶新雨足③，芭蕉叶大支子肥④。僧言古壁佛画好⑤，以火来照所见稀⑥。铺床拂席置羹饭⑦，疏粝亦足饱我饥⑧。夜深静卧百虫绝，清月出岭光入扉⑨。天明独去无道路⑩，出入高下穷烟霏⑪。山红涧碧纷烂漫⑫，时见松枥皆十围⑬。当流赤足踏涧石⑭，水声激激风吹衣⑮。人生如此自可乐，岂必局束为人鞿⑯。嗟哉吾党二三子⑰，安得至老不更归⑱。

[校注]

　　①诗取首二字为题。方世举《韩昌黎诗编年笺注》："按：《外集·洛北惠林寺题名》云：'韩愈、李景兴、侯喜、尉迟汾，贞元十七年七月二十二日鱼于温洛，宿此而归。'前诗（按：指《赠侯喜》）'晡时坚坐到黄昏'。此诗云：'黄昏到寺蝙蝠飞。'正一时事景物。"据此，诗当作于贞元十七年（801）七月下旬与侯喜等钓鱼于洛后游洛北惠林寺住宿寺中翌日独归时。②荦（luò）确，形容山路磊落不平之状。行径微，山间小路依稀可辨。③堂，指佛寺的厅堂。④支子，即栀子。顾嗣立《昌黎先生诗集注》："苏颂《草木疏》：'芭蕉叶大者二三尺围，重皮相裹，叶如扇生。'《酉阳杂俎》：'诸花少六出者，惟栀子花六出，即西域薝葡花也。''栀'，与'支'同。"按老杜诗："红绽雨肥梅。"肥字本此，承上"新雨足"来。栀子花白色，春夏开花。⑤古壁佛画，指古寺中壁画。⑥稀，依稀，模糊。因年深岁久，壁画已模糊不清。⑦羹，羹汤。羹饭，犹饭菜。⑧疏粝，泛称粗糙的饭菜。粝，糙米。⑨扉，门户。⑩独去，独自离寺。无道路，晨雾迷漫中找不到道路。参下句。⑪出入高下，指时而走出、时而进入烟雾，时而向上攀登，时而向下行走。穷，尽，遍。烟霏，烟雾。⑫山红涧碧，山花红艳，涧水清碧。纷烂漫，纷然在目，色彩绚丽。⑬枥，同"栎"，即麻栎树。⑭当流，正冲着涧流。⑮激激，水急流声。古乐府《战城南》："水声激激，蒲苇冥冥。"⑯局束，犹拘束。鞿，马嚼子。此处用作动词，指牵制束缚。⑰《论语·公冶长》："吾党之小子。"又《述而》："二三子以我为隐乎？"吾党二三子，指侯喜、李景兴、尉迟汾等同游者。⑱归，指辞官归乡。

[鉴赏]

　　这是一篇首尾完整的纪游写景诗，也是韩愈以文为诗的试验艺术上最成功的代表作。用诗的形式来写景纪游，南朝刘宋的谢灵运已开其端，唐代李、杜等大诗人也有这方面的佳作，与韩愈同时的白居易更有长达一百三十韵的《游悟真寺诗》这样的巨制。用写游记散文的写法来写纪游诗，移步换形，首尾完整，固是韩愈此诗不同于此前纪游写景诗的特点，但论规模，白居易的《游悟真寺诗》更远超此诗。可见，用诗的形式写景纪游，用写游记文的方法来写纪游诗并不难，难在写出来的究竟是文还是诗，或者说，难在是否具有诗的情韵和意境。

　　诗采取游记常用的顺叙方式，以时间先后为序，二十句诗大体上可分前后两大段。前段十句，写黄昏沿山径到寺及到寺后至夜深时所见所闻所历；后段十句，写清早独自游山所见所闻所历，抒慨作结。从诗中所描叙的情况看，诗人此次所游的山寺并非著名的香火兴盛、游人如织的名山宝刹，而是一座深山中荒凉冷落的古刹；此游既无礼拜焚香的宗教行动和禅悦情思，亦无严密的组织行程，既可与二三友人同行，亦可单独行动。一切均因兴之所至，纯任自然，随缘自适。而正是由于这样一种游览的对象、游览的方式和心情，使诗人得以在不经意中充分领略所见所闻所历情景中所呈现出的美感和诗意。这也正是这首诗艺术上成功的奥秘所在。

　　"山石荦确行径微，黄昏到寺蝙蝠飞。"起手二句，写循山径于黄昏时分到寺情景。"山石荦确"，非指道路两旁的山石，而是指用来垒成山路的石块突兀不平，人踩在上面深一脚浅一脚，非常艰难，反映出此行的辛苦。"行径微"，既是说山径狭窄，更透露出由于时已黄昏，在苍茫暮色中不辨道路的情景。"山石"之"荦确"，在黄昏时分，主要凭的也是触觉，而非视觉。故次句的"黄昏"二字，贯通上下二句，使人如见诗人一行人在暮色苍茫中踏着磊落不平、依稀可辨的山间小路艰难行进的图景，而此前的一大段行程均已省略，剪裁之妙，见于诗前。次句点明"黄昏到寺"，固是纪游诗应有的叙述交代，但紧接着"蝙蝠飞"三字，却极精练地点染出了荒凉的古刹黄昏时特有的景物和氛围。蝙蝠之为物，飞行时全凭其特有的触觉（超声波），且在昏暗时出现。在香火旺盛、游人香客辐辏的热闹寺庙，即使在黄昏也不大容易见到"蝙蝠飞"的情景。故着此三字，深山古刹荒凉空寂的景象和氛围立即呈现，比一大段形容描写文字更能传神。

　　"升堂坐阶新雨足，芭蕉叶大支子肥。"三、四两句，跳过到寺以后寺僧相迎寒暄等缺乏诗情诗趣的情节，直接写雨后登堂坐阶观赏景物。前两句虽未写到下雨,但"蝙蝠飞"的描写中已含雨意。这里说"新雨足",并不显突兀。雨是到寺后开始下的,至"新雨足",应当下了一段不太短的时间。诗人登堂之后即坐在阶沿观赏雨后之景,可见其时心境的闲适。一场透雨之后,原来日间受骄阳暴晒而稍呈卷缩之状的芭蕉叶由于雨水的洒洗而充分舒展开来,显出一片深绿,变得特别阔大;栀子花也因吸足了水分而变得分外肥大。诗人虽只下了"大"和"肥"这两个极平常的似乎有点俗的字,但读者却可以想象出它们受雨水洒洗滋润后那种特有的鲜润感、泛光感以及舒展感,甚至可以闻见芭蕉叶的清新气息和栀子花的沁人芳香。而诗人在目接此景时那种悦目怡情的满足感和怡然自得的心情也透露出来了。写佛寺,常易与禅心禅趣相连而落套,这里写芭蕉叶、栀子花,与上文写蝙蝠飞,都是游寺诗很少写到的景物,诗人却饶有兴趣地将它们写入诗中,使人读来感到新颖而富情趣,感到诗人发现了常人未发现的自然美和情趣美。

"僧言古壁佛画好,以火来照所见稀。"接下两句,写应寺僧之介绍看壁画的情景。"古壁佛画好"可能是事实,但古刹年深岁久,又近于荒废无人修缮,壁画已经依稀难辨了。这个情节,似乎有些令人扫兴,但诗人却以散文化的句法,轻松的口吻闲闲道出,使人感到诗人那种随缘自适,见固欣然,"所见稀"亦不感遗憾的淡定从容心态。

"铺床拂席置羹饭,疏粝亦足饱我饥。"观景照画之后,这才写到进餐。上句写寺僧殷勤接待,态度真诚而招待却家常,下句写诗人对粗茶淡饭的满足感,都写得非常真切。走了一路,本已饥肠辘辘。到了山寺,接触到新鲜美好的景物,闻到山间雨后清新的空气,人的精神变得特别清爽。在这种情况下,即使是糙米饭,也吃得喷喷香了。这种混合着新鲜感、疲乏饥饿感和粗茶淡饭引起的满足感,被诗人写得很轻松随便,充满诗情。

"夜深静卧百虫绝,清月出岭光入扉。"夜深了,一个人静静地躺着,四周一片寂静,连各种虫鸣的声音也停止了。只见半轮下弦月(这一天是七月二十三日)从岭上升起,将它的清光洒进门户里。两句写深山月出幽静之境,极富诗意,显示出一片静谧、安恬、清新的境界。其中包含了一个时间过程。刚就寝时,四周还是一片昏暗,这里那里,不时传来虫鸣的啾啾声。夜深之后,虫声断绝,月亮的清光入户,更显出境界的清寥幽绝。而这一切,又要和"新雨足"联系起来体味。由于"新雨足",月色变得更加清澄,空气变得更加清新,整个环境也变得更加安恬静谧。高步瀛说:"写雨后月出,景象妙远。"这"景象妙远"正是指它能引起对环境、心境的一系列诗意联想。这种时候，会感到自己置身于一个远离尘嚣的世界，忘掉一切烦扰，因而伏下文的感慨。

以上十句，写黄昏到寺、夜宿山寺情景，夹叙夹写，从山行、到寺、观景、照画、用餐到夜卧，逐一顺叙，仿佛信手拈来，略无拣择。实则从一开始写山石荦确、山径稀微，蝙蝠飞舞到芭蕉叶大、栀子花肥，便显出与一般游寺诗在叙事取景上的显著区别，从这些不入禅悦之境的事物上可以感受到诗人游深山古寺时情趣之新颖独特。而写寺人夸画，所见者稀，更仿佛在常人以为憾事处显出诗人泰然自适的心境。而"疏粝亦足饱我饥"的自足感中，同样映现出诗人随缘自足的态度。有此心境，方能领略"夜深静卧百虫绝，清月出岭光入扉"那种静谧安恬、清幽绝尘的境界之美。回过头来品味，便会觉得诗人对从黄昏到夜深所历情事景物实际上进行了一番精心的选择，留下来的全是最具诗的情调氛围意境趣味的事物。

后段十句，前六句以"天明"紧承前段"夜深"，叙写晨起独自游山所见所闻所历。"天明独去无道路"，点出"独去"，对照诗末"二三子"，可见昨晚到寺时当与友人同来，只不过为表现自己的独特感受，未加交代而已。此番离寺独去，更是有意离群独享深山幽美之境。"无道路"与前段"行径微"一样，一则见晨雾之弥漫，一则见黄昏之暮霭，亦可见诗人随意漫步游览，不问道路之有无的潇洒无拘、乘兴而游情状。"出入高下穷烟霏"七字，极浓缩精练，显示出诗人一会儿往高处攀登，一会儿往下行走，一会儿走出烟雾，一会儿又隐入烟雾的情景，一"穷"字写尽诗人"高下出入"于"烟霏"的淋漓兴会。

"山红涧碧纷烂漫，时见松枥皆十围。"这两句写烟霏散去，阳光映照下的山间景色。"山红"形容山花盛开，漫山红艳。"涧碧"形容涧水清碧，沁人心脾。红花碧水，在阳光映照下相互辉映，色彩更加鲜丽，使诗人有目不暇接之感，故用"纷烂漫"来进一步作渲染。而"时见松枥皆十围"，则见山之幽深，树之高大古远。丰富的色彩感和悠远的时间感在这里相互交织。

"当流赤足踏涧石，水声激激风吹衣。"二句承"涧碧"，写当流濯足之乐。看到涧水那样碧绿清澄，不觉触动当流濯足的逸兴。诗人似乎在带有原始色彩的大自然环境的熏染之下，返回到童真时代，干脆脱了鞋袜，赤着双脚，站在涧流的中央，踩在涧石上，任凭水流漫过双脚，耳边只听到水声激激，风声嘤嘤，衣服也被山涧中的阵阵清风吹得飘然欲举。两句通过当流蹋石的触觉和水声激激的听觉、山风吹衣的感觉，写出一种飘然欲仙式的快意感受。游山之乐至此到达高潮。这六句虽总写晨出独自游山之乐,但层次多重,色彩丰富,境界屡变,不但于移步换形中展现出一幅幅图画,而且渲染出诗人置身在如此美好的大自然中时那种淋漓的兴会和回归自然的乐趣,从而自然引出后四句的感慨。这一切又都与"新雨足"密切相关。

"人生如此自可乐,岂必局束为人鞿。嗟哉吾党二三子,安得至老不更归。""人生"句总括此番游山之乐。韩愈是一个事业心、责任感、功名欲极强烈的人,为实现自己的抱负,不仅屡遭挫折,而且常不免依人作幕,受人羁束。故"岂必"句正透露出他对自己忙忙碌碌的幕府生涯的厌倦。"吾党二三子"点出此次同游者,照应上文"独去"。末二句是对朋友也是对自己的呼唤,表达了渴望回归自然的心情。这四句既是感慨,又是议论,由于它是在对山间景色的真切感受基础上引发的,因而虽并不新警,却自然而真实,并不是随口敷衍的空议论。

这首诗叙写了从黄昏、深夜到第二天天明后寺中山间的情事景物,完全采取赋法(只用叙述描写,不用比兴),而且大量运用散文化的笔调、句法,但却没有通常纯用赋法所带来的堆砌、板滞的弊病,而是写得既层次井然,又清新流畅。随着诗人的活动和时间的推移,将一幅幅观景、游山的画图次第展现在读者面前。并没有因为散文化的笔调而破坏诗的情韵与意趣,而是在清新明朗的景物描绘中渗透浓郁的诗情。无论是黄昏山寺、蝙蝠翻飞所点染的荒寂朦胧氛围,芭蕉栀子叶大花肥所透露的欣然生意,夜深山空、清光入户的妙远意境,还是天明游山所见的烟霏弥漫、山花烂漫、涧水清碧的景象和当流濯足的意兴,都饱含着一个"久在樊笼里,复得返自然"的诗人面对山间景物时那种耳目一新的感受。尽管诗中所写的景物并没有特别出奇之处,但读来却有一种新鲜感。这说明,只要诗人对他所写的生活经历、自然景物有诗意的感受,即使用散文化笔调和句法,也照样可以渲染出一片诗境。韩愈有许多刻意追奇的诗之所以让人感到乏味,关键在于他写诗时只想到逞才使气,穷形极相,但对所写的对象本身却缺乏诗意感受。另外,这首诗所描绘的对象,虽是山间偏于幽静清丽的景象,但用笔却相当洒脱,不作细腻的刻画形容,于信笔挥洒中见诗人的气度胸襟。元好问将秦观的"有情芍药含春泪,无力蔷薇卧晚枝"与韩愈的《山石》诗作对比,指出秦观的诗是柔媚纤细的女郎诗,正可说明《山石》诗所具有的清新洒脱、刚健明快之美。

雉带箭①

原头火烧静兀兀②，**野雉畏鹰出复没**③。**将军欲以巧伏人**④，**盘马弯弓惜不发**⑤。**地形渐窄观者多**⑥，**雉惊弓满劲箭加**⑦。**冲人决起百馀尺**⑧，**红翎白镞相倾斜**⑨。**将军仰笑军吏贺**⑩，**五色离披马前堕**⑪。

[校注]

①雉带箭，野雉带箭被射落。唐德宗贞元十五年（799），韩愈在徐州节度使张建封幕为推官，此诗系跟随张建封射猎纪实之作。②原头，原野上。火烧，射猎前在猎场的一角烧草点火，以驱赶猎物至方便射猎的地点。兀兀，静寂无声貌。③鹰，指猎鹰。出复没，指野鸡被猎鹰所惊，一会儿出现，一会儿隐没躲藏。④将军，指节度使张建封。巧，此指射技之巧妙精彩。⑤盘马，骑马盘旋。⑥观者，指围观打猎场面的人。⑦加，犹射。《诗·郑风·女曰鸡鸣》："弋言加之，与子宜之。"高亨注："加，箭加于鸟身，即射中。"⑧决起，迅疾而跃起。《庄子·逍遥游》："蜩与鷽鸠笑之曰：吾决起而飞，抢榆枋而止。"⑨红翎，指红色的箭尾羽毛。白镞，白色的箭镞。相，《全唐诗》校："一作随。"⑩军吏，观猎的军士、属吏。⑪五色离披，指五彩缤纷的野鸡羽毛分散下垂。

[鉴赏]

这首短篇七古，写一个将军射猎的场面。全篇只十句，却围绕着"将军欲以巧伏人"这个中心，将射雉的场景描绘得神采飞动，顿挫生姿，极具戏剧性和观赏性，而且生动地展现了将军的心理状态，神情气度，甚至连射猎的对象——野雉从逃窜到被射中陨落的过程也写得极为真切鲜明，从中可见韩愈的艺术才力。

"原头火烧静兀兀，野雉畏鹰出复没。"首句写焚烧猎火以驱赶猎物。秋深原野上草枯，火一烧起来，势头很猛烈，这才有驱赶猎物的效果。但诗人却用"静兀兀"来渲染"原头火烧"之势。这里的"静"，不仅是渲染正式射猎前猎手和从猎的观众均凝视屏息等待猎物出现的寂静状态，而且是着意渲染在四围的寂静中，猎火熊熊燃烧的态势，在寂静中似乎可以清晰地听到猎火旺烧时发出的"毕毕剥剥"的响声和摧枯拉朽的声势。因此，这"静兀兀"三字正传神地写出了射猎前紧张严肃而又带有期待神秘的心理氛围。次句紧接着写野鸡在猎火熊熊和猎鹰盘旋

韩愈

追逐的双重威逼下，忽然间蹿出草丛，旋即又隐入草丛的场景。"出"因畏火，"没"因畏鹰。无论出或没，都面临危机，无路可逃。七个字极精练地写出了野雉的惊惶失措、仓皇逃窜之状。

"将军欲以巧伏人，盘马弯弓惜不发。"野雉频频出而复没，以将军的射技，在野雉出现的刹那，捕捉时机，完全可以一箭中的，但将军却骑着马，挽着弓，左盘右旋，就是舍不得将箭射出去。为什么？"欲以巧伏人"五个字，揭示出将军之所以如此迟迟不发的原因。原来将军射猎，不但是为了自娱，而且是为了以精湛的射技夸示于观众（包括随从的军吏和围观的百姓。苏轼《江城子》词即有"为报倾城随太守，亲射虎，看孙郎"之句），以取得心理上最大的自我满足。光是一箭中的未免过于平淡，必须斗智施巧，瞅准最佳的地形，最佳的时机，取得最佳的效果。因此，这"盘马弯弓惜不发"，不仅是在等待最佳时机的出现，也含有故意吊观众胃口的意味，使围观的军吏百姓在焦急的等待中蓄积心理能量，最后出奇制胜，博得满场喝彩。这两句写射前的心理和行动，是全篇中的警策。它把将军既谨慎精细又充满自信的神情、心态以及半是等待半是逗引的行动写得栩栩如生，极富戏剧悬念，令读者凝神屏息以待。

"地形渐窄观者多，雉惊弓满劲箭加。"上句写终于等到最有利的地形和时机——地形越来越窄，围观的人越来越多，野雉也被逼到无处可逃的时刻；下句紧接着写将军这才踌躇满志，瞅准时机，抓住野雉惊飞而起的刹那，挽满了弦，射出强劲的一箭，直中目标。连用"雉惊""弓满""劲箭加"三个前后连接的动态与动作，将将军射技之"巧"作了淋漓尽致的表现。

"劲箭加"的结果，自是必中无疑。但这还不是将军所追求的最佳效果。接下来两句，乃进一步写出人意料的戏剧性效果："冲人决起百余尺，红翎白镞相倾斜。"野雉在后有熊熊烈火，上有猎鹰追逐，地形逼窄，无路可逃的情况下拼尽全力作最后的挣扎，于是有"冲人决起百余尺"的戏剧性动作，正好这时，劲箭加身，于是它的整个身子就随着加身的红色箭翎白色箭镞歪歪斜斜地从百尺高空掉落下来。这才是射猎的奇观。试想如果野雉只是在地上或离地不远处奔窜的过程中被射杀，是绝不会形成这种奇观的，因此选择在野雉"冲人决起百余尺"时劲箭加身，才能有如此惊心骇目的效果，这是"巧"的又一层表现。

"将军仰笑军吏贺"，随着野雉带着羽箭从百尺高空飘坠而下的刹那，围观的军吏齐声喝彩称贺，将军也仰天大笑，这场精彩的射猎表演似乎也终于落幕了。但这还不是最精彩的最后高潮，就在众人齐声喝彩的瞬间，这只被射中的带箭而坠野雉五色的羽毛，离披分散，不偏不倚，正好坠落在将军的马前。就像是用最精准的计算器算过的那样，分秒不差，毫厘不差，直落马前。这才是"巧"的最高表现，也是将军追求的最佳效果。写到这里，才是高潮之后的迅即落幕，它所带来的轰动效应已完全可以想见，故戛然而止，而余韵悠然。如果将这两句的次序置换一下，变成"五色离披马前堕，将军仰笑军吏贺"，层波叠浪便变成了平铺直叙，神气索然了。

短短的十句诗，却既有猎前氛围意境的出色渲染，又有猎前将军神态心理的传神描写，更有射时一波三折、顿挫生姿、层层推进的精彩描绘。写到"地形渐窄观者多，雉惊弓满劲箭加"，本以为已达高潮，可以收到"将军仰笑军吏贺"了，却出人意料，一转再转，愈转愈精彩，形成高潮迭起的奇观。这才把"将军仰笑军吏贺"的主意推向极致。汪琬称此诗"短篇中有龙跳虎卧之观"，查晚晴谓其"以留取势"，都说出了这首诗艺术上的特色。

韩愈在徐州张建封幕期间，还写过一首七古《汴泗交流赠张仆射》，描绘击马球的场面，同样写得非常生动传神，篇末微寓规劝，谓"此诚习战非为剧（戏），岂若安坐行良图。当今忠臣不可得，公马莫走须杀贼"，立意似较此诗严正，但论诗艺，则仅止于描绘生动传神而乏顿宕曲折、层波叠浪之致，比较之下，高下立见。

顾嗣立谓此诗"将军"二句，"盖示人以运笔作文之法"，虽未必即是韩愈的主观寓意，但"以巧示人""盘马弯弓惜不发"确与为文之巧于顿挫能留之道相通。读韩愈之《送董邵南游河北序》《杂说·马》等短篇古文，每有"盘马弯弓"之感，可悟射技与诗文之技相通之理。

八月十五夜赠张功曹①

纤云四卷天无河②，**清风吹空月舒波**③。**沙平水息声影绝**④，**一杯相属君当歌**⑤。君歌声酸辞且苦，不能听终泪如雨。洞庭连天九疑高⑥，蛟龙出没猩鼯号⑦。十生九死到官所⑧，幽居默默如藏逃⑨。下床畏蛇食畏药⑩，海气湿蛰熏腥臊⑪。昨者州前捶大鼓⑫，嗣皇继圣登夔皋⑬。赦书一日行万里⑭，罪从大辟皆除死⑮。迁者追回流者还⑯，涤瑕荡垢清朝班⑰。州家申名使家抑⑱，坎轲只得移荆蛮⑲。判司卑官不堪说⑳，未免捶楚尘埃间㉑。同时辈流多上道㉒，天路幽险难追攀㉓。君歌且休听我歌，我歌今与君殊科㉔。一年明月今宵多，人生由命非由他㉕。有酒不饮奈明何㉖！

[校注]

①张功曹，指时任命为江陵府功曹参军的张署。张署（758—817），河间（今属河北）人。贞元二年（786）登进士第，又登博学宏辞科，授校书郎。贞元十九年拜监察御史，以谏宫市为京兆尹李实所谮，与同官韩愈同贬岭南，任临武令。宪宗即位，徙江陵府功曹参军。后曾历刑部员外郎、虔州刺史、澧州刺史、河南令。元和十二年（817）卒。署与韩愈同贬，唱酬过从甚密。此诗作于贞元二十一年（805）八月十五日。是年正月，德宗逝世，顺宗即位，大赦天下，韩愈与张署遇赦，分别从阳山、临武至郴州待命。同年八月五日，顺宗退位，禅位宪宗，又大赦天下，韩愈迁江陵府法曹参军，张署迁江陵府功曹参军。诗作于郴州，已接到任命，尚未赴任时。②河，指银河。四卷，向四方收卷散去。③舒，舒展，放射。④沙平，指江边的沙洲平展。水息，指水波止息。声影绝，声沉影绝。⑤相属（zhǔ），相劝。⑥九疑，山名，在今湖南宁远县南。从这句开始，到"天路幽险难追攀"，都是诗人假托为张署的歌辞。⑦蛟龙出没，指洞庭湖风浪险恶，时有蛟龙出没。猩，猩猩。鼯（wú），鼠名，俗称大飞鼠，形似松鼠，生活在高山树林中，尾长，前后肢之间有宽大的薄膜，能借此在树间滑翔。古人误以为鸟类。《尔雅·释鸟》："鼯鼠，夷由。"郭璞注："状如小狐，似蝙蝠，肉翅……尾三尺许，飞且乳，亦谓之飞生。声如人呼……能从高赴下，不能从下上高。"号，号叫。猩鼯号，指九疑山中常有猩啼鼯号。这两句追忆当日被贬途中经洞庭至郴州临武艰险恐怖情景。⑧十生九死，犹九死一生。官所，指贬官之所临武。⑨幽居，深居不出。藏逃，隐藏的逃犯。⑩食畏药，方世举注："南方……多畜蛊以毒药杀人。"⑪海气湿蛰，海上的湿气很重。《洛阳伽蓝记·景千寺》："江左假息，僻居一隅，地多湿蛰。"蛰亦潮湿之义。腥臊，指海中鱼虾等动物发出的气味。⑫州前，指郴州衙门前。捶大鼓，指捶鼓发布大赦令。《新唐书·百官志》："赦日击枹鼓千声，集百官父老囚徒。"⑬嗣皇，指唐宪宗李纯。夔皋，夔和皋陶，尧、舜时贤臣。登夔皋，进用贤臣。⑭极言赦书传送之迅疾。唐制，赦书日行五百里。长安至郴州三千二百七十五里，赦书八月五日自长安出发，十二日即可达郴州，此诗写于八月十五

日，而云"昨者州前捶大鼓"，正宪宗赦书抵郴时情景。方世举笺注："《旧唐书·顺宗纪》：'贞元二十一年（805）正月丙申（二十六日），顺宗即位。二月甲子（二十四日），大赦。'此公所以离阳山而竢命于郴也。及八月宪宗即位，改贞元二十一年（805）为永贞元年（805），自八月五日以前，天下死罪降从流，流以下递减一等。诗所云'昨者赦书'正指此。"⑮大辟，死刑。⑯迁者，迁谪到外地的官吏。追回，重新召回。流者，流放到边远地区的官吏。⑰涤瑕荡垢，清洗荡涤朝臣中有瑕疵污点的人。清朝班，使朝官的行列得到清肃。《旧唐书·顺宗纪》："八月丁酉朔……壬寅（初六）贬右散骑常侍王伾为开州司马，前户部侍郎、度支盐铁转运使王叔文为渝州司户。"宪宗八月初一受内禅，初六即贬王伾、王叔文为远州司户，此即所谓"涤瑕荡垢清朝班"。清除永贞革新朝臣之举，此时已开其大端。韩愈在政治上，对王叔文等主持永贞革新的朝臣持贬抑否定态度，屡见于诸诗，如《射训狐》诗以狐比王叔文、王伾，斥其"聚鬼征妖自朋扇"。《赴江陵途中寄赠王二十补阙李十一拾遗李二十六员外翰林三学士》更明谓"昨者京使至，嗣皇传冕旒，赫然下明诏，首罪诛共咮。复闻颠夭辈，峨冠进鸿畴。班行再肃穆，璜佩鸣琅璆"。不但将王叔文、王伾比作共工、驩兜等奸邪反叛之臣，且谓从此班行肃穆。两相对照，此句之意显然。而注家于此，每多误解，如方世举《韩昌黎诗编年笺注》云："以文意考之，盖言追还之人，皆得涤瑕垢而朝清班。"而钱仲联《韩昌黎诗系年集释》及屈守元《韩愈全集校注》皆引其说而从之。此实因顾及韩愈对永贞革新之政治态度而为此回护之解。⑱州家，指郴州刺史李伯康。权德舆《使持节郴州诸军事权知郴州刺史赐绯鱼袋李公（伯康）墓志铭并序》："（贞元）十九年秋十月，拜郴州刺史……奄忽雕落，时永贞元年十月某日甲子，春秋六十三。"韩愈有《祭郴州李使君文》，又有《李员外寄纸笔》诗，注云："李伯康也，郴州刺史。"申名，上报贬谪官吏须追回重新授官的名单（其中当有韩愈、张署）。使家，指观察使或节度使。此指当时任湖南观察使的杨凭。郴州属湖南观察使管辖。抑，压制。杨凭贞元十八年至永贞元年十一月期间任湖南观察使。⑲坎坷，困顿不得志。移，移官，此指贬谪的官吏量移较近地的官。荆蛮，指江陵。古代称长江流域中部荆州地区，即春秋楚国之地为"蛮荆"，亦称"荆蛮"。江陵府正荆州之地。《诗·小雅·采芑》："蠢尔蛮荆，大邦为雠。"⑳判司，唐代节度使、州郡长官的僚属，分别掌管批判各部门的文牍等事务。时张署任江陵府功曹参军，韩愈任江陵府法曹参军，各判一曹之事。《旧唐书·职官志一》："镇军满二万人以上诸曹判司。"㉑捶楚，受杖击鞭打。蔡梦弼曰"唐制，参军簿尉，有过即受笞杖之刑，犹今之胥吏也。故杜牧诗有云'参军与簿尉，尘土惊劻勷。一语不中治，鞭笞身满疮'是也"。㉒同时辈流，同时被贬谪的一类官吏，上道，通衢大路。或云指出发上路。㉓曹植《与吴季重书》："天路高邈，良久无缘。"句意谓通向上天（指京城朝廷）的路高远险峻，难以追攀。㉔殊科，不同类。㉕他，其他。㉖奈明何，奈明日何。明日，则人事世事更不可知，不如今宵对明月而醉歌也。

[鉴赏]

　　清代诗论家赵翼对韩诗有一段精辟的评论："至昌黎时，李、杜已在前，纵极力变化，终不能再出一径，惟少陵奇险处，尚有可推扩，故一眼觑定，欲从此开山辟道，自成一家。此昌黎注意所在也。然奇险处亦自有得失。盖少陵才思所到，偶然得之，而昌黎则专以此求胜，故时见斧凿痕迹：有心与无心异也。其实，昌黎自有本色，仍在'文从字顺'中，自然雄厚博大，不可捉摸，不专以奇险见长。恐昌黎亦不自知，后人平心读之自见。若徒以奇险求昌黎，转失之矣。"这首《八月十五夜赠张功曹》便是以坎坷困顿的人生经历和深切真实的贬谪生活感受为基础，不刻意追求奇险，而自然雄厚博大的代表作。

　　作为一首贬谪诗，这首诗的主角有两位：韩愈和张署。两人贞元十九年（803），同以监察御史的身份上疏皇帝，请求缓征因大旱而饥馑的京畿百姓赋税，得罪权幸，分别被贬连州阳山令、郴州临武令，又在顺宗即位大赦后同在郴州待命，至宪宗即位后又分别迁江陵府法曹、功曹参军，可以说是真正意义上的"同是天涯沦落人"。因此这首抒写迁谪之苦痛怨愤的诗势必同时涉及两人在这段时间的命运。但如果对二人的经历遭遇和内心怨苦分别叙写，一则因情况相似，极易流于重复，二则篇幅会显得过长，三则写法上也会陷于雷同。诗人汲取汉赋中主客问答的结构方式，将全诗设计为面对中秋明月，"君"与"我"相继而歌的总体框架，以"君歌"来反映贬谪生活的痛苦和坎坷移官的怨愤，以"我歌"来抒写面对痛苦坎坷所取的人生态度。表面上看，"我歌今与君殊科"，实际上，"君"之痛苦经历与坎坷命运即"我"之痛苦经历、坎坷命运；而"我"之旷达人生态度亦当为"君"之人生态度。这样一种巧妙的构思，不但避免了重复雷同和冗长平直，而且使全诗呈现出顿挫曲折，波澜起伏，平添了诗的情致与韵味。

　　"纤云四卷天无河，清风吹空月舒波。沙平水息声影绝，一杯相属君当歌。"开头四句，紧扣题目"八月十五夜"，以写景起，是全诗的一个引子。中秋月明之夜，清风卷去了空中四散的浮云，繁星密布的灿烂银河也隐没不见了。一轮皓月，将它的柔和光波洒满人间。湘江岸边，一片白色的沙洲平铺着，水波不兴，声影皆绝，一片静谧的境界。如此美好的中秋明月夜，不由得引发把酒赏月、共度良宵的意兴，举杯相劝，你该唱一支歌吧。前三句，大处落墨，大笔挥洒，展现出一个广远阔大、光明皎洁、美好静谧的境界，透露出诗人面对此境时心境的舒展与明净，并由此自然引出"君当歌"，过渡到下一段对贬谪生活和坎坷命运的叙写。

第二段二十句，是张署的歌辞。先以两句总提："君歌声酸辞且苦，不能听终泪如雨。"上句写歌辞的内容声情——既"酸"且"苦"，下句写自己听歌的强烈感受——歌未终而泪如雨。这正巧妙地暗示，张署歌辞所抒写的也正是自己的经历遭遇和内心感情，境类而情同，君之酸苦亦我之酸苦。以下十八句，每六句为一层，叙写一段经历。

"洞庭连天九疑高，蛟龙出没猩鼯号。十生九死到官所，幽居默默如藏逃。下床畏蛇食畏药，海气湿蛰熏腥臊。"这一层写贞元十九年冬、二十年春贬谪途中所历艰险及抵达贬所后的生活情景。"洞庭"二句是说洞庭湖的惊涛骇浪连天而涌，其中经常有蛟龙出没，兴风作浪，九疑山高峰连绵，云雾迷漫，山中时有猩猩哀鸣，鼯鼠悲号。写景幽森恐怖，带有象征色彩，渗透对当时险恶政治局势的感受。"十生"二句，用"十生九死"一语概括一路所历重重艰险，用"幽居默默如藏逃"一语概括在贬所形同幽囚逃犯的处境。"下床"二句，渲染贬所处于蛮荒湿热之地，下床怕毒蛇咬，进食怕中蛊毒，再加上南海的湿气弥漫，海风传来的腥臊之气更熏得人难以忍受。以上所写，虽假托张署之歌，实际上反映的是两人的共同经历。洞庭波涛固二人贬途所经，九疑高山则离二人贬所很近（张署贬所临武在九疑东，韩愈贬所阳山在九疑东南）。而"十生九死"的经历，在韩愈的《贞女峡》诗中即有生动的描写。"下床"二句中所渲染的情景在韩愈贬居阳山期间所作诗文中同样有类似的描写。总之，贬谪途中既历尽艰险，到达贬所以后又形如幽囚逃犯，贬所的生活环境更十分恶劣可怖，难以生存。因此，早日结束贬谪生活，便成为生活中最大的渴望。

"昨者州前捶大鼓，嗣皇继圣登夔皋。赦书一日行万里，罪从大辟皆除死。迁者追回流者还，涤瑕荡垢清朝班。"接下来六句，写昨日郴州府衙前捶响了大鼓，宣布了新皇继位，贤明的大臣得到登用的喜讯，朝廷的赦书日行万里，犯斩首之罪的免除死刑，被迁谪的官吏重新召回加以任用，被流放的也得以放还。那些有瑕疵有污点的官吏被清洗荡除，朝臣的班列得到清肃。这六句主要是叙述宪宗继位，朝廷政治出现令人鼓舞的新气象，其中"登夔皋""涤瑕荡垢清朝班"均具体有所指，前者指任用杜黄裳为门下侍郎，袁滋为中书侍郎，并同中书门下平章事，后者指贬王伾为开州司马、王叔文为渝州司马。而"赦书"三句，则正诏书所称"自贞元二十一年八月五日已前，天下死罪降从流，流以下递减一等"。从充满感情的叙述中，可以看出韩愈和张署对政局变化欢欣鼓舞的感情，尤其是像"赦书一日行万里"这种夸张渲染之词更表现出对自己命运将得到改变的热情期盼。这一层热情洋溢、兴高采烈的叙述正与上段的酸苦之音形成鲜明对照，一抑一扬，文势跌宕。

"州家申名使家抑，坎轲只得移荆蛮。判司卑官不堪说，未免捶楚尘埃间。同时辈流多上道，天路幽险难追攀。"第三层又忽现转折，写充满期望和等待落空后迸发的强烈怨愤。郴州刺史的上报名单本已使自己充满了脱离苦海的希望，不料却受到湖南观察使的压抑，坎轲的命运重新降临头上，只得到了量移荆蛮之地的处理。参军官职卑微不值得一提，而且不免受到上司鞭打的责罚。同时的贬谪官吏都纷纷上路启程，回到京城，而自己却只感到天路幽暗险峻，难以追攀。燃起热望之后的大失所望，触发了强烈怨愤，其中"使家抑"一语即透露出对时任湖南观察使杨凭的怨愤。钱仲联说："杨凭为柳宗元妻父，自必仰承伾、文一党意旨，公与署之被抑，宜也。"联系《赴江陵途中寄赠王二十补阙李十一拾遗李二十六员外翰林三学士》诗中提及贞元十九年上疏言事遭贬一事的原因时说"同官尽才俊，偏善柳与刘。或虑语言泄，传之落冤雠。二子不宜尔，将疑断还不"可以看出，韩愈认为自己和张署的贬官可能与刘、柳的泄密有关（所上疏为密疏），虽说"将疑断还不"，但怀疑之意并未消除。钱氏认为杨凭有意压抑，虽无实据，却不能说毫无来由。这一层六句，不但与上一层之充满期待希望形成鲜明对照，一扬一抑，感情的落差极大。六句中亦每见扬抑顿挫，如"州家申名使家抑"句，"同时"二句。

张署之歌，酸苦怨愤，抑扬起伏，不仅反映了其从贬谪到量移这一过程中的痛苦经历和坎轲命运，抒发了内心的强烈不平，而且表现了其感情的起伏变化。既是苦难人生历程的反映，又是心路历程的展现。这一切，既属于张署，也属于韩愈本人。因此对下一段韩愈的自称与君"殊科"的歌也应作双重的理解。

"君歌且休听我歌，我歌今与君殊科。一年明月今宵多，人生由命非由他。有酒不饮奈明何！"韩愈之歌，内容其实很简单，人生的命运并不是自己能够主宰的，既然如此，又何必老是陷于痛苦怨愤而不能自拔，面对一年中难得的明月清光，不如痛饮自遣，否则明日月又开始亏缺，再也不能享受对月饮酒之乐，只能徒唤奈何了。这是劝谕张署，也是自劝。话虽说得有些无奈，但用旷达的态度对待人生的苦难挫折，骨子里仍透出诗人的倔强性格和对未来的希望。诗以明月起、以明月结，起处境界阔远明净，结处心境旷达豪放，使全诗的基调不至低沉压抑。

韩愈、张署的被贬，是因上疏请求减轻关中百姓赋税，纾解百姓旱饥而得罪权要所致。因此其被贬事件反映了封建社会政治的黑暗与不公，因被贬而产生的怨愤不平也就具有正义性合理性。不论韩愈怨愤的具体对象是谁，都不影响韩、张阳山、临武之贬的性质是因主持正义、关心百姓疾苦而遭贬，诗中有些地方表现出对宪宗即位后贬斥清除王叔文革新集团的欣喜，固然反映了韩愈的政治倾向，但不能因此而否定这首诗的思想内容。从总体上对王叔文的永贞革新作客观、公正、全面的评价是一回事，诗中涉及对王叔文集团某些行事的看法与态度又是一回事，韩、张之贬，如果真与王叔文等有关，则韩愈的怨愤也完全可以理解。

这首诗的构思、写法乃至思想感情、人生态度，都让人自然联想起苏轼的《前赤壁赋》。可以看出，苏轼的赋明显受到韩愈此诗的影响，无论是主客对答的结构方式，起结均写中秋月明景色以及对待困顿挫折的态度，都一脉相承。但苏轼的旷达却比韩愈要真挚、深刻得多，相比之下，韩愈的旷达不免有些无奈和言不由衷，此为气性使然。苏作虽是赋，但却纯然是诗的意境，为韩诗所不及。此亦苏学韩而青胜于蓝之处。

谒衡岳庙遂宿岳寺题门楼①

五岳祭秩皆三公②，四方环镇嵩当中③。火维地荒足妖怪④，天假神柄专其雄⑤。喷云泄雾藏半腹⑥，虽有绝顶谁能穷⑦？我来正逢秋雨节⑧，阴气晦昧无清风⑨。潜心默祷若有应⑩，岂非正直能感通⑪。须臾静扫众峰出⑫，仰见突兀撑青空⑬。紫盖连延接天柱，石廪腾掷堆祝融⑭。森然魄动下马拜⑮，松柏一径趋灵宫⑯。粉墙丹柱动光彩⑰，鬼物图画填青红⑱。升阶伛偻荐脯酒⑲，欲以菲薄明其衷⑳。庙令老人识神意㉑，睢盱侦伺能鞠躬㉒。手持杯珓导我掷㉓，云此最吉馀难同㉔。窜逐蛮荒幸不死㉕，衣食才足甘长终㉖。

侯王将相望久绝，神纵欲福难为功㉗。夜投佛寺上高阁㉘，星月掩映云瞳胧㉙。猿鸣钟动不知曙㉚，杲杲寒日生于东㉛。

[校注]

①谒，拜谒。衡岳，南岳衡山。《元和郡县图志·江南道·衡州衡山县》："衡岳庙，在县西三十里。"据《南岳志》载，唐初建司天霍王庙，开元十三年（725）建南岳真君祠。永贞元年（805）九月，韩愈由郴州徙掾江陵途经衡山，谒衡岳庙，作此诗题于岳庙门楼。②祭秩，祭祀的等级。三公，周以太师、太傅、太保为三公。此泛指朝廷中最高官位。《礼记·王制》："天子祭天下名山，五岳视三公。"《通典·礼典·吉礼六》："大唐武德、贞观之制，五岳年别一祭，南岳衡山于衡州南镇。开元十三年，封南岳神为司天王。"③四方环镇，指东岳泰山、西岳华山、北岳恒山、南岳衡山围绕着分镇四方。嵩当中，嵩山居中，为中岳。《史记·封禅书》："昔三代之君，皆在河、洛之间，故嵩高为中岳，而四岳各如其方。"④火维，天有四维，南方属火，故称南方为火维。《初学记·地理上》引徐灵期《南岳记》："南岳衡山，朱陵之灵台，太虚之宝洞，上承冥宿，铨德钧物，故名衡山。下踞离宫，摄位火乡，赤帝馆其岭，祝融托其阳，故号为南岳。"⑤假，授予。柄，权力。专其雄，专擅其雄踞一方的地位。⑥半腹，指半山腰。句意谓衡山上云雾缭绕浮动，遮住了半山腰以上的部分。⑦盛弘之《荆州记》："衡山有三峰极秀，其一名芙蓉，最为竦杰，自非清霁素朝，不可望见。"绝顶，最高峰。穷，尽，指攀上峰顶。《南岳记》："南宫四面皆绝，人兽莫至，周回天险，无得履者。"⑧韩愈在衡州有《题合江序寄刺史邹君》诗云："穷秋感平分，新月怜半破。"穷秋指九月，新月半破指上弦月。此"秋雨节"当在九月。⑨阴气晦昧，指云雾弥漫，天色阴暗。⑩潜心，专心诚意。应，灵应。⑪正直，指岳神。《左传·庄公三十二年》："史嚚曰：神，聪明正直而壹者也。"⑫静扫，云雾悄然扫去。⑬突兀，指高耸奇险的山峰突兀而立。⑭紫盖、天柱、石廪、祝融，均衡山峰名（加上芙蓉峰，为衡山七十二峰中最高大的五峰）。连延，绵延。腾掷，跳跃，此处形容山势之起伏不平。堆祝融，祝融峰最高，似高堆于众峰之上。⑮森然，形容精神上不由自主地严肃敬畏之状。魄动，心惊。⑯松柏一径，指松柏夹道的山路一直通向。灵官，指岳庙。⑰粉墙丹柱，白粉墙、红漆柱。动光彩，光彩闪耀。⑱鬼物图画，指庙内墙壁上画有鬼神的图画。填青红，涂满了青色和红色的颜料。⑲伛偻（yǔ lǚ），弯

腰躬背。形容祭神时恭敬行礼貌。荐，进献。脯，干肉。⑳菲薄，指不丰盛的祭品。衷，心意。明其衷，表明自己内心的虔诚。㉑庙令，管寺庙的官。唐于五岳四渎庙各设庙令一人，正九品上，掌祭祀等事，见《新唐书·百官志》。识神意，懂得神的意志。㉒睢盱(suī xū)：睁眼为睢，闭眼为盱，此为复词偏义，瞪大眼睛。侦伺，窥探、察看。鞠躬，弯腰，恭敬貌。㉓杯珓（jiào）：一种简单的占卜吉凶的工具。用两片蚌壳或竹木制成，投空掷地，看其俯仰向背来定吉凶祸福。导，教。㉔最吉，指杯珓掷地后半俯半仰者为最吉之卦象。或云"吉"犹灵验。㉕窜逐蛮荒，指被贬逐到阳山。㉖《后汉书·马援传》："援从弟少游曰：人生在世，但取衣食才足。"甘长终，甘愿长此而终身。㉗《史记·陈涉世家》："王侯将相，宁有种乎！"福，福佑，难为功，难以成功，无能为力。㉘投，投宿。㉙瞳胧，犹朦胧，句意谓云层中透出星月朦胧隐约的光影。㉚谢灵运《从斤竹涧越岭西行》："猿鸣诚知曙，谷幽光未显。"此反用之。钟动，庙中晨钟响起。㉛《诗·卫风·伯兮》："杲杲出日。"杲杲，日出明亮貌。寒日，此指深秋的太阳。

[鉴赏]

　　这是韩愈七古的代表作。所描绘的对象，是五岳中著名的衡岳和岳庙，无论是作为自然对象还是宗教祭祀对象，都具有突出的崇高感。但韩愈笔下的衡岳和岳庙，却并不只有崇高庄严的一面，而是在叙述描写中时时出以诙谐戏谑之笔，并借此抒发自己胸中的块垒不平，发泄不遇于时的牢骚怨愤，将一首写景记游诗写成了一首不平则鸣的坎壈咏怀之作。

　　全诗大体可分为四段。第一段六句，总写衡岳之高峻威严。一开头却先撇下衡岳，从五岳写起，说朝廷祭祀五岳的礼仪等级都比照三公，东西南北四岳环镇四方而嵩岳居中。大处落笔，起势高远，以突出五岳之尊崇和南岳在五岳中的地位。接下来四句，围绕"四方环镇"四字，专写衡岳的威势与神峻。"火维地荒足妖怪，天假神柄专其雄"，说南荒之地，天气炎热，妖怪众多，上天授予权柄使衡岳专门雄镇一方，突出其上天赋予的威权；"喷云泄雾藏半腹，虽有绝顶谁能穷"，说它吞云吐雾，半山以上即隐藏不露，虽有绝顶却无人能登，突出其高不可攀的峻峭与神秘色彩。这一段下笔似乎极严肃郑重，但在具体描写中又有意无意地透出所写对象含有一股邪横之气，使人感到这镇压妖怪的南岳神似乎也染上了一股妖气，这从"喷云泄雾藏半腹"的诗句中可以明显体味出来。

　　第二段八句，正面写登山见衡岳诸峰。先写登山时正遇秋雨季节，山上阴气弥漫、晦暗昏昧，空气潮湿凝固，毫无清风。这自然是纪实，但用"阴气晦昧"来写衡岳，也透露出诗人初登山时心情的黯淡沉重。"潜心默祷若有应，岂非正直能感通。"由于遇上了"阴气晦昧"的"秋雨节"，诗人不免扫兴，于是有"潜心默祷"之举。这两句用笔似庄似谐，似假似真，殊堪玩味。说"若有应"，是好像感到"默祷"似有所应，但也完全可以理解为这只是一种主观感受乃至幻觉，说"岂非"，更是游移不定之词，意思是难道真是正直聪明的岳神，可以与我感通的吗？从语气口吻中可以体味出，诗人对人、神的感通所持的将信将疑、疑信参半的态度。如果将"正直能感通"与诗人的现实遭际联系起来，更可看出诗人实际上并不相信神是正直而能感通的。然则"岂非正直能感通"也就成了"难道聪明正直的神真的可以感通吗？"

"须臾静扫众峰出，仰见突兀撑青空。紫盖连延接天柱，石廪腾掷堆祝融。"不论"默祷"是否真的有灵应，过了不一会儿，天却是放晴了，在不知不觉间，云雾尽扫，众峰出现。仰头望去，只见峻峭的山峰撑拄着青色的天空。紫盖峰绵延起伏，连接着天柱峰，石廪峰翻腾跳跃，上面堆压着最高的祝融峰。前两句总写"众峰"，后两句分写诸峰不同的形态。诗人连用"扫""出""撑""接""腾掷""堆"等动感极强烈的词语，将衡山诸峰峭立撑空的态势与伟力，以及各自的千姿百态描绘得栩栩如生、充满活力。而浮云尽扫，诸峰峭立晴空的境界更透露出诗人暗淡沉闷的心情不禁为之一爽，给人以豁然开朗的快感和明快跃动的美感。

第三段十四句，写谒衡岳庙的情景。就题目看，此前两段，都还是题前文字，这一段才是诗的主体和正意。但诗人写到正面文章时，态度却更加随便，笔墨也更加恣肆，表面上严肃庄重，实际上谐谑幽默，时露嘲讽调侃。

"森然魄动下马拜，松柏一径趋灵宫。粉墙丹柱动光彩，鬼物图画填青红。"四句写循路抵庙及庙内外所见。"森然魄动"紧承上段之云雾扫众峰现，写自己面对自然界的变化忽有心惊魄动之感，"下马拜"自然是拜岳神，仿佛真的相信神的力量，故循着松柏夹道的路直趋灵宫，虔诚往谒，可所见庙内外情景却只是白墙红柱，光彩闪耀，鬼物图画，填满青红色彩而已，完全是一种炫目的表面涂饰，丝毫唤不起肃穆庄严之感。这样来写神庙，正反托出自己"森然魄动"、虔诚趋谒的过于认真。

"升阶伛偻荐脯酒，欲以菲薄明其衷。庙令老人识神意，睢盱侦伺能鞠躬。手持杯珓导我掷，云此最吉馀难同。"接下来六句写进献酒脯祭神和庙令老人引导诗人占卦。写祭神，曰"伛偻"，曰"衷"，突出态度之虔诚；写占卦，曰"识神意"、曰"睢盱侦伺"、曰"导我掷"、曰"最吉"，突出其察言观色、窥探心理、装神弄鬼，近乎漫画式的手法，调侃讽刺之意显然。

"窜逐蛮荒幸不死，衣食才足甘长终。侯王将相望久绝，神纵欲福难为功。"这四句紧承"云此最吉"，用自己的实际遭遇和"望久绝"来嘲弄神的福佑。窜逐蛮荒，不死已算万幸，只要衣食刚刚温饱就很满足，甘愿就此长终。至于王侯将相之望，自己早就断绝，岳神即使想保佑我也难以奏效了。用釜底抽薪之法对神的福佑作了彻底的否定。实际上是借此宣泄一肚子不遇于时的牢骚与怨愤。这种情绪，必须结合其移揉江陵的遭遇来体会。

末段四句，以夜投佛寺住宿、晨起见日出作结："星月掩映云曈昽"，仍是朦胧晦暗之景，"猿鸣钟动不知曙"，说明诗人心地坦然，一夜酣睡，于己之困顿遭际、神之福佑均无所萦怀，而"杲杲寒日生于东"的景象中却又透出一股森寒之气，传出诗人对环境氛围的感受。

这首诗最突出的特点，可以用借题抒愤，似庄实谐来概括。诗人实际上是借游衡岳、谒岳庙来发泄胸中的块垒不平。表面上看，似乎把衡山写得非常崇高威严，把岳神写得非常聪明正直，灵应显验，求神占卦的结果又是那样上上大吉。这一切，恰恰与诗人为民请命，反而窜逐蛮荒的不幸遭遇和虽遇大赦，仍沉下僚的现实处境形成鲜明对照。令人联想到在诗人所处的这个现实世界里，一切威严崇高、正直灵应的偶像都不过是徒有其表、虚有其名，神的福佑不过是庙令之流骗人的鬼话。诗人虽未必有意运用象征手法，只是随机而发，但由于他不时对庄严威灵的对象加一点嘲弄，无形中使这些描写具有一定的象征意味。正因为借题抒愤的创作动机，因而诗在用笔上具有似庄而实谐的特点。写衡岳的崇高威严，岳神的灵应显验，自己的虔诚趋拜，仿佛很郑重，其实内里含有对这一切的奚落与嘲讽。大凡一个大作家，总有自己的一套人生哲学，总有自己对待不幸和挫折的态度和办法。一个人在挫折面前，要不被它所压倒，要做到不沉沦，总得或抗争，或鄙视，或达观，或有所寄托。韩愈的性格相当倔强，他对待挫折的态度就是反过来对带给自己不幸命运的现实表示轻蔑和嘲弄，就是半真半假地亵渎那些看来威严崇高的事物，对它们表示不敬、不信任。从这些可以看出，这种诙谐幽默中蕴藏着一种精神力量。尽管韩愈这个人的精神性格有不少可议之处，但倔强这一点，反映在对待现实人生的态度上，还是有可取之处的。

这首诗有一个突出特点是腾踔跳跃，硬语盘空，以奇崛不平之笔写磊落不平之情。这正是典型的韩愈诗风。表现在结构章法上，就是具有明显的腾掷跳跃的特点，富于变化，富于气势。第一段先用虚笔对衡岳作铺张渲染，极写其威严崇峻。第二段接着写其阴暗晦昧，云遮雾障之状。忽作转笔，写云雾散尽，众峰尽出，淋漓尽致地渲染衡山诸峰突兀撑空，连延相接，腾跃堆垒的雄伟气势，文势夭矫变化，波澜曲折。这几句写得笔酣墨饱，气概非凡。第三段写在心惊魄动的情况下趋庙拜谒，求神问卦，一切都显得极虔诚极郑重，但在这当中却忽然插入几个极不和谐的细节（"睢盱侦伺能鞠躬"数句），于是使这一切虔诚郑重都化为骗人的儿戏和滑稽的表演，连前面的"岂非正直能感通"也一笔扫去了。这在结构上是一大转折，一大变化。接着，顺势将自己一肚皮不合时宜的牢骚都倾泻出来，其中蕴含着对现实的愤懑，对神明福佑的调侃嘲弄。至此诗情发展至高潮。但如果就此收束，又过于直露，于是又出人意外，转出最后一段。从笔法看，是又一次腾掷跳跃。表面上看，牢骚发泄完了，不论祸福，酣睡直至天明，似乎对一切都置之度外，但在高天寒日、星月朦胧的境界中，又似乎有难以言状的思神在回旋，让人在寂寥浩冥中产生许多联想。这样结尾，可以说是思接混茫，富于余韵。这对上文那种牢骚满腹的宣泄，又是一次转折顿宕。这种层折顿宕、奇崛不平的结构章法和笔法，完全是为了表现内心的郁愤和牢骚。诗中硬语奇字，所在都有。如"喷""泄""扫""撑""腾掷""堆""森然"等字，都是用力刻画的，目的在于突现衡岳高险峥嵘的面貌，造成一种磊落不平的气氛。全篇一韵到底，押韵句句末三字全为平声，即所谓三平调，这也是为了刻意造成一种拗折的风调，使声律与情感一致，即以不和谐的声律来写不和谐的感情，这本身就是另一种和谐。

石鼓歌[①]

张生手持石鼓文[②]，劝我试作石鼓歌。少陵无人谪仙死[③]，才薄将奈石鼓何[④]！周纲凌迟四海沸[⑤]，宣王愤起挥天戈[⑥]。大开明堂受朝贺[⑦]，诸侯剑佩鸣相磨[⑧]。蒐于岐阳骋雄俊[⑨]，万里禽兽皆遮罗[⑩]。镌功勒成告万世[⑪]，凿石作鼓隳嵯峨[⑫]。从臣才艺咸第一，拣选撰刻留山阿[⑬]。雨淋日炙野火燎[⑭]，鬼物守护烦㧑呵[⑮]。公从何处得纸本[⑯]，毫发尽备无差讹[⑰]。辞严义密读难晓[⑱]，字体不类隶与蝌[⑲]。年深岂免有缺画[⑳]，快剑斫断生蛟鼍[㉑]。鸾翔凤翥

众仙下㉒，珊瑚碧树交枝柯㉓。金绳铁索锁纽壮㉔，古鼎跃水龙腾梭㉕。陋儒编诗不收入㉖，二雅褊迫无委蛇㉗。孔子西行不到秦㉘，掎摭星宿遗羲娥㉙。嗟余好古生苦晚㉚，对此涕泪双滂沱㉛。忆昔初蒙博士征㉜，其年始改称元和。故人从军在右辅㉝，为我度量掘臼科㉞。濯冠沐浴告祭酒㉟，如此至宝存岂多。毡包席裹可立致㊱，十鼓只载数骆驼。荐诸太庙比郜鼎㊲，光价岂止百倍过㊳。圣恩若许留太学㊴，诸生讲解得切磋㊵。观经鸿都尚填咽㊶，坐见举国来奔波㊷。剜苔剔藓露节角㊸，安置妥帖平不颇㊹。大厦深檐与盖覆㊺，经历久远期无佗㊻。中朝大官老于事㊼，讵肯感激徒媕婀㊽。牧童敲火牛砺角㊾，谁复著手为摩挲㊿。日销月铄就埋没(51)，六年西顾空吟哦(52)。羲之俗书趁姿媚(53)，数纸尚可博白鹅(54)。继周八代争战罢(55)，无人收拾理则那(56)。方今太平日无事，柄任儒术崇丘轲(57)。安能以此上论列(58)，愿借辩口如悬河(59)。石鼓之歌止于此，呜呼吾意其蹉跎(60)。

［校注］

①魏本引樊汝霖曰："欧阳文忠《集古录》云：'石鼓文在岐阳，初不见称于世，至唐人始盛称之，而韦应物以为周文王之鼓，至宣王刻诗尔，韩退之直以为宣王之鼓。在今凤翔孔子庙，鼓有十，先时散弃于野，郑馀庆始置于庙，而亡其一。皇祐四年，向传师求于民间，得之。十鼓乃足，其文可见者四百六十五，磨灭不可识者过半。然其可疑者三四。退之好古不妄者，余姑取以为信耳。至于字画，亦非史籀不能作也。'文忠所跋如此。此歌元和六年作。"方世举《韩昌黎诗编年笺注》："《元和郡县志》：'石鼓文在天兴县南二十里许，石形如鼓，其数有十，盖纪周宣王畋猎之事。其文即史籀之迹。贞观中，吏部侍郎苏最纪其事，云虞、褚、欧阳共称古妙。'虽岁久讹阙，然遗迹尚有可观。然历代纪地理志者不存纪录，尤可叹惜。"方成珪《昌黎先生诗文年谱》："诗中叙初征博士，在元和元年，以不能遂其留太学之志，而云'六年西顾空吟哦'，则正六年未迁职方时作也。"《全唐诗》题下注："石鼓文可见者，其略曰：'我车既攻，我马既同。'又曰：'我车既好，我马既駉。君子员猎，员猎员游。麀鹿速速，君子之求。'又曰：'左骖幡幡，右骖骓骓。秀弓时射，麇豕孔庶。'又曰：'其鱼维何，维鲂维鲤。何以橐之，维杨与柳。'"按：石鼓文刻石年代，据近人考定，当为东周时秦国刻石。用籀文在十块鼓形石上分刻十首四言韵文，内容系记述秦国国君游猎情况。唐初在天兴（今陕

西宝鸡）三畤原出土。现一石字已磨灭，其余九石亦有残缺。石鼓现藏故宫博物院。②张生，指张彻，贞元十二年（796）与韩愈结交，并从愈学，愈妻以族女。元和四年（809）登进士第，为泽潞节度使从事，改幽州节度判官。长庆初入为监察御史，后复返幽州，军乱遇害。作此诗时韩愈在东都洛阳为河南县令，时张彻亦在洛阳。③少陵，指杜甫。因其曾居长安城南之少陵原，故自称"少陵野老"。无人，指已去世。与下"死"义同。谪仙，指李白。李白《对酒忆贺监诗序》："太子宾客贺公，于长安紫极宫一见余，呼余为谪仙人。"④将奈石鼓何，对石鼓又能拿它怎么办呢。盖谦称自己才浅不足担当作《石鼓歌》的重任。⑤郑玄《诗谱序》："后王稍更陵迟，厉也，政教尤衰，周室大坏。"周纲，周王室的纲纪。凌迟，衰败。⑥宣王，周宣王。《史记·周本纪》："厉王死于彘，太子静长于召公家，二相乃共立之为王，是为宣王。"周宣王在位期间，曾南征淮夷、徐戎，北伐狎狁。"修政，法文、武、成、康之遗风，诸侯复宗周。"其统治号称宣王中兴。挥天戈，指其南征北讨事，《诗序》："《六月》，宣王北伐也；《采芑》，宣王南征也。"⑦明堂，古代帝王宣明政教之所。凡朝会、祭祀、庆赏、选士、养老、教学等大典，均在此举行。《礼记·明堂位》正义："今戴礼说《盛德记》曰：明堂者，自古有之，所以朝诸侯。"⑧佩，指系在衣带上的佩饰。磨，摩擦碰撞。⑨蒐，打猎。岐阳，岐山之南。《左传·昭公四年》："周成王蒐于岐阳。"这里指宣王狩猎于岐山之南。骋雄俊，施展雄豪俊杰的风采，钱仲联《韩昌黎诗系年集释》："《诗·车攻序》：'宣王会诸侯于东都，因田猎而选车徒。'其起句'我车既攻，我马既同'，与《石鼓》起句相同，公遂断为周宣王。然周宣蒐于岐阳，古书无明文，即《小雅·吉日》之诗，亦只可知为西都之狩而已……蒋元庆撰《石鼓发微》，始申郑樵之说，考明字体，参稽经史，而断为秦昭王之世所造，在周赧王十九年之后，二十七年之前，其说精核。"按：石鼓制作年代，近人据其字体考证，断为秦刻，主要说法有两种，一谓造于秦襄公八年（前770，即周平王元年），一谓造于秦灵公三年（前422，即周威烈王四年），钱氏所引蒋元庆说为另一说。⑩遮罗，拦截捕捉。⑪镌（juān），雕、勒、刻。镌功勒成，将此次狩猎之功刻在石上。⑫隳（huī），毁。嵯峨，指高山。⑬撰刻，撰写刻石。山阿，山的弯曲处。⑭炙，烤。燎，烧。⑮诃（huī）呵，守卫呵护。⑯纸本，指石鼓上文字的拓片。⑰差讹，差错。⑱辞严义密，言辞谨严，含义深密。⑲隶，隶书。科，指蝌蚪文，因其字体笔画头粗尾细，形似蝌蚪而得名。⑳深，久。缺画，缺少笔画，指字形模糊缺损。

㉑鼍（tuó），俗称猪婆龙，即今之扬子鳄。句意谓字形如快剑砍断活的蛟龙。因有缺损，故云"斫断生蛟鼍"，其意仍在赞其字形之如生蛟龙。㉒谓其字形如鸾凤飞舞，群仙飘然欲下。㉓谓其字形如珊瑚碧树，枝柯相交。㉔锁纽壮，捆绑纽结的绳索非常粗壮。㉕古鼎跃水，《史记·封禅书》："宋太丘社亡，而鼎没于泗水彭城下。"《水经注·泗水》："周显王四十二年，九鼎沦没泗渊。秦始皇时而鼎见于斯水，始皇自以德合三代，大喜，使数千人没水系而行之，未出，龙齿啮断其系。"龙腾梭，《晋书·陶侃传》："侃少时渔于雷泽，网得一织梭，以挂于壁。有顷雷雨，自化为龙而去。"刘敬叔《异苑》："陶侃尝捕鱼，得一铁梭，还挂著壁。有顷雷雨，梭变成赤龙，从屋而跃。"句意谓石鼓文字形如古鼎之跃出泗水，如飞梭之化龙飞去，气势腾跃。㉖《史记·孔子世家》："古者诗三千馀篇，及至孔子，去其重，取可施于礼义三百五篇。"㉗二雅，指《诗经》中的《小雅》《大雅》。褊迫，褊狭局促。无委蛇，无从容自得之气象。《诗·鄘风·君子偕老》："委委佗佗，如山如河。"朱熹集传："雍容自得之貌。"《诗·召南·羔羊》："退食自公，委蛇委蛇。"郑玄笺："委蛇，委曲自得之貌。"㉘据《史记·孔子世家》，孔子曾去鲁而周游列国，凡十四年而反于鲁。而所历各国中独无秦国，故云。㉙掎摭（jǐ zhí），摘取。羲娥，羲和与嫦娥，借指日月。此谓《诗经》中未收石鼓上的诗是只摘取了星星而漏了太阳月亮。㉚《论语·述而》："我非生而知之者，好古，敏以求之者也。"又："述而不作，信而好古。"㉛此，指石鼓文的拓本。《诗·陈风·泽陂》："涕泗滂沱。"毛传："自目曰涕，自鼻曰泗。"滂沱，横流貌。㉜《旧唐书·韩愈传》："贬为连州阳山令，量移江陵府掾曹。元年初召为国子博士。"韩愈《释言》："（元和）元年六月，自江陵召拜国子博士。"《新唐书·百官志》：国子监，"总国子、太学、广文、四门、律、书、算凡七学……国子学，博士五人，正五品上"。㉝故人，未详。右辅，指右扶风，即凤翔府。《三辅黄图》："太初元年，以渭城以西属右扶风，长安以东属京兆尹，长陵以北属右冯翊，以辅京师，谓之三辅。"韩愈之友人在凤翔府为从事，故云。㉞臼科，臼形的坑。用来放置石鼓。科，坑。《孟子·离娄下》："源泉混混，不舍昼夜，盈科而后进，放乎四海。"赵岐注："科，坎。"㉟祭酒，国子监之长官。《新唐书·百官志》："国子监，祭酒一人，从三品；司业二人，从四品下。掌儒学训导之政。"据《旧唐书·宪宗纪》及《郑馀庆传》，元和元年五月，郑馀庆罢相，为太子宾客。九月，改为国子祭酒。㊱毡包席裹，用毡席包裹（石鼓）。立致，即刻运达。㊲荐，进献。太庙，帝王的祖庙。

郜鼎，郜国的鼎。《春秋·桓公二年》："取郜大鼎于宋，戊申，纳于太庙。"㊳光价，声价。㊴太学，属国子监，掌教五品以上及郡县公子孙、从三品曾孙为生者。㊵讲解，讲解经书。切磋，本指琢磨玉器，此谓互相讨论研究。㊶《后汉书·蔡邕传》："熹平四年，与堂溪典、杨赐、马日磾、张驯、韩说、单飏等奏，求正定六经文字，灵帝许之。邕乃自书丹于碑，使工镌刻，立于太学门外。于是后儒晚学，咸取正焉。及碑始立，其观视及摹写者，车乘日千馀两，填塞街陌。"《后汉书·灵帝纪》："光和元年二月，始置鸿都门学生。"鸿都，东汉都城洛阳门名。观石经系在太学门外，非鸿都门外，此系诗人误记。填咽，堵塞。㊷坐见，犹行见，马上能见到。㊸剜苔剔藓，剜除长在石鼓上的苔藓。露节角，指文字因笔画方正所显露的棱角和屈折。㊹颇，不平。㊺与，给予。句意谓将石鼓安置于高大深檐的房屋之中，将它们严密覆盖。㊻期无佗，期望其不发生其他意外事故。㊼老于事，熟练于办理政事之道。此处带贬义，指老于世故，圆滑处事。㊽讵肯，岂愿。感激，感奋激发。婀婓（ān ē），依违两可，毫无主见。㊾敲火，指敲击石鼓以取火。砺，磨。㊿摩挲，抚摸爱护。(51)日销月铄，指石鼓一天天地磨损隳坏。就，接近。(52)韩愈元和元年（806）召为国子博士，到元和六年作此诗已六年。时愈在东都，故云"西顾"。空吟哦，指石鼓之事尚未安置妥帖。(53)《晋书·王羲之传》："尤善隶书，为古今之冠。"尤精真书、行书。趁姿媚，追求柔媚。宋王得臣《麈史》卷中《书画》云："王右军书多不讲偏旁，此退之所谓'羲之俗书趁姿媚'者也。"方成珪云："俗书对古书而言，乃时俗之俗，非俚俗之俗也。《麈史》之说非是。"何焯曰："对籀文言之，乃俗书耳。《麈史》之云，愚且妄矣。"按：何说较优，然韩愈此句确对羲之书法有贬意，不必刻意为之维护解释，视下句"尚可"字明显可见。盖韩诗追求"盘空横硬语"，故对羲之书法之近于姿媚不满。(54)《晋书·王羲之传》："羲之性爱鹅，山阴有一道士，养好鹅，羲之往观焉，意甚悦，因求市之。道士云：'为写《道德经》，当举群相赠耳。'羲之欣然，写毕，笼鹅而归。"(55)继周八代，指秦、汉、魏、晋、北魏、北齐、北周、隋。(56)理则那，其理则为何。《左传·宣公二年》："犀兕尚多，弃甲则那！"杜预注："那，犹何也。"(57)柄任，重视信从。丘轲，孔丘、孟轲。(58)以此上论列，用以上讲的这些道理向朝廷一一论述。(59)《晋书·郭象传》："王衍每云：听象语，如悬河泻水，注而不竭。"事又见《世说新语·赏誉》。(60)蹉跎，失意貌。

[鉴赏]

从内容看，这是一首呼吁保护珍贵历史文物的长篇七言古诗。根据结尾处

"安能以此上论列"的诗句，韩愈似乎真有以诗代疏，上奏朝廷的意图。如此严肃郑重而又带有很浓专业色彩的话题，似乎不宜入诗。在韩愈之前，也只有韦应物作过一首同题之作，但篇幅很短，不及韩诗四分之一，且显乏文采，在诗坛上没有产生什么影响。但韩愈此诗，却写得既恣肆酣畅、神采飞扬，又时杂诙谐嘲谑，将一个严肃的话题写得非常富于诗趣，充分表现了韩愈的个性。尤其耐人寻味的是，诗中还时寓对时事对个人境遇的感慨，使这首写珍贵文物命运的诗隐隐联系着时代风云与个人命运，从而使诗的意蕴更为深厚，情味也更浓郁。

"张生手持石鼓文，劝我试作石鼓歌。少陵无人谪仙死，才薄将奈石鼓何！"开篇四句，交代作歌的缘起。起二句说自己应张生之"劝"而作歌。"劝"有勉励之意，"作"上加一"试"字，更显出作歌之事之严肃郑重。接下两句，表面上自谦才薄，难当为石鼓作歌的重任，实际上却暗含李、杜已死，堪当此重任者非我而何的气度。自负语以自谦口吻出之，更觉兹事体大，不能轻以授人，只能勉力担当此一历史重任。这个开头，气势宏伟，是先占地步之笔。

"周纲凌迟"以下十二句，写石鼓的由来。大意是说：周朝的纲纪衰败，四海鼎沸。宣王继位，奋起而挥动天戈，南征北讨，平定叛乱，重振周室。大开明堂，接受朝贺，朝堂之上，诸侯的佩剑相互碰撞。在岐山之阳举行狩猎，展现雄豪俊杰的风采，万里之内的飞禽走兽均入网罗。将王室中兴的丰功伟业和畋猎的盛典刻在石上，传告于万世，凿石作鼓，将嵯峨的山崖都隳毁了。侍从的臣子才艺均属一流，挑选其中最杰出的撰写韵语，刻在石上，长留山坳。长久以来，历经雨淋日烤，野火烧燎，却始终长存，当是有神鬼守护其间。这一段在全篇中占据极重要的地位，意在表明石鼓并非一般的历史文物，而是周天子中兴的象征。因此它不仅有文物价值，更有政治意义。诗人在想象当年宣王"挥天戈""开明堂""蒐岐阳""镌功""凿石"的盛况时，兴会淋漓，笔酣墨饱，其中自然融入了对现实政治的期盼。写这首诗的时间是元和六年。唐宪宗即位以来，励精图治，一直奉行对强藩叛镇实行强硬政策，以恢复全国统一的局面。元和元年至五年，先后平定四川刘辟之乱、夏绥杨惠琳之乱、浙西李锜之乱，计擒与王承宗通谋的昭义节度使卢从史，更大规模的平叛统一战争正在酝酿之中。在这样一个特殊的时代背景和氛围中，诗中刻意渲染宣王中兴的历史功绩，向往镌功刻石的盛大场面，不管诗人是否有意寓托，至少可以说其中渗透了诗人对现实政治中类似局面的期盼和憧憬。而这，正是下面对石鼓一系列叙写的根由。

从"公从何处得纸本"到"掎摭星宿遗羲娥"十四句，先用十句叙写石鼓文含义的深密古奥和形体的精美生动。先总说张生所持纸本与原物毫发无差，是为总赞。于其辞义，只用"辞严义密读难晓"一句带过，将描绘的重点放在对字体的形容上。或如利剑斫断蛟龙，或如鸾翔凤舞，众仙飘然而下，或如珊瑚碧树，枝柯相交，或如金绳铁索，锁纽粗壮，或如古鼎跃水，飞梭化龙。穷形极相，而其旨归，则在渲染其笔力劲挺，笔势生动，形象纷纭，给人以惊心骇目的美感享受。表面上看，这好像是在强调石鼓文在书法上的造诣，以说明其作为历史文物的另一方面意义。但读到"陋儒编诗不收入，二雅褊迫无委蛇。孔子西行不到秦，掎摭星宿遗羲娥"四句，便恍然大悟，诗人在穷形极相地描绘其字体时，根本没有忽略石鼓文的政治意义。历代评者于此四句颇多微词，认为夸张失体，实未解作者深意。撇开"陋儒"究竟是指采诗者还是孔子本人不论，至少可以认定，韩愈认为：《诗经》的大小雅中未收石鼓文上的诗，是捡了芝麻丢了西瓜，是极大的遗憾。影响所及，弄得大小雅也显得褊狭局促，失去了雍容的气象。显而易见，这完全是从诗的政治思想内容着眼，而不是从文字形体着眼。它的潜台词是说《诗经》中纪王政得失的二雅岂能漏收纪录反映宣王中兴伟业的诗呢。图穷而匕首见，这才是诗人真正的用意。为了强调石鼓文的政治意义与价值，诗人竟不惜拿孔子开涮，这仿佛与韩愈一贯尊孔孟崇儒术的思想不符。其实这并不矛盾。在他看来，传道之文如《原道》之类自当严肃郑重，而诗歌不妨杂以谐谑，即使像《石鼓文》这种宣扬振王纲、颂中兴的诗歌也可以开点玩笑。这种谐谑笔墨，既突出渲染了石鼓文的政治意义和价值，又增添了诗歌的谐趣，而诗人豪纵不羁的精神气度也因之得到生动的表现。

"嗟余好古生苦晚"到"经历久远期无佗"二十句，紧承"遗羲娥"的巨大遗憾，正面提出自己保护石鼓的建议。"嗟余好古生苦晚，对此涕泪双滂沱"二句，承上启下，总提一笔，表明自己对石鼓未能收入《诗经》、列于经典的痛心和遗憾，以引出下文补救的建议。先追述元和初征为博士，故人适官右辅，为其度量石鼓，掘坑安置，并濯冠沐浴，上告主管的祭酒，希望其将此至宝毡包席裹，运至太学安置，以期永远保存。诗人认为，石鼓的价值远过郜鼎，置于太学，不但便于诸生讲解切磋，而且会轰动全国，盛况超过当时蔡邕镌刻的石经。将刻在石鼓上的十首诗的价值和轰动效应提高到百倍于郜鼎、超越了石经的程度，原因仍在它是中兴王室的象征，具有极大的示范意义。

从"中朝大官老于事"到"呜呼吾意其蹉跎"十六句，写自己的上述建议遭到冷落，石鼓仍然置于荒郊野外，"牧童敲火牛砺角""日销月铄就埋没"，遭到湮没的命运。希望能有"辩口如悬河"者将此情上奏，以实现自己的愿望。这一段中，用漫画式的笔法，将"中朝大官"老于世故，依违两可，对国之至宝毫无感情的嘴脸作了辛辣的讽刺，对自己的建议搁置，"六年西顾空吟哦"的遭遇深感不平，而对石鼓文的价值和意义则作了进一步渲染。诗人认为，号称"书圣"的王羲之的字比起石鼓文之古朴刚健，只不过是"趁姿媚"的"俗书"而已，但这只是陪笔。诗人着重强调的是石鼓文另一方面更主要的价值。继周以后的八代，战乱不断，至唐方罢，方今天下太平无事，朝廷崇尚儒术和孔孟之道，大一统的政治局面正需要作为中兴象征的石鼓文来为它营造氛围，这才是诗人反复宣扬石鼓文的根本出发点。诗的结尾，对此既充满期盼，又深忧此意之蹉跎，表现出诗人的矛盾心态，而在叹惜石鼓文之不被重视、"日销月铄就埋没"的命运时，也可能渗透了诗人自身的不遇之感。这只要与《进学解》联系起来体味，就会有更明显的感受。

历代评家多将此诗与杜甫之《李潮八分小篆歌》及苏轼《石鼓歌》相提并论，并品评其高下，实未会此诗立意所在。其实，学此诗最能得其旨要的是李商隐的《韩碑》。李商隐借赞颂韩愈的《平淮西碑》强调君相协力、坚持平叛统一的方针，开篇即大书"元和天子神武姿""誓将上雪列圣耻，坐法宫中朝四夷"，这和《石鼓歌》之大书"周纲凌迟四海沸，宣王愤起挥天戈"完全一致。而一则曰"镌功勒成告万世"，一则曰"以为封禅玉检明堂基"。二诗均旨在通过对石鼓、韩碑的赞颂，强调平定叛乱、统一中国、重振王室的主旨。从这个意义上说，《韩碑》才是《石鼓歌》的嫡传，其行文风格之劲健豪肆亦有相近之处，唯亦庄亦谐之风格，则为韩之《石鼓歌》所独擅。

听颖师弹琴[①]

昵昵儿女语[②]，恩怨相尔汝[③]。划然变轩昂[④]，勇士赴敌场。浮云柳絮无根蒂，天地阔远随飞扬。喧啾百鸟群[⑤]，忽见孤凤凰[⑥]。跻攀分寸不可上[⑦]，失势一落千丈强[⑧]。嗟余有两耳，未省听丝篁[⑨]。自闻颖师弹，起坐在一旁[⑩]。推手遽止之[⑪]，湿衣泪滂滂[⑫]。颖乎尔诚能，无以冰炭置我肠[⑬]！

[校注]

①颖，《全唐诗》校："一作颕。"方世举注："李贺亦有《听颖师弹琴歌》云：'竺僧前立当吾门，梵宫真相眉棱尊。古琴大轸长八尺，峄阳老树非桐孙。凉馆闻弦惊病客，药囊暂别龙须席。请歌直请卿相歌，奉礼官卑复何益！'则颖师是僧明甚，盖以琴干长安诸公求诗也。贺官终奉礼，殁于元和十一年，作诗时盖已病，而公亦当被谗左降。"按：钱仲联《韩昌黎诗系年集释》系此诗于元和九年（814）。②昵昵，亲密。儿女语，青年男女间的私语。③《世说新语·排调》："晋武帝问孙皓：闻南人好作尔汝歌，颇能为否？"尔汝歌系其时江南地区民间情歌中男女主人公以"尔""汝"相称，表示彼此关系之亲密。恩怨相尔汝，谓青年男女间恩恩怨怨，彼此以尔汝相称。④划然，忽然。轩昂，形容声音高昂激越。⑤喧啾，喧闹嘈杂。⑥此句形容琴声之清越嘹亮。⑦跻攀，努力向上攀登。嵇康《琴赋》："或乘险投会，邀隙趋危。譻若离鹍鸣清池，翼若游鸿翔曾崖。"⑧强，余。⑨省，懂得。丝篁，犹丝竹，此指琴声。⑩句意谓或起或坐，围绕颖师之旁。表示深为颖师所奏之美妙音乐所吸引。⑪推手，用手推开琴。遽止之，赶快阻止住他弹。⑫滂滂，流淌貌。⑬《庄子·人间世》："事若成，则必有阴阳之患。"郭象注："人患虽去，然喜惧战于胸中，固已结冰炭于五藏矣。"冰炭置肠，形容音乐给人忽大喜忽大悲的感受，好像五脏六腑忽而被冰冻忽而被炭火烧那样难以禁受。

[鉴赏]

这首抒写听琴感受的诗，从宋代起，对它的解释便陷入了误区。一是用一般代替特殊，始作俑者是大文学家欧阳修。琴在各种乐器中向被视为高雅之乐，其音调多属温雅和平，节奏亦多雍容舒缓，很少有急骤变化、激烈昂扬之音。久而久之，便形成了一种欣赏惯性，将不符合温雅和平、雍容舒缓格调的音乐视为非琴音。欧阳修说韩愈此诗是听琵琶而非听琴，正是缘于这种欣赏惯性。白居易的《琵琶行》中有"小弦切切如私语""铁骑突出刀枪鸣"之句，韩愈此诗"昵昵儿女语，恩怨相尔汝""划然变轩昂，勇士赴敌场"，意境相近，很可能欧阳修还受到白诗的潜在影响。但琴曲的一般风格毕竟不能代替某些曲调的特殊风格，详参沈佺期《霹雳引》描述古琴曲演奏雄象："电耀耀兮龙跃，雷阗阗兮雨冥……有如驱千旗，制五兵，截荒虺，斫长鲸"，"俾我雄子魄动，毅夫发立"。韩愈此次所听并特别欣赏的恰恰是这种特殊风格的琴曲。李贺亦有《听颖师弹琴歌》，可见其时确有天竺僧名颖者善弹琴，绝不能无根据地将韩诗说成是听琵琶诗。琴曲那种温雅和平、雍容舒缓的传统风格很可能已不大适应唐代人的欣赏趣味,韩愈欣赏这种变化迅疾多端的带有琵琶风调的琴曲原很自然。由于欧阳修、苏轼都认为韩愈所写是听琵琶,一些不同意其看法的文士便想方设法从专业的角度试图证明韩诗中所写原是琴声和琴的指法。不管他们所说的是否有道理,但从理解和欣赏的角度看,却是越解释越糊涂,离诗境越远,越缺乏诗味。这是历代解释此诗的又一误区。必须破除以上两个误区,才能还诗的本来面目,对它的好处有真切的感受与理解。

全诗十八句,前十句写琴的音乐意境。后八句抒写自己听琴的强烈感受。由于题目已明标《听颖师弹琴》,因此一开头便撇开一切可有可无的环境、人物交代,忽然而起,直入本题,让读者一开始就进入音乐意境。"昵昵儿女语,恩怨相尔汝。"开头两句,写琴声初起时声音轻柔幽细,如青年男女之间亲密的窃窃私语,卿卿我我,尔汝相称,或恩爱备至,或佯嗔怨怪,传达出一种温柔甜美的氛围意境。"划然变轩昂,勇士赴敌场",正当听者沉浸在儿女私语的亲昵甜蜜气氛中时,琴声忽然振起,变为高昂激壮之声,就像壮士挥戈驰骋,突入敌阵,所向披靡。"划然"二字,既有"忽然"之义,又具象声作用,透露从"昵昵儿女语"之境到"勇士赴敌场"之境变化之迅疾、突然,其间没有任何过渡,也透露从低语轻柔到"变轩昂"时琴声划然响起的情形。这声音的从弱到强、意境从柔到壮的变化给听者带来的都是强烈的刺激与震撼。

"浮云柳絮无根蒂,天地阔远随飞扬。"五、六两句,境界又忽现变化。琴声中奏出了飘逸悠扬而又阔远无际的境界,就像在阔远的天地之间,无根的浮云悠悠飘荡,无蒂的柳絮随风飞扬。这种境界,令人心旷神怡,神驰广远。

"喧啾百鸟群,忽见孤凤凰。"忽然之间,音乐境界中又出现了群集的百鸟喧闹嘈杂、唧唧啾啾的声音,显得既活跃又热闹,就在这时,乐曲突现凤凰清越嘹亮的声响。两句所写的,实际上就是百鸟朝凤的音乐境界。但由于用了"忽见"二字,就将原来诉之听觉的音乐形象转化为鲜明可触的视觉形象,而且用一"孤"字突出显示了凤凰高踞特立于众鸟之上的形象。

"跻攀分寸不可上,失势一落千丈强。"九、十两句,转写琴声的由逐节高扬到忽然降低的变化过程。就像人在努力向上登攀,到最后连一分一寸都难以再往上爬高,就在这时,却突然直线下降,一落千丈,坠入深谷。声音的越来越高,是一个越来越艰难的过程,故听来有"分寸不可上"之感,但突然的下降却极快极易,故有"一落千丈强"之感。两句将乐曲的爬高之缓与跌落之疾构成极鲜明的对照,从而将这种剧变给听者带来的巨大心理冲击力和心理落差写得极为生动形象。说者或以为此处所写的感受可能另有寄托。从"失势一落千丈"的用语看，不排斥有这种可能。但这种感受与理解，见仁见智，固不必拘。如一定要作胶柱鼓瑟的理解，不但这两句可以说是另有寄托，就连前面的"百鸟""孤凤"乃至"浮云柳絮"也未尝不可以联系诗人的身世遭遇，作另有寓托的理解。如此辗转附会，反失诗趣。其实，即使"跻攀"二句可以产生某种联想，也不必认定诗人的主观上必有寓意。

"嗟余有两耳，未省听丝篁。自闻颖师弹，起坐在一旁。"这四句先用自谦之辞作反衬，以"未省听丝篁"，不懂音乐引出听到颖师弹琴后起坐不宁的激动之状，以示反应之强烈。紧接着又不由自主地推开颖师的琴赶紧阻止他不要再弹了，因为自己已是泪水滂沱，湿透了衣裳。一个不懂音乐的人竟对颖师的琴声有如此强烈的反应，正说明琴声与心声的强烈感应与共振。"颖乎尔诚能，无以冰炭置我肠！"上句是对颖师弹琴技艺的赞赏，却用一个"诚"字带出了下句对颖师弹琴艺术感染力别出心裁的极力渲染与赞誉。"冰"之寒冷与"炭"之炽热，本是温度的两个极端，二者原不相容，而现在，颖师的琴声却像是同时将冰和炭置于心中，使自己同时受到它们的强烈刺激和煎熬。这样强烈的艺术冲击力使自己的心灵难以承受，因而不禁发出了"无以冰炭置我肠"的呼吁。以不能禁受艺术强力的冲击来表达自己所受到的感染，以"求饶"的方式来表达极赞，正是此诗创造性的一种表现。

将诉之听觉、难以捉摸的音乐形象和意境，通过诗歌语言化为生动鲜明的视觉形象，这是绝大多数写音乐的诗常用的艺术手段，韩愈此诗亦不例外。从描摹的细腻传神而言，韩愈此诗未必比白居易的《琵琶行》更突出，但它却有一个突出的特点：集中与强烈。末句"无以冰炭置我肠"可以说是对全诗所写感受的概括。从"昵昵儿女语"的轻柔幽细忽然转到轩昂高亢的"勇士赴战场"；又从金戈铁马的激烈战斗境界转为天地阔远、悠扬飘荡的悠远飘逸之境，从百鸟喧闹啁啾的嘈杂之境忽然转出凤凰高鸣的清越嘹亮之境；从奋力攀登、分寸难上的艰难之境忽然转为跌落千丈、坠入深谷之境，无不是将强烈对比的两极在毫无过渡的情况下突现，因此它们给听者造成的艺术冲击力便特别强烈而集中，以致到了心灵无法禁受的程度。可以说，这首诗成功的奥秘就是写出了琴声所显示境界的迅速转变与强烈对比，造成了强烈的艺术冲击力。读完全诗，虽然根本无从得知所奏的琴曲究竟是什么，但它所显示的集中而强烈的艺术效应却永远留在读者记忆之中。

晚　春①

草树知春不久归，百般红紫斗芳菲②。杨花榆荚无才思，惟解漫天作雪飞③。

[校注]

①本篇为组诗《游城南十六首》的第三首。这十六首诗非一日之作，系编者类而次之。作者于《游城南十六首》之外，另有《晚春》七绝云："谁收春色将归去，慢绿妖红半不存。榆荚只能随柳絮，等闲撩乱走空园。"内容与本篇似相近而实不同，可以互参。②百般，各种各样。斗芳菲，竞相发出浓郁的芳香，显示各自的美艳。③杨花，即柳絮。榆荚，即俗称榆钱，榆树的果实。初春时先于叶而生枝条间，连缀成串，形似铜钱。榆荚老时呈白色，随风飘散。才思，才情。解，懂得，会。

[鉴赏]

务去陈言，是韩愈诗文创作的一贯追求。所谓"陈言"，不只是指陈旧的语言，而且包括一切陈旧的感受、陈旧的构思、陈旧的意蕴和陈旧的表现手法。作者既务去陈言，读韩诗也必须循着诗人自己的感受与思路，而不能按照习惯的套路去感受与理解。这首《晚春》可以提供一个典型的实例。

一般人对晚春景色，每因美好春色的消逝而产生惜春、伤春心理，产生韶华易逝的伤感与惆怅。韩愈的另一首《晚春》："谁收春色将归去，慢绿妖红半不存。榆荚只能随柳絮，等闲撩乱走空园。"其中所写的景物意象几乎与本篇全同，但细味"半不存""只能""空园"等词语，可以明显感到诗人对于"春色将归去"仍然抱着一种惋惜遗憾、空虚惆怅的习惯心理。尽管诗中用了"慢绿妖红"这种有些新意的语言，但整体感受、意蕴仍落熟套。而这首《晚春》的情调意境却是全新的。

"草树知春不久归，百般红紫斗芳菲。"在另一首《晚春》中，对于春色将归去，草树们是茫然无知的，似乎冥冥之中有一种超自然的力量将春色忽然收去，因此"慢绿妖红"只能凋零而"半不存"，默默接受上天安排的命运。而在这首诗中，花草树木却是有灵性的，它们清楚地意识到感知到春天不久就要归去。解读者每将此说成是诗人采用拟人化手法，这自然不错。但作者用拟人化手法并不仅仅是为了使景物变得生动，而是为了显示草树在"知春不久归"的基础上如何"百般红紫斗芳菲"，也就是说抓紧这"春不久归"的有限时间，尽量发挥各自最大的生命活力，释放自己的潜在能量，充分展示自己的美艳芬芳，使整个大地红红紫紫，竞美斗妍。在诗人的感受和意识中，"晚春"不是一个凋零、消逝的季节，而是一个花草树木生命力最旺盛、最美好、最热闹的季节。不仅红紫芳菲，色艳香浓，而且"百般"多样，美不胜收；不仅丰富多彩，美艳芬芳，而且竞相斗艳，将最美好的身姿面影呈献给人间。作者意念中和笔下的"晚春"，就是这样一个充满了生命的全部美丽和活力，充满了热闹的节日气氛的世界。

"杨花榆荚无才思，惟解漫天作雪飞。"晚春不仅有怒放斗妍的红紫芳菲，也有漫天飞舞的杨花榆荚，这同样是晚春的典型景物，写晚春自然少不了它们。杨花柳絮，既无红紫的鲜艳色彩，又无芳菲的浓香，故诗人用调侃的语气称其为"无才思"，亦即草树中之无才情无文采者，它们自然不敢与"百般红紫"斗美竞妍，只能随风飘荡，如漫天飞舞，故说"惟解"。中国古代诗歌有悠长的运用比兴手法的艺术传统，培养了一代又一代读者深入骨髓的一种习惯性思维——比兴思维。恰巧这里的"无才思"与"惟解"又提供了似有若无的比兴迹象，于是各种各样对其比兴含义的解读也就应运而生、层出不穷：有说劝人珍惜光阴，抓紧勤学，以免如"杨花榆荚"之白首无成；有说故意嘲弄杨花榆荚，它们没有红紫美丽的花，正如人没有才华，不能写出美丽的文词来，总之是认为有所比兴讽喻；有的虽不认为有所讽喻，却也认为诗人是以此鼓励"无才思"者敢于创造。其实，撇开一切先入为主的比兴思维和借物寓理的成见，就诗解诗，则三、四两句只不过是用一种富于风趣的口吻说，柳絮榆荚虽不如各种各样的晚春花卉那样美艳芳香，却也懂得扬起满天飞絮白荚，如同飞雪，和晚春花卉一样点缀着美好的春色，一样显示出自己的生命活力。如果缺少了漫天作雪飞的杨花榆荚，这晚春的丰富色调和热闹气氛不是要减弱很多吗？诗人写晚春，就是要写出他的独特感受：晚春的美丽芳菲、丰富多彩、热闹气息，一句话，晚春的生命活力和特有的美感。何必比兴！

次潼关先寄张十二阁老使君①

荆山已去华山来②，日出潼关四扇开③。刺史莫辞迎候远④，相公亲破蔡州回⑤。

[校注]

①次，至。《隋书·李密传》："行次邯郸，夜宿村中。"潼关，今陕西潼关县。唐时在华州华阴县界，为京师长安之门户。属华州刺史管辖。其时华州刺史每例兼潼关防御、镇国军等使。张十二阁老使君，旧注均谓指张贾，然郁贤皓《唐刺史考全编》云："《隋唐五代墓志汇编·洛阳卷》第十三册《孙简志》（大中十一年十一月二十六日）：'赵丞相宗儒镇河中，辟公为观察推官，再调补京兆府鄠县尉，又从张华州惟素之幕，授监察御史里行，充镇国军判官。征为监察御史，除秘书郎。裴中令度镇北都，辟为留守推官。'按赵宗儒元和九年至十二年镇河中，裴度元和十四年镇北都，则张惟素为华州刺史、镇国军使必在元和十一二年间。"按：据郁《考》，元和十一年（816）七月丁丑以前，裴武刺华；元和十二年至十三年，郑权刺华。而无张贾曾刺华之记载。则首称张十二阁老使君指张贾者实无所据。阁老，唐代对中书舍人中年资深久者及中书省、门下省属官的敬称。李肇《国史补》卷下："两省（中书省、门下省）相呼为阁老。"《旧唐书·杨绾传》："故事，舍人年深者谓之阁老。"《新唐书·百官志》："中书舍人……以久次者一人为阁老，判本省杂事。"按张贾生平仕历，仅有"初以侍御史为华州上佐"（《唐诗纪事·张贾》）之记载，而无任华州刺史之经历。而张惟素则有刺华之明确记载，故此张十二阁老使君殆指张惟素而非张贾。使君，州刺史、太守之别称。此诗作于元和十二年十二月。是年七月，裴度以宰相身份亲赴淮西前线讨叛镇吴元济，以太子右庶子韩愈兼御史中丞充彰义军行军司马，随度出征。十月十七日平淮蔡。十二月壬戌（七日），度进金紫光禄大夫、上柱国、晋国公。作此诗时，裴度已道封晋国公，见愈《桃林夜贺晋公》，桃林在潼关东。②荆山，《元和郡县图志·河南道二·虢州湖城县》："荆山，在县南，即黄帝铸鼎之处。"《新唐书·地理志》："虢州湖城县，有釜山，一名荆山。"唐湖城县旧境，今在河南灵宝。华山，在唐华州华阴县南八里，潼关，在县东北三十九里。并见《元和郡县图志·关内道·华州华阴县》。③出，《全唐诗》校："一作照。"扇，《全唐诗》校："一作面。"④方成珪《韩集笺注》："《元和郡县图志》：湖城县东北至虢州七十里，荆山在县南，虢州西北至潼关一百三十里，自关至华州一百二十里，故曰'迎候远'也。"按：题已言"次潼关"，则"迎候远"自指华州至潼关之路程而言，且不必迎至潼关也。⑤亲，蜀本作"新"。相公，指裴度。时裴度以宰相亲自统兵出征淮蔡。破蔡州，指平定

韩　愈

淮西叛镇吴元济。蔡州，今河南汝南县。

[鉴赏]

　　讨平割据叛乱长达五十载、成为唐王朝心腹之患的淮西叛镇，是唐宪宗元和年间进行的一系列讨叛战争中具有决定意义的战事，也是奠定元和中兴局面的关键。韩愈作为裴度的高级幕僚，自始至终，参与了这场具有历史意义的事件，并在随军出征、凯旋途中，写下了一系列意气风发的诗篇（多为七绝）。这首七绝，境界壮阔，意气豪雄，如同一曲高亢激越的凯歌，最见韩愈以刚笔作小诗的艺术成就。

　　首句迎面陡起。荆山在虢州湖城县南，山势高峻，相传是黄帝铸鼎之处，算得上是华夏民族的发祥地之一，自然成为这一带的地标。华山更是以险峻著称的西岳，其作为历史文化的象征和关中地区地标的意义更不待言。首句紧扣题内"次潼关"，描绘出浩浩荡荡的凯旋大军已经把雄峻的荆山抛在了后面，转眼之间更加险峻的华山又将来到面前。诗人着意表现凯旋大军急速前进的动态，从荆山到华山之间两百多里的距离，仿佛在瞬间即可跨越。又用"去""来"两个动词表现山的动态，仿佛可见在大军风驰电掣的急速行军中，荆山迤逦而去，华山迎面而来。从而在广阔的画面中展现出凯旋大军雄豪的意气和疾速驰骋的雄姿。而一路上的荆山、华山也好像在道旁恭迎凯旋大军的到来。"华山来"启下"刺史""迎候"，直笔叙写中仍不忘前后的照应。

　　次句正面写潼关，却从凯旋大军的视角来写。《桃林夜贺晋公》说："西来骑火照山红，夜宿桃林腊月中。手把命珪兼相印，一时重叠赏元功。"头一夜宿于潼关东边的桃林古塞（在阌乡县东北十里），清晨出发，到达潼关，正值日出之时。在朝阳的照耀下，这座"上跻高隅，俯视洪流，盘纡峻极，实为天险"（《元和志》）的雄关，更显得气势雄峻，气象万千。为了迎接凯旋之师，四扇关门，全部敞开，使浩荡的大军得以顺畅通过。潼关是京师的门户，它敞开大门迎接，正表明这支大军是堂堂正正的凯旋之师，威武雄壮之师，这雄伟的关门也就成了凯旋大门。诗人虽只写了朝阳映照下敞开四扇城门的潼关，但给予人的联想却极为丰富。在读者面前，仿佛可见金鼓齐鸣、长歌入关的浩浩荡荡的凯旋大军整齐前进的步伐，昂扬奋发的意气，两旁迎候壮士归来的百姓兴奋喜悦的笑容和箪食壶浆犒劳王师的热烈场景，乃至洋溢在潼关内外一片喜庆的节日气氛。如果说，往日紧闭关锁、戒备森严的潼关透露出形势的紧张和局面的警急，那么今天这敞开大门的潼关就意味着一个道路畅通、寰宇清平的统一局面的到来。因此，这"日出潼关四扇开"的壮观，无形中具有时代象征的意味，它是胜利之门，也是国家统一、社会安宁的一种象征。

"刺史莫辞迎候远，相公亲破蔡州回。"三、四两句，点题内"先寄张十二阁老使君"。裴度以宰相而兼元戎的身份亲往前线督师，终于平定了扰乱中原腹地五十年的淮西叛镇，立下了盖世功勋，现在又亲率大军班师回朝，沿途的地方长官自应热情迎候，大军刚到潼关，诗人就以诗代书，命人飞马前往华州，通知华州刺史前来迎候，自是他这位行军司马的分内之事。妙在"刺史莫辞迎候远"这句诗，用的是一种近乎命令、不用商量却又十分亲切随和的口吻，不仅传神地表现出诗人的淋漓兴会、胜利豪情，而且生动地展示出诗人与这位"张阁老使君"之间亲密无间、不拘客套的关系。这句先稍作顿宕，引起读者的悬念，末句方就势引满而发，点出"莫辞迎候远"的原因，揭出全诗的核心，"相公亲破蔡州回"所突出强调的并非"相公"的官阶权势，而是"亲破蔡州回"这一胜利的重大深远历史意义。平定淮西叛镇的战事，自元和九年（814）至十二年，前后历经四个年头，其间遇到不少挫折。而裴度作为宰相，始终坚持对淮西用兵的方针，在战局发展的关键时刻，又亲往前线督师，终于取得战争的胜利。因此这"相公亲破蔡州回"所显示的就是一种坚持平叛统一战略方针的决心和信心，就是这一方针所结出的胜利果实以及它对整个平藩讨叛事业的巨大意义。话说得既严肃郑重，又大气磅礴，显示出率正义之师胜利还朝的统帅指挥若定的精神风采。由于上句的顿宕蓄势，这句的引满而发便更有气势力量，也更引人注目。

全诗放笔直抒，意境雄阔，气势磅礴。在一气流注中有顿挫，在淋漓兴会中有蕴蓄，在严肃郑重中有谐趣，故虽用刚笔，却并不给人一览无余之感。

左迁至蓝关示侄孙湘①

一封朝奏九重天②，夕贬潮州路八千③。欲为圣明除弊事④，肯将衰朽惜残年⑤！云横秦岭家何在⑥？雪拥蓝关马不前⑦。知汝远来应有意⑧，好收吾骨瘴江边⑨。

[校注]

①左迁，古人以右为尊，以左为卑，故称贬官为左迁。蓝关，蓝田关，在今陕

西蓝田县东南。侄孙湘,韩愈之侄老成(即十二郎)之长子。《新唐书·韩愈传》:"宪宗遣使者往凤翔(法门寺),迎佛骨入禁中。三日,乃送佛祠。王公士人奔走膜呗,至为夷法灼体肤,委珍贝,腾沓系路。愈闻恶之,乃上表……表入,帝大怒,持示宰相,将抵以死。裴度、崔群曰:'愈言讦忤,罪之诚宜。然非内怀至忠,安能及此。愿少宽假,以来谏争。……虽戚里诸贵,亦为愈言,乃贬潮州刺史。'"据《旧唐书·宪宗纪》,宪宗贬愈为潮州刺史在元和十四年(819)正月癸巳(十四日)。愈《潮州刺史谢上表》亦云:"臣以正月十四日蒙恩除潮州刺史,即日奔驰上道。"蓝田关距长安一百七里。韩愈行至蓝关时,韩湘远道赶来,跟随韩愈南行至潮州。时湘年二十七。湘后于长庆三年(823)登进士第,授校书郎,为江西从事。官至大理丞。此诗当作于元和十四年正月十七八日。②一封朝奏,指韩愈所上《论佛骨表》。九重天,指朝廷。《楚辞·九辩》:"君之门以九重。"《淮南子·天文训》:"天有九重。"故称朝廷或帝王为九重或九重天。③潮州,唐岭南道州名,今属广东。州,《全唐诗》校:"一作阳。"《新唐书·地理志》:潮州潮阳郡。京城长安至潮州之里程,《元和郡县图志》谓"西北至上都取虔州路五千六百二十五里",此谓"八千",相差较大。然韩愈《唐故中散大夫少府监胡良公墓神道碑》亦云:"其子……使人自京师来走八千里至闽南两越之界上,请为公铭刻之墓碑于潮州刺史韩愈。"钱仲联《韩昌黎诗系年集释》云:"《旧唐书·地理志》:韶州至京师四千九百三十二里。公在韶所作《泷吏》诗云:'下此三千里,有州始名潮。'合之近八千。"然自韶州至潮州绝不可能有三千里之距离,此与长安至潮州路八千盖均为口耳相传之里程,非实测之距离。④圣明,指圣明之君主。韩愈《拘幽操》:"呜呼!臣罪当诛兮,天王圣明。"弊事,指蠹国害民的佛教。韩愈《原道》:"今其法曰:必弃而君臣,去而父子,禁而相生养之道,以求其所谓清净寂灭者……欲治其心而非天下国家,灭其天常,子焉而不父其父,臣焉而不君其君,民焉而不事其事……举夷狄之法而加之先王之教之上,几何而不胥而为夷也。"即对佛教之弊作猛烈抨击。⑤肯,岂肯。将,以为。句意谓岂肯以为自己年已衰朽而爱惜残年不去履行做臣子的职责冒死直谏呢!时韩愈年五十二。⑥秦岭,《三秦记》:"秦岭东起商洛,西尽汧陇,东西八百里。"《读史方舆纪要》:"蓝田县,秦岭在县东南,即南山别出之岭。凡入商洛、汉中者,必越岭而后达。"⑦时值正月中旬,天气严寒,故有"雪拥蓝关"之语。⑧应有意,指韩湘有意相随至潮州。⑨瘴江,指岭南瘴疠之地的江河。潮州滨江(今称韩江),瘴江边即指潮州。《左传·僖公三十二年》："蹇叔之子与师，哭而送之，曰：'晋人御师必于殽……必死是间，余收尔骨焉。'""收骨"用其语。

[鉴赏]

韩愈因谏阻迎佛骨而遭严谴，不但是其一生经历中的大事，也是中唐政坛上的大事。反映这一大事的《论佛骨表》和《左迁至蓝关示侄孙湘》也因此成为韩愈诗文中的双璧。从诗歌风格上看，此诗与其五七言古体之"横空盘硬语"的奇崛险怪诗风显然有别，以散文化笔法运用于七律，通篇在自然流畅中见沉雄博大，且体现出诗人倔强的个性，显示的仍是韩愈的本色。

"一封朝奏九重天，夕贬潮州路八千。"首联陡起叙事，点题内"左迁"。"朝奏"而"夕贬"显示出从上表到贬官时间之短，透露出这"一封朝奏"是如何强烈地触动了最高封建统治者的神经，引发其难以遏制的雷霆之怒，以致虽裴度等重臣说情，仍遭到远贬八千里的潮州且立即上路的严谴。两句之中，"一封朝奏"与"夕贬潮州"、"九重天"与"路八千"，运用时间、数字构成鲜明的对比，使人对遭此急贬远谪严谴的原因产生期待，从而自然引出下联。

"欲为圣明除弊事，肯将衰朽惜残年！"颔联承"朝奏""夕贬"，明示遭贬的原因和自己的态度。说自己上表言事，谏阻迎佛骨，完全是为了替皇帝清除蠹国害民的弊政，岂能因为年已衰朽爱惜残年而畏缩不前呢。对于皇帝士庶佞佛之弊，韩愈在《论佛骨表》中曾有"事佛渐谨，年代尤促""事佛求福，乃更得祸""惟恐后时，老少奔波，弃其业次"等激烈的言辞加以抨击，而且对自己上表反佛引起的后果有充分的估计，表示"佛如有灵，能作祸祟，凡有殃咎，宜加臣身。上天鉴临，臣不怨悔"，遭此严谴之后，仍坚定地认为佞佛是"弊事"，必欲"除"之而后安，并坚持自己为除弊而不惜残年的无畏态度，在实际上就是对皇帝的严谴在思想感情上一种毫不妥协、毫不屈服的表示。尽管诗是"示侄孙湘"的，与上表给皇帝有别，但这种认识和态度仍然表现出韩愈面对政治高压无所畏惧的凛然气度。两句用流水对和散文化笔调，于一气流注中更见诗人的浩然正气。

"云横秦岭家何在？雪拥蓝关马不前。"腹联由颔联的直接抒情转为写景，点题内"至蓝关"。上句是回望来路，但见高峻绵延的秦岭山脉，云封雾锁，京城长安已经杳不可见，自己的家更不知在何处。韩愈此时，还不知道有司以罪人家室不可留京师，悉加谴逐之事，更不可能料想到日后其幼女道死于商南的惨剧，但在"云横秦岭家何在"的茫然思念之中已含有对家人命运的挂念与担忧，而"云横秦岭"的景象也令人自然联想起政治环境的灰暗迷茫。下句是瞻望前路，但见皑皑白雪，簇拥包围着高险雄峻的蓝田关，连惯于登高涉险的马也徘徊不前，望之却步，暗示前路艰险重重，不知何时方能平安抵达贬所。十六年前，韩愈已有过一次贬斥南荒的经历，"咫尺性命轻鸿毛""十生九死到官所"的艰险经历记忆犹新，这次贬到比连州更远的潮州，道途的艰难险阻更可想而知，而人生的艰难也就自然寓含其中。这一联情感激楚悲凉，但境界却阔大雄浑，故毫无衰飒颓靡之感，而是给人一种崇高的悲剧性美感，而这种美感的产生与获得，又植根于颔联的直接抒情所显示的崇高政治责任感与使命感。抒情与写景在这两联中正相互作用、浑融一体。

"知汝远来应有意，好收吾骨瘴江边。"韩愈此次被贬，无论是从自己上表时态度之激烈、宪宗对此事的震怒、贬谪之地的荒僻遥远，还是从自己坚守除弊的立场毫不妥协来看，已经做好了贬死南荒的充分思想准备，因此对韩湘的远道而来伴己南行之"意"也作了相应的理解，而郑重地以后事相托。"欲为圣明除弊事"的崇高动机，却落得个"收吾骨"于"瘴江边"的结果，本来是极凄楚悲伤的事，诗人却说得坦然、淡定而从容，既无怨亦无悔。这一结，正与颔联"肯将衰朽惜残年"的表态紧相呼应，表明作者在上表之时既已抱定为除弊事而不惜残年的意志，远贬之后也不会改变初衷。"肯将衰朽惜残年"的诗句，正表现出一种"亦余心之所善兮，虽九死其犹未悔"式的坚定与倔强。

早春呈水部张十八员外二首（其一）①

天街小雨润如酥②，草色遥看近却无③。最是一年春好处④，绝胜烟柳满皇都⑤。

[校注]

①水部张十八员外，指水部员外郎张籍。长庆二年（822），张籍由国子博士迁水部员外郎，十八系张籍之行第。长庆二年、三年春籍均在水部员外郎任。方世举《韩昌黎诗编年笺注》及王元启《读韩纪疑》均以为诗当作于长庆三年（823）早春，兹从之。第二首有"莫道官忙身老大"之句，方世举以为当为韩愈长庆三年为吏部侍郎时。②天街，指长安宫城承天门南的南北向大街朱雀门大街，亦称天

门街。唐尉迟偓《中朝故事》:"天街两畔槐树,俗号为槐衙。曲池江畔多柳,亦号为柳衙。意谓其成行列如排衙也。"韩愈《早赴街西行香赠卢李二中舍人》:"天街东西异,祗命遂成游。"可证此"天街"均专指朱雀门大街,非泛指一般的京城街道。酥,酥油。③草色遥看,远远看去,刚返青的一片草地上似微微泛着一层绿色。④处,时,时候。⑤烟柳,烟雾笼罩的碧柳。指阳春三月生长茂盛时的柳色。

[鉴赏]

　　这首小诗,写诗人对长安早春之美的独特发现与感悟。给人以丰富的启示,却并不流于说理与议论,仍具有隽永的韵味和摇曳的风神。诗是呈给老朋友张籍的,自然也包含有将自己的独特发现与感悟跟友人共享的意思。

　　"天街小雨润如酥",起句写早春的细雨。宽广的朱雀大街上,迷蒙的细雨悄无声息地飘洒降落,洒在两旁的草地之上,渗入泥土之中。诗人用"润如酥"来形容早春细雨滋润土地草木的特征、形态和效果,可谓妙极形容。它带给读者的不仅仅是一种滋润感、渗透感、轻柔感,而且是一种油脂浸润所呈现的光泽润滑感,使人想到那经历一冬干涸的土地在"润如酥"的细雨滋润下泛出的光泽和发散出的泥土芳香。这和北方民间的谚语"春雨贵如油"强调它的珍贵价值有所不同,它突出渲染的是早春细雨所给予人的那种由润泽滋养土地草木而引起的舒适感愉悦感,是一种心灵上的熨帖感。

　　这种"润如酥"的小雨本身就是早春景色的突出表征,同时又是促成早春另一种景色的原因——"草色遥看近却无"。由于细雨的滋润,枯黄了一冬的草开始返青。透过迷蒙的丝雨向远处看去,天街两旁的草地上像是泛出了一层似有若无的淡淡的青色,可到走近了一看,却又像没有似的。这是因为,刚返青的草,只在根部开始泛出一小截淡淡的绿色,远看时由于视域宽阔,集中连片,故可见一片隐隐的青色,近处看时,目光集中在眼前一小片草地上,只见草梢仍是枯黄之色,故说"草色遥看近却无"。这句看似写得抽象,实则观察极细致,描绘极传神,它所摄取的正是"早春"的神魂,所传达的正是春回大地的最初讯息。而渗透在诗句之中的,则是诗人对春回大地最初讯息的发现的欣喜乃至惊喜,是一种沁人心脾的新鲜感和对自然界生命复苏的愉悦感。

　　"最是一年春好处,绝胜烟柳满皇都。"三、四两句,是诗人对早春景色的独特审美感悟与审美评价。在诗人心目中,眼前这细雨如酥,浸润大地,"草色遥看近却无"的早春景色,正是一年当中最美好的春色,它比起茂盛的烟柳遍布皇都的三春美景要美好得多。"最是""绝胜"的着意强调，使诗人的这种审美评价具有一种不容置疑的意味。实际上诗人着意强调的乃是自己的这种独特感受与发现。在一般人心目中，百花盛开的烂漫春光、艳丽春色，无疑是一年中最美好的景色，而诗人却正与之相反，欣赏的是"草色遥看近却无"这种看来并不起眼的早春景色。原因就在于它所独具的新鲜感、生命力和孕育着未来绚丽春色的无限希望的潜在力量。对美好将来的展望有时比美好的现实更具诱惑力。一旦真正到"烟柳满皇都"之时，不但春色在人们心目中已经失去了早春时的新鲜感，也失去了活跃的生命力，接踵而至的便是春意阑珊，春色凋残，引起的或许就是伤春的意绪和怅惘的情思了。这种独特的审美评价中寓含着一种带有哲理性的感悟，给人以丰富的联想与启示，但作者并不道出，只以"最是""绝胜"这样的咏叹语出之，因而在给人以感悟的同时仍倍感其风神摇曳，饶有情韵。

其实，早春的景色是不是就一定"绝胜"三春的烂漫艳丽春色呢？这完全要看诗人当时当地的独特感受。实际上诗人就抒写过他对晚春热闹景色的独特感受和热情礼赞。审美感更强调的是新鲜与独特，而不是它的绝对正确。

张仲素

张仲素（？—819），字绘之，河间人。贞元十四年（798）登进士第，复登宏辞科。始任武宁节度使张愔判官。元和七年（812）以屯田员外郎充考判官。元和十一年以礼部郎中充翰林学士。十三年加司封郎中、知制诰，充翰林学士。十四年迁中书舍人，是年冬卒。工乐府，善赋。《全唐诗》编其诗为一卷。

秋思二首（其一）①

碧窗斜日蔼深晖②，愁听寒螀泪湿衣③。梦里分明见关塞④，不知何路向金微⑤。

[校注]

①《全唐诗》校：秋字下"一本有闺字"。原作二首，此为第一首。②碧窗，绿色的纱窗。日，《全唐诗》校："一作月。"蔼，映照。③寒螀，秋蝉。螀（jiāng），蝉的一种，即寒蝉。④关塞，指丈夫远戍的边塞。⑤金微，山名，即今之阿尔泰山，在蒙古国境。《后汉书·耿夔传》："以夔为大将军左校尉，将精骑八百，出居延塞，直奔北单于庭，于金微山斩阏氏、名王以下五千馀级。"唐贞观年间，以铁勒卜骨部地置金微都督府，乃以此山得名。"金微"与上句"关塞"或谓同指丈夫远戍之地，恐非。详鉴赏。

[鉴赏]

明代两位著名的唐诗研究学者胡应麟、胡震亨都对张仲素的绝句评价很高，尤其是对这两首写闺中少妇思念远戍丈夫的七绝。认为"去龙标不甚远""得其（指王昌龄）遗响"。从构思的精致、表情的含蓄来看，确有江宁遗风，而第一首的后幅写梦境，尤顿挫曲折、摇曳生情，极富韵味。

诗从傍晚时分写起。首句"碧窗斜日蔼深晖"，"日"字一作"月"。或因后幅写到梦境而认为当作"月"，但第二句写到"寒螀"（寒蝉，亦即秋蝉），明显是薄暮时而非夜间。因为蝉在夜间一般情况下是不大鸣叫的，而傍晚时则常有蝉鸣。柳永《雨霖铃》"寒蝉凄切，对长亭晚，骤雨初歇""多情自古伤离别，更那堪冷落清秋节"可证。这句写傍晚时分，夕阳西斜，黯淡的余光映照在闺房的碧纱窗上，透入的余晖变得更加幽深黯淡了。这是写女主人公所居的环境氛围，也透露出寂寥黯淡的情思。薄暮时分往往是离人思妇空寂感转增的难堪时刻，这句虽未直接写到人的活动和思绪，但却可以感到那斜阳黯淡的余晖映照的碧纱窗之中，似有一丝幽怨在悄然流动。

"愁听寒螀泪湿衣"，第二句方正面写到女主人公。到了清秋季节，蝉的生命力正趋于衰竭，它所发出的凄清鸣叫声，在怀着寂寞黯淡情思的女主人公听来，倍感凄寒。自己的青春年华，就在空闺独守的凄清寂寞中悄然消逝。听着这一声接一声越来越无力的寒蝉哀鸣声，想到自己的凄寒寂寞处境，不禁潸然泪下，沾湿了衣裳。"寒螀"正点题内"秋"字，而"愁听""泪湿衣"则正是对题内"思"字的着意渲染。由于怀念远人的思绪如此强烈，空闺独处的愁绪如此浓重，这就自然引出三、四两句来。

"梦里分明见关塞，不知何路向金微。"怀远人而不见，守空闺而寂寞，故有秋闺之梦境。这两句极精彩，但解说却有分歧。有说"关塞""金微"互文同意的，从对举避复的角度看，似有这种可能。但仔细寻味，却不大合乎情理。如果"关塞"即"金微"，亦即丈夫远戍之地，则既然"分明见关塞"，也就见到了金微，如何又说"不知何路向金微"呢？从情理推测，"关塞"当指北方的边关要塞，而"金微"则无论是指金微山或是金微都督府所在地，都应该比"关塞"更远。女主人公在丈夫临行时或丈夫的来信中只知道，丈夫这次远戍之地在金微，其地远在北方的边关要塞之外。女主人公虽未去过丈夫所说的北方关塞，但平日里或许见过家乡附近的某座关塞，或者在画图中见过关塞的形象，因此在思极而梦时，梦里便"分明见关塞"而真切在目了。但丈夫所说的"金微"，在她印象中只不过是极北极远的一个抽象地名，她的全部生活经验都不可能唤起对它的具体想象，因此当"梦里分明见关塞"时，她的梦魂却徘徊彷徨，"不知何路向金微"了。上句用"分明"二字一扬，丈夫所说的北方关塞已经历历在目，似乎不久就能飞到日夜思念的丈夫面前；下句用"不知"二字一抑，旷远迷茫之中，通向丈夫远戍之地金微的路根本不知道在哪里。这一扬一抑、一转一跌之间，形成了巨大的心理落差和情感落差，使女主人公从兴奋喜悦的巅峰跌落下来，满腔希望顿时化作失望。梦境的真切与虚渺，情感的激动与失落，梦魂的徘徊踟蹰、孑然失路，梦醒后的空虚惆怅、寂寞伤感，在这扬抑转跌之间都得到了含蓄而生动的表现。

三、四两句的构思，可能受到沈约《别范安成》"梦中不识路，何以慰相思"的启发，但这首诗中的顿挫曲折，特别是"分明见关塞"与"不知何路向金微"的想象却是沈诗中所无的。它完全源于诗人的实际生活体验。离开真切而新鲜的生活体验，绝不可能写出这样曲折动人、极富情韵的诗句。

柳宗元

柳宗元（773—819），字子厚，河东（今山西永济）人。贞元九年（793）登进士第。十二年登博学宏辞科，十四年授集贤殿正字。十七年调蓝田尉，十九年迁监察御史里行。二十一年正月，顺宗即位，擢为礼部员外郎，参与王叔文政治集团。八月，顺宗内禅，宪宗即位，改元永贞，九月贬邵州刺史，未到任，追贬永州司马，同贬者有刘禹锡等七人。元和十年（815）奉召回京，复出为柳州刺史。在任多惠政，十四年卒于任。与韩愈同倡古文，世称"韩柳"，为散文大家。宗元亦工诗，苏轼称其诗"发纤秾于简古，寄至味于澹泊"，后世或与韦应物合称"韦柳"，然其诗实有悲慨愤郁、凄楚孤寂的一面。《全唐诗》编其诗为四卷。今人王国安有《柳宗元诗笺释》。

与浩初上人同看山寄京华亲故[①]

海畔尖山似剑铓[②]，**秋来处处割愁肠。若为化得身千亿**[③]，**散上峰头望故乡**[④]！

[校注]

①浩初上人，长沙龙安海禅师弟子，见《柳河东集》卷六《龙安海禅师碑》。同书卷二十五《送僧浩初序》称其"闲其性，安其情，读其书，通《易》《论语》，唯山水之乐，有文而文之。又父子咸为其道，以养而居，泊焉而无求"。二人初识于永州。元和十二年（817），浩初自临贺至柳州，谒见时任柳州刺史的柳宗元，诗当作于是年秋。柳又有《浩初上人见贻绝句欲登仙人山因以酬之》，亦同时作。②柳州近海，故云"海畔"。剑铓，剑锋。作者《桂州訾家洲亭记》谓"桂州多灵山，发地峭竖，林立田野"，任华《送宗判官归滑台序》谓桂林一带尖山万重，平地卓立，黑是铁色，锐如笔锋，柳州一带的山亦近似。③若为，如何能够。隋慧远《大乘义章》卷十九："偶随众生现种种形，或人或天或龙或鬼，如是一切，同世色像，不为佛形，名为化身。"《坛经》："于自色身归依千百亿化身佛。""化得身千亿"从此出。④上，《全唐诗》校："一作作。"

[鉴赏]

柳宗元是一位思想深邃、志向远大、性格内向、情感强烈、信念坚定、操守执著的革新派人士。宪宗初立，即因参与永贞革新而与二王、刘禹锡等同贬远州司马。十年之后，方与刘禹锡等人分别从永州司马、朗州司马等任上召还，但二月方抵京，三月又分别出为柳州刺史、播州刺史。"制书下，宗元谓所亲曰：'禹锡有母年高，今为郡蛮方，西南绝域，往复万里，如何与母偕行。如母子异方，便为永诀。吾于禹锡为执友，胡忍见其若是！'即草章奏，请以柳州授禹锡，自往播州。会裴度亦奏其事，禹锡终易连州。"（《旧唐书·柳宗元传》）这种在己身亦处于万分艰难竭蹶处境中表现出来的深挚情谊，不但折射出高尚的人性光辉，也包含着对政治上同道者的支持。同时召还又旋出为远州刺史的还有韩泰、韩晔、陈谏等人。这种以一代才士而长期贬谪远州，刚召还旋又以出任远郡的情况，在唐代非常少见，特别是在元和这样一个君主思有作为、朝廷人才济济的"中兴"时代，更令人感到难以理解。因为从元和施政的大方面看，与永贞革新并没有本质的不同。这恐怕也是柳宗元等连遭贬谪的才士们无法理解的。正因为这样，其内心的郁结就更加深重，发而为诗，才会有那样尖锐强烈、沉痛愤激的感情迸发。

这首诗所要抒发的主观情思，就是第二句中所说的"愁"，而诗思的触发点一是柳州一带形态奇特的山峰，二是此刻跟诗人一起同看山的浩初上人，一位能诗的禅僧。诗中运用的比喻、触发的想象都与此二者分不开。

"海畔尖山似剑铓。"柳州地近南海，故称"海畔"（唐人称柳州之北的桂州，亦泛曰"桂海"，见李商隐《上尚书范阳公启》"去年远从桂海，来返玉京"及《海上谣》）。桂林、柳州一带的山，均平地拔起，尖峭独立，给初来的人以极深刻强烈的印象。但同样是用比喻形容这一带的山，韩愈的《送桂州严大夫》却说"山如碧玉簪"。虽都写出了山之尖峭，但给人的感觉、印象却完全不同。"剑铓"即剑锋，凸显的是它的锋利感，而"碧玉簪"由于作为女子的头饰，带给人们的却是一种柔媚秀美的感受。这两个不同的比喻正透露出诗人所要表达感情的区别。在韩诗中，如同碧玉簪的山，给人以奇峭而柔美的美感愉悦，而在柳诗中，则给人以尖锐锋利的痛感联想。这原因，当然由于诗人是怀着一腔郁结的"愁"情去看山的缘故，这就自然引出下句来。

"秋来处处割愁肠。"上句将尖峭的山峰比作"剑铓"，设想虽奇特新颖，但还不能从中直接感受到诗人的感情性质，这一句则直接点出了抒情主体的"愁"。秋天本就是容易引起去国怀乡愁绪的季节，这是自宋玉《九辩》以来寒士悲秋的传统。"愁"之因"秋"而起，原很自然，与上句所看到的"似剑铓"的"尖山"之间，本无直接关联。诗人因"愁肠百转"的习用语而突发奇想，感到那一座座"似剑铓"般尖锐锋利的山峰就像在"割"自己的"愁肠"一样。本因怀着沉重的愁绪看山，而觉峰似剑铓，现在又倒过来设想这如剑般锋利的山在寸寸割断自己的愁肠。这"割"字用得奇险生新、狠重有力，却又极自然贴切，它把诗人目睹异乡绝域尖峭锋利的山峰时那种心如刀割、痛彻肺腑的强烈感受表现得极为生动传神，说"处处"，是因为这一带的山大多拔地而起，林立四野，四面八方到处都是，因此触目所及，处处山峰皆"割愁肠"，简直无可遁逃。同时，这里的"处处"又自然引发化身千亿的想象，前后幅之间照应连接得非常密合。

前两句山如剑铓割愁肠的比喻和联想，虽似从生活中来，却运用了佛典。《阿含经·九众生居品》："设罪多者当入地狱，刀山剑树，火车炉炭，吞饮融铜。"唐代流传很广的目连救母佛教故事也有"刀山剑树地狱"的描写（见《敦煌变文集·目连救母变文》）。因此，它的诗思触发与"同看山"的乃是一位佛教僧侣有密切关联。这里暗用佛典，正暗透出诗人形如幽囚、置身地狱刀山之上的锐痛感。

"若为化得身千亿，散上峰头望故乡！"前两句极力渲染山形如剑、愁肠如割，按说似对此如剑之山应避之唯恐不及了，但三、四句却更发奇想，不但看山，而且幻想自己如何能够像佛教故事所说的那样，化身千千万万，飞散上千千万万个山峰顶端，遥望京华故乡。善于联想的读者大概不会忘记"尖山似剑铓"的比喻，也不会忘记它那"割愁肠"的尖锐锋利，那么化身千亿的诗人飞上这尖峭如剑的山峰之巅时，难道不感到那种强烈尖锐的刺痛感吗？这似乎有些胶柱鼓瑟，却是自然的联想。实际上，诗人要突出的正是这种纵然经历着尖锐的刺痛，也要"望故乡"的不可遏止的愿望。这种强烈的渴望，即因怀乡去国、思念亲故而不能得见的"愁"绪而生。又因虽"望"而终不得见、不能回的绝望而加深。（《登柳州峨山》云："如何望乡处，西北是融州！"）这两句运用佛典，极新奇亦生动形象。"散上"二字，既呼应次句的"处处"，又展现出千千万万化身飞散而登上千峰万岭的奇幻场景。感情虽极沉痛，境界却极阔远而瑰奇，具有一种动人心魄的悲剧美和强烈的感发力。

登柳州城楼寄漳汀封连四州①

城上高楼接大荒②，海天愁思正茫茫③。惊风乱飐芙蓉水④，密雨斜侵薜荔墙⑤。岭树重遮千里目⑥，江流曲似九回肠⑦。共来百越文身地⑧，犹自音书滞一乡⑨。

[校注]

① 《旧唐书·宪宗纪》：元和十年（815）三月，"乙酉，以虔州司马韩泰为漳州刺史，以永州司马柳宗元为柳州刺史，饶州司马韩晔为汀州刺史，朗州司马刘禹锡为播州刺史，台州司马陈谏为封州刺史。御史中丞裴度以禹锡母老，请移近处，乃改授连州刺史"。宗元以禹锡母年老，上奏请以柳州授禹锡，自往播州事，见《旧唐书》本传。柳州，属岭南道，今广西柳州市。漳州、汀州均属江南东道，今

福建漳浦县、长汀县。封州属岭南道，今广东封开县。连州属江南西道，今广东连州市。永贞元年（805）九月所贬参与革新活动的八司马中，凌准、韦执谊卒于贬所，程异于元和四年起用。柳宗元等五人均同时出为远州刺史。此诗系元和十年六月初到柳州不久登城楼有感而作。②大荒，荒远之地。《山海经·大荒东经》："东海之外，大荒之中，有山名曰大言，日月所出。"又《大荒西经》："大荒之中，有山名大荒之山，日月所入……是谓大荒之野。"③句意谓登楼极望，但见海天相接，一片混茫，愁思亦浩茫无际。④惊风，急骤的风。飐，风吹物使其颤动。芙蓉水，长满了荷花的池水。《楚辞·离骚》："制芰荷以为衣兮，集芙蓉以为裳。"⑤薜荔，一种常绿的藤蔓植物，常缘墙攀附而生，又称木莲。《楚辞·离骚》："揽木根以结茝兮，贯薜荔之落蕊。"王逸注："薜荔，香草也，缘木而生蕊实也。"此联之"芙蓉""薜荔"均有象征色彩。⑥岭，指五岭。柳州地处岭南，登城楼北望，不见京华故乡，故云"重遮千里目"。"重"既指树之密匝层层，又指岭之重叠。⑦《元和郡县图志·岭南道四·柳州》：马平县："潭水，东去县二百步；柳江，在县南三十步。"柳州以下的一段江水，先向北，再向东北，复向南，曲折回环，故云"江流曲似九回肠"。司马迁《报任安书》："肠一日而九回。"九回肠，形容愁思之萦回缠绕。⑧百越，古代南方越人的总称，分布在今浙、闽、粤、桂等省区。因部落众多，故总称百越。亦可指百越居住之地。此即指包括漳州、汀州、封州、连州、柳州在内的古百越所居之地。《庄子·逍遥游》："越人断发文身。"《淮南子·原道训》："九疑之南，陆事寡而水事众，于是民人披发文身，以象鳞虫。"高诱注："文身，刻画其体，内默（墨）其中，为蛟龙之状以入水，蛟龙不害也。"⑨滞，阻隔不通。

[鉴赏]

柳宗元贬谪永州期间所写的诗，多为古体，尤以五古见长；而出为柳州刺史期间，则写了较多的七律和七绝。这首初到柳州之后不久登城楼所作的七律，堪称唐代贬谪诗和登览诗中的佳作。

"城上高楼接大荒，海天愁思正茫茫。"首联直接入题，总写登柳州城楼所见所感。"城上"而更加"高楼"，则所登愈高，所见愈远。唐代的柳州，还是荒远未经开发的蛮瘴之地，作者《岭南江行》说："瘴江南去入云烟，望尽黄茆是海边。"可见其荒凉空旷景象。登高楼远望，但见眼前展现的是一片无边无际的荒野，极目南望，远处天际，海天相接，一片迷茫，自己的愁思也像这浩阔的海天一样浩茫无际。这一联由远望所见荒远浩阔迷茫的景象引动"愁思"，境界阔远荒凉，感情激越苍凉。目接心感，情景浑融一片，既传达出登高四顾时的苍茫百感，又具有雄浑浩茫的气势，使人感到诗人的"愁思"也像这海天浩阔混茫之境一样充溢于天地之间。这"愁思"所包含的内容，既有去国怀乡、思亲念友之愁绪，也有空怀报国之志却连遭贬斥、再历遐荒的怨愤，更有归期无望、寂处穷荒的悲凉。如此深广的"愁思"正须如此广远的境界方能容纳和表现。着一"正"字，传神地表达出这浩茫无际的愁思正弥漫胸际，浑浑浩浩，方兴未已，并顺势引出下一联。

"惊风乱飐芙蓉水，密雨斜侵薛荔墙。"颔联收回目光，转写近景。南方六月暑热季候，暴风骤雨，常倏然而至，这一联所写正是靠近北回归线的柳州盛夏气候的特征：急骤的狂风裹挟着密集的暴雨倾泻而下，使得满池的水波动荡翻腾，池中的荷花东倒西斜，花枝颤动摇晃；风急雨斜，侵袭着爬满了薛荔的墙头，使薛荔也在风雨中簌簌摇曳。"风"而曰"惊"，"雨"而曰"密"，不仅见风雨之急骤狂暴，而且透出诗人目接此景时心惊魂悸之状，再加上"乱飐""斜侵"，这一连串着意的渲染不仅传神地描绘出自然界的狂风暴雨对美好事物的肆意摧残，而且由于"芙蓉"和"薛荔"在《楚辞》以来的比兴意象体系中向被赋予象喻美好芬芳品格的含义，它所透露的政治象征意义自不难默会。这幅展现在眼前的狂风骤雨肆意摧残美好事物的图景，不妨说正是诗人自己和从事革新活动的同道者共同命运的一种象征，而诗人目接此景时的联翩浮想和怨愤交并之情也得到淋漓尽致的表达。由于写景的真切传神，读者并不感到诗人是在刻意设喻，而是从富于传统象征含义的意象中自然引发联想，纪昀说"三、四赋中之比，不露痕迹"，正道出这一联融写实与象征为一体的艺术表现特征。

"岭树重遮千里目，江流曲似九回肠。"腹联又由近观转为远望，但和首联总写登楼四顾、极望海天的阔远之景不同，这一联乃是写远望不及而触发的怅恨与愁思。上句系登楼远望，但见重重叠叠的山岭和密密层层的树林遮挡住了极目千里的望远视线，不但长安宫阙、故乡亲友不可得见，就连此次同贬漳、汀、封、连四州的同道友人也渺在层层云树之外，而俯视江流，曲折回环，正像自己怀乡恋阙思亲念友的愁绪一样，萦回缠绕，郁结盘纡，永无已时。首联写景，突出其阔远空旷与荒凉，并不描绘具体景物；此联则具体描绘"岭树"之"遮"与"江流"之曲，以突出僻处南荒的阻隔感和郁结感。"肠一日而九回"的熟语，用在这里，可谓极其工切。没有到过柳州,从高处俯瞰柳江的人,很难体会到它的真切。

"共来百越文身地,犹自音书滞一乡。"尾联收到"寄漳汀封连四州"上来。出句先用"共来"一扬,仿佛可慰,旋即用"百越文身地"重重一抑,扬抑之间,正突出了志同道合的五位朋友共同的悲剧遭遇,对句用"犹自"更转进一层,揭示出即使一起来到这荒远的蛮瘴之地,彼此之间依然是远隔重峦,音书阻滞,连平安与否的消息也难以传递,更不用说会面相聚了。这个结尾,看似突兀,实则前三联在描绘登楼所见景物时均已暗含了伏脉。首联的茫茫海天"愁思"中,即包含有怀念友人而不得见的内容,纪昀所谓"倒摄四州,有神无迹",正是有见于此。颔联急风密雨肆意摧残"芙蓉""薜荔"的情景,更是同道志士共同命运遭际的象征。腹联出句所望而不见者固有分处四州的友人,对句所写的萦回曲折愁肠中亦自含思而不见诸友的孤独苦闷。因此尾联以思念友人、慨叹音书阻隔结,正是水到渠成。前三联一气直下,末联则顿挫抑扬,转增情致与余韵。

柳州峒氓①

郡城南下接通津②,异服殊音不可亲③。青箬裹盐归峒客④,绿荷包饭趁虚人⑤。鹅毛御腊缝山罽⑥,鸡骨占年拜水神⑦。愁向公庭问重译⑧,欲投章甫作文身⑨。

[校注]

①峒,旧时对西南地区部分少数民族聚居地方的泛称。峒氓,即指西南地区聚居于山区的少数民族。②郡城,指柳州城。通津,四通八达的津渡。《元和郡县图志·岭南道四·柳州》:"马平县(州治所在)……柳江,在县南三十步。"③殊音,语言不同。作者《与萧翰林书》:"楚、越间声音特异,鴂舌啅噪。"岭南少数民族的语言当更殊异。④箬,指箬竹叶(非指竹皮,亦非指竹笋外壳)。《本草纲目·草四·箬》:"箬生南方平泽,其根与茎皆似小竹,其节箨与叶皆似芦荻,而叶之面青背淡,柔而韧,新旧相代,四时常青。南人取叶作笠,及裹茶盐包米粽,女人以衬鞋底。"归峒,归其居地。⑤趁虚,犹赶集。虚,乡村市集。钱易《南部新书》辛:"端州(属岭南道)已南,三日一市,谓之趁墟。"虚,通"墟"。⑥御腊,抵御腊月寒冬。罽(jì),一种毛织品,此指被褥。山罽,山民用毛制作

的被褥。刘恂《岭表录异》:"南道之豪酋,多选鹅之细毛,夹以布帛,絮而为被,复纵横衲之,其温不下于挟纩也。"⑦鸡骨占年,用鸡骨占卜吉凶祸福。《史记·孝武本纪》:"乃令越巫立越祝祠,安台无坛,并祠天神上帝百鬼,而以鸡卜。"张守节正义:"鸡卜法,用鸡一、狗一生,祝愿讫,即杀鸡狗煮熟,又祭,独取鸡两眼,骨上自有孔裂,似人物形则吉,不足则凶。今岭南犹此法也。"作者《柳州复大云寺记》曰:"越人信祥而易杀……病且忧,则聚巫师用鸡卜。"占年,占卜年成的丰歉。⑧重译,辗转翻译。《尚书大传》卷四:"成王之时,越裳重译而来朝,曰道路悠远,山川阻深,恐使之不通,故重三译而朝也。"⑨章甫:殷商时代的一种冠。《礼记·儒行》:"丘少居鲁,衣逢掖之衣;长居宋,冠章甫之冠。"孙希旦集解:"章甫,殷玄冠之名,宋人冠之。"《庄子·逍遥游》:"宋人资章甫而适诸越,越人断发文身,无所用之。"后因泛称儒者之冠。

[鉴赏]

这首七律,写西南地区少数民族的生活习俗、风土人情以及诗人对他们的感情,这在唐诗题材领域是一种新的开拓。此前盛唐的边塞诗中虽亦偶有写到少数民族生活习俗、精神风貌的(如高适《营州歌》、崔颢《雁门胡人歌》),但均为北方边塞少数民族。对西南地区少数民族的描写,是中唐随着贬谪南荒的诗人群而兴起的一种创作风气。柳宗元的这首七律就是直接以"柳州峒氓"为题的代表性作品。

"郡城南下接通津,异服殊音不可亲。"首联以即景描写起。柳州郡城南面往下几十步,就是柳江通向四乡的渡口,这一天正好赶上市集,来自各村的峒民们来来往往,熙熙攘攘,穿着样式奇异的服装,说着和中原地区完全不同的语言。这熙攘热闹的"通津"虽使诗人感受到活跃的生活气息,但目接耳闻峒民们的"异服殊音",却使诗人顿感自己身处荒远的蛮瘴之地,而生出一种难以亲近的陌生感和距离感。这种感受,对于柳宗元这样一个贬居永州十年后又再被外放到更加荒远的柳州当刺史的人来说,原很真切而自然。但诗人并没有停留在这种最初的感受上,而是随着观察到的现象的变化推移,逐渐产生了感情上的变化。

"青箬裹盐归峒客,绿荷包饭趁虚人。"颔联紧承"通津",写渡头来来往往赶集的峒民:他们三五成群,用青箬叶包裹着从市集上买来的盐,正说说笑笑,朝着自己家的方向走去;而渡头那边又新乘渡船过来一批赶集的峒民,他们用碧绿的荷叶包裹着煮好的饭菜,正兴冲冲地朝市集走去。将"归峒客"放在"趁虚人"之前,并非故意倒置，而是实景。路近的、起得早的赶集峒民已经买好东西回家了，路远的、起身晚的却刚到渡头，这正渲染出赶集的峒民来来往往、络绎不绝的热闹景象。自然经济条件下的农村，赶集既是为了交换产品，也带有一点赶热闹的性质；每逢集市之日，往往大人小孩、姑娘媳妇，从四乡拥来，市集之上，人头攒动，热闹非凡。此种景象与风俗，至今犹存。因此它多少带有一点节日气氛。在写峒民赶集时，诗人拈出了两个极为典型的细节："青箬裹盐"和"绿荷包饭"。自给自足的自然经济条件下，农民几乎可以生产出一切自己需要的生活必需品，只有盐才必须从市集上购买。"青箬裹盐"而"归"正写出了自然经济的典型特征。农民节俭成俗，哪怕是出远门赶长路也往往带上好几天的干粮，赶集来回只需一天，自然自带饭菜充饥，免得花费了。这也是一种相沿已久的传统习俗。妙在用来"裹盐""包饭"的又是地道的山野风光：青青箬叶和碧绿荷叶。不但以鲜明的色彩点染出令人悦目的图景，而且透出了浓郁的朴素淳厚的生活气息。两句纯用白描，却直如一幅充满浓郁诗情的少数民族地区农村风情画，散发出一种令人陶醉的气息，仿佛可以闻到"青箬""绿荷"透出的清香。诗人虽然只是似不经意地描绘出这幅近乎写生的图画，但从中明显可以感受到在目接此种景象时所产生的新鲜感和愉悦感，这种感情，在上下两句一气贯注的流走格调和轻快音律中也能体味到。

"鹅毛御腊缝山罽，鸡骨占年拜水神。"腹联是由眼前峒民赶集景象和习俗触发的对其他生活风俗的联想。他们用鹅毛缝制粗糙的被褥，来抵御寒冬腊月的寒冷，用鸡骨占卜年成丰歉，为免除水旱灾害而祭拜水神。这两种生活习俗，既突出渲染峒民近乎原始的朴野风俗（包括宗教迷信），又带有特定的地域和民族色彩，而这些习俗又都密切联系着他们最基本的生活需求（衣被和粮食）。因此在选材上仍具有典型性。如果没有这一联，题目也许不能叫"柳州峒氓"，而是专写峒民赶集了。诗人对这类习俗，虽不像颔联那样，充满新鲜感和喜悦感，但在记叙描写之中，仍然流注着一种新奇和关切的情味，一种对素朴原始民风的欣赏。这样才能引出下联来。

"愁向公庭问重译，欲投章甫作文身。"尾联是目睹心想柳州峒氓生活习俗和风情之后的感受和愿望。自己身为柳州刺史，但由于当地百姓"殊音"造成的隔膜，在公庭上处理政务时还不免要通过辗转的翻译，故说"愁向公庭"，深感遗憾。既然再历遐荒，回京无望，不如终老此乡，与素朴淳厚的当地百姓浑为一体，干脆丢掉儒冠，做一个断发文身的峒氓吧。这种愿望当中，虽然也包含了对自己长期投荒境遇的感慨，但主要还是由于峒民素朴淳厚的生活习俗和风情的感染。类似的安于此乡的感情，在《柳州城西北隅种甘树》中也有明显的流露，可见"欲投章甫作文身"之语，并非矫情。

酬曹侍御过象县见寄①

破额山前碧玉流②，骚人遥驻木兰舟③。春风无限潇湘意，欲采蘋花不自由④。

[校注]

①曹侍御，名未详。"侍御"，唐人称殿中侍御史、监察御史为侍御。象县，柳州属县。《元和郡县图志·岭南道四·柳州》："象县，陈于今县南四十五里置象郡，隋开皇九年废郡为县。龙朔三年为贼所蒸，乾封三年复置。总章元年割属柳州。"唐县治在今广西鹿寨西南，东滨柳江。诗作于任柳州刺史期间。元和十年（815）夏，宗元始至柳州，则诗当作于元和十一至十四之某年春。②破额山，《太平寰宇记》卷一百六十八载柳州有破额山，当即此诗所称者。旧注或引《明一统志》："四祖山在黄州府黄梅县西北四十里，一名破额山。"与柳州遥不相及，显误。碧玉流，形容柳江水青碧如玉。③骚人，本指屈原，此借指曹侍御。驻，指泊舟。木兰舟，对船的美称，并暗用《楚辞·离骚》"朝搴阰之木兰兮，夕揽洲之宿莽""朝饮木兰之坠露兮，夕餐秋菊之落英"等句意，以示"骚人"志行之芬芳美好。又任昉《述异记》卷下："木兰洲在浔阳江中，多木兰树。昔吴王阖闾植木兰于此，用构宫殿也。七里洲中有鲁班刻木兰为舟，舟至今在洲。诗家之木兰舟，出于此。"木兰是一种香木，皮似桂而香，状如楠树。④梁柳恽《江南曲》："汀洲采白蘋，日落江南春。洞庭有归客，潇湘逢故人。故人何不返，春华复应晚。不道新知乐，只言行路远。"此二句化用柳诗前四句之意。解详鉴赏。

[鉴赏]

这是一首酬答友人的小诗，风调非常优美，情思却抑郁苦闷，渗透牢骚不平。内容与风格的不协调，使这首诗带有一种含意难申的特殊风貌。

题内的"曹侍御"名未详（侍御是中央监察机构御史台的官吏殿中侍御史或监察御史的简称，但唐代较高的幕府官也常带侍御的宪衔。所以这位曹侍御并不一定在中央政府任职，有可能是幕官）。从诗中称他为"骚人"来看，可能也是一位政治上的失意者。象县，唐代属岭南道柳州，在柳州东面不远（但水路曲折蜿蜒，比直线距离长得多），濒临阳水（今称柳江）。详诗题及诗意，当是曹侍御路过象县，泊舟靠岸，寄诗给在柳州担任刺史的柳宗元，诗人于是写了这首诗作答。或以为柳宗元当时贬居永州（今湖南零陵），但象县与永州相去甚远，曹侍御过象县而寄诗给远在永州的柳宗元，似乎难以理解，而寄诗柳州近地（象县属柳州管辖），则比较顺理成章。

"破额山前碧玉流，骚人遥驻木兰舟。"前两句点题内"曹侍御过象县"。破额山，当是象县附近靠近柳江边的一座山。今湖北黄梅县西北也有破额山，但与诗题"过象县"无涉，殆非所指。碧玉流，指青翠碧绿的阳江水。桂林、柳州一带的江水，青碧深湛，平缓沉静，如碧玉在缓缓流动，故说"碧玉流"。三字不但写出水色水势，而且传出质感。"骚人"，这里借指曹侍御，暗寓其也像屈原那样，志行高洁而不被统治者所赏识和世俗所理解。木兰舟，是对曹侍御所乘舟船的美称，因《楚辞·离骚》中常提到"木兰"这种香木，以寓志行之高洁芬芳，《九歌·湘君》中又有"桂棹兮兰枻"之句，故后来常以木兰舟指骚人所乘之舟，借以象征其品格的美洁。以上两句用了"碧玉流""骚人""木兰舟"等一系列清澄、芳洁、华美的诗歌意象来渲染形容曹侍御其人、其境、其物，不但展现出优美的诗境，而且带有某种象征色彩。读者可以想见曹侍御泊舟破额山前、碧玉流畔翘首遥思的情景，其人华美高洁、闲雅秀朗的风神品格也宛然可见。"碧玉"之"流"与"木兰舟"之"驻"，一动一静，相映成趣，更增添了画面的生动意致。

"春风无限潇湘意"，理解这一句的关键在正确理解"潇湘意"。这里的"潇湘"并非实指潇水、湘水及其附近的地域，而是用典。南朝诗人柳恽的名作《江南曲》云："汀洲采白蘋，日落江南春。洞庭有归客，潇湘逢故人。"这里的"潇湘意"，当指故人的情意。全句意思是说，读着曹侍御从象县寄来的充满故人情意的诗章，不禁有春风拂面之感。点出"春风"，固然含有标志时令季节的用意，但更主要的是为了表达自己捧读赠诗时如坐春风的温煦感受（诗中或许有安慰劝勉柳宗元的内容）。因此，诗中虽未直接写到曹侍御赠诗的具体内容，但透过"春风""无限"这些字眼以及诗人的感受，却也不难想见诗中定然充溢醉人的温馨情谊。化实为虚，反而更好地调动了读者的想象力，使曹侍御的赠诗在想象中变得更加优美动人了。这句写"见寄"。

在如此美好的季节，读到友人从如此美好的地方寄来的充满温煦情谊的诗章，诗人自己自然也有无限情意要向对方倾吐，落句便势必要落到"酬曹侍御"上来。但诗意至此，却忽作顿宕转折——"欲采蘋花不自由。"蘋是一种水草，春天开白花。采蘋寄远，如前引柳恽《江南曲》，历来用作向远方友人致意的一种象喻。如进一步追本溯源，则《楚辞·九歌·山鬼》"折芳馨兮遗所思"以及《古诗》"涉江采芙蓉，兰泽多芳草，采之欲遗谁？所思在远道"都可能与这里的"采蘋"有着象征寓意上的渊源关系。柳宗元在柳州的处境，从《登柳州城楼》诗中"惊风乱飐芙蓉水，密雨斜侵薛荔墙"的象征性描写中可以看出，仍是相当艰危的。因此他虽满怀幽怨郁愤之情，却不能无所顾忌地向关心自己的友人倾吐。上句用"春风"极意渲染，用"无限"极力强调，这句的"欲采蘋花"的意愿便显得十分强烈，而紧接着"不自由"三字却将这种意愿一笔扫却。顿宕转折之间，充分显示出诗人当时身遭摈弃，连倾诉孤愤幽怨的自由都没有的艰危处境和诗人对这种处境的强烈愤郁不平。

尽管如此，末句所包含的深沉愤郁并没有破坏全诗的风调，人们倒是从前后的鲜明对照中感受到诗人虽身处困境，仍然执著追求生活中美好事物（包括美好的友谊、美好的自然）的情操，从而对诗人这种峻洁高华的人格美有了进一步的体认。

南涧中题①

秋气集南涧②，独游亭午时③。回风一萧瑟④，林影久参差⑤。始至若有得，稍深遂忘疲。羁禽响幽谷⑥，寒藻舞沦漪⑦。去国魂已远⑧，怀人泪空垂。孤生易为感⑨，失路少所宜⑩。索寞竟何事⑪，徘徊只自知。谁为后来者，当与此心期⑫。

[校注]

①南涧，在湖南永州零陵县朝阳岩东南。韩醇《诂训柳集》卷四十二云："公永州诸记：自朝阳岩东南水行至袁家渴，自渴西南行不能百步得石渠，石渠既穷为石涧。石涧在南，即此诗所题也。"王国安《柳宗元诗笺释》引《石涧记》"古人之有乐于此耶？后之来者，有能追予之践履耶"，认为"末两句之意类诗结句'谁

为后来者,当与此心期',记与诗当同时作。唯记状石涧之貌,而诗则抒失路之悲也。记又曰:'得之日,与石渠同。'宗元得石渠为元和七年(812)十月十九日(见《石渠记》),姑系此诗于是时。"②秋气,宋玉《九辩》:"悲哉秋之为气也,萧瑟兮草木摇落而变衰。"③亭午,正午。④回风,旋风。⑤参差,不齐貌,此状林影之摇曳不定。⑥羁禽,失群孤栖的鸟。幽谷,深谷。⑦寒藻,深秋的水藻。沦漪,微风吹动的水面圆形波纹。⑧去国,离开京国。远,《全唐诗》校:"一作游。"⑨孤生,孤独的生活。易为感,容易为外物所触动而产生感慨。⑩失路,政治上失意。少所宜,很少感到外物与自己的心境相适应。亦可解为动辄得咎。⑪索寞,寂寞无聊。⑫期,契合。

[鉴赏]

这首被苏轼誉为"绝妙古今"的五言古诗,作于元和七年(812)深秋,当时柳宗元贬居永州已经第八个年头了。题内"南涧",在永州城南,亦即"永州八记"之一《石涧记》所记的石涧。记文描述它"亘石为底,达于两涯……水平布其上,流若织文,响若操琴……其上深山幽林逾峭险",是一个风景清窈幽峭的地方。和游记之以纪游写胜为主不同,诗着重抒写长期贬居荒僻的诗人孤寂抑郁的心境,和忱触景生、情随物迁的心灵历程,实际上是一首借纪游写景以抒怀的抒情诗。

开头两句点明出游的地点、季节和时间。"秋气""独游"四字,一篇眼目。以下所写种种情景都由此生发。首句以概括虚涵之笔抒写对南涧秋色的整体感受。秋之为气,似无具体形象,却又处处可见它的踪迹。一"集"字令人宛见秋风萧瑟、草木摇落、林寒涧肃之状,也透出诗人目遇神接充满秋气的南涧时那种心灵悸动的强烈感受。何焯说:"万感俱集,忽不自禁,发端有力。"一、二句用倒笔叙,也加强了发端的遒劲。

三、四句承上"秋气",专写秋风萧瑟之状。山谷间的秋风,强劲而回旋,风起则树木摇动,林影参差,久久不已。"一""久"二字,开合相应,适成对照,透出秋风劲厉而持久的态势;"回""影"二字,写风态秋声,尤生动而传神,令人于树影摇曳晃动之中宛闻萧飒的秋声。"萧瑟""参差"这两个双声联绵词的有意运用,也增添了凄清萧条的韵味。

写到这里,却不再黏滞于眼前的南涧秋色,而是就势掉转,概写"独游"过程中感受与情绪的变化:"始至若有得,稍深遂忘疲。"上句是初入其境若有所感、心与境遇阶段的自然反应，下句是深入其境以后全身心沉浸其中的忘我精神状态。这种描写，似乎虚泛抽象，却因其深刻概括了穷幽探胜的感受体验而具有很大的普遍性，能唤起读者的联想与思索，其中隐然含有某种潜心观照自然有所体察的意趣。沈德潜说："为学仕宦亦如是观。"正道出其中所包含的哲理性意趣。这两句所表现的情绪似乎偏于安恬愉悦，但透过"若有得""遂忘疲"，却可以感到这位"独游"者在此之前惘然若失、心力交瘁的精神状态。

"羁禽响幽谷，寒藻舞沧漪。"两句承"稍深"续写南涧秋色。一写山，一写水；一诉诸听觉，一诉诸视觉。诗人以一个长期羁泊异乡，心境凄寒寂寞者的特殊心态感受自然，遂使客观景物染上一层强烈的主观色彩。鸟鸣幽谷，在常人或感其清幽寂静，而诗人则反感到羁泊者的哀愁孤寂；藻舞沧漪，于常人或感其清新可喜，而诗人则反感到凄寒清冷。"响"与"舞"这两个带有强烈动感的词语，在这里恰恰反衬出了谷幽人寂、凄清寂寥的境界。这"羁禽"与"寒藻"，不仅是诗人感情投射的结果，而且带有诗人自身境遇的象征意味。

从开篇至此为一节，侧重写南涧景物，而景中寓情。从"始至"到"稍深"，游踪显然。"独游"者或因景物的感发引起情绪的变化，或因主观感情的作用而使景物主观化，痕迹也隐然可见。至"羁禽"二句，孤子凄清之感越来越浓重，遂自然生发出下节的直接抒情。

"去国魂已远，怀人泪空垂。"由主观化、对象化了的羁禽、寒藻引出"去国""怀人"的诗人自我，在意脉上原是贯通的，故转接得不着痕迹。长期贬居荒远，去国怀人之情与日俱增，以至达到精神恍惚的程度。然而山川阻隔，音书难寄，唯有空垂悲泪而已。写这首诗时，王叔文、王伾、凌准、吕温等人都已先后去世，"怀人"句似不但有对生者思而不见的悲哀，更含有对死者幽明永隔的长恨。

接下来两句，表面上似与题目不相涉，实际上仍紧贴"南涧""独游"抒感。两句互文，说明政治失意，处境孤子者最易触景伤情，感到外物与环境总是与己不相宜（也可以理解为动辄得咎，与世扞格）。从意脉上说，这是承上节独游过程中对南涧秋色的特殊感受而来的，但它却同时概括了许多"孤生""失路"者的共同体验，在质朴深切之中含有深沉的苦闷与愤激。

"索寞竟何事，徘徊只自知。""索寞""徘徊"，仍贴"独游"说。两句用极虚之笔，写惘然的心境。内涵丰厚，任人咀味。上句似说，踽踽独游，寂寞凄清，究竟所为何事？好像是埋怨自己不该出来独游，以致反增寂寞，又好像是对自己远贬荒僻、寂寞无所事事的处境与境遇的一种疑问与思索。下句似乎是说，独自徘徊，心中的积郁苦闷只有自知，又似乎是说，自己的孤独处境与苦闷心情无人了解和同情。总之，两句所写，乃是一个苦闷的灵魂惘然无着落的自思、自怜与自叹。其中蕴含着难以言状的空虚失落感与孤寂凄清感，由此便自然引出全诗的结尾："谁为后来者，当与此心期。"这使人联想到陈子昂的《登幽州台歌》。尽管陈诗是慨叹"后不见来者"，柳诗则是相信后来贬谪于此的人当会理解自己此时的心情。但它们都蕴含着不为当世所理解的寂寞与痛苦。出现在面前的正是一个为当世所遗弃的孤独者的形象，与篇首"独游"遥相呼应。

苏轼称这首诗"忧中有乐，乐中有忧"。这种感受与理解是深切而独到的。不过，忧与乐在这首诗中并非平分秋色或单纯的交替与交融。而是以忧为主导，为贯串线索，从忧出发，又归结于忧。乐在诗中只是一时的，而且乐中有忧。诗人"独游"之因就是心情郁闷，所以在观照自然时，便很容易染上主观感情色彩。像"回风一萧瑟，林影久参差""始至若有得，稍深遂忘疲"这种感受与体验，不能说没有乐的成分，但它本身就带有凄清寂寞的色彩，这是一个处境极端凄寂的人偶因接遇自然界中幽美景物时浮现的一丝微笑。尽管微笑，却感凄然；虽说忘疲，却非陶醉。因此，当他进而接触到"羁禽响幽谷，寒藻舞沦漪"这种更加凄怆幽冷的景物时，就不能不"忧从中来，不可断绝"了。柳宗元在《与李翰林书》中说："仆闷即出游……时到幽树好石，暂得一笑，已复不乐。何者？譬如囚拘圜土，一遇和景，负墙搔摩，伸展支体，当此之时，亦以为适。顾地窥天，不过寻丈，终不得出，岂复为之能舒畅哉！"正是这种拘囚式的处境与心境，决定了他的"独游"只能是以排忧始，以深忧终。这也就是诗虽写得纤徐淡泊，却始终有一种压抑感的原因。

诗评家每以韦、柳并列，认为他们的五古都有清淡简古的特点。其实，韦、柳之间是貌似而实异。韦应物后期颇具高逸出世之情，故为诗闲婉雅淡，萧散自得；柳宗元却是被迫投闲置散，形同幽囚；虽欲寄情山水自然，内心却忧愤郁闷，很不平静，因此他的清淡高古中往往寓有很深的忧郁与牢骚。刘熙载说"韦云'微雨夜来过，不知春草生'是道人语；柳云'回风一萧瑟，林影久参差'是骚人语"，正道出两人心态诗境的区别。王、孟、韦、柳，都学陶潜，在王、孟、韦的诗作中，可以发现诗人心境与环境景物的和谐适应、高度契合的陶诗式意境；而在柳诗中，却更多的是心与境之间的貌合神离。

五言古诗为求格之高古，往往不烦绳削，纯任天然。柳宗元的五古却往往在简古清淡、纡徐不迫中寓精严细密的章法和着意锤炼的字法。像本篇一开头就揭出"秋气""独游"为全篇眼目，接着逐层抒写主观感情与客观景物之间的交互作用，以及诗人感受、情绪的变化，次第井然。前后的衔接既细密，又不露痕迹。前人说他的诗"似入武库，但觉森严"（《西溪诗话》），"清峭有余，闲婉全乏"（《唐音癸签》），确是有味之言。

江　雪①

千山鸟飞绝，万径人踪灭。孤舟蓑笠翁②，独钓寒江雪③。

[校注]

①作于贬居永州期间。②蓑笠翁，穿蓑衣戴箬笠帽的渔翁。③句意谓在寒江大雪中独自垂钓。

[鉴赏]

用最短的篇幅描绘出一幅形象鲜明的寒江独钓图，对于一个擅长写山水诗文的高手来说，也许不算太难。但要在同时表现出一种在极端萧瑟寒冷、孤独寂寞的环境中坚守信念的精神、人格之美，从而构成意境高远、格调奇峭、诗画浑然一体的境界，却只有像柳宗元这样既有高超的艺术技巧，又具有深刻的生活体验和坚韧不屈的思想性格的大家才能办到。

"千山鸟飞绝，万径人踪灭。"诗的题目叫"江雪"，诗中的主体则是独钓寒江的渔翁，但开头两句却既不写江，也不直接写雪，更无只字写人，而是从大处、高处、远处落笔，全景式地展现了四周的千山万岭之上，飞鸟绝迹，广阔的四野道路之上，行人绝踪的空旷阔远、冷落萧瑟画面。虽无一字直接写雪，但"千山""万径"的阔远空间中"鸟飞绝""人踪灭"的图景，却直摄雪之神魂，使读者仿佛目睹千山万径、整个天地之间都是一片白茫茫的大雪，感受到画面上笼罩着一股凛冽逼人的萧森寒气。两句中"千""万""绝""灭"的夸张渲染，更加强了整个环境的空旷、幽寂、寒冷、萧森的气氛。这种环境氛围，带有某种象征色彩。它是诗人所处的时代氛围、政治环境的一种象征，也是诗人凄寒孤寂心境的一种表现。

在全诗中，这两句是作为环境背景出现的。它的作用，除了展示诗人所处的环境和心境之外，更重要的是用来反衬主体——孤舟独钓的渔翁的精神性格的，这就自然引出三、四两句来。

"孤舟蓑笠翁，独钓寒江雪。"在"千山""万径"的广阔雪景背景下，这两句由远及近，集中描绘了江面上一个孤舟独钓的渔翁形象。茫茫江面上，只剩下了一只孤舟；孤舟上坐着一个渔翁，戴着一顶箬笠帽，披着一身蓑衣，正独自在寒江中全神贯注地垂钓。从"蓑笠"的穿戴上可以看出，江面上正下着纷纷扬扬的大雪。一叶孤舟、一介渔翁在广阔的山野、浩永的寒江中，显得特别孤寂、渺小。而这位渔翁独自一人处在如此广漠、寒冷、孤寂的环境中，竟像根本不知道这种严酷森寒的环境，也根本不在意自己的孤独处境一样。正是通过环境与人物之间这种相反相成的映衬关系，突出地表现了独钓寒江的渔翁那种不畏森寒、不怕孤独，在冷寂的环境中坚持垂钓的坚毅精神和顽强不屈的精神风貌。

三、四两句从题目来说，似乎是用孤舟独钓来点缀江上雪景；其实，从作者的用意来说，雪景只不过是背景和陪衬，孤舟独钓于寒江之上的渔翁才是画面的中心。如果把它画成一幅画，题目应该叫"寒江独钓图"，而不应该叫"江上雪景图"。后世一些山水画多取后两句的景物作为题材，其实只是看到了诗中有画这一点，而对这幅画的画意则缺乏理解。

这就涉及作品的寄托问题。熟悉柳宗元身世遭遇，特别是他贬居永州期间境遇与心情的人会从这孤舟独钓寒江的渔翁身上看到诗人自己的形象。当时他的处境是"身编夷人，名列囚籍"，过去一些亲戚朋友都和他断绝了来往，处于十分孤寂的境地。诗的一、二两句描绘的千山万径，飞鸟绝迹、行人无踪的寒寂萧森、空旷寥落的图景，实际上正渗透诗人对自己所处环境的感受。而在孤舟独钓寒江的渔翁身上，则正寄托着诗人那种"虽万受摈弃，而不更乎其内"的坚定思想、政治操守和顽强不屈的抗争精神。

全篇的诗眼，就在末句的那个"独"字。诗中的一切描绘、渲染都是为了衬托这个"独"字，突出这个"独"字。千山杳无飞鸟，万径寂无人踪，这两句句末的"绝"和"灭"，不用说是为了突出人之"独"；孤舟、寒江、大雪，又进一步渲染了这位独钓者所处环境的孤寂与寒冷。不用说整首诗是蕴含了很深的孤独寂寞之感的，但诗人的用意，主要不是表现这种孤独寂寞的可悲和难以忍受，而是表现独钓寒江的可贵。因此他的孤独中带有一种孤高、孤傲的精神气质。正是在这位独钓寒江的渔翁身上，寄托了对不为恶劣环境所屈的理想人格美的赞美和追求。苏轼的评论触及诗的品格和人性的关系，是深刻独到之见。问题的关键就在于柳宗元的这首诗不只是诗中有画，而是诗中有人，表现了诗人自己的人格和情操。在唐人五绝中，李白的《独坐敬亭山》与这首诗在表现诗人的品格情操方面，有某种相似之处，而李诗直抒的成分多，情态闲雅，而柳诗则描写的成分多，感情深沉，在诗情画意的统一上更显突出。

这是一首押入声韵的古体绝句。"绝""灭""雪"三个韵脚，构成一种萧瑟、冷寂中含有坚决、激愤情调的意境，声与情配合得非常和谐。

渔　翁①

渔翁夜傍西岩宿②，晓汲清湘燃楚竹③。烟销日出不见人，欸乃一声山水绿④。回看天际下中流⑤，岩上无心云相逐⑥。

[校注]

①据诗中"西岩""清湘""楚竹"等语，诗当作于贬居永州期间。②西岩，指永州之西山。宗元有《始得西山宴游记》，作于元和四年（809）九月二十八日，则此诗当作于其后。③清湘，清澈的湘江水。永州滨湘水。《太平御览》卷六十五引《湘中记》："湘水至清，虽五六丈，见底。"永州为旧楚地，故云其地所产之竹为"楚竹"。④欸乃：可指行船时摇橹声，也可指棹歌，即《欸乃曲》，元结《欸乃曲》："谁能听欸乃，欸乃感人情……遗曲今何在，逸在渔夫行。"题下自注："欸音袄，乃音霭。棹舡（船）之声。"然参《溪居》诗"来往不逢人，长歌楚天碧"之句，此"欸乃"当指棹歌。⑤下中流，船向中流顺驶而下。⑥岩上，即西岩顶上，亦即上句之"天际"。陶渊明《归去来兮辞》："云无心而出岫。""无心云"用其语。

[鉴赏]

这是一篇只有六句、一韵到底的短篇七古，在柳诗中属于流传广远而在理解评价上颇多争论之作。不仅末二句是否蛇足自苏轼以来一直争论不休，就连"不见人"的"人"究竟是指渔翁还是泛指他人，"欸乃"究竟是指摇橹声还是棹歌声也有不同的理解。但这些争论并不影响对这首诗的总体艺术评价。

从诗题看，这是一首写渔翁生活的作品，但从诗的内容情调看，诗人着意渲染的却是一种徜徉于青山绿水之间、悠然自得的生活情趣，带有明显的理想化、主观化色彩。联系他的《江雪》以独钓寒江的渔翁自况和五律《溪居》，更可明显看出诗中的"渔翁"身上有诗人自己的影子，或者说是借歌咏理想化了的渔翁来自我抒情。

"渔翁夜傍西岩宿，晓汲清湘燃楚竹。"诗主要写晨间景色，首句却从昨夜叙起。"夜傍西岩宿"像是普通的交代，但联系全诗来品味，其中自含有独往独来，行止无定，随意无拘，到处均可止宿的意味。西岩即西山，柳宗元在《始得西山宴游记》中叙其攀登山顶后所见景色："萦青缭白，外与天际，四望如一……悠悠乎与灏气俱而莫得其涯；洋洋乎与造物者游，而不知其所穷。"因此这夜傍西岩而宿的追叙便可引发丰富的诗意联想。接下来第二句便由"夜"而"晓"，写渔翁清晨起来以后的生活情事。其实所写的不过是汲水烧火做饭而已，如此极平常的"俗事"，在诗人笔下却变成了极清雅的生活情趣。早晨的空气是清新的，所汲的又是极清澈的湘江水，所燃的则是碧绿的楚竹（即湘竹，因避复而改），就地取材，水清竹碧，纯属天然。极俗的烧火做饭也变作仿佛不食人间烟火的雅事了。

"烟销日出不见人，欸乃一声山水绿。"三、四两句，从"晓"过渡到"日出"时情景。清晨时的湘江上，笼罩着一层朦胧的轻烟淡雾，随着时间的推移，太阳升起，烟雾消散，整个江面上空无一人，渔翁也开始了新的一天的行程，他边划桨，边唱着棹歌，"欸乃"声中，显现在面前的是一片青山绿水的图景。或以为"不见人"的"人"是指渔翁本人。从意境上说，只闻欸乃之声悠长萦回于耳畔而不见其人，仿佛电影上的空镜头，似乎另有一种神韵。但一则，从情理说，既"烟销日出"，则人与景物毕现，不可能闻渔翁之声（无论是摇橹声还是棹歌声）而不见其人。二则其人如指渔翁，则景外另有人在，但下两句的"回看"显然指渔翁在舟行过程中回看而非指旁观的诗人，故于诗意不合。三则《溪居》诗明云："久为簪组累，幸此南夷谪。闲依农圃邻，偶似山林客。晓耕翻露草，夜榜响溪石。来往不逢人，长歌楚天碧。"两相对照，可证《渔翁》诗之"不见人"即《溪居》诗之"不逢人"，是指江上空寂不见人，而非指不见渔翁。至于"欸乃"，对照《溪居》中的"长歌"，其意自明，当指渔翁所唱的船歌而非摇橹声。

三、四两句，极饶神韵。它的妙处全在空寂无人之境中，渔翁棹歌声起的刹那，眼前忽现一片青山绿水时那种令人悠然神远的境界。仿佛是渔翁的"欸乃"棹歌之声忽然染绿了青山碧水，幻化出一个童话式的世界，一个不食人间烟火远离尘嚣的世界。这境界，既极清寥旷远，又悠闲自得，体现出这位渔翁的精神世界。

"回看天际下中流，岩上无心云相逐。"五、六两句，写渔翁行舟直下中流时回首天际，但见西岩之上，白云悠然出岫，来往飘荡，像是在互相追逐。云之缭绕飘荡，纯出自然，这里特用"无心"来形容，实际上是将人的感情意念投射到作为自然物的云身上，使"岩上无心云相逐"的景象成为自己精神的外化。"无心"二字，不妨说是全诗的诗眼和结穴。诗人写渔翁之夜傍西岩而宿、晓汲清湘燃楚竹，欸乃而歌于烟消日出之际，青山绿水之间，放舟而下至中流，悠然回顾岩上白云，都是为了突出渲染陶然忘机于美好自然之中的"无心"境界。经历了长期的贬谪生活和心灵痛苦历程，诗人在目接心感美好大自然的瞬间，似乎在忘机无心的境界中得到了精神上的解放，这首诗正是这种心灵体验的艺术表现。

从这种理解出发，可以看出五、六两句不仅是全诗不可分割的部分，而且是画龙点睛的关键之笔。如果撇开"无心"的主旨，删去五、六两句，前四句也能成为一首意境完足、余韵悠然的七绝，但似乎只能表现渔翁潇洒自得、悠闲自适的精神风貌与湘中山水之清丽，而与"无心"的主旨终隔一层，因为还缺少"云相逐"于岩上这一表现"无心"意蕴的主要意象。有了"岩上无心云相逐"这一句，前面四句的所有描写也通通带上了"无心"的色彩。正如刘熙载《艺概·词曲概》所云："眼乃神光所聚，故有通体之眼，有数句之眼，前前后后无不待眼光照映。"离开"无心"的主旨去谈五、六两句是否蛇足，那就各执一词，永远也无法判断是非了。或引作者《溪居》尾联"来往不逢人，长歌楚天碧"为言，殊不知《溪居》开篇即明白揭出"久为簪组累""闲依农圃邻"的主意，篇末自然不必更添一语。二诗意蕴虽近，但表达方式却自别。不能简单地以彼例此。

刘禹锡

刘禹锡（772—842），字梦得，祖籍洛阳（今属河南），家居荥阳。贞元九年（793）登进士第，又登吏部取士科，授弘文馆校书郎。曾为淮南节度使杜佑掌书记。贞元十八年，调渭南主簿。十九年入朝为监察御史。永贞元年（805）正月，顺宗即位，迁屯田员外郎，判度支盐铁案，参与王叔文、王伾的政治革新活动。同年八月，顺宗退位，宪宗即位。十一月，贬朗州（今湖南常德）司马。元和十年（815）二月，奉诏抵长安，三月复贬连州刺史。十四年因母丧扶柩北归。长庆、宝历间，转夔州、和州刺史。文宗大和元年（827）授主客郎中分司东都。次年入朝为主客郎中，兼集贤直学士。转礼部郎中。大和五年出为苏州刺史。八年秋调汝州刺史，九年迁同州刺史。开成元年（836）秋，以太子宾客分司东都，五年为秘书监分司东都。武宗会昌元年（841）加检校礼部尚书，会昌二年七月卒。他是中国思想史上具有鲜明唯物主义倾向的思想家，也是中唐时期在韩、白两派以外独树一帜的诗人，其诗雄迈俊爽而不失含蓄蕴藉，且常于抒情咏怀中寓含哲理，怀古与学习民歌之作艺术成就尤为突出。曾编己作为四十卷，又曾选编《刘氏集略》十卷，今均佚。《新唐书·艺文志》著录《刘禹锡集》四十卷。《全唐诗》编其诗为十二卷。今人瞿蜕园有《刘禹锡集笺证》、陶敏有《刘禹锡全集编年校注》。

西塞山怀古①

王濬楼船下益州②，金陵王气黯然收③。千寻铁锁沉江底④，一片降幡出石头⑤。人世几回伤往事⑥，山形依旧枕寒流⑦。今逢四海为家日⑧，故垒萧萧芦荻秋⑨。

[校注]

①西塞山，在今湖北黄石市东长江边，又名道士洑矶。临江一面高174米，危峰突兀，险峻如同关塞。孙策、周瑜、刘裕等均尝结寨于此。《元和郡县图志·江南西道·鄂州》：武昌县（今之黄石市）："西塞山，在县东八十五里，竦峭临江。"另有湖州之西塞山，又荆门、虎牙二山称楚之西塞，均非此诗所指。诗作于长庆四年（824）秋，刘禹锡罢夔州刺史赴和州刺史任途中。②王濬，《全唐诗》原作"西晋"，据五代何光远《鉴诫录》及《唐诗纪事》所录改。王濬，西晋著名将领。《晋书·王濬传》："濬字士治，弘农湖人也……重拜益州刺史。武帝谋伐吴，诏濬修舟舰。濬乃作大船连舫，方百二十步，受二千馀人。以木为城，起楼橹，开四出门，其上驰马来往……舟楫之盛，自古未有。"楼船，有楼的多层大船，多指战舰。《史记·平准书》："是时越欲与汉用船战逐，乃大修昆明池，列观环之。治楼船，高十馀丈，旗帜加其上，甚壮。"益州，汉武帝开西南夷，置益州郡，西晋仍之。治所在今四川成都市。《晋书·武帝纪》：咸宁五年（279）十一月，"大举伐吴，遣镇军将军、琅邪王伷出涂中，安东将军王浑出江西，建威将军王戎出武昌，平南将军胡奋出夏口，镇南大将军杜预出江陵，龙骧将军王濬、广武将军唐彬率巴蜀之卒浮江而下，东西凡二十馀万。以太尉贾充为大都督，行冠军将军杨济为副，总统众军"。③金陵王气，《三国志·吴书·张纮传》裴松之注引《江表传》："纮谓（孙）权曰：秣陵，楚武王所置，名为金陵，地势冈阜连石头。访问故老，云昔秦始皇东巡会稽经此县，望气者云金陵地形有王者都邑之气，故掘断连冈，改名秣陵。今处所具存，地有其气，天之所命，宜为都邑。"金陵，今江苏南京市。吴时曾为都，称建业。王气，旧说帝王出现之处，上有祥瑞之气，称"王气"或"天子气"。《晋书·武帝纪》：太康元年"二月戊午，王濬、陶彬等克丹杨城……乙亥，以濬为都督益、梁二州诸军事……濬进破夏口、武昌，遂泛舟东下，所至皆

平。……三月壬寅，王濬以舟师至于建邺之石头，孙皓大惧，面缚舆榇，降于军门"。④寻，八尺一为寻。《晋书·王濬传》：濬率水师沿江东下，"吴人于江险碛要害之处，并以铁锁横截之，又作铁锥长丈馀，暗置江中，以逆距船。先是，（襄阳太守）羊祜获吴间谍，具知情状。濬乃作大筏数十，亦方百馀步，缚草为人，被甲持杖，令善水者以筏先行，筏遇铁锥，锥辄著筏去。又作火炬，长十馀丈，大数十围，灌以麻油，在船前，遇锁，然炬烧之，须臾，融液断绝，于是船无所碍"。铁锁（链）沉江底，即指此。⑤石头，石头城。故址在今南京市西石头山后。《元和郡县图志·江南道·润州》：上元县："石头城，在县西四里，即楚之金陵城也，吴改为石头城。建安十六年，吴大帝修筑，以贮财宝军器，有成。《吴都赋》云'戎车盈于石城'是也。诸葛亮云'钟山龙盘，石城虎踞'，言其形之险固也。"余参注③。⑥几回伤往事，指踵东吴灭亡之后，建都于金陵的东晋、宋、齐、梁、陈几个王朝相继覆灭。⑦枕，背靠着。寒，《全唐诗》原作"江"，校："一作寒。"兹据改。《文苑英华》卷三百八作"寒"。⑧四海为家，指全国统一。《史记·高祖本纪》："天子以四海为家。"元和时期，先后平定西川刘辟、江南李锜、淮西吴元济、淄青李师道等叛镇强藩后，全国曾出现暂时的统一局面。然至穆宗长庆二年，河朔三镇已复成割据之势。⑨故垒，指西塞戍守的旧营垒。萧萧，萧条。芦荻，芦苇、荻草。前者秋天开白花，后者开紫花。

[鉴赏]

在唐人的七律怀古诗中，刘禹锡的这首《西塞山怀古》称得上是艺术范型。何光远《鉴戒录》所记刘、白四人长庆中同会乐天舍论南朝兴废之事虽属误传，但白氏探骊得珠之评却反映出这首怀古诗艺术上的高度成就以及它在诗坛上的影响与地位。尽管明清以来的评家当中，也有从不同方面指出它的不足甚至故意唱反调的，但大都缘于对诗的深刻思想主题和独创性构思缺乏理解所致。高度的艺术概括与形象生动的具体描写的统一，雄浑阔远的气势和含蓄隽永的韵味的统一，使这首诗艺术上臻于既不乏警策又通体完美的境界。

"王濬楼船下益州，金陵王气黯然收。"发端高远宏阔，突兀劲挺。王濬，现有刘集除《畿辅丛书》本外，均作"西晋"，但何光远引此诗作"王濬"。何氏虽因迁就《金陵怀古》之题而改第五句为"荒苑至今生茂草"，改第六句"山形"为"古城"，改第八句"故垒"为"两岸"，但首句无论作"西晋"或作"王濬"，均不影响对《金陵怀古》题意的表达，如原诗本作"西晋"，何氏不会因照顾《金陵怀古》的题面而改作"王濬"。从事理上看，当年晋武帝下诏大举伐吴，固六路大军同时并进，西起益州，东至滁州，战线长达数千里，但"下益州"及修治楼船、烧熔铁锁者却只有王濬；且伐吴诸路大军中，战绩最著，最先抵达建业城下，接受孙皓投降的也是王濬。因此，在诸路大军中取王濬一路战线最长、功绩最著者作为典型代表，乃是顺理成章的事，比泛说"西晋"更能体现晋军顺江直下，所向披靡的气势。如"西晋"系泛称各路大军，则与"楼船下益州"不符；如实指"王濬"一路，不如直接标明，故"王濬"当是刘氏原文。次句略去"王濬楼船下益州"后的一系列具体行程战事，一下子跳到东吴的都城金陵——"金陵王气黯然收"。这里王濬的水军楼船刚刚从益州沿江东下，那边东吴都城上空的所谓"天子气"已经黯然而收了。所谓"王气""天子气"本来就是古代统治者用来自欺欺人的迷信说法，属于虚幻荒诞之事，这里说"王气黯然收"，正是为了突出渲染王濬楼船浩荡东下的震慑力，军未到而气已慑，兵未接而胆已寒，从中可以想见东吴朝廷上下惊恐万状，无计可施，金陵上空愁云黯淡的情景。这一句并没有写到具体战事，对战争的结局只是虚写，但却具有一种笔未到而气已吞的雄浑气势。一"下"一"收"，将这种宏阔雄健的气势表现得非常充分。

"千寻铁锁沉江底，一片降幡出石头。"三、四两句，正面具体描绘东吴的战败与投降。西晋伐吴之役，兵分六路，时间则长达五个月，双方投入的兵力达数十万。将如此规模宏大、时空广远的统一中国的战争浓缩到一联当中，必须有巨大的艺术概括力和生动形象、精练含蓄的艺术表现手段，诗人于纷繁的战争事件与过程中选取了两个最典型的场景（铁锁沉江和石城出降）来概括战争的全过程。用铁锁链横绝江面，以阻止西晋水军的前进，这是吴主孙皓自以为得计的愚蠢之举。末代的腐朽政权不修政事，不顾民怨，以为单靠长江天堑和坚固的江防就能锁住长江、阻挡晋军东下，结果当然只能是眼睁睁地看着险要处设置的千寻铁链被火烧熔断裂，沉入江底。从历史记载看，"吴人于江险碛要害之处，并以铁锁横截之"，则设置铁锁之处自不止一两处，但西塞山这样险要的地方必有铁锁横江无疑。诗人当年自夔州东下，舟行至西塞山时，自然会触景感怀，回想起这段历史往事。从《晋书·武帝纪》"以濬为都督益、梁二州诸军事……濬进破夏口、武昌，遂泛舟东下，所至皆平"的记载也可看出，王濬担任伐吴的主力部队之后所进行的关键性战役，就是"破夏口（今武昌市）、武昌（今黄石市）"的战事，"铁锁沉江"之事当就发生在这里。从"千寻铁锁沉江底"的诗句中不难想象当年江面上火光

刘禹锡

烛天，烧红的铁链映红天空、照亮江水，直到烧熔断裂，沉入江底的壮观景象，它象征性地体现了统一中国的历史潮流不可阻挡和摧枯拉朽的气势和力量，虽只一句七个字，却高度概括了伐吴战争必胜的全局。因此，下句便撇开战争，直接写到东吴的覆灭。而写东吴的覆灭，也避免作一般的交代和泛泛的叙述，而是用生动形象的图景来显示：一面标志着投降的白旗，出现在石头城上。这典型的图景既透露出吴国君臣上下"闻濬军旌旗器甲，属天满江，莫不破胆"的情状，也概括了此后的"素车白马，肉袒面缚，衔璧牵羊，造于垒门"的出降场景。似悲似慨，似嘲似讽，漫画式的图景和幽默的语调中蕴含着深沉凝重的历史感慨。两句一写战争，一写结局，对仗工整，意致流走。"千寻铁锁"与"一片降幡"，构成意味深长的对照；"沉江底"与"出石头"更成为妙手天成的对偶，显示出千寻铁锁沉江之日，即标志着东吴的覆灭指日可待，两幅本来各自独立、时间空间上远隔的图景因此显示出密切相关的因果联系。

以上两联，选取典型的人物（王濬）、战事（铁锁沉江），对西晋伐吴的统一战争和东吴腐朽政权的覆灭作了高度的艺术概括和形象生动的描写，显示出对于一个腐朽的政权来说，所谓"王气"只不过是虚幻的自欺欺人的假象，长江天险、坚固的防守工事、"钟山龙盘，石城虎踞"的地形也统统不足恃。四句一气贯串，气势磅礴，充分显示出进步的统一战争摧枯拉朽的力量。

"人世几回伤往事，山形依旧枕寒流。"出句紧承"一片降幡出石头"，从东吴腐朽政权的覆灭进一步联想到先后建都于古金陵的五个南方王朝——东晋、宋、齐、梁、陈。它们建立的时间最长也仅百年，短的只有几十年，而覆亡的原因无一不是由于统治者的奢淫腐败。"人世几回伤往事"，就是对吴亡后这段在石头城重复演出的兴亡盛衰历史充满深沉感慨的回顾。从东晋建国到陈朝的覆亡（317—589），将近三百年的兴亡史，用短短七个字就统统概括无遗，大有"横扫五朝如卷席"之势，没有举重若轻的扛鼎之力，写不出如此包蕴深广的诗句。"几回"二字，似慨似讽，意味深长。它既是对走马灯式的王朝兴废更迭的艺术概括和深沉感慨，又是对这些王朝的统治者漠视前朝覆灭的历史教训的讽嘲。对句却不再黏滞于"伤往事"上，而是承第三句，一笔兜转，落到眼前的西塞山上来：突兀险峭的西塞山依然静悄悄地耸立江边，枕靠着森森寒流。上句极言人世变化之速，王朝更迭之易，下句则极言自然景物之亘古如斯，依旧当年形状。两相对照，正突出显示六朝兴废之速，将人们的思绪引向对这一历史现象的沉思，而"兴废由人事，山川空地形"的意蕴也就自然寓含于其中。"枕"字不仅精切地描绘出西塞山紧靠着长江的情状,而且传达出一种静悄寂默,如人之枕藉而眠的神韵。这种景象,恰与昔日"千寻铁锁沉江底"时烈焰连江的战争景象构成鲜明对照,并下启尾联,针线虽密,却浑然无迹。

"今逢四海为家日,故垒萧萧芦荻秋。"尾联承第六句,描绘今日所见西塞山景象。宪宗元和时期,先后平定了西川刘辟、江南李锜、淮西吴元济、淄青李师道等藩镇的叛乱,河北三镇也先后归附朝廷,安史之乱以来藩镇割据叛乱的局面暂告结束,国家统一的局面终于重新实现,故说"今逢四海为家日"。值此全国统一之时,往昔那标志着割据分裂局面的西塞山故垒早已荒废,只剩下芦荻萧萧,在秋风中摇曳,呈现出一片萧瑟的景象。"故垒"之萧瑟荒凉,正说明分裂割据后的局面已成历史陈迹,也标志着一个腐朽的末代政权恃险负固时代的结束。"故垒萧萧芦荻秋"的萧瑟景象中透露的正是对"今逢四海为家日"的欣慰与珍惜。

怀古诗最常见的一种类型,是就古迹、史事抒发一点思古之幽情,抒写一点泛泛的盛衰兴亡的历史感慨。谈不上有什么明确的有积极意义的思想主题,久而成为熟套,几近无病呻吟。另一种则有明确的"引古惜兴亡"的创作意图,企图从对古迹史事的沉思回顾中引出历史的教训,作为现实的借鉴。当然,这类有不同程度现实针对性的怀古诗,其思想与艺术亦有深浅高下之分。这首诗就属于后一种怀古诗中思想与艺术高度统一的作品。

六朝兴废是一个大题目,也是生活在安史之乱后日趋衰颓的时代中诗人们关注的具有鲜明时代感现实感的政治话题。如何防止六朝迅速覆灭的历史在唐代重演,正是这一时期许多优秀的怀古、咏史之作的内在创作动机。而西塞山只不过是一座形势比较险要的山,在整个六朝兴废中并不占重要地位。要从西塞山上翻出六朝兴废的大题目,必须具有卓越的历史识见和广阔的历史视野。作者从眼前西塞山的荒废营垒和滚滚东流的长江,联想起东吴乃至整个六朝兴亡的史迹,深感山川依旧,而人世几经变迁,于是从心底涌出"人世几回伤往事,山形依旧枕寒流"这样一联含蕴深警的诗句。从变与不变的对照中揭示出深刻的思想:山川险阻、天命王气并不能维系一个腐朽政权的生存,挽救它的覆灭命运,更不能决定一个王朝的兴废。决定王朝兴废的是更根本的因素:"兴废由人事,山川空地形。"人事,主要是指政治的清明或黑暗。这一联当中蕴含的正是这种思想,只不过表现得更为含蓄而已。这种思想在今天看来也许很平常,在古代却是卓越之见。诗中提到的"金陵王气"，即天命论的一种具体表现，在当时就不但有人宣扬，且有皇帝相信。据《通鉴》载，建中元年（780）六月，术士桑道茂言："陛下不出数年，暂有离宫之厄。臣望奉天有天子气，宜高大其城以备非常。"这虽是术士借此劝德宗早做准备，以防非常，但也说明这种思想的流行。至于割据叛乱的藩镇凭险负固对抗朝廷之事，亦常见于史籍记载。浙西节度使李锜就曾"修石头故城，谋欲僭逆"。长江天险，更是被历代窃据南方的腐朽政权视为天然屏障。作者并没有将自己的视野和思路局限于西塞山和东吴覆亡这一地一时，而是放开眼界，开拓思路，纵览六朝兴废，从个别上升到一般，用诗的语言揭示出王朝兴亡的历史规律。诗的现实针对性，或说是针对藩镇割据叛乱的现实而发。但一则在历史上，无论是西晋灭吴，还是隋朝灭陈，都不是中央政权消灭地方割据政权，而是当时政治上比较进步的政权消灭另一个与它相对立的极端腐朽的政权。作者的意思是强调，对于一个腐朽的政权来说，天命王气固然虚妄不足恃，就是险阻的山川和防御工事也无法阻挡历史的潮流。二则"人世几回伤往事，山形依旧枕寒流"这两句诗中还包含这样一层意蕴：东吴为晋所灭，已经提供了天命王气、山川险阻不足恃的历史教训，但后来各代的统治者却覆辙重蹈，败亡相继。在"几回"与"依旧"的对照中，正含有对南朝统治者无视历史教训、哀而不鉴的讽慨，而其更深层的意蕴则是告诫当时的统治者，要清楚地认识到天命王气、山川地形之不足恃，修明政治，免蹈覆辙。

整个六朝时期，可以用来印证"兴废由人事，山川空地形"的历史事实是非常丰富的，而一首七律只有八句五十六个字，这就必须通过独创的艺术构思，选取典型的史实，采取从个别以见一般的创作手法，这典型的史实，就是西晋灭吴的战争。写吴的覆灭，有许多好处，一是它作为六朝腐朽政权的代表，有其突出的典型性。孙皓政权，不但昏昧残暴，而且为了阻挡晋军的东下，想出了以铁锁拦舰的办法，在古代战史上，也是绝无仅有的。说明他们为了维系腐朽的政权不但挖空心思，而且愚蠢透顶。因此"千寻铁锁沉江底，一片降幡出石头"，也就自然有了某种象征意味。二是东吴系六朝之首，抓住这个头，把它的覆灭写活写足，以下五朝就可以一笔带过，达到以点带面、以一当十的效果。而且亡吴的覆辙在前，而东晋南朝依然亡国败君相继，更能说明历史的教训不能漠视。这种以点带面、以东吴带五朝的独特构思，既使点的描写精彩纷呈，又使面的叙写非常概括精练。而其中写活写足西晋灭吴之战尤为关键。作者用了一半的篇幅写这场战争，从楼船下益州到王气黯然收，再到铁锁沉江底、降幡出石头，不但首尾完整，形象鲜明，而且四句蝉联而下，一气呵成，非常紧凑，气象宏阔，气势遒劲，充分体现出西晋大军不可阻挡的态势和东吴腐朽政权必然败亡的结局。四句诗，概括而形象地写了一个大战役。但它的意义并不止于东吴覆亡这件事本身，"金陵王气黯然收"，实际上还预示了整个六朝的沦亡命运。这也可称为笔未到而气已吞。正因为灭吴之役写得如此饱满，下面写东晋南朝兴废方能一笔带过。这一句一笔横扫五朝，力重千钧，但读来却毫不费力，显得举重若轻。第五句大开，第六句大合，一笔兜回眼前的西塞山，运掉自如，显示出巨大的艺术魄力。七、八两句以点染故垒萧瑟景象作结，怀古慨今之意，见于言外，音情摇曳，含蕴无穷。怀古诗既有警策语如颔、腹二联，又通体圆融完美者，这首诗确实可称典型范式。

酬乐天扬州初逢席上见赠①

巴山楚水凄凉地②，二十三年弃置身③。怀旧空吟闻笛赋④，到乡翻似烂柯人⑤。沉舟侧畔千帆过，病树前头万木春。今日听君歌一曲⑥，暂凭杯酒长精神⑦。

[校注]

①敬宗宝历二年（826）秋，作者罢和州刺史，游金陵。与罢苏州刺史之白居易初逢于扬子津，同游扬州半月。此诗系是年秋末冬初在扬州宴席上和白居易《醉赠刘二十八使君》之作。刘、白二人此前虽屡有唱和，但尚未见面，故说"初逢"。白赠诗云："为我引杯添酒饮，与君把箸击盘歌。诗称国手徒为尔，命压人头不奈何。举眼风光长寂寞，满朝官职独蹉跎。亦知合被才名折，二十三年折太多。"②此句概括自己二十余年的贬谪生活经历，自永贞元年（805）十一月贬朗州（今湖南常德）司马，至元和十年（815）三月又出为连州（今属广东）刺史，长庆元年（821）移夔州（今重庆奉节）刺史，四年秋改和州（今安徽和县）刺史。其中，朗州、连州、和州为古楚地，夔州为古巴子国旧地，故云"巴山楚水"。③二十三年，自永贞元年（805）初贬至写这首诗时（宝历二年，826），首尾为二十二年。但白居易赠诗及作者和诗均云"二十三年"，当是因如作"二十二年折太多""二十二年弃置身"，则犯孤平（即除句末押韵字为平声外，全句仅一个平声字，余均为仄声），乃诗律之大忌，故刘、白二人均迁就诗律将"二"改成

平声字"三",且白赠诗在前,刘之酬和之作也理应顺原唱而作"二十三"。七律固可一三五不论,但在"仄仄平平仄仄平"这个格式中,第三字不能不论。弃置,被抛弃闲置之人,诗人自指。④怀旧:指怀念昔日和自己一起参加政治革新活动的旧友中已经去世者。闻笛赋,指向秀的《思旧赋》。据《晋书·向秀传》,秀与嵇康、吕安友善。"康善锻,秀为之佐,相对欣然,傍若无人。又共吕安灌园于山阳。康既被诛,秀应本郡计入洛……乃自此役,作《思旧赋》云:'余与嵇康、吕安居止接近,其人并有不羁之才……其后并以事见法。嵇博综伎艺,于丝竹特妙,临当就命,顾视日影,索琴而弹之。余逝将西迈,经其旧庐。于时日薄虞泉,寒冰凄然。邻人有吹笛者,发声寥亮。追想曩昔游宴之好,感音而叹,故作赋曰……'"此以嵇康、吕安指已逝之柳宗元、吕温、凌准等人。⑤乡,指洛阳。翻,反。烂柯人:《述异记》卷上:"信安郡石室山,晋时王质伐木至,见童子数人,棋而歌,质因听之。童子以一物与质,如枣核,质含之而不觉饥。俄顷,童子谓曰:'何不去?'质起视,斧柯烂尽,既归,无复时人。"柯,斧柄,此言自己回到久别的故乡,当深慨世事沧桑、人事全非。⑥听君歌一曲,指听白居易在席上歌唱他自己写的《醉赠刘二十八使君》。⑦暂,且。长精神,振奋精神。

[鉴赏]

刘、白二人,神交已久,诗歌赠答唱和,亦早在元和五年刘禹锡贬居朗州时即已开始。但两位大诗人的"初逢",却迟至宝历二年(826)初冬。这时,他们都已是历尽坎坷、年过半百,有着许多人生感慨的老人。白居易的处境改变,早于刘禹锡五六年。穆宗即位,召为司门员外郎,改主客郎中、知制诰,长庆元年(821)迁中书舍人,出为杭、苏二州刺史,官位渐显,而刘禹锡此时,刚结束了二十余年的贬谪弃置生活,新的任命尚未下达,因此白的赠诗便主要是表达对刘禹锡长期遭贬受抑遭遇的同情。刘禹锡的答诗,却在感慨身世遭际的同时表现出一种对自然、人事的哲理性感悟和豁达朗爽的胸襟,思想境界显然高出白的原唱一筹。

"巴山楚水凄凉地,二十三年弃置身。"白居易赠诗的末联说:"亦知合被才名折,二十三年折太多。"对刘禹锡长期遭贬斥外表示同情,而且在"合被才名折"的话里包含着"文章憎命达"式的牢骚不平。刘禹锡的和诗也就自然接上这个话茬,从二十三年的贬谪生活说起。这两句写得很概括,"巴山楚水"概朗、连、夔、和四州之地,"二十三年"概长久斥外的时间,"弃置身"概一斥不复的命运,"凄凉地",概荒僻之环境与凄凉的心境。十四个字概括了二十三年的贬谪生涯和心境，调子虽比较平缓，但自己的悲惨命运和当权者的残酷无情都得到充分的反映。刘禹锡不是一般的才人，而是有深邃思想和远大抱负的哲人志士。三十四岁被贬，五十五岁方结束贬谪生活。正值大展宏图的壮岁，就这样被弃置在"巴山楚水凄凉地"，其内心的悲愤抑郁可以想见。

"怀旧空吟闻笛赋，到乡翻似烂柯人。"颔联出句用向秀山阳闻笛，感而作赋的典故抒写怀旧之情。刘禹锡的被贬，是作为"二王八司马"政治革新集团的重要成员而遭此厄运的，因此他的"怀旧"就非一般意义上的怀念故人旧友，而是具有鲜明的政治内涵、政治色彩，而向秀所怀念的旧友嵇康、吕安也是由于政治原因被当权的司马集团杀害的。因此这个典故用得极为贴切，也极为含蓄。写这首诗的时候，王叔文、王伾、韦执谊、凌准、吕温、柳宗元都已先后去世，当年一起从事革新活动的旧友除程异先在元和四年（809）起用外，剩下的只有韩泰、韩晔、陈谏和诗人自己了。柳宗元去世后，诗人有《伤愚溪三首》其三云："柳门竹巷依依在，野草青苔日日多。纵有邻人解吹笛，山阳旧侣更谁过？"同用山阳闻笛典抒怀旧之情，可以帮助我们理解这句诗中"怀旧"的对象当指因当权者的迫害而逝去的革新战友，而"怀旧"的政治内涵和色彩也就不言自明。"空吟"的"空"字，感情沉痛。死者已矣，自己怀旧吟诗，不过徒寄哀思与悲愤而已。

颔联对句用王质观仙童下棋，斧柯朽烂，回家后人事全非的典故，承上"二十三年弃置身"，抒写自己远贬时间之长，世事变化之大，想象自己回到故乡，简直就像那个神话传说中的王质一样，一切都起了沧桑变化，人事全非，恍如隔世了。这一句同样寄寓了很深的感慨，并不单纯是哀伤个人的身世遭遇，也不只是泛泛地抒写世事沧桑之感。作者《洛中逢韩七（晔）中丞之吴兴口号五首》之一说："昔年豪气结群英，几度朝回一字行。海北江南零落尽，两人相见洛阳城。"（诗作于大和元年，827）旧友的零落，市朝的升沉，都可包含在这"到乡翻似烂柯人"的感慨中。貌似平淡悠闲的语调中正寓有深沉的人生悲慨与政治悲慨。

"沉舟侧畔千帆过，病树前头万木春。"腹联"沉舟""病树"承上"凄凉地""弃置身""闻笛赋""烂柯人"，显指诗人自己，意思是说，沉没在水底的船旁边，千帆正疾驶而过，老病变枯的树面前，万木竞相蓬勃生长，呈现出无边春色。这是两个生动的比喻，也是两幅新陈代谢、生机勃勃的画图。这一联是酬答白诗"举眼风光长寂寞，满朝官职独蹉跎"一联的。白居易同情刘禹锡的遭遇，为他的寂寞沉沦、蹉跎困顿表示不平，刘禹锡则用一种比较通达超脱的态度来看待自己的沉沦困顿。他一方面承认自己是"沉舟""病树",另一方面又乐于看到"千帆过""万木春"的景象,认为客观的人事、外界的社会还是在发展,还是有生机、有希望的,并不会因为自己的沉沦困顿、衰老憔悴而感到整个自然界和社会也因此生意索然、萧条冷落。这跟他另两句诗"芳林新叶催陈叶,流水前波让后波"意蕴相似。这是自然界客观存在的新陈代谢的现象,也是社会历史人事更迭代变的规律。诗人将这种现象与规律平静而客观地展示出来,对此处之泰然,既不为自己的"沉"与"病"而颓丧、感伤,也对"千帆过"和"万木春"感到欣然。这里包含着一种清醒的人生哲理感悟,也表明了一种积极的人生态度,一种精神上的超越和超脱,长期的凄凉困顿境遇在这种态度面前自然得到了化解。正由于有这种超越和超脱,才引出末尾两句。

"今日听君歌一曲,暂凭杯酒长精神。"这两句是酬答白诗"为我引杯添酒饮,与君把箸击盘歌"的,但无论是饮或歌,都不再是感慨寂寞的处境和蹉跎的命运,而是在清醒而明智的感悟自然和人生的基础上振奋精神,乐观地对待未来。用诗人的话来说,就是"莫道桑榆晚,馀霞尚满天"。

将白居易的赠诗和刘禹锡的答诗对照着来读,显然可见它们在境界上的差别。白诗对刘禹锡的不幸遭遇充满同情,在同情中也蕴含着不平与牢骚,应该说是一首比较好的诗。但境界不免比较局狭。但刘禹锡的和诗却不仅抒发了长期被贬的深沉感慨,而且在感悟自然、人生哲理的同时表现了不因个人沉沦困顿而颓唐感伤的开朗胸襟和对生活的达观态度,实现了对个人苦难的超脱。在这一点上,不仅高于白居易的赠诗,也高于同时遭贬的柳宗元。

"沉舟"一联是蕴含着生活哲理的,但并非为哲理作图解,而是和鲜明的自然图景、饱满的诗情融为一体。较之白居易的"举眼风光长寂寞,满朝官职独蹉跎",不但感情色彩不同,形象感也有明显差别,哲理、诗情和鲜明的自然图景的融合,是这首诗的一个突出特点,也是它既警策而富启示性,又具有隽永情味的原因。

竹枝词二首(其一)①

杨柳青青江水平,闻郎江上唱歌声。东边日出西边雨,道是无晴却有晴②。

[校注]

①《竹枝》，本为巴渝一带民歌。顾况《竹枝曲》："巴人夜唱竹枝曲，肠断晓猿声渐稀。"作者《洞庭秋月》诗亦云："荡桨巴童歌竹枝，连樯估客吹羌笛。"刘禹锡任夔州刺史期间（长庆二年正月至四年秋，822—824）据当地流行的民间歌曲《竹枝》改作新词，作《竹枝词二首》及《竹枝词九首并引》，详参《竹枝词九首并引》。《旧唐书·刘禹锡传》谓"禹锡在朗州……蛮俗好巫，每淫祠鼓舞，必歌俚辞。禹锡……乃依骚人之作，为新辞以巫祝。故武陵溪洞间夷歌，率多禹锡之辞也"，虽误据《竹枝词九首引》，而未言其在朗州作《竹枝词》。《新唐书》本传乃进一步言其在朗州"作《竹枝辞》十馀篇"，均误。②却，《全唐诗》校："一作还。"晴，《全唐诗》校："一作情。"冯浩曰："以'晴'影'情'，极妙。或竟作'情'，大减味。"（国家图书馆藏冯浩抄本《刘宾客文集》校语）

[鉴赏]

刘禹锡在夔州期间所作的两组《竹枝词》，音调悠扬，含思宛转，既深得民歌风味，又是对民歌的提高。这首诗流传尤为广远。诗写得很通俗，用不着什么解释，有两个地方需要提出来说明一下。

一是"江水平"。一方面是写江水流得比较平缓，但另一方面又是形容春江水涨，江水与岸齐平的景象，它和"杨柳青青"同样是春天有特征性的景物。

二是末句"道是无晴却有晴"。句中的两个"晴"字，均"一作情"。文研所《唐诗选》说："这两句是双关隐语。'东边日出'是'有晴'，'西边雨'是'无晴'。'有晴''无晴'，是'有情''无情'的隐语。'东边日出西边雨'表面是'有晴''无晴'的说明，实际却是'有情''无情'的比喻。歌词要表达的意思是听歌者从那江上歌声听出唱者是'有情'的。末句'有''无'两字中着重的是'有'。'晴'一作'情'。作'晴'是仅仅写出谜面，谜底让读者自己去猜，作'情'是索性把谜底揭出来。在南朝《清商曲辞》中这两个方法是并用的。"这里有两个问题：一是究竟是作"晴"还是作"情"，二是在"有情""无情"二者中究竟是否着重的是"有情"。这两个问题孤立起来说，都不容易确定。从"含思宛转"的角度看，以作"晴"为宜；从民歌素有的表情直率作风看，又以作"情"为宜。这里牵涉到对这句诗语气口吻的体味理解问题。而这，又必须联系全诗所展示的特定情景才能弄清楚。

刘禹锡

　　这首诗写得新鲜活泼，非常富于生活气息和民歌风味，艺术上有创新的特点是公认的，但它在艺术上究竟主要靠什么取得成功呢？绝大多数论者都认为，这是因为诗的三、四两句用了一个非常巧妙的谐音双关隐语，用"东边日出西边雨"谐音双关"有晴（情）"与"无晴（情）"。但运用谐音双关最多的南朝乐府民歌，有许多由于仅仅在声音相同上做文章，艺术上不免显得拙涩生硬，缺乏诗的韵味，如"合散（用药名散双关聚散的散）无黄连，此事复何苦""燃灯不下炷，有油（双关缘由的由）哪得明""石阙生口中，含碑（悲）不得语"，缺乏优美生动的形象和自然的联系，既乏诗意，亦无美感。谐音双关，只有和特定的眼前情境很巧妙地融合，才能产生魅力，这首诗的突出优点，正是将极富生活气息的即景描写和巧妙的谐音双关隐语融为一体。

　　不妨设想，这首歌是一位年青姑娘在听了一位小伙子的歌声之后跟对方对答时唱的。因而歌词中的"杨柳青青江水平""东边日出西边雨"，都是对歌时眼前看到的景色。时节是春天，杨柳青青，春江涨水，变得宽阔而平缓，这时忽然从江上传来一阵小伙子的歌声。这位小伙子和这位姑娘不用说原来就是熟悉的，也许平日已经眉目传情，有了一些情意，只是还没有直接互通情愫而已，因而在劳动中对歌就是他们进一步互通情意的最佳方式。小伙子的唱歌内容究竟是什么，这里虽未明说，但根据三、四两句，可以推知，是在通过唱歌进行试探。所以在这位姑娘听来，这江上歌声，似乎是有意通情意，又像是信口歌唱，不一定包含什么意思，总之感到有点捉摸不定。正在这时候，天上的云彩在翻腾，西边下起了雨，东边却仍然出着太阳，这位姑娘感到对方的心也跟眼前的这半晴半雨的天气差不多，说是无情吧，又好像有情；说是有情吧，却又像是无情。于是，她也即景生情，脱口唱出"东边日出西边雨，道是无晴却有晴"。这两句一方面是对对方歌声中含意捉摸不定的一种说明，另一方面（也是更重要的），是对对方真实情意的一种反试探。那潜台词似乎是：你究竟是有情还是无意，还是干脆挑明了吧！何必这样闪闪烁烁，让人家捉摸不定呢！可想而知，接下去小伙子的对歌会是什么内容。这样一设想，究竟是"晴"还是"情"，究竟是着重在"有情"还是捉摸不定，也就比较清楚了。既然是反过来试探对方，自然是以不挑明的"晴"字为宜。"道是无晴却有晴"，包含的是一个游移于"有情""无情"之间的问号，而不是肯定其"有情"的句号。

　　再回过来看"杨柳青青江水平"和"东边日出西边雨"，对它们的好处就比较容易体会了。"杨柳青青江水平"和民歌中那种单纯的兴起下文的"兴"不大一样，它首先是对眼前景物的描写，是赋；但这种描写，又是和女主人公的心理状态，和整首歌所表现的爱情生活内容相适应的。杨柳青青，本身就是青春活力的一种象征，江头柳色，加上涨得满满的一江春水，这环境，这景物本身，对于一个正处于青春觉醒期的少女来说，就足以引起她对爱情的向往与遐想，可以说是为这场正在发展中的爱情戏剧提供了一个动人的背景。在这种情况下，听到江上传来的小伙子似有情又似无意的歌声，女主人公那缭乱的春心和心旌摇荡、如醉如痴的情景就不难想见了。

再看"东边日出西边雨"，它的作用也绝不仅仅是用来关合"有晴（情）"与"无晴（情）"，起码还有以下这样一些作用。第一，天气的半晴半雨，正像情感的让人捉摸不定。可以说，这即景描写的诗句正是将这种抽象的感情状态完全形象化了。第二，女主人公唱的这两句歌词本身就具有进可以攻、退可以守的两重性，对方如果真有情，那就可以从这两句歌词中听出弦外之音，知道女方是在进一步试探自己、鼓励自己；对方如果无意，那女方也可以说自己是即景歌唱，别无深意，一点也不伤自己的面子。这种可以作不同解读的歌词正表现出一个少女在捉摸不定的情况下复杂微妙的心理。第三，再进一步，我们还可以说这两句诗概括了许多年青人在爱情的萌发阶段，在对方的情意还不大分明的情况下引起的一种典型的情绪。这首诗流传的广远，跟诗中所表现的这种情绪的典型性有密切关联。从这里可以看出，这首歌词一方面是纯粹的民歌风味，另一方面又比一般的民歌要丰富得多、细腻曲折得多，是学习民歌而又高于民歌的范例。至于音情的摇曳，风调的优美，诙谐幽默而不失含蓄的风格，也都给这首歌词增添了艺术的魅力。

竹枝词九首并引（其二）①

　　四方之歌，异音而同乐②。岁正月③，余来建平④，里中儿联歌《竹枝》⑤，吹短笛，击鼓以赴节⑥。歌者扬袂睢舞⑦，以曲多为贤⑧。聆其音，中黄钟之羽⑨，其卒章激讦如吴声⑩，虽伧儜不可分⑪，而含思宛转⑫，有淇澳之艳音⑬。昔屈原居湘、沅间⑭，其民迎神，词多鄙陋，乃为作《九歌》⑮，到于今荆楚歌舞之。故余亦作《竹枝词》九篇，俾善歌者飏之⑯，附于末⑰，后之聆巴歈⑱，知变风之自焉⑲。

刘禹锡

山桃红花满上头⑳,蜀江春水拍山流㉑。花红易衰似郎意,水流无限似侬愁㉒。

[校注]

①长庆二年(822)春作于夔州(今重庆奉节)刺史任上。参《竹枝词二首》(其一)注①。引,即序,因避其父绪嫌名讳改称引。《新唐书·刘禹锡传》:"宪宗立,叔文等败,禹锡……斥朗州司马。州接夜郎诸夷,风俗陋甚,家喜巫鬼,每祠,歌《竹枝》,鼓吹裴回,其声伧儜。禹锡谓屈原居沅、湘间作《九歌》,使楚人以迎送神,乃倚其声,作《竹枝辞》十馀篇,于是武陵夷俚悉歌之。"谓《竹枝词》十余章作于朗州,而所据即禹锡此序,当因误以为"建平"指朗州而致(高步瀛《唐宋诗举要》谓汉武陵郡,王莽时改建平)。葛立方《韵语阳秋》卷十五曾举《竹枝词九首》中提及白帝城、蜀江、瞿塘、滟滪堆、昭君坊、瀼西等地名,断为"梦得为夔州刺史时所作",甚确。陶敏复举禹锡《送鸿举师游江西》引中称夔州为建平,及《夔州谢上表》自言于长庆二年正月二日抵夔州,与此诗引中"岁正月,余来建平"之语合,《别夔州官吏》"唯有九歌词数首,里中留与赛蛮神",以证《竹枝词九首》作于夔州,兹从之。②异音而同乐,音调不同而同为音乐。③禹锡《夔州谢上表》:"臣即以今月二日到任上讫。"表末署"长庆二年正月五日"。④建平,指夔州。《送鸿举师游江西引》:"始余谪朗州……距今年,遇于建平。"诗中言及"使君滩""白帝城",均夔州及附近地名。《太平寰宇记》卷一四八夔州巫山县:"故城在今县北,晋移于此,立建平郡,梁武帝废郡。"⑤联歌,联唱。⑥赴节,应和着节拍。陆机《文赋》:"舞者赴节以投袂,歌者应弦而遣声。"⑦扬袂,高扬衣袖。睢(suī)舞,纵情舞蹈。⑧贤,优。⑨中,合。黄钟,古代十二乐律之一。羽,古代五音之一。《礼记·月令》:仲冬之月,"其音羽,律中黄钟"。句意谓《竹枝》的曲调合乎黄钟律所定的羽调曲。⑩卒章,乐曲结尾的一段。激讦(jié),激烈昂扬。吴声,吴地民间歌曲。⑪伧儜,杂乱貌。⑫含思宛转,谓其蕴含的思想感情委婉曲折。⑬淇澳之艳音:《诗·卫风》有《淇奥》篇,淇,春秋时卫国境内水名。澳,同"奥",水曲。《诗·卫风》多男女相悦之作。《汉书·地理志》:"卫国……有桑间、濮上之阻,男女亦亟聚会,声色生焉,故俗称郑卫之音。""淇澳之艳音",当指其有情歌之音调。澳,一作"濮"。音,一本无。⑭屈原居湘、沅间,指屈原被放逐于沅、湘一带。《史记·屈原列传》:"令尹

子兰……使上官大夫短屈原于顷襄王，顷襄王怒而迁之……乃作《怀沙》之赋，其……乱曰：'浩浩沅湘兮，分流汨兮。'"⑮《九歌》，《楚辞》篇名。王逸《楚辞章句·九歌序》："《九歌》者，屈原之所作也。昔楚国南郢之邑，沅、湘之间，其俗信鬼而好祠，其祠必作歌乐，鼓舞以乐诸神。屈原放逐，窜伏其域……出见俗人祭祀之礼，歌舞之乐，其词鄙陋，因为作《九歌》之曲。"⑯飏，同"扬"，传扬。⑰附于末，谓附于《九歌》之末。⑱巴歈（yú），巴渝民歌。桓宽《盐铁论·刺权》："鸣鼓《巴歈》，作于堂下。"⑲变风，指《诗·国风》中除《周南》《召南》共二十五篇正风以外，其余的十三国风共一百三十五篇。《诗·大序》："至于王道衰，礼义废，政教失，国异政，家殊俗，而变风变雅作矣。"⑳上头，指山的高处。白居易《游悟真寺诗》："我来登上头，下临不测渊。"㉑蜀江，蜀地的江，此指流经夔州一带的长江。㉒侬，我，女子自称。

[鉴赏]

这首《竹枝词》写一位失恋少女的哀愁，全篇均从眼前景——山桃红花和蜀江春水着笔，亦赋亦比亦兴，格调清新而情致缠绵，含思宛转而语言爽利，极饶民歌的情调韵味。

"山桃红花满上头，蜀江春水拍山流。"前两句用鲜明的色彩描绘夔州的山水：仲春时节，长江两岸的山上开满了山桃花，远远望去，像一片红色的彩霞，繁盛、热烈、鲜艳，散发出浓郁的青春气息。高山之间，一江碧绿的春水正蜿蜒流过，江间的波浪拍打着两岸的高山，像是对山轻轻絮语，诉说着对山的依恋和缠绵情意。乍看，这两句像是对夔州春山春水的写生，是即景描写，是赋实；但两句中的花红与水流，又是引起下两句联想的凭借，带有明显的兴的作用。而这里所突出渲染的山桃红花的热烈烂漫和蜀江春水的依恋缠绵又隐隐带有象喻处在热恋状态中的青年男女热烈缠绵情意的意味，因而又带有比喻的色彩。这种亦赋亦兴亦比的描写，使这两句看起来非常清新浅俗的诗句变得非常富于蕴含，耐人寻味了。

"花红易衰似郎意，水流无限似侬愁。"三、四两句，隔句相承，意蕴、情调却陡然翻转，目睹山上桃花盛开、山下春水拍山的图景，女主人公不但联想起昔日与情郎之间热烈而缠绵的爱情，而且联想起当前自己失恋的处境。同样的山和水，在女主人公的心目中却染上了完全不同的色调：山桃红花，虽然开得繁盛、热烈、鲜艳，但它凋谢得也快，就好像情郎的爱情容易衰歇一样；而悠悠东流、无穷无尽的江水也好像自己失恋的哀愁一样，永无尽时。由于这两个从心底涌出的比喻是即景取譬，完全从眼前的自然景物引发，又在意象上紧承前两句，因此不但前后幅之间勾连照应得非常紧密，比喻本身也显得极为自然而富于生活气息和现场感。读完全诗，就像看到一位少女面对着红遍山头的桃花和拍山东流的春水在深情回忆昔日与情郎相爱的热烈缠绵与诉说当前失恋的无限哀怨一样。尽管无限哀愁，却仍有对昔日热恋的追忆，仍然具有一种浓郁的美感，诗的整个情调并不悲观、消沉、绝望。民歌健康明朗和对生活的执著这一神髓，在刘禹锡的民歌体诗中得到了充分的体现。

竹枝词九首（其九）

山上层层桃李花，云间烟火是人家。银钏金钗来负水①，长刀短笠去烧畲②。

[校注]

①银钏金钗，银制的腕镯、金制的头钗。借指妇女。刘禹锡《机汲记》："濒江之俗，不饮于凿（指井）而皆饮之流……昔予尝登碑，撊然念悬流之莫可遽挹，方勉保庸、督臧获，斟而挈之，至于裂肩龟手，然犹家人视水如酒醪之贵。"可见当地取水之难。陆游《入蜀记》："妇人汲水，皆背负一全木盎，长二尺，下有三足。至泉旁，以杓挹水，及八分即倒坐旁石，束盎背上而去。大抵峡中负物，率着背，又多妇人，不独水也。未嫁者，率为同心结，高二尺，插银钗至六只，后插大象牙梳，如手大。"此对当地妇女背水的情形及妆束作了具体描写，可参。②长刀，便于刀耕火种时铲除杂草。长刀短笠，借指男子。畲（shē），同畬。烧畲，烧荒种田，即火种。刘禹锡有《畲田行》，记述烧畲情况甚详。范成大《劳畲耕序》："畲田，峡中刀耕火种之地也。春初斫山，众木尽蹶。至当种时，伺有雨候，则前一夕火之，借其灰以粪。明日雨作，乘热土下种，则苗盛倍收，无雨则反是。山多硗确，地力薄，则一再斫烧始可蓺。"

[鉴赏]

这是一幅清新朴素的夔州地区自然风物画和生活风情画。

前两句写山上景物与山中人家。"山上层层桃李花"，写仰望山上，层层叠叠，开遍桃花李花。桃花红艳，李花雪白，这红白相间、色彩鲜明、绚丽夺目、层次丰富的繁茂灿烂景象，只用清淡流利的笔墨随意道出，正是天然的民歌风调，写生妙笔。

"云间烟火是人家"，次句将仰望的目光向高远处延伸。越过层层叠叠的桃花李花，在白云缭绕飘浮的山间，有袅袅炊烟升起，那里应该有山间的人家了。"是人家"的"是"字，表明诗人的一种推断。出现在诗人视野中的只有"云间烟火"，并没有"人家"。"人家"的存在是根据"烟火"缭绕飘浮而想象的。诗的好处也正在这里。这种遥望与想象，不但丰富了画面的层次和立体感，而且增添了一种若隐若现的飘渺幽远的情致，诗人目注神驰的情状也隐然可见。如果说上一句是纯粹的民歌本色，这一句便融入了文人诗的情韵意趣，抒情主体的身影情趣进一步显现。但诗人把这二首融合得很好，一点也没有不谐调的痕迹。

"银钏金钗来负水，长刀短笠去烧畲。"三、四两句，承上"人家"，写当地人民的劳动生活风情。高山之上的人家，要下到江边来"负水"，生活是艰辛的；刀耕火种，耕作方式也是原始的，几千年来，已经习惯了这种世代相传的生活方式和生产方式。而饱受迁谪之苦、饱受上层统治集团打击排挤的诗人看到这穷乡僻野中单纯朴素、带有原始色彩的生活风情时，却深感其中所蕴含的朴实淳厚的生活美。因此当戴着银钏金钗的妇女头顶木盘下山背水，戴着箬笠、身带长刀的男子上山烧畲时，诗人不禁将它们作为值得欣赏的美好景色，摄入诗中，定格为夔州的风物风情画。下山上山，来往负水的劳动虽然艰辛，却不忘戴"银钏金钗"的妆饰，说明辛勤的劳动并没有消除她们对美的追求，而"长刀短笠去烧畲"的劳动生活也自有一种朴质之美。在逆境困境中的诗人能发现、赞美并生动地表现这种生活美，正说明他对生活的热爱与执著。诗以工整的对仗和句中自对的句式结，更造成一种轻爽流利的格调和似结非结的隽永情味。

杨柳枝词九首（其六）①

炀帝行宫汴水滨②，数株残柳不胜春③。晚来风起花如雪，飞入宫墙不见人。

[校注]

①《杨柳枝》，乐府近代曲名。本为汉乐府横吹曲《折杨柳》，至唐时易名为

《杨柳枝》,开元时已入教坊曲,至中唐白居易,翻为新声,作《杨柳枝词八首》。其一云:"古歌旧曲君休听,听唱新翻杨柳枝。"白诗作于大和八年(834)居洛阳时。刘禹锡这组《杨柳枝词》,是和白之作,其一亦云:"请君莫奏前朝曲,听唱新翻杨柳枝。"与白诗第一首对应。据陶敏考证,刘之和作原亦为八首,第九首("轻盈袅娜占年华")乃开成四年所作绝句误入。刘禹锡这八首《杨柳枝词》约大和八年作于苏州刺史任上。②《隋书·炀帝纪》:大业元年(605)三月,"于皂涧营显仁宫,采海内奇禽异兽草木之类,以实园苑……辛亥,发河南诸郡男女百馀万,开通济渠,自西苑引谷、洛水达于河,自板渚引河,通于淮。庚申,遣黄门侍郎王弘、上仪同於士澄往江南采木,造龙舟、凤䑧、黄龙、赤舰、楼船等数万艘……八月壬寅,上御龙舟,幸江都……舳舻相接,二百馀里"。汴水,即汴渠,隋通济渠东段。隋炀帝巡游江都,于汴水沿岸大建行宫,供途中宿息。《通鉴纪事本末》卷二十六:"又发淮南民十馀万开邗沟,自山阴至扬子江。渠广四十步,渠旁皆筑御道,树以柳。自长安至江都置离宫四十馀所。"③残,《全唐诗》作"杨",校:"一作残。"兹据改。

[鉴赏]

白居易、刘禹锡唱和的《杨柳枝词》实际上就是当时的流行歌曲,以含思宛转、音情摇曳为主要特征,内容则均咏杨柳,清新浅显。这首咏隋宫残柳,抒兴废盛衰之感,近于怀古诗,是这组诗中感情比较深沉的一首。

首句"炀帝行宫汴水滨",先交代所咏杨柳所在之地:汴水之滨的一座隋炀帝的行宫旧址之旁。这个特殊的地点,对于熟悉亡隋历史的唐人来说,立即会联想起昔日汴水之上,舳舻相接的盛大巡游场面,和汴水之滨行宫巍峨的豪华气派。而今,"隋家宫阙已成尘",行宫也只剩下断垣残壁了。诗人虽只作客观的叙述交代,但今之荒凉与昔之繁华的对照自含于句中。

次句"数株残柳不胜春",落到所咏对象杨柳身上。但早已不是当年宫墙内外,绿柳成林,绿荫遍地的繁盛景象,而是只剩下了"数株残柳",寂寞地伫立在宫墙之外,柔弱的柳枝,在晚风中摇曳,像是难以禁受春风的吹拂。这经历了时代风雨和沧桑巨变的"数株残柳",像是默默地向世人展示时代变易、昔盛今衰的消息。"不胜春"三字,不但正写"残柳"之凋枯衰败,也透露出诗人的哀悯之情和衰废之慨。

"晚来风起花如雪,飞入宫墙不见人。"三、四两句,进一步写杨花随风飘飞入宫的情景，是全诗寄慨的重点。晚间风起，杨花像纷纷扬扬的雪花漫天飞舞、四处飘荡，它们飘过了隋宫的宫墙，但宫墙之内却杳无人迹，只剩下断垣颓壁在默默诉说着昔日的繁华豪奢和今日的荒凉，展示着朝代的更替，历史的沧桑。杨花的杨与杨隋的杨同音同字，容易产生由此及彼的联想，这夕阳斜照、晚风吹拂中飘飞散落的杨花，也使人联想起杨隋没落的命运，它飘飞散落的身影和杳无人迹的隋宫断垣，一起构成了隋代衰亡的象征。比起李益的《汴河曲》后两句"行人莫上长堤望，风起杨花愁杀人"，刘诗显然更加含蓄蕴藉，而全篇纯从杨柳着笔，与李益诗相比，意象、笔墨也更为集中。

这种融咏物与怀古为一体的诗，所抒的感慨往往比较虚泛。比起组诗内的其他各首，感情虽较深沉，但和一些内容更深刻的怀古诗相比，却又显得比较浮泛。它的好处，主要仍在特有的情韵风神，而不在思想内容的深刻。

秋词二首（其一）①

自古逢秋悲寂寥②，我言秋日胜春朝。晴空一鹤排云上③，便引诗情到碧霄。

[校注]

①作年未详。其二云："山明水净夜来霜，数树深红出浅黄。试上高楼清入骨，岂如春色嗾人狂。"②寂寥，冷落萧条。宋玉《九辩》："悲哉秋之为气也，萧瑟兮草木摇落而变衰。"③排云，冲开云层，冲天。

[鉴赏]

《秋词二首》是极具独创性和诗人个性的作品。它的独创性既体现为独创的诗思，又表现为独创的诗艺，而它所具的诗人个性则表现为诗思与哲理、诗情与景物的高度融合。这一切，均缘于诗人对生活的独特感受、深刻体验和深入思索。它在唐诗佳作之林中显得很独特，但这正是它的不同凡响之处。

"自古逢秋悲寂寥，我言秋日胜春朝。"首句用高度概括的笔法揭示出自古以来悲秋的传统。自宋玉《九辩》首发"悲哉秋之为气也，萧瑟兮草木摇落而变衰"的悲秋音调以来，"逢秋"而"悲寂寥"，就成为文士感生命之迟暮、悲遭际之困厄、伤时世之衰颓的重要抒情方式，形成了一个源远流长的思想传统和艺术传统。

表现"悲秋"之情的作品,虽思想境界的高下、内容的深浅、艺术的高低有别,但总不脱离一个"悲"字。这实际上反映了历代文士在面对自然、社会、人生的衰困境遇时一种比较消极的态度。诗的第二句,一反自古以来的悲秋传统,旗帜鲜明地提出自己的"秋日胜春朝"的观点,高屋建瓴,立意高远,给人以超卓不凡和奇警不俗之感。"自古"与"我言"的鲜明对立,加强了诗的气势和力量,并且留下了巨大的悬念,引导读者注目于诗人对这个反传统观点的解释。

"晴空一鹤排云上,便引诗情到碧霄。""秋日"之"胜春朝",如诉之议论、诉之概念,不但在短短两句中根本无法表达,而且必成为毫无诗情的败笔。这首诗的奇警之处,正在这全篇的关键处别出心裁,即景发兴设喻,亦赋亦兴亦比,将描绘高秋之景与抒写赞美秋天之情与议论融为一体。说那高秋寥廓的晴空之中,一只白鹤排开浮云,冲天直上,自己的高远诗情也随着排云而上的白鹤直上碧霄。这里所展示的不仅是秋天的明净、寥廓、高远的境界,而且是诗人的劲健气势和旷远襟怀;不仅有秋空明净高远之美,鹤飞碧霄的健举高亢之美,而且有充沛道劲的诗情和蕴含在秋景和诗情之中的一种发人深省的哲理。诗人在"晴空一鹤排云上,便引诗情到碧霄"的诗句中所蕴含的正是秋天的清净、高远和劲健的生命力,这是他对秋天的独特感受,也是他对秋天的哲理性感悟。正是这种感悟,与传统悲秋之意中的叹衰慨老彻底划清了界限。这是一种全新的审美感受,也是一种崭新的人生态度。

金陵五题并序① (其一、其二)

余少为江南客②,而未游秣陵③,尝有遗恨。后为历阳守④,跂而望之⑤。适有客以金陵五题相示,逌尔生思⑥,欻然有得⑦。他日友人白乐天掉头苦吟,叹赏良久,且曰《石头》诗云"潮打空城寂寞回",吾知后之诗人,不复措词矣。馀四咏虽不及此⑧,亦不孤乐天之言耳⑨。

石头城⑩

山围故国周遭在⑪,潮打空城寂寞回。淮水东边旧时月⑫,夜深还过女墙来⑬。

乌衣巷⑭

朱雀桥边野草花⑮,乌衣巷口夕阳斜。旧时王谢堂前燕⑯,飞入寻常百姓家。

[校注]

①金陵,今江苏南京市。《金陵五题》系题咏金陵的五处古迹,共五首,除所选《石头城》《乌衣巷》外,尚有《台城》《生公讲堂》《江令宅》三首。据序中"后为历阳守"等语,这组怀古诗当作于敬宗宝历年间任和州刺史时。但序则为后来所加。按:禹锡诗中凡"序"字均因避父绪嫌名讳改称"引",此处独称"序",似不合其惯例。②禹锡《子刘子自传》:"父讳绪,亦以儒学,天宝末应进士,遂及大乱,举族东迁,以违患难,因为东诸侯所用,后为浙西从事。本府就加盐铁副使,遂转殿中,主务于埇桥。其后罢归浙右,至扬州遇疾不讳。"禹锡生于大历七年(772),据今人卞孝萱考证,当生于苏州嘉兴(今为浙江嘉兴),故云"余少为江南客"。③秣陵,即金陵。《元和郡县图志·江南道》:润州上元县:"本金陵地,秦始皇对望气者云:'五百年后,金陵有都邑之气。'故始皇东游以厌之,改其地曰秣陵。"④历阳守,指和州刺史。《太平寰宇记》卷一百二十四和州:"秦属九江郡,汉为历阳县,属郡……东晋改为历阳郡。"《新唐书·地理志·淮南道》:"和州历阳郡。"⑤跂,通"企",踮起脚。《诗·卫风·河广》:"谁谓河广,跂予望之。"⑥逌(yōu)尔:自得貌。⑦欻(xū)然:忽然。⑧馀四咏,指《乌衣巷》《台城》《生公讲堂》《江令宅》。⑨孤,辜负。⑩石头城,古城名。又名石首城,故址在今江苏南京市清凉山西南麓。本战国时楚金陵邑。建安十六年(211),东吴孙权自京口(今镇江)迁秣陵(今南京),次年在楚威王金陵邑旧址建石头城。城依山而筑,南北两面临江,形势险要。有"石城虎踞"之称。东晋义熙年间,石头城南迁,山为城隐。六朝时为军事重镇。唐以后,城废。今清凉台南麓有一段长约七百六十米的城墙,依山而筑,城基利用临江之悬岩峭壁,即为古石头城遗址。⑪故国,故都。建业(后称建康)为六朝故都。山围故国,指金陵四周皆山。陶敏《刘禹锡全集校注》:"李白《金陵》:'苑方秦地少,山似洛阳多。'王琦注引《景定建康志》:'洛阳四山围,伊、洛、瀍、涧在中;建康亦四山围,秦淮、

直渎在中。'《吴船录》卷下:'转至伏龟楼基,徘徊四望,金陵山本止三面,至此则形势回互,江南诸山与淮山团栾应接,无复空阙。唐人诗所谓'山围故国周遭在'者,惟此处所见唯然。"周遭,周围。按:此说首句虽切总题"金陵",但不切"石头城",疑非诗之本意。故国,当指石头城故城。石头城依山而建,峭立江边,缭绕如同墙垣,故云"山围故国"。周遭,四周、四围。指石头城四周残破的城墙。句意盖谓,往日峭立江边的清凉山和缭绕着山的四周建造的石头城城墙如今依然存在。⑫淮水,即今秦淮河。《元和郡县图志·江南道》:润州上元县:"淮水,源出县南华山,在丹阳、湖孰两县界,西北流经秣陵、建康二县之间入于江。初,王敦构乱,王导忧将覆族,使郭璞筮之,曰:'淮水绝,王氏灭。'即此淮也。"《初学记》卷六引《晋阳秋》:"秦始皇东游,望气者云五百年后金陵有天子气,于是始皇于方山掘流西入江,亦曰淮,今在润州江宁县,土俗亦号曰秦淮。"⑬女墙,城墙上的短墙。⑭乌衣巷,地名,故址在今南京市秦淮河南白鹭洲公园西侧、夫子庙文德桥南侧,三国吴时在此置乌衣营,以士兵着乌衣而得名。东晋时王、谢等族居此,因著闻。《世说新语·雅量》"吾角巾径还乌衣",刘孝标注引山谦之《丹阳记》:"乌衣之起,吴时乌衣营处所也。江左初立,琅玡诸王所居。"《晋书·纪瞻传》:"厚自奉养,立宅于乌衣巷,馆宇崇丽,园池竹木,有足赏玩焉。"⑮朱雀桥,即朱雀桁,亦称朱雀航,六朝都城建康南城门朱雀门外的浮桥,横跨秦淮河上。三国吴时称南津桥,晋改名朱雀桁。桁连船而成,长九十步,广六丈。东晋时王导、谢安等豪门巨宅多在其附近。⑯王谢,指六朝望族王氏、谢氏。《南史·侯景传》:"景请娶于王、谢,帝曰:'王、谢门高非偶,可于朱、张以下访之。'"指王导、谢安及其后裔。

[鉴赏]

怀古诗与咏史诗有许多相似点:它们都是追昔咏古,但又往往寄慨于今,有借古鉴今、借古慨今的意蕴。但二者又有一个比较明显的区别:咏史诗主要从某一具体历史事件、历史人物出发,因事寄慨,事、理、情并重;而怀古诗则往往从眼前的古迹出发,触景生慨,多主情、景,所抒之慨多为比较虚泛的今昔盛衰之慨,因而怀古诗较之咏史诗,抒情的色彩往往更浓,而议论的成分较少,内容意境往往更加空灵含蓄,更重情韵风神。《石头城》正是怀古诗上述特征的典型表现。它的一个突出特点,就是纯用景物烘托渲染,内容特别虚泛,意境特别空灵,表现特别含蓄。作者根本没有正面着力刻画这座荒废了的古城的断井颓垣和萧条冷落景象,而只是写环绕着古城的沉寂的青山,写拍打着古城的寂寞的江潮,写夜深时依然照临古城的清冷的旧时明月和颓败的城墙,以造成一种荒凉冷寂的气氛,引导读者透过眼前这荒凉冷寂的空城去想象往昔的繁盛热闹,又进一步从今昔盛衰的对照中去追寻这种沧桑变化的原因。下面就顺着诗的次序对它的上述特点作一些分析体味。

第一句"山围故国周遭在",石头城依山而建,环绕如同墙垣。这句是用青山依旧环绕石头城的城郭来烘托石头城的荒凉。不说"故城"而说"故国",已经透露出一种冷清的气氛和今昔的沧桑感。句末的"在"字是个句眼,暗示出仍然存在的,只是青山环郭的外形,而它往昔的繁盛热闹却已经不在了。在青山环绕中的荒凉故城,像是一个变得冰凉了的六代王朝的躯壳,在默默地显示着人世的沧桑。这个"在"字和杜甫《春望》的"国破山河在"的"在"字相比,感情虽不像杜诗那样沉痛,感慨却比杜诗深长。

第二句"潮打空城寂寞回"。石头城的西北面有长江流过,六朝时,江流紧迫山麓,潮水可以一直打到城下。石头城一直是军事重镇。隋灭陈,在此置蒋州。唐武德四年(621),为扬州府治,八年,扬州移治江都,此城遂废。到刘禹锡写这首诗时已有二百余年,久已成为一座空城。这句是用长江的潮水依然拍打着这座久已荒废的空城来烘托它的冷寂。长江的江潮,从古到今,一直在不停地拍打着石头城的城郭。但在从前,当它繁华热闹的时候,江潮拍城的声响淹没在喧闹的市声中,是不为人所注意的。只有当它成为一座废弃的空城时,这江潮拍岸的响声才特别引人注意,尤其是在寂静的夜间(联系下句可知)。不说空城寂寞,而说"潮打空城寂寞回",这江潮在诗人笔下也似乎变成了有生命、有感情、有记忆的事物。它依然像以前那样,很多情地向城郭涌去,拍打着石头城的城矶,但却发现它已经是一座荒凉冷寂的空城,只能带着无奈的沉重的叹息寂寞地退回了。"寂寞回"三个字,不仅将潮水写活了,而且将"潮打空城"的神韵传达出来了,以至我们一边吟诵,一边眼前就会浮现出江潮涌向城脚又缓缓退回江中的图景,耳畔似乎可以听到江潮拍打空城时那空荡荡的声响。和"故国"一样,"空城"二字也同样具有一种今昔盛衰之感。我们听到的仿佛已不是单纯的自然界的声响,而是悠远的带有今昔沧桑的历史的回声。它不仅是石头城今昔沧桑的历史见证,而且它本身就是一部沧桑的历史。以上两句,借山、借潮写"故国""空城",不仅具有寥廓的空间感,而且具有深沉的历史沧桑感。

"淮水东边旧时月,夜深还过女墙来。"秦淮河东边升起的曾经照临过六朝时繁华的石头城的一轮明月,如今每天夜深升上中天时,仍然越过石头城上的女墙,照临着这座空城。这是用月照空城来进一步烘托石头城的冷寂荒凉。点眼处在"旧时月"与"还"。这旧时明月,曾经无数次照临过石头城,但往昔那巷陌相连、笙歌彻夜的繁华景象不见了,如今所照见的只是一座杳无人迹、幽冷凄清的空城。明亮的月色不但没有给它增添一点光彩,反而更显出它的荒寂。

作者就这样将一座经历了历史沧桑变得荒凉冷寂了的空城,放在亘古如斯的四围寂静的山形中来写,放在奔涌而来又寂寞而去的江潮声中来写,放在深夜凄清的月色映照中来写,一点也不加说明,而读者却自然而然地从山形依旧、潮声依旧、月色依旧中想象出这座空城如今的荒凉冷寂,进而想象出石头城的今昔沧桑变化,品味出隐藏在这后面的言外之意:六代繁华,已经像梦一样消逝了。历史是无情的。至于往昔繁华的石头城为什么会变成一座荒凉冷寂的空城,这个答案对于熟悉六代兴亡历史的读者来说,是无须直接指明的。作者在这组诗的第三首《台城》中已经对此作了解答。

> 台城六代竞豪华,结绮临春事最奢。
> 万户千门成野草,只缘一曲后庭花。

但相比之下,《台城》的艺术成就便远不如《石头城》。这其中的奥秘,是可以深长思之的。

诗的后幅,评家每拿李白的《苏台览古》"只今唯有西江月,曾照吴王宫里人"作比。其实,手法虽似,二诗的情调却很不相同。李白的诗,在怀古的同时是怀着新鲜愉悦的感情面对当前"杨柳新"和"菱歌清唱"的景色,"旧苑荒台"在心中引起的并不是对历史的伤感,而刘禹锡的诗在怀古的同时引起的却是对六朝繁华消逝的深沉感慨和对大唐王朝繁华消逝的叹息。

《乌衣巷》所表现的,也是怀古诗中最常见的人事沧桑、盛衰不常的感慨。但和《石头城》之感慨六朝繁华已成历史陈迹不同,它所感慨的对象是六朝高门士族的衰落。它虽然也是六朝兴衰的一个重要内容,但这首诗的意义却主要在客观上反映了自东汉以来高门望族走向没落的历史大趋势,并蕴含着深刻的人生哲理。

"朱雀桥边野草花,乌衣巷口夕阳斜。"朱雀桥是建康南城门朱雀门外的一座浮桥,它的位置有些类似唐代东都洛阳的天津桥,是连接秦淮河南北的交通要道,更是通向桥南贵族高门聚居的乌衣巷的必经之路,从其"长九十步,广六丈"的记载依然可以想见这座桥的规模、气象,据传东晋时桥边装饰着两只铜雀的重楼,即谢安所建。这样一座处于交通要道、通向高门士族聚居地的桥梁，在它当年盛时，车水马龙、川流不息、热闹喧阗的景象自不难想见，而如今，朱雀桥边却长满了野草，在寂寞地开放着不知名的花朵。暗示这座烜赫一时、热闹非常的津梁早已失去了往日的声势，行人车马稀疏，冷落荒败不堪了。"野草花"的点缀不但没有给春日的朱雀桥添色增彩，反倒衬托出了它的荒凉冷寂。

乌衣巷是东晋最烜赫的高门士族王、谢聚居之地，以一身而系国之安危的士族名臣王导、谢安均居于此。"乌衣之游""乌衣诸郎""乌衣门第"成为历史美谈。而如今，乌衣巷的高门甲第、深院大宅早已不复见。只见春日傍晚的夕阳在斜照着乌衣巷口，显出一片没落黯淡的景象。如果说"野草花"的意象突出渲染了朱雀桥的荒凉冷寂，那么"夕阳斜"的景象则着意渲染了乌衣巷的没落凄清。这两句当中，其实都已蕴含了高门士族烜赫的时代已经成为过去的感慨。

"旧时王谢堂前燕，飞入寻常百姓家。"这首诗的出名，与这两句的警策深刻而又富于含蕴有密切关系。如果用最直白浅显的语言来表达，不过说往日王谢所居的高门甲第，今已成为普通百姓人家。妙在借春日寻旧巢的燕子将昔之"王谢堂"与今之"百姓家"加以组接，遂使诗的意蕴、韵味倍加深警隽永。本来，这两句诗也可以理解为昔日的燕子飞入栖宿的是王谢的华堂豪宅，今日的燕子飞入栖宿的却已是普通的百姓人家了。这种理解虽也能反映异时同地的盛衰变化，但深警隽永的诗意诗味却几乎全部消失了。诗人根据燕识故巢飞向旧家的习性，在意念中将"旧时王谢堂前燕"与今日"飞入寻常百姓家"之燕巧妙地幻化为一体，从而将数百年的历史沧桑浓缩在这一高度典型化、诗意化了的"旧时燕"身上，创造出含意极其深警、表现极其含蓄的诗境。往日盛极一时，垄断了六朝政治、经济、文化的高门士族，已经衰败没落了。这不是一般意义上的功名富贵难长保的意思，而是在客观上展示了东汉以来门阀士族统治历史的结束。这个历史过程是渐进的。魏代黄初元年初行九品中正法，至晋而形成"下品无高门，上品无贱族"的现象。豪门士族把持政权。然《南齐书·王僧虔传》："王氏以分枝居乌衣者，位官微减。"可见至南齐时豪门士族的势力已稍减，至隋文帝废除九品官人之制，唐沿隋制，大行科举选人之制，庶族得以循此途径参政，魏晋以来豪门士族势力遂大为衰微，至唐末五代而彻底退出历史舞台。刘禹锡这两句诗，正以高度概括的诗的语言，反映了豪门士族势力的没落。这是一个极富历史意义和时代特色的重大主题，也是一个极富哲理意蕴的主题。垄断政治、经济、文化数百年的仿佛天生合理的豪门士族，就在这燕去燕回的过程中悄悄改变了。历史上还有什么是永恒的吗?作为中唐革新势力的代表人物,诗人在写出"旧时王谢堂前燕,飞入寻常百姓家"的诗句时,他自然不是感伤豪门士族的没落,而是从他们的没落中感受到历史前进的步伐。

和乐天春词①

新妆宜面下朱楼②,深锁春光一院愁。行到中庭数花朵,蜻蜓飞上玉搔头③。

[校注]

①《白居易集》卷二十五有《春词》云:"低花树映小妆楼,春入眉心两点愁。斜倚栏杆背(一作'臂')鹦鹉,思量何事不回头?"朱金城《白居易集笺校》系于大和三年(829)。陶敏《刘禹锡全集编年校注》则谓"依刘、白二集编次,诗大和二年或三年春在长安作"。按:大和二年正月,禹锡授主客郎中、集贤直学士,归长安。时白居易在京任刑部侍郎。二人同在长安。大和三年,禹锡任礼部郎中,三月,白居易编与禹锡唱和诗为《刘白唱和集》二卷,四月,白为太子宾客分司东部。故三年春二人亦同在长安。二年春或三年春二人唱和此诗均有可能。另《元稹集》卷二十亦有《春词》云:"山翠湖光似欲流,蛙声鸟思却堪愁。西施颜色今何在,但看春风百草头。"按元稹大和二年、三年春均在浙东观察使任,三年九月方入为尚书左丞。元诗盖遥和之作。"山翠湖光",盖指稽山镜湖也。②新妆,指女子新颖别致的打扮妆饰。梁王训《应令咏舞》:"新妆本绝世,妙舞亦如仙。"宜,《全唐诗》原作"面",据宋浙刻本《刘宾客文集》改。《全唐诗》校:"一作粉。"宜面,与面庞相称。陶敏引《焦氏类林》卷七上引《日札》:"美人妆面,既傅粉后,以胭脂调匀施之两颊,浓者为酒晕妆;浅者为桃花妆;薄薄施朱以粉罩之为飞霞妆。"录以参考。③玉搔头,即玉簪。《西京杂记》卷二:"武帝过李夫人,就取玉簪搔头。自此后宫人搔头皆用玉,玉价倍贵焉。"

[鉴赏]

刘、白、元三人唱和之《春词》,均白氏所谓"新艳小律",除元诗因时居浙东,故内容涉及当地人物(西施)景色(稽山镜湖)外,白诗写佳人春愁,刘诗步其原韵,亦咏新妆女子之春愁。唯白诗酷似一幅仕女画,人物处于静态;而刘诗则酷似一组相接之电影画面，人物处于动态中而已。

"新妆宜面下朱楼"，首句写年青女子精心梳妆打扮既罢，款款步下朱楼的情景。"新妆"形容其梳妆打扮新颖别致，不落俗套，不单指其晨起新妆，"宜面"则进一步形容此新颖别致的妆饰与其俊美的脸庞相称相宜，益显娇媚。四字写出女子之精于妆饰，能使妆饰充分显现自己的天生丽质。梳妆既毕，缓步下楼，其袅娜之态可想。"朱楼"二字，显示出此女子系显贵人家之闺中人，从这一句的语调口吻体味，这位女子在新妆甫毕款步下楼之际，心中并没有表现出明显的愁绪。

"深锁春光一院愁"，第二句意绪忽转，写女子下楼步入庭院时忽地感到触目皆愁。庭院之中，花红柳绿，莺啼蝶舞，春光明丽，春意盎然。但这满院的春光却被四周的围墙深深地锁闭起来，与院外广阔的大自然隔绝。这美丽而又封闭隔绝的情景使女主人公不由得联想到自己的处境正与此相似：美好的青春被深锁于朱楼庭院，无法与外界接触交流，只能悄悄流逝。正因为这样，纵有满院春光，她却只能感到触目皆愁了。"深锁"二字，既是对满院春光被锁困的形容，也是对自己美好青春被禁锢的惆怅。"春光"本无所谓"愁"，因人之触绪生愁而转觉满院春光皆成愁绪之媒介与象征。造语新颖奇妙，正因其中蕴含了女主人公的复杂心理变化过程。论其内容含量，几乎抵得上《牡丹亭·游园》一折。诗贵含蓄，曲则发露，女主人公的心绪，正可以从杜丽娘的一大段唱腔中得到发明。

"行到中庭数花朵"，第三句接写女子见到满院春光触绪生愁之后的一个行动细节：缓步走到庭院中间细数花朵。这是一个看似无谓却富于蕴含的行动细节。因为珍惜春光、爱惜青春，因而细数花朵，透露出对春光的挽留恋惜；因为庭院深锁，长日无事，闲愁难遣，故细数花朵而打发无聊的时间。在"数花朵"的同时，自有无限愁思萦绕，自有无限对自身处境命运的联想。

"蜻蜓飞上玉搔头"，如果说前三句像是一组动作连续的活动电影画面——女主人公新妆既毕，缓步下楼，面对满庭春光，独自含愁，行至庭中，细数花朵。那么最后一句便像是一个特写的电影近景镜头：一只蜻蜓，飞来停在了女子的玉簪头上。这画面是一连串动作之后的定格。仿佛是不经意的即景描写，却写得很美，也很富含蕴。蜻蜓的动作轻盈灵敏，通常只停歇在静止不动之物上；稍有晃动，即行飞去。如今它竟停在了一位充满青春气息的女子头上，这正透露出女子在细数花朵的过程中，不知不觉浮想联翩，满腹幽怨，竟伫立在那里一动不动，过了一段相当长的时间。因此，这个特写镜头，正透出了女子面对满院春光和眼前花朵时如痴如醉的情态,"如花美眷,似水流年"的感慨与惆怅。它是全篇写女子愁怨的点睛之笔,有了它,不但画面完整、意境优美,诗也更含蓄耐味了。

末句还可以有另一种解释,即女子的发钗是制成蜻蜓形状的,因此看上去就像一只蜻蜓飞上了玉钗头。五代张泌《江城子》词之二说:"绿云高绾,金簇小蜻蜓。"这样写当然也很新巧别致,富于美感,但从透露女子的伫立凝思、满腔幽怨看,便不免较前一种理解逊色了。

杨柳枝①

春江一曲柳千条,二十年前旧板桥。曾与美人桥上别,恨无消息到今朝。

[校注]

①此诗最早载于晚唐范摅《云溪友议》卷下《温裴黜》,中云:"湖州邹郎中刍言,初为越副戎,宴席中有周德华。德华者,乃刘采春女也。虽《罗唝》之歌,不及其母,而《杨柳枝》词,采春难及。崔副车宠爱之异,将至京洛……所唱者七八篇,乃近日名流之咏也……刘禹锡尚书一首:'春江一曲柳千条,二十年前旧板桥。曾与美人桥上别,恨无消息到今朝。'……"按:此诗不见于刘禹锡本集,《全唐诗》刘禹锡诗卷十二收入,当据《云溪友议》。陶敏《刘禹锡全集编年校注》入附录,断其非刘禹锡作。其按语云:"《升庵诗话》卷一一:'《丽情集》载湖州妓周德华者,刘采春女也,唱刘禹锡《柳枝词》云:春江一曲柳千条,二十年前旧板桥。曾与美人桥上别,恨无消息到今朝。此诗甚佳,而刘集不载。然此诗隐括白香山古诗为一绝,而其妙如此。'杨慎所云白居易'古诗'实为一三韵小律《板桥路》:'梁苑城西二十里,一渠春水柳千条。若为此路今重过,十五年前旧板桥。曾共玉颜桥上别,不知消息到今朝。'见《白居易集》卷十九。唐代歌人截取诗作以入乐歌唱者甚多。周德华所谓《杨柳枝》即删改白诗而成,误记为刘禹锡诗。《四库全书总目》卷一九二《词海遗珠》提要,摘发'其中纰谬'云:'刘禹锡春江一曲柳千条诗,以为本集不载,乃元稹诗,删八句为四句。'亦以诗非刘作,但误白居易为元稹,又误六句为八句,然诗为周德华所唱,改编者非必周德华,故以作无名氏为是。"按:此诗系据白居易《板桥路》隐括改易而成,自属无

疑。但认为《云溪友议》所载此诗"系删改白诗而成，误记为刘禹锡"，则未有确证。《云溪友议》此条提及的唐人诗词有裴諴、温庭筠、滕迈、贺知章、杨巨源、刘禹锡、韩琮等人作品共十三首，除刘禹锡此首外，作者主名、篇名、文字均无讹误，独谓此首作者主名有误，恐难成立。盖刘、白晚年诗歌酬唱既多，朋友之间，偶将对方诗作稍加改易而成己作，亦属常事。后世某些评家如谢榛亦每喜改易前人诗，然不免点金成铁。而刘禹锡之改作，艺术上远胜白之《板桥路》，虽内容、词句上对白诗有所借鉴采用，实可视为点化白诗之新作。

[鉴赏]

我们不妨先撇下白居易的《板桥路》，不带任何先入为主的印象来阅读和感受这首诗，就会立即进入它那既单纯又丰富，既明快又含蓄，音情宛转曼妙，风神绵邈隽永，情、景、事、人浑融一体的境界。这种天籁式的作品，只有在某些优秀的民歌和学习民歌而深得其神髓的作家如李白的作品中才能看到。在这方面，这首据白诗改作的诗也是极饶民歌神韵的。

诗所记叙的情事非常单纯：二十年前的春天，抒情主人公曾在垂柳千条的江边一座板桥上和心爱的女子相别。别后至今，对方杳无消息。如果按此作散文式的直叙实录，可以说平淡如水，毫无诗意，但经作者妙手点染，却使这看来单纯而平淡的情事变得旖旎缠绵，风情无限。

"春江一曲柳千条，二十年前旧板桥。"诗的前两句，点明时间、地点、景物。一条清澈的江水，弯弯曲曲地在面前流过，江边上的一片柳树，在和煦春风的吹拂下，万千枝条，摇曳荡漾，散发出浓郁的春意，清江边上，架设着一座木板桥。这似乎极平常的景物，因为有了"二十年前"和"旧"字的点醒，一下子就化为二十年前和二十年后两个同地同景而不同时的场景："二十年后"的场景是眼前景、实景，而"二十年前"的场景则是回忆想象中的虚景。这一后一前、一实一虚的两个看似相同的场景，由于隔着"二十年"的悠长岁月，特别是那个"旧"字的点染，便隐隐透露出了人事的沧桑变化，暗含了春江碧柳、木板小桥依旧，而人事已非的今昔之慨。但二十年前曾在这座木板桥上发生的情事，则含而未露，有待于诗人的进一步点醒。就像幕布虽然拉开，布景虽已显露，人物却有缺位，故事亦未展开，故能引起读者的殷切期待。

"曾与美人桥上别，恨无消息到今朝。"第三句是全篇的关键与核心，整首诗的故事就浓缩在这短短七个字当中。虽然它本身只是朴素平易的叙述，但它却像一根艺术的魔杖，立即给全诗注入了灵魂，创造出浓郁的氛围和情调。二十年前的春天，就在这清江一曲、碧柳千条之地，在这座木板小桥之上，抒情主人公与心爱的美丽女子依依惜别。春江碧柳，木板小桥，景色是明丽美好的，却反而增添了别离的难堪与惆怅，清江照影，柳条依依，同样增添了两情的依依不舍。二十年后，故地重游，清江一曲，碧柳千条，依然如故，两人相别的那座木板小桥虽然还在，但在岁月风雨的侵袭下，却显得有些陈旧了。而彼时与之惜别的美人却已杳然不见。二十年前的分别，固然使人难堪，如今却是连分别的机会也没有，只能独自空对着清江碧柳和熟悉的旧板桥黯然伤神。深情而徒劳的追忆，思而不见的失落、空虚和怅惘，以及风景依旧、人事已非的深长人生感慨，由于这朴素平易的叙述而统统浮现在抒情主人公的脑际，也浮现在读者面前。

但更令人难堪的是，重游旧地，不但物是人非，而且"恨无消息到今朝"。二十年来，不但一直未能与心爱的女子重见，而且连对方的消息也杳然无迹。对方身在何处，境遇如何，生死存亡，一切杳然。长期的思念、牵挂和一次次的失望，统统于"恨""到"二字中透出。诗写到这里，似乎还有许多感慨、万千情愫需要抒写，但诗却戛然而止，不赘一语，以不了了之，留下大段的空白让读者去涵泳、想象、思索。

据白诗改作的刘诗，虽然只少了两句十四个字，但却显然比白诗更加精练含蓄，更具有浓郁的抒情气氛，通篇也更加流畅自然，一气呵成，而它所独具的绵邈风神和深长情韵，更是白氏原诗所难企及的。

崔护

　　崔护，字殷功，郡望博陵（今河北蠡县南）。贞元十二年（796）登进士第。元和元年（806）登才识兼茂明于体用科。十五年为户部郎中。长庆间转司勋郎中。大和三年（829）元月，自京兆尹为御史大夫，岭南东道节度使，五年春去职。《全唐诗》卷三百六十八录存诗六首，其中有李群玉之作《三月五日陪裴大夫泛长沙东湖》误入崔诗者，另有三首又作张又新诗。《题都城南庄》著称后世。

崔护

题都城南庄①

去年今日此门中，人面桃花相映红。人面衹今何处去②，桃花依旧笑春风③。

[校注]

①都城南庄，长安城南的某座村庄。详参孟启《本事诗》关于此诗本事的记载。孟启曰：博陵崔护，资质甚美。面孤洁寡合，举进士下第。清明日，独游都城南，得居人庄。一亩之宫，而花木丛萃，寂若无人。扣门久之，有女子自门隙窥之，问曰："谁耶？"以姓字对，曰："寻春独行，酒渴求饮。"女入，以杯水至，开门设席命坐，独倚小桃斜柯伫立，而意属殊厚。妖姿媚态，绰有馀妍。崔以言挑之，不对，目注者久之。崔辞去，送至门，如不胜情而入，崔亦眷盼而归，嗣后绝不复至。及来岁清明日，忽思之，情不自抑，径往寻之。门墙如故，而已锁扃之。因题诗于左扉曰："去年今日此门中，人面桃花相映红。人面衹今何处去，桃花依旧笑春风。"后数日，偶至都城南，复往寻之，闻其中有哭声，扣门问之，有老父出曰："君非崔护耶？"曰："是也。"又哭曰："君杀吾女。"护惊起，莫知所答。老父曰："吾女笄年知书，未适人。自去年以来，常恍惚若有所失，比日与之出，及归，见左扉有字，读之，入门而病，遂绝食数日而死。吾老矣，此女所以不嫁者，将求君子以托吾身，今不幸而殒，得非君杀之耶？"又持崔大哭。崔亦感恸，入哭之。尚伊然在床。崔举其首，枕其股，哭而祝曰："某在斯，某在斯。"须臾开目，半日复活矣。父大喜，遂以女归之。（《本事诗·情感第一》）②衹今，《全唐诗》原作"不知"，校："一作衹今。"据《本事诗》及一作改。衹今，现在、而今。岑参《献封大夫破播仙凯歌六章》："天子预开麟阁待，衹今谁数贰师功？"③《诗·周南·桃夭》："桃之夭夭，灼灼其华。"钱锺书《管锥编·毛诗正义·桃夭》引《说文》："媄，巧也。一曰女子笑貌。《诗》曰：'桃之媄媄。'"认为"夭"即是"笑"。可用以解释"桃花笑春风"。

[鉴赏]

这首诗有一个哀感顽艳最后却以喜剧收场的极富传奇色彩的"本事"。如果把它看成传奇小说，在唐人传奇佳作中也算得上是富于文采和意想之作。诗所抒写的内容虽非故事的全部，却无疑是其中最撩人心弦、触绪生慨的部分。唐代诗歌与传奇小说并生共存，相映生辉，并且流传广泛，这是典型的例证。可以肯定地说，第一，这首诗是有情节性的；第二，"本事"对于理解这首诗是有帮助的。

四句诗包含着一前一后两个场景相似、相互映照的场面。第一个场面："寻春遇艳"——"去年今日此门中，人面桃花相映红"。如果真有孟启所记叙的这段故事，那就应该承认诗人确实抓住了"寻春遇艳"整个过程中最动人的一幕。"人面桃花相映红"，虽或自庾信《春赋》"面共桃而竞红"化出，但运用之妙，不仅为艳若桃花的"人面"设置了美好的背景，衬出了少女光彩照人的面影，而且含蓄地表现出诗人在花光面影相互映照、光艳夺目的场景面前目注神驰、情摇意夺的情状和双方脉脉含情、未通言话的情景。通过这最动人的一幕，可以激发出读者对前后情事的许多美好想象。这一点，孟启《本事诗》已经提供了一系列信息，后来孟称舜的戏曲《桃花人面》则作了更大的发挥。

第二个场面："重寻不遇"。还是春光烂漫、百花吐艳的季节，还是花木扶疏、桃花掩映的门户，然而，使这一切都增添色彩的"人面"如今却不知何处去了，只剩下门前一树桃花仍然在春风中凝情含笑地盛开着。桃花在春风中含笑的描写，既是对桃花盛开的诗意形容，又和去年今日"人面桃花相映红"的印象密切相关。去年今日，伫立在桃树下那位不期而遇的少女，想必也是像盛开的桃花那样，既光艳照人又凝睇含笑，脉脉含情的。而今，依旧含笑盛开的桃花除了触动对往事的美好记忆和好景不长的感慨以外，还能有什么呢？"依旧"二字，正含有无限失落的怅惘。

整首诗其实就是用"人面""桃花"作为贯串线索，通过"去年"和"今日"同时同地同景而人不同的映照对比，把诗人因这两次不同的遇合而产生的感慨，回环往复、曲折尽致地表达了出来。对比映照，在这首诗中起着极重要的作用。因为是在回忆中写已经失去的美好事物，所以回忆便特别珍贵、美好而且充满感情，这才有"人面桃花相映红"的传神描绘；正因为有那样美好的记忆，才特别感到失去美好事物的怅惘，因而有"人面祇今何处去，桃花依旧笑春风"的感慨。

尽管这首诗有某种情节性，有富于传奇色彩的"本事"，甚至带有戏剧性，但它并不是一首微型叙事诗，而是一首抒情诗。"本事"可能有助于它的流传，但它本身所具有的典型意义却在于抒写了某种人生体验，而不在于叙述了一个人们感兴趣的故事。读者不见得有过类似《本事诗》中所载的崔护的爱情遇合故事，却可能有过类似的人生体验：在偶然、不经意的情况下邂逅某种美好事物，而当自己去有意追寻时，却再也不可复得，只能留下珍贵的美好记忆和永远的遗憾怅惘。这也许正是这首诗保持经久不衰的艺术生命力的原因之一吧。

"寻春遇艳"和"重寻不遇"是可以写成叙事诗的，作者没有这样写，正说明唐人习惯以抒情诗人的眼光、感情来感受生活中的情事。

卢仝

卢仝（约770—835），自号玉川子，河南府济源（今河南济源）人。初隐济源山中。元和五年（810），居洛阳。时韩愈为河南令，爱其诗，厚礼之。终生未仕。甘露之变中罹难。善《春秋》之学，著有《春秋摘微》四卷（今佚）。诗尚险怪，以《月蚀诗》知名于时，然亦有清新流美之作。《全唐诗》编其诗为三卷。清孙之騄有《玉川子诗集注》五卷。

卢　仝

有所思①

　　当时我醉美人家，美人颜色娇如花。今日美人弃我去，青楼珠箔天之涯②。天涯娟娟姮娥月③，三五二八盈又缺④。翠眉蝉鬓生别离⑤，一望不见心断绝。心断绝，几千里。梦中醉卧巫山云⑥，觉来泪滴湘江水⑦。湘江两岸花木深，美人不见愁人心。含愁更奏绿绮琴⑧，调高弦绝无知音⑨。美人兮美人，不知为暮雨兮为朝云⑩。相思一夜梅花发，忽到窗前疑是君⑪。

[校注]

　　①《有所思》，汉乐府鼓吹曲辞铙歌十八曲之一。《古今乐录》曰："汉鼓吹铙歌十八曲……一曰《朱鹭》……十二曰《有所思》……"《乐府解题》曰："古辞言'有所思，当在大海南。何用问遗君，双珠玳瑁簪。闻君存他心，烧之当风扬其灰。从今已往，勿复相思而与君绝'也。"《乐府诗集》卷十六载其古辞全文，与《乐府解题》所节引者稍异，卷十七载齐刘绘至隋唐诗人所作《有所思》，其中有卢仝此篇。②珠箔，珠帘。③娟娟，长曲貌。《文选·鲍照〈玩月城西门廨中〉》："始出西南楼，纤纤如玉钩。末映东北墀，娟娟似蛾眉。"李善注："《上林赋》曰：'长眉连娟。'"姮娥，神话传说中的月中女神，《淮南子·览冥训》："羿请不死之药于西王母，姮娥窃以奔月。"高诱注："姮娥，羿妻。羿请不死之药于西王母，未及服之，姮娥盗食之，得仙，奔入月中，为月精也。"此以"姮娥月"代指月亮。④三五二八，指农历十五、十六。⑤蝉鬓，古代妇女的一种发式，两鬓薄如蝉翼，故称。此以"翠眉蝉鬓"借指所思美人。⑥巫山云，宋玉《高唐赋序》："昔者先王尝游高唐，怠而昼寝，梦见一妇人，曰：'妾巫山之女也，为高唐之客。闻君游高唐，愿荐枕席。'王因幸之。去而辞曰：'妾在巫山之阳，高丘之阻，旦为朝云，暮为行雨，朝朝暮暮，阳台之下。'"醉卧巫山云，谓梦遇美人。⑦泪滴湘江水，《初学记》卷二十八引张华《博物志》："舜死，二妃泪下，染竹即斑。"疑化用此典。⑧绿绮琴，古琴名。傅玄《琴赋序》："齐桓公有鸣琴曰号钟，楚庄有鸣琴曰绕梁，中世司马相如有绿绮，蔡邕有焦桐，皆名琴也。"此泛指琴。⑨《吕氏春秋·本味》："伯牙鼓琴，钟子期听之。方鼓琴而志在太山，钟子期曰：'善哉乎鼓琴，巍巍乎若太山。'少选之间，而志在流水，钟子期又曰：'善

哉乎鼓琴,汤汤乎若流水。'钟子期死,伯牙破琴绝弦,终身不复鼓琴,以为世无足复为鼓琴者。"绝,断。⑩参上注⑥。⑪君,指所思美人。

[鉴赏]

由于以《月蚀诗》为代表的一类险怪僻涩之作受到当时和后世诗人、评家的高度关注,从唐到清,这首《有所思》普遍被认为不类卢仝诗的风格,甚至疑为他人之作。其实,卢仝诗集(特别是七古一体)中本有此清新秀逸一格。除本篇外,像《楼上女儿曲》《秋梦行》《听萧君姬人弹琴》等均属此格。

诗的内容,是抒写对"美人"的思念。开头四句,以"当时"与"今日"对举,写昔日美人之娇艳如花和"我醉美人家"时两情之缱绻,以着重渲染今日美人离我而去之后,其所居之青楼珠帘不知远在何处天涯的失落惆怅。对比突出鲜明,语言清新明艳,音调爽利流畅。三用"美人",蝉联而下,见情之缠绵难已。这四句寓描写于叙述,概写昔合今离,是"有所思"之本。

"天涯娟娟姮娥月,三五二八盈又缺。翠眉蝉鬓生别离,一望不见心断绝。"接下四句,紧承"天之涯",写对月怀远之情。诗人由天边的一弯明月,联想起远在天涯的美人,"姮娥月"正应次句"颜色娇如花",而"娟娟"之形状则使诗人自然联想美人的"翠眉"。三五二八,月圆又缺,正关合昔合今离,故虽对天涯之明月,而人则远隔天涯,不能相见,从而归结到"一望不见心断绝"的长叹。

"心断绝,几千里。梦中醉卧巫山云,觉来泪滴湘江水。"这四句由望月不见而梦寻。"心断绝"顶上层末三句,"几千里"承上"天之涯"。这两句改用"三、三"句式,使诗显示出节奏的变化,下两句一句写梦中,一句写梦醒。"醉卧巫山云"用巫山神女旦为朝云、暮为行雨的典故,富于象征暗示色彩。它上应"我醉美人家",但一为实境,一为虚境,梦中的虚幻遇合只能更加深梦醒后的失落伤感。"巫山""湘江",正见梦境之飘忽迷离,亦见诗人此时或身在湘江一带,故有"泪滴湘江水"的叙写。"泪滴湘江"可能暗用二妃泪洒湘江之典,与诗之寓托有关。

"湘江两岸花木深,美人不见愁人心。含愁更奏绿绮琴,调高弦绝无知音。"接下四句,写湘江梦醒后的追寻和知音不见的惆怅。湘江两岸,花木丛深,春光明媚,但到处寻觅,却不见美人的踪影,只能含愁独奏绿绮,以遣愁怀。奈调高弦断,而知音杳然,则虽奏琴亦无人能够解会。这里,将对美人的思念和"调高弦绝无知音"的怅恨联系起来,使这种思念超越一般的男女情爱而明显带有对"知音"的追求的意蕴，诗的寓托逐渐由隐而显。

"美人兮美人，不知为暮雨兮为朝云。相思一夜梅花发，忽到窗前疑是君。"结尾四句，由思入幻，创造出极富飘忽迷离之致、清绝亦复韵绝的意境。还是那个被诗家用得近乎熟滥了的巫山神女典故，但由于有了上一层对知音的追寻和调高弦绝的叹息，这里的"暮雨""朝云"便洗清了附着于其上的男女欢爱气息，而表现为缥缈轻灵和恍惚迷离的美好境界。而竟夕相思，梅花窗前忽发幽香，疑是"君"之到来的奇想，更使所思之"美人"显示出清高绝俗的风采。得此一结，全诗的境界遂绝去一切浮华俗艳，而升华为一种高洁绝尘的气韵之美、风神之美。而无限言外之意、象外之兴，均可于虚处领之。

从全诗看，这首诗当有所寓托。诗人所思的"美人"究竟是指某位友人，还是指理想的君主，抑或指诗人所追求的某种思想境界，很难确指，似亦不必确指。诗虽沿用汉乐府的古题，但其感情内涵似更接近张衡的《四愁诗》和李白的《长相思》一类作品。他的诗集中有一首《思君吟寄□□生》，似可与此诗相发明，录以参考："我思君兮河之壖。我为河中之泉，君为河中之青天。天青青，泉泠泠。泉含青天天隔泉，我思君兮心亦然。心亦然，此心复在天之侧。我心为风兮渐渐，君心为云兮幂幂。此风引此云兮不来，此风此云兮何悠哉，与我身心双裴回。"

李贺

李贺（790—816），字长吉，河南府福昌县（今河南宜阳）昌谷人。元和三年（808）秋，至洛阳以诗谒韩愈，受赏识，劝其举进士。四年春在长安应举求仕，受挫归。五年以荫入仕，任太常寺奉礼郎，三年后辞病归。八年秋，北游潞州依张彻。十年南游吴越。十一年归昌谷，寻卒。贺诗多写怀才不遇的强烈苦闷和对人生短促的抑郁悲愁，想象奇特诞幻，造语奇峭秾艳，风格幽峭冷艳，在当时独树一帜，对晚唐五代及后世诗、词均有深远影响。生前曾将诗二百二十三首编为四编。后世传本已非唐本原貌。清王琦有《李长吉歌诗汇解》，今人叶葱奇有《李贺诗集》，吴企明有《李长吉歌诗编年笺注》。

李 贺

李凭箜篌引①

吴丝蜀桐张高秋②,空白凝云颓不流③。江娥啼竹素女怨④,李凭中国弹箜篌⑤。昆山玉碎凤凰叫⑥,芙蓉泣露香兰笑⑦。十二门前融冷光⑧,二十三丝动紫皇⑨。女娲炼石补天处⑩,石破天惊逗秋雨⑪。梦入神山教神妪⑫,老鱼跳波瘦蛟舞⑬。吴质不眠倚桂树⑭,露脚斜飞湿寒兔⑮。

[校注]

①李凭,中唐著名宫廷女乐师,善弹箜篌。顾况《李供奉弹箜篌歌》云:"李供奉,仪容质,身才稍稍六尺一……指剥葱,腕削玉,饶盐饶酱五味足。弄调人间不识名,弹定天下崛奇曲。"杨巨源《听李凭弹箜篌》之二云:"花咽娇莺玉漱泉,名高半在御筵前。汉王欲助人间乐,从遣新声坠九天。"箜篌,古代拨弦乐器,有卧箜篌、竖箜篌。《史记·孝武本纪》:"祷祠泰乙、后土,始用乐舞,益召歌儿,作二十五弦及箜篌瑟自此起。"裴骃集解引徐广曰:"应劭云:武帝令乐人侯调始造箜篌。"《隋书·音乐志下》:"今曲项琵琶、竖头箜篌之徒,并出自西域,非华夏旧器。"《旧唐书·音乐志》:"(卧箜篌)形似瑟而小,七弦,用拨弹之……竖箜篌汉灵帝好之,体曲而长,二十有二(三)弦,竖抱于怀,用两手齐奏,俗谓之擘箜篌。"李凭所弹奏者,为竖箜篌。诗约作于元和五年(810)秋诗人在长安任太常寺奉礼郎时。箜篌引,系乐府相和歌瑟调曲旧题。②吴丝,吴地所产蚕丝,用来制作箜篌的弦。蜀桐,蜀地所产桐木,用来制作箜篌的身架和柱。此以吴丝蜀桐借指箜篌。张,指紧弦调试。张籍《宫词》之二:"黄金捍拨紫檀槽,弦索新张调更高。"引申为弹奏。杜甫《夜宴左氏庄》:"林风纤月落,衣露静琴张。"此处"张高秋"即指在深秋弹奏。③空白,指天空。白,《全唐诗》校:"一作山。"颓,低垂貌。流,流动。《列子·汤问》:"秦青……抚节悲歌,声振林木,响遏行云。"此句化用"响遏行云"之意。④江娥,指湘娥,舜之二妃。《初学记》卷二十八引张华《博物志》:"舜死,二妃泪下,染竹即斑。妃死为湘水神,故曰湘妃竹。""江娥啼竹"用此典。素女,传说中古代神女。《史记·孝武本纪》:"泰帝使素女鼓五十弦瑟,悲,帝禁不止,故破其瑟为二十五弦。"⑤中国,指京师(长安)。《诗·大雅·民劳》:"惠此中国,以绥四方。"毛传:"中国,京师也。"《史记·

五帝本纪》："夫而后之中国，践天子位焉。"裴骃集解引刘熙曰："帝王所都为中，故曰中国。"⑥昆山，昆仑山，产玉。《书·胤征》："火炎昆冈，玉石俱焚。"⑦芙蓉，荷花的别称。荷花上沾有露珠，似哭泣，故云"芙蓉泣露"，此则状其声。⑧十二门，指长安四面的城门。《三辅黄图·京城十二门》："《三辅决录》曰：'长安城，面三门，四面十二门，皆通达九逵，以相经纬。'"⑨二十三丝，指二十三弦之箜篌。紫皇，道教传说中最高的神仙。《太平御览》卷六百五十九引《秘要经》："太清九宫，皆有僚属，其最高者，称太皇、紫皇、玉皇。"此借指皇帝。⑩《淮南子·览冥训》："往古之时，四极废，九州裂。天不兼覆，地不周载……于是女娲炼五色石，以补苍天。"⑪逗，透也，漏也。⑫《搜神记》："永嘉中，有神见兖州，自称樊道基。有妪号成夫人。夫人好音乐，能弹箜篌，闻人弦歌，辄便起舞。"⑬《列子·汤问》："瓠巴鼓琴，而鸟舞鱼跃。"此化用其意。⑭吴质，三国时魏人，《三国志·魏书》有传。其《答东阿王书》有"秦筝发徽，二八迭奏。埙箫激于华屋，灵鼓动于左右"等语，抒发欣赏音乐之情。王琦《汇解》引刘义庆《箜篌赋》"名启瑞于雅引，器荷重于吴君"，谓："岂即用吴质事，而载籍失传，今无可考证欤？"今人多引《酉阳杂俎》以为吴质即吴刚。《酉阳杂俎》卷一："旧言月中有桂，有蟾蜍。故异书言月桂高五百丈，下有一人常斫之，树创随合。人姓吴名刚，学仙有道，谪令伐树。"姚文燮《昌谷集注》引明何孟春《馀冬绪录》："吴刚字质，谪月中砍桂。"则近于附会，未知其所据。⑮露脚，唐人习用"日脚""雨脚"之语，日脚指太阳射向地面的光线。此从"日脚""雨脚"引申而来，以为露脚亦如雨水自天而降，故曰"露脚斜飞"。寒兔，神话传说中说月中有兔。《楚辞·屈原〈天问〉》："厥利维何，而顾菟在腹。"王逸注："言月中有兔，何所贪利，居月之腹，而顾望乎？"傅咸《拟天问》："月中何有？白兔捣药。"

[鉴赏]

《李凭箜篌引》作为一首写音乐的诗，在艺术手段上虽亦不出描摹声音及表现效果两端，但其奇思幻想所创造的种种超人间的境界，却使这首写音乐的诗充满了神奇虚幻的色彩，显示出独特的艺术个性。

"吴丝蜀桐张高秋"，这句不过交代秋天演奏箜篌之事，却摒弃平直的叙述而改用起势高远的描写。用"吴丝蜀桐"指代箜篌，不仅以其材质之优良显示箜篌制作的精良华美，以突出名家之必用名器，方能相得益彰，而且妙在其下突接"张高秋"三字，一下子就创造出一幅以无限高远寥廓的秋空广宇为背景的演奏场景，那原本不过置于演奏者怀抱之间的箜篌在读者印象中也似乎放大了无数倍，呈现在面前的仿佛是在高天广宇之间竖立着一架硕大无比的箜篌。普通的乐器无形中被神奇化了，以下的种种感天地泣鬼神的描写才不显得突兀。

"空白凝云颓不流"，上句"张"字方言拧紧弦调试声音，并未直接描写弹奏，这句却已越过弹奏的情景而直接写到弹奏的神奇效果。妙在它只貌似写景——高远空阔的天空中，原本飘浮不定的云彩这时却突然凝止不动了，"颓"字传神地写出凝止不动的云彩向下低垂的神态。这句的意境固自"响遏行云"的成语化出，但它略去了"响遏"，而只写行云凝重低垂的情态，言外便透露出一种受到强烈感染之后的凝神倾听，若不胜情之意。这就把原成语中单纯的夸张渲染进一步变为对云的情态化描写，从而更突出了箜篌演奏的强烈感染力。

"江娥啼竹素女怨"，接下来一句，仍写箜篌演奏的艺术效果，却由天上的云彩转向神话中的人物——江娥、素女。这音乐不仅使悲伤善感的湘妃泪洒斑竹，啼泣伤感，而且使善奏悲声的素女也悲怨不已。这是写音乐"泣鬼神"的艺术效应，也从侧面透露了箜篌所奏出的声音充满了悲怨。

二、三两句，分别从物和神两方面极力渲染箜篌的感染力，第四句"李凭中国弹箜篌"方一笔兜转，落到弹奏者和所弹的乐器上来。采用倒叙的写法，不仅是为了避免平直，制造悬念，渲染气氛，取得先声夺人的艺术效果，而且由于前三句已从寥廓背景、强烈效果上对箜篌的演奏作了充分的铺垫，第四句这孤立地看似平淡无奇的叙述才显得特别郑重、大气，富于力度。"中国"二字，意指京都，但词语本身却能唤起更广泛的联想，它与首句所展现的高远寥廓之景相呼应，创造出宏阔的意境，给人以国手张乐于高秋，响传于国中的感受，读来自具一种磅礴的气势。

"昆山玉碎凤凰叫，芙蓉泣露香兰笑。"五、六两句，正面描摹箜篌演奏的各种声响，与其他写音乐之作多主描摹形况乐声不同，这首诗只此二句是对乐声的描摹，却又打破常规，不用人们熟悉的生活中常见的事物作比况，而是出奇制胜，用不平凡的神奇事物或想入非非的手段来表现。昆仑山之玉，是珍奇的宝物，常人所不经见，用"昆山玉碎"来形况箜篌之声，当是取其清脆，但由于它是宝玉，故在表现其"碎"声之清脆的同时又给人一种尖锐细碎之感；凤凰是神话传说中的祥瑞之鸟，凤凰之"叫"声常人实所未闻，但用"叫"而不用"鸣"，可以看出诗人所要表现的恐怕不是所谓"和"，而是它的清亮高亢。"昆山玉碎"与"凤凰叫"正形成一清脆细碎、一响亮高亢的鲜明对照。芙蓉和香兰都是常见之物,但用"芙蓉泣露"和"香兰笑"来形容箜篌演奏之声,却匪夷所思。这句诗的中心自然是"泣"与"笑",前者状声之幽咽哀伤,后者状声之欢快愉悦。但说"芙蓉泣露""香兰笑",则这幽咽哀伤、欢快愉悦之声中却分别蕴含了艳丽的色彩和幽香的气息。诗人运用通感手法,使听觉、视觉、嗅觉融为一体,使听到的声音不但有形体、有气味,而且有感情色彩。

"十二门前融冷光,二十三丝动紫皇。"七、八两句,又随即转过头来写箜篌的艺术力量。时值深秋之夜,长安的十二门前,寒气凛冽,但箜篌演奏发出的热烈声响和热闹气氛却仿佛将冷光消融了。古有邹衍吹律而寒谷生温的传说,诗人师其意而全不用其词,虽写音乐之改变自然界寒冷的效果而其声响、气氛之热烈可想。如此强烈的感染力,甚至连天上的紫皇、人间的至尊也被感动了。"二十三丝"借指箜篌,与上句"十二门"均用数字相对应,而"紫皇"则兼绾人间天上的最高统治者。箜篌演奏的艺术感染力至此,仿佛已臻绝顶,无以为继。不料诗人的诗思却翻空出奇,由奇入幻,更翻出一层惊天动地的意境。

"女娲炼石补天处,石破天惊逗秋雨。"上句已写到箜篌之声感动"紫皇",此处更由"紫皇"而联想到远古混沌时代女娲炼石补天的神话传说。这种联想虽荒远渺茫,却并不突兀奇辟。妙在将这一神话传说与李凭演奏箜篌的神奇艺术力量联结在一起,与眼前的实景(天上忽然下了一阵秋雨)联系起来,创造出前无古人,后无来者的警辟奇绝之境。在箜篌发出一阵突如其来的潇潇之声时,诗人仰首望天忽有所悟,这阵急骤如雨的潇潇之声,仿佛就是当年女娲炼石时的某一块石头突然破裂了,惊动了整个天宇,从而在破裂处漏下了一阵秋雨吧。不仅写出了乐声的感天地的神奇力量,而且传达出了诗人聆听时产生的奇警感、惊讶感、神秘感。古今写音乐神奇力量的诗文虽多,但境界如此奇幻,想象如此奇特,力度如此强烈的却不多见。

"梦入神山教神妪,老鱼跳波瘦蛟舞。"这两句又由奇幻的想象而进一步发展到入梦。"梦入神山教神妪"者,自然是弹奏箜篌的李凭。乐境又由奇幻强烈转入缥缈。在诗人的想象中,演奏箜篌的李凭似乎梦中进入了神山,在教神姬成夫人弹奏箜篌,美妙的乐声使得神山涧中的老鱼也跳出波间倾听,连瘦蛟也伴着箜篌的节奏而尽情起舞。这同样是化用《列子》"瓠巴鼓琴,而鸟舞鱼跃"的典故,但运用"老""瘦"形容"鱼"和"蛟",却显示出李贺一贯的喜用带有衰颓色彩的形容词的偏好和独特的艺术个性。

"吴质不眠倚桂树，露脚斜飞湿寒兔。"秋雨乍歇，月光复现，箜篌的演奏声虽然停歇了，但音乐的强烈感染力仍然在继续。月中的吴质（刚）因闻乐而陶醉不眠，斜倚着桂树，连月兔也受到了感染，悄然不动，任凭露水飘洒斜飞，打湿了全身。吴质当即神话传说中谪令伐桂的吴刚，而非历史上的实有人物。这既与"倚桂树"及"寒兔"相合，亦与全篇所写事物人物均为超人间者相合。诗写到这里，即戛然而止，对李凭箜篌演奏的技艺不更着一辞赞叹评论。李贺的乐府古诗，往往在仿佛尚未尽言时突然煞住，给人以斩截奇峭之感，此篇亦复如此。然细味落句，于斩截之中仍有摇漾不尽之致。

此诗写音乐，与白、韩二作最明显的区别当为多用超人间的神话传说中的人物事物描摹声音，显示效果，这既使诗的艺术效果更为强烈而带神奇色彩，也使诗所描摹的声音带有某种朦胧性和多义性。

全诗从"张高秋"到"露脚斜飞"，实际上包含了一个渐进的过程。王琦是最早发现这一点的解读者："当是初弹之时，凝云满空；继之而秋雨骤作；洎乎曲终声歇，则露气已下，皓月在天，皆一时实景也。而自诗人言之，则以为凝云满空者，乃箜篌之声遏之而不流；秋雨骤至者，乃箜篌之声感之而旋应。似景似情，似虚似实。"在音乐描写的过程中描写景物，本很平常，巧妙处在将眼前所见实景与耳中所闻箜篌演奏之声，心中所感之情以及由音乐所唤起的种种联想、想象乃至幻觉融成浑然一体的意境，方见其艺术构思的精妙独特。

雁门太守行[①]

黑云压城城欲摧[②]，甲光向日金鳞开[③]。角声满天秋色里，塞上燕脂凝夜紫[④]。半卷红旗临易水[⑤]，霜重鼓寒声不起[⑥]。报君黄金台上意[⑦]，提携玉龙为君死[⑧]。

[校注]

①《雁门太守行》，汉乐府相和歌辞瑟调三十八曲之一，古辞历叙东汉洛阳令王涣之治行。《乐府诗集》卷三十九《雁门太守行八解》古辞解题引《乐府解题》曰："按古歌词历叙涣本末，与传合。而曰《雁门太守行》，所未详。若梁简文帝

'轻霜昨夜下'，备言边城征战之思，皇甫规雁门之问，盖据题为之也。"李贺此篇，亦叙边城征战之事。唐张固《幽闲鼓吹》："李贺以歌诗谒吏部，吏部时为国子博士分司，送客归极困，门人呈卷。首篇《雁门太守行》曰：'黑云压城城欲摧，甲光向日金鳞开。'却援带命邀之。"按：李贺元和三年（808）十月自昌谷至洛阳，以诗谒韩愈，此诗即所呈献之卷首一篇。诗当作于此前。②黑云，或云喻攻城敌军，或云形容出兵时尘土大起，均非。详鉴赏。③甲，指将士身穿的铠甲。甲光，指铠甲映日所发出的光芒。日，《乐府诗集》作"月"。金鳞，金色的鱼鳞。开，张开。④燕脂，即胭脂。《古今注·都邑》："秦筑长城，土色皆紫，汉塞亦然，故称紫塞焉。"⑤易水，河名，在今河北易县境。《元和郡县图志·河北道三·易州》：易县，"易水，一名故安河，出县西宽中谷。《周官》曰：'并州，其浸涞、易。'燕太子丹送荆轲易水之上，即此水也"。易水附近一带，当时是河北藩镇的巢穴。⑥霜重，霜浓。鼓寒，鼓声低沉，即下"声不起"。⑦黄金台：台名，又称金台、燕台，故址在今河北易县东南北易水南。《上谷郡图经》："黄金台，易水东南十八里。燕昭王置千金于台上，以延天下之士。"黄金台上意，指君主的知遇之恩，厚遇之意。⑧玉龙，借喻宝剑。中唐王初有"剑光横雪玉龙寒"之句。《晋书·张华传》载二宝剑入水化为龙事，故以龙喻剑。

[鉴赏]

《雁门太守行》系乐府古题，但现存古辞系咏东汉洛阳令王涣之德政，与题意无涉。《宋书·乐志三》录《雁门太守行》古辞，其前有《洛阳行》之题，故《全汉诗》注云："按其歌辞历叙涣本末，与本传合。其题当作《洛阳行》。其调则为《雁门太守行》也。"可备一解。自梁简文帝起，《雁门太守行》始咏边城征战之事，李贺此篇，当沿袭此意。梁简文帝《雁门太守行》其二云："陇暮风自急，关寒霜自浓……潜师夜接战，略地晓摧锋。悲笳动胡塞，高旗出汉墉。"似与李贺此篇内容及意象有关，可供参照。

本篇历来被视为李贺最有代表性的作品，但自明末曾益发为"此言城将陷敌，士怀敢死之志"之解以来，对这首诗的首句便一直存在着一种"敌兵压境，危城将破"的误解，而对首句的误解，又导致对全诗内容意蕴的误解。其中比较有代表性的疏解是，诗写一次战争的全过程：开头两句写敌兵压境，形势紧张；三、四两句，写角声满天，双方激战；五、六两句，写旗卷鼓寒，战况危急；最后两句，写奋勇杀敌，以死报国。这看似非常顺理成章的解释，如果和诗的原文一对照，稍

李贺

加推敲，就会发现显然的漏洞。首先，如果说开头两句是写敌军压城，城陷重围，形势危急，为什么打了一阵之后，反而"半卷红旗临易水"，跑到河北藩镇的巢穴去了呢？越打越远，只有在大破敌军之后，乘胜一直追击的情况下才有可能出现，但又说"霜重鼓寒声不起"，情况危急，最后又表示要以死报君。明明大获全胜，穷追不舍，何以如此缺乏壮盛之气，悲凉激楚呢？这就显得前后矛盾，无法自圆了。其次，"角声满天"不像是写双方激战。军中号角并非如现代战争那样作为发起进攻、冲锋的信号，而是用作警昏晓、振士气、肃军容的信号，即所谓"画角"。陈子昂《和陆明府赠将军重出塞》："晚风吹画角，春色耀飞旌。"所写即警昏晓所用。发起进攻例用击鼓而非画角。再次，"半卷红旗"更不像是写作战时的情景。在战斗中，旗帜起着指挥全军、激励士气的作用，战旗总是迎风招展飞扬，而不能是"半卷"的。"半卷红旗"是在急速的行军过程中，为了减少风的阻力，以加快行军速度而这样做的，王昌龄《从军行》"大漠风尘日色昏，红旗半卷出辕门"正是写急速行军的情景。总之头一句理解错了，全篇的内容也都弄得扞格难通，无法自圆。那么，这首诗究竟写什么呢？概括地说：应该是写一次虚拟想象中讨伐河北藩镇的出征情景，时间是从傍晚到次日黎明前。

"黑云压城城欲摧，甲光向日金鳞开。"开头两句，写出征将士集结城下待发。浓重的黑云低低地压在城头上，看上去就像是要把城头压塌一样。在城下列阵整装待发的将士身披铠甲，迎着透过乌黑云层照射下来的耀眼的阳光，像金色的鱼鳞开张时那样，闪耀着光芒。"黑云压城城欲摧"这个发端，不但奇警峭拔，突兀劲挺，而且在景色描绘中透出一种紧张、沉重的气氛。孤立地抽出这一句，也许可以理解为强敌压境，危城将破。但联系全诗，则明显可见这种理解与实际不符，因为下面并没有接着写敌我双方在城下惨烈的战斗。说这句诗带着某种象征暗示色彩自属事实，但它的象征暗示色彩，仅仅是在总体上渲染一种氛围：当时藩镇割据势力猖獗，严重威胁着国家的统一和中央集权。这种总体的时代氛围，使诗人在描写景物时，自然地渗透了一种沉重而紧张的危机感、压抑感。"黑云压城"的"压"字，不但写出了黑云低垂紧贴城头的态势，而且写出了它的质感、重量感；而句末的"摧"字，更显示出一种危急感。这样，整个诗句在写景中就自然渗透了诗人对当时那种强藩割据叛乱，形势严峻危急的总体时代氛围的强烈感受。而第二句则将画面由黑云低压的城头移向列阵整装待发的将士。诗人撇开将士的面部表情、心理状态的正面描写，单写透过浓密乌黑云层射出的耀眼阳光映在将士的铠甲上，闪

241

耀出金鳞般的光芒这一细节。黑云、日光，一黑一白，正是光线明暗的两个极端。强烈耀眼的阳光与周围大片漆黑的乌云，与将士身上黑色的铁甲，形成强烈的对比，造成视觉上心理上的强烈刺激。这种色彩的结合映衬，已经隐隐传出一种严肃、沉重而带庄严感、神秘感的气氛。不说"日光映甲"，而说"甲光向日"，加上句末的"开"字，更表现出一种向上跃动的气势和生命力。上句的沉重感、压抑感和危急感与这句的严肃感、神秘感和跃动感，实际上都是出征将士在危机重重的背景下背负着庄严赴战使命的复杂心态的表现。

"角声满天秋色里，塞上燕脂凝夜紫。"三、四两句，写行军途中情景，上句写所闻，下句写所见。悲壮嘹亮的号角声在充满秋色的寥廓天宇和广阔原野上回荡，在夕阳余晖的映照下，塞上紫色的泥土犹如胭脂凝成。上句境界开阔，声调高亢；下句色彩浓烈，情感凝重，表现的也正是出征将士复杂的情感心绪。下句遣词设色极富创造性。"塞上燕脂"既可理解为塞上的泥土呈现胭脂之色，也可理解为塞上傍晚的红色霞光。"凝夜紫"三字，显示出在行军的过程中，塞上的红色泥土和天边的红色霞光逐渐黯淡，最后凝结成一片入夜后的深紫。从写景的角度说，自是极精练形象、奇警独特的诗句，但更主要的，却是它所具有的象征暗示色彩，这"塞上燕脂凝夜紫"的景象，使人自然联想到即将到来的战斗之惨烈，联想到将士的鲜血。其意味类似毛泽东《忆秦娥·娄山关》的结尾"残阳如血"，但前者暗示，后者明喻，手法各异。毛泽东喜李贺诗，此等描写可谓深得贺诗之神髓而又别具明快之风格。

"半卷红旗临易水，霜重鼓寒声不起。"五、六两句，续写出征部队到达作战的前线。上句明点"易水"，无论就内容，就风格而言，都是一个关键的意象。易水流域一带，是河北藩镇的巢穴，说明这次将士行军赴敌，其作战的对象就是盘踞这一带恃强作乱的强藩，从而显示出战争的正义，也预示战争的悲壮惨烈。"半卷红旗"，是夜间急速行军偃旗息鼓的需要，而这在苍茫夜色中的"红旗"也给画面增添了鲜明的色彩。此时天已接近黎明，浓霜密布，战鼓也沾上了霜露，鼓声显得低沉不扬，似乎带着寒意。红旗与浓霜的色彩对比，易水风寒的气氛渲染，鼓寒声沉的声响描写，预示着即将开始的将是一场艰苦惨烈的血战。"易水风寒"的历史典故更使人自然联想到"壮士一去兮不复还"式的决心誓言和悲剧气氛。这就自然引出结尾两句来。

"报君黄金台上意，提携玉龙为君死。"末二句写临战前将士慷慨赴死，报答君恩的决心。黄金台就在易水边上，故由"易水"自然联想到黄金台。"黄金台上意"，亦即君主信任重用的厚意，所谓"知遇之恩"。为了报答君主的知遇之恩，决心手持锋利如雪、夭矫如龙的宝剑，与强敌决一死战。喜用"死"字一类狠重之词，固是李贺遣词的特色，但用于结尾末字，却非寻常修辞，而是出征将士抱着必死心理赴敌的自然流露。因此，它可以说是对全诗悲剧气氛、心理、结局的一种凝聚与概括。

这首诗并不是写当时现实中某一次具体的讨伐藩镇的出征行军过程，而是出自诗人的艺术想象与虚构。根据张固《幽闲鼓吹》的记载，诗当作于贞元末到元和三年这段时间内。而在此期间，唐王朝根本没有对河北藩镇用过兵。为什么李贺要虚构这样一场实际上不存在的讨伐河北藩镇的战争呢？这是因为河北藩镇自安史之乱以来，一直是藩镇割据叛乱势力的代表，根深蒂固，骄横跋扈，势力最强。从当时情况看，平定了河北藩镇，全国的统一乃至中兴也就实现了。李贺这首诗，特意虚构这样一场实际上并不存在的讨伐河北藩镇的出征，主要是表现一种强烈的主观愿望，不妨说是诗人的浪漫激情和理想的产物。而表现理想和愿望的作品，有时往往失之浮浅，忽视现实的严峻而流于盲目的乐观和单纯的畅想。李贺这首诗在表现将士以身报国、誓死杀敌的壮烈情怀的同时，对整个局势的危急、战争的艰苦都作了充分的描写。诗中始则通过"黑云压城城欲摧"的描写，表现藩镇割据势力的猖獗，继则通过"塞上燕脂凝夜紫"的描写，暗示即将进行的战斗之惨烈，然后以"霜重鼓寒声不起"的描写，渲染环境之艰苦，最后又通过将士临战前"提携玉龙为君死"的誓言，暗示战斗的悲剧气氛。这一切，都使得整首诗在悲壮激越中含有深沉凝重的情调，带有浓重的危机感和压抑感。这正是诗写得比较深刻，富于时代感的表现。

这首诗还寄寓了诗人渴望投笔从戎、为国赴难的感情。李贺政治上郁郁不得志，他往往将满腔"哀愤孤激"之思寄寓在抒写从戎杀敌的诗歌中。《南园》其二说："男儿何不带吴钩，收取关山五十州。请君暂上凌烟阁，若个书生万户侯！"这首《雁门太守行》虚构了一场讨伐藩镇的出征场景，不但表现了对国家统一局面的向往，同时也是为了抒发身带吴钩，"收取关山五十州"的渴望，为了排遣报国无门的抑郁苦闷。从结尾的"报君黄金台上意，提携玉龙为君死"来体味，诗人所表达的深层意蕴正是寻章摘句老于雕虫，求为君主一顾而不得，求为国难而捐躯亦不能的深沉强烈悲愤。

此诗色彩斑斓，宛如油画。浓墨重彩的着意描绘渲染，营造出浓烈的气氛。全诗从头至尾，充满了激越悲壮又沉重压抑的氛围感。一开头，黑云压城，其势欲摧，甲光映日，金甲闪耀，就充满紧张、沉重、神秘的战斗气氛，给人以屏息凝神、喘不过气来的感觉。接着是号角悲鸣，大地呈现凝重黯淡的血色，是易水风寒，红旗半卷，浓霜遍地，鼓声低咽。最后是刀光剑影，森寒逼人。从"黑云压城城欲摧"到"提携玉龙为君死"，首尾呼应，从天上到地下，从周围的空气、气温到声音、色彩，处处充满浓烈的气氛。这种气氛的渲染，既与特定的季节、时间的选择有关，又与多用仄声韵（除开头两句外，后六句均为仄声韵），特别是大量运用色彩浓重的字眼构成鲜明强烈的映衬对照有密切关联，如"黑""甲光向日""金""秋色（白）""燕脂""夜紫""红""易水（寒）""霜""黄金""玉"。一首只有八句的乐府短篇，竟连用了十几个带有强烈色彩的词语，可以想见它们的串联组合给读者造成的色彩感、氛围感有多么浓烈，再加上一系列硬语奇字的着意运用（如"压""摧""凝""重""寒""死"），遂使这种浓烈的氛围感更具强烈的刺激性，给读者以感官与心理的双重刺激。尽管诗中色彩繁富浓烈，用语峭奇瘦硬，但给人的整体印象却是阴暗、低沉、惨淡中透出悲壮、刚烈，这种阴刚式的美感，正是李贺所独具的。

苏小小墓①

幽兰露，如啼眼②，**无物结同心**③，**烟花不堪剪**。**草如茵，松如盖**④，**风为裳，水为佩**⑤。**油壁车，夕相待**⑥。**冷翠烛**⑦，**劳光彩**⑧。**西陵下**⑨，**风吹雨**。

[校注]

①《乐府诗集》卷八十五杂谣辞三录《苏小小歌》古辞，题解云："一曰《钱塘苏小小歌》。《乐府广题》曰：'苏小小，钱塘名倡也，盖南齐时人。西陵在钱塘江之西，歌云'西陵松柏下'是也。"古辞云："我乘油壁车，郎骑青骢马。何处结同心？西陵松柏下。"李绅《真娘墓诗序》："嘉兴县前有吴妓人苏小小墓，风雨之夕，或闻其上有歌吹之音。"李贺元和十年（815）至十一年曾南游吴越，此诗或其时所作。②二句谓沾着晶莹露珠的幽香兰花花瓣，如同苏小小悲啼的泪眼，兰

花花瓣细长如眼,故云。③《苏小小歌》古辞有"何处结同心"之句,"结同心"指男女双方缔结同心相爱之情。此句化用古辞,曰"无物结同心",含义略有变化。古代有同心结,系用锦带编成的连环回文样式的结子,用以象征坚贞的爱情。此连下句,意谓苏小小墓上没有东西可以用来编结成表达坚贞爱情的同心结,虽然长着如烟的野草花也不堪剪取作同心结。④茵,垫褥。盖,指车盖。⑤水为佩,晶莹而叮咚作响的泉流作为她身上的玉佩。⑥油壁车,一种以油涂壁的车,或谓系用青油布蒙壁的车。《苏小小歌》古辞有"我乘油壁车,郎骑青骢马"之句。夕,《全唐诗》校:"一作久。"⑦冷翠烛,指墓上的磷火,即所谓鬼火。因其有光无焰,给人以幽冷之感,而其形似红烛其光冷碧,故云"冷翠烛"。⑧劳,烦劳。劳光彩,烦劳其发出幽冷的光彩。⑨西陵,今浙江杭州市萧山区西兴镇的古称,朱长文《送李司直归浙东幕兼寄鲍将军》:"水到西陵渡口分。"但此诗中之"西陵"乃指今杭州西湖孤山西泠桥一带,此处旧称西陵。

[鉴赏]

  在李贺的诸多"鬼诗"中,这首《苏小小墓》是写得最美也最富人情味的一首,它的情调和意境,令人自然联想到《聊斋志异》中一系列写人鬼感情的名篇。不管是否自觉,至少作为一种艺术修养,像《苏小小墓》这类作品应该对《聊斋志异》上述作品的创作起过潜在而深刻的影响。

  全篇所写,均为诗人面对苏小小墓的景物气氛时的想象和联想。而这种想象和联想,又离不开《苏小小歌》古辞"我乘油壁车,郎骑青骢马。何处结同心?西陵松柏下"所提供的这一基本情节:自己乘着油壁车,所爱的男子骑着青骢马,相约到西陵的松柏之下永结同心。她的美丽和多情,使诗人徘徊墓前,面对景物时浮想联翩,不但幻化出苏小小惝恍飘忽的身姿面影,而且表现出她那种生死不渝的对美好爱情的执著追求,创造出极富幽洁凄迷情调的意境美。

  "幽兰露,如啼眼。"开头两句,从墓旁的幽兰引发联想,即景设喻。说那缀满露水的幽兰花瓣,像是苏小小哀怨悲泣的泪眼。这个比喻,不但抓住了兰花花瓣细长如眼的形似特征,而且用一"幽"字传出了兰花的幽洁芳香和幽独哀怨风神。虽只写"啼眼",但却传神阿堵,将苏小小的悲剧气质和风貌都透露出来了。

  "无物结同心,烟花不堪剪。"三、四两句,是目睹墓旁如烟笼雾罩的野花而兴感。这两句可以作两种不同的理解:一种理解是,诗人因同情爱慕苏小小而生"结同心"之想,但仓促之中又感到没有东西可以表达自己"结同心"的美好心愿，纵有烟花亦不堪剪取以表衷情。这表现了诗人那种虽幽明相隔，却与苏小小异代同心的爱慕之情，情感真挚淳厚，语气亲切自然。但联系《苏小小歌》古辞"何处结同心？西陵松柏下"之语，似乎理解为诗人代苏小小抒感更为恰当。诗人想象苏小小虽然长眠地下，却仍然执著地追求爱情，仍然像生前那样前去与情郎约会。但墓地空有烟花，别无他物，没有东西可以作为"结同心"的信物赠给对方，故不免有"烟花不堪剪"的遗憾。这种理解，不仅切合古辞原意，也更能表达苏小小对真挚爱情的珍视。在全篇中，其他各句均为三字句，独此二句用五字句，似亦更能突出苏小小自我抒慨的神情意味。不妨看作诗人意中的苏小小的心灵独白。

"草如茵，松如盖，风为裳，水为佩。"接下来连用四个结构相同的三字句，就眼前所见、所感、所闻之景展开一系列美好的想象。俯视墓地，碧草萋萋，像是她的茵褥；仰望墓旁，青松繁茂，像是她的车盖；轻风飘拂，仿佛是她的裳衣飘荡；泉水叮咚，又像是她的环佩作响。碧草青松、轻风流泉，不过是墓间寻常景物，但诗人的心灵和诗心，却将它们幻化成苏小小的茵盖裳佩，在它们之间，正活动着苏小小的身姿面影，美好灵魂。这些比喻，每一个都只涉及一个局部，并不求全求细，更不直接涉及其具体的容颜，而是用轻灵飘忽、亦幻亦真、似虚似实之笔作随意点染，结果反而为读者的想象预留了巨大的诗意空间。这种描绘形容，貌似赋笔，实为最高妙的诗笔。

"油壁车，夕相待。冷翠烛，劳光彩。"这四句，上承"结同心"，进一步想象苏小小的芳魂将前去西陵与情郎相会的情景。值此暮夜时分，小小生前乘坐的油壁香车，想必已经在等待着她，墓上那对幽冷碧色的蜡烛，正烦劳它幽幽地泛出光彩，为小小乘车上路照明。前两句是纯粹的凭空想象，却因古辞"我乘油壁车"之句使读者于恍惚迷离中仿佛若见，信假为真。后两句以诗人的灵心妙笔，将原属恐怖的事物化为凄美而极富人情味的物象，可谓古往今来写鬼火和鬼境的绝唱。在李贺诗中，曾不止一次出现过鬼火的形象，如"漆炬迎新人，幽圹萤扰扰"（《感讽五首》之三），"百年老鸮成木魅，笑声碧火巢中起"（《神弦曲》），"回风送客吹阴火"（《长平箭头歌》），"鬼灯如漆点松花"（《南山田中行》），均不同程度地带有恐怖阴暗的色彩，独有这"冷翠烛，劳光彩"的想象和比喻，虽仍带凄清的况味，却完全祛除了恐怖阴暗的色彩，表现为一种极具人情味的凄美，那"冷翠烛"仿佛特具温暖的人情，在默默地为小小前去赴情人的约会照明送行。特别是那个极富感情色彩的"劳"字，仿佛透露出了小小心灵中的无限感谢之情和温暖情意。

"西陵下，风吹雨。"末两句从古辞"何处结同心？西陵松柏下"化出，想象小小所前往约会的西陵的氛围意境。"风吹雨"的描写孤立地看似乎有些凄清，这自然跟苏小小的鬼魂身份有关。但如果联系《诗·郑风·风雨》"风雨如晦，鸡鸣不已。既见君子，云胡不喜"的描写来体味，这"风吹雨"的氛围不正反衬出了与情人相会的欢乐与喜悦吗？它在凄清中带有爱情的温柔甜蜜，并不是纯然的凄伤。

李贺的诗，每多幽峭奇险、瘦硬生涩之语，这首《苏小小墓》虽写鬼魂的爱情，却几乎看不到这种峭硬奇险之笔，而是写得极温柔缠绵、婉丽多情，语言也极明畅流丽，毫无生涩之弊。

秋　来①

桐风惊心壮士苦②，衰灯络纬啼寒素③。谁看青简一编书④，不遣花虫粉空蠹⑤。思牵今夜肠应直⑥，雨冷香魂吊书客⑦。秋坟鬼唱鲍家诗⑧，恨血千年土中碧⑨。

[校注]

①据诗之首句，诗当是因风吹梧桐叶落而惊秋，引发人生的悲慨。作年不详。②桐风，掠过梧桐树的秋风。《广群芳谱·木谱六·桐》："立秋之日，如某时立秋，至期一叶先坠，故云：梧桐一叶落，天下尽知秋。"《岁时广记》卷三引唐人诗："山僧不解数甲子，一叶落知天下秋。"③衰灯，残灯。络纬，虫名，即莎鸡，俗称络丝娘、纺织娘。因其夜间振羽作声，声如纺线，故名。啼，悲鸣。寒素，指寒冷的素秋。李白《长相思》有"络纬秋啼金井阑"之句，"络纬啼寒素"即"络纬秋啼"之意。王琦注解谓络纬"其声如纺绩，故曰啼寒素"。或谓"犹趣织"，非。古代五行之说，秋属金，其色白，故称素秋。④青简，指写书用的竹简。竹简以绳串联成册卷，故曰一编书。⑤遣，让。花虫，指蛀书的蠹虫，或称蠹鱼。体小。身上有银色细鳞，尾有三毛，与身等长，看去甚美，故称花虫。此谓不让辛苦著成的书被书虫白白蛀蚀，屑粉狼藉。竹简编成的书久无人看，则生粉蠹。⑥肠盘曲回环于腹腔内，因忧愤之"思"所"牵"引，回肠亦为之直。极言忧愤

之思之强烈与难堪。⑦香魂，当指青年女子的亡魂，亦即下句"秋坟鬼唱鲍家诗"之"鬼"魂。吊，慰问。书客，书生，诗人自指。《题归梦》："长安风雨夜，书客梦昌谷。"⑧鲍家诗，刘宋诗人鲍照的诗。借指诗人自己的诗。按《南齐书·文学传论》谓鲍照诗"发唱惊挺，操调险急，雕藻淫艳"，钟嵘《诗品》谓鲍照"不避危仄"，《旧唐书·李贺传》谓贺之"文思体势，如崇岩峭壁，万仞崛起"，可见二人风格之相近，照诗多抒寒士怀才不遇之悲愤，亦与贺诗相类，故诗人以"鲍家诗"自喻其诗。钱锺书《谈艺录》八云："《阅微草堂笔记》谓'秋坟鬼唱鲍家诗'，当是指鲍昭，昭有《代蒿里行》《代挽歌》颇为知名。长吉于古代作家中，风格最近明远，不独诗中说鬼已也。"⑨《庄子·外物》："苌弘死于蜀，藏其血，三年而化为碧。"此谓秋坟之鬼，虽千年之后，而余恨未消，怨恨之血，化而为碧。而己亦如之。按鲍照《松柏篇》有句云："大暮杳悠悠，长夜无时节。郁湮重泉下，烦冤难具说。"设想死后怨愤难平，似可为此句作注解。

[鉴赏]

李贺优秀的鬼诗，意境虽有幽冷凄清的一面，却写得极富美感和人情味。《苏小小墓》和《秋来》，堪称这类作品的代表。所不同的是，《苏小小墓》是就墓前景物展开想象，描绘苏小小美好的身姿面影和对美好爱情的执著追求；而《秋来》却是从悲秋抒愤引出人鬼之间的感情交流，境界更加奇幻哀艳，感情则更加沉痛愤郁。前者柔婉幽丽，后者则多哀愤孤激之思。

"桐风惊心壮士苦，衰灯络纬啼寒素。"开头两句，紧扣题目"秋来"，写秋夜景物给抒情主人公带来的惊心愁苦感受。秋风起而梧桐叶落，这本是常见的秋天景象，常人或根本无所察觉，或虽察觉而不以为意，但"壮士"却闻之而"惊心"，而深感愁"苦"。李贺以多病而羸弱的身体而自称"壮士"，正是为了突出强调自己素怀"收取关山五十州"、"提携玉龙为君死"的壮烈报国情怀和"挈云"心事。这种情怀心志和英雄无主、沉沦困顿、"地老天荒无人识"的现实境遇之间的巨大反差，使他对时间的消逝、生命的短暂的感受较之一般的失意寒士倍加敏锐而强烈，故虽闻风吹桐叶而知天下秋，"一年容易又秋风"的感受引发的是生命凋衰、壮志蹉跎的悲愤，自然闻"桐风"而"心惊"，而愁苦了。"惊"字突出感受的突然与强烈，"苦"字突出其悲苦的深沉与无奈。次句进一步渲染秋夜凄凉凋零的氛围。室内，残灯荧荧，发出幽静的光芒；室外，络纬哀啼，仿佛因生命的秋天而悲鸣。"啼寒素"的字面同时还能引发对诗人寒苦生命境遇的联想。

"谁看青简一编书，不遣花虫粉空蠹。"三、四两句，承"壮士苦"和"惊心"，进而抒写"苦"与"惊"的感情内涵与引起这种感情的原因，是全诗中表达思想感情的核心诗句。想到自己每日每夜辛勤著书，彻晓达旦，可是这心血铸成的"青简一编书"，在当下的现实中，又会有谁去瞧上一眼呢？自己又怎能不让它白白地为蠹虫所蛀蚀，化为粉尘，没世无闻呢？"青简""粉虫"，色彩鲜明，语取对照，情抱奇悲。本应济时匡世的著述，却根本无人赏识，化为蠹虫之食，这才是"壮士"最大的悲哀。这两句以"谁看""不遣"领起，勾连呼应，语气愤激，表达了怀才不遇的强烈郁愤。"谁看"二字语似泛指，意实针对当权的统治者。或引贺诗谓"青简一编书"乃指其苦吟而成的诗歌创作，恐未必。李贺虽为诗歌呕心沥血，但那只是因怀才不遇、英雄无主而发泄苦闷不平的行为，而非其作为"壮士"的素志。从"因遗戎韬一卷书"之句看，这里的"一编书"，指的应是有关治国理政的著作，而非"寻章摘句"的"雕虫""文章"。

"思牵今夜肠应直"，第五句明点"今夜"，总揽以上四句，说明前四句所写均系"今夜"所闻所见、所感所思。用一"牵"字，生动形象地表现出种种思绪互相牵引，互相缠绕，复杂交织，纷至沓来的状态。由"牵"字又引出"肠应直"的奇想。肠本盘曲回环，用以形容思绪之萦回缠绕，本属顺理成章，但用"肠一夕而九回"来形容愁思之百结，早成诗文熟套，这对追求词必奇辟独创的李贺来说是完全不可接受的。因此他别出蹊径，从"牵"字生发出"直"字，创造出"肠应直"这一前无古人的奇语。有谁见过回肠变"直"？但在诗人的形象思维逻辑中，这被愁"思"所"牵"的"肠"就是"应直"的。它突出了"思"的强度，"牵"的力度，"肠"的那种被生拉硬拽、不堪忍受的痛感。这一句是对前四句内容和思想感情的概括，也是前四句感情的进一步发展和强化。

第六句却突作转折，出现幻境。在秋窗冷雨、残灯明灭的凄冷幽清氛围中，在心灵备受痛苦思绪的折磨中，诗人由思入幻，眼前恍惚出现了一位芳香幽洁的倩女幽魂，满怀深情地劝慰自己这个孤寂凄清、怀才不遇的书生。李贺诗受屈原《九歌》及南朝写艳情的乐府影响很深，往往思入幽艳，涉及神鬼之境，且往往与艳思结合，因此这里的"香魂"，无论是从词语本身的色彩和韵致看，或是从诗人所继承的传统看，都明显是指年轻女子的魂灵，而非指前代诗人的幽魂。这种幽艳奇幻之思，也正是李贺诗的重要特征。秋风落叶，秋雨清冷，残灯荧荧，氛围凄清幽冷，但"香魂"之"吊"，却使这幽冷凄清的氛围中平添了温馨芳香的气息，透出了浓郁的人情味。这想入非非中出现的"香魂"的同情慰问，使鬼魂充满了人间的气息，也使诗人痛苦的心灵得到了抚慰。她是诗人孤寂中的伴侣，也是诗人的知音。后世多写鬼境的《聊斋》，最能得李贺这类诗之神髓。

"秋坟鬼唱鲍家诗，恨血千年土中碧。"恍惚中，诗人仿佛听到了秋夜的坟墓之中，鬼魂在吟唱鲍照的诗篇，抒发怀才不遇的怨愤，不由得联想到，这吟唱鲍家诗的鬼魂，虽身死千年，但怀才不遇的怨恨却永远难以消解，恨血积聚，渗入土中，千年之后，依然碧血隐隐，永怀长恨。在南朝诗人中，鲍照的诗因其抒发怀才不遇的忧愤，"发唱惊挺，操调险急，雕藻淫艳"，最近李贺诗风。诗人特别标举"鬼唱鲍家诗"，言外自含以"鲍家诗"自况之意，当然也就蕴含了鬼亦赏音之意。但自己的诗，竟要到鬼域去寻觅知音，就像上面所写唯有香魂相吊一样，却更透露出了人间的冷漠，因此那"恨血千年土中碧"的长恨中自然也包括了诗人自己的无穷怨愤。最后两句，虽仍写鬼境，但感情却由温馨转为愤激，以变徵之声作结，正透露出诗人的愤郁无可排解。

南园十三首（其一）①

花枝草蔓眼中开②，小白长红越女腮③。可怜日暮嫣香落④，嫁与春风不用媒⑤。

[校注]

①南园，在河南府福昌县昌谷，系李贺家居南面的园子。十三首杂咏昌谷景物与闲居期间的情思。除第十三首为五律外，其余均为七绝。昌谷又有北园，见《昌谷北园新笋四首》。这组诗可能作于元和八年（813）因病辞官归昌谷以后的一段时间内。②草蔓，犹蔓草，生有长茎能缠绕攀缘的杂草，蔓生的野草。③小白长红，形容盛开的花朵于艳红之中，略带白色。越女腮，犹如越地少女红润白皙的脸庞。或谓"小白长红"指花朵或小或大，或白或红，但下接云"越女腮"，则自指一朵花白中透红，而非指或白或红的众花。萧统《十二月启》："莲花泛水，艳如越女之腮。"亦指莲花之红艳中泛白。④可怜，可惜、可羡。嫣香，娇艳芳香，此借指花。⑤花为春风吹落，随风飘去，故曰"嫁与春风"。

李　贺

[鉴赏]

　　这首诗写南园的花朝开暮落，内容似乎很明白单纯，但细味诗的格调意趣，却并不一览无余，字里行间，别有一种隽永耐味的情韵，这也正是此诗的艺术魅力所在。

　　前两句写园中花开。花枝，指挂满枝头的花朵；草蔓，指长在地上蔓生延伸的草花。无论高处低处，枝头草间，到处都开满了绚丽的花朵。着"眼中"二字，不仅写出这是正在盛开的花朵，而且传出仰观俯视之间，处处新艳，目不暇接的情景。用"小"来修饰"白"，用"长"来修饰"红"，固是长吉一贯避熟求生的作风，但如果不和"越女腮"的生动比喻结合起来，不但易生歧义误解，而且传达不出"小白长红"这四字特具的风韵。越女之美艳，天下闻名。"越女天下白，鉴湖五月凉"（杜甫《壮游》），这"白"乃是一种红润的白，一种白里透红的"白"。因此用"越女"白里透红的面颊来形容盛开的花朵，不仅将它的色彩之美描绘得真切传神，而且传出其特有的青春气息与风采，真正将花写活了。尽管"越女腮"之语并非李贺新创，但"小白长红越女腮"之句却完全是意新语奇的李贺式诗风。

　　"可怜日暮嫣香落，嫁与春风不用媒。"三、四两句写园中花落。"可怜"二字，在唐人诗中有可惜、可爱、可叹、可美多种含义，这里用"可怜"二字作转，似自指可惜，但之所以可惜，首先由于它的惹人怜爱，故"可怜"之中自亦含"可爱"之义。日暮风起，枝头草间，娇艳馨香的花朵纷纷凋落，随风飘扬。这种景象，本极易触动青春易逝、芳华易凋的感伤，如果按照这种习惯的思路来写诗的三、四句，则这首诗也未能摆脱俗套。但诗人却别有灵心慧感、奇思妙想，将纷纷扬扬随风飘荡的落花想象成"嫁与春风"，而且这个"嫁"竟又如此轻松自由，无须父母之命、媒妁之言，春风一来，就悄无声息地跟着走了。评家盛赞诗句的"新巧"，其实在这新巧的比喻之中自含一种隽永的情趣韵味。诗人好像是以欣喜的心情，庆幸这"嫣香"的落花终于有了一个美好的归宿，而不致沦落成尘，化为泥淖了。诗句的声情口吻，不是沉重的叹息，而是风趣的调侃，也说明它与传统的叹惜青春易逝、芳华易凋的感伤有着明显的区别。回过头去再体味第三句句首的"可怜"，则"可怜"之中似乎又带有可美的意味了。北宋词人张先著名的《一丛花令》词化用李贺此句，写出"沉恨细思，不如桃李，犹解嫁东风"的警句，似乎也正确地理解了李贺原诗的含意与情味。

金铜仙人辞汉歌 并序①

魏明帝青龙元年八月②,诏宫官牵车西取汉孝武捧露盘仙人③,欲立置前殿。宫官既拆盘,仙人临载④,乃潸然泪下⑤。唐诸王孙李长吉乃作金铜仙人辞汉歌⑥。

茂陵刘郎秋风客⑦,夜闻马嘶晓无迹⑧。画栏桂树悬秋香⑨,三十六宫土花碧⑩。魏官牵车指千里⑪,东关酸风射眸子⑫。空将汉月出宫门⑬,忆君清泪如铅水⑭。衰兰送客咸阳道⑮,天若有情天亦老。携盘独出月荒凉,渭城已远波声小⑯。

[校注]

①金铜仙人,指汉武帝所建造的铜铸仙人像。武帝迷信神仙,于建章宫筑神明台,立铜仙人舒掌捧铜盘承甘露,希望饮以延年。《汉书·郊祀志上》:"其后人作柏梁、铜柱、承露仙人掌之属矣。"颜师古注引《三辅故事》云:"建章宫承露盘高二十丈,大七围,以铜为之,上有仙人掌承露,和玉屑饮之。"《三辅黄图》卷三引《庙记》:"神明台,武帝造,祭仙人处,上有承露台,有铜仙人,舒掌捧铜盘玉杯,以承云表之露,以露和玉屑服之,以求仙道。"金铜仙人辞汉,指魏明帝青龙五年将金铜仙人像拆运到洛阳,离开西汉都城长安事,参诗序及注。此诗可能作于元和七年(812)因病辞奉礼郎归昌谷时,见朱自清《李贺年谱》。②青龙,魏明帝年号。青龙元年为公元233年。按:此记载有误。《三国志·魏书·明帝纪》:"景初元年(即青龙五年,公元237年)……三月,定历改年为孟夏四月。"裴松之注引甲子诏曰:"其改青龙五年三月为景初元年四月。"《魏略》曰:"是岁(指景初元年),徙长安诸钟虡、骆驼、铜人承露盘,盘拆,铜人重不可致,留于霸城。"又引《汉晋春秋》曰:"帝徙盘,盘拆,声闻数十里,金人(指铜人)或泣,因留于霸城。"据以上记载,"青龙元年八月"或为"青龙五年八月"之误,然青龙五年无八月,实当为景初元年(237)八月。③牵,一作"挛",同"辖",驾驶。叶葱奇《李贺诗集》校:"诸本均讹作'牵',此从《弹雅》改正。"④临载,临上车运载。⑤潸(shān)然,泪流貌。⑥李贺系唐宗室郑王李亮(唐高祖李渊之叔)的后裔,故自称"唐诸王孙"。⑦茂陵,汉武帝刘彻的陵墓,在今陕西

兴平市东北。茂陵刘郎，即指汉武帝刘彻。汉武帝曾作《秋风辞》，故称为"秋风客"。⑧《太平御览》卷八十八引《汉武故事》："甘泉宫恒自然有钟鼓声，候者时见从官卤簿等似天子仪卫，自后转稀。"此句化用其事，谓建章宫中夜闻武帝仗马嘶鸣之声，似其魂灵仍来巡游，至晓则踪迹全无。⑨画栏，指宫中彩画的栏杆。秋香，借指桂花。桂花秋天开放，香气浓郁。⑩《文选·班固〈西都赋〉》："西郊则有上囿禁苑，林麓薮泽，陂池连于蜀汉，缭以周墙，四百馀里。离宫别馆，三十六所。"汉武帝扩建秦上林苑，苑中分为三十六个小区域的苑囿，各由宫观、池沼、园林组成。建章宫即其中之一。土花碧，指碧绿的苔藓。⑪指千里，指车行指向千里之外的魏都洛阳，《三国志·魏书·文帝纪》："黄初元年……十二月，初营洛阳宫，戊午幸洛阳。"⑫东关，指长安城东门。酸风，刺眼的寒风。眸子，指铜人的眼珠。⑬将，与、伴。汉月，或谓指圆形的承露盘。恐非。⑭君，指汉武帝。铅水，形容泪之沉重。⑮客，指金铜仙人。咸阳，秦朝都城，在今西安市西北。此借指长安。⑯渭城，秦都咸阳，汉代改称渭城。此亦借指长安。波声，指渭水的波涛声。

[鉴赏]

　　这首诗从杜牧开始，就被视为李贺最重要的代表作。除了取材的新颖、想象的奇特和语言的独创外，从内容看，又兼容对国家命运的深忧与对身世命运的哀伤，亦即所谓荆棘铜驼之忧与宗臣去国之悲。在李贺诗中，这是思想感情最深沉的一篇。

　　李贺现存的二百多首诗中，有序的不过八首，多数仅为交代作诗的事由，但杜牧序中提到《金铜仙人辞汉歌》和《还自会稽歌》，不但都有序，而且前者明显蕴含易代之悲，后者则明点"国势沦败，肩吾先潜难会稽，后始还家"，可见二诗内容上的一致性和相关性。如果二诗的创作时间确在元和七年（812）辞奉礼郎归昌谷后，则铜人辞汉、肩吾归家与诗人归昌谷之间的联系便可以看得比较清楚了。陈沆的《诗比兴笺》以比兴说诗，常有穿凿附会之弊，但他联系《还自会稽歌》和《春归昌谷》诗来发明诗人的"宗臣去国之思"，确为有得之见。不过他似乎没有注意到"铜人辞汉"这个故事中所包蕴的易代之感，因此他的所谓"宗臣去国之思"中就缺少了原诗中已经明显表露的家国沦亡之忧这个最主要的内容。

　　"茂陵刘郎秋风客，夜闻马嘶晓无迹。"开头两句，写汉武帝的幽灵夜间在汉宫出没。用"茂陵刘郎秋风客"来称呼早已故去的汉武帝，确实是前无古人的奇语。"茂陵"是武帝陵墓，点出"茂陵"自指武帝早已长眠于陵墓之中。武帝在位五十四年，卒年已七十一岁，埋葬在茂陵的武帝早已不是少壮的"刘郎"，"秋风客"自是由于武帝写过一首流传后世的著名《秋风辞》。解者或因武帝迷信神仙、企求长生、以金盘承露之事而谓其亦如秋风中之过客，甚至认为语有讥讽之意。李贺在《马诗》之二十三中的确讽刺过武帝求仙："武帝爱神仙，烧金得紫烟。厩中皆肉马，不解上青天。"不过，这首诗中的汉武帝却并不是一个讽刺的对象，而是作为一个已经沦亡的王朝的代表，被"金铜仙人"所追思忆念的对象。因此，"茂陵刘郎秋风客"这个称谓，给人的感觉倒是在怀念追思中透出了几分亲切，仿佛长眠茂陵的不是一位功业威权盖世的年过古稀的帝王，而是一位英俊潇洒的年轻诗客。王琦说"以古之帝王而渺称之曰刘郎，又曰秋风客，亦是长吉欠理处"，固然是出于封建君臣伦理观念的批评，反过来说这正表现了李贺兀傲不羁的性格和不受封建等级观念束缚的精神，似亦有些拔高。"夜闻马嘶晓无迹"，是说汉宫中夜间似乎听到马嘶鸣的声音，大约汉武帝的幽灵曾在此出没徘徊，一到清晨就杳无踪迹。把虚幻荒诞的景象写得恍惚迷离，意在渲染汉宫的荒凉凄寂，也兼写武帝幽灵对旧日宫苑的怀恋。

"画栏桂树悬秋香，三十六宫土花碧。"三、四两句，进一步正面描绘汉宫荒凉景象。彩画栏杆旁的桂树开满了芬芳的桂花，宫中的奇花异草、珍奇树木依旧像以前一样开花结实，但宫苑的主人却早已不在，昔日豪华美丽的三十六宫，宫观寂寂，满目苍凉，只见满地苔藓，一片碧绿。用"悬秋香"来借代枝头悬挂秋天开花的桂花，不但造语新颖，而且符合月夜看不清细小的桂花却闻得到浓郁桂香的特定情境。用"土花碧"来借代碧绿的苔藓，给人一种古铜锈绿式的色感，在月色的映照下，更显出了汉宫别苑的荒寂。两句一诉之于嗅觉，一诉之于视觉，它们相互映衬，创造出一种幽艳凄清的氛围意境。其中隐隐透露出诗人对这样一座荒宫旧苑的深沉悲慨。杜牧《李长吉歌诗叙》说："荒国陊殿，梗莽丘垄，不足为其怨恨悲愁也。"上面四句诗，杜牧在写序时恐怕是可能浮现于脑际的。

接下来四句，叙写魏官折运铜人之事和铜人辞别汉宫的情景，也就是诗序中所说的"诏宫官牵车西取汉武帝捧露盘仙人……仙人临载，乃潸然泪下"之事。"魏官牵车指千里"句是对事件的总叙，"指千里"是说指向千里之外的洛阳（文帝黄初元年冬，魏已迁都于洛阳，旧注或谓邺都，或谓许昌，均误）。铜人因为过重，最后并未运至洛阳，而留在了霸城，但诗人只说"指千里"，并未道及是否运抵，并不违反历史。紧接着一句"东关酸风射眸子",便设身处地,化身为铜人,写铜人出长安东城门时的感受。时值秋天,夜风凛冽,出城关时风力凝聚,直射铜人。诗人用"酸风射眸子"来形容秋风刺眼的感受,极见精彩。不说"寒风""凄风",而说"酸风",不仅传神地表现出凄厉的寒风直射眼目时的那种生理上的酸痛感、刺激感,而且透露出铜人心理上无法忍受的凄楚伤痛感;它和"射"字并用,更能表现这风的劲厉、迅疾,给人以一种冷箭直射眸子似的刺痛感。写到这里,诗人已身化铜人,感同身受了。

"空将汉月出宫门,忆君清泪如铅水。"李贺写诗,对章法每大不理会,即使像"金铜仙人辞汉"这样一个带有叙事性的题材,也不大讲究叙次的先后,前面已经讲到车出东关、酸风射眸,这里又回过头来说铜人空自伴着汉月出了宫门,不免先后颠倒。但李贺只是跟着自己的主观感受走,故忽起忽落,忽前忽后,常有这种出人意料的跳跃。这里是因为要写铜人的悲伤下泪,先要用酸风射眸衬垫一笔,使"清泪"之下显得更加自然合理,就没有顾及"东关"与"宫门"在地理上的反转了。这种"少理"处,正是李贺诗重主观、重感受造成的。"汉月"姚文燮认为即"露盘",依据大概是下面的"携盘独出"之语,殊不知此四字下还有"月荒凉"三字,可见在李贺笔下,盘和月明显是二物而非一事。"汉月"之语,王琦分析最详而切,其中蕴含的正是铜人离开汉宫时那种孤独寂寞、哀伤沉痛的易代之悲。汉宫中过去熟悉的一切都将永远与自己告别,与自己相伴出宫的只有曾经照临故宫的那一轮明月。着"空将"二字,正暗示汉宫中的一切,包括旧日的主人都离自己远去了,全句所表达的正是一种时代沧桑感,这就自然逼出"忆君清泪如铅水"来。铜人在被拆卸临载时下泪,是《魏略》的记载中原有的,这事本身就带有神异的传奇色彩,而且蕴含了汉魏易代的沧桑之悲。李贺把它写到诗里,作为全篇思想感情的重点,本属自然,但李贺的表达方式却极奇特。在他的想象中,铜人因为思忆故君而不禁流泪,而这泪竟是"如铅水"的"清泪"。这似乎很荒诞无稽,但诗人自有其思维逻辑。在天真的诗人想来,铜人是一个"高二十丈,大七围"的铜像,如果掉泪,也一定是沉重的、金属性质的眼泪;而泪珠,按生活经验,是透明的液体,即所谓"清泪"。又要有沉重的质感和金属性质,又要是透明的清泪,符合这个条件的,非"铅水"而莫属了。通过这一系列想象,才创造出了"忆君清泪如铅水"的奇句,既写出了铜人的"人性",又写出了铜人的"物性",而在宛若童话的天真想象中透露的却是铜人辞别故园、故土时沉重的悲凉。

最后四句，写铜人上车就路后的情景。"衰兰送客咸阳道"，是说秋天凋衰的兰草在长安道旁，默默相送铜人寂寞地离去，表明无知的草木也为此而感伤留恋；而紧接着"天若有情天亦老"这一奇句，则是全诗感情的集中迸发，也是诗人感情的集中表现。这一警动千古的奇句，既有其合理的思维逻辑，又和景物的烘染触发有密切关联。在常人心目中，相对于短暂的人生和沧桑的历史来说，自然界的代表——天，是永恒的、不变的，自然也不会衰老，但诗人却认为，天如果有情感，看到人世的这种沧桑变化，看到铜人辞汉潸然泪下和衰兰送客的情景，恐怕也会因悲伤而变老吧。强调无知无言的天尚且会因为人间的巨变而动情以至变老，正是为了反托人世的易代巨变给予生活在人间的人们的心灵巨创和无限伤痛。在诗人想象中，铜人辞汉时正值夜间，虽有月而天色黯淡阴沉，看上去像是满怀愁绪，衰容满面，因此才不禁想到，老天这样阴凄，恐怕也是由于愁绪过多而变老的吧。由于诗人略去了触发联想的景物描写，读者便只感到设想的奇警而莫寻思路了。这句诗貌似议论，却饱含强烈深沉的悲慨，又隐含特定景物的触发，实际上兼含了议论、抒情和写景。而它的情感内核，即是对人间易代的沧桑巨变的深沉悲慨。

"携盘独出月荒凉，渭城已远波声小。"结尾二句，从突然迸发的悲慨转回铜人身上，写铜人登车就道、离长安渐行渐远的情景。在"携盘独出"的铜人眼中，月色是荒凉冷寂的，透露出辞别汉宫后铜人独登长途的孤寂感和满目荒凉的故国之悲。上句写视觉，下句转从听觉角度写：长安故城渐行渐远，渭水的波声也越来越小了。通过这种细腻的听觉感受，写出了铜人对故都的深切留恋和无限怅惘。李贺的诗往往直起直落，不刻意于收处作含蓄之词，但这首诗的结尾写铜人的视听感受所寓含的心理活动，却写得很富韵味，像是在铜人辞汉的道路上留下了一串余味深长的省略号。

全篇奇思妙想迭出，其核心情节不过是铜人下泪，而抒发的主要感慨则是铜人辞汉所象征的易代沧桑的悲感。客观地看历史，李贺所处的贞元、元和时代，唐王朝虽经安史之乱后已走向衰颓，危机深重，但远未到崩溃灭亡之日。不过像李贺这样一个自身遭遇不偶而又生性极为敏感的诗人却凭自己的主观感受甚至是直觉感受，察觉到国势沦亡的易代危机正在逼近。在他眼中，当时的现实世界是"天迷迷，地密密。熊虺食人魂，雪霜断人骨。嗾犬狺狺相索索，舐掌偏宜佩兰客"，一片阴暗凄迷、到处布满危机的衰颓之世。因此，在离唐亡还有近一个世纪，史家号称"元和中兴"的时代，他却唱出了沉痛悲凉的前朝亡国哀音，以抒发对唐王朝前途命运的深沉忧虑，感到唐王朝也不免要演出金铜仙人辞汉这种悲剧性的易代场面。诗人在序中特意标明"唐诸王孙"的宗室身份，正是为了表现自己作为宗室后裔，对王朝的命运有着一种特殊的关切和深忧。陈沆用"宗臣去国之思"来概括全诗的主旨，但他只从李贺"志在用世，又恶进不以道，故述此二篇以志其悲"的个人遭际之悲着眼，不免见其小而遗其大。如果要说是"宗臣去国之思"，那也应该是一个对国家命运怀着深切忧思感、危机感的"宗臣去国之思"。铜人辞汉与宗臣去国（辞奉礼郎即归昌谷）的重合，国家命运之忧患与个人遭际之不偶的重合，使李贺对唐王朝的深重危机感受更加痛切，更加沉重，于是便有了铜人辞汉时"忆君清泪如铅水"的沉重悲感描写，有了从内心深处迸发出来的"天若有情天亦老"的悲慨。借用鲁迅评《红楼梦》的话来说，"悲凉之雾，遍布华林，然呼吸而独领之者"，唯李贺而已。

马诗二十三首① （其四）

此马非凡马，房星是本星②。向前敲瘦骨③，犹自带铜声④。

[校注]

①《马诗二十三首》，是李贺一组以五绝为体裁，以咏马为题材，以抒写怀才不遇为基本主题的托物寓怀组诗。作年未详。这是组诗的第四首。②是本星，《全唐诗》原作"本是星"，校："一作是精。"按：作"房星本是星"或"房星本是精"均不通，且与上句不对。兹依叶葱奇《李贺诗集》改。叶本未注明所据何本。房星，星宿名，即房宿，古时以之象征天马。《晋书·天文志上》："房四星……亦曰天驷，为天马，主车驾。"古代认为超凡的人或马上应列宿，"房星是本星"，犹谓房星乃是此马之本星，即此马系天马之意。③瘦骨，指马的肢体骨骼强壮而不痴肥。骏马多瘦劲。杜甫《房兵曹胡马》："胡马大宛名，锋棱瘦骨成。"④带铜声，形容其骨坚劲，故敲之铿然而带铜声。

[鉴赏]

这一首以天马神骏、瘦骨坚劲自喻，妙在设喻奇警，生动展现出诗人的气骨个性、精神风采。

"此马非凡马，房星是本星。"前两句对起，而语意一气贯注。说这匹马并非凡庸之马，它本是天上的房星之精所化，乃是一匹"天马"。这两句似乎说得很直白，但言语口吻之间，可以体味出一种本为神骏，却被世俗视为凡马的不平之气和自负自信。

"向前敲瘦骨，犹自带铜声。"谓予不信，那就不妨近前敲一敲它的瘦骨，原来它所发出的声响犹自带着铜声啊！"瘦骨"之语，首先给人的印象是瘦骨嶙峋的外形。杜甫在《瘦马行》中说："东郊瘦马使我伤，骨骼硉兀如堵墙。"外形的瘦和骨骼的突兀意味着它"食不饱，力不足，才美不外见"，这样的马往往被不识者误认为是"凡马"甚至"病马"，弃而不用；但真正的骏马又往往如杜甫在《房兵曹胡马》中所描绘的那样，是"锋棱瘦骨成"而非痴肥者。因此，这首诗的"瘦骨"就兼具两方面的含义，一是它外形的骨瘦嶙峋，不被赏识，没有好的际遇；二是它的骨骼坚挺，具有骏马的骨骼素质。两方面的含义实际上揭示了骏马不被赏识的悲剧。第四句用"犹自"领起，突作转折，说尽管"瘦骨"的骏马不被人所赏识，但它的骨骼却依然坚挺，如铜铁般坚硬，试敲其瘦骨，仍然发出敲打铜铁所发出的铮铮声响。这"带铜声"的"瘦骨"，既是骨骼坚劲的千里神骏的表现，更是其坚刚不屈的气骨品格的象征。"犹自"二字，突出强调的正是虽见弃于时、生活困顿，而铮铮铁骨依然如故的气节品格。由骨骼之坚联想到铜铁之坚，又由铜铁之坚联想到铜铁之声，辗转联想，创造出"向前敲瘦骨，犹自带铜声"这样出人意想、含义深刻的奇警诗句，展现的正是怀才不遇的才俊之士在困顿境遇中坚刚不屈的精神风格。其自负、自傲、自赏、自强之情，充溢于字里行间。前两句的平直正衬托出后两句的警拔。

老夫采玉歌①

采玉采玉须水碧②，琢作步摇徒好色③。老夫饥寒龙为愁，蓝溪水气无清白④。夜雨冈头食蓁子⑤，杜鹃口血老夫泪⑥。蓝溪之水厌生人⑦，身死千年恨溪水⑧。斜山柏风雨如啸⑨，泉脚挂绳青袅袅⑩。村寒白屋念娇婴⑪，古台石磴悬肠草⑫。

[校注]

①诗写老年男子被官府强征入蓝溪水采玉的情景。《元和郡县图志·关内道·

京兆府》:"蓝田县,畿,东北至府八十里。本秦孝公置。按《周礼》:'玉之美者曰球,其次为蓝。'盖以县出美玉,故曰蓝田。'""蓝田山,一名玉山……在县东二十八里。"诗可能作于李贺任奉礼郎〔宪宗元和五年至八年(810—813)〕期间。②水碧,碧玉的一种。《山海经·东山经》:"耿山无草木,多水碧。"郭璞注:"亦水玉类。"王琦谓"水玉是今之水精,水碧是今之碧玉"。③步摇,妇女头饰,附于簪钗之上。《释名·释首饰》:"步摇上有垂珠,步则摇动也。"《后汉书·舆服志下》"步摇以黄金为山题"数句王先谦集解引陈祥道曰:"汉之步摇,以金为凤,下有邸,前有笄,缀五采玉以垂下,行则动摇。"徒,徒然,只不过。好色,美好的颜色,犹漂亮、华美。④蓝溪,在蓝田山下,水中产碧玉,名蓝田碧。无清白,谓浑浊。二句谓老夫饥寒交迫,入蓝溪采玉,使水中的龙亦为之愁苦,蓝溪水因人之采玉与龙之愁苦搅动而失去了清白,变得浑浊。⑤榛,通"榛"。榛(zhēn)子,榛树的果实。《山海经·西山经》"下多榛楛"郭璞注:"榛子似栗而小,味美。"⑥杜鹃口血,传说杜鹃鸟(即子规)系古蜀王杜宇之魂所化,春末夏初,常昼夜悲鸣,直至口中出血。⑦厌,吃饱。生人,活人。采玉者入深水采玉,常被淹死。⑧谓被淹死的采玉者虽身死千年,犹恨溪水。王琦谓"夫不恨官吏,而恨溪水,微词也"。⑨柏风,吹过柏树的风。雨如啸,形容雨势之大,其声如同呼啸。⑩泉脚,流泻而下的泉水。袅袅,摇动貌。此句写采玉者从山顶挂悬绳索,身系于绳,顺着泉流下到蓝溪水中采玉。⑪白屋,穷苦人家所住的简陋房屋。⑫古台石磴,古老的有石台阶的山路。悬肠草,一名思子蔓,蔓生植物。

[鉴赏]

不少评家都注意到稍早于李贺的中唐诗人韦应物有一首所咏题材相同、地点相同、主题相近的《采玉行》,这似乎可以说明官府强征百姓上蓝田山、下蓝溪水采玉,弄得百姓妻离子散、饥寒交迫、身历险境的现象已经非常突出,以致冲澹如韦应物、重主观如李贺这样的诗人也都关注这一民不堪命的社会现象,并表现出对被役使的百姓的深切哀悯同情。值得注意的是,韦诗中官府强征的对象就是"白丁"——平民中的丁壮,而李诗中则连"老夫"也在所不免,统治者为满足私欲而奴役百姓、草菅人命已经不择对象、不循章法了。韦诗简约含蓄,犹如素描,李诗则感情浓烈,色彩斑斓,描绘细致,犹如油画。它所咏系符合时代诗歌主潮——"歌生民病"的题材,却极具贺诗的独特风貌与独创性。

"采玉采玉须水碧,琢作步摇徒好色。"开头两句,以抒情性的议论起,直接入题，揭出官府强征百姓采玉之事的不合理。重复"采玉"二字，以咏叹笔调传出采玉者的怨愤，也透露出采玉之事的无休无止。官府所"须"的不是普通的玉石，而是藏于深水中的"水碧"，这就为下文以绳悬身、入蓝溪采玉等一系列描写预留了广阔的空间，使官府之"须"与百姓之"苦"与"恨"挂上了钩。而如此辛苦采来的水碧只不过雕琢成步摇上所缀的玉饰，徒然华美漂亮而已。这说明官府之所"须"不过为上层社会的妇女奢华生活添色，也说明统治者为自己的奢华私欲可以丝毫不顾民命。这样的开头，一针见血，直接将逼民采玉者推向被告席。

"老夫饥寒龙为愁，蓝溪水气无清白。"三、四两句，出现了这首诗的主要描写对象——一位饥寒交迫的采玉老人。他忍受饥寒，被迫入水采玉，这种惨痛的景象连蛰伏于深水中的龙也为之愁苦烦怨，它不安地搅动着溪水，使清莹的蓝溪和笼罩其上的一层水汽都变得浑浊不堪。"老夫饥寒"和"龙为愁"之间，上句与下句之间，省略了诗人的推想所构成的联系，乍看似接非接，细味自有诗人的思想逻辑。在诗人心目中，龙也像人一样，善体人情，为老夫之愁苦而愁苦，且因此而躁动不宁，搅动翻腾。写龙之愁、水之浑正是为了突出老夫饥寒交迫入水采玉的愁苦怨愤。这种想象和笔法，纯然是长吉体特有的。

"夜雨冈头食蓁子，杜鹃口血老夫泪。"第五句承上"饥寒"，进一步作具体描绘渲染。夜间凄风冷雨，露宿山头，寒冷瑟缩之状可想；无食可以充饥，只得采野生的蓁子为食，其饥饿难忍之状可知。韦诗中同样写到采玉者"绝顶夜无人，深蓁雨中宿"，可见这句所写并非出之想象，而是真实生活的反映。第六句将"杜鹃口血"与"老夫泪"这两个似无直接关联的景象串联起来，构成写实与象征融合，意蕴丰富深长的诗句。夜宿深山茂林，听到杜鹃鸟啼血般的哀鸣声，老夫联想到自己饥寒交迫的悲惨境遇，不禁辛酸下泪。这是触景生悲，是写实，但杜鹃啼血的神话传说及由此构成的典故意象中又积淀了无穷的哀怨悲苦的意蕴，因此"杜鹃口血老夫泪"的诗句中又含有丰富的象征色彩，使人联想到那哀鸣不止直至泣血的杜鹃，仿佛就是怀着无穷怨恨愁苦的老人的化身，"杜鹃口血"与"老夫泪"之间也就构成了一种象征。

"蓝溪之水厌生人，身死千年恨溪水。"七、八两句，又由眼前的采玉老人的悲惨境遇推想开去，想到千余年来，蓝溪水不知吞食了多少采玉人的生命，以致他们虽身死千年，幽魂仍然怨恨这无情的溪水。采玉人要潜入深潭，在潭底长时间地寻觅、采取水碧，稍有不慎，便会葬身水中，成为冤鬼。上句着一"厌"字，写出溪水的可怖狰狞;下句着一"恨"字,写出无数因采玉而死的冤魂的怨恨郁愤。其实,说"水厌生人"或"人恨溪水"都是微词,真正吞食生人、冤魂真正怨恨的都是凶残无情的官府乃至更高层的封建统治者。这两句由个别的典型联及千余年来官府强逼百姓造成的无数牺牲,使揭露统治者的主旨更深入一层,说明这种悲剧,千余年来一直在上演。

写到这里,由近及远,由点而面,由"老夫"而无数为采玉而死的冤鬼,似已将诗意推向极致。结尾四句,将笔墨又转回到采玉老夫身上,描绘出下水采玉的瞬间一幅惊心动魄的图景。三十里蓝溪,傍蓝田山迤逦北流。产玉的深潭,两岸峭壁悬崖,入水采玉必须从山顶悬绳挂身而下。这四句所写的正是这一最能表现采玉劳动之艰苦,也最能揭示主人公内心活动的典型场景:倾斜欹侧的山势,狂风吹过茂密的柏树,暴雨倾泻而下,发出呼啸般的声响,一条绳索,从山顶悬下,采玉老人身系长绳,悬空而下,直到飞泉之底。风雨中绳索在摇曳晃动,显出一条袅袅青色。就在这时,身系长绳的老人瞥见了生长在古老的石级台阶上的悬肠草(思子蔓),不由得思念起寒村茅屋中的娇婴。

诗写到这里,忽然收住,老人"念娇婴"时的具体思想感情活动,以及诗人对此的感慨,都不再置一词。而这宛如电影特写镜头的典型场景,却因其浓墨重彩的氛围渲染和细节描写,引发读者丰富的联想。那倾斜欹侧的山势,那狂暴的风雨,不但表现出劳动条件的艰苦,也透露出采玉老人内心的躁动不安;而那条悬挂向下的袅袅绳索和系身其上的老人,更展现出主人公命悬一线的处境和内心的艰危恐怖感。在这种情景下,因瞥见断肠草而念及娇婴,其中蕴含的思想感情活动便不难默会:自己万一坠落深渊,葬身溪水,茅屋中的娇子婴孩将遭到怎样悲惨的命运?"断肠草"的名称有丰富的暗示性:由于它一名"思子蔓",故由此而自然联想到白屋中的娇婴;又由于"断肠"二字,透露出主人公于自己命悬一线时对娇婴牵肠挂肚的思念。这一切,融合成极富悲剧气氛和象征暗示色彩的意境,将诗情、诗境、诗意推向最高潮,诗就在最高潮时煞住,点而不破,不加任何说明,而诗的韵味更加浓郁。

哀悯民生疾苦,是中唐诗歌的时代潮流和重要主题。但这类诗,由于种种原因,写得深刻细致,富于艺术感染力的作品为数不多。特别是注重氛围渲染、深刻揭示人物心理活动的作品更属罕见。李贺的这首《老夫采玉歌》在这方面提供了一个成功的范例。

将进酒①

　　琉璃钟②，琥珀浓③，小槽酒滴真珠红④。烹龙炮凤玉脂泣⑤，罗帏绣幕围香风⑥。吹龙笛⑦，击鼍鼓⑧；皓齿歌⑨，细腰舞⑩。况是青春日将暮⑪，桃花乱落如红雨。劝君终日酩酊醉⑫，酒不到刘伶坟上土⑬！

　　[校注]

　　①《将进酒》，乐府旧题。《宋书·乐志四》"汉鼓吹铙歌十八曲"有《将进酒曲》。辞有云"将进酒，乘太白"，大略以饮酒放歌为言。参李白《将进酒》题注。作年未详。②琉璃，一种有色半透明的玉石。琉璃钟，用琉璃玉制的酒杯。《晋书》载汝南王亮尝宴公卿，以琉璃钟行酒。③琥珀，古代松柏树脂的化石，色淡黄、褐或红褐色。此处用以指酒的颜色。联系下句"酒滴真珠红"，钟内之酒当为褐红色。④小槽，指榨酒时用来承酒的容器。真珠红，美酒名。宋蔡絛《西清诗话·红曲酒》："李贺云：'酒滴真珠红。'夏彦刚云：'江南人造红曲酒。'"⑤烹龙炮（bāo）凤，极言烹制肴馔之珍奇。烹，煮；炮，将鱼、肉等放在锅或铛中置于旺火上迅速搅拌的一种烹调方法。玉脂，指雪白的动物肌肉。泣，形容烹炮时原料发出的声响。⑥帏，《全唐诗》原作"屏"，校："一作帏。"兹据改。罗帏绣幕，丝织的华美帏幕。⑦龙笛，指笛，据说其声拟水中龙鸣，故称。汉马融《长笛赋》："龙鸣水中不见已，截竹吹之声相似。"后多指管首为龙形之笛。⑧鼍鼓，鼍皮做的鼓。傅玄《正都赋》："吹凤箫，击鼍鼓。"⑨《楚辞·大招》："朱唇皓齿，嫭以姱只。"⑩细腰，《后汉书·马廖传》："传曰：楚王好细腰，宫中多饿死。"⑪青春，指春天。青春日将暮，指春天即将消逝。王琦注："暮，指时节言，谓春日无多，固将暮矣，不谓日暮也。桃花乱落，正暮春景候。"⑫酩酊，酒醉貌。⑬刘伶，魏晋间人，与阮籍、嵇康等同为竹林之游。《晋书·刘伶传》："常乘鹿车，携一壶酒，使人荷锸而随之，谓曰：'死便埋我。'……尝渴甚，求酒于其妻。妻捐酒毁器涕泣谏……伶跪祝曰：'天生刘伶，以酒为名，一饮一斛，五斗解酲……'……著《酒德颂》一篇。"刘伶墓在光州（今河南潢川）。

　　[鉴赏]

　　这首诗写一个热烈而豪华的宴饮场面和诗人沉醉其中时引起的强烈而深沉的人

生悲慨。

"琉璃钟，琥珀浓，小槽酒滴真珠红。"开头三句，直接入题，围绕"酒"字进行多方面的描绘渲染：琉璃玉制作的酒杯里面盛满了琥珀色的浓浓酒浆，酒槽里滴沥着"真珠红"的名酒。琉璃、琥珀、"真珠"，这一连串珍贵的宝物突出渲染了酒器和酒的名贵。琥珀多为黄色，这里，联系下句"真珠红"，当指褐红色。透明的琉璃杯，映出了盛在杯中的褐红色酒浆，着一"浓"字，不但写出了酒的黏稠的质感，酒的浓艳的色感，而且写出了酒的浓烈芳香和醇浓的味觉感受，一字而色、香、味、触诸觉全出。"小槽酒滴真珠红"句不但补充交代了酒杯里所盛的是"真珠红"的名酒，而且暗示了这酒是新酿的美酒。一边尽兴地喝，一边正在不断续添，给人以络绎相继，永不终席之感。"真珠"的晶莹透明，与"红"色相映，也使这"真珠红"的美酒给人以明艳的美感。

"烹龙炮凤玉脂泣，罗帏绣幕围香风。"三、四两句，写菜肴的珍奇和宴饮场所的豪华。所谓"龙""凤"，实际上不过是鱼和鸡一类普通食材，最多也不过是海鲜和山鸡一类东西，但在诗人笔下却统统变成了人世间根本不存在的"龙"和"凤"，则其肴馔的珍奇可称"只应天上有"了。本来普通的动物肌肉，用"玉脂"来形容，其晶莹雪白的色感、质感和华美珍奇也宛然在目。一句中运用"烹""炮""泣"三个动词，不但突出了烹调方式的多种多样，而且宛若可以闻到烹制过程中发出的扑鼻浓香，宛若可以听到原料下锅时发出的极具刺激性和诱惑力的声响。把肴馔的烹制过程写得如此刻露而又具有诱惑力，此前的诗中似未见。下句"罗帏绣幕"见室中装饰之华美，透露出这可能是一个豪贵人家的宴会，妙在"围香风"三字，不仅将重重帏幕合围中的宴会场所写得浓香充溢，令人在香风的熏染中感到陶醉，而且将前面所写的酒香、烹调菜肴的香味，以及后面所写的众多吹笛击鼓、轻歌曼舞的美人身上的芳香全都融合在了一起，密不通风，历久不散，使所有参加宴会的人都在这众香杂陈的熏人香风中感到沉醉甚至窒息。

"吹龙笛，击鼍鼓；皓齿歌，细腰舞。"四句连用四个三字短句，节短势促，用来突出渲染场面的欢快热烈和参加宴会的人情绪的激动热切。吹笛击鼓，唱歌跳舞，这些原来常见的宴乐场景，因为"龙""鼍"的修饰和"皓齿""细腰"的形容，变得既新奇华美，又给人以强烈的视听感受。笛如龙吟，见乐声之清亮悠扬，动人遐想；鼓而鼍皮，见鼓声之洪亮有力，震人心弦。再加上朱唇皓齿的歌女所发出的优美歌声，细腰袅娜的舞女所呈现的曼妙舞姿，在在都给人以目不暇接、美不胜收的感受。四句连续而下，不但将宴会的热烈气氛渲染到极致，而且将诗人的陶醉之情渲染到极致。

"况是青春日将暮，桃花乱落如红雨。""况是"二字，在上面对宴饮场面作尽情描绘渲染的情况下突作转折，从时令季节和所见景物的描写中折射出深沉强烈的青春将逝的悲慨。说当下正值春天的季节已经到了末梢的时候，满树的桃花，纷乱地飘落下来，就像下着一阵阵的红雨。"青春日将暮"，是对美好的春天即将消逝的一种叙述，而"桃花乱落如红雨"则是对"青春日将暮"的一种极富创意的描写。用花凋谢来写春之消逝本很平常，但说它"乱落"，便见其片片瓣瓣，随风飘荡，纷纷扬扬，密密匝匝，到处坠落的态势，而将这一切景象用"如红雨"来形容，就更因其新奇浪漫的想象和生动形象的比喻而创造出前所未有的诗境。它是青春年华消逝的象征，极端哀伤，又极端美丽。用这样奇警而华美的意象来表现对青春和生命凋衰的哀挽，既触目惊心，又刻骨铭心。即使是生命的凋衰，也要将这种凋衰的美表现到极致。

"劝君终日酩酊醉，酒不到刘伶坟上土！"末二句在前两句象征性描写的基础上进一步抒写深沉的人生悲慨，揭出全篇主旨。既然青春和生命的消逝无可挽回，那就劝你终日喝得酩酊大醉，趁着青春尚存之时尽情地享受人生，因为酒是绝不会洒到刘伶的坟上去的。在貌似旷达的人生宣言中蕴含着对青春和生命消逝的极端感伤，在极端感伤之中又透出对青春和生命的深刻眷恋。

一个常见的宴饮场面，在李贺笔下，被表现得如此华美秾艳，富于刺激性的美感。在一片以红色为基调的氛围中，透出了对青春生命即将消逝的深刻恐惧和极端感伤。那红色的酒，红色的杯，乱落如红雨的桃花，以及庖厨中"烹龙炮凤玉脂泣"的声音，罗帏绣幕中充满的香气，伴着龙笛鼍鼓的欢歌狂舞，处处都给人以感官上、心理上的强烈刺激，在目眩神迷中唤起一种及时行乐的亢奋与沉醉。这种强烈的刺激正是诗人内心深刻苦闷的一种宣泄和补偿。

元稹

元稹（779—831），字微之，别字威明，行九，郡望河南洛阳，世居京兆万年（今陕西西安）。贞元九年（793）以明经及第，十九年与白居易同登书判拔萃科，授秘书省校书郎。元和元年（806），登才识兼茂明于体用科，授左拾遗。因屡上书论时事为执政所忌，出为河南县尉。四年，拜监察御史，曾奉使东川。五年贬江陵士曹参军。十年奉召还京。历通州司马、虢州长史。十四年，回朝任膳部员外郎。穆宗即位，擢祠部郎中、知制诰，迁中书舍人，充翰林学士承旨。长庆二年（822）由工部侍郎拜相。六月，出为同州刺史。次年授浙东观察使。文宗大和三年（829）入为尚书左丞，寻出为武昌军节度使。五年卒于镇。与白居易同倡新乐府诗的创作，其《乐府古题序》等在文学批评史上有重要意义。但艺术上真正有特色的则是他的悼亡诗、艳诗和抒写友谊之作。有《元氏长庆集》一百卷，今存者六十卷。《全唐诗》编其诗二十八卷。今人杨军有《元稹集编年注笺（诗歌卷）》。

遣悲怀三首①

其 一

谢公最小偏怜女②,自嫁黔娄百事乖③。顾我无衣搜荩箧④,泥他沽酒拔金钗⑤。野蔬充膳甘长藿⑥,落叶添薪仰古槐⑦。今日俸钱过十万,与君营奠复营斋⑧。

其 二

昔日戏言身后意⑨,今朝都到眼前来。衣裳已施行看尽⑩,针线犹存未忍开⑪。尚想旧情怜婢仆⑫,也曾因梦送钱财⑬。诚知此恨人人有⑭,贫贱夫妻百事哀。

其 三

闲坐悲君亦自悲,百年都是几多时。邓攸无子寻知命⑮,潘岳悼亡犹费词⑯。同穴窅冥何所望⑰,他生缘会更难期⑱。惟将终夜长开眼⑲,报答平生未展眉⑳。

[校注]

①贞元十九年(803),元稹二十五岁,娶名重当世的太子宾客韦夏卿之幼女韦丛为妻。元和四年(809)七月,韦丛去世。元稹写了一系列悼亡诗,抒写对亡妻的怀念和伤悼。《遣悲怀三首》是其中最著名的组诗。诗题一作《三遣悲怀》。②谢公,东晋宰相谢安,此指韦夏卿。韦夏卿出身高门,元稹娶其女韦丛时官已至太子宾客。贞元十九年出为东都留守,永贞元年改太子少傅,元和元年卒,追赠左仆射,故以谢安比拟。偏怜,偏爱。韦丛系夏卿幼女,故云"最小偏怜女"。③自嫁,《全唐诗》原作"嫁与",据明弘治杨氏据宋本影抄本改。黔娄,春秋鲁人(或说齐人)。《列女传·贤明传·鲁黔娄妻传》:"(黔娄)先生死,曾子与门人往吊之。其妻出户,曾子吊之。上堂,见先生之尸在牖下,枕墼席藁,缊袍不表。覆以布被,手足不尽敛,覆头则足见,覆足则头见……其妻曰:'昔先生,君尝欲授之政,以为国相,辞而不为,是有餘贵也。君尝赐粟三十钟,先生辞而不受,是有餘富也。彼先生者,甘天下之淡味,安天下之卑位。不戚戚于贫贱,不忻忻于富

贵。求仁而得仁，求义而得义。"事又见《高士传·黔娄先生》。此处用以自比。乖，违，不顺利。④顾，顾惜、眷念。荩（jìn）箧，《全唐诗》原作"画箧"，校"一作荩箧"，兹据改。荩箧，用荩草编的箱子。⑤泥（nì），软求，软缠。《升庵诗话·泥人娇》："俗谓柔言索物曰泥，乃计切，谚所谓软缠也。"沽酒，买酒。⑥藿，豆叶。豆类植物枝梗较长，故曰"长藿"。甘长藿，以食长藿为甘。⑦薪，柴火。仰，仗。⑧君，指妻韦丛。营奠，举行祭奠仪式。营斋，为死者延请僧道举行诵经拜忏、祷祝祈福的宗教活动，即所谓做斋。⑨身后意，身故后的情景。⑩施，施舍。行看尽，眼看即将施舍完。⑪针线，当指韦丛往日做的针线活。开，打开。⑫旧情，指韦丛生前对婢仆的怜爱之情。句意指至今尚回想起韦丛往日对婢仆的怜爱之情，因而自己也对婢仆加意怜爱。⑬此句意当紧承上句，说韦丛曾在梦中嘱咐自己善待婢仆，因而有送婢仆钱财之事。⑭此恨，此指夫妻的死别之恨。⑮邓攸，西晋末人，字伯道。永嘉末，石勒作乱，攸以牛马负妻子而逃。"又遇贼，掠其牛马，步走，担其儿及其弟子绥。度不能两全，乃谓其妻曰：'吾弟早亡，唯有一息（子），理不可绝，止应自弃我儿耳。幸而得存，我后当有子。'妻泣而从之，乃弃之。其子朝弃而暮及。明日，攸系之于树而去……攸弃子之后，妻不复孕……卒以无嗣。时人义而哀之，为之语曰：'天道无知，使邓伯道无儿。'弟子绥服攸丧三年。"攸曾任吴郡太守，"在郡刑政清明，百姓欢悦，为中兴良守。后称疾去职，郡常有送迎钱数百万，攸去郡，不受一钱"。事见《晋书·良吏传》。此以自比。寻，随即，旋即。⑯潘岳，西晋著名诗人，丧妻后赋《悼亡诗三首》。此以潘岳赋悼亡诗自喻。犹费词，谓自己反复写诗悼念亡妻。⑰同穴，指夫妻同墓合葬。《诗·王风·大车》："谷则异室，死则同穴。"窅（yǎo）冥：幽暗貌。⑱他生缘会，指来生再结姻缘，同为夫妇。⑲《释名·释亲属》："无妻曰鳏。鳏，昆也；昆，明也。愁悒不寐，目恒鳏鳏然。故其字从鱼，鱼目恒不闭也。"终夜长开眼，指自己像鳏鱼一样，愁悒不寐，长相思念。或解为"自誓终鳏"，不再婚娶。⑳未展眉，指妻子因生活艰困而平生从未过上舒心欢笑的日子。

[鉴赏]

元稹的妻子韦丛卒于元和四年（809）七月九日。从这年秋天开始，直至元和六年春，首尾三年中，他陆续写了三十多首悼念韦丛的各体诗歌，除七律《遣悲怀三首》最为后世传诵外，如《六年春遣怀八首》《感梦》《夜间》《除夜》等也都是情真语挚的佳作。唐代诗人中写悼亡诗多而好的，元稹之前有韦应物，元稹之后有李商隐。韦应物的悼亡诗中，缺乏特别优秀之作如《遣悲怀三首》者，故不甚为人所知，元、李风格不同，而皆具胜境。

韦丛葬于元和四年十月十三日（据韩愈《韦氏墓志》），此组诗第三首有"同穴窅冥何所望"之句，当作于韦氏既葬之后。

第一首回顾韦丛嫁给自己后这六七年来贫困相守的生活和贤惠品德，为韦氏的过早去世深感抱憾。首联总叙，连用谢安、黔娄二典。韦丛以高门显宦人家最受宠爱的幼女身份，下嫁给自己这样的寒门士子，本来就是一种超越门当户对婚姻习俗的委屈。"谢公"和"黔娄"在身份上的鲜明对照，突出了自己的歉疚之意。次句更进一层，说自从韦丛嫁到自己家中以后，就没有过过一天顺遂的日子。"百事乖"三字，用笔的分量很重，包含的内容也很丰富。不止是指生活上的贫困清苦与韦丛出嫁前过惯的大家闺秀无忧无虑的生活相差天壤，而且也包含元稹自己在仕途上遇到的种种坎坷。元和元年，元稹任左拾遗，上疏论政。八月，宪宗召对，宰相恶之，九月贬为河南县尉。这是元稹人生道路上遇到的首次挫折。不久母亲郑氏去世，丁忧守丧，直到元和四年二月才因宰相裴垍的提拔而任监察御史。"百事乖"中应该也包含了这方面的乖违不顺情事。

名门闺秀且又属"最小偏怜女"的韦丛，面对这样一个清贫而"百事乖"的家庭环境，该何以自处呢？"顾我无衣搜荩箧，泥他沽酒拔金钗。"颔联通过对家庭清贫生活琐事的追忆，突出表现了韦丛对自己的体贴关爱和贫贱夫妻间虽清苦却充满生活情趣和温馨感情的家庭生活。"顾"有"看"义，但这个"顾"却不是一般的"看"，而是"顾惜""眷念"之意，也就是说，心里老是惦念、顾惜着丈夫没有像样的衣服，而搜寻自己那草编的箱子，想从中找出一点布料来为丈夫缝制新衣。"顾"字中透露出来的正是这种发自内心的体贴关爱。而"搜"字则说明在这简陋的"荩箧"中实在没有太多可供搜寻的东西，须费力寻找才能偶尔发现一两段可供成衣的布料，则生活之清贫可见。由于生活清苦，喝酒也成了一种奢侈，实在想喝酒时便只能缠着韦丛，央求她变着法子弄点钱来买酒，而她唯一能想出来的办法就是拔下头上戴的金钗去换钱。贫居家无长物，头上的金钗这仅有的首饰大概还是娘家带来的旧物，今日已成清贫生活的点缀，为了让嗜酒的丈夫过一下酒瘾，也毫不犹豫地拔掉买酒了。既见出韦丛的贤惠体贴，为自己的一点小小嗜好竟心甘情愿地付出心爱的饰物，也反映出清贫相守的生活中自有一份温馨的情意和融洽和谐的生活情趣。

"野蔬充膳甘长藿,落叶添薪仰古槐。"腹联专写家庭生活的清贫。一日三餐的饭食中,常常要搭配一些野菜、豆叶之类的东西来充饥果腹,连烧饭的薪柴也不得不仰仗古槐的落叶来增添一点燃料。以古槐落叶添炊,以野蔬长藿充膳,这是散文的朴素叙述,要把它化为诗句,并且写得富于诗味,就需要组织的功夫和点眼的字眼。诗人将它们组成一联工整而流畅的对仗,并在上句和下句分别用了"充"和"添"、"甘"和"仰"四个动词,整个一联就顿时有了生气和兴味的流注。如果说"充"字、"添"字、"仰"字侧重于表现生活的清贫和虽清贫而不乏诗意,那么"甘"字就侧重于表现作为家庭主妇的韦丛对这一切都心甘情愿地承受,安之若素,甚至甘之如饴的贤惠品格。诗人对她这种品格的深情赞美也自然融合其中。写清贫生活容易流于寒俭甚至酸腐,这一联却把这种生活写得富于诗味和人情味,读来毫无矫情之感,关键就在于这种生活与韦丛贤淑品格的水乳交融,生活与人格和谐统一。读到这里,再回过头去品味首句"谢公最小偏怜女",就能深刻感受到在如此优裕的家庭环境中成长起来的韦丛能做到这一切之不易,更能体会到她的这一切表现完全出于其贤淑的内在品性,因而开头所表现的家庭环境正为颔、腹两联写其品性提供了有力的反衬。

"今日俸钱过十万,与君营奠复营斋。"尾联从追忆往昔回到眼前,说如今自己的俸钱已过十万,却不能和你一起过比较宽裕的生活,只能用它来为你举行祭奠仪式,做斋祈福了。"俸钱过十万"仿佛极俗,但转出一句"与君营奠复营斋",却令人凄绝。生前不能为贤淑的妻子提供起码的温饱生活条件,死后方能为之"营奠复营斋",则所抱的遗憾又何止是终身难释!极俗,却极真实,极深至,极本色。

第二首侧重抒写韦丛去世后自己的种种哀思。首联亦总起重笔抒慨:"昔日戏言身后意,今朝都到眼前来。"过去夫妻之间戏言一方身死之后的悲伤情事,今天都成了眼前活生生的现实。韦丛去世时,元稹三十一岁,正当壮盛之年,根本料想不到会有盛年丧妻的遭遇,"戏言"竟成谶语,这种完全出乎意料的沉重打击,使诗人的感情上处于难以承受的境地。以下两联,就进而具体叙写妻子亡故以后引起自己哀思的一些情事。

"衣裳已施行看尽,针线犹存未忍开。"按照妻子生前"戏言"时曾经提到过的话,在她去世以后已经陆陆续续将她穿过的衣裳施舍给别人,眼看就要赠送完了。这样做,既是遵从她生前的嘱咐,也是怕自己睹物思人,更增悲怆,但从"行看尽"三字中,又可隐隐体味出不忍心舍弃的矛盾感情,故自然引出下句来:

过去妻子做的针线活都还完整地保存着，不忍心打开。这种已竟或未竟的针线活，拿去送人，并不合适，但对自己来说，却是一种永久的亲切纪念。"未忍开"三字，写出了诗人那种既想打开它来看，重温妻子的手泽，又怕触物伤感的矛盾感情。或"施"或"存"，都是怕触动旧痛。

"尚想旧情怜婢仆，也曾因梦送钱财。"腹联上句意分两层，一层意思是说，如今还清楚地回想起妻子旧日对待婢仆的怜爱，深感妻子为人的宽厚善良；另一层意思是说，自己内心深爱妻子，想到她昔日对婢仆的怜爱，不由自主地对婢仆平添怜爱之情。这既显示了诗人爱妻而怜婢仆的感情，也显示了妻子的品德感召力。两层意思在重叠中有推进，使情感表达得既婉曲又深挚。下句是说，有时梦见韦丛嘱咐自己善待婢仆，因而自己也有赠送婢仆钱财之事，"也"字紧承上句"怜婢仆"，上下句意方一贯。连梦中都不忘嘱丈夫善待婢仆，更可见韦丛的善良宽厚出自本性。以上两联，透露出"昔日戏言身后意"中可能包括诸如将衣裳、针线施舍给别人以及善待婢仆一类的话，故诗人有这样的叙述，仿佛是对死者生前"戏言"的一种郑重回应和交代。

"诚知此恨人人有，贫贱夫妻百事哀。"尾联回抱首联，就妻子已故后不能已已的思念和悲恨抒慨。出句先推开一层，说诚然知道夫妻之间一方先故的死别之恨人人都会遇到，对句反过来转进一层，说像自己和韦丛这样贫贱相守、同甘共苦、相濡以沫的夫妻，突然过早地死别，却令人倍感伤痛，回想六七年间经历的种种艰难困苦，深感百事可哀！"百事哀"遥承第一首"百事乖"，是对六七年共同生活经历充满悲慨的总结。

第三首侧重抒写丧妻后的自悲之情。首句"闲坐悲君亦自悲"总挈，"悲君"承上二首，"自悲"启下七句。次句悲慨人生即使活到百年，到底又有多少时日呢？这是由于伤痛相期百年的爱妻逝去之后对生活意义深感迷茫的情况下发出的感慨。它不是悲慨年寿的短促、人生的有限，其潜台词是，失去了相濡以沫的爱妻，即使活到百岁，又有多少人生的乐趣呢？感情极沉挚悲痛，出语却貌似旷达，表里之间存在的强烈反差，使感情的表达倍加深沉。

"邓攸无子寻知命，潘岳悼亡犹费词。"颔联出句悲无子，人生更觉孤子。韦丛过早去世，连儿女也没有留下，自己在丧妻之余连聊可慰藉寂寞心灵的儿女也没有，不免更感到孤寂凄凉。"寻知命"三字，以知命自解，实际上包含着对"天道无知"的不平与悲愤。对句说自己明知像潘岳那样写诗悼念亡妻，并不能使亡妻复生,不过徒费文辞而已,但出于感情宣泄的需要,却仍然要这样做,"犹"字正表现出这种明知无用却无法抑制的深悲。

"同穴窅冥何所望,他生缘会更难期。"妻子既已去世,往昔共同发出的"死则同穴"的誓言已经成空,至于来生再有缘分相会结成婚姻便更渺茫无期了。上句是无情的死别现实粉碎了"死则同穴"的誓愿,下句是本就渺茫的来生再结良缘的希望更加虚幻难期。今生来世,重聚的希望只能是一片空无!

"惟将终夜长开眼,报答平生未展眉。"尾联是在同穴无望、他生难期的情况下迸发出的一片赤诚之意。对于韦丛的过早去世,诗人怀着一种强烈的歉疚之情,感到自己由于贫贱使她始终过着一种不如意的艰困生活,尽管她生性贤淑温柔,自甘清贫,自己却因此倍感伤痛。死者已矣,自己唯一能做的就是终夜不眠,长期思念,来报答韦丛平生从未舒心展眉的长恨。这是发自内心深处的至情至性之语,于万般无奈之中流露的正是一种痴顽至极、沉痛彻骨的悲慨。死者有知,或可"展眉"于九泉之下了。这两句,不仅是对本篇的总结,也是对三首诗的总结。

元稹的这三首悼亡诗之所以感人,大约有以下几个原因。一是写出了一种特殊的真情实感。韦丛以高门显宦之家下嫁寒门庶族,品性又如此贤淑,六七年的时间中甘受清贫,默默奉献,还没有来得及过上一天舒心展眉的日子便猝然离去,使元稹始终对她怀着一种深深的歉疚之情。诗中将这种感情反复地加以渲染、强调,使它成为全诗的贯串性感情主调。由于诗人的这种感受特别真切深刻而又独特,因而给读者留下深刻的印象。二是寓情于事,通过亲自经历的具体情事乃至细节来写妻子的贤淑品性和对自己的体贴关爱,因此特别能打动人。三是在通过具体情事抒写悼念亡妻感情的同时,往往有基于深刻人生体验的带有普遍性的人生悲慨的抒发,如每首诗的起、结两联。这几方面原因的互相配合,遂使这三首悼亡诗具有情与事、特殊与普遍高度融合的特色。

行　宫①

寥落古行宫②,宫花寂寞红。白头宫女在,闲坐说玄宗③。

[校注]

①此诗《文苑英华》卷三百十一置王建《温泉宫》后,题作《古行宫》,但题

下并未署"前人"字（仅目录中有"前人"字）。宋洪迈《万首唐人绝句》五言卷六、《容斋随笔》卷二均以此为元稹作。《唐音统签》卷三十五王建五言绝句补此诗于卷末，当据《文苑英华》补入。兹从洪迈作元稹诗。卞孝萱《元稹年谱》谓此诗为元稹任监察御史分务东台时作，时在元和四年（809）。此"行宫"或为自长安至洛阳途中所建供皇帝东巡时临时休憩之宫殿，或即建于东都洛阳之行宫，如上阳宫之类。②寥落，冷落空寂。③说玄宗，谈说玄宗旧事。

[鉴赏]

安史之乱成为唐王朝由繁荣昌盛走向衰乱没落的重大历史转折点。从此以后，唐诗中就不断出现感慨今昔盛衰的作品。中唐时期，以刘禹锡的怀古诗为典型代表的诗作，便集中抒发了这种历史感慨。元稹的这首《行宫》，在更广泛的意义上说，也属于怀古诗的范畴。但以短短二十字而反映出时代的盛衰变化和不胜今昔沧桑的深沉感慨，将古典诗歌精练含蓄的优长发挥到极致，则是这首诗突出的艺术成就。

诗中的行宫，或说即东都洛阳的上阳宫，但也有可能是由长安到洛阳途中的行宫，类似连昌宫这种旧宫。即使所指为东都上阳宫，诗的主题也和白居易"愍怨旷"的《上阳白发人》显然有别。说诗者因此诗中有"白头宫女"而将它与《上阳白发人》联系起来，认为诗中抒写了宫女的凄凉身世、哀怨情怀，可能错会了诗的性质。它不是宫怨诗，而是抒写今昔盛衰之慨的怀古诗。

"寥落古行宫"，起句大处落墨，抒写对行宫的整体印象和感受。"行宫"而曰"古"，未必是指其年代久远，属于前朝遗迹，而是眼前这座破败的行宫给自己带来的恍如隔世之感。"寥落"二字，是诗人对它的突出印象，包含冷落空寂、萧条破败等意蕴。二字一篇之主，直贯全诗。

"宫花寂寞红。"次句将眼光聚集在宫中正在开放的红花上。"红"的颜色，通常给人以鲜艳、热闹、繁盛乃至兴奋喜悦之感，但这里却用"寂寞"来形容它。这是因为整个行宫冷落空寂、萧条破败的环境气氛，使那红艳的花朵也似乎染上了寥落冷寂的气氛，无人欣赏，自开自落，显得分外寂寞了。这句借助色彩与环境，与人的通常感受反向对比，传出了古行宫"寥落"的神韵。

"白头宫女在，闲坐说玄宗。"三、四两句，由宫花转到行宫中孤寂的白头宫女身上。这几位白发苍苍的宫女，应是玄宗开、天时期进入行宫的，当时都是妙龄青春少女，半个多世纪之后，都成了风烛残年的老妪了。从"说玄宗"三字所透露出的消息看，她们当年可能在玄宗的多次东巡中听说过皇帝巡游的浩荡声势和热闹场面，或听说过许多宫中的旧事，就像诗人在《连昌宫词》中所描绘的那样。但这一切盛世风光，都已随着安史之乱这场浩劫而一去不复返，成了白头宫女的遥远记忆和旧梦。如今，只有在寂寞闲坐、打发时光时将它们作为谈资，而加以咀嚼回味了。表面上看，诗人似乎只是在平静从容、不动声色地描写几位白头宫女闲坐谈说玄宗旧事的场景，但细加品味，则其中蕴含了很深的时代盛衰之慨。说"白头宫女在"，这句句末似不经意的"在"字，透露出往日豪华热闹的行宫，如今已经一片空寂，满目萧条，只剩下几位白头宫女了。反言之，白头宫女的"在"，正暗示她们曾历经的盛世繁华风光已经永远不"在"了。而末句的"闲坐"，不仅表现了她们生活的寂寞无聊，而且进一步显示出行宫的"寥落"。"说玄宗"，妙在"说"字中不含任何议论褒贬，只是闲来无事的随意谈说和追忆，而所说的对象——玄宗，却一下子将读者的思绪引到玄宗所代表的开天盛世，触发对已经逝去的盛世的无穷想象。想象追忆中的盛世繁华与眼前这寥落冷寂、萧条破败的古行宫，寂寞开放的红色宫花，寂寞闲坐的白头宫女形成了强烈鲜明对照，其中所蕴含的深沉今昔盛衰之慨便使人味之无极，极具启示性了。《连昌宫词》中的老人，在追忆玄宗旧事、叙说安史之乱后的社会景象之后，曾提出"太平谁致乱者谁"的尖锐问题并作出解答，这首仅二十个字的五绝自然不可能也没必要这样做，但在"闲坐说玄宗"的平淡叙写中却自然包含了上述意蕴。正是在这个意义上，评家认为"'寥落古行宫'二十字，足赅《连昌宫词》六百馀字，尤为妙境"，"此诗可谓《连昌宫词》之缩写"。

  这首诗之所以有如此丰富深刻的内涵，精妙的构思是一个关键原因。诗中的两个重要意象——"行宫"和"宫女"，正是诗人用以表现今昔盛衰之慨的主要凭借。"行宫"曾经接待过玄宗的东巡，有过繁华热闹的过去；又经历过安史之乱的破坏和乱后长期空置的冷寂，它本身的变化就是大唐王朝由盛而乱而衰的历史见证。而现今白头闲坐的宫人，也亲历过往昔的繁华，同样是时代盛衰的历史见证人。今日寥落冷寂的行宫和白头闲坐的宫女，正映衬出往昔的繁华昌盛。尽管诗中没有一字正面描写往昔之盛，但是"说玄宗"三字中，已经暗透出往昔的繁华热闹，也包含了乱后的冷寂萧条，因为玄宗本身，就既是开天盛世的缔造者，又是酿乱致衰的祸首。

  这首诗很像一幅画，而且其"设色渲染之妙"也饶有画意，但千万不要忘了在这幅画图之旁的诗人。行宫的"寥落"、宫花的"寂寞",都包含着诗人的主观感受;而"白头宫女在,闲坐说玄宗"的场景,就身在其中的白头宫女来说,不过是冷寂无聊生活的写照,她们本身未必有深沉的今昔盛衰的历史感慨,但身处这一场景之外的诗人,由"白头宫女在,闲坐说玄宗"的场景引发的却是无限深沉的今昔盛衰的沧桑感。诗境的含蓄,正在画中人浑然不觉,画外人感怆不尽处见之。

闻乐天授江州司马①

残灯无焰影幢幢②,此夕闻君谪九江③。垂死病中惊坐起④,暗风吹雨入寒窗⑤。

[校注]

①元和十年(815)六月三日,藩镇李师道派刺客刺死主张对藩镇用兵的宰相武元衡,并刺伤御史中丞裴度。时任太子左赞善大夫的白居易上书主张捕贼,宰相以其越职言事,诬之者谓其母因看花坠井而死仍作《赏花》《新井》诗,贬为江州司马。元稹当时在通州司马任上,听到白居易贬江州的消息,写了这首诗。诗作于是年八月。江州,唐江南西道州名,今江西九江市。司马,州郡佐吏。唐郡,上州司马一人,从五品下。司马一职,唐代常用于安置贬谪官吏。②幢幢,形容灯影摇曳不定之状。③九江,即江州。江州浔阳郡,本九江郡,天宝元年(742)更名。白居易《琵琶引》序:"元和十年,予左迁九江郡司马。"④时元稹患疟疾。《酬乐天见寄》云:"瘴色满身治不尽,疮痕刮骨洗应难。"《献荥阳公五十韵》自注云:"稹病疟二年。"惊坐起,《全唐诗》校:"一作仍怅望。"⑤雨,《全唐诗》校:"一作面。"

[鉴赏]

在元、白数百首唱酬寄赠之作中,这首《闻乐天授江州司马》是感情最为沉痛凄凉的一首。这是因为,写这首诗时,两位志同道合的挚友都处于人生的最低谷。元稹于元和元年因上疏论政遭宰相之恶,出为河南县尉;元和五年,又因弹劾贪官,遭权贵宦官忌恨,贬江陵士曹参军。元和十年正月,奉诏归京,本以为能得到朝廷任用,心存乐观的希望,这在《西归绝句十二首》中有所流露,但二月到京，三月出为通州司马，通州地处荒僻，自然环境恶劣，元稹到任后不久即患疟疾，绵延百日。他在《酬乐天东南行诗一百韵并序》中说："元和十年闰六月至通州，染瘴危重。八月闻乐天司马江州。"三次被贬，又"疟病将死"，自己的人生道路仿佛已到绝境，正在这时，又传来挚友贬江州司马的消息，无异于雪上加霜，使诗人的情绪受到极大冲击。这种经历重重打击之后濒于绝境的写作背景，正是此诗"悲慨特甚"的原因。

此诗主句，即次句"此夕闻君谪九江"七字，感人之处，全在气氛的烘托渲染。起句"残灯无焰影幢幢"，即用浓重笔墨渲染出一片黯淡悲凄的气氛。"残灯"表明灯将燃尽，时已深夜，灯光黯淡而无光焰，在寒风的吹拂下，暗影摇曳不定。这种景象，于深夜的寂静、幽暗中带有阴森的色彩。它既是对当时环境气氛的写实，又是诗人濒临绝境（包括处境与病况）时心境的外化，与下面的"垂死病中"构成对应，令人自然联想起处在这种环境中的人所面临的绝境。王尧衢说"夜境病境愁境，都从此文字写出"，是体会得比较深切的。

次句叙事切题。七字中人、事、地、时全部包括。由于上句已经对当下的环境气氛作了充分的渲染，因此句首的"此夕"二字就显得分外沉重。在自己濒临绝境的情况下"闻君谪九江"，不但悲己，且复悲君，同病相怜之感，天道悠悠之慨，全寓言外。

"垂死病中惊坐起"，紧承次句，写乍闻噩耗之际自己的反应。"垂死病中"的形容，对于一个感染疟疾百日，病势危重的人来说，并非夸张之词，如果再将诗人三次遭贬，人生道路仿佛已到尽头的境况考虑进去，那么这"垂死病中"四字所包含的意蕴便更丰富，感情也更悲凄沉痛了。处在这种境况中的人，按通常的情况，起坐是十分艰难的，但乍闻此消息，竟突然因"惊"而"坐起"，可以想象这一噩耗给他感情上带来的巨大震撼和沉重打击。这种近乎肌体应急反应的生动形象描写，正透露出此刻诗人在心灵上受到的巨大创痛，是传神写照之笔。

"暗风吹雨入寒窗。"上句从情感的强度说，已经达到最高潮，下句如续写"惊坐起"时的感情活动，不免成为强弩之末，甚至成为蛇足。诗人于极紧要处忽然宕开，转而写景：在昏暗的深夜中，风雨交加，阵阵寒风，吹送着冰凉的雨丝，进入诗人居室的窗户，只觉寒气袭人，寒意萧森，砭肌彻骨。在暗夜中，寒风吹雨入窗的情景是看不见的，全凭感受（主要是触觉）感知，故"风"而曰"暗"，"窗"而曰"寒"。这句所写的既是深夜风雨交加、凉气袭人之景，更是写诗人对环境的阴暗、森寒感受。它和一开头的"残灯无焰影幢幢"组合在一起,无形中带有对诗人所处环境的象征色彩。它能引发读者对诗人境遇和心境的丰富联想,但又带有虚泛不确定的色彩,故读来特别含蓄。沈德潜不满此诗"过作苦语""成魇蹶声",此诗情调固然沉痛悲凄,但从艺术表现的角度说,并没有过度夸张渲染,"情非不挚",景亦真切,结句尤有含蓄不尽之致。

连昌宫词①

　　连昌宫中满宫竹,岁久无人森似束②。又有墙头千叶桃③,风动落花红蔌蔌④。宫边老翁为余泣⑤,小年进食曾因入⑥。上皇正在望仙楼⑦,太真同凭阑干立⑧。楼上楼前尽珠翠⑨,炫转荧煌照天地⑩。归来如梦复如痴,何暇备言宫里事⑪。初过寒食一百六⑫,店舍无烟宫树绿⑬。夜半月高弦索鸣,贺老琵琶定场屋⑭。力士传呼觅念奴⑮,念奴潜伴诸郎宿⑯。须臾觅得又连催,特敕街中许燃烛⑰。春娇满眼睡红绡⑱,掠削云鬟旋装束⑲。飞上九天歌一声⑳,二十五郎吹管逐㉑。逡巡大遍凉州彻㉒,色色龟兹轰录续㉓。李謩擫笛傍宫墙㉔,偷得新翻数般曲㉕。平明大驾发行宫㉖,万人歌舞涂路中。百官队仗避岐薛㉗,杨氏诸姨车斗风㉘。明年十月东都破㉙,御路犹存禄山过㉚。驱令供顿不敢藏㉛,万姓无声泪潜堕㉜。两京定后六七年㉝,却寻家舍行宫前。庄园烧尽有枯井,行宫门闭树宛然㉞。尔后相传六皇帝㉟,不到离宫门久闭。往来年少说长安,玄武楼成花萼废㊱。去年敕使因斫竹㊲,偶值门开暂相逐㊳。荆榛栉比塞池塘㊴,狐兔骄痴缘树木㊵。舞榭欹倾基尚在㊶,文窗窈窕纱犹绿㊷。尘埋粉壁旧花钿㊸,鸟啄风筝碎珠玉㊹。上皇偏爱临砌花㊺,依然御榻临阶斜。蛇出燕巢盘斗栱㊻,菌生香案正当衙㊼。寝殿相连端正楼㊽,太真梳洗楼上头。晨光未出帘影黑㊾,至今反挂珊瑚钩㊿。指似傍人因恸哭○51,却出宫门泪相续。自从此后还闭门,夜夜狐狸上门屋。我闻此语心骨悲○52,太平谁致乱者谁。翁言野父何分别○53,耳闻眼见为君说○54。姚崇宋璟作相公○55,劝谏上皇言语切○56。燮理阴阳禾黍丰○57,调和中外无兵戎○58。长官清平太守好,拣选皆言由相公○59。开元之末姚宋死,朝廷渐渐由妃子○60。禄山宫里养作儿○61,虢国门前闹如市○62。弄权宰相不记名,依稀忆得杨与李⑬。庙谟颠倒四海摇⑭,五十年来作疮痏⑮。今皇神圣丞相明⑯,诏书才下吴蜀平⑰。官军又取淮西贼⑱,此贼亦除天下宁。年年耕种宫前道,今年不遣子孙耕⑲。老翁此意深望幸⑳,努力庙谋休用兵㉑。

[校注]

①连昌宫,在唐河南府河南郡寿安县(今河南宜阳)西二十九里,显庆三年(658)置。见《新唐书·地理志二》。陈寅恪《元白诗笺证稿》第三章"连昌宫词"考证元稹自元和十年(815)暮春至十四年暮春,均未经过寿安,断定《连昌宫词》"非作者经过其地之作,而为依题悬拟之作"。并据诗中述及"官军又取淮西贼"及"年年耕种宫前道,今年不遣子孙耕"等句,定此诗作于元和十三年暮春。其时作者仍在通州司马任。②森似束,繁密无间,犹如捆束。张协《杂诗》之四:"密叶日夜疏,丛林森似束。"森,树木高耸繁密貌。③千叶桃,碧桃的别名,花重瓣,不结实。王仁裕《开元天宝遗事》:"明皇于禁苑中,初有千叶桃盛开,常与贵妃日逐宴于树下,帝曰:'不独萱草忘忧,此花亦能销恨。'"④簌(sù)簌,纷纷下落貌。⑤为,介词,对、向。《史记·张丞相列传》:"邓通既至,为文帝泣曰:'丞相几杀臣。'"陶渊明《桃花源记》:"此中人语云:'不足为外人道也。'"⑥小年,年少时。《全唐诗》校:"一作'小年选进因曾入'。"⑦上皇,指唐玄宗。天宝十五载,玄宗传位给太子李亨(即肃宗),尊玄宗为上皇天帝。望仙楼,在华清宫。此借用为连昌宫中楼名。⑧太真,指杨贵妃。太真是杨贵妃当宫中女道士时的道号。⑨尽珠翠,形容宫中妃嫔、宫女之众多。⑩炫转荧煌,形容嫔妃的首饰光彩转动,辉煌闪耀。⑪句意谓当时为宫中的华美景象所陶醉,无暇顾及详细叙说宫中的情事。⑫寒食,节令名。《荆楚岁时记》:"去冬节(冬至日)一百五日,即有疾风甚雨,谓之寒食,禁火三日,造饧大麦粥。"刚过寒食节,故谓"一百六"(冬至后一百零六天)。⑬寒食节禁火三日,故店舍无烟。⑭贺老,指贺怀智(一作贺申智),善弹奏琵琶的宫廷乐师。《开元天宝遗事》:"一日明皇与亲王棋,会贺怀智独奏琵琶,妃子立于局前观之。"定场屋,压场。⑮力士,高力士(684—762),玄宗最宠信的宦官,两《唐书》有传。念奴,玄宗时名倡,善歌,色艺双绝。原注:"念奴,天宝中名倡。善歌。每岁楼下酺宴,累日之后,万众喧隘,严安之、韦黄裳辈辟易不能禁,众乐为之罢奏。明皇遣高力士呼于楼上曰:'欲遣念奴唱歌,邠二十五郎吹小管逐,看人能听否?'未尝不悄然

奉诏。其为当时所重如此。然而明皇不欲夸侠游之盛,未尝置在宫禁,或岁幸汤泉,时巡东洛,有司遣从行而已。"《开元天宝遗事》:"念奴者,有姿色,善歌唱,未尝一日离帝左右。每执板当席顾眄,帝谓妃子(杨玉环)曰:'此女妖丽,眼色媚人。'每啭声歌喉,则声出于朝霞之上,虽钟鼓笙竽嘈杂而莫能遏。宫妓中帝之钟爱也。"⑯诸郎,或谓指随从皇帝的侍卫人员,或谓指供奉宫廷的其他年轻艺人。然联系下文"二十五郎吹管逐",此"诸郎"或指皇室子弟。⑰寒食节禁火三日,街中自不能燃烛。因传呼念奴回宫,故特下敕令许于街上燃烛照明。⑱红绡,红色薄绸做的被子。⑲掠削,梳理齐整貌。旋装束,旋即就梳妆打扮好了。⑳飞上九天,谓进入宫中。连下"歌一声",亦形容其高唱入云。㉑二十五郎,指邠王李承宁,排行二十五,故称。善吹笛。吹管逐,指李承宁吹笛伴奏。笛声紧相配合歌声,如相追随。㉒逡巡,顷刻。大遍,指一整套大曲。遍,指乐曲的一章。每套大曲由十余遍组成,凡完整演唱各遍的,称大遍。沈括《梦溪笔谈》卷五:"所谓大遍者,有序、引、歌、䪨、嗺、哨、催、攧、衮、破、行、中腔、踏歌之类,凡数十解,每解有数叠者。"《凉州》,《新唐书·礼乐志十二》:"《凉州曲》,本自凉州献也。其声有宫调,有大遍、小遍。"彻,从头唱到尾。㉓色色,各种各样。龟兹,本汉西域国名,此指龟兹的乐曲。《西域记》:"龟兹国王与臣庶知乐者,于大山间听风水之声,约节成音,后翻入中国,如《伊州》《凉州》《甘州》皆龟兹之境也。"录续,即陆续。轰录续,热闹地陆续演奏。㉔李謩(一作谟,又作牟),长安人,善吹笛。原注:"又玄宗尝于上阳宫夜后按新翻一曲。属明夕正月十五日,潜游灯下,忽闻酒楼上有笛奏前之新曲,大骇之。明日密遣捕捉笛者,诘验之,自云:'某其夕窃于天津桥玩月,闻宫中度曲,遂于桥柱上插谱记之。臣即长安少年善笛者李谟也。'玄宗异而遣之。"李肇《唐国史补》:"李舟好事,尝得村舍烟竹,截以为笛,鉴如铁石,以遗李牟(謩),牟吹笛天下第一。"段安节《乐府杂录》:"笛者羌乐也,古有《落梅花》曲。开元中有李謩,独步于当时。"张祜《李謩笛》:"平明东幸洛阳城,天乐宫中夜彻明。无奈李謩偷曲谱,酒楼吹笛是新声。"撅,按。㉕新翻,新谱写。般,种,支。㉖行宫,此指连昌宫。㉗岐薛,岐王李范、薛王李业。均玄宗之弟。二王均卒于开元年间。队仗,队伍仪仗。㉘杨氏诸姨,指杨贵妃的姊姊韩国夫人、虢国夫人、秦国夫人。斗,赛。车斗风,谓车行迅速,赛过风之掠过。㉙明年十月,原注:"天宝十三年,禄山破洛阳。"按:天宝十四载(755)十二月,安禄山陷洛阳,此当是作者误记。㉚禄山,安禄山。天宝十四载十一月甲子,发所部兵及同罗、奚、契丹、室韦凡十五万众,号二十万反于范阳。十二月丁酉陷东京。陈寅恪据《通鉴考异》,证"禄山自反后未尝至长安。连昌宫为长安、洛阳间之行宫,禄山既自反后未尝至长安,则当无缘经过连昌宫前之御路。故此事与杨贵妃之曾在连昌宫之端正楼上梳洗者,同出于假想虚构"。(《元白诗笺证稿》第80页)㉛供顿,供给安顿食宿。北魏崔光《谏灵太后幸嵩高表》:"供顿候迎,公私扰费。"顿,宿食之所,此指宿食所需之物。㉜万姓,万民。㉝两京定后,指长安、洛阳两京平定收复以后。指至德二载(757)九、十月,唐军先后收复长安、洛阳。"两京定后六七年",当在代宗广德元、二年间(763—764)。㉞宛然,仿佛依旧。㉟原注:"肃、代、德、顺、宪、穆。"陈寅恪曰:"据诗中文义,谓'今皇'平吴、蜀,取淮西……则'今皇'自是指宪宗而言,自玄宗不到离宫之后,顺数至'今皇'至宪宗,只有五帝,何能预计穆宗或加数玄宗而成'六皇帝'?"(《元白诗笺证稿》第76页)按:诗云"尔后相传六皇帝","尔后"紧承上文"两京定后六七年",则其时已是代宗即位以后,不当将肃宗包括在内,即使将"今皇"宪宗包括在内,亦不过代、德、顺、宪四帝。而元集各本均作"六帝",似是将玄宗及宪宗俱包括在内而计之。原注"穆"字显误。㊱玄武楼,在大明宫北,德宗时新建,系神策军宿卫之处。花萼,楼名,在兴庆宫西南角,玄宗时建。《旧唐书·让皇帝宪传》:"玄宗于兴庆宫西南置楼,西边题曰花萼相辉之楼……玄宗时登楼,闻诸王音乐之声,咸召登楼,同榻宴谑。"㊲敕使因,《全唐诗》校:"一作因敕使。"㊳暂相逐,暂且跟随敕使入宫内。㊴荆榛栉比,杂树丛生,如同梳齿之密。㊵骄痴,形容其大胆不畏人。缘,绕。㊶欹倾,倾斜,歪歪倒倒。基,建筑物的基础。㊷文窗,雕饰花纹的窗格。窈窕,幽深貌。纱,指窗纱。㊸花钿,用金翠珠宝制成的花形首饰。句意谓为灰尘所蒙的屋壁上还挂着旧花钿。㊹风筝,悬挂在殿阁屋檐下的金属片,风起作声,又称风琴、铁马、檐马。句意谓乌鸦啄殿檐下的风筝,发出碎珠玉般的声响。㊺砌,台阶。㊻盘,盘绕。斗栱,亦作"斗拱"。在立柱与横梁的交接处,从柱顶探出的弓形肘木叫栱,栱与栱之间的方形垫木叫斗。斗栱,即斗橝之栱木,系房屋之承重构件。㊼菌生香案,腐朽的旧香案上已长出了菌类。正当衙,正对着天子居住的门庭。《新唐书·仪卫志上》:"天子居曰衙。"㊽寝殿,皇帝的寝宫。端正楼,在华清宫。宋乐史《太真外传下》:"华清宫有端正楼,即贵妃梳洗之所。"陈寅恪谓:"自杨妃于开元二十九年正月一日入道,即入宫之后,明皇既未有巡幸洛阳之事,则太真更无以皇帝妃嫔之资格从游连昌之理，是太真始终未尝伴得玄宗一至连昌宫也。诗中‘上皇正在望仙楼，太真同凭栏干立’，及‘寝殿相连端正楼，太真梳洗楼上头’等句，皆傅会华清旧说，构成藻饰之词。”㊾黑，《全唐诗》校：“一作动。”㊿珊瑚钩，珊瑚制成的帘钩。(51)指似，指与，指点。(52)心骨，心，内心。(53)野父，犹野老，山野老人。分别，分辨清楚。(54)君，老翁称元稹。(55)姚崇（650—721），武后、睿宗、玄宗三朝为相。玄宗朝三入相，除弊政。为唐代著名贤相。宋璟（663—737），睿宗、玄宗两朝为相，与姚崇先后辅佐玄宗，创开元之治，并称姚宋。(56)切，激切。(57)燮理阴阳，指宰相调和阴阳、顺四时、育万物的辅佐君主的功绩。语本《书·周官》：“立太师、太傅、太保，惟兹三公，论道经邦，燮理阴阳。”孔传：“和理阴阳。”(58)兵戎，指战争。(59)拣选，挑选官吏。相，《全唐诗》校：“一作至。”(60)妃子，指杨贵妃。(61)禄山，安禄山。《安禄山事迹》：“禄山生日后三日，明皇召入内。贵妃以锦绣绷缚禄山令内人以绣舆舁之，欢呼动地，云：‘贵妃与禄儿作三日洗儿。’帝就观大悦，因赐洗儿金银钱物。自是宫中皆呼禄山为禄儿，不禁出入。”(62)虢国，指杨贵妃的姊姊虢国夫人。闹如市，指其弄权纳贿，上门献纳求官的人很多。(63)杨与李，指杨国忠与李林甫。杨国忠（？—756），杨贵妃堂兄。借贵妃之宠，于李林甫死后代为右相，兼吏部尚书，兼领四十余使。结党营私，货赂公行，发动对南诏的战争，酿成大乱。李林甫（？—752），开元二十三年（735）为相，在相任十九年，为人阴柔狡猾，有“口蜜腹剑”之称。专政自恣，杜绝言路，妒贤嫉能，残害善类，是玄宗朝政治由开明转为腐朽的关键性人物。(64)庙谟，朝廷的大政方针。四海摇，全国政治局面动乱，天下大乱。(65)疮痏（wěi），疮疖溃疡和痈疽。作疮痏犹言“作祸害”。自安史之乱爆发（755）至作此诗时（818），已六十余年。(66)今皇，指当今皇帝，即唐宪宗。(67)吴蜀平，指元和元年、二年，先后平定据蜀叛乱的藩镇刘辟和据吴叛乱的藩镇李锜。(68)淮西贼，指据淮西叛乱的藩镇吴元济。元和十二年十一月，淮西乱平，擒吴元济。(69)联系下句“深望幸”，知今年不种宫前道是由于希望皇帝于平定藩镇之乱后东巡洛阳，经过连昌宫。(70)深望幸，深切盼望皇帝巡幸。(71)谋，《全唐诗》校：“一作谟。”

［鉴赏］

《连昌宫词》是元稹最著名的作品，与白居易的《长恨歌》《琵琶行》先后问世，代表了中唐文人叙事诗的艺术成就。《连昌宫词》作于元和十三年（818），较《长恨歌》晚十二年，较《琵琶行》晚三年。从元白唱和酬赠的创作风气看，元稹此作可能有与白争胜的意图，但它和《长恨歌》之歌咏帝妃之间悲剧性的爱情传奇，和《琵琶行》之借琵琶女弹奏琵琶抒写天涯沦落之感不同，全诗借连昌宫的兴废，反映安史之乱前后的治乱兴衰及其原因，有很明显的政治主题和鉴戒意味。尽管采用了叙事体制、传奇笔法，但从精神实质上看，它却更接近杜甫以来反映时事、"即事名篇"的新题乐府。

全诗九十句，六百三十字，篇幅较《长恨歌》少四分之一，与《琵琶行》大体相当，在中国古代文人叙事诗中都算得上是长篇。但《长恨歌》与《琵琶行》以抒情、描写贯穿叙事，而《连昌宫词》则明显分成两截：前面一大段借连昌宫之兴废反映时代盛衰，主要是叙述与描绘；而后面一大段则以议论为主而夹杂叙事。总的来看，白诗抒情成分突出，抒情气氛浓郁；而元诗则偏重于叙写和议论，在描绘今昔盛衰中虽亦有抒情色彩，但较之白作，则并不突出。这是《连昌宫词》和《长恨歌》《琵琶行》不同的艺术风貌的主要表现。

诗的前段六十四句，虽然总的来说是借连昌宫的兴废来反映时代盛衰，但诗人并不采取平铺直叙的写法，即先渲染铺写昔时之盛，然后描绘形容今日之衰，而是在构思上下了一番功夫。一开头四句，便直接入题，在读者面前展现出一座荒凉破败、杳无人迹的连昌宫。连昌宫中多种竹，这可能是当年建造时根据当地物产特点有意栽植，也是连昌宫景观的一大特点。但眼前所见的景象，却是满宫乱生的竹子，这里一丛，那里一堆，荒芜杂乱，不成行列，它不但没有显示出行宫的幽深清凉，反而显出了它的荒寂凄清。"岁久无人"四字，是四句之眼，也是全篇点眼。接着，又写宫墙边上的千叶桃花，春风吹过，落红缤纷，簌簌下坠。由于满宫杳无人迹，这美丽的重瓣桃花，也只能自开自落，无人欣赏，这"风动落花红簌簌"的景象不但没有为连昌宫增色添彩，反而衬出了它的荒寂，其神韵意境，与《行宫》的"宫花寂寞红"正复相似。这四句诗，虽只写了连昌宫中的丛竹和千叶桃两种景物，但却将一座荒废了的宫苑的神魂显示了出来，精练传神，有氛围，有意境，笼盖全诗，可以说一开头就抓住了读者的注意力。

从"宫边老翁为余泣"到"杨氏诸姨车斗风"二十八句，引出一位亲历连昌宫兴废的"宫边老翁"，借他之口，先描绘渲染安史之乱前连昌宫的热闹豪华盛况。共分三层。第一层八句，写老人年少时曾因进献食物偶入宫中，得见玄宗与杨妃在望仙楼上同凭栏杆而立，楼前楼上，嫔妃宫女，珠环翠绕，头上的首饰光彩转动，辉煌闪烁，照耀天地，归家之后但觉如梦如痴，精神上受到强烈的震撼。"何暇备言宫里事"一句,既交代了当年无暇详细描叙宫中情事的原因,又自然引出第二层十六句对"宫里事"的具体描叙。诗人把时令季节集中安排在一年之中最富生意活力的寒食清明时节,又将描绘的重点集中到宫中的音乐演奏场景上。这不但由于唐明皇和杨贵妃这两位主角就是音乐家和歌舞高手,更因为这种场景在春日明丽景色的映衬下更显示出声色并茂、风流旖旎、热闹繁华的特征。寒食刚过,店舍无烟,宫中的树木一片翠绿。夜半时分,月亮高悬,宫中弦索之声鸣响,这是老资格的宫廷乐师贺怀智在作宫廷演奏会的压场演出。而玄宗意兴正浓,宦官高力士急忙传呼名妓念奴前来唱歌献艺,而念奴此时正暗自陪伴皇室子弟夜寝。好不容易寻觅到念奴的踪影,又一迭声地连连催促,并下令特许街上可以燃烛照明,以便念奴回宫。睡在红绡被里娇慵满眼的念奴被唤醒后,匆忙梳理了一下如云的鬓发,稍事装束便回宫献艺,高歌一声,直上九天,二十五郎邠王守礼,吹笛伴奏,乐声与歌声紧相追逐。更有那李謩傍着宫墙,按笛记谱,偷得了宫中新谱的几支乐曲。作者刻意将这些宫廷内外当红明星大腕集合在一起,又加上一些桃色新闻的渲染,目的自然是要创造出一种极声色视听之娱的欢乐场景,以见当日太平盛世的气象。接下来第三层"平明"四句,写车驾启程回京,道路两旁,万人夹道歌舞,百官的队伍仪仗浩浩荡荡,一路前行,但遇到了岐王、薛王的车驾时却纷纷避让,而贵妃诸姊的车马更疾速如风,气派非凡。这四句的出色渲染,将太平盛世的景象推向极致,也将皇家贵戚的声势威权渲染到极致。整个这一段对盛世宫廷景象的描绘中,流露的感情主要是欣赏与追恋,而不是否定与批判。即使结末二句稍有微词,也并不影响整体上对盛世追恋向往的感情倾向。

物极必反,乐极生悲。"明年十月东都破"一句,突然兜转,写安史之乱,两京陷落,百姓遭难,行宫荒废的情景。这一段共三十句,结合着老翁的耳闻目睹,可大体上分两层。第一层十二句,用比较简括的笔墨写安史乱起,东都沦陷,连昌宫前昔日皇帝的御道今天成了安禄山大摇大摆显示威风的通道。附近的百姓被驱遣供应食宿不敢躲藏,只能无声垂泪,暗自伤悲。挨到两京平定之后六七年,自己才从避难之处回到家乡,寻找行宫前的家舍。庄园烧尽,唯存枯井,行宫门前,宫树宛然。此后相传的六代皇帝,再未到过连昌宫。路上往来的少年说起长安的情况,知道玄武楼刚建成,而兴庆宫的花萼楼却早已荒废。这一层主要是写安史之乱以来衰乱的大背景,以揭示连昌宫荒废的直接原因。并围绕这个中心,对安史之乱造成的破坏和长安的变迁有所展示。第二层十八句,写因敕使砍竹,自己得以相随入宫，亲睹连昌宫荒废的情景：宫里到处长满了杂树荒草，连池塘也塞满了，狐狸兔子成了宫苑的主人，骄恣大胆，缘树而行。歌台舞榭歪歪倒倒，台基犹在，雕花的窗户幽深，窗纱犹绿。灰尘蒙遍粉壁，上面还挂着昔日嫔妃用过的花钿，乌鸦啄檐边的风筝，发出碎玉般的声响。玄宗偏爱临阶而生的花，如今依然在废弃的御案旁，寂寞地开放。蛇出没于燕巢，盘绕于斗拱，菌类植物长在昔日的香案上，正对着天子居住的门庭。昔日杨妃梳洗的端正楼上，晨光熹微，帘影犹黑，帘上至今还因风吹帘动而反挂着珊瑚钩。每天夜里狐狸出没，登上门屋。看到听到这一切荒凉破败的景象，老翁不禁恸哭伤心，涕泪相续。整个这一层，除直接描绘荒废景象外，主要是采取今昔映衬对照的手法，于今之荒凉破败中时见昔之繁华富丽的面影，使读者于抚今追昔中更增昔盛今衰、恍如隔世的感怆。在全篇中，这是写得最精彩的部分。

"我闻"以下二十六句，是全诗的第二大段，借诗人听了老翁的叙说之后提出的问题和老翁的回答，以揭示全诗的主题。"太平谁致乱者谁"一句，提纲挈领，从连昌宫的兴废联系到时代政治的兴衰治乱，探究唐王朝由盛而衰的原因。这也是诗人写作《连昌宫词》的政治动机。老翁认为开元之治，是由于皇帝任用姚、宋这样的贤相，拣选官吏得人；天宝以来，皇帝宠幸杨妃，任用李林甫、杨国忠这种奸相，弄权纳贿，大兴裙带之风，致使国家的大政方针颠倒错乱，天下动摇。五十年来，疮痍之患未除。当今皇上神圣，丞相贤明，接连平定吴、蜀，如今又平淮西，国家统一、天下太平有望。自己年年耕种宫前的旧道，今年不再让子孙前去耕种了。作者认为老翁的这番话是迫切希望国家中兴，皇帝东巡，自己也切盼当权的大臣宰相努力把握国家的大政方针，使天下太平，不再用兵。这一段全用议论，虽借老翁之口，实表作者之意。作者的见解，无非君相贤明，成就太平之业，不再使天下陷于无休止的战争中。议论本身，并无卓越识见，艺术上亦平平不足取，在全篇中，无论是思想或艺术，均属庸常之笔。

这首诗在艺术上最突出的特点，是采取传奇笔法。中唐时期，传奇发展到鼎盛阶段，传奇在艺术上通过想象虚构，编织故事，塑造人物的手法，直接影响当时兴起的叙事诗的创作，使之带有鲜明的传奇化色彩。《连昌宫词》传奇笔法的运用主要表现在以下三个方面。

一是通过移植、剪接，将许多在历史事实上并不同时同地发生的人物事件集中在特定时空之间，以突出表现某种特定的时代氛围。诗中写连昌宫昔日的盛况，据

"明年十月东都破"三句，时间当在天宝十三载（754）。而据《唐国史补》，玄宗自开元二十四年（736）自东都归驾长安后，再未至东都，而杨贵妃则开元二十九年始入宫为女道士，天宝四载方册为贵妃。整个天宝年间，玄宗既未曾至东都，杨妃自亦未曾从游而至连昌宫。故诗中"上皇""太真"于天宝末同在连昌宫的情事，纯属艺术虚构。诗中提及的岐王李范、薛王李业卒于开元年间，自不可能于天宝末从游连昌宫。而"望仙楼""端正楼"则均在华清宫，李謩偷曲事则发生在东都上阳宫而非连昌宫。这些人事实际发生的时地，与诗中所写时地的明显不符，并非诗人的误记，而是完全出于艺术上集中概括和典型化的需要，说明作者是有意运用传奇小说的艺术虚构，将一系列在历史事实中并不是发生在天宝末年的人事，通过移植、剪接和综合，集中到天宝末连昌宫中这个特定的时空中来，并以宫廷音乐会的方式，集合各路艺术明星同台献艺，以表现太平盛世宫廷生活的豪华热闹，渲染盛世的氛围。

二是诗中对连昌宫乱后荒废景象的渲染描绘，纯出艺术想象，而非亲历目睹。元稹生平，实未至连昌宫。诗中作为亲历目睹连昌宫兴废的故事叙述人"宫边老翁"，其实是一个虚构的人物。这一点，从诗的后段纵论开元、天宝，直至"今皇"的朝政治乱，可以看得非常清楚。实际上，他就是作者的代言人。这种全凭已有的生活经验进行艺术想象，刻意渲染氛围的写法，也是典型的传奇笔法。

三是注重细节描写。诗中写连昌宫昔日之盛，集中描绘渲染宫中宴乐的盛大场景，其中对歌妓念奴的描写长达十句，从力士传呼到念奴不见，潜伴诸郎夜宿，到连夜寻觅、催促，到特下敕旨许燃烛照明，到念奴被唤醒时的娇慵之态及匆忙装束的情景，一直写到回宫歌唱的场面，其用笔之细腻正是典型的传奇小说描绘人物常用的手法。以如此重大的表现时代盛衰及其原因的政治历史题材和主题，竟用如此细致的小说笔法，在艺术上显然是一种创造性的尝试。

白居易

白居易（772—846），字乐天，祖籍太原，徙居华州下邽（今陕西渭南北）。建中末随父至徐州别驾任所，寄居符离，后避难吴越。贞元十六年（800）登进士第。十九年登书判拔萃科，授秘书省校书郎。元和元年（806），登才识兼茂明于体用科，授盩厔尉。七月，权摄昭应事。二年十一月召入翰林为学士。三年除左拾遗。五年改京兆府户曹参军，均依前充翰林学士。六年丁母忧，退居下邽。九年冬服阕，授太子左赞善大夫。十年六月，上疏请捕刺宰相武元衡之贼，执政以宫官先台谏言事恶之，忌之者复诬其母看花坠井死而作《赏花》《新井》诗，贬江州司马。十三年十一月量移忠州刺史。穆宗即位，召为司门员外郎，改授主客郎中、知制诰。长庆元年（821）十月，转中书舍人。二年七月外任杭州刺史。四年五月，除太子左庶子分司。宝历元年（825）三月，除苏州刺史。次年九月因病罢官归洛阳。大和元年（827）三月征为秘书监，赐金紫。二年除刑部侍郎。三年春以太子宾客分司东都，此后定居洛阳，历河南尹、太子宾客分司、太子少傅分司等职。会昌二年（842）以刑部尚书致仕。会昌六年卒。居易前期以兼济天下为志，直言敢谏，倡导诗歌之美刺比兴，以"补察时政""泄导人情"，对新乐府的创作潮流有重要的推动作用。贬江州后，转向独善其身，闲适之作居多。曾将自己之诗作分为讽喻、闲适、感伤、杂律诗四类。讽喻诗中之《秦中吟》《新乐府》，揭露时弊、反映百姓疾苦，富于社会政治意义；感伤诗中之《长恨歌》《琵琶引》为古代文人叙事诗中之杰出代表。杂律诗中也有一部分吟咏情性、诗酒唱和、描绘自然风光的佳作。其总体风格平易通俗，自然流畅，佳者犹不失精纯与韵味，为唐诗中影响广远的大家。自编《白氏文集》七十五卷，现存《白氏长庆集》七十一卷。《全唐诗》编其诗为三十九卷。今人朱金城有《白居易集笺校》，谢思炜有《白居易诗集校注》。

宿紫阁山北村①

晨游紫阁峰，暮宿山下村。村老见余喜，为余开一樽②。举杯未及饮，暴卒来入门。紫衣挟刀斧③，草草十余人④。夺我席上酒，掣我盘中飧⑤。主人退后立，敛手反如宾⑥。中庭有奇树，种来三十春。主人惜不得，持斧断其根。口称采造家⑦，身属神策军⑧。"主人慎勿语⑨，中尉正承恩⑩！"

[校注]

①紫阁山，即紫阁峰，在鄠县东南三十里。为终南山的一座山峰。张礼《游城南记》："圭峰、紫阁在终南山四皓祠之西，圭峰下有草堂寺，紫阁之阴即㵲陂。"《关中胜迹图志》卷二引《雍胜略》："紫阁峰，旭日射之，烂然而紫，其形上耸若楼阁然。"此诗约作于元和五年（810）。②樽，指酒樽，盛酒器。③紫衣，粗紫衣，系下级胥吏所服，与贵官显宦所服之朱紫、金紫之服不同。《唐会要》卷三十一《杂录》："通引官许依前粗紫绝及紫布充衫袍……其行官门子等，请许依前服紫粗绝充衫袄。"此指神策军军校所穿之紫衣。④草草，骚乱貌。《魏书·外戚传上·贺泥》："太祖崩，京师草草。"⑤掣（chè），拉拽。飧（sūn），熟食。⑥敛手，拱手，表示恭敬。⑦采造家，采集木材为宫廷建造房屋的机构。朱金城注引《册府元龟》卷六十一帝王部·立制度第二："唐文宗太和元年五月癸酉，左神策军奏当军请铸'南山采造印'一面。"谓"可知南山采造系左神策军之直属机构"。⑧神策军，唐禁军名之一。自代宗、德宗起，即由宦官统领。《旧唐书·职官志三》："贞元中，特置神策军护军中尉，以中官宦官为之，时号两军中尉。贞元以后，中尉之权倾于天下，人主废立，皆出其可否。"⑨慎，千万，无论如何，与"勿""毋"等连用，表示警戒。⑩中尉，此指当时的神策军左军中尉吐突承璀。《旧唐书·吐突承璀传》："吐突承璀，幼以小黄门直东宫，性敏慧，有才干。宪宗即位，授内常侍、知内省事、左监门将军。俄授左军中尉、功德使。四年，王承宗叛，诏以承璀为河中、河南、浙西、宣歙等道赴镇州行营兵马招讨等使……谏官、御史上疏相属，皆言自古无中贵人为兵马统帅者……及承璀率禁军上路，帝御通化门楼，慰喻遣之，出师经年无功。""中尉正承恩"，正指吐突承璀极受宪宗宠信，权势气焰正炽。《旧唐书·白居易传》："王承宗拒命，上令神策中尉吐突承璀为招

讨使，谏官上章者十七八，居易面论，辞情切至……上颇不悦。"《白居易集》卷五十九有《论承璀职名状》专论承璀充诸军行营招讨处置使一事之不可，谓："国家故事，每有征伐，专委将帅，以责成功，近年已来，渐失旧制，始加中使，命为都监……此皆权宜，且为近例。然则兴王者之师，征天下之兵，自古及今，未有令中使专统领者。"

[鉴赏]

白居易的讽喻诗中，有相当一部分是先设题立意，而后据此搜集素材，进行叙述描写和议论的，不同程度上存在着从理念出发的弊病。这一首所叙写的却是他亲历的事件，因而感受特别痛切，感情也非常愤激。但诗人却没有像他通常写讽喻诗那样对此事大发议论，甚至对讽刺对象进行痛骂，而是采用客观写实的方式对整个事件进行描述，自始至终不发一句议论，这在他的讽喻诗中是相当特别的。

"晨游紫阁峰，暮宿山下村。村老见余喜，为余开一樽。"开头四句，紧扣题目，用简练的笔墨概写晨游暮宿的过程和村老设宴招待的情景。写得很紧凑，也很从容，字里行间流露出轻松喜悦的感情和主客间融洽而随便的气氛。这样的开头和前奏，使双方根本料想不到下面会发生那样令人扫兴和愤慨的情事。因此它对诗的主体部分正是一种有力的反衬。这里的"喜"，正为下文的怒和愤作了铺垫。

"举杯未及饮，暴卒来入门。紫衣挟刀斧，草草十余人。"酒宴刚设，主客举杯，尚不及饮，突然闯进了一群凶暴的士卒。他们身穿神策军的紫衣，挟带着明晃晃的刀斧，乱糟糟地有十来人。这是这帮不速之客给作者的第一印象。"暴卒"之"暴"，即从他们这伙人横冲直撞地闯入民宅的蛮横行动，从他们身着神策军的"紫衣"所标明的身份，从身带明晃晃的"刀斧"，也从那乱糟糟的狐假虎威架势上看出。

"夺我席上酒，掣我盘中飧。主人退后立，敛手反如宾。"接下来四句，进一步描绘这伙暴卒们的横暴行动：他们气势汹汹地夺过了酒席上的酒，拽过了盘里的菜肴，当着主人的面大吃大喝起来，好像他们才是这里的主人，而真正的主人村老见此情景反而退后而立，拱手胸前，恭恭敬敬，如同客人一般。一边是蛮横凶暴，肆意抢夺，一边却是拱手退让，默不作声。这鲜明的对照说明在暴卒的凶横面前，胆小怕事的主人只能采取忍让的态度，既不敢怒，也不敢言，也透露出村老对这伙人的身份已有所察觉。但抢夺酒食并非暴卒此行的目的，真正的掠夺还在后头。

"中庭有奇树，种来三十春。主人惜不得，持斧断其根。"村老家的庭院中一棵种植了三十年的珍奇树木，才是这伙人此行掠夺的真正目标。看来他们早就作了踏勘调查，此行"挟刀斧"而来就是为了砍伐这棵奇树。当主人明白他们一伙的真正意图时，暴卒们已经不由分说动手砍伐了，三下两下便用斧头砍断了它的根。诗人只用"主人惜不得"五个字便表现出主人在暴徒面前不但无理可讲，无话可说，而且连公开表示惋惜也不能的畏惧情态。这"惜不得"正是对暴卒们横暴凶恶嘴脸更深一层的揭示。

"口称采造家，身属神策军。"暴卒们一边肆行掠夺，一边还不忘亮出自己的身份，声称自己是宫里专门采集建筑材料、负责建造的机构，属于神策军管辖。表明这特殊的身份，自然意在威吓主人，警告他别想有所不满和反抗，也进一步表现了他们狐假虎威、有恃无恐的丑恶嘴脸。

"'主人慎勿语，中尉正承恩！'"结尾两句，是诗人对主人的告诫：千万别作声表示不满怨愤，这伙人的头子神策军的中尉眼下正深受皇帝的恩宠呢！整个事件中，暴卒肆行掠夺、凶横霸道，主人拱手退立、忍受沉默，目击这一切场景的诗人似乎也始终未置一词，但最后悄悄告诫主人的话却如同一柄连透数层的利剑，由眼前正在施暴的暴卒身上透过，直射暴卒身后深受皇帝宠信的宦官头子神策军中尉吐突承璀，又由"承恩"的"中尉"身上透过，直刺施恩的当今皇帝。诗胆之大，锋芒之利，揭露之深，感情之愤激，都臻于极致。妙在说到"中尉正承恩"随即截住，不再另置一词，满腔愤激化为无言的沉默和冷峻，尤其显得含蓄深沉、隽永耐味。

上阳白发人① 愍怨旷也②

上阳人，红颜暗老白发新。绿衣监使守宫门③，一闭上阳多少春。玄宗末岁初选入④，入时十六今六十⑤。同时采择百余人，零落年深残此身⑤。忆昔吞悲别亲族，扶入车中不教哭⑥。皆云入内便承恩，脸似芙蓉胸似玉。未容君王得见面，已被杨妃遥侧目⑦。妒令潜配上阳宫⑧，一生遂向空房宿。宿空房，秋夜长，夜长无寐天不明。耿耿残灯背壁影⑨，萧萧暗雨打窗声。春日迟⑩，日迟独坐天难暮。宫莺百啭愁厌闻，梁燕双栖老休妒。莺归燕去长悄然，春往秋来不记年。唯向深宫望明月，东西四五百回圆⑪。今日宫中年最老，大家遥赐尚书号⑫。小头鞵履窄衣裳⑬，青黛点眉眉细长⑭。外人不见见应笑，天宝末年时世妆⑮。上阳人，苦最多。少亦苦，老亦苦，少苦老苦两如何！君不见昔时吕向美人赋⑯，又不见今日上阳白发歌。

[校注]

①本篇系《新乐府》五十首的第七首。《新乐府序》说："凡九千二百五十二言，断为五十篇。篇无定句，句无定字。系于意，不系于文。首句标其目，卒章显其志，《诗》三百之义也。其辞质而径，欲见之者易喻也；其言直而切，欲闻之者深诫也；其事核而实，使采之者传信也；其体顺而肆，可以播于乐章歌曲也；总而言之，为君、为臣、为民、为物、为事而作，不为文而作也。"自注云："元和四年为左拾遗时作。"据陈寅恪《元白诗笺证稿》考证，五十首中亦有可能作于元和五年者，如《杏为梁》《海漫漫》等篇即是。本篇敦煌本题作《上阳人》。白此诗系和元稹《上阳白发人》之作，当有"白发"二字。此题为李绅原唱，元、白相继和之，见元稹《和李校书新题乐府十二首并序》。上阳，宫名，在东都洛阳。《新唐书·地理志》："上阳宫在禁苑之东，东接皇城之西南隅，上元中置。高宗之季常居此以听政。"《唐六典》卷七："上阳宫南临洛水，西拒穀水。"②愍怨旷，怜悯宫女长期幽闭深宫、无缘得到皇帝临幸的哀愁痛苦。作者《奏请加德音中加节目二件·请拣放后宫内人》云："右伏见大历已来四十馀载，宫中人数稍久渐多。伏虑驱使之馀，其数犹广。上则虚给衣食，有供亿糜费之烦，下则隔离亲族，有幽闭怨旷之苦。事宜省费，物贵遂情……臣伏见太宗、玄宗已来，每遇灾旱，多有拣放……伏望圣意，再加处分。"奏状上于元和四年，与本篇当为同年所作，可互参。长安大明宫西亦有上阳宫，而此诗一则云"已被杨妃遥侧目"，再则云"大家遥赐尚书号"，当指洛阳之上阳宫。作者自注："天宝五载已后，杨贵妃专宠，后宫人无复进幸矣。六宫有美色者，辄置别所，上阳是其一也，贞元中尚存焉。"③绿衣监使，指管理宫苑的太监。唐内侍省有宫闱局，令二人，从七品下。掌侍宫闱，出入管籥。见《新唐书·百官志二》。唐制，六、七品官着绿，七品官着浅绿。④陈寅恪笺："假定上阳宫人选入之时为天宝十五载（西历七五六年），则至贞元十六年（西历八〇〇年）其年六十。"按：诗既作于元和四年（809），则所谓"今"自不可能指贞元十六年，而当指作诗之当时，则上阳宫人年为六十四岁，此云"六十"，约略言之耳，不必拘。⑤二句谓同时被采选入宫的百余宫女，年深日久，悉已零落逝世，唯余自身一人。残，剩、余。⑥教，让。⑦侧目，斜目而视，

表示愤恨。⑧潜配，暗地发配到。⑨耿耿，烦躁不安。心事重重貌。《诗·邶风·柏舟》："耿耿不寐，如有隐忧。"按："耿耿"亦有明亮义，然下云"残灯"，与明亮之义不合。⑩迟，久、长。相对于冬日之短，春日渐长。故下云"日迟独坐天难暮"。⑪东西，指月升于东方落于西方。陈寅恪笺："自入宫至此凡历四十五年，须加十六闰月，共约五百五十六望，除去阴雨暗夕，上阳宫人之获见月圆次数，亦不过四五百回。三五之时，月夕生于东，朝没于西，所以言东西者盖隐含上阳人自夕至旦通宵不寐之意也。"按："四五百回圆"亦大略言之，不必拘泥。⑫大家，宫中近臣或后妃对皇帝的习惯称呼。蔡邕《独断》上："天子自谓曰行在所……亲近侍从官称曰大家。"唐刘肃《大唐新语·酷忍》："初令宫人宣敕示王后，后曰：'愿大家万岁，昭仪长承恩泽，死是吾分也。'"李商隐《宜都内人》："宜都内人曰：'大家知古女卑于男邪？'"尚书，此指宫中女官，即女尚书。东汉、三国魏、后汉石虎宫中均有女尚书，管理批阅宫外奏章、文书等。此句"尚书号"指徒有虚名的女尚书名号。唐代宫中设"六尚"各二人，均正五品，其职掌类似六尚书。⑬陈寅恪笺："姚汝能《安禄山事迹》下云：'天宝初，贵游士庶，好衣胡服，为豹皮帽。妇人则簪步摇，衩衣之制度，衿袖皆小。'又《白氏长庆集》一四《和梦游春》：'时世宽妆束。'则知贞元末年妇人时妆尚宽大。"⑭青黛，画眉的青黑色颜料。陈寅恪笺："《才调集》五元微之《有所教》诗云：'莫画长眉画短眉，斜红伤竖莫伤垂。人人总解争时势，都大须看各自宜。'……颇疑贞元末年之时世妆，其画眉尚短，与乐天此诗所云天宝末年之时尚为'青黛点眉眉细长'者适得其反也。"⑮时世妆，时尚的装束。⑯自注："天宝末，有密采艳色者，当时号花鸟使。吕向献《美人赋》以讽之。"按：《文苑英华》卷九十六录吕向《美人赋》。《新唐书·文艺传·吕向》："玄宗开元十年，召入翰林……时常岁遣使采择天下姝好，内之后宫，号'花鸟使'，向因奏《美人赋》以讽，帝善之，擢左拾遗。"白氏自注载吕向献赋事于天宝末，恐系误记。

[鉴赏]

宫怨是唐诗中常见的题材，但这类作品多为抒情短章，往往只截取一个横断面或一个具体场景，很难从纵向上表现一个较长的时间过程与生活历程，容量比较有限，描绘也不易充分展开。白居易这篇《上阳白发人》，用叙事诗的形式，展现了一个幽闭深宫四十余年的宫女痛苦凄凉的生活和悲剧命运，对传统的宫怨诗无论在内容的涵量和描写的细致方面都有明显发展。

开头八句是对女主人公的概括介绍。这位宫女在天宝末年初选入时，还是十六岁的红颜少女，如今已是白发日新的憔悴老人了。青春的岁月与容颜就在这"绿衣监使守宫门"的上阳宫中黯然消逝。同时进宫的百余人中，现在就只剩下她这位"年深"的白发宫人了。这段介绍，像是伴着深沉的画外音出现的一组电影画面：寥落冷寂的上阳宫，朱漆斑斑的深闭着的宫门，像狱吏一样看守宫门的绿衣监使，然后是形容憔悴、白发满头、目光呆滞的宫人。这是一座变相的牢狱。"红颜暗老白发新"，不仅展示了这座牢狱对宫女青春容貌长期的无形的摧残，而且暗透出久居牢狱的宫女心灵上的麻木。"零落年深残此身"，孑然一身，是悲苦孤寂的，但还有更多的宫女甚至挨不到"白发新"便纷纷凋零了。这段介绍，不但概括了女主人公悲剧的大半生，而且初步展示了她所处的这个牢狱般的环境。

接下来"忆昔"八句，追述她入宫的过程。这是她一生悲剧境遇的直接根源。离家的情景，只用了两个镜头：一个是女主人公吞悲饮泣，与亲人告别的镜头，另一个是亲族忍泪安慰女主人公的镜头。明明都知道，生离即是死别，却因迫于皇家的淫威，连放声恸哭的权利也被剥夺了，还不得不装点一丝欢容，说一些连自己也未必相信的话（所谓"入内便承恩"）。这就更加突出了"别"的悲剧色彩。果然，一进宫迎接她的便是厄运。在宫里这个充满倾轧的环境中，特别是在"三千宠爱在一身"的情况下，女主人公"脸似芙蓉胸似玉"不仅不能成为"承恩"的凭借，反倒成了"杨妃遥侧目"的原因。于是，在"未容君王得见面"的情况下，就被暗中发配到了远离长安的上阳宫，开始了"一生遂向空房宿"的幽闭生活。人物命运的描写和宫廷环境的展示，在这里被巧妙地结合在一起了。

"空房宿"以下十三句，正面描写幽闭深宫四十余年的生活。幽闭生活的特点，就是同样情境的长期重复。因此，纵向的生活历程却不宜采用纵向的叙述方式。诗人撇开四十余年漫长岁月的各个具体阶段，只选取"秋夜""春日"作为代表，来概写她"一生遂向空房宿"的寂寞凄凉生活。写秋夜，用残灯孤影、暗雨敲窗来烘托身处深宫的孤寂凄清、长夜不寐。写春日，则用宫莺百啭、梁燕双栖来反托她的哀怨和孤独，一正一反，笔法富于变化。"萧萧暗雨打窗声"的"暗"字，"梁燕双栖老休妒"的"休"字，一则传出漫漫长夜，愁听秋窗风雨的黯然伤神之状，一则透出红颜已老的白发宫人连妒美之意也不得不让它泯灭的心理，用语平易，而写景抒情却细致入微。"莺归燕去"四句，由分而合，不但写岁月的流逝，而且写心灵的可悲适应。年年都是一样的莺归燕回，春往秋来，都是一样的凄凉寂寞。久而久之,对时间的流逝,对环境的变化,都逐渐变得感受迟钝,感情麻木了,所以说"长悄然""不记年"。对生活失去了希望,被判处变相无期徒刑的人对这一切时序景物的变化往往是无动于衷的。这是一种令人揪心的漠然。深宫与外界人事完全隔绝,唯一能望见的外界事物便是天上的明月。望月,是寄托悠长的乡思?是向往人间的团圆?是排遣深宫的寂寞?是挨过漫漫的长夜?仿佛都是,又仿佛都不是,只是由于思绪寂寥,无聊而不由自主地失神痴望。"唯向深宫望明月","唯向"二字,殊可玩味,除了呆呆地"望月",又能做什么呢?"东西四五百回圆",四十余年的岁月,就在这"望月"中黯然消逝了。牢狱般的环境,囚徒般的生活,长期幽闭禁锢而形成的近乎麻木的心灵,在这一段中得到了充分的表现。

到这里,上阳白发人四十多年的怨旷生活似乎已经写尽。诗人却别开生面,转入新境,借仿佛是喜剧性的情节来表现更深刻的悲剧。"今日宫中年最老,大家遥赐尚书号。"四十多年幽闭深宫的痛苦生活,换来了一个宫中女尚书的头衔名号,而且还是"遥赐"。皇帝的这个"恩典"简直就是对她"一生遂向空房宿"的悲剧命运的一种无情嘲弄。"小头鞵履窄衣裳,青黛点眉眉细长。外人不见见应笑,天宝末年时世妆。"当年的时髦装扮,在过了四十多年之后,已经变得像是在古墓中木乃伊的妆容,只能让人感到滑稽可笑了。这正是四十多年囚徒般的幽闭生活在她身上留下的印记。这是一种含泪的幽默,字里行间充满了对这位身心受到长期摧残、恍如隔世之人的宫女深刻的人道主义同情。"愍怨旷"的主题最后是借助于"见应笑"来完成的。这种艺术上的曲笔所造成的始则令人感到滑稽可笑,继而令人哭笑不得,终则令人深悲沉思的艺术感染力,说明白居易优秀诗篇平易中的深刻内涵。

结尾七句,用"少苦老苦"概括上阳人的悲惨命运,并用对举吕向《美人赋》与《上阳白发歌》来点醒作诗意图,将批判的矛头指向封建统治者。按而不断,留有余地,是"卒章显其志"的又一种方式。

新丰折臂翁[①] 戒边功也[②]

新丰老翁八十八,头鬓眉须皆似雪。玄孙扶向店前行,左臂凭肩右臂折[③]。问翁臂折来几年,兼问致折何因缘。翁云贯属新丰县,生逢圣代无征战。**惯听梨园歌管声**④，不识旗枪与弓箭。无何天宝大征兵⑤，户有三丁点一丁。点得驱将何处去⑥，五月万里云南行⑦。闻道云南有泸水⑧，椒花落时瘴烟起⑨。大军徒涉水如汤⑩，未过十人二三死⑪。村南村北哭声哀，儿别爷娘夫别妻。皆云前后征蛮者⑫，千万人行无一回。是时翁年二十四，兵部牒中有名字⑬。夜深不敢使人知，偷将大石捶折臂⑭。张弓簸旗俱不堪⑮，从兹始免征云南。骨碎筋伤非不苦，且图拣退归乡土⑯。臂折来来六十年⑰，一肢虽废一身全。至今风雨阴寒夜，直到天明痛不眠。痛不眠，终不悔，且喜老身今独在。不然当时泸水头，身死魂孤骨不收。应作云南望乡鬼，万人冢上哭呦呦⑱。老人言，君听取。君不闻开元宰相宋开府⑲，不赏边功防黩武⑳。又不闻天宝宰相杨国忠，欲求恩幸立边功㉑。边功未立生人怨㉒，请问新丰折臂翁。

[校注]

①本篇系《新乐府》五十首的第九首。新丰，唐京兆府属县。今陕西省西安市临潼区新丰镇。《雍录》卷七："唐新丰县在（京兆）府东五十里。凡自长安东出而趋潼关，路必由此。"《旧唐书·地理志》：京兆府昭应县："隋新丰县，治古新丰城北。垂拱二年，改为庆山县。神龙元年，复为新丰。天宝二年，分新丰、万年置会昌县。七载，省新丰县，改会昌为昭应，治温泉宫之西北。"②戒边功，以黩武开边战争为戒。诗中反映的战争，是天宝十载（751）至十三载唐王朝对南诏发动的不义战争。当时唐剑南节度使鲜于仲通与云南太守张虔陀对南诏肆行侮辱、征求，南诏王阁罗凤被迫反抗，杀死张虔陀。天宝十载，鲜于仲通率兵八万攻打南诏，在西洱河大败，死者六万人。天宝十三载，宰相杨国忠派李宓率兵七万攻打南诏，结果在太和城一带全军覆没，李宓被擒。杨国忠掩盖败状，向玄宗报捷，再发兵。兵士因水土不服，伤亡惨重。据《资治通鉴》载：鲜于仲通大败后，朝廷下制大募两京及河南北兵以击南诏。人闻云南多瘴疠，未战，士卒死者八九，莫肯应募。于是行者愁怨，父母妻子送之，所在哭声震野。诗中所说"天宝大征兵"，即指此。③凭肩，靠在玄孙肩上。④梨园，陈寅恪《元白诗笺证稿》第三章"胡旋女"笺："唐长安有二梨园，一在光化门北，一在蓬莱宫侧。其光化门北者，远在官城墙外。其蓬莱宫侧者，乃教坊之所在。"《新唐书·礼乐志十二》："玄宗既知音律，又酷爱法曲，选坐部伎子弟三百教于梨园，声有误者，帝必觉而正之，号

'皇帝梨园弟子'。宫女数百，亦为梨园弟子，居宜春北院。"⑤无何，不多时、不久。天宝大征兵，参注②引《资治通鉴》。⑥将，助词，用于动词之后。⑦云南，指南诏国。因在云岭之南，故称云南。⑧泸水，指今雅砻江下流及汇入金沙江以后的一段江流，在今四川宜宾以下者。⑨椒，花椒。椒花落时，约当农历四五月。瘴烟，即瘴气。南部及西南部地区山林间湿热蒸发能致病之气。《后汉书·南蛮传》："南州水土温暑，加有瘴气，致死亡者十必四五。"⑩汤，滚烫的水。⑪此句敦煌本作"未战十人五人死"。⑫蛮，古代对长江中游及其以南地区少数民族的泛称。此指南诏。《新唐书·南蛮传》："南诏……乌蛮别种也，夷语王为'诏'。"⑬兵部牒，兵部的花名册，兵部是唐代尚书省六部中管军政的部门。⑭捶，敲击。⑮簸旗，摇动军旗。⑯拣退，经挑选后不合格而退回。⑰臂折来来，《全唐诗》原作"此臂折来"，据敦煌本、那波本改。来来，以来。陈寅恪笺引段成式《戏高侍御七首》之一云："百媚城中一个人，紫罗垂手见精神。青琴仙子常教示，自小来来号阿真。"谓"来来"连文亦唐人常语。⑱万人冢，作者自注："云南有万人冢，即鲜于仲通、李宓曾覆军之所也，今冢犹存。"唐军先后两次大败，死亡十二万余人，战后南诏收敛尸骨，葬万人冢。⑲宋开府，指宋璟。开元八年（720），以开府仪同三司罢政事，故称。⑳作者自注："开元初，突厥数寇边。时天武军牙将郝灵荃出使，因引特勒、回鹘部落，斩突厥默啜，献首于阙下，自谓有不世之功。时宋璟为相，以天子年少好武，恐徼功者生心，痛抑其赏。逾年，始授郎将，灵荃遂恸哭吐血而死也。"按：自注中"天武军"当作"大武军"，郝灵荃当作郝灵佺，特勒当作铁勒。详《元白诗笺证稿》。㉑作者自注："天宝末，杨国忠为相，重构阁罗凤之役，募人讨之，前后发二十馀万众，去无返者。又捉人连枷赴役，天下怨哭，民不聊生。故禄山得乘人心而盗天下。元和初，而折臂翁犹存，因备歌之。"恩幸，皇帝的恩宠。㉒生人，生民，老百姓。

[鉴赏]

　　唐代三位大诗人李白、杜甫、白居易都写过以天宝末征南诏为背景的反黩武战争的优秀诗篇，但他们这些题材和主题相同的作品，都有各自独特的反映生活的方式和不同的艺术风貌。白居易的这首《新丰折臂翁》，既与李白挟带强烈主观感情色彩的《古风·羽檄如流星》不同，也与同具写实倾向而重在揭露黩武战争破坏生产、动摇国本的杜甫的《兵车行》有别。作为一首叙事诗，它主要是通过诗中人物独特的生活经历、命运和心理，来反映黩武战争给广大人民所带来的深重灾难和深刻创伤。正是由于这一点，尽管有李杜的名作在前，白居易这首于事隔六十余年后所写的反映天宝末年黩武战争的诗，仍然有它不可替代的思想艺术价值。

反黩武战争的作品一般多以其直接参加者——出征士兵为描写对象。这首诗却特意选取新丰折臂翁这样一个逃避战争的人物作为对象。从表面上看，似乎不如写征人的痛苦和牺牲更为直接。但由于这位老翁的独特经历与印记——折臂，与这场黩武战争有着特殊的联系，因此他的经历与命运反而更深刻地反映了黩武战争的反人民、反人道的本质。这和柳宗元揭露赋敛之毒的名作《捕蛇者说》不以直接遭受赋税剥削的农民而以捕蛇者的经历遭遇为描写对象，在选材和构思上可谓神合。一个是因为逃避苛税而冒死捕蛇，一个是因逃避黩武战争而忍痛折臂。这种富于创造性的选材和构思，正是这两篇诗文取得强烈艺术效果的重要原因。因此，当作者将这一构思化为具体的艺术描写时，就必须紧紧围绕"折臂"这个中心来结构故事，展开情节，塑造人物。

故事一开头，作者让我们首先接触的便是须眉似雪、右臂断折的新丰老翁。这不只是为了交代题目、避免平直（采用倒叙），更重要的是将黩武战争造成的严重恶果和历史见证突出地提到面前，使人们从老翁的折臂自然提出"致折何因缘"这个问题，进而引出下面一大段叙写。

紧接着是老翁的回答和自叙，自始至终都紧紧围绕折臂展开叙述。先渲染"无征战"时的无忧无虑，是为了突出当权者破坏人民的和平安乐生活，将战争强加在人民头上的罪恶，为"捶折臂"作远铺垫。接下"无何天宝大征兵"四句，正式点出了那场"万里云南行"的黩武战争，并用"驱将"二字暗示了它的不义与强迫性质。"闻道"四句，进一步渲染了云南自然环境的险恶和此前刚发生的那场"未过十人二三死"的惨剧；然后又拉回到眼前的征兵场面，描绘出哭声震天、生离死别的悲惨景象，最后归结为"皆云前后征蛮者，千万人行无一回"这样一个触目惊心的严峻事实。这一切叙述，当然也有直接揭露黩武战争的作用，但主要还是为"捶折臂"的行动提供社会的心理的依据，使这样一个难以令人置信的行动显得合理而必然。在为黩武战争白白送命与"折臂"以"身全"之间，主人公作出"折臂"的抉择是不奇怪的。这种逃避是一种带有主人公独特性格印记的反抗方式。

折臂的过程写得很简单。因为对于揭露黩武战争来说，重要的不是折臂的具体情况，而是迫使主人公作出如此痛苦惊人抉择的原因和他的心理状态。因此，在叙述折臂之后，作者又集中笔墨来写主人公的心理。这里有两层对比：一层是"骨碎筋伤"的一时痛苦与"拣退"还乡而得终天年的对比，一层是折臂所造成的长期病痛与当年身死泸水头的对比。而无论是折臂时"骨碎筋伤"的剧烈痛苦或折臂六十年来风雨阴寒之夜的长期伤痛，都没有使主人公动摇过、后悔过。足可想见这场黩武战争是多么遭到人民的反对与憎恨。将折臂的痛苦与长期的残疾看成不幸中的幸事，这种心理本身就是对黩武战争的深刻揭露。这种写法也跟《捕蛇者说》以乡邻之不幸与自己之"幸"作层层对照十分相似。

结尾一段，借老翁之口进行议论。艺术上虽未见精彩，内容上却非蛇足。它把黩武战争和决策的统治者这个祸因和民心的怨愤这个后果联系起来，这就把主题进一步深化了。但对决策的统治者，只点了杨国忠，虽出于与开元宰相宋璟进行对照的需要，但和杜甫《兵车行》之直指"边庭流血成海水，武皇开边意未已"相比，就不免显得有些锋芒不够尖锐了。

在事隔六十余年后重提这场黩武战争的祸因和后果，自然有某种现实针对性。据《旧唐书·杜佑传》记载，宪宗元和初年，西北边境又有边将邀功求战的情况发生，故诗人要当权者记取这一"边功未立生人怨"的历史教训。但这首诗的客观意义，却超出了这种有限的现实政治考虑，而是向后世的人们展示了统治者发动的黩武战争给人民造成的永难磨灭的伤痕。这种伤痕，既是生理上的，更是心理上的。

卖炭翁 苦宫市也[①]

卖炭翁，伐薪烧炭南山中[②]。满面尘灰烟火色，两鬓苍苍十指黑。卖炭得钱何所营[③]？身上衣裳口中食。可怜身上衣正单，心忧炭贱愿天寒。夜来城外一尺雪，晓驾炭车辗冰辙[④]。牛困人饥日已高，市南门外泥中歇[⑤]。翩翩两骑来是谁？黄衣使者白衫儿[⑥]。手把文书口称敕[⑦]，回车叱牛牵向北[⑧]。一车炭，千馀斤[⑨]，宫使驱将惜不得[⑩]。半匹红纱一丈绫，系向牛头充炭直[⑪]。

[校注]

①本篇系《新乐府》五十首中的第三十二首。宫市，本指宫廷内所设的市肆。

此特指唐德宗贞元末年，宫中派宦官到民间市场强行买物，实为掠夺的弊政。韩愈《顺宗实录》卷二："旧事：宫中有要，市外物，令官吏主之，与人为市，随给其直。贞元末，以宦者为使，抑买人物，稍不如本估。末年不复行文书，置'白望'数百人于两市并要闹坊，阅人所卖物，但称宫市，即敛手付与，真伪不可复辨，无敢问所从来。其论价之高下者，率用百钱物买人直数千钱物，仍索进奉'门户'并'脚价'钱。将物诣市，至有空手而归者。名为宫市，而实夺之。"②薪，木柴。南山，指终南山，在长安城南五十里。③营，营求，打算。④冰辙，结了冰的车辙。⑤市，指长安的东市或西市。⑥黄衣使者，指穿黄衣的宫市使者。白衫儿，指宫使手下无品级着白衫的小宦官。⑦把，持、拿。敕，皇帝的命令。⑧回车，转过车头。叱牛，吆喝着牛。牵向北，将载炭的牛车拉向北面的皇宫。唐代都城建置，东西二市在南而皇宫在北。⑨一车炭，《全唐诗》校："一本此下有'重'字。"⑩宫使，即上文之"黄衣使者"。⑪直，值，价。《通鉴》卷二百三十五："（宫市）率用直百钱物，买人直数千物。多以红紫染故衣败缯，尺寸裂而给之。"以破旧之"半匹红纱一丈绫"充千余斤炭之价钱，亦类此。

[鉴赏]

在白居易的讽喻性短篇叙事诗中，《卖炭翁》具有选材典型，叙事于顺畅中见波澜曲折，语言于平易中见奇警精切的优长，而没有他的讽喻诗常见的太尽太露的弊病，是艺术上比较完美的佳作。

宫市，由于对人民采取直接、公开的掠夺手段，在当时各项弊政中本就具有典型性，作者在揭露宫市之弊时，又特意选取一个极端穷困的老翁一车赖以活命的炭被肆意掠夺的事件作为题材，它的典型性由于集中和强烈，便变得更为突出。富有四海的统治者一方面大量浪费从人民那里掠夺来的财物而毫不爱惜（《新乐府》中的《重赋》《缭绫》《红线毯》等多次对此加以揭露抨击），另一方面却让他们的爪牙去不择手段地掠夺这一车炭。这个事实充分反映出他们的掠夺已经到了根本不顾百姓死活也不顾自己脸面的程度。这正是逐步走向末路的封建统治者的典型特征。卖炭翁这个人物，其生活原型很可能是同时代的韩愈在《顺宗实录》中所记载的那个进城卖柴被宦官抢掠的农夫。在实际生活中，这位农夫因为忍无可忍，将宦官揍了一顿，被街吏所擒，结果反而意外地得到了皇帝十匹绢的赏赐，而宦官则受到了黜罚。这样的结局，显然带有偶然性，不能反映生活的本质，不具有典型性、普遍性。《卖炭翁》没有照搬生活，而是将生活中偶然的喜剧性结局变成了艺术作品中的悲剧性结局。可见作者在对生活进行提炼加工时，已经把某些个别的偶然的东西舍弃掉了。在史学家以史证诗，看到诗史的同时，似乎不能忽略文学创作对生活素材进行提炼加工，加以典型化的艺术创造性。当然，如果在保留农民被迫反抗的情节的同时写其悲剧的结局，其思想性可能更高，但这是今天的读者不能苛求于古人的。

全篇叙述的就是卖炭翁的一车炭被掠夺的事件，情节非常单纯，但写来却颇富波澜曲折。一开头用简练的笔墨交代主人公的身份、居处和职业，接着用"满面尘灰烟火色，两鬓苍苍十指黑"十四个字，为主人公画了一幅传神的肖像，不仅展现出其职业、年龄、外貌特征，而且透露出其生活的贫困与劳动的艰辛，那满脸的尘灰烟火之色和乌黑的十指，映衬着斑白的双鬓，便是长期"烧炭南山中"所烙下的印记，具有浮雕般的清晰和特写式的强烈感，为下面"卖炭得钱何所营？身上衣裳口中食"提供了形象的依据。而后者又正是全篇情节发展的基点，整首诗就是围绕着卖炭能否求得"身上衣裳口中食"这个最低也最迫切的生活愿望来设置悬念，展开情节的。

"可怜身上衣正单，心忧炭贱愿天寒。"寒冬腊月，老翁身上还穿着单薄的衣衫，不难想见其生活的贫困和在凛冽的寒气中瑟缩发抖之状。这一句还属一般的描写，但下一句却出乎意料。衣单，按说应盼天暖；但天暖则炭贱，炭贱则无法营求"身上衣裳口中食"，势必遭受更难堪的饥寒；因此宁愿衣单受冻而盼望天之寒。十四个字中包含许多曲折和难言的痛苦。这里深刻地揭示出社会底层善良的劳动者由于生活的重压所造成的心理状态：对生活从来不抱奢望，却又时刻担心连最微末的希望也不能实现，因而总是甘愿为微末的希望而忍受一切痛苦饥寒，以换取哪怕是暂时的温饱。这种心理刻画是个性化的（带有卖炭翁的职业特点），又具有典型性和普遍性。内涵深刻精警，语言平易浅显，如不经意中随口道出。刘熙载说："常语易，奇语难，此语之初关也；奇语易，常语难，此诗之重关也。香山用常得奇，此境甚非易到。"（《艺概·诗概》）这两句诗正是用常得奇的范例，也是于顺畅中见曲折的生动体现。

接下来"夜来城外一尺雪，晓驾炭车辗冰辙"两句，仿佛天从人愿，给"心忧炭贱愿天寒"的老人送来一个充满艰困却闪烁着希望的早晨。克服艰困的努力将希望点燃得更旺盛，以反衬下文希望突遭破灭的更大悲痛。以"牛困人饥日已高"一句稍稍点染到达目的地的艰难，却并不马上写卖炭，而是缀一闲笔："市南门外泥中歇。"这是因为情节发展到这里，需要稍作停顿间歇，也使读者在高潮到来之前情绪上稍微松弛一下，有一个回味思考的时间，以便迎接下面的高潮。但"泥中歇"的描写，仍显示出老翁经过长途艰难跋涉之后筋疲力尽，不择地而歇的艰困之状。

"翩翩两骑来是谁？黄衣使者白衫儿。"这是从老人眼里写宫使的出现。用"来是谁"这种疑问口吻，说明一开始老人并不知道这一黄一白，骑着大马，神气活现的人是谁，更不清楚他们的出现会给自己带来什么灾难。在高潮到来之前故作摇曳之笔，使下面情节的发展更加出人意料。

"手把文书口称敕，回车叱牛牵向北。"这两句用漫画化的手法，生动传神地刻画出宫使狐假虎威、装腔作势的丑态和骄横凶暴、为所欲为的嘴脸。这里一连用了五个动作，写出他们干这种掠夺的勾当已经十分熟练，到了得心应手、不假思索的程序化流程化程度，不由受害者分说的程度，也暗透出老人在这突然袭击面前瞠目结舌、茫然无措的情状。紧接着"一车炭，千余斤，宫使驱将惜不得"三句，是老人在突然袭击下明白过来以后悲愤无告、无可奈何的心理反应。本该发泄心中的极端愤怒，却连"惜"都"惜不得"。这一层曲折，进一步揭露了统治者及其爪牙的淫威，也表明了老人善良的性格。

结尾尤为精彩。明明是公开掠夺，却又偏偏要扯出"半匹红纱一丈绫"的破烂，以示公平交易。这一被抢后的曲折，对统治者及其爪牙的残酷、虚伪与专横，对老人痛苦无告的心情都是深刻的揭示。

诗写到"系向牛头充炭直"，即在矛盾冲突的高潮中戛然收束。老人被劫后的命运，作者对这件事的感慨和议论，都不置一词，完全打破了作者讽喻诗"卒章显其志"的常规，结果反而留下了大片供读者玩索思考的空白，避免了太露太尽的弊病。

井底引银瓶① 止淫奔也②

井底引银瓶，银瓶欲上丝绳绝。石上磨玉簪，玉簪欲成中央折。瓶沉簪折知奈何③？似妾今朝与君别。忆昔在家为女时，人言举动有殊姿。婵娟两鬓秋蝉翼④，宛转双蛾远山色⑤。笑随戏伴后园中，此时与君未相识。妾弄青梅凭短墙，君骑白马傍垂杨。墙头马上遥相顾，一见知君即断肠。知君断肠共君语,君指南山松柏树⑥。感君松柏化为心,暗合双鬟逐君去⑦。到君家舍五六年,君家大人频有言。聘则为妻奔是妾⑧,不堪主祀奉蘋蘩⑨。终知君家不可住,其奈出门无去处。岂无父母在高堂,亦有亲情满故乡。潜来更不通消息⑩,今日悲羞归不得。为君一日恩,误妾百年身。寄言痴小人家女⑪,慎勿将身轻许人!

[校注]

①本篇系《新乐府》第四十首。银瓶,用来汲水的银质的瓶。题意详鉴赏。②淫奔,古代称女子未经父母之命、媒妁之言而私自与男子结合、离家者为淫奔。③知奈何,犹知如何,像什么。④婵娟,美好貌。秋蝉翼,形容鬓发缥缈轻薄如同秋蝉之翼。《古今注·杂注》:"魏文帝宫人绝所宠者,有莫琼树……日夕在侧,琼树乃制蝉鬓。缥缈如蝉翼,故曰蝉鬓。"⑤宛转,形容女子眉毛细长弯曲之状。《西京杂记》卷二:"(卓)文君姣好,眉色如望远山。"⑥谓男子指南山松柏为誓,表明自己的爱情坚贞不变。⑦唐代未婚女子梳双鬟发式,结婚时挽成发髻。"暗合双鬟"是说偷偷地将头发梳成已婚的发髻。逐,随。⑧《礼记·内则》:"聘则为妻,奔则为妾。"⑨主祀,主持祭祀仪式。蘋蘩,古代祭祀祖先时供的两种水草。《诗·召南·采蘋》:"于以采蘋,南涧之滨。"郑玄笺:"古者妇人先嫁三月……教以妇德、妇言、妇容、妇功。教成之际,牲用鱼,芼用蘋蘩,所以成妇顺也。"又《采蘩序》:"《采蘩》,夫人不失职也。夫人可以奉祭祀,则不失职矣。"正室始可奉蘋蘩,主祭祀,妾则无此资格。⑩潜来,暗地离家来到男方家。⑪痴小,幼稚。

[鉴赏]

这是一个爱情婚姻悲剧故事。悲剧的根源既不是男女双方门第的悬殊,也不是男方的始乱终弃,甚至也不是男方父母的直接逼迫离异(这一切在作品中都找不到任何依据)。"聘则为妻奔是妾"的封建礼教固然是酿成悲剧的根本原因,但这又是通过女主人公的特有个性来实现的。

"井底引银瓶,银瓶欲上丝绳绝。石上磨玉簪,玉簪欲成中央折。"一开头刻意设置的两个比喻便颇可玩味。它所喻示的,乃是经过长期不懈的努力,眼看就要达到追求的目标,却突然跌落到绝望的深渊,遭受严重的毁灭性挫折。正是这种"欲上"而突"绝","欲成"而忽"折"的结局,加强了故事的强烈悲剧色彩。随着女主人公的"瓶沉簪折知奈何?似妾今朝与君别"这一声深沉的叹息,记忆的帷幕也就拉开了。

从"忆昔在家为女时",到"暗合双鬟逐君去"一节,是女主人公自叙和对方相遇、结合的过程,也可以说是整个悲剧的喜剧前奏。

"忆昔"四句,在仿佛是客观地转述"人言"中,情不自禁地流露出对自己少女时代青春容颜的自赏。"婵娟两鬓秋蝉翼,宛转双蛾远山色。"是对"殊姿"的形容,却只用轻柔的笔触稍作点染而不施浓墨重彩,使读者从这有代表性的局部去想象她整个明丽天然的风韵。

"笑随"六句,写与对方的相遇相识。"笑随戏伴后园中,此时与君未相识。"这里特意点明"与君未相识",正是要使相识前的单纯愉快与相识后的悲欢离合形成鲜明的对照。相识的场景写得简洁而充满诗情画意。李白的《长干行》用"郎骑竹马来,绕床弄青梅"描绘两小无猜的天真嬉戏,而这里的"弄青梅"则是天生丽质的少女未脱稚气而又略带娇羞的传神写照。在短墙的另一边,是骑马伫立的少年。白马和垂杨,不但衬出了对方的英武俊美,也衬出了他的飘逸风流。这样一种"墙头马上"邂逅的场景,对于正处在青春觉醒期而又缺乏社交自由的少男少女,无疑是心灵上的一次强烈冲击。在"满园春色关不住"的环境气氛感染下,双方的心在短短的"遥相顾"中就立即得到了感应和交流——"一见知君即断肠"。在现代社会中可能显得有些过于匆遽,在古代社会条件下却显得合理可信。

接下来"知君"四句,进一步写到双方的结合。值得注意的是,首先采取主动的是女方:"知君断肠共君语。"尽管在"墙头马上遥相顾"的过程中已经由脉脉含情迅速过渡到心心相印,但采取这样一个决定性步骤,却需要率真和大胆。正是在这种关节点上,显示出作为"痴小人家女"的这位女主人公与"以礼自持"、内心和行动有时不免矛盾的崔莺莺一类名门闺秀有着不同的个性。因为在这种小家碧玉身上,世袭的礼教负担相对来说是比较轻的。女方的主动又反过来促进了双方的迅即结合。"暗合双鬟逐君去",是一个富于包蕴的诗句。它把"博山炉中沉香火,双烟一气凌紫霞"的炽热情景推到了幕后。当女主人公重新出现在面前时,双鬟分梳的少女已经变成了单髻的少妇。"暗合"二字,正是一个富于象征暗示色彩的镜头。结合后随即采取的行动是"逐君去",即所谓私奔。这进一步反映出女主人公的个性和追求:并不以自由结合为满足,而是要争取长远的幸福和合法的地位。这是一个更加大胆的行动,尽管它不免显得幼稚。

这一节,整个节奏、风格,是欢快明朗,富于喜剧色彩的,特别是"妾弄"句以下,有意运用顶针句法,续续相生,意致流走,使读者仿佛感触到女主人公对生活的深情憧憬和柔情召唤。但喜剧在这里只是悲剧的前奏，在"暗合双鬟逐君去"的同时，悲剧的阴影已经开始笼罩女主人公了。

从"到君家舍五六年"至"今日悲羞归不得"这一节，写悲剧的发展过程与结局。过程的叙述极简括，一句话就掠过了"五六年"。这里有两点值得注意：一是这位私奔而来的女子在漫长的五六年中似乎并没有受到"君家大人"的辱骂与驱逐，只不过经常在她面前提到"聘则为妻奔是妾"这个封建礼教教条，不承认她的宗法地位——正妻而已。二是女主人公在身份未明的情况下，在事实上的夫家生活了五六年。究竟是什么想法在支持着她？这两点似乎说明了同一个问题：女主人公当初"暗合双鬟逐君去"，就是要取得"君家大人"的正式承认，取得家庭中合法的正妻地位。恰恰是在这一点上，恪守封建礼教的"君家大人"是绝对不肯让步的。如果女主人公安于被歧视的"妾"的地位，那么她也许可以在夫家继续待下去，但这恰恰又是把自己的爱情与婚姻看得很重，因而把家庭中的合法地位也看得很重的女主人公所不能忍受的。她去夫家忍受了五六年被歧视的生活，目的就是要用事实上的婚姻来换取合法的正妻地位，当她终于明白这个目的不可能达到，幻想完全破灭以后，"与君别"的结局便不可避免了。这是封建礼教压迫酿成的悲剧，也是像主人公这样一个不能忍受封建礼教安排的人物的性格悲剧。"终知君家不可住"，这里是饱含着五六年的长期盼望、努力、忍受而终归幻灭的痛苦生活体验的。读到这里，也就不难明白开头那两个比喻的真正含义。默默忍受了五六年，本以为长期的努力能达到追求的目的，最后才明白即使到老到死，也不可能改变"妾"的地位。这不正是"银瓶欲上丝绳绝""玉簪欲成中央折"吗？

"君家"既不可住，父母家中又"悲羞归不得"。当年"暗合双鬟逐君去"，已是公然无视"父母之命"，潜逃后不通消息的行动更无异于跟父母亲族断绝了关系。"今日悲羞归不得"同样反映出女主人公不能忍受屈辱的性格。欲留不能，欲归不得，悲剧的结局已经显示出来，具体的归宿便不再费辞。

跟上一节侧重于具体场景的描绘不同，这一节更侧重于人物内心感情的展示，通过直接抒情来渲染悲剧气氛，"终知""其奈""岂无""亦有""更不"等一系列词语连递而下，逼出"悲羞归不得"的悲剧心情，更增强了感染力。

结尾四句，是女主人公由自身悲剧遭遇引发出来的结论。它像是女主人公的自省自悔，又像是对痴情幼稚少女充满深情的告诫。不妨把它看成"卒章显其志"的一种形式。值得注意的是，题下的小序"止淫奔也"，更像是后世道学家的严厉口吻，读来不免刺耳。从诗歌的形象、情节、语吻，特别是在故事叙述中透露的感情看，诗人是怀着始则欣赏、后则同情的态度来歌咏这个始则喜、后则悲的爱情婚姻故事的；对自己笔下的女主人公，并没有进行道德上的谴责或鄙弃。在自主的爱情、婚姻被认为不合法、不道德的社会中，诗人的这种态度，已经相当可贵了。但诗人也无法解除封建礼教对青年男女自主爱情婚姻的束缚，而给他们安排更好的命运。在无可奈何的情况下，只能发出"慎勿将身轻许人"的告诫。我们有理由说"止淫奔"并非作品的实际主题，因为艺术形象和具体描绘都没有为这种道德上的谴责提供任何依据。

长恨歌①

汉皇重色思倾国②，御宇多年求不得③。杨家有女初长成④，养在深闺人未识。天生丽质难自弃，一朝选在君王侧。回眸一笑百媚生，六宫粉黛无颜色⑤。春寒赐浴华清池⑥，温泉水滑洗凝脂⑦。侍儿扶起娇无力，始是新承恩泽时⑧。云鬓花颜金步摇⑨，芙蓉帐暖度春宵⑩。春宵苦短日高起，从此君王不早朝。承欢侍宴无闲暇，春从春游夜专夜。后宫佳丽三千人，三千宠爱在一身。金屋妆成娇侍夜⑪，玉楼宴罢醉和春⑫。姊妹弟兄皆列土⑬，可怜光彩生门户⑭。遂令天下父母心，不重生男重生女⑮。骊宫高处入青云⑯，仙乐风飘处处闻。缓歌慢舞凝丝竹⑰，尽日君王看不足。渔阳鼙鼓动地来⑱，惊破霓裳羽衣曲⑲。九重城阙烟尘生⑳，千乘万骑西南行㉑。翠华摇摇行复止㉒，西出都门百余里。六军不发无奈何㉓，宛转蛾眉马前死㉔。花钿委地无人收㉕，翠翘金雀玉搔头㉖。君王掩面救不得，回看血泪相和流㉗。黄埃散漫风萧索，云栈萦纡登剑阁㉘。峨眉山下少人行㉙，旌旗无光日色薄㉚。蜀江水碧蜀山青，圣主朝朝暮暮情㉛。行宫见月伤心色㉜，夜雨闻铃肠断声㉝。天旋地转回龙驭㉞，到此踌躇不能去㉟。马嵬坡下泥土中，不见玉颜空死处㊱。君臣相顾尽沾衣，东望都门信马归㊲。归来池苑皆依旧，太液芙蓉未央柳㊳。芙蓉如面柳如眉，对此如何不泪垂？春风桃李花开日，秋雨梧桐叶落时㊴。西宫南内多秋草㊵，落叶满阶红不扫㊶。梨园弟子白发新㊷，椒房阿监青娥老㊸。夕殿萤飞思悄然㊹，孤灯挑尽未成眠㊺。迟迟钟鼓初长夜⁴⁶,耿耿星河欲曙天⁴⁷。鸳鸯瓦冷霜华重⁴⁸,翡翠衾寒谁与共⁴⁹?悠悠生死别经年⁵⁰,魂魄不曾来入梦。临邛道士鸿都客⁵¹,能以精诚致魂魄⁵²。为感君王辗转思⁵³,遂教方士殷勤觅。排空驭气奔如电⁵⁴,升天入地求之遍。上穷碧落下黄泉⁵⁵,两处茫茫皆不见。忽闻海上有仙山⁵⁶,山在虚无缥缈间。楼阁玲珑五云起⁵⁷,其中绰约多仙子⁵⁸。中有一人字太真⁵⁹,雪肤花貌参差是⁶⁰。金阙西厢叩玉扃⁶¹,转教小玉报双成⁶²。闻道汉家天子使,九华帐里梦魂惊⁶³。揽衣推枕起徘徊⁶⁴,珠箔银屏迤逦开⁶⁵。云鬓半偏新睡觉⁶⁶,花冠不整下堂来。风吹仙袂飘飘举⁶⁷,犹似霓裳羽衣舞。玉容寂寞泪阑干⁶⁸,梨花一枝春带雨⁶⁹。含情凝睇谢君王⁷⁰,一别音容两渺茫。昭阳殿里恩爱绝⁷¹,蓬莱宫中日月长⁷²。回头下望人寰处⁷³,不见长安见尘雾。惟将旧物表深情,钿合金钗寄将去⁷⁴。钗留一股合一扇,钗擘黄金合分钿⁷⁵。但教心似金钿坚,天上人间会相见。临别殷勤重寄词⁷⁶,词中有誓两心知。七月七日长生殿⁷⁷,夜半无人私语时。在天愿作比翼鸟,在地愿为连理枝⁷⁸。天长地久有时尽,此恨绵绵无绝期⁷⁹。

[校注]

①作于元和元年十二月(807),时作者任盩厔(今陕西周至)尉。诗咏唐玄宗和杨贵妃的爱情悲剧故事,故题为《长恨歌》。陈鸿《长恨歌传》:"元和元年冬十二月,太原白乐天自校书郎尉于盩厔,鸿与琅邪王质夫家于是邑。暇日相携游仙游寺,话及此事(指玄宗与杨妃的爱情悲剧故事),相与感叹。质夫举酒于乐天前曰:'夫希代之事,非遇出世之才润色之,则与时消沉,不闻于世。乐天深于诗、多于情者也,试为歌之,如何?'乐天因为《长恨歌》。"歌既成,使陈鸿为《长恨歌传》。故白集中传与歌并载。②汉皇,借汉武帝指唐玄宗。倾国,美女的代称。汉武帝宠李夫人。其兄李延年曾在汉武帝面前歌曰:"北方有佳人,绝世而独立。一顾倾人城,再顾倾人国。宁不知倾城与倾国,佳人难再得。"事见《汉书·外戚传》。这里暗以汉武帝与李夫人的关系喻指唐玄宗与杨贵妃的关系。③御宇,统治天下。④杨家有女,指杨玉环。《新唐书·后妃传上·杨贵妃》:"玄宗贵妃杨氏,隋梁郡通守汪四世孙。徙籍蒲州,遂为永乐人。幼孤,养叔父家。始为寿王妃。开元二十四年(当作二十五年),武惠妃薨,后庭无当帝意者。或言妃资质天挺,宜充掖廷,遂召内禁中。异之。即为自出妃意者,丐籍女官,号太真,更为寿王聘韦

昭训女,而太真得幸。善歌舞,邃晓音律,且智算警颖,迎意辄悟。帝大悦,遂专房宴,宫女号'娘子',仪礼与皇后等。天宝初,进册贵妃。"按:据《唐大诏令集》,开元二十三年(735)十二月二十四日,杨玉环已正式册封为寿王妃。开元二十五年十二月武惠妃薨后,杨氏入宫,度为女道士(事在开元二十八年十月),天宝四载(745),册为贵妃。同时册韦昭训女为寿王妃。此言"杨家有女初长成,养在深闺人未识。天生丽质难自弃,一朝选在君王侧"云云,系有意淡化杨妃原已为寿王妃之事。⑤六宫,古代皇后的寝宫,正寝一,燕寝五,合为六宫。《礼记·昏义》:"古者,天子后立六宫,三夫人,九嫔,二十七世妇,八十一御妻,以听天下之内治,以明章妇顺,故天下内和而家理。"后亦泛指后妃或其居住之地。六宫粉黛,犹后宫佳丽。⑥华清池,华清宫内的温泉池。地在今陕西西安市临潼区南骊山西北麓。唐太宗贞观初建时名汤泉宫,咸亨年间改名温泉宫,天宝六载扩建,改名华清宫。玄宗每年冬携妃嫔来此游宴,翌年春暖后方归长安。⑦《诗·卫风·硕人》:"肤如凝脂。"形容皮肤洁白而柔腻。⑧新承恩泽,新受皇帝的宠幸。⑨金步摇,一种华美的头饰。用金丝制成的花枝,缀以垂珠,插在发髻上,行走时随步摇动。⑩芙蓉帐,绣有荷花图案的帷帐。⑪金屋,《汉武故事》:"帝……年四岁,立为胶东王。数岁,长公主嫖抱置膝上,问曰:'儿欲得妇不?'胶东王曰:'欲得妇。'……指其女问曰:'阿娇好不?'于是乃笑对曰:'好,若得阿娇作妇,当作金屋贮之也。'"此以"金屋"指杨妃所居华美的宫殿。下句"玉楼"亦同指宫中华美的楼阁。⑫醉和春,醉意与春意交融。⑬《新唐书·后妃传上·杨贵妃》:"天宝初,进册贵妃。追赠父玄琰太尉、齐国公。擢叔玄珪光禄卿。宗兄铦鸿胪卿,锜侍御史,尚太华公主……而钊亦浸显。钊,国忠也。三姊皆美劭,帝呼为姨,封韩、虢、秦三国,为夫人。出入宫掖,恩宠声焰震天下。"杨国忠自御史至宰相,凡领四十余使。封卫国公。⑭可怜,可羡。⑮《长恨歌传》:"故当时谣咏有云:'生女勿悲酸,生男勿喜欢。'又曰:'男不封侯女作妃,看女却为门上楣。'其为人心羡慕如此。"⑯骊宫,骊山上的宫殿。⑰凝丝竹,指歌舞与管弦音乐的节奏配合得很紧密和谐。⑱渔阳,唐范阳节度使所辖八郡之一。此处泛指安禄山所盘踞的范阳地区。时安禄山身兼范阳、平卢、河东三镇节度使。鼙鼓,骑兵用的小鼓,此犹言战鼓。"渔阳"句暗用汉代彭宠据渔阳反叛的典故,以暗示"渔阳鼙鼓"的反叛性质。⑲霓裳羽衣曲,唐代著名大型舞曲名。开元中河西节度使杨敬述所进,可能曾经唐玄宗加工润色。陈寅恪曰:"句中特取一'破'字。盖破字不仅含有破散或破坏之意，且又为乐舞术语，用之更觉浑成耳，又《霓裳羽衣》'入破时'，本奏以缓歌柔声之丝竹，今以惊天动地急迫之鼙鼓，与之对举，相映成趣，乃愈见造语之妙矣。"（《元白诗笺证稿》第30页）⑳九重城阙，指京城长安。《楚辞·九辩》："君之门以九重。"㉑西南行，指唐玄宗仓皇奔蜀。《通鉴·天宝十五载》：六月，"命龙武大将军陈玄礼整比六军，厚赐钱币，选闲厩马九百馀匹，外人皆莫之知。乙未，黎明，上独与贵妃姊妹、皇子妃主皇孙、杨国忠、韦见素、魏方进、陈玄礼，及亲近宦官宫人，出延秋门。妃主皇孙之在外者，皆委之而去"。㉒翠华，用翠鸟羽毛装饰的旗子，是皇帝的仪仗。㉓《旧唐书·肃宗纪》："玄宗幸蜀，至马嵬，六军不进。请诛杨氏。于是诛国忠，赐贵妃自尽。"六军，《周礼·夏官·序官》谓"王六军"。此指唐之禁军六军。《新唐书·百官志四上》："左右龙武、左右神武、左右神策，号六军。"实则其时仅有左右龙武、左右羽林四军。㉔宛转，细长弯曲的样子，用以形容蛾眉。《新乐府·井底引银瓶》："宛转双蛾远山色。"此以"宛转蛾眉"代指杨妃。《新唐书·后妃传上·杨贵妃》："及西幸至马嵬，陈玄礼等以天下计诛国忠，已死，军不解。帝遣力士问故，曰：'祸本尚在。'帝不得已，与妃决，引而去，缢路祠下，裹尸以紫茵，瘗道侧，年三十八。"㉕花钿，镶嵌珠宝的花朵形首饰。"委地无人收"五字贯下句。㉖翠翘，翠鸟尾部的长毛，此指翠鸟形的钗饰。金雀，钗名。玉搔头，玉簪，句意谓杨妃头上佩戴的翠翘钗、金雀钗和玉簪都委弃于地无人收。㉗"回看"者系玄宗。㉘云栈，高入云霄的栈道。萦纡，曲折盘绕。剑阁，指剑阁道，在今四川剑阁县大小剑山之间，绵延数十里。《水经注·漾水》："又东北迳小剑戍北，西去大剑戍三十里，连山绝险，飞阁通衢，故谓之剑阁也。张载铭曰：'一夫当关，万夫莫开。'信然。"㉙峨眉山，在今四川峨眉山市境。玄宗由长安至成都，并不经过峨眉山。此系泛举蜀中名山作为入蜀的标志，不必拘泥。㉚日色薄，日色惨淡无光。㉛谓见蜀江水碧，蜀山青翠，都禁不住引动玄宗对贵妃的朝思暮想之情。㉜伤心色，谓月光惨淡，呈现令人伤心之色。㉝郑处诲《明皇杂录·补遗》："明皇既幸蜀，西南行。初入斜谷，霖雨涉旬，于栈道雨中闻铃音，与山相应。上既悼念贵妃，采其声为《雨霖铃》曲以寄恨焉。"栈道险处，行人攀铁索行走，索上系铃，闻铃响便于前后照应，然此句谓"夜雨闻铃"，疑指夜雨时闻风吹檐铃之声，与上"行宫"之句一贯。㉞天旋地转，喻指局势扭转，两京收复。回龙驭，皇帝的车驾回归。肃宗至德二载（757）十月，郭子仪收复长安。十二月，太上皇（玄宗）返回长安。

㉟此，指马嵬坡。踌躇不能去，徘徊不前，不忍离去。㊱空死处，承上省"见"字，犹空见死处。㊲信马，听任马前行，不加鞭策拘束。形容心绪茫然失落之状。㊳太液，汉建章宫北有太液池，唐代大明宫含凉殿后亦有太液池。未央，汉代宫名。此与"太液"均泛指唐代宫中池苑。㊴二句均上承"泪垂"，写玄宗一年春秋四季均触景伤情，思念杨妃。㊵西宫，指太极宫。南内，指兴庆宫。玄宗回长安后，先居兴庆宫，后迁居太极宫。㊶红，指红叶。㊷梨园弟子，《新唐书·音乐志十二》："玄宗既知音律，又酷爱法曲，选坐部伎子弟三百教于梨园，声有误者，帝必觉而正之，号'皇帝梨园弟子'。宫女数百，亦为梨园弟子，居宜春北苑。"㊸椒房，本指皇后所居宫殿，以花椒泥涂壁，取其温暖、芬芳、多子之义。后泛指后妃所居宫殿。阿监，宫中女官。青娥，美丽的少女，此指青春的容颜。㊹悄然，忧伤愁闷的样子。㊺古代宫廷燃烛，不点油灯，此云"孤灯挑尽"，是为了渲染玄宗的寂寞凄清。㊻因长夜难眠，故觉报时的钟鼓迟迟。㊼耿耿，微明貌。星河，指银河。㊽屋瓦一仰一俯，谓之鸳鸯瓦。霜华，霜花。㊾翡翠衾，绣有翡翠鸟图案的被子。㊿谓玄宗贵妃，一生一死，别来悠悠经年。㉛临邛，剑南道县名，属邛州，治所在今四川邛崃市。系道教盛行之地。鸿都，东汉都城洛阳宫门名。《后汉书·灵帝纪》："光和元年二月，始置鸿都门学士。"鸿都客，谓其曾作客于东都。或说，鸿都，犹大都，借指京城长安。㉜句意谓临邛道士自称能以自己的精诚召致杨妃的魂魄。㉝辗转思，《诗·周南·关雎》："窈窕淑女，寤寐求之。求之不得，寤寐思服。悠哉悠哉，辗转反侧。"谓卧不安席，思念杨妃。㉞排空驭气，凌空驾风。㉟碧落，天上。黄泉，地府。下黄泉，即"下穷黄泉"，承上省。㊱海上仙山，指蓬莱、方丈、瀛洲三座神山。《史记·封禅书》："自威、宣、燕昭使人入海求蓬莱、方丈、瀛洲，此三神山者，其传在勃海中，去人不远；患且至，则船风引而去。盖尝有至者，诸仙人及不死之药皆在焉。其物禽兽尽白，而黄金银为宫阙。未至，望之如云；及到，三神山反居水下。临之，风辄引去，终莫能至云。"下"山在虚无缥缈间""金阙"皆本此。㊲玲珑，形容楼阁构造华美精巧。五云，五色彩云。㊳绰约，柔婉轻盈貌。《庄子·逍遥游》："藐姑射之山，有神人居焉，肌肤若冰雪，淖约若处子。"释文引李曰："淖约，柔弱貌。"又引司马曰："好貌。"㊴太真，杨贵妃的道号。参注④引《新唐书·后妃传上·杨贵妃》。又《杨太真外传》上："（开元）二十八年十月，玄宗幸温泉宫，使高力士取杨氏女于寿邸，度为女道士，号太真，住内太真宫。"㊵参差，仿佛，差不多。㊶金阙，指仙山上黄

金制造的宫阙。玉扃,玉石的门户。㊂小玉,传说中吴王夫差之女,后成仙。双成,董双成,西王母的侍女。白居易《霓裳羽衣歌》"吴妖小玉化作烟"自注:"夫差女小玉死后,形见于王。其母抱之,霏微若烟雾散空。"唐人诗中常用以指仙人侍女或人间的侍女。《汉武帝内传》:"西王母命玉女董双成吹云和之笙。"㊃九华帐,汉宫中有九华殿,见《西京杂记》。《博物志》卷三:"汉武帝好仙道,时西王母遣使乘白鹿告帝当来,乃供帐九华殿以待之。"此以"九华帐"泛指宫廷中华丽的床帐。㊄揽衣,披衣。㊅珠箔,珠帘。迤逦,接连不断。㊆新睡觉,刚睡醒。㊇袂,衣袖。㊈寂寞,静默凄清。阑干,纵横。㊉谓其面容正如一枝洁白的梨花沾满了春雨。㊊凝睇,凝目注视。谢,告。指托方士转告。㊋昭阳殿,汉代宫殿名,汉成帝的皇后赵飞燕曾居此。此借指唐宫中杨妃居处。㊌蓬莱宫,指蓬莱仙山中的宫殿。㊍人寰,人世间。㊎钿合,镶嵌金丝珠宝的盒子,一盖一底。《长恨歌传》:"定情之夕,授钿合金钗以固之。"㊏二句谓金钗留下一股,钿合留下一扇给自己永作纪念,擘开金钗的另一股,钿合的另一扇寄给君王。㊐殷勤,郑重。前已托方士转告,此处又托其捎话,故云"重寄词"。寄词,托人捎话。㊑长生殿,华清宫中殿名,又名集灵台,用以祀神。但唐代后妃的寝殿亦每称长生殿。㊒连理枝,两株不同根而枝干纠结的树。㊓此恨,指玄宗杨妃的生离死别之恨。

[鉴赏]

《长恨歌》所歌咏的是一个帝、妃的爱情悲剧故事。如果从生活原型和历史事实出发,玄宗和杨妃的关系始末,不仅可以写成一个带有明显讽喻鉴戒意味的爱情悲剧,像作者在《新乐府·李夫人》序中所标明的那样——"鉴嬖惑",而且可以用它作为中心线索,揭示唐王朝安史之乱前后的各种矛盾和政治危机,写成一个具有严肃政治批判色彩的历史悲剧。但白居易却在当时民间流传的李、杨爱情故事传说的基础上,根据自己的美学理想,把它写成了一个带有明显同情倾向乃至赞颂色彩的哀感顽艳的爱情悲剧。为了净化、美化悲剧故事中的主人公,诗人舍弃了历史人物原型中杨贵妃原为寿王妃及玄宗霸占儿媳的事实,竭力淡化玄宗由于专宠杨妃而导致的政治腐败、边防危机以及安史之乱给国家和人民带来的巨大灾难,而倾注感情于李、杨爱情的描写。安史之乱前,着意渲染他们的爱情遇合和欢爱的浓烈;安史之乱爆发(特别是马嵬事变)后,更集中全力描绘他们生离死别的痛苦和双方刻骨铭心的思念。悲剧性的事变和天上人间的隔绝,正是对他们生死不渝爱情充分展开描写并加以同情赞颂的凭借。在这个意义上,《长恨歌》不妨说是以悲剧形式出现的"长爱歌"。作者自己，也明确地将《长恨歌》归之于歌咏"风情"的感伤诗，而不归于有关"美刺兴比"的"正声"——讽喻诗之列。明刊本《文苑英华》卷七九四附引了《丽情集》中所收陈鸿《长恨歌传》的全文，篇末说道："白乐天，深于思者也，有出世之才。以为往事多情而感人也深，故为《长恨词》以歌之，使鸿传焉。"没有通行本陈《传》中"意者不但感其事，亦欲惩尤物、窒乱阶，垂于将来者也"一段文字（陈寅恪疑《丽情》本为陈氏原文），也可作为《长恨歌》是歌咏一个"多情而感人也深"的爱情悲剧故事的佐证。联系中唐城市经济繁荣，市民阶层的思想意识在文艺作品特别是在传奇小说及与传奇并行的爱情故事诗中得到较多反映这一背景，《长恨歌》所歌咏的这个浪漫主义化了的悲剧爱情故事，多少也反映了市民阶层的审美理想和趣味，而与正统的封建统治阶级的思想（包括诗学观念）有一定的距离。尽管作者出于同情乃至赞颂李、杨爱情的需要而对笔下的主人公进行了种种净化、美化、淡化，但要写出李、杨的爱情悲剧，便不能不写到马嵬事变，不能不涉及导致马嵬事变的"从此君王不早朝""姊妹弟兄皆列土"等情事，因此客观上仍在一定程度上显示出这一爱情悲剧与玄宗后期荒政、任用戚属权幸之间的关联。这是这一题材本身的特殊性决定的，也是引起后世对《长恨歌》多种解读的原因。

  《长恨歌》的价值，更主要地体现在它的独创性艺术成就上。

  它突出地体现了我国古代文人叙事诗叙事与抒情密切结合的优良传统。古代民间叙事诗，一般重叙述故事、描绘人物而不大重视抒情。文人叙事诗如蔡琰《悲愤诗》，颇富抒情色彩，但这种类型的故事诗后来没有得到很大发展。盛唐诗人李白的《长干行》、杜甫的《佳人》，抒情气氛颇浓，而篇幅未广，白居易的《长恨歌》是在古代抒情诗发展到高度成熟和传奇小说高度繁荣条件下出现的。因而得以充分吸取抒情诗的艺术经验，用来刻画人物心理，渲染环境气氛，叙说故事及情节发展；同时又吸收传奇小说作意好奇的特色，创造出超现实的神仙境界。诗中叙事与抒情的结合大体上有三种情况。一是在情节性的叙述中带有浓郁的抒情色彩。如杨妃入宫、承宠，李、杨的欢爱，都用充满咏叹的笔调加以叙写，使这一段描叙洋溢着一种蜜月般的融洽热烈气氛。二是用情景交融的手法刻画人物心理。如入蜀、归京两节，写玄宗的刻骨思念、悲伤凄寂，就全部借助触景生情、情寓景中的手法来表现。在情景交融的意境不断展现的推移过程中，入蜀的行程、归途的情况、归来后的时序流逝和玄宗晚年的凄寂生活也自然表现出来了。这是全篇中写得最精彩、最感人的两个段落。三是在描绘人物情态、记叙人物对话时渗透抒情色彩。如太真听到方士到来时的一段描写：

> 闻道汉家天子使，九华帐里梦魂惊。
> 揽衣推枕起徘徊，珠箔银屏迤逦开。
> 云鬓半偏新睡觉，花冠不整下堂来。
> 风吹仙袂飘飘举，犹似霓裳羽衣舞。

前四句通过一系列行动描写，将乍闻消息时的惊喜交集、激动情况下的疑幻疑真和茫然失措，定神以后的迫不及待，都挟带着强烈的感情色彩生动展现出来。后四句写"下堂"情态，不仅极富美感，且与前面"缓歌慢舞"相互映照，寓含无限今昔之慨。末段杨妃致词，更充满深情密意。没有这一段，杨妃在读者心目中便仍止于宠妃的形象，而不是真挚爱情的化身。有了这一段，杨妃的形象就在精神领域得到了丰富和升华，使双方的爱情超越生死、超越仙凡、超越时空而达到永恒的境界。尽管结尾仍无法改变生死人天相隔的绵绵长恨的结局，但读者记住的却是"在天愿作比翼鸟，在地愿为连理枝"的爱情誓言和"但教心似金钿坚，天上人间会相见"的美好愿望。叙事诗不同于一般叙事文学的特点，就在于它是诗，是深情地歌唱咏叹一个故事，而不是单纯地叙述一个故事。《长恨歌》在这方面的巨大成就，最能体现中国古代文人叙事诗在高度成熟的抒情诗辐射下形成的鲜明民族特点。

《长恨歌》还表现出围绕故事主线进行叙事的高度技巧。它所歌咏的故事本身就比较曲折，特别是又涉及一系列历史事件和多方面的社会情况，如果作者没有明确的意识和高明的手段，稍不注意，就有可能使叙事偏离李、杨爱情这条主线，去写天宝年间的政治、社会生活，写震惊全国的安史之乱，等等。如果这样，《长恨歌》便不再是一首爱情悲剧故事诗。作者一方面自始至终紧紧抓住主线，写结合、惊变、思念、寻觅、致词，笔笔不离男女主人公的爱情；另一方面，又不忽略对影响主人公命运和爱情悲剧结局的历史事件作必要的叙述交代。往往在情节发展的关键处用一两句极精练概括的话醒目地标示出来，紧接着便立即拉回到李、杨爱情上来。如叙安史之乱爆发，只用"渔阳鼙鼓动地来"一句突兀而郑重地揭出，下一句"惊破霓裳羽衣曲"马上回叙李、杨爱情的中断。大事变导致爱情的大转折，笔力极陡健，又极简括，毫不旁涉。叙玄宗回銮，只用"天旋地转回龙驭"一句带过，下句即接"到此踌躇不能去"，回到杨妃昔日惨死的马嵬坡。马嵬事变，由于是这场爱情悲剧的关键性情节，所以用了六句加以叙写，但完全从爱情悲剧的发生这个角度来写男女主人公的情态心理，而不涉及这场事变的其他方面。比较起来，《长恨歌传》在这里叙及杨国忠被诛的情况，若从表现爱情悲剧的角度看，笔墨就显得不够集中省净。以上这些叙述，虽都非常简括，但因为都出现在情节发展的关键处，诗句本身又往往颇富气势，所以并不给人以草率匆遽之感，而是显得既简练又郑重。这样，就腾出了更多的篇幅来描写李、杨爱情，使整个爱情悲剧故事显得非常集中紧凑，不枝不蔓，毫无拖泥带水、喧宾夺主之弊。这既需要艺术的魄力，也需要艺术的功力。

《长恨歌》创造了一种明丽圆畅、优美和谐、雅俗共赏的叙事诗的语言风格。叙事诗的语言不同于抒情诗，它首先要求明晰流畅。刻意追求古奥、奇崛、瘦硬、简约，固然会破坏叙事的明快，就是过分的典雅、锤炼、含蓄也不完全适用叙事的需要。白居易的诗歌语言本就具有平易流畅的特点，比较便于叙事，他在《长恨歌》中所采用的这种受近体影响较深的七言歌行体，从初唐以来又一直具有语言明丽流美、音节谐和圆畅的传统。这两方面的优点结合起来，就形成了一种明丽圆畅、优美和谐、雅俗共赏的语言风格。既便于明畅婉转地叙事，又长于哀婉缠绵地抒情和鲜明如画地描绘渲染，具有很强的艺术表现力。如"归来池苑皆依旧"一段，在平易流畅和华美婉丽的和谐统一中，次第展现出宫苑中或美好或凄清的景物，将玄宗触景伤怀、凄冷寂寞的情思和物是人非的感慨表现得非常真切细腻，缠绵悱恻，既富华彩，复具诗情。而"春风桃李花开日，秋雨梧桐叶落时。西宫南内多秋草，落叶满阶红不扫"这类诗句，既明白如话，又富于包蕴。"玉容寂寞泪阑干，梨花一枝春带雨""回眸一笑百媚生，六宫粉黛无颜色"，前者写杨妃的情态，用优美的比喻展现出一种动人的悲剧美；后者写杨妃的娇媚，用平易而精练的语言传出其勾魂摄魄的魅力，都称得上是化工之笔。这种明丽圆畅、优美和谐的语言风格，也是《长恨歌》流传广远的一个重要原因。

中国古代叙事诗不发达，流传下来的少数作品无论在规模体制的宏大、想象的丰富和描写的细致等方面，都不能与源于古代史诗的外国古代叙事诗相比。但以白居易的《长恨歌》《琵琶引》为杰出代表的古代文人叙事诗，在抒情、优美、和谐等方面，却显示出鲜明的民族特色与优长。

白居易

琵琶引 并序①

元和十年，予左迁九江郡司马②。明年秋，送客湓浦口③。闻船中夜弹琵琶者④，听其音，铮铮然有京都声⑤。问其人，本长安倡女⑥。尝学琵琶于穆、曹二善才⑦，年长色衰，委身为贾人妇⑧。遂命酒，使快弹数曲，曲罢悯默⑨。自叙少小时欢乐事，今漂沦憔悴⑩，转徙于江湖间⑪。予出官二年，恬然自安，感斯人言，是夕始觉有迁谪意。因为长句⑫，歌以赠之，凡六百一十六言⑬，命曰《琵琶引》。

浔阳江头夜送客⑭，枫叶荻花秋瑟瑟⑮。主人下马客在船，举酒欲饮无管弦。醉不成欢惨将别，别时茫茫江浸月。忽闻水上琵琶声，主人忘归客不发。寻声暗问弹者谁？琵琶声停欲语迟。移船相近邀相见，添酒回灯重开宴⑯。千呼万唤始出来，犹抱琵琶半遮面。转轴拨弦三两声⑰，未成曲调先有情。弦弦掩抑声声思⑱，似诉平生不得意⑲。低眉信手续续弹⑳，说尽心中无限事。轻拢慢捻抹复挑㉑，初为霓裳后六幺㉒。大弦嘈嘈如急雨㉓，小弦切切如私语㉔。嘈嘈切切错杂弹，大珠小珠落玉盘。间关莺语花底滑㉕，幽咽泉流冰下难㉖。冰泉冷涩弦凝绝㉗，凝绝不通声暂歇。别有幽愁暗恨生，此时无声胜有声。银瓶乍破水浆迸㉘，铁骑突出刀枪鸣。曲终收拨当心画㉙，四弦一声如裂帛。东船西舫悄无言，唯见江心秋月白。沉吟放拨插弦中㉚，整顿衣裳起敛容㉛。自言本是京城女，家在虾蟆陵下住㉜。十三学得琵琶成，名属教坊第一部㉝。曲罢曾教善才伏㉞，妆成每被秋娘妒㉟。五陵年少争缠头㊱，一曲红绡不知数㊲。钿头云篦击节碎㊳，血色罗裙翻酒污㊴。今年欢笑复明年，秋月春风等闲度㊵。弟走从军阿姨死㊶，暮去朝来颜色故㊷。门前冷落鞍马稀，老大嫁作商人妇。商人重利轻别离，前月浮梁买茶去㊸。去来江口守空船㊹，绕船月明江水寒。夜深忽梦少年事，梦啼妆泪红阑干㊺。我闻琵琶已叹息，又闻此语重唧唧㊻。同是天涯沦落人，相逢何必曾相识！我从去年辞帝京，谪居卧病浔阳城。浔阳地僻无音乐㊼，终岁不闻丝竹声。住近湓江地低湿，黄芦苦竹绕宅生㊽。其间旦暮闻何物？杜鹃啼血猿哀鸣㊾。春江花朝秋月夜，往往取酒还独倾。岂无山歌与村笛，呕哑嘲哳难为听㊿。

今夜闻君琵琶语㊾,如听仙乐耳暂明。莫辞更坐弹一曲,为君翻作琵琶行㊿。感我此言良久立,却坐促弦弦转急㊶。凄凄不似向前声㊷,满座重闻皆掩泣。座中泣下谁最多?江州司马青衫湿㊸。

[校注]

①诗题或作《琵琶行》,按:题当作《琵琶引》。宋人称引评论此诗,虽多作《琵琶行》,然今传各本及《文苑英华》卷三百三十四所载此诗题及序均作《琵琶引》。故仍从旧本及《文苑英华》。引与行均为乐府歌曲名。王灼《碧鸡漫志》卷一:"古诗或名曰乐府,谓诗之可歌也。故乐府中有歌有谣,有吟有引,有行有曲。"诗作于元和十一年(816)秋,时作者谪贬江州司马已经年。余详序及注。②左迁,谪官。古代以右为尊,故称贬官为左迁。九江郡,即江州(今江西九江)。司马,州刺史的副职,协助刺史处理军政事务。但唐代的州司马每用以安排贬谪官吏或闲散官员。白居易之贬江州司马、柳宗元之贬永州司马均属此种安排。《旧唐书·白居易传》:"(元和)十年七月,盗杀宰相武元衡,居易首上疏论其冤,急请捕贼以雪国耻。宰相以官官非谏职,不当先谏官言事,会有素恶居易者,掎撼居易言浮华无行。其母因看花坠井死,而居易作《赏花》及《新井》诗,甚伤名教,不宜置彼周行。执政方恶其言事,奏贬为江州刺史。诏出,中书舍人王涯上疏论之,言居易所犯状迹不宜治郡,追诏江州司马。"③溢浦口,溢水流入长江的入水口,亦即诗首句之"浔阳江头"。④船,《全唐诗》校:"一作舟。"按作者有《夜闻歌者》(题下注:宿鄂州)云:"夜泊鹦鹉洲,江月秋澄澈。邻船有歌者,发词堪愁绝。歌罢继以泣,泣声通复咽。寻声见其人,有妇颜如雪。独倚帆樯立,娉婷十七八。夜泪如真珠,双双堕明月。借问谁家妇,歌泣何凄切。一问一沾襟,低眉终不说。"诗作于元和十年赴江州途中。情节与《琵琶引》有相似处。或有疑《琵琶引》所叙情事为作者虚构者,恐无据。参《夜闻歌者》,可见此类情事或遇于旅途中,或发生在江边送客时,均属常事。⑤京都声,京城长安乐曲特有的声调风格。⑥倡女,给人唱歌或弹奏乐器的歌妓、乐妓。⑦善才,唐代对琵琶师或曲师的通称,《乐府杂录》卷上琵琶:"贞元中有王芬、曹保保,其子善才,其孙曹纲,皆袭所艺。"穆、曹二善才,姓穆与姓曹的两位弹奏琵琶的高手。白居易有《听曹刚(曹纲)琵琶兼示重莲》诗。元稹《琵琶歌》"铁山已近曹穆间"原注:"二善才姓。"⑧委身,把自己托付给。贾(gǔ)人,商人。⑨悯默,忧伤不语。⑩漂

沦，漂泊沦落。⑪转徙，辗转迁徙。⑫长句，唐代称七言诗为长句，此指七言歌行。⑬六百一十六，原作六百一十二，据《文苑英华》及卢文弨校改。⑭浔阳江，指流经浔阳（今江西九江）的一段长江。⑮荻，生长在水边形状像芦苇的一种草，秋天开白花。瑟瑟，风吹草木声。或解为萧瑟，亦通。刘希夷《捣衣篇》："秋天瑟瑟夜漫漫，夜白风清玉露团。"杨慎《升庵诗话》卷十一谓"瑟瑟"本是珍宝名，其色碧。此句言枫叶赤、荻花白、秋色碧也，并引白氏诸诗为证。吴景旭《历代诗话》亦从杨说。然此句七字一意贯串，谓枫叶荻花均在秋风中瑟瑟作响，以渲染秋声秋意。与萧瑟意亦不矛盾。解"瑟瑟"为"碧色"则反破坏全句之萧瑟情调气氛。⑯回灯，重新挑亮灯。⑰转轴，转动琵琶上端系弦的木轴，以调节音的高低。⑱掩抑，形容音调低沉。思；读去声，悲伤、哀愁。《礼记·乐记》："亡国之音哀以思。"⑲意，《全唐诗》校："一作志。"⑳低眉，低头。信手，随手。续续，连续不断。㉑拢，左手指叩弦。捻（niǎn），左手指揉弦。抹，右手顺弦下拨。挑，右手反手回拨。拢、捻是指法；抹、挑是弹法。㉒霓裳，《霓裳羽衣曲》的简称。六幺，唐大曲名，又称《绿腰》《录要》，亦即《乐世》。元稹《琵琶歌》："绿腰散序多拢捻。"白居易《杨柳枝调》："六幺水调家家唱。"㉓嘈嘈，形容声音沉重舒长。㉔切切，形容声音细促轻幽。㉕间关，黄莺鸣叫声。㉖冰下难，《全唐诗》原作"水下滩"，据何焯、段玉裁校改。段氏《经韵楼集》卷八《与阮芸台书》云："白乐天'间关莺语花底滑，幽咽泉流水下滩'。'泉流水下滩'不成语，且何以与上句属对？昔年尝谓当作'泉流冰下难'，故下文接以'冰泉冷涩'。'难'与'滑'对，难者，滑之反也。莺语花底，泉流冰下，形容湿滑二境，可谓工绝。"陈寅恪《元白诗笺证稿》复引白诗《筝》"冰泉咽复通"，元诗《琵琶歌》"冰泉呜咽流莺语"等句以证之。遂成定论。幽咽，形容声音的低微与抑塞不畅。㉗弦凝绝，琵琶弦上的声音好像（冰下的泉水）凝结不通了一样。㉘银瓶，汲井水的器具。水浆，即水。㉙拨，弹奏琵琶的拨子。当心画，用拨子对着琵琶槽的中心，用力一下划过四根弦。这是曲终收拨时的弹法。㉚沉吟，沉思忖度、欲语犹疑的样子。㉛起敛容，起立而显出庄重的表情。㉜虾蟆陵，在长安东南曲江附近，是当时歌妓舞女聚居之地和游乐区。相传这里是汉代大儒董仲舒的墓地，名下马陵，音讹为"虾蟆陵"，《雍录》卷七："虾蟆陵在万年县南六里。"《长安志》卷十一万年县："虾蟆陵在县南六里。韦述《两京记》：本董仲舒墓。"李肇《国史补》卷下："旧说，董仲舒墓，国人过皆下马，故谓之下马陵，后语讹为虾蟆陵。"㉝教坊，唐代官方设立的管理、教练歌舞的机构，有内教坊，在京城长安蓬莱宫侧；有外教坊，分左、右二坊。崔令钦《教坊记》："西京右教坊在光宅坊，左教坊在延政坊。左多善歌，右多工舞。"此即外教坊。第一部，即坐部。白居易《新乐府·立部伎》："太常部伎有等级，堂上者坐堂下立。……立部贱，坐部贵，坐部退为立部伎，击鼓吹笙和杂戏。"原注："太常选坐部伎无性识者，退入立部伎。"故坐部地位高于立部，称"第一部"，含有第一等之义。谢思炜谓："教坊第一部"盖即"第一部音声"，亦即《新唐书》所云"第一曹"。"坐部""立部"隶太常，与所谓"教坊第一部"无关。㉞伏，服，佩服。㉟秋娘，唐时歌舞伎常用名，此特指当时长安著名的歌舞伎人。高步瀛《唐宋诗举要》卷二："秋娘，或以李锜妾（杜）秋娘当之，非是……元微之《赠吕二校书》云'竟添钱贯定秋娘'，当与此同，特其事迹未详耳。"陈寅恪《元白诗笺证稿》："韦縠《才调集》一载乐天《江南喜逢萧九彻因话长安旧游戏赠五十韵》云：'多情推阿软，巧语许秋娘。'即此《琵琶引》中秋娘，盖当时长安负盛名之倡女也。乐天天涯沦落，感念昔游，遂取以入诗耳。"㊱五陵，西汉长安西有五个皇帝的陵墓。汉元帝前，每立陵墓，从四方挑选富豪及外戚于此居住，令供奉园陵，称为陵县。五陵年少，指京都富豪子弟。缠头，古代舞女以锦缠头，唐时习俗，歌舞伎表演完后，以锦帛相赠，称缠头彩。争缠头，竞相送缠头彩，杜甫《即事》"歌罢锦缠头"。九家注："锦缠头以赏舞者。"㊲红绡，红色薄绸。当即赏歌舞伎之缠头彩。㊳钿头云篦，两头镶金翠珠宝的云形发篦。击节，打拍子。㊴翻酒污，因酒杯翻倾而为酒所污。㊵等闲度，轻易随便地度过。㊶弟，指女弟，教坊中年轻的歌舞伎。从军，指入军幕为营妓。阿姨，指年长的歌舞伎。㊷颜色故，容颜衰老。㊸浮梁，唐江南西道饶州属县，今江西景德镇北浮梁镇，为当时著名的产茶地。《元和郡县图志》卷二十八：江南西道饶州浮梁县："每岁出茶七百万驮，税十五馀万贯。"㊹去来，走了以后。㊺梦啼，梦中啼哭。妆泪红阑干，纵横流溢的泪水沾湿了残妆上的红粉胭脂。㊻重唧唧，又复叹息。㊼地僻，《全唐诗》原作"小处"，校："一作地僻"，兹据改。㊽黄芦，枯黄的芦苇。㊾杜鹃鸟口红，相传其春末夏初时"夜啼达旦，血渍草木"，故云"杜鹃啼血"。杜鹃鸣声有如"不如归去"，与哀猿长鸣每易触动旅人之乡思。㊿呕哑嘲（zhāo）哳（zhā），形容声音嘈杂不悦耳。难为听，难以入耳。㈜琵琶语，琵琶声，指琵琶所奏的曲调。语，指所谓音乐语言。㈝翻，按曲调写歌词。㈞却坐，退回到原处坐下。促弦，拧紧弦。㈟向前声，刚才奏过的曲调声情。㈠王

《野客丛书》卷二十七："唐制服色不视职事官，而视阶官之品。"青衫，唐代八、九品官着青衫，白居易当时的官衔是"将仕郎守江州司马"，散官将仕郎为最低级之从九品下官阶，故着青衫。谢注谓白氏笔下司马例著青衫。并引《册府元龟》帝王部立制度引高宗敕文"衣服上下各依品秩，上得通下，下不得僭上"为证。

[鉴赏]

《琵琶引》与作者创作于十一年前的《长恨歌》，后先辉映，堪称古代文人叙事诗的双璧。比较而言，《琵琶引》思想内容的民主性更为明显，艺术上也有新的发展。

全诗三段。从开头到"犹抱琵琶半遮面"是一个引子。一上来先勾画出一个枫叶荻花在瑟瑟秋风中摇曳有响，充满凄清萧瑟情调的环境，为身世凄凉的琵琶女及天涯沦落的诗人的出场布置好一个自然场景。紧接着用钱别时"举酒欲饮无管弦"自然引出"水上琵琶声"，使下文"移船相近"顺理成章。琵琶女的出场写得有曲折有情致，始则殷勤相邀，继则声停语迟，再则千呼万唤，终则虽出而"犹抱琵琶半遮面"。这不单是引人入胜，更是为了表现"漂沦憔悴"的女主人公的身份与性格。这十四句诗像一部乐曲精彩的前奏，写得有声有色，有景有情，曲折自如，极富抒情气氛，可谓"转轴拨弦三两声，未成曲调先有情"。以下二十四句，便进而通过对琵琶女弹奏全过程的精心描摹，揭示其"平生不得意"的"幽愁暗恨"和听者的感情共鸣。这一部分音乐描写的出色成就及其在全篇中的作用，将在下面专门作具体阐说分析。

第二段从"沉吟放拨插弦中"到"梦啼妆泪红阑干"二十四句，写琵琶女自诉身世。明显分成"少小时欢乐事"和"年长色衰，委身为贾人妇"两层，前后构成鲜明对比。前一层着重写了两个方面：一是学艺于名师，技艺超群；二是五陵年少对她的倾倒。这主要是为了突出琵琶女身世遭遇的变化。"少小时欢乐事"越渲染得红火热闹，年长色衰、转徙江湖的生活越显得落寞凄凉。同时对上文的音乐描写，也是一种映照与补充。后一层写时光流逝中青春的消逝，门前的冷落和郁郁寡欢中的出嫁，以及独守空船的凄清，像是电影上一连串镜头的高明剪接，既层次分明又流畅自如。语言的照应、勾连、重叠，使一系列各自独立的生活片断连接得天衣无缝，读来如同行云流水。这一段的一个显著特点是在叙事中渗透一种带有浓郁感情色彩的诗美。它使得这首叙事诗兼有叙事与抒情的双重品格。这一点在下面将作重点剖析。

第三段从"我闻琵琶已叹息"到篇末二十六句，写诗人自抒迁谪之慨。"我闻"二句，分别照应前两段，承上启下，从琵琶女自叙身世过渡到诗人自抒感慨。在自我抒感中，只突出谪居浔阳、不闻音乐一事，而"天涯沦落"之恨自见。而"同是天涯沦落人，相逢何必曾相识"二句，又极其自然地将琵琶女的身世与诗人的身世融为一体，揭出全篇主旨。最后以"重弹"结束，回应开头的"水上琵琶声"。末二句主客双收，泪湿青衫，不仅为自己，也为琵琶女一洒同情之泪。

《琵琶引》具有叙事与抒情的双重品格。这一点与《长恨歌》有同有异。《长恨歌》是在叙事过程中渗透浓郁的抒情气氛，而《琵琶引》则既是琵琶女和听琵琶的诗人昔荣今悴、天涯沦落命运的传奇故事诗，又是抒发诗人天涯沦落之恨的抒情诗。作为一首叙事诗，《琵琶引》有两个贯串始终的人物，其中琵琶女是主角，白居易是配角。但他们之间的关系并非是简单地以宾托主，而是宾主互衬。白居易的同情固然进一步烘托出琵琶女的悲剧命运，而琵琶女昔荣今悴的遭遇也反映或暗示了白居易的类似遭遇。他们之间通过"琵琶声"这个中介，互相映衬，双向交流，最后汇成"同是天涯沦落人"的主题。这种格局的叙事诗，在白居易之前还没有出现过。作为一首特殊形式的抒情诗，《琵琶引》可以说是白居易"感斯人言"而抒"迁谪意"的贬谪者之歌。从这个角度看，琵琶女的天涯沦落命运和幽愁暗恨就成了诗人天涯沦落之恨的触发物和载体。诗歌性质的双重性和人物关系的双向性，正是《琵琶引》的显著特点。

诗中的两个人物形象，在当时都各有其典型意义。琵琶女是一个色艺双全、感情丰富而又根本不能掌握自身命运的市民社会下层女子。这样一种人物，是特定时代的产物。中唐城市经济畸形繁荣，歌楼妓馆应运而大大发展起来，出现了许多像琵琶女这类人物。她们中有不少人凭借自己的青春美貌和出众技艺，曾经走红一时；但当年长色衰，不能再靠出卖青春来取得五陵年少的垂青时，便不能不落到"门前冷落鞍马稀""老大嫁作商人妇"的境地。在这种时候，甚至感到年轻时能够出卖青春的生活也是值得追恋的。"人生莫作妇人身，百年苦乐由他人。"（白居易《太行路》）妇女这种不由自主的命运，在琵琶女这类人物身上表现得最为典型。表现这类人物的命运和心态，成为中唐文人的一种风尚。除白居易的《琵琶引》外，刘禹锡、李绅、元稹等人都有类似的叙事诗或带叙事成分的诗。传奇小说中写妓女命运的更是屡见不鲜。可以说用叙事诗的形式来塑造琵琶女这种人物形象，是时代生活的需要及其产物。琵琶女的形象因此带有那个时代城市商业经济畸形发展的明显印痕。写妓女生活的文学虽早已出现，但用这种同情态度来叙写她们传奇式生活命运的却是首创。从此妓女命运就成为一个文学母题，从晚唐杜牧的《杜秋娘诗》《张好好诗》与李商隐的《和郑愚赠汝阳王孙家筝妓二十韵》，历宋元明清，从李师师、赵盼儿、谢天香一直到李香君、陈圆圆、傅彩云，各种文学样式中都出现了一系列这类人物，其著名的源头就是白居易的《琵琶引》。

《琵琶引》中诗人的自我形象，是一个怀有天涯沦落之恨的贬谪者形象。这个形象在中唐同样有其特殊的时代典型性。安史之乱后，国运衰落，矛盾复杂，中唐士大夫普遍要求政治革新。不仅追随二王的刘、柳以锐意革新著称，连元、白、韩愈等也都在不同程度上有革新政治的愿望和行动。但这些改革者的命运无一不与遭受贬谪相连。这种改革者"天涯沦落"的命运，带有时代悲剧的色彩，也自然成为这一时期的重要题材和主题。刘、柳、韩、白、元等人都写了不少贬谪诗，但其中多数人仍继承前人传统，用抒情诗形式来写，只有白居易别开生面借叙述琵琶女身世，抒迁谪之恨，而且取得巨大成功。从此"江州司马青衫泪"也成为表现迁谪之恨的一种典型。

志在革新而遭贬谪的官吏与年长色衰而漂沦转徙的琵琶旧倡之间的命运虽然具有某种相似性，古代也有以弃妇喻逐臣的比兴传统。但无论是京城故倡或江边商妇，在社会身份上与遭贬的官吏毕竟是悬殊的两类人。故除刘禹锡的《泰娘歌》曾于歌咏泰娘遭际及绝艺的同时微露以遗妾比逐臣之感外（详参陈寅恪《元白诗笺证稿》第48—49页），将这两种不同身份的人物的命运绾结在一起，以叙事长诗的形式来表现，不能不推白居易的《琵琶引》。诗人不仅以饱蘸同情之笔叙写了琵琶女的不幸身世遭遇，而且明确地将自己的迁谪沉沦遭遇与之相提并论，发为"同是天涯沦落人，相逢何必曾相识"的深沉感慨，集中揭示出全篇的主旨。这种思想感情，已经超越了一般封建文人对下层人民的怜悯，也不单纯是失意文人的怨嗟与牢骚，而是表现为一种超越身份地位的同命相怜之感，一种素昧平生的不同社会地位的男女之间感情的沟通与交流，一种同命运者与知音者之间的理解与尊重（细味"我闻琵琶已叹息，又闻此语重唧唧"及"感我此言良久立，却坐促弦弦转急"等语可知）。这在等级森严的封建社会中，显然具有民主性和进步性。"隔船琵琶自怨思，何预江州司马事""男儿失路虽可怜，何至红颜相尔汝"，从这些认为白居易有失身份的言论中，正可看出"同是天涯沦落人，相逢何必曾相识"所蕴含的思想观念和感情的可贵，这种基于"妇女固不定，士林亦如斯"（杜牧《杜秋娘诗》）认识基础上的朦胧平等意识，将推进作家对社会下层的接触与了解，从而为文学题材、思想内容与艺术的更新提供重要条件。

《琵琶引》保持了《长恨歌》中已经突出表现出来的诸方面的艺术特点，同时在以下几方面又有新的发展。

精妙的构思及曲折严谨的结构。《琵琶引》有比轻纷繁的头绪与内容，如不精心安排，极易顾此失彼、拉杂重复或前后脱节。诗人在琵琶女、江州司马与琵琶演奏这三者之中，抓住琵琶演奏这个关键性的情节与场面，充分展开描写，既借此显示琵琶女精湛的演奏技艺，更透出她的幽愁暗恨。而透过听者与弹者的感情共鸣，听者自己的"平生不得意"也尽在不言之中。这样，下面接写琵琶女与诗人自身遭遇，归结到"同是天涯沦落人"的主题，便显得水到渠成，绝无喧宾夺主或平分秋色之弊。全篇以琵琶演奏与音乐贯串始终，从江头送客，忽闻水上琵琶声引出琵琶女，再引出琵琶演奏场面，又由此引出琵琶女与诗人身世境遇（叙身世也不离琵琶或音乐），最后以重弹琵琶作结。全篇既一线贯串，又有波澜变化，结构曲折而谨严。

叙述的详略安排极见匠心。全篇以琵琶演奏与琵琶女自叙身世最详，诗人自叙次之，重弹琵琶最略。琵琶演奏的场面由于在整体构思中具有如上所述的多方面作用，因而不惜笔墨细致地加以描写。琵琶女自叙身世一节，在全篇中是详写，但详中有略。其中既有"钿头云篦击节碎，血色罗裙翻酒污"那样的细节描写，也有"今年欢笑复明年，秋月春风等闲度"那样的大跨度笔法。诗人自叙身世一节，只紧扣"地僻无音乐"来写，而谪居生活的苦闷无聊与孤单寂寞均曲曲传出。重弹琵琶，只用"凄凄不似向前声"数语带过，但这里的"略"由于有前面的"详"作基础，内涵并不贫乏，能引起读者对经历了感情充分交流的弹者与听者心绪的丰富想象。

出色的音乐描写。作者描写音乐的声调、意境和魅力，运用了一系列成功的艺术技巧。

一是运用一连串生动贴切富于独创性的比喻，将难以形容的音乐化为可感的视觉、听觉、触觉形象，所用喻体多为日常生活中习见的景物与现象，如急雨、私语、珠落玉盘、莺语花底、泉流冰下、银瓶水迸、铁骑突出、裂帛之声等等，但又都用得新鲜贴切而富诗情。特别是"大珠小珠落玉盘"之喻，更深得琵琶不同声调旋律交错并现的神韵，可谓"用常得奇"的范例。

二是通过对比映照来传达不同的声调意境。如动与静、高与低、强与弱、缓与急、浊与清的相互映照衬托，使对立的双方都更为鲜明。特别是从"凝绝不通声暂歇"到"东船西舫悄无言"一节，几乎全在动静交替的对比中进行。先是由动到静，由有声到无声，然后突然发出急风骤雨式的节奏，由静突转到更强烈的动，最后在高潮中猛然收束，复归于乐终时出奇的静。波澜起伏，境界屡变，而又层次分明，富于节奏感。

三是写音乐的动人效果。有声的效果，如"主人忘归客不发""满座重闻皆掩泣""江州司马青衫湿"。更出色的是无声的效果："别有幽愁暗恨生，此时无声胜有声。""东船西舫悄无言，唯见江心秋月白。"前者写出了由"涩"到"凝"到"歇"的过程中，乐声似断似续，若有一丝幽怨从暂时的静寂中悄然传出的意境和听者在由动趋静的听觉暂留中凝神屏息、捕捉静中之境的情景，后者传出了听众沉浸在音乐意境中如醉如痴的情景，以致曲终之际恍若梦醒，唯见一轮明月映照江心。凡此种种，都堪称出神入化之笔。

但《琵琶引》音乐描写最为出色之处还在于它是人物描写的一个极其重要的组成部分。它表现了琵琶女的精湛演奏技艺，从"转轴拨弦"，调音试弹，到曲终收拨，生动细致地描绘出整个演奏过程中各种指法、弹法的纯熟变化，各种曲调的先后衔接，各种音乐意境的不断展现，无不体现出琵琶女技艺的高超，使下文自叙"曲罢曾教善才伏"有了充分的依据。同时，它还表现了琵琶女内心丰富复杂的感情。作者特别重视借声写情。从一开始调音试弹时的"未成曲调先有情"到"弦弦掩抑声声思，似诉平生不得意。低眉信手续续弹，说尽心中无限事"，固然直接点出声中所含之情与女主人公自身的悲剧境遇息息相关，就是下面描绘的各种音乐意境，也都曲折透露出历经人生悲欢和人世沧桑的琵琶女种种复杂的心态心声。而听者与弹者内心感情的沟通交流，也在这一大段出色的音乐描写中自然地表现出来了。从音乐描写成为人物描写的有力手段来看，《琵琶引》的成就在所有描写音乐的诗中可以说是独树一帜，难以企及的。

花非花①

花非花，雾非雾。夜半来，天明去。来如春梦几多时②，去似朝云无觅处③。

[校注]

①诗以首句为题，近似无题，约作于长庆三年（823）之前。后人用此诗题及句式为词牌《花非花》。②几多时，即多少时，无多时之意。③朝云，暗用宋玉《高唐赋序》"旦为朝云，暮为行雨"之典。

[鉴赏]

古代是有诗谜的，那种严格遵循诗面中不出题咏之物的咏物诗，就是一种诗谜。《红楼梦》中的灯谜，更是名副其实的"诗谜"。这首《花非花》，从诗面看，也颇像一首诗谜，但它却不是"打一物"的咏物诗，而是抒写诗人的一种诗意印象和感受，一种对美好事物的记忆和失落的怅惘。把它理解为一首咏霜的诗谜之所以"煞风景"，最主要的原因是这个"谜底"完全阉割了诗的优美意境，特别是完全无法传达末二句所表现的诗情诗境，即便单从外在形态而言，那洁白清冷的霜和温馨美好的春梦以及红艳绚丽的朝云之间有哪一点相似之处呢？这样的解释首先是不符合谜面与谜底契合无间的标准，更无论有无诗意了。

"花非花，雾非雾。"开头两句表面上看是两个否定性的比喻，说诗中所咏的对象表面上像花而实非花，表面上像雾而实非雾。实际上诗人所要强调的倒是它像花又像雾的一面——尽管它实际上非真花，亦非真雾。这里的"花"和"雾"需要和下面的"春梦""朝云"联系起来体味，方能品出诗人说它像"花"像"雾"的真正感受，因为它们本是一个艺术整体。从对应关系看，"花"之明艳绚丽色彩与"朝云"之间明显相似，而"雾"之缥缈朦胧则近乎"梦"，而说"春梦"，则又包含着既美好又短暂的意蕴。

"夜半来，天明去。"三、四两句，写所咏对象的来去行踪。这一行踪带有两个明显的特点，一是时间短暂，夜半始来，天明即去；二是行踪飘忽朦胧，难以察觉。而这两个特点又都共同体现出某种神秘或私密的色彩。

"来如春梦几多时，去似朝云无觅处。"五、六两句，紧承三、四句的"来"和"去"，分别用"几多时"和"无觅处"来进一步表现其来时的短暂和消逝之迅疾而且无踪，而点眼之处则全在"春梦""朝云"这两个中心意象。"春梦"这个意象，具有美好、缥缈、朦胧、短暂、飘忽等一系列特征，而"朝云"（即朝霞）则具有灿烂明艳、绚丽多彩而又短暂的特点。如果将上述特点加以综合概括，并与前四句的"花""雾"及"夜半来，天明去"联系起来，那么这首诗所抒发的感受可以说是对某种美好情事匆匆消逝的记忆和惆怅。诗人特意选用"朝云"而不用"朝霞",当是因为"朝云"暗用宋玉《高唐赋序》中巫山神女自称"妾在巫山之阳,高丘之阻,旦为朝云,暮为行雨。朝朝暮暮,阳台之下"的典故,其中隐含着一段美丽浪漫的爱情故事,而且它本身就是一个虚无缥缈的梦境。这梦境中的一夜情缘,无论是其人、其事、其情、其境,都既像花和朝云那样明艳,又像雾和春梦那样虚幻缥缈,飘忽不定,虽美好而短暂。这种情境与感慨,唐人诗歌、传奇小说中多有描写。传奇叙事,故有情节故事、人物活动;诗歌抒情,故每出以空灵缥缈之笔。我们从元稹的《莺莺传》《梦游春》《会真诗》等作品中可以看出白氏《花非花》这种诗谜式作品产生的背景,而在晚唐的李商隐诗中,则出以更加迷离惝恍之笔,如《碧城三首》之"星沉海底当窗见,雨过河源隔座看",《明日》之"天上参旗过,人间烛焰销。谁言整双履,便是隔三桥",所写的就是这种夜合晓离、如花似雾、美好且短暂的浪漫情缘。至于白氏《花非花》所写的究竟是自己的经历体验,还是别人的情事,甚至是泛写,诗人既未明言,读者自亦不必深究了。

赋得古原草送别①

离离原上草②,一岁一枯荣。野火烧不尽,春风吹又生。远芳侵古道③,晴翠接荒城④。又送王孙去,萋萋满别情⑤。

[校注]

①赋得,此或为集会分题赋咏以"古原草"为题的送别诗,也有可能是即景赋咏古原草送别。或作于贞元三年(787),见陈振孙谱。唐张固《幽闲鼓吹》载:"白尚书(白居易以刑部尚书致仕),初至京,以诗谒顾著作(指顾况,曾于贞元四年任秘书省著作佐郎)。顾睹姓名,熟视白公曰:'米价方贵,居亦弗易。'乃披卷,首篇曰:'咸阳原上草,一岁一枯荣。野火烧不尽,春风吹又生。'即嗟赏曰:'道得个语,居即易矣。'因为之延誉,声名大振。"稍后王定保之《唐摭言》卷七亦载此事,内容相同。朱金城《白居易集笺校》云:"居易十五六岁时在江南,至长安实不可能。往长安至少在贞元五年以后,而此时顾况已贬官饶州司户,则此诗或系在江南时作。"傅璇琮《唐代诗人丛考·顾况考》亦据白居易"贞元十五年

秋，予始举进士，与侯生俱为宣城守所贡。明年，予中春官第"（《送侯权秀才序》）之自述，证明"白居易到长安谒见顾况以及顾况'长安居大不易'的誉语，只不过是一种故事传说。"顾肇仓《白居易年谱简编》以为只有贞元五年时白居易曾去长安，两人才能相遇。谢思炜谓：贞元五年居易从父任在衢州，顾况贬官饶州，取道苏、杭、睦、衢，居易极有可能拜谒。②离离，浓密茂盛貌。曹操《塘上行》："蒲生我池中，其叶何离离。"唐陈昌言《白日丽江皋》："郁郁长堤上，离离浅渚毛。"原，郊原，原野。③侵，迫近。④晴翠，晴光映照下翠绿的草。荒城，指友人所往的远处的城。⑤《楚辞·招隐士》："王孙游兮不归，春草生兮萋萋。"王孙，借指所送友人。萋萋，草生长茂盛貌。

[鉴赏]

历来评鉴此诗，最大的误区是把它看成一首单纯的咏物诗以至说理诗，而全然忽视诗中洋溢的浓郁诗情韵致。更有甚者，则谓"诗以喻小人也，消除不尽，得时即生，干犯正路，文饰鄙陋，却最易感人"（《唐诗三百首》评），堪称史上最煞风景之评鉴。另一误区，则是孤立赞赏诗中"野火"一联，而忽视全体，其实此诗不仅前幅一意贯串，自然工妙，后幅亦紧承前幅，富情韵而饶远神，固不能因其为少作而轻率读过。

"离离原上草，一岁一枯荣。"开头两句，从眼前所见原上青草发兴，引发出对它生生不已的生命过程的联想。"离离"二字，形容望中原上青草，浓密茂盛，绿遍郊野的情景。用双声联绵字，读来自有一种赏心悦目、兴会淋漓的情致。"一岁一枯荣"亦即"岁岁一枯荣"，概括表现的正是枯荣交替、生生不已的自然规律。如果说"离离"二字表现的是生命的外在情状和蓬勃生机，那么"枯荣"二字表现的则是生命的内在节奏和变化规律。把开头两句看成是单纯的抽象议论，不免把诗人目接"离离原上草"时的兴会情思忽视掉了。

"野火烧不尽，春风吹又生。"三、四两句，紧承"枯荣"，与前两句一意贯串。"野火"既可以是自然发生的野火，也可以是农民冬天于野外纵火烧草。"野火"所"烧"者乃是秋冬时枯黄的草叶草枝，它那生命的根仍藏于土壤之中。来年春回大地，春雨的滋润，春风的吹拂，使它那潜藏的生机又勃发出来，形成一片浓密茂盛的翠绿。这人人常见的原上草一岁一枯荣的景象，在诗人的妙笔点染下，不仅将自然界的生机表现得极为生动形象，饱满有力，任何外力的摧残也不能消灭，不能阻挡，生命的力量无法抗拒，而且充满了对生命的轮回与复苏的热情礼赞和诗意感悟。两句对偶工整，对照鲜明，而用流水对，意致流走，一气贯串。较之上联，更能充分表现诗人于赏会感悟之际那种抑制不住的兴奋喜悦和淋漓兴会。诗美的奥秘就在于发现。于极平凡的景象中发现生命的活力与奥秘，又用如此明快而富于启发性的语言表达出来，遂成千古名句。而平易流走中见奇警，正是它的独特风格，前人或以为此二句不如刘长卿"春入烧痕青"简省，实则刘诗所表现的是烧痕中初露青色的早春景象，与白诗所描绘的原上一片翠绿的三春景象并不相同。如此茂盛浓密、触处皆春、满眼晴翠的景象，自应用如此明快舒展之笔来充分渲染，如果把它勉强压缩成一句，反显得局促，也无法表现诗人淋漓尽致的诗情。

"远芳侵古道，晴翠接荒城。"五、六二句，仍承首句"离离"续写远望中的"原上草"，而以"古道""荒城"关合题内"送别"。因为朋友就是沿着眼前的这条古道走向远处的荒城的。"古"与"荒"正紧扣题内"古原"。但这一联主要描写对象仍是"古原草"，"古道"与"荒城"只是陪衬。"远芳"与"晴翠"所指均为"原上草"，但一则以"芳"字引起读者的嗅觉联想，似乎那自近而远的原上绿草在春风和艳阳的吹拂照耀下，散发出一阵阵芬芳的气息，沁人心脾；一则以"晴翠"二字引发读者的视觉联想（包括光感和色感），使人似乎看到那在晴光映照下的一片翠绿显得更加光鲜亮丽，生意盎然。而两句的句眼则是"侵"字和"接"字。前者见青草生长之茂盛，不但绿遍郊原，而且紧挨着古道两边，仿佛要蔓连滋生到道路中间；后者见青草延展之遥远，仿佛随着古道的伸展一直弥漫到远处的荒城。原野之广阔，古道之遥远以及春草的绿遍郊原、弥漫伸展之态都因这一"侵"一"接"而变得鲜明生动，宛然在目了。由于"古道""荒城"的衬托，那绵延广远的平芜晴翠变得更加鲜丽而富于生机，而"古道""荒城"也因这弥漫广远的绿芜的衬托而平添了生意和春色，整个境界给人的感觉是舒展而富于青春气息的，丝毫没有"古道""荒城"通常给人的古老荒寂之感。而由远望中景象，又可见诗人伫立遥望，目送友人沿古道逐渐远去，神驰荒城的形象，虽尚未明言"送"字，而目送神驰之情状已俨然在目。这就自然引出诗的末联。

"又送王孙去，萋萋满别情。"《楚辞·招隐士》有"王孙游兮不归，春草生兮萋萋"之语，这里化用故典，以"王孙"借指远去的友人，用"萋萋"形容指代茂盛的春草，不仅巧妙地将春草与送别自然联系起来，体现出用典的自然工妙，驾轻就熟，更重要的是"萋萋满别情"五字，赋予自然界的春草以人的感情，在诗人想象中，眼前这广远延展的芳草仿佛带着自己对友人的无限情意，一直沿着古道送友人直至荒城。这种构思和意境，有些类似王维的《送沈子福归江东》的后幅："唯有相思似春色，江南江北送君归。"而白诗不用"相思似春色"这种直接挑明的比喻语，而是浑说"萋萋满别情"，将人的感情融于客观的物，使赋物与送别浑然一体，妙合无垠，构思之新妙，可谓化境。唯其如此，读者也往往浑然不觉，轻易读过，遂使诗人的妙思历千余年而始终未发。

欲与元八卜邻先有是赠[①]

平生心迹最相亲，欲隐墙东不为身[②]。明月好同三径夜[③]，绿杨宜作两家春[④]。每因暂出犹思伴，岂得安居不择邻。可独终身数相见[⑤]，子孙长作隔墙人。

[校注]

①元八，元宗简（？—822），行八，河南府洛阳人。作者《故京兆元少尹文集序》云："居敬姓元，名宗简，河南人。自举进士历御史府、尚书郎讫京兆亚尹，凡二十年。"诗集中有《和元八侍御升平新居四绝句》《东坡秋意寄元八》《朝归书寄元八》《新秋早起有怀元少尹》《题故元少尹集后二首》《故京兆元少尹文集序》《浔阳岁晚寄元八郎中庚三十二员外》《答元郎中杨员外喜乌见寄》《哭诸故人因寄元八》《答元八郎中杨十二博士》《和元少尹新授官》《朝回和元少尹绝句》《重和元少尹》《题新居寄元八》《元家花》及本篇等均寄和元宗简之作。此诗作于元和十年（815），时元任监察御史，在升平坊有新居。白居易《和元八侍御升平新居四绝句》自注："时方与元八卜邻。"与此篇系先后同时之作。卜邻，选择邻居。《左传·昭公三年》："且谚曰：'非宅是卜，唯邻是卜。'"清徐松《两京城坊考》卷三："按白居易诗每言与元八卜邻，其后《哭元尹诗》云：'水竹邻居竟不成。'是终未结邻也。"朱金城按："元宗简宅在长安升平坊，白时居昭国坊，地虽邻近，然亦非隔墙之邻。其《和元八侍御升平新居四绝句》自注云：'时方与元八卜邻。'亦指欲卜邻而言也。"②隐墙东，《后汉书·逸民传·逢萌》："（王）君公遭乱独不去，侩牛自隐，时人谓之之论曰：'避世墙东王君公。'"后以"隐墙东"指隐于市井。此以"隐墙东"指与元隔墙而居，偕隐于市。不为身，不独为己一身。③三径，指隐者的家园。赵岐《三辅决录·逃名》："蒋诩归乡里，

荆棘塞门,舍中有三径,不出,唯求仲、羊仲从之游。"陶渊明《归去来兮辞》:"三径就荒,松竹犹存。"④《南史·陆慧晓传》:"慧晓与张融并宅,其间有池,池上有二株杨柳。"⑤可,《全唐诗》作"妙",据宋本改。可独,岂独。数,屡屡。

[鉴赏]

对日常生活中诗美的注意与发现,是中唐诗歌新变的一个重要标志。像卜邻这种题材,此前似乎很少进入诗人的视野。白居易的这首诗,是为表达"欲与元八卜邻"的恳切意愿而寄赠给对方的,双方结邻之事不但当时尚未实现,而且最终也是"水竹邻居竟不成"。但在诗人的妙笔点染下,却将结邻而居的生活想象得极富诗情画意,极富人情味,称得上卜邻诗中的绝唱。

"平生心迹最相亲",起句统摄全篇,"心迹最相亲"正是"欲与元八卜邻"之根。这里的心迹,不仅指心事,且兼包思想行为,志趣爱好而言。白居易的挚友,自首推元稹,而元宗简也是与其相交相知二十年的至交。集中寄酬及有关元宗简的诗文二十余篇。长庆二年(822)冬元宗简"疾弥留,将启手足,无他语,语其子途云'吾平生酷嗜诗,白乐天知我者,我殁,其遗文得乐天为之序,无恨矣'"(《故京兆元少尹文集序》),可见元宗简视白居易为相知之一斑。

"欲隐墙东不为身",次句承"心迹最相亲",化用王君公隐墙东之典,而以"墙东"指称元宗简新居之墙东,亦即表示欲为元八之东邻。王君公避乱世而居墙东,系独善其身之举,故曰"为身",而自己之欲与元八卜邻,却并非如君公之避世,而是为了与"心迹最相亲"者朝夕相伴,共赏美景良辰,共诉彼此志趣,甚至使双方的子孙世世代代结邻,故说"欲隐墙东不为身"。这一句表达的是"欲与元八卜邻"的动机与目的。

"明月好同三径夜,绿杨宜作两家春。"颔联用工整流丽、明秀天然的对仗形容"卜邻"之美。彼此隔墙而居,园池相连,每当月明之夜,三径同游,佳景同赏;墙边绿杨,枝叶伸延,覆盖两园,正好给两家平添了绿意和春色。这一联化用蒋诩、陆慧晓两个事典,既巧切家园及卜邻,却又如同最通俗明畅的口语,丝毫不见用典的痕迹。尤为可贵的是用最常见的景物抒发了最浓郁的诗情画意,堪称化工之笔。

"每因暂出犹思伴,岂得安居不择邻。"畅想得傍佳邻之美以后,却不再继续对此作进一步描绘渲染,而是掉笔议论,以"暂出犹思伴"衬托"安居择邻"的重要性。上句是宾,下句是主。这两句看似泛泛的议论,实则暗中都紧贴着特定的对象——元宗简来说。白居易《答元八宗简同游曲江后明日见赠》云:"长安千万人,出门各有营。唯我与夫子,信马悠悠行。行到曲江头,反照草树明。"这正是所谓"每因暂出犹思伴"的生动例证。长安千千万万人中,暂出而游曲江,亦君我相伴,实因彼此心迹相亲,出门无所营之故。既如此,则安居长住,岂不择如此志趣相投之佳邻?"犹"字与"岂得"相呼应。"犹"字先放一步,"岂得"反逼一步,意思递进而语气一贯。

"可独终身数相见,子孙长作隔墙人。"在强调了安居必择"心迹最相亲"之人——元八为邻之后,似乎话已说尽,诗人却又出人意料地转进一层。得与元八为邻,岂独彼此有生之年得以朝夕相邻,屡屡见面,同赏佳景,共赋新诗,连彼此的后辈子孙也可因此而长作隔墙而居的旁邻,永续"心迹最相亲"的世谊了。从己身想到后代子孙,从彼此心迹之相亲想到世代的情谊,从此前的"绿杨宜作两家春"想到"子孙长作隔墙人",不但对诗境作了更深广的开拓,而且将那种"心迹最相亲"的深挚情谊也抒发到了极致,似乎可以传之子孙了。

白诗素称平易浅切,但这首诗却是在整体平易晓畅之中有波澜曲折,有层层转进。在表达"欲与元八卜邻"意愿的同时写出了佳邻相伴的情境之美,人情心迹相亲之美,子孙隔墙相居之美。卜邻诗写得如此富于生活美而毫无头巾气,堪称难得的佳构。

大林寺桃花①

人间四月芳菲尽②,山寺桃花始盛开。长恨春归无觅处,不知转入此中来。

[校注]

①大林寺,在庐山西大林峰南,晋代所建,白居易《游大林寺序》云:"自遗爱草堂历东、西二林,抵化城,憩峰顶,登香炉峰,宿大林寺。大林穷远,人迹罕到。环寺多清流苍石、短松瘦竹。……山高地深,时节绝晚,于时孟夏月,如正二月天,梨桃始华,涧草犹短,人物气候与平地聚落不同,初到恍然若别造一世界者,因口号绝句云(诗略)……时元和十二年四月九日。"此即上大林寺。《大清一统志·九江府二》:"上大林寺在庐山西大林峰南,晋建,元末毁,明宣德中重

建……中大林寺在庐山锦涧桥北,下大林寺在桥西。"②人间,此与山中相对而言,指一般的平原地区,即《序》中所说"平地聚落"。

[鉴赏]

这首诗所写的是日常生活中常见的物候现象。一般的人由于常见,往往习而不察,引不起任何诗情诗趣和意外的欣喜感悟,而敏感的诗人却从中触发了浓郁的诗情和带有启发性的诗思,从平常的现象中发现了美好事物的流转,给人以新鲜喜悦的感受和广泛的联想。

"人间四月芳菲尽,山寺桃花始盛开。"据《游大林寺序》,写这首诗的时间是农历四月初九。这个时间节点非常关键,春天刚刚消逝,对春天"百般红紫斗芳菲"的记忆还非常新鲜,对它逝去的怅恨也非常强烈。诗人居近浔江低湿之地,到这个时候,不但早开的梅花、仲春的桃杏均已不存,就连暮春的牡丹、蔷薇也已凋谢,"人间四月芳菲尽"所咏叹的就是这种芳菲凋零的现象,一个"尽"字流露出的正是无限的怅恨与无奈。第二句紧接着描写的却是与"人间四月芳菲尽"完全不同的另一种景象,在庐山深处的大林古寺周围,桃花正繁英满枝,红艳盛开。海拔的高低、深山平地气温的差异,使同一时间内不同的空间呈现出完全不同的自然物候景观。由于心中正蕴藏着对刚刚逝去的春天芳菲的留恋与怅恨,因此乍到深山古寺,忽见此桃花盛开的景象,顿觉眼前一亮,仿佛置身另一个美好的既向往又陌生的世界。"始盛开"的"始"字正显示出这里的芳菲美景方兴未艾的态势。其中流露出一种意外的欣喜感、兴奋感,也有一种恍惚感、惊异感。这一切,又都集中凝聚成为对美好事物重现的新鲜感。因此,开头两句虽貌似客观叙事写景,其实却饱含着浓郁的诗情。

"长恨春归无觅处,不知转入此中来。"第三句承首句"四月芳菲尽",着"长恨"二字,则不独今年如此,年年四月芳菲凋尽之时,都怀着"春归无觅"的怅恨与无奈。这仿佛是无法改变的客观事实。第四句承次句,转出新意。"此中"即指深山古寺之中,"不知转入"四字,语意殊妙。在同一空间的平地,四月芳菲净尽确实是不可改变的自然现象,但换一空间,进入深山之中,却意外发现春天并未消逝,那满枝桃花,繁英如簇,正显示春天在这里方兴未艾。如果说"转入"二字显示了春天的美好景象在不同空间的流转,则"不知"二字正显示出意外发现的欣喜与感悟。黄周星说:"只恐'此中'亦不能久驻,奈何!"固定在同一空间,确实有"'此中'亦不能久驻"之感慨;但随着人类行踪的不断扩大,却会发现此地"春归无觅",自会"转入"彼处。不但同一中国有"四季如春"之处,同一寰球,当北半球秋色满眼之时,南半球正繁花盛开。尽管诗人所处的时代,人们还不可能有这样宽广的视野和与之相应的思维,但这首诗的发现却给人以极富诗情诗趣的启示。

问刘十九①

绿蚁新醅酒②,红泥小火炉。晚来天欲雪,能饮一杯无③?

[校注]

①刘十九,白居易在江州期间的友人。其《刘十九同宿》诗作于元和十二年(817)十月淮西吴元济之叛初平时,云:"红旗破贼非吾事,黄纸除书我无名。唯共嵩阳刘处士,围棋赌酒到天明。"知刘十九系嵩阳(原河南府登封)人,时寓居江州。白集中又有《雨中赴刘十九二林之期及到寺刘已先去因以四韵寄之》《蔷薇正开春初酒熟因招刘十九张大夫崔二十四同饮》等诗,刘十九均同指一人,名未详。或以为即刘轲,非。轲郡望彭城,寄籍岭南,元和初由岭南至江西,隐于庐山。白此诗作于元和十二年冬,时刘轲已不在庐山。详参朱金城《白居易诗选编年注释质疑》(《中华文史论丛》第五辑)。②绿蚁,米酒面上浮起的绿色泡沫。醅酒,未滤去糟的米酒。《文选·张衡〈南都赋〉》:"酒则醪浮数寸,浮蚁若萍。"《释名·释饮食》:"汎齐,浮蚁在上汎汎然也。"谢朓《在郡病卧》:"绿蚁方独持。"③无,否。问话的语气词。

[鉴赏]

这是一首以诗代柬的招饮诗,写得非常质朴真率而浅切随便,但却创造出一种充满亲切温暖情感的氛围和真淳浓郁诗情的意境。招饮诗写得这样令人心醉神往的,唐代唯此一首。

既是招友同饮,自然要先写到酒。首句"绿蚁新醅酒",点眼处在那个"新"字。酒未必名贵,却是家酿的新酒。还来不及过滤,上面还浮着一层细如绿蚁的泡沫,微微地泛着绿色。这"绿蚁"正显示出它的"新醅",不但使我们如见其色其形,而且似乎可以闻到新酒的芳香。以新酿送人或新酿招友,都是亲切友谊的表现,强调"新醅"正见诗人时时想着对方的淳厚情谊。

"红泥小火炉",第二句接着写暖酒的炉子。点眼处在"小"字。这种用红色泥土制成的炉子,形制小巧,是专门用来暖酒的。米酒不宜凉喝,须用热水煨或微火温,取其暖胃,更取其热后四溢的芳香。形制小巧的暖酒炉,中置烧得不旺却能持续相当长时间的炭火,置小酒壶于火上,正可供挚友二人相对而坐,细斟慢酌,随意交谈。因此这似乎有些简陋而土气的"红泥小火炉",就不仅仅是温酒的工具,而且成了一种洋溢着酒香、暖意、友谊和诗情的艺术品了。

"晚来天欲雪",第三句仿佛离开了酒而转写天气。晚间的天空阴沉沉的。空气中弥漫着湿润的气息,正酝酿着一场雪。"天欲雪"的"欲"字,写出了一种正在变化进行中的天气状态(雪将下而未下),也透露出诗人面对这种天气状态时微微感到的寒意。而这即将到来的寒天雪夜,对于一个漂泊异乡的谪宦者来说,酒和友谊的温暖无疑是驱散心头的孤清和凄寒的最好精神慰藉。对于友人刘十九而言,在浔阳雪夜与良友拥炉相对,饮酒共话,无疑也是一种饶有诗意的精神享受。因此这"晚来天欲雪"不但没有离开招饮的主题,反而成了招饮与赴饮的最佳理由和最好氛围。

有了酒和温酒的火炉,又有了最适宜的饮酒理由与氛围,于是乎就水到渠成地引出了最关键的招饮词——"能饮一杯无?"尽管殷切盼望拥炉共饮,度此寒夜,但却出以轻松随意的问语。虽料其必来,却不催其必来速来。这正是好友之间常有的俏皮和幽默。曰"饮一杯",可见其兴趣不在酒,而在寒夜拥炉对饮共话的诗意氛围和精神享受。画龙点睛,这点睛之笔所流露的正是对即将到来的拥炉对饮共话情景的诗意想象。作为一首以诗代柬的五绝,以问语收束,不但紧扣题目,而且给读者留下了广阔的想象空间,使整首诗变得既亲切风趣,又隽永含蓄。它无须作答,也不能作答。如果有人嫌它意犹未足,将它展衍成一篇五古,那就只能是画蛇添足,狗尾续貂了。

勤政楼西老柳①

半朽临风树②,多情立马人③。开元一株柳,长庆二年春。

[校注]

①勤政楼,在唐长安兴庆宫西南隅,即勤政务本之楼的简称。《旧唐书·睿宗

诸子·让皇帝传》："玄宗于兴庆宫西南置楼,西面题曰花萼相辉之楼,南面题曰勤政务本之楼。"《两京城坊考》卷一:"楼向南,开元八年造。每岁千秋节酺饮楼前。元和十四年以左右军官健三千人修勤政务本楼。按:明皇劳遣哥舒翰及试制举人,尝御此楼。楼前有柳。"诗作于长庆二年(822)春,时作者任中书舍人。②临风树,《南史·张绪传》:"绪每朝见,武帝目送之……刘悛之为益州,献蜀柳数株……武帝以植于太昌灵和殿前,常赏玩咨嗟曰:'此杨柳风流可爱,似张绪当年时。'"此以"临风树"借称柳树。③立马人,驻马(望树)之人,指诗人自己。

[鉴赏]

白居易对自己诗歌创作艺术上的缺点是有一定认识的,其《和答诗十首序》说:"常与足下(元稹)同笔砚,每下笔时辄相顾,共患其意太切而理太周。故理太切则辞繁,意太切则言激。"辞繁言激,再加上感受体验不深,便难免太露太尽,缺乏含蕴和韵味。这对短小的抒情诗来说,尤为大病。他后期的部分诗作中,似乎有意纠正这种毛病,这首《勤政楼西老柳》便写得含蓄蕴藉,寓慨遥深。

诗只四句二十字,但却有四个要素:树和人,开元和长庆。树是通篇歌咏的对象,人是歌咏的主体,开元和长庆则是树所处的特定历史时间段,也是人兴感抒慨的特定历史时间段。尤其不能忽略的是诗的题目特为标出的"勤政楼西老柳"。建于开元八年(720)的勤政务本殿,殿名本身便显示出唐玄宗初当政时励精图治的精神意志,联系着整个开元时期比较开明的政治和繁荣昌盛的局面,而勤政殿西的柳树正是当年盛世的历史见证,也是从开元到长庆这一百多年盛衰变化的历史见证。因此题目本身便带有象征意味,寓含着历史的沧桑感。

"半朽临风树",首句从眼前所见的柳树写起。建于开元八年(720)的勤政殿,植于约略同时的殿西柳树,到长庆二年(822)诗人面对它时,已是百龄的老树。"半朽临风"四字,正描绘出它那干老枝枯,树叶稀疏,在风中摇曳的衰朽之状。而"临风"二字,又使人联想起眼前这衰朽的柳树,也曾有过郁郁葱葱、玉树临风的当年。故此句虽明写柳之今已"半朽",却暗寓有柳昔之繁茂葱郁。它似乎正象征着昔日繁荣昌盛的大唐王朝,经历百年历史风雨的侵袭摧残,如今已经"半朽"了。

"多情立马人",次句由眼中之衰柳写到正在驻马观看的诗人自身,转接自然。"多情"之"情",自非一般的男女风情,亦非泛指一切情感,而是专指关注国家命运、王朝盛衰的情思。此二字虽浑沦虚涵,含蓄不露,却是全篇点眼。其他各句中蕴含的感怆之意,均由此二字生发。

"开元一株柳,长庆二年春。"三、四两句,又由人回到树,但却特意标举出眼前这株半朽的柳树所经历的时间和朝代——"开元"和"长庆"。"忆昔开元全盛日",在中唐诗人心中,"开元"是大唐王朝政治清明、经济繁荣、文化昌明的全盛时代,这"开元一株柳"也就自然寄托着后世诗人对这个全盛时代的向往追慕;而经历了安史之乱的八年浩劫和其后长期的内忧外患,昔日辉煌显赫、国威远扬的大唐王朝已经从繁荣昌盛的顶峰跌落到战乱频仍、民生凋零的低谷,眼前这"半朽临风树"也正像国运凋衰的王朝一样,在风中摇荡,日益衰朽了。"长庆二年春",是一个关键性的时间节点。宪宗元和时期,先后平定各地藩镇的叛乱,曾经重现过全国统一的"中兴"局面。但长庆二年正月,河北魏博军乱,"牙将史宪诚夺帅,田布(节度使)伏剑而卒",朝廷即以史宪诚为节度使。二月,又诏雪叛镇王庭凑,以之为成德节度使。幽州则于长庆元年七月已为军阀朱克融所据。从此"再失河朔,迄于唐亡,不能复取"(《通鉴》卷二百四十二)。可以说,长庆二年正是唐王朝由乱而衰的过程中从暂时的统一再次恢复割据,由暂时的"中兴"再次走向衰落的关节点。白居易其时任中书舍人,仕途上虽有进展,而国运则再现凋衰。这种局面又和穆宗的荒政庸弱有密切关系。诗人面对勤政殿西这株经历了百年历史风雨的半朽衰柳,心系唐王朝百年由盛而衰的国运,处在"长庆二年春"这个历史关节点上,其心中的无限今昔盛衰之慨,无力回天之感,统统在"开元一株柳,长庆二年春"这仿佛不加任何评说的叙述中包括了。其艺术概括之深广,感慨之深沉,表情之含蓄都达于极致。

暮江吟[①]

一道残阳铺水中,半江瑟瑟半江红[②]。可怜九月初三夜[③],露似真珠月似弓。

[校注]

①此诗作年,有约作于元和十一年至十三年(816—818)任江州司马期间(朱金城《白居易集笺校》)、约作于长庆元年(821)秋在长安游曲江时(刘拜山、富寿荪《千首唐人绝句》)、约作于长庆二年(822)秋赴杭州途中时(文研所《唐诗选》)诸说。按:白集卷十九所收诸诗,作于长庆二年者较多,其他具

体年代不明者，亦均作于长庆二年之前（包括长庆二年）。曲江虽亦可称"江"，但终非通常意义上的江水，且因其河水水流曲折而得名，与"半江瑟瑟半江红"之宏阔气象不甚符合，似以作于赴杭州刺史任途中较合理。是年七月，居易由中书舍人除杭州刺史，因宣武军乱，汴河未通，取道襄汉洞庭沿长江而下，抵杭州时为十月。九月初正可见诗中所描绘之暮夜长江景象。②瑟瑟，本绿色宝珠名，亦可指碧色。详参《琵琶引并序》"枫叶荻花秋瑟瑟"句注。二诗中之"瑟瑟"字同而义异。③可怜，可爱。

[鉴赏]

白居易的七绝，佳者每于末句点染景物，烘托氛围，以造成摇曳不尽的风神情韵，通篇以描绘景物为主者鲜见。此诗写江上暮夜景色，除第三句交代特定时间外，其余三句全为写景，但却写得极为鲜明工丽，富于新鲜感和流丽圆转的音乐美。

"一道残阳铺水中，半江瑟瑟半江红。"前两句写残阳斜照江面景象。长江中下游一带，多为平野地区，江面宽阔，行将沉西的残阳得以无阻挡地放射出它的光辉，投向江面。用"一道"来形容残阳映江的形态，正准确地描绘出这残阳余光的宽度、长度和整齐度，就像一条闪光的道路一样。而"铺"字与"道"字紧相呼应，生动地展现了这一条闪光的道路平铺水面，向前伸展的情景。"铺"字给人以平缓舒展之感，可以想见夕阳映照下的江面水波不兴，安闲恬静之态，也透露出诗人此时平和舒展的心境。首句重在形态描写，次句则重在色彩的描绘。"瑟瑟"本是碧玉名，此处指碧色。由于行将沉西的残阳余晖斜照江面，故江面的一半向阳处，被映染得一片鲜红，而另一半阳光不及之处，则呈现出一片碧绿之色。红与碧是两种比较强烈鲜明的色彩，它们相互映衬，使红的更红，碧的更碧。这种景象，其实很多人都见过，但却几乎都没有引起注意，发现它特有的美感，一种色彩对比鲜明，景象新鲜奇丽，境界宽阔舒展的画面美、诗意美。而句中自对，"半江"重叠的句式又特具一种回环往复的音乐美。这又一次说明平常景象中本来就存在着美，关键在于发现。

"可怜九月初三夜，露似真珠月似弓。"后两句转写由暮入夜的江天景色。"九月初三夜"这个特定的季节时间，正是为第四句写景提供引线的，同时也是前后幅之间的连接过渡。前后幅之间，有时间的推移过渡（由暮入夜），却写得令人浑然不觉。用"可怜"二字领起，不但使全句，而且使全诗充满了咏叹赞赏的情味。上弦月出现得早，但真正明亮起来却在由暮入夜之后，九月初三，约当农历霜降节气,入夜之后,气温下降得快,故初夜江边草上即有露珠闪烁。仰望星空,一弯明亮的新月正高悬天际,放射清辉;俯视地下,草间的露珠在明月清辉映照下,正闪烁不定,晶莹似珠。用"弓"来形容初三的新月,用"真珠"来形容露,不但贴切逼真,而且流露出对它们的赞叹赏爱之情,句中自对,"似"字重复的句式不但与次句呼应,而且加强了第三句"可怜"二字的抒情咏叹韵味。诗从暮到夜,由残阳而月露,时间景物均有变化,但读来却一气流注,浑然一体,除第三句的勾连转接外,二、四两句句中自对而又有变化的句式,大大加强了全诗回环往复、流转如珠的风神韵味。

深秋、残阳、孤月、凉露,这些时令物象往往容易习惯性地触发萧瑟、暗淡、孤清、凄冷之感,但诗人却发现了一个色彩鲜明,境界阔远,充满新鲜感,令人赏心悦目、流连忘返的诗境。在审美情趣的独特方面,也给人以启发。

钱唐湖春行[①]

孤山寺北贾亭西[②],水面初平云脚低[③]。几处早莺争暖树[④],谁家新燕啄春泥[⑤]。乱花渐欲迷人眼,浅草才能没马蹄。最爱湖东行不足,绿杨阴里白沙堤[⑥]。

[校注]

①钱唐湖,或作钱塘湖,亦即杭州西湖。作者《杭州回舫》云:"欲将此意凭回棹,报与西湖风月知。"又有《西湖晚归回望孤山寺赠诸客》《早春西湖闲游怅然兴怀》《西湖留别》等诗。此诗作于长庆三年(823)春,时作者任杭州刺史。长庆四年春,白居易曾增筑钱塘湖堤,贮水以防天旱,见其《别州民》诗"唯留一湖水,与汝救凶年"二句自注。又白氏《钱塘湖石记》云:"钱塘湖一名上湖,周回三十里。"因其在杭州城西,故名西湖。②孤山,在西湖中,北里湖与外湖之间。元稹《永福寺石壁法华经记》:"永福寺一名孤山寺,在杭州钱塘湖心孤山上。"《咸淳临安志》卷二十二:"孤山在西湖中稍西,一屿耸立,旁无联附,为湖山胜绝处。旧有智果观音院、玛瑙宝胜院、报恩院、广化寺。"贾亭,即贾公亭。《唐语林》卷六:"贞元中,贾全为杭州,于西湖造亭,为贾公亭。未五六十年废。"此次钱塘湖春行即在"孤山寺北贾亭西"一带。③云脚,下雨前后流荡不定

似垂于地面水面的云气。④暖树，指春回大地，气候转暖，呈现春天的绿色和暖意的树木。⑤啄春泥，指燕子啄泥衔草筑巢。⑥白沙堤，今称白堤，在西湖东畔，建成于长庆之前。沿堤向西北行，直通孤山。春天桃柳满堤，景色秀丽。白居易《杭州春登》："谁开湖寺西南路，草绿裙腰一道斜。"自注云："孤山寺路，在湖洲中，草绿时望如裙腰。"白沙堤在居易刺杭前已有，后世或谓系其刺杭时所筑，非。（详参朱金城《白居易集笺校》第1352—1353页）

[鉴赏]

苏轼的《饮湖上初晴后雨》"欲把西湖比西子，淡妆浓抹总相宜"之句，咏西湖之美，妙在巧喻而富于想象。实则早在苏轼之前数百年，白居易已在一系列咏杭州风景的诗中对西湖之美作了出色的描绘。其中《钱唐湖春行》一诗更对钱塘湖的春色进行了集中的描写，可以说是最早描绘西湖胜景的佳作。读这首诗，要特别注意题目中的那个"行"字，诗人不是在一个固定的立足点观赏西湖春色，而是边走边看，左顾右盼，处处观赏流连，人和景物都在流动变化之中，是随着诗人的足迹在眼前不断展开的活动画面。而在不断活动变化的画面展开的同时，又流注洋溢着浓郁的春天气息和诗人的浓浓意兴。

首句"孤山寺北贾亭西"，正点"钱唐湖"的位置所在，也是诗人此次春游西湖之行的起点。孤山在西湖的外湖与北里湖之间，山上有寺，陈文帝天嘉初年建造，离白居易写诗时已有二百六十来年，算得上是西湖一处古迹了。贾亭却是贞元十三四年杭州刺史贾全所建的一处近代亭阁。寺与亭一古一今，正构成钱塘湖的一段人文景观的历史，给西湖之春增添了历史人文气息。站在孤山寺上、贾公亭边，正可俯瞰西湖的湖面，是观赏整个西湖的最佳立足点，所谓"湖山胜绝处"。"水面初平"，是形容春雨过后，湖水涨满，与岸齐平的景象，"初"字显出这正是春水初涨的早春天气。雨后初晴，流荡不定的云气低垂，贴近湖面，高空却已放晴了。两句均用句中自对，相互构成工整的对仗，而句法却有变化，显得既整齐又错综，读来自有一种抑扬顿挫、自然流走的美感，体现出"春行"一开始就带有一种轻快愉悦的感情。

"几处早莺争暖树，谁家新燕啄春泥。""暖树"似不必泥解为向阳的树或枝条，用"暖"来形容树，无非是春归大地，天气转暖，树木发芽抽绿，呈现出一片嫩绿，使人感到一种暖融融的早春气息。而黄莺是春天最活跃的鸟，最早哺育出的莺对早春的气息尤其敏感，正如苏轼诗所说"春江水暖鸭先知"，这"暖树"所散发出的春天暖意被早出的黄莺首先感知到了，因而争相飞向带着春天暖意的树梢，发出清脆欢快的鸣啭声；"争"字虽明写早莺竞相扑向春树的形态，读者却可从中联想到它们的欢快啼鸣，感知到它们的喜悦。这正是写春天的生意与活力。"新燕啄春泥"也是一样。燕子每年飞去又飞来，说它"新"，是强调这是人们在今年春天见到的头一批燕子。燕子衔泥筑巢，标志着一个新的春天的来临。"泥"而冠以"春"，和上句的"树"而冠以"暖"一样，都是写诗人感觉中的春天，使我们似乎能闻到那"泥"中带有春天的湿润与芳香。但如果只有"早莺争暖树"和"新燕啄春泥"，虽然也写出了早春景物的特征，早春的气息和气氛，用来形容钱塘湖之春也许差不多，用来表现"春行"却显得不够。这"行"字就在两句句首的"几处""谁家"四字上集中体现出来。"几处"，说明不是一处，这就暗示出了游人的活动，说明诗人是边走边看；而"几处"与"谁家"联系起来，更可明显体味到诗人在行走游赏的过程中，左顾右盼，目不暇接的情景。而不说"处处""家家"，则正体现出这是早春，而不是"杂花生树，群莺乱飞"的暮春，而且"处处""家家"也显得太实太死，只能说明客观情况，很难表达游赏者那种轻快愉悦和新鲜的感受。这些地方，可以看出作者遣词用语虽很平易通俗，但却很注意分寸感，很有表现力。

"乱花渐欲迷人眼，浅草才能没马蹄。"腹联写行进中见到的花草。用"乱"来形容花，是很有独创性的。春暖花开，树上有花，地上有花，这里一丛，那里一丛，各有各的特色和意态，所以说"乱"。这形形色色，各具姿态的花，使游赏的诗人目不暇接、眼花缭乱、目眩神迷，不知道欣赏哪一处哪一丛好，故说"迷人眼"。在"乱花"与"迷人眼"之间插入"渐欲"二字，是对"迷人眼"的一种限制。意味着它们已经接近"迷人眼"但还没有到"迷人眼"的程度，这时的花，将盛而未盛，所以给人的感受是"欲迷"而犹未全迷。如果是姹紫嫣红、繁花似锦的季节，那就不再是"渐欲迷人眼"而是"正欲迷人眼"了。说"渐欲"，是正在发展中的态势，同时也预示了姹紫嫣红开遍的景象行将来临。下一句"浅草才能没马蹄"，既写出早春时节的草长得浅浅的、嫩嫩的，刚刚能掩过马蹄，同时又显示人正在骑马行进。"才能"不是遗憾草长得太浅，而是"刚能""恰能"的意思，它传达的是一种惬意感。这草不长不短，刚刚好掩没马蹄，马走在上面，既不扬尘，又不碍蹄。这与其说是写春景之美，不如说是写春游的快感。

以上两联，是整首诗的主体。从选择的景物看，不过是莺、燕、花、草、树、泥这样一些最常见的东西，它们之间也各自独立，但当诗人用"行"字将它们串联起来，并写出其早春的特征和诗人对这一连串景象的诗意感受时，就组成了一个有机的艺术整体。这里有乱花浅草的颜色，有莺啼燕语的声音，有花草和春泥的芬芳气味，有早春的温暖气氛，不仅展示出钱塘湖早春景象的外在形态，而且传达出早春的内在活力，特别是传达出诗人对这一切景象的审美愉悦。

"最爱湖东行不足，绿杨阴里白沙堤。"尾联是全诗的总结。两句实际上是用"最爱"领起的一句话：在整个西湖中，我最赏爱而且游赏不倦的地方，就是湖东绿杨覆盖掩映的白沙堤一带。诗人把"绿杨阴里白沙堤"和"湖东"拆开，一方面是为了突出"白沙堤"之美，另一方面也使诗句更加疏宕，更加抑扬顿挫，富于咏叹情调，表现出对这一带风景的激赏和流连。实际上，颔腹二联所描绘的就是"湖东"的"绿杨阴里白沙堤"的美好春色。虽是总结，却非重复，"绿杨阴里白沙堤"的明丽画面就是前面两联当中没有出现过的新景象，而"行不足"的表态更给此后的重游预留了地步，显得余波荡漾，有不尽之致。

这首诗用春天习见的景物，平易浅切的语言，写钱塘湖春行所见所感。写得很轻松随便，从容不迫，但却写出了气氛，写出了心情。"意态由来画不成"，这首诗好就好在画出了钱塘湖早春的意态，特别是画出了诗人的风神意态，让我们不仅感受到钱塘湖早春的气氛，而且感受到诗人那种新鲜、愉悦、惬意、流连的感情。这两方面都饶有诗的韵味。同时，在构思、遣词、设色上也都下了一番功夫，不过不露雕琢之痕而已。从表面看，莺燕花草树木，仲春、暮春都有，并不能体现具体的季节特征，但诗人却凭借他对景物的敏锐细微感受，通过"初平""几处""早""争""暖""谁家""新""渐欲""浅""才能"等一系列词语，将早春的景物特征、气氛和诗人的心情毫不费力而又恰到好处地表现出来了。白居易的有些诗，确有浅率、繁冗、直露之弊，但这样的诗，却既平易通俗，又诗味浓郁，优游不迫，意到笔随，完全是大家风范。

贾岛

贾岛（779—843），字阆（一作浪）仙，幽州范阳（今北京）人。早岁为僧，法名无本。元和初在洛阳以诗投张籍、韩愈、孟郊。后随韩愈入京，返俗应举。连年不第。开成二年（837），因诽谤责授遂州长江县主簿。五年九月秩满，迁普州司仓参军。会昌三年（843），转授普州司户参军，未受命而卒。作诗以苦吟著称，有"两句三年得，一吟双泪流"之句。《新唐书·艺文志》著录其《长江集》十卷，《小集》三卷。《全唐诗》编其诗四卷。今人黄鹏有《贾岛诗集笺注》十卷（巴蜀书社2002年出版）。

暮过山村

数里闻寒水,山家少四邻。怪禽啼旷野,落日恐行人。初月未终夕①**,边烽不过秦**②**。萧条桑柘外**③**,烟火渐相亲。**

[校注]

①初月,指月初的新月,因其早出早没,故云"未终夕"。②边烽,边境地区报警的烽火台。不过秦,谓未越过秦地。换言之,即秦地关陇一带已属烽火相传的边境地区,即白居易《新乐府·西凉伎》"自从天宝兵戈起,犬戎(指吐蕃)日夜吞西鄙。凉州陷来四十年,河陇侵将七千里。平时安西万里疆,今日边防在凤翔"之意。《旧唐书·吐蕃传下》:"(德宗建中)四年正月,诏张镒与尚结赞盟于清水……文曰:'……今国家所守界:泾州西至弹筝峡西口,陇州西至清水县,凤州西至同谷县,暨剑南西山大渡河东,为汉界。蕃国守镇在兰、渭、原、会,西至临洮,东至成州,抵剑南西界磨些诸蛮,大渡水西南,为蕃界。'"③桑柘,桑树与柘树,叶均可养蚕。故常以"桑柘"指农桑之事或农耕地区。

[鉴赏]

贾岛以苦吟著称。诗不妨有苦吟之时,苦吟而工之句。但如果将苦吟作为毕生追求的创作手段,则实际上表明诗人诗材、诗思的枯竭,也透露出唐诗发展过程中逐渐显露的危机,昭示出必须改弦更张的讯息。司空图《与李生论诗书》:"贾阆仙诚有警句,然视其全篇,意思殊馁。"这正是对苦吟诗人切中要害的批评。"秋风吹渭水,落叶满长安",诚可比美盛唐,但全篇与此联之气象迥不相侔;至于历代盛赞的"鸟宿池边树,僧敲月下门",本身已乏韵味,更无论全篇了。这篇《暮过山村》,则既有"怪禽啼旷野,落日恐行人"这样新警的佳联,全篇意境氛围也比较和谐统一,是贾岛诗中艺术整体感较强的作品。

从全诗看,诗人这次所经的山村,是安史之乱后唐朝实际控制版图大大缩小后与吐蕃邻接地区的村庄。因而诗中所写景象,均暗透出特定的时代氛围和气息。

"数里闻寒水,山家少四邻。"首联分别从视、听角度写行程所见所闻。道路傍河蜿蜒伸展,一路行来,数里之内,但闻寒水潺潺,暗透除水声外别无鸡鸣犬吠之声和人声鸟语等内地村庄常有的景象,"寒水"的"寒"字既点明秋冬的时令,更透露出行人心理上的孤寂荒寒感受。偶尔见到一两家山边的住家，也是孤零零地散落着，见不到周边的邻舍。呈现出这一带人烟稀少，荒寂萧条的景况。这种荒寒萧条的景象，与"边烽不过秦"联系起来，便能深一层地体味出它所折射出的时代原因。由于吐蕃的势力深入秦陇交界一带地区，这一带历经多次侵掠，已经荒凉残破不堪，故昔日的内地，如今已经变得十分荒寒了。

"怪禽啼旷野，落日恐行人。"颔联续写行程中的闻见感受。在荒寂无人的旷野中，时不时地可以听到怪禽啼鸣的声音。着一"怪"字，突出渲染这种禽鸟的啼鸣声给人带来的惊恐感。由于天色已近晚暮，这昏暗的氛围更加强了行人闻声心惊的怵惕感和悄无人声的荒寂感。承平年代，边境地区的阔远和平景象，使诗人王维写出"大漠孤烟直，长河落日圆"的壮阔画面，而如今的边地落日景象，给行人带来的竟是一种恐怖感。这是因为，日落以后，天地昏暗，本就荒寂萧森的边地变得更加令人不安和恐惧，因此才会有见落日而恐的特殊感受。"落日恐行人"是一个奇警而富创意的诗句，它也许显得有些突兀，但却完全符合生活真实和艺术真实。萧涤非先生说："贾岛诗'落日恐行人'，在乱世更有此感受。"这体会是很真切的。

"初月未终夕，边烽不过秦。"时值秋冬月初，落日沉西之际，新月已高悬天上。"未终夕"是想象之词，意在突出新月之早没而不能终夕照临，其中蕴含有对初月隐没后昏暗氛围的担忧，与第四句"落日恐行人"意脉相承，下句"边烽不过秦"意谓边境的烽火没有超越秦地的范围，言外则秦地以西的大片地区，如今已沦为吐蕃侵占的异域了。此句词虽婉曲而意实沉痛，与白居易"平时安西万里疆，今日边防在凤翔"对照，其意自明。方回说此句"似是西边寇事始息"，恰好把意思理解反了。这一句虽平平道出，实为一篇之主。前后所写一切景象、感受，都与此密不可分。昔日承平年代的京畿近地，今日竟为沿边荒寒之域，正反映出唐王朝国势的衰颓。

"萧条桑柘外，烟火渐相亲。"诗人的行进方向是由西向东，由与吐蕃邻接的秦陇边境向关中长安方向行进。因此透过秋冬间变得萧疏了的桑柘林，可以看到村庄聚落的烟火冉冉升起。"渐相亲"三字，显示出诗人的行进动态，更透露出在经历了沿边地区的荒寂萧条和惊恐不安后，望见不远处人烟稠密地区时内心升起的喜悦与亲切。平常的村庄烟火竟使诗人感到如此亲切，正反透出此前所历的荒寂萧条与惊恐不安。这个结尾，给全诗增添了一些温暖的色调，使诗境不至沦于枯寂。

诗所写的是一个动态的行进过程。随着景物的变化，诗人的感情也随之发生由冷寂惊恐到亲切欣喜的变化。由于将这个过程表现得很真实自然，因此前后仍显得浑然一体。贾岛的诗，极少关注时代民生，这首诗在描叙暮过山村的过程中无意透露出的时代氛围与气息，在他的诗中是个难得的例外。尾联于远望中收束，侧重写见到村庄烟火时的心态，也饶有余韵。

孙革

孙革，越（今浙江）人。德宗时登进士第，元和间任监察御史。长庆二年（822）任刑部员外郎。大和四年（830）为左庶子。今存诗一首。

访羊尊师①

松下问童子②,言师采药去。只在此山中,云深不知处。

[校注]

①尊师,对道士的敬称。王昌龄《武陵开元观黄炼师院》:"松间白发黄尊师,童子烧香禹步时。"此诗一作贾岛诗,题《寻隐者不遇》。非。诗首见于《文苑英华》卷二百二十八,题孙革作。《万首唐人绝句》卷二百七十五署无本(即贾岛)。《唐音统签》校记:"岛集不载此。"(按:朱之蕃校《长江集》不载此诗。)今从《文苑英华》及贾岛本集,作孙革诗。②松,《文苑英华》作"花"。非。

[鉴赏]

这首诗自《万首唐人绝句》误收入无本(贾岛)名下以来,明清的许多唐诗选本均误为贾岛之作。其实,单就此诗之白描手法与闲逸风格来说,也与贾岛的苦吟诗风明显有别。

题为"访羊尊师",诗的实际内容则是"访羊尊师不遇"。访人而不遇,本是生活中习见之事,要从这样平凡的小事中发现诗意,必须作诗者有不同于常人的诗心诗趣。由于诗极短小,其中又包含着访者与童子的问答,不少评者便将注意力集中到诗中究竟包含着几问几答(有说一问一答的,有说二问二答的,甚至有说三问三答的),并由此引出诗的精练和曲折有致的优长。相对于实际生活场景来说,诗确有以简驭繁、寓问于答、顿挫曲折之妙,但像徐增那样解说(见《而庵说唐诗》卷九),却无异于将诗化为淡而无味的散文,还原于生活本身,而完全忽略甚至消解了原作的浓郁诗情诗趣。这可能是解说这首诗最大的误区。

在我看来,这首诗最令人神远的是从不遇中写出了被访者——羊尊师的精神风貌。按常理,写一个人的精神风貌,总是要亲见其人,从他的言谈举止、居处环境等方面画出其品性风神。但这首诗却很特别,访其人而不见,所遇者唯有道童。全诗就是由诗人与道童的问答组成。问答的次数并不重要,重要的是童子回答的内容与口吻神情。"松下问童子",点出"松下",是因为道院坐落于松林间,见其清幽高致。"言师采药去",是道童对师父行止最直白而简单的回答。道士采药,在实际生活中或为卖药为生,或为济世活人,都不免有现实的目的,但这里童子用略不经意的口吻道出，却是一种离世绝俗的生活方式和生活态度，把入山采药作为一种融于自然的生活乐趣。寻常的采药行为在这里显出了几分离世遁俗的仙气。

"只在此山中，云深不知处。"妙在三、四两句，先是一转，说师父采药，就在眼前这座山中，仿佛近在咫尺，不难见面，接着却突然一跌，说山中白云缭绕，云雾弥漫，深杳难测，正不知何处可寻其行迹呢。这一转一跌，将仿佛拉近了的寻觅对象忽然又引向虚无缥缈之域，变得杳不可即了。这位羊尊师也就飘飘然隐入茫茫云海之中，成了与尘世绝缘的具有仙风道骨和闲云野鹤风貌的另一世界中人了。

童子所说，也许是事实。但透过那漫不经意而又有些神秘的口吻，却让诗人，也让读者感受到这位羊尊师的远离尘嚣、弃绝凡近的精神风貌和悠然陶然于深山白云之中的缥缈身影。于是诗人与读者也一齐悠然神往于深山白云之中的缥缈出尘境界，而忘却了此行此访的目的了。

这首诗所描绘的境界，有些类似韦应物的《寄全椒山中道士》。"只在此山中，云深不知处"二句，更神似韦诗的"落叶满空山，何处寻行迹"，只不过韦诗中的境界出自诗人的遥想，而孙诗中的境界却出自童子的回答。但从不见其人中透出对方的精神风貌来这一点上，二诗却有惊人的相似之处。诗虽曲折顿挫，读来却一气直下，浑然天成，这在中唐诗中也显得很突出。

刘皂

刘皂,郡望彭城,咸阳(今属陕西)人。长期旅居并州(今山西太原)。元和中曾摄孝义尉,以忤西河守董叔经而弃职,事见张读《宣室志》卷五。元和九年(814)至十三年间,翰林学士守中书舍人令狐楚编选进呈《御览诗》,收刘皂诗四首。《全唐诗》卷四百七十二录存其诗五首。

刘皂

旅次朔方①

客舍并州数十霜②,归心日夜忆咸阳。无端又隔桑干水③,却望并州似故乡④。

[校注]

①旅次,旅途中留宿。朔方,有泛称北方及专指朔方郡两解。汉朔方郡治在今内蒙古杭锦旗北,唐夏州朔方郡治在今陕西靖边县北之白城子,均距诗中所言桑干水甚远。据三、四二句,此"朔方"当指朔州(今山西朔县),地正当桑干河之北,南距并州四百六十里,距咸阳一千七百余里。唐代并州、朔州均属河东节度使管辖。此诗最早见于元和九至十三年(814—818)令狐楚编选呈送之《御览诗》。而宋王安石《唐百家诗选》卷十五、《万首唐人绝句》卷二十一、《唐诗纪事》卷四十均引作贾岛诗,《长江集》卷九亦载此诗,均题为《渡桑干》。按:贾岛系范阳人,并无客居并州十载乃至数十载之经历,故此诗当据最早出之《御览诗》定为刘皂作。萧穆《敬孚类稿·卷六·跋卢抱经手校贾浪仙集》谓"悫士(令狐楚)于岛为先辈,并有交,诗果为岛所作,悫士选时不应有误",甚是。详参李嘉言《长江集新校》。②数,贾岛集作"已",《苕溪渔隐丛话》《唐诗纪事》作"三"。霜,秋。数十霜,犹数十年。③又,贾岛集作"更"。隔,《全唐诗》作"渡",贾岛集同。此从《御览诗》。桑干水,古灅河,今永定河之上游。源出管涔山,经朔州、云州、蔚州入河北道之妫州、幽州入海。④却望,回望。似,贾岛集作"是"。

[鉴赏]

在通行的唐诗选本里,这首诗题为"渡桑干",作者是贾岛。据清代萧穆及近人李嘉言考证,贾岛是范阳人,与诗中"归心日夜忆咸阳"显然不合;并且未久住并州,与"客舍并州已十霜"亦不合。当从最早收入此诗的令狐楚编选的《御览诗》,为刘皂所作。令狐楚之父为太原府功曹,家居太原,贞元七年(791)登进士第前,楚大部分时间在太原。贞元十一年至元和四年(809),李说、尹绶、郑儋相继为河东节度使,均辟楚为掌书记。因而在元和四年之前的绝大部分岁月中,除贞元八年至九年短期为桂林从事外,均未离开太原。对照刘皂"客舍并州数十霜"的经历，令狐楚与刘皂当在并州结识，并熟知其诗，故编选《御览诗》时选了刘皂四首诗。

题为"旅次朔方"，说明诗是在作者渡过桑干河后，在朔州居留时写的。前两句说自己客居并州已经数十个年头，日日夜夜都在思念着自己的故乡咸阳，盼望着有那么一天回到故乡的怀抱。"数"字贾岛集作"已"，从"数十"减到"已十"，时间压缩了至少一半（有引作"三十"的，则压缩了三分之二），这大约是由于贾岛的诗中丝毫看不到他有数十年客居并州的迹象而将"数十"改为"已十"的。其实，从末句"却望并州似故乡"看，作"数十霜"更接近生活的实际。从并州到咸阳，距离并不算太远，即使在古代交通不便的情况下，回一趟咸阳也不太难。而诗人却忍受着日夜思归而不能的煎熬，在并州这个异乡竟度过了几十年的漫长岁月，可见必有不得已的原因。客居的时间越久，思归之情越加急切；而思归之情越切，就越感到客居时间的漫长。二者是互为因果的。对故乡的思念、怀恋，对异乡并州的厌倦，都随着客居时间之越来越漫长而愈加强烈、深重。三、四句所抒写的感情，正是在这样的背景与前提下产生的。

在思乡之情日夜煎熬的情况下，不但不能回咸阳故乡，反而又"无端又隔桑干水"。这"无端"与"又"颇可玩味。"无端"，即所谓"没来由地"。诗人渡桑干北去，旅次朔方，自然是有具体原因的。这里说"无端"，表达的是一种身不由己之感。透露出此行本非所愿，而且出于自己意料，但又为某种原因所迫，不能不去，就像命运在摆弄自己。当时一些下层文士，为了谋生，不得不长期流寓异乡，甚至到边远地区去游宦，就像韩愈在《送董邵南游河北序》中所说的那个连连不得志于有司，无奈而游河北，希望在藩镇幕下求职的董生一样。尽管诗人没有明言，读者却不难从"无端"的自怨自叹中体味到他的苦衷。"又隔"，贾岛集作"更渡"。前者是说自己现在"旅次"的朔州与自己数十年旅居的并州、数十年思忆的故乡咸阳之间又隔了一条桑干水，"旅次"与"隔"正相呼应。"更渡"却是正在行进的行旅中的动态，与题中的"次"字明显脱节，改诗者当初大约没有想到这一层。诗人因为"日夜忆咸阳"，心总是朝向南方，哪怕往南走几十里，也会感到离家又近了一些；反之，哪怕再往北挪几十里，也会离家乡更远了。桑干河离并州虽不过数百里，但对日夜盼望南归的诗人来说，却无异于一道长城分成塞内塞外。中国境内自南往北，每隔一条较大的河流，自然而然就有一个显著变化。并州在唐代是著名的北都，政治、经济、军事地位都相当重要，而离并州数百里的桑干河北的朔州，则已接近荒寒的朔漠地区。所以"又隔桑干水"，就不止是再向北走了数百里，而是在心理上与故乡咸阳又隔了一道难以逾越的坎，跨进了荒寒的异域。这对于一个日夜思归的人来说，心理上增添的与故乡的隔绝感是可想而知的。"无端又隔"四字中，正含有事与愿违的感慨。

  第四句是全诗的精彩处。前三句起、承、转，抒写的还都是常情。第三句虽抒发了身不由己、事与愿违之感，也还是生活中常有的情事，第四句却完全出乎意料，反乎常情。对这句诗，谢枋得与王世懋有不同的理解。谢的理解自然比较片面肤浅，因为前面两句明说日夜思念咸阳，丝毫没有流露出对并州的任何好感，如果"交游欢爱，与并州无异"，那还何必"日夜忆咸阳"呢？但王世懋的解说也不是没有可议之处。他指出末句含有"并州且不得住，何况得归咸阳"这层意思，是对的，但他绝对否定诗人对并州的感情，则很难解释何以"却望并州"之际，竟会感到"似故乡"。可以设想，如果仅仅是为了表达"离咸阳更远了，回故乡的希望更渺茫了"这样一层意思，而对并州仍然像原来那样怀着厌倦、厌烦的心理，那么诗人是绝不会写出"却望并州似故乡"的诗句来的。一切都以时间、地点、条件为转移。在不同的条件下，对同一事物的态度、感情也是可能发生变化的。当诗人长期客居并州，日夜思归时，对并州是厌倦的，巴不得早一刻离开；但当"无端又隔桑干水"，旅次更荒寒的朔北，回咸阳的希望更渺茫的情况下，却又突然感到回望中的并州竟有不少值得自己留恋追忆的地方，从而在心底里不由自主地涌起一种类似对故乡的感情。一切都是相比较而存在，并州与咸阳相比，自然是咸阳可亲，并州可厌；然而并州与桑干河北的朔州相比，则又显出并州的值得留恋。但是，如果认为诗人这时对并州已经怀有对故乡一样的深情，则又错会。末句的"似"字下得很有分寸。并州本非故乡，但在"无端又隔桑干水"的情况下，它竟成了望归而不得的"故乡"了。"似"字所透露的另一面正是貌似而实非。贾岛集把"似"改成"是"，不免执实拘泥，失去原作的活泛意味了。此时此刻，诗人心里想的也许是：纵使回不了咸阳，能在并州住下去也总比远赴朔漠好得多。可是，现在连这点微末的愿望也达不到了。无奈之中，竟把原先厌倦的异乡当作故乡来追忆了。末句在表现出对并州的某种追忆之情的同时，恐怕更多的是一种无奈和苦涩，一种含泪的自嘲。

  与其说这首诗是通过"却望并州似故乡"进一层写出了思乡之情，不如说是通过长期客居异乡的人在迈进更加远离家乡的异域时发生的心理变化，深刻地表现了当时下层文士有家难归的处境和无法掌握自己命运的感慨。它的成功之处，主要是抓住了人们在特殊情况下心理的反常而又合乎情理的变化，予以集中的表现。谢枋得和王世懋两位诗评家，意见尽管相反，但对此诗在表现心理微妙变化方面的成就，似乎都没有注意到。

李绅

李绅（772—846），字公垂，行二十，祖籍长安，寓居常州无锡（今属江苏）。元和元年（806）登进士第。南归润州，浙西观察使李锜辟为掌书记。翌年锜谋叛，绅屡谏，且拒为锜作疏，被囚。锜败获释。后历任校书郎、太学助教、山南西道节度判官、右拾遗。穆宗即位，擢翰林学士、中书舍人、御史中丞、户部侍郎。为李逢吉等构陷，贬端州司马。宝历元年（825）量移江州长史。迁滁州、寿州刺史。大和七年（833）为浙东观察使。开成元年（836）任河南尹，转宣武军节度使。武宗立，任淮南节度使。会昌二年（842）拜相，四年罢为淮南节度使。六年七月卒。其《新题乐府二十首》对中唐新乐府创作影响较大。《新唐书·艺文志》著录其《追昔游诗》三卷，今存。《全唐诗》编其诗四卷。

古风二首①

其 一

春种一粒粟，秋成万颗子②。四海无闲田，农夫犹饿死。

其 二

锄禾日当午③，汗滴禾下土。谁知盘中餐④，粒粒皆辛苦。

[校注]

①《全唐诗》校："一作《悯农二首》。"第二首《北梦琐言》卷二谓是聂夷中诗。按：唐范摅《云溪友议》卷上《江都事》载："初，李公（绅）赴荐，常以古风求知，吕光化温谓齐员外煦及弟恭曰：'吾观李二十秀才之文，斯人必为卿相。'果如其言。诗曰（略）。"《唐文粹》卷十六，《唐诗纪事》卷三十九亦题李绅作。古风，即古诗、古体诗。二诗皆押仄韵之古绝。唐人每将效法前代之诗而作的诗歌为"古风"。卞孝萱《李绅年谱》系此二首于贞元七、八年。②秋成，秋季谷物成熟。成，《全唐诗》校："一作收。"③锄禾，给禾苗松土并锄去杂草。当午，正值午时。④餐，食物。餐，一作飧，熟食。

[鉴赏]

在历代的悯农诗中，李绅的《古风二首》无疑是最负盛名的杰作。它之所以流传广远，妇孺皆知，不仅由于其语言朴素通俗，揭露尖锐深刻，感情深沉愤激，而且具有高度的艺术概括力和典型性。因而它不仅在思想上给人以深刻的启示，而且在艺术上也具有强烈的震撼力。

第一首主要从宏观着眼，笼盖全局。首二句"春种一粒粟，秋成万颗子"，完全撇开悯农的内容与感情，就春种秋成的农事活动着笔，热情赞颂广大农民的伟大创造力。从"一粒"变成"万颗"，夸张的形容中正蕴含着诗人对这种创造力的惊奇感和钦佩感。从来的悯农诗多从俯视角度对农民的生活境遇表示怜悯，像李绅这样开宗明义就以仰视角度热情洋溢地赞颂和表现农民伟大创造力的，还是破天荒第一遭。正是这种对农民劳动生产伟力的认识和态度，不但奠定了诗所独具的思想高度，而且使下面的揭露更加深刻，感情更加强烈，艺术震撼力也更巨大。

"四海无闲田，农夫犹饿死。"第三句从"春种""秋成"的时间过程所展示的农民生产创造力转向空间，从"四海"的广大范围进一步展示广大农民无地不辟、有田皆种的勤劳所创造的伟大业绩。这里出现的农民形象是群体形象，在他们的辛勤开辟、耕耘下，不但有大片肥沃的良田，而且有高入云霄的梯田乃至有在石漠荒瘠土地上见缝插针种上庄稼的一小片零零星星的田块，从而进一步展示出作为一个广大的群体，全国农民的辛勤劳作所创造的令人惊叹的劳动业绩。与一、二两句春种秋收的丰硕果实联系起来，这"四海无闲田"所创造的劳动果实便得到了淋漓尽致的表现。

单看前三句，似乎这首诗是对广大农民伟大创造力和劳动业绩的热情礼赞，但末句却突作转折，揭示出令人触目惊心的残酷现实："农夫犹饿死。"如此丰硕的劳动果实，劳动者本身却无权享有，甚至出现了"犹饿死"的悲惨结局。由于前三句对农民伟大创造力和劳动业绩的充分描绘和赞美，这一笔转折所显示的残酷现实便特别具有震撼力和启示性。不管诗人自己主观上是否有明确的意识，但通过前三句和末句的鲜明对照，读者自然会强烈感受到整个社会的不公，引起对现存制度合理性的怀疑甚至否定。从这一点说，这首仅二十字的小诗足以称为对封建社会剥削本质的强烈控诉和深刻揭露，字字力重千钧。

第一首是从宏观上对广大农民的伟大创造力及其悲惨命运作整体的艺术概括。第二首则集中笔墨对农民劳动之艰辛作生动的描绘。春种夏耘秋收冬藏，一年到头，辛苦终岁，周而复始，代代皆然。用绝句来表现农事之艰辛，势不能展开铺述，而只能对它进行典型化，抓住最能体现其繁重劳苦的情事作高度集中的描写。诗人选取的是夏耘的典型场景：时值盛夏，酷暑炎蒸，正是庄稼抽穗拔节生长的关键时节。从"锄禾"及"汗滴禾下土"看，诗所写的是旱地里松土锄禾的劳动。这时的庄稼已经长得相当高，地里密不透风，在当午炎炎赤日的高照下，庄稼地里犹如炽热的火炉，锄禾时须一直弯腰曲背，匍匐前行，忍受直射的骄阳和上蒸的暑气的烘烤，忍受饥渴的煎熬，一任汗水流淌直滴到冒着热气的土地上，不能停顿，甚至顾不上用手拭汗。这种辛劳难熬的滋味，非亲历此境者难以体味。诗人正是以一个亲历者的口吻，通过对三伏天正午时分锄禾劳动的集中描绘，极具震撼力地写出了农民劳动的无比艰辛，从"汗滴禾下土"的描绘中，甚至可以听到汗水大滴大滴地落在热土中冒出的吱吱声。白居易的《观刈麦》中也有"足蒸暑土气，背灼炎天光"这样的描写，但比起李诗来，旁观者的同情意味比较明显，缺乏的正是那种感同身受的痛切心情。

"谁知盘中餐,粒粒皆辛苦。"三、四两句,表面上看,似乎是作者的议论,实际上这正是从事繁重辛苦劳动的农民心声的自然流露。只有亲历过农事劳动艰辛的人才能真正感受和认识每一颗粮食的珍贵和它们所包含的辛勤汗水,认识到劳动果实中所包含的沉重付出和它们的真正价值。"谁知"二字,作诗人的训诫之词理解,不免力度稍逊;作农民的口吻来理解,则意味倍感深长。不但对那些不劳而获、暴殄劳动果实的达官显宦、富商大贾是一种愤怒的斥责,对一切不知稼穑艰难的人也是一种严肃的告诫。诗之所以超越时代、常读常新的原因也正在于此。

诗题或作"悯农",其中所蕴含的对农民生活及命运深挚厚重的感情是显然的。但这两首诗不同于一般悯农诗之处,却是在同情农民辛苦生活和悲惨命运的同时显示出农民的伟大创造力和劳动果实的可贵可珍。这就使诗不流于一般的悲悯,而是在悲剧美中显出崇高感,给人的感受不是低回喟叹,而是对劳动者的创造怀有一份深深的敬意。古典诗歌中的悯农诗,达到这种思想艺术境界的,恐怕也只有这两首了。

李涉

李涉（约768—?），洛阳人，自号清溪子。早岁客居梁园。贞元中避兵乱与弟李渤偕隐于庐山白鹿洞，后徙居终南。贞元末，陈许节度使刘昌裔辟为从事，后入朝为太子通事舍人。元和六年（811），因投匦为吐突承璀论功，为知匦使孔戣所恶，言其与中官结交，贬为峡州司仓参军，兼夷陵令。元和末自峡州遇赦还京，任太学博士。宝历元年（825）十月，坐武昭事流康州。后行迹无考。工七绝。《新唐书·艺文志》著录《李涉诗集》一卷。《全唐诗》编其诗为一卷。

润州听暮角①

江城吹角水茫茫②,曲引边声怨思长③。惊起暮天沙上雁,海门斜去两三行④。

[校注]

①《全唐诗》校:一作《晚泊润州闻角》。润州,唐浙西观察使治所,今江苏镇江市。角,军中乐器。状如竹筒,本细末大,以铜管或皮革等制成,因表面有彩绘,故又称画角。发声哀厉高亢,古时军中多用以警昏晓、振士气、肃军容,故又有晓角、暮角之称。②江,《全唐诗》校:"一作孤。"润州北滨长江,故称江城。③曲引边声,《全唐诗》校:"一作风引胡笳。"边声,边塞的悲凉之声。传为李陵《答苏武书》:"凉秋九月,塞外草衰。夜不能寝,侧耳远听。胡笳互动,牧马悲鸣,吟啸成群,边声四起。"此指暮角声。角原出于西北游牧民族,故称"边声"。④海门,指长江入海口一带。润州以东江面,唐时宽十八里,长江至此东流入海,故称。唐时扬州以东除海陵县(今泰州)外,大片陆地尚未淤积成。后世所设之海门县,唐时尚为海域,非此诗所指。

[鉴赏]

李涉是中晚唐之交一位并不十分出名的诗人,但他的一些七绝却写得很有韵味。这首《润州听暮角》就曾被何其芳誉为"不仅形象性很强,不仅写得很精炼……还能创造出一种情调,一种气氛"。

首句"江城吹角水茫茫",正点题面,展现出一幅江天茫茫的广阔背景:滨江的城市(即题内润州),茫茫的江水,城头上响起画角悲凉的声音。阵阵角声传遍整个寥廓江天,悠悠余音正融入茫茫江水和悠悠暮色之中。这个寥廓空旷的背景,不但赋予角声以辽阔悲壮的境界,而且赋予它以黯淡苍茫的色调。因此,这一句虽未直接描摹角声,却能唤起读者对角声意境情调的联想。

接下来一句,"曲引边声怨思长",方直接写到角声。角所奏多为悲壮苍凉的边地之声,曲中似乎寓藏着深长的怨思,故云。润州在江南,地理上与边塞相去甚远,而听者却感到曲中传出的是充满深长怨思的边声,这正突出了角声的特点和它所给予人的独特感受,以致虽身在江南,却恍如置身塞外了。这一句的"引"字、

"长"字，不仅强调了角声的悠长和它所蕴含的边思的深永，而且和眼前的水天茫茫的广远之境融合无间，声、情、境三方面有机地统一起来了。

"惊起暮天沙上雁，海门斜去两三行。"三、四两句写角声惊雁。角声嘹亮悲壮，破空透远。停歇在薄暮平沙上的雁群，似乎不胜角声所流露的深长怨思，纷纷惊起，排列成两三行，在苍茫暮色中斜斜地向海门方向飞去了。海门，即海口，唐时润州离长江入海处很近，扬州以东还是大片海域，尚未淤积成陆。或以海门指今江苏海门市，当非，今海门唐时还是一片茫茫的大海。钱起《归雁》："二十五弦弹夜月，不胜清怨却飞来。"写瑟的音乐魅力使雁不胜清怨而飞来。这首诗则是写画角声的艺术力量使雁不胜怨思惊飞而去。雁之惊飞，正透露出角声传出的悲壮苍凉意境。这里特意点出"暮天"，使苍凉悲怨的角声在苍茫暮色和寥廓远天的背景映衬下，情致更为黯淡悲凉，意境更为悠远虚旷了。

题为"听暮角"，而三、四两句并没有直接表现"听"字。但写平沙惊雁，实际上是侧面虚写人的感受。诚如刘永济先生所说："诗不言人惊而曰雁惊，所谓'不犯正位'写法也。然有第二句'怨思长'，则人惊可知。"

诗中直接写角声的只有第二句，其他各句都是借助景物渲染烘托。诗人精心选择了最能表现"听暮角"的典型感受的物景：江城城头、茫茫江水、苍茫暮天，以及在苍茫江天中惊飞的两三雁行，组成一幅色调黯淡、境界悠远虚廓的图景，将诗人的主观感受与客观景物融为一片，使全诗充满了乐感、画意和浓郁的抒情气氛，体现了诗、画、乐的和谐结合。

朱庆馀

朱庆馀,名可久,以字行。行大,越州(今浙江绍兴)人。长庆年间入京应进士试,行卷于张籍,受其称赏。宝历二年(826)登进士第。大和初授秘书省校书郎。后归越。与贾岛、姚合、章孝标、顾非熊、僧无可等交游唱酬。约开成中卒。有《朱庆馀诗》一卷,《全唐诗》编其诗为二卷。

朱庆馀

宫　词

寂寂花时闭院门①，美人相并立琼轩②。含情欲说宫中事，鹦鹉前头不敢言。

[校注]

①花时，春天花开的时节。②美人，《新唐书·后妃传》："唐制：皇后而下，有贵妃、淑妃、德妃、贤妃，是为夫人。昭仪、昭容、昭媛、修仪、修容、修媛、充仪、充容、充媛，是为九嫔。婕妤、美人、才人各九，合二十七，是代世妇；宝林、御女、采女各二十七，合八十一，是代御妻。"这里可能泛指一般的宫女。琼轩，华美的长廊。

[鉴赏]

唐人宫词，大体上有两种：一种是传统的宫怨诗，多抒写宫嫔失宠的哀怨，王昌龄、李益等人的宫词名作，即属此类。这一类数量较多，艺术成就也较高。另一种是描写宫廷日常生活风习的诗，如王建的宫词百首即是。这一类作品具有细节的真实性和较浓的生活气息，但往往流于生活的实录，典型化程度和抒情气息都不强。朱庆馀的这首宫词，似乎介于以上两类作品之间，既写宫中日常生活，又有所寓讽，具有一定的典型性。而寓讽的内容又不同于一般的宫怨，在宫词中可谓别具一格。

"寂寂花时闭院门"，首句托出寂寥的环境。正当百花争艳的春天，宫中庭院里的花卉开得繁茂耀眼，但院门深闭，整个庭院中笼罩着一层寂寥的气氛。宫中本已与外界隔绝，如今院门又深闭，则重重闭锁，如同幽禁。言外见君主的"恩宠"从不及此。"花时"这一给人以繁艳、热闹感受的意象，与"寂寂""闭"正成强烈对照，结果反增强了"花时"的特殊寂寞感，院中人永日无聊、韶华虚度的境遇可想。

"美人相并立琼轩"，第二句正面写到处于这一环境中的两位宫女，画出她们悄然无语地并立于华美长廊之上的情景。说"相并"，说"立"而不及其他，正是要暗示悄无声息的沉默。"美人"的艳丽，"琼轩"的华美，又适与这无声无息的沉默形成鲜明对照，使人感到这庭院琼轩之间，正流动着一层压抑幽禁的气氛。

"含情欲说宫中事,鹦鹉前头不敢言。"在形同幽禁的环境里,与别人交流感情的要求往往变得特别强烈。这两位相并而立的宫女在默默相对中都感到有"欲说宫中事"的要求。宫中事,所包含的内容可以很广,不独彼此在宫中的境遇、幽怨,而且兼包宫中的相互倾轧、争宠夺宠,乃至其他一系列宫闱秘事。"含情"一句,在电影画面上是人物面部细微表情的一个特写镜头,它将宫中的两位美人相对默默、含情欲吐、欲言又止的神情刻画得相当细腻。然而,就在她们启口欲说之际,忽然瞥见廊檐下的笼中鹦鹉,随即意识到:在这善于传人言语的学舌者面前,是无论如何不能谈论宫中事的。否则,言语一旦泄漏,就会给她们的已成幽禁之身带来更大的灾难。

末句是一个具有典型意义的细节。这首诗的成功,主要得力于这一警句。宫中种种黑暗丑恶的情事,总是掩盖在富丽庄严的外衣下,不为外界所知;最高封建统治者也对此讳莫如深,防范极严。久而久之,在宫廷中遂形成一种压抑沉闷、惊疑惕惧的气氛。在这种气氛笼罩下,宫女们不仅在人前不敢言及宫中事,即使在鹦鹉前头,也噤若寒蝉了。鹦鹉善传人言,并不解人意。它们传话出自本能,原非有意,而宫女们已自"不敢言",则宫廷中那些专门窥伺过失、传人言语的宵小之徒对宫女们所造成的恐怖与压力就可想而知了。因此,这个细节不仅揭示了宫女们在长期压抑恐怖气氛下所形成的惊惧心理,而且从侧面透露了宫廷的黑暗、倾轧和缺乏最起码的人际交流自由。由于这个细节的典型性和独特性,才使这首宫词获得独特的艺术个性而为一般的宫词所不能替代。

近试上张籍水部①

洞房昨夜停红烛②,待晓堂前拜舅姑③。妆罢低声问夫婿,画眉深浅入时无④?

[校注]

①近试,临近科举进士考试。张籍,见本书小传。水部,此指水部郎中。按张籍于长庆二年四月至四年间任水部员外郎。宝历元年任水部郎中。范摅《云溪友议》卷下《闺妇歌》:"朱庆馀校书,既遇水部郎中张籍知音,遍索庆馀新制篇什数通,吟改后,只留二十六章,水部置于怀抱而推赞焉。清列以张公重名,无不缮

录而讽咏之，遂登科第。朱君尚为谦退，作《闺意》一篇，以献张公。张公明其进退，寻亦和焉。诗曰：'洞房昨夜停红烛，待晓堂前拜舅姑。妆罢低声问夫婿，画眉深浅入时无？'张籍郎中酬曰：'越女新妆出镜心，自知明艳更沉吟。齐纨未足人间贵，一曲菱歌敌万金。'朱公才学，因张公一诗，名流于海内矣。"《全唐诗》校：一作闺意献张水部。《唐五代文学编年史》系本篇于敬宗宝历元年（825）。朱庆馀于宝历二年登进士第。②停，停放。此有"点燃"义，系唐人口语。白居易《岁暮夜长病中灯下闻卢尹夜宴以诗戏之且为来日张本也》："当君秉烛衔杯夜，是我停灯服药时。"③舅姑，公婆。④深浅，浓淡。入时无，合乎时尚吗？

[鉴赏]

我们暂且撇开题目，首先直接进入诗人所描绘的艺术境界。

像是一个戏剧小品。帷幕拉开，呈现在面前的是色彩缤纷，充满喜庆气氛的新婚洞房。天已破晓，案前的红烛还在燃烧，给本就华艳的洞房增添了融怡的春意。案旁，新娘对镜梳妆。新郎则在一旁端详着新婚的爱侣，间或给新娘递一样首饰，画一下眉毛。梳妆完毕之后，就要双双到堂前去拜见父母、公婆。新娘的脸上，既洋溢着新婚的幸福、欢乐，又微露忐忑不安：即将拜见的公婆，究竟是什么脾性，还不大摸得清楚。新娘于是带着娇羞的神情低声向身旁的新郎问道：我这眉毛的浓淡画得是否合乎时宜，能讨公婆的喜欢吗？

三、四两句确是传神写照之笔。不用作任何琐细的分析，谁都能直感到画面的鲜明，人物内心活动、声容笑貌的生动毕肖，特别是强烈地感受到充溢在诗中的极为浓郁的生活气息。这两句完全是白描，而且只写了新嫁娘"问夫婿"的一句话，但新娘此时沉醉于新婚幸福之中的心理状态，顾影自怜的神情，乃至"低声问夫婿"时亲昵娇羞的口吻，都跃然纸上，使人感到一股新婚闺房的气息正迎面扑来。绝句不是小说，它不可能也没有必要像小说那样细致地描写人物的形貌言行、心理性格，但不排斥它可以有极精彩的简洁传神的人物描写。三、四两句，作为人物描写的一个精彩片断，足以与小说中的类似描写比美。它在艺术上的成功，可以归结为一句话：完全符合"规定情景"，即符合"洞房昨夜停红烛，待晓堂前拜舅姑"这样一个特定的环境。

如果只看这四句诗，肯定会认为这是一首闺房即事诗或新婚杂咏，然而不能忘记"近试上张籍水部"这个诗题（又作"闺意献张水部"）。这说明诗虽明写闺房情事，暗中却另有寄寓，特别是"近试"二字将它要寄寓的内容点得更加明显。原来，唐代参加科举考试的士人，为了造成声誉，往往在考试前将自己平日所作诗文（包括传奇作品）呈献给当时有文名的著名人物，叫作"行卷"；如果得到对方的赏识、揄扬，在上层社会有了声名，就有可能登第。这首诗就是作者在临近考试之时，将诗文呈献给当时著名诗人张籍（时任水部郎中），请他加以评论的一篇以诗代书之作。诗中的新嫁娘是诗人自喻，"夫婿"喻张籍，"舅姑"则喻主司（考官）。着意寄托的其实只是末句，即以画眉深浅是否入时，比喻自己的诗文是否合乎时尚，能否中主考官的意。这层意思，无论是当事人张籍还是读者，联系诗中所描绘的形象，自能意会。

　　谜底一经揭穿，今天的读者也许感到兴味顿减，因为诗寄托的内容在今天已经没有多少积极意义。但作为一首成功的比兴寓言体作品，这首诗却仍然能给我们以有益的启示。以男女之情托寓政治人事、身世遭际，这一传统源远流长，其中有不少优秀之作。但魏晋以来，许多比兴寓言体作品往往离开生活来运用比兴。把"托美人以喻君子"变成袭用前人作品的形象、语言、表达方式，来图解某种一成不变的概念，陈陈相因，流于公式化、概念化，缺乏新颖的构思、生动的形象、典型的细节和浓郁的生活气息，因而也自然缺乏感人的艺术力量。朱庆馀的这首诗，它的别开生面之处，就是比兴从生活中来。诗中的比兴形象，既新颖别致，不落窠臼，巧于构思，妙于设喻，又具有生活本身那样的生动性、具体性和鲜活气息。即使撇开它所寄托的内容，仍然是一首极为生动的描绘闺房儿女情事的好诗，具有独特的艺术价值。为了说明这一点，不妨以欧阳修的《南歌子》词为例：

　　　　凤髻金泥带，龙纹玉掌梳。走来窗下笑相扶。爱道"画眉深浅入时无"。
　　　　弄笔偎人久，描花试手初。等闲妨了绣工夫。笑问"双鸳鸯字怎生书"。

很明显，欧词不但用了朱诗成句，而且在人物形象的描绘上也从朱诗偷得了一点灵感。欧词别无寄托，但它对女性形象的生动描绘却至今仍为人所称道。这说明，从生活中来的比兴形象本身对它所要寄寓的内容来说，有它的独立性。生活之树常青，这对比兴体作品来说，也是一条规律。

许浑

许浑（约795—约858），字用晦（一作仲晦），祖籍安陆（今属湖北），寓居润州丹阳（今属江苏）。唐高宗朝宰相许圉师六世孙。早年曾北游燕赵，南至天台。大和六年（832）登进士第。大和九年秋入浙西崔郸幕。开成三年（838）秋除宣州当涂县尉，翌年秋摄当涂令，五年移摄太平令。会昌初罢摄官返润州，入浙西卢简辞幕。五年府罢赴岭南卢钧幕。后擢监察御史。大中三年（849），自监察御史东归，任润州司马。后历任虞部员外郎，郢州刺史，约大中十二年卒。大中四年，在京口丁卯桥自编《乌丝栏诗》五百首。《新唐诗·艺文志》著录其《丁卯集》二卷。《全唐诗》编其诗为十一卷。今人罗时进有《丁卯集笺证》。浑长于七律，以登临怀古之作著称，工于对仗，声韵铿锵，然语多雷同。按：陈铁民《守选制与唐代文人的诗歌创作研究》对许浑入南海幕及任润州司马时间与罗说不同，见该书第272—274页。

秋日赴阙题潼关驿楼①

红叶晚萧萧②,长亭酒一瓢③。残云归太华④,疏雨过中条⑤。树色随关迥⑥,河声入海遥⑦。帝乡明日到⑧,犹自梦渔樵⑨。

[校注]

①《全唐诗》校:"一作行次潼关逢魏扶东归。"按:《文苑英华》卷二百十八、二百九十八均录许浑《夜行次东关逢魏扶东归》(卷二百九十八题作《行次潼关驿逢魏扶东归》),诗云:"南北断蓬飘,长亭酒一瓢。残云归太华,疏雨过中条。树色随关迥,河声入塞遥。劳歌此分首,风急马萧萧。"罗时进《丁卯集笺证》卷二并录二诗,以《英华》所录为大和四年(830)前所作,"东关"指函谷关;本篇则据《乌丝栏诗真迹》所录题为"行次潼关驿"。并谓"两首有五句重出,且宋人梓行《丁卯集》时又将'东关'误为'潼关',致将两首诗混为一首"。认为此诗"当作于大中元年许浑赴京复拜监察御史途中"。潼关,古称桃林塞,东汉时设关,故址在今陕西潼关县东南。②萧萧,落叶声。③长亭,驿路上供行人休息或饮饯之亭。《白孔六帖》卷九《馆驿》:"十里一长亭,五里一短亭。"④太华,指华山,在陕西华阴市南。《元和郡县图志·关内道·华州》:郑县:少华山,在县东南十里;太华山,在县南八里。⑤中条,山名。在山西永济市东南。⑥关,《全唐诗》作"山",据《乌丝栏诗真迹》改。迥,远。⑦河,指黄河。⑧帝乡,犹帝京,指长安。⑨渔樵,指归隐于丹阳家居的闲适生活。

[鉴赏]

唐代的潼关,是京城长安的门户,其依山滨河的险要雄峻形势使许多西行入关赴长安的诗人纷纷题咏。在许浑之前,盛唐诗人崔颢有《题潼关楼》五律云:"客行逢雨霁,歇马上津楼。山势雄三辅,关门扼九州。川从陕路去,河绕华阴流。向晚登临处,风烟万里愁。"境界雄浑阔大,气势劲健沉雄,是题咏潼关的名作。许浑这首诗,题咏同一对象,又同用五律体裁,似有意与前贤争胜,就诗本身而论,确实如评家所说,雄浑高华,堪与崔诗匹敌。

"红叶晚萧萧,长亭酒一瓢。"首联写途经潼关驿楼,在驿亭饮酒赏景。时近傍晚,经霜的红叶纷纷凋落,发出萧萧的声响,诗人独坐长亭,手持一瓢清酒,正在观赏眼前的深秋景色。景象虽有几分萧瑟,但诗人的意绪并不低沉。境界清疏,色彩鲜明,音调轻快,读来自具一份从容潇洒的情致。

"残云归太华,疏雨过中条。"颔联写登上驿楼所见晚景。诗人到达潼关之前,下过一阵秋雨。登楼之际,天已晴霁,几缕残云正悠悠飘归西边的华山,稀疏的阵雨也飘过东面的中条山,眼前展现的正是一片寥阔明净的秋空。两句对仗工整,而意实互文。"归""过"二字,展现出正在进行中的云收雨散的动态过程,而诗人的心境亦随此高远阔大、晴朗明净之境的展开而变得更加开阔而舒展。

"树色随关迥,河声入海遥。"腹联续写登楼极目东望所见所闻。潼关之外,道路两旁遍植树木,温庭筠《过潼关》有"十里晓鸡关树暗"之句。由于天已傍晚,潼关外道路两旁的树色随着离关的道路越来越远而渐次变得模糊隐约,最后隐入沉沉暮霭之中,而由北向南滚滚而来的黄河到潼关附近转向东流,怒涛之声隐约可闻,可以想见它东流入海的气势。黄河东流入海的景象自然是无法望见的,诗人借"声"写势,用一"遥"字写出黄河的巨浪怒涛滚滚东流入海的声势。和朱斌的《登楼》"黄河入海流"一样,许诗此句也融入了想象的成分,但用"河声"来表现其"入海流"的声势,便仿佛可以听到黄河入海的迢递征程中一路喧腾而去的声响,诗人登楼极望,神驰天外的情景也得到生动的表现。

以上两联,紧扣潼关特有的地理形势(西有华山,东有中条山、关树、黄河)写登楼览眺之景,境界雄浑阔大,高远无际,极具气势。虽有"归""过""随""入""迥""遥"等字作渲染,但并不显得刻意用力,其自然浑成的风貌确实逼近盛唐的高华雄浑气象。

"帝乡明日到,犹自梦渔樵。"尾联就题内"赴阙"作收。作这首诗时,诗人已担任过多次地方官及幕府官职。此次赴京,既有对帝乡的向往,又有对渔樵隐逸生活的留恋。故尾联抒写这种矛盾的心情,反映出诗人对仕途的厌倦和淡然。上句前瞻,下句回顾,虽用抒情之笔,而气度高远,与前三联仍铢两相称。

此诗有五句与《夜行次东关逢魏扶东归》重复(仅第六句作"河声入塞遥",与此诗有一字之异),故历来注家或解者多将《夜行次东关逢魏扶东归》与此诗相异处作为此诗之异文来处理。但此诗既载《乌丝栏诗》,自为许浑之作无疑。而细味《夜行次东关逢魏扶东归》之题与诗,二者亦密合无间,且题亦非后人任意杜撰。如将《夜行次东关逢魏扶东归》移作此诗之题,则题与诗显然脱节,扞格难通,故将其作为两首诗来处理,是完全符合实际情况的。其实,唐人在写作五七言律体时，往往有先得一联两联，然后根据诗题或特定情景凑足全诗的情形。有时偶得佳联，则往往移用于他诗，甚至一用再用。许浑这首诗的中间两联，是他的得意之作，不仅在前后相隔十来年的两首五律中重复使用，其中的"残云归太华，疏雨过中条"一联，又见于《秋霁潼关驿亭》一诗（此诗亦早期之作）。这样屡次应用，固可见其对这一佳联的重视程度，也从另一面透露出其诗思、诗才的相对贫乏。但从整体来说，这首《秋日赴阙题潼关驿楼》在艺术上是比较完整的，诗题与诗面也扣合得比较紧。从另一角度看，不妨将此前的二诗视为习作，而将这一首看作题潼关驿的定稿。

值得注意的是，《宝真斋法书赞》卷六《唐许浑乌丝栏诗真迹》此诗下岳珂注云："内'残云''疏雨'联，原作'远帆秋水阔，高寺夕阳条（疑作遥）'，内'陽'字，'易'字不成，上有补绢，已不存，其笔画犹隐然在纸上。"可见诗人自己也不想一再重复用此联，但最后斟酌的结果，还是为了全诗的艺术完整作出了这种有些无奈的选择。

金陵怀古①

玉树歌残王气终②，景阳兵合戍楼空③。松楸远近千官冢④，禾黍高低六代宫⑤。石燕拂云晴亦雨⑥，江豚吹浪夜还风⑦。英雄一去豪华尽，惟有青山似洛中⑧。

[校注]

①金陵，指东吴、东晋、宋、齐、梁、陈六朝的都城（吴称建业，东晋后称建康）。战国时楚威王灭越后于今南京市清凉山（石城山）设金陵邑，故称。《湘山野录》谓此诗系杜牧作，又曾见于薛能集。按：此诗见于《乌丝栏诗》，为许作无疑，作年未详。②玉树，即《玉树后庭花》，屡见前注。残，《乌丝栏诗》作"愁"，《湘山野录》作"沉"。王气，帝王所在的祥瑞之气，《元和郡县图志·江南道·润州上元县》："本金陵地。秦始皇时望气者云：'五百年后，金陵有都邑之气。'故始皇东游以厌之，改其地曰秣陵，堑北山以绝其势。及孙权之称号，自谓当之。孙盛以为始皇逮于孙氏四百三十七载，考其历数，犹为未及。晋之渡江，乃五百二十六年，遂定都焉。"此句"金陵王气"即指建都于金陵的六个王朝的国

运、气数。③景阳,南朝都城建康宫名。据《陈书·后主纪》,祯明三年(589)春,隋军渡江,攻入建康,"后主闻兵至,从宫人十馀出后堂景阳殿,将自投于井"。后被俘。兵合,指隋将韩擒虎、贺若弼所率之军队从南北两面攻入宫中。戍,《乌丝栏诗》作"画"。④松,《乌丝栏诗》作"梧"。松楸,松树与楸树,多植于墓旁。⑤六代,即六朝。《诗·王风·黍离》小序云:"《黍离》,闵宗周也。周大夫行役,至于宗周,过故宗庙宫室,尽为禾黍。闵宗室之颠覆,徬徨不忍去而作是诗也。"句意谓昔日六朝的宫殿废墟上如今已长满了高高低低的禾黍。隋文帝《平陈诏》:"建康城邑宫室,并平荡耕垦。"⑥石燕,似燕之石。旧注引《水经注·湘水》:"湘水东南流迳石燕山东,其山有石,绀而状燕,因以名山。其石或大或小,若母子焉。及其雷风相薄,则石燕群飞颉颃如真燕矣。"又《初学记》卷二引《湘州记》:"零陵山上有石燕,遇风雨即飞,止还为石。"然此题为"金陵怀古",与湘中之石燕无涉,当指金陵近地之石燕。贺裳谓当指燕子矶,极是。矶在今南京东北部观音山,突出之岩石屹立长江边,三面悬绝,宛如飞燕,故名。⑦江豚,俗称江猪。哺乳动物,形状像鱼,无背鳍,头短,眼小。郭璞《江赋》:"鱼则江豚海狶。"李善注引沈怀远《南越志》:"江豚似猪,居水中,每于浪间跳跃,风辄起。"⑧《方舆胜览》卷十四《建康府》:"洛阳四山周,伊、洛、瀍、涧在中。建康亦四山围,秦淮、直渎在中,故云'风景不殊,举目有山河之异'。李白云'山似洛阳多',许浑云'只有青山似洛中',谓此也。"

[鉴赏]

《金陵怀古》是许浑怀古七律的代表作,也是怀古诗发展到烂熟阶段的范型。中晚唐诗人,普遍怀有一种"六朝情结",对六朝繁华的消逝怀有沉郁苍凉、惆怅伤感的情绪,曲折地反映出他们对唐王朝盛世的追恋和对其衰颓趋势的悲慨。而金陵作为六朝旧都,不仅是六朝政权的象征,也是六朝人物、文物的渊薮,用它来作六朝怀古诗的题目,自然是最合适不过的了。

"玉树歌残王气终,景阳兵合戍楼空。"首联从陈亡写起,以陈亡标志整个六朝的终结。金陵王气,始于吴而终于陈,"王气终"三字,一笔扫去三百七十年的六朝偏安江南的历史。而在它之前冠以"玉树歌残",既点明了陈朝这个六朝的末代政权的覆灭,又昭示了它覆灭的原因在于君臣荒淫豪奢,不恤国事,其实这也是整个六朝各个小朝廷之间更迭的原因。第二句写陈亡,撇开对战事情况的具体描写,只用"景阳兵合戍楼空"七字就概括了隋总管贺若弼、韩擒虎率军从北、南二道分别进攻，形成合围之势，"城内文武百司皆遁出"，宫城失陷，后主及嫔妃被擒的整个过程。上句从时间方面着笔，从陈亡落笔而放眼六朝，下句从空间方面着笔，专写陈亡而见六朝"王气"之"终"，立意高远，运笔如椽，极概括而富气势。两句中的"残"与"终"、"合"与"空"都是诗人着意经营、渲染的词语，但读来并不感到有斧凿的痕迹，这是因为贯串全联的雄浑气势将它们统摄成一个艺术整体的缘故。从中可以体味出，在诗人的意念中，六朝的覆灭乃是一种必然的历史趋势。

"松楸远近千官冢，禾黍高低六代宫。"颔联写览眺所见六朝遗迹：放眼望去，那远远近近，长满松楸的坟墓中埋葬的尽是六朝时期的高官显宦，而往日豪华壮丽的六朝宫殿旧址上，如今只见高高低低的禾黍而已。前者见当年声势烜赫、享尽富贵荣华的六朝权贵都已成为历史上匆匆的过客，后者见繁华富贵的宫廷生活早已成为一片空幻，眼前所见的景象唯使人徒增黍离苗秀的亡国悲慨而已。下句用典，与眼前景密切结合，故不见用典之迹；所表现的感情也由典故原来蕴含的宗臣伤悼故国之思变为对前朝兴亡盛衰的悲慨。

"石燕拂云晴亦雨，江豚吹浪夜还风。"如果说颔联是对六朝人事变化的感慨，那么腹联则是自然景物永恒的咏叹，它的作用正是为了衬托社会历史、政治人事的沧桑变化，颔联是主，腹联是宾。"石燕"句旧注及今人注解多引《湘中记》零陵山上有石燕之记载为解，可以肯定其中"晴亦雨"三字当与此典中"遇风雨则飞，止还为石"的记述有关，但此"石燕"在湘中零陵，与金陵毫无关涉，作为一首金陵怀古诗，绝不可能作这样"诗不对题"的描写。清初贺裳指出此"石燕"当为金陵城东北濒江之燕子矶，极是，与下句"江豚"相对，正写金陵山川景物依旧，关合极紧。两句意谓长江边上的燕子矶高矗拂云，在漫长的岁月中经历了无数次日晒雨淋，如今依然屹立江边，长江中的江豚直到如今仍然翻腾跳跃，掀起夜间的风浪。两句的句眼在"亦"字、"还"字，见昔日如此，今日"亦"如此，异日"还"如此，而"亦"与"还"的反面，正是历史人事盛衰变化的无常。"燕子矶"之得名不知始于何代，但顾名思义，必与其形状似燕相关。

"英雄一去豪华尽，惟有青山似洛中。"尾联承上三联作总收。这里的"英雄"既包括像东吴的孙权、宋代的刘裕等各朝有雄图大略的开国皇帝，也包括周瑜、鲁肃、谢安、王导乃至檀道济一类名臣名将；"豪华"，既指六朝君臣豪奢华侈的生活和六朝繁华富丽的宫殿建筑，也可以兼包与六朝历史人事有关的值得追思怀想的美好旧事,如今这一切,都已随着历史的风雨而销歇净尽了,只有围绕金陵古城四周的青山依然如故,像当年的洛阳之四遭皆山一样。上句承首句"千官冢",下句承次句"六代宫"及腹联。为什么要说"青山似洛中"呢?一般人可能都只注意到洛阳与建康都具有"四山围"的地理形势特点,却忽略了这个相似点中包含着一个寓意更加深远的典故:《世说新语·言语》:"过江诸人,每至美日,辄相邀新亭,藉卉饮宴。周侯(颛)中坐而叹曰:'风景不殊,正自有山河之异!'"当年东晋初年南渡的士大夫曾因"风景不殊"而感慨"山河之异",今日的士人面对晚唐衰颓的局势和不变的江山景物,凭吊六朝的兴亡盛衰,难道不同样怀有易代的隐忧和悲慨吗?画龙点睛,探骊得珠,诗人凭吊六朝兴衰的真正用意正在于此。有此一结,一切怀古之情尽化为慨今之意,诗的现实感也就因此而凸现出来了。

全诗不仅起势雄浑高远,结尾寓意深长,中间两联对仗工切,声韵铿锵,极富声情格调之美,而且在运用典故上显示出很高的技巧。如首句用《玉树后庭花》事,因诗中有"玉树后庭花,花开不复久"之句,被视为陈朝将亡的歌谶,因此"玉树歌残"下紧接"王气终",便显得特别自然贴切。再如"禾黍"句用"黍离""麦秀"之典,既说六朝覆亡,更见亡国的荒凉颓败景象,而诗人的深沉怀古伤今之慨亦寓其中。末句则典中有典,不仅悲慨江山依旧,人事全非,而且兼寓今之视昔,亦犹后之视今的深意。而所用的典故都是常见的熟典,妙处全在发掘典故本身所包含的深意,赋予诗人自身的独特感受,遂使常典的运用显出新警的用意。

谢亭送客①

劳歌一曲解行舟②,红树青山水急流③。日暮酒醒人已远,满天风雨下西楼④。

[校注]

①谢亭,即谢公亭,在安徽宣城市宣州区北。相传为南齐诗人谢朓任宣城太守时送别友人范云之处。客,《全唐诗》原作"别",据《乌丝栏诗》改。本篇当作于开成四年(839)至会昌元年(841)任职宣州当涂或太平期间。②劳歌,忧伤之歌,此指抒发离别的忧伤之歌。《诗·邶风·燕燕》:"瞻望弗及,实劳我心。"劳即忧伤、愁苦之意。李白有《劳劳亭》五绝云:"天下伤心处,劳劳送客亭。"

此"劳劳"亦忧愁伤感之意。或谓"劳歌"指劳劳亭送客所唱之歌,为送别之歌的代称,亦通(见《事文类聚》)。③树,《全唐诗》原作"叶",据《乌丝栏诗》改。④西楼,此当指谢亭送客时诗人所登之楼。

[鉴赏]

这是许浑在宣州属县任职期间送别友人后写的一首诗。谢亭,又称谢公亭,在宣州城北,南齐诗人谢朓任宣城太守时所建,他曾在这里送别朋友范云,后来谢亭就成为宣城著名的送别之地。李白《谢公亭》诗说:"谢亭离别处,风景每生愁。客散青天月,山空碧水流。"反复不断的离别,使优美的谢亭风景也染上了一层离愁。

第一句"劳歌一曲解行舟",写友人乘舟离去。古代有唱歌送行的习俗。"劳歌"指忧伤的离别之歌。《诗·邶风·燕燕》是一首送别之歌,其中有"之子于归,远送于南。瞻望弗及,实劳我心"之句,"劳"即忧伤之意,"劳歌"指忧伤的离别之歌,或当本此。也有说"劳歌"指劳劳亭(旧址在今南京市南面,也是一个著名的送别之地)送客时唱的歌,后来成为送别歌的代称。劳歌一曲,缆解舟行,从送别者眼中写出一种匆遽而无奈的气氛。

第二句"红树青山水急流",写友人乘舟出发后所见江上景色。时值深秋,两岸青山,霜林尽染。满目红叶丹枫,映衬着一江碧绿的秋水,显得色彩格外鲜艳。这明丽之景乍看似与别离之情不大协调,实际上前者恰恰是后者的有力反衬。景色越美,越显出欢聚的可恋,别离的难堪。大好秋光反倒成为增愁添恨的因素了。江淹《别赋》说:"春草碧色,春水绿波。送君南浦,伤如之何!"借美好的春色反衬别离之悲,与此同一机杼。这也正是王夫之所揭示的"以乐景写哀,以哀景写乐,一倍增其哀乐"(《姜斋诗话》)的艺术辩证法。

这一句直接写到友人的行舟,但通过"水急流"的刻画,舟行的迅疾自可想见。诗人目送行舟穿行于夹岸红树青山的江面上的情景也宛然在目。"急"字暗透出送行者"流水何太急"的心理状态,也使整个诗句所表现的意境带有一点逼仄忧伤、骚屑不宁的意味。这和诗人当时那种并不和谐安闲的心境是相一致的。

诗的前后幅之间有一个较长的时间间隔。朋友乘舟走远后,诗人并没有离开送别的谢亭,而是在原地小憩了一会儿。别前喝了点酒,微有醉意,朋友走后,心绪不佳,竟不胜酒力睡着了。一觉醒来,已是薄暮时分。天色变了,下起了雨,回望一片迷蒙。眼前的江面,两岸的青山红树,都已经笼罩在蒙蒙雨雾和沉沉暮色之中。朋友的船呢,此刻更不知道随着急流驶到云山雾罩之外的什么地方去了。暮色的苍茫黯淡,风雨的迷蒙凄清,酒醒后在蒙眬仿佛中追忆别时情景所感到的怅惘空虚,使诗人此刻的情怀特别凄黯孤寂,感到无法承受这种环境气氛的包围,于是默默地独自从风雨笼罩的西楼上走了下来("西楼"即指送别的谢亭,古代诗词中"南浦""西楼"系指送别之地)。

第三句极写酒醒后舟远人杳的怅惘空寂,第四句却并不接着直抒离愁,而是宕开写景,但由于这景物所特具的凄黯迷茫色彩与诗人当时的心境正相契合,因此读者完全可以从中感受到诗人的萧瑟凄清情怀。这样借景寓情,比起直抒别情的难堪来,不但更富含蕴,更有感染力,而且使结尾别具一种不言而神伤的情韵。

这首诗的前后两幅分别由两个不同时间和色调的场景组成。前幅以青山红树的明丽景色反衬别离,后幅以风雨凄其的黯淡景色正衬离情,笔法富于变化。而一、三两句分别点出舟发与人远,二、四两句纯用景物烘托渲染,则又异中有同,使全篇在变化中显出统一。

张祜

张祜（792？—854？），字承吉，郡望清河，生于苏州。元和十五年（820），令狐楚自草表荐，以祜诗三百首献于朝，时元稹在内廷，与楚有隙，谓祜雕虫小巧，遂失意归。屡举进士不第，以处士终身，有《张承吉文集》十卷。《全唐诗》编其诗为六卷。

张祜

宫词二首（其一）^①

故国三千里，深宫二十年。一声何满子^②，双泪落君前。

[校注]

①原作二首，其二云："自倚能歌日，先皇掌上怜。新声何处唱，肠断李延年。"用汉武帝李夫人事以咏曾事先皇宫人的凄怨。第一首尤为流传。陆龟蒙《和过张祜处士丹杨故居序》云："张祜字承吉，元和中作宫体小诗，辞曲艳发，当时轻薄之流能其才，合噪得誉。"《宫词二首》及《集灵台》等均属元和中所作"宫体小诗"。②白居易《听歌六绝句·何满子》："世传满子是人名，临就刑时曲始成。一曲四词歌八叠，从头便是断肠声。"自注："开元中，沧州有歌者何满子。临刑进此曲以赎死，上竟不免。"崔令钦《教坊记》记教坊曲调名中有《何满子》。元稹《何满子歌》则谓："何满能歌声宛转，天宝年中世称罕。婴刑受在囹圄间，下调哀音歌愤懑。梨园弟子奏玄宗，一唱承恩羁网缓。便将何满为曲名，御府亲题乐府纂。"所载情事与白氏自注大同小异。唐代善歌《何满子》者，尚有玄宗时的胡二姐、骆供奉，宪宗时的唐有态，文宗时的沈阿翘，武宗时的孟才人等。张祜的《孟才人叹并序》记孟才人临死前歌《何满子》事甚详，可参看。苏鹗《杜阳杂编》卷中："（文宗）时宫人沈阿翘为上舞《何满子》，调声风态，率皆婉畅。"说明《何满子》不但可歌，且可作为舞曲。

[鉴赏]

五言绝句，起源于汉魏六朝古代乐府，多以古淡清远、含蕴春容为尚。张祜的这首《宫词》却以它特有的直率强烈、深沉激切，震撼着读者的心灵。和多数宫怨诗往往借环境景物的描绘渲染来抒写怨情不同，这首诗以叙事为主，借事抒情。

"故国三千里，深宫二十年。"前两句以"故国""深宫"对起。故国，指宫女的家乡。"三千里"，极言其远。孤身一人，离家入宫，本已可伤，更何况故乡又远在数千里之外。不要说和家人骨肉永无重见的机会，就是魂梦归去，也是路远归梦难成。上句极写空间距离之遥远，而独处深宫，时时引颈遥望的情景自寓言外。下句更进一层，极写困处深宫时间之久远。"深宫"二字，写尽宫女生活的孤子凄凉和心情的阴暗抑郁。这种形同幽囚的生活，度日尚且如年，何况一入深宫二十年！两句对文，实际上重点落在对句。空间的悠远加强了时间久远带给抒情主人公内心的痛苦。这一联高度概括，笔力劲健，感情深沉而凝重。"三千里""二十年"，仿佛很着实，但实中寓虚，读来只感到它蕴蓄着无限的凄凉痛苦。

但诗人的目的并不是要写"深宫二十年"的痛苦生涯，他要着意表现的是宫女生活的一个片断，一个强烈的瞬间——"一声何满子，双泪落君前"，前两句所概括的二十年深宫生活只是为这个强烈的瞬间提供有力的铺垫。《何满子》是唐代教坊曲名。据白居易《听歌六绝句·何满子》"一曲四词歌八叠，从头便是断肠声"之句，可以想见，这曲调的声情是非常悲怆的，而且是一开头便令人肠断，故而有"一声"而"双泪落"这样强烈的艺术效果。不过，这位宫女是在"君前"演唱这支歌曲，在一般情况下，那是必须善于控制自己的感情，尽量不让自己内心的怨愤泄露的。否则，就会因"君前"失态而招致不测之祸。我们试看晏几道的《采桑子》词写贵家歌妓"泪粉偷匀，歌罢还颦"的情景，便可揣知在君主面前演唱更当如何小心谨慎了。然而，这位宫女不但未能控制住自己的感情，而且是刚一启齿，"一声"《何满子》，便禁不住"双泪"横流。这当然不是她在君前无所顾忌，而是由于"深宫二十年"这形同幽囚的生活，使她内心的怨愤积郁得过于深重，乃至一遇上某种外在条件的触发——在这里便是令人肠断的《何满子》，感情的潮水便无论如何也压抑不住，冲破闸门奔迸倾泻出来。歌曲艺术本身的感染可能也是催人泪下的因素，但这里更根本的却是宫人内心蕴积已久的悲愤抑郁。"蓄之既久，其发必速"，这里所表现的正是连当事人自己也不自知其然的感情强烈迸发。在电影上，"一声何满子，双泪落君前"，只是一刹那之间的事情，是一个表现强烈的近景镜头。但这个镜头的艺术震撼力量却主要不取决于它本身，而是"故国三千里，深宫二十年"所概括的深广生活内容与感情内容。如果要将这两句话所概括的内容展示出来，那就必须拍摄一部主人公的宫廷生活传记。在电影上要花费很多镜头来表现的"深宫二十年"生活，在诗歌中借助高度概括造成的丰富含蕴，却可以用短短十个字来表达。而这十个字所提供的丰富含蕴，就使作者着意表现的瞬间具有极其强烈的艺术感染力。不妨说，成功地运用铺垫手法，将它与高度的概括结合起来，以"二十年"突出短暂的瞬间，乃是这首小诗艺术构思的根本特点，也是它强烈艺术力量的主要奥秘。至于女主人公内心的怨愤究竟包含什么样的内容，读者根据"深宫二十年"的概括自可想象。"三千宫女胭脂面，几个春来无泪痕？"这辛酸怨愤之泪，决不可能单为一端（例如失宠）而发，"得宠忧移失宠愁"自然也可包括在内。

张　祜

人们对这首诗的连用数字（三千、二十、一、双），印象很深刻，其实数字的叠用可以流于堆砌乃至油滑，也可以极富表现力。这首诗数字运用的成功，首先是由于它们在表现深远背景和强烈瞬间上，都是带有明显强调作用而又不失分寸感的关键性字眼，而不是可有可无的点缀。同时，"三千"与"二十"的叠用，因时空的广远而具有加倍进层的作用；"一声""双泪"的叠用，则又构成强烈的对比。因此，数字在这里便成为抒情的有力凭借。

诗写得直率而激切，但并不给人一览无余之感。这是由于在时空背景的概括和瞬间情景的描写中都极富含蕴的缘故。这说明直率激切并不与含蓄（不是作为一种风格，而是作为艺术品的一种普遍品格）矛盾。

这首诗由于高度概括而又强有力地表现了宫人的悲剧境遇与命运，在当时的宫廷内外曾产生过广泛的社会影响。杜牧在《酬张祜处士见寄长句四韵》中说："可怜故国三千里，虚唱歌词满六宫。"正可证明这一点。

题金陵渡①

金陵津渡小山楼，一宿行人自可愁②。潮落夜江斜月里，两三星火是瓜洲③。

[校注]

①金陵渡，指唐润州（今江苏镇江）京口渡，隔江与瓜洲相对。李绅《宿瓜洲》诗："烟昏水郭津亭晚，回望金陵若动摇。"杜牧《杜秋娘诗序》："杜秋，金陵女也。"冯集梧校注："唐人谓京口亦曰金陵。"赵璘《因话录》卷二："君（指李勉）初至金陵，于府主庶人锜坐，屡赞招隐寺标致。"此府主锜即指浙西节度使李锜，李勉曾为使府从事，招隐寺系润州名刹。②行人，行役之人，可以包括诗人自己，但不必专指自己。③瓜洲，《舆地纪胜》卷三十七："瓜洲，在江都县南四十里江滨，相传即祖逖击楫之所也。昔为瓜洲村，盖扬子江中之沙碛也。沙渐涨出，其状如瓜，接连扬子渡口。民居其上，唐立为镇。今有石城三面。"洲，《全唐诗》原误作"州"，据蜀刻本《张承吉文集》改。

[鉴赏]

一位旅人，晚上住宿在润州长江渡口的一座小楼上，心里萦绕着作客他乡的愁绪。夜深人静，月斜潮落，越过宽阔的江面，影影绰绰地看见对岸的几点星火，猜想那大概就是瓜洲吧。

这就是《题金陵渡》描绘的意境。景色原极平常，住在金陵渡口的人们对此大概早就司空见惯。一经诗人点染，却显得景色如画，诗味盎然。今天读来，还宛见当年金陵津渡夜景，鲜明地感触到旅人的情思。

前两句写夜宿金陵渡。小山楼是诗人住宿的地方。因为住在一座小山的楼上，隔江的景物便看得比较清楚。第二句点出夜宿时的愁绪，但这愁绪究竟因为什么而引起，它的具体内容、强烈程度、表现形态等等，诗人都不加任何描写。可能他认为在这里无须这样，读者根据自己的羁旅行役生活体验，自可体会，"自可愁"三字下得也很特别，仿佛是说，一个旅人到这金陵渡口小山楼上住一宿，便自然而然地会触动羁愁乡思。但他却不说出何以"自可愁"，这就引得读者对金陵渡口的特殊情景怀着浓厚的兴趣。不知不觉当中以旅人的目光和心情注视着金陵渡前景物的出现。这两句写得比较虚，但它对三、四两句的精彩描写，却有着不可忽视的引渡、衬托作用。这实际上是一种聪明的写法。

第二句写到"一宿行人自可愁"，可以想见诗人这一夜几乎一直沉浸在羁愁当中。在小山楼上，漫无目的地眺望江景，心里则时时翻动着羁旅的愁思。从潮起到潮落，从月上到月斜，经历了很长的一段时间。这中间的情景都没有加以抒写，却特意选择"潮落""月斜"时的景色来描绘，这是因为此时的景色不但有一种特殊的美感，而且触动了羁旅者的另一种感情。在月上、潮涨时，旅人刚到一个陌生的地方住宿下来，面对异乡风物，江潮夜月，心情往往很不平静，乡愁也最强烈。在这种情况下，外界景物是供愁献恨的凭借，而不是欣赏的对象，江对岸的点点星火是不易被发现和注意的，只有当夜深人静，潮水已经落下去，江面恢复平静，斜月半照着江面时，视线才会变得特别清晰，注意力也就自然集中到原来模糊一片的对岸，看到这里那里，有几点星火在闪烁。于是诗人猜想，那星火闪烁处，大约就是长江北岸著名的瓜洲渡吧。这里所描写的，是羁旅者经历了长时间的羁愁之后，心境逐渐趋于平静之后偶尔发现的一种美的境界，它虽然是羁旅者眼中所见，但其中所蕴含的，已经主要是一位旅人对自己不经意中发现的美的境界的喜悦，是对旅途景物的新鲜感和诗意遐想。江对岸点点星火闪烁处，就是明天要经过的瓜洲渡，那里究竟是一幅怎样的景象呢？在朦胧斜月与闪烁星光中，瓜洲似乎显得特别神秘、新奇，对渐渐恢复了心情平静的羁旅者充满着吸引力。而这种羁旅者对旅宿风物的

张 祜

新鲜感和喜悦感,并不直接说出,就寓含在所描绘的景色中,因此读来倍加耐人寻味。

生活中常有这样的情况:某些原极平常的,人们习而不察的事物,一经诗人的涉笔,往往诗味盎然,极富情韵和意境。人们在领略诗人所创造的优美艺术意境的同时,还往往从中得到如何发现平凡事物中所蕴含的诗意美的启示。《题金陵渡》之所以为人欣赏,后者大概是一个重要的原因。

温庭筠

温庭筠（801—866），一作庭云，字飞卿，郡望太原，家居苏州。元和三年（808），初谒李绅于无锡。约大和初有出塞之游，后曾入蜀。约大和末旅游淮上。开成初从太子永游。四年（839）秋，参加京兆府试，荐名居第二，因遭毁罢举，未能参加五年春之礼部进士试。会昌元年（841）春，自长安赴吴中旧乡，转赴越中，约于三年返长安。大中元年（847）春游湖湘，拜谒湖南观察使裴休。自二年至九年，四试于礼部均未第。约大中十年，以"搅扰科场罪，为执政黜贬"，贬隋县尉，旋居山南东道节度使徐商幕。约咸通元年岁末赴江陵，于翌年居荆南节度使萧邺幕。后归长安闲居。咸通六年（865）六月后，因宰相徐商之荐任太学助教，七年冬贬方城尉，旋卒。庭筠以词著称，亦工诗。《新唐书·艺文志》著录其诗集五卷。《全唐诗》编其诗为九卷。有曾益、顾予咸、顾嗣立之《温飞卿诗集笺注》。今人刘学锴有《温庭筠全集校注》。

温庭筠

侠客行①

欲出鸿都门②,阴云蔽城阙。宝剑黯如水③,微红湿馀血。白马夜频惊④,三更霸陵雪⑤。

[校注]

①《才调集》卷二、《乐府诗集》卷六十七杂曲歌辞载此首。《才调集》题下注:"齐梁体。"此篇一作张祜诗,非。《乐府诗集》晋张华《游侠篇》题解:"《汉书·游侠传》曰:'战国时,列国公子,魏有信陵、赵有平原、齐有孟尝、楚有春申,皆藉王公之势,竞为游侠,以取重诸侯,显名天下。故后世称游侠者,以四豪为首焉。汉兴,有鲁人朱家及剧孟、郭解之徒,驰骛于间里,皆以侠闻。其后长安炽盛,街间各有豪侠。时萬章在城西柳市,号曰城西萬章;酒市有赵君都、贾子光,皆长安名豪,报仇怨,养刺客者也。'《魏志》曰:'杨阿若后名丰,字伯阳,少游侠,常以报仇解怨为事,故时人为之号曰:东市相斫杨阿若,西市相斫杨阿若。后世遂有《游侠曲》,魏陈琳、晋张华又有《博陵王宫侠曲》。'"②鸿都,东汉洛阳宫门名。《后汉书·崔寔传》:"灵帝时,开鸿都门榜卖官爵。"③赵晔《吴越春秋》:"越王允常聘欧冶子作名剑五枚,一曰纯钩。秦客薛烛善相剑,越王取示之,烛曰:'光乎如屈阳之华,沉沉乎如芙蓉始生于湖,观其文如列星之行,观其光如水溢于塘,此纯钩也。'"按:句意谓宝剑如黯夜反射出如水的寒光。④惊,《全唐诗》校:"一作嘶。"⑤霸陵,汉文帝陵墓,在长安东。《长安志》:"汉文帝庙在县(霸陵县)东本陵,北去县二十五里。"今陕西西安市东灞桥区毛西村即霸陵所在。

[鉴赏]

温庭筠的乐府学李贺,多辞采繁艳之作,表现亦时有繁冗晦涩之弊,五古尤多晦涩之作。这首《侠客行》却写得极为精练奇警而富于气势,且能创造出与人物行为及精神面貌浑然一体的气氛与意境。诗的内容系写侠客"杀人都市中"的情事,如正面直接描叙,虽也可以写得很生动,总不免落俗套。此诗却避开正面,从侧面着笔,虚处传神,取境纯在夜间。

"欲出鸿都门,阴云蔽城阙。"起二句写其杀人后欲出城门之际,阴云密布,笼罩整个洛阳宫阙的情景。次句似即景描写，却渲染出一种阴沉而危急的氛围，透露出城中如网罗密布，气氛森严，亦透露出侠客内心的阴郁沉重之感，虽不直接运用象征手法，却富于象征意味。

"宝剑黯如水，微红湿馀血。"三、四两句专写侠客身上佩带的宝剑，以暗示此前不久杀人都市中的情事（鸿都门是洛阳宫门，前面写他"欲出鸿都门"，则所杀者甚至有可能是宫城中的高官显宦）。在阴暗的夜色中，剑光森寒如水，映出剑刃上沾湿的余血。二句极精练含蓄，杀人的情景全用虚写，只用宝剑上沾的殷红余血略作暗示，其他情景全由读者想象来补充。"湿"字尤为出色，暗示杀人之事只在顷刻之前发生，极富暗示性和现场感，仿佛能闻到剑上的血腥气息。

"白马夜频惊，三更霸陵雪。"五、六两句写出城之后驱马疾驰，飘然而去。胯下的白马因加鞭疾驰而频频惊嘶，反衬出侠客的剽悍勇武、身手敏捷。入夜刚出鸿都门，而三更已踏霸陵雪，可谓"千里不留行"了。神骏之姿，跃然纸上。末句以"三更霸陵雪"的静寂景物作衬并顺势收束，尤为明快直截而富于远神。

唐代任侠之风盛行，吟咏任侠精神的佳作亦多，但多作于初盛唐时期，且多写游侠之尚武精神与报国壮志，故游侠每与边塞相连。中晚唐少有此类作品，且内容亦由慷慨报国转为对社会的愤激不平。贾岛《剑客》云："十年磨一剑，霜刃未曾试。今日把示君，谁有不平事？"可见其时侠客的行动趣向。庭筠此诗，写其杀人都市，亦抒其愤激不平之气，具有时代特色。

唐诗佳作每新鲜如乍脱笔砚，此即一例。关键在对生活有深切的体验，而又能选取最富有典型意义的事物场景乃至细节加以表现。游侠诗得庭筠此篇，可称压轴。从中亦可见诗人风流浪漫个性之外的另一面。其七绝《赠少年》也有对少年游侠精神风貌的描写，可以参看。

利州南渡①

澹然空水带斜晖②，曲岛苍茫接翠微③。波上马嘶看棹去④，柳边人歇待船归⑤。数丛沙草群鸥散⑥，万顷江田一鹭飞⑦。谁解乘舟寻范蠡⑧，五湖烟水独忘机⑨。

[校注]

①利州，唐山南西道利州，治绵谷县，今四川广元市。《元和郡县图志》："本秦蜀郡地，汉分巴、蜀置广汉郡……大业三年改为义成郡，武德元年又改为利州，州城西临嘉陵江。"按：此云"南渡"，当非指州城西之嘉陵江渡口。利州之南，有益昌县之桔柏津，为自秦入蜀途中自利州入剑州至成都之重要津渡，所谓"利州南渡"，殆指此。约大和四年（830）秋，温庭筠曾有入蜀之游，诗当作于赴蜀途中。②澹然，水波起伏貌。空水，指江面空阔，船只稀少。带，《全唐诗》原作"对"，校："一作带。"兹据冯钞、述钞宋本改。带，映带，映照。阴铿《渡青草湖》："带天澄迥碧，映日动浮光。"元稹《遭风二十韵》："暝色已笼秋竹树，夕阳犹带旧楼台。"③曲岛，指江中岸边曲折的洲渚。翠微，此指山光水色之青翠缥缈。《文选·左思〈蜀都赋〉》："郁葐蒀以翠微，崛巍巍以峨峨。"刘逵注："翠微，山气之轻缥也。"韩愈《送区弘南归》："淘淘洞庭莽翠微。"④波上，犹江边，或谓此句"写渡船过江，人渡马也渡"。（文研所《唐诗选》）⑤文研所《唐诗选》："写待渡的人（包括作者自己）歇在柳边。"按：二句意一贯，谓岸上待渡的人（包括诗人自己）系马柳树之下，马在岸边嘶鸣，眼看着渡船南去，等待它的归来。⑥鸥，指江鸥。⑦江田，指江对岸的水田。鹭，白鹭。⑧解，懂得。寻，追寻。范蠡，春秋末年越国大夫，曾辅佐越王勾践复国灭吴。《史记·越王勾践世家》："范蠡事越王勾践，既苦身戮力，与勾践深谋二十馀年，竟灭吴，报会稽之耻……范蠡以为大名之下，难以久居，且勾践为人可与同患，难与处安，为书辞勾践……自与其私徒属乘舟浮海以行，终不反。"《史记·货殖列传》："范蠡既雪会稽之耻，乃喟然而叹曰：'计然之策七，越用其五而得意。既已施于国，吾欲用之家。'乃乘扁舟浮于江湖。"⑨五湖，古代吴越地区的湖泊，其说不一，或说即指太湖。《国语·越语下》："果兴师而伐吴，战于五湖。"韦昭注："五湖，今太湖。"《文选·郭璞〈江赋〉》"注五湖以漫溚"李善注引《吴录》："五湖者，太湖之别名也。"忘机，忘却机巧权诈之心。此指远离机诈纷争的政局，淡然处世。《列子·黄帝》："海上之人有好沤（鸥）鸟者，每旦之海上，从沤鸟游，沤鸟之至者百住而不止。其父曰：'吾闻沤鸟皆从汝游，汝取来，吾玩之。'明日之海上，沤鸟舞而不下也。"此联承上"鹭飞"联想到"鸥鹭忘机"之典，故有寻范蠡泛五湖之感。

[鉴赏]

这是一首色彩清丽明净、意境空阔淡远的行旅诗。诗中所描写的，是利州南渡头一带的景色以及由此触发的淡然忘机心境。景中寓情、情境相谐是这首诗的显著特征。但清代以来的评家对诗的颔、腹二联却多有误解，从而导致对诗境的错误把握。

"澹然空水带斜晖，曲岛苍茫接翠微。"首联写远望中的利州南渡阔远苍茫暮景。时近黄昏，夕阳的斜晖映照在水波荡漾的空阔江面上，江中的洲渚，岸边曲折回环，微茫不清，连接着青翠缥缈的山光水色。"斜晖""苍茫"二语，点染暮景。"翠微"通常指山色，但亦可用以形容水色，注引韩诗"淘淘洞庭莽翠微"可证。在苍茫暮色中，空阔碧绿的嘉陵江水、江中的洲渚和远处的山色都混茫连接，呈现出一片阔远的青翠缥缈之色。"带"字、"接"字，正是表现这种阔远苍茫之境的传神写照之笔。而起句的"澹""空"二字，既状水波之荡漾与江面的空阔，也透露出诗人面对此阔远苍茫之境时心境的淡远与虚静。全篇的意趣已于此二字中初露端倪。

"波上马嘶看棹去，柳边人歇待船归。"颔联写待渡情景。"波上"即江上，亦即江边，与下句"柳边"相对，互文同指，"柳边"亦即江边的柳树下。待渡者有人有马，故上句云"马嘶"，下句云"人歇"；"看棹去"与"待船归"亦均从江边待渡者眼中着笔。二句意实一贯，写出岸边待渡的人（包括诗人自己）系马柳树之下，马在悠然嘶鸣，人在柳下歇息，眼看着渡船徐徐南去，等待着它的归来。这幅江边待渡图所表现的正是一种悠闲自在、从容不迫的情致。将一幅完整的图景分散在两句中，正是为了在吟诵之际感受到这份纡徐不迫的情味。因此这一联不但景色可以入画，而且表现出渡者悠闲容与的情态，"看"字、"待"字，尤为体现这种情致的字眼。

"数丛沙草群鸥散，万顷江田一鹭飞。"腹联转写过渡情景。渡船行至江中洲渚附近，曲岸边上，沙草数丛，看到渡船驶近，停歇在草丛上的鸥群纷纷飞散；江的对岸，是一片平展的万顷水田，一只白鹭，正在水面上高翔。此联写正渡时所见情景，却不直接点明，只于"群鸥散"中透出，令人浑然不觉，而渡船徐徐南去，移步换形之情景自含于所描绘的景色之中。此联之境，于阔远之中复饶明丽之致。对句"万顷江田"与"一鹭飞"对映，尤为突出，而鸥之散、鹭之飞，亦均自由自在、自然而然之景。

"谁解乘舟寻范蠡，五湖烟水独忘机。"尾联是由利州南渡所见之景触发的感慨。"忘机"之情，即由前三联所描绘的空阔苍茫、容与悠闲、自由自在的情境所触发。曰"谁解"者,正谓我今对此情境,油然而生"忘机"之情,是自得语,非所谓争渡之人不解也。而腹联明写"鸥""鹭",暗写舟渡,又正触发鸥鹭忘机和范蠡乘舟泛五湖的联想。因此,诗的结联,无论是从总体呈现的境界或是具体的景物(鸥鹭和舟),都是水到渠成的自然收束。解诗忌带主观成见,先入为主,更忌求之过深,穿凿牵附,金圣叹等评家对此诗的诠解(谓此诗写尽渡头劳人,情意迫促),犯的正是这个毛病。

过陈琳墓①

曾于青史见遗文②,今日飘蓬过古坟③。词客有灵应识我④,霸才无主始怜君⑤。石麟埋没藏春草⑥,铜雀荒凉对暮云⑦。莫怪临风倍惆怅,欲将书剑学从军⑧。

[校注]

①《又玄集》卷中、《文苑英华》卷三百六载此首。陈琳,建安七子之一。《三国志·魏书·王粲传》:"始文帝(曹丕)为五官将,及平原侯植皆好文学。粲与北海徐幹字伟长、广陵陈琳字孔璋、陈留阮瑀字元瑜、汝南应玚字德琏、东平刘桢字公幹并见友善……琳前为何进主簿,进欲诛宦官……乃召四方猛将,并便引兵向京城……琳谏进……进不纳其言,竟以取祸。琳避难冀州,袁绍使典文章。袁氏败,琳归太祖(曹操)。太祖谓曰:'卿昔为本初移书(按:指《为袁绍檄豫州》),但可罪状孤而已。恶恶止其身,何乃上及父祖耶?'琳谢罪,太祖爱其才而不咎……并以琳、瑀为司空军谋祭酒、管记室,军国书檄,多琳、瑀所作也。"《大清一统志》:江苏徐州府,魏陈琳墓在邳州界。武宗会昌元年(841)春,温庭筠自长安启程归吴中旧居。约暮春时,经泗州下邳县,作《过陈琳墓》。②青史,古代用竹简纪事,故称史籍为"青史"。江淹《诣建平王上书》:"俱启丹册,并图青史。"陈琳《为袁绍檄豫州》,见《后汉书》及《三国志·魏书·袁绍传》,《谏何进召外兵》,见《后汉书·何进传》。此即所谓"青史见遗文"。③蓬,《全唐诗》校:"一作零。"古,《全唐诗》校:"一作此。"按:作者《蔡中郎坟》亦云:"古坟零落野花春。"④词客,擅长文辞的人。王维《偶然作》之六:"宿世谬词客,前身应画师。"此指陈琳。曹丕《典论·论文》:"琳、瑀之章表书记,今之隽

也。"⑤霸才，能辅佐明主成就霸业之才，亦可径解为"雄才"。"霸才无主"，诗人自指，应首句"飘蓬"。怜，羡。白居易《长恨歌》："姊妹兄弟皆列土，可怜光彩生门户。"可怜，即可羡意。历代注家解此句多误，详方回、周珽、沈德潜、《唐诗鼓吹评注》之笺解。按：《太平御览》卷五百九十七引晋王沈《魏书》："陈琳作檄，草成，呈太祖。太祖先苦头风，是日疾发，卧读陈琳所作，翕然而起，曰：'此愈我疾病。'太祖平邺，谓陈琳曰：'君昔为本初所檄书，但罪孤而已，何乃上及父祖乎？'琳谢罪曰：'箭在弦上，不得不发。'太祖爱其才，不咎。"按：陈琳《为袁绍檄豫州》云："司空曹操，祖父中常侍腾，与左悺、徐璜并作妖孽，饕餮放横，伤化虐民。父嵩，乞匄携养，因赃假位，舆金辇璧，输货权门，窃盗鼎司，倾覆重器。操赘阉遗丑……"此即所谓"上及父祖"。作者意中，盖谓陈琳终遇曹操，操爱其才，不咎既往，委以军国文书之重任，使之得以施展才能，诚可谓"霸才有主"。己则才亦堪比陈琳，可称霸才，然遭遇不偶，飘蓬无托，故过其坟而方羡君之终遇明主矣。全句盖慨己与陈琳才虽同而遇则异。⑥石麟，石刻麒麟。古代帝王显宦墓前石刻群中常有石麟、石虎等。此类石刻非陈琳墓前所应有，系指遥想中曹操墓前之石麟，参下句意益显。春，《全唐诗》校："一作秋。"误。⑦铜雀，台名。《三国志·魏书·武帝纪》："（建安十五年）冬，作铜雀台。"晋陆翙《邺中记》："铜爵台高一十丈，有屋一百二十间。"《水经注·浊漳水》："邺西三台……中曰铜雀台，高十丈，有屋百一间。"⑧将，持。从军，指入戎幕。按：作者于作此诗稍后，途经扬州，有《感旧陈情五十韵献淮南李仆射》，系投献时任淮南节度使李绅之作，中云："有客将谁托，无媒空自怜……未展干时策，徒抛负郭田，转蓬犹邈尔，怀橘更潸然。"此与本篇"今日飘蓬""霸才无主"之语正合；又云："冉弱营中柳，披敷幕下莲。倘能容委质，非敢望差肩。"有希冀入李绅幕之意，与"欲将书剑学从军"之语亦正合。学从军，学陈琳之在曹操幕府，施展自己之文才。

[鉴赏]

这可能是温庭筠最负盛名的一首诗，也是唐代七律中最优秀的作品之一。吴瑞荣说"飞卿此篇，不愧与义山对垒"，确非过誉。但从南宋末方回以来，这首诗却一直遭受各种各样的误解。这种误解，既有对关键词语、诗句的错误诠解，也有对全篇章法结构的错误梳理，更有对全诗意旨的错误阐释，而它们之间又存在着密切联系。这种盛誉与误解并存的情形，成为古代诗歌阐释史上的一道奇观。而在这种种错误解读的背后,又隐藏着更深层次的原因——用后代人对某一历史人物的看法和评价来替代诗人对历史人物的看法和评价。这种情况,在诗歌本意的被误读方面,并非偶发的个案。因此,正确理解诗的本意,并揭示出误解的根源,不仅对还原诗的本旨具有正本清源的意义,而且可以引发对诗歌接受史上的一种具有相当普遍性现象的思考。

不妨先撇开前人的一切旧说,先进入诗人创造的诗歌艺术境界进行解读和鉴赏。

"曾于青史见遗文,今日飘蓬过古坟。"开头两句用充满仰慕、感慨的笔调领起全篇,说过去曾经在史书上拜读过陈琳的文章,今天在漂流蓬转的人生旅途中又正好经过并拜访陈琳的古老坟墓。古代史书常引录一些有关军国大计的著名文章,这类大手笔,往往成为文家名垂青史的重要凭借。陈琳所处的建安时代,是一个文学的自觉时代的开始。曹丕在《典论·论文》中所宣称的"文章经国之大业,不朽之盛事。年寿有时而尽,荣乐止乎其身,二者必至之常期,未若文章之无穷",正可视为文学自觉的宣言,也可移作"青史见遗文"的注脚。陈琳一生,虽有遇与不遇,但所从事的始终是文章之事,官位并不显达,但凭借其"青史"所载之"遗文","声名自传于后"。因而首句不仅点出陈琳以文章著名于当时与后世,而且寓含着歆慕与尊崇的感情。先着此一句,第二句正面点题,读者在感情上就有了酝酿和准备,感受到了诗人落笔之郑重。"今日飘蓬"四字,暗透出诗中所抒的感慨和诗人当时的际遇分不开,而这种感慨又是紧密联系着陈琳这位前贤的际遇来抒写的。不妨说,这是对全篇构思的一种提示。在写这首诗之前的文宗大和末年(835),诗人曾游江淮,拜谒地方长官,为其属下的小人所嫉妒、相倾轧,并受到"守土者"之"忘情积恶"与"当权者"之"承意中伤",从而导致"绝飞驰之路,塞饮啄之涂"的严重后果。(见《上裴相公启》)开成元年(836)始从太子李永游,三年九月,文宗以皇太子"慢游败度,欲废之",十月太子暴薨。四年秋,庭筠参加京兆府试,荐名居第二,然竟因遭人毁谤被黜落,取消了第二年春天应礼部进士试的资格和翌年秋参加京兆府试的资格。这一连串沉重的打击,对于一位自命"经济怀良画"的才人来说,无异于雪上加霜。从这里可以体味出"今日飘蓬"所蕴含的政治境遇之艰困和感情之沉痛。这也是后面几联所抒发的感情产生的根由,不妨说它又是全诗之根。

"词客有灵应识我,霸才无主始怜君。"颔联紧承首联,"君""我"对举夹写,是全篇托寓的重笔，对句更是全篇的主体。"词客"，承首句"青史见遗文"，指以文章名世的陈琳；"识"，这里含有真正了解、相知的意思。出句是说，陈琳灵魂有知，想必会真正了解我这个飘蓬不遇的异代才人吧。这里蕴含的感情颇为复杂。其中既有对自己才能的自负自信，又含有才人惺惺相惜、异代同心的意思。约昀评道："'应'字极兀傲。"这是很有见地的。但却忽略了另一更重要的方面，这就是诗句中所蕴含的极沉痛的感情，诗人在《书怀百韵》这首长诗中曾慨叹道："有气干牛斗，无人辨辘轳（即鹿卢，宝剑名）。"他觉得自己就像一柄气冲斗牛而被沉埋的宝剑，不为世人所知。一个杰出的才人，竟不得不把真正了解自己的希望寄托在早已作古的前贤身上，正反映出他见弃于当时的寂寞处境和"举世无相识"的沉重悲慨。因此，"应"字便不单是自负，而且含有世无知音的自伤与愤郁。对句"霸才"，指辅佐明主成就霸业之才，亦即雄才，温庭筠在诗中一再表明自己"经济怀良画，行藏识远图"，"自笑漫怀经济策，不将心事许烟霞"，宣称"韬钤岂足为经济，岩壑何尝是隐沦"，他以"霸才"自指，正是这种抱负和自信的表现。在他看来，陈琳这位"词客"，始谏何进，不被采纳；继事袁绍，又不被重用；但终遇曹操这样一位惜才重才，不计前嫌，委以军国文书重任的明主，也算得上是"霸才有主"，得以施展才能抱负了。而自己连多年寓居的长安也待不住，不得不东归吴中旧乡，漂流蓬转。"霸才无主"四字，正是对自己困顿境遇的写照，其中也寓含着与陈琳境遇的对比。正因为自己"霸才无主"，对照陈琳的终遇重才明主，因而不由得羡慕陈琳的际遇。纪昀说："'始'字极沉痛。"体味得也同样深切。在诗人心目中，自己的才能抱负即使不超越陈琳这位以文章名世的前贤，至少也可与其比肩匹敌，但境遇之偃蹇竟然如此，这就自然不能不羡慕陈琳了。"始"字中正含有才同遇异、事与愿违、生不逢时等种种悲愤与无奈的复杂感慨。如果说"今日飘蓬"四字是全篇之根，那么这一句就是全篇之主——既是主体，也是主旨。

"石麟埋没藏春草，铜雀荒凉对暮云。"腹联紧承第四句，由悲慨自己的"霸才无主"、羡慕陈琳的霸才有主转而缅怀陈琳当年所遇的明主曹操，从眼前陈琳的古墓遥想曹操的坟墓和所建的铜雀台。时空跨越，仿佛不可端倪，却自有其内在感情发展逻辑。在诗人的想象中，曹操陵墓前的石麒麟，恐怕早已倾圮残败，埋藏在茂盛的春草之中，他在世时所建造的铜雀高台，如今也只剩下荒凉的遗址，空对着黯淡的暮云了。这一联的意蕴，与陈子昂的《蓟丘览古·燕昭王》"南登碣石馆，遥望黄金台。丘陵尽乔木，昭王安在哉"，以及李白的《行路难》之二"昭王白骨萦蔓草，谁人更扫黄金台"类似。这不仅是对曹操这样一位具有雄才大略而又重视人才的明主的追思，也是对那个重视人才时代的追恋。"石麟埋没""铜雀荒凉"，正象征着一个重视人才时代的消逝，而诗人对当世这个弃才毁才的时代的不满，也就自在不言中了。

"莫怪临风倍惆怅，欲将书剑学从军。"尾联出句是对以上六句的总束，诗人之所以临风遥想，倍感惆怅，正缘自身"霸才无主"，飘零蓬转，生不逢时，与陈琳才同而遇异之故，句首用"莫怪"提起，正见这种惆怅之情出于必然。这句以感慨之笔重重一抑，对句却突作转折，遥承第四句"怜"字，向上一扬，由欣美陈琳之霸才有主而欲效其行——"欲将书剑学从军"。两句意谓，请不要责怪我临风遥思倍感惆怅，我并不因今日飘蓬而自甘沉沦，而是要效法前贤，持书剑而从军戎幕，以求一展才能抱负。这个结尾，和陈子昂《燕昭王》的结尾"霸图怅已矣，驱马复归来"有所不同，表现出虽遭重重挫折，仍思奋发进取、建功立业的精神。联系他在写这首诗后不久，即抵扬州谒见淮南节度使李绅，作《感旧陈情五十韵献淮南李仆射》诗，明确表示希企入幕意图（诗末有"冉弱营中柳，披敷幕下莲。倘能容委质，非敢望差肩"之句），"欲将书剑学从军"之语并非泛泛表态，而是对即将付诸行动的意图的明确宣示。

全诗贯串着诗人自己和陈琳之间不同时世、不同际遇的对比，即霸才无主和霸才有主的对比、青史垂名与飘流蓬转的对比。文采斐然，寄托遥深，不下李商隐咏史怀古佳作。就咏怀古迹一体看，不妨视为杜甫此类作品的嫡传。

诗人过陈琳墓，深有感于琳之终遇曹操，得展才能，青史遗文，名垂后世，而自己则霸才无主，飘零蓬转，因而欣美琳之得遇重才之明主，叹己之才同而遇异。"飘蓬"二字，固全篇感情之根由，"霸才无主始怜君"一语，尤为全篇之主意。"怜（羡）君"之中，即包含对陈琳"霸才有主"的认定。因己之"霸才无主"，故对陈琳所遇之"主"曹操无限向往追慕，五、六一联即因此而生。西陵石麟早已深埋春草，铜雀高台今亦荒凉空对暮云。彼重才之明主已杳然不见，安得不临风而倍感惆怅也哉！因琳之"霸才有主"，己不但羡之，且欲追踪前贤，"欲将书剑学从军"，此一篇之大意，亦全篇思想感情发展的脉络线索。但自方回以来，对这首诗的内容旨意实未领会。纪昀"霸才自谓"之说，吴乔"怜作羡解"之说固为确解，但对全篇意旨仍未掌握。究其原因，主要由于自南宋尊蜀汉为正统以来，对曹操形成贬抑性乃至否定性的传统观念，影响到对此诗主旨的正确理解，如方回谓"曹操有无君之志而后用此等人"，周珽谓"遇非其主，虽有才无用"，何焯谓"不与科第，直思作贼"，均其例。实则魏武素以"唯才是举"著称，其重才识才之意，屡见于诗文，且付诸实践，其卒成霸业者，此为重要原因。唐人对魏武并无后世之贬抑性观念，如张说《邺都引》云："君不见魏武草创争天禄，群雄睚眦相驰逐。昼携壮士破坚阵，夜接词人赋华屋。"即表现出对其重用"壮士""词人"，成就武功文治之赞美。此诗对曹操之追慕缅怀，明显表现在五、六一联中，由于对曹操的事功及重视人才缺乏正确认识，故对陈琳之事曹操亦认为遇非其主，从而将"才同而遇异"的原意误解为"己之才与遇，有与琳相似者，伤琳即以自伤也"，而"怜"字这一关键词语亦被误解为"怜惜""同情"，而失其美慕的本意。影响所及，五、六一联亦无法正确感受理解其追缅曹操之原意，且与前后无法贯串，"学从军"亦与"伤琳即以自伤"之解相矛盾。错误的传统观念影响到对诗意的正确理解，这是一个典型例证。这也正是诗歌接受史上一场悬而未决的公案。庭筠《蔡中郎坟》云："古坟零落野花春，闻说中郎有后身。今日爱才非昔日，莫抛心力作词人。""今日爱才非昔日"一语，正可为《过陈琳墓》所表现的"才同而遇异"的悲慨作一注脚。

题崔公池亭旧游①

皎镜芳塘菡萏秋②，此来重见采莲舟③。谁能不逐当年乐④，还恐添成异日愁⑤。红艳影多风袅袅⑥，碧空云断水悠悠⑦。檐前依旧青山色，尽日无人独上楼。

［校注］

①《全唐诗》校："一作题怀贞亭旧游。"按：《文苑英华》卷三百十六题作《题怀贞亭旧游》，校："集作'崔公池亭'。"崔公，名未详。庭筠有《经故秘书崔监扬州南塘故居》七律，此"秘书崔监"为崔咸。《旧唐书·文苑传》："崔咸字重易……元和二年进士擢第，又登博学宏词科……及登朝，历践台阁，独行守正，时望甚重……累迁陕州大都督府长史、陕虢观察等使……入为右散骑常侍、秘书监。大和八年十月卒。"据白居易《祭崔常侍文》，咸曾为中书舍人。不知此诗题

内之"崔公"是否即崔咸,姑录以备考。②皎镜,形容水清如镜的池塘。芳,《全唐诗》原作"方",校:"一作芳。"按:冯抄宋本作"芳",《文苑英华》作"方",兹据冯抄宋本改。芳塘,池塘内有荷花,故称。菡萏,荷花。③"此来重见",明点"旧游"。联系下文,似是昔游有所遇。④逐,《全唐诗》校:"一作遂。"句意谓当年荡舟采莲之游,谁能不追欢逐乐呢?盖谓昔游之尽兴。⑤成,《全唐诗》校:"一作为。"异日,他日,将来。谓当年之乐,还恐添成异日之愁。⑥红艳,指荷花。影,《全唐诗》校:"一作花。"按影多,谓荷花繁盛,水中倒影与水上之花枝一齐摇曳。⑦作者《梦江南》词:"山月不知心里事,水风空落眼前花。摇曳碧云斜。""斜晖脉脉水悠悠。"可与此句互参。

[鉴赏]

庭筠七律,多风华秀美、清爽流利之作,这首《题崔公池亭旧游》却于风华秀美、清爽流利之中别具顿宕曲折、低回婉转之致和俯仰今昔之慨,且全篇避免正面具体叙事,只用空灵虚缈之笔隐约透露今昔情事,在他的七律中算得上别开生面的佳作。

"皎镜芳塘菡萏秋,此来重见采莲舟。"起句从眼前所见的崔公旧池写起:水清如镜的池塘里,开放着芳香红艳的荷花,时节已是初秋了。句末的"秋"字,不光是为了凑韵,也透露出满池的荷花不久行将凋落的前景。次句用"此来重见"点明"旧游",紧承上句"芳塘菡萏"特意点出重见的主要对象——"采莲舟",暗示这"采莲舟"在"旧游"中的突出位置,"旧游"中值得追忆兴感的情事都与它有密切关联。自汉乐府《江南》、梁武帝《江南弄·采莲曲》以来,梁、陈、隋、唐以女子荡舟采莲为题材的乐府诗均与爱情相关。这首诗写"旧游"而明点"采莲舟",联系下文,似是昔游荡舟采莲有所遇。但此处仅虚提一笔,使读者于"重见"二字中引动隐约朦胧的遐想。

"谁能不逐当年乐,还恐添成异日愁。"颔联"当年乐"即与"采莲舟"有关之"旧游"。但却避开对昔游之乐的具体描写,以顿宕摇漾的纯粹抒情之笔写今日的感慨。题曰"题崔公池亭旧游",而诗曰"尽日无人独上楼",明言此次重游故地,乃是独自一人,自始至终并无他人陪伴同游,因而第三句"谁能不逐当年乐"非谓此次重游,谁能不追效当年之乐。盖既为独自一人,又如何能追效当年之乐哉?其意盖谓:当年荡舟池上,面对红艳之荷花与采莲人,谁能不尽兴追欢逐乐呢?由于句法稍变(用散文句法表达,本为"当年谁能不逐乐"),遂易误解为今日重来效当年之乐，而下句之"异日"亦易泥解为今日之"异日"，即将来。实则自"当年"视之，今日即当年之"异日"也。故第四句"还恐添成异日愁"，实蕴含双重意涵。一是当年尽兴而游时已有"添成异日愁"的预忧。二是今日重来，果然应验了昔日的预忧。重游旧地，重见莲舟，而采莲人已不复见，昔日之"还恐添成异日愁"，果不幸而成为面对的事实了。盖此类游宴，主人盛情招待，宴游荡舟之际，偶有所遇，本属寻常。游罢人散，下次重游，本已难期，即使重游，能否再见采莲舟上之伊人，更属渺茫。故昔日尽兴而游时有此预忧，原是常情；今日重来，舟在人杳，亦属自然。但诗人却将这样一段生活中常有的情事，写得如此顿宕曲折，委婉缠绵，空灵虚缈，摇曳生姿，既富情致，又寓感慨与人生哲理，使人读后深感情之难已，不能不说是大家手笔。赵臣瑗说"此盖从右军《兰亭记》中撮其筋节"，可谓具眼。对照《兰亭集序》中"当其欣于所遇，暂得于己，快然自足，不知老之将至。及其所之既倦，情随事迁，感慨系之矣。向之所欣，俯仰之间，已为陈迹，犹不能不以之兴怀"一段，便不难感到此联中所寓的人生感慨与人生哲理。

"红艳影多风袅袅，碧空云断水悠悠。"腹联即承"异日愁"，抒写"重见采莲舟"而不见伊人的情景：红艳的荷花依然在袅袅秋风中摇曳，而明艳如花的采莲人已不复见，唯见碧空云断、池水悠悠而已。两句音调婉转，感情缠绵，写景中透出一种物是人非、空廓失落之感。境界颇似其《梦江南》词"斜晖脉脉水悠悠""水风空落眼前花，摇曳碧云斜"。从中不难窥见其诗境与词境相通的消息。

"檐前依旧青山色，尽日无人独上楼。"尾联紧扣题目，由"池"而"楼"，写徘徊流连尽日，薄暮独自登楼，虽檐前青山依旧，而人事全非矣。从"尽日无人"之语看，则不但所怀之伊人杳然不见，池亭的主人崔公当亦逝世。故物是人非感慨中当寓含更广泛的内容。怀人之情与怀旧之感相互交融，将全诗的境界进一步拓展了。

过五丈原[①]

铁马云雕久绝尘[②]，柳阴高压汉营春[③]。天晴杀气屯关右[④]，夜半妖星照渭滨[⑤]。下国卧龙空误主[⑥]，中原逐鹿不因人[⑦]。象床锦帐无言语[⑧]，从此谯周是老臣[⑨]。

[校注]

①《文苑英华》卷二百九十四载此首，题作"经五丈原"，校："集作过。"《三国志·蜀书·诸葛亮传》："（建兴）十二年春，亮悉大众由斜谷出，以流马运，据武功五丈原，与司马宣王（懿）对于渭南。亮每患粮不继，使己志不申，是以分兵屯田，为久驻之基。耕者杂于渭滨居民之间，而百姓安堵，军无私焉。相持百余日，其年八月，亮疾病，卒于军，时年五十四。及军退，宣王案行其营垒处所，曰：'天下奇才也！'"按，五丈原在今陕西眉县西南渭水南岸。②铁马，配有战甲的战马。雕，《全唐诗》校："一作骓。"云雕，云中雕鸟，形容马奔驰之迅疾。久，《全唐诗》校："一作共。"绝尘，绝迹。《宋书·自序》："间者獯狁扈横，掠剥边鄙，邮贩绝尘，坰介靡达。"句意谓昔日蜀魏交兵时铁骑如云中雕鸟般迅疾奔驰的景象久已绝迹。因误解"绝尘"为飞速奔驰之意而改"雕"为"骓"，又改"久"为"共"。③柳营，西汉大将周亚夫驻军细柳（在长安附近），治军严整，后世称"柳营"。此代指诸葛亮当年驻军的营垒。事详《史记·绛侯周勃世家》。句意谓诸葛亮素以治军严整著称，如今唯见浓密的柳阴高高覆盖着往昔汉营的遗迹而已。"春"与"柳"相应。④晴，《英华》作"清"。关右，指函谷关或潼关以西地区。王粲《从军诗五首》之一"相公征关右，赫怒震天威"。句意谓遥想当年，虽天晴气朗之时，仍可见杀气屯聚在五丈原一带的关右地区。⑤妖星，古代指预兆灾祸的星。《左传·昭公十年》："居其维首，而有妖星焉。"此指预兆诸葛亮去世的星。《三国志·蜀书·诸葛亮传》裴注引《晋阳秋》曰："有星者而芒角，自东北西南流，三投再还，往大还小。俄而亮卒。"渭滨，渭水之滨。五丈原北滨渭水。⑥下国，小国，指偏处西南一隅的蜀汉，相对于中原大国曹魏而言。语含贬损之意。卧龙，指诸葛亮。《三国志·蜀书·诸葛亮传》："（徐庶）谓先主曰：'诸葛孔明者，卧龙也，将军岂愿见之乎？'"误，《英华》作"寤"。空误主，谓诸葛亮隆中对策，建言刘备先取荆、益，建立三分之霸业，进而出师伐魏，统一中国，是空自误导先主。与下句意一贯。⑦逐，《英华》作"得"。因，《英华》作"由"。《史记·淮阴侯列传》："（蒯通曰）秦失其鹿，天下共逐之，于是高材疾足者先得焉。"鹿，喻政权。不因人，非人谋所能致。⑧锦，《全唐诗》校："一作空。"象床锦帐，象牙装饰的床和锦制的帷帐。句意谓蜀汉后主刘禅庸愚，空居象床锦帐，对国事不能出一语。⑨老，《英华》校："集作旧。"《三国志·蜀书·谯周传》：

"谯周字允南，巴西西充国人也……后主立太子，以周为仆，转家令。时后主颇出游观，增广声乐，周上疏谏……徙为中散大夫，犹侍太子。时军旅数出，百姓凋瘁，周与尚书令陈祗论其利害。退而书之，谓之《仇国论》……后迁光禄大夫，位亚九列……景耀六年冬，魏大将军邓艾克江油，长驱而前……后主使群臣会议，计无所出……周曰：'……若陛下降魏，魏不裂土以封陛下者，周请身诣京都，以古义争之。'……于是遂从周。刘氏无虞，一邦蒙赖，周之谋也。"句意谓从此国之大事取决于谯周这样的老臣。

[鉴赏]

这是一首以诸葛亮为吟咏对象的咏怀古迹七律。五丈原是诸葛亮六出祁山，最后一次兴师伐魏的驻军之地，也是他积劳成疾，鞠躬尽瘁，病死军中之所。蜀汉与曹魏，各方面的实力对比相差悬殊，诸葛亮晚年坚持伐魏，带有知其不可为而为之的性质，其悲剧的历史结局是必然的。温庭筠吟咏诸葛亮，对他的悲剧命运是有深切感受的。

"铁马云雕久绝尘，柳阴高压汉营春。"首联从眼前所见五丈原的春天景象兴起对往昔蜀魏交兵情景的追忆：在浓密柳阴高高覆盖之下的原头上，该是诸葛亮当年驻屯陈兵的营垒吧，现在已是遗迹荡然了，当年两军交战时铁马如云中雕鸟飞翔一样奔驰的景象也久已绝迹了。两句由今及古，由当前的和平宁静景象遥想当年营垒密布、铁马驰突的战争景象，又由古而今，感慨蜀魏交兵历史遗迹的消逝，思绪回环往复，境界高远寥廓，气势雄浑壮阔。在感慨蜀魏交兵历史远去的同时，透露出来的是对当前和平而富于生机景象的欣喜。

"天晴杀气屯关右，夜半妖星照渭滨。"颔联分承一、二句，但所写的则是当年情事。上句说，遥想当年，即使在天晴气朗之时，由于铁马驰突，兵戈相击，整个五丈原地区都充满了杀气；下句说，经历多次交战，心力交瘁的诸葛亮终于病死军中，人们见到夜半时分预兆不祥的妖星高照着蜀军的营垒。两句分写战争之惨烈与诸葛亮的悲剧结局。"妖星"之事已暗示诸葛亮的悲剧乃是天意，而非人事。第三句如孤立地看，确如胡以梅所说"可以言目今，亦可以言武侯当年，是活句"，但与前后联系起来理解，就可发现，如此句是目前景象，一则与第二句所描绘的和平宁静景象冲突，二则与下句不相连贯，忽今忽古，跳跃过大而且突兀。

"下国卧龙空误主，中原逐鹿不因人。"腹联是诗人就诸葛亮的悲剧结局一事抒发感慨，发表议论，是全篇的主旨。诗人认为，诸葛亮虽号称卧龙，才能杰出，但他当年隆中对策时提出的先取荆益以成霸业，继而北伐中原统一中国的战略方针实在是空自误导了君主，要知道中原逐鹿，争夺天下，最后究竟由谁来统一中国并非取决于诸葛亮的个人才智。"空误主"三字，贬损之意明显；"不因人"，言外之意实由天命。这种历史观，带有浓厚的宿命色彩，但却是当时许多人的共识，李商隐的《武侯庙古柏》"玉垒经纶远，金刀历数终"，表达的正是同一观念。从客观实际情况看，当时的魏国，不但占据长江以北的大片国土，其财力、物力、人力资源条件也远胜于蜀汉，后者的覆灭只是时间迟早问题，而覆灭的命运则是必然的，从这方面看，蜀之覆亡确实不是诸葛亮的个人才智所能挽救的。

"象床锦帐无言语，从此谯周是老臣。"尾联承第六句，进一步补足题旨，说更何况继先主而立的后主刘禅庸愚无能，虽安居象床锦帐而对国事则不能置一词，而诸葛亮死后，他举荐的贤能蒋琬、费祎等也相继去世，从此朝中的老臣就只剩下谯周这种在国事危殆之际只能出降魏之谋的人了。诗人对谯周并无讥诮讽刺之意，实际上到邓艾伐蜀，攻克江油，兵临成都城下时，选择降魏确实是使"刘氏无虞，一邦蒙赖"的无奈决策。说诗人"诮之比于痛骂"，那是后世《三国演义》及其评点者的观念。

诗中所表现的杰出人物个人的才智无法挽救一个注定要覆亡的政权的观念，在晚唐有其普遍性，其中所透露的时代讯息值得注意。

瑶瑟怨[①]

冰簟银床梦不成[②]，碧天如水夜云轻[③]。雁声远过潇湘去[④]，十二楼中月自明[⑤]。

[校注]

① 《才调集》卷二、《万首唐人绝句》卷四十四载此首。瑶瑟，用美玉装饰的瑟。② 冰簟，竹席。银床，银饰的床。③ 轻，淡、薄。④ 远过，《绝句》作"还向"。潇湘，潇水与湘水的汇合处。潇水源出九疑山，至永州入湘水。传雁南飞不过衡阳，潇湘一带正是雁南飞止宿之地。杜牧《早雁》："莫厌潇湘少人处，水多菰米岸莓苔。"⑤ 十二楼，神话传说中的仙人居处。《史记·封禅书》："方士有言'黄帝时为五城十二楼，以候神人于执期，命曰迎年。'"《汉书·郊祀志下》"五城

十二楼"颜注引应劭曰:"昆仑玄圃五城十二楼,仙人之所常居。"唐人诗中"十二楼"既可借指帝王宫苑中楼阁,也可借指道观。如李商隐《碧城三首》之一"碧城十二曲栏干"即指女道观,《赠白道者》之"十二楼前再拜辞"则指男道观。此首之"十二楼"可能指女道观。全诗所表现的内容亦即李商隐《送从翁从东川弘农尚书幕》之"素女悲清瑟"情景。

[鉴赏]

诗的题目和内容都很含蓄。瑶瑟,是玉镶的华美的瑟。瑟声悲怨,相传"太帝使素女鼓五十弦瑟,悲,帝禁不止,故破其瑟为二十五弦"(《史记·封禅书》)。在古代诗歌中,它常和别离之悲联结在一起。题名"瑶瑟怨",正暗示诗所写的是女子别离的悲怨。

头一句正面写女主人公。"冰簟银床"指冰凉的竹簟和银饰的床。"梦不成"三字很可玩味。它不是一般地写因为伤离念远难以入眠,而是写她寻梦不成,会合渺茫难期,只能把希望寄托在本属虚幻的梦寐上;而现在,竟连梦中相见的微末愿望也落空了。这就更深一层地表现出别离之久远,思念之深挚,会合之难期和失望之强烈。一觉醒来,才发现连虚幻的梦境也未曾有过,伴着自己的只有散发着秋天凉意和寂寞气息的冰簟银床。这后一种意境,似乎比在冰簟银床上辗转反侧不能成眠更隽永而富情韵,仿佛可以听到女主人公轻轻的叹息。

"碧天如水夜云轻。"第二句不再续写女主人公的心情,而是宕开写景。展现在面前的是一幅清寥淡远的碧空夜月图:秋天的深夜,长空澄碧,月华似水,只偶尔有几缕轻薄飘浮的云絮在空中掠过,更显出夜空的澄洁与空阔。这是一个空镜头,境界清丽而略带寂寥。它既是女主人公活动环境的背景,又是她眼中所见的景物,不仅衬托出人物皎洁轻柔的形象,而且暗透出人物清冷寂寞的心绪。孤居独处的人面对这清寥的景色,心中萦回着的也许正是"碧海青天夜夜心"一类的感触吧。

"雁声远过潇湘去。"这一句转从听觉角度写景,和上句"碧天"紧相承接。夜月朦胧,是不容易看到飞过碧天的大雁的。只是在听到雁声时才知道有雁飞过。在寂静的深夜,雁叫更增添了清冷孤寂的情调。"雁声远过",写出了雁声自远而近,又由近而远,渐渐消失在长空中的过程,也从侧面暗透出女主人公凝神屏息、倾听雁声远去而若有所思的情状。古有湘灵鼓瑟和雁飞不过衡阳的传说,所以这里有雁去潇湘的联想。但同时恐怕和女主人公心之所系有关。雁足传书,听到雁声远去,女主人公的思绪也被牵引到南方。大约暗示女子思念的人正在遥远的潇湘那边。

"十二楼中月自明"。前面三句,分别从女主人公的所感、所见、所闻的角度写,末句却似撇开女主人公,只写沉浸在月光中的"十二楼"。诗中用神话传说中神仙所居的"十二楼",或许借以暗示女主人公是女冠者流,或许借以指帝王宫苑中的华美楼阁,这里似指前者。"月自明"的"自"字用得很有情味。孤居独处的离人面对明月,会勾起别离的情思、团圆的期望,但月本无情,仍自照临高楼。"玉户帘中卷不去,捣衣砧上拂还来。"诗人虽只写了沉浸在月光中的高楼,但女主人公的孤寂、怨思,却仿佛融化在这似水的月光中了。这样以景结情,更增添了悠然不尽的余韵。

回到诗题。"瑶瑟怨"是否仅仅暗示女子的别离之怨呢?仔细寻味,似乎同时暗示诗的内容与"瑟"有关。"中夜不能寐,起坐弹鸣琴"(阮籍《咏怀》),如果说温诗头一句是写"中夜不能寐",那么后三句不妨说就是"起坐弹鸣瑟"了,不过写得极含蓄,几乎不露痕迹。刘永济说:"瑟有柱以定声之高下。瑟弦二十五,柱亦如之,斜列如雁行,故以'雁声'形容之。"这是独具慧眼的发现。但我的理解,更倾向于第三句是将月夜闻雁声之实境与瑟上弦柱所发之乐声融为一体,不言弹瑟而瑟之音乐意境自见,不言弹瑟女子之清怨而怨思自见。它把弹奏时的环境气氛,音乐的意境和感染力,曲终时的情景,都融化在鲜明的画面中。弹瑟时正好有雁飞向南方,就像是因瑟声的动人而飞来,又因不胜曲中的清怨飞去一样。曲终之后,万籁俱寂,惟见月照高楼,流光徘徊。弹奏者则如梦初醒,怅然若失。这样理解,诗的抒情气氛似乎更浓一些,题面与诗的内容也更相称一些。

全篇除"梦不成"三字点出人物以外,全是景物描写。整首诗就像几个组接得很巧妙的写景镜头。诗人要着重表现的并不是女主人公的具体心理活动、思想感情,而是通过景物的描写和组合,渲染一种和主人公的相思离别之怨和谐统一的氛围、情调。冰簟、银床、秋夜、碧空、明月、轻云、南雁、潇湘,以及笼罩在月光下的玉楼,这一切,组成了清丽而含有寂寥哀伤情调的氛围。整个画面的色调和谐统一在轻柔朦胧的月色之中。读这样的诗,对诗中人的思想感情也许只有一个朦胧的印象,但那具有浓郁诗意的情调、气氛却将长时间留在记忆中。诗构思精妙,表情含蓄,意境空灵莹澈,如笼罩在如水的月光中,其人其境其瑟其怨,都浑化为一体了。

碧涧驿晓思①

香灯伴残梦②,楚国在天涯③。月落子规歇④,满庭山杏花。

[校注]

①碧涧驿,所在不详,据诗中"楚国在天涯"句,应是离诗人旧乡较远的某处山驿。刘长卿有《碧涧别墅喜皇甫侍御相访》五律,储仲君《刘长卿诗编年笺注》谓碧涧在阳羡(今江苏宜兴)山中,然阳羡即在庭筠所称之"楚国"范围内,离其旧乡吴县很近。故此诗之"碧涧驿"当非阳羡山中之碧涧。②香灯,油脂中加入香料的灯。③楚国,指诗人的旧乡吴县。吴地在战国时为楚国所属,故庭筠诗中每称其旧乡为楚国。④子规,即杜鹃鸟,常夜鸣,故诗中每言子规啼夜月。又其鸣声似"不如归去",故每易触动旅人乡思。《蜀王本纪》:"蜀望帝淫其臣鳖灵之妻,乃禅位而逃。时此鸟适鸣,故蜀人以杜鹃鸣为悲望帝,其鸣为不如归去云。"李白《宣城见杜鹃花》:"蜀国曾闻子规鸟,宣城还见杜鹃花。一叫一回肠一断,三春三月忆三巴。"唐无名氏《杂诗》:"早是有家归未得,杜鹃休向耳边啼。"

[鉴赏]

在五、七言绝句中,五绝较为近古;前人论五绝,也每以"调古"为上乘。温庭筠这首五绝,却和崇尚真切、浑朴、古澹的"调古"之作迥然有别。它的意境和风格都更接近于词,甚至不妨说它就是一种词化的小诗。

碧涧驿所在不详,据次句可知,是和诗人怀想的"楚国"相隔遥远的一所山间驿舍。诗中所写的,全是清晨梦醒以后瞬间的情思和感受。

首句"香灯伴残梦"写旅宿者清晨刚醒时恍惚迷离的情景。乍醒时,思绪还停留在刚刚消逝的梦境中,仿佛还在继续着昨夜的残梦。在恍惚迷离中,看到孤灯荧荧,明灭不定,更增添了这种恍在梦中的感觉。"残梦",正点题内"晓"字,并且透出一种迷惘的意绪。不用"孤灯"而用"香灯"这种绮丽的字面,固然和作者喜作绮语有关,但在这里,似有暗示梦境的内容性质的意味,且与全诗柔婉的格调取得统一。"香灯"与"残梦"之间,着一"伴"字,不仅透露出旅宿者的孤孑无伴,而且将夜梦的时间无形中延长了,使读者从"伴残梦"的瞬间联想到整个梦魂萦绕、孤灯相伴的长夜。

次句忽然宕开，写到"楚国在天涯"，似乎跳跃很大。实际上这一句并非一般的叙述语，而是刚醒来的旅人此刻心中所想，而这种怀想又和夜来的梦境有密切关系。原来旅人夜间梦魂萦绕的地方就是远隔天涯的"楚国"；而一觉醒来，惟见空室残灯，顿悟此身犹在山驿，自己魂梦所系的"楚国"仍远在天涯，不觉怅然若失，这真是所谓山驿梦回楚国远了。温庭筠郡望太原，但出生在吴地苏州，青少年时代均在吴中度过，故以"楚国"（指吴地）为故乡。诗中每称己为"江南客""江南戍客"，又每称自己在吴中的旧乡为"楚乡"，称自己为"楚客"，称吴中旧乡一带的天为"楚天"，称吴地的寺为"楚寺"，盖因战国时吴地后尽入楚之故。因而这一句正点明诗人所怀想的地方是"楚国"（即吴地）的旧乡，诗就是抒写思乡之情的。解诗者因未考明庭筠旧乡在吴中，又不熟悉诗人的用语习惯，对这句诗每有误解（如云"楚江客舍，残梦初醒"，或云此句即"作客在楚"意，"在天涯"乃对其故乡太原而言）。

"月落子规歇，满庭山杏花。"三、四两句，又由心之所系、梦之所萦的"楚国"旧乡回到碧涧驿的眼前景物：月亮已经落下去，"啼夜月，愁空山"的子规鸟也停止了凄清的鸣叫声；在月色朦胧中，驿舍的庭院正开满了繁茂的山杏花。这两句情寓景中，写得非常含蓄。子规鸟又叫"思归""催归"，鸣声似"不如归去"。空山月夜，鸣声尤其显得凄清。这里说"月落子规歇"，正暗透出昨夜一夕，诗人独宿山驿，在子规的哀鸣声中翻动着羁愁归思的情景。这时，子规之声终于停歇，一直为它所牵引的归思也稍有收束，心境略趋于平静。就在这种情况下，诗人忽然瞥见满庭盛开的山杏花，心中若有所触。全诗也就在这但书即目所见与若有所感中悠然收住。对这景物所引起的感触、联想和记忆，则不着一字，任凭读者去寻味。这境界是美的，但似乎带有一点寂寞和忧伤。其中蕴含着一种愁思稍趋平静时目遇美好景物而引起的淡淡喜悦，又好像在欣喜中仍不免有身处异乡的陌生感与孤子感。碧涧驿此刻已是山杏盛开，远隔天涯的"楚国"旧乡，想必也是满目春色、繁花似锦了。诗人当日目接神遇之际，其感触与联想可能本来就是浑沦一片，不甚分明，因此笔之于纸，也就和盘托出，不加点醒，构成一种朦胧淡远的境界。这种表现手法，在温词中运用得非常普遍而且成功，如《菩萨蛮》词之"江上柳如烟，雁飞残月天"，"心事竟谁知？月明花满枝"，"花落子规啼，绿窗残梦迷"，"雨后却斜阳，杏花零落香"等句，都是显例，对照之下，可以发现"月落子规歇，满庭山杏花"两句，无论意境、情调、语言，都与词非常接近。

这首诗几乎通篇写景（第二句从抒情主人公心中所想的角度去理解，也是写景，而非叙事），没有直接抒情的句子，也没有多少叙事成分。图景与图景之间没有勾连过渡，似续似断，中间的空白比一般的诗要大得多；语言则比一般的诗柔婉绮丽。这些，都更接近词的作风。温庭筠的小诗近词，倒主要不是表明词对诗的影响，而是反映出诗向词演化的迹象（撇开音乐与词的特殊关系不论，仅就诗、词同为抒情诗的一种体制而言）。

商山早行①

晨起动征铎②，客行悲故乡。鸡声茅店月，人迹板桥霜③。槲叶落山路④，枳花明驿墙⑤。因思杜陵梦⑥，凫雁满回塘⑦。

[校注]

①《文苑英华》卷二百九十四载此首。商山，在今陕西商洛市商州区东。又名商岭、地肺山、楚山。地形险阻，景色幽胜。秦末汉初四皓曾隐此山，诗为作者离长安鄠杜郊居经商山南行途中所作，时令在春天。②征铎，车上的铃铛。动征铎，车行铃响，指启程。③板桥，指山间道路上用木板搭成的桥。刘禹锡《途中早发》："中庭望启明，促促事晨征。寒树鸟初动，霜桥人未行。水流白烟起，日上彩霞生。隐士应高枕，无人问姓名。"前四句所写情景与温诗相近，"霜桥"句尤为近似。可以参较。④槲（hú），木名，即柞栎，落叶乔木。庭筠《送洛南李主簿》："想君秦塞外，因见楚山青。槲叶晓迷路，枳花春满庭。"或谓"槲"当作"檞"（jiě），即松桧，檞叶冬天存留在枝上，次年嫩芽发生时才脱落，春天正是檞叶脱落时。但元稹《痁卧闻幕中诸公征东会饮因有戏呈三十韵》云："夜灯燃檞叶，冻雪堕砖墙。"可证严寒时亦有檞树落叶。槲叶冬天落叶，堆满山路，春天行路时仍未清除，正见山路荒寂。现存温诗各本均作"槲"，无作"檞"者。⑤枳，木名，似橘树而小，茎上有刺，春开白花。至秋成实，果小，味酸苦不堪食。《周礼·考工记序》："橘逾淮而北为枳。"庭院中常植枳树作篱笆，称枳篱。枳花色白，故云"明驿墙"。⑥杜陵，汉宣帝陵墓杜陵的陵邑。《三辅黄图·陵墓》："宣帝杜陵在长安城南五十里。帝在民间时，好游鄠、杜间，故葬此。"庭筠寓居鄠杜间，时间从中年直至晚年。此曰"因思杜陵梦"，当是昨晚在商山驿店住宿时曾梦

见杜陵家居，晨起征行时回想昨夜梦境，故云。⑦凫雁，水鸭和大雁。回塘，曲折的池塘。此句所写即"杜陵梦"的内容。

[鉴赏]

古代行旅诗，写早发情景的作品很多。这不单是为了赶站头住宿经常需要早起，还因为早行常能见到一些日间行旅不易见到的特殊景象，获得某些新鲜的美好的诗意感受和体验。因此早行诗就不单单反映了行旅的辛苦，而且往往给人以新鲜的审美愉悦。这首《商山早行》诗之所以出名，主要原因也正在于写出了早行所发现的典型诗境。

"晨起动征铎，客行悲故乡。"首联总起，上句叙事，点"早行"。用"动征铎"来表明车动启程，是因为在晓色朦胧中，对外界景物的感受往往首先诉之听觉。说明天刚蒙蒙亮，就已听到车上的铃铛叮咚作响，一天的旅程又已开始了。想到离长安鄠杜的家居越来越远，自己这个羁旅漂泊者不免思念起故乡而触动思绪。下句抒情，点客思。但写得很虚括，为下文留下足够的空间余地。

"鸡声茅店月，人迹板桥霜。"这一联承上"动""行"写启程后所闻所见。路旁的茅店中，传出了报晓的鸡鸣声，一弯下弦月，正悬在茅店的上空。用木板搭的小桥上，凝上了一层白霜，上面已经印着行人的足迹。两句所写之景，"鸡声"、晓"月"、"霜"，均切"早"字，而茅草盖顶的小店，木板搭成的小桥，正切"山"间特色，而又都紧扣题内"行"字，是在行进过程中所见所闻，而非在静止状态中观赏周围景物。清晓时分山间茅店中传出的鸡鸣，打破了深山清晨的寂静，也更衬托凸显出整个环境的寂静；而茅店上空孤悬的残月，则烘托出了清冷的氛围。整句诗具有鲜明的画面感，却又很难用画面来表现。像有人画"鸡在店门外，立在笼口之上而啼"，固然是拙劣的演绎，就是画得更高明一些，也很难传达这五个字中所蕴含的诗的氛围、情调和意境。似乎可画，却又画不出，这正是诗的特长。上句与下句之间，隔着一段时间和空间。"鸡声茅店月"所显示的是周遭环境仍较幽暗朦胧的时分，而行进一段路之后，来到一条木板小桥，见到桥上铺满的晨霜上印下的一行人的足迹，已是天色明亮，残月隐没之时。刘禹锡的《途中早发》诗有"霜桥人未行"之句，温庭筠的这句诗是否受到它的启发，不得而知。但温诗在艺术上后来居上则显而易见，关键就在"霜桥人未行"只能表现一个"早"字，而"人迹板桥霜"则蕴含着丰富得多的感情内涵、艺术意境，表现也更为精练含蓄。这一点，留到后面再作重点阐说。

"槲叶落山路，枳花明驿墙。"五、六两句，续写行进途中所见山间景物。上句写道路经由山林之间，但见槲树的黄叶落满了山路，时或还有残叶飘落，景象幽静荒寂；下句写穿越山林之后，又见路旁的驿店墙边，白色的枳花开得正繁，仿佛把驿墙也点缀得明亮了。景象明丽而富生意，与上句相映成趣。类似景象，在诗人的《送洛南李主簿》中也出现过（"槲叶晓迷路，枳花春满庭"），说明这是春天山行常见的景色。两句的景象色调虽有别，但诗人对它的感受则基本上是新鲜而愉悦的。

"因思杜陵梦，凫雁满回塘。"尾联由眼前旅途所遇之景触发对故居杜陵的思念。"因思"二字，正承领、腹二联，而"杜陵梦"三字，则回抱"悲故乡"，但感情已由"悲"转"思"。昨夜宿于山驿，梦回鄠杜郊居，见到水鸭大雁正在曲折的池塘中游泳嬉戏的情景，不禁勾起对故居的亲切怀念。诗也就在追思杜陵情景的亲切温煦气氛中结束。

全篇自始至终，都紧紧围绕"行"字来抒情写景。从"晨起"到"动征铎"，到闻茅店鸡鸣，见残月孤悬，再到过木板霜桥，见霜上人迹，继而穿林而槲叶满路，过村而见枳花耀墙，最后转而思昨夜梦回鄠杜故居，仍是"行"中之"思"。随着行进的路程，景物不断变换，时间亦逐渐推移，情感也随之变化。忽略了"行"字，就容易产生一系列的误解。

这首诗从欧阳修《六一诗话》引梅尧臣语以来，历代评者甚多。但有真知灼见者，也只梅尧臣和李东阳二人。梅氏之评，虽以"状难写之景，如在目前"与"含不尽之意，见于言外"并提，实侧重于后一方面。而后世发挥梅氏之论者，多侧重于前者，不免轻重倒置。而所谓"含不尽之意，见于言外"，又实不止梅氏所揭示之"道路辛苦，羁旅愁思"一端。此诗虽以"客行悲故乡"始，以"因思杜陵梦"结，但全诗所表现的思想感情，并不单纯是"悲故乡"（即因思念故乡而悲)，诗人的思想感情，随着早行行程的推进，所见所闻景物的变化，本身就呈现为动态的发展过程。当其晨起启程，征铎初动之时，虽曾浮现过"悲故乡"的羁旅情思，但当他耳闻目接"鸡声茅店月，人迹板桥霜"的景象时，心中不仅有对此山野早行图景的新鲜感、愉悦感，且有一种对这种特殊诗意美的美好体验与感受，一种对诗意美的新发现的审美愉悦。上述感受，对"悲故乡"之情乃是一种缓解、冲淡和替代。这同样是"含不尽之意，见于言外"的重要一端。李东阳所指出的"不用一闲字，止提撮出紧关物色字样，而音韵铿锵，意象具足"，相当于今之所谓"意象叠加"，且全为名词性意象的叠加组合。这种写法，在传统诗词曲创作中虽不乏例，但真正成功且千古流传者，除温氏此联外，亦仅陆游之"楼船夜雪瓜洲渡，铁马秋风大散关"（《书愤》）及马致远《天净沙》小令之"枯藤老树昏鸦，小桥流水人家，古道西风瘦马"数例而已。温氏此联之成功，一在体验真切，全从羁旅生活的实际见闻感受中来，无丝毫造作之痕。二在表现自然，虽意象密集，内容浓缩而无刻意锤炼之迹，宛如天然的画图。三是意象集中，两句所写景象虽有时间上的先后，但都集中出现在"早行"之时。无论是茅店中传出的报晓鸡声，茅店上空悬挂的残月，或是木板小桥上的一层清霜与霜上留下的一行人行足迹，都极具"早行"的羁旅生活典型特征，故非强排硬叠、堆砌杂凑者可比，能形成浑融统一的意境，给人留下深刻印象。四是实而能虚，能于密集的意象组合中创造出特定的情景气氛，给人以丰富的联想。至于全诗各联不大相称，五、六较为平衍，七、八与一、二意复，自是微瑕。但像顾安那样，认定"悲故乡"三字，以此责五、六"闲景无谓"，则出于对诗中所蕴含的感情过于简单化的理解。实则"槲叶"一联已是"悲故乡"之情缓解淡化后对途中景物心情较为平和的欣赏，"明"字尤透出一种喜悦之情。

此诗作年，向无考证。颇疑系大中十年春贬隋县尉南行途中作。《渚宫晚春寄秦地友人》有"凫雁野塘水，牛羊春草烟"一联，结亦有"思归"语。"凫雁"句即类此之"凫雁满回塘"，均系对鄠杜故居的想象思念。《渚宫晚春寄秦地友人》作年虽在咸通二年，但均为此次南行后之作，从二诗造语及所抒思乡感情之近似，可以看出它们的联系。

苏武庙①

苏武魂销汉使前②，古祠高树两茫然③。云边雁断胡天月④，陇上羊归塞草烟⑤。回日楼台非甲帐⑥，去时冠剑是丁年⑦。茂陵不见封侯印⑧，空向秋波哭逝川⑨。

[校注]

①《文苑英华》卷三百三十、《唐诗纪事》卷五十四载此首。苏武，字子卿。汉武帝天汉元年（前100）以中郎将出使匈奴，为匈奴所扣留，被遣北海（今俄罗斯贝加尔湖）牧羊凡十九年。昭帝立，匈奴与汉和亲，遣使求武，方得归汉。事

详见《汉书·苏武传》及本篇各句注。苏武庙,所在未详。陈尚君《温庭筠早年事迹考辨》谓"据诗意,庙址似在边塞"。按:诗中颔联所写,并非眼前所见实景(参注④、注⑤),不能作为祠在边塞之证。武系杜陵(今西安东南)人,其地或有苏武之祠庙,而温庭筠长期寓居鄠杜郊居,苏武庙为其近地,故往访谒而有此作。②《汉书·苏武传》:"昭帝即位数年,匈奴与汉和亲。汉求武等,匈奴诡言武死。后汉使复至匈奴……使者谓单于,言天子射上林中,得雁,足有系帛书,言武等在某泽中……单于视左右而惊,谢汉使曰:'武等实在。'"此句形容苏武囚禁匈奴十九年后初见汉使时悲喜交集,黯然销魂的情景。颇疑庙内有根据苏武出使匈奴及归汉之经历绘成之连环壁画,诗人入庙而见一幅幅图景时而有此描写,非凭空想象。下数联同。③茫然,年代久远之状。李白《蜀道难》:"蚕丛及鱼凫,开国何茫然。尔来四万八千岁,不与秦塞通人烟。"祠古树老,年代久远,故云"两茫然"。④断,《全唐诗》校:"一作落。"⑤陇上,丘垄之上。此联描绘当年苏武困居匈奴期间的生活情景。上句是望雁思归图,下句是荒塞归牧图。此亦苏武庙内壁画上有此图景,故如画描写,既非眼前实景,亦非凭空想象。据《汉书·苏武传》:匈奴单于欲使苏武降,武不从,"单于愈益欲降之,乃幽武,置大窖中,绝不饮食。天雨雪,武卧啮雪,与旃毛并咽之,数日不死,匈奴以为神,乃徙武北海上无人处,使牧羝,羝乳乃得归……武既至海上,廪食不至,掘野鼠、去草实而食之。杖汉节牧羊,卧起操持,节旄尽落"。⑥回日,归汉之日。《汉书·苏武传》:"武以始元(汉昭帝年号)六年(前81)春至京师。诏武奉一太牢谒武帝园庙,拜为典属国。"甲帐,汉武帝所造的帐幕。《北堂书钞》卷一百三十二引《汉武帝故事》:"上以琉璃珠玉,明月夜光杂错天下珍宝为甲帐,次为乙帐。甲以居神,乙以自居。"此言出使匈奴归来之日,武帝已逝,宫观楼台依然,而武帝所造的甲帐已经不存。⑦去时,奉使匈奴之时,即武帝天汉元年。冠剑,戴冠佩剑,指出使的冠服。丁年,男子成丁之年,即青壮之年。《汉书·苏武传》:"始以强壮出,及还,须发尽白。"《文选·李陵〈答苏武书〉》:"且足下以单车之使,适万乘之虏,遭时不遇,至于伏剑不顾,流离辛苦,几死朔北之野。丁年奉使,皓首而归。老母终堂,生妻去帷。"二句用逆挽法,先叙"回日"再溯"去时",倍增感慨。所写当亦壁画上所画"去时""回日"情景。⑧茂陵,汉武帝陵墓。在今陕西兴平市东北。此借指已经去世之汉武帝。《汉书·苏武传》:"昭帝崩,武以故二千石(官秩名)与计谋立宣帝,赐爵关内侯。""封侯"指此。⑨句意为武帝已逝,苏武归国谒拜武帝园庙时只有空对秋波逝水哭吊而已。亦画中情景。"逝川"用《论语》"子在川上曰：逝者如斯夫"，指人之逝世。

[鉴赏]

苏武是历史上著名的坚持民族气节的英雄人物。汉武帝天汉元年（前100）出使匈奴，被扣留。匈奴多次逼降，坚贞不屈，后被流放到北海牧羊，直至汉昭帝始元六年（前81）才返归汉朝，前后长达十九年。这首诗就是作者瞻仰苏武庙后追思凭吊之作。

首联两句分点"苏武"和"庙"。汉昭帝时，匈奴与汉和亲。汉使到匈奴后，得知苏武尚在，乃诈称汉朝皇帝射雁上林苑，得到苏武系在雁足上的帛书，知武在某泽中，匈奴方才承认，并遣送回国。首句是写苏武初次会见汉使时的情景。苏武身陷异域十九年，历尽常人难以想象的艰辛，骤然见到来自汉朝的使者，表现出极为强烈、激动、复杂的感情。这里有辛酸的追忆，有意外的惊喜，悲喜交集，感慨万端，种种情绪，一时奔集，难以言状，难以禁受。诗人以"魂销"二字概括，笔墨精练，真切传神。第二句由人到庙，由古及今，描绘眼前苏武庙景物。"古祠高树"，写出苏武庙苍古肃穆气象，渲染出浓郁的历史气氛，透露出诗人的崇敬追思之情。"茫然"即渺然久远之意。"古祠高树两茫然"，是说祠和树都年代久远。这就为三、四两句转入对苏武身陷异域生活的描绘渲染创造了条件。

"云边雁断胡天月，陇上羊归塞草烟。"这是两幅图画，上一幅是望雁思归图。在寂静的夜晚，天空中高悬着一轮带有异域情调的明月，望着大雁从遥远的北方飞来，又向南方飞去，一直到它们的身影消失在南天的云彩中。这幅图画，形象地表现了苏武在音讯隔绝的漫长岁月中对故国的深长思念和欲归不得的深刻痛苦。下一幅是荒塞归牧图。在昏暗的傍晚，放眼远望，只见笼罩在一片荒烟中的连天塞草和丘垅上归来的羊群。这幅图画，形象地展示了苏武牧羊绝塞的单调、孤寂生活，概括了幽禁匈奴十九年的日日夜夜。环境、经历、心情，相互交融，浑然一体。

"回日楼台非甲帐，去时冠剑是丁年。"颈联分别描绘历尽艰辛归来和奉命出使匈奴的图景。上句写苏武十九年后归国时，往日的楼台殿阁依旧，但武帝早已逝去，往日的"甲帐"也不复存在，其中寓含着一种物是人非、恍如隔世的感慨和对于故君的追思。下句写当年戴冠佩剑，奉命出使之时，正当意气风发的壮盛之年。"甲帐""丁年"巧对，向为诗评家所称。此联先写"回日"，再溯"去时"，诗评家称之为"逆挽法"，由"回日"忆及"去时"，以"去时"反衬"回日"，倍增感慨。一个历尽艰辛、头白归来的爱国志士，目睹物在人亡的情景，想到当年出使时的情况，能不感慨唏嘘吗！

"茂陵不见封侯印，空向秋波哭逝川。"尾联描绘苏武归朝奉命谒拜武帝园陵的图景，表现苏武对故君的追悼。武帝已经长眠茂陵，再也见不到完节归来的苏武后来受爵封侯的情景了，苏武只能空自面对秋天的流水逝波哭吊已经逝去的先皇。史载李陵劝苏武降匈奴时，苏武曾说："武父子之功德，皆为陛下所成就……兄弟亲近，常愿肝胆涂地。今得杀身自效，虽蒙斧钺汤镬，诚甘乐之。"这种故君之思，是融忠君与爱国为一体的感情。最后一笔，把一个带有特定历史时代特征的爱国志士形象，更真实感人地展现在我们面前。

晚唐国势衰颓，民族矛盾尖锐。表彰民族气节，歌颂忠贞不屈，心向故国，是时代的需要。杜牧《河湟》诗云："牧羊驱马虽戎服，白发丹心尽汉臣。"温庭筠这首诗，正塑造了一位"白发丹心"的汉臣形象。

这首诗题为《苏武庙》，而全篇正面写庙者仅"古祠高树两茫然"一句，其他各句，均为描绘苏武幽禁匈奴的十九年生活及与汉使相见、归汉、出使、谒庙等情事，直似一篇压缩之苏武传。而上述情事，又均采取图景式的显现方式，且不按时间先后顺序描写，起句尤显突兀。因悟诗中所写苏武种种情事，均非凭空想象，而系谒庙时见庙中所绘苏武出使匈奴始末之壁画，而有此一系列描写，如此方与题内"庙"字相合。庙内之壁画，当按时间顺序次第描绘其奉命出使、异域思归、持节牧羊、初见汉使、完节归汉、奉命谒陵、哭吊武帝等图景。为了加强艺术效果，诗人特意错易时间顺序，先将"魂销汉使前"这一最为激动人心的一幕图景置于篇首，以凸显苏武的强烈爱国感情和崇高民族气节；然后再回过头去描绘其滞留异域十九年的生活，以望雁思归、持节牧羊两幅图景分别表现其故国之思与民族气节；继又用逆挽法先写"回日"，再溯"去时"，以增其感慨；最后则以拜谒园陵、哭吊武帝以突出其忠君爱国之志。可见其在构思上的精心设计与安排。

晚唐诗人杜牧、温庭筠等均有歌咏赞颂苏武之作。温作表彰苏武的民族气节，可能与其对自己远祖温彦博的景仰有关。据《新唐书·温彦博传》："突厥入寇，彦博以并州道行军长史战太谷，王师败绩，被执。突厥知近臣，数问唐兵多少及国虚实，彦博不肯对，囚阴山苦寒地。太宗立，突厥归款，得还。"庭筠为彦博裔孙，其先祖坚守国家机密被囚禁阴山苦寒之地的民族气节与苏武之事颇为相似。作者咏苏武庙，笔端富于感情，当与此有密切关联。

雍陶

雍陶（约805—?），字国钧，成都（今属四川）人。大和三年（829），南诏侵蜀，陷成都，掳子女工匠数万人以去，陶有诗纪其事。大和八年（834）登进士第。后曾以侍御衔佐兖海幕。大中六年（852）授国子毛诗博士。大中八年任简州刺史。后辞官归隐雅州卢山。《新唐书·艺文志》著录《雍陶诗集》十卷，已佚。《全唐诗》编其诗为一卷。

题君山①

风波不动影沉沉②,碧色全无翠色深③。应是水仙梳洗处④,一螺青黛镜中心⑤。

[校注]

①君山,在洞庭湖口附近。《水经注·湘水》:"湖(洞庭湖)中有君山……湘君之所游处,故曰君山矣。"《元和郡县图志·江南道三·岳州》:"君山,在县西三十里青草湖中。昔始皇欲入湖观衡山,遇风浪,至此山止泊,因号焉。又云湘君所游止,故名之也。"作者《望月怀江上旧游》云:"往岁曾随江客船,秋风明月洞庭边。为看今夜天如水,忆得当时水如天。"可见其游洞庭不止一次。《唐才子传校笺》据此诗及《送契玄上人南游》疑其登第后或曾应辟岳州。②影,指君山在水中的倒影。因系夜间,倒影的颜色深暗,故曰"沉沉"。③碧色全无翠,《全唐诗》原作"翠色全微碧",此据其校语改。碧色,指洞庭湖的碧波。翠色,指君山的翠色。④水仙,当指传说中的娥皇、女英,死后为湘水之神。⑤一螺青黛,一丛螺形的发髻,因其颜色深青,故云。镜,镜面。指洞庭湖。李白《陪族叔刑部侍郎晔及中书贾舍人至游洞庭五首》之五:"帝子潇湘去不还,空馀青草洞庭间。淡扫明湖开玉镜,丹青画出是君山。"

[鉴赏]

唐代咏洞庭的名篇佳句层见叠出,写日间景象者,多以境界阔远浩渺,气势雄浑壮盛取胜,间亦有写湖面无波之静美景色,巧于取譬者,如刘禹锡的《望洞庭》即是。雍陶这首诗,从巧于设譬,特别是所用喻象(青螺)看,很可能受到刘诗的启发,但将所咏的对象由整个洞庭湖集中到君山这个重点上,时间也由白天变成了夜间,而作为主要喻象的"青螺"则由实物变成了"螺髻"。这几方面的改变,使得两诗的诗境显出了不同的特色,雍诗也就在借鉴前人的基础上有了新的创造。

君山在洞庭湖口,故咏君山必兼咏洞庭湖。诗的首句"风波不动影沉沉",即湖与山并写。这是一个风平浪静的暗夜。往日波涛汹涌的景象不见了,眼前的湖面,沉静无风,波平浪歇。君山的倒影映入平静的湖水中,显现出幽暗的身影。"沉沉"二字,既状其色调的幽暗,也写出倒影的纹丝不动。

"碧色全无翠色深",次句仍湖、山并写。"碧色",指洞庭的碧水绿波。由于是在暗夜,白天能放眼览眺的万顷碧波此刻已经全然不见。"翠色",指君山的苍翠之色,白天苍翠在目的君山,在暗夜中也只显现出一个黑黝黝的轮廓,因此说"碧色全无翠色深"。这句与上句的句式相同,都是上四下三,水、山并写,而以水托山。上句以水波不兴衬托山影之沉定不动,下句以碧波之不见衬托山形山色之模糊,都显示出无风的暗夜洞庭湖水及君山的特征。这种景象,虽不像晴日白昼所见之壮阔浩渺,但由于很少有人写过,读来自具一种新鲜感。或有将下句理解为碧绿色的湖水不及青翠的山影深重,不但句式与上句不协,而且误解了"碧色全无"的含义(指湖面一片黑暗,全然不见碧波万顷)。诗人虽写暗夜的湖水和君山,但意中仍有晴昼的景象作为参照,故有"全无"及"深"之语,从中仍可想象出晴昼碧波万顷,山色苍翠的明丽浩阔景象。

"应是水仙梳洗处,一螺青黛镜中心。"三、四两句,因洞庭君山系湘君所游止之处的神话传说而生奇想。"水仙"即湘水之神娥皇、女英。"一螺青黛"指女仙的青黛色螺形发髻,"镜"指洞庭湖面,因"风波不动",故水平如镜。在诗人的想象中,眼前这如镜的湖面和翠色深深的君山朦胧身影仿佛幻化成了仙境,大约这就是湘水女神的梳洗之处吧,那洞庭湖面正像她梳妆用的镜子,而那君山不正像镜中映出的青黛色螺形发髻吗?由于是在暗夜,君山的身影隐约朦胧,更容易产生这种似耶非耶的美好遐想。或有将"一螺青黛"理解为女子用以画眉的螺形黛墨者,但美人临镜,映现于"镜中心"的当非用来画眉的一锭黛墨,而应是她所绾结的螺形发髻。黄庭坚的《雨中登岳阳楼望君山》之二:"满川风雨独凭栏,绾结湘娥十二鬟。"是说风雨迷蒙中的君山十二峰,如同湘娥之螺鬟,而雍诗是将隐约朦胧的君山想象成水仙的青黛色螺髻发鬟,黄诗当自雍诗脱化。由于这一想象和比喻,使全诗平添了空灵缥缈的情致和柔美的风韵。人间的自然景象被仙化了。洞庭君山以这种面貌出现在诗里,这还是第一次,李白的《陪族叔刑部侍郎晔及中书贾舍人至游洞庭五首》之一、之五都写到"吊湘君"和"帝子潇湘去不还",将湘水女神的神话传说融入洞庭景色,在构思上或对雍陶有所启发,但李诗写的是阔远明丽之景("日落长沙秋色远,不知何处吊湘君""淡扫明湖开玉镜,丹青画出是君山"),而雍诗写的是暗夜中的洞庭君山,故有"应是水仙梳洗处,一螺青黛镜中心"的空灵缥缈之境。而刘禹锡的"白银盘里一青螺",设喻虽亦新奇巧妙,但"青螺"实写,与"一螺青黛镜中心"之想象之虚幻缥缈,风格又自有别。

宣宗宫人

某氏,宣宗时宫女。因题诗红叶为应举士人卢渥所得,后嫁于卢渥(820—905),生平事迹见司空图《故太子太师致仕卢公神道碑》。

题红叶①

流水何太急②，深宫尽日闲。殷勤谢红叶③，好去到人间④。

[校注]

①范摅《云溪友议》卷下《题红怨》：明皇代，以杨妃、虢国宠盛，宫娥皆颇衰悴，不备掖庭。常书落叶，随御沟水而流云："旧宠悲秋扇，新恩寄早春。聊题一片叶，将寄接流人。"顾况著作，闻而和之。既达宸聪，遣出禁内者不少。或有五使之号焉。和曰："愁见莺啼柳絮飞，上阳宫女断肠时。君恩不禁东流水，叶上题诗寄与谁？"卢渥舍人应举之岁，偶临御沟，见一红叶，命仆搴来。叶上乃有一绝句，置于巾箱，或呈于同志。及宣宗既省宫人，初下诏，许从百官司吏，独不许贡举人。渥后亦一任范阳，获其退宫人，睹红叶而吁怨久之，曰："当时偶题随流，不谓郎君收藏巾箧。"验其书，无不讶焉。诗曰："水流何太急，深宫尽日闲。殷勤谢红叶，好去到人间。"《云溪友议》未载此宫人姓氏，《全唐诗》署为韩氏，系误据《名媛诗归》卷九。②流水，指御沟水。《云溪友议》作"水流"。《太平广记》卷一百九十八引《云溪友议》作"流水"，卷三百五十四引《北梦琐言》同，而谓进士李茵见红叶。③殷勤，情意深厚，恳切叮咛。谢，告知，寄语。④好去，送别之词，犹言好走，一路平安。张相《诗词曲语辞汇释》："好去，居者安慰行者之辞。"

[鉴赏]

唐代诗人写了大量宫怨诗，其中颇多流传广远的佳作。但文人的宫怨诗每多抒写宫女嫔妃失宠的哀怨和幽居的寂寞，在潜意识中与文人希图得到君主的赏识知遇有密切关联，即使是"珊瑚枕上千行泪，不是思君是恨君"（刘皂《长门怨》）这种怨极而恨的宫怨诗，也还是因为失宠而致。但宫人自己写的宫怨诗，却完全突破了文人宫怨诗局限于"得宠忧移失宠愁"的狭窄范围，她们从亲身经历出发，抒写出对人间世界正常自由生活的热烈向往和对深宫幽闭生活的厌倦。

在这首著名的红叶题材的五绝之前，孟启《本事诗》曾载有两则类似的纾袍寄诗与梧叶题诗的事，后者不但有宫女寄诗、顾况和诗，且有宫女再题诗的复杂情节。这类记载虽出自传闻，但说明幽闭深宫的宫女借御沟流水浮叶传递自己的情感和希望，是当时常发生的富于诗意的事情。从诗艺的角度来考量，这首宣宗时不知名的宫人写的《题红叶》无疑是后来居上，极富含蕴而隽永耐味的。

"流水何太急"，首句就眼前的御沟流水发兴，"何太急"是宫女对沟水匆匆流逝的直观感受，好像是埋怨水流得太急，不为驻足观赏的自己稍留片刻；又好像是联想起自己的华年似水，匆匆即逝；更像是感慨连流水也不耐深宫的寂寞无聊，急欲流出宫外。而这一切可能引起的感受与联想，又都和下一句"深宫尽日闲"形成鲜明的对照，使前者成为后者的有力反衬。这五个字是全篇的主句，"深"字、"尽"字、"闲"字都是着意渲染的词语，"深"字见宫中之幽闭深邃、森严阴暗，"尽"字见永日无聊、度日如年。而"深"字、"尽"字又都落实到全句的句眼"闲"字上。这是一种终日孤寂无绪，没有欢乐，没有爱情，没有自由，没有沟通对象，形同幽囚，如同死寂般的"闲"。正是由于这个"闲"字，引发出三、四两句题诗红叶的情节和深情致意。

"殷勤谢红叶，好去到人间。"正在这时，御沟流水漂来了几片红叶，想到红叶将随着水流漂出宫城，流向宫外的人间世界，不由得触发对红叶的欣羡和对"深宫"之外的"人间"的强烈向往，于是情不自禁地题诗于红叶之上，深情地嘱咐叮咛红叶，希望它带着自己的全部希望和向往，流向宫外的世界。"人间"在这里是和"尽日闲"的"深宫"相对立的世界，它的内涵极其丰富，举凡青春的欢乐，爱情的美好，家人团聚的天伦之乐，大自然的美丽景色，自由自在不受拘束的生活乐趣，以及一切正常的美好的生活统统可以涵盖在这无所不包的"人间"二字当中，实际上它已经由于高度的概括而带有象征的色彩。尽管抒情主人公身处幽闲阴暗的深宫，但她的心却随着这一片红叶飞向人间的自由、幸福、欢乐的天地。"殷勤""谢""好去"等词语的连用，更把她的柔婉、深挚、缠绵的感情表现得极为生动传神。全诗的情调也正因此而显得虽哀婉而不低沉，表现出对生活的希望和追求。

杜牧

杜牧（803—853），字牧之，京兆万年人，行十三。宰相杜佑之孙。少即博览群籍，关注"治乱兴亡之迹，财赋兵甲之事"，以才略自负。大和二年（828）登进士第，又举贤良方正直言极谏科。释褐弘文馆校书郎，试左武卫兵曹参军。旋佐江西观察使、宣歙观察使沈传师幕。大和七年，入淮南节度使牛僧孺幕，为推官、掌书记。九年入为监察御史，移疾分司东都。开成二年（837），复入宣歙观察使崔郸幕为团练判官。三年迁左补阙、史馆修撰，转膳部、比部员外郎。会昌二年（842）出为黄州刺史。四年九月，转池州刺史。六年秋，徙睦州刺史。大中二年（848），入为司勋员外郎、史馆修撰。四年秋，出为湖州刺史。五年入为考功郎中、知制诰。六年迁中书舍人，十二月卒。杜牧诗、赋、古文兼擅，诗与李商隐并称小李杜。诗风豪迈俊爽，清丽秀逸，长于五古、七律、七绝。《新唐书·艺文志》著录《樊川集》二十卷，《全唐诗》编其诗为八卷，其中混入不少他人之作，清人冯集梧有《樊川诗集注》及《樊川诗补遗》。今人吴在庆有《杜牧集系年校注》。

过华清宫绝句三首（其一）①

长安回望绣成堆②，**山顶千门次第开**③。一骑红尘妃子笑，无人知是荔枝来④。

[校注]

①华清宫，在今陕西西安临潼区南骊山西北麓。其地有温泉。唐贞观十八年（644）于此建汤泉宫，咸亨二年（671）改名温泉宫。天宝六载（747），再加以扩建，改名华清宫。唐玄宗每年冬携嫔妃来此避寒游宴，第二年春暖后方回长安宫中。天宝十五载安史之乱时毁于兵火。②绣，锦绣。绣成堆，指骊山的东、西绣岭，兼状华清宫及骊山如花团锦簇般的华美。《雍土记》："东绣岭在骊山右，西绣岭在骊山左。唐玄宗时，植林木花卉如锦绣，故以为名。"③千门，指骊山上宫殿的千门万户。《长安志》卷十五："华清宫北向正门曰津阳门，东面曰开阳门，西面曰望京门，南面曰昭阳门。津阳之东曰瑶光楼，其南曰飞霜殿，御汤九龙殿亦名莲花汤，有玉女殿、七圣殿、宜春亭、重明阁、四圣殿、长生殿、集灵台、朝元阁、老君殿、钟楼、明楼殿、笋殿、观风楼、斗鸡殿、按歌台、球场、连理木、饮鹿槽、丹霞、羯鼓楼。禄山乱后天子罕复游幸，唐末遂皆圮废。"可见骊山上宫殿楼台之众多。次第，一个接一个地（非指时间顺序的前后相续，而指视觉上的连续展现）。④李肇《唐国史补》卷上："杨贵妃生于蜀，好食荔枝。南海所生，尤胜蜀者，故每岁飞驰以进。然方暑而热，经宿则败，后人皆不知之。"《新唐书·杨贵妃传》记载："妃嗜荔枝，必欲生致之，乃置骑传送，走数千里，味未变，已至京师。"二句所写即驰驿传送荔枝情景。

[鉴赏]

前人对这首诗的评论，大都集中在荔枝成熟时唐玄宗和杨贵妃是否在骊山华清宫上。其实这个问题本不复杂。每年十月至次年春暖帝妃在骊山避寒固属常例，但并不排斥其他时间也可以前往游幸，包括暑天避暑。《长恨歌传》《甘泽谣》都分别提到七夕和六月初一帝妃在骊山之事，虽非信史，恐亦非任意虚构。再说杨妃在骊山顶上看到驿马送荔枝与在兴庆宫的楼上见到，事情的实质并没有什么不同。诗人之所以要把场景安排在骊山华清宫，并以此为题写成连章组诗，却有其艺术构思上的考虑。这是因为，华清宫的宴安享乐，是唐玄宗后期政治上逐渐腐败、危机日益深化的一种表征，也是唐王朝由极盛转衰的前兆和典型标志。抓住这个题目，便可揭示出这两方面的内容。晚唐前期，杜牧有《华清宫三十韵》，温庭筠有《过华清宫二十二韵》，张祜有《华清宫和杜舍人》，均为五言排律长篇，内容即主要围绕华清宫之兴废抒写盛衰之慨及揭示由盛而衰的原因。杜牧这三首诗，均用七言绝句体裁，内容主要写对当年玄宗、贵妃在华清宫中恣意享乐、无视危机的历史场景的想象，而兆乱之因、盛衰之慨即寓其中。第一首专就唐玄宗因杨妃嗜食新鲜荔枝，命人数千里驰驿传送的情事抒慨。首句"长安回望绣成堆"，是对华清宫所在的骊山的全景描写。说从去长安的方向回望骊山，但见其上林木葱郁，花卉繁艳，宫殿楼台辉煌壮丽，掩映其间，如同花团锦簇，锦绣重叠。"绣成堆"既巧妙地关合了骊山的东西绣岭，又写出了华清宫和骊山的富丽繁华和皇家气派。这里的"回望"系泛写，并无确定的主体。或谓"回望"正点题内"过"字，其实诗题"过华清宫"只表明诗人经华清宫旧址而有所思有所感，并不一定表明诗人经行时"回望"所见。如果第一句写诗人回望所见，那么第二句也顺理成章应为诗人望中所见，但经安史之乱破坏的华清宫恐怕早已无"山顶千门次第开"的气象了。其实，三首诗所写的，全是诗人对昔时情景的想象，与诗人的具体行踪及当下见闻无涉。

次句的"千门"本就是对皇家宫殿千门万户的一个习惯性用语，（语本《史记·孝武本纪》："于是作建章宫，度为千门万户。"）我们从《长安志》的记载中也可知华清宫中殿阁楼台之众多。"山顶千门次第开"正展现出华清宫当年极盛时山顶宫殿巍峨，楼阁重叠，万户千门，一一洞开的恢宏气象。以上两句，由骊山的全景到山顶的宫殿，均为诗人对天宝年间华清宫豪华富丽的皇家宫苑气象的想象，目的是为了渲染环境气氛，为下两句写玄宗、贵妃的穷奢极欲造势。次句点出"山顶"，正逗引下句贵妃望见"一骑红尘"，过渡自然。

"一骑红尘妃子笑，无人知是荔枝来。"三、四两句，想象当年杨妃在山顶宫殿上望见红尘起处，一骑飞驰而来。杨妃心知这正是为自己千里驰驿传送的荔枝，不禁莞尔而笑，心中却窃喜这一秘密只有自己知道，这样的待遇也只有自己方能享受。两句是对贵妃望见"一骑红尘"时的表情与内心活动的描写。点眼处在上句的"笑"和下句的"无人知"。妃子之"笑"，自是因为能受到玄宗如此的恩宠而得意；而"无人知"紧承"笑"字，更揭示出其内心那种独自享有如此恩宠，以及享有独知千里传驿驰送荔枝秘密的窃喜。这当然是对杨妃这样一位宠妃心理的传神描写。但诗人的言外之意,却远比这要丰富深刻得多。在"妃子笑"的后面,是数千里驰驿传递过程中人力、物力、财力的巨大耗费,是"人马僵毙,相属于道"的悲惨场景。"妃子"之"笑",正透露出生民百姓之苦与哭。而唐玄宗这种宠幸贵妃的方式,更使人自然联想起周幽王为博褒姒一笑,举烽火以戏诸侯的历史闹剧(实际上"妃子笑"即暗用这一典实)。然则,今日的妃子之"笑",不正预兆着异日的"渔阳鼙鼓动地来""宛转蛾眉马前死"和"回看血泪相和流"吗?诗人将这一切荒淫奢侈、宴安荒政造成的苦果(对玄宗和杨妃自身)和恶果(对国家和人民)都含蕴在貌似客观描写的历史场景中,而读者通过典故和字面的暗示,自能想象到这一切。这正是唐诗特有的蕴藉。对照苏轼的《荔枝叹》"十里一置飞尘灰,五里一候兵火催。颠坑仆谷相枕藉,知是荔枝龙眼来。飞车跨山鹘横海,风枝露叶如新采。宫中美人一破颜,惊尘溅血流千载"等诗句,倒正像是对杜牧此诗含蕴的形象化阐释。从中正可见绝句与七古的区别,也可见唐诗与宋诗的不同。

长安秋望①

楼倚霜树外②,镜天无一毫③。南山与秋色④,气势两相高。

[校注]

①诗人家居长安之南下杜樊川,入仕后曾于大和二年(828)、九年及开成三年(838)至会昌二年(842),大中二年(848)至四年,大中五年至六年先后担任京职。此诗作于在长安时,具体写作年代难以考索。秋望,秋日登高远望。②霜树,秋天经霜后树叶黄落的树。③镜天,像明镜那样清朗的天空。一毫,一丝云彩。④南山,即终南山,在长安城南。《元和郡县图志·关内道·京兆府》:万年县:"终南山,在县南五十里。"

[鉴赏]

这是一曲秋的赞歌,题为"长安秋望",重点却不在最后那个"望"字,而是赞美远望中的长安秋色。"秋"的风貌才是诗人要表现的直接对象。

首句点出"望"的立足点。"楼倚霜树外"的"倚"是"倚立"的意思,重在强调自己所登高楼巍然屹立的姿态;"外"是"上"的意思。秋天经霜后的树木,多半木叶黄落,越发显出它的高耸挺拔;而楼又高出霜树之上。在这样一个立足点上,方能纵览长安秋景的全局,充分领略它的高远澄洁之美。所以这一句实际上是全诗的出发点和基础,没有它,也就没有"望"中所见的一切。

次句写登楼仰望所见的天宇。"镜天无一毫",是说天空明净澄洁得像一面纤尘不染的镜子,没有丝毫阴翳云彩。这正是秋日天宇的典型特征。这种澄洁明净到近乎虚空的天色,又进一步表现了秋空的高远寥廓,同时也写出了诗人当时那种心旷神怡的感受和高远澄净的心境。

"南山与秋色,气势两相高。"三、四两句,转笔写到远望中的终南山,将它和"秋色"相比,说远望中的南山,它那峻拔入云的气势,像是要和高远无际的秋色一赛高低。

南山是具体有形的个别事物,而"秋色"却是抽象虚泛的,是许多带有秋天景物特点的具体事物的集合与概括,二者似乎不好比拟。而此诗却别出心裁地用南山衬托秋色。秋色是很难作概括性描写的,它存在于秋天所有的景物里,而且不同的作者对秋色有不同的观赏角度和感受,有的取其凄清萧瑟,有的取其明净澄洁,有的取其高远寥廓。这首诗的作者显然偏于欣赏秋色之高远无极,这是从前两句的描写中可以明显看出来的。但秋之"高"却很难形容尽致(在这一点上,和写秋之"凄"之"清"很不相同),特别是那种高远无极的气势更是只可意会,难以言传。在这种情况下,以实托虚便成为最有效的艺术手段。"南山塞天地,日月石上生"(孟郊《游终南山》),"终南阴岭秀,积雪浮云端"(祖咏《终南望馀雪》),从这些著名诗句中,不难想见在八百里关中平原南面耸起的南山那高耸挺拔的气势。具体有形的南山,衬托出了抽象虚泛的秋色。读者通过"南山与秋色,气势两相高"的诗句,不但能具体感受到"秋色"之"高",而且连它的气势、精神和性格也若有所悟了。

这首诗的好处,还在于它在写长安高秋景色的同时写出了诗人的胸襟气度、精神性格。它更接近于写意画。高远、寥廓、明净的秋色,实际上也正是诗人胸怀的象征与外化。特别是诗的末句,赋予南山与秋色一种峻拔向上、互争雄长的动态,这就更加鲜明地表现出了诗人的性格气质,也使全诗在跃动的气势中结束,留下了充分的想象余地。

晚唐诗往往流于柔媚绮艳,缺乏清刚遒健的骨格。这首五言短章写得意境高远,气势健举,诗的气象与诗人的胸襟,一等相称,和盛唐诗人朱斌的《登楼》有神合之处,尽管在雄浑壮丽、自然和谐方面还未免略逊一筹。

江南春绝句

千里莺啼绿映红①,水村山郭酒旗风②。南朝四百八十寺③,多少楼台烟雨中。

[校注]

①千,冯集梧注本一作"十"。②山郭,山城、山村。"郭"本指外城,此处"山郭"与"水村"对文,既可指依山的城郭,亦可指依山的村庄。酒旗风,谓酒旗迎风招展,"风"字带有动态。③南朝,指建都于建康(今江苏南京)的东晋、宋、齐、梁、陈五个朝代(317—589)。南朝皇帝多信佛教,梁武帝尤甚,故当时所建佛寺特多。《南史·郭祖深传》:"都下佛寺,五百馀所,穷极宏丽。僧尼十馀万,资产丰沃。"

[鉴赏]

这首流传广远的七绝向未编年。按杜牧大和四年(830)九月,随沈传师至宣歙观察使幕,大和七年入淮南节度使牛僧孺幕。开成二年(837),复入宣歙观察使崔郸幕为团练判官,至三年冬迁左补阙。九年中两历宣州幕。他在开成三年春写的《题宣州开元寺》(题下自注:寺置于东晋时)中说:"南朝谢朓城,东吴最深处。亡国去如鸿,遗寺藏烟坞。楼高九十尺,廊环四百柱……留我酒一樽,前山看春雨。"同时作之《念昔游三首》之一也说:"秋山春雨闲吟处,倚遍江南寺楼。"将这两首诗与本篇对照,可以明显看出它们在诗歌内容意蕴、诗歌意象及写景等方面的联系,可以大体推定此诗亦开成三年春在宣州幕时所作。这时,诗人对江南春天的风物之美已经积累了丰富的诗意感受与体验,这首诗就是对它所作的一种艺术概括。

"千里莺啼绿映红",起句大处落墨,展现出一幅广袤千里的江南大地上,到处是黄莺欢快的啼鸣声,到处是碧草如茵,绿树成荫,映衬着明艳的红花的画面。这画面不但有明丽的色彩,而且有悦耳的声音。对照前人写江南春景的名句"暮春三月,江南草长。杂花生树,群莺乱飞"(丘迟《与陈伯之书》),便可看出

"莺啼绿映红"五字确实体现出了江南春之景物的典型特征。"千里"之广远，自非同时同地即目所见，却不妨是异时异地（江南之各地）之亲历。古代虽无艺术概括的词语，却完全可以有艺术概括的事实和实践。杨慎欲改"千里"为"十里"，正是由于忽视了艺术创作中早就存在的艺术概括的实际。在现代电影艺术中，这"千里莺啼绿映红"的景象完全可以用移动着的电影画面来展现。其实，古代的山水长卷已经作了"咫尺应须论万里"的成功创造。"千里"二字，笼盖全篇，显示出广远的气势。

"水村山郭酒旗风"，次句紧承"千里"，展现出江南大地上，处处有傍水的村庄，依山的城郭，到处都可以看到酒旗迎风招展的景象。如果说上一句展示的是江南春天的典型自然景观，那么这一句就主要是江南春天的人文景观。依山傍水的村庄城郭，点缀在绿树红花映衬的锦绣江南大地上，不但使整个画面显得山重水复，错落有致，而且透露出浓郁的生活气息。特别是"酒旗风"三字，不仅从侧面显示出江南的富庶丰饶，使人仿佛于迎风招展的酒旗中闻到春酒的芳香，给画面增添了浪漫的色彩和情调，而且那个点眼的"风"字还带有一种动感，从而使得整个画面也充满了生动活泼的气息，可以说是对"江南春"神韵的出色描写。

以上两句，写千里江南大地上的啼莺、绿树、碧草、红花、水村、山郭和迎风招展的酒旗，所展示的江南自然景观和人文景观，已经使人目不暇接，心醉神驰，但似乎比较平面，还不足以充分显示江南春天风物之美，于是有三、四两句更为集中的描写。

"南朝四百八十寺，多少楼台烟雨中。"前幅意象密集，后幅却只写了佛寺楼台，意象高度集中。为什么写江南春要集中写佛寺呢？这是因为，佛寺作为一种自然景观、人文景观的结合体，往往是千里江南大地上水村山郭之中最显眼也最华美的建筑；而这些建筑又往往都选择在山水佳胜之境，华美的建筑与周围幽美的自然环境的融合，使它们成为江南大地上最亮丽的风景；特别是这些寺庙又往往历史悠久（像上文提到的宣州开元寺，就始建于东晋时），因而又极富历史、人文、宗教气息。而江南一带经济的繁荣富庶，也使得广建佛寺有了现实的可能，因此佛寺的广布也反映出江南的富饶面貌。以上这一系列因素集合到一起，遂使佛寺成为江南胜景最突出而典型的代表。明乎此，方能理解杜牧"秋山春雨闲吟处，倚遍江南寺寺楼"的诗句，理解他对江南佛寺为何有那么大的兴趣了。但佛寺全国各地均有，作为一种胜景，又必须具有地域的、季候的特征。在杜牧的审美体验中，江南佛寺最美的景象就是在春天的迷蒙烟雨中，华美的楼台在周围山水树林的掩映中若隐若现，显得特别缥缈朦胧，恍若仙境。因此"多少楼台烟雨中"，正是"江南春"之美的突出表现和典型特征。但前后幅之间的连接过渡却出现了问题。前幅所写的景象，诗人虽未明说，但读者从黄莺欢快的啼鸣、红花绿树相映的明丽色彩和水村山郭酒旗迎风招展的景象当中，完全可以想象出这是春日艳阳高照下才能有的，而佛寺楼台却要用烟雨迷蒙之景来衬托。一晴一雨，出现在同一幅"江南春"的画面上，虽然也可以用"千里"之广、阴晴不齐来解释，或者干脆用艺术概括来解释，但总会感到有些生硬、突兀，甚至脱节。妙在有第三句"南朝四百八十寺"作过渡，便使前后幅之间的连接过渡显得非常自然。这里就涉及诗人的诗思轨迹问题。在"千里"江南的大地上，诗人不仅看到绿树红花、水村山郭、酒旗迎风，也看到点缀其间的华美佛寺。由于佛寺往往具有悠久的历史，江南又是南朝旧地，而佛教之盛、佛寺之多，在唐代之前又莫盛于南朝，因而诗人的思绪遂由眼前的佛寺联想到历史上南朝佛教极盛时的情况，从而想象出当时广布江南的四百八十座佛寺，华美的楼台在春天的烟雨迷蒙中隐现的情景。由于这是对历史的想象，自然就不存在前后幅之间阴雨晴明不一致的问题。相反，由于有了第三句由当前到历史的神思飞越，遂使得这幅"江南春"的画图不但景象更为丰富多样，而且具有了历史的悠远感和纵深感。而"四百八十寺"的明确数字的强调，与"多少"这种带有模糊意味的咏叹，又使诗平添了一种风调之美。这两句诗，与"亡国去如鸿，遗寺藏烟坞"在内容上有相似之处，都是由眼前深藏于烟雨笼罩的村坞中的南朝遗寺联想到已经远去了的整个南朝，但给人的感受（或者说诗人要表达的感受）却不尽相同。"亡国去如鸿，遗寺藏烟坞"，突出的是佛寺的悠久与南朝更迭的迅速，于存亡的对照中含有对南朝历史的凭吊之情，而"南朝四百八十寺，多少楼台烟雨中"所着重抒写的则是对南朝佛寺极盛时烟雨楼台美好景象的追怀和赞美流连。悠远的历史想象使"江南春"的美好景象更加令人神往了。

从政治和民生的层面看，佛教势力的膨胀确实是中唐时期的弊政和祸害之一。在杜牧写这首诗之前，有韩愈的大力反佛；在杜牧写这首诗后不久，一场规模浩大的灭佛运动即将在全国范围内展开。诗中提到的"南朝四百八十寺"以及唐代遍布全国的几十万所佛寺，毫无疑问也是耗尽民脂民膏建造起来的。但杜牧这首诗，却并不是从政治和民生的层面来写佛寺楼台的，他要抒写的只是佛寺楼台笼罩于江南烟雨之中的景象给自己带来的诗意感受。作为读者，只能按照诗人的诗思指引去领略其中的情思,而不能将诗人写诗时并不存在的思想感情强加给诗人,用政治和民生的评价去代替诗人的审美评价。

题宣州开元寺水阁阁下宛溪夹溪居人①

六朝文物草连空②,天淡云闲今古同。鸟去鸟来山色里,人歌人哭水声中③。深秋帘幕千家雨,落日楼台一笛风。惆怅无因见范蠡,参差烟树五湖东④。

[校注]

①冯集梧《樊川诗注》卷一《题宣州开元寺》注引《名胜志》:"宣城县城中景德寺,晋名永安,唐名开元,兰若中之最胜者。"按:唐玄宗开元年间,令天下州郡各建一大寺,即以年号为名。宣州之开元寺当亦开元年间改名。水阁,临水的楼阁,一般为两层建筑,四周开窗,可凭高远望。宛溪,发源于宣城东南峄山,流绕城东为宛溪(一名东溪),至县东北里许与句溪汇合。夹溪居人,谓宛溪两岸有人家夹溪而居。据缪钺《杜牧年谱》,此诗作于开成三年(838)为宣州团练判官时,时令在深秋。②六朝,三国时的东吴、东晋、宋、齐、梁、陈先后建都于古金陵(今南京市。东吴时称建业,东晋至陈称建康),合称六朝。文物,本指礼乐典章制度,此指古代遗留下来的有形历史文化遗迹。③《礼记·檀弓下》:"晋献文子成室,张老曰:'美哉轮焉,美哉奂焉!歌于斯,哭于斯,聚国族于斯。'"此句化用其意,谓宛溪两岸世代有人聚居。④范蠡,春秋末期越国大夫,曾辅佐越王勾践复国灭吴,后弃官隐于江湖。《史记·越王勾践世家》:"范蠡事越王勾践,既苦身戮力,与勾践深谋二十馀年,竟灭吴,报会稽之耻……范蠡以为大名之下,难以久居,且勾践为人可与同患,难与处安,为书辞勾践……乃装其轻宝珠玉,自与其私徒属乘舟泛海以行,终不返。"又《货殖列传》:"范蠡既雪会稽之耻……乃乘扁舟浮于江湖。"《吴越春秋·勾践伐吴外传》谓范蠡"乃乘扁舟,出三江,入五湖"。五湖,太湖的别称。

[鉴赏]

用传统的题材分类法来界定这首诗的性质,恐怕很难。从表面看,诗中大部分篇幅都是描写登开元寺水阁所见所闻的景物,像是一首写景诗,但全诗在景物描绘中所寓含的感情思绪和深长感慨都给读者以更深的感受和领悟。从感情内涵看，诗中确有对六朝文物成空的感怀凭吊意味，但它又不像是一般的怀古诗。究其实际，倒更像是一首借景物描写抒发人生感慨的诗。

"六朝文物草连空，天淡云闲今古同。"登高望远，每使人产生时空广远的渺渺情思。宣城一带，六朝时因地近京城（建业或建康），为人文荟萃之地，繁华富庶之邦。诗人登上开元寺的水阁，仰望秋空，但见天高无极，澄洁明净，白云悠悠，自去自来，不禁引发对悠远历史时空的想象：这一切自然景象，恐怕自古及今都是相同的吧。但曾经延续了几百年的六朝文物遗迹，却已荡然不存。俯视四野，但见秋草连天，一片平芜旷野。"文物"原指典章制度，此处从远望的角度说，应指六朝的有形文物遗迹。但实际上，在诗人的意念中，这一意象已经被虚化、泛化了，它可以包括六朝的一切有形的无形的历史、人物、文化、名胜古迹乃至无所不包的所谓六朝繁华。如果说"天淡云闲"象征着亘古不变的自然界，那么"六朝文物"就象征着社会的历史和人事。"今古"之"同"，正反衬出"六朝文物"亦即社会历史及人事之变、之"空"。因此，这一联可以说是触景生情，由情及理，用高度概括的笔法表现了诗人登楼览眺时引发的自然宇宙长存而人事变化不常的历史感慨与人生感慨。这个发端，境界寥廓高远，具有笼盖全篇的气势，一开始就将读者的思绪引向悠远的历史时空和广远的现实时空。在唐人七律中，这是发端高远的范例。

"鸟去鸟来山色里，人歌人哭水声中。"颔联表面上纯写登阁仰观俯视所见所闻：在一片青翠苍茫的山色中，飞鸟时来时去；宛溪两岸，民居毗连，人们的歌哭之声和潺潺的流水之声相应相和，清晰可闻。上句是眼前所见的自然景象，下句是眼前所闻的人事景象。但一和上联的意蕴联系起来体味，便会自然悟出今中寓古、古今相融的意味。正如"天淡云闲古今同"一样，这"鸟去鸟来山色里"的自然景象恐亦终古如斯吧。而这"人歌人哭水声中"的人事景象，表面上看，似乎也是亘古如此，世世代代聚族而居，但今之人已非古之人，则不变的表象中实寓含着人事的沧桑变化。这一联对仗工巧，格调流利，而寓含的感慨则紧承上联，意蕴深沉含蓄。

"深秋帘幕千家雨，落日楼台一笛风。"腹联续写诗人登水阁所见所闻：深秋季节，天气转寒，宛溪两岸的人家都垂下了帘幕，看上去就像是千家都挂着一层雨帘；倚着落日映照的楼台栏杆，秋风送来了一阵悠扬嘹亮的笛声。诗一开头就描绘出"天淡云闲""草连空"的秋日晴空旷野景象,第三句又写"鸟去鸟来山色里"这种只有晴明天气才能见到的景象,至腹联对句又明确点出"落日",则诗人当是深秋晚晴之时登水阁览眺。出句所谓"千家雨"当非实写雨景,而是对千家帘幕低垂的一种借喻性描写。诗的前两联在内涵意蕴上虽有俯仰今古、感慨今昔的特点,笔法高度概括,但诗人此时此地登阁览眺这个基本时空范围并无变化,因此腹联不大可能将同地异时所见到的晴雨不同景象统摄于一联之中。这和《江南春绝句》中前后幅分写晴、雨不同景象,中间有"南朝四百八十寺"作由今及古的过渡情况显然有别。这一联对仗与颔联一样,非常工巧,但意象与上联相比,则一密一疏,显然有别。所抒发的视听感受也不像上一联那样,带有寓古于今、今古相融的意味。从工整而流走的格调中可以体味到诗人目睹这明秀清丽之景时愉悦的感受。既然自然永恒、人事变易、繁华不再,与其徒增伤感,不如及时享受现实的美好景色,这正是杜牧旷放自遣的一贯性格。从表面上看,这一联所表现的感情似与前两联之感慨今昔变易有别,但从感情发展的内在逻辑上说,与前两联仍是一脉相承而又自然转换的。而这一转换,又水到渠成地引出尾联。

"惆怅无因见范蠡,参差烟树五湖东。"历史上的范蠡,是士大夫功成身退的典范。但诗人此时对范蠡的追缅向往,却是在功成渺茫难期的情况下对"乘扁舟、泛五湖",过自由自在、无拘无束生活的一种退而求其次的欣慕追求。这本身就不免使诗人深感惆怅。更何况登阁举目东望,在暮霭轻烟笼罩的参差错落的丛丛树林之外,烟波浩渺的太湖之上,昔日乘着扁舟遨游的范蠡的身影早已随着历史的长河悠悠远去,心头浮起的那种空落惆怅之情就更使人难以为情了。这个结尾,带着几分失落无奈,却并不十分沉重,毕竟仍能面对宣州的清秋美好景色,享受当前的生活乐趣。"惆怅"二字,正恰到好处地表现了诗人的感情。

这首诗中出现的"六朝文物",与晚唐许多带有明显政治感慨的怀古诗中出现的"六朝""六代"有明显区别。后者常作为腐朽没落王朝的代称,而前者却主要是已经消逝了的一段历史文化和人事的一种标志,本身并不含政治内容和意义,它抒写的只是一种带有普遍哲理意味的自然永恒、人事变易的历史感慨、人生感慨。

九日齐山登高①

江涵秋影雁初飞②,与客携壶上翠微③。尘世难逢开口笑④,菊花须插满头归⑤。但将酩酊酬佳节⑥，不用登临恨落晖。古往今来只如此，牛山何必泪沾衣⑦。

[校注]

①九日，指九月九日重阳节。齐山，在今安徽池州市东南。《方舆胜览》卷十六江南路池州"山川"下齐山引王晳《齐山记》："有十馀峰，其高等，故名齐山。或曰以齐映得名。"按唐贞元年间齐映曾为池州刺史，有政声，常登此山，故或说以其姓命山名。重阳节有登高、赏菊、饮酒等习俗。据缪钺《杜牧年谱》，杜牧会昌四年（844）秋由黄州刺史徙池州刺史。此诗当作于会昌五年（845）九月。是年秋，张祜至池州访杜牧，二人于重阳节同登齐山，诗酒酬和。张祜有《奉和池州杜员外重阳日齐山登高》。题内"山"字，《全唐诗》原作"安"，据丛刊明翻宋本改。②江涵秋影，谓长江涵容倒映着秋空和齐山的倒影。③客，指张祜。魏泰《临汉隐居诗话》："池州齐山石壁有刺史杜牧、处士张祜题名。"翠微，青翠缥缈的山色，此处借指青翠的齐山。④尘世，人世间。《庄子·盗跖》："人上寿百岁，中寿八十，下寿六十。除病瘦（廋）死丧忧患，其中开口而笑者，一月之中不过四五日而已。"⑤冯集梧《樊川诗注》："崔寔《月令》：九月九日，可采菊花。《续神仙传》：许碏插花满头，把花作舞，上酒家楼醉歌。"重阳节有登高、赏菊、饮菊花酒、赋诗等习俗。⑥酩酊，醉酒貌。萧统《陶渊明传》："尝九月九日出宅边菊丛中坐，久之，满手把菊。忽值（王）弘送酒至，即便就酌，醉而归。"酬，酬谢，报答。⑦牛山，在今山东淄博市东。《晏子春秋》卷一《内篇·谏上》："（齐）景公游于牛山，北临于国城而流涕曰：'若何滂滂去此而死乎？'艾孔、梁丘据皆从而泣，晏子独笑于旁，公刷涕而顾晏子曰：'寡人今日游悲……子之独笑，何也？'晏子对曰：'使贤者常守之，则太公、桓公将常守之矣；使勇者常守之，则庄公、灵公将常守之矣。数君者将守之，则吾君安得此位而立焉？以其迭处之，迭去之，至于君也，而独为之流涕，是不仁也。不仁之君见一，谗谀之臣见二，此臣所以独窃笑也。'"泪，《全唐诗》校："一作独。"

[鉴赏]

这是一首很见杜牧个性才情的七律。重阳登高，游赏赋诗，饮酒赏菊，本是赏心乐事。但诗人素以才略自负，自大和二年（828）登第入仕以来，一直辗转于使府幕僚、州郡刺史之职，难以实现其"平生五色线，愿补舜衣裳"的宏愿，因此内心常抑郁不平。会昌五年，他已经四十三岁，更不免有岁月蹉跎的迟暮之感。这种感情，平日即郁积于胸，适逢重阳登高，因眼前景物与佳节风俗的触发，遂写下这首以旷达豪放的情怀排忧遣闷的诗篇。

"江涵秋影雁初飞，与客携壶上翠微。"首联写景叙事起，点明"九日登高"。此次登齐山，是与好友张祜同登，点明"与客"，则下文"须""将""不用""何必"等词语，便不单纯是诗人的内心独白，而兼有自劝劝人之意。首句写登齐山所见秋景，俯视山下，但见秋天的长江，水色清澈澄碧，涵容着秋天晴空和青翠齐山的倒影；仰望碧空，但见鸿雁阵阵，向南方的远天飞翔。"江涵秋影"四字，不但造语新奇清丽，而且画出秋江、秋空、秋山浑然一体的澄碧境界。"涵"字用得尤为新颖而贴切，仿佛秋空、秋山都包含在澄碧的秋江中了。"雁初飞"的"初"字，则透出虽到深秋，但南方气候温暖，大雁刚开始南飞，并未到草木凋衰枯黄、天气凛寒的时候。全句给人的总体感受，套用韩愈的诗来形容，便是"正是一年秋好处"。在这样一个美好的重阳佳节"与客携壶上翠微"，登高游赏，饮酒赋诗，自然是人生难得的乐事了。次句叙事，从时间次序上说，应是先有"上翠微"之事，方见"江涵秋影雁初飞"之景，将它倒过来写，正是为了突出首句所写美好秋景给人的清澄明丽感受。而次句用"翠微"来借代齐山，不仅丰富了首句"秋影"的内涵，且传出一种身心为青翠缥缈的山色所包围浸染的沁人感受。

"尘世难逢开口笑，菊花须插满头归。"颔联紧扣题内"九日"抒感。"尘世"句是诗人对人生感受的总括，也是多少年来内心积郁的抒发。虽用典却如同己出。正因为人生欢少愁多，适逢重阳佳节，深秋美景，便应尽情游赏，将金黄的菊花插满头鬓，极欢而归。前因后果，前宾后主，一气直下，天然浑成。虽用议论，却出之以生动的形象；虽属遣愁，却画出潇洒不羁的风神。"菊花"虽为重阳佳节赏玩宴饮之物，但"菊花须插满头归"的形象却纯属诗人的独特艺术创造，它将诗人的个性、神采，表现得既淋漓尽致，又超凡脱俗，是典型的杜牧式的俊迈风流、浪漫豪迈的诗人形象。在略带颓放的神情意致中，仍难以抑制地流露出诗人对生活的热情。

"但将酩酊酬佳节，不用登临恨落晖。"起联即点出"携壶"而上，颔联又提及"菊花"，登高而饮酒，面对翠微山色，江天美景，值此佳节良辰，自当尽醉而归，极欢而罢，不必因登临而见苍茫落日余晖兴起人生迟暮的感叹。时诗人年逾四十，正是骚人"恐美人之迟暮"的年龄，故有"登临恨落晖"之语。上句用一

"酬"字,生动新颖,表现出尽醉相欢方对得起佳节良辰的豪情逸兴。下句用一"叹"字,透露出诗人内心深处日月不居、功业不就的感慨与无奈。而上句"但将"与下句"不用"彼此呼应,又将这感慨与无奈一笔扫去。

"古往今来只如此,牛山何必泪沾衣。"尾联出句束上起下,"只如此"三字既包括古往今来"尘世难逢开口笑"的客观事实,又包括古往今来才人志士岁月蹉跎、功业难成的悲剧境遇,更涵盖人生有限、年寿终尽的自然规律。诗人的思绪由当下登临的"齐山",联想到齐景公登临而泪下沾衣的牛山(齐国的牛山与眼前的齐山正构成由今及古的桥梁),不禁发出这样的感慨:既然从古及今,人寿有时而尽,欢乐时少而愁日多,志士才人功业难成更属常事,那又何必像齐景公那样,登高而泪下沾衣呢?由于"只如此"的包蕴丰富,因此"泪沾衣"之"泪"也不止年寿有时而尽这一端。诗人虽用"只如此"与"何必"来排遣忧愁苦闷,但在旷达的外表下仍深藏着对"古往今来只如此"的客观事实和客观规律的无奈。这一全诗的归宿,正透露出诗人虽极力用旷放排遣忧闷,但忧闷终难以消解。李商隐在《赠司勋杜十三员外》中说:"心铁已从干莫利,鬓丝休叹雪霜垂。"胸中之甲兵尽管利如干将莫邪,切中时须,无奈不为世用,因此只能叹惜鬓丝雪垂,功业蹉跎了。

整首诗的格调抑扬有致,轻爽流利,一气转折,浑然天成,与诗人要表达的旷放襟怀显得似乎非常协调。"难逢"与"须插","但将"与"不用","只如此"与"何必"等词语,开合相应,加强了这种旷放的情调。但旷放的外表下,又深藏着难以排遣的忧闷,这种表里不一的感情矛盾,更深一层地表现了诗人的精神世界,再现了一个真实的杜牧。

早 雁①

金河秋半虏弦开②,云外惊飞四散哀。仙掌月明孤影过③,长门灯暗数声来④。须知胡骑纷纷在⑤,岂逐春风一一回⑥?莫厌潇湘少人处⑦,水多菰米岸莓苔⑧。

[校注]

① 《通鉴·武宗会昌二年》:八月,回鹘乌介可汗"帅众过杷头烽南,突入大

同川，驱掠河东杂虏牛马数万，转斗至云州（今山西大同）城门。刺史张献节闭城自守。吐谷浑、党项皆挈家入山避之。庚午，诏发陈、许、徐、汝、襄阳等兵屯太原及振武、天德，俟来春驱逐回鹘"。此以"早雁"喻北方边地因回鹘侵掠而流离失所的百姓。据缪钺《杜牧年谱》，诗当作于会昌二年（842）八月回鹘南侵时。雁通常于深秋时节南徙，此时方值仲秋，故曰"早雁"。②金河，县名，在今内蒙古自治区呼和浩特市南。《新唐书·地理志》："单于大都护府，本云中都护府，龙朔三年置，麟德元年更名……县一：金河。"虏弦开，谓回鹘举兵南侵。《汉书·晁错传》注引苏林曰："秋气至，弓弩可用，北寇常以为候而出军。"③仙掌，汉武帝为求仙，在建章宫神明台上造铜仙人，舒掌捧铜盘玉杯，以承接天上的仙露，后称承露铜人为仙掌。事详《三辅黄图·建章宫》。孤影，指惊飞四散的孤雁。④长门，宫名。汉武帝陈皇后失宠后居长门宫。⑤胡骑，指回鹘军队。⑥雁春暖后北归，故云"逐春风"而"回"。"一一"应上"四散""孤影"。⑦潇湘，潇水源出今湖南宁远县九嶷山，流至永州市西北入湘水，合称潇湘。传雁飞不过衡阳，故想象飞散的孤雁在潇湘一带停留。⑧菰米，茭白的果实，一名雕胡米。《本草纲目·谷二·菰米》（杂解）引苏颂曰："菰生于水中……至秋结实，乃雕胡米也。古人以为美馔。今饥岁，人犹采以当粮。"莓，蔷薇科植物。北魏贾思勰《齐民要术·莓》："莓，草实，亦可食。"苔，青苔。

[鉴赏]

唐武宗会昌二年（842）八月，北方少数民族回鹘乌介可汗率众南侵，进入大同川，驱掠当地各族百姓，人民流离四散。杜牧当时任黄州（治所在今湖北武汉市新洲区）刺史，听到这个消息，对边地人民的命运深为关注同情。八月是早雁开始南飞的季节，诗人目送征雁，触景感怀，因以"早雁"为题，托物寓意，以描写早雁遭受胡人弓箭射击，四散惊飞，喻指饱受侵扰、流离失所的边地百姓，并寄予深切同情。

"金河秋半虏弦开，云外惊飞四散哀。"金河，在今内蒙古自治区呼和浩特市南，这里指回鹘发动侵掠的边地。"虏弦开"，双关挽弓射雁和发动军事袭扰。开头两句凌空起势，生动地展出一幅边塞惊雁的活动图景：仲秋塞外，广漠无边，正在云霄展翅翱翔的雁群忽然遭到胡骑的袭射，立时惊飞四散，发出凄厉的哀鸣。"惊飞四散哀"五个字，从情态、动作到声音，写出一时间连续发生的情景，层次分明而又贯串一气，是非常真切凝练的动态描写。

"仙掌月明孤影过，长门灯暗数声来。"颔联续写"惊飞四散"的征雁飞经都城长安上空的情景。汉代建章宫有金铜仙人舒掌托承露盘，"仙掌"指此。凄清的月色映照着宫中孤耸的仙掌，这景象已在静谧中显出几分冷寂；在这静寂的画面上又飘过孤雁缥缈的身影，就更显出境界之清寥和雁影之孤孑。失宠者幽居的长门宫，灯光黯淡，本就充满悲愁凄冷的气氛，在这种氛围中传来几声失群孤雁的哀鸣，就更显出境界的孤寂与雁鸣的悲凉。"孤影过""数声来"，一绘影，一写声，都与上联"惊飞四散"相应，写的是失群离散、形单影只之雁。两句在情景的描写、气氛的烘染方面，极细腻而传神。透过这幅清冷孤寂的孤雁南征图，可以隐约感受到那个衰颓时代悲凉的气氛。诗人特意使惊飞四散的征雁出现在京城长安宫阙的上空，似乎还隐寓着微婉的讽慨。它让人感到，居住在深宫中的皇帝，不但无力，而且也无意拯救流离失所的北方边地百姓。月明灯暗，影孤啼哀，整个境界，正透出一种无言的冷漠。

"须知胡骑纷纷在，岂逐春风一一回？"腹联又由征雁南飞遥想到它们的北归，说如今胡人的骑兵射手还纷纷布满北方边地，明春气候转暖时节，你们又怎能随着和煦的春风一一返回自己的故乡呢？大雁秋来春返，故有"逐春风"而回的设想，但这里的"春风"似乎还兼有某种比兴象征意义。据《通鉴》载，回鹘侵扰边地时，唐朝廷命陈、许、徐、汝、襄阳等兵屯太原及振武、天德，等待来年（会昌三年）春天驱逐回鹘。朝廷上的"春风"究竟能不能将流离异地的征雁吹送回北方呢？大雁还在南征的途中，诗人却已想到它们的北返；正在哀怜它们的惊飞离散，却已在担心它们来春的无家可归。这是对流离失所的边地人民无微不至的关切。"须知""岂逐"，更像是面对边地流民深情嘱咐的口吻。两句一意贯串，语调轻柔，情致深婉。这种深切的同情，正与上联透露的无言的冷漠形成鲜明的对照。

流离失所、欲归不得的征雁，究竟何处是它们的归宿？"莫厌潇湘少人处，水多菰米岸莓苔。"潇湘指今湖南中部、南部一带。相传雁飞不过衡阳，所以这里想象它们在潇湘一带停歇下来。菰米，是一种生长在浅水中的多年生草本植物的果实（嫩茎叫茭白）。莓，是一种蔷薇科植物，子红色。苔即青苔。这几种东西都是雁的食物。诗人深情地劝慰南飞的征雁：不要厌弃潇湘一带空旷人稀，那里水中泽畔长满了菰米莓苔，尽堪作为食料，不妨暂时安居下来吧。诗人在无可奈何中发出的劝慰与嘱咐，更深一层地表现了对流亡者的深情体贴。由南征而想到北返，这是一层曲折；由北返无家可归想到不如暂且在南方栖息，这又是一层曲折。通过层层曲折转跌，诗人对边地人民的深情系念也就表达得愈加充分和深入。"莫厌"二字，担心南来的征雁也许不习惯潇湘的空旷孤寂，显得蕴藉深厚，体贴备至。

这是一首托物寓慨的诗。通篇采用比兴象征手法，表面上似乎句句写雁，实际上句句写人。风格婉曲细腻，清丽含蓄。而这种深婉细腻又与轻快流走的格调和谐地统一在一起，在以豪宕俊爽为主要特色的杜牧诗中，是别开生面之作。

赤　壁①

折戟沉沙铁未销②，自将磨洗认前朝③。东风不与周郎便④，铜雀春深锁二乔⑤。

[校注]

①赤壁，指汉献帝建安十三年（208），孙权与刘备联军大破曹操军队处，史称赤壁之战。地在今湖北赤壁市西北长江南岸，隔江与乌林相对。《元和郡县图志·江南道三·鄂州》："赤壁山在县（蒲圻县）西一百二十里，北临大江，其北岸即乌林，与赤壁相对，即周瑜用黄盖计，焚曹公舟船败走处，故诸葛亮论曹公危于乌林是也。"或说即今湖北武昌西赤矶山，与汉阳南纱帽山隔江相对。郦道元《水经注·江水三》："江水左迳百人山（今纱帽山）南，右迳赤壁山北，昔周瑜与黄盖诈魏武大军处也。"而杜牧此诗所谓"赤壁"，乃黄州之赤鼻矶，在今湖北黄冈市黄州区江滨，因山形截然如壁而有赤色，亦称赤壁。实非赤壁古战场旧址。诗作于杜牧任黄州刺史期间（会昌二年至四年秋间，842—844）。此诗又见李商隐诗集。按：义山生平宦历，足迹未到黄州。而杜牧任黄州刺史首尾三年，集中黄州诗颇多。诗为杜牧作无疑。然据阮阅《诗话总龟》卷十一评论门载："杜牧《赤壁》诗云（略）。《李义山集》中亦载此诗，未知果何人作也。"则此诗误入义山诗集为时甚早。②戟，古代兵器，长杆头上附有月牙形状的利刃。铁未销，谓沉入江沙中的断戟虽锈迹斑斑，但锈铁尚未销蚀净尽。③将，持。认前朝，辨认出是前朝（指三国时）的遗物。④《三国志·吴书·周瑜传》："瑜部将黄盖曰：'今寇众我寡，难与持久。然观操军船舰首尾相连，可烧而走也。'乃取蒙冲斗舰数十艘，实以薪草，膏油灌其中，裹以帷幕。上建牙旗，先书报曹公，欺以欲降。又豫备走舸，各系大船后，因引次俱前……盖放诸船，同时发火。时风威猛，悉延烧岸上营

落。顷之,烟炎张天,人马烧溺死者甚众,军遂败退。还保南郡。"裴松之注引《江表传》云:"时东南风急,因以十舰最着前,中江举帆,盖举火白诸校,使众兵齐声大叫曰:'降焉!'……去北军二里馀,同时发火,火烈风猛,往船如箭,飞埃绝烂,烧尽北船。"周郎,指周瑜。《三国志·吴书·周瑜传》:"建安三年,(孙)策亲自迎瑜,授建威中郎将……瑜时年二十四,吴中皆呼为周郎。"便,便利,有利条件。⑤铜雀,台名。《三国志·魏书·武帝纪》:建安十五年(210),"冬,作铜雀台"。铸大孔雀置于楼顶,舒翼奋尾,势若飞动,故名。晋陆翙《邺中记》:"铜雀台高一十丈,有屋一百二十间。"故址在今河北临漳县西南古邺城西北隅。二乔,即大乔、小乔。《三国志·吴书·周瑜传》:"孙策欲取荆州,以瑜为中护军,领江夏太守,从攻皖,拔之。时得桥公(玄)二女,皆国色也。策自纳大桥,瑜纳小桥。"乔、桥通。句意为如东吴战败,大、小二乔均将成为曹操铜雀台中的新宠。

[鉴赏]

这可能是杜牧咏史诗中最著名、后人的阐释评论也最多的一首。诗面的意思其实非常明显,但它的言外之意却很少有人真正悟出。问题的关键就在未能真正做到知人论世,而只是一味地就诗论诗。但要领悟诗之弦外之音,却首先要从诗面入手。

"折戟沉沙铁未销,自将磨洗认前朝。"和一般的咏史诗往往就所咏的历史事件、人物叙起不同,诗的前两句撇开赤壁的山川形势和昔日曹操与孙刘联军赤壁鏖兵等情事,单就诗人亲历的一件与远去了的赤壁之战有关的小事说起:在赤壁附近的江沙中,诗人偶然发现了一柄沉埋多年、锈迹斑斑的断戟。尽管年深日久,但并未锈蚀净尽。诗人出于好奇,亲自把它磨洗一番,辨认出这正是当年赤壁鏖战的遗物。杜牧喜欢谈兵,曾注《孙武十三篇》(即《孙子兵法》)行于世。来到赤壁古战场,自然会引发对这场决定三国鼎立局面的战争的追缅和对战争遗迹寻觅的浓厚兴趣。因此,这"折戟沉沙"的偶然发现和"磨洗认前朝"的行为描写,正符合杜牧这样一位自负才略,关注"治乱兴亡之迹,财赋兵甲之事,地形之险易远近,古人之长短得失"的才人志士的性格与行为特点。这样的开头,较之一般的咏史怀古之作多从江山景物或史事落笔的常套显得更为新颖超妙、亲切自然。如果说"自将磨洗"的行为显示出诗人对这段沉埋的历史的浓厚兴趣,那么"认前朝"便不单是对沉沙折戟历史年代的鉴定辨认,而且蕴含了对当年赤壁鏖战、"樯橹灰飞烟灭"历史场景的联翩浮想和对历史的沉思。

"东风不与周郎便，铜雀春深锁二乔。"三、四两句，紧承"认前朝"，发表对这场战争的历史结局的独特看法：假如当年不是由于东风大起，给了周瑜顺利施行火攻的便利条件，那么赤壁之战的结局就会是曹操胜利，孙吴覆灭，美丽的大乔、小乔也将成为俘虏，被深锁在春意深浓的铜雀台中，变成曹操的新宠。

历史是已经发生了的自然的、社会人事的客观事实，可以评论、探究，却无法改变。杜牧发表这通议论，自然也不是企图改变历史，而是对"治乱兴亡之迹"与"古人之长短得失"有自己的独特看法。许彦周对杜牧的讥评（谓其"社稷存亡、生灵涂炭都不问，只恐捉了二乔"）固然既不懂诗，也不了解杜牧的才略胸襟（如果读过杜牧的《感怀诗》《雪中书怀》《河湟》《早雁》等诗，绝不至于说出"社稷存亡，生灵涂炭都不问"这样的话）。但被许彦周的评论牵着鼻子走，也会忽略诗人的真正用意。如果诗人只是想用形象而风趣的语言告诉读者：假若不是孙吴获得赤壁之战的胜利，孙权的霸业就要落空，三国鼎立的局面也不会出现。那么这首诗不过是用韵语来议论赤壁之战对东吴存亡、三国鼎立的重大意义，这就完全是重复人所皆知的历史常识，毫无新意可言，作者就不再是杜牧，而是胡曾、孙元晏一流诗人了。杜牧咏史好作翻案文章，在立意上力求出新，这是历代评家都注意到的。如果旨在强调赤壁之战的重大意义，那就与翻案不沾边，不过老生常谈而已。更重要的是，这种说法，完全离开了诗歌的语言表达，对它的意旨作了不符原意的阐释。三、四两句，是个条件复句（假如不是东风给了周郎有利条件，那么二乔就要成为俘虏），在这里前提条件至关重要，是全篇最吃紧、最关键之处，既不能忽视不管，也不能改换成假若不是东吴胜利。诗人的意思表达得非常清楚，周瑜打败曹操，是得了"东风"之便。假如老天爷不给他这个有利条件，他的夫人和大姨早就当了俘虏。诗人强调的是"东风"的重要，而不是赤壁之战的重要。

"东风"是自然界的事物，在古代气象预测还处于纯粹经验的阶段和水平时，它只能是自然的无意恩赐。在现存的有关三国及赤壁之战的文献资料中，也丝毫找不到孙刘一方有任何人曾测到隆冬季节有这场势头极猛的东南风（不像后世《三国演义》中诸葛亮凭经验或神机妙算已先预测到几日后有东南风，又装神弄鬼，设坛祭风），因此"东风"之"便"便完全出于偶然的机遇，是"天"助孙吴。看来，诗人的言外之意相当清楚：凭实力、凭计谋、凭政治优势（曹操挟天子以令诸侯），周瑜与孙吴都未必是曹操的对手，这场战争之所以最终孙吴大胜，曹操大败，不过是由于天赐周瑜以有利的机缘（东风）而已。杜牧家富藏书，博览群籍，曾说"经书括根本，史书阅兴亡"，他对曹魏的实力、曹操的军事才能都是有了解的（曹操也注过《孙子兵法》），他的这番议论，应是经过思考，并非故作耸人听闻之论（至于赤壁之战孙吴胜利、曹操失败的真正原因或三国鼎立的根本原因，作为一个历史研究课题，又当别论）。

诗人这样来评论赤壁之战的胜败双方，显然不单纯是论史，发表不同流俗的见解，而是借此咏怀抒慨。赤壁其地其事，本就容易使才人志士引发对建功立业的向往。杜牧既自负才略，喜议政论兵，却又始终怀才不遇，苦闷抑郁。做黄州刺史期间，又正是他一生中情绪低落、苦闷郁结很深的时期。作于会昌二年十二月的《雪中书怀》诗说："孤城（指黄州）大泽畔，人疏烟火微。愤悱欲谁语，忧愠不能持。天子号仁圣，任贤如事师。凡称曰治具，小大无不施……人才自朽下，弃去亦其宜。北虏坏亭障，闻屯千里师（指回鹘南侵，朝廷屯兵准备驱逐）。牵连久不解，他盗恐旁窥。臣实有长策，彼可徐鞭笞。如蒙一召议，食肉寝其皮。斯乃庙堂事，尔微非尔知。向来躞蹀语，常作陷身机。"对边事的关注和谋划得不到当权者的重视和人微言轻、怀抱难申的境遇表现了强烈的忧愤。而"明庭开广敞，才俊受羁维。如日月缒升，若鸾凤葳蕤"的情景，更使诗人在对比中深慨自己的怀才不遇。这一切，都是《赤壁》这首诗中所表达议论的时代身世背景和心理动因。在诗人看来，历史的某些偶然机遇或条件，使一些才能未必很高的人侥幸获得成功和不朽的声名，而另一些真正有才能的人却因为缺乏这些机遇条件而沉埋不显。单纯以成败论英雄，实际上是对怀才不遇者的又一种不公。详味"东风不与周郎便，铜雀春深锁二乔"之语，不难听出弦外之音。这和历史上的周瑜依靠正确的战略战术取得赤壁之战的胜利自有其必然性是两回事，诗人借咏史以自抒英雄失路的怀抱，固不等同于史家论史。

如果联系诗人的一系列重要诗作，还不难发现这种"东风不与周郎便，铜雀春深锁二乔"的议论，实际上反映了诗人对历史、对人生际遇时感偶然茫然，无法掌握自身命运的心理。《题四皓庙》"南军不袒左边袖，四老安刘是灭刘"的议论，认为汉初的历史系于南军的一念之间，否则历史就要改写，其中蕴含的历史的偶然观正与《赤壁》神似。而著名的《杜秋娘》诗更借女主人公一生荣悴不常的际遇，抒发了"女子固不定，士林亦难期"的人生感慨。诗人在这首诗的结尾处说："主张既难测，翻覆亦其宜。地尽有何物，天外复何之。指何为而捉，足何为而驰？耳何为而听，目何为而窥？己身不自晓，此外何思维。"大至宇宙自然、社会历史，小至己之一身，都茫然不可解，历史人事上的许多偶然现象以至个人的机遇境遇，都感到茫然难知，难以自主。这正是衰颓之世的一种典型心态，因此引起包括李商隐在内不少士人的共鸣。对比李白的"天生我材必有用"的自信，更可看出这种机遇偶然、可遇不可求的观念心理的时代根源。

诗的三、四两句，奇警新颖的议论借助骏爽跳脱的笔调、明丽而风趣的语言来表达，其中又带有浪漫气息的想象，故能给人以锋发而韵流的感觉。使人宛见诗人风神超迈、议论风发的精神面貌，颇具杜牧七绝特有情采个性，而侧面落笔，意蕴言外，又极耐人寻味。

泊秦淮①

烟笼寒水月笼沙，夜泊秦淮近酒家。商女不知亡国恨②，隔江犹唱后庭花③。

[校注]

①秦淮，即秦淮河。在今江苏省西南部，流经溧水及南京市区。古称龙藏浦、淮水。相传秦始皇南巡至龙藏浦，发现有王气，于是凿方山、断垄掘流入长江，因名秦淮。自东晋建都建康以来，这一带为酒家林立、歌舞繁华之地。吴在庆《杜牧集系年校注》："《诗话总龟》卷二五引《唐贤抒情》云：'杜牧之绰有诗名，纵情雅逸，累分守名郡，罢任，于金陵舣舟，闻倡楼歌声，有诗曰：烟笼寒水月笼沙……风雅偏缀，不可胜纪。'按杜牧生平，会昌六年（846）九月罢池州任，徙为睦州刺史。据其《唐故进士龚轺墓志》'自秋浦守桐庐，路由钱塘'，此行可经金陵，泊于秦淮河。其经秦淮河时恰为秋冬之际，与'烟笼寒水'合。故此诗约为会昌六年秋冬间所作。"兹从之。②商女，指酒楼中以卖唱为生的歌女。③江，即指秦淮河。长江以南，水无论大小，均称江。酒家即在秦淮河的对岸，故歌声隔江清晰可闻。《后庭花》，即《玉树后庭花》，《南史·陈后主本纪》："后主愈骄，不虞外难，荒于酒色，不恤政事，左右嬖佞、珥貂者五十人。常使张贵妃、孔贵人等八人夹坐，江总、孔范等十人预宴，号曰'狎客'。先令八妇人襞采笺制五言诗，十客一时继和，迟则罚酒。君臣酣饮，从夕达旦，以此为常。"又《陈后主张

贵妃传》:"后主每引宾客,对贵妃等游宴,则使诸贵人及女学士与狎客共赋新诗,互相赠答,采其尤艳丽者,以为曲调,被以新声……其曲有《玉树后庭花》《临春乐》等……大抵所归,皆美张贵妃、孔贵嫔之容色。"《旧唐书·音乐志一》:"御史大夫杜淹对曰:'前代兴亡,实由于乐。陈将亡也,为《玉树后庭花》,齐将亡也,而为《伴侣曲》,行路闻之,莫不悲泣,所谓亡国之音也。'"

[鉴赏]

"刻意伤春复伤别,人间唯有杜司勋。"(李商隐《杜司勋》)如果要从杜牧诗集中挑出一首最能体现其"伤春"特征的作品,这首伤时感世的《泊秦淮》无疑是首选。

东吴、东晋和宋、齐、梁、陈六朝,都建都于金陵(吴称建业、东晋南朝称建康)。秦淮河一带,成为当时豪门贵族享乐游宴的场所。入唐以后,金陵的政治、地理位置虽不像六朝那样重要,但仍是江南繁华的商业都市。秦淮沿岸,酒家林立,六朝金粉的遗风,由于中唐以来城市经济的畸形繁荣愈演愈烈。诗人在由池州刺史调任睦州刺史的途中,夜泊秦淮河边,目睹耳闻衰颓时世中上层社会奢华淫侈、醉生梦死的生活,写下这首感慨深沉的伤时绝唱。

"烟笼寒水月笼沙",首句写夜泊秦淮眼前所见景象:一片淡淡的烟雾般的水汽,像轻纱似的笼罩着秦淮河那泛着波光、带着寒意的水面。溶溶的月色笼罩着秦淮河边的白沙。诗人选取了最能体现在夜泊秦淮所见景象特征的四种事物:水、月、烟、沙,分别用两个"笼"字将它们组合成一个完整的艺术境界。烟、水、月、沙,都是白的。视野所及,是一片轻柔静寂、缥缈朦胧之中带着微微浮动流走意态的白茫茫的夜色。

这是写景,但景中有情、景中有人。画面本身是在轻柔缥缈之中带有一点迷茫的色彩,在静寂朦胧之中带有一点凄寒的意味,很含蓄地透露出诗人当时的感情。透过这个画面,仿佛能感到诗人一方面为静寂幽美的秦淮夜色所吸引,另一方面又微微有些孤寂凄清的感触。特别是"烟笼寒水"的那个"寒"字,不仅透露出特定的时令,而且透露出诗人心头的那股寒意,从而在不经意间折射出特定的时代凄寒氛围。这种心境,正和下面要描写的江对岸歌吹宴饮情景构成鲜明的对照:一寂一喧、一醒一醉,很出色地烘托了那热闹喧哗后面的空幻与悲凉。

"夜泊秦淮近酒家",次句直接点出"夜泊秦淮",按实际情况,应是先有"夜泊秦淮",然后才看到"烟笼寒水月笼沙"的景象。但如果真试着按实际发生的时间次序来写，便会感到平直无味，诗意顿减。这是因为对这首诗来说，头一句担负着用最精练的笔墨渲染氛围，创造典型环境的任务（诗人正是在这样的环境和心态下夜泊秦淮，听到隔江歌女的歌唱的）。第一句如果平平叙起，第二句再来写典型的抒情环境氛围，就失去了那种先声夺人的艺术效果了。

但是，如果第二句仅仅为了交代一下时间（夜）、地点（秦淮）和"泊舟"之事，起着点明题目的作用，则它的任务又显得过于轻松，近乎浪费笔墨。实际上，这一句是在点明题目、为上一句描绘的景象补充交代时间、地点的同时又为下两句的描绘与抒情提供了引线，即是"近酒家"这三个字。这"酒家"就是河对岸的酒馆歌楼。有了这"酒家"，才有"商女"的歌唱，才有醉客的喧闹，也才有诗人的深沉感慨。因此这一句七个字，正是承上启下，网络全篇，起着枢纽关键作用，可以从中看出诗人运思的细密。但读来却只感到承接过渡得非常自然，丝毫不见刻意安排之迹，不感到前后幅之间转换的突然。因为秦淮河和一般的河不同，它的特点就是六朝金粉、江左繁华的历史展览馆，就是现实环境下的风月繁华、歌吹宴饮的展示厅。因此当我们读到"近酒家"这三个字时，感到它非常真实自然。如果不是"近酒家"，反而不是秦淮河了。

"商女不知亡国恨，隔江犹唱后庭花。"商女，指在歌馆酒楼中卖唱的歌女。这种人是都市商业经济畸形繁荣的产物，也是上层社会（包括官僚、富商等人）腐朽生活的产物。在秦淮河两岸，酒楼歌馆很多，官僚士大夫和富商们饮酒作乐时，她们就在席上唱些歌曲来侑觞助兴。因为要适应这帮人的趣味，歌曲的内容、情调可想而知。"隔江"的"江"，指的就是秦淮河。诗人在船上，商女的歌声从河对岸的酒楼歌馆传出来，故说"隔江"。《后庭花》是南朝末代皇帝陈后主等所制的歌曲，曲调内容淫靡（有"璧月夜夜满，琼树朝朝新"之句），声调凄凉（刘禹锡《金陵怀古》有"后庭花一曲，凄凉不堪听"之句）。因为其中有"玉树后庭花，花开不复久"之句，被人视为歌谶（预示着陈朝不久即将覆亡的命运），因而被作为靡靡之音与亡国之音的代名词。这两句是说，歌女们根本不懂得亡国的悲哀和愁恨，在河对岸的酒楼上依然还在唱着《玉树后庭花》这种淫靡的亡国之音。

诗的伤时感世之情，主要就是通过三、四两句来集中抒发的。头一句在写景中虽也蕴含着情，但那种情是比较虚泛、朦胧的，只是隐隐约约有那么一种孤寂、凄寒的情绪而已，而三、四两句则不同，它是隔江听到商女在唱《玉树后庭花》时引起的一种具体而强烈的带有深沉激愤之情的感受。两句中的"不知""犹唱"，前呼后应，寓慨尤深，是诗人"刻意"渲染之笔。两句的表层意蕴是说，歌女们唯以卖唱为生，她们在唱《玉树后庭花》这首流传了几百年的前朝歌曲时，根本不知道这首歌联系着一个王朝的荒淫奢华与覆灭的历史，即使知道了，按照她们的职业和身份，也不会怀有亡国的忧愁和怅恨，但对于隔江听到这首亡国哀歌的诗人来说，却因此而引发深沉的历史、现实感慨，引起无穷的亡国忧愁与怅恨。歌女因"不知"而"犹唱"，而诗人则因"知"而无限感慨，这是一层对照。但诗人用意更深的，却是"商女"背后的座上客，那些官僚贵族、富商大贾们。他们当中，不少人是深知《玉树后庭花》与南朝覆亡命运的关联，也深知"亡国"之"恨"的，但他们却既无视历史的教训，也无视现实的危机，更不顾唐王朝将步亡陈后尘、一朝覆灭的命运，仍然醉生梦死、苟安享乐，过着纸醉金迷的生活，在精神麻木中享受最后的疯狂。"不知"和"犹唱"，可以说是把历史、现实和将来串到了一起，透过一层，凝聚了很深的感慨。这《玉树后庭花》的靡靡之音，过去唱了，现在还在唱，恐怕还要唱到又一次亡国悲剧的上演吧。这正是诗人内心深处潜藏的沉重悲慨。"隔江"二字，显示了唱者与听者一江之隔的空间距离。这既真切地表现江这边船上听者对江那边酒楼歌馆之声的痛愤感受，又为诗人感愤的产生提供了必要的条件（如果歌吹喧闹之声就在近处发生，则除了厌恶之外根本就静不下心来思考）。而江这边的静和江那边的闹，正形成鲜明的对照，显示出一边是醉生梦死、"不知亡国恨"，另一边则是清醒而又痛苦忧伤地思考着危殆的国运。这种"知"与"不知"的对照，正是这首诗艺术构思和意境创造的一个显著特点。

诗蕴含的感情是沉痛忧愤的，但并不令人感到沉闷窒息。写景抒情中仍然有一股清丽俊爽之气。

寄扬州韩绰判官①

青山隐隐水迢迢②，秋尽江南草未凋③。二十四桥明月夜④，玉人何处教吹箫⑤？

[校注]

①韩绰，杜牧在淮南节度使牛僧孺幕府时的同僚。时韩绰任节度判官。《全唐诗》卷五四八薛逢有《送韩绛归淮南寄韩绰先辈》诗（一作赵嘏诗）。此诗系杜牧

离淮南幕后思念韩绰寄赠之作。诗有"秋尽江南（此处当包括扬州）"语，作诗时诗人当在北方。按杜牧大和九年调任监察御史，赴长安，同年八月，以监察御史分司东都，赴洛阳，开成二年（837），离洛阳至扬州看望其弟杜颛，不久即赴宣州幕。故此诗当作于大和九年（835）或开成元年秋，因开成二年秋他已在江南。②迢迢，水流绵长貌。杜牧《李贺集序》："水之迢迢，不足为其情也。"《全唐诗》校："一作遥遥。"③江南，此包括扬州。扬州虽在长江北岸，但其风土人情、季候景物实与江南无异。自身处北方者视之，更属当然。未，《全唐诗》原作"木"，据杨慎及段玉裁《经韵楼集·与阮芸台书》说改。④二十四桥，沈括《梦溪笔谈·补》谓唐时扬州最为繁盛，可纪者有二十四桥，并列载桥名。《方舆胜览》卷四十四《淮东路·扬州》古迹"二十四桥"下云："隋置，并以城门坊市为名。后韩令坤省筑州城，分布阡陌，别立桥梁，所谓二十四桥者，或存或废，不可得而考。"证以时代接近杜牧的张乔《寄维扬故人》诗"月明记得相寻路，城锁东风十五桥"、施肩吾《戏赠李主簿》"不知暗数春游处，偏记扬州第几桥"等诗句，则扬州城有二十四座桥之说洵为事实。视下句"何处"亦可知扬州桥之众多。或有谓"二十四桥"即吴家砖桥，后名红药桥者，则吴家砖桥即"第二十四桥"也。总数有二十四桥，与"第二十四桥"专指某一桥并不矛盾，视施肩吾诗"偏忆第几桥"之句可知。张乔诗"十五桥"当即"第十五桥"之意。⑤玉人，指年轻俊美的男子。《世说新语·容止》："（裴楷）粗服乱头皆好，时人以为玉人。"《晋书·卫玠传》："年五岁，风神秀异……总角乘羊车入市，见者皆以为玉人，观之者倾都。"此借指韩绰。《扬州府志》谓炀帝于月夜同宫女二十四人吹箫于桥上，盛唐包何有诗云："闻说到扬州，吹箫忆旧游。"说明月下吹箫于桥上当为扬州故实。

[鉴赏]

  这是一首很富风调美的七绝名篇，诗人的"风流俊赏"，往往通过这类作品鲜明地体现出来。

  唐文宗大和七年（833）四月到九年初，杜牧曾在淮南节度使（使府在扬州）牛僧孺幕中做过推官和掌书记，和当时在幕任节度判官的韩绰相识。这首诗是杜牧离扬州幕后不久寄赠韩绰之作［大和九年秋或开成元年（836）秋］。韩绰去世后，杜牧曾作《哭韩绰》诗凭吊，看来两人之间有一定的交谊。

  "青山隐隐水迢迢，秋尽江南草未凋。"前两句写回忆想象中扬州一带地区的秋日风光：青山逶迤起伏，隐现天外，绿水绵长悠远，迢迢不断。眼下虽然已到深秋,但温暖的江南想必草木尚未凋黄,仍然充满生机绿意。扬州地处长江北岸,但整个气候风物实与江南无异。唐代扬州特别繁华,"烟花三月下扬州""春风十里扬州路"等诗句,说明在当时人的心目中,扬州简直就是花团锦簇,永远是春天的城市。加以诗人此刻正在北方中原地区遥念扬州,因而在意念中便自然而然地将扬州视为风光绮丽的"江南"了。"草未凋"与"青山"绿水组合在一起,正突出显现了江南之秋明丽而富于生意的特色。由于是怀念繁华的旧游之地,诗人在回忆想象中便赋予扬州以丰富的诗意美。"未"字一作"木",虽也可通,但从意境的优美来看,却显然逊色多了,而且与上下文所显示的境界也不够合拍。这两句特意渲染山青水远、草木绿秀的江南清秋景色,正是要为下两句想象中的生活图景提供美好的背景。而首句句中自对,山、水相对,隐隐、迢迢叠用,次句"秋尽江南"与"草未凋"之间的转折,更构成了一种既圆转流美,又抑扬有致的风调。诗人翘首遥望、神驰天外的情景和不胜怀恋繁华旧游的感情也隐现于字里行间。

"二十四桥明月夜,玉人何处教吹箫?"这是一首寄赠旧日同游扬州友人的诗(此刻对方仍身在扬州),诗的三、四句,既要落到友人韩绰身上,点醒寄赠之意、怀友之情,又要关合扬州旧游之地,表现出扬州特有的佳胜和自己对它的怀念,更要切合自己和对方的身份、气质和情致,难度是相当大的。诗人将回忆的范围集中到"二十四桥明月夜"。因为这时、地、景物正是最能集中体现扬州风光中既繁华又清绝、既浪漫又富诗情的所在。二十四桥,是唐朝扬州城内桥梁的总称,所谓"二十四桥明月夜",实际上等于说扬州明月夜,只不过借此突出扬州的"江南"水乡特点,并将活动场所集中在小桥明月之上而已。杜牧在扬州期间,经常于夜间到十里长街一带征歌逐舞,过着诗酒风流的生活。当时韩绰想必也时常与诗人一同游赏,所以三、四两句说,值此清秋明月之夜,你这位丰仪俊美、风流倜傥的才士,又究竟在二十四桥的哪一座桥上与歌妓们吹箫作乐、流连忘返呢?"何处",应上"二十四桥",表现了想象中地点不确定的特点,且从问语隐隐传出悠然神往的情味。这幅用回忆想象编织成的月明桥上教吹箫的生活图景,不仅表现了扬州繁华景象的一个重要侧面,而且带有杜牧这类风流才士所醉心的生活的典型特点;不仅借此抒发了对往日旧游之地的怀念,而且重温了往日彼此同游的情谊;字里行间,既含蓄地表现了对友人的善意调侃(这种调侃本身就是表达友谊的一种方式),又流露出对友人现在处境的无限欣慕,作用是多方面的。

杜牧在扬州期间征歌逐舞的风流俊赏生活自然包含着某些颓废成分,但这首诗特具的优美风调和集中笔墨表现对象典型特征,表现诗人自己鲜明个性的手法,却对我们具有艺术上的启发借鉴作用。

山 行①

远上寒山石径斜,白云生处有人家。停车坐爱枫林晚②,霜叶红于二月花③。

[校注]

①此诗收入《樊川诗集·外集》,作年未详。②坐,因。枫林晚,晚秋的枫林。③霜叶,深秋经霜后变红的树叶。红于,比……更红。

[鉴赏]

在历代写枫叶的名句之林中,"霜叶红于二月花"自然属于知名度最高者之列。尽管就一句诗即创造出一个浑融完整的艺术意境来说,它未必赶得上崔信明的孤句"枫落吴江冷",但就意境的创新和富于启发性而言,却无疑远超前者。尤其难得的是,它并不是那种全篇显得很平淡甚至平庸,只有一个佳句孤悬的类型,而是通篇相当完美,而佳句尤显新警的典型。它的真正好处,也必须联系全诗,才能体味得更加深切、全面。

题称"山行",说明诗中所描绘的是抒情主人公在山行过程中所见所感。阅读时不能忽略这个"行"字,把它当作一幅单纯的秋山景物画来欣赏。

"远上寒山石径斜,白云生处有人家。"前两句写"山行"的人在山下眺望远山时看到的景象:远处,是一带呈现出深秋萧瑟凄寒色调的山峦。一道盘旋弯曲的石头砌成的小径,斜斜地向着山的高处伸展。在小路的尽头,山的深处,白云在浮动缭绕,透过白云浮动的空隙,可以隐隐约约地看到有几座房舍,几户人家。

这是一幅远眺中的秋山景物图,诗人的视线,由近而远,顺着弯曲斜绕的石径渐次伸延,直到山的深处浮动的白云和隐现的人家。"寒山"二字,点出深秋时令,也给整个画面涂上一层凄寒的色调。从视线中清晰可见的石径斜伸,可以想象此时山上树木黄落、寒风萧瑟的景象,显示出了秋山的空旷疏朗。而"白云生处有人家"又给这空旷寥落的寒山带来了人间烟火的生活气息,"生"字更带来一种动感。整个画面,给人一种既高远寥廓又带有凄寒意致,既疏淡清远又不乏人间气息的感受。

"停车坐爱枫林晚，霜叶红于二月花。"三、四两句，是山行的人在近处看到晚秋的枫林红叶，停车观赏流连的情景。他本来是坐着小车，一边行进，一边遥望远处秋山白云人家的，可是在行进中忽然被一片经霜之后变得火红的枫林深深吸引住了，于是停车驻足，就在路旁观赏起这晚秋的枫林来，觉得这绚烂秾艳的枫叶比二月的春花更加耀眼，也更加精神。

作为一幅完整的秋山景物画，远处的寒山石径、白云人家和近处的一片火红的枫林，构成了淡与浓、疏与密、隐与显、高与低、冷与热、白与红的鲜明强烈对照，在疏朗高远、带有凄寒色调的远山秋色衬托下，眼前的这一片浓烈鲜艳的枫林，显得特别绚烂夺目、动人遐想，枫林和作为它背景的寒山、石径、白云、人家，色调虽然是对立的，但又都统一在"寒山"所标志的"秋"字里。但诗人笔下的秋山，在对立统一的两种色调中，凸显的是"枫林"这个主体，这就和通常见到的秋山景物图大异其趣了。准确地说，作为一幅图画，应该正名为秋山霜林图。

但这首诗的真正好处主要不在"诗中有画"，具有图画的鲜明形象和构图设色方面的优长，而是突出地体现在"霜叶红于二月花"这一警句中所蕴含的诗意感受和它给读者带来的丰富联想和启示上。这正是"画图难足"的一面。枫叶与春花，一出现于秋，一出现于春；一为叶，一为花。季节、品类的不同，使人们很难将它们联系在一起加以比较。从火红的枫叶联想到鲜艳的春花，写出"霜叶红于二月花"的诗句，这显然是诗人的独特发现、独特感受。需要特别注意的是，诗人不是说"霜叶红似二月花"，而是说"霜叶红于二月花"，前者只是简单的比拟，后者却蕴含了独特的诗思乃至哲理。在这首诗里，诗人着意强调的主要不是经霜的枫叶比二月的鲜花在色彩上更浓烈这一外在特征，而是"霜叶"胜于春花的内在精神品格。尽管诗人并没有明确说出这个胜似春花的精神品格是什么，但通过环境、背景的衬托和语言的暗示，却不难引发丰富的联想。作为这一片火红的枫叶的环境和背景的那一带落木萧萧，带着凄寒色调的远山，不仅衬托出了枫林的绚烂浓烈耀眼的色调，而且凸显出了其经受深秋风霜的考验后愈显得富于顽强生命力的精神品格和傲霜的美好风姿。诗人之所以不说"红叶""枫叶"，而说"霜叶"，正是为了强调其经霜后显示出来的内在美和外在美的统一。尽管"霜"是白色的，但"霜叶"这个意象所唤起的联想却不是白，而是充满生机的浓烈和绚烂。

这种联想和启示纯属于诗。别的艺术样式即使想表现，也很难表现出蕴含其中的荡漾诗情与深邃哲思。从"霜叶红于二月花"可以看出诗人审美情趣的独特和健康。一般人总是习惯于将秋天和凋衰、凄伤联系在一起，即使看到火红的枫叶，也总不免与萧瑟、凄伤的心绪相连。不妨举一些历代咏枫的名句：

湛湛江水兮上有枫，目极千里兮伤春心。（《招魂》）

枫落吴江冷。（崔信明残句）

枫叶荻花秋瑟瑟。（白居易《琵琶行》）

君不见满川红叶，尽是离人眼中血。（董解元《西厢记》）

晓来谁染霜林醉，总是离人泪。（王实甫《西厢记》）

从这些历代传诵的咏枫名句中可以看出，要突破传统审美观念的束缚，写出思想感情健康、富于艺术独创性的诗句，并不单纯是一个艺术技巧问题。

秋　夕①

银烛秋光冷画屏②，轻罗小扇扑流萤。天阶夜色凉如水③，坐看牵牛织女星④。

[校注]

①宋周紫芝《竹坡诗话》云："'银烛秋光冷画屏，轻罗小扇扑流萤。天阶夜色凉如水，卧看牵牛织女星。'此一诗，杜牧之、王建集中皆有之，不知其谁所作也。以余观之，当是建诗耳。盖二子之诗，其流婉大略相似，而牧多险侧，建多工丽，此诗盖清而平者也。"按：《全唐诗》王建诗集中未见此诗，而胡仔《苕溪渔隐丛话·后集》卷十四王建则云："予阅王建《宫词》，选其佳者，亦自少得。只世所脍炙者数词而已，其间杂以他人之词，如'闲吹玉殿昭华管，醉折梨园缥蒂花。十年一梦归人世，绛缕犹封系臂纱'。又如'银烛秋光冷画屏，轻罗小扇扑流萤。天街夜色凉如水，坐看牵牛织女星'。此并杜牧之作也。"胡仔之言当有据。建宫词多写宫中日常生活琐事及习俗，多用俗语，内容具体琐屑，与此诗风格清丽含蓄者明显不同。题称"秋夕"，而诗有"坐看牵牛织女星"之句，"秋夕"或指七月七日。②银，《全唐诗》原作"红"，校："一作银。"据改。按：曾季狸、释惠洪、胡仔等人引此诗，并作"银"，惟赵与旹《宾退录》作"红"。然"红"字

与下"冷"字不协,当以作"银"为佳。③天阶,宫殿的台阶。天,《全唐诗》校:"一作瑶。"④坐,《全唐诗》校:"一作卧。"按:上言"天阶"此句自当作"坐"。

[鉴赏]

诗题"秋夕",义同七夕,非泛指秋天的夜晚,这从末句遥看牵牛、织女星可以意会。而诗中的女主人公,从"天阶"二字可以看出,当是深宫中的女子。何焯引崔颢《七夕》诗后四句,谓此诗点化其意,为历来解诗者所未发。将此诗与崔诗末四句对照,确实可以看出小杜诗在命题、造境与意象上与它有明显的相似之处。但这种点化,并非因袭,而是在利用前人诗料基础上的一种创造。

"银烛秋光冷画屏",首句写七夕之夜女主人公室内的环境氛围:银色的蜡烛在初秋的夜晚放射出幽冷的光,映照着床前的画屏,仿佛连这画屏也笼罩着一层凄冷的氛围。"银"字、"秋"字都带有明显的冷色调,再加上"冷"字的着意渲染,更增添了整个室内的幽冷孤寂气氛,透露出女主人公处境的孤清寂寞和心境的幽冷凄寂。

"轻罗小扇扑流萤",次句转写女主人公在室外的行动。由于室内空寂幽冷,难以度过漫漫的长夜,她不得不移步走到室外,手持薄罗小扇来扑打飞舞闪烁的流萤。由于时令刚值初秋,暑热尚未全退,女主人公持轻罗小扇出户应是符合季节自身特点的,似未必暗用班婕妤《怨歌行》团扇弃捐诗意。这一句如孤立地看,似乎意致轻俏流走,给人以扑流萤为戏的印象,但一和上句的幽冷凄寂氛围心境联系起来体味,便会感到这只是女主人公挨过漫漫秋夜聊自排遣的行动。而流萤的出没闪烁,也从侧面透露出所居环境的荒寂空旷。如果是在得宠嫔妃所居的宫殿里,应是灯烛辉煌,充满热闹气氛的,不大可能见到这种"流萤飞复息"(谢朓《玉阶怨》)的景象。

"天阶夜色凉如水,坐看牵牛织女星。"诗的前后幅之间,有时间的推移流逝。"夕殿萤飞",是入夜不久的景象,而"天阶夜色凉如水"则已是夜深时分,凉意侵人了。"天阶"是对宫殿中台阶的专称。"夜色凉如水"的"夜色"并不专指眼中所见的"夜色",而是泛指整个秋天深夜的环境氛围,诗人用"凉如水"三字来形容,正传神地表现了女主人公对整个环境氛围的清冷感受,这种"凉"意,不但侵人肌肤,而且渗入人心,使整个身心都感到一种凄冷之意,而"如水"的形容又赋予这"凉"意以四处流动渗透的印象。

如此清冷的深夜，女主人公却仍逗留在室外，她默默地坐在凉意侵人的台阶上，遥望着天上银河旁两颗迢迢相望的牵牛星和织女星。深夜尚未回到室内，当是"心怯空房不忍归"，而"坐看牵牛织女星"，则在默默无言中透露出极其丰富的情思和心理活动。从"扑流萤"及坐台阶的举动看，这位女主人公的身份大约就是一般的年轻宫女而非嫔妃。因此她们的命运就不是色衰宠移、秋扇弃捐，而是根本就不可能得到君主的宠幸，甚至连皇帝的面也见不到。在牛、女相会的七夕之夜，她默默地坐在凉意侵人的宫殿台阶上遥望牵牛、织女星，心里想的是牛、女犹能每年渡鹊桥而相会一夕，而自己则一入深宫，终身幽闭，独居空房，求为牛、女每年一度相聚亦不可得。这里，有对牛、女的羡慕向往，更有对自己悲剧处境命运的怨嗟。一"看"字中蕴含着无限悲愁暗恨，却不明白道出，表情极为含蓄蕴藉。

末句"坐"或作"卧"，自以作"坐"义长。从三、四两句的联系看，上句写"天阶"，故下句的"坐"，即坐台阶而遥看，连接自然，如改成"卧"字，则三、四两句不能无缝对接，此其一。从实际情况看，深夜时分，银河正在中天，在室内躺在床上，很难看到中天斜贯的银河和牛、女二星，此其二。更重要的是，"卧看"二字，给人以闲逸欣赏之感，而作"坐看"，则正如李白之《玉阶怨》"却下水晶帘，玲珑望秋月"的"望"字那样，无限幽怨尽含其中了。

清　明①

清明时节雨纷纷，路上行人欲断魂。借问酒家何处有？牧童遥指杏花村。

[校注]

①此诗清冯集梧《樊川诗集注》（包括本集、补遗、别集、外集、遗收诗补录）及清编《全唐诗》均不载。始见于南宋刘克庄编《后村千家诗》卷三节候门，署杜牧作（见清曹寅《楝亭十二种·后村千家诗》），其后谢枋得即据以收入所编之《千家诗》。按：刘克庄藏有《樊川续别集》，其《后村千家诗》选此诗署杜牧作当据《樊川续别集》。因此诗后出，而洪迈又曾谓《樊川续别集》中所收之诗均许浑诗，故近人多疑其非杜牧诗。或据许浑之《下第归蒲城别墅居》诗中"薄烟杨柳路，微雨杏花村"之句，谓此诗乃许浑之作（胡可先《杜牧研究丛稿·〈清

明〉诗作者和杏花村地望蠡测》)。但成书于宋初之乐史《太平寰宇记》卷九十昇州（治所在今南京市）已云："杏花村在（江宁）县理西，相传为杜牧之沽酒处。"可证此前已有杜牧沽酒于杏花村之传说，则此诗传为杜牧作在五代时或五代前即已如此。宋谢逸有"杏花村馆酒旗风"（《江神子》词）之句。似兼用杜牧此诗及《江南春》。

[鉴赏]

这首诗的著作权虽尚有争议，但确实是首佳作，不能因为它被选入《千家诗》就斥之为"气格不高"。从诗的悠扬风调和俊逸清丽的语言风格来看，确有接近小杜诗风之处。诗写得很通俗，但意境并不浅露。特别是后两句，写出了一个很富诗情画意和启示联想的境界，雅俗共赏、隽永耐味，是这首诗广泛传诵的主要原因。

起句直入本题，点出"清明"。"雨纷纷"三字，勾画了江南地区清明时节的显著气候特征。这是一种霏霏细雨，带着江南春雨特有的湿润、温馨和缥缈的感觉。它既不是夏日那种"来往喷洒何颠狂"（杜牧《大雨行》）的豪雨，也不是秋天那种凄清萧瑟的苦雨。对于一个没有多少心事，心境比较轻松的行人来说，在这种带有梦幻色彩的春雨中行路，别有一种晴朗天气所享受不到的意趣。杜牧曾在不少诗中怀着欢快或欣赏的感情写到春雨。如："留我酒一樽，前山看春雨"（《题宣州开元寺》）、"秋山春雨闲吟处，倚遍江南寺寺楼"（《念昔游》）、"南朝四百八十寺，多少楼台烟雨中"（《江南春绝句》）、"芳草渡头微雨时，万株杨柳拂波垂"（《初春雨中舟次》）等等。这首诗中的"雨纷纷"，诗人的心情同样是欣赏和陶醉，而不是厌烦和愁苦，正如"杏花春雨江南"在人们心中唤起的是诗意和美感一样。

接下来一句"路上行人欲断魂"，便进而写到"行人"（实即诗人自己）对这种霏霏微微的清明雨的感受。"断魂"义近"销魂"，但不必把它的意涵理解得过于局狭拘泥，以为一定是指极为哀伤愁苦的感情。实际上，在不同的场合使用这个词语，往往有不同的感情内涵，它有时义近于一往情深。在这里，则是一种混合着莫名其妙的伤感和难以言状的陶醉感的茫茫然的精神状态。正像一阕带有梦幻色彩、内容不大确定的乐曲一样，这霏微的清明雨所形成的特有气氛，撩动人的感情，触发人的某些模糊联想和记忆，使人如痴如迷，却又说不清是怎么回事。

怀着这种莫名其妙的伤感和诗意陶醉，"行人"在不知不觉当中想到了酒，想到了村野风味的小酒店，想到在这样的气氛和心情下，到乡村小酒店喝上一杯，该是何等富有诗意。就在这时,在纷纷细雨中迎来了一个骑在牛背上的牧童(在诗人眼里,这牧童也被诗化了),于是便向他打听近处哪里有小酒店,牧童也不搭话,只是悠然地用鞭梢朝那边随便一指,顺着他鞭指的方向,透过霏霏细雨,隐约可见前面有一座杏花围绕的村庄。在村子的一头,似乎有一家门前,挑出了一面作为酒家标志的青旗。

诗写到这里,就悠然住笔,"遥指"以后的情事,不作任何具体交代甚至暗示。诗的妙处也正在这里。有各种不同性格和心理素质的读者,他们对这以后将要出现的情事会有不尽相同的想象。但无论想象的内容有多少差异,那杏花深处的村庄和酒家,都将带着"杏花春雨江南"式的浓郁诗意和醇醪芳香,使读者进入更深一层的陶醉。杏花村中人未必意识到的诗意美,也由于诗人在特定情境下的"借问"和牧童的"遥指",忽然被诗人所敏感地发现并成功地表现出来了。读者从这"借问"和"遥指"之中,不但可以清晰地想象出"行人"与"牧童"问答指点的鲜明画面,想象出这以后的一系列情事——美的欣赏和酒的陶醉,而且从这顿挫有致的风调中想象出一位神情潇洒、风神俊逸的诗人形象。

因为这首诗的广泛流传,"杏帘在望"甚至成了酒店的招牌,而且连这招牌也带有强烈的诱惑力,似乎要溢出诗意、春色和酒香来。这正说明这首诗所创造的艺术意境的典型性。

赵嘏

赵嘏（806？—853？），字承祐，楚州山阳（今江苏淮安）人。弱冠前后，有河东塞北之行。大和初游浙东元稹幕，继入宣歙沈传师幕，结识杜牧。后入京应试，累举不第。会昌四年（844）始登进士第。大中三年（849）左右为渭南尉。卒。其《长安晚秋》诗"残星几点雁横塞，长笛一声人倚楼"之句为杜牧所赏，称"赵倚楼"。有《渭南集》三卷、《编年诗》（均为咏史之作）二卷。《全唐诗》编其诗为二卷。《编年诗》残存于《敦煌遗书》中，共三十六首。

赵嘏

江楼感怀①

独上江楼思渺然②，月光如水水如天。同来望月人何处③？风景依稀似去年④。

[校注]

①《全唐诗》题原作"江楼旧感"，校："（旧感）一作感怀。""旧感"不词，兹从校语改。《才调集》卷七选录此诗，题作"感怀"。②渺然，渺茫广远、空虚无着落貌。③望，《全唐诗》校："一作玩。"按《才调集》此句作"同来看月人何在"。

[鉴赏]

这是一首登楼感怀的小诗，写得既通俗易懂，又空灵淡远，情味隽永。优秀的唐诗，尤其是绝句，都有这种雅俗共赏的特点，所感之"怀"，究竟是思念旧友，还是情人，诗人并未作任何交代或暗示。因为诗人所要表现的，主要是一种景似人非的感受，是更带普遍意义的生活体验和人生感受，至于具体的人事，已经退居次要地位可作模糊化的处理了。

"独上江楼思渺然，月光如水水如天。"前两句写当前登江楼所见所感。点出"江楼"，为次句所展示的景色提供条件。不说"一上"而说"独上"，便隐然带有强调自身孤子的意味，与下"同来"对应。"思渺然"是形容思绪渺茫广远，又空廓无着落的样子，这和句首的"独上"显然有密切联系。但何以"独上"就会产生这样的感情状态，诗人并不忙着作正面回答，而是在第二句转笔写景："月光如水水如天。"一句中写了江楼所见的月光、水色和天容，并用两个"如"字将这三者联成一个空明澄澈、广远无边的境界。"月光如水"，是突出月光的明净、柔和以及像水波那样的荡漾流动感，静态与动态兼而有之；"水如天"，既是描绘水色与天光同其空明澄澈的色感，又是描绘水天相连相接、茫然空阔的景象。句中"水"字连叠、"如"字重复，加强了全句所展示的境界浑然一体的感觉。这空明广远而又带有迷茫朦胧色彩的江楼夜景，既可以令登临者心旷神怡，又可以引发悠远的思绪乃至惘然无着的情绪。实际上作者在不同时间、不同条件下登临望远，引起的思绪也确实不同。读到这里，我们恍然领悟首句的"思渺然"即因这"月光如水水如天"的广远迷茫之境所引起,而这广远迷茫之境在情态上又正和"渺然"之思相吻合。但这"渺然"之思究竟包含什么内容,这里仍含而未宣,要等下文来加以展示。

第三句"同来望月人何处",是由眼前所见"月光如水水如天"的景象所触发的感慨。今夕"独上江楼"望月,触动诗人对去年"同来望月"的记忆,而同来的人此刻却不知到哪里去了。这一句与其说是设问,不如说是诗人发自心底的一声长叹。从表面上看,这一句是由今忆昔的转折,实际上第一句"独上"中就已含着今昔的对比,"思渺然"中更包含着因怀旧而产生的悠远迷惘的情思,只是没有自觉地意识到而已。到这里,由于特定情景的触发,才发展为明确的意识,而有此感慨式的发问和叹息。

按照常规,第四句似应就人之不在再抒感慨,但诗人却出乎常情,仍然折回到"风景"上来——"风景依稀似去年"。这是一个极富韵味的结尾。"风景似去年",当然指的是登江楼所见"月光如水水如天"的景象。但作者意中要强调的恰恰是"不似"的一面。风景虽仍然与去年相似,而人却不同——去年是"同来望月",今岁是"独上江楼"。正因为这样,感受也就不同:去年江楼同赏,"月光如水水如天"的景象令人心旷神怡;今岁江楼独上,同样的景象却令人怅触感伤,思绪茫然。"依稀"二字,自然精妙,刻画入微。它既传出诗人回忆去年情景时依稀仿佛,记得不很真切的情态,又透出诗人因昔日同来之人不在,连带着觉得眼前的景物也带上了一层孤清迷茫、如梦似幻、是耶非耶的色彩。物是人非,景是人非,是表现怀旧感情时常用的词语。其实,景物无论就它本身的形态或它在不同情境中的人的主观感受中,都只是大略相似而不能尽同。这里用"风景依稀似去年"来形容,实在是十分细微真切而传神的描写。没有比这两句更能传达那种梦幻式的空廓失落感受的了。

妙在写到"风景依稀似去年"就徐徐收住,不言感慨而感慨自深。要说明这一点,有一个极简单的检验方法,那就是将这首诗略微调整一下次序,改为:

  月光如水水如天,风景依稀似去年。
  同来望月人何处?独上江楼思渺然。

内容文字没有任何改动,但那隽永的情味和空灵淡远的意境却都减色多了。

陈陶

陈陶（803？—879？），字嵩伯，里贯不详。大和三年（829）至大中初，曾南游福建、江西、岭南，作诗投献各地刺史、观察使。大中三年（849）隐居洪州（今江南南昌）西山。以布衣终身卒后方干、曹松、杜荀鹤、张乔均有诗哭吊。有《文录》十卷，已佚。五代南唐时另有一陈陶，其事迹及诗作常与此陈陶相混。《全唐诗》编其诗为二卷，其中亦有南唐陈陶诗误入者。今人陶敏有《陈陶考》。

陇西行四首（其二）①

誓扫匈奴不顾身，五千貂锦丧胡尘②。可怜无定河边骨③，犹是春闺梦里人。

[校注]

①《陇西行》，汉乐府相和歌辞旧题，古辞"天上何所有，历历种白榆"，内容与征戍之事无关。梁简文帝《陇西行三首》，始言边塞征战之事，其一云"边秋胡马肥，云中惊寇入"；其二云"陇西四战地，羽檄岁时闻"。此后诗人所作，方多以边塞征戍之事为内容。《通典》曰："秦置陇西郡，以居陇坻之西为名。"地在今甘肃东南部一带。陈陶另有《水调词十首》，亦闺中怀念良人远戍之作。《陇西行四首》，系讽汉武开边之作。②貂锦，穿貂皮裘、着锦衣的朝廷精锐部队。刘禹锡《和白侍郎送令狐相公镇太原》："十万天兵貂锦衣，晋城风日斗生辉。"司马迁《报任少卿书》："且李陵提步卒不满五千，深践戎马之地，足践王庭，垂饵虎口……转斗千里，矢尽道穷，救兵不至，士卒死伤如积。"此句化用其意。③无定河，黄河中游支流。在陕西省北部，源出白于山北侧，绕经内蒙古自治区南端，折而东南流，经绥德县，至清涧县东入黄河。原名圁水，后人因其溃沙急流，深浅不定，故改名无定河。唐代无定河流经夏州、银州、绥州入河。《元和郡县图志·关内道·夏州朔方县》："无定河一名朔水，一名奢延水。"

[鉴赏]

陈陶的《陇西行四首》，是一组反黩武战争的咏史边塞诗。第一首说："汉主东封报太平，无人金阙议边兵。纵饶夺得林胡塞，碛地桑麻种不生。"反对黩武开边的意旨显然。或因诗中渲染了战争中的惨重牺牲和它给人民造成的沉重心灵伤痛，怀疑它是笼统反战的和平主义作品，那是没有通观整个组诗的缘故。

首句"誓扫匈奴不顾身"，写汉兵的奋勇作战。"誓扫""不顾"，一强调其意志的坚决，一突出其行动的勇猛。黩武战争本来是和广大人民的利益直接违背的，统治者为了驱使人民为其黩武开边政策效命，往往欺骗人民，打着国家民族利益的招牌。因此，诗中的战士不是怀着畏战、厌战的心理，而是怀着卫国破敌的决心英勇作战。这样来写受欺骗的士兵心甘情愿地走向不义战争，比写他们厌战更深刻，

陈 陶

对下文的反跌作用也更强烈。

次句"五千貂锦丧胡尘",是这场战争的直接后果。貂锦,指貂裘锦衣,这是汉代羽林军的服装,这里借指精锐部队。一场战争,被派去冲锋陷阵的五千精锐全军覆没,丧身胡尘,则战斗之惨烈、损失之惨重可见。但当事的士兵却并不知道他们的牺牲只是为统治者的好大喜功卖命,反而看作是为国家民族的利益英勇献身。黩武战争后果的悲惨和士兵思想行动的壮烈,构成意味深长的对照,将悲剧的意蕴进一步深化了。

但是,只有上面两句,这首诗便和一般的揭示黩武战争带来惨重牺牲的作品没有任何区别。要把对黩武战争的揭露引向更深刻、更强烈的境地,就必须对生活现实进行集中概括和典型化,这正是三、四两句所要承担的任务。

"可怜无定河边骨,犹是春闺梦里人。""无定河边",是这场战争进行的战场,"无定河边骨",即指这场战争中新战死的"五千貂锦"的尸骨,承上"丧胡尘"。上句用"可怜"咏叹作势,下句用"犹是"重笔抒慨,将"无定河边骨"与"春闺梦里人"构成一实一虚、一死一生的强烈对照。开赴边地的貂锦战士已经战死沙场,成为无定河边的尸骨,但后方家中的妻子却并不知道丈夫战死的消息,每日里仍在苦苦思念丈夫,盼望丈夫的归来,春闺寻梦,梦见自己勇武英俊、锦衣貂裘的丈夫。一边是荒无人迹、凄凉萧瑟的无定河边,一边是充满温馨气息的春闺兰房;一边是触目惊心的累累枯骨,一边是梦中浮现的英武貂锦战士;一边是无情的现实,一边是美好的梦境。这仿佛不能同时并存的两个极端,却被作者用"可怜……犹是"联结了起来,从而产生巨大的悲剧力量,使人在对照中强烈地感到黩武战争是何等残酷地摧毁了人民的和平幸福生活,葬送了无数人的青春、爱情和生命。这是一种深刻入骨的揭露和强烈之极的控诉,但并不剑拔弩张,声色俱厉,而是在从容有致的咏叹中进行鲜明的对照,而读者心灵上所受到的震撼却比那种剑拔弩张的控诉更强烈,也更持久。关键在于这里所进行的对比已经超越一般的艺术手法,而达到由高度的集中概括而创造出的典型化的境界。前方的战士已经埋骨沙场,后方的妻子由于消息不通,仍然以为他还活着。这种情况,生活中习见,但融无定河边的白骨于春闺梦思,融残酷惨烈的现实于温馨绮丽的幻梦,却是诗人的创造性构思。它源于生活,又比生活更高、更集中、更强烈。许浑的《塞下曲》:"夜战桑干北,秦兵半不归。朝来有乡信,犹自寄寒衣。"题材与构思与陈诗类似,写得也凄恻动人,但比较之下,陈诗在对比的鲜明强烈、构思的新颖独特、辞采的工妙婉丽等方面显然更胜一筹。

李商隐

李商隐（812—858），字义山，号玉谿生，又号樊南生，原籍怀州河内（辖境包括今河南沁阳及博爱），从祖父起迁居郑州荥阳。幼年随父李嗣赴幕，"浙水东西，半纪漂泊"。大和初曾在玉阳山学道。大和三年（829），以所业文谒令狐楚于洛阳，楚奇其才，令与诸子（绪、绹、纶）同游。岁末，随楚赴天平节度使幕，为巡官。后又入令狐楚太原幕。大和五至七年，三应进士试未第。八年依重表叔崔戎于华州、兖海幕。开成二年（837）始登进士第。楚卒，应博学宏辞科试被黜，三年春入泾原节度使王茂元幕，娶其女。四年释褐为秘书省校书郎，旋调补弘农尉。五年秋移家长安樊南，应茂元之召赴陈许幕代草章表。旋居华州周墀幕。会昌二年（842）以书判拔萃授秘书省正字。旋丁母忧居丧。四年春移家永乐。服阕重官秘省正字。大中元年（847）三月，随桂管观察使郑亚赴桂林，为观察支使，掌表记。二年亚贬，罢幕归京，选盩厔尉，京兆尹留其假参军事，专章奏。十月，武宁节度使卢弘止奏辟其为判官，得监察御史衔。四年夏，随弘止至宣武节度使幕。五年春暮，妻王氏卒，商隐罢幕归京。以文章干令狐绹，授太学博士。七月，东川节度使柳仲郢辟其为掌书记，后改判官。约七年冬，曾自东川归京。九年冬，罢东川幕随柳仲郢还朝，任盐铁推官。十二年病废返郑州，卒。商隐工诗擅骈文，曾自编其骈文为《樊南甲集》《樊南乙集》各二十卷。北宋真宗朝编其诗集为三卷。《全唐诗》编其诗为三卷。其诗情调感伤，意境朦胧，富于象征暗示色彩，咏史、咏物、无题及吟咏爱情的篇章均多佳作。清人朱鹤龄、冯浩,近人张采田均有其诗文笺注及年谱。岑仲勉有《玉溪生年谱会笺平质》。今人叶葱奇有《李商隐诗集疏注》,刘学锴、余恕诚有《李商隐诗歌集解》。

锦　瑟①

锦瑟无端五十弦②，一弦一柱思华年③。庄生晓梦迷蝴蝶④，望帝春心托杜鹃⑤。沧海月明珠有泪⑥，蓝田日暖玉生烟⑦。此情可待成追忆⑧，只是当时已惘然。

[校注]

①锦瑟，绘有锦绣般花纹的瑟。瑟是古代一种弦乐器。诗咏锦瑟所奏的音乐意境及因此引起的联想和感受，即"思华年"。此诗大约作于诗人的暮年。②无端，没来由地。五十弦，《史记·封禅书》："太帝使素女鼓五十弦瑟，悲，帝禁不止，故破其瑟为二十五弦。"③柱，系弦的木柱。思，忆。华年，青年时代，此处含有身世年华之意。④《庄子·齐物论》："昔者庄周梦为胡蝶，栩栩然胡蝶也；自喻适志与？不知周也。俄而觉，则蘧蘧然周也。不知周之梦为胡蝶与？胡蝶之梦为周与？"⑤望帝，《蜀记》："昔有人姓杜名宇，王蜀，号曰望帝。宇死，俗说云：宇化为子规。"子规，即杜鹃。⑥月明珠有泪，古代认为海中蚌珠的圆缺与月的盈亏相应。《博物志》："南海外有鲛人，水居如鱼，不废织绩，其眼能泣珠。"⑦蓝田，山名，产美玉，在今陕西蓝田县。司空图《与极浦书》："戴容州（叔伦）云：诗家之景，如蓝田日暖，良玉生烟，可望而不可置于眉睫之前也。"⑧可待，何待、岂待。

[鉴赏]

这可能是中国古代诗歌史上解说最为纷纭的一首名作——它以含意的隐晦、意境的朦胧著称，也以特有的朦胧美和丰富的暗示性，吸引着历代的诗评家、注家和诗人一次又一次地试图撩开它神秘的面纱。从北宋的刘攽、苏轼到现在，解者不下百人，重要的异说也达十来种。面对珠圆玉润而又扑朔迷离的诗歌境界和一大堆纷纭的异说，开始时不免眼花缭乱，但细加寻绎，却可发现在迷离中自有线索可循，在纷纭中也不无相通之处。不少异说，实际上是诗歌本身的丰富蕴含和暗示在不同读者中引起的不同感受与联想。它们往往各得其一体而未窥全豹，但不必互相排斥。如果我们根据诗人自己提供的线索按迹循踪，找到它的主意和基调，融汇各种原可相通、相包或相并行的异说（包括最占优势的自伤身世说和悼亡说，以及古老的"适怨清和"说和后起而别开生面的自述诗歌创作说等），也许可以做到比较接近这首诗的本来面目而不致阉割其丰富的内涵，对它的艺术特点也会有比较切实的体察认识。

律诗的首、尾二联，在一般情况下较多叙事和直接抒情成分，全篇的主意也往往寓含在这两联里，有时甚至明白点出。而颔、腹两联则往往敷演主意，意象密度较大。李商隐的这首《锦瑟》，首联以"五十弦"的形制和"一弦一柱"（即弦弦柱柱）所发的悲声引出"思华年"，尾联以"成追忆"回应"思"字，以"惘然"点醒华年之思的感受，已经明白告诉我们：这首诗是诗人追忆华年往事、不胜惘然之作。这种惘然的华年身世之感，内涵非常宽泛，既可以兼包诗人的悼亡之痛乃至悼亡之外的爱情生活悲剧，也和抒写诗人不幸身世、充满感伤情调的诗歌创作密切相关。伤身世、咏悼亡、述创作，对于李商隐这样一位身世凄凉、处境孤羁、"刻意伤春复伤别"的诗人来说，原不妨是三位一体的。锦瑟，既可以是诗人凄凉身世的一种象征，也不妨看作感伤身世的诗歌创作的一种形象化比喻，正像他在《崇让宅东亭醉后沔然有作》诗中所说的："声名佳句在，身世玉琴张。"（张是张设的意思。"身世玉琴张"，就是说自己的身世正如丝弦已张的玉琴，这和本篇首联是一个意思。而用玉琴或锦瑟象征身世，本身就暗喻自己是一位诗人。）当然，根据作者"新知他日好，锦瑟傍朱栊"（《寓目》）、"归来已不见，锦瑟长于人"（《房中曲》）、"凤女弹瑶瑟"（《西溪》）等诗句，认为锦瑟和怀念王氏妻有关，也自可与上述理解并存，因为锦瑟的弦弦柱柱所奏的悲音中原就包括了悼亡之音。

"锦瑟无端五十弦，一弦一柱思华年。"锦瑟而言"五十弦"，本属作者诗中通例（如《七月二十八日夜与王郑二秀才听雨后梦作》有"雨打湘灵五十弦"），但这里将"五十弦"与回顾华年往事联系在一起，可能和诗人当时大致年岁不无关系（张采田《玉谿生年谱会笺》认为这首诗作于诗人病废居郑州时，这一年他四十七岁）。"无端"，是没来由、平白无故的意思，这里含有睹物心惊、怨怅和无可奈何等多种感情。诗人触物兴感，本来是由于内心感情的郁积，反而觉得是物之有意逗恨，所以不禁怨之而曰"无端"。或说"无端"即"无心"，虽也可通，情味不免大减。"一弦一柱思华年"，与白居易《琵琶行》"弦弦掩抑声声思，似诉平生不得意"之句意蕴相近，意思是说，听到这锦瑟弦弦柱柱上所弹奏出的悲声，不禁触动自己的身世之感而沉浸在对华年逝岁的回忆中。这对颔、腹两联的内容和表现手法是一种概括的提示，说明它们所描绘的既是锦瑟的弦弦柱柱所奏出的音乐境界，又是诗人华年所历的人生境界；既是瑟声，又是诗人思华年时流露的心声。苏轼认为颔、腹二联分咏瑟声的适、怨、清、和（见《苕溪渔隐丛话·前集》卷二十二引《缃素杂记》），虽不尽切合各句所写情景，但他看出中间四句直接描绘音乐意境，还是很有鉴赏力的。

  颔联出句用《庄子·齐物论》："昔者庄周梦为蝴蝶，栩栩然蝴蝶也，自喻适志与？不知周也。俄而觉，则蘧蘧然周也。不知周之梦为蝴蝶与？蝴蝶之梦为周与？"庄周梦蝶故事本身就充满变幻迷离色彩，诗人在运用这一故事时，又突出一个"迷"字。"庄生晓梦迷蝴蝶"，即庄生迷蝴蝶之晓梦，"迷"字既形况梦境的迷离恍惚、梦中的如痴如迷，也写出梦醒后的空虚幻灭、惘然若迷。这迷离之境、迷惘之情，从描绘音乐境界来说，是形况瑟声的如梦似幻，令人迷惘；从表现诗人的华年所历与身世之感来说，则正是梦幻般的身世和追求、幻灭、迷惘历程的一种象征。作者在其他诗篇中多次用梦幻来形容身世的变幻、理想的幻灭，有的还直接用梦蝶的典故，如"神女生涯原是梦"（《无题二首》）、"顾我有怀如大梦"（《十字水期韦潘侍御同年不至》）、"怜我秋斋梦蝴蝶"（《偶成转韵七十二句赠四同舍》）、"枕寒庄蝶去"（《秋日晚思》）等句，都可和"庄生"句互参。说"晓梦"，正是极言其幻灭之迅速。主张悼亡说的注家因为庄周梦蝶的典故中提到"物化"，便牵扯庄子鼓盆的故事，以证明这句寓丧妻之痛，未免胶柱鼓瑟。其实，短促而美好的幻梦的破灭本就可以包括悼亡之痛，因为后者正是诗人梦幻般的悲剧身世的组成部分。

  颔联对句用望帝魂化杜鹃的典故。《文选·蜀都赋》"鸟生杜宇之魄"注引《蜀记》说："杜宇王蜀，号曰望帝。宇死，俗说云：宇化为子规。蜀人闻子规鸣，皆曰望帝也。"《华阳国志》等书还有望帝让国委位的传说。杜鹃鸣声悲凄，俗有杜鹃啼血之说。春心，一般指对爱情的向往追求，也可借喻对美好事物的追求。但这里的"春心"既和杜鹃的悲啼联结在一起，则实际上已包含了伤春、春恨的意蕴。而伤春，在李商隐的诗歌中，多指忧国伤时、感伤身世，所谓"天荒地变心虽折，若比伤春意未多"（《曲江》）、"刻意伤春复伤别"（《杜司勋》）、"年华无一事，只是自伤春"（《清河》），都可作为明证。"望帝春心托杜鹃"，这里所展示的正是一幅笼罩着哀怨凄迷气氛的图画：象征着望帝冤魂的杜鹃，在泣血般的悲鸣中寄托着不泯的春心春恨。这幅图画，一方面是表现瑟声的哀怨凄迷，如杜鹃啼血；另一方面又是象喻自己的春心春恨（美好的愿望和忧时忧国、感伤身世之情），都托之于如杜鹃啼血般的哀怨凄断的诗歌。用禽鸟的鸣啭来比喻自己的诗歌，作者诗中多有其例，像"巧啭岂能无本意，良辰未必有佳期"的流莺伤春之啼和"五更疏欲断，一树碧无情"的寒蝉凄断之鸣，都是显例。句中的"托"字，即"寄托"之意，乃是全句的句眼，它暗示用来寄托"春心"者的性质。倾诉春心春恨的杜鹃，正不妨视为作者的诗魂。杜牧《寄浙江韩乂评事》说："梦寐几回迷蛱蝶，文章应广畔牢愁。"上句与"庄生晓梦迷蝴蝶"意略同；下句则正可作为"望帝春心托杜鹃"的注脚。只不过小杜诗用直抒写法，小李诗用象征而已。

　　腹联上句"沧海月明珠有泪"包含一系列与珠有关的典故。古代认为海中蚌珠的圆缺和月亮的盈亏相应，月满则珠圆，月亏则珠缺，所以这里把圆润的明珠置于"沧海月明"的背景之下。古代又有南海鲛人哭泣时眼泪化为珍珠的传说（见《博物志》、左思《吴都赋》注），所以这里又把"珠"和"泪"连在一起。而全句则又暗用"沧海遗珠"典故。《新唐书·狄仁杰传》："举明经，调汴州参军。为吏诬诉。黜陟使阎立本召讯，异其才，谢曰：'仲尼称观过知仁，君可谓沧海遗珠矣。'"沧海中的明珠，本是稀世之珍，为人所重，现在却被采集者所遗，独处明月映照的苍茫大海中，成为盈盈的"泪"珠。这幅沧海月明、遗珠如泪的图画，在辽阔清朗的背景下，透露出一种无言的寂寞和伤感。它既是对锦瑟清寥悲苦音乐意境的描摹，又是诗人沉沦废弃、才能不为世用的寂寞身世的一种象征。"珠有泪"，仿佛无理，却正可见这人格化的沧海遗珠内心的悲苦寂寞。这句与"望帝"句虽同属哀怨悲苦之境，但"望帝"句因杜鹃啼血而近乎凄厉，"沧海"句则因沧海月明而透出寂寥，意境仍自有别，寓意更不相重。苏轼分别用"怨"和"清"来概括四、五句所描绘的音乐意境，大体上符合实际。

　　腹联下句"蓝田日暖玉生烟"，描绘的是这样一幅图景：蓝田山中沉埋的美玉，在暖日晴辉的映照下，升起丝丝缕缕的轻烟。蓝田山在陕西蓝田县，是著名的产玉地。晚唐司空图《与极浦书》说："戴容州（按：即中唐诗人戴叔伦）云：'诗家之景，如蓝田日暖，良玉生烟，可望而不可置于眉睫之前也。'"从司空图所引戴氏语和李商隐诗语完全一致可以推知："蓝田日暖，良玉生烟"是当时流行的一种比兴象征说法，它的象征性含义就是"可望而不可置于眉睫之前"。只不过戴叔伦是借它来形况"诗家之景"，而李商隐则是借以形况锦瑟所奏出的音乐意境缥缈朦胧，像暖日映照下蓝田玉山上升起的丝丝轻烟，远望若有，近之则杳；也是用来象征自己平生所向往、追求的境界，正像"蓝田日暖玉生烟"一样，可望而不可即，属于缥缈虚无之域。类似的境界与感受，在李商隐的其他诗作中，是经常出现的。像"浦外传光远，烟中结响微"（《如有》）、"如何雪月交光夜，更在瑶台十二层"（《无题》）、"恍惚无倪明又暗，低迷不已断还连"（《七月二十八日夜与王郑二秀才听雨后梦作》）等句，都与"蓝田"句声息暗通。或以为这句是说美玉沉埋土中，不为人所知，但光彩终不能掩，以比喻自己虽沉沦不遇，但词华文采却显露于世。虽然与诗人身世文章也相吻合，但既和颔、腹二联借乐境寓身世的通例不符，又和"可望而不可置于眉睫之前"的象征含义脱节，疑非诗人本意。

末联是对"一弦一柱思华年"的总括。"此情"统指颔、腹二联所概括抒写的情事，即自己悲剧身世的各种境界。"可待"，即何待、岂待。两句意谓：华年所历的这种情境何待今日闻乐追思时才不胜怅惘呢，就是在当时即已使人惘然若失、惆怅不已了。"惘然"二字，概括"思华年"的全部感受，举凡迷惘、哀伤、寂寥、虚幻之情，统于这二字中包括。而何待追忆、当时已然的感喟则不但强调了华年往事的可悲，而且以昔衬今，加倍渲染了今日追忆时难以禁受的怅惘悲凉。如果说颔、腹二联是听到锦瑟弹奏时涌现于脑海的对华年情境的联翩浮想和发自心底的与瑟声相应的悲凉心声，那么，末联就是弹奏结束后如梦初醒的怅惘和沉思。锦瑟的悲声终止了，在静默中却依然笼罩着一片无边的惆怅，回荡着悠长的凄清余韵——"繁丝何似绝言语，惆怅人间万古情！"

这是一位富于抱负和才华的诗人在追忆悲剧性的华年逝岁时所奏出的一曲人生哀歌。全篇笼罩着一层浓重的哀伤低回、凄迷朦胧的情调氛围，反映出一个衰颓时代中正直而不免软弱的知识分子典型的悲剧心理：既不满于环境的压抑，又无力反抗环境；既有所追求向往，又时感空虚幻灭；既为自己的悲剧命运而深沉哀伤，又对造成悲剧的原因感到惘然。透过这种悲剧心理，可以看出那个趋于没落的时代对人才志士的压抑摧残。诗中的哀伤迷惘令人同情，但毕竟是属于已经过去的时代了。

从总体看，这首诗和诗人许多托物自寓的篇章性质是相近的。但由于他在回顾华年逝岁时并没有采用通常的历叙平生的方式，而是将自己的悲剧身世境遇和悲剧心理幻化为一幅幅各自独立的象征性图景，这些图景既具有形象的鲜明性、丰富性，又具有内涵的虚泛、抽象和朦胧的特点。这就使得它们既缺乏通常抒情方式所具有的明确性，又具有较之通常的抒情方式更为丰富的暗示性，能引起读者多方面的联想。但这些含义朦胧虚泛的象征性图景，又是被约束在"思华年"和"惘然"这个总范围里，因而读者在感受和理解上的某些具体差异并不影响从总体上去把握诗人的悲剧身世境遇和悲剧心理。这种总体含义的明确和局部含义的朦胧，象征性图景的鲜明和象征含义的朦胧，构成了这首古代朦胧诗意境创造上一个突出的特点，而它的优点和缺点也同时寓于其中。

诗的颔、腹二联展示的象征性图景在形象的构成和意蕴的暗示方面，具有诗、画、乐三位一体的特点。它们都是借助诗歌的语言和意象，将锦瑟的各种艺术意境（迷幻、哀怨、清寥、缥缈）化为一幅幅形象鲜明的图画（庄生之梦迷蝴蝶、望帝之魂化杜鹃、沧海月明而遗珠如泪、蓝田日暖而良玉生烟），以概括抒写其华年所历的种种人生境界和人生感受，传达他在思华年时迷惘、哀伤、寂寞、惆怅的心声。因此它们同时兼有音乐意境、画面形象和诗歌意象的三重暗示性。这多重暗示的融汇统一，一方面使得它们的意蕴显得特别丰富复杂，另一方面又使它们兼有画面形象美、音乐意境美和诗歌意象美。实际上，这种诗、画、乐三位一体的象征暗示，正是《锦瑟》诗整体构思的一个根本特点。不能把握这一特点，单纯从诗歌语言方面去探寻颔、腹两联的含义，往往会造成某些误解。

颔、腹二联所展示的象征性图景在时间、空间、感情方面尽管没有固定的次序和逻辑联系，但它们都带有悲怆、迷惘的情调，再加上工整的对仗、凄清的声韵和相关的意象等多种因素的映带联系，全诗仍具明显的整体感。而悲怆的情思和声韵，与珠圆玉润、精丽典雅的诗歌语言的和谐结合，更使这首诗成功地表现出一种哀婉美好事物幻灭的悲剧意境。这种片断的独立性与整体的统一性的结合，也是这首诗的一个特点。

金代诗人元好问《论诗绝句》说："望帝春心托杜鹃，佳人锦瑟怨华年。诗家总（纵然）爱西昆好，独恨无人作郑笺。"解《锦瑟》者往往以为前两句只是复述《锦瑟》诗语，后两句则慨叹无人作解。实际上，元好问已经用貌似复述的方式钩玄提要，为《锦瑟》作了"郑笺"——李商隐这位才人（即所谓"佳人"）正是要借咏锦瑟来寄托华年身世之悲，他的一腔春心春恨都寄寓在这杜鹃啼血般的诗歌中了。可惜他言之未详，以致这位李商隐的真知音、解开《锦瑟》诗秘密第一人的发现被历史尘封了七百多年。

重过圣女祠①

白石岩扉碧藓滋②，上清沦谪得归迟③。一春梦雨常飘瓦④，尽日灵风不满旗⑤。萼绿华来无定所⑥,杜兰香去未移时⑦。玉郎会此通仙籍⑧,忆向天阶问紫芝⑨。

[校注]

①《水经注·漾水》:"故道水合广香川水,又西南入秦冈山(在今陕西略阳县境),尚婆水注之。山高入云,悬崖之侧,列壁之上,有神象若图,指状妇人之容,其形上赤下白,世谓之曰圣女神。"此圣女祠地在陈仓、大散关间,为秦、蜀或秦、梁往来道途所经。②扉,门户。滋,滋生。③上清,道教所称的三清(玉清、上清、太清)仙境之一。《太真经》:"三清之间,各有正位:圣登玉清,真登上清,仙登太清。"沦谪,贬谪到下界凡间。④梦雨,迷蒙的细雨。王若虚《滹南诗话》引萧闲曰:"盖雨之至细若有若无者谓之梦。"此处暗用宋玉《高唐赋序》巫山神女自述"妾在巫山之阳,高丘之阻,朝为行云,暮为行雨",与楚怀王梦遇事。⑤旗,指祠前神旛。⑥萼绿华,仙女名。《真诰》:"萼绿华者,自云是南山人……年可二十上下,青衣,颜色绝整。以升平三年十一月十日夜降羊权家,自此往来,一月辄六过其家。"⑦杜兰香,仙女名。《墉城仙录》谓其本为渔父在湘江边收养的弃婴,长大后有青童灵人自天而降,携其升天而去,临行时对渔父说:"我仙女也,有过谪人间,今去矣。"未移时,谓其升仙尚未过多久时间。⑧玉郎,掌管学仙簿箓的仙官。《太平御览》引《金根经》:"青宫之内北殿上有仙格,格有学仙簿箓,及玄名年月深浅,金简玉札,有十万篇,领仙玉郎所典也。"仙籍,仙人的名籍。通仙籍,将名字载入仙籍,取得登仙界的资格。⑨忆,思。天阶,天上宫殿前的台阶。问,寻访、求取。紫芝,仙人所服的神芝。

[鉴赏]

李商隐写过三首以"圣女祠"为题的诗,另两首,一首是五言排律《圣女祠》(杳霭逢仙迹),一首是七律《圣女祠》(松篁台殿蕙香帏)。祠在陈仓(今陕西宝鸡东)、大散关间,是由京城赴兴元(今陕西汉中)或赴蜀地必经之地。商隐开成二年(837)冬在往返兴元、长安时,曾经过这里。大中十年(856)春,商隐在罢梓州幕之后,随内征为吏部侍郎的原东川幕主柳仲郢返京途中再次经过这里,写下这首《重过圣女祠》。或以为圣女祠实即女道士观。两说不妨并存。不过,诗中直接歌咏的还是一位"上清沦谪"的"圣女"以及她所居住的环境——圣女祠。因此,我们首先仍不妨从诗人所描绘的直接形象入手来理解诗意。

古代有不少关于天上神女谪降人间的传说，因此诗人很自然地由眼前这座幽寂的圣女祠生出类似的联想。"白石岩扉碧藓滋，上清沦谪得归迟。"——圣女祠前用白石建造的门扉旁已经长满了碧绿的苔藓，看来这位从上清洞府谪降到下界的圣女沦落在尘世已经很久了。首句写祠前即目所见，从"白石""碧藓"相映的景色中勾画出圣女所居的清幽寂寥，暗透其"上清沦谪"的身份和幽洁清丽的风神气质；门前碧藓滋生，暗示幽居独处，久无人迹，微逗"梦雨"一联，同时也暗寓"归迟"之意。次句是即目所见而引起的联想，正面揭出全篇主意。"沦谪得归迟"，是说沦谪下界，迟迟未能回归天上。

颔联从门前进而扩展到对整个圣女祠环境气氛的描绘——"一春梦雨常飘瓦，尽日灵风不满旗。"如丝春雨，悄然飘洒在屋瓦上，迷蒙飘忽，如梦似幻；习习灵风，轻轻吹拂着檐角的神旗，始终未能使它高高扬起。诗人所看到的，自然只是一段时间内的景象。但由于细雨轻风连绵不断的态势所造成的印象，竟仿佛感到它们"一春"常飘、"尽日"轻扬了。眼前的实景中融入了想象的成分，意境便显得更加悠远，诗人凝望时沉思冥想之状也就如在目前。单就写景状物来说，这一联已经极富神韵，有画笔难到之妙。不过，它更出色的地方恐怕还是意境的朦胧缥缈，能给人以丰富的联想与暗示。王若虚《滹南诗话》引萧闲语云："盖雨之至细若有若无者谓之梦。"这梦一般的细雨，本来就已经给人一种虚无缥缈、朦胧迷幻之感，再加上高唐神女朝云暮雨的故实，又赋予"梦雨"以爱情的暗示，因此，这"一春梦雨常飘瓦"的景象便不单纯是一种气氛渲染，而是多少带上了比兴象征的意味。它令人联想到这位幽居独处、沦谪未归的圣女仿佛在爱情上有某种朦胧的期待和希望，而这种期待和希望又总是像梦一样的飘忽、渺茫。同样地，当我们联系"何处西南待好风"（《无题二首》之一）、"安得好风吹汝来"（《无题二首》）一类诗句来细加体味，也会隐隐约约感到"尽日灵风不满旗"的描写中暗透出一种好风不满的遗憾和无所依托的幽怨。这种由缥缈之景、朦胧之情所融合成的幽渺迷蒙之境，极富象外之致，却又带有不确定的性质，略可意会，而难以言传。这是一种典型的朦胧美。尽管它不免给人以雾里看花之感，但对于诗人所要表现的特殊对象——一位本身就带有虚无缥缈气息的"圣女"来说，却又有其特具的和谐与适应。"神女生涯原是梦。"（《无题二首》之二）这梦一般的身姿面影、身世遭遇，梦一般的爱情期待和心灵叹息，似乎正需要这梦一样的氛围来表现。

颈联又由"沦谪"不归、幽寂无托的"圣女"，联想到处境与之不同的两位仙女。来无定所,踪迹飘忽不定,说明并非"沦谪"尘世,困守一地;去未移时,说明终归仙界,而不同于圣女之迟迟未归。颔、颈两联,一用烘托,一用反衬,将"圣女"沦谪不归、长守幽寂之境的身世遭遇,从不同的侧面成功地表现出来了。这是诗人面对细雨灵风包围中寂寥的圣女祠时所生的联翩浮想。不知不觉中,仿佛已身处其境,化身为圣女了。因此,尾联就自然以圣女的身份口吻抒慨。

"玉郎会此通仙籍,忆向天阶问紫芝。"玉郎,是天上掌管神仙名册的仙官。通仙籍,指登仙界的资格(古称登朝为官为通朝籍)。忆,是思念、想望的意思。这一联是说,处此沦谪不归的寂寥境遇,希望能有职掌仙籍的玉郎和自己在这里相会,以便帮助自己重登仙籍,在天阶采取紫芝。"玉郎"盖影指原梓幕幕主柳仲郢,当时他内征为吏部侍郎,职掌官吏诠选,商隐希望他能帮助自己重登朝籍。以沦谪归迟的境遇而有此重登"仙籍"的企盼,是很自然的事。

这首诗成功地塑造了一位沦谪不归、幽居无托的圣女形象。有的研究者认为诗人是托圣女以自寓,有的则认为是托圣女以写女冠。实际上圣女、女冠、作者,不妨说是三位而一体:明赋圣女,实咏女冠,而诗人自己的"沦谪归迟"之情也就借圣女形象隐隐传出。所谓"圣女祠",大约就是女道观的异名,这从七律《圣女祠》中看得相当清楚。所不同的,只是《圣女祠》借咏圣女而寄作者爱情方面的幽渺之思,而《重过圣女祠》则借咏圣女而寄其身世沉沦之慨罢了。清人施补华评"梦雨"一联道:"作缥缈幽冥之语,而气息自沉,故非鬼派。"由于其中融合了诗人自己遇合如梦、无所依托的人生体验,诗歌的意境才能在缥缈中显出沉郁。

霜　月

初闻征雁已无蝉①,百尺楼南水接天②。青女素娥俱耐冷③,月中霜里斗婵娟④。

[校注]

①《礼记·月令》:"孟秋之月寒蝉鸣,仲秋之月鸿雁来,季秋之月霜始降。"陶潜《己酉岁九月九日》:"哀蝉无留响,征雁鸣云霄。"初闻征雁,已无蝉声,时令已到深秋。②南,《全唐诗》原作"高",校:"一作南。"兹据毛氏汲古阁本、

影宋抄改。③青女,主管霜雪的女神。《淮南子·天文训》:"秋三月……青女乃出,以降霜雪。"高诱注:"青女,青要玉女,主霜雪也。"素娥,即嫦娥。月色白,故称。俱,读平声。耐,宜。④婵娟,美好的容态。作者《秋月》云:"姮娥无粉黛,只是逞婵娟。"

[鉴赏]

　　这首吟咏秋夜的霜华、月色的小诗,不但生动地展示了霜天夜月一片空明澄澈的自然美,而且象征性地表现了一种"耐冷"的精神美和人格美,称得上是一首寓有"高情远意"的作品。

　　首句从秋夜闻雁写起。古代对于时令的感受往往和自然界中禽鸟虫兽的活动联系在一起,陶潜《己酉岁九月九日》:"哀蝉无留响,征雁鸣云霄。"李商隐这句似括陶诗之意,但意味小异。陶诗平列二者,"无""鸣"对映,重在表现对于深秋季节肃杀清寥景象的感受,略带感伤意味;李诗由秋夜初闻雁声而联想到蝉鸣已绝,言外对深秋的高远寥廓、清净绝喧怀有一种欣赏的感情,这与下面几句所显示的感情是一致的。

　　次句"百尺楼南水接天",转从视觉角度写秋夜高楼遥望之景。百尺高楼,视野极为广远,望见远水遥天、混茫相接的景象,原不奇怪,但题为"霜月",写水势浩茫却与题面无涉,三、四两句所写景象也与水无关。细味全诗,这句的"水"并非实写,而是暗写、虚写霜、月。秋天的月夜,整个天宇特别明净,皎洁的月光像无边无际的水波一样充满了天地之间;而皎洁的霜华和充盈空间的月光又浑然一色。因此,所谓"水接天",正是霜华月光,似水一色在诗人眼中所引起的幻觉似的感受。在李商隐之前或同时,写"月光如水"(赵嘏)或"月如霜"(李益)的不乏其例,但是像李商隐这样,将霜、月交辉,浑然一体的情景用"水接天"来不着痕迹地加以表现,却是一种独创。它已经不是一般的所谓暗喻,而是如实抒写自己独特的幻觉式感受。这里所展示的高远寥廓、空明澄澈的境界,正为后两句神话式想象创造了意念飞跃的条件。何焯说:"第二句先虚写霜、月之光,最接得妙。"大概就是有见于这句与下两句的关系。

　　"青女素娥俱耐冷,月中霜里斗婵娟。"三、四两句从霜华月光交相辉映的情景中展开想象,进而以象征性笔意摄取霜、月之神。青女,是神话传说中主管霜雪的女神。《淮南子·天文训》:"秋三月,青女乃出,以降霜雪。"高诱注:"青女,天神,青要玉女,主霜雪也。"素娥,即嫦娥,月色洁白,如美人不施粉黛,故称

"素娥"。"耐"字可以作"忍耐"之耐解,也可作"宜""称"解(参见张相《诗词曲语辞汇释》),后一种解释可能更切合一些。婵娟,美好的容态,这里特指一种高洁清雅的风姿。两句将霜月交辉的景象想象为霜、月之神在竞妍斗美,意思是说,霜神青女和月神嫦娥都特别适宜于清冷的环境,她们各自在霜中月里呈现自己的本色,比赛看谁更美丽。这里有好几层美好的想象。诗人首先将霜月交辉的自然美幻化为霜神、月神斗美竞妍,这就不但使美好的自然景象具有生动的意态风貌,而且赋予了(或者说摄取了)霜、月的精神魂魄。同时,诗人还进而想象,霜、月之神具有特殊的性格气质——"耐冷",她们在清冷的环境中不是瑟缩畏惧,而是倍增生气精神,充分展示出她们的美。而她们的美,又不是那种凡俗的艳丽,而是一种不施粉黛的本色美,一种与清冷环境相称的高洁幽雅的意态美,一种环境越是清冷就越富于生气的精神美。更重要的是,诗人通过想象,寄寓了自己对这种超凡脱俗的精神美、人格美的向往追求和深情赞颂。这种向往追求,是诗人长期处于污浊黑暗的现实环境中,精神人格上受到压抑的一种反激。他在《高松》中说:"有风传雅韵,无雪试幽姿。"《霜月》所写,正是"无雪"句的对面。

作为一首写景咏物与抒怀密切结合的诗,《霜月》的根本特点在于略貌取神,着重抒写主观感受,寄托诗人自己的精神情操。

蝉①

本以高难饱②,徒劳恨费声。五更疏欲断,一树碧无情。薄宦梗犹泛③,故园芜已平④。烦君最相警⑤,我亦举家清⑥。

[校注]

①据"薄宦"句,诗当作于羁泊寄幕期间,以作于大中四年(850)秋寓居卢弘止幕时的可能性较大。参注⑥。②《吴越春秋》:"秋蝉登高树,饮清露,随风抈(挥)挠,长吟悲鸣。"③薄宦,官职卑微。梗泛,《战国策·齐策》载:齐孟尝君欲赴秦,苏秦劝阻道:"今者臣来过于淄上,有土偶人与桃梗相语。桃梗谓土偶人曰:'子西岸之土也,挺子以为人,至岁八月,降雨下,淄水至,则汝残矣。'土偶曰:'不然。吾西岸之土也,土则复西岸耳。今子东国之桃梗也,刻削

子以为人,降雨下,淄水至,流子而去,则子漂漂者将何如?'"后因以"梗泛"喻漂泊流转的生活。④芜已平,杂草丛生,长得一片平齐,形容荒芜景象。陶潜《归去来兮辞》:"归去来兮,田园将芜胡不归!"卢思道《听鸣蝉篇》:"故乡已超忽,空庭正芜没。"⑤君,指蝉。警,警醒、提醒。⑥大中三年十月商隐应卢弘止之辟入徐州幕为节度判官时有《上尚书范阳公启》,其中述及自己境况时云:"去年远从桂海,来返玉京,无文通半顷之田,乏元亮数间之屋。"即此句"举家清"之意。清,清贫。

[鉴赏]

李商隐是唐代咏物诗的名家,其托物寓怀寄慨身世之作往往绝去比附、物我浑融;离形入神,传神空际;不涉理路,极饶神韵,在艺术上对传统咏物诗有明显发展。这首《蝉》正是体现上述特征的名作。

"本以高难饱,徒劳恨费声。"起手即撇开蝉的外在形貌特征,将它人格化,赋予它"高难饱"的清高寒士气质,直传其悲鸣诉恨而徒劳费声的悲慨。古人认为蝉栖息高树,啜饮清露,故说"高难饱"。蝉声悲切,似乎在诉说自己"高难饱"的怨恨,但却得不到同情,故说"徒劳""费声"。"徒劳恨费声",即徒劳费声以寄恨。"高"字双关,既指蝉栖高饮露,也隐寓诗人自身品格之高洁。初唐虞世南的《蝉》、骆宾王的《在狱咏蝉》与本篇立意有别,但都间接或直接地提及蝉的高洁品性。两句揭出"高"与"饱"、"费声"与"徒劳"的矛盾,隐寓自己因品格高洁而穷愁困苦,虽悲鸣寄恨而无人同情的悲剧性命运,起势突兀,笼盖全篇,纪昀说:"起二句斗入有力,所谓意在笔先。"

"五更疏欲断,一树碧无情。"颔联承"徒劳恨费声",说彻夜悲鸣的蝉,到五更天将晓时,鸣声逐渐稀疏无力,似乎就要嘶断声绝,而所栖息的高树,却一片碧绿,悄然无言,像是对寒蝉的悲鸣全然无动于衷。上句传神地描绘出五更时分蝉声悲凄无力、欲断仍嘶的神韵,透出自己濒于绝望而仍不甘沉默、有所希冀的心理状态;下句奇想入幻,将清晨时分静寂不动的一树碧阴想象为对凄断欲绝的寒蝉冷漠无情的反应,显示出所处环境的冷酷及对这种环境绝望的怨愤。两句构成强烈对比,使下句的反跌更为沉痛有力。钟惺说:"'碧无情'三字冷极幻极。""冷"是指心境的幽冷凄清,"幻"是指意境的奇幻。"碧"色本为青翠而具生机之色,此却曰"无情",正缘于抒情主体自身主观感受的投射所致。这种描写,纯然是把蝉当作有知觉、有感情的人来写,而且表现的是诗人这样一个有着清高品性、梗泛身世而又承受着冷漠环境压抑的士人的心态。评家谓此联"取题之神",正道出其离形取神、传神空际的特点。在这方面,它比虞、骆二作更加脱略形迹,因为它们都分别写到了"垂緌""玄鬓影"等外在特征。

"薄宦梗犹泛,故园芜已平。"上句由蝉的流转栖息于树枝,联想到自己的宦游羁泊生活,说自己至今仍然过着漂泊梗泛的生活,官卑职微。何焯说此句"双抱",指的正是其兼指蝉与人的"梗泛"。"犹"字着意,见这种薄宦梗泛生活为时已久,其中隐隐透出对此的厌倦与难堪,下句化用陶潜《归去来兮辞》"归去来兮,田园将芜胡不归"之意,而改"将"为"已",言外见虽欲归而不能的意蕴。这句疑亦物、我双抱。明为自写,隐亦写蝉。蝉的幼虫生长在树下的土洞中,至若虫、成虫阶段才栖息于高树,"故园"贴"蝉"说,或正指幼虫所居已被一片荒草所掩。

"烦君最相警,我亦举家清。"尾联"君""我"对举双收,意谓:劳烦你用悲鸣警醒提示我的身世境遇,我和你一样,也是举家清寒,有家难归啊!"亦"字双抱,"举家清"回抱首句"高难饱",首尾一贯。

这首托物寓怀诗抓住寒蝉栖高饮露、悲鸣欲绝这两个特点,突出表现其"高难饱""恨费声"的处境遭遇,为自己志行高洁而不免穷困潦倒,满腔悲愤而却无人同情,羁宦漂泊而欲归不得的悲剧命运写照。诗人写蝉,不着重于外在形貌的描绘刻画和它与人的形似,而致力揭示它的感情、感受和心理,在将蝉人化的同时达到人、物浑然一体的有神无迹的境界。评家所说的"空际传神""意在笔先",指的正是这种特点。在结构章法上,首联总起,颔、腹二联,分承"恨费声"与"高难饱",尾联双收,回抱首联。前四句写蝉即以自寓,五、六句写己兼抱寒蝉,七、八"君""我"对举收束。隐显分合,严密而有变化。

乐游原①

向晚意不适②,驱车登古原③。夕阳无限好,只是近黄昏。

[校注]

①乐游原,在长安东南,地势较高,四望宽敞,可以眺望长安全城。汉宣帝神爵三年(前59)于此建乐游苑。《汉书》颜师古注引《关中记》云:"宣帝立庙于

曲池之北，今所呼乐游庙者是也。"又称乐游园。唐代太平公主于此建亭阁，玄宗时宁、申、岐、薛诸王再加修建，遂成长安登览胜地。每年正月晦日、三月三日、九月九日，长安士女多到此登赏。《唐诗品汇》《唐音统签》题作《登乐游原》。②向晚，傍晚。③古原，指乐游原。自秦于此建宜春苑、汉于此建乐游苑，已历近千年。

[鉴赏]

乐游原在长安东南，四望宽敞，可以俯瞰全城，为唐代登临胜地。汉宣帝曾于其地起乐游苑，故诗称"古原"。

前两句写登临之由。薄暮的环境气氛，每易枨触愁绪。这里只笼统说"意不适"，当是一种郁积盘结、复杂多端、难以言说的惆怅。因此后幅因登览而触发的感慨，其内涵也就特别深广虚涵。纪昀说："末二句向来所赏。妙在第一句倒装而入，末二句乃字字有根。"

后两句写登览所感。诗人于登临所见诸多景物中独取"夕阳"，固缘在薄暮的旷远迷茫中，最引人注目的景象便是正在西沉的一轮红日；同时也由于潜藏之"不适"恰与景遇，触发更深广的人生感慨。诗人既激赏夕阳之"无限好"，又因其"近黄昏"而不胜低回流连，惋惜怅惘。唯其"无限好"，怅惘之情便愈加浓重，三句之极赞正所以反跌末句之浩叹。其间"无限"与"只是"，一扬一抑，一纵一收，将浓重的怅惘渲染得非常充分，却又显得唱叹有致。作者身处衰世，国运陵夷，身世沉沦，岁月蹉跎，对好景不长的感受特深。登古原骋望，见夕阳沉西之苍茫景象，自不免触发上述种种感受。情与景浃，遂浑沦书感，而家国之忧、身世之感、时光流逝之恨均一齐包括。而在"百感茫茫，一时交集"（纪昀语）之中，还蕴含着更深一层的带有哲理意味的感慨：某种行将消逝的事物往往呈现出特有的美，而这种美又是如此匆匆易逝。美的发现与消逝，美的赞叹与惋惜紧密地联结在一起，诗人的感情也陷入既赞赏流连又惋惜怅惘的矛盾苦闷之中。诗中所表现的这种感慨，既带有那个衰颓时世特有的色彩，又具有一定的普遍性。管世铭谓此诗"消息甚大，为绝句中所未有"，正道出其感慨的深广虚涵。

本篇触景生慨，最近兴体，妙在有意无意、不即不离之间，可以引起广泛联想，却不必泥定一端。若认作有明确意图的比喻，便全失语妙。

夜雨寄北①

君问归期未有期，巴山夜雨涨秋池②。何当共剪西窗烛③，却话巴山夜雨时④？

[校注]

①冯浩《玉谿生诗笺注》云：《万首绝句》作"寄内"。按：文学古籍刊行社影印明嘉靖刊本《万首唐人绝句》题作"夜雨寄北"，冯氏所见当是别本。现存李商隐诗集诸旧本（包括影宋抄本及明、清刊本及抄本）除明姜道生刊本作"夜雨寄内"外，均题为"夜雨寄北"。诗当作于商隐居梓州幕期间，以作于大中七年（853）秋的可能性最大。关于此诗系年考证，详下鉴赏。寄北，寄给身居北方（当是长安）的某位亲友。时商隐同年进士、连襟韩瞻在京任职。②巴山，泛指东川一带的山。商隐《唐梓州慧义精舍南禅院四证堂碑铭》："掩霭巴山，繁华蜀国。"《为崔从事福寄尚书彭城公启》（亦作于梓幕期间）："潼水千波，巴山万嶂。"以"潼水"（即梓潼水。《旧唐书·地理志》：梓州梓潼郡，以梓潼水为名。）与"巴山"对举，均可证"巴山"即泛指东川梓州一带的山。③何当，何时，盼望之词。④却话，回过头来谈说。

[鉴赏]

冯浩、张采田均系此诗于大中二年（848）巴蜀之游。岑仲勉《玉谿生年谱会笺平质》已详辨包括梓、阆在内的大中二年巴蜀之游并不存在，冯、张所援为此游之证的篇章多为大中五至九年梓幕期间或大中元年赴桂幕、二年由桂返长安途中所作。兹不赘引，读者可自行参阅。此处单就本篇辨之。按冯谱，义山系先自桂返洛，然后又游江汉巴蜀，于深秋略顿巴巫之境。此说之误显然。《陆发荆南始至商洛》《归墅》（均大中二年桂管归途作）已言"四海秋风阔""邓橘未全黄"，则至邓州、商洛时已届深秋，返洛后再出行至江汉巴蜀，往返数千里，而云"深秋略顿巴巫之境"，则时间直若停滞不动矣。张笺谓桂管归途先至巴蜀寻杜悰，不果而中途折回，由荆南赴洛，而后归京，并谓《夜雨寄北》所写系初秋景况，由洛赴京则在九月初。是则客游巴蜀之时至返洛又复入京之时，前后亦不过两月左右，如此长途往返，时日又岂敷分配？况诗明言"君问归期未有期"，明为长期羁留某地

（巴山一带）之口吻，作诗时归期尚在不可知之数，又何从测其"即作归计"乎？"何当"云云，亦见归期未卜。且如张氏所云，义山巴蜀之游，几乎全部时日皆于仆仆道途中度过，并无一地有较长时日之羁留（实亦无此可能）。试问于如此变动不居之旅途中，双方书信往来竟若今日有现代化通信工具传递之迅便，一似预知其何日当在何地者，岂非纯属想当然？

实则根据商隐梓幕所撰之文提及"巴山"者（已见注引），已可确定此诗系其羁留梓幕已有数年之久，尚未归京探望在长安寄养之儿女时所作（大中七年冬至八年春，商隐有归京及返梓之行，详笔者《李商隐梓幕期间归京考》）。参《二月二日》《初起》《写意》诸篇，此诗当作于大中七年秋。所寄对象，当为其亲友如韩瞻者。此时妻王氏已去世两年余，"寄内"之说自不能成立。

此诗佳处，首在诗心诗情，而非缘刻意构思。首句包含着一问一答，仿佛深夜灯前，向来书询问归期的友人倾吐归期无日的心曲。次句推开，写想象中室外夜雨浸淫之景。巴山、夜、雨、秋、池这一系列蕴含着遥远、寂寥、凄清、萧瑟意味的物象，用一"涨"字绾结，构成极富包孕的抒情氛围。客居异地的孤寂凄清，对友人的深长思念，郁积心底的重重愁思，似乎都随着单调凄清的夜雨声暗暗涨满秋池，这是融写实与象征、物象与心象为一体的典型境界。尤妙在三、四两句，紧扣夜雨，从深重绵长的愁思中生出异想，转出新境：遥想他日重逢，今宵巴山夜雨的凄凉情景都将成为西窗剪烛的谈资。在重逢的欢愉中回首凄清的往事，不但使遥想中的重逢显得更富诗意魅力，而且给眼前的雨夜羁客带来一丝温暖与慰藉。"西窗剪烛"这个细节，更加强了重逢的温煦亲切气氛和今宵遥想时的悠然神往之情。此诗"期"字叠用，"巴山夜雨"重见，固然构成一种外在的回环映带的风调美，尤在"巴山夜雨"的重见中运用时空交错跳跃的手法，融凄清与温煦、黯然与神往、寂寥与慰藉为一体，构成极为含蓄蕴藉的内在情韵美。何焯用"水精如意玉连环"形容此诗风格，颇为形象。从中可见义山不仅善于将生活中凄清之情事化为凄伤之美，且具有一种摆脱凄伤心境、化凄伤为温煦之心灵潜能。此正义山诗心诗情之特质，使其诗虽感伤而不陷于绝望之原因。

韩　碑[①]

元和天子神武姿，彼何人哉轩与羲[②]。誓将上雪列圣耻[③]，坐法宫中朝四夷④。淮西有贼五十载⑤，封狼生䝙䝙生罴⑥。不据山河据平地，长戈利矛日可麾。帝得圣相相曰度⑦，贼斫不死神扶持⑧。腰悬相印作都统⑨，阴风惨澹天王旗⑩。愬武古通作牙爪⑪，仪曹外郎载笔随⑫。行军司马智且勇⑬，十四万众犹虎貔。入蔡缚贼献太庙⑭，功无与让恩不訾⑮。帝曰汝度功第一，汝从事愈宜为辞⑯。愈拜稽首蹈且舞，金石刻画臣能为⑰。古者世称大手笔⑱，此事不系于职司⑲。当仁自古有不让，言讫屡颔天子颐⑳。公退斋戒坐小阁，濡染大笔何淋漓。点窜《尧典》《舜典》字，涂改《清庙》《生民》诗㉑。文成破体书在纸㉒，清晨再拜铺丹墀。表曰臣愈昧死上，咏神圣功书之碑。碑高三丈字如斗，负以灵鳌蟠以螭㉓。句奇语重喻者少，谗之天子言其私。长绳百尺拽碑倒，粗砂大石相磨治㉔。公之斯文若元气，先时已入人肝脾。汤盘孔鼎有述作㉕，今无其器存其辞。呜呼圣王及圣相㉖，相与烜赫流淳熙㉗。公之斯文不示后，曷与三五相攀追㉘？愿书万本诵万过，口角流沫右手胝㉙。传之七十有三代㉚，以为封禅玉检明堂基㉛。

[校注]

①韩碑，指韩愈的《平淮西碑》。唐宪宗元和十二年（817）十月，宰相裴度统率的讨叛诸军平定淮西叛镇吴元济。十二月，诏命韩愈撰《平淮西碑》。②轩与羲，轩辕氏（黄帝）与伏羲氏，举以概指三皇五帝。③列圣耻，指安史之乱以来玄宗、肃宗、代宗、德宗、顺宗历朝皇帝所蒙受的耻辱。即指藩镇跋扈，不奉皇命，甚至反叛作乱。④法宫，帝王处理政事的正殿。朝四夷，使四方外族来朝。⑤淮西，唐彰义军节度使，辖申、光、蔡州，称淮西镇。自李希烈于代宗大历末割据叛乱，历陈仙奇、吴少诚、吴少阳到吴元济，已近四十年。这里将肃宗宝应元年（762）到大历十四年（779）镇蔡，后来成为叛臣的李忠臣据镇的时间也包括在内，故称"有贼五十载"。⑥封狼，大狼。䝙（chū），似狸而大的兽。罴（pí），即"人熊"。均喻指凶悍的割据叛乱者。⑦圣相，原注：《晏子春秋》："仲尼，圣相也。"度，指裴度。⑧"贼斫"句，元和十年（815）六月，淄青镇节度使李师道为了反对朝廷于前一年开始的讨伐淮西叛镇的战争，派刺客暗杀了主战的宰相武元衡；御史中丞裴度头、背部被刺伤，伤愈后拜相。⑨都统，统领各道兵马的统帅。元和十二年（817）七月，因淮西久讨不克，大臣李逢吉等竞言师老财竭，意欲罢兵，裴度请亲往前线督战，充淮西宣慰招讨处置使，实际上居于统帅地位。⑩天王旗，皇帝的

旗帜。⑪愬武古通，李愬、韩公武、李道古、李文通。均为朝廷先后任命讨淮西的将领。牙爪，喻部下战将。⑫仪曹外郎，时以礼部员外郎李宗闵掌书记。⑬行军司马，时以右庶子韩愈为行军司马。⑭"入蔡"句，元和十二年十月十五日，李愬雪夜袭蔡州，擒吴元济，缚送长安，献于太庙。⑮恩不訾（zī），恩遇隆重不可计量。淮西平，裴度加金紫光禄大夫、弘文馆大学士，赐勋上柱国，封晋国公。⑯从事，幕僚。⑰金石刻画，指撰写歌颂功德的碑文。⑱大手笔，指有关朝廷大事的诏令文书等大文章。⑲职司，主管部门。这里指主管撰拟诏命、起草文件的部门，如翰林院。当时段文昌为翰林学士。⑳颔、颐，点头（表示赞许）。㉑《尧典》《舜典》，《尚书》篇名。《清庙》《生民》，《诗经》篇名。两句谓韩愈撰写碑文时精心推敲修改，模仿典诰雅颂的文体。㉒破体，破当时为文之体。㉓灵鳌，指负载石碑的龟形基石。蟠以螭（chī），碑上刻着盘绕的螭龙。㉔"谗之"三句，据《旧唐书·韩愈传》说，李愬妻（唐安公主女）出入禁中，诉碑辞不实。诏令磨愈文，命翰林学士段文昌重撰文勒石。罗隐《说石烈士》谓愬武士石孝忠因愤韩碑不叙愬功，推碑几仆，为宪宗所闻，孝忠面陈愬功，宪宗乃令段文昌另撰。王载源《李义山〈韩碑〉诗事实考辨》认为以上二说均不可靠。进谗者应是牛党成员李逢吉、皇甫铸等。㉕汤盘，传为商汤沐浴用的大盘。孔鼎，孔子先世正考父的鼎。上均有铭文。㉖圣王，指宪宗。㉗淳熙，正大光明。㉘三五，三皇五帝。㉙胝（zhī），长老茧。㉚七十有二代，《史记·封禅书》说"古者封泰山、禅梁父者七十二家"，这里把唐代也加进去。㉛玉检，封禅文书外面罩的玉石封盖。明堂，古代天子宣明政教的地方。

[鉴赏]

  被历代诗评家推为晚唐七古杰构的《韩碑》，是李商隐刻意经营的有为之作。它和韩愈的《平淮西碑》一样，都密切联系着现实的政治斗争。韩碑在记述颂美淮西平叛战争胜利的同时，反映了朝廷内部在对待藩镇割据势力上主战派与妥协派的分歧，突出了宪宗的明断和裴度的决策统帅之功，不但为这场交织着政治斗争的重大战役作了出色的总结，而且对当时仍持对抗或观望态度的强藩具有震慑告诫作用。其后宪宗信谗命人推倒韩碑，具体原因虽或有叙裴度与李愬功是否符合实际的问题，但从段文昌的政治倾向（与李逢吉、韦贯之、令狐楚、皇甫铸同属反对讨伐淮西的人物）与重撰的碑文所强调的"守文之王，安而忘战"一类反对用兵的主张来看，推韩碑树段碑这一事实本身确实反映了朝廷内主战派与妥协派势力的消长。元和末裴度被排挤出朝廷，紧接着穆宗长庆二年（822），河北三镇恢复割据，正是这种政局的自然结果。李商隐一贯认为，藩镇割据叛乱局面的长期延续，关键在于朝无贤相。在这首诗中，他极力推崇韩碑，并一再强调宪宗的英武果断、专任裴度和裴度的决策统帅之功，表明他对韩碑的用意有深刻理解，也反映出他在根除藩镇割据叛乱问题上的一贯主张。

　　李商隐的咏史之作，多寓现实感慨。本篇具体写作时间难以详考，但据诗中"呜呼圣皇及圣相"作追思赞叹语看，最早亦当在开成四年（839）裴度卒后。会昌年间，宰相李德裕在武宗的专任与支持下，力排众议，坚决主张讨伐叛镇刘稹，并亲自部署指挥，取得了泽潞战役的胜利。这和当年宪宗专任裴度，取得淮西战役的胜利，情况极为相似。宣宗继立，牛党执政，李德裕等会昌有功旧臣纷纷遭到贬黜，这几乎又是推碑事件另一种形式的重演。李商隐对李德裕的相业及伐叛之功极为推崇，在代郑亚拟的《会昌一品集序》中，借武宗之口，称扬其"居第一功"，誉之为"万古之良相"。联系《韩碑》诗中对"圣皇及圣相"的赞颂和对推碑的不满，以及"帝曰汝度功第一"等诗句，似不难体味出诗中所寓的现实政治感慨。坚决伐叛并为中兴统一大业作出贡献的君相，其历史功绩是任何人也难以磨灭的。

　　本篇叙、议相兼，而以叙事为主体，以议论为结穴。从叙事部分看，它歌咏了讨叛和撰碑这两件事。开头一段八句，是平叛的缘起；结尾一段，是对韩碑的热烈赞颂，可以看作上述两件事的前伸后延。从题目"韩碑"看，撰碑前占了三分之一篇幅，似有头重之嫌；但从主题表达看，如无对淮西之战的缘起及过程的叙写，后面对韩碑的赞颂便失去事理依据。这说明作者在构思与叙事详略安排上的匠心。

　　这首诗的一个突出特点，是笔力气势的雄健。一开头就以健举挺拔之势，大笔渲染宪宗的"神武"与平叛的决心，显出堂堂正正之气。"誓将上雪列圣耻"一句，将眼前的平叛战争与安史之乱以来国家多难的历史联系起来，更显出此役关系到国家的中兴事业，是高占地步之笔。接下来掉笔写淮西镇长期对抗朝廷，有意突出其嚣张跋扈，以反衬下文裴度平淮西之功的不同寻常。正如纪昀所评："入手八句两段，字字争先，不是寻常铺叙之法。"

　　第二段开头四句，遥承篇首，用古文笔法，郑重其事地点出裴度，暗示"上雪列圣耻"的关键在于"得圣相"。随即直入本题，叙到裴度统兵出征，毫不拖泥带水。叙出征，只用"阴风惨澹天王旗"稍作点染，便将森严肃穆气氛传出，空际传神，笔意超妙，气势豪健。接下"愬武"四句，从麾下武将文僚一直铺叙到士兵，以突出裴度的最高统帅形象和猛将精兵如云的盛大气势。其中"行军司马"单提，为下文奉命撰碑伏笔。写到这里，已充分显示出大军压境、蔡州必破之势，故下面写战争便用"入蔡缚贼"一笔带过。整个一段，无论写皇帝、部将、幕僚、士兵，写出征、作战、功赏，笔笔不离裴度，故末句"功无与让恩不訾"的重笔概括便极有分量。

第三段开头"帝曰"两句，束上起下，从伐叛过渡到撰碑，是全篇的主峰和枢纽。何焯说："提明晋公功第一，以明其辞之非私也。"奉命撰碑，特用详笔铺叙渲染，不但写宪宗的明确指示，韩愈的当仁不让，连宪宗的颔首称许、韩愈的稽首拜舞也一齐写出，令人宛见当日彤庭热烈气氛。以极恣肆的笔墨写极郑重的场面，别具奇趣。受命后，再用详笔铺写撰碑、献碑、树碑的过程。"点窜"二句，用奇警的语言道出韩碑高古典重的风格，"句奇语重"四字，言简意赅，揭出韩碑用意之深刻。唯其如此，故"喻者少"，说得兴起，无形中将宪宗也包括到不喻其用意的行列了。紧接着又写推碑和自己对这件事的感慨，写推碑，直言"谗之天子言其私"，不稍假借；抒感慨，盛赞碑如元气入人肝脾，推碑磨字也不能磨灭它在人们心中留下的深刻影响。气盛言壮，连皇帝的权威也仿佛不在话下。整个这一段，可谓"濡染大笔何淋漓"，波澜顿挫，酣畅淋漓。纪昀说："'公之斯文'四句……撑柱全篇，凡大篇有精神固结之处，方不迟缓。"这几句精彩的抒情性议论正是前面一大段酣畅淋漓的铺叙的结穴。

最后一段，紧接上段末尾的赞颂，着重从韩碑与国家中兴统一事业的关系着眼，进一步盛赞其不朽价值，是全诗意旨的深化与升华。而大气磅礴，兴会淋漓，特具笼罩一切的气势，展现出汪洋恣肆的境界。诚如纪昀所说："有此起，合有此结，章法乃称。"

这首诗既保持和发扬了不入律的七古笔力雄健、气象峥嵘的特点，又吸取了韩诗以文为诗、多用赋法的经验，而避免了韩诗过分追求奇崛拗险的弊病，形成一种既具健举气势，又能步骤井然地叙事、议论的体制。全篇多用拗调、拗句，多用散文化句子和虚字，像"誓将"句用六个仄声字，"帝得"句、"入蔡"句、"愈拜"句连用七个仄声字，"封狼"句连用七个平声字，都刻意造成高古奇峭的风格。但由于不像韩诗那样多用古字僻字和佶屈聱牙的句法，整体的语言风格仍显得既高古雄健又清新明快，正如屈复所评："生硬中饶有古意，甚似昌黎，而清新过之。"在晚唐七古普遍流于纤秾婉媚的时风中，《韩碑》是迥拔于流俗之作。

宿骆氏亭寄怀崔雍崔衮①

竹坞无尘水槛清②,相思迢递隔重城③。秋阴不散霜飞晚,留得枯荷听雨声④。

[校注]

①冯浩《玉谿生诗笺注》引杜牧《骆处士墓志》:"骆处士峻,扬州士曹参军。元和初,母丧去职,于灞陵东阪下得水树居之,朝之名士,多造其庐。栖退超脱三十六年,会昌元年卒。"疑此诗题目中"骆氏亭"即骆峻之园亭,似之。崔雍、崔衮,商隐重表叔兼幕主崔戎之子,从诗题径称二人之名看,其时二人尚未登第。崔雍字顺中,咸通间官和州刺史;崔衮字炳章,咸通间官漳州刺史。崔戎在长安有宅,见商隐《安平公诗》及《过故崔兖海宅》。此诗系作者离长安后宿骆氏亭寄怀二崔之作,作年当在会昌元年骆峻卒前。②竹坞,植竹的船坞。水槛,临水有栏杆的亭轩。③迢递,有高、远二义,此用"高"义。"迢递隔重城",即"隔迢递之重城"。重城,即高城。④孟浩然《初出关旅亭夜坐怀王大校书》:"荷枯雨滴闻。"

[鉴赏]

一个深秋的夜晚,诗人寄宿在一位骆姓人家的园亭里,寂寥中怀念起远方的朋友,听着秋雨洒落在枯荷上的沙沙声,写下了这首富于情韵的小诗。诗题中的崔雍、崔衮是诗人的知遇者兼幕主崔戎的两个儿子。这首诗就是诗人与崔雍、崔衮告别后旅途中寄怀之作。

首句写骆氏亭:翠绿的修竹环抱着一尘不染的船坞;水槛,指傍水的有栏杆的亭轩,也就是题中的"骆氏亭"。清澄的湖水,翠绿的修竹,把这座亭轩映衬得格外清幽雅洁,"无尘"和"清",正突出了骆氏亭这个特点,可以想见诗人置身其间颇有远离尘嚣之感。

幽静清寥的境界,每每使人恬然自适;但对有所思念、怀想的人来说,又往往是牵引思绪的一种触媒:或因境界的清幽而倍感孤寂,或因无良朋共赏幽胜而微感惆怅。一、二两句,由清幽的景色到别后的相思,其间虽有跳跃,却并不突兀,原因就在于景与情之间存在相反相成的内在联系。诗人眼下所宿的骆氏亭和崔氏兄弟所居的长安,中间隔着迢递的高城。"迢递隔重城",即"隔迢递之重城"。由于

"迢递隔重城"，所以深深怀念对方；而思念之深，又似乎缩短了彼此间的距离，诗人的思念之情，宛如随风飘荡的游丝，悠悠然越过来路和重城，飘向友人所在的长安。"隔"字在这里不只是表明"身隔"，而且曲折地显示了"情通"。这正是诗歌语言在具体条件下常常具有的一种妙用。

第三句又回到眼前景物上来。"秋阴不散霜飞晚"，时令已届深秋，但连日天气阴霾，孕育着雨意，所以霜也下得晚了。诗人是旅途中暂时宿骆氏亭，此地近一段时期的天气，包括霜期之晚，自然是出自揣测，这揣测的根据就是"秋阴不散"与"留得枯荷"。这一句一方面是为末句伏根（由于"秋阴不散"故有"雨"；由于"霜飞晚"所以"留得枯荷"），另一方面兼有渲染气氛、烘托情绪的作用。阴霾欲雨的天色，四望一片迷蒙，本来就因相思而耿耿不寐的诗人，心情不免更加暗淡，而这种心情又反过来更增加了相思的浓度。

末句是全篇的点睛之笔，但要领略诗句所蕴含的情趣，却须注意从"秋阴不散"到"雨"，以及这"雨"本身，都有一个时间的过程。诗人原来是一直在那里思念着远隔重城的朋友的，由于神驰天外，竟没有留意天气的变化。不知不觉间，下起了淅沥的秋雨，雨点洒落在枯荷上，发出一阵错落有致的声响。这才意外地发现，这萧瑟的秋雨敲打残荷的声韵，竟别具一种美的情趣。看来倒是"秋阴不散霜飞晚"的天气特意作美了。枯荷给人一种残败衰飒之感，本无可"留"的价值；但自己这样一个旅宿思友、永夜不眠的人，却因聆听枯荷秋雨的清韵而略慰相思，稍解寂寞，所以反而深幸枯荷之"留"了。"留""听"二字，写情入微，其中就蕴含有这种不期而遇的意外喜悦。不说"望"而说"听"，自然是因为夜宿的缘故，但主要还是"听雨"蕴含着一种特有的意境与神韵。而这"听雨"也同样是一个过程。初发现时，可能是略感意外——呵！下雨了。继而侧耳倾听，忽而发觉它竟有一种特别的美感。久听之后，这单调而凄清的声音，却又增加了环境的寂寥，从而加深了对朋友的思念。"梧桐树，三更雨，不道离情正苦，一叶叶，一声声，空阶滴到明"（温庭筠《更漏子》），意境或与此近似吧。

这首诗虽然写了秋亭夜雨的景色，而且写得清疏秀朗，历历如画，但它并不是一首写景诗，而是一首抒情诗。"宿骆氏亭"所见所闻是"寄怀"的凭借。纪昀说："'相思'二字，微露端倪，寄怀之意，全在言外。"何焯说："下二句暗藏永夜不寐，相思可以意得也。"都指出了本篇以景托情、寓情于景的特点。

梦 泽①

梦泽悲风动白茅②,楚王葬尽满城娇③。未知歌舞能多少?虚减宫厨为细腰。

[校注]

①梦泽,古代有云梦泽,传为一方圆八九百里之大湖泊,地跨今湖北、湖南之间,包括今洞庭湖在内。旧有云在江北、梦在江南之说。这里所说的"梦泽",或即指洞庭湖一带。大中元年(847)闰三月中下旬,诗人随桂管观察使郑亚赴桂林途中经过古梦泽,作此诗。②白茅,俗称茅草,春夏抽生有银白色丝状毛的花穗。古代用裹束之菁茅置柙中以滤酒。周代时楚国每年要向周天子贡苞茅。《左传·僖公四年》:"尔贡苞茅不入,王祭不共,无以缩酒,寡人是征。"③楚王,指楚灵王。《韩非子·二柄》:"楚灵王好细腰,而国中多饿人。"《后汉书·马廖传》引传曰:"楚王好细腰,宫中多饿死。"

[鉴赏]

对生活现象挖掘愈深,概括就愈广,作品就愈具普遍意义,因而也就愈能引发不同读者多方面的感受和联想。这是文艺创作和鉴赏的一条规律。这首《梦泽》可以为这条规律提供一个生动的例证。

这是诗人途经梦泽一带的时候,因眼前景物的触发,引起对历史和人生的联想与感慨而写下的一首诗。梦泽,这里约指今湖南北部长江以南、洞庭湖以北的一片湖泽地区。大中元年(847)春天,作者由长安赴桂林途中,曾经行这一带。这首诗大约就写在这个时候。

首句写望中所见梦泽一带荒凉景象。茫茫湖泽荒野,极目所见,唯有连天的白茅。旷野上的悲风,吹动白茅,发出萧萧悲声。这旷远迷茫、充满悲凉肃杀气氛的景象,本来就很容易引发怀古伤今的情感。加上这一带原是楚国旧地,眼前的茫茫白茅又和历史上楚国向周天子贡苞茅的故事有某种意念上的联系。因此,在诗人脑海里就自然而然地映现出一连串楚国旧事的叠印镜头。而变得越来越清晰的则是平常最熟悉的楚宫细腰的故事。

相传楚灵王好细腰的故事,先秦两汉典籍中多所记载。诗人在选择、提炼这些历史传说材料时，选取了比较典型的"楚王好细腰，宫中多饿死"（《后汉书·马廖传》）的记载，但范围却由"宫中"扩展到"满城"，为害的程度也由"多饿死"变成"葬尽"。这当然是为了突出"好细腰"的楚王这一癖好为祸之惨酷。但"葬尽满城娇"的想象却和眼前"悲风动白茅"的萧瑟荒凉景象分不开。今日这悲风阵阵、白茅萧萧的地下，也许正埋葬着当日为细腰而断送青春与生命的女子的累累白骨呢。眼前的景象使诗人因历史想象而引起的悲凄之感更加强烈了。

楚王的罪孽是深重的，是这场千古悲剧的制造者。但如果只从这一点上立意，诗意便不免显得平常而缺乏新意和深意。作者的可贵之处，在于对这场悲剧有自己独特的深刻感受与理解。三、四两句，就是这种独特感受的集中表现。

"未知歌舞能多少？虚减宫厨为细腰。"由于楚灵王好细腰，这条审美标准风靡一时，成了满城年轻女子的共同追求目标。她们心甘情愿地竞相为造就纤细的腰肢而节食减膳，以便能在楚王面前轻歌曼舞，呈现自己绰约纤柔的风姿，博得楚王的垂青和宠爱。她们似乎丝毫没有想到，这是对自己青春的摧残，是在慢性自戕中将自己推向坟墓；更没有想到，"好细腰"的楚王是葬送自己青春与生命的罪魁祸首。就是那些终于熬成了细腰，在楚宫歌舞中"长得君王带笑看"的幸运者，也似乎一点都没有意识到，这样的细腰曼舞又能持续多久。今日细腰竞妍，明日又焉知不成为地下的累累白骨？这自愿而又盲目地走向坟墓的悲剧，比起那种纯粹是被迫而清醒地走向死亡的悲剧（例如殉葬），即使不一定更深刻，却无疑更能发人深省。因为前一种悲剧如果没有人出来揭示它的本质，它就将长期地以各种方式不受阻碍地持续下去。这两句中，"未知""虚减"，前呼后应，正是对盲目而自愿的悲剧的点睛之笔。它讽刺入骨，又悲凉彻骨。在讽刺之中寄寓同情，但又不是一般地同情她们的处境与命运，而是同情她们作为悲剧人物所不应有的无知、愚蠢和灵魂的麻木。因此，这种同情之中又含有一种悲天悯人式的冷峻。

就这样，诗人将用笔的重点放到这些被害而又自戕的女子身上，从她们的悲剧中发掘出这种类型和性质的悲剧深刻而内在的本质。因而这首以历史上的宫廷生活为题材的小诗，在客观上获得了远远超出这一题材范围的典型性和普遍意义。人们从诗人所揭示的生活现象中可以联想起许多类似的生活现象，从弥漫楚国宫廷上下，举国皆受其害而不自知的"细腰风"中联想起另一些风靡一时的现象，并进而从中得到启迪，去思考它们的本质。清代注家姚培谦说："普天下揣摩逢世才人，读此同声一哭矣！"（《李义山诗集笺注》）另一位注家屈复也说："制艺取士，何以异此！可叹！"（《玉谿生诗意》）他们所说的，当然并不是《梦泽》的主题（它的实际主题应该是对"虚减宫厨为细腰"这种生活现象的本质的揭示），但作为对《梦泽》主题典型性与普遍意义的一种理解，却是相当准确而深刻的。

寄令狐郎中①

嵩云秦树久离居②，双鲤迢迢一纸书③。休问梁园旧宾客④，茂陵秋雨病相如⑤。

[校注]

①令狐郎中，令狐绹。李商隐的恩师和幕主令狐楚的次子。大和三年（829）商隐以文谒楚并得楚之赏识后，即与绹同游，多诗文酬赠。开成二年（837）春商隐第五次应进士试，高锴知贡举，绹奖誉甚力，得登第。令狐楚去世后，商隐于开成三年春入泾原节度使王茂元幕，并娶茂元女。此后令狐绹对商隐的态度有猜疑，关系也产生隔阂。武宗会昌年间，李德裕当政，牛僧孺、李宗闵之党失势。会昌二年（842）冬至五年，商隐因守母丧离职家居。五年夏秋之际，商隐与家人居洛阳，骨肉之间，病恙相继。时任右（一作左）司郎中之令狐绹有书信自长安寄商隐问候，商隐作此诗以答谢。②嵩，嵩山。地近洛阳，借指作者所居。秦，秦中，指长安，令狐绹时居之地。嵩云秦树，从杜甫《春日忆李白》"渭北春天树，江东日暮云"化出，分指居于洛阳、长安的自己与友人令狐绹。③双鲤，指代书信。古乐府《饮马长城窟行》："客从远方来，遗我双鲤鱼。呼儿烹鲤鱼，中有尺素书。"④问，存问、慰问。梁园，梁孝王所筑宫苑。司马相如曾为梁孝王门下的宾客。《史记·司马相如列传》："（相如）事孝景帝为武骑常侍，非其好也。会景帝不好辞赋，是时梁孝王来朝，从游说之士齐人邹阳、淮阴枚乘、吴庄忌夫子之徒。相如见而说（悦）之，因病免，客游梁，梁孝王令与诸生同舍。"此以"梁园旧宾客"自指。商隐从大和三年至开成二年（829—837），曾在令狐楚天平幕、太原幕、兴元幕为幕僚。梁园，喻指楚幕。⑤《史记·司马相如列传》：相如尝称病闲居，"既病免，家居茂陵"。商隐于会昌二年至五年因服母丧在家闲居，时又多病，故以"茂陵病相如"自况。

李商隐

[鉴赏]

　　这是会昌五年（845）秋天，作者闲居洛阳时回寄给在长安的旧友令狐绹的一首诗。令狐绹当时任右司郎中，所以题称"寄令狐郎中"。

　　首句嵩、秦分别指自己所在的洛阳和令狐绹所在的长安。"嵩云秦树"化用杜甫《春日忆李白》中即景寓情的名句："渭北春天树，江东日暮云。"云、树是分居两地的朋友即目所见之景，也是彼此思念之情的寄托。"嵩云秦树"之所以不能用"京华洛下"之类的词语替代，正是因为后者只说明京、洛离居的事实，前者却能同时唤起对他们相互思念情景的悠远想象，在脑海中浮现出两位朋友遥望云树、神驰天外的画面。这正是诗歌语言所特具的意象美。

　　次句说令狐绹从远方寄书存问。双鲤，语出古乐府《饮马长城窟行》："客从远方来，遗我双鲤鱼。呼儿烹鲤鱼，中有尺素书。"这里用作书信的代称。上句平平叙起，这句款款承接，初读只觉平淡，但和上下文联系起来细加吟味，却感到平淡中自含隽永的情味。久别远隔，两地思念，正当自己闲居多病、秋雨寂寥之际，忽得故交寄书殷勤问候，格外感到友谊的温暖。"迢迢""一纸"，从对比映衬中显出对方情意的深长和自己接读来书时油然而生的亲切感念之情。

　　三、四两句转写自己目前的境况，对来书作答。据《史记·司马相如列传》，司马相如曾为梁孝王宾客。作者从大和三年到开成二年，曾三居绹父令狐楚幕，得到令狐楚的知遇；开成二年应进士试时又曾得到令狐绹的推荐而登第，此处以"梁园旧宾客"自比（梁园是梁孝王的宫苑，此喻指楚幕）。司马相如晚年"尝称病闲居……既病免，家居茂陵"，作者会昌二年因丁母忧而离秘书省正字之职，几年来一直闲居。这段时间，他用世心切，常感闲居生活的寂寞无聊，心情郁悒，身弱多病，此以闲居病免的司马相如自况。

　　这两句写得凝练含蓄，富于情韵。短短十四个字，将自己过去和令狐父子的关系、当前的处境心情、对方来书的内容以及自己对故交情谊的感念融汇在一起，内涵极为丰富。闲居多病，秋雨寂寥，故人致书问候，不但深感对方情意的殷勤，而且引起过去与令狐父子关系中一些美好事情的回忆（"梁园旧宾客"五字中就蕴含着这种内容）。但想到自己落寞的身世、凄寂的处境，却又深感有愧故人的存问，增添了无穷的感慨。第三句用"休问"领起，便含难以言尽、欲说还休的感怆情怀，末句又以貌似客观描述、实则寓情于景的诗句作结，不言感慨，而感慨愈深。

　　李商隐写过不少寄赠令狐绹的诗，其中确有一部分篇什"词卑志苦"，或迹近陈情告哀,或希求汲引推荐,表现了诗人思想性格中软弱和庸俗的一面。但会昌年间他们的关系比较正常。这首诗中所反映的相互关系,就是比较平等而真诚的。诗中有感念旧恩故交之意,却无卑屈趋奉之态;有感慨身世落寞之辞,却无乞援望荐之意;情意虽谈不上深厚浓至,却比较真率诚恳。纪昀说:"一唱三叹,格韵俱高。"这个评语是比较合乎实际的。

隋　宫①

紫泉宫殿锁烟霞②,欲取芜城作帝家③。玉玺不缘归日角④,锦帆应是到天涯⑤。于今腐草无萤火⑥,终古垂杨有暮鸦⑦。地下若逢陈后主,岂宜重问后庭花⑧?

[校注]

①隋宫,指隋炀帝在江都(今江苏扬州)建造的江都、临春、显福等豪华的行宫。张采田《玉谿生年谱会笺》系此诗于大中十一年商隐任盐铁推官期间游江东时。②紫泉,即紫渊,司马相如《上林赋》叙长安形胜,有"丹水亘其南,紫渊径其北"之语,唐人避高祖李渊讳改"渊"为"泉",此借指长安。③芜城,广陵的别称,亦即隋时之江都。南朝刘宋诗人鲍照见广陵故城荒芜,作《芜城赋》。后遂以芜城为广陵别称。帝家,帝都。④日角,古代星相家将人的额骨中央隆起如日者称为日角,认为这是帝王之相。李渊起兵夺取隋政权之前,唐俭曾说他"明公日角龙庭……天下属望"(《旧唐书·唐俭传》)。此以"日角"指代李渊。⑤锦帆,指隋炀帝南游江都时所乘的龙舟,船帆均用高级宫锦制成。⑥《隋书·炀帝纪》:"大业十二年,上于景华宫征求萤火,得数斛,夜出游山放之,光遍岩谷。"此在东都事。扬州有放萤苑,据说亦为炀帝放萤之处。《礼记·月令》:"腐草为萤。"⑦终古,长久。垂杨,指隋堤杨柳。炀帝开通济渠及邗沟(运河自汴口至长江的一段),沿堤一千三百里,遍植杨柳,世称隋堤。《开河记》:"虞世基献计,请用垂柳栽于汴渠两堤上。"⑧陈后主,南朝陈代末代君主陈叔宝。《后庭花》,即《玉树后庭花》。《陈书·皇后传·后主张贵妃》:"后主每引宾客对贵妃等游宴,则使诸贵人及女学士与狎客共赋新诗,互相赠答,采其尤艳丽者以为曲词,被以新声……其曲有《玉树后庭花》《临春乐》等。大指所归,皆美张贵妃、

孔贵嫔之容色也。"《旧唐书·音乐志》:"御史大夫杜淹对曰:'前代兴亡,实由于乐。陈将亡也,为《玉树后庭花》……所谓亡国之音也。'"因曲词中有"玉树后庭花,花开不复久"之句,故亦被视为预兆亡国的歌谶。据《隋遗录》卷上载:"炀帝在江都,昏湎滋深,尝游吴公宅鸡台,恍忽间与陈后主相遇,尚唤帝为殿下。后主舞女数十,中一人迥美,帝屡目之,后主云:'即(张)丽华也。'……(帝)因请丽华舞一曲,丽华徐起,终一曲。"地下逢后主问《后庭花》,即用此事。

[鉴赏]

李商隐的咏史政治讽刺诗大体上有两类。一类是托古讽今、借端寄慨之作,另一类是以古鉴今、昭示教训之作。这首《隋宫》就属于后一类。两类作品其实都是为"今"而作的,不过途径方式不同而已。

隋宫,指隋炀帝在江都(今扬州)建造的江都宫、显福宫、临春宫等豪华的行宫。这个中国历史上著名的荒淫昏暴的皇帝,在位十四年,绝大部分时间在外地游乐,在京不到一年。前后三次南游江都,耗尽民脂民膏,正像李商隐在七绝《隋宫》中所描写的那样:"春风举国裁宫锦,半作障泥半作帆。"每次为了船帆等制作之用,光丝绸锦缎就不知用去了多少!这种近乎疯狂的淫游,极大地加快了隋朝政权走向覆亡的步伐。这首诗就是以隋炀帝南游江都为中心,对这个亡国之君进行入骨的讽刺,并且深深寄寓着历史教训。

"紫泉宫殿锁烟霞,欲取芜城作帝家。"首联从出游江都写起,说长安的宫殿已经穷极壮丽,隋炀帝却还要把江都作为享乐的帝京。紫泉,就是紫渊,原是汉代长安一条水的名字。这里用它来指代长安,是为了加强色彩的渲染,构成彤庭朱阁、彩碧辉煌的宫廷华美意象。"锁烟霞",是说宫殿为烟云彩霞所缭绕。这不仅映衬出宫殿的巍峨壮丽,也显示出一种流动飘逸的意态。如此壮丽的长安宫阙,竟然还不满足,要另取芜城(即江都)作为"帝家",足见隋炀帝奢淫享乐的欲望永无止境,同时也暗示江都行宫的豪华更甚于长安宫殿。这一联点明题目,交代出游,揭示隋炀帝的贪欲,为下一联开拓诗境作好准备。

"玉玺不缘归日角,锦帆应是到天涯。"玉玺,是皇帝的印章,也是国家权力的标志。日角,指唐高祖李渊,古代星相家把人的额骨中央隆起如日者称为日角,认为这是帝王之相。李渊起兵反隋前,有人曾吹捧他"日角龙庭",必能取天下。锦帆,借指隋炀帝游江都时乘坐的龙舟。据史书记载,大业元年(605),隋炀帝带着皇后、妃嫔、文武官员、尼姑道士和卫队到江都游玩，龙舟杂船数千艘，在运河中首尾相接二百余里，仅拉纤的民夫就达八万多人。龙舟高四十五尺，长二百尺，起楼四层，船帆都用高级锦缎做成。最后一次游江都，从大业十二年七月，一直住到十四年三月隋炀帝被部下宇文化及杀掉为止。隋炀帝已经开了八百里的江南运河，如果不是被杀，南游的下一站便将是会稽。所以这一联嘲讽他说，如果不是传国的玉玺落到了日角龙庭的真命天子李渊手里，隋炀帝的龙舟想必会游遍天涯海角吧。这两句中的"日角""天涯"，对仗工巧，历来为诗评家所赞赏。不过真正值得称道之处，恐怕主要还是高妙的诗歌讽刺艺术。诗歌不同于小说戏剧，尽管可以夸张变形，却很少虚构事实。特别是咏史诗，所咏对象往往是历史上的著名人物，史实俱在，如果任意虚构，必然会使人感到不真实。但假如完全拘泥于史实，又往往会使事件不够典型，对讽刺对象的揭露不够深刻，或者让读者感到只是在铺陈故实，缺乏新警的含意。这是一个矛盾。李商隐这两句诗，正是在不违背史实、不虚构事实的前提下，作出了使生活真实上升到艺术真实的成功尝试。隋炀帝并没有乘舟游遍天涯，但根据他那种永不知足的享乐贪欲和肆意横行的昏暴性格，根据已经开通八百里江南运河的事实，只要这个昏君还坐在皇帝宝座上，就必要"乘兴"而游"到天涯"。正是由于把握了这一点，诗人才巧妙地用"不缘""应是"这样的假设推想之辞，对他的穷奢极欲、至死不悟进行尖刻的讽刺。这样写，既不违背史实，又不拘于史实，做到了在史实基础上进行艺术的升华，更深刻地揭示了这个亡国之君既淫奢又昏愦的性格，深入到了讽刺对象的灵魂。比起一般地直叙实写南游江都情景，艺术效果显然要强烈得多。清代诗评家沈德潜评这一联说："言天命若不归唐，游幸岂止江都而已。用笔灵活。后人只铺叙故实，所以板滞也。"实际上这种写法，已经和戏剧小说创作中根据人物性格的内在发展逻辑描写人物行动的必然发展非常类似，仅仅是没有虚构史实而已。不妨认为这正是一种体现咏史特点的典型化艺术手段。两句用流水对，"不缘"先让一步，"应是"随即翻卷过去，大大推进一步，运掉自如，极为圆转流畅，在轻松幽默的语调中寓有极辛辣的讽刺，笔意的巧妙更是一般诗人所难以企及的。

  诗的前半部分从隋炀帝出游江都写到隋朝的覆亡，后半部分进一步写亡国以后的情事。"于今腐草无萤火，终古垂杨有暮鸦。"腹联暗含隋炀帝生前荒淫逸乐的两件典型事例。一件是"放萤"。他在洛阳景华宫时，曾命人搜求萤火虫数斛，夜间游山时放出，光照山谷，以此取乐。江都有放萤苑，相传是隋炀帝放萤的地方。

古代有"腐草为萤"的说法,"腐草无萤火",是说只有腐草,而无萤火。另一件是"植柳"。隋炀帝开通济渠和邗沟(运河由汴口到长江的一段),沿堤一千三百里,遍植杨柳,世称"隋堤"。如今,"隋家宫阙已成尘",在荒凉的隋宫废墟上,但见荒芜的腐草,却再也见不到往昔萤火闪熠的热闹景象了;长久以来,千里运河上再也见不到锦帆相接的繁华场景,只有隋堤上垂柳暮鸦,在点缀着亡国的凄凉。这一联的突出特点,是把深刻的讽刺和深沉的感慨融合起来,"兴在象外",含蕴无穷。讽刺性作品常犯的一个毛病,是只图讽刺得尖刻痛快,忽视艺术的含蕴,结果虽让读者获得一时的满足,却经不起细细咀嚼回味。这一联却能将讽刺的笔锋深寓在充满今昔盛衰感慨的鲜明画面中,特别耐人寻味。"放萤""植柳"这两件事,如果单纯作为隋炀帝荒淫逸乐的事例,在这一联中平列着来写,只不过在逸游之外再作一点量的增加,意义不大。诗人没有采取这种堆砌事例的写法,而是将这两件事和隋朝的兴亡联系起来,让它们作为盛衰的标志、历史的见证出现在读者面前,引导读者透过饱含历史沧桑之感的物象与图景去领会其内在意蕴。两句中的"无"和"有",正是集中体现作者寓托感慨讽刺的句眼。"腐草无萤火"既是嘲讽萤火被隋炀帝搜尽,至今连腐草亦不复生萤,又是慨叹荒宫腐草,萤火绝迹,满目幽暗凄凉。今日之"无",正透露出往昔之"有",也正暗示往昔隋宫繁华何以变为一片空无。"垂杨有暮鸦",不仅是着意渲染昏暗凄凉的景象,更寓有无限今昔盛衰的感慨。昔日龙舟游幸、锦帆耀日,何等烜赫,而今唯余隋堤衰柳、暮鸦聒噪,何等凄凉!这样的"有",比什么都没有的"无"更令人感慨唏嘘。一个腐朽的政权,当它的遗物作为荒淫亡国的历史见证被保留下来后,这个政权的代表人物也就被永远钉在历史的耻辱柱上了。清初诗评家冯班说:"腹联慷慨,专以巧句为义山,非知义山者也。"他看出这一联不只是对仗工巧,而且寓含了深沉的感慨,这是很有见地的。诗人对隋炀帝的深微讽刺,正是通过这种俯仰今昔的历史感慨更含蕴也更有力地表现出来的。前人说李商隐的诗"寄托深而措辞婉",这一联正是很能体现其深婉特点的。

  诗写到这里,无论是叙事、抒情、议论,似乎要说的话都已经说过,很难再转出新意来。换一个比较平庸的诗人,尾联很可能顺着腹联的一"无"一"有",再发一点荒淫亡国的感慨,以昭示教训,点示主题,收束全篇。但这样的收束几乎注定要成为蛇足。因为荒淫亡国的意旨早就蕴含在颔、腹两联的具体描写中,根本无须再用抽象的议论去点示。律诗的尾联,往往容易松懈、空洞、平庸,重要原因之一就是不能在中间两联的基础上转出新境。这首诗的一个突出优点，正是在"山重水复疑无路"的情况下，转出"柳暗花明又一村"的新境来——"地下若逢陈后主，岂宜重问后庭花？"诗人讽刺的笔锋不但从南游、亡国一直追到亡国以后，而且追到地下，确实可以说是穷追不舍而又匪夷所思了，一般人是很难想到的。

尾联包含着一段耐人寻味的故事。陈后主名叔宝，是陈朝的末代皇帝，也是历史上出名的荒淫之君。《玉树后庭花》是他创作的反映宫廷淫靡生活的舞曲，历来被看作亡国之音的典型。据《隋遗录》一书记载：隋炀帝在江都时，一次梦见陈后主，看到舞女数十人，其中有后主的宠妃张丽华。隋炀帝就请她舞一曲《玉树后庭花》。舞完以后，后主对隋炀帝说："您的龙舟之游快乐吗？我原以为您会把政治搞得比尧舜还好，岂不料您今天也在走我的老路。人生各图快乐，您先前何必那样严厉责备我呢？"这个记载可能出自传闻，虚构成分很大，但包含着非常真实、合理的内核，它把隋炀帝因步陈后主的后尘而预感到亡国危险但又不思悔改的心理表现得十分深刻。但李商隐并不是简单地搬用这个故事，而是根据主题表达的需要，将生前梦遇引申为死后重逢，由请张丽华舞《玉树后庭花》进一步料想其必然"重问"，并用"若逢""岂宜"这样的语气来表达——已经国亡身死的隋炀帝，如果在地下和陈后主重逢，难道还好意思再请张丽华舞一曲《玉树后庭花》吗？

和颔联一样，尾联也是运用典型化的艺术手段和假设推想之辞更深刻地揭示讽刺对象的本质与灵魂，但想象更虚幻，措辞更巧妙，讽刺也更辛辣。梦中相逢，已属虚幻；地下重见，更近荒诞。但诗人用"若逢"这样的假设之辞，便把虚构荒诞不经之事的嫌疑很轻松地脱掉，而这一想象中所反映的事物本质的内容则全部保留下来。这里包含着好几层微妙而辛辣的讽刺。第一，隋炀帝和陈后主，是一对臭味相投的难兄难弟，不但活着的时候前趋后效，竞相荒淫，死后也一定会相随于地下。说是"若逢"，其实诗人意中料其必逢。第二，不但重逢，而且"重问"。按照常情，隋炀帝步亡陈后尘，身死国亡，为天下笑，照说总会觉得"《后庭花》一曲，幽怨不堪听"而不再重问了，但他仍兴致勃勃，十分迷恋这亡国之音。说"岂宜重问"，实际上就包含了料其必问。这就暗示出，像隋炀帝这样一个昏君，即使掉了脑袋，做了鬼，他的享乐贪欲、淫昏本性也不会有丝毫改变。如果说颔联"玉玺不缘归日角，锦帆应是到天涯"还只是讽刺他不见棺材不落泪，那么尾联"地下若逢陈后主，岂宜重问后庭花"就是进而讽刺他见了棺材也不落泪了。这确实是对死不悔改的隋炀帝的诛心之笔。第三，对隋炀帝的"重问"，诗人并不正言厉色地加以愤怒斥责，而是用轻描淡写的"岂宜"二字投以冷峻的嘲讽。读者从这两个字中感受到的，正是对无可救药的亡国之君极大的轻蔑和无情的嘲弄。

历史是常常重复的，但像亡陈和亡隋这样迅速的重复，像陈后主和隋炀帝这样并世而生的昏君却不多见。它似乎特别能够说明：封建统治者所实行的政策和本身的行为，是国家兴亡盛衰的重要原因。用李商隐自己的诗句来表述，就是"成由勤俭败由奢"。陈后主、隋炀帝早已相从于地下，诗人从陈、隋两代亡国败君相继的事实中总结的历史教训，显然是为着警戒当代的封建统治者。从这个意义上去领会"岂宜重问后庭花"这句诗，它的弦外之音是不难默会的。

清代何焯评这首诗说："前半展拓得开，后半发挥得足，真大手笔。"所谓展拓、发挥，实际上不妨理解为典型化的艺术手段，其中既包括颔、尾两联那种入骨的讽刺，也包括腹联那种兴在象外、含蕴无穷的讽叹。在如何做到讽刺的深刻、寄慨的深沉与抒情气氛的浓郁方面，这首诗确实提供了成功的艺术经验。

政治讽刺诗与一般重在抒写诗人自我感情的抒情诗有所不同，它不能不将笔墨集中在讽刺对象身上，诗人自己的感情和个性便往往表现得不很明显和突出。而这首诗比较成功的另一点，正是在深刻揭示讽刺对象本质特点的同时，比较明显地体现了诗人的个性。这里，像"不缘""应是""无""有""若逢""岂宜"等一系列极富表现力的词语起了重要作用。它们把诗人对隋炀帝那种鄙视、挖苦、嘲弄的感情，那种冷嘲热讽的神情口吻淋漓尽致地表现出来了，也把诗人面对亡隋的历史遗迹时那种深沉的感慨和清醒而严肃的思考表现出来了。站在我们面前的，是一位既尖刻又含蕴，既嬉笑怒骂又深沉严肃的诗人形象。读完这首诗，讽刺对象的形象和讽刺者的形象都一齐跃然纸上了。

二月二日[①]

二月二日江上行，东风日暖闻吹笙[②]。花须柳眼各无赖[③]，紫蝶黄蜂俱有情。万里忆归元亮井[④]，三年从事亚夫营[⑤]。新滩莫悟游人意[⑥]，更作风檐夜雨声[⑦]。

[校注]

①据《全蜀艺文志》，成都以二月二日为踏青节，蜀中风俗当同此。诗作于居

柳仲郢梓州幕期间。据"三年"句，当作于大中七年（853）二月二日。②笙，管乐器，由簧片、笙管、斗子三部分组成。簧片古时用竹制，后改为响铜。《说文·竹部》："笙，十三簧，象凤之身也。笙，正月之音。物生，故谓之笙。"③花须，花的雄蕊细长如须，故称。柳眼，柳叶初生时细长如眼初展。各，皆。无赖，有意逗恼人。杜甫《奉陪郑驸马韦曲》："韦曲花无赖，家家恼杀人。"《送路六侍御入朝》："剑南春色还无赖，触忤愁人到酒边。"④元亮，东晋诗人陶潜的字，其《归园田居》有"井灶有遗处，桑竹残朽株"之句。此处"元亮井"即借指故园乡井。⑤从事，指担任幕职。亚夫，汉文帝时名将周亚夫。屯军细柳，军纪严明。世称"细柳营""柳营"。事详《史记·绛侯世家》。此处以"亚夫营"借指柳仲郢军幕，以"柳营"切仲郢之姓。商隐大中五年冬抵柳幕，至大中七年已是第三个年头。⑥新滩莫悟，《全唐诗》校："滩，一作春；悟，一作讶。"⑦夜雨，《全唐诗》校："一作雨夜。"

[鉴赏]

大中五年（851）春夏间，李商隐的妻子王氏亡故。为了谋生，他不得不应东川节度使柳仲郢之辟，入幕任节度书记，于同年秋撇下幼女稚子，只身远赴梓州（州治在今四川三台），开始了他一生中最后也是时间最长的一次幕府生涯。"三年从事亚夫营"，到写这首诗时，他在柳幕已经是第三个年头了。

蜀中风俗，二月二日为踏青节。诗的首句，开门见山，点明踏青节江上春游。次句紧承，写江行游春的最初感觉和印象。和煦的东风，温暖的旭日，都散发着融和的春意，就是那笙声，也似乎带着春回大地的暖意。笙簧畏潮湿，天寒吹久则声涩不扬，须以微火香料暖笙。东风日暖，笙自然也簧暖而声清了。"闻吹笙"并非泛语，它和"东风日暖"分别从听觉和感觉写出了踏青江行的感受——一种暖洋洋的春意。

颔联从所见角度续写江上春色。如果说"东风"句还是刚接触外界事物时一种自然的感受，这一联则是有意寻春、赏春了。花、柳、蜂、蝶，都是春天最常见的事物，是春天生命与活力的标志，红（花）、绿（柳）、黄、紫，更写出了春天的绚烂色彩。但这一联并非抒写诗人对秾丽春色的流连陶醉，而是表现因美好春色而触动的伤感。"无赖"，有意逗恼人。花、柳本是没有人的感觉和感情的事物，它只按自然规律行事，春天来了，便吐蕊、长叶，在东风旭日中显示出生命的活力，散发着春天的气息，而不顾人的悲欢哀乐。但在满怀愁绪的诗人感觉中，它们却好像是有意逗恼自己。蜂、蝶是有生命的动物,春到人间,穿花绕柳,翩翩飞舞,像是满怀喜悦宣告着春天的来临,故说"有情"。然而,不管是无心的花柳,还是有情的蜂蝶,它们作为春色的标志、生命活力的象征,又都和失去了生命春天的诗人形成鲜明对照。"无赖者自无赖,有情者自有情,于我总无与也"(姚培谦《李义山诗笺注》),其实还不止是"无与",而且是一种刺激。细味"各"字、"俱"字,不难发觉其中透露出的隐痛。要之,前两联极写江间春色,写物遂其情,正是为了要反衬出自己的沉沦身世与凄苦心境。何焯说:"前半逼出忆归,如此浓至,却使人不觉。"这"不觉"正是诗的蕴藉处。

颈联转写长期寄幕思归。初读似与前幅脱榫,但领联"各""俱"二字,已暗逗消息,而且前幅越是把春色、春意渲染得充分,就越能引渡到"虽信美而非吾土兮,曾何足以少留"(王粲《登楼赋》)这层意思上去,所以前后幅之间是形断而神连。元亮井,用陶潜(字元亮)《归园田居》:"井灶有遗处,桑竹残朽株";亚夫营,用周亚夫屯兵细柳营事,暗寓幕主的柳姓。虽用典,却像随手拈来,信口道出。他曾说自己"无文通半顷之田,乏元亮数间之屋",可见诗人连归隐躬耕的起码物质条件也没有。"万里""三年",表面上是写空间的悬隔、时间的漫长,实际上正是抒写欲归不能的苦闷。对照着"三年已制思乡泪,更入新年恐不禁"(《写意》)、"三年苦雾巴江水,不为离人照屋梁"(《初起》)等诗句,不难感到"三年从事亚夫营"之中所蕴含的羁泊天涯者的精神痛苦。

末联回应"江上行",写新滩流水在羁愁者耳中引起的特殊感受。春江水涨,新滩流水在一般游春者听来,自然是欢畅悦耳的春之歌;但在思归不得的天涯羁旅者耳中,却像是午夜檐间风雨的凄其之声,不断撩动着自己的羁愁,所以发出"新滩莫悟游人(作者自指)意"的嗟叹。本是听者主观感情作怪,却说"新滩莫悟",曲折有致。冯浩说:"悟字入微。我方借此遣恨,乃新滩莫悟,而更作风雨凄其之态,以动我愁,真令人驱愁无地矣。"可谓深得其旨。

李商隐许多抒写身世之悲的诗篇,往往以深沉凝重的笔调、绮丽精工的语言,着意渲染出一种迷蒙悲凄的环境气氛。这首诗却别具一格。它以乐境写哀思,以美丽的春色反衬自己凄苦的身世,以轻快流走的笔调抒发抑塞不舒的情怀,以清空如话的语言表现宛转曲折的情思,收到了相反相成的艺术效果。

筹笔驿①

猿鸟犹疑畏简书②,风云常为护储胥③。徒令上将挥神笔④,终见降王走传车⑤。管乐有才终不忝⑥,关张无命欲何如⑦。他年锦里经祠庙⑧,梁父吟成恨有馀⑨。

[校注]

①筹笔驿,旧址在今四川省广元市(唐时属利州绵谷县)北。《方舆胜览·利州东路·利州》:"筹笔驿,在绵谷县,去州北九十九里。旧传诸葛武侯出师,尝驻此。"杜牧《和野人殷潜之题筹笔驿十四韵》:"永安宫受诏,筹笔驿沉思。"筹笔之名,因诸葛亮曾驻此筹划军事而得名。诗作于大中九年(855)冬随柳仲郢还朝途中经此驿时,筹笔驿为川、陕间交通要站。②猿,《全唐诗》校:"一作鱼。"简书,古代用竹简写字,称简书。这里特指军令文书。《诗·小雅·出车》:"岂不怀归,畏此简书。"传曰:"简书,戒命也。"③储胥,军队驻扎时设以防卫拒障的木栅藩篱。《汉书·扬雄传》:"木雍枪累,以为储胥。"颜师古注:"储,峙也;胥,须也。以木雍(拥)枪及累绳连结以为储胥。"④徒令,空教。上将,犹主将。此指诸葛亮。《孙子·地形》:"料敌制胜,计险阨远近,上将之道也。"挥神笔,指筹划军事,挥笔出令,含有料敌如神之意。⑤降王,指蜀后主刘禅。传车(zhuàn jū),驿站所备供长途旅行用的车。传,传舍,驿站。魏景元四年(263),司马昭派邓艾、钟会伐蜀。邓艾兵至成都城北,"后主舆榇自缚诣军垒门……举家东迁(洛阳)"。"走传车"即指后主降魏后举家乘传车迁往洛阳事。⑥管,管仲,春秋时著名政治家,佐齐桓公成霸业。乐,乐毅,战国时著名军事家,曾为燕昭王破齐。《三国志·蜀书·诸葛亮传》:"亮躬耕陇亩,好为《梁父吟》……每自比于管仲、乐毅,时人莫之许也。唯博陵崔州平、颍川徐庶元直与亮友善,谓为信然。"终,纵然,纵使。忝,愧。《全唐诗》校:"终,一作真。"⑦关,关羽;张,张飞。两人均为蜀汉著名大将。无命,夭亡。指关羽镇荆州,为孙权遣将偷袭,兵败被杀,以及张飞从先主刘备伐吴,为部将张达、范疆所杀之事。详参《三国志·蜀书·关羽传》及《张飞传》。欲何如,又能有什么办法。⑧他年,犹往年、昔年。用"他"字指时间有过去与将来的两种用法,此处指前者。锦里,在成都

城南，武侯祠所在处。此句指大中五年冬，商隐自梓州差赴西川推狱，曾拜谒武侯祠。⑨梁父，即《梁父吟》，古乐曲名，诸葛亮躬耕陇亩时，好为《梁父吟》。今传古辞，内容系咏齐相晏婴以二桃计杀争功三勇士之事。署诸葛亮作。后世或以为诸葛亮借此抒发政治感慨。这里即以《梁父吟》转指自己当年所写的借咏史以寓慨的诗篇《武侯庙古柏》，诗中有"玉垒经纶远，金刀（寓指刘汉王朝）历数终。谁将出师表，一为问昭融"之句，与"恨有馀"之语正合。杜甫《登楼》尾联云："可怜后主还祠庙，日暮聊为梁父吟。"

[鉴赏]

　　唐宣宗大中九年（855）冬，诗人罢梓州幕后由蜀中返回长安，途经利州绵谷县（今四川广元）的筹笔驿时，写下这首咏怀古迹之作。相传诸葛亮出师伐魏，曾经驻扎在这里筹划军事，因而得名。在李商隐之前，杜甫的《蜀相》已经成功地塑造出诸葛亮的形象，表现他的崇高品质和悲剧命运。李商隐的这首《筹笔驿》之所以堪与《蜀相》并称咏武侯的双璧，正在于他在学习杜诗神髓的同时能自具面目。

　　跟《蜀相》一样，这首诗中的诸葛亮也是一位才智杰出而志业不成的悲剧性人物，甚至两首诗的结句"泪满襟""恨有馀"的感情反应也非常相似。但杜诗在慨叹其"出师未捷身先死"的悲剧命运时着意突出其鞠躬尽瘁、死而后已的主观精神品质，即所谓"两朝开济老臣心"，这正是杜甫所处的那个战乱时代对整顿乾坤的辅弼之才的需要；而李商隐在这首诗中着意表现的却是诸葛亮的才智跟他所遭遇的客观时势之间的悲剧性矛盾。诗人慨叹诸葛亮虽然才比管、乐，用兵如神，但既遇刘禅这样昏庸的君主，又失关、张这样忠勇的大将，终难挽救蜀汉危亡的命运。末句以"恨"字点醒全篇，说明诗人引为遗恨的正是爱国志士"才"与"命"的矛盾。晚唐政治腐败，危机深重，才智之士因客观环境制约，不但难成匡国大业，而且往往遭到忌毁打击。被李商隐推为"万古之良相"的李德裕在建树破回鹘、平泽潞的功勋后不久就被新即位的唐宣宗一再贬谪至死，就是突出的例证。李商隐在大中五年拜谒成都武侯祠时写的怀古伤今、借端寄慨的"梁父吟"式的诗篇《武侯庙古柏》，就借歌咏诸葛亮而融合了这方面的现实政治感慨。《筹笔驿》的尾联追忆往年情事，以"恨有馀"兼绾他年与今日，正暗示今日凭吊古迹，所抱者仍为志士"才命两相妨"的无穷遗恨。叹诸葛，即所以叹千古遭逢末世的才人志士，而诗人对晚唐衰颓国运的深切忧虑和深沉感慨自寓其中。相比之下，《蜀相》更侧重于表现竭忠尽力而志业未成的崇高感，《筹笔驿》则侧重于表现运去难回、无能为力的悲怆感。虽同为赋咏悲剧命运,时代不同,着眼点有别,造成的悲剧美感也有所区别。

与爱国志士遭逢末世才命相妨的思想主题相应,这首诗在构思上的显著特点是用诸葛亮的杰出才智反托其悲剧命运,并以开合抑扬的手法突出才与命的悲剧性矛盾。颔联出句"上将挥神笔"极力上扬,对句"降王走传车"一落千丈,反跌有力;腹联出句极赞其才略,对句极叹其无助。两联中"徒令""终见""终不免""欲何如",开合相应,在对照中更显出其才智超卓而命运不济的可悲。笔力雄健,感慨深沉,为尾联"恨有馀"作了充分铺垫。

《蜀相》突破杜甫以前七律主于情景的传统,兼用叙事、写景、议论、抒情,《筹笔驿》也兼容上述四端,而议论成分更见突出。但由于以抒情贯串全篇,故虽多议论而仍富唱叹之致。首联即景兴感,将客观景物(猿鸟、风云)主观化,在景物描写中渗透崇敬追思之情,"使人凛然复见孔明风烈"(范温《潜溪诗眼》);颔腹二联,将大开大合的议论与抑扬有致的唱叹融为一体,而蜀汉衰亡史事的叙述也巧妙地穿插其中。尾联追昔绾今,昔之慨,今之恨,一齐收束,言外更含无限沉悲,正如纪昀所评:"一篇淋漓尽致,结处犹能作掉开不尽之笔,圆满之极。"(《玉谿生诗说》)

无题二首(其一)①

昨夜星辰昨夜风,画楼西畔桂堂东②。身无彩凤双飞翼,心有灵犀一点通③。隔座送钩春酒暖④,分曹射覆蜡灯红⑤。嗟余听鼓应官去⑥,走马兰台类转蓬⑦。

[校注]

①无题诗是李商隐的艺术独创。其诗集中以"无题"为题的诗,可以认定的共十四首,即《无题》(八岁偷照镜)、《无题》(照梁初有情)、《无题二首》(昨夜星辰昨夜风;闻道阊门萼绿华)、《无题四首》(来是空言去绝踪;飒飒东风细雨来;含情春晼晚;何处哀筝随急管)、《无题》(相见时难别亦难)、《无题》(紫府仙人号宝灯)、《无题二首》(凤尾香罗薄几重;重帏深下莫愁堂)、《无题》(近知名阿侯)、《无题》(白道萦回入暮霞)。其他六首,或因与《无题》相连而失题误

入，或与他题相连误入后又改题"无题"，或佚去本题而编录者署曰无题，均不可靠。可以认定的十四首无题，诗面大都写相思离别、会合难期之情。其中有的寄托痕迹较明显，有的寄托似有若无，有的显赋艳情或爱情。详参笔者《李商隐传论》下编第八章。这二首无题中，另一首是七绝："闻道阊门萼绿华，昔年相望抵天涯。岂知一夜秦楼客，偷看吴王苑内花。"二首合参，可揣知诗人所怀的对象是一位贵家女子（家妓之类）。据"走马兰台"句，诗当作于商隐任职秘书省期间，以作于会昌六年（846）春重官秘省正字期间的可能性较大。②楼，《全唐诗》校："一作堂。"③灵犀，古代将犀牛角视为灵异之物，犀角中心的髓质像一条白线贯通上下，故云"灵犀一点通"。《汉书·西域传》："通犀翠羽之珍。"如淳注："通犀，谓中央色白，通两头。"④送钩，指藏钩之戏。周处《风土记》："义阳腊日饮祭之后，叟姬儿童为藏钩之戏。分为二曹（队），以校胜负……一钩藏在数手中，曹人当射（猜）知所在。"⑤射覆，古代游戏，在巾盂等物下覆盖着东西让人猜。⑥听鼓，唐制：五更二点，鼓自内发，诸街鼓承振，坊市门皆启。鼓响天明，官员即须上班。应官，唐人常用语，上班应差。⑦兰台，汉代藏图书秘籍的宫观称兰台，唐代指秘书省。《旧唐书·职官志》："秘书省。隶中书省之下。汉代藏书之所……（唐）龙朔改为兰台，光宅改为麟台，神龙复为秘书省。"有校书郎八人，正字四人。作者开成四年（839）曾任秘书省校书郎，旋出尉弘农。会昌二年曾任秘书省正字，同年守母丧离职。六年春服阕后复官正字。转，全唐诗原作"断"，校："一作转。"兹据毛氏汲古阁本改。

[鉴赏]

这是一首有作者自己直接出场的无题诗，抒写对昨夜一度相值、旋成间隔的意中人深切的怀想。原题二首，另一首是七绝，其中有"岂知一夜秦楼客，偷看吴王苑内花"的诗句，看来诗人所怀想的对象可能是一位贵家女子。

开头两句由今宵情景引发对昨夜的追忆。这是一个美好的春夜：星光闪烁，和风习习，空气中充溢着令人沉醉的温馨气息，一切都似乎和昨夜相仿佛。但昨夜在"画楼西畔桂堂东"和所爱者相见的那一幕却已经成为亲切而难以追寻的记忆。诗人没有去具体叙写昨夜的情事，只是借助于星辰好风的渲染，画楼桂堂的映衬，烘托出一种温馨绮旎、富于暗示性的环境气氛，读者自可意会。"昨夜"复叠，句中自对，以及上下两句一气蝉联的句式，构成了一种圆转流美、富于唱叹之致的格调，使得对昨夜的追忆抒情气氛更加浓郁了。

三、四两句由追忆昨夜回到现境，抒写今夕的相隔和由此引起的复杂微妙心理。两句说，自己身上尽管没有彩凤那样的双翅，得以飞越阻隔，与对方相会，但彼此的心，却像灵异的犀角一样，自有一线相通。彩凤比翼双飞，常用作美满爱情的象征。这里用"身无彩凤双飞翼"来暗示爱情的阻隔，可以说是常语翻新。而用"心有灵犀一点通"来比喻相爱双方心灵的契合与感应，则完全是诗人的独创和巧思。犀牛角在古代被视为灵异之物，特别是它中央有一道贯通上下的白线（实为角质），更增添了神异色彩。诗人正是从这一点展开想象，赋予它以相爱的心灵奇异感应的性质，从而创造出这样一个略貌取神、极新奇而贴切的比喻。这种联想，带有更多的象征色彩。两句中"身无"与"心有"相互映照、生发，组成一个包蕴丰富的矛盾统一体。相爱的双方不能会合，本是深刻的痛苦；但身不能接而心则相通，却是莫大的慰藉。诗人所要表现的，并不是单纯的爱情间隔的苦闷或心灵契合的欣喜，而是间隔中的契合，苦闷中的欣喜，寂寞中的慰安。尽管这种契合的欣喜中不免带有苦涩的意味，但它却因身受阻隔而显得弥足珍贵。因此它不是消极的叹息，而是对美好情愫的积极肯定。将矛盾着的感情的相互渗透和奇妙交融表现得这样深刻细致而又主次分明，这样富于典型性，确实可见诗人抒写心灵感受的才力。

五、六两句乍读似乎是描绘诗人所经历的实境，但也可能是因身受阻隔而激发的对意中人今夕处境的想象。送钩、射覆，都是酒宴上的游戏（前者是传钩于某人手中藏着让对方猜，后者是藏物于巾盂之下让人猜，不中者罚酒）；分曹，是分组的意思。在诗人的想象中，对方此刻想必就在画楼桂堂上参与热闹的宴会。宴席之上，灯红酒绿，觥筹交错，笑语喧哗，隔坐送钩，分曹射覆，气氛该是何等热闹！越是阻隔，渴望会合的感情便越热切，对于相隔的意中人处境的想象便越加鲜明。"春酒暖""蜡灯红"，不只是传神地表现了宴会上融怡醉人的气氛，而且倾注了诗人强烈的向往倾慕之情和"身无彩凤双飞翼"的感慨。诗人此刻处境的凄清寂寞自见于言外。这就自然引起末联的嗟叹来。

"如此星辰非昨夜，为谁风露立中宵？"（清黄景仁诗句）在终宵的追怀思念中，不知不觉，晨鼓已经敲响，上班应差的时间到了。可叹的是自己正像飘转不定的蓬草又不得不匆匆走马兰台（秘书省的别称，当时诗人正在秘书省任职），开始寂寞无聊的校书生涯。这个结尾，将爱情间隔的怅惘与身世飘蓬的慨叹融合起来，不但扩大了诗的内涵，而且深化了诗的意蕴，使得这首采用"赋"法的无题诗，也像他的一些有比兴寄托的无题诗一样，含有某种自伤身世的意味。

　　李商隐的无题诗往往着重抒写主人公的心理活动，事件与场景的描写常常打破一定的时空次序，随着心理活动的流程交错展现。这首诗在这方面表现得相当典型。起联明写昨夜，实际上暗含今宵到昨夜的情景联想与对比；次联似应续写昨夜，却突然回到今夕相隔的现境；颈联又转为对对方处境的想象，末联则再回到自身。这样大幅度的跳跃，加上实境虚写（如次句）、虚境实写（如颈联）等手法的运用，就使得这首采用赋法的无题诗也显得断续无端，变幻迷离，使读者感到困惑了。其实，把它看成古代诗歌中的"意识流"作品，许多困惑和歧解原是不难解决的。

无　题

　　相见时难别亦难①，**东风无力百花残。春蚕到死丝方尽**②，**蜡炬成灰泪始干**③。**晓镜但愁云鬓改**④，**夜吟应觉月光寒。蓬山此去无多路**⑤，**青鸟殷勤为探看**⑥。

[校注]

①曹丕《燕歌行》："别日何易会日难。"曹植《当来日大难》："今日同堂，出门异乡。别易会难，各尽杯觞。"此化用其语而别出己意。②南朝乐府《西曲歌·作蚕丝》："春蚕不应老，昼夜常怀丝。何惜微躯尽，缠绵自有时。"丝，谐"思"。③蜡炬，指蜡烛的烛芯。成灰，指烛芯烧尽成灰烬。泪，指蜡烛燃烧时流溢如泪的油脂。庾信《对烛赋》："腊花长递泪。"杜牧《赠别》："蜡烛有心还惜别，替人垂泪到天明。"④晓镜，晨起对镜。"镜"字作动词用，与下句"吟"字对文。云鬓，形容年轻女子如云般浓密乌黑的鬓发。⑤蓬山，传说中海中的神山，此借指所思女子居处。⑥青鸟，神话传说中为神仙西王母传递消息的仙鸟，此借指信使。探看（平声），试看。

[鉴赏]

　　元好问用"精纯"二字赞义山诗，这首《无题》可以说是最能体现"精纯"特征的"刻意伤春复伤别"之作。就此诗而言，"精"即精练含蓄，"纯"即纯情化、纯诗化，纯粹抒情，不涉叙事。

起联点染暮春伤别。"别易会难"是古人常语，也是古人普泛的人生体验，诗人却别有会心，常语翻新，推进一层，说相爱的双方相见固然困难，离别也同样令人难以为怀。起句叠用两"难"字，义却有别。上"难"指困难、艰难，下"难"指难堪。"相见"既可指别后重会，也可指别前相见，不加说明，任人自领，也不妨理解为兼包别前、别后。无论是指哪一种情况，"相见"之"难"都使得"别"之"难"更加突出。本意在强调离别之难堪，却从"相见时难"着笔，这就延伸了时间内涵，暗示了眼前这场难堪的离别之前或之后的种种已经发生的或想象中的情事。它把双方历经种种磨难曲折的爱情悲剧经历全部隐入幕后，也把别后相见的渺茫无期寓于言外。劈头一句突如其来的"相见时难别亦难"，就像抒情主人公一声沉重的心灵叹息，什么具体的事也没有说，也可以说什么事（过去、现在、将来）都融化在里面了。只此一句，便鲜明地体现出对人生经历的深刻体验和高度概括所形成的精练含蓄，以及纯情化、纯诗化的特征。

　　次句紧承"别"字，展现出离别之际东风无力、百花凋残的暮春景象。如果说上句是"点"，则下句是以景语作"染"。但又和一般的渲染不同，具有融写实与象征为一体的特点，能引发读者多方面的联想。它既像是为这场难堪的离别提供一幅黯然销魂的背景，又像是双方难以禁受的心灵创痛的外化和触景伤怀、发自内心的长叹，更像是以春尽花阑象征着青春和爱情的消逝和一个更大范围的悲剧性环境。诗人未必有意运用象征手法，读者却可从这幅典型的图景中品味出丰富的象征意蕴。冯舒说"第二句毕世接不出"，正透露出他从第二句的似接非接中领悟到的丰富象外之意。或以为义山无题诸诗各句次序可解构重组，并不固定。在他诗或然如此，就此诗一、二句而言，如一倒过来，则情味全失。

　　次联从自己方面着笔，写别后悠长不已的思念和终身不已的痛苦。这一联将比喻与象征融为一体。吐丝的春蚕和流泪的蜡烛都是喻义显明的比喻——怀着相思和别恨的抒情主人公。但绵绵不绝、至死方尽的蚕丝，又是悠长不绝、至死不渝的相思之情的象征，在无望的情况下仍然执著追求的精神的象征；燃成灰烬才停止流溢的蜡泪，又是绵绵不绝的别恨与痛苦的象征、殉情精神的象征。由于象征与比喻融为一体，不但使象征含意毫不晦涩，而且使读者浑然不觉其为象征。特别是"到死丝方尽""成灰泪始干"的着意强调，更使全联的意蕴愈加丰富深刻。"到死"、"成灰"、丝尽、泪干，充满了悲剧情调，甚至带有悲观绝望的色彩，但正是在这种仿佛是绝望的悲哀痛苦中透露出感情的坚韧执著，既悲观又坚定，既痛苦又缠绵。明知思念之徒劳与追求之无望，却仍然要作无穷无尽的无望追求；明知思念与追求只能使自己终生与痛苦为伴，但却心甘情愿背负终生的痛苦去作无望的追求。将殉情主义精神表现得如此沉挚深至，富于悲剧美，在诗歌史上亦不多见。

腹联转从对方着笔，设想对方别后的处境和心情：晨起揽镜，唯忧青春容颜之消逝；凉夜吟诗，当感月光之凄寒。不说自己如何想念对方，而是设身处地想象对方的行为心境，情尤深至。"但愁""应觉"，于拟想中见细意体贴、关怀备至之情，"寒"字兼透对方处境之孤孑与心境之悲凉。上联沉挚深至，这一联转为委婉舒缓，感情、语调亦张弛有致。

尾联借青鸟传书的神话传说，故为宽解之词，说对方与自己虽如仙凡之相隔，但借青鸟传书，或可抵达对方所居之蓬山仙境，不妨试为探望致意，于无望中仍存一通消息的希望。何焯说："末路不作绝望语，愈悲。"纪昀说："七八不作绝望语，诗人忠厚之道。"语异而意实相通，可以合参。

全篇写别恨相思，虽纯粹抒情，不涉叙事，而感情的发展脉络清晰，转接自然，没有作者有的无题诗那种跳跃过大，比较晦涩的缺点。无论思想内容和艺术形式，都更为精纯。作为爱情诗，已经舍弃生活本身的大量杂质，提纯、升华为艺术的结晶。后代学者或据这种高度提纯了的无题诗去考索作者的恋爱事迹，试图将艺术还原为生活，不知作者早已舍粗而取精了。

唯其精纯深至，不涉具体情事，它也就有可能自然而然地渗透融合诗人的某种更广泛的人生体验感受，如政治上追求失意的苦闷和虽失意而不能自已的心理。姚培谦说："此等诗，似寄情男女，而世间君臣朋友之间，若无此意，便泛泛然与陌路相似，此非粗心人所知。"不说它必有寄托，而说意可相通，亦可作读此类诗一法。

端　居①

远书归梦两悠悠②，只有空床敌素秋③。阶下青苔与红树，雨中寥落月中愁④。

[校注]

①端居，平居。本篇是客中闲居思家之作，可能作于大中元年（847）秋居桂幕时。②悠悠，遥远、久长。③《初学记》卷三引梁元帝《纂要》："秋曰白藏，

亦曰……素秋、素商、高商。"据古代五行说，秋季色尚白，故称"素秋"。④寥落，冷落，冷清。

[鉴赏]

这是作者滞留异乡，思念妻子之作。题目"端居"，即平常居处、闲居之意。

诗人远别家乡和亲人，时间已经很久。妻子从远方的来信，是客居异乡寂寞生活的慰藉，但已很久没有见到它的踪影了。在这寂寥的清秋之夜，得不到家人音书的空廓虚无之感变得如此强烈，为寂寞所咬啮的灵魂便自然而然地想从"归梦"中寻求慰藉。即使是短暂的梦中相聚，也总可稍慰相思。但"路遥归梦难成"，一觉醒来，竟是悠悠相别经年，魂魄未曾入梦。"远书归梦两悠悠"，正是诗人在盼远书而不至、觅归梦而不成的情况下，从心灵深处发出的一声长长的叹息。"悠悠"二字，既形象地显示出远书、归梦的杳邈难期，也传神地表现出希望两皆落空时怅然若失的意态。而双方山川阻隔，别后经年的时间、空间远隔，也隐见于言外。

次句写中宵醒后寂寥凄寒的感受。素秋，是秋天的代称。但它的暗示色彩却相当丰富。它使人联想起洁白清冷的秋霜、皎洁凄寒的秋月、明澈寒冽的秋水，联想起一切散发着萧瑟清寒气息的秋天景物。对于一个寂处异乡、"远书归梦两悠悠"的客子来说，这凄寒的"素秋"便不仅仅是引动愁绪的一种触媒，而且是对毫无慰藉的心灵一种不堪忍受的重压。然而，诗人可以用来和它对"敌"的却"只有空床"而已。清代冯浩《玉谿生诗笺注》引杨守智说："'敌'字险而稳。"这评语很精到。这里本可用一个比较平稳而浑成的"对"字。但"对"只表现"空床"与"素秋"默默相对的寂寥清冷之状，偏于客观描绘。而"敌"则除了含有"对"的意思之外，还兼传出空床独寝的人无法承受"素秋"的清寥凄寒意境，而又不得不承受的那种难以言状的心灵深处的凄怆，那种凄神寒骨的感受，更偏于主观精神状态的刻画。试比较李煜"罗衾不耐五更寒"（《浪淘沙》），便可发现这里的"敌"字虽然下得较硬较险，初读似感刻露，但细味则感到它在抒写客观环境所给予人的主观感受方面，比"不耐"要深细、隽永得多，而且它本身又是准确而妥帖的。这就和离开整体意境专以雕琢字句为能事者有别。

三、四两句从室内的"空床"移向室外的"青苔""红树"。但并不是客观地描绘，而是移情入景，使客观景物对象化，带上浓厚的主观色彩。寂居异乡，平日很少有人来往，阶前长满了青苔，更显出寓所的冷寂。红树，则正是暮秋特有的景象。青苔、红树,色调本来是比较明丽的,但由于是在夜间,在迷蒙雨色、朦胧夜月的笼罩下,色调便不免显得黯淡模糊。在满怀愁绪的诗人眼里,这"阶下青苔与红树"似乎也在默默相对中呈现出一种无言的愁绪和清冷寥落的意态。这两句中"青苔"与"红树","雨中"与"月中","寥落"与"愁",都是互文错举。"雨中"与"月中",似乎不大可能是同一夜间出现的景象。但当诗人面对其中的一幅图景时(假定是月夕),自不妨同时在心中浮现先前经历过的另一幅图景(雨夕)。这样把眼前的实景和记忆中的景色交织在一起,无形中将时间的内涵扩展延伸了,暗示出像这样地中宵不寐,思念远人已非一夕。同时,这三组词两两互文错举,后两组又句中自对,更使诗句具有一种回环流动的美。如果联系一开头的"远书""归梦"来体味,那么这"雨中寥落月中愁"的青苔、红树,似乎还可以让读者联想起相互远隔的双方"各在天一涯"默默相思的情景。风雨之夕,月明之夜,胸怀愁绪而寥落之情难以排遣者,又岂止是作客他乡的诗人一身呢?

齐宫词①

永寿兵来夜不扃②,金莲无复印中庭③。梁台歌管三更罢④,犹自风摇九子铃⑤。

[校注]

①诗咏南齐东昏侯萧宝卷荒淫亡国事及由此引发的感慨。张采田《玉谿生年谱会笺》系此诗于大中十一年(857)任盐铁推官游江东时。②永寿,南齐宫殿名。扃(jiōng),闭锁。据《南史》及《南齐书·东昏侯本纪》记载,齐东昏侯萧宝卷起芳乐、芳德、仙华、含德等殿,又别为宠妃潘妃起神仙、永寿、玉寿三殿。四周用黄金、璧玉作饰。永元三年(501),雍州刺史萧衍(即后来的梁武帝)率兵攻入京城建康(今南京)。齐叛臣王珍国、张稷作内应,夜开云龙门,引兵入宫。当晚东昏侯正在含德殿吹笙作乐,卧未熟,兵至,被直后张齐斩首,送萧衍。③《南史·齐废帝东昏侯本纪》载:"又凿金为莲华以贴地,令潘妃行其上,曰:'此步步生莲华也。'"此句谓东昏侯身死国亡,宫殿的中庭再也见不到潘妃步步生莲的舞姿了。④梁台,即梁宫(亦即原先的齐宫,不过宫殿易主而已)。晋、宋以后,称朝廷禁省为台,称禁城为台城,见《容斋随笔》。⑤九子铃,一种用金、

玉等材料制成的挂在宫殿、寺塔四角的檐铃。《南史·齐废帝东昏侯纪》载："庄严寺有九子铃，外国寺佛面有光相，禅灵寺塔诸宝珥，皆剥取以施潘妃殿饰。"

[鉴赏]

一位大诗人，往往具有多副笔墨、多种风格。即使是同一体裁、同类性质的作品，也很少艺术上的雷同重复。这首《齐宫词》，和李商隐的其他一些七绝咏史之作一样，也具有立意深刻、构思精妙、含蓄蕴藉、富于情韵等特点，但它们又显然各有机杼，自具面目。这种同中有异，异中有同，在多样化中显示出统一性的情况，正是一个作家艺术上高度成熟的一种标志。

这首诗题为"齐宫词"，实际上所咏内容包括齐、梁两朝宫廷生活，题目与诗的内容这种似乎不一致的现象，不但不是诗人的疏忽，却正是诗人的一种有意安排和巧妙提示，是引导读者深入理解诗的立意和构思的一个线索。

前两句"永寿兵来夜不扃，金莲无复印中庭"咏唱的是南齐亡国史实。齐后主宠幸潘妃，荒淫亡国，在实际生活中是一个比较长的时间过程，这在篇幅短小、不宜叙事的绝句里是很难展开叙写，也没有必要展开叙写的。诗人截取横断面，从事件发展的高潮——兵来国破之夜着笔；而在这一夜中，又只集中笔墨写了一个细节，即所谓"兵来夜不扃"。扃，是关闭门户的意思。"夜不扃"，是说叛兵到来的时候，齐宫竟然宫门洞开，毫无戒备。这个细节，和原来的历史事实稍有出入，但却更突出地表现了这个亡国之君死到临头依旧浑然不觉，还像平常一样笙歌彻夜的那种醉生梦死的嘴脸和近乎麻木的精神状态。诗中笙歌作乐的地点，也由含德殿改为潘妃居住的永寿殿，这不但是为了与下句中提到的"金莲印中庭"相应，也是为了使人物、场景更加集中。这种不完全拘泥于历史事实的细微改动，正体现出作者对生活素材的加工、集中概括。集中笔墨的结果，并没有丢掉重要的内容；相反地，由于"永寿""金莲"等词语暗中概括了后主建造豪华宫殿、凿金为莲花一类奢侈景况，读者正可从横断面中约略窥见全过程。这种以点带面、以少概多的写法，恰恰避免了绝句篇幅短小的天然局限，发挥了它的艺术上的特点和长处，使得这个开头既单刀直入、简捷紧凑，又概括了丰富的生活内容。紧接着"永寿兵来夜不扃"，作者却又不再去费力地描写后主的被杀，而是轻轻宕开，用"金莲无复印中庭"一句托出一幅荒凉的图景，说宫殿里潘妃"步步莲花"的情事现在再也见不到了。这样就使读者从"兵来"前后的热闹与冷落的对照中，自然领悟到齐宫豪华奢侈生活的消逝和齐代腐朽政权覆亡所昭示的历史教训。笔意轻灵跳脱，毫不黏滞拖沓，感慨却颇深沉。"无复"二字，似慨叹，又似讽刺，讽刺寓于慨叹之中，更显得含蓄蕴藉，耐人寻味。

这两句已写尽齐代荒淫亡国的事实。按照题目的要求，后两句似乎应该就齐亡抒发感慨或进行议论。但诗人却别开生面，接着写在齐宫旧址上建立起来的新朝宫廷的情景："梁台歌管三更罢，犹自风摇九子铃。"梁台，就是梁宫。今天的梁宫，也就是不久前齐后主和潘妃荒淫享乐的齐宫，不过宫殿已经易主而已。九子铃，是一种用金、玉等材料制成的挂在宫殿、寺塔四周的檐铃。据历史记载，齐后主曾经把庄严寺的玉制九子铃取下来，用以装饰潘妃的宫殿。这两句是说：梁宫新主如今又在这里寻欢作乐了。你听，那宫中传来的阵阵歌舞管弦之声，不正像当年的齐宫一样吗？甚至当深夜三更，歌管之声终于沉寂下去的时候，那静夜中传来的风摇九子铃的声音，也令人宛然想见齐宫当年的情景呢。

末句"犹自风摇九子铃"，是全篇的点睛之笔。作者立意构思的深刻精妙，表现手法的含蓄委婉和语言的富于暗示性，在这里都有生动的体现。"九子铃"是一个细小的事物，它在齐后主的全部荒淫生活中，不过是一个小小的插曲。抓住它来写，当然也能在一定程度上表现出齐后主的淫乐和荒唐，但这是一般的作者也可以做到的，而且它的典型意义也未必能超过"步步金莲"这种更加引人注目的事情。诗人的高妙之处，是把这个小小的九子铃安置在"梁台歌管"声中，使它成为贯串齐、梁两代宫廷荒淫生活的一个具有丰富象征暗示色彩的事物。这样，九子铃这个微小的物件，就在与其他事物的映照对比中被高度典型化了，充分显示出小中现大、一以当十的作用，给读者以丰富的联想和启示。

在"梁台歌管"声停之后传出的九子铃声，于喧闹和寂静的鲜明对照中，越发显出它的凄清寂寥。它不单单唤起人们对于齐宫已经消逝的豪奢荒淫生活的联想，更引发人们对于齐代亡国悲凉的感慨。昔日的齐宫歌管之声已不复能闻了，金莲步步之舞也不复能见了，只有九子铃这个齐宫遗物似乎还在诉说着繁华易尽、亡国凄凉，正像清代注家屈复所说的那样："不见金莲之迹，犹闻玉铃之音；不闻于梁台歌管之时，而在既罢之后。荒淫亡国，安能一一写尽，只就微物点出，令人思而得之。"

在"梁台歌管"声停之后传出的九子铃声，以静谧衬托喧闹。由于绝句篇幅有限，这里如果正面描绘梁宫狂欢极乐的状况，很不容易写得充分。诗人避开正面描写，对"梁台歌管"只虚提一笔，却实写歌管罢后方才听得到的铃声。这就从侧面进一步烘托出了梁宫狂欢时的喧闹，让人想象出不久前喧嚣充塞于耳的梁台歌管之声，正像狂流一样淹没了九子铃声的情景。而梁台歌管喧闹依旧，又正暗示出梁宫新主荒淫生活一如前代。

在"梁台歌管"声停之后传出的九子铃声，又仿佛是荒淫依旧的新朝覆亡的前奏和不祥预兆。"九子铃"这个齐宫旧物所奏出的凄凉亡国之音，本来应该使沉醉于歌管声色之中的新朝统治者有所鉴戒，从亡齐的覆辙中得到教训，从眼前的热闹中想到日后的凄凉。但他们麻木不仁，对此充耳不闻。"无复"、"犹自"，这前后的对照映衬，说明梁宫新主根本无视历史教训，正在重蹈亡齐覆辙。因此，这"九子铃"所奏出的齐代亡国余音，又正像电影上的叠印一样，融入梁宫歌管之中，成为新朝覆亡命运的一种象征。

以上几层意思，环环相扣，层层深入，而又都借"九子铃"暗暗点出。诗人不发任何议论，读者通过前后左右的映照对比，自可领悟其丰富的言外之意。一个小小的九子铃，串演了齐、梁两代统治者荒淫腐朽生活的丑剧，以及他们亡国殒身与必将覆灭的悲剧，而且表现得这样不露痕迹，不能不令人叹服诗人艺术手段的高妙。清代评家纪昀说："妙从小物寄慨，倍觉唱叹有情。"这确实是一语破的的精到评论。需要说明的是，这里尽管"不着议论"，却并非没有评论，只不过诗人的议论已经完全融化到极富含蕴的艺术形象和感慨无穷的唱叹之中，以至于我们初接触到它的时候，只觉得有神无迹、不见褒贬罢了。

作者的寓意似乎还不止于此。如果写这首诗的目的，仅仅是以古鉴今，向当时的封建统治者提供一个典型的荒淫亡国的历史教训标本，那么，专写齐代亡国之事就可以达到目的，不必兼写齐、梁。这就自然要回到一开头所提出的问题上去：为什么题为"齐宫词"，诗中所咏的却是齐、梁两代的事情？当我们已经比较深切地感受与理解了"九子铃"这一微物中所寓的感慨之后，再回过头来探寻诗人更深刻、更内在的用意，就比较容易把握了。原来，这首诗虽然题为"齐宫词"，但诗人用笔的重点，却不在齐之亡国，而是落在梁宫新主淫乐相继，无视历史教训，重蹈亡齐覆辙这一方面。题目的真正含义应该是：在亡齐旧宫中重复演出的一幕新的荒淫亡国戏剧。表面上看，这出戏有前后两幕，平分秋色，舞台、布景、道具依旧，情节相似，只是演员不同；实际上，作者要观众凝神注目、认真记取的恰恰是老戏新演的后一幕。而作者立意、构思的深刻精妙，也正是通过这一点集中体现出来的。对于一个已经趋于腐朽的封建政权，真正的危险并不在于没有可资借鉴的历史教训,而是对于历史教训的无知与麻木。晚唐时代的封建统治者,早已把唐初统治者一再告诫的亡隋之鉴丢到九霄云外,正开足马力在亡隋的旧辙上奔驰。和李商隐同时代的杰出诗人杜牧,为了警告当代统治者,让他们从秦国灭亡中吸取教训,写过一篇《阿房宫赋》,在这篇赋的结尾,他沉痛而愤激地写道:"秦人不暇自哀而后人哀之。后人哀之而不鉴之,亦使后人而复哀后人也。"说秦国的统治者对自己骄奢淫逸所酿成的悲惨后果顾不上哀叹,而后来的统治者哀叹它;但后来的统治者光是哀叹,而不把它当作镜子,引以为戒,就必然使更后的统治者又为后来的统治者哀叹了。李商隐暗寓在艺术形象中没有明白点破的旨意,杜牧似乎替它作了痛快淋漓的表达。《阿房宫赋》中的六国与秦,正像《齐宫词》中的齐和梁。只不过赋可以铺陈排比,淋漓尽致,而诗则主要借助于形象的暗示,以微物寄托感慨。可悲可恨的是,当时的封建统治者不仅不以前车之覆为鉴,而且已经到了连"哀"都不再哀的程度了。诗中着重写"梁台歌管"依旧,正是给当代沉迷不悟的封建统治者画像。昔日的梁宫新主已经重演了齐后主荒淫亡国的悲剧,今日的唐宫主人难道还想再重演一幕亡梁的悲剧吗?作为一个清醒的面对现实的诗人,当他在想象中重现"梁台歌管"的情景,倾听着"九子铃"亡国哀音的时候,心中正交织着对沉酣于醉梦中的眼前统治者深沉的愤激和对于大唐帝国没落衰亡命运无可奈何的悲哀。"商女不知亡国恨,隔江犹唱后庭花";"梁台歌管三更罢,犹自风摇九子铃"。杜牧和李商隐,这两位关注国家命运的诗人,对现实的感受和慨叹是如此相似,而他们表达的方式却并不相同。从这个对照中,我们可以进一步看出《齐宫词》以微物寓慨的特点,也可以更清楚地看出诗人真正的创作意图。

马嵬二首(其二)①

海外徒闻更九州②,他生未卜此生休③。空闻虎旅传宵柝④,无复鸡人报晓筹⑤。此日六军同驻马⑥,当时七夕笑牵牛⑦。如何四纪为天子⑧,不及卢家有莫愁⑨?

[校注]

①马嵬,即马嵬坡,在长安西百余里,今陕西兴平市西。唐玄宗天宝十五载(756)六月,安史叛军攻破潼关,玄宗与杨国忠、杨贵妃姊妹等仓皇奔蜀。行至

马嵬驿,随行"禁军大将陈玄礼密请太子诛国忠父子,而四军不散。帝遣(高)力士宣问,对曰:'贼本尚在。'盖指贵妃也。力士复奏,帝不获已,与妃诏,遂缢死于佛堂,时年三十八,瘗于驿西道侧"。李商隐咏马嵬事变的诗共二首,第一首是七绝,云:"冀马燕犀动地来,自埋红粉自成灰。君王若道能倾国,玉辇何由过马嵬。"按:商隐《为举人献韩郎中琮启》:"一日三秋,空闻《马嵬》之清什。"冯浩曰:"义山有《马嵬》诗二首,或琮亦赋之。意是诸人唱和之作也。"据商隐《为濮阳公陈许奏韩琮等四人充判官状》,王茂元镇泾原时,韩琮已在幕,马嵬为长安、泾原往来所经,故此二首有可能是开成三年(838)李商隐居泾原茂元幕时与韩琮唱和之作。韩琮《马嵬》诗今佚。②海外更九州,古代将中国分为九个州(《书·禹贡》作冀、兖、青、徐、扬、荆、豫、梁、雍)。《史记·孟子荀卿列传》:"邹衍……以为儒者所谓中国于天下乃八十一分居其一分耳。中国名曰赤县神州。赤县神州内自有九州……中国外如赤县神州者九,乃所谓九州也。于是有裨海环之,人民禽兽莫能相通者,如一区中者,乃为一州。如此者九,乃有大瀛海环其外,天地之际焉。"此以"海外九州"借指传说中的海外仙境。陈鸿《长恨歌传》说,玄宗命方士召杨妃魂魄,方士报称在海外蓬莱仙山上找到了杨妃,并带回金钗钿盒作为信物。③他生,犹来世。卜,《全唐诗》校:"一作决。""他生未卜"系针对唐玄宗与杨贵妃"愿世世为夫妇"的誓愿而发。参注⑦。④虎旅,此指护卫皇帝的禁军。《文选·张衡〈西京赋〉》:"陈虎旅于飞廉。"李善注:"《周礼》:'虎贲,下大夫;旅贲,中士也。'"虎贲氏与旅贲氏均掌王之警卫。传,《全唐诗》校:"一作鸣。"宵柝(tuò),夜间巡逻时用以报警的木梆。⑤鸡人,古时宫廷中不养鸡,设有代替公鸡司晨的人。《周礼·春官·鸡人》:"鸡人……夜嘑旦,以嘂百官。"鸡人敲击更筹(竹签)报晓,称"晓筹"。⑥此日,指夜宿马嵬这一天(天宝十五载六月十四日)。六军,唐之禁军。《新唐书·百官志》:"左右龙武、左右神武、左右神策,号六军。"古代亦称天子所统领的军队为六军。同驻马,不再前进,即"六军不发"。⑦当时七夕,指天宝十载七月七日。《长恨歌传》:"方士将行……请当时一事不闻于他人者验于太上皇(玄宗)……玉妃(杨妃)惘然退立,若有所思,徐而言曰:'昔天宝十载,侍辇避暑于骊山宫。秋七月,牵牛织女相见之夕,上凭肩而望,因仰天感牛女事,密相誓心,愿世世为夫妇。言毕执手各呜咽。此独君王知之耳。'"笑牵牛,牵牛织女每年只能在七夕相会,自己则能永世相守,故云。或云"笑"为欣羡之义,见张相《诗词曲语辞汇释》。按：商隐《韩同年新居饯韩西迎家室戏赠》有"云路招邀回彩凤，天河迢递笑牵牛"之句，此"笑牵牛"当亦因韩瞻夫妇团聚而笑牵牛与织女之常年离别，非"欣羡"之义。⑧古以十二年为一纪（以木星绕日一周相当于地球上的十二年计算），玄宗自先天元年（712）即位，至天宝十五载（756）退位，一共当了四十五年皇帝，"四纪为天子"系约而言之。《旧唐书·玄宗本纪》载其天宝十五载八月"御成都府衙，宣诏曰：'朕以薄德，嗣守神器……聿来四纪，人亦小康。'"⑨梁武帝萧衍《河中之水歌》："河中之水向东流，洛阳女儿名莫愁。十五嫁为卢家妇，十六生儿字阿侯。卢家兰室桂为梁，中有郁金苏合香。头上金钗十二行，足下丝履五文章……"此以卢家莫愁借指普通的民间女子。

[鉴赏]

  这首历代传诵的咏史名作，往往遭到一些诗评家的激烈批评，其中固然有传统的忠君卫道观念、温柔敦厚的诗学观念在起作用，也和评家对诗中流露的感情态度的片面理解有关。如果单纯从讽刺的尖锐这一角度着眼，很容易认为这首诗写得浅近轻薄，其实此诗所流露的感情态度相当复杂，既有揶揄嘲讽，又有同情悲悯，更有深沉的感慨与思考。

  诗题为《马嵬》，一开头却不从马嵬事件落笔，而是采用倒叙手法，先从玄宗遣方士招杨妃之魂一事抒发议论感慨：空自听说海外更有所谓九州，但海上仙境，虚幻难凭，他生结为夫妇的盟誓能否实现，亦渺茫难期，而杨妃马嵬身死，两人今生的夫妇缘分肯定是完结了。"海外更九州"，仿佛扯得很远；"他生"重结良缘，更加令人向往，但一个"徒闻"、一个"未卜"，却把这美妙的期望击得粉碎。"此生休"三字，重重地落到血泪斑斑的马嵬坡的现实土地上。吴乔说起联"如危峰矗天，当面崛起"，冯浩说"起句破空而来，最是妙境"，道出了首联凌空而来、突兀而起的气势。但作者之所以要这样写，却自有其警示的深意。作为荒淫失政、宠信权奸、酿成安史之乱的主要责任人，玄宗于杨妃死后不是痛定思痛，反而沉溺于情，听信方士的谎言，作海外招魂的荒唐之举，真可谓沉迷不悟了。突兀的起势正是为警示的意蕴服务的。"徒闻""未卜""此生休"等词语，亦讽亦慨，耐人咀味。

  "空闻虎旅传宵柝，无复鸡人报晓筹。"领联折转，回叙夜宿马嵬情景：只听到禁卫的军士敲击巡夜木梆的声响不断地传来，更增加了仓皇出奔途中紧张不安、疑惧怵惕的气氛，再也不能像平日宫中那样，酣然高卧，安闲自在地听鸡人击签报晓了。两句一今一昔，正构成乱离奔亡和承平安定两个迥然不同的时代图景。既像是作者满怀感慨的叙述，更像是设身处地，悬想当年玄宗夜宿马嵬所闻所感，其中"空闻""无复"，前呼后应，既有对玄宗居安而不思危，致有今日之播迁流离、惊恐惕惧之祸的微婉讽慨，又有对玄宗历此险困之境的些许同情。范温说此联"如亲扈明皇，写出当时物色意味也"，正道出诗人设身处地想象当年场景所流露出的同情与感怆。

"此日六军同驻马，当时七夕笑牵牛。"腹联分承三、四句。"此日"承"空闻"句，时间则由"夜"而再折转至"日"，"六军同驻马"五字，概括了整个马嵬事变的过程。白居易《长恨歌》中"翠华摇摇行复止，西出都门百馀里。六军不发无奈何，宛转蛾眉马前死。花钿委地无人收，翠翘金雀玉搔头。君王掩面救不得，回看血泪相和流"八句所描绘的场景统于此五字包括。作者用如此简括的笔法，固然与七律篇幅有限，不可能如歌行之展开铺写，但更主要的原因是与下句构成意味深长的对比。对这一联的逆挽写法，沈德潜、朱庭珍各有或精到或详细的分析评论，但这种逆挽中含对比的写法所要表达的深意则作者既含而未宣，评者亦未发明。恐怕起码有这几层含意：一是当时七夕盟誓，世世相守，笑牵牛织女之常年分离，根本就没有料想到会有今日的六军驻马、生离死别的惨痛结局；二是正缘当年之沉溺声色、荒政用邪，才导致今日之乱离播迁；三是昔时之信誓旦旦，在亲自酿成的祸乱面前尽成虚语。然则居安而不思危，种祸因而获祸果，徒发虚誓而临危只能牺牲对方的意思也尽包含其中了。

"如何四纪为天子，不及卢家有莫愁？"结联是就马嵬事变君妃永诀的悲剧结局引发出一个发人深省的问题：为什么做了四十多年皇帝的玄宗，到头来连自己的宠妃也保不住，反而不如民间的卢家人那样，可以拥有莫愁女而夫妇白头相守呢？这出人意想的一问，口吻中虽带几分揶揄嘲讽的味道，问题本身却是严肃而深刻的，包含着诗人对这一历史事件的深沉思考与感慨。作者只提出问题，不作出答案，并不单纯出于艺术表现上的需要，更主要的原因是，这问题本身是开放性的，不同读者固然可以有多种不同的答案，同一读者从多方面去思考也可以有多种答案。其中最具普遍性的答案自然是君主的溺于美色、荒淫失政，不仅祸国殃民，也酿成自身夫妇生离死别的长恨。但这远不是答案的全部。对于"四纪为天子"，开创过辉煌的开元之治的玄宗来说，"靡不有初，鲜克有终"的历史教训也许更值得深思和记取。这是从政治层面上来思考问题。从爱情层面上看，君主的恩宠在通常情况下固然可以决定被宠者的幸运和尊荣,但当这种恩宠超越了一定的程度和范围,导致裙带关系和政治腐朽,酿成变乱之后,被宠者不但要一起承担变乱的后果,甚至要首先成为牺牲品。在这种时候,"四纪为天子"的统治者即使想效仿"卢家有莫愁"亦不可得了。总而言之,诗中每一联均包含鲜明对照:杨妃已死与海外招魂之对照,承平年代鸡人报晓与奔亡途中虎旅宵柝之对照,长生殿七夕盟誓与马嵬坡六军驻马之对照,四纪为君反不如民间夫妇白头相守之对照。再辅之以"徒闻""空闻""无复""如何""不及"等一系列词语之抑扬照应,其讽玄宗之沉迷不悟、自取其祸之意固甚显明,然在对照中又寓含更深感慨。尤其耐人咀味思考者为尾联之发问,其中所蕴含之内涵自不单纯为对玄宗之揶揄嘲讽,而是可以引发一系列有关政治、爱情等方面问题之深入思考,且每一读者均会有不同或不尽相同之结论。作者对此,引而不发,正为读者之咀味体悟留下广阔空间。

代赠二首(其一)①

楼上黄昏欲望休②,玉梯横绝月如钩③。芭蕉不展丁香结④,同向春风各自愁。

[校注]

①代赠,代别人拟的赠人之作。原作共二首,另一首说:"东南日出照高楼,楼上离人唱石州。总把春山扫眉黛,不知供得几多愁?"②欲望休,欲远望而还休。③玉梯,形容楼梯的华美。横绝,横渡。如,《全唐诗》原作"中",校:"一作如。"兹据毛本改。④芭蕉不展,指芭蕉的里层蕉心卷缩未展。丁香结,指丁香花的花蕾缄结未开。

[鉴赏]

代赠,是代别人拟的赠人之作。李商隐诗集中,这类代赠、代答的作品有十余篇,大都是以男女离别相思为题材,有的不一定真有代拟的对象,只不过是一种类似无题的标题方式而已。《代赠二首》,分别写伤离的女子在黄昏、清晨时分的愁绪。本篇是第一首。

首句从黄昏高楼远望发端。"欲望休"是欲望而还休的意思。所思念的男子远在天涯,黄昏时分,又往往是触动孤子之感和暮愁的时刻,为了排遣愁绪,寄托怀远之情，便自然有高楼望远的行动。但极目而望，唯见层层暮霭，遮断天涯路，所思念的人既无法望见，反而增添了空虚怅惘，因此只能欲望还休了。三个字写出由望而休的行动过程和这一过程中复杂的意念活动，用笔精练。

接下来一句承上"黄昏"，点染暮景。玉梯，指女子所居高楼的楼梯。"玉"言其华美。玉梯横绝，形容华美的楼梯斜度连接层楼的景象，见楼宇之空寂。新月如钩，是楼上人望中所见，也是黄昏特有的景色。这句渲染出黄昏时寂寞凄清的气氛，进一步烘托女子的孤孑处境和凄清情怀。

"芭蕉不展丁香结，同向春风各自愁。"三、四两句写出楼上人俯视所见庭院中景物的情态。芭蕉叶片未展时，卷成圆筒形状，"芭蕉不展"指此；丁香花未开时，花蕾缄结不解，"丁香结"指此（或说丁香结指丁香枝条的柔弱纠结）。这不展的芭蕉和缄结的丁香，在春天的晚风中彼此默默相对，正像含愁不解的人面对春风暗自伤神一样，所以说"芭蕉不展丁香结，同向春风各自愁"。这两句是李商隐诗中融比兴与象征为一体的名句。"芭蕉不展丁香结"，是对客观景物的真实描写，是赋实，但"同向春风各自愁"却是人的主观感受，是怀有固结不解愁绪的女主人公"以我观物"，移情于景的结果，其中包含了由此及彼的联想——兴和比喻。由于诗人用特具情态（不展与结）的物象来比喻抽象的愁绪，不但使固结不解的愁绪得到形象的表现，而且使这种比喻本身兼有象征的意味。那不展的芭蕉和缄结的丁香，作为客观物象来说，是诗中女主人公愁绪的一种触媒；作为诗歌意象，却又是女主人公愁绪的一种象征。两句意致流走，音情摇曳，更增加诗的风调之美。上句句中自对，而字数不等，显得整齐而错落；下句"同向春风"与"各自愁"又适成鲜明对照，加重了伤春复伤别的情味。自从李商隐这一联富于艺术创造性的名句一出，后世诗词中化用其意者不乏成功之例。像钱珝的《未展芭蕉》中"芳心犹卷怯春寒"就和本篇"芭蕉不展"有着某种渊源关系；而李璟《山花子》词"丁香空结雨中愁"更显然从"丁香结"翻出。直到现代诗人戴望舒的名作《雨巷》中，我们仍然可以看到它的影响。

春　雨①

怅卧新春白袷衣②，白门寥落意多违③。红楼隔雨相望冷，珠箔飘灯独自归④。远路应悲春晼晚⑤，残宵犹得梦依稀⑥。玉珰缄札何由达⑦，万里云罗一雁飞⑧。

[校注]

①诗写因春雨而怀情人,非咏春雨。②白袷(jiá)衣,白色的夹衣,白衫是当时人闲居的便服。袷,衣无絮,即夹衣。③白门,南朝民歌《杨叛儿》:"暂出白门前,杨柳可藏乌。欢作沉水香,侬作博山炉。"这里可能是用"白门"借指过去和所爱女子欢会之地,不一定实指建康(《南史》谓建康正南门宣阳门为白门,亦用作建康的代称。今江苏南京市)。意多违,意绪不佳。④珠箔(bó),珠帘,这里借指雨帘。作者《细雨》:"帷飘白玉堂,簟卷碧牙床。"也以"帷飘"形况飘荡的细雨。⑤晼(wǎn)晚,日暮黄昏的情景,宋玉《九辩》:"白日晼晚其将入兮。"⑥依稀,仿佛,不清晰。⑦玉珰,玉做的耳坠。古时常以耳珰作为男女间定情致意的信物,并将耳珰与书信一齐寄给女方,称为"侑缄"。此处"玉珰缄札"即指此。缄札,封好的书信。作者《夜思》:"寄恨一尺素(写在素帛上的书信),含情双玉珰。"《燕台·秋》:"双珰丁丁联尺素。"均可互证。⑧云罗,阴云弥漫如张网罗。雁,古有雁足传书之说,此处"一雁飞"兼含传书之意。

[鉴赏]

李商隐仿长吉体的爱情诗以感情的炽烈、辞采的华艳、象征色彩的浓郁和跳跃性的章法结构为突出特征,而他用七律写的爱情诗则以情韵的深长、语言的清丽、音律的圆融、表情的婉转为显著特色。《春雨》便是这类作品中的杰出代表。

诗写一个春天的雨夜,诗人重访所爱女子居住的旧地,不见后归来,独自和衣怅卧时寂寥、怅惘、迷茫的情思。首联总起。"新春"点时,"白门"点地,"白袷衣"点人,而"怅卧""意多违"则点明人的行为和感情状态。两句写所爱者远去的寂寞惆怅。往日欢聚之处,寂寥冷落,不见对方踪影,意绪非常萧索。"白门"不必实指建康,作为诗歌意象,它和青年男女欢会的炽烈情景相联系,很容易引发读者对往昔欢情的想象。这与眼前所见的寥落景象正构成鲜明的对比,"白门寥落"四字显示了重聚愿望的落空,这也正是"意多违"的原因。以下三联,便都围绕着"白门寥落"来抒写"怅卧"时的种种情思。

"红楼隔雨相望冷,珠箔飘灯独自归。"颔联承"怅卧",回想独自重访所爱女子旧居的情景:隔着迷蒙的细雨,望着对方住过的红楼,因为人去楼空,只感到一片凄冷的气氛;独自归来的路上,细雨飘荡洒落在手提的灯笼前面,丝丝雨帘,随风摇曳，犹如珠帘飘荡。这一联，不用典故，纯用白描，却借助春雨创造出含蕴丰富、情景浑融的艺术境界。"红楼"之"红"，本来属于热烈欢快的色彩，作为所爱者曾经居住过的地方，也本应唤起许多温馨美好、热烈欢快的记忆，而此刻却因人去楼空，隔雨相望，只觉得它仿佛透出一股寂寥冷落的气氛。这是雨浸冷了抒情主人公的心，还是抒情主人公的心浸冷了雨中的红楼？是雨"隔"断了近在咫尺的红楼，还是心灵中的阻隔感使眼前的红楼变得遥远了？色彩与感觉的反常对应（"红"而曰"冷"），景象与心理感受之间这种微妙的关系正透露了抒情主人公心境的孤寂凄冷和心灵深处的阻隔感（这种阻隔感正是"意多违"的一个重要方面）。下句形容雨丝在风中灯前摇曳有如珠帘飘荡，这雨帘——珠帘的联想本身就透露了一种潜在的意念活动，即由眼前的雨帘映灯联想到昔日红楼高阁之中，珠帘灯影之间的温馨旖旎生活场景，而于"珠箔飘灯"之下着"独自归"三字，则往昔的一切美好情景都已随着伊人的远去而成为一片幻影，眼前跟自己相伴的，只有凄冷的雨丝了。意象和境界极美，含蕴的情思则非常丰富，既有温馨的追忆，也有失落的怅惘和独归的凄清。

"远路应悲春畹晚，残宵犹得梦依稀。"腹联分承三、四句。出句承"红楼"，因伊人远去，而悬想她在道路上也应和自己一样，产生日暮黄昏、青春难驻的悲感，意蕴、手法都和《无题》"晓镜但愁云鬓改"近似，见对所爱者的深情体贴。对句承"独自"，转写自己，说彼此远隔天涯，这个春天的雨夜自己恐怕只能在残宵的迷梦中才能依稀见到对方的容颜身影了。说"残宵犹得"则终夕相思、辗转难寐之意自见于言外，"犹得"二字，似庆幸而实深悲，措辞婉转而情意深挚。

"玉珰缄札何由达，万里云罗一雁飞。"尾联承"远路"和"梦依稀"而引发寄"玉珰缄札"给对方的想法，但万里云天、阴云弥漫，如张网罗，即使托孤飞的鸿雁传书，又如何能到达对方手中呢？"万里云罗一雁飞"仍描春雨之夜的眼前景，故末句似赋似比似兴，饶有情致韵味，路途的遥远、希望的渺茫都蕴含其中。

全诗弥漫着梦一样的氛围，弥漫着一种寂寥、怅惘、失落、迷茫之感。这种氛围和感受，跟迷蒙的春雨有密切的关系。全篇虽只有第三句正面写到雨，但却通篇笼罩着雨意。它在凄冷寂寞中带有一点温馨，在怅惘失落中又寓含有对往昔的甜美追忆。用"春雨"作题目，正可以说是取题之神了。将感伤的情绪、凄艳的情事写得如此富于美感，《春雨》可以算作典型的诗例。通篇浑融完整，无一败笔，在七律中尤属难得的佳制。

晚　晴①

深居俯夹城②，春去夏犹清③。天意怜幽草，人间重晚晴。并添高阁迥④，微注小窗明⑤。越鸟巢干后⑥，归飞体更轻⑦。

[校注]

①晚晴，指雨后晚晴。作于大中元年（847）六月九日抵桂林后不久。时商隐在桂管观察使郑亚幕为观察支使，担任表状启牒等公文的草拟工作。②深居，幽居。夹城，两边筑有高墙的通道。《旧唐书·玄宗纪上》：开元二十年（732）六月，"遣范安及于长安广花楼，筑夹城至芙蓉园"。莫休符《桂林风土记》："夹城，从子城二百步北上，抵伏波山，沿江南下，抵子城逍遥楼，周回六七里。光启年中，前政陈太保可环轫造。"莫道才《李商隐寓桂居所遗址考》疑光启前已有夹城，光启间系重建。或解："夹城"即大城门外的曲城，即瓮城。③商隐抵达桂林时虽已六月上旬，但将抵时逢连日阴雨，（《为中丞荥阳公桂州祭城隍神文》："始维画鹢，将下伏熊，属楚雨蔽空，湘云塞望，晦我中军之鼓，湿予下濑之师。"）故季候虽已盛夏，气候仍尚清和。④并，且，含强调、进一步之意。高阁迥，指凭高阁览眺，视界更远。⑤微注，形容西斜的阳光微微流注之状。⑥越鸟，南方的鸟。《古诗十九首》之一："胡马依北风，越鸟巢南枝。"⑦归，指归巢。

[鉴赏]

这首诗写于唐宣宗大中元年（847）。这年春天，李商隐跟随桂管观察使郑亚远赴桂林，在郑亚幕府担任幕僚。到桂林后不久，夏日的一个傍晚，久雨新晴，空气清澄，夕晖映照，自然界的一切都显得分外清新明朗，富于生机。面对美好的晚晴景物，在人生道路上久历坎坷的诗人，心境也一时变得明朗起来，写下这首洋溢着乐观气息的诗篇。

细腻生动地描绘晚晴景物，或许不算太难。但要通过景物描绘渲染出一种心境，甚至要不露痕迹地寓托某种积极的人生态度，使读者从中不仅领略到晚景之美，而且在思想感情上受到启迪和鼓舞，这就需要诗人在思想境界和艺术功力上都"更上一层楼"。李商隐这首《晚晴》，将美好的晚晴图景和欣慰喜悦的诗情、珍重晚晴的人生哲理融合在一起，在生动地再现自然美的同时，表现了诗人的精神美，确实可以说是达到了后一种更高的境界。

晚晴景物，是望中所见，须有一个观赏的立足点。首句"深居俯夹城"便从这里落笔。"深居"，指自己在桂林的寓所。着一"深"字，可以想见其处地之幽僻，环境之清静。寓所地势较高，俯临夹城，故说"深居俯夹城"。这样一个幽静而高敞的地方，正是可以从容览眺晚晴景物的理想立足点。不同的季节，有不同情调和不同色彩的晚晴图景。因此第二句又进一步点明时令特点——"春去夏犹清"。春天虽然已经过去，燠热炎蒸的盛夏却还没有到来，眼下正值气候清和宜人的时节。这样的节令，正是万物生机勃发而又不失清新明朗色调的美好时光。句末的"清"字，是一个句眼，概括地显示了环境的特点。整个这一联，实际上是从地点和时间两个方面进一步把诗题具体化了。

次联正面点出"晚晴"。但却不像通常的写景诗那样，首先去用力刻画具体景物，而是着重抒写对晚晴的主观感受。从这里可以约略窥见诗人立意的重点。久雨新晴，傍晚云开日现，万物沐浴着金色的夕阳光照，顿时增彩生辉，人的精神也为之一爽。这种景象与感受，本为一般人所习见、所共有。诗的高妙之处在于作者并不停留在这种一般的观察与感受上，而是深处挖掘，大处落墨，把它自然地升华到人生命运和人生哲理的高度。生长在幽僻处的小草，是不大引人注意的，诗人却在众多的景物中特加关注，发现连这细小平凡的生命也因沾沐晚晴的余晖而平添无限生意，并且进一步想象这似乎是天公有意同情它的命运而特为之放晴。这就赋予"幽草"这一平凡的自然物以人格的色彩，并且使"天意怜幽草"这个诗句无形中带有人生命运的象征意味。从诗人的深情关注和细心体贴中，又暗透出他和"幽草"之间，有一种同命相怜之感。诗人出身比较寒微，"内无强近，外乏因依"，在人生道路上曾经多次遭受过凄风苦雨的摧残，留下许多痛苦的记忆。看到夕晖映照下生意盎然的幽草，自然很容易联想起自己的命运和处境。这里，有对目前境遇的欣慰喜悦，也有对过去困顿遭遇的苦涩回味，而过去的困顿又反过来更使自己感到目前境遇的可慰可珍，这就很自然地引出了下一句。

"人间重晚晴"，这是全篇的核心句子。表面上看，这似乎纯粹是抽象的议论。实际上，诗人在写这个诗句时，眼前是跃动着一系列生动的图景与形象的。读者从中不但可以想象出千家万户喜迎晚晴的种种行动，而且仿佛可以见到人们脸上浮现的欣慰喜悦的表情。它是一幅浓缩了的晚晴风情画。如果说上句是以个别见一般，通过"幽草"的平添生意反映出晚晴给整个自然界带来的一片生机，那么下句便不妨说是一般之中含个别,抽象之中有形象。人间既普遍珍重晚晴,那么诗人自己的态度与心情也就不言自喻了。诗人之所以不去直接描绘人们喜迎晚晴的图景,而采取这种比较抽象概括的表述方式,正是为了使它具有一种耐人寻味、引人深思的哲理意蕴。

"晚晴"为什么值得珍重呢?它使为霪雨所苦的万物得以滋荣繁茂,获得温暖与阳光,这一点在"天意怜幽草"的诗句中已经透露出来了。但还有一层意蕴并没有点破,而是隐含在"晚晴"的"晚"字当中。晚晴是美好的,但却短暂。人们常常在赞赏流连的同时,对它的匆匆即逝感到惋惜和怅惘。李商隐在五绝《乐游原》中就曾这样写道:"夕阳无限好,只是近黄昏。"这里所流露的是对即将消逝的美好晚景的感伤。尽管也有热情的赞叹,但唯其"无限好"而"近黄昏",便格外加深了感伤怅惘的情绪。而"人间重晚晴"却不同。明知晚晴的短暂,却不因此而伤感嗟叹,徒唤奈何,而是恰恰相反,感到唯其美好而短暂,便更值得珍视。这个"重"字,正是在清醒地意识到晚晴短暂的前提下,对它的价值的一种更深刻的认识。出语平易,含意却很深长。这个诗句,既蕴含着一个在人生道路上历经坎坷、终遇"晚晴"的人欣慰喜悦的感情,也包含着对人生执著热情而又深沉严肃的哲理性思考。它没有去演绎哲理,却蕴含有给人以启迪的人生哲理。如果说"夕阳无限好,只是近黄昏"是由于感叹美的即将消逝而不免使消逝以前的美好人生也笼罩上一层浓重的黄昏阴影,那么,"天意怜幽草,人间重晚晴"便更多的是从过去的不幸和将来的短暂中激发出对现实人生的分外珍重。很明显,后者是一种现实、积极、乐观的人生态度。

次联写得浑融概括,深有托寓,第三联却转而对晚晴作工笔的描绘刻画。这样虚实疏密相间,诗便显得弛张有致,不平板、不单调。雨后晚晴,云收雾散,天地澄清,烟尘俱净。凭高览眺,视界更为广远,所以说"并添高阁迥"。这"高阁"就是诗人所居寓所的楼阁,是凭高远眺的立足点。"并"含"更"的意思,从中可以体味到诗人纵目极望之际兴会淋漓之状。"迥"是"远"的意思,这个字似乎比较虚,但却令人想见造成视界广远的许多因素(如前面所说的云消雾散,天地澄清等),而这些因素又都因晚晴而生,所以写高阁望远,正是对"晚晴"的传神描写。下句写景路线与上句由内向外相反,是由外向内。"微注小窗明",是说夕阳的余晖淡淡地流注在小窗上,给整个室内带来了一片光明。因为是晚景斜晖,光线显得比较柔和轻淡,所以说"微注"。这一抹斜晖虽然不像中天丽日那样强烈璀璨，却自有一种使人身心都得到抚慰的安恬温柔的美。"微注"二字，刻画晚晴斜晖的悄然流动意态精细入微，以至仿佛可以触摸到柔和的光波，感受到它在流注时发出的轻微声响。这一联并没有什么托寓，但写景中自然流露出一片明朗的心境。诗人的视野、心胸变得更加阔远，诗人的心灵窗户也似乎被晚晴的余晖照亮了。

"越鸟巢干后，归飞体更轻。"诗人所在的桂林，古为百越之地；《古诗十九首》中又有"越鸟巢南枝"的诗句，故用"越鸟"来泛指当地的鸟儿。这一联由静物转向动物，通过飞鸟归巢情景的描写来表现晚晴。上句"巢干"表明天晴，下句"归飞"表明傍晚，"体更轻"则既暗示因天气转晴，飞鸟的羽毛由重湿变为干燥，飞翔起来显得体态轻捷，又生动地描摹出鸟儿因遇晚晴而分外轻松喜悦的意态。这是对晚晴的进一步刻画，但又带有比兴象征意味。正如晴晖映照下的幽草会触动诗人对自身遭遇处境的联想一样，这归飞栖巢、体态轻捷的越鸟也很容易使他联想到当前托身有所的处境。因此，当他描绘越鸟归飞的图景时，便自然地将自己的喜晴心理融化进去了。在这里，诗人振奋轻松的精神状态，借飞鸟的轻捷体态表现出来了，无形中得到了外化，而越鸟和诗人也似乎合而为一，浑融一体了。

这里需要略为追述一下诗人走过的人生道路。李商隐早年依附于牛党官僚令狐楚门下，令狐楚死后，转依泾原节度使王茂元，并做了他的女婿，被令狐绹认为"忘家恩"。王茂元当时被有些人视为李党。从此李商隐就被卷入了党争的旋涡，一再遭到牛党的忌恨和排挤。开成四年（839），他初任秘书省校书郎，不久就外调为弘农尉，由清职降为俗吏。会昌二年（842），重入秘省任正字，后又因母丧离职闲居，蹉跎岁月。服丧期满回到原任，武宗去世，宣宗继位，牛党完全把持朝政。在这种情况下，他只得离开长安，应李党郑亚的聘请到桂林当幕僚。远赴边地，抛妻别子，虽不免感到孤子，但郑亚对他颇为厚待，因而有托身得所之感；加之远离长安这个党争的旋涡，精神上也是一种解放。因此，诗人在面对晚晴景物时，才会有幽草幸遇新晴，越鸟喜归栖巢的欣慰之情。对李商隐一生的坎坷历程来说，桂林幕僚生活只不过是一小段相对平静的插曲，是长路风波中一个暂时的港湾，但诗人已经如此珍视，发出"人间重晚晴"的心声，这正表明他对生活具有多么巨大的热情。

整个来说，这首诗所描绘的晚晴景物，是清新明朗而富于生机的；所表现的心境，是欣慰喜悦而带有乐观气息的，因而风格偏于轻秀明朗。但由于其中融入了身世之感和人生哲理，便在清新秀朗中含有深沉凝重的成分，在一定程度上表现为清新与老成、轻秀与浑厚的统一。

在寄兴的深微与自然这一点上,这首诗更有自己的创造。"天意怜幽草,人间重晚晴"这一联,历来被视为巧于寄托的名句,关键在于作者不是为了寄托而去刻意设喻,使人感到那只是用来图解概念的一种工具,而是在观赏览眺晚晴景物时情与景合、思与境偕,自然引发出对人生遭遇和人生哲理的联想。这种联想,又并不是直接表述出来,而是只隐寓在字里行间,这就显得特别浑融无迹。王夫之说:"兴在有意无意之间。""天意怜幽草"一联正是这种介乎有意无意之间的"兴"。它只暗示"幽草"的命运和诗人的命运之间、"人间重晚晴"的现象和诗人的心理活动之间存在着某种联系,但却避免直接用幽草来比喻什么,用晚晴来象征什么。这种写法,往往是使诗歌寄意深微、含蕴丰富的重要手段。清人刘熙载说:"诗中……微妙语……须是一路坦易中,忽然触著,乃足令人神远。"所谓"忽然触著",就是创作过程中眼中所见与心中所想的悠然神会。这样的寄托,才是寄托中的上乘。

安定城楼①

迢递高城百尺楼②,绿杨枝外尽汀洲③。贾生年少虚垂泪④,王粲春来更远游⑤。永忆江湖归白发⑥,欲回天地入扁舟⑦。不知腐鼠成滋味,猜意鹓雏竟未休⑧!

[校注]

①安定,《全唐诗》原作"定安",据汲古阁唐人八家诗《李义山集》、影宋抄等乙转。《元和郡县图志·关内道·泾州》:"汉分北地郡置安定郡……武德元年……改安定郡为泾州。"治所保定县在今甘肃泾川县北。唐泾原节度使府所在地。开成三年(838)春,作者参加吏部博学宏辞科考试中第,到注拟官职上报中书省时,却因某"中书长者"认为"此人不堪"而被抹去了名字。落选后,他应泾原节度使王茂元之邀,到泾原幕府充当幕僚。本篇是他初到泾原不久登安定城楼览眺抒怀之作。②迢递,有高、远二义,此用"高"义。百尺楼,指城墙上的百尺高楼。③汀(tīng),水边的平地。《元和郡县图志·关内道·泾州》:保定县(即安定县),"泾水在县东一里"。《汉书·郊祀志》:"湫渊,祠朝郡。"苏林注:

"湫渊在安定朝那县,方四里,停水不流。"④贾生,指贾谊。西汉初期著名政论家。年少即颇通诸子百家之书。汉文帝六年,在所上《陈政事疏》中,曾针对当时诸侯王割据势力膨胀,匈奴屡次侵扰等内忧外患,指出时势有"可为痛哭者一,可为流涕者二,可为长太息者六"。文帝本想任贾谊为公卿,后因一些大臣沮毁贾谊"年少初学,专欲擅权,纷乱诸事"而作罢。故云"年少虚垂泪"。泪,《全唐诗》校:"一作涕。"⑤王粲,东汉末年人,《三国志·魏书·王粲传》载:"献帝西迁,粲徙长安……年十七,司徒辟,诏除黄门侍郎,以西京扰乱,皆不就,乃之荆州依刘表。"曾作《登楼赋》,据盛弘之《荆州记》,赋系王粲登当阳县城楼所作。"远游"即指荆州依刘表事。⑥永忆,长想,一贯向往。江湖,与朝廷相对,指归隐的处所。⑦回天地,回天转地,旋转乾坤,指在政治上做一番大事业。入扁(piān)舟,暗用春秋末期越国大夫范蠡辅佐越王勾践灭吴功成后,弃官乘舟游五湖而归隐的典故,与上句"永忆江湖"相应。《史记·货殖列传》:"范蠡既雪会稽之耻……乃乘扁舟浮于江湖。"商隐《为濮阳公贺郑相公状》:"范蠡扁舟之志,梦想江湖。"即兼"入扁舟"与"永忆江湖"之意。⑧《庄子·秋水》:"惠子相梁(魏),庄子往见之。或谓惠子曰:'庄子来,欲代子相。'于是惠子恐,搜于国中三日三夜。庄子行见之,曰:'南方有鸟,其名曰鹓(yuān)雏(凤凰一类的鸟),子知之乎?夫鹓雏,发于南海而飞于北海,非梧桐不止,非练实不食,非醴泉不饮。于是鸱得腐鼠,鹓雏过之,仰而视之,曰:吓(怒叫声)!今子欲以子之梁国而吓我耶!'"成滋味,当成美味。猜意,胡乱猜疑。

[鉴赏]

　　这是李商隐一首著名的登览抒怀七律。首联写登楼览眺,起势耸拔阔远:高峻的城墙上耸立着百尺高楼。登楼远望,越过近处披拂的绿杨枝柯,可以一直看到泾水岸边的一片沙洲。上句"迢递"与"高"叠用,以层递手法,突出城楼之高峻,给读者以"上尽高城更上楼"的强烈印象;下句随视线的由近而远,展现出视野的阔远。"绿杨"点春时,启下"春来"。矗立高峻的城墙和摇曳披拂的绿杨枝条相互映衬,使画面于高峻坚挺中显出流动的意致,而杨柳汀洲的景色也给这座北方的边城带来几分江南的春意。"外"字"尽"字,暗示绿杨枝外、汀洲尽处是一片空阔,引发读者更加悠远的想象。

　　"贾生年少虚垂泪,王粲春来更远游。"颔联接写登临所感,分别以贾生、王粲自况。上句说自己正像当年的贾谊那样,青年才俊,富于忧国之情和匡国之才,却不被当权者所理解和任用。在写这首诗之前三个月,他根据长期观察思考写成的《行次西郊作一百韵》,全面揭示了唐王朝的政治、经济、军事危机和民生凋敝、穷民被逼为盗的情况,不妨看作他自己的《陈政事疏》,而长诗篇末所说的"九重黯已隔,涕泗空沾唇",正是这里所说的"虚垂泪"。"虚"字沉痛愤郁,既有对国事的忧愤,也包含宏博试最终落选的愤郁不平。博学宏辞考试科目中包括论议,商隐曾自称"夫博学宏辞者岂容易哉?天地之灾变尽解矣,人事之兴废尽究矣,皇王之道尽识矣,圣贤之文尽知矣"(《与陶进士书》)。在这次考试的论议中,可能也会将《行次西郊作一百韵》中的一些内容包括进去,则"贾生年少虚垂泪"的诗句和宏博落选一事的联系便更加明显。下句以王粲离开长安,远赴荆州依刘表,喻自己离京赴泾,远幕依人,用事贴切。而且由于王粲作《登楼赋》,与作者登楼览眺抒怀的境况正合,便进一步扩大了典故的内涵,丰富了读者的联想,将诗人当时那种去国怀乡、忧时伤世、郁郁不得志的感情也透露出来了。"春来"应上"绿杨"点时,而诗人此时"虽信美而非吾土兮"的心情自蕴其中。"更"字承上句"虚"字,见政治失意之余再加上远幕事人,情绪更觉难堪。

"永忆江湖归白发,欲回天地入扁舟。"腹联因登高望远触发自己宏远的政治抱负和胸襟,其中"江湖""扁舟"都暗用了范蠡功成身退、归隐江湖的典故。两句一意贯串,说自己长期向往着白发苍苍的暮年归隐江湖,过着悠闲自在的生活,但必待做出一番扭转乾坤的大事业之后才身入扁舟,悠然离去。上句承"虚垂泪""更远游",先尽量放开,下句却用力收转,强调必待"欲回天地"之志既遂,然后方"入扁舟"。纵收开合的对照,突出了诗人不慕个人荣华富贵的品格和"欲回天地"宏愿的坚定性。诗语也因此显得拗峭峻拔、顿挫生姿。而"江湖""天地""扁舟"之想,仍由登楼远望之景触发。

"不知腐鼠成滋味,猜意鹓雏竟未休!"尾联用庄子见惠子,以鹓雏、腐鼠设喻之典,抒发对猜忌自己的人们的愤慨。这里以"鹓雏"比喻具有远大志向和高洁品格的人物,借以自喻;以"鸱鸟"比喻醉心利禄、猜忌志士的小人;以"腐鼠"比喻庸俗的权位利禄,说真料想不到,权位利禄这只"腐鼠",竟然成了"鸱鸟"酷嗜的美味,它们自己嗜腐成癖,却对志存高远的"鹓雏"猜忌不休!这对那些啄腐吞腥已成习性者的腐朽本质和变态心理是深刻的揭露和辛辣的讽嘲。"不知"与"竟",语含轻蔑与愤慨,感情激烈,却并不流于一泻无余的怒骂,其中仍含耐人寻味的幽默。

这首登临之作，以抒写宏大高远的志趣抱负为中心，将忧念国事、感慨身世、抨击腐朽、蔑弃庸俗等内容融为一体，展示了青年诗人阔远的胸襟和在逆境中所显示出来的峻拔坚挺的精神风貌。"虚垂泪"、"更远游"、受"猜意"的处境遭遇，在诗中正成为回天转地的宏大胸襟抱负的有力铺垫与反衬，在理想与现实、个人与时代环境的矛盾对立中，更有力地激射出进步人生理想和积极人生态度的光辉。王安石特别称赏"永忆"一联，认为"虽老杜无以过"，可能就首先着眼于它所显示的理想美和人格美，以及那种既坚定执著又潇洒出尘的风神。

诗题为"安定城楼"，但除首联以高楼骋望发端以外，以下三联都不再写景，而是反复抒怀寄慨。这在登临的律体中可谓创格。但贯注全诗的高情远意和登临望远的规定情境在整体上仍是神合的。而且腹联抒情，情由景生，情中含景；尾联在俯视一切、蔑弃庸俗的气概中，也能感受到登高望远的情境。这种构思，正体现出义山诗"有神无迹"的特点。

常　娥①

云母屏风烛影深②，长河渐落晓星沉③。常娥应悔偷灵药④，碧海青天夜夜心⑤。

[校注]

①常娥，或作嫦娥、姮娥。《淮南子·览冥》："譬若羿请不死之药于西王母，姮娥窃以奔月。"高诱注："姮娥，羿妻，请不死之药于西王母。未及服之，姮娥盗食之，得仙，奔入月中为月精。"②云母，一种柔韧富于弹性的矿物，晶体透明，有珍珠光泽，其薄片可用作屏风、窗户、车等装饰。深，暗淡。③长河，指银河。晓星，指稀疏的晨星。沉，隐没。④偷灵药，即窃不死之药。参注①。⑤碧海，青碧的大海。古人认为明月晚间从碧海升起，历青天而复入碧海，故云"碧海青天夜夜心"。

[鉴赏]

这首诗题为"常娥"，实际上抒写的是处境孤寂的主人公对于环境的感受和心灵独白。

前两句描绘主人公的环境和永夜不寐的情景。室内，烛光越来越黯淡，云母屏风上笼罩着一层深深的暗影，越发显出居室的空寂清冷，透露出主人公在长夜独坐中黯然的心境。室外，银河逐渐西移垂地，牛郎、织女隔河遥望，本来也许可以给独处孤室的不寐者带来一些遐想，而现在这一派银河即将消失。那点缀着空旷天宇的寥落晨星，仿佛默默无言地陪伴着一轮孤月，也陪伴着永夜不寐者，现在连这最后的伴侣也行将隐没。"沉"字正逼真地描绘出晨星低垂、欲落未落的动态，主人公的心也似乎正在逐渐沉下去。"烛影深""长河落""晓星沉"，表明时间已到将晓未晓之际，着一"渐"字，暗示了时间的推移流逝。索寞中的主人公，面对冷屏残烛、青天孤月，又度过了一个不眠之夜。尽管这里没有对主人公的心理作任何直接的抒写刻画，但借助于环境氛围的渲染，主人公的孤清凄冷情怀和不堪忍受寂寞包围的意绪却几乎可以触摸到。

在寂寥的长夜，天空中最引人注目、引人遐想的自然是一轮明月。看到明月，也自然会联想起神话传说中的月宫仙子——嫦娥。据说她原是后羿的妻子，因为偷吃了西王母送给后羿的不死药，飞奔到月宫，成了仙子。"嫦娥孤栖与谁邻？"在孤寂的主人公眼里，这孤居广寒宫殿、寂寞无伴的嫦娥，其处境和心情不正和自己相似吗？于是，不禁从心底涌出这样的意念：嫦娥想必也懊悔当初偷吃了不死药，以致年年夜夜，幽居月宫，历青天而入碧海，循环往复，寂寥清冷之情难以排遣吧。"应悔"是揣度之词，这揣度正表现出一种同病相怜、同心相应的感情。由于有前两句的描绘渲染，这"应"字就显得水到渠成，自然合理。因此，后两句与其说是对嫦娥处境心情的深情体贴，不如说是主人公寂寞的心灵独白。

这位寂处幽居、永夜不寐的主人公究竟是谁？诗中并无明确交代。诗人在《送宫人入道》诗中，曾把女冠比作"月娥孀独"，在《月夜重寄宋华阳姊妹》诗中，又以"窃药"喻指女子学道求仙。因此，说这首诗是代因守宫观的女冠抒写凄清寂寞之情，也许不是无稽之谈。唐代道教盛行，女子入道成为风气，入道后方体验到宗教清规对正常爱情生活的束缚而产生的精神苦闷，三、四两句，正是对她们处境与心情的真实写照。

但是，诗中所抒写的孤寂感以及由此引起的"悔偷灵药"式的情绪，却融入了诗人独特的现实人生感受，而含有更丰富深刻的意蕴。在黑暗污浊的现实包围中，诗人精神上力图摆脱尘俗，追求高洁的境界，而追求的结果往往使自己陷于更孤独的境地。清高与孤独的孪生，以及由此引起的既自赏又自伤，既不甘变心从俗，又难以忍受孤子寂寞的煎熬这种微妙复杂的心理，在这里被诗人用精微而富于含蕴的语言成功地表现出来了。这是一种含有浓重伤感的美，一片高天寂寞之心，在旧时代的清高文士中容易引起广泛的共鸣。诗的典型意义也正在这里。

孤栖无伴的嫦娥，寂处道观的女冠，清高而孤独的诗人，尽管仙凡悬隔，同在人间者又境遇差殊，但在高洁而寂寞这一点上却灵犀暗通。诗人把握住了这一点，塑造了三位一体的艺术形象。这种艺术概括的技巧，是李商隐的特长。

贾　生①

宣室求贤访逐臣②，贾生才调更无伦③。可怜夜半虚前席④，不问苍生问鬼神⑤。

[校注]

①贾生，贾谊，西汉初著名政论家，曾多次上书，主张削弱诸侯王势力，巩固中央集权；抗击匈奴侵扰，加强国防；重农抑商，广积粮食。②宣室，汉未央宫前殿的正室。访，征询、咨询。逐臣，被贬谪的臣子，这里指贾谊。文帝曾越级提拔贾谊为太中大夫，后为大臣周勃、灌婴等排挤，贬为长沙王太傅。数年后，文帝又将他召回长安，在宣室接见他，"宣室求贤访逐臣"指此。③才调，才气、才情。无伦，无比。《史记·屈原贾生列传》："是时贾生年二十馀，最为少。每诏令议下，诸老先生不能言，贾生尽为之对，人人各如其意所欲出。诸生于是乃以为能不及也。""孝文帝初即位……诸律令所更定，及列侯悉就国，其说皆自贾生发之。于是天子议以为贾生任公卿之位。"余参注④。④可怜，可惜、可羡。前席，古人席地跪坐，"前席"指移坐向前（在席上移膝向前）以靠近对方，表示恭敬和倾听。虚，空自。《史记·屈原贾生列传》："贾生征见。孝文帝方受釐（xī）（刚举行过祭神仪式，接受神的福佑），坐宣室。上因感鬼神事，而问鬼神之本。贾生因具道所以然之状。至夜半，文帝前席（因为谈得投机，不自觉地在座席上移膝靠近贾谊）。既罢，曰：'吾久不见贾生，自以为过之，今不及也。'"⑤苍生，老百姓。

[鉴赏]

晚唐诗坛上，咏史诗的写作成为风气。比李商隐时代稍晚的汪遵、胡曾等诗人甚至写过几十首到上百首的咏史七绝。不过多数作品取材陈旧，立意不高，而且往往单纯议论，发露无余，缺乏丰富的含蕴和深长的情韵。李商隐的咏史诗却很少有这些弊病。这首《贾生》，取材、立意和表现手法尤其新颖独特，很能代表他的咏史诗的艺术风貌。

贾谊贬长沙，早已成为诗人们寄寓怀才不遇之感的熟滥题材。李商隐尽管也有一肚子生不逢时的牢骚，却能力避熟滥，首先在题材上出新。他特意选取《史记·屈原贾生列传》里这样一段情节：贾生征见。孝文帝方受釐，坐宣室。上因感鬼神事，而问鬼神之本。贾生因具道所以然之状。至夜半，文帝前席。既罢，曰："吾久不见贾生，自以为过之，今不及也。"

在一般封建文人心目中，"宣室夜对"大概是值得大加渲染的君臣遇合的盛事。但诗人却独具只眼，抓住不为人们所注意的"问鬼神"这件事，借题发挥，翻出了一段新警透辟、发人深省的诗的议论。

"宣室求贤访逐臣，贾生才调更无伦。"头一句连用"求"和"访"两个字，仿佛是特意表明文帝求贤意愿的殷切、待贤态度的谦诚，在读者面前树立起一位求贤若渴、虚怀若谷的明君形象。为寻求贤才，把贬逐在远方的臣子都特意召回来，并且向他虚心垂询，可见"求贤"是多么广泛，多么彻底，也许可以称得上做到"野无遗贤"了。

第二句"贾生才调更无伦"，掉笔正面描写贾谊，突出强调他的才情过人，没有人能和他相比。据史传记载，贾谊开始在朝廷任职时，只不过是二十刚出头的年轻人，却已表现出卓越的政治识见和才能。每逢文帝下令交议朝廷大事，同列的年长的博士们都说不出中肯的意见，独有他能一一对答。博士们无不佩服，认为自己才能都不如贾谊。文帝特别欣赏他，一年之内就将他越级提拔为太中大夫。当时许多重要法令的修改和某些重大的政治决策，也都出自贾谊的建议。可见，"才调更无伦"并非虚泛的赞辞，而是恰当的评价，虽然下笔的分量很重。但这句诗又不单纯是对贾谊过去的政治才能的评价和赞扬，其中还暗含着文帝在宣室接见之后对贾谊的热情称叹，读来既像是作者，又像是文帝对贾生的由衷赞赏，用笔也相当巧妙。这一句有叙、有议，而叙述与议论又都融化在抒情色彩很浓的赞叹中。"才调"一词，兼包才能风调，它与"更无伦"这样的尽情称赞相配合，让人宛然可见贾生少年才俊、议论风发、华采照人的精神风貌，诗的形象感和咏叹的情调也就自然地显示出来。

前两句完全从正面着笔，丝毫不露贬意、讽意。文帝对贤臣，是由"求"而

"访"而衷心叹赏；贾谊呢，又确实才能出众，不负厚望。如不看下文，几乎会误认为这是一篇圣主重贤颂或者君臣遇合颂。其实，这正是作者特意布下的机关和迷阵。

第三句"可怜夜半虚前席"，有承接、有转折，承中寓转，是全诗枢纽。承，即所谓"夜半前席"，如果把"宣室夜对"比作一出独幕剧，那么"夜半前席"就是它的高潮。"夜半前席"这类细节，后来的许多史家往往视为无足轻重，弃而不取。但它对文艺作品，却往往是传神写照的重要凭借。诗人似乎只是将《史记》中的文字信手拈来，嵌入自己的诗篇之中，却起了神妙的作用，大为作品增色。因为"夜半前席"这四个字，把文帝当时那种虚心垂询、凝神倾听，以至于"不自知膝之前于席"的情状描绘得惟妙惟肖，使历史陈迹一下子变成了充满生活气息、历历在目的活动画面。这种善于选取典型细节，善于"从小物寄慨"的艺术手段，正是李商隐在咏史诗里经常采用的绝招。诗人正是通过这个生动的细节，才把那架由"求"而"访"、由"访"而赞的节节上升的"重贤"的云梯升到了最高处，而"转"，也就在这顶峰与高潮中同时开始。不过，并不硬转陡折，显得突兀费力，而是用咏叹之笔轻轻拨转，转得令人浑然不觉，这就是在"半夜"和"前席"的前面分别安上一个"可怜"，一个"虚"。"可怜"，这里是"可惜"的意思。不用感情色彩强烈的"可悲""可叹"一类词语，只说"可怜"，一方面是为末句那全篇之警策预留地步；另一方面也是因为在这里貌似轻描淡写的"可怜"，比剑拔弩张的"可悲""可叹"更为蕴藉，更耐人寻味。仿佛给文帝留有余地，其实却含着冷峻的嘲讽，让人感到作者对他的讽刺对象有一种居高临下的精神上的优势，一种意味深长的轻蔑。这种写法，可以说是似轻而实重。"虚前席"的"虚"，是空自、徒然之意思。虽然同样只是轻轻一点，却使读者对文帝"夜半前席"的重贤姿态从根本上产生了怀疑，这也许可以称得上是举重而若轻吧。如此推重贤者，何以竟然成"虚"？诗人引而不发，给读者留下了悬念，诗也就显出跌宕波折的情致，而不是一泻无余。这一句承转交错的艺术处理，精练，自然，和谐，浑然无迹，给人以流美圆转、毫不着力的感觉。而且由于在因承接而上升的最高点上同时出现转折，这转便更有分量，由转而引起的疑团也就更浓重，这样，就引诱读者把全部注意力集中到最后一句上来，急切地要求弄清"虚"前席的原因。

末句紧紧承接"可怜"与"虚"，引满而发，射出直中目标的极其尖锐的一箭——"不问苍生问鬼神"。原来郑重求贤，虚心问贤，衷心赞贤，乃至"夜半前席",这一切根本不是为了询问治国安民之道,却是为了"问鬼神"!这究竟是什么样的求贤、重贤,这种求贤与重贤,对贤者又究竟意味着什么啊!但诗人仍只点破而不说尽,他只把客观事实摆出来,让读者自己通过"问"与"不问"的对照,得出应有的结论。词锋极犀利,讽刺极辛辣,感慨极深沉,却又极抑扬吞吐之妙。由于前几句围绕"重贤"逐步升级,节节上扬,第三句又盘马弯弓,故意蓄势,末句由强烈对照和出人意料的转折而形成的贬抑便显得特别有力,给了讽刺对象以致命的一击。这正是通常所说的"抬得高,摔得重"。整首诗在正与反、扬与抑、轻与重、承与转等方面的艺术处理上,都蕴含着艺术的辩证法,而它那种新警含蕴、唱叹有情的艺术风格也就通过这一系列成功的艺术处理,逐步显示出来。

  这里,作者点破而不说尽,有案而无断,并非由于内容贫弱而故弄玄虚,而是由于含蕴丰富,片言不足以尽意。诗里有讽刺有慨叹,寓感慨于讽刺之中,旨意并不单纯。而且无论是讽刺还是感慨,都须透过表面的历史帷幕才能看清它的真实用意。就讽刺的方面看,表面上似乎是针对汉文帝,实际上诗人的用意并不在此。历史学家是称颂文景之治的。汉文帝也确实称得上是一位励精图治的君主。宣室召见贾谊而"问鬼神之本",原来并不一定是政治上昏愦的表现,即使有可议可讽之处,也和"不问苍生"没有必然的联系。诗人因汉文帝"问鬼神"而推出他"不问苍生",既不符合情理,也于史实无征。这种与历史事实的若即若离,恰恰是这篇作品托古讽时、借端寄慨性质的一种标志,或者说是作者故意露出的蛛丝马迹。晚唐许多皇帝,都崇佛信道,服药求仙,不顾民生,不任贤才,所以诗人表面上是讽刺历史上的汉文帝,实际上矛头所指,正是当时的君主,是当时现实中那些"不问苍生问鬼神"的封建统治者。与此同时,诗中又寓有诗人自己怀才不遇的深沉感慨。李商隐从青年时代起,就有"欲回天地"的远大抱负,深切关注国家的命运,但才高而命薄,偏遭衰世,沉沦下僚,志不能伸,长期寄迹幕府,以文墨事人,诗中感慨常有流露。因此,这首诗中的贾谊,正有诗人自己的影子;慨叹贾生的不遇明主,实际上是感喟自己的生不逢时。

  透过讽刺和感慨,我们可以进一步看出作者观察问题的立足点。在诗人看来,贤者之所以为贤,就在于他具有安"苍生"的杰出才能。皇帝是否重贤,主要不在表面的姿态,而在于是否重视贤者治国安民的主张。徒然有"夜半前席"的姿态,却"不问苍生"而"问鬼神",正好暴露了不能识别贤者、任用贤者的昏愦面目。而对贤者来说,君主"夜半前席"而"问鬼神",与其说是什么优礼、厚遇,倒不如说是一种羞辱与讽刺。因为这意味着自己在皇帝眼里，不过是一个高级的巫师而已。诗人的这种感受和认识，无疑是很深刻的。在封建社会，许多杰出的人才被沉埋、被压抑，老死家门、不被任用的情况也是很常见的，也容易引起人们的注意；而那些在表面上得到厚遇、垂青，实际上用非其才的情况则往往为人所忽视，而这，同样也是才智之士深刻的悲剧。作者所揭示的这后一种悲剧，是具有很大普遍性和典型性的，可以说概括了封建社会中许多被统治者当作倡优的才士的共同遭遇。诗人在揭示这种悲剧时，胸中不但蕴积着怨愤和沉痛，也包含着难以名状的苦涩和悲哀。这里分明体现着诗人进步的政治遇合观。在作者看来，政治上的遇与不遇，不应当单纯从个人的得失荣辱着眼，而应首先从整个国家的利益出发，把安苍生的政治主张是否得到采纳与实施作为衡量的标准。正因为作者从这样一个立足点来观察问题，他才能跳出一般封建文人借贾谊长沙之贬抒写个人穷愁不遇的陈套，选取了新颖的题材，表达出深刻的思想；才能透过宣室夜召、优礼有加的表象，借题发挥，揭示出君主昏愦、贤才不遇的实质；才能从一般人只看到矛盾和对立的题材和主题之间，看到它们的内在联系。讽刺君主的昏愦弃贤，感慨贤士的怀才不遇，可以说是屡见不鲜的，但用"问鬼"于贤来兼包这两个方面，其构思之深刻，感慨之深沉，对照之鲜明，批判之尖锐，却为同类诗歌中所少见。从这些地方，我们可以领悟到作家的胸襟识度与作品的取材、立意以及艺术表现之间的密切关联。

然而，光有卓绝的见解与高超的立意，并不能保证作品具有感人的艺术力量。对比一下王安石的同题七绝，很能说明问题。王安石的同题诗明显是针对义山诗而发的：

一时谋议略施行，谁道君王薄贾生？

爵位自高言尽废，古来何啻万公卿！

贾生的政治主张，有些在他生前就已被文帝采纳实行，另一些在他身后也逐步付诸实施。因此王安石认为贾谊虽然没有位至公卿，并不能算不遇。相反，古往今来有许多身居高位的公卿，他们的主张却不被采纳，这才是真正的不遇。

从对比中可以发现一个很有趣的现象。从思想内容看，王安石和李商隐的这两首诗貌似相反，实则相通——都不以个人名位显达与否来衡量遇或不遇，而以进步的政治主张是否得到采纳作为标准，都表现了他们脱出庸人之见的胸襟识度，可以说是貌异而神合。但从艺术表现角度看，王、李二作却是貌似而神异。表面上，两首诗都发议论，但一则几乎纯粹是议论，发露无余，简直就像一篇逻辑严密的有韵的短论,一则把唱叹有致、抑扬顿挫的抒情与新警透辟的议论和谐地结合起来,使人读来只觉得它充满抒情的气氛,而不觉得有论断的痕迹。不妨说,一个是散文的议论,一个是诗的议论;一个是以理服人,一个是以情动人。一般地说,诗歌并不一定都排斥议论,特别是咏史诗,不管直接间接,明显隐蔽,总寓有作者对历史人物、事件的见解和评价。但诗歌的本质特点是抒情的,顾名思义,咏史诗应该是"咏"史,而不是单纯"论"史。咏史诗中的议论,应该有助于加强而不是削弱或取消它的抒情性。忽略了诗歌的抒情性这一基本要素,就必然导致诗歌形象性的削弱和情韵的缺乏。这正是以论代咏的王安石诗作在艺术上的明显缺陷。而李商隐的咏史诗在这方面确实胜人一筹。

曲 江①

望断平时翠辇过②,空闻子夜鬼悲歌③。金舆不返倾城色④,玉殿犹分下苑波⑤。死忆华亭闻唳鹤⑥,老忧王室泣铜驼⑦。天荒地变心虽折⑧,若比伤春意未多⑨。

[校注]

①曲江,又名曲江池,唐代长安最大的风景区,在城东南隅(旧址在今西安市东南郊)。康骈《剧谈录》卷下:"曲江池,本秦世隑洲,开元中疏凿,遂为胜境。其西有紫云楼、芙蓉苑,其南有杏园、慈恩寺。花卉环周,烟水明媚。都人游玩,盛于中和、上巳之节。"安史乱后荒废。大和九年(835)春,郑注上言秦中有灾,需要兴工役以消除灾祸,文宗读杜甫《哀江头》,知天宝乱前曲江四岸皆有行宫台殿,颇想恢复"升平故事",遂采郑注建言,派神策军淘曲江,仍许公卿家于江头立亭馆。十月,宴群臣于曲江亭。十一月,甘露之变发生。十二月,下令罢修曲江亭馆。此诗作于开成元年(836)春,系有感于甘露之变导致国家危机深化而作。②望断,极望而不见。平时,承平时代。翠辇,皇帝的车驾,车盖上以翠羽装饰。过,读guō。③子夜,半夜。鬼悲歌,暗透甘露之变中朝臣惨遭宦官统领的禁军大批杀戮之事。即《有感二首》"鬼箓分朝部""谁瞑衔冤目",《重有感》"昼号夜哭兼幽显"之意。④金舆,华美的车驾,指从游的嫔妃所乘的车。倾城色,即泛指从游嫔妃。⑤下苑,即曲江。曲江与御沟相通而地势较高,故其水可

"分波"于"玉殿"。⑥华亭唳鹤,晋陆机因被宦官孟玖所谮而受诛,临死前悲叹道:"华亭鹤唳,岂可复闻乎!"华亭,陆机故宅旁谷名,在今上海市松江区西。唳,鸟鸣(一般用作鹤鸣)。此句亦借慨甘露之变中宦官杀戮士人,其中包括像卢仝这样的文人。⑦泣铜驼,西晋灭亡前,索靖预感到天下将乱,指着洛阳宫门前的铜驼叹息道:"会见汝在荆棘中耳!"以上二句用典,分见《晋书·陆机传》及《索靖传》。⑧天荒地变,本指自然界的巨变或浩劫,这里借指甘露之变这场政治浩劫。折,摧。⑨伤,《全唐诗》原作"阳",据《唐音戊签》及《全唐诗》校语改。伤春,本指人在春天因节物变化、时光流逝、芳华衰歇引起的伤感。亦可借指感时伤乱、忧虑国家命运的情怀。杜甫有《伤春五首》,即忧时感乱之作。

[鉴赏]

　　曲江的兴废,和唐王朝的盛衰密切相关。杜甫在《哀江头》中曾借曲江今昔抒写国家残破的伤痛。面对经历了另一场"天荒地变"——甘露之变后荒凉满目的曲江,李商隐心中自不免产生和杜甫类似的感慨。杜甫的《哀江头》,可能对他这首诗的构思有过启发,只是他的感慨已经寓有特定的现实内容,带上了更浓重的悲凉的时代色彩。

　　一开始就着意渲染曲江的荒凉景象:放眼极望,平时皇帝车驾临幸的盛况再也看不到了,只能在夜半时听到冤鬼的悲歌声。这里所蕴含的并不是吊古伤今的历史感慨,而是深沉的现实政治感喟。"平时翠辇过",指的是事变前文宗车驾出游曲江的情景;"子夜鬼悲歌",则是事变后曲江的景象,这景象,荒凉中显出凄厉,正暗示出刚过去不久的那场"流血千门,僵尸万计"的残酷事变。在诗人的感受中,这场大事变仿佛划分了两个时代:"平时翠辇过"的景象已经成为极望而不可再见的遥远的过去,眼前面对的就是这样一幅黑暗、萧森而带有恐怖气氛的现实图景。"望断""空闻",从正反两个方面暗寓了一场"天荒地变"。

　　三、四承"望断"句,说先前乘金舆陪同皇帝游赏的美丽宫妃已不再来,只有曲江流水依然在寂静中流向玉殿旁的御沟(曲江与御沟相通)。"不返""犹分"的鲜明对照中,显现出一幅荒凉冷寂的曲江图景,蕴含着无限今昔沧桑之感。文宗修缮曲江亭馆,游赏下苑胜景,本想恢复升平故事。甘露事变一起,受制家奴,形同幽囚,翠辇金舆,遂绝迹于曲江。这里,正寓有升平不返的深沉感慨。下两联的"荆棘铜驼"之悲和"伤春"之感都从此生出。

　　第五句承"空闻"句。西晋陆机因被宦官孟玖所谮而受诛,临死前悲叹道:

"华亭（陆机故宅旁谷名）鹤唳，岂可复闻乎！"这里用以暗示甘露事变期间大批朝臣惨遭宦官杀戮的情事，回应次句"鬼悲歌"。第六句承"望断"句与颔联。西晋灭亡前，索靖预见到天下将乱，指着洛阳宫门前的铜驼叹息道："会见汝在荆棘中耳！"这里借以抒写对唐王朝国运将倾的忧虑。这两个典故都用得非常精切，不仅使不便明言的情事得到既微而显的表达，而且加强了全诗的悲剧气氛。两句似断实连，隐含着因果联系。

末联是全篇结穴。在诗人看来，"流血千门，僵尸万计"的这场天荒地变——甘露之变尽管令人心摧，但更令人伤痛的却是国家所面临的衰颓没落的命运。（"伤春"一词，在李商隐的诗歌语汇中占有特别重要的地位，曾被他用来概括自己诗歌创作的基本主题，这里特指伤时感乱，为国家的衰颓命运而忧伤。）痛定思痛之际，诗人没有把目光局限在甘露之变这一事件本身，而是更深入地去思索事件的前因后果，敏锐地觉察到这一历史的链条所显示的历史趋势。这正是本篇思想内容比一般的单纯抒写时事的诗深刻的地方，也是它的风格特别深沉凝重的原因。

这首诗在构思方面有一个显著的特点：既借曲江今昔暗寓时事，又通过对时事的感受抒写"伤春"之情。就全篇来说，"天荒地变"之悲并非主体，"伤春"才是真正的中心。尽管诗中正面写"伤春"的只有两句（六、八两句），但实际上前面的所有描写都直接间接地围绕着这个中心，透露出一种浓重的"伤春"气氛，所以末句点明题旨，仍显得水到渠成。

以丽句写荒凉，以绮语寓感慨，是杜甫一些律诗的显著特点。李商隐学杜，在这方面也是深得杜诗诀窍的。读《曲江》，可能会使我们联想起杜甫的《秋兴》，尽管它们在艺术功力上还存在显著的差别。

燕台四首[①]

春

风光冉冉东西陌[②]，几日娇魂寻不得[③]。蜜房羽客类芳心[④]，冶叶倡条遍相识[⑤]。暖蔼辉迟桃树西[⑥]，高鬟立共桃鬟齐[⑦]。雄龙雌凤杳何许[⑧]？絮乱丝繁天亦迷[⑨]。醉起微阳若初曙[⑩]，映帘梦断闻残语[⑪]。愁将铁网罥珊瑚[⑫]，海阔天翻迷处所[⑬]。衣带无情有宽窄[⑭]，春烟自碧秋霜白[⑮]。研丹擘石天不知[⑯]，愿得天牢锁冤魄[⑰]。夹罗委箧单绡起[⑱]，香肌冷衬琤琤佩[⑲]。今日东风自不胜⑳，化作幽光入西海㉑。

夏

前阁雨帘愁不卷，后堂芳树阴阴见。石城景物类黄泉㉒，夜半行郎空柘弹㉓。绫扇唤风阊阖天㉔，轻帏翠幕波渊旋㉕。蜀魂寂寞有伴未㉖？几夜瘴花开木棉㉗。桂宫流影光难取㉘，嫣薰兰破轻轻语㉙。直教银汉堕怀中，未遣星妃镇来去㉚。浊水清波何异源，济河水清黄河浑㉛。安得薄雾起细裙㉜，手接云幷呼太君㉝。

秋

月浪衡天天宇湿㉞，凉蟾落尽疏星入㉟。云屏不动掩孤嚬㊱，西楼一夜风筝急㊲。欲织相思花寄远，终日相思却相怨㊳。但闻北斗声回环㊴，不见长河水清浅㊵。金鱼锁断红桂春㊶，古时尘满鸳鸯茵㊷。堪悲小苑作长道㊸，玉树未怜亡国人㊹。瑶琴愔愔藏楚弄㊺，越罗冷薄金泥重㊻。帘钩鹦鹉夜惊霜，唤起南云绕云梦㊼。双珰丁丁联尺素㊽，内记湘川相识处㊾。歌唇一世衔雨看㊿，可惜馨香手中故㉛。

冬

天东日出天西下㉜，雌凤孤飞女龙寡㉝。青溪白石不相望㊾，堂上远甚苍梧野㉝。冻壁霜华交隐起㉝，芳根中断香心死㉝。浪乘画舸忆蟾蜍㊽，月娥未必婵娟子㊾。楚管蛮弦愁一概㊿，空城罢舞腰支在㉛。当时欢向掌中销㉜，桃叶桃根双姊妹㉝。破鬟倭堕凌朝寒㊾，白玉燕钗黄金蝉㉝。风车雨马不持去㊾，蜡烛啼红怨天曙㊿。

[校注]

①燕台，他本或作"燕台诗"。原本《春》《夏》《秋》《冬》四题分置于诗后，作"右春""右夏""右秋""右冬"。今分别移置每首之前，去"右"字。作者《柳枝五首序》云："他日春曾阴，让山下马柳枝南柳下，咏余《燕台》诗，柳枝惊问：'谁人有此？谁人为是？'"《柳枝五首》约作于大和末开成初义山未登第时，则《燕台四首》当作于此前不久。所咏对象不能确考。冯浩谓："燕台，唐人惯以言使府，必使府后房人也。"可参。详后鉴赏。②风光，此指春天的景象物色。冉冉，渐进貌。东西陌，田间小路，泛指郊野。③娇魂，指所思念的女子。

④蜜房,蜂房。羽客,指蜜蜂。⑤冶叶倡条,形容杨柳枝条的婀娜多姿。⑥暖霭,春天和煦的烟霭。霭,通"蔼"。辉迟,温暖充足的阳光。《诗·豳风·七月》:"春日迟迟。"⑦桃鬟,形容繁盛如云鬟的桃花。⑧雄龙雌凤,喻指自己和所思女子。杳,远。⑨絮乱丝繁,柳絮纷乱、柳丝纷繁。象征思绪纷乱。⑩微阳,指西斜的夕阳。初曙,清晨曙日的光。⑪映帘,指斜阳照帘。残语,指梦将醒时对方最后几句零零星星的话语。⑫将铁网罥珊瑚,用铁丝网挂取珊瑚。《新唐书·拂菻国传》:"海中有珊瑚树,海人乘大舶堕铁网水底。珊瑚初生盘石上,白如菌,一岁而黄,三岁赤,枝格交错,高三四尺,铁发其根,系网舶上,绞而出之。"⑬海阔天翻,沧海浩阔,波涛汹涌,天亦为之翻倾。翻,各本均同,唯席本作"宽"。⑭《古诗十九首》之一:"相去日以远,衣带日以缓。"有宽窄,谓因苦苦思念而瘦损,衣带变得宽了。⑮言春烟自碧、秋霜自白,自然界的景物并不顾人间相思之苦。⑯研丹擘(bò)石,《吕氏春秋·诚廉》:"石可破也,而不可夺坚;丹可磨也,而不可夺赤。"此化用其意,喻爱情的赤诚坚贞。擘,劈开。⑰天牢,星名。《晋书·天文志》:"天牢六星在北斗魁下。"此处仅用其字面,应上"天不知"。⑱夹罗委箧,将夹的罗衫委放在箱箧里。单绡起,穿上了单薄的轻绡衣衫。绡,薄丝织品。⑲句意谓芳香的肌肤紧贴着玎玎作响的玉佩,感到一丝凉意。以上二句暗示季候已由暮春入夏。⑳不胜,不能禁受。亦即"东风无力"意。㉑谓东风化作幽光入于西海,暗示春天的消逝。㉒石城,女主人公所居之地,或谓即指金陵(石城即石头城之省)。景物类黄泉,形容雨天昏暗的景象。㉓行郎,少年行人。柘弹(zhè dàn),用柘木作弹弓以弹鸟雀。《西京杂记》:"长安五陵人,以柘木为弹,真珠为丸,以弹鸟雀。"《晋书·潘岳传》:"岳美姿仪⋯⋯少时常挟弹出洛阳道,妇人遇之,皆连手萦绕,投之以果。""空柘弹"或暗用此事。㉔阊阖(hè)天,犹西方之天。《史记·律书》:"凉风居西南维,阊阖风居西方。"㉕渊旋,回旋。《说文·水部》:"渊,回水也。"渊,旧本均同,唯戊签作"洄"。㉖蜀魂,指杜鹃鸟,相传为蜀王杜宇魂所化。㉗瘴花,指南方蛮烟瘴雨之地开的花,即下所云"木棉"。木棉花多产岭南,落叶乔木,先叶开花,大而红。《太平御览》卷九百六十引晋郭义恭《广志》:"木棉树赤华,为房甚繁,逼则相比,为棉甚软,出交州永昌。"㉘桂宫,月宫,传月中有桂树。流影,犹流光。㉙嫣薰兰破,形容女子启齿时嫣香如幽兰破苞,幽香四溢。曹植《洛神赋》:"含辞未吐,气若幽兰。"㉚银汉,指银河。星妃,指织女。镇,长,久。㉛《战国策·燕策》:"齐有清济浊河。"

㉜缃裙，浅黄色的裙子。㉝云軿（píng），神仙乘的云车。太君，泛称神仙，此借指所思女子。㉞月浪，月亮的光波。衡，《全唐诗》原作“衝”（冲），校：“一作衡。”兹据影宋抄改。衡天，即“横天”，布满整个天空。㉟凉蟾，犹秋月，传月中有蟾蜍，故称秋月为凉蟾。入，指疏星入户。㊱嚬，同“颦”，皱眉。孤嚬，指孤寂含愁的女主人公。㊲风筝，悬挂在屋檐下的金属片，风起作响，故名，即铁马。㊳却，还。㊴回环，反复不绝。北斗声回环，指斗转星移，时间流逝。㊵长河，指银河。《古诗十九首》：“河汉清且浅，相去复几许？”此化用其语。句意为天上的银河已隐没不见。㊶金鱼，指鱼钥，鱼形的铜锁。红桂，即丹桂。《南方草木状·木类》：“桂有三种。叶如柏叶，皮赤者为丹桂。”李时珍《本草纲目》谓花红者为丹桂。此处代指深锁重门中的女主人公。作者《和友人戏赠》（其二）云：“殷勤莫使清香透，牢合金鱼锁桂丛。”桂丛亦借指深锁重门之女子。春，指青春芳华。㊷古时，旧时。鸳鸯茵，绣有鸳鸯图案的茵褥。㊸小苑作长道，昔日的小苑已经荒废，成为一条人行的长路。㊹玉树，即《玉树后庭花》，参《隋宫》（紫泉宫殿锁烟霞）“岂宜重问后庭花”句注。亡国人，指陈后主的宠妃张丽华，她曾舞《玉树后庭花》。此暗示女主人公原来的身份可能是贵家姬妾或歌舞伎人。后贵人去世，故云“玉树亡国人”。㊺琴，一作瑟。愔（yīn），安静和悦貌。楚弄，指琴曲。《新唐书·礼乐志》：“琴工犹传楚、汉旧声及《清调》，蔡邕五弄、楚调四弄，谓之九弄。”㊻越罗，越地产的薄绸。金泥，即“泥金”、金屑，指罗衣上的泥金花饰。越罗冷薄示秋深。㊼南云，陆机《思亲赋》：“指南云以寄钦。”陆云《九愍》：“眷南云以兴悲。”这里借指怀想思念之情。㊽双珰，一对耳珠。丁（zhēng）丁，这里形容玉珰碰击之声。尺素，指书信。古代写信用帛，通常长一尺。又常以耳珠作为男女间定情致意的信物，如繁钦《定情诗》：“何以致区区？耳中双明珠。”将耳珠连同书信一起寄给对方，称“侑缄”。㊾湘川，湘江一带地方。作者《河阳诗》有“湘中寄到梦不到”之语，《夜思》有“寄恨一尺素，含情双玉珰”之语，《春雨》有“玉珰缄札何由达”之语，可能与本篇所咏情事有关。㊿雨，指泪雨。(51)馨香，指书信上留下的馨香气息。故，形容馨香气息逐渐淡薄以至消失。(52)形容冬天日短，似刚从东出即西下。(53)雌凤、女龙，均借指女主人公。“孤”“寡”状其处境。(54)青溪、白石，南朝乐府《神弦歌》有《白石郎》《清溪小姑》曲。《白石郎》词云：“白石郎，临江居，前导江伯后从鱼。”“积石如玉，列松如翠。郎艳独绝，世无其二。”《清溪小姑》词云：“开门白水，侧近桥梁。小姑所

居，独处无郎。”这里以青溪、白石分指相隔的女方和男方。(55)苍梧野，舜南巡不返，死葬苍梧。此以借指男女双方虽同处堂上，相隔之远却过于苍梧，如同死别。(56)霜华，霜花。交隐起，交错隐现。(57)芳根中断，谓庭中丹桂，芳根已断。香心死，不再散发芳香。喻爱情幻灭。(58)浪，空。蟾蜍，指嫦娥。张衡《灵宪》：“姮娥托身于月，是为蟾蜍。”(59)月娥，亦指嫦娥，与上文避复。婵娟子，容态美好的女子。(60)楚管蛮弦，泛指南方的乐器和音乐。愁一概，同样发出悲愁之音，使人触绪生愁。(61)腰支在，只剩下瘦损的腰肢。(62)欢，欢乐。掌中，相传赵飞燕体轻，能作掌上舞。(63)桃叶，东晋王献之的妾。桃根，传为桃叶之妹。(64)破鬟，蓬乱的发鬟。倭堕，即倭堕髻，发鬟偏向一边，似堕非堕。凌朝寒，为清晨的寒气所侵。(65)燕钗，别在发髻上的燕形钗饰。黄金蝉，一种蝉形的黄金头饰。(66)不持去，谓夜来风雨未化作车马将她带走。(67)蜡烛啼红，蜡烛流淌红色的烛泪，有似悲啼。亦象喻女主人公对烛空流红泪。

［鉴赏］

《燕台四首》的本事和具体的写作时间，难以确考。有的学者认为这四首诗只是写一种长怀憾恨的心灵境界，不必指实。但这组诗有好几处提到与这场悲剧性的爱情有关的地点与情事，如“蜀魂寂寞有伴未？几夜瘴花开木棉”“双珰丁丁联尺素，内记湘川相识处”“当时欢向掌中销，桃叶桃根双姊妹”等等。一定要说这些诗句都不反映具体的生活情事，是和读者的实际感受不相符的。作为对诗歌的艺术欣赏，自不妨更多地着眼它所表现的情感和心灵境界，但不必认为这组诗不包含具体的情事，纯粹是写主观的幻想。不能确考、详考，自不必硬求其确、其详，但根据诗中已经写到的情事断片作一些大致的推断，还是必要和可能的。约而言之，有以下数端：

其一，男女双方曾在湘川一带相识，其后男方曾以尺素双珰寄赠女方。

其二，写诗时女方现居之地，可能在岭南，视诗中“几夜瘴花开木棉”“楚管蛮弦愁一概”等句可知。至于《夏》诗中提到的“石城景物类黄泉”，无论是指《石城乐》中的石城，或是指金陵，当是男方在《夏》诗中所在之地。

其三，此女子有姊妹二人（所谓“桃叶桃根双姊妹”），男方所恋者为其中一人。

其四，此女子的身份可能是歌舞伎人。这从“玉树未怜亡国人”“歌唇一世衔雨看”“空城罢舞腰支在”等句可以推知。

商隐《河阳》《春雨》《夜思》诸诗所写情事，与《燕台四首》颇可相互参证。《河阳》有"南浦老鱼腥古涎，真珠密字芙蓉篇。湘中寄到梦不到，衰容自去抛凉天"等句，《春雨》有"远路应悲春晼晚，残宵犹得梦依稀。玉珰缄札何由达，万里云罗一雁飞"等句，《夜思》有"寄恨一尺素，含情双玉珰"等句，与《燕台四首·秋》之"双珰丁丁联尺素，内记湘川相识处"当为同一情事。而《河阳》有"巴陵夜市红守宫，后房点臂斑斑红"之语，似其人为使府后房，而《燕台四首》之"燕台"又似取义于使府，则这组诗的题目可能暗示所写的内容是对现为使府后房的一位往日恋人的怀想，这与前面所说的其人身份为歌舞伎人亦相一致。至于四首诗分别以春、夏、秋、冬标题，可能与以下几个方面相关：

其一，取四季相思之意。

其二，与四首诗表现的情调有关。徐德泓在其与陆鸣皋合解的《李义山诗疏》中曾以《柳枝五首序》中的"幽忆怨断"四字分释春夏秋冬，谓"春之困近于幽，夏之泄近于忆，秋之悲邻于怨，冬之闭邻于断"，冯浩进一步指出《春》《秋》《冬》三首各有"幽"字、"怨"字、"断"字在句中，《夏》虽无"忆"字，而忆之情态自呈。虽或稍拘，但可以参考。

其三，与四首诗所表现的具体情事可能有关。从四首诗所写的情况看，双方相遇相识可能在春天，《春》诗"暖蔼辉迟桃树西，高鬟立共桃鬟齐"可证。其后女方远去，不复见面。夏天男方曾去"石城"寻访其人未见，她已到了"几夜瘴花开木棉"的南方。秋天男方曾寄尺素书与双耳珰给对方，书中言有当初湘川相识之事。冬季时其人仍在南方而似已新寡，故有"雌凤孤飞女龙寡""空城罢舞腰支在""蜡烛啼红怨天曙"等句。

《燕台四首》的写作年代，当在商隐登进士第之前。《柳枝五首》中提到商隐的堂兄李让山在柳枝面前吟诵商隐的《燕台》诗，说明《燕台》诗当作于《柳枝五首》之前。又据《柳枝五首序》说到柳枝年十七，而让山称商隐为"吾里中少年叔"，说明其时商隐年龄尚轻，一般说不会超过二十五岁。而诗中所抒写的对爱情的深切体验和深微复杂的意绪，又非年龄过小者所具有。因此认为这组诗是诗人二十余岁未登第时的作品，应该大体不差。至于诗中所写的悲剧性爱情发生的时间，则应比诗的创作时间稍早。

由于这组诗所咏的当下时间跨越春、夏、秋、冬四季，每首诗中的时空又常有很大跳跃性，所咏情事或是对过去所历的回忆，或是对对方现时境况的想象，或是抒情主人公眼前面对的景物，或是抒情主人公的心灵独白，非常错综复杂。要想大体读懂它，必须首先明确一个基点，这就是四首诗究竟是男子思念女子还是女子的自我抒情？我曾在《李商隐诗歌集解》（增订重排本）和《李商隐诗选》（增订本）中就这一问题作过一次试验，前者处理成男思女，后者处理成女子自我抒情，结果似乎都可以解释得通。这种人称不明晰的特点和商隐某些无题诗非常相似。不过，通过反复比较，我认为还是以解为男思女比较妥当。下面便以此为基点对这四首诗作初步的解析。

首章开头四句写男主人公在春光遍布陌头时像采蜜寻芳的蜜蜂那样，到处寻觅对方的芳踪而不可得。"娇魂"及下面的"冤魂"均指所思念的女子精魂。所谓"几日娇魂寻不得"，实际上是精神上一种寻觅不已的反复追寻，不必拘实以为对方即居其地。寻觅不得，乃转而追忆初见伊人时的情景：在春天的迟晖暖霭中，对方梳着高高的发鬟，伫立在桃树的西边，桃鬟云髻，两相辉映，颇似"去年今日此门中，人面桃花相映红"的情境，却写得迷离惝恍，疑幻疑真。而今"人面祇今何处去"，故接下来又回到当前独处的现境，发出雄龙雌凤杳远相隔的呼喊。面对暮春时节柳絮漫天飘荡、柳丝历乱纷繁的景象，内心一片迷茫，感到整个天宇也是一片迷蒙。"醉起"二句，写男主人公在这种迷茫失落的心境中，午间酒醉初醒，斜日映帘，迷迷糊糊中将"一场愁梦酒醒时，斜阳却照深深院"的情景错当成了清晨阳光初熹时的情景。酒醒梦断之际，耳畔似乎还依稀听到对方最后几句细语（暗示酒醉后入梦，梦见对方，双方细语切切，故梦醒时似乎还听得到对方的残语）。这种亦真亦幻、似真似幻的感觉，正传神地表现了男主人公痴迷恍惚的情态。梦醒后的恍然若失又导致了新的一轮追寻。"愁将"二句，是说自己满怀愁绪，想用铁网挂取珊瑚那样寻觅到对方的踪影，但海阔浪高天翻，终迷处所。"衣带"四句，谓自己因刻骨思念而瘦损，春烟自碧，秋霜自白，大自然的景象如此韶丽，自己的内心却只是悲凉与无奈。自己虽如研丹擘石，一片赤诚，但天公似乎并不了解，唯愿有一座天牢以紧锁住对方那迷失的冤魂。最后四句，想象值此暮春时节，对方当已委夹罗而着单绡。香肌上衬贴着仍带有一点寒意的玉佩。伊人远去，春光亦逝。自己的一片幽情苦思也随着逝去的春光入于西海。

第二章开头四句写夏天雨暮之景。雨帘不卷，芳树阴阴，石城景物，幽暗阴霾，有类黄泉或夜半时分。少年郎君虽然像潘岳那样丰姿秀逸，挟弹行游，却无人欣赏。"石城"当是男主人公现居之地。处此凄黯孤寂之境，自然又想到远去的伊人。"绫扇"四句，是想象所思女子现时的情况，谓值此夏夜，对方想亦寂寥独处，绫扇轻摇，呼唤西南风至，轻帷翠幕，如漩波荡漾回旋。而今流落异乡，如同泣血啼红的蜀魂，寂寞之中有无女伴相慰相怜？南中荒远之地，近日来木棉花想又夜开数树吧？"瘴花木棉"，点明时令及所思女子现居之地，且以木棉花之红艳反衬女子处境之孤寂。下四句由双方现时处境之孤寂转忆昔日双方的欢会：月华流转，清光四射，如此良夜，双方窃窃私语，对方的气息如香薰兰绽，沁人心脾。当时真想让银河堕我怀中，免得这天孙织女常苦于来来去去。"浊水"二句是用浊河清济之异源比喻两人之清浊异途，不能相偕。最后二句，又转而企盼对方像天降仙女那样乘着云车、穿着缃裙倏然降临。

第三章起四句想象对方在清寥明净的秋夜独坐含愁的情景：月华满天，似乎整个天宇都被月光的凉波所浸湿。伊人夜深不寐，凉月既落，疏星入户，云屏不动，颦眉独坐。只听到檐前铁马，一夜叮当作响。"欲织"四句，说对方想殷勤寄信以达相思之意，但终日相思却反而化作满腔的怨思（因思极而不得见故生怨怀）。只仿佛听到北斗酌浆之声回环不绝，而清浅的银河已隐没不见。"不见长河水清浅"即"长河渐落"之意。暗示斗转河隐、时间流逝，而会合无期。这八句的意境颇类《嫦娥》诗："云母屏风烛影深，长河渐落晓星沉。嫦娥应悔偷灵药，碧海青天夜夜心。""金鱼"四句，是写所怀女子旧居荒凉冷寂的景象：鱼钥深锁重门，院中芬芳的丹桂已经不再含蕊流香，旧时华美的茵褥上已经布满了灰尘。小苑荒废，已经变成了人行的道路，当年玉树歌舞之人，又有谁怜惜她的不幸命运呢？"金鱼锁断红桂春"，兼寓金屋贮娇、断送其人青春芳华之意，"玉树"点明其人身份。"瑶琴"四句，转而想象所思女子秋夜弹瑟寄情的情景，谓瑶瑟悁悁，深含悲怨的楚声；越罗衣薄，难禁秋夜之清寒，似乎连罗衣上的泥金之饰的一分沉重都感觉到了（用"金泥重"反衬"越罗衣薄"）。帘钩金笼中的鹦鹉，因为惊霜而夜啼，惊醒了伊人萦绕的绮梦（"南云"用陆机《思亲赋》"指南云以寄钦"、陆云《九愍》"眷南云以兴悲"，用作怀想思念之情的代称）。"双珰"四句，谓昔日双珰尺素，寄情殷殷，内记湘川相识时的情景。料想对方将终生含泪，珍藏珰札。可惜双方杳远隔绝，会合无期，珰札上被对方反复摩挲把玩而留下的馨香也将随着时间的流逝而逐渐消失。末句正象征着这一段充满温馨记忆的情缘已成过去。

第四章首四句写双方永隔之恨。首句点冬令，"雌凤""女龙"喻所思女子；"孤飞""寡"似谓其人现已寡居。青溪小姑与白石郎分喻对方与自己，谓双方远隔,对方所居之画堂比苍梧之野还要遥远,盖用舜葬苍梧之典,极言生离甚于死别。"冻壁"二句,谓冬日严寒。壁间霜华隐结,遥想其人,恐亦正如芳树根断,其芳心亦枯死矣。自己空乘画舸,追忆当年如同莫愁之伊人,想历此磨难,其时美如嫦娥的对方如今也未必再是美婵娟了。"楚管"四句,想象其人在南方的生活及姊妹欢销之恨,谓当日歌舞堂前,楚管蛮弦,纷然杂奏,而今此管弦均成供愁添恨之具。寂寞空城,欢销舞罢,唯剩瘦损的腰肢。昔日曾作掌上舞的桃叶、桃根姊妹,均已舞歇香销,无复当年的欢情了。最后四句,想象对方孤冷憔悴之态与伤离怨断之情。谓其人如今如破鬟蓬鬓,倭堕髻斜,燕钗金蝉,独自瑟缩于冬晨寒气的侵凌中,夜来风雨亦未能化作风车雨马持之而去,唯独对啼红的蜡烛,彻夜不寐,和泪直至天明。

根据上面的疏解,可以看出这组诗有以下几个鲜明特征:

其一,强烈的主观抒情性。《燕台四首》显然包含着一个悲剧性的爱情故事。这样一种生活素材,如果让元稹、白居易等善于叙事的诗人来处理,肯定会敷演成一篇《长恨歌》式的爱情悲剧故事诗。但在李商隐手里,却把生活素材中事的成分几乎全部抽掉,完全只写抒情主人公对这场悲剧性爱情的心灵感受和对所爱女子刻骨铭心的思念。诗的绝大部分都是通过回忆或想象,来抒写与对方过去相遇、相识、欢会时的情景,或对方在不同季节、时地的处境和心情。而且这种抒写,主要不是交代事件的发生、发展与结局,而是化事为情、借事写情。像《春》诗中的"暖蔼辉迟桃树西,高鬟立共桃鬟齐",《夏》诗中的"桂宫流影光难取,嫣薰兰破轻轻语",《秋》诗中的"双珰丁丁联尺素,内记湘川相识处",《冬》诗中的"当时欢向掌中销,桃叶桃根双姊妹"这些片断情景的叙写,其目的并不在交代事件,而是为了表现抒情主人公对这些情景难以消磨的鲜明印象和深刻记忆。至于对女子现时处境、心境的想象,更明显是为了表现刻骨铭心的思念和同情体贴对方的感情。

其二,跳跃性的章法结构。这一点和强烈的主观抒情性密切相关。由于诗不是以事件的发生、发展和结局来组织,即按时间顺序作线性叙述,而是以诗人强烈而时刻流动变化的感情为线索,因此诗的章法结构就必然是随着诗人的感情流程,忽而回忆,忽而想象;忽而昔境,忽而现境;忽而此地,忽而彼地;忽而闪现某一场景片断,忽而直抒心灵感受这样一种断续无端、来去无迹的章法结构。如《春》诗从一开头的"几日娇魂寻不得"的茫然自失,到转忆初见时"暖蔼辉迟桃树西,高鬟立共桃鬟齐"的融怡明媚情景,再折回当前"雄龙雌凤杳何许?絮乱丝繁天亦迷"的一片迷茫,从叙事角度看,似极为错综变幻,从感情变化发展的流程看,却又极为自然。这说明这种章法结构对抒写强烈多变的感情流程来说,是非常适合的,可以说这是一种心灵诗、意识流诗的章法结构。

其三,着意表现一种悲剧美。这可能是这组诗具有强烈艺术感染力的重要原因。约而言之,有以下两个方面:一是诗中描绘的女主人公形象具有悲剧美。像《秋》诗的结尾:"双珰丁丁联尺素,内记湘川相识处。歌唇一世衔雨看,可惜馨香手中故。"寄寓着美好爱情的尺素双珰,被女主人公在永无休止的思念中反复摩挲、把玩、阅读,那上面不仅渗透了她的点点泪痕,也留下了手泽的芳香,但这一切都将随着时间的流逝而逐渐消失。这个想象中浓缩了长久时间的情景,将一段美好情缘的消逝和女主人公一世含悲回忆往事的形象表现得极具悲剧美。《冬》诗结尾出现的那个"破鬟倭堕凌朝寒,白玉燕钗黄金蝉"的伊人,尽管风鬟雨鬓,难以禁受冬晨的朝寒,但那室外风雨凄寒、室内蜡烛流红的境界,却将这位独自伴着蜡烛默默流泪的女子衬托得极具悲剧性美感。不妨说这"蜡烛啼红怨天曙"的形象既是女主人公悲剧形象的传神描写,也是整组诗悲剧意境的象征性表现。二是诗中所表现的情境往往在丽景哀情的映衬中显示出动人的悲剧美。如"衣带无情有宽窄,春烟自碧秋霜白"所显示的韶丽春光秋色和背负着沉重哀情的男主人公之间的映衬对照,"蜀魂寂寞有伴未?几夜瘴花开木棉"所展现的南中鲜丽景物和女主人公寂寞哀伤情境之间的映衬对照,都是显例。

诗分春、夏、秋、冬四题,分别抒写抒情主人公的四季相思。程梦星认为系取《子夜四时歌》之义而变其格调者,可参。随着时间的流逝和四季景物的变化,抒情主人公的感情也由一开始的反复寻觅、怀想、企盼重会,到悲慨相思无望、情缘已逝,最后到"芳根中断香心死",爱情终归幻灭。《冬》诗中出现在凄风苦雨和朝寒侵袭下破鬟蓬鬓、对烛悲泣的女主人公形象,从外形到内心,都与《春》诗、《夏》诗乃至《秋》诗中大不相同。徐德泓借《柳枝诗序》"幽忆怨断"四字概括四首大意,谓"春之困近于幽,夏之泄近于忆,秋之悲邻于怨,冬之闭邻于断"(《李义山诗疏》),虽未必尽切各首之意,但却启示我们,各首所表现的情感不但各有特点,而且整组诗的悲剧气氛是在不断加强、深化的,感情和人物的心理都是有变化发展的。

在这组诗中,通过回忆、想象所展现的昔境与现境的交错,实境与虚境、幻境的交融，几乎随处可见，加上结构章法的跳跃性，遂使全诗呈现出一种朦胧迷幻的色调。它在学习李贺诗的想象新奇、造语华艳方面，可谓深得其神髓，但它又具自己的独特面目。它不像长吉诗那样奇而入怪，艳中显冷，而是将奇幻的想象用于创造迷离朦胧的境界，用华艳的辞采来表达炽热痴迷、执著缠绵的感情。使人读后，既深为诗中所抒写的生离甚于死别的悲剧性爱情而悲叹，但同时又感到其中荡漾着一种悲剧性的诗情，一种执著追求的深情，一种令人心田滋润的诗意。哀感缠绵中流露的正是对生活中美好情事的无限留恋，故虽极悲惋，却不颓废。

  这组诗对后世的词影响很深远（特别是对宋代周邦彦、吴文英等人），这也说明了它在文学史上的地位。

陆龟蒙

陆龟蒙（？—882），字鲁望，自号"江湖散人""天随子""甫里先生"，苏州吴县人。咸通中隐于松江甫里。咸通十年（869）秋在苏州应举试取解，因朝廷停试，不复应进士试。皮日休为苏州刺史崔璞从事，与之交游酬唱，龟蒙编为《松陵集》。乾符四年（877），往依湖州刺史郑仁规。六年春卧病松江笠泽，自编其诗文为《笠泽丛书》。李蔚、卢携为相，召拜左拾遗，诏方下而病卒。南宋叶茵将《笠泽丛书》《松陵集》合编为《甫里先生文集》二十卷。《全唐诗》编其诗为十四卷。今人王锡九有《松陵集校注》。

白　莲①

　　素蘤多蒙别艳欺②，**此花真合在瑶池**③。**还应有恨无人觉**④，**月晓风清欲堕时**。

[校注]

　　①此系《和袭美木兰后池三咏》之三。木兰，即木兰院，在苏州郡治后。按皮日休原唱云："但恐醍醐难并洁，只应薝卜可齐香。半垂金粉知何似？静婉临溪照额黄。"②素蘤，白色的花，此指白莲。蒙，受。别艳，异类之艳，这里指红莲。欺，压倒。③真，《全唐诗》校："一作端。"瑶池，古代传说中昆仑山上池名，西王母所居。④还应，《全唐诗》校："一作无情。"无，《全唐诗》校："一作何。"

[鉴赏]

　　这首咏物诗，写出了白莲的境遇、感情和精神气韵，是这类诗中遗貌取神、独具标格的佳作。

　　首句直叙白莲的境遇。"素蘤"的"蘤"，是古代"花"字的别写。"素蘤"在这里即指白莲，"别艳"指红莲。莲花中红莲居多，由于它开得比较艳丽，因而也就容易受到一般人的喜爱。而白莲颜色素淡，常不为人所欣赏。但在作者看来，那为世俗所重的红莲不过是俗艳、别艳（指其非莲花的正宗颜色，而是旁门异类），只有那素净淡雅的白莲才是莲花的正色，才和它那出污泥而不染的高洁品格相称。"素蘤""别艳"两个词语，褒贬分明，暗透出作者写作此诗是有意托物寓感。不说一般人不欣赏白莲而欣赏红莲，却说"素蘤多蒙别艳欺"，这就更明显地将它们作为两种对立品格的象征。而白莲既寂寞无赏，又时受同类的别艳排挤欺压的境遇，也于此可现。

　　"此花真合在瑶池"，第二句撇开"别艳"，专咏"素蘤"，但却不加具体描摹形容，只从虚处唱叹传神。不但暗示白莲是超凡脱俗的仙品，而且暗示她正如瑶池的仙姝，自有明丽天然的高标逸韵。"真合"二字，强调的意味很重，言外自含人间世俗难以容纳、也无人赏识这白莲仙品之意。这句虽写得很虚，但通过富于想象的虚拟，却传出了白莲的仙标逸韵。

　　当然，一首咏物诗，如果单靠"真合在瑶池"一类的虚泛赞叹，是不可能给人留下深刻印象的。因此三、四两句便进而通过环境景物的烘托传其神韵。

"还应有恨无人觉，月晓风清欲堕时。"第三句苏轼引作"无情有恨何人觉"，这原是李贺《昌谷北园新笋》（其三）中的诗句，苏轼在称引时误作皮日休诗，可见是全凭记忆。在引用时因对李贺的那句诗印象颇深，故有可能误将李诗成句误成皮（陆）诗，后人因苏轼的名气很大，也就依苏轼所引，将这一句改成了"无情有恨何人觉"。其实，将陆诗的上下文联系起来体味，诗中并无而且也没有必要去强调白莲的"无情"。三、四两句的语气是连贯的，意思是说，当晓月尚在、晨风轻拂的时候，盛开而不被人注意的白莲就要悄悄凋谢了，它想必怀有满腔的幽怨而不为人所知吧。诗人不去具体描绘白莲洁净素雅的身姿、清淡幽隐的馨香，也不去形容它的含苞欲放或纷纷盛开之时，而是特意渲染其悄然"欲堕"之时；而写"欲堕时"，也不去描绘其白色的花瓣离披纷落之状，而是用"月晓风清"这样一个幽静寂寞而又洁净晶莹的环境氛围来烘托它的幽怨和寂寞、高洁和清雅。可以说，一直到最后，作者始终没有对白莲进行任何外形的刻画描绘，而是致力于写它的精神情态。诗人通过第三句"还应有恨"的微挑，和第四句"月晓风清欲堕时"的出色烘染，一方面写了它的幽恨，它的不被欣赏和同情的悲剧境遇；另一方面，又显示了它的精神品格、气韵风采。在白莲身上，诗人不仅寄托了自己的情操、品格和境遇，也概括了封建社会中一部分清高正直、孤芳自赏、怀才不遇的士人的共同特点。

一般的咏物诗，要求不即不离，不粘不脱，形神兼备。这首咏白莲的诗却遗貌取神，纯从虚处着笔。这在咏物诗中是匠心独运之作。

聂夷中

聂夷中,字坦之,河南中都(今河南沁阳东北)人。咸通十二年(871)登进士第,曾任华阴县尉。《新唐书·艺文志》著录《聂夷中诗》二卷,《全唐诗》编其诗为一卷。

咏田家①

二月卖新丝，五月粜新谷②。医得眼前疮，剜却心头肉。我愿君王心，化作光明烛。不照绮罗筵③，只照逃亡屋。

[校注]

①《全唐诗》校："一作伤田家。"②粜（tiào），出卖谷物。③绮罗，本指华贵的丝织品或丝绸衣服，此借以形容富贵人家筵席的华美丰盛。

[鉴赏]

在唐代的悯农诗中，李绅的《古风二首》和聂夷中的这首《咏田家》是历代传诵，流传最为广远的作品。它们的共同特点之一，就是选取最能反映农民之苦的典型细节或事例，用直率尖锐的语言集中表现出来，从而造成强烈的艺术震撼力。

"二月卖新丝，五月粜新谷。医得眼前疮，剜却心头肉。"没有任何交代、铺垫和酝酿，一开头就单刀直入，尖锐地揭示出看似极其反常，却最能反映农民无以为生的苦况的两种现象：二月尚未开始养蚕，农民却已开始卖丝；五月新谷刚刚播种不久，农民却已开始卖谷。对这极反常的"卖"和"粜"的原因，诗人不作任何说明。但熟悉旧社会农民困苦状况的都知道，二月和五月，正是贫苦农民春荒、夏荒已经开始严重，吃了上顿就没有下顿的季节。这种时候，为了活命，就只能将未来的"新丝""新谷"预作抵押，廉价卖给放高利贷的地主富商，以求暂时度过春荒和夏荒。但这样地预"卖"预"粜"，却无异于将今年一年的蚕丝收入和粮食收成全部或绝大部分预先支付给了地主富商，等待着他们的只能是更大的饥荒，更加严重的恶性循环。最终必然是秋谷刚刚登场，家中已无斗储，陷入借贷无门，无衣无食的绝境。对这种"卖"和"粜"的后果，农民自然深知，但为了求得眼前的活命，只能无奈地作出此举。"医得眼前疮，剜却心头肉"这个极富创造性和震撼力的比喻，就是对农民"二月卖新丝，五月粜新谷"沉痛而无奈心理的深刻描写，也是对其严重后果的形象展示。剜肉补疮，本近荒唐，何况是"剜却心头肉"来"医得眼前疮"！极荒唐而不近理的事却被迫着不能不去做，明知这样做会断绝生活后路，也只能无可奈何忍痛去做。一个对农民困绝处境和卖青经历没有亲身体验的人，一个对农民这种难以言传的痛苦没有切肤感受的人，写不出这样痛切肺腑、惊心动魄的诗句。孙光宪说聂夷中"少贫苦",辛文房更谓其"奋身草泽,备尝辛楚,卒多伤俗闵时之举,哀稼穑之艰难",正是这种"贫苦"而"备尝辛楚"的生活经历,成就了像《咏田家》这样的诗。这也正是聂夷中和白居易的区别。

"我愿君王心,化作光明烛。不照绮罗筵,只照逃亡屋。"前四句将田家之苦痛表现得如此深刻尖锐,淋漓尽致,后四句却突然刹住,不再对这种现象更添一语,而是掉转笔锋,表达对君主的希望祈愿。乍看似乎前后幅之间缺乏连接过渡,转接有些突兀,对君主的祈望更不免纯属幻想。实则第五句开头的那个"我"字,正是连接前后幅的枢纽关键。诗的前幅,是春荒、夏荒相接,卖青度日,陷于绝境的农民痛苦心情的自白;诗的后幅,则是处于绝境中的农民在万般无奈中发出的善良而天真的希望,希望君主的心,化作光耀的明烛,不照富贵人家华美丰盛的筵席,只照贫苦困穷、逃亡流离百姓的茅屋。这个"我"固然可以理解为诗人以贫苦农民代言人的身份出现在诗中,但理解为困穷无奈的农民的直接抒情似乎更符合实际,更具悲剧性。中国的农民,即使处境再艰困,甚至到了"二月卖新丝,五月粜新谷"这种剜肉补疮的程度,绝大多数仍然不会去铤而走险、走向造反一途,而是寄虚幻的希望于封建统治者。诗的后幅,如果从表现农民的善良愿望和悲剧性心态这个角度去理解,也许更会感到它的真实性。

罗隐

罗隐（833—910），本名横，字昭谏，新城（今浙江富阳）人。十举进士不第，遂改名隐。咸通十一年（870），投湖南观察使于瑰，授衡阳县主簿。旋辞官。历游淮、润诸镇，均不得意。广明间（880—881）避乱寓居池州。自号江东生。光启三年（887），东归投杭州刺史钱镠，表为钱塘县令，拜秘书省著作郎。景福二年（893）九月，钱镠任镇海军节度使，隐为掌书记。天祐三年（906），转司勋郎中，镇海节度判官、盐铁发运副使。后梁开平二年（908），吴越国王钱镠表授为给事中。世称罗给事。三年迁盐铁发运使，十二月十三日病卒。隐工诗善文，多讽刺愤世之语。著有《谗书》五卷、《甲乙集》十卷等多种。清人辑有《罗昭谏集》八卷。《全唐诗》编其诗为十一卷。今人潘慧惠有《罗隐集校注》。

罗　隐

绵谷回寄蔡氏昆仲①

一年两度锦城游②,前值东风后值秋③。芳草有情皆碍马,好云无处不遮楼。山将别恨和心断④,水带离声入梦流⑤。今日不堪回首望⑥,淡烟高木隔绵州⑦。

[校注]

①绵谷,唐山南西道利州县名,今四川广元市。蔡氏昆仲,蔡姓兄弟二人,系作者游成都时结识的友人。罗隐曾游蜀。诗题《全唐诗》原作《魏城逢故人》。魏城,唐剑南道绵州(治所在今四川绵阳)县名,在绵州东北。按:此诗最早见于《才调集》,题作《绵谷回寄蔡氏昆仲》,是,兹据改。②锦城,指成都。详参杜甫《蜀相》"锦官城外柏森森"句注。城,《全唐诗》原作"江",据《才调集》改。③东风,借指春天。④将,携带。⑤水,指嘉陵江,绵谷西滨嘉陵江。⑥此句《全唐诗》原作"今日因君试回首",当是因题作"魏城逢故人"而改,以"君"就题内之"故人"。兹据《才调集》改。⑦高,《全唐诗》作"乔",此从《才调集》。利州绵谷县与成都之间,有剑州、绵州、汉州相隔,故云。

[鉴赏]

罗隐在光启三年(887)东归依钱镠之前,曾十上不第,宦游寄幕各地。这首著名的七律,作于同年春、秋两次蜀游的后一次归途中经利州绵谷县(今四川广元)时。诗是寄给在蜀游中结识的友人成都蔡氏兄弟的,抒写了浓郁的回忆旧游、怀念友人的感情。在一贯粗豪雄放的罗隐诗中,这首诗是写得比较细腻婉转、富于情韵的别具一格的佳作。在绵谷县时,他还写过一首《筹笔驿》七律,其中"时来天地皆同力,运去英雄不自由"的名联,在咏怀古迹中寄寓强烈的不遇于时的感慨。可见他当时的处境与心境。

"一年两度锦城游,前值东风后值秋。"首联用概括的笔法叙事,说自己在今年一年之中,曾两度作锦城之游,前一次正值东风送暖的芳春季节,后一次则正值金风送爽的清秋季候。唐代的成都,是除两京之外可与扬州并称的富庶繁华都市,也是士人普遍向往的游历之地。一年之中,能有"两度"锦城之游,自是人生经历中的幸事。而春、秋二季,正是一年之中景色最美的季节,次句的两个"值"

字,正透露出两次锦城之游均遇佳节的喜悦庆幸之情。这一联格调清新明快,摇曳有致,上句"一年""两度"句中自对,下句"前值""后值"叠用,加之首句入韵,故读来倍觉清新流畅,圆转流美。

"芳草有情皆碍马,好云无处不遮楼。"颔联承上春秋两度之游,抒写对"锦城游"的美好回忆。上句写春日之游。暮春三月,锦城郊外,芳草萋萋,与友人骑马同游,茂盛的绿草似乎特别多情,经常妨碍马的奔驰,好让游人从容地欣赏锦城春色。明明是游人流连春景,故意按辔徐行,却说"芳草有情",使马蹄深埋其中,阻碍其疾驰,用意婉曲而情意深挚。白居易《钱唐湖春行》说"浅草才能没马蹄",写初春草浅,马行其上的快意舒适,与此句可谓同工异曲。下句写秋日之游。缥缈轻柔的秋云,缭绕浮动在锦城的华美楼台之间,更显出一种飘逸流动、缥缈朦胧的美感。说"好云",说"无处不遮楼",正着意渲染一种对烟云缭绕、楼台隐映景观的美好感受。这句的"遮"字与上句的"碍"字,都是将通常用来表现否定情绪的词语反过来表达肯定、赞美的感情,用意曲而用法奇。杜牧《江南春绝句》说:"南朝四百八十寺,多少楼台烟雨中。"也是将烟雨笼罩中的佛寺楼台作为江南春天美好景色的特征,与罗隐此句以"好云遮楼"为美,审美感受相同,而语言风格则有流丽与奇矫之别。

以上两联,一气贯注,略无停顿,充分表现出一年两度锦城之游的快意感受,确有一片神行之妙。以下两联,从回忆旧游转到怀念友人,应题目"寄蔡氏昆仲"。

"山将别恨和心断,水带离声入梦流。"腹联借绵谷山水抒写与蔡氏兄弟离别的愁绪。回望来路,但见群山重叠,逶迤西去,似乎携带着自己的别恨也一起前往锦城。然因云遮雾障,虽极望而不见,视线与愁肠终不免共断。近听嘉陵江声,声声搅动离愁,只能带着离愁悄然入梦。说云山重叠阻断望远的视线,江水流淌触动悠长的离绪,本属常语,但将望断云山与愁肠之断,耳听江声流淌与离愁入梦联系起来,却是未经人道的奇思妙想。特别是对句"水带离声入梦流",更给人以这样的印象,似乎那嘉陵江水也感染了自己的离愁而发出凄清的离声,在悄然流逝,而自己也在静听江声,离愁萦回不断中悄然入梦。情虽凄伤,而意境却很优美动人。从这句看,诗人抵达绵谷后已在当地住宿停留过一夜,故有此语。

"今日不堪回首望,淡烟高木隔绵州。"尾联上句点出"今日",正透露出昨夜在绵谷住宿。当是诗人"今日"从绵谷启程再登归途,故承第五句再写远望时情景：回想一年两度锦城之游，与蔡氏兄弟交游之乐，情谊之厚，如今终将归去，为离情所苦，不堪回首瞻望，但见来路淡烟轻雾，笼罩着高树，从绵谷西望，锦城渺远难即，中间还隔着绵州呢。上句直抒离情，感情浓烈，下句却淡淡着笔，以景语作收，从对照中更见境之渺远，情之绵长。

晚唐七律，多专力于一联之对仗工切，罕见全篇意境完整浑融者，罗隐此作，在当时实属难得的佳作。

高蟾

高蟾，河朔（今河北、山西一带）间人。累举不第，至僖宗乾符三年（876）始登第（此据陈振孙《直斋书录解题》及辛文房《唐才子传》，另有说咸通十四年登第者），昭宗乾宁间（894—898）为御史中丞。《新唐书·艺文志》著录高蟾诗一卷。《全唐诗》编其诗为一卷。

高　蟾

下第后上永崇高侍郎①

天上碧桃和露种②，日边红杏倚云栽③。芙蓉生在秋江上，不向东风怨未开④。

[校注]

①永崇，长安里坊名，在朱雀门大街东第三街自北向南第五坊。高侍郎，高湜。《旧唐书·懿宗纪》："咸通十一年十月，以中书舍人高湜权知礼部贡举。"《旧唐书·高钺传》："子湜，咸通十二年为礼部侍郎。"当是十二年知贡举后正拜礼部侍郎。此诗系咸通十二年（871）春高蟾应礼部进士试下第后上高湜之作。②碧桃，桃树的一种。花重瓣，不结实，供观赏和药用。一名千叶桃，此云"天上碧桃"，系指天界神仙的碧桃树，古代诗文中多指西王母给汉武帝的仙桃。《博物志·史补》："汉武帝好仙道……王母乘紫云车而至……王母索七桃，大如弹丸，以五枚与帝，母食二枚。帝曰：'此桃甘美，欲种之。'母笑曰：'此桃三千年一生实。'……时东方朔窃从殿南厢来鸟牖中窥母，母顾之谓帝曰：'此窥牖小儿尝三来盗吾此桃。'"《尹喜内传》："喜从老子西游，省太真王母，共食碧桃、紫梨。"此句"天上碧桃"与下句"日边红杏"皆喻权贵势要、皇亲国戚家子弟。露，指天上的雨露。③日边，喻皇帝身边。④东风，春风，比喻知贡举的高湜侍郎。

[鉴赏]

朱庆馀的《近试上张水部》是进士试前献给名人希求延誉荐举之作，高蟾的这首《下第后上永崇高侍郎》则是进士试下第后投献给主考官表达自己的境遇希求哀怜之作。两首诗都通篇运用比兴手法，艺术上也都取得了成功。比较起来，高蟾所投献的对象是直接黜落自己的主考官，说不定明年仍然知贡举（这种情况唐代常见），因此措辞尤为困难，诗的含蓄委婉、怨而不怒的风格也与此紧密相关。

"天上碧桃和露种，日边红杏倚云栽。"诗的前两句，用了两个华美工巧的比喻，表达一个下第者对今年进士登第者的赞美和欣羡。说天上神仙洞府的碧桃树因上天雨露的滋润而得以种植，太阳边上的红杏也因高倚青云而得以树立。用天上神仙洞府喻人间富贵人家，是常用的比喻，这里的"天上碧桃"和"日边红杏"正是暗喻这些登第者出身门第之高贵，"天上""日边"更透露出其家世门第与宫廷乃至皇帝的亲密关系。而"露"与"天上"相连，自有暗示皇帝雨露之恩的滋润之意，"倚云"则喻其地位之高。两句句末的"种"和"栽"则均有栽培之义。两句前六字均暗喻登第者出身门第之高贵，得到皇帝的恩宠，与皇帝关系之亲近，末一字方说到他们因此得到主试者的栽培。这样的措辞既显示了晚唐科举考试的"潜规则"，又多少带有一点对主司的回护意味，使这两句诗读来只像是表达诗人对"天上碧桃""日边红杏"的欣美，而不是对其获得栽培的怨望；既显示了科场不公的事实，也在客观上表明了主司的无奈。有两则记载很能说明问题。《新唐书·高钺传》："子湜……咸通末，为礼部侍郎。时士多繇权要干请，湜不能裁，既而抵帽于地曰：'吾决以至公取之，得谴固吾分！'乃取公乘亿、许棠、聂夷中等。"大有与"权要干请"的"潜规则"决一死战的悲壮意味。而《玉泉子》则载："高湜雅与路岩相善，湜既知举，问岩所欲言。时岩以去年停举，已潜奏恐有遗滞，请加十人矣（由原来的录取三十人加为四十人），既托湜以五人。湜喜其数寡，形于颜色。不累日，十人制下，湜未之知也。岩执诏笑谓湜曰：'前者五人，侍郎所惠也；今之十人，某自致也。'湜竟依其数放焉。"同一高湜，当其掷帽于地时何等义正辞严，一旦遇到私交甚好的当权宰相路岩（岩咸通五年十一月拜相，咸通十二年四月罢相，在相位长达八年。岩托湜五人事在咸通十二年湜知贡举时）时竟主动问路岩有哪些人要相托，当路岩只提出五人时，竟"喜其数寡，形于颜色"，可见其言行之相悖到了何种程度。而宰相路岩一人"自致"和请托的加在一起，竟占了四十人中的十五人，科举考试的不公与腐败由此可见。不管高蟾写这首诗时是否得知这些内幕，但他所写的这两句诗所显示的考试不公完全是客观事实。

"芙蓉生在秋江上，不向东风怨未开。"三、四两句，方由"天上碧桃""日边红杏"说到"秋江芙蓉"，由出身门第高贵的登第者说到出身贫寒、生不逢时的自己。芙蓉即荷花，颜色鲜艳，出污泥而不染，与高蟾"本寒士……性倜傥离群，稍尚气节。人与千金，无故，即身死而不受"的出身人品倒颇为相符。这里强调它"生在秋江上"，既是与上文"天上""日边"的高贵形成鲜明的对照，又是为末句的"不怨东风"预留地步。两句意思是说，自己就像生长在秋江上的荷花，自然不能与"天上碧桃""日边红杏"相提并论，言外之意是自己既生的不是地方（秋江喻寒素之出身），又生的不是时候（开不逢春时），自然不会向"春风"（喻煦育万物，吹开春花的主考官，进士试例在每年春天）诉说自己的怨意。累岁参加进士试均被黜落，自不能无怨无恨，但怨恨的是自己出身寒苦，地位低微，自不能享受到"和露种""倚云栽"的待遇,自己之不能在桃李争艳的春天逢时开放也就怨不得主司的"春风"没有煦育催开自己了。两句完全是一种自怨自艾、自叹自怜的口吻,确实是够含蓄蕴藉、委婉不露、温厚和平、怨而不怒的了。但对照"天上碧桃""日边红杏"与"秋江芙蓉"完全不同的境遇,那种对命运不公的怨意仍旧不能自制地流露出来。说是"不怨",内心深处的怨反而因此刻意地掩饰抑制更加强烈地流露出来了。

秦韬玉

秦韬玉，字中明，湘中（今湖南）人。父为左军军将。咸通中依附权相路岩，为士大夫所恶，累举不第。后谄事权宦田令孜，为"芳林十哲"之一。广明元年（880），黄巢入长安，随僖宗奔蜀，田令孜引为神策军判官。中和二年（882），特敕赐进士及第。四年，任工部侍郎、判度支，兼充十军司马。《新唐书·艺文志》著录其《投知小录》三卷，《直斋书录解题》著录《秦韬玉集》一卷。《全唐诗》编其诗为一卷。

贫　女[①]

蓬门未识绮罗香[②]，拟托良媒益自伤[③]。谁爱风流高格调，共怜时世俭梳妆[④]。敢将十指夸偏巧[⑤]，不把双眉斗画长[⑥]。苦恨年年压金线[⑦]，为他人作嫁衣裳。

[校注]

①此诗系假托贫女以自伤之作，当作于早年未依附权贵时。②蓬门，用蓬茅编成的门，借指贫寒人家。绮罗，华美的丝绸衣服。③托良媒，托好媒人说亲事。益，更。④风流，风雅潇洒。时世妆，时髦的梳妆。俭，通"险"，怪异。白居易《时世妆》："腮不施朱面无粉。乌膏注唇唇似泥，双眉画作八字低。妍媸黑白失本态，妆成尽似含悲啼。圆鬟无鬓椎髻样，斜红不晕赭面状。"即指此类时髦之怪异梳妆。⑤偏巧，特别灵巧。⑥句意为不愿画长眉与别人斗妍竞美。⑦苦恨，长恨。压，按抑。一种针线手法。压金线，用金线绣花。

[鉴赏]

托贫女难嫁以寓贫士不遇，是传统的比兴寄托手法。秦韬玉的这首《贫女》在运用这一传统手法时，不但设喻更加具体贴切，表现更为自然灵动，而且在内容意蕴上突出了不为世俗所容的品格操守，以及才能只为他人所用的悲哀。称得上是在继承传统的基础上有所创新，故历来为人传诵。

"蓬门未识绮罗香，拟托良媒益自伤。"起联出句点明"贫女"身份，说自己生长于蓬门荜户之家，从来就不识华美的绸缎衣裳和富贵人家的香风薰气；对句立即切入题旨，说想托良媒出嫁却更加自伤自怜。"益自伤"三字，直贯以下三联。"拟托"的"拟"字，是欲托而尚未托，而未托的原因则是贫女深知世态人情，明白自己不为世俗所接纳的缘故。这一联是全篇的总冒。托贫女难嫁以寓贫士不遇于时的意旨已露端倪，但"益自伤"三字则留下悬念。

"谁爱风流高格调，共怜时世俭梳妆。"颔联紧承"益自伤"，从世态人情的角度揭示出自己之所以不被世俗所爱重的原因：自己生性高雅潇洒，具有高洁的品格操守，可是在这个浊世上，又有谁会爱重呢？世俗所共同欣赏的只是那些怪异的时髦梳妆打扮罢了。两句一正一反，既显示风流高格之不为人所赏，又揭示了趋时邪巧者之为俗所爱。"高格调"而曰"风流","俭（险）梳妆"而曰"时世",均贴贫女、贫士而言。"高格调"令人自然联想到贫士的高标逸韵,脱弃凡俗,而"俭梳妆"之入时,受到世俗之"共怜",正反过来显示"风流高格调"不被欣赏的原因。两句之间存在着互为因果的联系,而读来却一气流走,略无窒碍。前人因误解"俭梳妆"为俭朴的梳妆打扮,不但与"共怜"直接矛盾,而且与"时世"亦无法统一。俭朴的梳妆如能为时俗所"共怜",贫女又何愁难嫁?

"敢将十指夸偏巧,不把双眉斗画长。"颔联从世态人情角度揭示自己难嫁心伤的原因,腹联转从自身的角度写,进一步揭示难嫁的缘由。上句说,我岂敢自夸十指之特别灵巧,擅长刺绣女红之事呢?这是巧妙地以十指之巧、刺绣之工比喻自己文章技艺之精,文学才能之高,句首冠以"敢将",貌似谦逊,实为自负。下句说,自己决不像那些以色炫人的女子那样,只用心描画长眉,与同类竞美斗艳。这是用女子的不施浓妆艳抹、炫美斗妍显示贫士高洁自守、不取媚邀宠的品格。上句自负其才,下句自显其品。这一联与上一联在意蕴上存在着紧密联系。"双眉斗画长"即"时世俭梳妆"的一种具体表现,"不把双眉斗画长"则正是"风流高格调"的表征。而"风流高格调"显示的是品格,"十指夸偏巧"显示的是才能,也相互呼应补充。"十指夸偏巧"又进一步启下联"压金线""作嫁衣",可见其构思之精密,前后承接呼应之工妙。

将颔、腹两联综合起来,则我之所具者为"风流高格调""十指夸偏巧",即品德与才能,而世之所重所赏者为"时世俭梳妆""双眉斗画长",即怪异邪险的品格和巧媚邀宠的才能,则自己之无媒难嫁、不遇于时也就是必然的了。客观的社会风尚和主观的品格才能都导致了自己的悲剧境遇。

诗写到这里,仿佛话已说尽,"自伤"不遇之情已经得到充分的表达。但诗人却从"十指偏巧"中宕开一笔,转出新意,开拓出前人写贫女、贫士很少有过的新境界:最恨的是自己年年按压金线作刺绣,但绣出来的精美华丽衣裳统统是为他人作嫁衣!唐代士人擅长文章者,往往为了谋生为一些富贵人家写应酬文章和书启。秦韬玉就曾为显宦路岩作过文书,并因此受到考官的黜废(事见《唐语林·补遗》)。这里正是以贫女为富贵人家压金线作嫁衣,而自己无媒难嫁喻自己为谋生替贵官权要代写文章的悲苦境遇。文章之才,本应为世所用,发挥治国济时的作用,如今却徒为他人代笔,借以糊口而已。这正是才士最大的悲哀。由于此联典型地表现了才士不遇于时的苦恨,开辟了柳暗花明的新境,遂成为全诗的警句,也成为历代流传的表达人生感慨的名联。

郑谷

郑谷（约851—约910），字守愚，袁州宜春（今江西宜春）人。咸通、乾符间，屡举进士不第。广明元年（880）黄巢入长安，谷避乱入蜀。光启三年（887）登进士第。乾宁元年（894）春，授鄠县尉，兼授府曹，迁右拾遗。三年，迁右补阙，翌年迁都官郎中，世称"郑都官"。天复二年（902），曾随驾凤翔，约三年归隐宜春仰山东庄书堂。约卒于开平四年（910）。曾自编其诗三百首为《云台集》。咸通中，与许棠、张乔等唱酬交往，号"咸通十哲"。《全唐诗》编其诗为四卷。今人严寿澂等有《郑谷诗集笺注》，傅义有《郑谷诗集编年校注》。

淮上与友人别①

扬子江头杨柳春②,**杨花愁杀渡江人。数声风笛离亭晚**③,**君向潇湘我向秦**④。

[校注]

①据今人赵昌平考证,这首诗当作于唐昭宗大顺二年(891)或景福元年(892)晚春。时郑谷由江南返长安,由润州渡江后,在淮上(指淮南节度使治所扬州)与友人相别而作此诗。赵考见《唐才子传校笺》卷九"郑谷"。②扬子江,指长江下游今江苏仪征、扬州一段,因扬子津而得名。扬子津系古津渡。在今江苏邗江南有扬子桥,古时在长江北岸,由此南渡京口(今镇江),为江滨要津。今距江已远,仅通运河。③风笛,风传送的笛声。离亭,古代于道路上每隔十里设长亭,五里设短亭,供行旅休息。近城镇者常作为送别之处,故称"离亭"。又有"长亭送别"之语。庾信《哀江南赋》:"十里五里,长亭短亭。"④潇湘,指湘江流域一带。秦,指长安。

[鉴赏]

这首诗是诗人在扬州(即题中所称"淮上")的扬子江边和友人分手时所作。和通常的送行不同,这是一次客中送客、各赴前程的握别:友人渡江南往潇湘,自己则北向长安。

"扬子江头杨柳春,杨花愁杀渡江人。"一、二两句即景抒情,点醒别离的时地,写得潇洒爽利,毫不着力,读来别具一种天然的风韵。画面很疏朗:扬子江头的渡口,杨柳繁茂成荫,春意盎然。晚风中,柳丝轻拂,杨花飘荡。岸边停泊着待发的小船,友人即将渡江南去。淡淡几笔,像一幅清新秀雅的水墨画。它能引发读者很多联想。"烟花三月下扬州""春风十里扬州路",暮春三月,本来是繁华的扬州最吸引人的季节,但如今历经唐末长期的战乱,已经失去了往日的繁盛富庶,而且彼此都要向它告别。杨柳,本来是春天的象征,但在和友人告别的情况下,它却成了离情的点缀。"昔我往矣,杨柳依依",那在春风中轻拂的柳枝,更增添了依依惜别之情;而随风飘荡的柳花,不但显示春天的消逝,而且勾起彼此天涯羁旅生活的愁绪。美好的江边春色,在这里恰恰成了离情别绪的触媒。"扬子江头""杨柳春""杨花"等词语中同音字的重复,构成了一种既轻爽流利,又回环往复,富于抒情气氛的格调,与依依惜别的愁绪完全适应。次句句末点出"渡江人",兼包相互送别的双方,诗人已由润州渡江到扬子津渡,而友人正将渡江南去,彼此都是"渡江人",也都是天涯漂泊者,"愁杀"的情绪正复相同。

"数声风笛离亭晚,君向潇湘我向秦。"三、四两句写离别的情景。驿亭饯别,酒酣情浓,天色已晚,离别在即。正在这时,春风传送来一阵悠扬婉转而又凄凉怨慕的笛声,这笛声正倾诉出彼此的离衷(古有折柳送别的习俗,而笛曲有《折杨柳》),使两位即将分手的友人心往神驰,默然相对,在笛声中,天色不知不觉地暗了下来,握别的时间到了。两位朋友在沉沉暮霭中互道珍重,各奔前程——君向潇湘我向秦。诗到这里,戛然而止。

结尾极有情韵,也极富蕴含。送别诗有以情语结的,如"劝君更尽一杯酒,西出阳关无故人";有以景语结的,如"孤帆远影碧空尽,惟见长江天际流"。这首诗却以点明各自的行程,叙事作结。初读似感突兀直遂,意犹未尽,收煞不住。实则,诗的深长情韵就蕴含在这不结之结、似结非结当中。由于前三句通过"扬子江头""杨柳春""杨花""风笛""离亭"等一系列景物的烘托渲染,和"愁杀渡江人"的情感渲染,已经为末句作了充分的铺垫,因此末句虽只直叙其事,而临行握别时的黯然伤魂,各向天涯的无限愁绪,别后双方的深挚思念都在不言中得到了含蓄的表达。

明代诗评家谢榛却认为这样的结尾"太直无味","以之发端则健",于是将它改为:

  君向潇湘我向秦,杨花愁杀渡江人。数声长笛离亭外,落日空江不见春。

稍作比较,高下立见。原作前幅即景描写,兴起离情,极自然而有风致;改作以"君向潇湘我向秦"发端,已嫌突兀;次句忽入"杨花",更与上句了不相涉。原作后幅以风笛暮霭渲染离亭别时气氛,衬起末句,不言离情且离情自寓其中。将"数声风笛离亭晚"改为"数声长笛离亭外",已损原作神韵,结句更虚而不着边际,成为套语。这样改诗,可谓点金成铁。不过谢榛也做了一件好事,用拙劣的改作进一步显示出郑谷原作的隽永情味。

崔涂

崔涂,字礼山,睦州桐庐(今属浙江)人。僖宗中和元年(881)至三年,入蜀赴举,不第。至光启四年(888)方登进士第。久客巴蜀、秦陇、湘鄂、皖豫等地。《新唐书·艺文志》著录《崔涂诗》一卷,《全唐诗》编其诗为一卷。

崔涂

巴山道中除夜书怀①

迢递三巴路②,羁危万里身③。乱山残雪夜,孤烛异乡春④。渐与骨肉远⑤,转于僮仆亲⑥。那堪正飘泊,明日岁华新。

[校注]

①巴山,泛指东川一带的山。此诗一作孟浩然诗。按:宋蜀刻本孟浩然诗集不载此诗,而《文苑英华》卷二百九十五录此作崔涂诗。《古今岁时杂咏》卷四十一、《众妙集》亦作崔诗。崔涂曾于中和元年(881)至三年应举避乱入巴蜀,此诗当作于羁旅巴蜀期间。②迢递,遥远貌。三巴,古地名,巴郡、巴东、巴西的合称。相当于今嘉陵江和綦江流域以东的大部分地区。晋华璩《华阳国志·巴志》:"建安六年,鱼腹蹇允白璋争巴名,璋乃改永宁为巴郡,以固陵为巴东,徙羲为巴西太守,是为三巴。"崔涂在巴蜀期间,到过成都、灌县、青城、渠州、长江等多处府县。③羁危,羁旅孤危。蜀道多险阻,故云。万里,指离家乡遥远。作者《春夕旅怀》亦云:"蝴蝶梦中家万里,子规枝上月三更。"④春,一作"人"。⑤骨肉,指家中亲人。⑥转,转而。于,对。

[鉴赏]

羁旅行役题材的诗作,在唐诗中是一大宗,且自初唐至晚唐,迭有佳作,历久不衰。由于题材的相同和某些体验的相似,后出的诗中常会出现一些与前人之作相近的诗句,历代的评家经常会将它们作一些比较和品评。像崔涂这首诗中的颔联与戴叔伦《除夜宿石头驿》的颔联"一年将尽夜,万里未归人",腹联与王维《宿郑州》"他乡绝俦侣,孤客亲僮仆"之间的优劣高下。前人的创新固然更加可贵,但也存在后出转精的情形。这是因为,同是羁旅行役,诗人所处的时代、自身的境遇及个性并不相同,对羁旅行役的感受也往往同中有异,因此尽管某些后人的诗句乍读似曾相识,但细加品味,却是同中有异,各有千秋。

崔涂生活在唐末的大动乱年代。僖宗广明元年(880)岁末,黄巢起义军攻入长安,称帝,国号大齐。僖宗仓皇出奔至凤翔。翌年(广明二年,七月改元为中和元年)正月至成都。自中和元年至三年(881—883),科举考试改在成都举行。崔涂有《入蜀应举秋夜与先生话别》五律,说明他是中和元年秋入蜀应举的,这首《巴山道中除夜书怀》就是这年冬天赴蜀道中所作。这次离家赴蜀，系走水路经夷陵入三峡、溯江而上，故须过三巴而赴成都。道路之辛苦艰险可以想见。

"迢递三巴路，羁危万里身。"起联明点巴山道中羁旅行役的情事。从诗人的家乡桐庐到成都应举，先要走五千多里的溯江而上的水路，然后改由陆路、穿越三巴地区的崇山峻岭而至成都，这在交通不方便的中古时代，真是够遥远漫长的了。"迢递"二字，不仅显示了空间距离的漫长，而且透露了心理上的遥远难及之感。与故乡遥隔万里，羁旅行役之身已经够孤单够辛苦的了。再加上三巴地区山峦重叠，道路崎岖，又逢乱世，盗贼出没，在辛苦之外更加上自然的社会的艰险，用"羁危"二字来形容，正表现出特定的时代色彩和地域特征。"羁危"一词，前人诗文中未见，诗人将"羁"与"危"组合在一起，是独创的词语，而这个词语本身正反映了时代的乱离，透露出诗人心中那种人生道路的艰危险阻感受。

"乱山残雪夜，孤烛异乡春。"颔联写夜宿山中驿馆的情景。上句写室外，乱山重叠缭绕，逶迤起伏，山峰上还留有未销的残雪，窗外一片沉沉的夜色；下句写室内，一支行将燃尽的孤烛，伴着身在异乡的诗人，在黯然迎候春天的到来。两句意象密集，十个字中用了六种意象：乱山、残雪、夜、孤烛、异乡、春，其中又用"乱""残""孤""异"等一系列形容性的词语加以强烈渲染，从而创造出带有浓郁黯淡、凄冷、孤寂情调的氛围意境，传达出身在万里之外的异乡漂泊者在除夜这个特定时刻的心境。比起戴叔伦的《除夜宿石头驿》"一年将尽夜，万里未归人"的浑含不露来，虽然明显多了刻画渲染的成分，但由于这些刻画渲染都紧紧围绕着除夜漂泊异乡这个中心，因此全联仍显得浑然一体，而且给人的印象也远比戴诗强烈而深刻。从"乱""残""孤""异"这些字眼中，不但透露出诗人心绪的纷乱不宁和孤寂凄冷，而且还隐隐约约透露出唐末乱世的时代面影。对句句末的"春"字，后世选本如《唐诗品汇》多作"人"，但残宋本《文苑英华》及《古今岁时杂咏》均作"春"，从对仗的工稳来说，也以作"春"更切（上句"夜"与下句"春"都是表时间的概念）。但这里既已言"春"，似与末句"明日岁华新"及"除夜"矛盾。实际上这里的"春"已经是一个虚化泛化了的时间概念，犹很多诗以"春""秋"表时一样。因为除夕独伴残烛，夜深不寐，想到自己即将在这乱山丛中的孤驿迎来异乡的春天，故为了与上句构成工对，遂用"春"字为韵。"春"字本是带有温煦色彩的词语，但在前面九个字的衬染下，反倒使人感到凄然了。

"渐与骨肉远，转于僮仆亲。"腹联承首联"迢递""万里"，写巴山道中所感。

从诗中所写情景，离诗人应举的目的地成都还有一段距离，故在抒写羁旅途中感受体验时，用了"渐与"这种带有时间行进动态意味的词语。但并非实写山行途中的感受，而是在除夕深夜回顾这几个月来羁旅行役的真切体验：与家乡的亲人骨肉越离越远，虽思念而无缘相见，在迢递而寂寞的旅途中，身边别无友朋相伴，平日熟悉的僮仆这时便成了唯一可以慰藉旅途孤寂的伴侣而变得相亲了。这种体验，长途羁旅者常有，但注意到这一点并将它真切表现出来的却不多。王维的五古《宿郑州》"他乡绝俦侣，孤客亲僮仆"，是首先成功表现这种充满人情味和诗意美的诗。崔涂此联，意蕴与王维近似，但内涵与情调却同中有异。王诗作于开元那样一个承平的年代，"九州道路无豺虎"，走的又是中原地区的坦途，旅途上虽有些寂寞，但并不凄苦，因此他对自己这种旅途中的新鲜体验，只是从容而亲切地道出，读者从中所感受到的也是一种虽孤寂却平和的心境。而崔诗在这一联中，不但上句用了五字皆仄的拗句，使人在拗峭的声调中体味到诗人不平静的心境，而且用"渐与""转于"构成对仗，突出上下句之间的因果关系，从而使人在其中感受到一种无奈的凄凉的况味。从句法句式看，这种对仗本身也给人一种奇异突兀之感。诗的前两联全用工整的对仗，这一联改用近乎散文的句法，显得疏密相间，富于流动变化。

"那堪正飘泊，明日岁华新。"尾联出句承上六句，以"正漂泊"三字作一总的收束，而以"那堪"二字突出漂泊天涯之感的强烈与难堪，对句用"明日岁华新"一笔收转"除夜"境况，表明新的一年即将到来。新春远在万里之外的异乡，固然令人凄然生感，但"明日岁华新"的结尾毕竟又含有对新年的一种期盼和展望，从而使整首诗不致沦为竭蹶之音。

韩偓

韩偓（842—约915），字致尧（一作致光），小名冬郎，晚年自号玉山樵人。京兆万年（今陕西西安）人。父瞻，李商隐连襟。十岁能诗。昭宗龙纪元年（889）登进士第。初入河中幕，后召入为左拾遗。迁刑部员外郎。乾宁四年（897）为凤翔节度使掌书记。光化中入为司勋郎中兼侍御史知杂事。充翰林学士，迁中书舍人。曾参与宰相崔胤定策诛宦官刘季述。天复元年（901）冬，从昭宗避乱凤翔，拜兵部侍郎、翰林学士承旨。三年春，以不附朱温，贬濮州司马，再贬荣懿尉，徙邓州司马。弃官南下。天祐三年（906），入闽依王审知。后寓居南安，卒。《新唐书·艺文志》著录其《金銮密记》五卷、《韩偓诗》一卷、《香奁集》一卷。诗多感时伤乱之旨，《香奁集》则多为艳情诗。《全唐诗》编其诗为四卷。今人陈继龙有《韩偓诗注》。

韩偓

惜　花①

皱白离情高处切②，腻香愁态静中深③。眼随片片沿流去，恨满枝枝被雨淋④。总得苔遮犹慰意⑤，若教泥污更伤心。临轩一盏悲春酒⑥，明日池塘是绿阴⑦。

[校注]

①借咏花落春去以伤悼唐室的衰亡。②皱白，指枯萎的残花花瓣皱缩、颜色惨淡。高处，指枝头。切，深切。③腻香，浓香。香，《全唐诗》校："一作红。"④淋，《全唐诗》校："一作侵。"⑤总，纵然。⑥轩，堂前屋檐下的平台。《全唐诗》校："一作窗。"⑦池塘是绿阴，谓池塘边上的花树都已树叶成荫，连残花亦不复存。指春去夏来，时序更易。

[鉴赏]

韩偓的七言律诗中，有一部分反映唐末大动乱直至灭亡情势的政治抒情诗，感情悲愤沉痛，激楚苍凉，堪称唐亡的艺术实录。但由于涉及具体时事，又多用典，意蕴不免隐晦。倒是这首《惜花》，借花之凋落、春之消逝伤悼唐朝的灭亡，通篇运用比兴象征，而不涉具体政治人事，纯粹抒情。不但表现更加含蓄蕴藉，感情也更缠绵悱恻，称得上是一首唐王朝的挽歌。

"皱白离情高处切，腻香愁态静中深。"首联写将落未落的花。"皱白"指将要凋落的花，花瓣已经枯萎皱缩，呈现惨淡的白色，尽管仍挂在枝头高处，却像是充满了深切忧伤的离情，不忍离枝而去。"腻香"指花虽枯萎却仍散发出浓腻的芳香，它默默无言，在一片静寂的氛围中，呈现出无限深沉的愁态。"离情""愁态""切""深"均指花而言。由于诗人惜花之情的投射，将花也拟人化、感情化了。"愁态静中深"尤具不言而神伤的情韵，堪称传神之笔。

"眼随片片沿流去，恨满枝枝被雨淋。"颔联上句写已落之花，片片随水漂流而去，诗人的目光也一直追随着流水中落花的身影，直到它完全消失。"眼随"二字，正写出诗人惜花的心情。下句写尚残留枝头的花也枝枝遭受雨的无情摧淋，眼看即将凋落，随流而去，不禁恨满心头。这一联诗人正面出场，"眼随""恨满"，均贴诗人而言，主观感情较上一联更加强烈。在深沉强烈的痛惜之情中又透出无可挽回的无奈。

"总得苔遮犹慰意，若教泥污更伤心。"腹联写落花委地的情景。纵然落在地面上的花，被青苔所遮盖，不致马上沦为尘泥，稍稍感到宽慰，如果不幸被泥淖所污那就真令人伤心了。上句是眼见之景，先用"犹慰意"三字一放；下句是假设之景，却是落花将来必然遭遇的悲剧命运，故用"更伤心"来表达自己的伤感，用力收转。"慰意"是暂时的，"伤心"却是必然的。一放一收，一纵一跌，上句的暂时慰意正有力地衬托出下句的永恒伤痛。笔致顿挫曲折，情感沉痛缠绵。

"临轩一盏悲春酒，明日池塘是绿阴。"尾联总收，点明惜花悲春的主旨。对此"无可奈何花落去"，随水漂流、陷为尘泥的情景，临轩而望的诗人唯有用"一盏悲春酒"来表达自己的留恋惋惜、哀悼凭吊之情而已。想到明日池塘之上，连落花的踪影也无可寻觅，只见满树绿荫，春天是无可挽回地消失了。春去夏来，时序更易，本是自然界的规律，池塘绿树成荫，也是生机盎然、葱郁繁茂的景象。但在这里，时序更易却被赋予了时移世易、改朝换代的象征色彩和比兴含义，这正是由于"伤心人别有怀抱"的缘故。

这首诗的比兴象征色彩虽相当明显（用惜花伤春哀悼唐王朝的衰亡），但用的是一种总体性的象征，而不是逐字逐句的比附，更不是用某一句来影射某一件具体的史事。吴乔的评释（见其《围炉诗话》）虽然悟到了全诗的主旨，但把每一句都落实到当时发生的史事上，却不免穿凿附会。全诗写花之凋残依枝、片片委地、随水漂流、苔遮泥污，到设想明日之池塘绿阴，逐步推进，诗人也越来越哀伤悲痛。至末句而演为对朝代更易的沉悲，感情发展到高潮，而表情方式反倍加含蓄蕴藉，可以说是这首诗最精彩的一笔。晚唐律诗结句如此出色者罕见。

已　凉①

碧阑干外绣帘垂②，猩血屏风画折枝③。八尺龙须方锦褥④，已凉天气未寒时。

[校注]

①本篇选自作者《香奁集》。系其前期（被贬为濮州司马以前）所作。②阑干，即栏杆。绣，《全唐诗》校："一作翠。"③猩血，猩猩的血，借指鲜红色。

血,《全唐诗》校:"一作色。"折枝,花卉画法的一种。不画花的全株,只画连枝折下来的部分,故名。宋仲仁《华光梅谱·取象》:"(六枝)其法有偃仰枝、覆枝、从枝、分枝、折枝。"④龙须,草名,多年生草本植物,呈狭线形。初夏开花。茎叶可以作蓑衣、绳索、草鞋,也可织席。或称蓑衣草。八尺龙须,指八尺长的龙须席。锦褥,锦绣的床褥。

[鉴赏]

这是韩偓《香奁集》中一首为历代传诵的名作。宋代沈括《梦溪笔谈》曾说《香奁集》是五代和凝所作,"凝后贵,故嫁名于韩偓"。南宋葛立方《韵语阳秋》据《香奁集》中《无题》诗序证实《香奁集》为韩偓所作。明代评家许学夷《诗源辩体》更举吴融和韩偓《无题》诗与《香奁集》中《无题》诗同韵,断定《香奁集》确为韩偓所作。《香奁集》中除少数篇章(如《拥鼻》《哭花》《思录旧诗于卷上凄然有感因成一章》《踪迹》等)似微露有所寓托的痕迹外,绝大多数是写男女情爱的篇章。比起《香奁集》中一些露骨地描写艳情乃至色情之作,这首《已凉》不但在写法上含蓄得多,格调也显得稍高一些。

诗的前三句写一间陈设华丽的卧室,写法是由外向内,末句收总,点出时令。这是全篇的大致构思布局。诗中的主人公,大约是一位贵家女子。

首句"碧阑干外绣帘垂",从卧室的最外层写起。碧色的栏杆之外,绣帘低垂,显出卧室的宽敞、豪华、幽静,也暗透出天气已经转凉,帘幕已经垂放下来了。

次句"猩血屏风画折枝",由帘幕栏杆转向床前的屏风。"猩血"一作"猩色",都是指猩红色。这是一种浓烈的色调,贵家室内的陈设,常随季节的变化而更换。猩红色的屏风是热色,正暗示外界的气候已届秋凉;屏风上画的折枝,也是与气候相应的,使人联想起秋风萧瑟的情景。

第三句"八尺龙须方锦褥",由床前屏风转到床上铺设。龙须,指用龙须草织成的席子,"八尺龙须",说明这是一张宽敞华美的大床。龙须席,显示"未寒","方锦褥",显示"已凉"。写到这里,时令季节的特点已经呼之欲出,所以末句一点即收:"已凉天气未寒时。"

但是,如果这首诗层层描绘,目的仅仅在于说明"已凉天气未寒时"这样一个事实,那么它几乎称不上是诗。实际上,诗中关于室内外陈设的描绘以及末句点明时令,还有着更深层的暗示。

这暗示的内容便是女主人公的孤子处境和爱情方面的希望、渴求。

整个来说，这间卧室的环境、陈设显得非常宽敞、豪华，但女主人公活动的天地却显得局狭、沉闷。碧阑干外，绣帘低垂，遮断了望远的视线，看不到卧室外的广阔天地。整个色调极其浓烈。碧色的阑干、猩色的屏风，加上绣帘锦褥，颜色都是浓艳的，但卧室里却看不到人的活动，甚至看不到任何活动着的事物。因此这浓艳之色调却反托出一个幽寂灰暗的生活环境，暗示出女主人公心境的寂寞空虚。室内的陈设是华美精致的，但无论是屏风上画的折枝还是"八尺龙须方锦褥"，又都不免触动女主人公青春易逝的感慨和室空人杳的感伤。前者固然可以唤起"花开堪折直须折，莫待无花空折枝"一类的联想，后者又何尝不暗示着"玉枕龙须席，郎眠何处床"一类的意蕴。正因为女主人公是独处华美而寂寞的空闺，过着单调、苦闷、空虚的生活，因此对爱情生活便抱着强烈的渴望，青春易逝的感慨也就特别深沉。在这种情况下，对时序的更易便格外敏感。如果把前三句看作女主人公眼中所见（其中也包含着心中所感，只是表现得非常隐微含蓄），那么末句正不妨视为女主人公内心深处的叹喟，一年容易又秋风，真是时光只能催人老啊！全篇没有一处正面写女主人公的情思，末句写时序变化，正微露端倪。

晚唐艳情诗，有许多在情思、风格、意境和表现手法上都已十分接近当时的闺情词。本篇写贵家女子处境的孤子和爱情的苦闷，完全是词中常见的题材。而专写闺室陈设，不正面写女主人公的行动、心理的表现手法，也与温庭筠词风相近。从这里可以看出诗词交会代兴时期某种共同的文学趋势。

王驾

王驾，字大用，自号守素先生。河中（今山西永济）人。中和年间僖宗在成都，曾入蜀应进士试。昭宗大顺元年（890）登进士第，授校书郎，仕至礼部员外郎。后弃官归，与郑谷、司空图为诗友。《新唐书·艺文志》著录《王驾诗集》六卷。《全唐诗》录存其诗七首。

古　意①

夫戍萧关妾在吴②，西风吹妾妾忧夫。一行书信千行泪，寒到君边衣到无？

[校注]

①古意，犹拟古、仿古。《全唐诗》卷七九九作陈玉兰诗，题曰《寄夫》。谓是王驾之妻。然《才调集》卷七选录此诗作王驾，《万首唐人绝句》卷二十三、王安石《唐百家诗选》卷十九并同。佟培基《全唐诗重出误收考》谓"明末《名媛诗归》一二作陈玉兰，似误记。《统签》官闺不收"。②萧关，古关名，故址在今宁夏固原东南，为自关中通向塞北的交通要冲。唐神龙元年曾置萧关县，治所在今固原市北一百八十里。至德后地入吐蕃，大中间收复，置武州治于此，旋废。此当指古萧关之地。

[鉴赏]

这首诗清编《全唐诗》卷七百九十九题为《寄夫》，署陈玉兰作，小传谓是吴人王驾之妻。然王驾明为河中人，此云吴人，显误。题为《古意》，当是王驾仿古代民歌格调的闺中寄寒衣于戍边丈夫之作，犹李白《子夜吴歌》之四"明朝驿使发，一夜絮征袍。素手抽针冷，那堪把剪刀。裁缝寄远道，几日到临洮"之谓，系代言体。后人因诗之声情口吻酷似闺中思妇，故据诗之首句虚构出一个"吴人王驾之妻陈玉兰"来。虽不可信，却从另一方面说明这首代闺妇寄远诗，在设身处地描摹闺妇心理、声口方面已经达到可以乱真的神情逼肖的程度。说它是天籁之作，一点也不过分。

"夫戍萧关妾在吴"，首句点明夫妻远隔，一在北临塞漠的萧关远戍，一在江南的吴地家居，一北一南，相隔数千里。句中自对的句式正形象地显示出双方南北遥隔的情景。全篇叙事，只此一句，却是双方相思相望的根由，也是妻子寄衣寄诗的原因，可以说是一篇的总根。

"西风吹妾妾忧夫"，次句以"西风"点明秋令，引出妻子对远戍丈夫的思念与担忧。秋天又到了江南，西风吹在身处吴地的自己身上，感到了阵阵凉意；此时远在朔漠之地萧关的丈夫，恐怕更是朔风凛冽，遍体生寒了。妙在对"西风吹妾"

王 驾

的直接感受不着一语，于四字之下直接"妾忧夫"，似乎"西风吹妾"的第一反应不是自身感受到的凉意，而是立即引发了对远戍丈夫衣衫单薄，难以抵御北方朔漠寒风侵袭的忧虑。这就不但显示出这位女子无时无刻不在思念、牵挂着丈夫的冷暖安危，而且习惯成自然地只要一遇到气候的变化，首先想到的就是丈夫。这种设身处地、细致入微的体贴，在她已经形成了一种无须经过由此及彼联想的本能反应。这不是写法上的省略，而是用一种最朴素本真的方式写这位少妇的至情。情到深处，正是这样"忘我"的。"忧"字中自然也包含了"又该给远戍的丈夫寄寒衣了"这样一层内蕴，但这里并不点破，留待末句方才明白说出。

"一行书信千行泪"，第三句写到寄信给远方的丈夫。寒衣裁制好以后，托人捎给丈夫，自然要写封家书，叙写家中的情况，特别是自己对丈夫的深情思念。但由于时空远隔所带来的相思的痛苦，却使自己笔未着墨而泪已先流，句未成行而泪已成行，以致"一行书信千行泪"了。这似乎是高度夸张的笔墨，却显得那么真实自然，毫无夸饰之嫌。"一行"与"千行"的对比，更使人恍见少妇写信时那种泪与墨交并、泪洇纸而湿的情景。抒情中自有人和具体的画面在。

"寒到君边衣到无？"末句是少妇在寄出寒衣时心中的悬想和忧虑。古代交通不便，从江南吴地到塞北萧关，数千里的距离，即使托骑马的驿使捎带寒衣，路上也须经历相当长的一段时间。而塞北冬早，这寒衣寄到的时候不知道能不能赶上冬天到来之前给丈夫穿上，以及时抵御塞北的严寒。这一系列曲折复杂的思想活动，被高度浓缩在一句七个字当中，而且以一种别出心裁的方式——"寒到君边衣到无"表达出来，似乎让人感到塞北的凛冽寒气正和路上的寒衣在赛跑，而少妇所担忧的正是"寒"已"到君边"而"衣"尚未到萧关。这个结尾，为少妇对丈夫的体贴、关爱、担忧，添上了最有亮色、也最富创意的一笔。而这种创意，又同样不是来自诗人的奇思妙想，而是来自少妇的真实感情，来自生活本身。作为一首代言体诗，自然也表现出诗人对这类女子心灵世界的深刻体验。

这当然不是说诗人只是记录原始的自然状态的生活而无所施其巧。这首诗在施巧方面，最显然的表现无疑是当句对与叠字的有意运用。四句诗全都有意运用上四下三的当句对，即"夫戍萧关"与"妾在吴"，"西风吹妾"与"妾忧夫"，"一行书信"与"千行泪"，"寒到君边"与"衣到无"，这四组当句对除第一组是平行叙述夫妻双方遥隔南北两地之外，其他三组虽形式上并列相对，而重点却在后三字，而又均围绕一个"忧"字来写，即用"西风吹妾""一行书信""寒到君边"

来突出衬染女子对丈夫的关爱、体贴和忧念。这样一种句式，就使得全诗既整齐又错落有致，既双方夹写又重点突出，在层层推进中将女子体贴入微的感情表现得极为真挚动人。每句的声情口吻亦各不相同，或在平直的叙述中见相隔之遥远，或于朴素的即景抒情中见忘我的深情，或于夸张的描写中见情感之强烈，或于悬想设问的口吻中见忧念之深切。故虽四句皆用同样的当句对而丝毫不觉其单调重复。在四组当句对中，诗人又精心设计了三组叠字，即第二句的"妾"、第三句的"行"、第四句的"到"，将它们分别安排在句中不同的位置，各自起着不同的作用，第二句"西风吹妾妾忧夫"，"妾"字紧相连接，构成顶针修辞，突出这种"忧"念的迅疾、直接、不假思索、完全出于感情的自然反应。第三句以"一行书信"与"千行泪"构成强烈对比，意在渲染情之强烈，第四句重叠"到"字，以"寒到"反衬"衣到"，见忧念之深。而这种在当句对内错落地安排叠字的句式，读来犹如一串累累的贯珠，使全诗一气呵成，更加强了艺术整体感和浑成感。前人或谓诗近盛唐，就浑成方面看，确有盛唐风韵，而全诗的流走格调与音韵上的美感也因上述句法字法而凸显。

杜荀鹤

杜荀鹤（846—904），字彦之，自号九华山人，池州石埭（今安徽石台）人。曾隐居庐山十年。早有诗名，屡试不第。昭宗大顺二年（891）方登进士第。后还乡，为宣州节度使田頵辟为从事。天复三年（903），奉頵命使大梁，与朱温密谋攻讨淮南节度使杨行密，适值頵兵败被杀，遂留大梁幕。天祐元年（904），任主客员外郎、知制诰，充翰林学士，旋卒。曾自编其诗为《唐风集》三卷，录诗三百余首，顾云为之作序。今存宋蜀刻本《杜荀鹤文集》三卷。《全唐诗》编其诗为三卷。

春宫怨①

早被婵娟误②,欲妆临镜慵③。承恩不在貌,教妾若为容④。风暖鸟声碎,日高花影重⑤。年年越溪女⑥,相忆采芙蓉⑦。

[校注]

①此诗一作周朴诗。按:韦庄所编选的《又玄集》卷下、韦縠所编选的《才调集》卷八均载此诗,署杜荀鹤作。宋王安石《唐百家诗选》卷十九、计有功《唐诗纪事》卷六十五亦署杜作。欧阳修《六一诗话》谓此诗系周朴作,恐误记。诗写宫女春日的幽怨。②婵娟,形容女子美好的容态。③临镜,对镜。慵,懒,形容提不起兴致的样子。④二句意谓,承受皇帝的恩宠,并不在于容貌是否美好,让我怎样去打扮修饰自己的容颜呢。⑤重,重重叠叠。⑥越溪,指若耶溪,源出浙江绍兴市若耶山,相传为西施浣纱之处。因其在越地,故称。越溪女,指西施往日的浣纱女伴。⑦采芙蓉,采莲。二句意为年年都会深情地追忆起昔日在若耶溪和女伴们一起采莲浣纱的欢乐生活情景。

[鉴赏]

唐人的宫怨诗(不包括写宫中生活琐事的宫词)多数未必有寄托,但杜荀鹤的这首《春宫怨》则明显是有寄托的。"女无美恶,入宫见妒;士无贤不肖,入朝见嫉"(邹阳《狱中上梁王书》),正揭示出宫女和文士在命运上的相似性,以及托宫女的怨情以寄寓才士之不遇的艺术构思的合理性。但这首有托寓的宫怨诗的好处,却主要表现在将宫女的怨情写得非常真切细腻、婉曲含蓄,富于生活实感,毫无有些托寓之作从概念出发,用类型化的比喻,表达固定化的意旨,缺乏生活气息的弊病。即使完全当作一首单纯的宫怨诗来欣赏,也是一首优秀之作。

"早被婵娟误,欲妆临镜慵。"婵娟用以形容女子,兼指其美好的容颜和姿态。"婵娟"本不应"误"人,这里却用"早被婵娟误"来概括自己的悲剧境遇及其原因,正暗示宫廷生活环境的反常。但诗人此处虽点明而并不说破,留待下文作解答。在仿佛是自怨自艾、自怜自悔的口吻中正蕴含着对婵娟反而误人的环境的怨意。紧接着一句"欲妆临镜慵",点醒此刻女主人公正对镜顾影,准备梳妆打扮。上句所写的,正是在她临镜欲妆的刹那触发的思绪。美好的容态既反而误人,梳妆打扮也就自然提不起任何兴致。句末的"慵"字，非娇懒之态，而是意兴索然、心灰意冷的表现。

"承恩不在貌，教妾若为容。"颔联续写女子"临镜"顾影时的内心活动，明白揭示出"被婵娟误"和"慵"于梳妆的原因：进入宫中，方知要获得君主的宠幸，并不在容貌是否美好。三千粉黛，后宫佳丽无数，"承恩"的诀窍更主要的是靠工于心计，献媚邀宠，投君主之所好，排斥其他有竞争力的嫔妃宫女。这一切宫中的潜规则，诗人都不加说明，仅以"不在貌"三字概括，令人思而得之。话说得既明白，却又非常含蓄。既然"承恩不在貌"，那么任凭你如何着意修饰打扮，也毫无意义，故说"教妾若为容"。欣赏这两句，必须与上句"临镜"联系起来体味。镜中人面，本已天生丽质，再加修饰，自当倾国倾城，但一想到"承恩不在貌"的宫中规则，自己简直无所适从，不知道怎样打扮了。自己所有的只是"婵娟"的容态，其他那些献媚邀宠、妒害他人的一套根本不会，也不屑为，看来只能永远被冷落、被闲置，老死宫中了。顾安说："三、四临镜低回，有无限意思在。"可谓善于体悟。"承恩不在貌"五字，是全篇关键所在，也是女子悲剧命运的真正原因。二句用流水对，语意一贯，于明快爽利中有无限苦衷沉痛，反映出宫女完全无法掌握自身命运的悲剧心态。

"风暖鸟声碎，日高花影重。"腹联从抒情转而写景，紧扣题目"春"字。但正如颔联抒情是情中有景一样，腹联写景，也是景中含情。春风送暖，鸟儿们感受到春天的和煦气息，变得非常活跃，竞相啼鸣，发出细碎清脆的鸣啭声。"碎"字正传神地描绘出鸟声之轻俏、嘈杂和欢快，这对处于苦闷无憀中的宫女的心情正是一种有力的反衬。日渐至中天，阳光直射在花丛中，显得花影重重叠叠。这是写日近正午的静境，也透露了宫女永日无憀寂寞的心绪。鸟的活跃、花的繁茂，对于处在禁锢中毫无生活乐趣的宫女来说，不仅激不起欣赏的兴致，而且是一种刺激。这一联的"碎"字"重"字虽略显刻画痕迹，但由于它含蓄地透露了宫女的苦闷无聊意绪，并不显得过于雕琢。它与颔联相互配合，更充分地表现了"春宫怨"的主题。此联写景，仍不离宫女的视、听、触觉感受，与上四句写宫女"临镜"所思仍一意贯通。

"年年越溪女，相忆采芙蓉。"尾联从宫中现境宕开一笔，写宫女对往昔与女伴在越溪上采莲情景的回忆。由于一入深宫，便陷于永无休止的寂寞苦闷之中，故更易触动对往昔在家乡时与女伴浣纱采莲欢快情景的追忆。这仿佛是寂寞无聊生活中唯一的慰藉,但同时也反衬出了现实境况的可悲。在对过去无忧无虑生活的思忆向往中,透露的正是春宫的无边冷寂。这个结尾,既开拓了诗境(时间上从现在回溯往昔,空间上从宫中跳到越溪),而且使全诗更加余味悠长。

  诗人早著诗名,以才自负,却屡试不第,诗中的宫女,自嗟"早被婵娟误",隐然有自况的意味。而"承恩不在貌"一语,更明显融汇了诗人对当代统治者在任用人才方面的种种反常行为的深刻体验。但这种寓托,由于与对宫女的生活境遇、心理意绪的真切描写紧密结合,浑为一体,故读来只感到自然和谐,毫无比附之痕。有的评家连五、六两句也从人事上加以比附,就不免生硬甚至穿凿了。

韦庄

韦庄（约836—910），字端己，杜陵（今陕西西安东南）人，宰相韦待价之后，诗人韦应物四世孙（一说为宰相韦见素之后）。僖宗广明元年（880）十二月，黄巢攻入长安，时韦庄在京候次年春进士试，遂陷于兵中。中和三年（883）在洛阳写成《秦妇吟》。其后曾漂泊于润州、越州、江西、两湖等地，长达十余年。昭宗乾宁元年（894）始登进士第，授校书郎。光化三年（900）编选《又玄集》。冬授左补阙。天复元年（901），入蜀依王建，任掌书记。天祐四年（907）唐亡，与诸将劝进王建为帝，任左散骑常侍、判中书门下事。前蜀武成二年（909），为吏部侍郎同平章事，次年八月卒。工诗擅词，词与温庭筠并称"温韦"，诗有《浣花集》十卷本传世。《全唐诗》编其诗为六卷。今人李谊有《韦庄集校注》。

台 城①

江雨霏霏江草齐②,六朝如梦鸟空啼③。无情最是台城柳,依旧烟笼十里堤④。

[校注]

①题一作《金陵图》。台城,六朝时的禁城。洪迈《容斋续笔·台城少城》:"晋、宋间谓朝廷禁省为台,故称禁城为台城。"故址在今南京市鸡鸣山南、乾河沿北。其地本三国吴之后苑城。东晋成帝时改建作新宫,遂为禁城。历宋、齐、梁、陈,皆为台省(中央政府)和宫殿所在地。至唐时已荒废。②霏霏,雨盛貌,形容雨细而密。③六朝,建都于金陵(吴时称建业,东晋、宋、齐、梁、陈称建康)的六个南方王朝。④烟笼,形容杨柳茂盛,如堆烟笼雾。十里堤,指傍玄武湖的长堤。

[鉴赏]

这是一首凭吊六朝古迹的诗。台城,是六朝的禁城,旧址在今南京玄武湖旁,和鸡鸣山相接。六朝时期,这里是政治中枢,也是帝王荒淫享乐的场所。中唐杰出诗人刘禹锡《金陵五题·台城》说:"台城六代竞豪华,结绮临春事最奢。万户千门成野草,只缘一曲后庭花。"到唐代末年,台城虽尚存,但已荒废不堪了。

凭吊古迹之作,总免不了要抒写盛衰兴亡之感、吊古伤今之慨。这首诗也不例外,不过,一般的吊古诗为了抒发今昔之慨,都要在不同程度上触及史事(像刘禹锡《台城》中的"结绮临春"和"后庭花")。这首诗却完全撇开具体的史实(包括人、事),从头到尾采取侧面烘托的手法,着意渲染一种梦幻式的情调气氛,让读者透过这层隐约的感情帷幕去体味作者的感慨,这是一个值得注意的特点。

"江雨霏霏江草齐。"起句不正面描绘台城,而是烘染氛围。金陵滨江,玄武湖本来又连通长江,故说"江雨""江草"。江南的春雨,密而且细。在霏霏雨丝中,四望迷蒙,如烟笼雾罩,给人以如梦似幻之感。暮春之时,江南草长,碧绿如茵,又显出自然界的蓬勃生机。这景物既迷人,又容易勾起人们的迷茫惆怅之情,这就为下句抒情作了准备。

"六朝如梦鸟空啼。"从首句描绘江南烟雨到次句感慨六朝如梦,跳跃很大,乍读似不相属。其实在霏霏细雨、如茵碧草之内就隐藏着一座已经荒凉破败了的台城。鸟啼草绿,春色常在,而曾经在台城争权夺利、追欢逐乐的六朝统治者却早已成为历史上来去匆匆的过客,原先豪华壮丽的台城也成了供人凭吊的荒凉历史遗迹。从东吴到陈,三百多年间六个短促的王朝一个接一个地衰败覆亡,变幻之速,本就给人以"如梦"之感(李商隐《咏史》有"三百年间同晓梦"),再以自然景物的依然如旧与人事的沧桑变化相对照,更加深了"六朝如梦"的感慨。"台城六代竞豪华",但眼前这一切均已荡然无存,只有不解人世沧桑的鸟在发出欢快的啼鸣。"鸟空啼"的"空"字,寓慨很深。

"无情最是台城柳,依旧烟笼十里堤。"杨柳是春天的标志。在春风中摇曳的杨柳,总是给人以生机勃勃、春意盎然之感,让人想起繁荣兴茂的局面。当年这十里长堤上的柳色,曾经是台城繁华风光的点缀。如今,台城已是"万户千门成野草",而台城柳,依然堆烟笼雾,布满十里长堤。这繁荣兴茂的自然景色和荒凉破败的历史遗迹的鲜明对比,对于一个刚刚经历了黄巢起义军入据长安的历史巨变、深怀亡国之忧的诗人,该是多么令他感慨歔欷、触景生悲!台城柳不管人间兴亡,它照样生长繁茂,"烟笼十里堤",故说它"无情"。说柳"无情",正透露出诗人在目睹台城柳色时所引起的无限兴亡之感。句前的"最是"二字用力勾勒,举凡前面所写的"江雨""江草"和啼鸟,也都归于"无情"之列,诗人之感慨之深,因此二字也更显突出了。

尽管诗人将自己的感触写得很虚、很含蓄,但联系他所处的那个时代,其实际内容并不难体味。在农民起义的沉重打击下,这时的唐王朝已经日落西山、奄奄一息〔据夏承焘《韦端己年谱》,本篇作于僖宗光启三年(887)秋,但诗中写景,颇不似秋令,疑是中和三年(883)春在浙西润州幕为客时游金陵所作〕。诗人凭吊台城古迹,回顾六朝旧事,免不了有"今之视昔,亦犹后之视今"之感。亡国的不祥预感,在写这首诗时是缠绕在诗人心头的,它没有像一般的吊古诗那样,在吊古伤今中寓历史鉴戒教训,而是流露出浓重的伤感情绪。这是因为当时唐王朝覆亡之势已成,重演六朝悲剧已不可避免。自然界自有其自身的规律,在永恒的自然面前,六朝也好、唐朝也好,都只不过是短暂的一瞬。人间兴亡自有它的规律,说台城柳"无情",正透露了诗人的无奈。诗虚处传神的手法,运用得自然入妙,令人咀味不尽。

钱珝

钱珝，生卒年不详，字瑞文，吴兴（今属浙江）人。大历诗人钱起曾孙。广明元年（880）登进士第。昭宗时，历任太常博士、京兆府参军、蓝田尉，充集贤殿校理。乾宁二年（895），宰相王抟荐为膳部郎中、知制诰，进中书舍人。光化三年（900），王抟贬官，珝亦贬抚州司马，自襄阳浮舟而下，舟中自编其诗文为《舟中录》二十卷（已佚）。其《江行无题一百首》即江行途中所作，混入钱起集中；此外尚有他作混入起集。《全唐诗》编其诗为一卷。

江行无题一百首（其九十八）[1]

万木已清霜，江边村事忙[2]。故溪黄稻熟[3]，一夜梦中香。

[校注]

①《江行无题一百首》，原误入钱起集中，明胡震亨《唐音癸签》卷三十二考辨其误云："钱珝，起之曾孙也。起释褐校书，终尚书考功郎。珝官历中书舍人，掌纶诰，后坐累贬抚州司马。其江行绝句百首正赴抚时途中所作也。珝有他文（按：指《舟中录序》）载《英华》中云：'夏六月获谴佐郡，秋八月自襄阳浮舟而下。'今其诗有'润色非东里，官曹更建章'，'去指龙沙路，徒悬象阙心'，'岘山回首望，如别故乡人'，及'好日当秋半，九日自佳节'等句，其官、其谪地、其经途、其时日，无勿与珝合者，起无是也。后人重起名，借篇贻厥，为起公增美耳。……至《早入中书》一篇，起未为此官，与江行百者，并当归珝为是。"又其《唐音癸签》亦云："诗中岘山、沔、武昌、匡庐、鄱湖、浔阳诸地，经涂所历，一一吻合，而秋半、九日，尤为左验，其为珝诗无疑。"②村事，指农事（割稻、打稻、晒稻等）。③故溪，犹故园。钱珝故乡在吴兴（即湖州）。《元和郡县图志·江南道·湖州乌程县》："霅溪水，一名大溪水，一名苕溪水，西南自长城、安吉两县东北流，至州南与馀不溪水、苎溪水合，又流入于太湖，在州北三十五里。"

[鉴赏]

《江行无题一百首》是光化三年（900）钱珝由中书舍人贬抚州司马舟行途中所作，因随所见所闻所感入咏，不主一意，难以命题，故曰"无题"。其实其中的每一首，还是有具体描写吟咏对象的，像这首诗，写的就是途中思乡入梦这一内容。

"万木已清霜"，起句明点时令，兼写秋景。诗人八月自襄阳浮舟而下，这里说江边的万木已经受到清霜的浸染，当已是凉秋九月的时节。从"已清霜"三字中，不仅可以想象出深秋树叶黄落、枝干清疏的景象，而且可以联想到枫树、乌桕等霜叶红的绚烂景色，诗人所见到的深秋景物，色彩并不单调。

"江边村事忙"，次句承上"已清霜"，写江边村落中农事繁忙的景象。在南方，这正是晚稻收获的季节。故家家户户，男女老幼，都一齐出动，割稻、打稻、晒稻,一片繁忙景象。这一句用朴素的语言直叙,但其中自含对所见景象的喜悦、欣赏之情。而正是白天所见的农事繁忙景象,使诗人触动对故乡收获季节的联想,因而自然引出三、四两句来。故次句虽质朴,在全篇中却起着承上启下的枢纽作用。

"故溪黄稻熟,一夜梦中香。"由江边农家农事繁忙的景象,诗人不由得联想到故乡吴兴的溪边田头,此刻也正是晚稻金黄、熟透飘香的季节了。因为思念故乡,夜间不由得积思成梦,梦回故乡,恍惚间似感梦中一夜,都充满了稻花的袭人清香。

诗从时令物色写到江村农忙,再由江村农忙联想故溪稻熟,又由故溪稻熟转而思乡入梦,最后引出梦中稻香,辗转相引,妙处全在末句。写思乡、写乡梦本很平常,但说梦中"一夜稻花香"却是前所未有的奇思妙想。梦本虚渺,虽或因记忆而恍惚有形,甚至有语,但从来没有人写到过梦中有色有香。由于思乡情切,不但梦中见到故乡田头晚稻金黄的颜色,而且仿佛一夜间在枕边都萦绕着故乡的稻香。思乡之情的殷切,不但把本来虚无缥缈的梦写得如同真实的生活,而且把梦也香化诗化了。极奇幻的想象,却又极具生活实感,极符想象的逻辑,这正是此诗艺术魅力的集中体现。

未展芭蕉

冷烛无烟绿蜡干①,芳心犹卷怯春寒。一缄书札藏何事②,会被东风暗拆看③。

[校注]

①没有舒展开的芭蕉形状像蜡烛,色绿而无蜡烟、蜡泪,故云"冷烛无烟绿蜡干"。冷烛、绿蜡同指一物,不过从不同角度加以形容描写而已。②缄,封。古代的书信卷成圆筒形状,加上封套。书札,书信。此以一封书信卷成圆筒状形容未展芭蕉。李商隐《骄儿诗》:"芭蕉斜卷笺。"亦以斜卷之笺形容未展之芭蕉。③东风,春风。

[鉴赏]

丰富而优美的联想,往往是诗歌创作获得成功的重要因素,而一味地雕镂刻画，则常是诗歌韵味的大忌。李商隐《代赠》说："芭蕉不展丁香结，同向春风各自愁。"由未展的芭蕉和缄结的丁香，联想到固结不解的愁怀，这联想新颖、自然而极富情韵。不过，在李诗中，未展的芭蕉只是构成全诗艺术意境之一体，而通篇咏未展芭蕉，并以丰富优美的联想为特色的，则是钱珝的这首咏物诗。

  首句从未展芭蕉的形状、色泽设喻。"冷烛""绿蜡"实同指一物，分而言之是从不同角度状物的需要。尚未舒展开来的芭蕉叶状如蜡烛，不过它并不点燃流脂，故曰"无烟""干"，这都是很平常的形容刻画。值得一提的是"冷烛""绿蜡"之喻。蜡烛通常给人的感觉是红亮、温暖，这里却用"绿""冷"来形容，显得新颖、独特，且切合对象的特点。我们仿佛可以感受到弥漫在蕉烛上面的一层早春的寒意，可以想见它翠绿、光洁的色泽。

  如果说首句还只是从外形上比拟、刻画，那么第二句就进而绘形传神了。卷缩在未展芭蕉的最里一层，俗称"蕉心"。诗人通过联想，把未展芭蕉比成芳心未展的少女。从表面看，和首句"冷烛""绿蜡"之喻似乎脱榫。其实，无论从形象上、意念上，两句都是一脉相通的。"蜡烛有心还惜别。""有心惜别"的蜡烛本来就可用以形容多情的少女，所以蕉心—烛心—芳心的联想原很自然。在诗人想象中，这在料峭春寒中卷缩未展的芭蕉，仿佛是一位含情脉脉的少女，由于带着寒意的环境的束缚，她只能暂时把自己的情怀隐藏在心底。未展芭蕉，在这里被人格化了。句中的"犹"字、"怯"字极见用意。"犹"字不只明写目前的"未展"状态，而且透露出将来的舒展，与末句的"会"字遥相呼应。"怯"字不仅传神地描绘出早春寒意的包围中芭蕉卷缩不舒的形状和柔弱的身姿，而且写出了它的感觉、感情，特别是它那不胜料峭春寒的神情。而诗人那种细意体贴、深切同情也自然流注于笔端。

  三、四两句却又别具匠心，另外设喻。古代的书札卷成圆筒形，外加封套，与未展芭蕉相似（"芭蕉斜卷笺"，设喻与此相类），所以有第三句"一缄书札"的联想。从"芳心"到"书札"，设喻虽又翻新，但意脉仍自贯通，读时只觉浑然一片。这奥妙就在"藏"字和上句"卷"字的联系上。书札紧卷者，它的内容——写信者的一片"芳心"就深藏在里面，仿佛不情愿向外界公开内心的秘密。这和"芳心犹卷"在意念上完全相通，然而三、四两句又绝非第二句的重复。通过"藏何事"的发问和"会被东风暗拆看"的遥想，展示了新的意境，表达了更美好的情思。在诗人想象中，寒气终将消逝，芳春即将到来，和煦的东风总会暗暗拆开

"书札",使书信中蕴含的美好情愫呈露在无边春色之中。这想象很美,很富于诗意,使人自然联想起生活中类似的情事。句中的"会"字,用得毫不着力,却让人感到"东风暗拆"是顺乎自然规律的事,使上句的"藏何事"落到实处。而"暗"字则极精细地显示了从"藏"到"拆"这个过程的自然和渐进,显示出这个变化是在不知不觉中进行的、完成的。

优美的联想在这首诗里,不仅是生动精切比喻的源泉,而且是把这一连串比喻串成了一个艺术整体的引线。而这种优美的联想归根结蒂又来源于诗人的生活体验。如果诗人对生活中受到环境束缚、禁锢的少女的感情与愿望缺乏真切的体察,对她们的命运缺乏深切的同情,他是无论如何不会有这些诗意的联想的。

张泌

张泌,生卒年不详。事蜀为舍人。《花间集》载其词二十七首。《全唐诗》录存其诗一卷,均出自五代十国后蜀韦縠所编之《才调集》卷四。或以为此张泌系南唐后主朝之张泌(一作佖),非。

寄　人①

别梦依依到谢家②，小廊回合曲阑斜③。多情只有春庭月，犹为离人照落花。

[校注]

①《全唐诗》此题共二首，这是第一首。第二首"酷怜风月为多情"一作张祜诗。关于此诗的本事，见徐钒引《词苑丛谈》。亦误为南唐之张泌（佖）。②依依，依恋不舍的样子。《古诗为焦仲卿妻作》："举手长劳劳，二情同依依。"亦可解为依稀仿佛之状。谢家，犹"谢娘家"，借指所思女子所居。温庭筠《更漏子》词："香雾薄，透重幕，惆怅谢家池阁。"韦庄《浣溪沙》词："惆怅梦馀山月斜，孤灯照壁背窗纱，小楼高阁谢娘家。"③回合，犹回环四合。曲阑，曲折的栏杆。

[鉴赏]

张泌的《寄人》七绝，共二首，第二首说"酷怜风月为多情，还到春时别恨生。倚柱寻思倍惆怅，一场春梦不分明"。二首均为以诗代书之作，所寄对象，当是他往日相恋的一位女子。前人笔记、词话中有关此诗本事的记载，未必可信，但诗中所抒发的感情则显然是一种人去楼空、前尘如梦的感触和失落怅惘的意绪。

起句写梦寻对方原来的住处。"谢家"，即"谢娘家"的省称，唐人多用以指所思女子居处。"依依"，既写梦魂对"谢家"的依恋追寻，兼状梦境的依稀仿佛和梦幻的轻袅飘忽，而无限相思怅惘之意自见于言外。

次句续写梦到谢家后所见。对方家中，当是过去诗人常到的地方，梦中重到，映现在眼前的首先是四面回合的小廊和曲折逶迤的栏杆。这一带想必是他过去最熟悉、留下过许多美好记忆的所在，因此印象特别清晰。梦中重到，依然唤起许多亲切温馨的记忆。但往日的情人却已杳无踪影。回廊寂寂，栏杆斜迤，则又徒增人去院空、怅惘感伤之情。沈祖棻先生说："次句写梦中所见……而此前旧游，往日欢情，别后相思，一切都在其中了。"所解甚是。

"多情只有春庭月，犹为离人照落花。"这两句承上"别梦""到谢家"仍写梦中所见所感。离人，这里指怀着离愁的诗中主人公，亦即诗人自己。两句是说，往事已成陈迹，对方已经离去，如今只有映照着春天庭院的一轮明月，仍然为我这个满怀离情的人照着落花。说"多情只有",正透露诗人心中另有一番"无情"的怅触在,至于这"无情"是指已经离去的伊人,还是指不解人意、徒增感伤的景物,则任读者体味,也许是二者兼而有之。春庭明月,过去想必曾经双照对方和诗人在花前相聚;而今,月色依旧,但所照者却只有孤孑的离人和空庭的落花了。空庭、淡月、落花,给人一种空虚黯淡、凋零残败之感,使人自然联想起美好事物和爱情的消逝。这两句所展示的梦境,仿佛是诗人伤往叹逝情绪的外化和象征。用诗人自己的话来形容以往的一切,不过"一场春梦不分明"罢了。

三、四两句,或有写梦醒所见一解。前后幅分写梦中和梦后,自属常法。但细味全诗,总觉前后幅联系得很紧,其间看不出任何时间和空间上变换转接的痕迹,与司空图《华下》第三句明点"五更惆怅回孤枕",再转出"犹自残灯照落花"的孤枕梦回所处现境不同。"多情只有"四字,更将前后幅紧密勾连,表明所写同属一个"别梦"。如果前后分写梦中和梦后,则第二句似感意犹未了,第三句又显得突兀,与上幅脱节。看来,还是将全诗理解为同一梦境艺术整体感较强。

题为"寄人",内容则是述梦,梦的内容又是人去院空、月照落花,则相思相忆之情、怅惘空虚之感、怨望无情之意,便都含而不露地包蕴其中了。

无名氏

无名氏

哥舒歌① 西鄙人

北斗七星高②,哥舒夜带刀。至今窥牧马③,不敢过临洮④。

[校注]

①哥舒,指哥舒翰,唐开元、天宝时期著名少数民族将领。两《唐书》有传。《全唐诗》题注:"天宝中,哥舒翰为安西节度使,控地数千里,甚著威令,故西鄙人歌此。"西鄙人,西方边境地区的人,名不详。按:据两《唐书》,哥舒翰未曾任安西节度使,"安西"当为"河西"之讹。《旧唐书·哥舒翰传》:"吐蕃寇边,翰拒之于苦拔海,其众三行,从山差池而下,翰持半段枪当其锋击之,三行皆败,无不摧靡,由是知名。天宝六载……充陇右节度副使。先是,吐蕃每至麦熟时,即率部众至积石军获取之……前后无敢拒之者。至是,翰使王难得、杨景晖等潜引兵至积石军,设伏以待之。吐蕃以五千骑至,翰于城中率骁勇驰击,杀之略尽,馀或挺走,伏兵邀击,匹马不还。……明年,筑神威军于青海上,吐蕃至,攻破之;又筑城于青海中龙驹岛,有白龙见,遂名为应龙城,吐蕃屏迹不敢近青海。"《新唐书·哥舒翰传》:"久之(按:指天宝十二载),进封凉国公,兼河西节度使。攻破吐蕃洪济、大莫门等城,收黄河九曲,以其地置洮阳郡,筑神策、宛秀二军,进封西平郡王。"此歌所咏赞的情事,当综括上述抗击吐蕃之事。非止一端。诗中所反映的,当为哥舒翰以陇西节度兼河西节度时破吐蕃,收复黄河九曲之地的情事。②北斗七星,在北面天空排列成斗形的七颗亮星,其名称为:一天枢、二天璇、三天玑、四天权、五天衡、六开阳、七瑶光。一至四为斗魁,五至七为斗柄,又名玉衡。《晋书·天文志上》:"北斗七星在太微北……斗为人君之象,号令之主也。"③窥,伺机图谋、觊觎。牧马,古代北方少数民族每于秋收季节南下内地牧马,以窥探虚实,伺机劫掠。贾谊《过秦论》:"始皇……乃使蒙恬北筑长城而守藩篱,却匈奴七百馀里,胡人不敢南下而牧马。"此句及下句用此。④临洮,唐陇右道有洮州临洮郡,又有岷州和政郡,武德元年(618)析临洮郡之临洮、和政置,州治溢乐即本名临洮县者,今甘肃岷县。因其北临洮水,故称。二句谓至今吐蕃犹慑于哥舒翰之声威,不敢窥伺觊觎内地,越过临洮。

[鉴赏]

　　唐代出现了一大批少数民族出身的著名将帅，他们在抗御境外民族入侵、保卫边境安宁和内地免受侵掠等方面都起过重要作用。像玄宗时的名将哥舒翰、高仙芝就分别是突厥人和高丽人。而哥舒翰在抗御吐蕃入侵方面的功绩和威望，更深得当时百姓特别是西北边地人民的赞颂，这首《哥舒歌》就是当时一位不知名的边地百姓对哥舒翰的赞歌。据《太平广记》卷四百九十五引温庭筠《乾䐱子》云："天宝中，哥舒翰为安西节度，控地数千里，甚著威令，故西鄙人歌之曰：'北斗七星高，哥舒夜带刀。吐蕃总杀尽，更筑两重濠。'"这大概是《哥舒歌》的原始面貌，后两句虽然极朴素本色，但不免有些情绪过激，带有民族仇恨的印记。我们现在看到的文本，从"窥牧马"及"不敢"等用语本于贾谊《过秦论》看，可能是有一定文化知识修养的文人对原歌进行了修改加工。加工后的《哥舒歌》，既保留了原歌中的精华，又在思想内容及艺术表现上有了明显提高。加工者究竟是唐人还是后代人，不得而知，但至迟明初高棅编选的《唐诗品汇》中所选的《哥舒歌》，已是我们现在所见到的样子了。

　　"北斗七星高，哥舒夜带刀。"民歌每以景物起兴，这首歌也循此常例，但却起势突兀，境界高远，兴寄无端。极具气势，也极耐讽咏，给人以丰富的联想。在辽阔的草原大漠，月上之前，天宇中最引人注目的便是高悬北天的北斗七星。由于它的照耀，天宇和原野显得分外寥廓高远、广阔无垠，而句末的"高"字，又透露出仰望北斗七星的边地人民对它的崇敬之情。作者未必有明确的比喻之意，但正是这种寄兴在有意无意之间的起兴，使这首歌的发端既透露出西北边境地区的高远寥阔境界，又传达出歌者仰望北斗七星高悬时的景仰情怀，却又不落言筌，任人自领。这一句为哥舒的出场创造出典型的环境氛围，引发读者对他出场的期待。第二句却以极省净的笔墨写哥舒的出场。作者舍去一切有关哥舒形貌装束、战斗业绩的叙写，只紧承上句"七星高"下了"夜带刀"三字。而这月黑星高之夜带刀巡夜的哥舒形象，却突出地表现了这位威震西陲的将帅忠勤不懈、警备戍守、亲历日常防务的精神品格和威武雄豪的形象，既令敌人胆慑，又使边地百姓感到可亲。这样用笔，近似皮影戏布幕上出现的一幅生动而省净的剪影，以少总多，以一当十，传达出的正是人物的精神风采。

　　"至今窥牧马，不敢过临洮。"三、四两句，原作在语言上既失之粗直，在内容上也不免带有过激的民族仇恨气息。改本将表现的重点放在对哥舒翰的历史功绩的赞颂上，突出其英武的形象与壮盛的声威使吐蕃为之胆慑，至今不敢越过临洮来侵掠内地，骚扰百姓。值得注意的是，作者在赞颂其功绩时并不是赞扬他如何开疆拓土，扩大唐王朝的版图，而是着眼于防止吐蕃的入侵，保证边境的安宁，这就强调了他的所作所为及历史的功绩是"安边"而非"拓土"，是为了沿边百姓的安宁，而非迎合统治者的开边黩武意旨。这样的改动，自然使诗的思想境界和艺术境界都提高了。

历史上的哥舒翰，在抗御吐蕃入侵方面确实建立了显著的业绩，但他在天宝八载以牺牲数万唐朝士卒为代价的夺取石堡城的战事，却在当时便受到大诗人李白的谴责："君不能学哥舒，横行青海夜带刀，西屠石城取紫袍。"应该说，《哥舒歌》中的哥舒翰和李白《答王十二寒夜独酌有怀》中的哥舒翰，都是对历史上真实的哥舒翰某一侧面的反映。不能因这一面而否定另一面。李白的诗，也并非对哥舒翰作出整体是非功过的历史评价，而是有感而发。

附　录

　　中国古典诗歌历经先秦汉魏六朝的长期发展所积累的艺术经验和诗歌本身向更高境界飞跃的内在驱动力，正好遇上了唐代这个在中国历史上最适宜于诗歌生存、发展、繁荣的时代生活土壤和艺术氛围，终于涌现了从四杰、沈宋、陈杜、刘张直至李商隐、杜牧、温庭筠这长达二百余年的层波叠浪式的诗国高潮。群星灿烂，蔚为奇观。诗和生活，在唐代是高度融合的。没有诗化的生活，没有最善于发现现实生活和心灵世界中诗美而又各具鲜明个性的诗人，就没有唐诗。正因为如此，唐诗不但无法复制，而且从整体上说也难以超越。它所独具的那种如乍脱笔砚的新鲜感和扑面而来的浓郁生活气息，也正源于它所植根的社会生态。从唐诗高潮初现之际直至今天，多达近千种的唐诗选本，证明了唐诗永恒的艺术魅力。

　　面对如此光辉灿烂的艺术瑰宝，不免令人稍感遗憾的是，新中国成立六十余年来，真正有影响的唐诗通代选本却只有两三种。与近三十余年来唐诗的整理、考订、研究成果相比，唐诗的普及工作除了《唐诗鉴赏辞典》曾产生过广泛影响外，无疑是滞后了。以致时至今日，各地出版社还在不断翻印孙洙的《唐诗三百首》这部从选目上看显然未能充分反映唐诗艺术成就的两个半世纪前的选本。

　　这部《唐诗选注评鉴》包含了选诗、校注、笺评、鉴赏四个部分。这个总体设计是基于如下的考虑：从选诗的数量和质量上较充分地体现唐诗的艺术成就，从整理的方式上为广大读者提供较为翔实的注释和丰富的资料，并为读者的鉴赏提供一些比较切实的参考。

选诗。总的原则是在注重思想内容的前提下，重视诗的艺术性和可读性。诗可以叙事、议论，但本质上是抒情的，而且在表现情感时应力求精练、富于含蕴。这是中国古代诗歌的显著特色和优良传统。含蓄蕴藉，对于中国诗歌来说，绝不仅仅是诸多风格之一种，而是必备的普遍性艺术品格。它与明快直截并不决然对立，相反，明快与含蓄的统一正是优秀唐诗的突出特点。诗歌在发展过程中必然会吸收其他文体的某些元素和优长，以适应创新的需要。但创新是否成功，则取决于化异体为本体，而不是为异体所化。是诗，就要有诗情、诗味，要有诗的情韵、意境和风神。这一切，又都源于诗人的敏锐诗心和善感心灵。在有真切丰富诗意感受和发现的前提下，诗可以挥洒而就；也可以"改罢自长吟"，以达到"毫发无遗憾"的境界。但如果缺乏诗心诗情而一味苦吟，那就只能写出"独行潭底影，数息树边身"这种"二句三年得"之作。孟郊、李贺和贾岛，都有苦吟的倾向，但孟、李毕竟有诗思和诗才，而贾岛则既乏才思，又硬要作诗，便只能以苦吟自赏自怜了。晚唐贾岛的追随者之众，不但证明不了贾岛的成功，反倒显示出唐诗的衰落。总之，有诗情诗味，是首要的选择原则和标准。不符合这个标准的，即便力大思雄如韩愈的那些刻意追求奇崛险怪之作，也只能屏弃不取，而侧重选他那些"在文从字顺中，自然雄厚博大"（赵翼语）而韵味不乏之作。此外，还必须重视广大读者的可接受性，首先选取那些深入浅出、雅俗共赏而又诗味浓郁的佳制。在这方面，孙洙选《唐诗三百首》的成功经验，值得充分重视并加以吸取。一个诗人刻意追求的艺术风格和境界，未必就是他真正擅长和艺术上真正成功之作。艺术创新是否成功，最终还是要取决于历代广大读者的品读实践，要通过历史的反复淘洗和检验。诗歌创作自有其康庄大道，唐诗更为诗歌创作提供了诗人与读者之间进行双向交流的良性互动经验。当诗歌离生活、离广大的读者群愈来愈远，成为少数人自我封闭的精神生活的自我表现时，诗也就走向了末路，只能以孤芳自赏自命了。唐诗的艺术成就和广远影响，或许可以在这方面给当代诗歌创作提供有益的启示。从可接受性这个方面考虑，这部选本便不可能与唐代诗歌史完全接轨同步，成为与其配套的唐代诗选教材。否则，专务险怪的卢仝，不选他的《月蚀诗》而选其清新明艳而富于情致的《有所思》，便显得有些故意与作者唱反调了。除以上两条基本标准外，诗在艺术上的完整性也是一条重要的取舍标准。尽管诗歌创作中有先得一联一句而后成篇的情形，诗歌评论中更盛行摘名联警句评点之风，但不论篇幅长短，一首诗是一个艺术整体。如果全篇仅有一联一句精警，其余均平庸馁弱，殊不相称，如严维的《酬刘员外见寄》、贾岛的《忆江上吴处士》，虽有"柳塘春水漫，花坞夕阳迟""秋风吹渭水，落叶满长安"这样的佳联，也不得不因此而加以删汰。根据以上三条标准，选入了约六百五十首唐五代诗，数量与马茂元先生的《唐诗选》、中国社科院文研所编选的《唐诗选》大体相当，而具体篇目则各有异同。总的来看，大家名家入选的篇目数量与他们的艺术成就和在诗歌史上的地位还是大体相当的。

校注。文字的校勘力求精简，只择重要异文出校，一般情况下也只据作为底本的清编《全唐诗》所标注的异文来改字，不具体罗列所据版本。一般词语的注释也力求简明。但涉及作诗背景、写作年代、作者归属等问题的考证，语典、事典的注释，则较一般的选本要详细一些，典故出处也多引原文。

笺评。这一部分搜集了历代对所选诗篇的疏解、评论，大体上以时代先后为序加以排列。由于所选多为历代选本所载的名篇，笺评数量较多，有些只能择要载录。这些疏解、评论不但可以为读者提供理解赏鉴方面的参考，而且将它们串联起来，就是一首诗的重要接受史料，这对有兴趣深入研读有关作品的读者来说，参考的价值自然更大一些。

鉴赏。每首诗最后都附有编选者的一篇鉴赏文章。在疏解诗意、再现诗境的同时对全诗的艺术风貌及特色进行一些品评。这部分内容虽亦每有撰写者的一得之见，但殊未敢自必。希望能对读者起到初步的引导作用。

每位诗人都有一篇小传。在文献记载和前人、今人考证成果的基础上，叙述其主要仕历。重要的诗人则对其创作特色和成就略加评介，并择要介绍其诗集的笺注本，以便读者参考。

撰写这部书，历时四载有余。年高力衰，又全凭手自录写，疏误在所难免。希望得到读者的指正。

刘学锴

2011 年 12 月 23 日

于安徽师范大学

中国诗学研究中心